THOMAS
SCHREMS

Tod einer Randnotiz

THOMAS SCHREMS

Tod einer Randnotiz

BOULEVARD-ROMAN

GMEINER

Besuchen Sie uns im Internet:
www.gmeiner-verlag.de

Im Ehnried 5, 88605 Meßkirch
Telefon 07575/2095-0
info@gmeiner-verlag.de

1. Auflage 2024

Lektorat: Claudia Senghaas, Kirchardt
Herstellung: Mirjam Hecht
Umschlaggestaltung: U.O.R.G. Lutz Eberle, Stuttgart
unter Verwendung eines Fotos von: © Leonsbox / istockphoto.com
Druck: GGP Media GmbH, Pößneck
Printed in Germany
ISBN 978-3-8392-0648-5

Den Boulevard beherrscht, wer das Leben von Menschen auf eine Weise niederschreibt, dass nichts davon übrig bleibt.

Mo Leskin

35B

PROLOG

Als Vinzent Kluger endlich einmal keine Stimmen hört, wird er eines Morgens im Oktober ausgejagt, nach welchen zu suchen. Nach endlosen zweieinhalb Jahren – gezuckert mit trügerischem Ruhm und Hoffnung auf Liebe, verbittert durch Intrigen, Verrat und Tod – steht das Leben der Reporterlegende kopf.

*

Der Wunsch, einen launigen Fünfsterneabend mit einem Hirnlosen eintauschen zu wollen gegen ein Rendezvous im Regen mit einem Kopflosen, war nicht für jeden nachvollziehbar. Ein Mann wie Vinzent Kluger ahnte das. Zumal der eine Sprecher der Unterrichtsministerin war, der bei Jakobsmuscheln, Filetsteak und erlesenen Tröpfchen in die angesagteste Weinbar der Stadt lud, und der andere ein Motorradfahrer im Straßengraben, dem die Leitschiene den Schädel von den Schultern rasiert hatte.

Und doch – wiewohl Kluger klar sein musste, dass es zu spät war, er das Rad nicht zurückdrehen konnte – war es genau dieser Abtausch, wonach er sich heute Morgen so sehr sehnte. Genau jetzt. Genau hier, inmitten eines Meeres winziger, wie beliebig aufgeworfener Erdhügel, zwischen denen er fröstelnd stand. Hügel, die bei flüchtigem Blick an die Spielwiese einer Maulwurfsfamilie gemahnten, doch an Ernsthaftigkeit kaum zu überbieten waren. Ja, sagte er sich, es stimmte schon, was der Volksmund sprach. Der Zentralfriedhof war nur halb so groß wie Zürich, dafür doppelt so lustig.

Aber das hier? Sektion 35B? Der Babyfriedhof? Morgens um 7 Uhr?

Kluger seufzte, griff in Gedanken weit zurück. Der letzte Kopflose in seinem Leben wohnte ihm bloß als verblasste Erinnerung inne, das Andenken des Hirnlosen indes war frisch. Erst gestern war es gewesen. Eine Abwechslung, die nicht wirklich eine zu sein versprach und ihm doch gut zu tun schien nach allem, was zuletzt geschehen war. Ja, Kluger hatte es in diesen so aufwühlenden Tagen nach der besänftigenden Kraft der Routine geradezu gedürstet, und so hatte das Treffen am Vorabend zu seiner Beruhigung auch wie erwartet begonnen.

»Die Liesel … äh, Ministerin lässt dich ganz lieb grüßen«, hatte der Sprecher gesagt und das Glas zum ersten Mal gehoben, »sie freut sich ja schon so sehr auf den nächsten Trip mit dir.«

Kluger sah ihn dumpf an.

»Sag bloß, das haben wir noch nicht besprochen! Dann weißt du es eben jetzt. Kuala Lumpur. Fünf Tage. Private Session in the Twin Towers inclusive. Na, wie wär's? Die haben dort auch Schulen, heißt es. Gar keine schlechten. Man kann sich schließlich nie genug fortbilden in der großen, weiten Welt. Das Bessere ist des Guten Feind, hmm?«

Eine Mappe, die plötzlich von irgendwoher gekommen war, wanderte über den Tisch, während die Kellnerin die Order der Speisen aufnahm. Verschworen beugte sich der Sprecher seinem Gast ein Stück weit entgegen. »Die ersten Infos zur Umfrage«, raunte er. »Vorab. Top secret.«

»Wieder so eine Imagepolitur der Marke … na, eh schon wissen? Mit ein paar Nebengeräuschen für euren Kronprinzen?« Ein spöttischer Zug umspielte Klugers Lippen, dann lachte er gallig auf. »Andererseits … selbstlose Hilfe soll ja gut fürs Karma sein, gell?«

»Wo denkst du hin?«, kam es zurück. »Echte Fragen. Echte Zahlen. Streng aufs Ressort bezogen. Ganz ohne Parteipolitik. Du weißt schon … die Zufriedenheit der Eltern mit dem Schulsystem. Landesweit. Viele Hunderttausende, die da gerade abgefragt werden. Ein Fragebogen an alle. Ein Meilenstein der Bildungspolitik.«

»Ach das«, brummte Kluger. »Und weiter?«

»In einer Woche gibt's Näheres. Ein Riesending wird das, sage ich dir. Megamäßig. Exklusiv für euch! Dafür die Titelseite. Deal?«

»Costa mucho«, sagte Kluger, selbst im Unklaren darüber, ob dies nun mehr Frage, Feststellung oder Forderung war.

»Die Reise?« Der Sprecher schürzte die Lippen, schüttelte den Kopf. »All inclusive für dich. Wie gehabt. Teuer wird's nur für diese beiden depperten Buchstabenhexen, die einen auf Qualität machen. Die müssen leider auch mit.« Er seufzte. »Du weißt schon, Quote und so. Stell dir vor ... neuerdings wollen ihre Verlage den Flug unbedingt selber zahlen und wir nur Hotel und den ganzen Schnickschnack. Damit sie hinterher ... bei der Berichterstattung ... besser ... unbeeinflusst ... Blabla. Na ja, drauf geschissen. Wer liest schon diese oberg'scheiten Drecksblätter, hmm?«

Kluger nickte, überlegte einen Moment und gedachte der jüngsten Reise nach China, als die Redakteurin eines Qualitätsblattes unvermutet darauf verfallen war, einen Akupunkturguru gegen das Rauchen aufsuchen zu müssen, und den gesamten Tross solang genervt hatte, bis man um der heiligen Ruhe willen den halben Tag Umweg in Kauf nahm, wie auch, weil der Kabinettschef des einladenden Landwirtschaftsministers ihr keine Bitte abschlagen konnte. Die vorabendliche Vögelei nach der Hotelbar hatte ihren Preis. Dass sie keine vier Wochen später wieder qualmte wie eine Müllverbrennungsanlage im Dauerbetrieb, nun ja, dachte Kluger, außer Spesen nichts gewesen, schließlich war auch der sexuelle Draht ins Ministerium so rasch verglüht wie aufgeglommen. Blitzartig erwog er, mit welcher Taktik er den Deal dem Herausgeber diesmal würde schmackhaft machen, ehe er sagte: »Deal. Die Elternumfrage der Liesel auf

Seite 1 hier … die Reise zu den Bloßfüßigen dort. Das kann ich dem Alten schon irgendwie verklickern. Auf feine fünf Tage!«

Sie lachten, stießen an, nahmen einen kräftigen Schluck und glitten alsbald ab. Zu den wirklich wichtigen Dingen. Zum phänomenalen Aufstieg des jungen Staatssekretärs zum Außenminister etwa. Zum gloriosen Weg, der vor ihm lag, zu den Steigbügeln, derer es da wie dort womöglich noch bedürfte. Und zu den brunftigen Weibern in den Ministerien, deren eine in Kuala Lumpur mit von der Partie sein würde.

»Da wäre noch etwas«, sagte Kluger unvermittelt.

»Ja?«

»Der Sohn meiner Schwester«, hob er bedächtig an, »geht jetzt ins Gymnasium. Sie sagt, die Schulleitung wartet seit vier Jahren darauf, dass die Containerklassen ein Ende haben. Untragbare Zustände sollen das sein, sagt sie. Jedes Jahr wird das Blaue vom Himmel herab versprochen. Am Ende bleibt der Blick in die Wolken. Weil sie halt irgendwo in der Pampa sind. Im Burgenland und nicht in Wien.«

Kluger hatte keine Schwester im Burgenland. Doch weder wusste das sein Gegenüber, noch würde es ihn groß kümmern. Was Kluger hatte, war ein Freund, der zugleich ein Kollege war. Kein bester Freund, weil in seinem Geschäft alle Freunde beste Freunde waren. Oder nicht. Je nach dem, was einer wie er in der Redaktion der *Guten* zu sagen hatte, zuwege brachte. Oder nicht. Der Freund indes, an den Kluger nun zu seiner eigenen Verblüffung dachte, war tatsächlich so etwas wie einer. Und er hatte tatsächlich diesen Sohn im Container.

»Das Infrastrukturbudget fürs nächste Jahr ist fix verplant.« Der Sprecher zuckte mit den Schultern.

Kluger stierte ihn ausdruckslos an. »Ist es das?«

Der junge Mann mit dem blassen Teint und dem rötlichen Backenflaum fing angestrengt an nachzudenken. Schließlich fuhr er sich über das strähnig zurückgegelte Haar und sagte: »Wenn mich nicht alles täuscht, hat die Ministerin erst neulich …

ganz privatim … davon gesprochen, den ruralen Raum viel stärker forcieren zu wollen. Da heißt es, flexibel bleiben und bei Bedarf … ja, das waren ihre Worte … bei Bedarf umschichten.«

»Deal?«, fragte Kluger.

»Deal.«

Sie gaben einander die Hand drauf, und Kluger verspürte nicht ein Fünkchen Sorge, es könnte anders kommen. Die Liesel würde es nicht wagen, den soeben als vorgezogen beschlossenen Umbau der Schule eines Neffen, den es nicht gab, nicht in die Wege zu leiten. Bei dem, was sie für das bisschen Aufwand bekam. Also hoben sie die Gläser aufs Neue und bestellten eine zweite Flasche vom Weißen. Erst hinterher würden sie auf den Roten umsteigen. Vom Besten, schließlich zahlte das Ministerium.

Stunden später kugelten sie aus der Weinbar. Kluger wusste bloß, dass der erlesene Tropfen nach dem Weißen eine Cuvée gewesen war, die ein Raubtier im Namen trug. War es der Wolf? Gesichert hingegen war, dass die Anzahl der Flaschen vom Roten sich auf vier belaufen hatte. Und dass Kluger, kaum auf der Straße, erstaunt zum Stephansdom gezeigt hatte, weil der plötzlich einen Zwillingsbruder aufwies. Und was er noch wusste, war, dass er beschlossen hatte, den Sprecher künftig »Pelikan« zu rufen. Seiner staksigen Gangart wegen. Seines Teints wegen. Insbesondere aber, weil er vor dem Lokal darauf verfallen war, einbeinig dastehen zu wollen, wiewohl er es nicht einmal zweibeinig schaffte. Aber waren das mit dem einen Bein nicht die Flamingos?

Egal, hatte Kluger noch gedacht, der »Pelikan« war beschlossene Sache, und der hatte ihn – nachdem er auf halber Strecke zwischen Wolfsflasche drei und vier die Muttersprache verloren hatte, doch in wenigen Stunden mit seiner Chefin zum Ministerrat müsste – zum Abschied erst stumm umarmt, um dann doch alle Reste von Sprachfertigkeit zusammenzukratzen:

»Schei… sch… schss auf den Dooom … Haub… Hauub… Haubschache Deal … Rodscha, Gluuga?«

Dann hatten alle beide genickt, einander abermals umarmt und waren ihrer Wege getorkelt.

»Was für eine verfluchte Nacht«, murmelte Kluger. Er trat auf der Stelle und musterte die Erdhügelchen zu seinen Füßen. Es war ein Abend wie viele gewesen, und doch war heute Morgen etwas grundlegend anders. Ein Befund, der nicht allein darauf fußte, wie kurz die Nacht und wie beschwerlich und abrupt ihr Ende ausgefallen war. Nein. Andererseits, der Deal mit dem Ministerium stand, die Reise nach Fernost, wie gewohnt gespickt mit feinsten Adressen, hatte er in der Tasche. War nicht das, worauf es ankam?

Kluger schüttelte den Gedanken ab. In seinem Rücken vernahm er ein Klappern, und als er herumfuhr und zu überlegen anfing, wer in aller Herrgottsfrühe noch so verrückt sein konnte, sich hier herumzutreiben, sah er einen Friedhofsarbeiter mit Handkarren und allerlei Gartenwerkzeug. Der Mann hielt inne, warf ihm einen argwöhnischen Blick zu, dann aber zog er gemächlich weiter.

Warum hatte er die Containerklasse angesprochen? Was ging ihn der Balg eines Kollegen an? Hatte er die Sache … überhaupt … ange…? Ja, er hatte. Wo führte das noch hin? Mit wem? Wie viele waren es gewesen? Bis hierher? Arschgesichter, die kamen und gingen. Deals, die kamen und hielten. Wie viele kämen noch, bis er, Kluger, die Segel streichen würde, streichen könnte, streichen müsste?

Kluger wusste es nicht. Zu seinem Erstaunen hatte er sie nie gezählt. Nicht die Deals. Nicht die Arschgesichter. Dabei war das früher anders gewesen mit dem Zählen. Damals, als es für ihn um nichts als die Toten ging.

Die Toten?

»Da hast du bei 416 aufgehört«, murmelte er und taxierte den Boden, als fände er dort eine Bestätigung. Kein Wunder, dass er ausgerechnet jetzt, ausgerechnet hier darauf verfiel. Ja, bei 416 war Schluss gewesen mit der Zählerei. Damals. All die Toten, denen er in fiebriger Hast hinterhergehetzt war, solche auch, denen er beim Sterben zugesehen hatte, während hydraulische Spreizer unter metallenem Knirschen Autodächer abhoben, Notfallsanitäter nach dem Operationsbesteck für unterwegs kramten, Notärzte auf Beifahrersitzen knieten, Sonden in entblößte Oberkörper und Lungenflügel einführten, Schaulustige draußen an den Säumen des Geschehens die Arme und Hälse reckten, während er, keine fünf Schritte entfernt, in Augen blickte, die alle Sprachen der Welt sprachen, diese flackernden Augen, die das Tor waren, durch das ein Sein in ein anderes hintrat, und er die Kamera in Anschlag brachte. Verwehende Existenzen, im Sucher gerahmt, fokussiert und zum Zeitdokument gefroren.

Klick. Klick. Klick.

Echte Bilder waren das noch gewesen, von Könnern gemachte Bilder, Reporterbilder, die längst nicht alle in die Druckerpressen liefen, die als Aufmerksamkeiten an Ärzte und Sanitäter Pinnwände in Aufenthaltsräumen schmückten, Reporterbilder auch, die Einsatzorganisationen zur Schulung dienten, Auszubildende reihenweise umkippen ließen, in polizeiliche Ermittlungsakten wanderten und mitunter im Verborgenen weitergereicht wurden wie seltene Sticker einer Fußballweltmeisterschaft, ja, diese Reporterbilder waren andere gewesen. Damals. Und sie waren der Klebstoff einer im Schaudern verschworenen Gemeinschaft, fingen bei abgetrennten Gliedmaßen an und endeten bei weggesprengten Schädeldecken. Makroaufnahme, versteht sich.

Und so kam es, dass Szenen in Kriminalfilmen, die auf eine natürliche Todfeindschaft von Blaulicht und Reporter verwiesen, Kluger bald nur noch Verachtung abrangen. »Ahnungsloses Pack, verschissenes«, fluchte er dann auf die Drehbuchschreiber und gedachte der ungezählten Nächte, die er in Funkleitstellen durchwacht, Notrufe mitgehört hatte, gedachte der durchzechten Nächte auf Wachstuben, der ungezählten Male auch, da er kistenweise Bier und Schnaps angeschleppt und eine Funkstreifenbesatzung ihn im Morgengrauen sturzbetrunken vor der Haustür abgestellt hatte. Und seinen Wagen gleich dazu. Informantenpflege all inclusive.

Ebenso gedachte er aber auch der vielen Male, da das Pendel andersrum ausschlug, weil er es war, den sie brauchten, aus den Federn holten. Weil es ihre Ausrüstung, Marke Vorsintflut, wieder mal nicht tat. Weil sie Profibilder für die Akten benötigten. Bilder banaler Unfälle, mickriger Brände, Drecksgeschichten, die nie und nimmer für ein noch so kleines Zeitungsbild taugten und doch gemacht werden mussten. Was soll's. Die eine Hand wusch die andere. Die Reporterhand die Polizistenhand und andersrum.

Später, wie im Paarlauf mit Klugers Aufstieg, kamen andere Hände. Da ein Pressechef, dort ein Kabinettschef. Da eine Ministerin, für Inneres, für Bildung, ein Minister für Landwirtschaft. Dort ein Kanzler, der bei der Zeitung ein und aus ging, den Herausgeber insgeheim Onkel rief. Saufen mit dem Bürgermeister, saufen im Weinkeller des Ministeronkels und hinterher, den Minister im Schlepptau, auf der Tankstelle vor der Redaktion. Singapur, New York, Berlin, Washington, Calgary, Boston. Ankara. First Class auf Regimentskosten. First Class waren aber immer auch die Geschichten, die Kluger hinterher ablieferte. Zufriedene Gesichter in den ministeriellen Stuben, neue Einladungen. Die eine Hand, die andere Hand.

Du bist Familie, Vinzent.

416. Wer nachher starb, war ohne Bedeutung gewesen, ohne Rang. Ebenso gut hätte es eine beliebige andere Zahl sein können, doch war ihm diese schon früh als dem Sterben vorbestimmt erschienen. 416 war die Zahl, die sie Klein Vinzent am ersten Tag im Knabeninternat verpasst hatten – *Zögling 416* –, Chiffre eines Vergehens auf Raten, die allem anhaftete, was ihn fortan ausmachte, lenkte. Ob gestickt oder gemalt, ob auf Hausschuhen, Turnbeutel oder Federpennal.

416. Erst Brandmal einer nicht zu tilgenden Zugehörigkeit und hinterher Klugers roter Faden, leuchtender Pfad eines rauschhaften Protokollierens von verlorenen Seelen. Seelen, die womöglich, nein, bestimmt allein gegangen waren, um dem Reporter den Aufstieg zu pflastern.

Chefreporter Vinzent Kluger.

Jener Mann, wie Bela neulich meinte, dem das Mitgefühl abhandengekommen sei wie anderen ein schlecht vernähter Hosenknopf. Jener Mann, der nichts empfinden würde, läge eines seiner Kinder tot neben ihm.

»Darum habe ich auch keine«, hatte Kluger geknurrt.

»Und ich keine mit dir«, hatte Bela erwidert, und er hatte für einen Augenblick gedacht, dass es gut war, wie es zwischen ihnen war. Auch wenn es das nicht war.

Kluger schrak auf. Ein Brummen in der Manteltasche riss ihn aus seinen Gedanken. »Leck mich«, knurrte er, drückte den Anruf weg. Wer, wenn nicht sein Ressortchef, konnte das schon sein? Arthur Pinter, das geschleckte Ekel mit den maßgeschneiderten Waldviertler Schuhen. Pinter, den sie im Geheimen »Der Pinscher« riefen, der bloß wissen wollte, was er in Erfahrung gebracht hatte. Stimmen, die aus dem Boden kamen? Hier? Bei den Toten? Stimmen, die zwischen Gräbern dahinwehten, so verloren wie Bittgänger auf einem Amt? Nein, da hörte sich der Spaß auf.

»Beweg deinen Arsch, Satansreporter!«, hatte Pinter ins Telefon gebrüllt, keine Stunde war das her. »Sektion 35B, Zentralfriedhof, hat die Anruferin dem Portier gesagt.« Früher, überlegte er, hätte es das nicht gegeben. Dass ein Telefondienst morgens um 6 Uhr einen Ressortchef anrief und der auch abhob. Einfach so. Also hatte Kluger die Segnungen der Technik verflucht, jene der analogen Zeiten von anno dazumal indes gepriesen und war ins Auto gestiegen.

Ja, die guten alten, analogen Zeiten. Wer ihn damals, in den

Jahren der Steinzeitverständigung, hatte erreichen wollen, als sein erstes Autotelefon noch so schwer wog wie ein Eimer Wasser und so zuverlässig war wie Regierungsmitglieder ehrlich, der musste andere Wege beschreiten. Wer es eilig hatte, auf Gewissheit setzte, funkte die Reporterhüfte an, Klugers mit Pagern übersäten Gürtel, großkalibrig bestückt wie der Patronengürtel eines Pistoleros. Ein Pager für die Redaktion, einer für die Rettung, ein dritter für die Feuerwehr, ein vierter für alles, was die Lizenz zum Schießen und ein Amtsgeheimnis zu verraten hatte. Schlugen die Pager schrill an, blinkten Rückrufnummern, knappe Botschaften auf, so waren dies, sah man vom Redaktionspager ab, stets die Früchte harter Arbeit.

Früchte, die Kluger einem Heer von Informanten verdankte, das aufzubauen ihn verdammt viel gekostet hatte. Eine halbe Leber. Eine ganze Liebe. Aber auch die Früchte eingelöster Versprechen, nicht immer zu schreiben, was des Schreibens wert gewesen wäre. Die Augen offenzuhalten, war die eine Begabung, die in seiner Welt nach oben führte. Sie zu schließen, die andere. Und es war alles andere als ausgemacht, welche von beiden den steileren Weg ebnete.

Und heute? Was hilft dir das, Vinz?

Bis hierher hatte es ihn gebracht. Eine Welt, die aus den Fugen geraten, Verlockungen, denen er erlegen, Spuren, die keine gewesen waren und denen er doch hinterherjagen musste. Warnsignale, die er im Rausch des Erfolges beiseitegeschoben hatte, Menetekel eines Triumphes scharf über dem Abgrund. Täter waren zu Werkzeugen geworden. Oder doch Werkzeuge zu Tätern?

Vier Tage war es her, lachhafte vier Tage, dass sie ihn hatten hochleben lassen. Kollektives Schulterklopfen. Was für ein Schurkenstück! Vivat, Kluger!

Wo war der Stolz? Wo die Trophäe? Stattdessen empfand er nur Gleichmut, nein, ein dumpfes Dröhnen im Schädel wie von Watte.

Wann war es geschehen? Warum? Wann und warum hatten die Schicksale von Menschen aufgehört, ihn zu erreichen, zu berühren? War es im zweistelligen Bereich gewesen, gerade noch? Bei 90 Leichen? Oder bei 70? 30? Früher? Bei diesem einen Buben womöglich, keine sieben, der auf dem Schulweg mit dem Fahrrad unter den Schnellzug geraten war und dessen einer oder andere Batzen ihm wie ein Morgengruß zu Füßen lag, als er aus dem Wagen stieg? Als er dem Gendarmen am Absperrband einen freundschaftlichen Gruß entbot, unten durchschlüpfte und die Kamera in Anschlag brachte? Geschah es beim ersten Kind überhaupt? Oder noch früher, an jenem Tag, da sein eigenes Vergehen einsetzte?

Zögling 416.

Kluger wusste es nicht, doch es spielte keine Rolle. Nicht jetzt. Vier Tage nur. Vier verfluchte Tage! Wieder und wieder hatte er seither die Landkarte seines Scheiterns abgeschritten. Ein Planspiel. Eine Verschwörung. Verschwörung? Gegen wen? Zwei Jahre? Drei? Nein länger, viel länger. Ein bitterböses Medienspiel, das Leben gekostet hatte. Werkzeuge zu Tätern. Täter zu Werkzeugen. Ein Perückenmacher. Ein Taucher. Ein Forscher. Dazu eine Alte. Die Mutter? Wessen Mutter? Alt und dement – geschenkt. Vielleicht aber auch ein Kind von zwölf Jahren. Als Draufgabe?

Ein Gewirr von Fäden, das nach dem Wachsfigurenkabinett lief. Hinein. Hinaus. Ein seltsamer flügellahmer Vogel auf zwei Beinen. Eine Frau, diese eine Frau, Bela, die sein erfrorenes Herz aufgetaut, die er abermals zu gewinnen gehofft hatte. Eine zweite Frau, die ihn getäuscht, benutzt, ins Ziel getrieben hatte. Ziel? Eine dritte, die quertrieb. Eine vierte, die unterlief. Verschworene, die zu Feinden wurden, Feinde zu Verschworenen. Täter und Werkzeuge.

Und jetzt stand er hier, auf der Jagd nach Stimmen. Inmitten von Geflechten aus Reisig, Rosen, schillernden Schleifen und Tannenzapfen; Laternchen mit fleckigem Glas; wadenhohe Zäunchen, Einfriedungen so schlicht wie Rabatten eines Gärtners, mit ungelenken, doch fürsorglichen Händen drapiert; daneben fein geäderte Marmorherzchen, himmelblau, aschrosa, alabasterweiß; in der steifen Morgenbrise schnatternde Windrädchen in Abendrot und Sonnengelb; steingraue Engel aus Kunstharz, schlafend die einen, aus Büchern vorlesend die anderen; unbespielte Cabriolets; Hundewelpen aus verblichenem Stoff; Hasenfamilien, Pferde, Igel; Kermit, der Frosch; Vornamen auf Bändchen, Anna-Lena, Mirko, Louise, Aysun, halbe Namen bloß, weil es zur ganzen Lebensgeschichte nicht gereicht hatte.

Sektion 35B.

Kluger kannte sie alle. Jeden gottverdammten Meter des Zentralfriedhofs kannte er. Die Sowjets auf 44A. Die syrischen Kopten auf 27A. Die Buddhisten auf 48A. Die Mormonen auf 57C. Die der K.-u.-k.-Zeit auf 91. Ob Juden oder Moslems, Katholische, Evangelische, Ehrengräber oder Präsidenten. Alle hatte er sie über die Jahre abgeschritten. Ja, sogar gleich nebenan, auf 26 C, bei den Anatomischen, ging er ein und aus, diesen Leichtfertigen, die ihre Leiber der Wissenschaft verschrieben und eingewilligt hatten, sich von plumpen Studentenhänden zerpflügen und von abgehalfterten Professoren in Blecheimern entsorgen zu lassen – ausgeschlachtet, geschreddert und verbuddelt wie nutzlose Ersatzteile aufgelassener Automodelle, die keiner mehr fuhr.

Sie alle kannte er, nur nicht Sektion 35B. Aus einer ungekannten Bangigkeit heraus hatte Kluger sie gemieden, 35B, die Abteilung für jene, denen das goldene Wienerherz das bisschen Platz einräumte, das ihnen das Gesetz im Familiengrab verwehrte. Fehlgeburten, Totgeburten, nicht mehr als ein Fingerhut Asche unter einer Schaufelbreit Erde. Dafür gebührenfrei.

Die zu kurz bei uns waren, stand auf dem Blechschild in Klugers Rücken. Sollte er es tatsächlich tun? Von einem Maulwurfhügel zum nächsten huschen? Nach Stimmen aus dem Boden lauschen, wie Pinter gebrüllt hatte? Mal klagende, mal fluchende, mal Gedichte rezitierende Männerstimmen? Lag darin, nach all den Jahren, die Lösung begraben? Hier, auf dem Babyfriedhof?

Was … für … ein … Irrsinn!

Erster Teil

Zweieinhalb Jahre zuvor

DAS KABINETT

Eines Abends im Spätmärz 2011

I. DER RATTENFÄNGER VON WIEN

Ein Festakt im Wachsfigurenkabinett von Madame Tussauds, Riesenradplatz Nr. 5 – dem verstorbenen Entertainer Peter Alexander zu Ehren. Hier tritt ein schweigsamer, unheimlicher Gast unvermutet ans Licht. Und: Hier riecht das Reporter-Urgestein Vinzent Kluger Lunte, prescht vorwärts und setzt das Räderwerk eines bitterbösen Spiels in Gang.

*

Das Toupet kreiste auf dem Zeigefinger wie der Teller auf dem eines Zirkusjongleurs. Der Moderator stand da, linste ins Scheinwerferlicht und fletschte die gebleachten Zähne zu einem Lächeln. Er konnte sie spüren, die Erregung der blinden Masse, die ihm vorauslag, spürte das fiebrige Zittern eines zum Greifen nahen Triumphes. Jetzt, spätestens jetzt gehörten sie ihm. Allen voran die Weiber. Die fraßen ihm seit immer schon aus der Hand.

Und die Direktorin? Madame Directrice?

Miststück, verfluchtes, dachte er und lächelte abermals ins Dunkel, eben dorthin, wo er sie und ihre nichtsnutzigen Adlaten wusste. Diese Bagage, die in der Glut eigenen Unvermögens vor sich hin garte. Auftraggeber dieser Art kannte er.

Auftraggeber?

Dass er nicht lachte. Versager waren das. Die ganze Truppe nichts als Blindgänger, denen am Ende sogar der sicherste

Triumph verkam. Jeder Sieg zum Patt, jeder Gleichstand zur Niederlage, jede Niederlage zum Desaster.

Was soll das, ihr Arschlöcher? Warum habt ihr mir nichts gesagt? Woher kommt diese zweite ... dieser Scheißkerl hinter dem Vorhang?

Die hätten den Karren glatt an die Wand gefahren, durchfuhr es ihn. Glatt an die Wand. Aber nicht mit ihm. O nein! Gleich nachher, wenn der Vorhang gelüftet und dieser Mist hier vorüber war, würde alles gut sein. Die Direktorin würde sich sonnen im Schein seiner Genialität und rufen: Danke, Vickerl! Ohne dich, Vickerl, ohne deine Brillanz, wäre das alles wieder mal ...

Ja, den Bach runter, Freunde. Solche Dinge gehören eben nicht in Weiberhand.

Einen fetten Aufschlag würde er verlangen. Gleich nachher. Für seine Genialität. Mehr aber noch für sein Schweigen. Der Moderator reckte den Hals und fuhr sich an den Kragen, als wollte er einen Knoten lösen. Doch da gab es nichts zu lösen. Jetzt nicht mehr. Nicht nach diesen zwölf Minuten, die er performt hatte. Je schwieriger der Moment, je souveräner. Ein Zwinkern für die Direktorin. Alles in bester Ordnung.

Einen Dreck ist alles in bester Ordnung, Madame Miststück! Wolltest mich wohl an die Wand fahren, was?

War das ihr Credo? Die Jungen bloß nicht aufkommen lassen? Den Nachwuchs immer schön kleinhalten? Hintreten auf jene, die angeschlagen in den Seilen hängen? Wegen eines lachhaften Ausrutschers, der längst Geschichte war? Aber nicht mit ihm.

O nein, Freunde, alles ... in deutscher Hand.

Und so stand der Moderator da und blickte in ein Meer gespannter Mienen. Ein letztes wie seliges Vollblutlächeln und keine Spur des Maliziösen darin, das ihm das Herz bis obenhin füllte.

Finale, Vickerl. Los jetzt!

»Und so darf ich Ihnen also nun präsentieren, meine sehr verehrten Damen und Herren, ... den großen ... ebenso einzigartigen ... wie unvergesslichen ... Schauspieler ... Entertainer und ...

ja … auch das … Förderer … und mit ihm, neben ihm, an seiner Seite … weil der gute alte Peter den Humor stets als zweiten Vornamen trug … ach was, sehen Sie doch selbst…«

Die zwölf Minuten zuvor.

»Danke schön! Danke vielmals! Danke schön! Vielen lieben Dank!«

Der Moderator war hoch gekommen, und das Lächeln der komödiantischen Schmiere umspannte ihm das Gesicht. Eine Verbeugung, dann empor. Präsenz zeigen mit seinen 1,96 Meter. Dieser Körper, den allein die Idee der Berufung aufrecht durch jede Wirrnis, um jede Biegung des Schicksals trug. Dieser Körper, der eines Stützapparates aus Sehnen und Knochen oder Metalldraht wie der da hinter ihm gar nicht erst bedurfte.

Nein, Vickerl. Du bist hier. In echt. In Fleisch und Blut.

Das Bad stand bereit. Ein Vollbad des Triumphes, das er im Applaus nehmen würde. Jetzt. Hier. Heute Abend. Ja, da lag sie ihm zu Füßen, im Gleißen der Lichter, die handverlesene Schar geladener Gäste, aufgeladen mit Hoffnungen, vollgepumpt mit Erwartungen an die Rückkehr eines anderen, der nicht wiederkehren würde, der sie verlassen hatte, zurückgelassen in ihrem Schmerz, abgetreten von der ganz großen Bühne, die Leben hieß.

Unwiderruflich abgetreten war dieser Peter Alexander. Doch der Ebbe des Verlustes folgt die Flut der Erinnerung. Und so war er, dieser Verflossene, dem sie jahrzehntelang an den Lippen gehangen hatten und der doch gegangen war, plötzlich wieder da. Durch ihn. Jetzt. Hier. Heute Abend!

Durch dich, Vickerl. Keiner hat den Peter Alexander besser drauf als du. Jaaaa!

Ein Mann der Nähe sollte der Peter künftig sein. Ein Star zum Anfassen, Liebkosen, mehr als er es zu Lebzeiten je hätte sein wollen. Darum waren sie gekommen. Dachten sie. Der Moderator stand da, lächelte. Dann, in die verlöschende Brandung des Beifalls und seidenweich:

»Dankeschön. Sie sind … bezaubernd!«

Jaaaaaaa!

Da war sie wieder, diese Spannung, die er in seinen schwärzesten Stunden so vermisst hatte. Dieses Feuer, das den Vorstadtvillenweibern hier drinnen das Herz übergehen, ihre Colliers nur noch kraftvoller funkeln ließ und den Menschen dort draußen, in den Gemeindebauten, die Alltagssorgen forttrieb. Dieses Brennen in ihm, das ihre Gemüter aufklarte wie eine Sturmfront der Erlösung, wenn er, Vickerl, an den Stimmbändern drehte, wohlvertraute Tonlagen erklomm, jene Tonlagen, die der da in seinem Rücken, hinter dem Vorhang, einst erklommen hatte. Seinerzeit. Der Bühnenzar früherer Tage. Peter der Große, wie sie ihn riefen, dem die göttliche Gnade gegeben war, ohne zu wissen, warum. Wie hieß es so schön? Genialität spart das Warum aus. Das Wie und Wann genügt.

Ist es das, was ihr wollt?

Das konnten sie haben. Wohlvertraute Register würde er ziehen, ein Timbre voller Reminiszenzen anschlagen, das ihnen ein verloren geglaubtes Glück zurückholte. Jetzt. Hier. Heute Abend. Wie Packeis im feurigen Atem des Klimawandels würden sie schmelzen und vergehen. Weil es unabwendbar war. Weil der alte Meister tot war und der neue vor ihnen erstand. Keiner vermochte die Brücke aus dem Gestern ins Morgen besser zu schlagen als er. Es war nun mal so: Keiner hatte den Peter Alexander besser drauf als …

Zar Vickerl I. Der Einzige. Applaus! Applaus!! Applaus!!!

Der Moderator stand da, spürte dem Prickeln nach, lächelte. Da eine Prise verhaltenen Stolzes. Dort eine Prise professioneller Demut ans Volk. Gesten des Dankes. Ja, genauso war er heimgekehrt. Heim ans Licht, das Tingeln von Bühne zu Bühne, von Erfolg zu Erfolg, von Triumph zu Triumph. Emporgestiegen aus der Gosse der Vergessenheit, in die sie ihn zu stoßen versucht hatten. Wegen dieses einen Moments der Schwäche. Und genau das machte es auch nun aus … dieser eine Moment.

»Dankeschön! Danke vielmals!«

Der hinter dem Vorhang hatte sein Publikum gehabt. Zeitlebens. Schluss damit! Von nun an würden sie ihm gehören. Ihm allein. Jetzt. Hier. Heute Abend. Morgen. Er würde sie holen. Er würde sie fangen. Wie der Rattenfänger von Hameln die Kinder. Nur besser. Viel besser. Er allein würde der Grund ihres Kommens sein. Bis in alle Ewigkeit.

Victory forever! Vickerl forever!

»Ich danke … Ihnen … ich danke … Ihnen … allen!«

Was noch fehlte? Gar nichts, dachte er. Ein ergebenes Evergreenlächeln. Alles perfekt. Im Gleißen der Scheinwerfer perlten Lichtschnüre über den Köpfen des Auditoriums. Blauorangeweiß. Wie Ankerketten einer Fähre des Glücks, die er bloß zu lichten brauchte. In einer Atmosphäre des Glücks.

»Die Möglichkeit, meine sehr verehrten Damen und nur mäßig … versehrten … Herren …«

Warten. Nichts. Diese Arschlöcher. Dann, spät, ein vereinzelter kehliger Lacher.

Du hast 15 Minuten, Vickerl, hatte Madame Miststück vor zwei Wochen gesagt. 15 Minuten für eine Anmoderation, die Klarheit schaffte? Für eine Darbietung, die aufräumen würde mit diesem Fossil? Für eine Kostprobe seiner einmaligen Kunst, die diesen abgehalfterten, am Ende seiner Tage zum Menschenfeind verkommenen Wachskasperl hinter ihm mit all seiner vergilbten Theatralik aus den Brüsten und Köpfen der Menschen jagen würde? 15 Minuten? Für ein Amuse-Gueule seiner Schauspielerei und Moderation? 15 endlos lange Minuten?

Wie lachhaft.

Er wusste, er schaffte es in zwölf. Zwölf Minuten Feinkost, so erlesen wie die Châteaus und Chablis und Sauvignons seines aus zuletzt immer angemesseneren Gagen befüllten Gewölbekellers. Zwölf Minuten, in denen er sie mit Sprachtropfen besprenkeln würde, bis sie vergaßen, um wessenthalben sie gekommen waren.

»… die Möglichkeit, liebes Publikum, von so vielen Kamerateams aufgenommen zu werden, von so vielen Fotografen …«

Ja, er würde das Kind schaukeln, würde sie wiegen in der Sicherheit ihrer Erinnerung. Die guten alten Zeiten würde er ihnen heraufbeschwören. Ein letztes Mal die heilen Samstagabende, als die Familien noch in trauter Eintracht vor den Flimmerkisten kauerten und mit ihm, Zar Peter dem Großen, lachten und weinten und trällerten und summten. Ein letztes Mal sich zum Kasperl im Dienste eines anderen machen und sich genau darin über ihn erheben. Ein für alle Mal.

Dankeschön. Es war bezaubernd. Dankeschön. Erbleichte Figur, elendige, da hinten!

Eine Million Tonträger? Die paar Dutzend Filme?

Drauf geschissen!

Der Rattenfänger von Hameln?

Eine armselige Kreatur der Geschichte!

Zwölf Minuten, diese zwölf Minuten, und sie gehörten ihm. Die Weiber allemal. Mehr benötigte einer seiner Klasse nicht. Nicht, um sich die Takelage dort unten, Männer und Frauen in Abendroben, diese mit zerstörerischem Börsenwissen und sündhaft teuren Klunkern schwer behangene Meute gefügig zu machen. Ja, zwölf Minuten, und er würde in den Herzen der stolzesten Frauen auf Pirschgang gehen, sie in die Höhle seiner unnachahmlichen Kunst verschleppen. Worte, dazu imstande, einer Jeden Lust und Freude ins Antlitz zu malen. Aus einem Guss hatte er die Rede geschrieben, ein einziges Mal vor dem Spiegel geprobt. Routine, die sich bezahlt machte. Ein Selbstläufer. 15 Minuten? Lächerlich. 15 Minuten waren nichts weiter als eine …

… eine Möglichkeit. Weiter im Text, Vickerl! Weiter!!

Und so stand der Moderator da, breitete die Arme aus wie glanzbefiederte Schwingen und schmetterte:

»… die Möglichkeit also, von so vielen Fotografen und Kamerateams aufgenommen … ja … abgelichtet zu werden, meine sehr verehrten Damen und Herren … diese Möglichkeit kann doch nur bedeuten … dass es sich um einen Termin dreht, bei dem es …«

Los jetzt, Vickerl! Die Pause! Der Blick, das Lächeln, die Geste der Wehmut!

»… bei dem es *nicht* um mich geht.«

Gelächter. Der zweite Treffer.

Der erste echte, ihr Scheißer.

»Aber ich genieße es sehr. Weil es, wie Sie alle wissen, meine verehrten Damen und Herren … heute ausnahmslos um *ihn* geht … den großen Peter …«

Zeit für die nächste Pointe.

»Brrrrrrpp.«

Chefreporter Vinzent Kluger hatte gar nicht erst versucht, das Rülpsen zu unterdrücken. Den Blick auf Heidi Klum gerichtet, mehr aber noch auf die behaarten Pranken des Typen hinter ihr, der weder schwarz war noch Seal hieß und doch ihre Titten umklammert hielt und fürs Foto posierte, stand er da und verstand die Welt nicht. War der Wachsbusengrapscher nicht der proletenhafte Schwiegersohn dieses Baulöwen? Aber ja! Wie hieß der noch mal? Verdammte Sauferei! Und was tat die schöne Heidi? Stand da und grinste. Steril debil wie immer. Was war das nur für eine Welt, wo die D-Promis den C-Promis an die Wäsche gingen und sich dafür in den Klatschspalten bejubeln ließen? Und, was Kluger viel bedeutender erschien: Was wäre so eine Welt ohne Alkohol?

Er musterte einen jungen Mann, der aussah, als wäre er im Maßanzug des Großvaters angerückt, sich an die Seite von Morgan Freeman gedrückt hatte und so tat, als raunte er ihm Bedeutendes ins Ohr, während er ein Selfie machte. Ein paar Meter weiter fläzte sich eine *Chanel*-Tussi auf das rote Sofa neben Will Smith, schob ihm die Hand tief in den Schritt und grinste. Dachte diese Kuh, dass die alle einen Riesengroßen haben?, überlegte Kluger. Dann aber beruhigte er sich wieder. Der Triumph einer Erektion würde ihr verwehrt bleiben. Nicht bei Will. Beinahe echt zu sein hatte auch sein Gutes.

Was für ein Scheißtag!

Ja, beschissen rundum. Für Pillendreher ein Feiertag. Aber für ihn? Erst diese Pressekonferenz mitten in der Nacht. Eine PK um 9.30 Uhr! Wer hatte bloß diesen Terminfurz gelassen? Bestimmt der neue Pressefuzzi der Innenministerin. Dieser Typ mit dem Vierkantschädelholzfällerlachen, der ihr wohl auch zu dem Kostüm geraten hatte. Polizeianhaltegesetz. Vorratsdatenspeicherung. Bürgerrechtebeschneidungsprogramm. Das riecht förmlich nach Kritik der Linken. Saures Thema, saures Outfit, Chefin. Also nimm das Gelbe.

Von Kopf bis Fuß in Zitronenfaltergelb war sie dagestanden. Wenigstens einmal so etwas wie Intuition von Amts wegen, hatte Kluger noch gedacht und die Ministerin auf und ab flattern und schwafeln lassen. Für die Kollegen der Qualitätsblätter. Sie würde hinterher ohnedies anrufen und ihm die Geschichte hinter der Geschichte erzählen. Also hatte er sich lieber auf die Suche nach dem gemacht, was von Bedeutung war.

Buffet? Pfff. Nada. Niente. Nicht ein einziges Sandwich oder anderes Zeugs, das ihm den Magen eingerenkt hätte. Der Flachmann leer, und bei der PK nicht die Spur von irgendwas. Nicht mal ein anständiger kleiner Schwarzer war zu kriegen gewesen. Nicht aus gemahlenen Bohnen, und politisch dreimal nicht. Ob Kaffee, ob Parteilakaien. Alles Retorte.

Auch jetzt noch, so viele Stunden danach, reckte es Kluger beim bloßen Gedanken an den Automatensud, mit dem er sich am Morgen hatte begnügen müssen. Dass Menschen- und Bürgerrechte im Ressort für Inneres längst unter die Räder geraten waren … nun ja, mag sein. Aber die Kulinarik?

Scheiß Sparpaket, verschissenes!

Allein dafür gehörte ihr Vorgänger, der mit diesem Dreck begonnen hatte, hinter Gitter. Und nicht wegen irgendwelcher Whistleblowerei und dem bisschen Bestechlichkeit in Brüssel. Wenn die wüssten, dachte Kluger, was sich all die Jahre bei ihnen abgespielt hatte, heute mehr denn je abspielte. So von Ministerium zur *Guten* und retour. In Sizilien nannten sie es Schutzgeld. Hierzulande Inseratenvergabe von Amts wegen. Schonende Berichterstattung. Wohlwollende Nichtberichterstattung. Jeder in der Branche mit ein wenig Grips und Einblick wusste das.

Indes, der wahrhafte Sittenverfall, sagte er sich, fand im Alltag statt und ging durch den Magen. Die anderen Schleimer, jene fernab der Staatsgewalt, o ja, die wussten noch, was sich gehörte. Wirtschaftstreibende, die für ein Pressefrühstück tief nach Taschlowitz fuhren und auf die Gesundheit der Gäste achteten. Kaviar, Offshore-Zuchtlachsbrötchen, Antibiotika inklusive. Dazu Frizzante vom Fass für den Blutdruck, ab 9 Uhr in der Früh allemal. Das ersparte den Morgenlauf in der Prater Hauptallee, wenn die Damen und Herren der Presse mit dem Kater vom Vortag auf der Schulter antanzten. Die alten allemal.

Und die jungen?

Kluger seufzte. Ja, die Jungen. Mit denen war das so eine Sache. Denen saß, wo sich bei einem anständigen Reporter die postalkoholische Verspannung breitmachte, nichts als die pure Angst im Nacken. Ein Teufelselixier aus McJobs, Nine-to-five-Mentalität und Ausbeuterei, angerührt von den Hexern der Branche, den Erbsenzählern in den Chefetagen, die den Rechenstift über den Häuptern kreisen ließen wie einst ... wie hieß dieser Tyrann doch gleich?

Scheiß Namen! Dionysios? Na also, geht doch.

Ja, der Tyrann von Syrakus war's, der sein Schwert über dem Schädel des Damokles' an einem Rosshaar baumeln ließ. Ich werd' dir deine Flausen schon austreiben, Freund Damokles, an meiner königlichen Tafel mitnaschen zu wollen, hatte der wohl gedacht, dachte Kluger nun. Und genauso, nein, viel schlimmer noch verhielt es sich heutzutage mit den Erbsenzählern. Weil die gar nicht erst zuwarteten, bis der Faden riss. Weil die aus einer nichtigen Laune heraus Existenzen den Schädel spalteten, sie wegschnippten wie Radiergummiwuzerl über einer missliebigen Fehlkalkulation. Fehlgeburten der Algebra waren das, diese Erbsenzähler, verkommene Bürokraten, die jedes Gefühl für Geschichten der nackten Zahlenwahrheit opferten. Und einer der übelsten der Zunft saß bei ihnen im Haus.

Erst also diese Pressekonferenz am Morgen. Dann ein Arbeitstag unter einem Dach mit dem Erbsenzähler. Und dann, als Draufgabe, ein Abendtermin, der alles versprach, bloß keine Story.

Einweihung einer Wachsfigur? Was für ein … pfff, wer denkt sich denn so was aus? Hirn, krankes.

Ein stechender Schmerz wand sich die Speiseröhre des Chefreporters empor.

»Brrrrrrpp!«

Ja, und überhaupt … was war denn mit den Tramezzini dort drüben auf der Theke, die sträflich missachtet, sträflich unbewacht dalagen und allem Augenschein nach …

Mmhhmm. Avocado.

Wen interessierte schon das Gegacker da vorne auf der Bühne.

Mmhhmm. Thunfisch.

Wer war um diese Uhrzeit noch umweltpolitisch korrekt? Und dazu vielleicht ein … pfff … ja, ein Pfiff Bier? Wäre da nicht dieses gottverfluchte Brodeln und Ziehen von unten herauf. Feuer, wusste Kluger, ließ sich mit Schaum bekämpfen. Gewiss. Aber was, wenn der Schaum selbst das Feuer war? Was, wenn es nach dem ersten Schluck emporbrodelte wie aus einem Geysir? Wenn dem Hinunterschlucken das Heraufbrennen folgte? Dem Reflex der Reflux? Waren da nicht Hopfen und Malz verlorene Müh'? Vergorene verlorene Müh'?

Also doch keinen Pfiff Bier, dachte Kluger missmutig. Nicht einmal geschenkt.

»… und das nehme ich als ein Geschenk des Lebens«, rief ebenda der Moderator, gewohnt, sich im Jargon der Taxifahrer so gewandt umzutun wie in jenem der Staatssekretäre und sonstiger Mimen, »Llädis änd Dschäntlllmän, meine sehr verehrten

Damen und ebenso … ver-ehr-ten … Herren, als Geschenk des Lebens nehme ich es, mit einem der ganz, ganz großen Idole meiner Kindheit bei Kaffee und Kuchen geplaudert zu haben … plaudern zu dürfen … ein bisschen gemeinsam zu musizieren … zu einer Zeit, als er, der Peter, sich längst zurückgezogen hatte … ja, das erlebt zu haben, mit dem König des Entertainments … das hat keinen Gegenwert in Aktien …«

Akazien?

Verwundert sah Kluger auf, musterte die Silhouette des langen Vickerl im Scheinwerferlicht, und für einen Moment war ihm, als wackelte dort vorne Tante Gusti mit ihren dürren Ärmchen über die Bühne. Die hatte es nämlich auch mit den Akazien. Genau genommen mit den Destillaten derselben, die sie zur transnationalen Berühmtheit weit über Hawaii hinaus gemacht hatten. Hawaii wie Ha-Wei wie Hadersdorf-Weidlingau, wie der Vorstadtwiener zu sagen pflegte. Ja, die Schnäpse und Liköre seiner Tante waren derart erlesen, dass die Hausfrauen aus nah und fern zu Gustis *Tupperware*-Partys anreisten und erst kürzlich im Konvoi den Führerschein abgegeben hatten. Sieben auf einen Streich. Die ganze Weiberschar am Kontrollpunkt der Kieberer aufgefädelt wie ein Strang verblasster Perlen. Um 11 Uhr vormittags. Was für eine Story! Daran – Tante hin, Gusti her – hatte auch ihr Neffe Vinzent nicht vorbeigekonnt.

Was hat also keinen Gegenwert in Akazien, Vickerl, hmm?

»Brrrrrrpp!«

»… ja, der große Peter. Das ist wie mit den Erinnerungen an Großmutters Kasten, meine Damen und Herren, nicht wahr? … Dieser Kasten, wo die eiserne Reserve fürs Fernsehen lagerte … wo die Omama das Naschzeug versteckt hielt, allzeit bereit, uns Kindern die Mägen zu füllen, zu versüßen, zu verkleben, zu verderben … *Manner Schnitten, Lebkuchenknöpfe, Dragee Keksi* … mein Gott, ja, die *Dragee Keksi* … und dazu der große Peter.

Unbezahlbare Erinnerungen sind das … doch dann kam dieser schicksalsschwere Tag im Februar des Vorjahres, ein Tag, der es fortan sinnlos erscheinen lassen würde, Großmutters Kasten zu plündern … weil *er* uns für immer verlassen hat … unser aller … Peter …«

Magen verderben?

Dieses gottverdammte Brodeln. Von wegen Saumagen. Den hatte Kluger einmal gehabt. Früher, als er noch keiner Abführmittel mit 57 Kräutern bedurfte. Als er sich noch nicht fühlte wie eine Tupolew auf dem Weg zum Fliegerfriedhof, wo sie ihm die letzten verwertbaren Teile herausklopften, mit seinen Mitte 40 und gefühlten Ende 60. Kein Saumagen wie in den guten alten Zeiten. Und zuletzt, bei der alten Kluger, hatte er auch einen gegessen.

Pfälzer Saumagen nach Hannelore Kohl selig.

Der Gedanke an die Leibspeise seiner Mutter verstärkte Klugers Ekel auf eine Weise, die er als gnadenlos empfand. Ja, so gnadenlos, wie es zuletzt auch die Jugendlichen in manchen Bezirken der Stadt waren. Simmering. Ottakring. Favoriten. Gnadenlos, wie dieses arbeitsscheue Gesindel die alte Pribil aus dem Souterrain im Haus seiner Mutter überfallen und ihr das Geldbörsel mit dem letzten Zwanziger gezupft hatte. Gnadenlos, wie sie der Dragiza von der Viererstiege die Krücken weggeschlagen und ihr das fast schon traditionelle »Ich mach dich Rollstuhl« entgegengebrüllt hatten. Gnadenlos, wie viel davon Tag für Tag hereinkam. Die Chronikseiten waren voll davon. Oft als bloße Punktmeldungen, Randnotizen oder zusammengefasst zum veritablen Dreispalter als redaktionelles Sammeltaxi der Gemeinheiten. Gnadenlos. Irgendwie aber auch gnadenlos schön.

Ja, gnadenlos waren auch die waffenscheinpflichtigen Dosierungen von Muskat, Majoran und Basilikum nebst Kardamom, Koriander und Thymian, die Frau Mutter dem Saumagen beigab. Lorbeer, Zwiebeln und das viele Schweinemett nicht zu vergessen. Und bei Schweinemett musste er, Freund der etymologischen Verwandtschaften, an Mette denken. Und bei Mette an Messe. Und bei Messe an Pater Burkhard mit seinen listigen Schweinsäuglein und dem einen Borstenhaar, das seiner Warze auf der Backe entsprungen war und wie ein Seismograf des Bösen über Vinzent und Seinesgleichen pendelte. Derselbe Pater, durch den ihm die Frühprägung gleichgeschlechtlicher Liebe bloß erspart geblieben war, weil er so potthässlich gewesen war, wie ein Gymnasiumkind im Internat nur potthässlich sein konnte. Es war wie mit den Artischocken: Wer kiefelte schon an den harten Schalen, konnte er auch die Herzen haben?

Schweinemett? Mette? Messe? Es machte keinen Unterschied. Irgendwie stand alles für Faschiertes von der Sau. Und für einen Schuss frisches Eiweiß. Körperwarm serviert in der Sakristei.

»Brrrrrrpp!« Kluger schüttelte sich. Der wievielte war das jetzt? Sein dritter?

Die dritte Pointe. Jetzt.

»... und Sie alle wissen es, meine Damen und Herren, und ich weiß es ebenso. Was war er nicht für ein gottbegnadeter Komödiant! Entertainer. Schauspieler. Musiker. Mensch. Ja, vor allem das war er. Mensch. Mensch. Mensch. All das und noch sehr viel mehr. Und doch ...«

Los jetzt!, Vickerl, das wehklagende Timbre.

»... und doch war es manchen zu wenig. Diesen ... Kritikern. Die gesagt haben, er sei nicht ausreichend ...«

Die Tränenstimme, Vickerl!

»... nicht ausreichend ernsthaft gewesen. Er hätte auch das ... ja, auch das Opernfach hätte er bedienen sollen ...«

Lauter!, Vickerl, errege dich!

»... ja was denn noch?!«

Wirf das Kinn empor, diesen fordernden Blick in die Runde. Jetzt!

»Ja, was denn noch, frage ich Sie! Ebenso absurd wäre es, Albert Einstein vorzuhalten, warum er nicht … ja, was weiß denn ich … warum er nicht auch gleich … Tennisprofi geworden ist. Fragen Sie ihn doch selbst, da hinten, gleich ums Eck steht er.«

Na? Was ist los mit euch Scheißern? Kapiert ihr nicht mal den?

Einstein ein Tennisprofi? Kluger rülpste abermals. Dann hätte der gute alte Albert noch etwas gehabt, worin er besser war als dieser Kasperl dort vorne.

»Vinzent!«

Kluger fuhr herum, erstarrte. »Bela? Du? Hier? Ich dachte schon, du würdest …«

»Ich würde was?«, flüsterte sie. »Mir entgehen lassen, wie du dich wieder mal danebenbenimmst?«

»Alles verzichtbar«, brummelte Kluger. Seine Augen rollten quer durch den Saal, setzten auf einer strassbeladenen Endfünfzigerin schräg hinter Bela zur Landung an.

»Ja, das wäre es in der Tat«, sagte sie. »Verzichtbar.«

»Ich meine den Almauftrieb hier. Diese *Swarovski*-Kuhherde im Speckmantel. Na ja, und den da oben auch.«

»Wen jetzt? Das Original oder das Plagiat?«

»Was weiß ich.« Kluger glotzte sie verunsichert an.

»Henne oder Ei?«

»Wurscht.«

»Pst jetzt!«

»Apropos wurscht.« Kluger schnitt die Luft mit fiktivem Besteck. »Wann gibt's denn was zum …«

»Ist gleich ausgestanden. Keine zehn Minuten, mein armer Kater.«

»Pst!«

Das abermalige Gezischel kam von halb links, und noch während Kluger überlegte, ob er der aufgetakelten Lady im Diamantenglitzer eine Derbheit an den Kopf werfen oder sie schlichtweg ignorieren sollte, entglitt Bela ins Getümmel.

Mein armer Kater.

Wie viele Jahre hatte er das nicht mehr gehört? Kluger dachte an den gestiefelten Kater, der ihm durch den Schädel turnte, und an das letzte Glas Sauvignon Blanc, das er heute Morgen in diesem Pokercafé gekippt hatte ... wie hieß der Laden noch mal? Weit nach Sonnenaufgang jedenfalls war es gewesen. Was für ein galaktischer Schmerz!

»Brrrrrrp!«

»Schmerzen hat es ihm bereitet«, wehklagte es da auf der Bühne, »ein Leiden war das, sage ich Ihnen ... diese Schroffheit, diese ungerechte Kritik, diese unqualifizierten Anschuldigungen.«

Der Moderator trug nun die respektvolle Miene eines Totengräbers, hielt inne, kniff die Augen schmal. Er schüttelte den Kopf, als müsste er alles Mitgefühl, alles Bedauern, das er dem Andenken des Toten für angebracht befand, aus den Tiefen seiner Seele ans Licht beuteln, all die Pein. Dann aber, mit einem Lächeln voll der Seligkeit und Schelmerei, fuhr er fort:

»Der Peter hat es mir selbst erzählt ... bei einem Schnapserl ... zu einer Zeit, meine Damen und Herren, als er und die ... ja, ich sage es frei heraus ... als er und die Welt nicht länger eins waren. Diese letzten Jahre fernab der Öffentlichkeit ... Sie können es mir getrost glauben ... diese letzten Jahre waren auch für ihn, den Peter, unseren Peter ... sehr, sehr bitter.«

»Sehr bitter«, echote Kluger und dachte an die Revolte seiner Magensäfte. Sehr bitter, insbesondere die letzten. Nicht Jahre. *Underberg*. Die letzten vier oder fünf. Die hätte es nicht gebraucht. Nicht morgens um 6 Uhr.

Ein Giftpfeilblick bohrte sich in Kluger, abgefeuert unter einem breitkrempigen Blumenhut und aus Augen, die es aus Jahren des Ehejochs gewohnt zu sein schienen, angestauten Ekel als Brennstrahl ins Ziel zu setzen. Punktgenau ins Ziel, wie der glatzköpfige Schrumpfwaschlappen neben der Schützin nahelegte.

»Sehr bitter«, sagte er noch einmal, und dann, dem Blumenhut zu: »Brrp!«

»Mein Gott, ja«, tönte es durch die Lautsprecher, »wie sehr ihn das doch verbittert hat, den Peter. Dabei war … Sie alle wissen es … so viel Liebe in ihm. Und keiner wurde so geliebt wie er. Nicht hierzulande. Nicht in diesen unseren Breiten. Nicht ein Einziger so wie er. Das war …«

Der Moderator rang bedeutsam nach Luft, breitete die Arme aus, den Blick entrückt, als stünde er im Schwange eines Satzes, der im Dienste eines anderen stand und doch nicht anders konnte, als auf ihn selbst zurückzustrahlen.

»… ja, diese Liebe, die man ihm entgegenbrachte, das war, meine sehr verehrten Damen und Herren, nicht mehr und nicht weniger als … als die Resonanz endloser eigener Liebe, jener Liebe … die er … unser aller Peter … für die Menschen hatte.«

Pause. Prickelnde Stille. Geräuschlos und doch arhythmisch schlagend wie das Prasseln eines himmlischen Freudenfeuers. Dann, in ekstatischer Verzückung, rief er aus:

»Lasset uns … nein, nicht beten … besser noch … lasset uns, dieses Größten der Großen jetzt und hier und heute Abend eingedenk … lasset uns ein Stück seiner musikalischen Demut anstimmen … einer Demut, die ihm immer so … so wesenhaft war!«

Jetzt die Stimmbänder schmieren, Vickerl!

»Danke schön … Sie sind bezaubernd … danke schön.«

Wie lange ging der Dreck noch?

So sehr Kluger im Stillen gehofft hatte, es käme anders, so sehr wusste er, dass er falsch lag. Auch diesmal würde der lange Vickerl nicht auf seine Paraderolle verzichten wollen. Auch diesmal würde er zu singen beginnen. Und so blieb ihm nichts, während weiter vorne Peter Alexander von den Toten auferstand, als sich für ein paar Taktlängen im Düster seiner Seele zu verkriechen.

Kluger dachte an das *Sperl*, allerliebstes Kaffeehaus gleich vis-à-vis seiner Wohnung, das irgendein Hirnakrobat von Innenausstatter zu Tode restauriert hatte. Er dachte an die endlos vielen selbstmordschwangeren Novembertage, die es dauern würde, ehe die Federn wieder aus der Plüschpolsterung sprängen, die Ecken der Marmortischchen abgeschlagen wären und der Filz der Karambolbillardtische löchrig gespielt und das *Sperl* endlich wieder so herrlich heruntergekommen war wie in den guten Tagen.

Kluger dachte an den Herrn Nachbarn. An dessen Hustenkrämpfe, die jahrein, jahraus als lieb gewonnene Beständigkeit durch die Altbaugänge geweht, nun aber verklungen waren, seit er, frisch kehlkopfoperiert, anstatt zu husten wie Darth Vader sprach und über dem Loch ein schickes Halstuch trug, schön Ton in Ton mit dem Stecktuch und gerade so, wie es der Wiener Altbürgermeister seinerzeit auch tat, nachdem dieser Briefbomber (wie hieß der gleich?) ihm die Hand weggebombt hatte und er fortan nur noch Krawatten mit dem passenden Handschutz trug, bloß dass dieser Handschutz, wie Kluger einmal in einer Kolumne angemerkt hatte, eher einem Topflappen glich und dafür mit einer Rüge des Presserates bedankt worden war. Welche Sau interessierte schon der Presserat?

»Danke schön, Sie sind bezaubernd, danke schön«, trällerte der lange Vickerl nun bereits zum x-ten Male.

Kluger dachte an das Großkapital. Ringsum wimmelte es nur so davon. Großkopferte. Großinserenten. Und mittendrin der Geschäftsführer des Supermarktriesen, über den er beim Eingang gestolpert war und der ihn auf eine seltsam finstere Weise angestiert hatte, bloß weil er neulich dem Lehrmädchen einer überfallenen Filiale pikante Details entlockt hatte, von der Höhe der Beute bis zur Art der Fesselung, und der eine Big Boss sich beim anderen Big Boss darüber beschwert hatte.

Kluger blickte um sich, stöhnte. Ein Kapazunder des Mammons reihte sich hier an den anderen. Ein Beispiel ums andere, wo die

Macht des Kapitals über das Redaktionsstatut (hatten sie so was überhaupt?) obsiegte, wo der Freigeist der Journaille unter die Räder der Geldsäcke kam. Bei ihnen, der *Guten*, war das weniger Anlass zur Unruhe, denn Zeichen von Kontinuität. Aber die Qualitätsblätter? Dort, hörte man, ging es mit der Freiheit des Wortes auch allmählich den Bach runter. Und die Nähe von Chefredaktionen und Parteichefs war nichts, was die *Gute* exklusiv für sich beanspruchen könnte. Andererseits, was kümmerte ihn, wie es anderswo lief? Hatte er nicht genügend Mist im eigenen Stall?

O ja, dachte Kluger, während Zar Peter Alexander II. zum schmetternden Finale anhob, und auf einmal war er bei Arthur Pinter gelandet, dem aalglatten Ressortleiter, der nichts lieber getan hätte als ihn, den renitenten Chefreporter, aus der Herde zu nehmen wie ein Jäger ein Stück Damwild aus dem Gehege. Pinter lauerte nur auf die Chance zum Abschuss. Also, sagte er sich und blickte wieder zur Bühne, darfst du es nicht auf die Spitze treiben mit deinen Kommentaren.

Nein, das durfte er nicht.

Und Bela bloßstellen, bloß weil sie ihm damals den Laufpass gegeben und in einem Aufwaschen die Vorzüge ihres Neuen angepriesen hatte, die einfach nur keine Nachteile waren?

Nein, das durfte er schon dreimal nicht.

»Ich durfte ihn bereits sehen, meine Damen und Herren«, flötete es nun auf dem Podest, »und ich kann Ihnen sagen, er ist ganz, ganz wunderbar geworden … nein, warten Sie, ich muss mich erst noch einmal vergewissern.«

Der Moderator lächelte sein breitestes Pferdelächeln, machte kehrt und schickte sich an, den Kopf in den Mittelspalt des Vorhanges aus Brokat zu zwängen, während er unablässig weitersprach. Als müsste der Kasperl den Kindern rasch eine Vertraulichkeit zuflüstern, ehe er sie auf die gemeinsame Jagd nach dem Krokodil einschwor.

Bloß in die Gegenrichtung.

»Sie haben ihn als 50-Jährigen gemacht«, brabbelte es zwischen den sich bauschenden Lappen, und die geschwungenen, goldgelben Lettern auf rotem Stoff tanzten aufgeregt hin und her. »In der absoluten Blüte seiner Jahre. Und er ist so, wie Sie ihn alle kennen. Von einer Natürlich…keit … Na… tüüür… na… na… natürliiiiiiich …«

»Was ist los, Vickerl?«, murmelte Kluger. Woher dieses jähe Stocken des sonst unermüdlichen Quatschkopfs? Woher diese Verstörtheit, als er durch den Vorhang spähte? Was war dort, was dort nicht hätte sein dürfen? Hatten sie Peter Alexander in der falschen Hautfarbe modelliert? War ihm das Toupet vom Kopf gerutscht, das er angeblich nie trug? Oder doch trug? Oder lag es, einmal mehr …

… am Alkohol?

Nein. Dass er aufs Neue zu saufen begonnen hatte, schloss Kluger aus. Wie ein Phönix aus der Asche der Schmach war der lange Vickerl emporgestiegen. Die glorreiche Wiederkehr. Tournee um Tournee. Bühnensturm um Bühnensturm. Fernsehshow um Fernsehshow. Kein halbes Jahr war es her. Sollte er all das aufs Spiel setzen? Nach der öffentlich ausgetragenen Schlammschlacht? Dem Rosenkrieg? Den medienwirksamen Beteuerungen? Dem wochenlangen Aufenthalt in der Klinik, den sein Manager auf *Facebook* inszeniert hatte? Der neue Zar auf dem Trockenen? Gefällt mir!

Warum, verdammt?

Lag es daran, dass er selbst, Kluger, sich heute Nacht den letzten Rest Vernunft weggesoffen hatte? Gut möglich. Aber die Nase? Den Riecher für eine Story?

Niemals.

»Und … er hat … ja, er hat auch eines immer groß ge… halten … in seiner … äh … glän…zen…den … un…nach…ahm…lichen, einzig…artigen Karriere …«

Verdammte Scheiße, warum habt ihr mir nichts gesagt?!

»… den Föderalis … nein, also ja, den auch, … das Föder… das Förder…tum …«

Was macht dieser Idiot hier? Die Nummer könnt ihr mit einem anderen abziehen! Los jetzt, dreh dich wieder zu ihnen!

»… ähm, also was ich meine, ist …«

Ruhig, Vickerl ganz ruhig. Profi! Profi!! Profi!!!

»… das För-dern, ja, er war …«

Ja, das ist es. Genial, Vickerl!

»… er war … auch … ein großer … Förderer. Ein Mann, der wie wenige der ganz Großen … auch den Nachwuchs seiner Zunft …«

Kluger sah den Moderator irritiert an, stierte zur Seite. Und was er sah, war eine Stirn, die in tiefen Furchen dalag. Nur einmal hatte er diese Stirn so gesehen. Damals, als er über seinen Schatten gesprungen war und einen auf Parademann und Fernsehkoch gemacht und für Bela gekocht hatte …

… und auch sie über ihren Schatten gesprungen war und ihm bei verbranntem Schnitzel und trockenen Petersilienerdäpfeln gesagt hatte, dass sie einen anderen hatte. Trotz des formidablen Karottensalats. Mit viel Zwiebel, Apfelessig, Salz, Pfeffer und Schlagobers.

»Er raucht nicht, er säuft nicht … und er sieht ihn mir keine gute Informantin«, hatte sie ausgeführt. »Er bedient nicht ein Klischee, denen ihr Boulevardjournalisten euch massenweise vorauseilend unterwerft. Als würde das reinlichste Tier der Welt darauf bestehen, plötzlich ein Schwein zu sein, und anfangen, sich im Dreck zu suhlen. Self Fulfilling Prophecy des schlechten Benehmens quasi, verstehst du?«

»Schweine sind reinlich wie kaum einer«, hatte er erwidert und sie dumpf angesehen.

»Nicht ein Klischee erfüllt er, hörst du, nicht ein einziges. Abgesehen davon, dass er weiß, wie männlich er ist.«

Das hatte gesessen, steckte ihm heute noch in den Knochen. Und doch würde er Bela nicht brüskieren. Es fiel ihm schwer, es sich einzugestehen, doch sie hatte jedes Recht, ihn wie einen Wildfremden zu behandeln. Hier, wo sie nichts als ihren Job tat und niemand wissen konnte, dass sie beide einmal … so nahe am Glück … diese innigste Vertrautheit, ohne Liebende zu sein … die vormalige Psychohexe und der Immernoch-Schmierfink …

Nein, er durfte es wirklich nicht übertreiben.

»… den Nachwuchs zu seinem Thema gemacht hat …«

Mit mir nicht, Freunde! Ihr könnt einen anderen … ihr könnt mich mal!

»… der Nachwuchs, die, äh, die Jungen, die waren ihm ein echtes Herzensanliegen, dem Peter. Und so hat er, was ja weitestgehend … unbekannt ist und wohl auch unter Ihnen kaum jemand wissen dürfte, ja, lange … lange nach seinem Rückzug aus der Öffentlichkeit hat er noch … ja, an die Jugend hat er gedacht, hat Kurse abgehalten …«

Vickerl, du bist ein Wahnsinn!

»… ja, sogar eine Akademie hat er ins Leben gerufen, dortselbst gelehrt … mein Gott, was wurde nicht alles versucht, ihn zurück auf die Bühne zu holen … die großen TV-Stationen …«

Jaaaa … a Waunsinn normal!

»… Angebote ohne Ende haben sie ihm gemacht … aber er, unser aller Peter, wollte lieber bei seinen neuen jungen Freunden bleiben, wollte ein Zeichen setzen … der Zukunft die Wege ebnen …«

Bei diesen Worten hatten sich drei weitere Faltengebirge aufgetürmt, die Kluger nicht verborgen blieben. Stirn Numero zwo gehörte dem Sohn von Zar Peter. Stirn Numero drei der Direktorin des Kabinetts, die in einem eleganten anthrazitfarbenen Hosenanzug wenige Schritte voraus stand und den feuerroten

Bubikopf wiegte. Stirn Numero vier führte zur Gedächtnishalle des baumlangen Security mit der Geiernase zu ihrer Linken, der erst wie versteinert dastand, dann aber, als die Chefin ihm etwas zuflüsterte und mit den Fingern die Säuferwippe machte, energisch den Kopf schüttelte. Dabei fing er arhythmisch zu trippeln an, und Kluger dachte an Muhammad Ali im letzten Weltmeisterschaftskampf, als er in Runde zehn genauso zappelte. Bloß dass es nicht der Furor finalis von Larry Holmes war, der Ali zu schaffen machte, sondern der Tremor primus eines nun auch offen an ihm nagenden Parkinson.

Sollte der lange Vickerl doch wieder …? Nein. Klugers Neugierde war entflammt. Irgendetwas stimmte nicht. Belas sorgenvolles Gesicht. Die Direktorin. Ihr uniformierter Boxer-Dobermann-Hybride. Und dann, als Quell der Unruhe, der gute alte Vickerl selbst, der aus heiterem Himmel begonnen hatte, das Leben von Peter Alexander umzuschreiben. Einfach so. Ohne Spurenelemente von Trunkenheit. Und der nun, schien es …

»… dabei hätten sie ihm alles zu Füßen gelegt, die ganze Showprominenz dieser Erde hätten sie aufgeboten, meine Damen und Herren, Gäste aus Übersee haben sie ihm angeboten, Stars von Weltrang. Ich sage nur: … Houston … Whitney Houston …«

Jetzt den Zaren, Vickerl. Mach Ihnen den Peter!

»… Whitney Houston? Nicht böse sein, Freunde, aber nach der tut doch keiner mehr houston …«

Was ist denn, ihr Ignoranten, na? Ihr Null-Checker … na also!

»… oder aber, ja, auch den haben sie ihm offeriert für ein Comeback … Ivan Rebroff … Rebroff? Nicht böse sein, Freunde, aber der hat sich doch noch nie entscheiden können. Vor allem politisch …«

Singen! Singen!! Singen!!!

»Ka-lin-ka, ka Rech-ta. Na wos jetzt, I-van? …«

Jaaaaaaaa!

»… und dann war da noch … das hat der Peter ihnen allen

nie verziehen … da war noch diese wirklich haarige Sache … diese Sache mit dem …«

Kluger sah die vorbereitende Geste des Moderators, sah, wie der lange Vickerl sich mit der Hand an den Kopf fuhr, an der Schläfe nestelte. Bitte nicht. Bitte nicht auch noch …

Zu spät.

»… mit dem Pepi. Ich und falsche Haare? Nicht böse sein, Freunde, aber dann könnte ich mir doch nicht mal die Schuhe binden, ohne dass –«

Blitzartig sprang der Moderator in einen Telemark, senkte jäh das Haupt, fasste sich an den Schuh. Gelächter. Nun erst sah er auf, druckste, gluckste verlegen. Jetzt, spätestens jetzt gehörten sie ihm.

Ihr Ratten. Ich bin's, euer Fänger!

Er kam hoch, nahm das Toupet, das ihm wie ein *Frisbee* vom Kopf gesegelt war, ließ es auf dem Zeigefinger der Rechten kreisen und klatschte mit der Linken auf die kahle Platte seiner Tonsur.

»Der Peter einen Pepi? Der Peter und keine echten Haare? Eine Perücke? Ich bitt' Sie! Was hat es nicht Gerüchte gegeben, zeitlebens … übelste Gerüchte … aber ich sage Ihnen, selbst jetzt, ein Jahr nach seinem Tod, sind sie echt. Sie werden sehen. Es sind nur nicht die seinen. Sehr echt war aber auch … ich kann und muss mich an dieser Stelle wiederholen … sehr echt war aber auch … seine Liebe zu den Jungen. Für jedes Späßchen war der Peter bis zuletzt zu haben. Ein Umstand, dem man auch hier … und heute … in Form eines … nun ja, eines Tributs … an das Engagement … seiner späten Jahre … Rechnung zu tragen gewillt war.«

Madame Miststück! Wolltest mich wohl an die Wand fahren, was?

War das ihr Credo? Die Jungen bloß nicht aufkommen lassen?

Den Nachwuchs immer schön kleinhalten? Hintreten auf jene, die angeschlagen in den Seilen hängen? Wegen eines lachhaften Ausrutschers, der längst Geschichte war? Aber nicht mit ihm.

O nein, Freunde, alles … in deutscher Hand.

Und so stand der Moderator da und blickte in ein Meer gespannter Mienen. Ein letztes wie seliges Vollblutlächeln und keine Spur des Maliziösen darin, das ihm das Herz bis obenhin füllte.

Finale, Vickerl. Los jetzt!

»Und so darf ich Ihnen also nun präsentieren, meine sehr verehrten Damen und Herren, … den großen … ebenso einzigartigen … wie unvergesslichen … Schauspieler … Entertainer und … ja … auch das … Förderer … und mit ihm, neben ihm, an seiner Seite … weil der gute alte Peter den Humor stets als zweiten Vornamen trug … ach was, sehen Sie doch selbst …«

Der schafft es tatsächlich, den Leuten auch diesen Schmus zu verkaufen, dachte Kluger. Das ergab doch keinen Sinn.

Dachte er.

»… Applaus! Applaus!!«

Der Vorhang glitt beiseite, und noch während die Claqueure ans Werk gingen, durchmischten erste Lacher aus den vorderen Reihen das Beifallsgeplätscher, unterlegt vom dumpfen Murren der Herren, übertönt vom glockenhell spitzen Aufschrei der einen oder anderen Dame. Das Gros der Ehrengäste jedoch wusste nicht so recht, was es von dem Dargebotenen halten sollte. Was war das? Anlass zu Heiterkeit? Ausgelassenheit? Oder doch Quell großbürgerlicher Erregung?

Der lange Vickerl schien auf all das gefasst zu sein. Ehe die Stimmung ins Unbestimmte, Unkontrollierbare zu kippen vermochte, zog er noch einmal das Mikrofon hoch und trällerte, ein letztes Mal Zar Peter den Großen mimend:

»Nicht böse sein, Freunde, aber ist das nicht bezaubernd? Diese Offenheit. Diese Weltoffenheit. Dieser … wie heißt es so schön? ... dieser Paradigmenwechsel. All dies nur jetzt und hier und heute Abend ... ein Meilenstein der Kunst, der seinesgleichen suchen kann ... finden wird ... der seinen Siegeszug um den Globus antritt ... von mir aus ... von hier aus ... von Wien aus ... bei *Madame* ... *Tussauds*! Bravo! Applaus! Applaus!! Applaus!!!«

Abermals brandete Beifall auf, kraftvoller, beständiger nun. Und es war, als sei alles Vage, alles Unsichere, alles Nebulöse der unerwarteten Darbietung zu einem höheren Sinn zusammengefallen, der Eingang in die Herzen der Menschen fand. Das Gesicht der Direktorin, eben noch in wächserne Blässe gehüllt, glänzte im Widerschein der Blitzlichter, Hände wurden geschüttelt, Schultern geklopft, Visitenkärtchen getauscht, Gläser gereicht und im Handumdrehen geleert, Tabletts mit Appetizern durch die schmalen Korridore balanciert, die man da wie dort freigab. Was für eine gelungene Überraschung, die man heute Abend in solch elitärem Kreise bezeugen durfte ...

... und auf einmal, da die Profis ihre Bilder im Kasten hatten, war auch die Absperrkordel eingerollt, und die ehrenwerte Gesellschaft strömte, mit einem seligen Lächeln im Gepäck und die Smartphones im Anschlag, der enthüllten Attraktion zu.

Kluger tauschte einen verschwörerischen Blick mit seinem Fotografen. Der kauerte auf dem Podest zu Füßen des in feinstes Smokingtuch samt Gilet gehüllten Zaren und zog die Fischauge-Optik für Spezialeffekte auf. Jetzt warf die Menge auch den letzten Rest verhaltener Scheu über Bord und fiel in Manier eines Termitenvolkes übers Buffet her.

Kluger gab sich bescheiden, begnügte sich mit einer Handvoll Tramezzini (Thunfisch, Ei mit Ei, Geflügelleberaufstrich), die er vorsorglich angebissen und vor sich auf einem Stehtischchen drapiert hatte, und schlürfte nun doch genüsslich an einem Pfiff Bier.

»Besser so?« Bela hatte sich unbemerkt wieder an ihn herangeschoben.

»Besser?« Erstaunt sah er sie an. »Ich würde sagen: bestens!«

Bela blickte irritiert. »Schwere Nacht gehabt, Vinz, was!?« Antwort schien sie keine zu erwarten. Stattdessen musterte sie sein schwarzes Schurwollsakko, dessen Knitterlook sich gegen die Roben der Umstehenden abhob wie das Gesicht eines Mopswelpen gegen einen frisch gecremten Kinderpopo, und begann, überkommen von einer alten Gewohnheit, ihm ein paar Flusen vom Kragen zu picken. Dann aber besann sie sich, trat in geschäftsmäßiger Haltung einen Schritt zurück. »Oder ist es nur, weil du dich wieder mal abheben willst?«

»Wie sollte ich nicht wollen?«, knurrte er, nickte mit dem Kopf in die Runde. »Gegen all die … Hautevolee?«

»Du hast dich nicht verändert in all den Jahren.«

»Du auch nicht, Bela«, sagte er. »Abgesehen von der Berufskleidung vielleicht. By the way: Schön, dich zu sehen.«

Bela schenkte ihm ein verhaltenes Lächeln und wandte sich zum Gehen, als er sie am Ärmel ihrer ultramarinblauen Uniform zurückhielt.

»Wie gibt's das?«

»Wie gibt es was, Vinz?«

»Dass der Vickerl nix gewusst hat.«

»Nix gewusst?«

»Nix gewusst.«

»Ich weiß nicht, was du meinst.«

»Ach nein? Willst du mir vormachen, dass die Nummer gewollt war?«

»Wie kommst du drauf, Vinzent?«

Jetzt also wieder Vinzent. »Ich habe dein Gesicht gesehen. Und das der Direktorin. Das genügt.«

Bela schwieg um den Moment zu lange.

»Sag nichts!«, fuhr er fort. »Ich werd' mir beim Vickerl Gewissheit verschaffen.«

»Das wirst du nicht«, zischelte sie.

Zu spät. Längst hatte Kluger sich in Gang gesetzt, längst die paar Meter überwunden. Er stand nun Aug in Aug mit dem Moderator, der, ganz Grandseigneur, in Wolken von Ovationen gehüllt zur Bühne hin stierte, versunken in saumselige Gedanken.

»Na, Vickerl?«, brummte Kluger.

»Jössas, der schnelle Vinzent«, rief der gespielt überrascht. »Haben s' dich noch gar nicht ins Archiv versetzt? Bei den alten Hüten, die du deinen Storys aufsetzt.« Der Moderator grinste über beide Ohren, tätschelte seinem Gegenüber huldvoll die Wange. »Weißt eh, wie ich's mein'. Ist halt meine lose Kabarettistengoschn. War ein brillanter Auftritt, hm? Vor allem die Nummer mit dem Pepi und der Halbglatzen, gell? Hab ich mir extra für heut' scheren lassen. Na, da schaust, wos?«

»Brillant wie immer, Vickerl«, moserte Kluger. »Wenn man bedenkt, dass sie dich ham deppert sterben lassen.«

»Deppert sterben?« Ein Flackern durchbrach den festen Griff der Augen, mit dem der Moderator, jetzt ganz Schauspieler, seine Gesprächspartner in die Zange zu nehmen pflegte. »Wer hat dir denn den Floh …?«

»Du willst mir doch nicht weismachen, dass …«

»Gar nix will ich, Vinzent«, riss der Schauspieler, jetzt wieder ganz Moderator, das Ruder an sich. »Gar nix, mein Lieber. Nur einen klitzekleinen Tipp will ich dir geben. Weißt eh, wie das mit deinem Chef und mir ist. Mit den Jagdausflügen in die Lombardei und so, gell? Schreib lieber kan Blödsinn! Denk dran, so ein Reportersessel hat schnell nur noch drei Haxen.«

Er zwinkerte großmännisch, hauchte zum Abschied ein »Ich muss wieder« und trippelte in Richtung des Klatschkolumnisten des erbittertsten Konkurrenten der *Guten*, der, umstanden von einem gefallsüchtigen Grüppchen Halbprominenz, mit dröhnendem Bass die eine oder andere Anekdote aus seinem bewegten Leben als Gesellschaftsreporter zum Besten gab. Mit jedem Lacher, den er einer Pointe beigab, bäumte er das massige Brustfleisch auf und fasste sich an den untersten Knopf seines raulederner Wamses.

Kluger stand da und sah dem langen Vickerl nach, sah, wie er blitzartig an die Seite des Societylöwen huschte und kraftvoll mitlachte.

»Arschloch«, hauchte er ihm hinterdrein. Diesmal ganz und gar tonlos.

*

Ostentativ gelassen, der gelösten Stimmung wie angepasst, pendelte Bela durch den Saal. Einzig das fahrige Zupfen an den Goldknöpfen des einen Ärmels und ihr rastlos schweifender Blick verrieten, dass sie fieberhaft nachdachte.

Was hatte das zu bedeuten? Woher kam diese zweite Figur? Wer hatte sie … ihn … ins Haus …? Wie hatte man ihn …? Warum hatte ihn niemand zuvor …? Wusste die Direktorin …? Wusste Vickerl …? Wenn ja, warum hatte man nicht auch sie …?

Verdammt! Fragen über Fragen, die sie nicht zu Ende denken konnte. Andere, die sie gar nicht erst anzudenken wagte. Nicht für eine gab es eine erschöpfende Erklärung. Nicht jetzt. Nicht hier.

Da waren keine Antworten. Nur diese eine, die keiner Frage bedurfte: Ja, Vickerl war sein Geld wert. Brillant, wie er die Kurve gekratzt hatte. Kein anderer hätte das gemeistert wie er. Vorausgesetzt, auch er hatte … *nichts gewusst*. Dabei war er nur zweite Wahl gewesen, anfangs, hätte nicht …

Bela verhielt, blickte um sich. Die Menschen standen nun truppweise beisammen, kauten, nickten, nippten, lachten und schenkten ihr Augenmerk immer wieder auch dem Podest. Mit weit ausladenden Gesten die einen, mit verhaltenen Fingerzeigen, die Rang und Namen elegant untermauerten, die anderen. Und es schien, als stünden sie alle weniger im Unglauben da als in Ehrfurcht und Anerkennung. Anerkennung für diesen Effekt, mit dem das Haus Tussauds es so gekonnt verstanden hatte, sie zu überraschen. Sie, die doch alles zu kennen glaubten.

Madame Directrice hatte sich, schien's, gefangen. Geschäftig wie eh und je wuselte sie von Tischchen zu Tischchen. Wie eine Blitz-Metamorphose von Maria Theresia zu Sisi, erwog Bela. Eben noch das Naturweißpuder des Schreckens im Antlitz, so bleich wie die Kaiserin gewesen sein musste, als man ihr die vernichtende Niederlage gegen die Preußen in der Schlacht bei Mollwitz verkündete. Eine Maria Theresia, die den Besucher am Treppenabsatz des Untergeschosses mit ernster höfischer Miene empfing, ihr zur Seite ein Kaiser Franz Josef I. mit dem gefährlich schweifenden Taxieren imperialer Macht. Und dann, ein paar Meter weiter nur, die junge schöne Sisi, gehüllt in einen mit Silbersternchen übersäten Kleidertraum aus schneeweißem Tüll. Ein Bildnis jugendlicher Unschuld, aber auch eines früh gereifter Erhabenheit, des Überlegenen, des Majestätischen.

Wie Madame Directrice. Auch sie war wieder ganz bei sich. Da ein schmeichlerisches Wort. Dort ein gefällig charmantes Nicken. Da ein anerkennendes Lächeln. Dort ein interessiertes Aha.

Bei aller Ungewissheit ließ eine Sache Bela nun doch nicht los. Wie hatte Vinzent Wind davon bekommen? Was hatte er vor? Wo war er überhaupt? Sie wusste nicht recht, was sie von der Begegnung halten sollte. Davon, dass sie ihn wieder getroffen hatte. Nach all den Jahren. Wie auch, dass er sich so gar nicht geändert zu haben schien. Sah man vom Ende ihrer kurzen Unterhaltung ab, wo Vinzent nicht Vinzent gewesen war. Wo er, wie sie befand, unvermittelt eine Sicherheit und Ruhe ausgestrahlt hatte, die diametral zur missgelaunten Grundstimmung stand, die er bei gesellschaftlichen Zwangsberieselungen dieser Art an den Tag legte. Trotz seiner prinzipiellen Abneigung der Bussi-Bussi-Partie gegenüber war er, warum immer, seiner Arbeit als Springer bei Gesellschaftsterminen treu geblieben. Sie wusste es noch allzu gut aus ihrer gemeinsamen Zeit.

Gemeinsam.

Ein Anflug von Wehmut packte sie. Aber war es das wirklich gewesen? Gemeinsam? Anfangs ja. Vinzent hatte ihr den

Hof gemacht. Auf seine Art. Und die verhieß nicht immer ein Umgarnen, das ein Fremdschämen ausschloss. Wenn sie bloß daran dachte, als er sie das erste Mal … du meine Güte, ja, das erste Mal nach Schönbrunn … in den Tiergarten hatte er sie entführt. Besuch der Redaktionsaußenstelle von Gut Aiderbichl hatte er es vorab genannt.

Sie hatten den oberen Eingang beim Tirolerhof gewählt. Bei den Wölfen angelangt, stellte Vinzent sich vor sie hin und sagte mit der fürsorglichen Synchronstimme von Doktor Tracy: »Ich muss mich um die Tiere kümmern, Paula.« Dann begann er zu schielen wie Clarence, der Löwe, der in tiefer Sorge war um seine krebskranke Artgenossin Lady Pembrook, um augenblicklich noch viel tiefer in den Dschungelklassiker der späten 60er zu tauchen. Schönbrunn war jetzt *Daktari* pur, und Vinzent Judy.

Hu hu hu hu hu hu hu hu aaah aaaaah aaaaaah aaaaaaah aaaaaaaaaah!

Das hysterische Gezeter, das er anstimmte, aus tiefsten in höchste Lagen rollen ließ, kam so echt, dass die Leute in Trauben aufgeregt am äußeren Zaun des Wolfsgeheges hingen und die Hälse nach einem in Panik geratenen Schimpansen reckten. So absurd der Gedanke an eine Zusammenkunft von Wolf und Affe in Schönbrunn auch war, es sei denn, Wolf und Affe trugen Straßenkleidung und hielten Eintrittskarten in Händen.

Sie hatte geweint vor Lachen. Aber das allein hatte nicht genügt. Weil Vinzent hinterher, kurz vor der Robbenfütterung, Aufstellung nahm, einen *Hacky sack* aus dem Hosensack fischte, hochwarf, dann, den Kopf im Nacken, gekonnt auf die Stirn klatschen ließ und, die Arme am Körper, die Handflächen abgespreizt, unter lautstarken Owned-Owned-Owned-Rufen und nicht minder lautstarkem Gelächter der Umstehenden im Kreis zu watscheln anfing.

Bela lächelte. Was war davon geblieben? Noch mehr jedoch fragte sie sich: Wo war Vinzent geblieben? Sie tat ein paar Schritte, erklomm das Podest und ließ den Blick über die Köpfe schweifen. Selbst bei dem schummrigen Licht würde sein Look hervorblitzen wie eine grell auflodernde Fackel des schlechten Geschmacks.

Nichts. Keine Spur.

Sie musste ihn finden, wiewohl sie keine Ahnung hatte, was sie ihm sagen würde, ohne seine Neugierde in noch lichtere Höhen zu treiben und die Lage weiter zuzuspitzen. Warum hatte er Lunte gerochen? Lunte wovon? War es ihr Blick gewesen? Ihr Zögern? Das aschfahle Antlitz der Direktorin?

Sie setzte sich wieder in Gang und durchwühlte ihr Innerstes nach Anzeichen einer, wenn auch kleinen, duldbaren Schuld, als es geschah. Es war dieses kurze metallische Blitzen von der Theke schräg rechts, das ihr Unterbewusstsein durchdrang. Sie sah nicht, dass es bloß die Verrichtungen eines Angestellten des Caterers waren, der für Nachschub sorgte. Alles, was sie sah, war dieses metallische Blitzen. Alles, was sie spürte, war diese teuflische Energie, die das Blitzen freisetzte. Der Schmerz, den es in ihr aufflammen ließ. Ein Schmerz, der pulsierend aus ihrem Unterbauch sprach. Es steckte also immer noch in ihr. Das Messer. Und mit ihm der leise Kuss, den ihr der Tod aufs Haupt gedrückt hatte. Damals, vor sechs Jahren.

Jedoch, so leise war der Kuss gar nicht gewesen.

In diesen Minuten

II. DRAUSSEN

Miriam war spät dran. Der Gedanke missfiel ihr, und so beschleunigte sie den Schritt abermals. Nicht, dass sie Probleme fürchtete, doch sie wollte ihn nicht verstimmen. Andererseits brauchte der »Puppenspieler«, wie sie ihn getauft hatte, sie mehr als andersrum. Er war für sie nicht mehr als ein willkommenes Zubrot. Aber sie für ihn?

Weiß der Teufel, sagte sie sich. Die Spinner dieser Welt starben nicht aus. Die Ortsangaben, die er ihr für das neuerliche Treffen geschickt hatte, sprachen für sich.

Troja wartet, auf zwo neun sieben.

Dort vorne, gleich nach der Achterbahn, musste es sein. Die Spuren, die sie in den Schnee pflügte, waren jungfräulich. Wer war auch schon so verrückt? Hier, um diese Zeit? Bei dem Sauwetter? Das hätte es nicht noch gebraucht, jetzt, am letzten Tag im März.

Sie lachte leise auf, sah in den nächtlichen Himmel und fing sich ein paar fette Flocken ein. Dann, nachdem sie die Minigolfanlage passiert hatte und keine 20 Meter voraus, sah sie eine Hand aus dem Dunkel ins Licht der Laterne tauchen. Sie drosselte den Schritt, und als sie ankam, machte sie eine halbe Drehung weg, wandte auch den Blick ab. So lauteten die Regeln.

»Sorry«, raunte sie ins Dunkel. »Das Taxi, das bisschen Schnee, da fahren sie alle wie die Idioten.«

Sie sah eine Hand herbeitauchen. Ein schwarzer Handschuh, der ein in Packpapier geschlagenes Paket umfasst hielt. Nichts weiter. Wie üblich kam er grußlos zur Sache. »Die Hälfte im Voraus, wie immer, der Rest bei Lieferung.«

Sie schwieg, nickte.

»Das volle Programm«, setzte er nach. »Telefonate. Interne Gespräche. Dazu die Liste der Mitarbeiter. Bis ganz hinauf. Werdegang. Einkommen. Fotos. Gewohnheiten. Kontakte. Das ganze digitale Profil. Eine Person hat Priorität, sie bis morgen um 16 Uhr. Dafür der Zuschlag. Der Rest hat Zeit. Alles, was Sie wissen müssen, liegt bei.«

Sie nickte abermals, streckte die Hand der seinen entgegen.

»Die letzte Lieferung war nicht komplett.« Er zog die Hand ein Stückweit zurück ins Dunkel.

»Nicht komplett?« Ihre Stimme bebte. Was bildete sich der Kerl ein? Sie zuckte, erwog für den Moment, ihm den Kopf zuzuwenden. Nein, das würde alles kaputt machen.

»Sie werden nachlässig, Teuerste. Die Schrots. Der Grundriss der Wohnung. Was ist damit?«

»Vom Grundriss war keine Rede.«

»Ach nein? Dann eben jetzt. Sie haben bestimmt Ihre ... *Möglichkeiten*. Über das Amt.«

Stumm griff sie zu, da er das Päckchen abermals zurück ans Licht schob. Doch er hielt die Hand fest an der Ware. »Sie werden zufrieden sein«, hauchte sie. »Wie immer.«

»Natürlich wie immer. Ich zahle ...«

»Ich weiß. Sie zahlen besser als die Bullen. Darum mache ich es auch.«

»Was ist mit letzter Nacht?« Er schien ungehalten.

»Ach ja. Großes Kino. Beinahe hätte ich das ...«

»Vergessen?«

»Nicht wirklich.« Sie schnaufte wie aufgebracht. Dann fischte sie mit der freien Hand das schmale Kuvert aus der Außentasche, schob es ihm hinüber. Jetzt erst spürte sie, wie sein stahlharter Griff sich löste. Sie zog das Paket an sich, stopfte es unter die Jacke und brach augenblicklich auf. In großen Schritten querte sie den Riesenradplatz, sah, wie erste Gäste lachend aus dem Kabinett ins Freie strömten, und hielt auf das Tor zum Praterstern zu.

Sie hatte, was sie wollte. Und er würde bekommen, wonach ihm war. Warum auch immer. Peanuts waren das. Für eine wie sie.

Anderntags am recht frühen Morgen

III. DICKE LÜFTE

»Kluuuger!«

Eine unduldsame, abstoßende Hast lag in dem Rufen. Kluger ließ die Zeitung sinken, schnaufte durch und erwog, die Beine vom Schreibtisch, dieser bloßen Idee eines Arbeitsplatzes, zu nehmen. Er sah auf die Uhr. Kurz vor 10 Uhr. So früh? Beim Studium der Mitbewerber noch dazu? Nein. Das ging zu weit. Sollte der Narr dort drüben schreien. Er warf das eine Konkurrenzblatt auf den Haufen zu den anderen, nahm ein weiteres zur Hand und ließ den Narren schreien.

»Kluuuuuuuuuger!!«

Kluger lächelte. Ringsum blinkten vereinzelte Botschafter einer erfolgreichen Karriere bei der *Guten* auf. Viele waren bloß auf saisonaler Durchreise. Etwa die Holzkistchen mit den erlesenen Schnäpsen, Marmeladen und Hartwürsten vom Biohof. Oder Kartons mit charaktervollem Rotwein aus dem Burgenland (die letzte Lieferung war erst vor ein paar Tagen erfolgt, nachdem der Vorrat zur Neige zu gehen drohte und eine umsichtige Sekretärin einen Fotografen an die geeignete Adresse beordert hatte, um ein Schmuckbild von Mädel und Winzer zu machen, und der ein paar nette Zeilen im Blatt prompt mit einer Spende an die Redaktion bedankte).

Gaben kamen, Gaben gingen. Da Steigen voller ofenfrischer Krapfen, gestiftet von der Innenstadtbäckerei, dort Kärntnerspeck, Bregenzerwald Käse, Maschansker Äpfel, Kriecherlschnaps, Kürbischutney oder Wildschweinwurst an Trüffelöl. Dazu Paletten mit Energydrinks, die man an die Kollegen vom Sport weiterzureichen vergessen hatte. Sommers frei Haus Schleckeis für die ganze Truppe, winters Glühwein bis zum Abwinken draußen auf dem Parkplatz, ausgeschenkt vom Autofahrerclub. Ob Spargel, Äpfel, Erdbeeren, Kirschen, Herrenpilze oder Mangold – erklärte sie, die *Gute*, in traditioneller Weise mit einem Foto, einer kleinen Story die Saison für eröffnet, ließen die Lieferungen nicht auf sich warten. Für Seite eins gab's extra. Bei geschickter Planung ließ es sich da kulinarisch gut durchs Jahr kommen.

Andere Aufmerksamkeiten waren dauerhafter von Bestand und variierten je nach Abteilung. Beauty-Set, *Schüssler Salze* und Mieder für die immer um den Tick zu drallen Damen des Gesundheitsressorts, Flugtickets zum Pharmakongress nach Rio für den Ressortchef samt Begleitung. Der neueste ferngesteuerte Flitzer für die Redaktion der Kinderseite, der Hörgerätegutschein für die wöchentliche Seniorenbeilage. Die angesagte Spielkonsole, das nigelnagelneue Tablet für die Computer-Redaktion (auch wenn es die nicht gab) – und das Spritzwein-Gläserset für alle im Haus, sogar die Putzfrauen, veredelt mit Goldprägung und dem pausbäckigen Konterfei des Wiener Bürgermeisters.

»Kluuuuuuuuuuuuuuuuuger!!«

Vielleicht, überlegte Kluger sich räkelnd, sollte er eines Tages ein Museum für Pressegeschenke gründen. Wenn dieser Türke, wie hieß der gleich?, Pumu?, nein, nicht Pumuckl, Pamuk?, ja, der war's, Orhan Pamuk, wenn der zwischen zwei Buchdeckeln ein fiktives Museum ins Leben rufen konnte, *Museum der Unschuld*, dann könnte er, Kluger, das in echt allemal. Nicht dass er den Schmöker gelesen hätte, welcher rechtschaffene Mensch hatte schon Zeit für 600 Seiten oder mehr … einzig die Kollegin der Kulturredaktion hatte, hatte sogar darüber geschrieben. Bloß müsste diese Gründung beizeiten erfolgen, sagte er sich, eines Tages, der nicht so weit vorauslag wie die Pensionsvorhaben der meisten Menschen, sodass sie zum Scheitern verurteilt waren, weil Rollator-Rucksackweltreisen out waren oder der Freund mit der Sense vor der Türe stand.

Ja, eines Tages. Bald.

Kluger summte. Sein Blick fiel auf die Wörterbücher. Seit Jahr und Tag standen sie in Folie eingeschweißt da, waren folglich in ihrem Charakter mehr dekorativ als operativ und nur zwei in einer endlosen Reihe von Versatzstücken der Komödie, die sie täglich zum Besten gaben. Obenauf balancierte das Modell eines Airbusses A-380. Sonderedition und nicht die Möchtegernausführung im Platin*look*. Nein, feinstes 900er Edelmetall.

Keine vier Wochen war es her, dass er in so einem fetten Ding gesessen hatte. Business. Erst USA, dann Kanada. Der eitle Klaus ... der Herr Landwirtschaftsminister hatte bitten lassen. Keine üble Woche dafür, dass er unterm Strich einen zweispaltigen Jubelbericht über einen heimischen Hersteller von Seilbahnanlagen in die Tasten klopfte, der dort eine weiß Gott elendslange Affenschaukel zwischen zwei Gipfeln errichtet hatte. *Peak to Peak.* Frei schwebend, drei Kilometer ohne auch nur eine Stütze über dem Abgrund und mit Glasboden in der Kabine. Ja, und die rot-weiß-roten Windräder drüber dem Teich sollten in einem Aufwaschen brav mitgelobt werden. Punkt.

Alles in allem keine Sensationen, sodass die Kollegen der anderen Blätter und er beim ersten Gläschen nach dem Abflug das übliche Arrangement getroffen hatten, keine Zeile von unterwegs nach Hause zu schicken. Andernfalls müsste jeder Arbeit vorschützen, was wiederum den Stress der Reisegesellschaft erhöhte. So jedoch ertönte der redaktionelle Startschuss erst, berührten die Flugzeugräder wieder heimischen Boden. Kritisch wurden derlei Abmachungen nur, gab es tatsächlich Nennenswertes zu berichten. Oder, schlimmer noch, entsandte ein Qualitätsblatt einen nervigen Frischling, der vermeinte, sich durch Übereifer Sporen zu verdienen. Auch darum blieben die älteren Häsinnen und Hasen gerne unter sich.

Indes, die Höhepunkte der meisten Dienstreisen auf Einladung lagen zumeist in den Zwischentönen versteckt und blieben der Leserschaft in der Regel verborgen. Hier war es nicht anders gewesen. Nach dem Besuch des Parketts der Chicagoer Börse, wo die Broker tatsächlich noch von Hand Gebote abgaben und es zuging wie in einem überfüllten Nest durchgeknallter Hornissen, lud der Bürgermeister zum Arbeitsgespräch. Der Stadtoberste galt als ausgewiesener Feind der Presse, sodass Kluger, der Ministersprecher und Konsorten vor der Amtsstube abdrehten, auf Lokaltour gingen und sehr schnell sehr gut drauf waren.

In einem Anfall unvermuteter Nonchalance jedoch bat der Bürgermeister am Ende des Vieraugengesprächs die Presse herein, sodass die einzig im Vorzimmer Verbliebenen – der Kabinettschef und sein Assistent – sich spontan für die versammelte österreichische Journaille ausgaben, Notizblöcke zückten und in wackeligem Englisch Fragen stellten, die keinem Journalisten je in den Sinn gekommen wären. Der Bürgermeister gab sich zufrieden, der Arbeitsbesuch war gerettet. So wurde es beim Abendessen im Fünf-Sterne-Palast vom eitlen Klaus mit Stolz zum Besten gegeben, Fragen und Antworten in feinen Mäppchen zur gefälligen Verwendung an die versammelte Presse überreicht, um hinterher im Koffer zu landen. Bis zuletzt hatte Kluger seine Zweifel gehabt, wo die Heldenerzählung des Ministers, was Schlagfertigkeit und Improvisationstalent seines Kabinetts betraf, anfing und wo die Wahrheit endete. Der allgemeinen Feierlaune tat dies keinen Abbruch.

In Kanada wiederum, wohin man nach zwei lauschigen Tagen an den Gestaden des Lake Michigan samt nächtlicher Beinahe-Schlägerei in einer Jazzbar weitergejettet war, sollte es der Gipfelsieg sein, der allen in Erinnerung blieb, ohne dass er Eingang in die Berichterstattung gefunden hätte. Ein zornig wütender Schneesturm hatte die Reisenden bei der Bergstation des Sesselliftes, von wo es zu Fuß zu der zu beklatschenden Kabinenbahn ging, empfangen. Und jemand (angeblich Kluger, nach vier doppelten Schnäpsen und sechs Campari mit dem Ministersprecher schon in Laune) hatte ins Windgetöse hinein gebrüllt:

»Am besten, wir halten uns alle am Bommel der Mütze des

Herrn Botschafters fest. Nur für den Fall, dass wir eingeschneit werden.«

Der Herr Botschafter hatte entrüstet aufgeblickt, die offizielle Entourage hatte die Augen verdreht, der Minister jedoch (blitzartig abwägend, wen zu kränken vernünftiger schien) hatte herzhaft ins allgemeine Redakteursgelächter eingestimmt.

»Kluuuuuuuuuuuuuuuuuuuuuuuuuger!«

Was wollte der Dreckskerl dort drüben? »Komm ja schon«, murmelte der Chefreporter, als ihn ein wärmendes Prickeln am Ohr zupfte. Hinter ihm rollte ein flammender Ball über den Scheitelpunkt der Dachellipsoide der Karlskirche himmelwärts. Kluger gedachte keineswegs, den Ressortchef jetzt schon zu beehren. Er sah ihn im Geiste auf und ab hüpfen, stellte die Lehne in den Schlafmodus, bereit, sich dem anschwellenden Kegel der Vormittagssonne über Wien hinzugeben, und für einen Augenblick wähnte er sich zurück in der Schlafkoje der Businessclass, deren Design ihn an *Raumschiff Enterprise* erinnert und ihm den endlosen Heimflug von Calgary versüßt hatte.

»Hhmmhh«, grunzte Kluger und ergab sich dem, was durch die Glasfassade seines Büros hereinbrach, diesem Konglomerat aus Kitsch und Barock, aus Naturschauspiel und monumentalarchitektonischer Inszenierung. Er besah sich die Wölbung seines Bauches. Hatte die alte Kluger die Hemden wieder mal zu heiß gewaschen? Der Gedanke, er könnte dem Nächstbesten, der den Raum betrat, mit einem abgesprengten Hemdknopf ein Glasauge schießen, so er nur die Bauchmuskeln jäh anspannte, bekümmerte und erheiterte ihn zugleich. Doch dann entsann er sich der Geschichte, die er noch am späten Abend ins Blatt gerückt hatte, und war wieder ganz bei sich.

Mysteriöse Wachsfigur schockt Madame Tussauds!

Kein Meisterwerk, der Titel, sagte er sich, aber auch nicht vom Schlechtesten. Und vor allem, was zählte, exklusiv. Nicht eine

Zeile hatten diese Waschlappen der Mitbewerber. Kein Wunder. Die eine Kollegin hatte ihr Näschen von Anfang an in ein Proseccoglas gehängt, um hinterher in Lachsbrötchen zu baden. Der andere Kollege war bereits sturzbetrunken erschienen und nur gekommen, um sich gratis die letzte Ölung zu holen. Und auch er, Kluger, hatte den Termin aus ähnlichen Motiven heraus übernommen. So ehrlich musste er sein. Ein, zwei weitere waren Agenturfotografen ohne Redakteursstatus gewesen, die ihre Ware hinterher in die Bildsysteme der Redaktionen eingespielt hatten, ohne sich um Weiteres kümmern zu müssen. Auftrag erfüllt. Gute Nacht.

Nein. Kein Sterbenswörtchen war sonst wo über den Event zu lesen. Warum auch? Wer war schon so verrückt, am Abend, weit nach 22 Uhr, eine fixfertige Seite aufzureißen … für die Enthüllung einer Wachsfigur? Gespart wurde an allen Ecken und Enden, vor allem bei den Qualitätsblättern, und ein Bildtext von diesem, nun ja, *Großereignis* tat es in der Regel auch am übernächsten Tag. Er, Kluger, hätte es ebenfalls dabei bewenden lassen, hätte nicht der Vickerl … und hinterher die Direktorin … und erst Bela … ihr um den Deut zu langes Schweigen …

Ja, Bela. Was hatte er sich nicht alles zurechtgelegt für die Zufallsbegegnung, die keine war. Nach so langer Zeit. Dass sie neuerdings bei *Madame Tussauds* jobbte nach ihrem Ausstieg beim Bundeskriminalamt, war ihm nicht entgangen. Da war allerlei, was er ihr gerne gesagt, zurechtgerückt hätte. Doch dann …

… dann hatte ihn der Jagdinstinkt gepackt. Wie einem Bloodhound die Fährte eines waidwunden Rehbocks war ihm die Story in die Nase gestiegen, und so hatte er nicht anders gekonnt als zuzubeißen. Er war raus aus dem Wachsfigurenkabinett, ins Taxi gesprungen, hatte auf dem Weg in die Redaktion, hinter dem Rücken seines Ressortchefs, dem Schlussdienst aufgetragen, eine ganze Seite auszuräumen, bis er eintraf. Ja, raus mit der scheiß Dreckswettergeschichte, hatte er ins Telefon gebrüllt. So weit reichten seine Kompetenzen im Haus allemal.

Und hinterher hatte er, weil sich so eine Geschichte gleichsam von selbst schrieb und locker mit einem Promille, aus dem Wenigen, was er wusste, gesehen hatte, viel gemacht. Keine 25 Minuten. Ein Routinejob. Indes, die Story auch für Seite eins in Betracht zu ziehen, war ihm doch übertrieben, ja, verwegen erschienen. Zumal er dann an seinen Vorgesetzten nicht länger hätte vorbeigekonnt.

Was für ein herrlicher Tag!

»Kluuuuuuuuuuuuuuuuuuuuuuuuuuuuuuuuuuuuuger!«

Zufrieden mit sich und dem Leben im Parallelkosmos Zeitung glitt Vinzent Kluger abermals ab, bis – irgendwo auf halbem Wege zwischen Knopfleiste, Wasch- und Kochkünsten der alten Kluger und dem Gedanken an den langen Vickerl, der sich heute Morgen bestimmt an seinem Frühstückskipferl verschluckt hatte, mehr aber noch erwägend, wie er die Story weiterdrehen, wie er seinen Vorsprung der Konkurrenz gegenüber ausbauen könnte – das Festnetztelefon anschlug.

»Herrgott noch mal«, fluchte Kluger. Er kam um den Tick zu abrupt hoch, sah, wie die Gesetze der Mechanik sich Geltung verschafften, ein Hemdknopf sich verabschiedete und quer über den Schreibtisch zwischen zerknüllte Zeitungen pfiff. Eine maliziöse Fratze stieg ihm ins Gesicht. Das Schrillen verlosch, um Sekunden später abermals einzusetzen. Ein aufsässiger Ton, der auf ein internes Gespräch verwies und kein gutes Gefühl in ihm wachrief. Ein Gefühl, das von dicker, sehr dicker Luft sprach.

*

Dicke Luft herrschte an diesem strahlenden Morgen, keine zwei Stunden zuvor und nur wenige Kilometer weiter, auch im Wachsfigurenkabinett auf dem Riesenradplatz. Schlag 8 Uhr stand Bela vor dem Eichentisch und schwieg. Ihr Gesicht war fahl und starr wie eine Maske, die frei in der Luft hing. Dahinter, ebenso bodenlos, flimmerte der Zorn, umwuchert von einer diffusen Wolke aus Betroffenheit und Ohnmacht. Es war weniger die gewohnt herablassende Art ihrer Vorgesetzten, die sie beben ließ, als das, was man ihr an den Kopf warf.

»Wie konnte das passieren«, züngelte Madame Directrice vor sich hin. »Wie, frage ich Sie, konnte das passieren?«

Bela schoss der Riesenpython Kaa ein, der sich wie kein anderer aufs Hypnotisieren verstand, doch erschien die Schlange vor ihr entschieden bedrohlicher zu sein als Mowglis Gegenspieler im *Dschungelbuch*. Schon zischelte sie aufs Neue los.

»Raus mit der Sprache! Wie?«

Wie eine Kobra im Maßnehmen vor dem Todesbiss hielt die Direktorin den sonst fahrigen, feuerroten Bubikopf still, und Bela war im spärlichen Bürolicht, als hätten sich die Pupillen zu Schlitzen verengt, senkrecht, hassprühend. Sie dachte an Kluger. Wie war er bloß auf die Story verfallen? Und, was war eigentlich aus seiner Schlange …? Da wie dort im Ungewissen, zog sie die Achseln hoch.

»Nicht nur«, fuhr Madame Directrice fort, »dass Sie mir bereits gestern Abend keine erschöpfende Antwort geben konnten, wie diese, ja, nennen wir das Kind beim Namen, wie diese *Wichserfigur* in mein Kabinett kommen konnte, nein, jetzt auch noch das!«

Sie schlug mit der flachen Hand gegen die Tischplatte, wischte ein zerknittertes Stück Zeitung von sich. Bela erkannte es augenblicklich am spinatgrünen Umweltpapier. Es war eine Schlagzeile der, nein, *die* Schlagzeile der *Guten*.

»Nun?«, fauchte Madame Directrice. »Wie ist das jetzt mit dieser Wichserfigur? Und mit diesem Geschreibsel hier. Auf meine Anrufe heute Morgen haben Sie ja wohlweislich nicht reagiert. Trotz Diensthandy. Oder sind Sie auch immer in irgendeinem obskuren Funkschatten wie Ihr Adjunkt, dieses lange Geiernasenelend … wie heißt er doch gleich? Flecker? Ich höre!?«

Ja, Bela hatte die Anrufe ignoriert. Eine bittere Vorahnung

hatte sie am frühen Morgen erfasst, und so war sie, angetrieben von einer tiefen Unruhe, noch vor dem ersten Kaffee hinab auf die Straße gelaufen, um ein Exemplar zu holen. Sie wusste also längst, womit sie es zu tun hatte, als der Telefonterror begann. Einer Kobra wie ihrer Direktorin mit dem Toxikum Psychologie beikommen zu wollen, war ein gefährliches Spiel. Auch wenn Bela sich genau darauf, Psychologie, kraft ihrer Ausbildung verstand. Was Vinzent in der Morgenausgabe reichlich bebildert beschrieben und als unbewiesene Behauptung in den Raum gestellt hatte, war purer Sprengstoff. Eine Nachricht, die als transozeanisches Lauffeuer auch die Zentrale in London geflutet hatte.

Ohne Belas Antwort abzuwarten, setzte Madame Directrice nach. »Ich richte alle Vorwürfe an mich. Denn es ist mir unerklärlich, Fräulein Schmaus, warum ich jemanden wie Sie engagieren konnte. Lautet Ihr Auftrag nicht klar und deutlich, auch für die Sicherheit …«

»Für die Sicherheit der Figuren und der Gäste habe ich gesorgt. An jedem einzelnen Tag, den ich hier bin. Auch gestern. Es ist nichts und niemand zu Schaden geko…«

»Wagen Sie es nicht noch einmal, mich zu unterbrechen! Hätte nicht der gute Vickerl eine so brillante Vorstellung abgegeben, was glauben Sie, was erst die anderen Zeitungen geschrieben hätten. Ich kann es hören … das Rauschen im Blätterwald. Er jedoch hat sie getäuscht. Alle. Nur nicht diesen … wie heißt diese Witzfigur?«

»Aber Sie wollten den Vickerl anfangs doch gar nicht als Moderator.«

»Ach ja? Wer sagt das? Auch dieser … wie heißt denn nun diese Witzfigur? Dieser Schreiberling?« Sie blickte nach unten, fing an, das zerknitterte Papier glatt zu streifen.

»Kluger«, entfuhr es Bela.

Madame Directrice zog die Brauen hoch. »Sie kennen ihn?«

»Flüchtig.«

»Flüchtig also. So flüchtig, dass sein Name wie aus der Pistole geschossen kommt?«

Ein tiefes Grollen stieg in Bela empor. »Flüchtig genug, um mir nichts nachsagen zu lassen.« Ihre Stimme bebte. »Von früher. Aus meiner Zeit bei der Polizei. An Kluger kann man da nicht vorbei. Er ist einer der Altarrivierten in der Branche. Die kennt man eben im Laufe der Jahre.«

»Soso, die kennt man eben«, sagte Madame Directrice, als würde sie ins Lapidare abgleiten. Augenblicklich jedoch schlug sie wieder um. »Dann hätte man eben dafür sorgen müssen, dass auch dieser … dieser Altarrivierte den Brocken schluckt, versteht man mich?«

»Wie hätte ich denn …«

»Das ist ganz allein Ihre Sache. Außerdem muss die Frage, die Sie Ihrer hoffentlich uneingeschränkten Selbstgeißelung voranstellen, sehr viel früher ansetzen. Dort nämlich, wo diese Wichserfigur unbemerkt in mein Haus kam.«

»Ich habe nach Vorschrift gehandelt, Frau Doktor.«

»Dieses Schurkenstück nennen Sie nach Vorschrift gehandelt? Wenn es gelingt, Stunden vor Einweihung unserer neuesten Attraktion, bei Nacht und Nebel und an allen Kontrolleinrichtungen vorbei, eine zweite Figur ins Haus zu schmuggeln? In mein Haus? Hinter dem Vorhang an der Seite Peter Alexanders drapiert? Eine Figur, die nicht – ich habe, wie Sie sich denken können, augenblicklich in London nachgefragt, ob da eventuell ein Scherz mit uns getrieben wurde, Sie kennen ja die Briten –, nein, eine Figur, die *ganz* … *sicher* … *nicht* unserer Werkstatt entstammt. Noch dazu in dieser … dieser obszönen Pose! Ein Wichser halt! Das nennen Sie nach Vorschrift?«

»Die Pose ist bloß angedeutet. Und die Figur so perfekt wie die anderen auch. Zumindest dem Augenschein na…«

»Na und?«, schrie Madame Directrice. »Hätte der Vickerl nicht die Sache mit dem uneingeschränkten Humor des Peter Alexander eingeworfen … und hätte er nicht spontan diese Akademie für den Nachwuchs erfunden, wirklich einmalig, muss ich sagen, was glauben Sie, wie ich das dem Sohn des Herrn Alexander hätte erklären sollen? Der ist von weiß Gott wo angereist, um dem Ehrentag seines Vaters beizuwohnen. Ganz abgesehen von all den anderen geladenen Gästen und Pressefuzzis. So konnten wir die Sache wenigstens als Werbegag verkaufen. Kurzfristig. Erst also dieser Schock, dann die Brillanz des Vickerl, alles ist gut, und dann … ja, dann dieser elende Schreiberling, der alles zunichtemacht. Wie kann das sein? London erwartet Antworten, verstehen Sie? Antworten!«

Bela nickte stumm.

»Und Sie, Fräulein Schmaus, werden sie mir liefern.«

»Ich soll was …?«

»Finden Sie verdammt noch mal heraus, woher die Figur kommt. Wer sie gemacht hat. Die Branche ist klein genug, um überschaubar zu sein. Selbst für Sie. Doch zuvor will ich wissen, wie dieser … wie sagten Sie? … Kluger? … davon Wind bekommen konnte. Kann es sein, dass Ihre … flüchtige … Bekanntschaft etwas dazu …«

»Das kann es nicht! Das lasse ich mir nicht in die Schuhe schieben. Schon gar nicht von Ihnen. Oder wollen Sie mir unterstellen, ich hätte mit dieser Sache zu …«

»Unterstellen? Ich? Das ist nicht mein … Stil. Aber ich will Antworten, verdammt noch mal. Dann vertiefen Sie Ihre flüchtige Bekanntschaft eben. Wenn es sein muss, steigen Sie mit diesem Kluger ins Bett. London will Antworten!«

Bela rang nach Atem. Sie spürte, wie ihr die Tränen einschossen, doch sie schluckte die Verbitterung weg. Nein, dieses Reptil würde sie nicht kleinkriegen. Nicht auf diese billige Weise. »Wir werten die Videobänder von vorgestern Abend gerade aus«, sagte sie so kühl wie möglich. »Darauf muss etwas zu sehen sein. Sie werden erst nach 48 Stunden automatisch überspielt.«

»Das weiß ich doch alles«, herrschte Madame Directrice sie an. Es war ein erbarmungslos weltsinniges Wollen, das in ihren

Augen stand, ein blaugrauer Stahl aus Kosten und Nutzen, aus Für und Wider, und sollte jemals der weiche Glanz von Romantik darin gelegen haben, so ruhte er nun, tief begraben, zuunterst einer felsenharten Schicht aus Sucht nach Einfluss und Erfolg. »Das hätten Sie schon in der Nacht tun können. Tun sollen. Tun müssen.«

»Es war sehr spät gestern Abend. Bis die letzten Gäste weg …«

»Na und?«

»Außerdem haben Sie uns doch allesamt nach Hause ge…«

»Dann hätten Sie mich überzeugen müssen, es nicht zu tun!«

Nun wackelte der Bubikopf wieder, und die Finger schlugen einen hasserfüllten Takt auf die Tischplatte. »Wie Sie sich in Ihrer begrenzten Fantasie vielleicht vorstellen können, gewinnt die Angelegenheit an Eigendynamik. An Brisanz. Jetzt, wo die Sache raus ist, damit offiziell zur Polizei zu gehen? Herrje, nein, das wäre fatal! Ein Akt wie ein Geständnis. Bei *Madame Tussauds* ist man nicht einmal in der Lage, die Aufstellung der Figuren pannenfrei zu bewerkstelligen. Noch dazu diese Panne. Was für eine Schmach! Ich sehe schon die Schlagzeilen dieser Schmierblätter. Und das Remmidemmi im Haus. Grundgütiger! Erinnern Sie sich bloß an die Sache mit der Feuerbeschau, damals, vor der Eröffnung, wissen Sie es noch?«

»Natürlich.«

»Das war ein Klacks im Vergleich zu dem hier. Läppische Mängel, wie sie zu Beginn überall auftreten können. Und doch hat so ein Schmierfink etwas aufgeschnappt. Irgendwie gelangen solche Dinge immer an die Öffentlichkeit, seltsam, hm? Nein. Mit dem Gang zur Polizei wäre die Blamage perfekt. Können Sie mir folgen?«

Bela nickte.

»Darum, verehrtes Fräulein Schmaus, werden Sie unter Bedachtsamkeit auf größtmögliche Diskretion Ihre alten Kontakte bemühen. Wir verstehen uns?«

»Die Sache hat doch auch ihr Gutes«, sagte Bela plötzlich.

Ein Ruck ging durch Madame, ihr Fingerspiel erstarb. »Ihr Gutes?«

*

Zurück in die Redaktion der *Guten*. Dort wollte das bösartige Schrillen auf dem Tisch des Chefreporters kein Ende nehmen. Gereizt stierte Kluger aufs Display, ehe er abhob. »Ja, Süße?«

»Wo bleibst du denn?«, zischelte eine vertraute Stimme. »Er ist am Ausrasten.«

Rosi Pranzl, eine von drei Sekretärinnen von Ressortchef Arthur Pinter, hatte nicht nur ein angenehmes Timbre. Sie hatte auch sonst alles. Insbesondere alles, was Kluger anzog, und so herrschte zwischen ihnen beiden seit geraumer Zeit eine anzügliche Spannung, für die es verschiedene Erklärungen gab. Kluger hatte sich für jene entschieden, dass auch er – ungeachtet seiner recht einflussreichen Position, seines vergleichsweise vorgerückten Alters – das gewisse Etwas in ihren jugendlichen Augen haben musste. Was sie obendrein zu verbinden schien und zugleich das Einzige darstellte, was die für Kluger sonst perfekte Rosi erwiesenermaßen nicht hatte, war dies: ein einfaches Leben im Büro. Dass das auch so blieb, dafür sorgte Tag für Tag Arthur Pinter. Nicht bloß die Wutausbrüche und Bodenstampfattacken des allmächtigen Chronikchefs der *Guten* waren legendär.

»Sag ihm, ich komme gleich«, maulte Kluger.

»Nicht gleich. Sofort!!«

»Der soll sich nicht anscheißen.«

»Von wegen«, kam es zurück. »Er hat die Schere in der Hand.«

»Die Schere?« Kluger stöhnte auf. Nicht schon wieder! Er war sich keiner Schuld bewusst. Im Gegenteil. Den Mitbewerbern – gerade in Zeiten immer rasanter um den Globus gepeitschter Nachrichten, und mochten sie noch so falsch, noch so entbehrlich sein – mit einer exklusiven Societymeldung den Auspuff zu zeigen, ja, das war längst zu etwas Besonderem geworden. Mit einer Story obendrein, die anfangs keine war, nun aber den Leser mit ein bisschen Glück sogar ins Reich des Kriminals entführte. Der Idealfall einer Doppelmühle für einen Mann wie Kluger, der ab und an beide Metiers bediente, wiewohl der Fokus stets auf Blut und Drama lag. Partout der lange Vickerl, Busen- und Jagdfreund seines verhassten Ressortchefs, hatte es wider Willen gerichtet. Kluger kannte kaum einen Journalisten, der den langen Vickerl nicht verachtete. Bestimmt, sagte er sich, war in dieser und jener Redaktionsküche längst das Rezept für einen köstlichen Genugtuungskuchen angerührt worden. Zu oft hatte der lange Vickerl die Branche an der Nase herumgeführt. Klugers Rezept jedenfalls stand unerschütterlich fest: Spott in rauen Mengen, wohl dosiert mit Schadenfreude, fein abgeschmeckt mit einer Handvoll Rachelust – dazu Häme nach Belieben. Andererseits, so dringlich das Verlangen eines Gros der Gesellschaftsjournalisten nach dem endgültigen Aus für Vickerl sein mochte, so beharrlich schwiegen sie darüber, ließen sich vielmehr den letzten Rest Selbstachtung mit gutem Geld abkaufen.

Und er selbst? Abermals stöhnte Kluger auf. »Die Schere, Rosi? Bist du sicher?«

»Aber ja, verdammt. Jetzt beweg endlich deinen Arsch!«

Die Schere in der Hand seines Vorgesetzten ließ Böses erahnen. Kluger kam fluchend hoch und setzte sich in Trab. Sollte ihn sein untrüglicher Instinkt im Stich gelassen haben? Natürlich wusste er um das brillante Kontaktnetz, das der lange Vickerl in die diversen Chefetagen des Landes gewoben hatte. Die aus Jagdbeglückungen in der Lombardei und Gelagen in Drei-Hauben-Tempeln auf Spesen sorgsam geschmiedete Blutsbrüderschaft zu Arthur Pinter war nur eines von vielen. Wer da hinpinkeln wollte, musste die Windrichtungen gut kennen. Andererseits …

… andererseits war Kluger sich seiner Sache absolut sicher gewesen. Ja, so sicher, dass ihm der Gedanke, sie könnte auf höchster Ebene abgehandelt werden, absurd erschien. Ein neuerlicher Canossagang zum Chefredakteur schied demnach aus. Zumal der, anders als der Herausgeber, noch Argumente als Argumente gelten ließ, ging es hart auf hart. Schließlich musste der sein Ego nicht mit Tritten nach unten polieren, um die Himmelsleiter weiter zu erklimmen. Er saß ja schon zur Rechten des HERRN. Des Herrn Herausgebers.

Auf halbem Wege, als er an der mit Titelseiten verzierten Wandgalerie vorüberzog, vernahm Kluger ein abermaliges Klingeln aus seinem Büro, eine Tonabfolge, die nun auf ein externes Gespräch verwies. Er ließ das Telefon Telefon sein, trabte verdrossen dem Chefbüro zu. Die Schere? Wie war das nur möglich? Hatte er sich doch geirrt?

Die wirren Basteleien, sprich: Collagen des Ressortchefs galten im Haus als kultig wie gefürchtet gleichermaßen. Gefürchtet, weil er sie ausnahmslos im Zustand höchster Erregung anfertigte, in einer therapeutischen Mischung aus Fremdhass und Eigenliebe. Kultig, da sie im Ruf standen, Kunstwerken aus Irrenanstalten wie etwa Gugging bei Wien schärfste Konkurrenz zu machen.

Unerreicht, wusste Kluger, würde jene bleiben, die Pinter nach einer Brandkatastrophe im Haus einer fünfköpfigen Familie angefertigt hatte. Einzige Überlebende des Dramas war ein neun Jahre altes Mädchen gewesen.

Der Umstand, dass allein die *Gute* ein Livebild des geretteten Mädchens hatte, tat der Kritisierwut des Chefs keinen Abbruch, er stachelte sie im Gegenteil an, da er, Pinter, am Vortag nicht im Dienst gewesen war, folglich sich die perfekte Gelegenheit ergab, die Arbeit seines Stellvertreters einmal mehr zu desavouieren. Und so fand sich am Folgemorgen der Tragödie weithin sichtbar auf dem Anschlagbrett im Sekretariat das Titelblatt der *Guten*, zu sehen in Großaufnahme ein rußverschmierter Feuerwehrmann, der die Vollwaise Alina zum Rettungswagen trug, im Hintergrund die noch glosende Grundmauer.

Was für ein Bild!

Aber: Ein Gewirbel mit dickem Marker gesetzter Pfeile überzog das Foto, und ein jeder mündete am äußeren Ende in eine Anmerkung Pinters in Versalien, die er – sichtbar aufs Äußerste erregt – auf ein weißes Blatt Papier gekritzelt, ausgeschnitten und wie Sprechblasen aufgeklebt hatte. Eine Handvoll seiner Notate bezog sich auf die technische Mangelhaftigkeit des Bildes wie etwa die sanfte Unschärfe (der Fotograf hatte die Szene im allerletzten Augenblick im Laufschritt eingefangen), dazu eine geringfügige Fehlbelichtung in einer Ecke und dergleichen mehr. Andere Kommentare, schon schärfer in der Wortwahl, bemäkelten die Wahl des Bildausschnittes.

Das Totalversagen des Fotografen indes, mehr aber noch des Verantwortlichen bei der Bildauswahl (wiewohl es nichts zu wählen gegeben hatte, es existierte nur das eine Bild), manifestierte sich an anderer Stelle, und gleich in dreierlei Hinsicht.

In einem Brief an den Herausgeber, den Pinter zu seiner Absicherung verfasst und in Kopie neben das Foto geheftet hatte, sprach er von unverzeihlicher Unachtsamkeit, ja Fahrlässigkeit, ja von in boshafter Absicht geübtem Qualitätsverzicht, der seinen Ruf als Ressortleiter, was die perfekte Bebilderung einer Titelseite der *Guten* betreffe, nachhaltig beschädige. Ein Verbrechen in puncto Unprofessionalität, das nicht ohne Konsequenzen bleiben dürfe und als dunkel loderndes Mahnmal jetzt schon in die Geschichte der Zeitung eingegangen sei, egal, wie brandaktuell oder exklusiv ein Bild sein mochte.

Bloß, was war geschehen?

Die Antwort fand sich auf dem Foto des geretteten Waisenkindes Alina, welches – so Pinter – gleich drei der sieben Todsünden der Boulevardfotografie aufwies. Die da im Konkreten lauteten:

Feuerwehrmann ist schmutzig und schielt
Strumpfhose des Mädchens verrutscht
Kind lacht nicht

Arthur Pinter war in der Tat ein Mann mit hohem diktatorischem Potenzial, daran abzulesen, wie wenig Unerfreuliches man von unten an ihn herantrug. Sein Spitzname »Der Pinscher« war obendrein der perfekte phonetische Vorausblick auf das Wesen des Trägers. Wer Pinter kannte, konnte nicht umhin, den Pinscher in ihm zu sehen, ja, Pinter gab den geradezu idealtypischen zoologischen Querschnitt durch das breite Spektrum des Pinschertypus ab: das glatt geleckte, dunkelbraune, die speckige Nackenfalte überwuchernde Haar wie auch die aufsässige Aggression des Dobermanns; die zwergenhafte Mangelerscheinung des Deutschen Pinschers, die Pinters Ehrgeiz in für die Umwelt existenzbedrohende Höhen peitschte; und der Vorbiss in der affenartigen Visage des – nomen blieb omen – Affenpinschers.

Pinter war, was Züchter nicht gerne hören, in ihrer angestammten Branche jedoch als klassischer Listenhund gilt, rassebedingt potenziell gefährlich. Was ihn vom Affen unterschied, sein zutiefst hündisches Wesen, sich nur seinem Herrn devot zu unterwerfen, aber zusätzlich unterstrich, war dies: Pinter war direktem Augenkontakt nicht gewachsen. Keine Sekunde vermochte er dem Blick eines Menschen standzuhalten. Die Kunst bestand darin, das Streiflicht eines pinter'schen Blicks blitzartig zu deuten.

Jener Blick, den Pinscher Pinter nun absonderte, da er Kluger ins Sekretariat kommen und den Türstock zu seinem Büro verdunkeln sah, war wie gewohnt flüchtig, doch an Ökonomie seiner Schreckensfülle nicht zu übertreffen. Pinter tat noch einen letzten Schnitt, taxierte sein neuestes Werk. Dann knallte er die Schere auf die Tischplatte.

*

Drüben bei Tussauds funkelte die Direktorin ihre Untergebene aufs Neue giftig an. »Da bin ich aber gespannt ... auf das Gute, das Sie an der Sache sehen. Ich höre, Fräulein Schmaus!«

»Wir sollten aus der Not eine Tugend machen«, sagte Bela in einem Gefühl auf halber Strecke zwischen Sorge und Unbekümmertheit, behutsamem Zurückweichen und offenem Widerstand.

»Eine Tugend?«, echote Madame Directrice.

»Denken Sie an die sinkenden Besucherzahlen. Die schlechteste Werbung ist bekanntlich besser als keine. Wirklich tot ist nur, wer vergessen ist.«

Bedächtig wackelte der Bubikopf hin und her, und so beschloss Bela, aufs Ganze zu gehen. »Was halten Sie davon«, fuhr sie fort, »eine Presseaussendung rauszujagen? Mit etwas Geschick und Rückendeckung aus London drehen wir den Spieß um. Wir könnten die Geschichte in der *Guten* als erstunken und erlogen aussehen lassen. Nichts lieben Journalisten mehr, als sogenannte Exklusivgeschichten der Konkurrenz am Folgetag zu zertrümmern. Da steht der Ehrgeiz der Zerstörung weit über jenem des eigenen Schaffens.«

Und ich, dachte Bela, kann mich bei dir, Vinzent, für deine Offenheit bedanken. Wiewohl ihr der Gedanke einen Stich versetzte. Das war – wie hatte Madame gesagt – nicht »ihr Stil«. Andererseits war es aber auch nicht Vinzents Stil, sie zu hintergehen. Früher nicht.

»Das ist die Geschichte ja auch«, trompetete Madame, »erstunken und erlogen.«

Bela lächelte. »War sie das nicht immer schon?«

»Was wollen Sie damit sagen?«

»Fakt ist: Hier will uns jemand übel mitspielen. Das Übel so eines Spiels fängt an, wo ein Spielleiter den anderen seinen Willen aufzwingt. Jetzt kommt die Tugend ins Spiel. Wir selbst müssen der Spielleiter sein. Wir selbst müssen die Regeln vorgeben. Wir selbst müssen diesem Jemand unseren Willen aufzwingen. So nehmen wir dem Spiel den Schrecken des Übels … das Übel des Schreckens. So einfach ist das.«

»Reden Sie Klartext und nicht Ihr Psychotanten-Qua-Qua!« Wie die Rauchfahne eines frisch entfachten Feuers tänzelte die Ungeduld der Direktorin in der Luft.

»Warum, wenn nicht um zu spielen, nimmt jemand die Mühe auf sich, uns eine perfekte Wachsfigur unterzujubeln? Etwa ohne Gegenleistung? Ein kreativer und zugleich karitativer Akt solch unglaublichen Ausmaßes? Allein finanziell. Da geht es rasch in die Zigtausenden.«

»200.000«, murmelte Madame.

»Eben! Noch dazu anonym. Wer macht so was? Ohne die Meriten einzufahren? Bisher jedenfalls.«

»Bisher? Sie meinen …?«

»Ich kann nicht glauben, dass das alles gewesen sein soll.«

»Da kommt noch mehr?«

»Tut man sich das an, um nie wieder von sich hören zu lassen? Ein anonymer … nun ja, sagen wir … Spender, der eine Figur herstellt, um sich auf alle Tage im Stillen daran zu ergötzen? Wie absurd ist das denn!«

Argwöhnisch stierte die Direktorin sie an. »Menschen kaufen Hehlerware für zig Millionen. Gestohlene Bilder, um sie im Zollfreilager oder Tresorraum zu bunkern, wo niemand sonst sie sehen kann. Andere leben mit Tausend im Feuersturm über Dresden verloren geglaubten Meisterwerken in einer winzigen Wohnung, heimlich, jahrzehntelang, und hängen sich jeden Abend ein anderes Bild übers Bett. Heute Picasso, morgen Chagall, übermorgen Kirchner, sonntags ein Dix. Auch eine Art des Ergötzens im Stillen. Auch eine Art der Selbstbefriedigung und um nichts weniger absurd.«

»Mag sein. Doch das sind Menschen, die in Hinblick auf ihre Leidenschaft jede Publizität scheuen. Hier ist das Gegenteil der Fall. Hier sucht jemand die Öffentlichkeit, denken Sie nicht?«

»Denken! Denken!! Denken!!!« Die Direktorin hielt inne,

doch ihre Lippen vibrierten fort wie in tonloser Beschwörung des Unsäglichen. Dann stöhnte sie auf. »Ich weiß doch gar nicht, was ich denken soll! Die halbe Nacht habe ich hier verbracht, bin hin und her gepilgert zwischen meinem Büro und dieser Figur da drüben, verstehen Sie? Diese Figur da drüben! Die macht mich krank! Was soll denn das überhaupt sein?«

»Belassen wir es bei dem, was es seit gestern Abend ist.«

»Ja, was denn?«

»Genau das, was der gute Vickerl spontan eingeworfen hat. Eine Attraktion in Person eines prototypischen Fans von Peter Alexander. In einer, nun ja, ich würde es nicht als Wichserpose bezeichnen, aber doch leicht anzüglichen Körperhaltung.«

»Leicht anzüglich? Die Knie halb gebeugt, die eine Hand, als wollte er sich an den Schw… Dingsbums, na, Sie wissen schon, fassen?«

»Die Hose hat er ja wenigstens oben.« Längst hatte Bela begonnen, Gedankennetze nach alter Manier zu spinnen. Längst schritt sie, ob sie nun wollte oder nicht, die Kette ihrer Gedanken im unermüdlichen Trab der Analytik ab. Wie damals, in ihrer Zeit als Kriminalpsychologin beim Bundeskriminalamt. Und so ließ sie sich auch nicht beirren, als ihr wirres Augenfunkeln entgegenschlug. »Wir könnten die Pose noch überhöhen, Frau Doktor.«

»Überhöhen?«

»Womit wir wieder beim Spiel sind. Mit der Überhöhung nehmen wir die Zügel in die Hand. Wir lassen das Kuckucksei nicht bloß schlüpfen und ergeben uns untätig ins Schicksal eines beliebigen, unkalkulierbaren Resultats. Wir belegen dieses Ei vielmehr mit einem tieferen Sinn, brüten es aktiv aus.«

»Ich verstehe immer weniger, Fräulein Schmaus. Jetzt sagen Sie doch endlich: Worauf wollen Sie hinaus?«

»Was wäre, wenn wir der Figur nicht nur einen Namen geben, der auf seine Stellung verweist …«

»Sind Sie noch bei Trost? Wie sollen wir ihn denn nennen? Der Wichser vom Riesenradplatz?«

»Nicht doch!« Erstmals an diesem Morgen lachte Bela auf. »Mit Stellung meine ich den Rang. Was er in Relation darstellt. Im Verhältnis zu seinem angebeteten Meister Peter Alexander.«

»Ach so. Etwas wie … wie zum Beispiel … ja! … ein treuer Diener seines Herrn?«

»In die Richtung könnte es gehen. Ein bisschen … ausgefeilter vielleicht?«

Die Direktorin schürzte die Lippen, ein zartes Kräuseln, das auf aufkeimende Zustimmung verwies. »Und weiter?«

»Da wäre noch die Sache mit den Händen.«

»Hände?«

»Genau genommen die rechte. Die mit der Pose im Schritt … wir könnten eine markante Requisite eines Peter-Alexander-Filmes hineinlegen.«

»Sind Sie noch zu retten? Eine nachträgliche Änderung, pah! Damit würden wir bloß unser Versagen eingestehen.«

»Nicht, wenn wir es zum Teil der Pressestrategie machen.«

Nachdenklich wiegte die Direktorin den Bubikopf. »Und was … sollte … diese … Requisite … Ihrer Meinung nach sein?«

»Was weiß ich … ich, äh, muss gestehen, nicht zu den Alexander-Groupies zu zählen. Aber wenn Frau Doktor vielleicht …«

Ein ärgerliches Blitzen machte sich in Madames Augen breit. »Wenn Frau Doktor *was*?«

Bela schlug einen beschwichtigenden Ton an. »Bestimmt wissen Sie über das Leben aller Figuren Bescheid, besser als jeder andere im Haus. Rein beruflich natürlich. Ihnen fällt gewiss etwas ein.«

»Soso.«

»Jaja. Und alle paar Wochen tauschen wir die Requisite gegen eine andere.«

»Wozu denn das? Haben Sie vergessen, wie das mit dem Schwarzenegger war? Als wir ihm zum Oktoberfest eine Lederhose angezogen haben? Der hat ausgesehen … puuhh … ganz zu schweigen von dem Schabernack, den die Leute … na, lieber nicht dran denken.«

»Du meine Güte! Versuchsballone platzen nun mal. Aber im Prinzip ist ein Wachsfigurenmuseum doch immer auch dem Wandel der Zeit unterworfen. Neue Figuren kommen, alte gehen. Wie hat der Vickerl gestern Abend gesagt? Ein Meilenstein der Kunst, der von Wien aus seinen Siegeszug antreten wird. Ein Paradigmenwechsel.«

»Ja, das waren seine Worte.«

»Na bitte! Ein neuer Trend, ungeahnt zum Leben erweckt. Tussauds interaktiv. Das macht die Schaustücke nur noch lebendiger.«

Immer noch wiegte die Direktorin den Bubikopf.

»Außerdem«, setzte Bela nach, »würde diese Art von Humor auch in der Zentrale in London Gefallen finden. Very british, isn't it?«

»Ja«, knurrte die Direktorin. »Hätten nicht längst die spaßbefreiten Amis die Hand drauf. Ich sage nur: *Blackstone*.«

Natürlich. *Blackstone*. Wie konnte Bela es nur vergessen.

Seit die *Blackstone Group* über ihren verlängerten Arm *Merlin Entertainments* das Zepter schwang, wähnten langjährige Mitarbeiter, wie zum Hohn des mythologisch wohlklingenden Namens *Merlin*, den einstigen Zauber britischer Familientradition verflogen und den Freigeist des viel beschworenen Humors in die Flasche gebannt. Ja, die Verbitterung mancher reichte so weit, die Herleitung des Namens *Merlin* aus dem walisischen *Myrddin* zum Gegenstand ihres Spotts zu machen. Demnach sei man von *Myrddin* allein deshalb auf die latinisierte Form *Merlinus* verfallen, weil das ursprüngliche *Merdinus* sich allzu dominant an das französische Kraftwort *merde* anlehne, eine aus heutiger Sicht, wie es hieß, nicht allein sprachgeschichtliche Nähe und folglich die weitaus treffendere Wahl.

Stars der Truppe nach außen hin waren die Fotografen und Bildhauer. Beflissene, die sich zum Missfallen der Daheimgebliebenen den Anstrich der Kunst gaben, die durch die halbe

Welt jetteten, auf Du und Du mit nach Verewigung lechzenden Celebrities. Ob Hollywood oder New York, Berlin oder Amsterdam, Hongkong, Shanghai oder Singapur. Man traf und kannte einander, reiste nach. Ein Striptease der Stars und Starlets in Sachen Physiologie. Stundenlange Sit-ins, wo mit Fotoapparat und Greifzirkel zu Werke gegangen wurde. 150 Bilder da, 226 Messungen dort. Nicht eine weniger. Kein noch so kleines, kein noch so problematisches Zönchen, das unentdeckt blieb und nicht vermessen wurde, bisweilen scharf an die Grenzen des Anstands. Von den Brustwarzen bis zwischen die Beine.

Erst dann, mit Koffern voller Messtabellen und Dateien im Gepäck, ging es heimwärts, den Tussauds-Studios in London an der Marylebone Road, Nähe Baker Street, zu. Dorthin, wo die Heerscharen der Metallskelettbauer und Gipsformer und Wachsgießer und Haareinflechter und Augenbemaler und Teintaufbringer mit dem ganzen körperlichen Wissen zur neuen Kundschaft überschüttet wurden. Der Auftakt eines 800 Stunden dauernden Marathons.

Belas Freundin Rita war eine dieser Werkstattgetreuen. Dass nicht auch sie in die klagenden Choräle einstimmte, lag weniger an der Unkenntnis der Umstände als an ihrer Herkunft. Rita konnte nicht anders als nur eingeschränkt teilhaben an den Heraufbeschwörungen von Endzeitphilosophien, was den familiären britischen Charme bei Tussauds betraf. In früher Kindheit mit den Eltern nach England emigriert aus Gründen, die sie nie für ausreichend dargelegt empfand, lebte sie seit Jahren in Clapham, einer weitestgehend anständigen, gemessen an den üblichen Freibeuterpreisen noch leistbaren Gegend Londons. Und sie lebte dort in einer Art antrainiertem Wechselspiel, das Angepasstheit ans royale Empfinden einerseits hieß, und andererseits fast schon aufsässige Heimatverbundenheit, das immaterielle Erbe von Ritas Vater und Mutter.

Karl und Emma Stahlgruber. Später Charles und Emma Steel. Und seit einem Jahr Charles und Emma Steel selig nach jener verhängnisvollen Augustnacht, als der Mob explodierte und Tausendschaften brandschatzend durch die Stadt zogen.

Rita war auf dem Heimweg an dem Exzess vorübergekommen, hatte Dutzende Läden in Flammen stehen sehen und es noch in die nahe Wohnung geschafft. Dort, gegen 3 Uhr morgens, erreichte sie die Hiobsbotschaft. Ihre Eltern hatten ihr einen Überraschungsbesuch abstatten wollen und waren beide zu Tode gekommen. Erschlagen von einer Jugend, für deren Anliegen sie bis dahin Sympathie gehegt hatte, eine Jugend, die ins Kleid der Wut und Revolution geschlüpft, deren anarchische Speerspitzen jedoch an den Säumen völlig außer Kontrolle geraten waren.

Vielleicht, bemerkte Rita Bela gegenüber später einmal, keimte darin der Same, der sie niemals zur echten Britin würde heranwachsen lassen, der sie *Shortbread* zum Tee reichen und *Sachertorte* und eine Melange mit Milchschaum herbeisehnen, der sie *Mince Pies* essen und an Weihnachtsstollen denken ließ. Ein Same, der bewirkte, dass Rita ein Leben im Zeichen einer bloßen Idee von Engländertum führte, eine Frau Ende 30, die allein mit der Fassade ihrer Existenz dabei war, im Herzen jedoch unvermindert das satte, saftige Grün trug, den steirischen Tiefengrund österreichischer Wurzeln.

Und so ließ Rita sich auch heute noch Kernöl per Luftpost kommen, um es Freundinnen wie Goldgaben auf den Salat zu träufeln; sie stellte Kaufangebote für Hunde, die sie am liebsten adoptiert hätte, anstatt auf sie zu wetten, Greyhounds, diese Opfer einer, wie sie befand, absurden und niemals von Erfolg gekrönten Hetzjagd nach Plastikhasen auf elektrischen Schienen, *Walthamstow Stadium* zumeist, manchmal aber auch *Wimbledon*; sie trotzte dem edlen Kolonialen und hielt sich, ihrem beruflichen Perfektionsdrang wie zum Trotz, an abgeblätterten Lack, an Kratzer und Kerben, bodenständige Wohnträumerei mit verdeckter Eleganz, ausgewaschene Blockstreifen neben Karos und Punkten, Vogeldrucke neben Rosenmotiven, Rüschen ebenso wie Leder und Leinen, gepaart mit einer dem Schludrigen geschuldeten Sammelleidenschaft, die es sogar erlaubte, einen Paisley-Teppich an derselben Wand hängen zu haben wie Lebkuchenherzen aus Bad Aussee. Leicht schäbiges Wohlgefühl, das den Flohmarkt zum Revier machte und auch einen Namen hatte: *Shabby Chic*; und Rita war auch dann unbritisch britisch, wenn das Volk auszog, dem Prinzenpaar zu huldigen und den Union Jack auf Holzstäbchen an den Absperrgittern am Straßenrand zu schwingen, während sie selbst, als hätte sie eine touristische Mission zu erfüllen, inmitten der Menge in Grün und Rot und Blau und Weiß posierte, den Farben von Bluse, Schürze und Dirndl.

Und doch war ihr, sehr zum Neid der Kollegenschaft, die ganz große Ehre zuteilgeworden, die üblicherweise nur echten Briten anstand. *The great honour*. Es war Rita gewesen – und keine ihrer Mitstreiterinnen –, die Kate Middleton, Duchess of Cambridge, das Haar einpflanzen durfte.

Bela hatte Rita bei einer Besichtigung der Zentrale in London kennengelernt, wohin sie ein halbes Jahr nach Antritt ihres Jobs auf Anraten von Madame Directrice gereist war, um – auf eigene Kosten, versteht sich – einen Blick ins Allerheiligste zu werfen. Normalsterblichen waren die Tussauds-Studios zu keiner Zeit zugänglich. Rita jobbte dort als Stylistin, flocht den Figuren jedes Haar einzeln in die Wachskopfhaut, eine Sisyphusarbeit, die übermenschliche Präzision und Konzentration abverlangte.

Rita war die Beste. Daher the great honour. Mit der Akribie einer Meisterin der Akupunktur spickte sie Haar um Haar mithilfe einer Nähnadel mit Griff und einer zur Gabel aufgeschnittenen Öse in die Wachshaut des Schädels. Zu dem Zweck wurde der Kopf mit einer Wärmelampe behutsam angeweicht.

Erst dann folgten die Farbmischer, die den Teint auftrugen. Bis zu vier Wochen nahmen allein die Haare in Anspruch. Gezählte 9.804 Stück waren es bei Kate, wie Rita von ihrem Assistenten Bruce wusste, dem autistischen Quotenbehinderten mit der Inselbegabung für Zahlen. Verwendet wurde ausschließlich Echthaar, Spenden, die es erlaubten, jede Art von Frisur in jeder Farbe wie original nachzuempfinden, und dank derer ein perfekter Look samt perfekter Pflege mit Shampoo und allerlei Mittelchen erst möglich war. Nur so konnte auch Kate Middletons dunkelbraun wellige Pracht, dieser goldene Schnitt aus glatt und lockig, bis hinab an die Brüste wallen, die Wachs-Duchess in die exakte Kopie jenes blauen *Issa*-Kleides gehüllt, das sie am Tag der Bekanntgabe ihrer Verlobung mit Prinz William trug.

The day of announcement.

Das alles, wie es in der Klatschpresse einhellig hieß, atemberaubend, das Blau des Kleides wie der Saphir an Kates Hals, stunning blue dress, stunning sapphire, und auch Kates Figur war natürlich nur das Eine:

Stunning, stunning, stunning.

Wenigstens hier, bei Tussauds, würde das so bleiben. Dieser eine Tag der Vermessung, der ein Leben festschrieb und alles Seelenleid aussparte, wie festgefroren im ewigen Eis einer glücklichen Berühmtheit.

Rita war ihrer Landsfrau Bela als Führerin durch die geweihten Hallen beigestellt worden. Dabei war zwischen ihnen alles recht schnell gegangen. Seitdem verband sie über Mail- und Telefonverkehr hinaus die Angewohnheit regelmäßiger gegenseitiger Besuche. Zuletzt hatte Rita vermehrt Andeutungen zum Betriebsklima gemacht. Dass auch in London längst die Kühle des Profitstrebens durch die Gänge wehte, die Vorboten einer mächtigen Eiszeit der allein heilsverkündenden Geschäftemacherei. Und eben dieses Eis war es, das aus Madame Directrice sprach, da sie missmutig anmerkte:

»Ich sage nur *Blackstone*.«

Natürlich. *Blackstone*. Wie konnte Bela es nur vergessen.

»Schon, schon«, sagte sie nun, wenn auch wider ihre Überzeugung. »Aber der Geist ist immer noch britisch. Das zählt.«

»Ich weiß nicht so recht.«

»Lustige Leute kennen ihren Vorteil.«

»Sagt wer?«

»Sagt Kattwald.«

»Kattwald?«

»*Weh' dem, der lügt.* Grillparzer.«

»Grillparzer, soso!«, schnaubte Madame. »Meinen Sie nicht, Fräulein Schmaus, dass der nicht schon ein bisschen zu lange unter der Erde liegt, um uns zu helfen? Außerdem, wenn wir hier schon einen auf Bildungsbürgertum machen ... ist er damit nicht baden gegangen? Ein Reinfall war das, wenn ich nicht irre, oder? Eine Pleite par excellence. Und die Welt hat sich seitdem ein klein wenig weitergedreht. Nun?«

»Aber kehrt sie nicht immer wieder an ihre Ausgangsposition zurück? Letztlich geht es darum, unserem Spaßvogel zu signalisieren: Lieber Freund, wir schätzen deinen Humor, und wir tragen ihn auch gerne mit und hinaus zu den Leuten.«

»Sie wollen ihn hofieren?«

»Wir wissen nicht, ob es ein Er ist. Aber ich weiß, dass wir ihn dazu ...«

»Oder sie. Wenn schon.«

»Dass wir ihn oder sie dazu bringen müssen zu reagieren. Sich zu bewegen. Nur so kommen wir an ihn heran.«

»Oder sie.«

»Die Geister, die ich rief«, seufzte Bela. »Mit Verlaub würde ich gerne ... beim Er bleiben?«

»Also doch das typische Imponiergehabe eines Mannes.« Madame machte eine wegwerfende Geste und nickte zufrieden.

»Wie gesagt: Wir müssen ihn dazu bringen, sich zu bewegen.«

»Sie meinen, wir spielen dieses ... Beamtenmikado?«

Bela nickte.

»Ich weiß nicht recht.«

»Aber ja! Prinzip des Beamtenmikados ist, wie wir wissen, dass verliert, wer sich zuerst bewegt. Das gilt auch hier. Um das zu erreichen, müssen wir nach außen stillhalten und ihm doch einen Happen vorwerfen, nach dem er schnappen kann, bereit ist zu schnappen. Und dieser Happen ist … unser kleiner Wichser da draußen. Wir haben nichts anderes.«

»Ich weiß nicht recht«, doppelte Madame Directrice nach. Sie verfiel in ein gekünsteltes Kichern, als wollte sie Angst und Gefahr gegeneinander ausspielen, fand sich aber rasch. »Meinen Sie, wir sollten mitspielen?« Sie nahm ihr Fingerspiel wieder auf, doch der Takt, den sie ins Holz trommelte, war bedächtiger. Etwas, das Bela nach einer Mischung aus Wagemut und Kalkül klang.

»Das sollten wir.«

»Gut«, sagte die Direktorin spitz. »Dann ist es beschlossen. Falls Sie es noch nicht bemerkt haben: Ich bin eine Frau großer emotionaler Energie, aber noch größerer spontaner Entschlusskraft und der allergrößten Tatkraft. Also, ans Werk! Ich erwarte Ihren Textvorschlag für die Presse in einer halben Stunde. Nein, 20 Minuten tun es auch.«

Bela starrte die Direktorin an.

»Jetzt glotzen Sie nicht so! Ich werde derweil mit London telefonieren.«

Bela holte tief Luft, dann grinste sie. »Gut«, sagte sie gedehnt, wandte sich zum Gehen.

»Da wäre noch eine Sache, Frau Magistra.«

Überrascht fuhr Bela herum. *Frau Magistra.* »Ja?«

»Dieser Artikel dieses Herrn … äh … Kluger …« Die Finger der Direktorin galoppierten über die Zeitung, und sie funkelte ihr Gegenüber über die Ränder der Nickelbrille an. »Kannten Sie die Geschichte bereits, als ich Sie heute Morgen dann … doch noch … erreicht habe? Sie wirkten so was von, nun ja, sagen wir … nicht überrascht.«

»Ich lese die *Gute* täglich«, log Bela. »Abo mit Hauszustellung. Sechs Tage die Woche.«

»Ganz recht«, gab Madame wider, »das ist auch mein Zugang.

So arbeiten Profis.« Auf weitere Erläuterungen, die Klarheit und Unumstößlichkeit des Gesagten womöglich entgegenstünden, schien sie nicht erpicht, und so griff sie mit einem Räuspern nach dem Telefonhörer. »London wartet.«

Das Gespräch war beendet. Ein letztes Mal sah Madame Bela aus festen Augen an. Jetzt erst lösten sich auch bei ihr die Züge. Es war ein bloß kleines Lächeln, das die Direktorin sich entrang, blass und verhalten wie aus dem Hof eines verschleierten Mondes.

Aber es war ein Lächeln.

*

Clementine Nierast war ein Opfer.

Auch wenn es in ihrer Welt bis vor wenigen Stunden keinen Grund gegeben hatte, das zu glauben. Nein, sagte sie sich stattdessen Morgen für Morgen wie zum Mantra des unermüdlichen Dranges und Antriebs, wenn sie am Spiegel stand und ihr Haar zurechtmachte und noch rasch eine Fluse von den gepolsterten Schultern des Businesskostüms pickte, Clementine, du bist und bleibst eine Frau der Tat. Dennoch war Clementine Nierast ein Opfer. Ein Opfer ihres Nachnamens, der wie ein Überbau auf Erfüllung setzte.

Von früh bis spät wuselte sie durch den Tag, hielt sich selbst gertenschlank und alles Übrige, was auch nur gerade gehen konnte, auf Trab. Sie folgte darin sehr viel mehr dem Zwang des Naturells als der schöpferischen Kraft eines freien Willens.

Wie hätte sie auch anders können?

Zum einen der ungepfefferte Sack von Mann mit seinem Hang zum Müßiggang, wie er es nannte. Dieser dauerentspannte Nichtsnutz, der lieber den Elektriker holte und einen unverschämt hohen Preis aus der Gemeinschaftskassa berappte, als aus Eigenem die Glühbirne zu wechseln. Weil das den Fluss seiner Energien störe. Zum anderen die pubertierende Tochter, die sich viermal am Tag neu kleidete, mindestens, und die vagesten Vorhalte mit sehr konkreten Schreikrämpfen oder Türenschlagen quittierte. Nicht einmal die Idee einer Struktur, diese beiden. Stünde nicht sie ihnen unentwegt zur Seite, hinter ihnen. Verschaffte nicht sie ihnen den nötigen Halt. Wäre nicht sie Treibstoff wie Motor in Materialunion, da sie unverdrossen ihre Haftnotizen, eine um die andere, vollkritzelte und Mann wie Tochter mit in den Tag gab. Geben musste. Auf dem Kühlschrank. Auf der Brotdose. Auf dem Bullauge der Waschmaschine. Im Bad an der Etagere. Ja, bis hinein ins Schlafgemach und hinaus auf die Terrasse zu den Chrysanthemen und den Hydrokulturen der Königsstrelitzien reichten die Anregungen und unerlässlichen Vorgaben ihrer Post-its.

Joghurt wird bald sauer. Bitte essen. – Achtung! Anschnitt etwas hart. – Gleich in den Trockner, dann aufhängen! – Zahnpastareste! – Fenster gekippt lassen! – Wasser dosiert geben. Danke!

Wie denn auch nicht?

Und erst die Angestellten. Mein Gott, welch lahmer, unorganisierter Haufen! Diese Bagage! Ein einziger feuriger Pfefferoni im Arsch, der sie ihnen war. Sein musste. Kein Wunder, dass sie dich hassen, aber wie sonst wären wir dorthin gelangt, wo wir stehen? Dass man so respektlos über dich herzieht, ist ein hartes Stück Arbeit gewesen. Dafür braucht es grenzenlose Bewunderung oder grenzenlose Missgunst, am besten beides, das eine durch das andere bedingt, das andere das eine untermauernd. Und dazwischen ist genau … nichts.

So lautete Clementine Nierasts Credo.

Andere Häuser schreiben andere Zahlen, dachte sie. Nicht diese. Mancherorts von Jahr zu Jahr ganz ordentliche Verluste, wie man hörte. Wenn es hoch herging, eine schwarze Null.

Schwarze Null. Was für ein Witz!

Die schwarze Null hatte in ihren Augen etwas Anrüchiges, etwas Politisches, das nach Parteibuchsumpf und Postenschacher klang, nach Unbedarftheit und Unfähigkeit. Aber hier bei ihnen war es nicht wie in der Politik. O nein. Nettozahler zu sein, die Defizite anderer aufzufangen, war etwas, worauf Clementine Nierast stolz war. Mit Kuschelkurs ging da gar nichts. Wir sind ein prosperierendes Unternehmen von Weltrang, hatte sie gestern Abend noch gesagt. Beim Small Talk zu Lachsbrötchen und Prosecco mit Pfirsichmus. Und bei sich hatte sie gedacht: Was wir mit Sicherheit nicht sind, ist eine Wohlfühloase für faules Mitarbeiterpack.

Aber das war gestern.

Heute war die Welt der Clementine Nierast ein bisschen wie Granderwasser. Sie drehte sich andersrum. Heute war alles verkehrt. Sie hatte die Kontrolle verloren. Erstmals in zwei Jahren war ihre Souveränität angeschlagen. Wie ein Stück Meißner Porzellan, von ungelenker Hand über die Tischkante gezogen. Da war nichts zu kitten, ohne dass eine Bruchstelle sichtbar bliebe. Der Schaden war gesetzt. Ein dauerhafter Verlust an Wert.

Oder?

Dass sie nun gezwungen war, an ihrem Schreibtisch zu sitzen und in diesem Ordner zu blättern, war Teil des Verlustes und führte eine Frau wie Clementine Nierast geradewegs an die Grenzen der Niedertracht.

Welch schändlicher Akt des Stillstands!

»Requisite, Requisite«, murmelte die Direktorin und blätterte von Seite zu Seite, während die andere Hand übers Gesicht fuhr, als wollte sie das feine Netz aus Fältchen wegwischen, das ihr der Gram darüber gesponnen hatte wie eine Spinnwebe des Verdrusses. »Was denn für eine Requisite? Aus welchem Film? Aus dem *Graf Bobby* vielleicht? Oder aus *Charleys Tante*? *Hurra, die Schule brennt*? Ich weiß nicht, ich weiß nicht.«

Unglaube schwängerte ihre Stimme. Sie hatte getan, was sie noch nie zuvor getan hatte. Sie hatte eine Entscheidung gefällt, die keine Folge eines alleinigen Ratschlusses ihrer selbst gewesen war. Das würde gewiss die Runde machen. Wellen des stillen

Aufruhrs, die durchs Haus gingen, die Getuschel und Gezische ohne Ende generierten. Ja, sie konnte das Geflüster bereits spüren, jetzt, da sich der schauderhafte Gedanke verkörperte und als Gänsehaut auf sie niedersank. Wellen aus Spott und Schadenfreude waren das, aus Hohn und Trotz, die, zerronnen zu einer einzigen Flut der Schande, auf sie zurückschwappten. Und es würde sie sehr viel Kraft und Härte kosten, das vergessen zu machen. Wenn es denn ein Vergessen gab.

Dabei … dabei wollte sie das alles gar nicht. Es war aber auch keine Frage ihres ehernen Wollens, nur eine des Müssens. Eine Frage der natürlichen Abläufe, mit denen sie den Karren auf der Straße hielt, nötigenfalls aus dem Dreck zog. Den Karren Familie. Den Karren Job. Wer denn sonst? Hier drinnen? Dort draußen? All die Widerstände, all das Aufbegehren, Werkzeuge des Dagegenhaltens, die es dennoch nicht geschafft hatten, sie aus der Balance zu kippen.

Aber das war gestern. Heute war Granderwasser.

Sollte sie, dem neuen Drall folgend, die Kolleginnen und Kollegen künftig stärker einbinden? Sollte sie Milde zeigen? Sollte sie …?

Nein!!!

Dann lieber wie gewohnt. Linksrum. Notfalls mit Gewalt. Angriff war immer noch, worauf sie sich am besten verstand. Aber klang das hier nicht sehr viel mehr nach geordnetem Rückzug? War es nicht ein untrügliches Anzeichen von Verlust, von Aufgabe, wenn sie dasaß und die Akte Peter Alexander nach geeigneten Requisiten durchforstete?

Was tun? Clementine Nierast war ratlos. Sollte sie nicht doch lieber …? Auch wenn sie erst vor ein paar Minuten das Gegenteil gesagt und für ihren festen Willen ausgegeben hatte? Da sie ihre ungebrochene Entschlusskraft demonstrativ in die Schlacht geworfen hatte?

O nein, es würde kein Honiglecken werden, die Halblustigen da drüben auf der Insel zu beruhigen, sie zu überzeugen und auf die neue Linie einzuschwören. Selbst für eine Clementine Nierast nicht. Kraft ihres Erfolges, ihres Punches, hatte sie Vieles, ja, Unmögliches durchgeboxt, Freiräume geschaffen, die anderen Häusern nicht zugesprochen wurden. Das Programm für das kommende Jahr war fast ausschließlich ihr Wurf. All die Neuen. Herbert Prohaska. Daniel Craig (sie hatte ihn für alle wichtigen Häuser, natürlich auch Wien, angeregt). Ferner Alexander von Humboldt. Den Schwarzenegger in Lederhosen. Die Tournee der Beatles. Sie hatte die Pilzköpfe vor Berlin bekommen, als Erste auf dem europäischen Festland. Hinzu kam die Adaption der Alten, denen der Zahn der Zeit am Antlitz nagte. Nicht in ihrem Reich, nein, da draußen, im sogenannten echten Leben. Dort, wo den Menschen zum Frühstück die immer selben Kolumnisten mit den immer selben Visagen dargereicht wurden. Seit 40 Jahren unverändert. Forever young. Wo gibt's denn so was, dachte Clementine Nierast. Bei Zeitungen vielleicht, wo die Aktualität endet, wenn die Eitelkeit anfängt.

Aber sicher nicht bei mir.

Musste da nicht gehandelt, musste da nicht vorausschauend agiert werden? Natürlich. Und doch stand es auch hier in Wien mit den Zahlen zuletzt nicht zum Besten. Immer noch hoch weiß, überlegte sie und blätterte, immer noch meilenweit entfernt von der leidigen schwarzen Null … das ja … aber doch ein klein wenig rückläufig. Das war man von ihr nicht gewohnt. Das war, mehr noch, sie selbst von sich nicht gewohnt. Nein, sie war keine dieser ewigen Verlierer, die vermeinten, die Schmach ihrer Faulheit in den Triumph eines freieren, unbeschwerteren, glückerfüllteren Lebens ummünzen zu können. Keine von jenen, die ihre Untätigkeit mit dem trügerischen Lack des Savoir-vivre schniegelten, die auf Modedroge Burn-out machten, die allem, insbesondere der eigenen systematischen Nichtstuerei, den allergrößten Nutzen abzupressen suchten, bloß weil sie bankrott genug waren, sogar für ihr Budgetloch Verwendung zu finden.

Nein, nein, so eine war sie nicht. Clementine, du bist und bleibst eine Frau der Tat, sagte sie sich auch jetzt.

Ein Ruck durchlief sie. Sie seufzte, griff zum Telefon, dem direkten Draht über den Kanal, hielt inne. »Zu früh«, murmelte sie. Erst wollte sie Genaueres wissen. Also griff sie zum zweiten Apparat, der internen Leitung. Eine angespannte Frauenstimme am anderen Ende.

»Ja, Frau Direktor?«

»Hier spricht Madame Directrice.«

Schweigen.

»Dachten Sie, ich wüsste nichts von diesem Kosewort, Fräulein Schmaus? Nun, wie weit sind Sie? Fertig? Fein, lesen Sie vor.«

Sie lauschte und lauschte, lächelte, sagte: »Sehr gut, Frau Kollegin. Ein paar kleine Korrekturen noch. Das genügt. Vorerst. Ich weiß gar nicht, warum alle sagen, man könne mit Ihnen nicht arbeiten.«

Das ungläubige Schnauben am anderen Ende vernahm sie nicht mehr. Längst hatte sie den Hörer in die Gabel geworfen, trommelte mit den Fingern gegen die Eichentischplatte und lachte schallend auf. Der Bubikopf wackelte und wackelte.

Clementine Nierast hatte ihr Gleichgewicht wieder. Work-Life-Balance vom Feinsten. Sie fasste zum zweiten Telefon. London wollte Antworten. London würde Antworten bekommen.

Jetzt ja.

Derselbe Tag, um die Mittagszeit

IV. EINE FRAU VON WELT

Eine Reise … hmm … und ein … ein Kostüm?

So lange nach dem passenden Ausdruck im Trüben zu fischen, musste ein Mann seiner Qualifikation und Routine für unwürdig befinden. Dennoch hatte es eine Ewigkeit gedauert. Vielleicht hätte ein gelegentlicher Blick ins Wörterbuch ja doch gelohnt? Jetzt, endlich, hatte er es. Ein Reisekostüm. Genau das war es.

An den Schreianfall des Pinschers wollte Kluger nicht denken, ebenso wenig an die neueste Collage zu seinen Lasten. Zumal sie das Papier nicht wert war, ein billiger Abklatsch früherer Ausbrüche von Cäsarenwahn. Also musterte er eingehend das Bild an der Wand, um die Wartezeit auf die Dame jenes noblen Hauses zu überbrücken, wo er sich nun befand.

»Hmm«, machte Kluger und besah sich das Reisekostüm im Detail. An der Basis, scharf über den Fesseln beschnitten, das Schuhwerk. Zwei lederne klobige Zeugen einer verlorenen Zeit, die Gamaschen über der Zunge mit grobem Stich aufgenäht. Darüber eine Fingerspanne blanke Haut, dann, auf halber Wadenhöhe gekappt, der Saum der schlabberigen Hosen aus gewirktem Leinen. Ein in breite Falten gelegter Gehrock umwallte die Figur knieaufwärts, ummantelt von einem hüftlangen Cape. Die eine Hand hielt ein Schmetterlingsnetz, die andere stieß kokett in die Seite.

»Hmm«, machte Kluger abermals. Obwohl völlig aus der Zeit gefallen, vermittelte das Outfit dieser Gestalt etwas, das ihn selbst vor sich minderwertig erscheinen ließ. Unbehagen machte sich in ihm breit, also beschloss er, die Äußerlichkeiten sein zu lassen, sich dem Inhalt der Hülle zu widmen.

Der Körper, der in dem Reisekostüm steckte, sprach die Sprache eines unverrückbaren Stoizismus, und das Gesicht mit seiner markant breiten Nase und der Umrahmung eines dunklen Pagenschnitts zeugte von einer Überlegenheit, die sich am Wechselspiel aus Neugierde und Befriedigung sättigte. Dazu, wie zur Wehr gegen jeden aufkeimenden Zweifel, ein stämmiges Kinn. Allein die Augenpartie versprühte den Verdacht, dass auch Gegenteiliges möglich war. Rastlos funkelten zwei Kohlen in ihren Höhlen, und die Brauen wölbten sich hoch auf wie Kirchenfenster. Es war ein Schauen, als wäre das ganze Leben eine Unwägbarkeit und Überraschung. Dabei überraschte diese Frau schon lange nichts mehr.

Kluger überlegte kurz, dann fuhr er fort mit seiner Beschau. Auf ihrem Kopf prangte eine die Stirn breit umlaufende Krempe. Wie ein ausgehöhlter Kreisel saß der Hut auf, und die Spitze stieß frech in den Himmel, als riefe er zum Aufstand gegen das Bild einer chinesischen Erntehelferin, das sie auf einen flüchtigen Blick abgeben mochte. Kein Zweifel: Dieses Antlitz war auch nicht asiatisch, war europäisch durch und durch und stand doch für eine Erscheinung nicht nur einer Welt, zu Papier gebannt mit sicherem Strich und Kohle.

»Ida Pfeiffer«, hörte er unvermittelt eine Stimme hinter sich sagen und fuhr herum. Er hatte sie nicht kommen hören. Auch nicht, dass sie ein Tablett auf den Couchtisch gestellt und den Raum durchmessen hatte, ehe sie hinter ihn hintrat, um seinem Blick zu folgen.

»Kapstadt, Borneo, Sundainseln«, setzte sie hinterdrein, »ferner die Molukken, Mauritius, Madagaskar, Indischer Ozean und Mississippi, Singapur, Niagarafälle. Das und vieles mehr. Endlos ließe sich die Reihe fortsetzen.« Sie seufzte schwer. »Sie war eine Weltreisende und Reiseschriftstellerin, praktisch im Alleingang, und das zur damaligen Zeit, Mitte des 19. Jahrhunderts. Stellen Sie sich das einmal vor, Herr Redakteur. Überdies eine Tochter dieser Stadt. Ja, Ida Pfeiffer war echte Wienerin. Die als Kind in Bubenkleidern umherlief. Die ihr Geschlecht lange Zeit verleugnete, um es später umso stärker anzunehmen und zu vertreten. Was für eine Frau! Was für eine Exzentrik! Der bessere Alexander von Humboldt, wenn Sie mich fragen.«

Sie machte kehrt, ehe er etwas erwidern konnte, und schritt voraus zu der eleganten, mit rotem Leder überzogenen *Rolf-Benz*-Garnitur. »Wollen wir?« Mit Schwung ließ sie sich in die Polsterung fallen und kreuzte die Beine.

Kluger folgte ihr unschlüssig, musterte den Raum noch einmal, mit etwas anderen Augen nun. Dann ließ auch er sich nieder.

»Bevor Sie darauf verfallen«, hob sie erneut an und goss ihrem Gast ein, »mich zu fragen, ob ich male, und ich mir zurechtlegen muss, ob ich Sie mir als Charmeur zur Brust nehme oder als Banause, sage ich es Ihnen lieber gleich: Das hier«, sie wies in einer weit ausladenden Bewegung durch den Raum, »ist – dank der Farbgebung der Wände leicht zu erkennen – nicht nur der blaue, sondern infolge seiner überproportionalen Präsenz den anderen Künstlern gegenüber der Flora-Salon. Paul Flora. Gut, aber tot. Flora, Sie wissen schon, das ist der mit den Raben.«

»Natürlich. Die Raben«, sagte Kluger und hielt sein unrasiertes Kinn in den Dampf der Teetasse, die er mit beiden Händen aufgenommen hatte. Der aufsteigenden Hitze wie zum Trotz gewahrte er, wie ihm das Lächeln zur Fratze gefror, so unsicher und verräterisch wie auch das Schweifen seiner Augen verräterisch gewesen sein musste, als er beim Betreten des Salons die Wände gemustert hatte.

Tatsächlich hätte er sich ums Haar bis auf die Knochen blamiert. Einen Flora hätte er allenfalls noch erkannt. Aber der Rest ließ ihn doch sehr im Unklaren, ob er es mit einer kunstsinnigen Mittvierzigerin zu tun hatte, die in den Galerien der Stadt auf Beutefang ging, die ganze Werkserien aufstrebender oder verblühender Maler und Zeichner als das bessere Aktienpaket aufkaufte …

… oder mit einer Frau, die aus Eigenem zu Bleistift und Pinsel griff und in einer Anwandlung von Hausfrauengraffito Zeichen missratenen Selbstausdrucks setzte. Manche der zur Schau gestellten Werke hatten ihm genau diesen Eindruck vermittelt. Bestimmt, dachte Kluger, sitzt du einer Frau gegenüber, die von einer Charity zur nächsten tingelt und sich feiern lässt in den besseren Kreisen, zu denen sie als Besitzerin dieser Jugendstilvilla im Nobelbezirk Hietzing wohl zählte. Prominente pinseln gegen den Welthunger. Etwas in der Art jedenfalls, hatte er eben noch gedacht und eine diffuse Übelkeit aufsteigen gespürt, die ihn zuletzt immer öfter überkam, stand das Wort »Society« im Raum. Letztlich hatte er sich für die eisbrechende Schmeichelei entschieden und eine Künstlerin in ihr sehen wollen. Ehe Kluger den Gedanken hatte aussprechen können, war ihm die Gastgeberin jedoch zuvorgekommen. Eine glückliche Fügung, wie er befand.

»Aber Sie sind nicht gekommen, um über Kunst zu sprechen, nicht wahr?«

»Ja … das heißt, nein.«

»Nun, es ist nicht gerade so, dass ich behaupten könnte, ich würde ihn vermissen. Als Mann, wohlgemerkt. Als Kamerad dagegen schon. Und es ist auch nicht gerade so, dass ich mir das hier täglich zu Gemüte führe.« Ihr Ton war spitz, ihr Blick auf die aufgeschlagene Zeitung geringschätzig. »Es war die werte Frau Schwiegermama, die mich darauf gebracht hat. Die Ex-Schwiegermutter, um genau zu sein. Das habe ich Ihnen doch gesagt, am Telefon, das mit der Scheidung vor ein paar Jahren. Habe ich nicht?«

Kluger nickte, taxierte sie mit galoppierenden Augen. Alles sprach von einer auf sich bedachten Frau: die schlanken, in dunkel-transparent schimmernde Strümpfe gehüllten Beine; das spitzenbesetzte Strumpfband, das unter dem Rock ihres eleganten, mit matt schimmernden Silberknöpfen besetzten Kostüms hervorblitzte; dazu die imposante Oberweite; und die fein ziselierten Züge ihres Antlitzes, eingefasst von dunklem schulterlangem Haar. Aber nicht nur Klugers Augen galoppierten. Scharf geritten wurde auch über ihrem Haupt. Schwarz in Grau zogen finstere Gestalten auf einer von Bäumen bestandenen Anhöhe dahin, die Äste vom Spätherbst kahl gefegt. Als farblicher Kontrapunkt dienten allein die knallroten Fähnchen, die Reiter um Reiter an stolz erhobenen Wimpelstangen mit sich führten.

»Wenn Sie sich an mir und den sechs Husaren sattgesehen haben, könnten wir fortfahren«, sagte sie ansatzlos, machte eine vage Geste auf den Flora über ihr. Sie fixierte ihr Visavis mit einem strengen Blick über die Ränder ihrer Hornbrille.

Kluger schrak hoch.

»Die Frau Schwiegermama war ja so aufgeregt am Telefon«, fuhr sie fort, »nachdem sie dieses Foto in der Zeitung entdeckt hat. Natürlich war sie das. Stellen Sie sich das einmal vor: Eine Mutter, deren Sohn von einem Tag auf den anderen spurlos verschwindet und auf diese Weise wieder ... nun ja ... sagen wir *auftaucht*. Sie hat den 80er hinter sich, ist eine alte Dame einfacher Herkunft. Aber von Format, sage ich Ihnen. Selbstverständlich habe ich mich angeboten, das für sie zu übernehmen. Wir pflegen immer noch regen Kontakt.«

»Natürlich.«

»Also habe ich mir, nolens volens, diese Ausgabe hier besorgt und angerufen. Fürs Erste bei *Madame Tussauds*. Wo sonst. Da wollten sie mich gleich mit irgendeiner Subalternen abschasseln. Irgendeine Magistra Schme, Schmu, Schma ... was weiß denn ich. Was glauben Sie, was ich denen für einen Wirbel geschlagen habe. Bis ich die Direktorin ans Rohr bekam. Natürlich die Direktorin! Eine zufällige Ähnlichkeit sei das, nichts weiter, hat die geflötet. Ähnlichkeit? Na, ich weiß nicht, sage ich. Aber da war nichts zu machen. Unbeirrbar, dieses Weibsstück! Danach habe ich bei Ihnen angerufen. Schweren Herzens. Mit ... nun ja ... gemischten Erwartungen. Nichts gegen Sie persönlich. Aber dieses Blatt ... *Ihr* Blatt ... dazu die Unsicherheit, ob man sich der Sache überhaupt annähme. Und wenn ja, ob nicht ein Praktikant oder sonst wer entsandt würde, der leicht entbehrlich ... aber ich muss gestehen ...«

Sie verhielt, zwinkerte ihrem Gegenüber zu, schlug die nächste Seite des Fotoalbums auf, das neben der Zeitung auf dem eleganten Couchtisch lag, während Kluger einen flüchtigen Blick auf seine Knopfleiste warf und froh war, ein einigermaßen vertretbares Sakko darüber zu tragen. Der eben noch scharfe Tonfall der Hausherrin modulierte ins Sanftmütige, fast Rührselige. »Ah, hier. Sehen Sie doch. Eine Blitzhochzeit. Ganz im Geheimen. Vegas, was sonst. Die Turteltäubchen, die wir waren. Zwei Trauzeugen von der Straße, gegen Cash, und aus. Es geschah ja auch gegen den Willen der Familie. Meiner Familie. Nun ja, es ist, wie es ist. Irgendwann weicht die Vernarrtheit der Liebe dem Pragmatismus des Alltags. Diesen Mann Tag für Tag aus der Nähe betrachten zu müssen, hat meiner Meinung über ihn nicht gut getan. Noch eine Tasse Tee?«

»Danke.«

»Danke ja?«

»Danke nein. Ich habe noch.«

»Ach ja, richtig. Sie müssen auch gar nichts dazu sagen«, sagte sie, befüllte die eigene Tasse, führte sie mit gezierter Geste an die Lippen, »aber wie Sie wohl erkannt haben, trauere ich ihm keine Sekunde nach. Auf die eine Weise. Auf die andere wiederum ja.«

»Ja. Ich meine nein.«

»Genau. Ich sorge mich um ihn. Natürlich tue ich das. Er ist ein Weichling, wie er im Buche steht, ein gutherziger Geselle, dem die Leidensgeschichten seiner Kunden zusetzen, ein Feind der eigenen Börse, einer, der endlose Preisnachlässe gewährt. So einen kann und will man nicht für alle Zeiten durchfüttern. Anfangs hat er gelitten unter der Trennung. Dazu die Geldsorgen. Nun ja, Leiden auf hohem Niveau. Gütertrennung, wissen Sie? Weiblicher Instinkt. Tja, so vernarrt war ich dann auch wieder nicht. Aber dass er … nein, das passt einfach nicht … so eine Nummer, nein, nein und nochmals nein.«

»Was denn für eine Nummer?«

Sie stellte ihre Tasse ab, beugte sich, tiefe Einblicke gewährend, ihrem Visavis mit verschwörerischer Geste entgegen und schlug mit dem Handrücken gegen die Tischplatte. Klimpernd tanzten zwei Armreifen aus schwerem Gold. »Dass er so eine Nummer durchzieht, er alleine, niemals, verstehen Sie?«

»Um ehrlich zu sein, nicht ganz, Frau Hin…«

»Mayer-Thurgau. Mit Bindestrich.«

»Natürlich.«

»Ich habe den Mädchennamen wieder angenommen«, sagte sie und tauchte empor. »Gleich nachdem die Papiere unterfertigt waren. Auch da hat der Instinkt über die Dummheit gesiegt. Wer will schon als Hinczica zu Grabe getragen werden? So ganz ohne Bindestrich. Sie vielleicht? Außerdem: Wenn da jetzt weiß Gott was rauskommt und man meinen Namen mit dem seinen in Verbindung … der Allmächtige bewahre! Im Übrigen war ich es meiner Familie schuldig. Zur Wiedergutmachung jugendlichen Ungehorsams.«

»Ich verstehe.«

»Ja? Aber deshalb habe ich Sie nicht hergebeten, Herr … Hirner, nicht wahr?«

»Kluger.«

»Herrje!« Sie gluckste in gespielter Verlegenheit. »Diese verflixten Namen. Ich wusste, es hat mit dem Kopf zu tun.«

Kluger brachte alles Verständnis der Welt für Namensdilemmas auf. Hirner hatte ihn aber noch niemand genannt. Schon früh, als Gymnasiast, hatte er sich eine Gegenstrategie zum Kameradenspott zurechtgelegt im Bemühen, sich vom Zorn an die Gelassenheit heranzuarbeiten. Mit mäßigem Erfolg. Und so hörte er sich nun in unterdrückter Verbitterung sein Sprüchlein von einst hersagen: »Ich trage sie sogar im Namen.«

»Wen? Mich?«

»Die Intelligenz.«

»Ach ja? Was um alles in der Welt …?« Sie lachte auf. »Ich bitte um Verzeihung. Einer meiner Verflossenen … lange vor dem Ferdinand, ja? … hat gesagt, ich würde Worte aus Prinzip aussprechen, ohne sie zuvor durch das Sieb der Vorsicht fallen zu lassen. Schön, oder?«

»Sehr schön«, heuchelte Kluger.

»Worauf ich allerdings hinauswollte … die Sache mit der Nummer.«

»Ja?«

»Seien Sie versichert: Das ist nicht seine Kragenweite. Bei aller Nachlässigkeit mir gegenüber. In der Arbeit ist der Ferdinand an Gewissenhaftigkeit kaum zu überbieten. Der ist keiner, der über Nacht die Balken runterlässt und davonläuft. Keiner, der eine Kundschaft enttäuscht. Keiner, der eine Perücke unfertig liegen lässt. Aber genau so war es damals. Mehr als ein Jahr ist das jetzt her. Am helllichten Tag. Mitten unter der Arbeit. Eine Mutter und ihre krebskranke Tochter hatten einen Termin bei ihm, sich jedoch verspätet. Als sie kamen, standen sie vor verschlossenen Türen. Draußen ein Schild. Einfach zugesperrt und weg. Natürlich gibt es Verlockungen, die Männer ohne einen festen Stand vom rechten Weg abfallen lassen. Aber so einer ist der Ferdinand nicht.«

Helene Mayer-Thurgau seufzte aufs Neue. Ein Leuchten der Trauer um etwas lag in ihrem Blick. »Der versteckt sich doch nicht im Ausland«, fuhr sie fort. »Und dass er mit der Bankomatkarte in Spanien Geld behoben haben soll, was beweist das schon? Kann ebenso gut ein anderer gewesen sein, der ihm ähnlich sieht, oder? Bei der Qualität ihrer Überwachungskameras. Pah! Hab ich alles der Polizei gesagt. Nicht hören wollen haben sie's. Wie vorgefasst in ihrer Meinung waren die. Vor allem dieser … dieser Chefinspektor. Es ist wegen seiner Steuerakte, Frau Mayer-Thurgau, hat er gesagt. Die Steuerakte Ihres Herrn Ex-Gatten.«

»Steuerakte?«

»Was für ein lachhaftes Argument! Steuerakte! Bloß weil er halt … mein Gott … er soll nicht alles beim Fiskus angegeben haben. Na und? Zeigen Sie mir auch nur einen Finanzminister in diesem Land, der das tut, hm?«

»Nun ja, also …«

»Eben. Der Ferdinand und untertauchen? Himmel, nein! Dafür ist er viel zu schwach. Nicht einen Funken krimineller Energie trägt der in sich. Und jetzt diese seltsame Sache bei Tussauds. Der setzt sich doch nicht selbst ein Denkmal. Mit einer Wachsfigur. Wie hätte er das denn bewerkstelligen sollen? Mit welchem Geld? Und dass ihm ein anderer … was für ein Unsinn! So eine Koryphäe in seinem Beruf ist er auch wieder nicht. Der Ferdinand als Wachsfigur. Noch dazu neben diesem Peter Alexander. Ausgerechnet der. Dem seinen Singsang hat er noch nie ausstehen können. Ich übrigens auch nicht.«

Kluger nickte in ehrlichem Verständnis.

»Also dass er sich da … wie soll denn das gehen? … Ich verstehe das alles nicht.«

Kluger saß da und überlegte. Auch er verstand das alles nicht.

»Und wenn es doch nichts weiter ist als eine … Verwechslung? Eine verblüffende Ähnlichkeit. Eine Zufällig…?«

»Nein! Nein!«, warf sie dazwischen, funkelte ihn grimmig an. Ein Stimmungswechsel, jäh und bedrohlich wie ein Wetterumschwung in den Bergen. »Glauben Sie, eine Mutter erkennt ihren Sohn nicht und eine Frau nicht ihren Mann?«

Ex-Mann, hatte Kluger auf den Lippen, behielt es aber für sich.

»So habe ich das nicht gemei…«

»Wie dann?«

Kluger wagte ihr nicht in die Augen zu blicken. Er spürte, dass ihm sein Unglaube von Berufs wegen in diesem Moment im Antlitz saß. Bestimmt lauerte der Argwohn wie ein schelmischer Beelzebub, sprungbereit, sich als Lachen eine äußere Form zu geben. Unter anderen Umständen hätte er losgeprustet, wäre aufgesprungen und hätte sich empfohlen.

Aber so?

Natürlich war die Geschichte hochgradig absurd. Genauso absurd wie eine Figur, die über Nacht ohne Wissen der Belegschaft bei Tussauds auftaucht. Dennoch: Etwas sagte ihm, dass noch mehr kommen konnte. Kommen würde. Geldangelegenheiten und Frauen, das waren die Minenfelder seines Lebens. Aber der Zug aufs Tor bei einer guten Story? Hatte er den eingebüßt? O nein. Das war sein Metier. Wenn er etwas beherrschte, dann das. Story um Story hatte er aufgerissen. Eine Serie ohnegleichen. Andererseits … fand nicht jede Serie über kurz oder lang ihr Ende? War das hier ihr Ende?

Sein Ende?

Kluger wusste es nicht. Bloß, dass er diese Frau nicht vergrämen durfte. Sie war es gewesen, die sich – ganz entgegen ihren gesellschaftlichen Usancen – an die *Gute* gewandt hatte. Ja, verdammt, er wollte diese Story. Er brauchte diese Story. Und er brauchte diese Frau. Ihre Gunst. Gerade jetzt, wo alles sich gegen ihn verschworen zu haben schien. Wo der Triumph der Exklusivgeschichte in ein Waterloo gemündet hatte. Wo die Freude, mit der er heute Morgen in See gestochen war, vor nicht einmal einer Stunde jäh auf Grund lief.

Sein Riff hieß Pinter. Jetzt hatte ihn der Ressortchef in Gedanken also doch wieder eingeholt. Pinter, der Pinscher, in Händen das Dementi aus dem Hause Tussauds, das er zum willkommenen Anlass nahm, Klugers Geschichte von dem geheimnisvollen Unbekannten an der Seite Peter Alexanders zu zerschmettern und ihn auf Zwergenmaß zu stutzen …

… Madame Tussauds interaktiv … immer für eine Überraschung gut … ein Fan stellvertretend für den kleinen Mann von der Straße mitten unter den großen Stars … ein Meilenstein der Kunst, der von Wien aus seinen Siegeszug antreten wird …

So stand es geschrieben in dem Pressetext. Nach allen Regeln der Missgunst niedergemacht hatte der Pinscher ihn, die Schleusen des Hasses weiter denn je geöffnet.

»Paradigmenwechsel, Kluger!«, hatte er gefaucht, »sieh nur, hier steht es geschrieben. Genau der wird bei uns auch stattfinden, stattgefunden haben, Futur exakt, wenn ich mit dir fertig bin!«

Er sei auf einen plumpen Werbegag eines Wachsfigurenkabinetts hereingefallen, und spätestens morgen, wenn die Mitbewerber in ihren Klatschkolumnen über ihn herfielen, schlüge ihm das letzte Stündlein. Weil er, Pinter, ihn, Kluger, dann in der Pfeife rauche. Und dass angesichts dieser Blamage endlich auch der Chefredakteur seine schützende Hand von dem unverbesserlichen Querschädel, der er sei, nehmen würde. Und dass ihn frühmorgens sein alter Jagdfreund Vickerl aus den Federn geholt und ins Telefon geschnaubt habe, und dass es, so wahr er hier sitze, das letzte Mal gewesen sei, dass er, Kluger, gegen einen seiner, Pinters, Getreuen anschreibe. Dass er sein überhebliches Getue seit immer schon sattgehabt habe. Dass die Zeit reif sei, Jüngere, Bessere, insbesondere sehr viel Billigere zum Zug kommen zu lassen. Dass Übergenauigkeit in der Recherche und ein Bauchgefühl ohnedies überbewertet würden und nur noch die Schnelligkeit der Information zähle. Dass er solche Versager wie ihn ebenso gut an der Tankstelle auflesen könne. Oder bei den Unterstandslosen in der Gruft. Dass er seine großen Jahre, so er überhaupt welche gehabt habe, endgültig hinter sich gebracht habe. Dass sich mit der Sauferei vielleicht ein Klischee des Journalismus, nicht jedoch ein Arbeitsplatz bewahren ließe. Dass er …

Dass. Dass. Dass. Dass.

Deformiert wie ein Kauknochen war er aus dem Büro des Pinschers geschlichen, mit gerade noch genügend Kraft, die Haftnotiz aus Rosis Händen entgegenzunehmen. Anruf Helene Mayer-Thurgau. Wachsfigur sieht aus wie ihr verschwundener Ex, Ferdinand Hinczica, Perückenmacher, war darauf vermerkt. Darunter ihre Nummer. Und der Zusatz: ksa. Das interne Kürzel für »klang sehr aufgeregt«.

Das tun sie alle, hatte Kluger noch gedacht und ungläubig dreingeblickt, um wie der *Duracell*-Hase auf dem letzten Tropfen Batterie in sein Zimmer zu wackeln. Dort hatte er die Notiz zerknüllt und in den Papierkorb geschleudert. Bestimmt wieder eine dieser Verrückten, die ihren Sermon abladen wollte. Als wüssten alle Irren der Stadt, dass sie nirgendwo besser aufgehoben waren als in der Redaktion der *Guten.* In der Zentrifuge des Wahnsinns. Ein vereinendes Gefühl der psychotischen Zugehörigkeit, ein instinktives Heimweh nach dem größten Narrenturm weit und breit.

Was da nicht alles anrief. Von Männern und allen anderen guten Geistern verlassene Frauen, die ohne Unterlass eine Stunde und mehr sprachen – von Dämonen und sonstigen Spukgestalten in der Wohnung unterhalb; vom ersten empirischen Beweis der Hellseherei, den beizubringen nur sie imstande wären; von einer Massenvergewaltigung durch das im Wohnzimmer vollzählig versammelte Polizeiwachzimmer ums Eck, et cetera, et cetera.

Anruferinnen, die es einem schon mal erlaubten, unbemerkt Kaffee holen, auf die Toilette oder auch zum Greißler auf eine Käseleberkäsesemmel mit extra viel scharfem Senf zu gehen. Ein viertelstündlich eingeworfenes »Ja« oder »Nein, wirklich?« oder »Unerhört« oder auch »Tolle Story, die machen wir groß« genügte. Und am Ende sprachen sie ihren überschwänglichen Dank aus für das Ohr, das man ihnen geliehen hatte.

Die geistbefreiten Männer indes waren um keinen Deut besser. Klugers Allzeit-Schreckgespenst war jener, der sich zum Retter der Vandalen aufgeschwungen hatte. Jahrelang hatte der ihn heimgesucht.

»Die Vandalen waren ein friedliebendes Volk«, sagte der Leser gebetsmühlenartig bei jedem Anruf, der ausnahmslos auf Klugers Klappe landete, hatten sie wieder mal eine noch so nichtige Story, noch so unbedeutende Meldung im Blatt, die das Wort »Vandale« enthielt, worauf er, Kluger, einen historischen Exkurs zur missbräuchlichen Verwendung des Wortes über sich ergehen lassen musste. Einem Leser mit berechtigtem Anliegen, so nervig er sein mochte, das Götzzitat oder dergleichen an den Kopf zu werfen, konnte bitterlich ins Auge gehen, wusste Kluger, seit er es nichtsahnend bei einer Nichte des Herausgebers getan hatte.

Also nahm Kluger den Retter der Vandalen hin, bis es doch zu viel war und er eines Morgens zurückschlug. Er selbst hatte das böse Wort am Vorabend in eine Kurzmeldung verpackt und sich auf die Lauer gelegt. Der Anruf erfolgte prompt. »409 nach Christus«, betete Kluger von seinem vorsorglich angelegten Spickzettel am PC herunter, »Eindringen des alanisch-vandalisch-suebischen Verbandes auf der Iberischen Halbinsel ... 20 Jahre später das Übersetzen von 15.000 Kriegern von Andalusien ins römische Afrika unter Rex Geiserich ... friedliebend, ja? ... wobei der römische General Bonifatius eine wichtige Rolle ge...«

Tuuuuuut. Er hatte den Mann nie wieder am Rohr. Ja, Wahnsinnige ohne Ende. Und ihre Zahl wuchs und wuchs.

»Es ist nur so ...«, sagte Kluger nun, der bloß auf dieser 4.000-Euro-Couch hier saß, weil er die Notiz dann doch aus dem Papierkorb gefischt hatte, mit der brüchigen Hoffnung eines auf hoher See Ertrinkenden, »... also, wissen Sie, Frau Mayer-Thurgau, bei uns in der Redaktion gehen jeden Tag viele Meldungen ein. Sehr viele sogar.«

»Ja?«

»Ja. Und nicht alle ...« Kluger hielt inne, starrte beschwörend in seine Tasse, als wollte er den Tee in türkischen Kaffee verwandeln, um aus dem Sud zu lesen. Was machte diese Frau so sicher? Warum sollte jemand abtauchen, um fast ein Jahr später eine Figur von sich selbst ins Wachsfigurenkabinett zu schmuggeln? Kosteten diese Figuren nicht ein Vermögen? Bei Tussauds hatten sie, Dementi hin, Dementi her, nichts gewusst. Die Körpersprache des langen Vickerl. Die Miene der Direktorin. Belas Reaktion. Keine Beweise, doch allemal untrügliche Indizien, die seine Spürnase befeuert hatten. Was, wenn Hinczica es nicht selbst war? Jedoch: Wer würde einen Nobody von Perückenmacher an die Seite eines Stars wie Peter Alexander stellen? Zu welchem Zweck? Abgesehen von der Pikanterie des feinsinnigen Humors, die darin steckte, bedachte man die weder zeitlebens noch postum verstummen wollenden Gerüchte um die falsche Haarpracht des Entertainers.

Er musste zusehen, dass er Belas neue Mobilnummer bekam. Er musste mit ihr reden, würde sie auch nicht gut auf ihn zu sprechen sein. Nach *dem* Artikel. Aber das war er auf sie auch nicht. Nach *der* Presseaussendung, die … ja, kein Zweifel … ihre Handschrift trug. Keine schlechte Parade. So blitzartig obendrein. Sie musste bereits auf dem Tisch des Pinschers gelegen haben, als er ins Büro kam. Eine Art von Professionalität, die ihm Respekt abrang, und so begann Kluger trotz allem Ungemach nun doch zu lächeln.

»Sind Sie noch da, Herr Hir…äh, Kluger?«

»Äh … ja, natürlich.«

Kluger starrte unausgesetzt in die Tasse. Der Tee war immer noch ein Tee.

»Ist heute Vollmond?«

»Was?«

»Vollmond«, doppelte er nach und sprach mit Bedacht weiter, während er den Kopf hob und Helene Mayer-Thurgau nun doch fest in die Augen sah. »Was ich … sagen will, ist, dass es … Tage und Einflüsse gibt, an denen die Wahrnehmung der Menschen …«

»Verrückte!«, rief sie. »Sprechen Sie es ruhig aus. Sie meinen, dass die Verrückten da besonders tief fliegen, ja? Sie denken, ich bin auch eine von denen, ja?« Sie unterbrach sich, nahm ein Schokoladenkeks und biss darauf herum, zu Klugers Erstaunen jedoch mehr lasziv als aggressiv.

»Ich kannte einmal einen Herrn Chefredakteur«, schnurrte sie unvermutet und mit einem Lächeln von ganz weit her, wie im Ton der glückseligen Erinnerung. »Ein Qualitätsblatt natürlich. Was mir der alles erzählt hat aus der Branche. Ich sollte wohl … aber ich kann es Ihnen nicht einmal verdenken.«

Kluger schluckte, lächelte verlegen. So weit hatte er nicht gehen wollen. Vollmond hin, Zweifel her. Zerrissen wie selten wog er ab. Diese Frau war alles, was er hatte. Einerseits. Sie war der Strohhalm, durch den der Ertrinkende, der er war, Atem fasste. Wiewohl sie das nicht wissen konnte. Andererseits, womöglich war sie ja doch nur ein Rettungsring mit Loch? Eine Hoffnung, der die Luft mit höhnischem Pfeifen entwich, sobald er sich an ihr festkrallte? Eine Schimäre, die das Ersaufen bloß verzögerte und das Leiden verlängerte? Er musste einen Weg finden, das zu prüfen.

»Gibt es etwas, das ihn unverwechselbar macht?«, sagte er und gedachte der Detailtreue zum Original, derer man sich im Hause Tussauds rühmte. »Es heißt, von jedem auf der Welt würden quasi zwei herumlaufen. Aber eben nur quasi. Was ich sagen will … hat er irgendeine versteckte, auf den ersten Blick nicht sichtbare Äußerlichkeit? Etwas, das jeden Zweifel an der Einmaligkeit ausräumt?«

In nachdenkliche Finsternis gehüllt, schüttelte Helene Mayer-Thurgau bedächtig den Kopf. Dann hellten sich ihre Züge schlagartig auf. »Aber ja«, rief sie, »die gibt es. Ich hoffe, ich finde die Kopie des Attests noch. Warten Sie!«

Als Kluger fluchtartig die Redaktion verlassen hatte und auf dem Weg zu Helene Mayer-Thurgau gewesen war, hatte ihn mit jedem Meter, da die Verbauung lichter, die Vorgärten gepflegter, die Häuser eins ums andere prunksüchtiger geworden waren, eine immer diffusere Beklemmung gepackt.

Nun, auf dem Rückweg, spulte sich derselbe Film rückwärts ab. Das Stadtbild legte an Dichte zu, das Grün zwischen den Mauern schwand, Mehrparteienhäuser drängten sich an Geschäftsfassaden und Vorstadtwirtshäuser. Mit dem ersten Branntweiner und Chinesen war der elitäre Speckgürtel endgültig abgeworfen. Die Stadt trug jetzt ihr über weite Teile übliches Vielvölkerkleid, zeigte den erschlankten Corpus, an dem sich das Gros mehr schlecht als recht nährte und der erst an Fettreserven zulegte, wo die Prachtbauten an der Ringstraße und die von ihr umfasste Innenstadt in Sicht kamen. Bei Anblick des ersten schäbig grauen Gemeindebaus atmete er auf.

Das war sein Wien.

Klugers Gedanken spielten Pingpong. Wenn das stimmte! Ja, was wäre dann? Was, wenn sich bewahrheitete, was die abgehobene Ex des Perückenmachers mit dem Attest in Händen angedeutet hatte?

Als er den Wagen schon bald über den Donaukanal und dem Prater zu lenkte, knipste er genervt das Autoradio aus. Eine Meldung entbehrlicher als die andere. Wie beschissen das Osterwetter gewesen war, wusste er auch ohne den Quatschkopf am Mikro. Nachträgliche Wetterbilanzen! Da konnte er ebenso gut das Horoskop vom Vortag lesen. Wobei ... genau das taten die Menschen scheinbar. Wie sonst hätten eines schönen Tages Hunderte, ja Tausende Leser und Leserinnen angerufen, weil das Horoskop vergessen worden war. Der Proteststurm war dermaßen wütend ausgefallen, dass sie am Folgetag das alte nachbringen mussten.

Wie es ihm am Vortag ergangen war, brachte Kluger gerade noch auf die Reihe. Aber wie es schien, galt das nicht für jedermann. Auch die anderen Meldungen des Tages, die ihn berieselt hatten, nervten ihn.

7.000 Polizisten bei einer Aktion scharf im Osterverkehr.

Lachhaft! Wo die versteckt waren, wusste er. Auf ihren arschwarmen Wachstuben. Wo sonst? Und dieses muslimische Model aus Bangladesch, das oben ohne für amerikanische Jeans posierte, interessierte ihn auch nicht sonderlich, oder konnte er sie sehen? Na also.

Popstar Rihanna klagt über Männerknappheit.

»Ach, leck mich doch!«, grummelte Kluger vor sich hin. Soll sie sich nicht immer mit ihren Gschamsterern herumprügeln, vielleicht bliebe ihr dann mal einer. Wie mit diesem Rapper damals. Wie hieß der noch mal? Scheißegal. Dazu *Google* mit der Computerbrille. Sicher wieder irgendein Spionagedreck.

Und erst die Börsennachrichten. Und dass die Blauen bald die Schwarzen überholen. Herrje! Eine Meldung betrüblicher, nein, bedrohlicher als die andere, wie Kluger befand.

Einziger Lichtstrahl in seinem von Düsternis beherrschten Tag war dieser junge Brite, der astronomische Mengen persönlicher Daten von Landsleuten gehackt hatte und ein paar 100.000 Accounts von *PayPal* gleich dazu, ohne sich daran zu bereichern. Kluger gefiel diese Art von Verwegenheit, wiewohl er mutmaßte, es käme wie immer. Weil irgendwer es schaffte, den Spieß umzudrehen. Weil es plötzlich keine Rolle mehr spielte, dass die Menschen nach Strich und Faden beschissen wurden, von den Banken und Versicherungen und Kreditkartenhaien angefangen hin zur Politik am Gängelband all dieser Verbrecher. Weil es nicht länger zählte, wenn jemand die Lecks dieses spröden Gefüges aufdeckte, sondern bloß das Vordergründige, der Anschein des Bösen zählte. Tötet den Boten!

Lichtstrahl also?

Wie sollte so ein Strahl die Härten des Tages in weiches Licht tauchen? Entschied nicht über Härte und Weichheit immer auch das beschienene Objekt? War das nicht wie mit den Zügen eines geliebten Menschen am frühen Morgen? Um wie vieles härter erschienen sie, erführe man im selben Moment, dass er einen betrügt. Aber wer wollte das schon wissen? Und genauso, dachte Kluger, verhielte es sich mit diesem britischen Lichtstrahl von einem Hacker. Die einen würden ihn wegsperren, die anderen lieber wegschauen. Alles wie gehabt.

Chefreporter Vinzent Kluger spürte, dass er schnurstracks auf eine Mittagsdepression zuhielt. Dann aber, gegen jede Logik, durchströmte ihn der Anflug einer verhaltenen Euphorie, so doppelbödig wie eine Morgenerektion vor dem Klogang, bei der man ja auch nie wissen konnte, was letztlich aus ihr wurde. Hochschaubahn, dachte er, als er auf den Parkplatz vor dem Riesenrad einschwenkte. Ja, seine Emotionen spielten Hochschaubahn mit ihm, und sie steuerten soeben auf eine Anhöhe zu. Der vermisste Perückenmacher. Die langbeinige Ex mit dem Floratick. Das kleine Geheimnis, das sie ihm mit auf die Reise gegeben hatte. Noch war nicht alles verloren.

Mein Gott, jetzt bloß eine Zigarette!

Warum hatte er bloß aufgehört vor ... wie vielen? ... ja, 13 Wochen. Kluger beschloss, noch ein Weilchen im Wagen sitzen zu bleiben. Er stierte nach dem Prater, heftete den Blick aufs Riesenrad und überließ sich dem Moment. Er sah die oberen Gondeln des Stahlkolosses sich schwerfällig, fürs Auge kaum wahrnehmbar, ins nächste Kreissegment schieben. Das knallige Rot der Wagen hob sich scharf vom lichtblauen Vormittagshimmel ab. Abends, wenn die Wagen auf Runde waren, ging vom Riesenrad eine seltsame Leichtigkeit aus. Da lag ein Hauch von Zirkus in der Luft. Aus der Ferne besehen, gab sich der hell erleuchtete Radkranz wie ein am äußeren Bogen flammender Reif, durch den jeden Moment ein Löwe oder Tiger springen konnte, und die Wagen an der Außenhaut funkelten wie Diamantenbesatz. Mit jedem Meter Annäherung brach der Glanz zu einzelnen Lichtquellen auf, die den Blick auf den Aufbau freigaben, Verstrebungen und Träger und Seile, welche die massige Behäbigkeit des eisernen Monstrums wieder in den Zenit der Wahrnehmung rückten. Kaum vorstellbar, dachte er, dass die Kraftübertragung so ausgelegt war, dieses weit über 200 Tonnen wiegende Ungetüm notfalls auch von Hand zu drehen. Sieben oder acht Gulden, hatte er gelesen, kostete 1897 eine Fahrt, in jenem Jahr, da die Attraktion zu Ehren des 50. Thronjubiläums von Kaiser Franz Joseph eingeweiht worden war. Acht Gulden. Als vierter Teil des Monatssalärs eines Beamten ein kaum leistbares Vergnügen. Heute zahlte man vergleichsweise einen Bettel.

Kluger lauschte durchs offene Wagenfenster. Die meisten Fahrgeschäfte schwiegen noch, an Tagen wie diesen war das marktschreierische Gedudel aus den Lautsprechern recht dünn. Vom nahen Praterstern indes brandete unausgesetzt Motorenlärm heran. Dazu, näher noch, das An- und Abfahren des üblichen Zweckverkehrs: Müllabfuhr, Schausteller, Bierlieferanten, ein Bäckereiausfahrer.

Zentrifuge des Wahnsinns, dachte er. Ja, das traf es punktgenau. Menschliche Abgründe ohne Zahl, in die so ein Reporterleben über die Jahre blicken ließ. Amokläufer; bankrotte Lottogewinner, deren einer, ein Strizzi, fürs Foto die Zipfel der geleerten Hosentaschen mit spitzen Fingern nach außen zog; Familientragödien am laufenden Band; Hochwässer; Kinderficker; Ex-Minister, die es auf die Fußfessel anlegten. Die ganze Palette der Wechselfälle rauf und runter und wieder rauf. Zwei, drei, vier Leben waren das eine, das er gehabt hatte, jetzt schon gewesen. Immer hart dran an Realitäten, die eine neue Realität schufen, ein Paralleluniversum, in dem er und seinesgleichen ein bizarres Glück fanden, da sie dem Unglück anderer hinterherjagten. Menschen sammelten Briefmarken, Bierdeckel, dritte Zähne, gebrauchte Präservative, Fussel aus dem eigenen Bauchnabel oder einfach nur Fußballdressen, um sie auszustellen.

Und er? Er sammelte Schicksale. Trophäen für den Tag.

Aber das hier? Wo führte das hin? Wie hatte der Chefredakteur eines Tages gesagt? Es gibt Dinge, Kluger, die sind zu unwirklich, um unwirklich zu sein. Was wir nicht verstehen, muss die Chance bekommen, sich selbst zu Ende zu denken.

Die Chance, sich selbst …?

Jahre und eine Leberverhärtung hatte es ihn gekostet, eine bloß theoretische Vorstellung zu entwickeln, was gemeint war. An der praktischen Umsetzung war er gescheitert. Bis heute. Nun jedoch … warum nicht. Warum nicht dem Unwirklichen die Chance geben, unwirklich zu sein?

Und wenn nicht? Dann eben nicht.

Diese Mayer-Thurgau war ein gewiss exzentrisches Weibsbild. Eine, die es verstand, den Männern den Kopf zu verdrehen und ihnen heiße Wickel anzulegen, die das Glühen des Gemüts mehr anfachten als herabkühlten. Eine auch, die allzeit bereit war, ein kleines Zwinkern an eine große Lüge zu knüpfen. Aber … mit

Niveau. Kultiviert. Und alles andere als verrückt. Nein, verrückt war die nicht. Und in diesem Fall wohl auch keine Lügnerin. Zu welchem Zweck sollte sie?

Auf seinem Weg hierher hatte Kluger einen Fotografen zum Wachsfigurenkabinett beordern wollen, dann jedoch abgelassen. Bekäme der Pinscher Wind davon, gäbe es nur zusätzlichen Ärger. Dem Ressortleiter an einem Tag wie diesem die eigene Ausfahrt nicht zu melden, war Sakrileg genug. Er fischte die kleine Digitalkamera aus dem Handschuhfach, löste einen SMS-Parkschein, stieg aus und marschierte los.

Vom winterlichen Aufflackern des Vorabends war nicht mehr viel zu sehen. Der Schneematsch war zum flüchtigen Glitzern zerflossen, viele trugen ihre Mäntel und Jacken wieder offen. Als er durch den Torbogen auf den Riesenradplatz trat, blinkte ihm von halb links die reich verzierte Fassade des Wachsfigurenkabinetts entgegen, der gelbe Grundanstrich, der auf monumental getrimmte Säulengang, die grauweiß gerahmten Bogenfenster.

Kluger warf einen Blick auf die andere Seite, wo erste Sonnenanbeterinnen auf eilends in den Betongastgarten geräumten Sesseln alles von sich streckten. Für einen Moment erwog er, es ihnen gleichzutun, sich an einem der runden Aluminiumtische des *Salamucci* auf einen doppelten Espresso nebst *Fernet* niederzulassen, ähnlich lässige Blicke abzusondern, sich mitzuräkeln. Doch augenblicklich besann er sich auf Tiefgründigeres.

Den Presseausweis gezückt, war Kluger rasch an der Kassa vorbei. Er eilte die Treppe hinab ins Untergeschoss, hatte weder Augen für die imperialen Machthaber der versunkenen Monarchie noch für die Staatsmänner heutiger Tage, umschiffte Barack Obama ebenso wie die Komponisten und Sportler und hetzte, den Pfaden der Ausstellung folgend, wieder die Treppen empor. Er kam rasch voran. Das Haus war nur mäßig besucht. Eine Handvoll Touristen. Ein paar Pensionisten. Zwei Mütter mit ihren munter quakenden Vorschulkindern. Ein einsamer eleganter Herr mittleren Alters mit Brille und Schnauzbart. Hat sich wohl noch nicht herumgesprochen, überlegte er, dass bei denen was nicht stimmt. Andererseits: Wer, abgesehen vom lichtscheuen Pratergesindel, das den ganzen Tag in den Automatenhallen herumhing, konnte an einem Wochentag Anfang April mir nichts, dir nichts durch die Hallen bei Tussauds flanieren?

Fast im Laufschritt zog Kluger vorbei an Michael Jackson und Freddie Mercury, dem alten, listenreichen Hitchcock, der auf alle Tage bezaubernden Audrey Hepburn und schnurstracks in den großen Saal, wo er erst gestern Abend gewesen war. Drüben, am anderen Ende, erblickte er ihn. Eine fiebrige Hast bemächtigte sich seiner, als er die letzten Meter zurücklegte. Immer schneller. Er ließ Peter Alexander links liegen, stürmte auf den Trabanten zu, umrundete ihn zur Hälfte und trat – völlig außer Atem – ganz dicht heran. Und erstarrte. Nicht zu fassen. Genau, wie sie gesagt hatte. Genau, wie es in dem Attest beschrieben war, das sie nach einigem Wühlen aus einem Stapel alter Papiere zutage gefördert hatte. Die klinische Untersuchung einer winzigen Anomalie auf bösartige Veränderungen, die es letztlich nicht gab.

Kluger spürte, wie ihn ein Schwindel erfasste. Eine dumpfe, gestaltlose Vorahnung kroch ihm durch die Adern, ließ ihn am ganzen Leib erbeben. Seine Hände zitterten, als er die Kamera hochnahm und Aufnahmen machte. Makro. Weitwinkel. Detail. Überblick. Jetzt noch der direkte Vergleich. Das ganze Programm der Routine, das er abspulte, wie ferngesteuert aus jenen Tagen der ersten 15 Jahre, da er noch Fotograf und Redakteur in Personalunion gewesen war.

Nun fing er eines jener Fotos aus der Jacke, die Helene Mayer-Thurgau ihm auf Gelöbnis zur Rückgabe überlassen hatte, hielt es schräg vor den Kopf, um die Antlitze dank der perspektivischen Verschiebung der Motive einigermaßen gleich groß aufs Bild zu bannen. Er justierte die Einstellung über das Display, drückte ab, prüfte die Aufnahme, blickte abermals hinter das rechte Ohr. Unglaublich! Dann trat er zurück und starrte die Figur minutenlang an.

»Ischt Ihnen nicht wohl?«

Kluger schrak hoch, starrte den verhinderten Dressman mit Schnauzer an, den er zuvor überholt und der sich unvermutet an seine Seite geschoben hatte. Der taxierte nun Kluger und Wachsfigur seinerseits mit einem Ausdruck von Sorge, der aber auch als unterdrückte Belustigung durchging. Er musste ein erbärmliches Bild abgegeben haben, sodass der Mann ihn ansprach. Ob er ein Glas Wasser – ein Glasch Wascher – benötige. Er könne zur Aufsicht gehen und eines für ihn erbitten.

Nein, nein, versetzte Kluger, er komme zurecht. Er stehe bloß da und betrachte diese Figur.

Ob etwas damit sei, wollte der Mann wissen.

Nein, gar nichts sei damit, sagte Kluger barsch.

Ob es sich um diese neue Figur handle, setzte der Mann nach, »ischt dasch diesche neue Wachschfigur?«, von der er heute Morgen in der Zeitung gelesen habe. Da gebe es ja, wie er als Leser mehrerer Blätter wisse, unterschiedliche Ansichten.

Schwätzer! Außer uns hat keiner darüber berichtet, du Wichtigtuer, elendiger … elendiger Nuschler, du! Das dachte Kluger aber nur, sagte stattdessen, ja, das sei die Figur.

»Fuchsch«, sagte Herr Fuchs und reichte Kluger die Hand.

»Kluger«, sagte Kluger und beließ die seine, wo sie war.

Merkwürdig, fuhr der Mann unbeirrt fort und trat noch näher, wie in verschwörerischer Vertrautheit, dass sie nun schon zu zweien seien, die davor stünden. »Tschu tschweien.« An so einem publikumsschwachen Tag. Das müsse man denen von Tussauds lassen, der Werbegag habe zumindest bei ihnen beiden seine Wirkung nicht verfehlt. »Luschtig, nischt?«

»Kein Werbegag«, sagte Kluger.

»Kein Werbegag?«, fragte der Mann und zog die buschigen Brauen hoch. Glaube er am Ende, was dieses eine Blatt geschrieben habe, welches sei das noch mal gewesen?, dass hier etwas nicht mit rechten Dingen zuginge. Starker Tobak sei das. Das könne doch nur der Fantasie irgendeines ahnungslosen Schmierfinken entsprungen sein, wie sie zuletzt aus falsch verstandener Spargesinnung auf Kosten der Qualität vermehrt zugelassen würden. Er wolle jedenfalls nicht in der Haut dieses Schreiberlings stecken. Nein, nein, bloß nicht. Und: Ja, das Ende des guten Journalismus sei eben schon eingeläutet.

Das sei es nicht, schnaubte Kluger, drauf und dran etwas wie »Schleich dich, du oberg'scheites Arschloch!« zu brüllen, rief aber nur, der Schmierfink stehe vor ihm, und dieser Schmierfink wisse genau, wovon er spreche oder schreibe, und wenn es ihm nicht passe oder er über mehr Informationen verfüge, solle er doch einen Leserbrief schreiben. Oder mit seinen Erkenntnissen zum Salzamt …

Er habe doch nur ein bisschen plaudern wollen, stammelte der Mann, dem die Augen hinter Glas gehörig angewachsen waren. Nichts für ungut und viel Erfolg bei der Recherche. »Rescherche.«

Und weg.

Kluger atmete in tiefen Zügen, fasste sich an den Kopf. Kalter Schweiß stand ihm auf der Stirn, tränkte Haar und Nacken. Die Finger klamm. Mein Gott, was hatte das zu bedeuten? Er sah sich außerstande, nur einen klaren Gedanken zu fassen. Da war kein Wissen. Nur ein Fühlen. Ein flüchtiges Ahnen, dass etwas in der Luft lag. Etwas Großes. Etwas sehr Großes, Monströses, ja, Abgründiges. Und dass es ihm allein, Vinzent Kluger, gegeben war, an dieser Ungeheuerlichkeit, worin sie auch bestehen mochte, zu kratzen, sie freizulegen. Vielleicht. Heute noch. Für morgen schon. Er würde den Pinscher Pinscher sein lassen und in der Direttissima zum Chefredakteur eilen. Zum Schmied, nicht zum Schmiedl. Der wusste wie kein anderer, was zu tun war.

Chefreporter Vinzent Kluger ahnte nicht ansatzweise, was er damit in Gang setzte.

Abends

V. DER WIENER, DEN ES NIE GAB

Bela trat aus dem Hauptausgang des Wachsfigurenkabinetts, schloss die Pforte hinter sich ab, aktivierte die Alarmanlage und atmete tief durch. Sie hatte nicht viel gesehen von diesem Tag, und jetzt, wo sie endlich hinauskam, waren die Laternen längst angesprungen. Die Luft jedoch war klar und frisch, duftete nach Aufbruch.

Keine 24 Stunden war es her, da hatte der Winter noch einmal seinen Odem versprüht, das letzte Aufbegehren eines Todgeweihten, der sich wie sein eigenes Leichentuch über die Dächer und Gärten der Stadt spannte. Doch heute Morgen schon war alles anders gewesen, da waren die leichtfüßigen Töne wiedergekehrt, frivole Klänge, die reihum gingen, zu Symphonien des schnellen Glücks zusammenfanden. Der große Hexer hatte seinen Stab geschwungen und die Uhren über Nacht auf Leichtigkeit gestellt. Eine Leichtigkeit, die greifbar war und auch Bela gut gebrauchen konnte.

Endlich Frühling!

Der *Wurstelprater* um diese Zeit war eine Welt für sich. Eine Welt im Aufbruch. Ein Zwischenreich aber auch aus Scheintod und Auferstehung. Wie Schneerosen auf einer Waldlichtung, die nur auf das Signal warteten, waren am Morgen die ersten Rollbalken hochgefahren als Vorboten der Metamorphose. Köpfe, die aus dunklen Höhlen lugten, Schausteller, die aus frisch gebeizten Kassahüttchen blinzelten. Bela liebte die Aura neuen Lebens am Ende der finsteren Zeit, liebte es, wenn die Nasenspitzen in vom rauen Praterleben gegerbten Antlitzen sich in den Geschäftshimmel reckten und in den Augen nichts als blanker Argwohn aufblitzte. Weil diese Menschen zu gut wussten, dass nur dem Wetter noch weniger zu trauen war als ihnen selbst. Die kleinsten Welten prallten hier mit der größten Vehemenz aufeinander, Geschäftssinn auf Knickrigkeit, Offenherzigkeit auf Misstrauen, Vorausblick auf Risikobereitschaft, doch insbesondere Vergangenes auf Künftiges, in anderen Worten: Nostalgie auf Wehmut. Und so hatten viele an diesem Mittwochmorgen in steter Sorge zugewartet. Andere hatten auf die Frühes-Vieh-macht-auch-Mist-Karte gesetzt und aufgesperrt.

Der Lohn blieb ihnen nicht verwehrt, denn als Bela bei aller Arbeit, die heute über sie hereinbrach, für einen Moment innehielt und zum Fenster ihres Büros hinaussah, tummelten sich die Menschen durch den Prater. Seltsamerweise schlug sich der Andrang nicht allzu sehr in ihren eigenen Besucherzahlen zu Buche, trotz dieser Story, doch wer wusste schon, wozu es gut war? Bei aller Ungewissheit, die im Haus herrschte.

Die neu erwachte Lebenslust schien sich auf diesen Flecken Stadt in der Stadt verdichtet zu haben und erinnerte Bela an alte Filme und Berichte. Was für ein Treiben musste das einst gewesen sein, jene großen, fernen Zeiten, an die das Pratervolk von heute in schmerzendem Sehnen zurückdachte. Jene vergoldeten Jahre, da man sonntags in den Prater hinausfuhr, eine Reise *nach dem Prater* tat, um zu promenieren, der Herr mit seiner Dame, der Kadett mit seinem Stubenmädchen, und es dem Lustwandeln keinen Abbruch tat, wenn der Staub von Abertausenden von Füßen die Luft um einen her zu einer einzigen Walze eindickte, die unter dem dichten Blätterdach der Prachtallee hin und her wogte. Ein stetes Auf und Ab an Beinen herrschte da, während drüben in der Rotunde das Volksfest zum Wochenausklang in die Gänge kam. Wo Budenausrufer lärmten und Mamsellen mit linkischem Zwinkern ihre Waren feilschrien. Wo Liebespaare in ihrem stillen Sehnen Ausschau hielten nach einem Flecken Privatheit und die Landjugend zum Tanz bat. Wo man sich beim Fünfkreuzertanz drehte und drehte, ein Kreis um den anderen, und wo *sie ihm* die Wange an den zarten, schweißnassen Flaum drückte und, vom Schwindel einer eigentümlichen neuen Lust noch ganz benommen, sich hinter einem dichten Buschen erstmals ringeln ließ. Ja, der Wiener *Wurstelprater*, das verhieß echte Attraktionen auf vier Beinen, Sensationen auf zwei Beinen, bärenstarke Männer, die Gewichte in bedrohliche Höhen emporwarfen, Seiltänzer, die aus noch bedrohlicheren Höhen bange Blicke hinabwarfen, und dazu Frauen ohne Unterleib. Der Wiener *Wurstelprater* war auch, wo ein Werkelmann zum Angriff auf den anderen blies und eine Kapelle der anderen ums Eck den Marsch.

Auch Jahrzehnte später, die goldenen Jahre längst herabgesilbert, erwies sich der Prater als Volksmagnet, ein Tollhaus, das sich täglich prachtvoll neu gewandete. Alles und jeder hatten Platz und Berechtigung: die kleinen Betrügereien und die großen Dreher; die Taschlziager und die Negeranten; die Kartendibbler und die Tschecheranten; die Strizzis und ihre Huren; ja, selbst die Hüter von Recht und Ordnung mit ihren immer durstigen Kehlen waren wohlgelitten. Jene unvergessenen Tage waren das, da der Prater wie in Flammen stand, da die Leuchtfeuer der Vergnügungssucht hoch hinauf über die Leopoldstadt funkelten, ein Feuerwerk der Lustbarkeit, ein Flächenbrand der Zerstreuung, Abend für Abend, Nacht für Nacht.

Bela seufzte. Von oben besehen, hatte sie einmal festgestellt, ähnelte der Prater den Umrissen eines Elefanten. Was für ein kraftstrotzender Leitbulle er einst gewesen sein musste! Und heute? Heute glich er eher einem alten, siechen Einzelgänger, der sich zum Sterben gebettet hatte. Letzte fahle Strohfeuer, ein letztes brustschwaches Keuchen und Murren, das er absonderte. Und auch nur noch an den Wochenenden, wenn Vollbetrieb herrschte, wenn das Hervorräumen für die Schausteller überhaupt noch lohnte. Das bange Warten auf den Gnadenschuss.

Aber da waren auch jene, die an den Prater glaubten, die einer

Renaissance das Wort redeten. Jene, die nicht erst zuwarten wollten, um sich morgen darüber zu erregen, woran man gestern gestorben war. Konzepte wurden erstellt, Gremien gebildet, Positionierungspapiere entworfen, Machbarkeitsstudien eingeholt, Ausschüsse beschickt, runde Tische eckig diskutiert und wieder rund geheuchelt, Erlebniswelten angedacht und lieber doch an anderer Stelle umgesetzt, Denkmalschützer infiltriert, Architekten gegeneinander aufgebracht, Rücktritte gefordert, die größte Diskothek weit und breit installiert und – weil eine Stadt wie Wien, seiner innigen Nähe zum Morbiden historisch verpflichtet, eine neue Visitenkarte brauchte – die Umgestaltung des Portals durchgepeitscht. Das ja. Ein Meilenstein, hieß es, der das geliftete Konterfei hinaus in die Welt tragen sollte, rechtzeitig zur Fußballeuropameisterschaft null acht. Wenigstens das Antlitz sollte in frischem Glanze erstrahlen, blieb auch der Körper alt und schrundig. Es war, als hätte der Fährmann Charon – des ewig gleichen Hin und Her zwischen dem Reich der Lebenden und dem Hades leid – beschlossen, dem Styx eine neue Uferpromenade aufzuschütten, wohl wissend, das Sterben dahinter bliebe dasselbe.

Auch Bela Schmaus glaubte an ein Morgen des Wiener Praters. Wiewohl ihre Gründe kaum pragmatisch geschäftlicher Natur waren und auch nicht der Sorge um ihren Arbeitsplatz geschuldet. Ihrem Glauben lag vielmehr eine Art Gefühlsduselei zugrunde, ein die Fakten negierendes Empfinden, das die düsteren Umstände unter die Kraft der Hoffnung zwang. Es gab Dinge im Leben einer gelernten Wienerin, die denkunmöglich waren. Der Tod des Praters war so ein Ding.

Und so stand sie nun vor dem Eingang zum Wachsfigurenkabinett, ließ die Augen ringsum schweifen und sog den Prater in tiefen Zügen ein. Erstmals seit Monaten wieder Menschen, dachte sie lächelnd, Menschen, die nicht sich selbst zu Attraktionen machten, die nicht über Absperrungen kletterten und halsbrecherisch auf dem Gestänge der Hochschaubahn herumturnten, die nicht grölend und schwankend und unter Absingen obszöner Protestlieder in die Nacht zogen, wenn die Securitys sie herausgefischt und vertrieben hatten. Lange Zeit hatte sie nicht verstanden, warum sie im Wachsfigurenkabinett zur immer gleichen Zeit die Pforten schlossen, sommers wie winters, pünktlich um 18 Uhr, während draußen die Nächte schrumpften und wie zum Ausgleich die Unternehmungslust der Menschen über sich hinauswuchs und das Volk den Prater bis in den späten Abend hinein flutete. Kundschaft, die verloren ging.

Dann aber, eines Abends, als sie drüben am *Schweizerhaus* vorüberschlenderte und geraume Zeit am Eingang zum Gastgarten verweilte, war ihr ein Licht aufgegangen. Kam der Abend, waren andere Attraktionen angesagt, ganz ohne Eintrittsgeld. Da spielte es die Geisterbahn in echt.

Bela sah auf die Uhr. Kurz nach 20 Uhr. Die Tage waren jetzt wieder richtige Tage und keine amputierten Zeitstumpen, auf denen es sich gerade mal von einer Finsternis in die nächste humpeln ließ. Morgens bei Finsternis außer Haus, abends bei Finsternis heimwärts, dazwischen die Finsternis im Kabinett, aufgehellt mit ein bisschen Sternenglitzer und Kunstlicht. Das waren keine Optionen, tat auf Dauer nicht gut.

Und heute?

Hätten Madame Directrice und sie nicht bis vorhin, weit über Dienstschluss hinaus, die Bänder studiert, eins ums andere Mal, hätte sie diesem Tag noch den einen oder anderen Sonnenstrahl abtrotzen können. Dann eben morgen. Vielleicht kehrte da ein Stück Normalität zurück. Vielleicht klärte sich bis dahin alles auf. Vielleicht stellten sich, wenigstens das, mehr als bloß vage Anhaltspunkte ein.

Vage. Ja, das waren die Hinweise der Bänder der Überwachungskameras. Hochgradig vage. Kein rechtes Weiterkommen. Ein Schatten, der auf einen drahtigen Kerl von stattlicher Größe verwies. Ein Niemand, der einen Teil um den anderen anschleppte und hinter dem Vorhang fachgerecht zusammensetzte. Mehr war nicht zu sehen. Das bisschen Information reichte für genau nichts.

Der letzte Gast kaum außer Haus, hatte Madame Directrice am Vorabend einen ihrer berühmten Anfälle bekommen. Wutentbrannt war sie auf und ab gelaufen, hatte das Sicherheitspersonal sämtlich um sich geschart und – die Hände auf dem Rücken verschränkt wie ein düpierter, vor der Truppe defilierender General – Mann um Mann, Frau um Frau schreiend aus den Schuhen gefegt. Sie hatte sofortige Aufklärung verlangt, um im nächsten Moment – nicht ohne für den Folgemorgen einen lückenlosen Bericht einzufordern – alle nach Hause zu schicken. Sie brauche Luft zum Atmen, die nicht so verpestet sei, nicht so penetrant nach Unfähigkeit und Unbekümmertheit stinke.

Ein lückenloser Bericht?

Was sie bekam, war eine einzige große Lücke. Ratlosigkeit und Unwissenheit waren allgegenwärtig im Kabinett. Wie eine universale Ohnmacht, die den Menschen den Verstand lähmte und sie tatenlos zurück oder bloße Unsinnigkeiten verrichten ließ. Ein Ameisenhaufen, in den ein riesengroßes Etwas getreten war. Einzig Vickerl hatte kühlen Kopf bewahrt, hatte geradezu unglaublich reagiert. Aber der gehörte nicht zur Mannschaft, war nur für diesen einen Abend gebucht gewesen. Kaum einer, dachte Bela, der ihm nach all seinen Exzessen zugetraut hätte, eine todsichere Blamage mit solcher Bravour abzuwenden. Die famose Sicherheit seines Auftretens bei der Moderation hatte auch ihr geholfen, den ersten großen Schock zu überwinden.

Die leichtere Übung, wie sie wusste.

Heute, am Tag danach, nahm die Sache zunehmend unangenehme Konturen an. Die Aufarbeitung des Traumas, wenn man so wollte. Zwar hatte sie ganze Arbeit geleistet mit ihrem rasch verfertigten Dementi am frühen Morgen. Die Online-Ausgaben nahezu aller namhaften Zeitungen hatten keine Sekunde gezögert, den Text teils im Wortlaut zu übernehmen und ihre Häme über der *Guten* zu vergießen. Print schösse, hatte man ihr versichert, morgen früh nach. Welch Schmach! Reporterlegende Kluger, festgeklebt am Leim eines Werbegags. Ausgerechnet!

Eine gehörige Kopfwäsche wäre das Mindeste, hoffte Bela. Schließlich war nichts schlimmer als eine Zeitungsente, fabriziert aus Unvermögen oder Überheblichkeit. Das machte einen auf Wochen zur Lachnummer der Branche, ganz zu schweigen von den Schmähanrufen und spottgeschwängerten Mails einer empörten Leserschaft, die gewiss nicht ausblieben.

Und doch schnürte Bela der Gedanke, Vinzent bekäme Probleme, den Hals eng. Das war nicht, was sie vordergründig beabsichtigt hatte. Zumal es wider besseres Wissen geschah, auf einer Lüge fußte. Ihre Gefühle für Vinzent waren einst zu tief gewesen, um ihn ohne ein Empfinden von Reue bloßzustellen, und auf eine Weise, die sie besser unter Verschluss hielt, waren sie es heute noch. Sie wusste, dass er nicht dieser grobschlächtige, gefühllose Klotz war, als der er sich bisweilen gab. Sie wusste, er konnte anders. Doch sie wusste auch, dass er jedes Mal, kam es darauf an, kamen Gefühle ins Spiel, zurück unter seinen Panzer kroch.

Aber hatte sie eine Wahl gehabt?

Schließlich hatte dieses Mysterium auch ihr Probleme zuhauf eingebrockt, mehr, als sie zurzeit gebrauchen konnte. Und wer, wenn nicht Vinzent, hatte den Ärger mit seinem Vorpreschen verschärft? Sein haltloses …

Haltlos? Ist es das wirklich?, überlegte sie. Hatte er nicht als Einziger die Situation richtig bewertet und sich nicht täuschen lassen? Ja, verdammt, das hatte er. Dennoch hätte er es unterlassen können, nein, müssen. Ihr zuliebe. Stattdessen hatte er ihr Bitten beiseitegeschoben, hatte seinem untrüglichen Spürsinn freien Lauf gelassen, war seinem Stolz gefolgt, dieser Reporternase, die er wie ein Banner des investigativen Journalismus vor sich hertrug, ohne dass sein Blatt je dem Ruf des Investigativen nur im Ansatz gerecht geworden wäre. Weil sich doch immer alles nur um die Quote drehte, niemals um die Sache.

Allein darum hatte Vinzent die Lektion erhalten, die er verdiente. Wie auch um des Verrats an einer alten Freundschaft willen, die um ein Haar zur Liebe geworden wäre. In ein paar Tagen schon, sagte sie sich, würde alles vergessen sein. Vinzent würde mit frisch gewaschenem Haupt durch die Gegend wackeln, und sie könnte der Sache in aller Ruhe auf den Grund gehen.

Offiziell war die Angelegenheit also erledigt. Oder sollte Vinzent eins draufzusetzen versuchen? Würde er in den Gegenangriff gehen wie ein angeschossenes Raubtier? Nein, womit auch. Nach außen war die Sache vom Tisch. Aber nach innen? Da lag vieles im Argen. Da ging der Schock seiner Wege, pflanzte sich beständig fort wie Wellen eines Bebens. Dieser Tag hatte es gezeigt. Schicht um Schicht kroch ihr der Schrecken durch die Epidermis, nistete sich als böse, zehrende Ungewissheit ein.

Bela dachte an diese Spinnenart, deren Name ihr entfallen war. Eine Spezies, die ihre Eier dem Menschen mittels Legebohrer unter die Haut pflanzte, auf dass die Brut sich am Menschenfleisch laben und nach drei Wochen als ausgewachsene Krabbeltierchen nach außen fressen konnte. Fakenews, was sonst. Doch Horrorgeschichten wie diese hielten sich beharrlich im Netz. Und auch die Gerüchte, was das Versagen bei *Madame Tussauds* anging, ihr Versagen, würden sich beharrlich halten und immer wieder an die Oberfläche krabbeln. Mit dem üblen Gerede verhielt es sich nun mal wie mit Weltraummüll: Einmal im Umlauf, war es nicht wegzukriegen.

Starr vor Schreck waren sie allesamt gewesen gestern Abend, als der Vorhang aufging und diese zweite Figur dastand. Wie auch nicht? Das Becken nach vorne gedrückt, die rechte, zur Höhlung geformte Hand vorm Schritt, stand er da. Mit leicht spitzbübischem Grinsen. Ein Allerweltsgesicht. Und wieder nicht. Schütteres, grau meliertes Haar, an den Schläfen fliehend, eine Art Denkerstirn, zart gekräuselt; flaschengrüne Pupillen, der Blick ansatzweise getrübt; darüber hinaus keine Anomalien, die sofort ins Auge stachen; kein Erker von Nase, wiewohl die Flügel etwas breiter waren; kein Bollwerk von Kinn, wie sie es aus Innergebirg, dem Pongau oder anderen Regionen der Salzburger Bergwelt kannte, das Abfahrerkinn, wie sie es nannte, oder von den Amerikanern; keine hohen, vorspringenden Backenknochen, wie man sie den Slawen landläufig zusprach. Nein. Ein klassisch west- oder mitteleuropäischer Typ. Auch der Körperbau war Durchschnitt, knapp unter 1,80 Meter, dezenter Bauchansatz, Anfang bis Mitte 50, hatte sie befunden.

Für einen Mann der schweren manuellen Arbeit waren seine Hände zu fein ziseliert. Da schon eher Busfahrer. Oder Beamter. Ingenieur. Vielleicht auch Lehrer. Erst recht wieder Beamter also. Das in die Jahre geratene Brillenmodell mit den verschmutzten Gläsern wies in diese Richtung. Ein zerstreuter Professor? Sagte sich nicht genau das so leicht? Zerstreut? Professor? Weil nichts Besseres zur Hand war? Waren Worte wie »zerstreut« und »Professor« nicht dazu angetan, den, der sie sagte, in gleichermaßen glorreich mystisches Licht zu tauchen? Ein mit einer Prise Heiterkeit gewürzter Befund zum Selbstzweck?

Ach, Unsinn, dachte Bela, atmete in tiefen Zügen und bemerkte erst jetzt, dass sie immer noch am Eingang stand. Sie hatte bloß keine Ahnung, worum es sich handelte. Wüsste sie nur, woher er kam. Oder ob es den Mann überhaupt gab. In Fleisch und Blut. Oder ob er, wie von ihr selbst in der Presseaussendung formuliert, tatsächlich diesen idealtypischen Peter-Alexander-Fan abgab, bei dessen Gestaltung der Künstler freie Hand gehabt habe.

Idealtypischer Alexander-Fan.

Was für ein Nonsens. Hätte es dann nicht die 70-Jährige mit Kochschürze und Lockenwickler werden müssen? Sie lachte still auf. Auch die Kleidung war nichtssagend, beinahe abgeschmackt. Fein kariertes, helles Hemd, einfarbiger, ärmelloser Pulli in Weinrot mit tiefem V-Ausschnitt, schwarze Jeans, schwarze Halbschuhe. Der ganze Mann Stangenware.

Dennoch gab es Besonderheiten. Der Schöpfer der Figur hatte seine Liebe zur Verspieltheit an anderer Stelle ausgelebt, die nur bei genauer Inspektion ans Licht trat. Zum einen auf dem rechten Ohr, wo eine kaum auszumachende Warze prangte. Und zum anderen am vierten Finger der rechten Hand. Blass und schmal hob sich dort ein Hautkranz ab, der auf einen kürzlich getragenen Ring verwies. Ein Ehering? Vermutlich. Ein Indiz, dass sie es mit einem Österreicher oder Deutschen zu tun hatte. Anderswo trug man, soweit sie wusste, den Ehering links. Aber … was, wenn es nur ein Verlobungsring war und dieser Mann folglich aus aller Herren Länder, bloß nicht aus Österreich oder Deutschland, stammte?

Nein. Ein Ehering. An irgendetwas musste sie sich festhalten. Spann sie ihre Spekulationen fort und zog sie zudem die Herkunft Peter Neumayers alias Peter Alexander in Betracht, was war der große Unbekannte an seiner Seite dann? Ebenfalls Wiener? Ein echter? Ein bloß gebürtiger? Ein typischer? Oder ein typischer halber, der auswärts wohnte und in Wien jobbte? Wohl kaum, überlegte sie. Andernfalls wäre nach Erscheinen der Bilder in der *Guten* der eine oder andere Telefonanruf eingegangen. Oder irgendein Eintrag auf *Social Media*. Nichts dergleichen war zu ihr durchgedrungen.

Und dann wieder: Was machte solch typischen Wiener überhaupt aus? Optisch? Das Wesen betreffend? Gab es ihn überhaupt? *Den* Wiener? Ach was! Das waren bloß die Rufe der ewig gestrigen Krakeeler, die beim dritten Achtel Wein den Niedergang des Wienerischen zu beklagen anfingen, die eine starre Vorstellung betrauerten, die so nie existierte. Dieser beschworene feste Kern des Wienerischen war nichts als eine Schimäre, sagte sie sich. Waren die Wiener nicht immer schon von allem etwas? Böhmisch? Ungarisch? Tschechisch? Mährisch? Natürlich. Dazu die Kriegs- und Nachkriegsgenerationen. Die Einflüsse der Besatzer. Dann die Jugoslawen. Die Türken. Albaner. Was immer. Schwarze mitunter. Da brauchte sie bloß an diesen Fußballer zu denken, der groß im Kommen war. Hieß der nicht wie ein amerikanischer Bundesstaat? Alabama? Vom übrigen Europa ganz zu schweigen. Und zuletzt, als stärkste Zuwanderergruppe überhaupt …

… die Deutschen.

Nein, an *den* typischen Wiener zu glauben, war lachhaft. Zumal das Straßenbild, wie überall, seit Äonen dem Wandel unterlag. Ihrer aller Stammbäume waren auf lange Sicht, wiewohl sie das Wort hasste, ein einziger … Migrationshintergrund. Die einen trugen ihn früher zur Schau, die anderen später. So what? Ja, was war diese Figur demnach? Ach, könnte sie bloß mit ihm reden. Ein paar Worte nur. Schließlich hinterließ jede Form von Sozialisierung untilgbare, charakteristische Spuren. Aber so?

Je länger Bela nachsann, je stärker reduzierte sich die Herkunft auf zwei gegensätzliche Pole. War er ein echter Mensch, dessen Abbild? Oder ein … Gespinst? So viel schien gewiss: Es machte einen entscheidenden Unterschied in der Motivation des Spenders. »Spender.« Auch so ein Wort, das ihr widerstrebte. Eine Fantasiefigur wäre zwar um die Erlebnisse, Traumbilder, Kopfgeburten ihres Schöpfers angereichert, besäße aber rein symbolischen Charakter. Eine mit menschlichem Vorbild indes …

… ja, die erzählte in jedem Fall eine Geschichte. Welche auch immer.

*

Eine Geschichte wurde in diesen Minuten auch anderswo erzählt. Wie ein Besessener hackte Vinzent Kluger die letzten Zeilen in die Tasten. Er lächelte grimmig, da er die hassverzerrte Fratze des Pinschers vor seinem inneren Auge aufsteigen sah, das Vibrieren der Lefzen, als der Chefredakteur den Chronikchef am frühen Nachmittag in sein Büro, wo auch Kluger saß, zitiert hatte und ihm die Linie vorgab.

Sie hatten sich auf eine »Haltergeschichte« verständigt. Eine unbedeutende, verzichtbare Story als Platzhalter, die nach der Abendausgabe ersatzlos gestrichen und getauscht wurde. Wettergeschichten waren wie geschaffen dafür. Manchmal machten sie sich aber auch einen Jux und erfanden Umfragen zu aktuellen Themen oder suchten Schmuckbilder aus dem Archiv und inszenierten eine frei erdachte Feel-good-Story. Brauchtum und Schickimicki-Trends boten sich da an. Egal, für die paar 1.000 Stück Auflage. Hinterher, in allen Folgeausgaben, lief ohnedies die neue Geschichte. Es war der alte Trick, der den *Anderen*, wie der Chefredakteur alle Zeitungen nannte, die nicht *Gute* hießen und ihm darum unaussprechlich erschienen, das Abschreiben oder jede andere Reaktion am selben Abend verunmöglichte. Die Exemplare der Hauptauflage gingen erst nachts raus auf die Straße, jagten in wendigen Lieferwagen durch die Stadt oder in die angrenzenden Bundesländer. Jene weiter im Westen und Süden wurden von einer zweiten Druckerei bedient. Entscheidend war auch: Online durfte die Story erst nach Mitternacht übernehmen, wenn die Konkurrenz mitsamt ihren Maschinen schlief, alle Ausgaben gedruckt waren. So war das perfekte Frühstück für die Ahnungslosen der *Anderen* angerichtet.

»Herrlich!«, brummelte Kluger, besah sich die fertige Story. Die Rückendeckung des Chefredakteurs und die Online-Häme der Mitbewerber hatten seine Schreiblust bloß zusätzlich befeuert. Er griff zum Telefon. »Die neue Zehnelf geht«, sagte er. »Seite eins auch. Bitte noch mal drüberlesen lassen. Meine Augen sind heute schon …«

»War der Durst wieder zu groß?«

»Halt's Maul, Arschloch«, schnaubte Kluger. »Hast du noch was unten bei dir? Du weißt schon … von diesem Macdingsbums oder wie der Dreck heißt.«

»*Macallen* heißt der Dreck. Und er kostet 140 die Flasche.«

Alle beide lachten sie nun auch ein bisschen dreckig, dann machte der Chefreporter sich auf, um ein Gläschen feinsten Scotch mit dem altgedienten Kollegen der Technik zu zwitschern. Der hatte Schlussdienst und den Tick, täglich zwei Dutzend Male hinab auf den Parkplatz zu starren, ob sein nigelnagelneuer *Cayenne* noch dastand, und auch beizeiten hinablief, um nach dem Rechten und allfälligen Beschädigungen zu sehen. Das hatte dazu geführt, dass man ihm eines Tages die Schlüssel aus der Jacke stahl und den Wagen heimlich umparkte. Einmal um die Achse gedreht und am selben Fleck abgestellt. Ein Tobsuchtsanfall war die Folge gewesen, aber ansonsten war er ein feiner Kerl.

Ja, dachte Kluger. Erst noch ein Schlückchen auf die Doppelseite nebst Aufmacher nehmen, und was dann kam … wer wusste das schon?

*

Auch Bela Schmaus war nach einem Drink zumute. Wie festgepinnt stand sie immer noch vor dem Kabinett, versunken in missliche Gedanken, verwoben in ein Netz aus Unwägbarkeiten. Gewissheit herrschte nur darüber: Es war, wie die Direktorin gesagt hatte. Die Polizei damit zu befassen, verbot sich von selbst. Ein No-Go, spätestens seit heute Vormittag. Wer immer den Ball geworfen hatte – sie hatte ihn aufgenommen, im Spiel gehalten. Jetzt klein beizugeben hieße, die Blamage einzugestehen.

»Darum, verehrtes Fräulein Schmaus, werden Sie unter Bedachtsamkeit auf größtmögliche Diskretion Ihre alten Kontakte bemühen. Wir verstehen uns?«

Die Worte der Schlange heute Morgen. Bloß wie? Der Polizeiapparat, wusste Bela, war so löchrig wie das berühmte Nudelsieb, mochte das System in der Theorie auch restriktiv sein. Mal sickerte es da, mal dort, Infusionen des Amtsmissbrauchs, die nicht abzustellen waren. Sie selbst war keine Ausnahme gewesen, wiewohl es nur in äußerst seltenen Fällen geschehen war. Und auch nur einer einzigen Person gegenüber. Die Vorstellung eines abgedichteten Informationskreislaufes war so abwegig wie der Glaube an Ehrlichkeit in der Politik. So drakonisch konnten Überwachung durch die Interne und Disziplinarstrafen gar nicht ausfallen. Wie berechtigt oder nicht, stets fanden sich Mittel und Wege, stets Interessen einzelner, die sich über das Ganze erhoben.

Das Bild des Unbekannten also durch den Computer jagen lassen?

Das Risiko, es käme ans Licht, war hoch, die Aussicht auf Erfolg gering. Ein lächerlich schwacher Hoffnungsschimmer. Was hatte sie schon? Ein Vielleicht-Mensch, der ein Vielleicht-Deutscher war. Oder ein Vielleicht-Österreicher und dabei ein vielleicht geschiedener Vielleicht-Wiener. Viele Vielleichts ohne eine einzige Konstante, auf die sich setzen ließe. Abgesehen vom altvaterischen Geschmack der Garderobe. Aber den besaß gefühlt jeder Zweite. Also bloß ein weiteres Vielleicht.

Unter anderen Umständen, an einem Abend wie diesem, wäre Bela nun losgezogen. Ein Drink ums Eck. Eine Vernissage, Finissage drüben in der Altstadt. Davon gab es immer reichlich. Oder einfach die Praterstraße entlang. Über Donaukanal und Wollzeile quer durch die Stadt. Hinauf zum Künstlerhaus. Über den Resselpark den Abstecher zu den Lichtspielen am Hochstrahlbrunnen und ein Weilchen am Wasser plätschern. Weiter zum Theresianum und an den schönbrunnergelben Fassaden entlang die gymnasiale Luft der künftigen Elite von eigenen Gnaden schnuppern. Dann erst hinein in die Tiefen ihres Bezirkes, hinein in ihre Wieden. Heimwärts. Auf ein Glas Cabernet Sauvignon mit sich und der Welt. Ein Marsch von gut eineinhalb, vielleicht zwei Stunden.

Aber nicht jetzt. Gewiss, es war kein Schaden entstanden. Aber warum das alles? An allen Vorkehrungen vorbei. Bela fühlte eine Art von Nacktheit, von Entblößung, weil da jemand war, der es mit Leichtigkeit verstand, in ihr Reich zu dringen.

Wer? Wer?? Wer???

Die Briten waren es nicht, so viel stand fest. Auch drüben auf der Insel gärten die Gerüchte, die Aufregung pulsierte. Wer dann? Wer spielte dieses Spiel, auf das sie sich da eingelassen hatte? Womöglich … zu früh? Womöglich … leichtsinnig? Was kam noch? Sie konnte sich keinen Reim darauf machen. Nicht nach Hause. Nicht jetzt. Sie musste mit jemandem darüber reden. Wäre bloß Rita in der Stadt! Doch Rita war erst vor drei Tagen zurück nach London, ihr Telefon heute den ganzen Tag tot. Auch die Mail blieb unbeantwortet. Abermals versuchte Bela es nun, fluchte leise, als sie die englische Tonbandstimme vernahm. Wie konnte sie nur nicht online sein? Ausgerechnet! Rita, die sonst Alles-rund-um-die-Uhr-Checkerin! Hatte sie einen neuen …?

Lover?

Eine diffuse Schwermut ergriff Besitz von Bela. Bis sie wieder soweit wäre, würde es dauern. Die Begegnung mit Vinzent hatte ihr das schmerzhaft klargemacht, den Schorf über einer verheilt geglaubten Wunde aufgekratzt. Eine neue Liebe hieße, sie müsste wieder weinen, wie sie es immer tat. Beim ersten Mal schon und nicht wegen eines glückvollen Zaubers, sondern im Wissen um die Flüchtigkeit. Weil es beim zweiten Mal schon anders wäre als beim ersten. War es nicht immer so gewesen? Dem Weinen des ersten Mals folgten unweigerlich die Tränen des letzten. Ihr letztes Mal war noch gar nicht so lange her. Es hatte nicht direkt mit Vinzent zu tun. Irgendwie aber doch. Fontänen der Wehmut waren das, die ihr der Gedanke ins Herz pumpte.

Nein. Genau darum keine neue Liebe. Die Handvoll Dates übers Netz im vergangenen halben Jahr hatte sie mehr aus Neugierde und Belustigung wahrgenommen. Das Gelbe vom Ei sah anders aus. Selbstgefällige Schnösel die einen, die in Frauen wie ihr nur das scharfe Püppchen fürs Bett witterten, eine weitere Kerbe im Zählholz, endlich eine echte Rothaarige. Oder verhätschelte Söhnchen auf der Suche nach einer Wäscherin und Köchin mit Extravorzügen zwecks Check-out aus Pension Mama. Akademiker hin, Akademiker her. Sie würde ihren Account ruhend stellen, womöglich canceln.

Ein paar Meter voraus umkreiste eine Schar Kinder die Statue der Praterlegende Basilio Calafati des Älteren. Wie eine gigantische Fledermaus, der jemand eine Lanze in die rechte Flanke gejagt hatte, hob sich das bronzene Monument des Zauberkünstlers und Schaustellers gegen den Abendhimmel ab. Im Pflaster ringsum waren Bullaugenlichter eingelassen, die abwechselnd in Rot und Grün und Blau und Orange blinkten, und die Kinder sprangen kreischend von einem zum nächsten. Versonnen sah Bela ihnen zu, und für einen Moment war ihr, als läge ein diffuses Begehren auf ihr, etwas, das sich wie ein Blick aus dem Verborgenen anfühlte. Ach was! Sollte sie …

Mutter würde bestimmt abheben. Sie würde der Tochter gut zureden, zur Jagd auf ihre Bedrücktheit blasen, salbungsvolle Worte finden und die ewig gleichen Sprüche über ihrem Kopf schwenken wie der Pfarrer das Weihrauchfass. Du siehst Gespenster, mein Kind, würde sie sagen, als wäre Belas Sorge nichts als ein bizarrer Aberglaube, eine mythologische Verirrung, lachhafte Flausen des Berufsalltags, die mit dem rechten Gegen-Hokuspokus rasch in den Griff zu kriegen waren. Tatsächlich, empfand Bela, waren die gespielte Lebensfreude, die aufgesetzte Unbekümmertheit ihrer Mutter ein einziger Ozean übersteigerten Frohsinns, dessen alleiniger Zweck darin bestand, sich eigene Depressionen schönzureden. Seit sechs Jahren nun schon. Seit Vaters Tod.

Aberglaube? Hokuspokus?

Hatte sie das soeben gedacht? Und zuvor die … ja, die Geisterbahn. Nein, das war kein Zufall. Dinge kamen und gingen als Fügungen. Gewiss, vieles im Leben stand an der Kippe. Tragikomödien des Erwägens und Abwägens, und oft blieb es unerträglich lange im Ungewissen, auf wessen launiger Seite des Schicksals man am Ende stünde.

Aber Zufälle? Nein.

Aberglaube. Hokuspokus. Geisterbahn. Bela Schmaus steckte das Handy weg und marschierte los. Sie wusste nun, wohin.

Wenig später

VI. WENDY UND DER HOKUSPOKUS

Der Menschenstrom im Prater war inzwischen verebbt, und so kam Bela zügig voran. Einmal war ihr, als lähmte eine unsichtbare Kraft ihren Schritt, als würde ein Augenpaar sich an sie heften und mit ihr fortziehen lassen. Sie war herumgefahren, hatte im nächsten Moment über sich selbst gelacht und an ihre Mutter gedacht. Da war niemand. Natürlich nicht. Also setzte sie ihren Weg zu Wendy fort.

Wendy.

Warum war sie nicht eher auf sie verfallen? Wendy, das Faktotum an der Geisterbahnkassa. Oder auch Lasett, wie sie sich nannte, wenn sie mit Wickelrock und Goldbehang und strassbesetztem Haarreifen im Hinterzimmer die Glaskugel beschwor und aus Karten und Lebenslinien dargebrachter Hände las. Wendy oder Lasett, die in Wahrheit, wie sie behauptete, Agnessa hieß. Aber auch das war nicht gesichert. Wer wusste das schon? Bei Schaustellern?

Es war bald ein Jahr, dass Wendy und Bela einander kannten. Ein paar Tage nach ihrer Trennung von Ger… Nicht einmal denken wollte sie den Namen. Sie hatte Vinzents Warnungen in den Wind geschlagen, hatte sie als Früchte seiner gekränkten Eitelkeit abgetan. Die Ernte seiner eifrigen Saat an ihr, zerrieben an einem Misserfolg nach dem anderen.

Aber jetzt?

Eine ungekannte Sicherheit hatte ihr vorgegaukelt, dass es diesmal anders käme, und doch war das Denkunmögliche eingetreten. Sie war dieses Mannes von Herzen müde geworden. Alles hatte er sich zum Hintern tragen lassen. Am Ende sogar ihre Zuneigung. Der Muskel Liebe hatte sie bis dahin alle Register der Fürsorge ziehen lassen, doch von einem Tag auf den anderen war er erschlafft. Das Fass füllte sich wie so oft an den Banalitäten. Für sich genommen, war der eine Tropfen zumeist eine Lächerlichkeit wie andere auch.

Und dann kam Wendy, bei der sie mehr als nur Trost fand.

Es war der Tag nach der Trennung von Gernot (verdammt, jetzt also doch der Name!). Flecker, ihr langwüchsiger Mitarbeiter mit dem Geierblick und der Schwäche für Kondore, vormals Bestatter oder Totengräber oder was immer draußen auf dem Zentralfriedhof, dieser Karl Flecker hatte sie breitgeschlagen. Er habe schon zu viele Leichen verdaut und sie alle bis obenhin satt, hatte er beim Bewerbungsgespräch gesagt und sich an die Stirn getippt, die tatsächlich sehr weit oben lag. Lieber wolle er künftig auf lebende Tote achten. Das hatte ihr gefallen. Darum hatte sie ihn eingestellt. Fleckers Verschrobenheit, sein absonderlicher Charme reichten bisweilen an den einer Urne heran, die jemand mit der noch brennheißen Asche eines Liebsten befüllt hatte. Und doch hatte sie sein Engagement nie bereut. Bis zum heutigen Tage hatte er es stets mit seiner Umsicht gedankt, seiner Treue zum Haus und seinem an Selbstaufgabe grenzenden Fleiß.

»Wie wär's mit an zünftig'n Ritteressen, drüb'm im Walfisch, Fräulein Schmaus?«, hatte Flecker gesagt, als er sie am Tag nach der Trennung zerschlagen durchs Haus wandeln sah, und sie war ihm vorerst in die Parade gefahren.

Ritteressen? Das war nicht ihre Kragenweite. Da triefte es bereits vor Fett und derbem Schmäh, buchstabierte man das Wort bloß. Das war nichts, was sich in ihr Konzept eines federleichten Lebens fügte, mit viel Salat und abends laufen gehen. Mit bald 38 musste sie dazusehen, wollte sie fit und schlank bleiben. Noch vor einem Jahr hätte Bela womöglich ohne zu zögern Ja gesagt, wissend, die Kalorien würden nur ein Durchlaufposten sein, den sie anderntags auf die Reise schickte. Wie Kilometergeld in der Bilanz eines Betriebes. Vor einem Jahr hatte sich das Problem ihrer Linie nicht gestellt. Damals war Bewegung nichts, wozu sie sich aufraffen musste. Damals stand sie noch mit feurigem Eifer voll im Saft. Im Tanztraining. Mit *ihm*.

Das Herz schrumpfte ihr bei dem Gedanken. Belas Liebe zu dem Sport war grenzenlos wie eh und je. Sie hatte die Begeisterung auf Ger… auf ihn zu übertragen gewusst, hatte ihn im Überschwang der frischen Liebe an den Hörnern gepackt und mitgeschleift. Selbstverständlich hatte er beim ersten Tänzchen Mätzchen gemacht. Selbstverständlich hatte er sich gesträubt und, wie er später eingestand, bewusst ungeschickt angestellt. Als ihm die Trainerin jedoch eines Tages neben Bewegungstalent ein beträchtliches Potenzial natürlicher Grazie attestierte, war es auch um ihn geschehen. Ihr Ehrgeiz und seine Naturgrazie brachten sie rasch voran, insbesondere in den beiden letzten Jahren, da sie – endlich! – (dass sie das als Frau sagte!) ihren 35. Geburtstag feierte und – endlich! – alle beide (er war sechs Jahre älter als sie) in der Seniorenklasse antreten durften. Dort tanzten sie sich von Sieg zu Sieg, stiegen blitzartig in die zweithöchste Liga A auf. Dass sie in der Hauptklasse gegen die übermächtigen Jungen nicht viel ausrichten würden, war ihnen schon nach den ersten Turnieren klar geworden, wo sie weit abgeschlagen im Feld landeten. Bei den Senioren indes waren sie die Jungen. Und so etwas wie ein aufgehender Stern. Wenigstens unter den echten Amateuren.

Jahrelang hielt Bela Gernot bei der Stange. Dreimal die Woche trainierten sie abends im Klub in der Neubaugasse, zwei bis drei Stunden die Einheit. Manchmal auch mehr. Wie an jenem Abend. Ihrem letzten. Sie probten bis kurz vor Mitternacht. Länger als alle anderen. Tango. Über Stunden hin. Für das Turnier in Salzburg in drei Tagen. Es gab den zuletzt fast schon üblichen Zwist, was das lasche Verhalten seinem Körper gegenüber anging – er hatte sichtbar zugelegt, litt an entsprechenden Konditionsschwächen –, mehr aber noch sein für ihr Befinden zu lasches Führungsverhalten beim Tanz. Sowohl beim *Chassé* nach links, dem Viererschritt mit Kreuzen in Tanzrichtung also, dem *Oversway*, jener Pose, in der das Paar sich in extreme Neigung begeben muss, dem *Brush Tap* mit *Flick Point*, dem Schließen mit Bürstenschritt sowie Rückwärtstritt mit Zeigeschritt, wie die Figur auch hieß, und beim gekurvten Sechserschritt.

Natürlich auch da. Einmal mehr hatte sie das Fehlen der nötigen Kontraktion in seiner Muskulatur verspürt und ihn provoziert, da sie just in den Momenten seiner Schwäche Stärke zeigte und die Führung an sich riss. Das brachte ihn natürlich auf die Palme, weil es an den Grundfesten des Turniertanzes rührte, dass nämlich der Mann, und nur der Mann, führte. Belas Avancen kratzten an dem, wovon er ohne Ende zu haben glaubte: seiner Männlichkeit. Es waren die immer selben Streitpunkte mit den immer selben Eskapaden und dem immer selben Spiel aus schreiendem Zerwürfnis und sexueller Versöhnung.

Ihren Rücken gegen eine der Säulen im unteren Saal gepresst und ein Stück daran hochgeschoben, nahm er sie. Früher hatte er ihr ab und an aus Leidenschaft die Tanzkleidung vom Leib gerissen und ihr am Folgemorgen neue ans Bett gebracht. Diesmal streifte er ihr nur das Oberteil ab, ließ sie den Rest selbst erledigen. Die ganze Zeit über, da er in ihr war, hatte sie den Kopf zur Seite gedreht, sein Dringen und Gebärden in der Spiegelwand musternd. Darüber, auf einem Bord dicht an dicht gereiht, die Pokale des Vereins. Wie verstaubte Trophäen seines Eros erschienen sie ihr plötzlich, und seine Stöße wie eine lästige Pflichterfüllung, die einen Mythos am Leben, eine Maschine am Laufen hielt. Die mechanische, emotionslose Routine eines Motors, dessen Kolben mit den Zylindern einfach nur taten, was laut Betriebsanleitung zu tun war. Rein. Raus. Bis ans Ziel. Und auf einmal, gerade als er sich brummend und unter einer allzu rasch hergesagten Liebesbezeugung in sie ergoss, begann sie zu weinen. Da wusste sie, dass es das letzte Mal war.

Tags darauf sagte sie ihre Teilnahme am Turnier ab und trennte sich von ihm. Am Folgeabend kam Flecker mit seinem Ritteressen.

»Ritteressen? Sind Sie noch bei Trost, Flecker?«

Flecker ließ sich nicht beirren. Er senkte seinen Geierblick auf sie hinab und sagte, nun betont Hochdeutsch: »Sie sehen mir danach aus, Gnädigste, als könnten Sie genau das gebrauchen. Eine garantiert manierenfreie Zone.«

»Ich weiß nicht.«

»Es gibt auch Salat«, fügte er hinzu. »Na ja, nicht wirklich. Mehr so Plätschn … äh Garnitur. Aber Wein vom Fass und Musik und das ganze Zeugs halt.«

»Das ganze Zeugs halt« überzeugte sie, die Neugierde obsiegte. Es wurde ein herrlicher Abend, der ihr den frischen Schmerz für ein paar Stunden herabkühlte. Und der sie Wendy kennenlernen ließ, die im *Walfisch* in ihrer Paraderolle als Wahrsagerin auftrat. Zu später Stunde, als die Schlachtplatten von Gegrilltem und Gebratenem geleert waren und die Tafelrunde in Auflösung begriffen, fanden sie zueinander. Seither war der Kontakt eng, wenngleich zeitlich lose.

»Nu, Ssólnyschka, wo drückt Schuh«, raunte Wendy nun mit ihrem russischen Akzent, den sie – Spross einer ausgewanderten Schaustellerdynastie, doch in bereits dritter Generation waschechte Wienerin – wie ein Wappen ihrer Herkunft trug. Wendys nach wie vor mangelhaftes Deutsch rührte daher, dass ihre Familie seit jeher lieber unter sich und ihresgleichen blieb, wenig auf das österreichische Bildungssystem gab und dem Nachwuchs den Prater als bessere Lebensschule angedeihen ließ.

Bela saß mit finsterer Miene da und schwieg.

»Ssólnyschka, Ssólnyschka, was chast du miiich rufen, wenn du niiicht spriiichst, nu?«

Ssólnyschka. Das stand für kleine Sonne, Sonnchen, die russische Verliebtheit zur Verkleinerung. Ein Wort, mit dem Agnessa alias Wendy alias Lasett verlässlich ein Lächeln in Belas Antlitz zu zaubern verstand. So auch jetzt, da sich ihr Regengesicht endlich aufklarte.

»Wenn ich nur wüsste, wo ich anfangen soll. Ich habe Angst, es könnte ...«

»Die Wöllfe fürchten, cheißt, niiicht in den Walld gehen.«

»Ich verstehe nicht ...«

»Du kannst Angst fressen. Angst kann aber auch diiich fressen, Ssólnyschka, nu?«

Bela hatte Wendy in ihrem Stammlokal aufgespürt, und so saßen sie im Extrazimmer des *Walfischs*, ein Raum, dessen Verwendung Wendy sich als Zubrot für ihre Aushilfsdienste an drei Abenden die Woche ausgehandelt hatte. Das Wort Extrazimmer wurde der Situation nicht wirklich gerecht. Ein Extrakämmerchen war es, seit Jahren frei von Gebrauch und Nutzen, mit einem winzigen, an der Außenwand mit allerlei Gerümpel zugestellten Fenster hinten raus. Sie hatte es mit etwas Dekor und viel Geschick in ein passables Beschwörungsstudio gewandelt. Die Einrichtung war spartanisch. Ein Tisch, zwei Sessel, ein Kleiderständer in der einen Ecke, ein mit Geistermotiven verzierter Paravent in der gegenüberliegenden, dahinter eine imposante, mit abgestoßenen Intarsien verzierte Holztruhe, die nach alter Seemannsart an den Schmalseiten Taugriffe aufwies und mit zwei breiten Metallriegeln bewehrt war. Ein mächtiges Zahlenschloss hielt die Augen Neugieriger auf Distanz.

Die Wände waren beherrscht von einem Meer von Kerzen in schlichten Haltern, die auf Kopfhöhe in Wellenanordnung reihum liefen und bei gewöhnlicher Kundschaft, zu der Bela nicht zählte, allesamt entfacht waren. Das schuf eine mystisch flackernde Atmosphäre, die über die Schlichtheit des Ortes hinwegtäuschen sollte. Nun aber saßen sie bei voller Beleuchtung am Tisch.

Bei aller Vertrautheit, die sie inzwischen verband, war es das erste Mal, dass Bela in Wendys Allerheiligstem zu Gast war. Rechts über sich gewahrte sie die Kopie eines Stichs, der eine Kartenmacherwerkstatt in Nürnberg darstellte, einem der deutschen Zentren der Zunft im auslaufenden Mittelalter. Weiter links prangte ein gerahmtes Potpourri verschiedener Ausrisse des *codex hammurabi*, der ältesten Gesetzessammlung der Welt, die einen eigenen Paragrafen gegen Zauberei führte, welcher der Wahrsagerei schon damals, im 18. Jahrhundert vor Christi Geburt, das Zeugnis einer gesellschaftlichen Unabdingbarkeit ausstellte. Daneben, durch Bohrlöcher in ein billiges Wandregal gesteckt, blinkten ihr eine Handvoll bunt gewandeter Stockpuppen entgegen. Sie alle, schien es, spielten der Mitte zu, einem offenkundig besonderen Exemplar von doppelter Größe, das nur auf den ersten Blick als Hexe durchgegangen wäre und bei genauerer Betrachtung ein Rätsel ums andere aufwarf. Die Figur war aus Holz geschnitzt, farbig gefasst und rundum bis hinab zum bodenlang wallenden Rocksaum mit fernöstlichen Motiven verziert. Eng am Hals anliegend fand sich ein schwarzes Amulett aus überlappenden Platten dargestellt, mit gelben, in der Mitte wie zu einer Blume gruppierten Glassteinen zum Besatz, darum her eine weit ausladende, gefranste Kette, die aussah, als wäre sie mit lauter kleinen erdbraunen Schlangen bestückt. Das Gesicht wiederum war mit Ausnahme der feuerroten Augen ausnahmslos in Schwarz-Weiß gehalten und trug grimmige, mit Zornesfalten durchfurchte Züge, die an einen Adler gemahnten. Der breite, schnabelgleiche Mund verstärkte diesen Eindruck. Aus der Spitze der pyramidenförmigen Kopfbedeckung quoll ein dichter Schweif von schwarzem Haar, das sich wie ein Wasserfall in den Nacken ergoss. Ebenso gut hätte es auch die symbolhafte Darstellung dunkler Gedanken oder eines in der Luft erkalteten Lavastroms sein können. Gebückte Haltung, Taille und Arme ließen an eine lange Hungersnot denken. Überdies hatte die klapperige, greise Frau – ja, dachte Bela, eine klapperige, greise Frau, denn allein Geschlecht und ungefähres Alter standen bei der Erscheinung außer Frage – ihre dürren Hände, um deren Fesseln sich beidseits je ein blauer und roter manschettenartiger Reifen wand, auf den Knauf eines Gehstocks gestützt.

»Ist besondere Kuuunstwerk, chhmm?« Wendy war Belas festgefrorenem Blick gefolgt.

»Was ist es?«

»Musst niiicht allles wissen, Ssólnyschka. Wissen bellastet.« Ihr Antlitz verspannte sich unter stillem Lachen. »Spriiichst du oder spriiichst du niiicht.«

Bela besann sich, begann zu erzählen. Erst zögerlich, bald zunehmend ausschweifend. Von der unliebsamen Überraschung bei der Präsentation am Vorabend. Von Madame Directrice. Vom langen Vickerl. Von Vinzent. Vom Schatten auf dem Video. Und von ihren Ängsten, was die Zukunft anging.

Wendy lauschte die ganze Zeit über mit verzerrtem Grinsen. »Ist eine edle Spender, nu?«

»Ich traue dem Frieden nicht. Das macht doch kein Mensch. Nicht ohne eine Absicht. Ich muss wissen, was dahintersteckt. Vor allem, wer.«

»Wenn du vooor miiir waißt, Ssólnyschka, gib miiir seine Name!«

Bela stockte. »So schlimm?«

Wendys Grimasse changierte ins Bittere. »Aach. Geschäft schlächt. Kein Schwein kommt mähr. Llange schon«, sagte sie unter tiefem Seufzen. »Aber ... so iiist, Ssólnyschka. Musst nähmän, wie kommt.«

Sie lachte spitz auf, das bittere Galgenlachen eines Menschen, der, um seinen letzten Wunsch befragt, den Tod um einen Witz über die Allmacht des Lebens bittet, und sank in sich zusammen. Eine Weile saß sie so da, allem entrückt, dann ging ein Ruck durch ihren welken Körper.

»Komm, Ssólnyschka, iich mache Extravorstellung. In allte Freindschaft.«

»Wendy, nein, ich will doch nur, dass du für mich die Augen offenhältst. Du und die anderen. Das und einen Ratschlag. Um mehr wollte ich dich gar nicht ...«

Allen Beteuerungen zum Trotz erhob sich das Weiblein ächzend, verschwand trippelnd hinter dem Paravent. Bela vernahm ein metallisches Kratzen, das Quietschen eingerosteter Angeln und das Murmeln der Freundin. Im nächsten Augenblick kam Wendy hinter dem Raumteiler zum Vorschein, mit einer verstaubten Kristallkugel in Händen.

»Wendy, du weißt doch, dieser Hokuspokus ist …«

»Natürllich musst du nähmän mit Voorsiiicht«, sagte sie mit teuflischem Grinsen und Blick auf ihr liebstes Stück, das sie mit einer Feierlichkeit trug, als wäre es Teil der englischen Kronjuwelen. Sie blies kraftvoll darüber hinweg. Eine Wolke wirbelte auf. »Mit Voorsiiicht nähmän wie Geschänk auch. Wie diese Esel aus Troja, nu? Oder war es Pferd? He he! Aber das chier … das chier mache ich nuur fir miich. Ist gut fir Gefiiehl.«

Ohne Bela eines weiteren Blickes zu würdigen, sank sie auf ihren Sessel und wandte sich der Kugel zu. In beschwörender Pose wölbte sie die Hände über das Rund, schloss die Augen. Schon nach Kurzem verfiel sie in einen tranceähnlichen Zustand, murmelte Unverständliches.

Bela, unsicher, ob sie lachen sollte oder weinen, begann, sich ihren eigenen Zauber zurechtzulegen. Unvermutet fand sie sich auf der Ringstraße wieder. In Tanzpose. Wo immer freie Bahn war, reckte sie den Oberkörper aus, schwang die Arme in Position und schwebte, im Griff eines imaginären, gesichtslosen Partners, schwerelos dahin. Da ein Foxtrott auf dem Trottoir des Burgtheaters. Dort ein Tango in der Löwelstraße – Löwelstraße? Ausgerechnet vor dem Tor der Sozialisten? – weiter zum Minoritenplatz. Ein Slowfox vor dem Innenministerium und die »Lustige Fanni«, die Ministerin selbst, gab die Wertungsrichterin, hielt eine Tafel in die Höhe, auf der in fettem Schwarz die Zahl …

»Nu, Ssólnyschka, wer chat Sitzung mit Jenseits? Duu oder iich?«

Wendys schnarrende Stimme fegte Bela augenblicklich vom Parkett. Immer noch in den diffusen Sphären ihres Tagtraumes, starrte sie ihr Gegenüber aus weiten Augen an.

»Den Krieg kommen seechen cheißt niiicht, dass du Seecher bist. Cheißt nuuur, dass du deutest Rauchzeichen auf Chorizont friih und riichtig.«

Bela erschrak. Sie kannte diesen Satz aus anderem, gleichfalls pikantem Kontext, brachte im Moment aber nicht auf die Reihe, woher. »Ist das alles, was dir die Kugel sagt?«

»Alles? Sei niiicht unbescheiden, Ssólnyschka.«

»Soll das heißen, dass da noch mehr kommt?«

Wendy nickte bedeutungsvoll. »Natürllich kommt mähr«, sagte sie. »Und iiich werde diiir sagen, wenn Rauch aufsteigt.«

Sie erhob sich. Sie waren am Ende ihrer Zeit.

Nicht gerade berauschend, was Wendy von sich gegeben hatte. Bela trat auf die Straße und lachte auf. Was hatte sie erwartet? Dass Wendy ihre eigene Unsicherheit in Nichts auflöste? Dass sie in ihre zerkratzte Hokuspokus-Kugel blickte und für sie, Bela, den Pesthauch des Ungewissen besiegte? Dass sie das Feuer war, das anderen die Miasmen ausbrannte?

Du naives Ding, Bela!

Andererseits, hatte ihr der Besuch nicht doch etwas vermittelt? Natürlich. Auch Wendy teilte ihre Meinung, dass Vorsicht geboten war. Und: Sie hatte auf ihre Weise versprochen, ihre Kontakte spielen zu lassen, die anderen Schausteller anzuhalten, aufmerksam zu sein. Gerade das Schaustellervolk des Praters hatte seine Augen überall. Ein unsichtbares Heer von Helfern, das da von nun an hinter ihr stünde. Sie war jetzt nicht mehr allein mit ihren Sorgen. Das war Stütze genug. Bessere Hilfe konnte ihr gar nicht zuteilwerden.

Bela hob den Kopf, sah um sich. Eine sanfte Brise fächelte ihr das Haar. Vor ihr, am nahen Horizont der anhebenden Nacht, riss die *Schwarze Mamba* Verwegene in den Himmel über Wien. Wie ein feuriges Schwert durchschnitt der Leib des metallenen Ungetüms das Dunkel. Fuhr der Kopf abwärts, warf sich der Schwanz empor, und mit ihm die für gewöhnlich kreischende, an Bügeln festgezurrte Meute. Mit der Meute war es aber nicht weit her an diesem Abend. Ein mickriges Pärchen, soweit sie das aus der Ferne ausmachen konnte.

Bela seufzte. Über der Megaschaukel hatte eine Art Fluch gelegen. Erst ein Lkw-Unfall, der Bauteile auf die Autobahn stürzen ließ, ehe es losging. Dann ein knorriger Beamter beim TÜV, der die Abnahme verweigerte. Dann die defekte Elektronik bei der Testfahrt. Das wird nicht alles gewesen sein, hieß es sofort. Das übliche Gerede abgewetzter Zungen, wenn neue Konkurrenz im ewigen Ringen um die größte Attraktion einzog. Seitdem war es still geworden um die schwarze Serie der *Schwarzen Mamba*.

Sie folgte dem Schauspiel ein paar Augenblicke, dann besann sie sich. Kopf auslüften. Eineinhalb oder zwei Stunden bis nach Hause. Nichts anderes brauchte sie jetzt. Nicht die vorgefasste Route. Einfach treiben lassen.

Sie atmete tief durch und marschierte los. Als sie den Prater verließ, die Hauptallee querte und in Richtung Donaukanal und Rotundenbrücke zog, war ihr, als gewahrte sie einen Schatten hinter sich. Mit einem symbolischen Schlenker des Oberkörpers schüttelte sie den Schauder ab. Ähnlich erging es ihr, als sie nach langem Marsch ihre Wohnung erreichte und meinte, jemand hätte sich hinter ihr ins Stiegenhaus geschlichen. Seltsame Klicklaute hallten den Liftschacht empor, wie Zungenschnalzen.

»Hallo?«, rief sie mehrmals hinab ins Dunkel, sperrte hastig die Tür auf und schlüpfte mit pochendem Herzen in Sicherheit. Dann erst beruhigte sie sich, fing an, über ihre Albernheit zu lachen.

Wie recht Mutter doch hatte. Sie sah wirklich schon Gespenster.

Der Flächenbrand einer Schlagzeile

VII. EINMAL UM DIE WELT UND RETOUR

Zwei Tage später war die Welt der Nachrichten eine andere.

Klugers Nachfassen mit dem vermissten Perückenmacher schlug ein wie eine Bombe. Wer bis dahin gemeint hatte, ein Strohfeuer der Berichterstattung erlebt zu haben, wurde jäh eines Besseren belehrt. Tatsächlich war es bloß eine Spielart des Fegefeuers gewesen, eines ohne Aussicht auf Läuterung jedoch, und so brach über Wien die Hölle los.

Was als Spintisiererei eines einzelnen Kollegen abgetan und belächelt, ja bespöttelt worden war, jagte nun im Sekundentakt um den Globus. An *der* Story führte kein Weg vorbei. Heimische Medien trieben ihre Reporter in den Prater, Kamerateams und Fotografen schwärmten aus, ausländische Medien setzten ihre eingerosteten Korrespondenten in Trab, und die Kernbotschaft wurde in alle Welt hinausgezwitschert, hinausgepostet. Einzelheiten schwirrten schon bald auf Knopfdruck der Agenturen hinterdrein.

Unaufhaltsam wie eine biblische Flut schoss der ungeheure Verdacht durch Wien, ergoss sich auf Straßen und Plätze, in Kaffeehäuser und Vorstadtbeisel, ließ Wildfremde an Straßenecken sich die Köpfe heiß reden, brandete hinaus über die Ufer der Stadt, über jene des Landes auch, und überströmte die Kontinente. Man entzündete sich allenthalben an dem Gerede, ein Flächenbrand, der die Stammtische gleichermaßen erfasste wie die Nobelbordelle, die Elendsviertel wie die Vorstandsetagen.

Auslöser war ein kleines Päckchen gewesen, das ein Bote am Donnerstag in den Mittagsstunden an der Rezeption der *Guten* abgegeben hatte. Adressat: Vinzent Kluger. Stunden zuvor, in der Morgenausgabe jenes Donnerstags, hatte Kluger mit Rückendeckung des Chefredakteurs den Treibsatz gezündet in der Annahme, es wäre die Bombe, nicht ahnend, dass die eigentliche Sprengladung noch auf Reisen war.

Das Schicksal hatte sich seinen Weg gebahnt. In jener Donnerstagausgabe hatte das Blatt dem zweiten Bericht zur rätselhaften Figur an Peter Alexanders Seite Fotos von beträchtlicher Beweiskraft beigestellt, die den echten, seit Monaten vermissten Perückenmacher Ferdinand Hinczica zeigten im direkten Vergleich mit seinem wächsernen Pendant bei *Madame Tussauds.* Schon da bestand kaum Zweifel, dass es sich um ein und dieselbe Person handelte.

Als zusätzliches Indiz »einer wie auch immer gearteten Ungeheuerlichkeit«, wie vermerkt stand, gab Kluger seiner Leserschaft nun auch die Entdeckung preis, auf die Helene Mayer-Thurgau ihn gebracht und die ihm einen Schweißausbruch um den anderen beschert hatte. Auf dem rechten Ohrläppchen, nur von hinten und bei genauer Nachschau zu erkennen, prangte das Markenzeichen Hinczicas, das ihn in der Tat unverwechselbar machte: eine winzige, unscheinbare und per Attest für harmlos befundene Warze. Jenes Merkmal, das sich detailgetreu auch bei der Wachsfigur von *Madame Tussauds* wiederfand, und die Versuche von Madame Directrice, die frappierende Ähnlichkeit der Figur mit dem Perückenmacher Hinczica als Spielart der Schöpfung abzutun, wie sie in Gottes endlos weitem Tiergarten schon vorkommen könne – schließlich habe man dem Künstler keinerlei Vorgaben gemacht –, ein für alle Mal ad absurdum führte.

Und dann kam das Päckchen, per Eilbote, mit drei Etuis und einer knappen Notiz zum Inhalt. Im ersten, feinsäuberlich eingeschlagen in ein Plastiksäckchen wie bei der Kriminaltechnik zur Beweismittelsicherung, fand sich ein Schlüsselbund. Das seien, keine Frage, die Schlüssel zur Werkstatt ihres Ex-Gatten, attestierte Helene Mayer-Thurgau mit einiger Unruhe, als Kluger damit bei ihr aufkreuzte. Erste Krokodilstränen flossen, als sie die zweite, nach gleicher Manier verpackte Beigabe sah: eine angestaubte Hornbrille. Ja, das seien seine Gläser, schluchzte sie, wo doch »mein Ferdinand ohne seine Brille hilflos wie der Maulwurf blind« sei. Die dritte Beigabe ließ alle Dämme brechen. Es war der Ehering des Vermissten, den – jetzt schon – »ihr allerliebster Ferdi nie im Leben abgelegt« habe, nicht bei der Arbeit, nicht in der Sauna, nein, nicht an einem einzigen Tag, auch nicht in all den Jahren nach der Scheidung.

Jetzt erst überbrachte Kluger die Beweismittel der Polizei.

Der Zeitungsbericht des Folgemorgens, gespickt mit Fotos der Gegenstände nebst Abbildung einer »restlos verzweifelten Ex-Witwe Helene Mayer-Thurgau«, wie in der Bildunterschrift vermerkt war, ließen die Stadt endgültig überkochen.

Nun konnten selbst die Behörden sich nicht länger tot stellen, nicht länger dementieren, nun wurde – hochoffiziell – ermittelt. Von der unzweifelhaften Zuordnung aller drei Corpora delicti durch Helene Mayer-Thurgau abgesehen, erbrachte ein DNS-Blitztest erste Übereinstimmungen. Die Wahrscheinlichkeit, es könnte sich um Hinczicas Schlüssel, Brille und Ring handeln, wurde von Amts wegen als »nicht unbeträchtlich« eingeschätzt. Tage später war der Beweis lückenlos erbracht. Zwar war die – in einem Hintergrundgespräch mit ausgewählten Journalisten unklugerweise ausgesprochene – Theorie eines in die Jahre gekommenen Chefinspektors der Kriminaldirektion 1 damit nicht vom Tisch, Ferdinand Hinczica selbst könnte Urheber der Inszenierung sein, doch standen Sinnhaftigkeit wie Glaubwürdigkeit solcher Annahme auf tönernen Füßen, und so wuchs der mediale Druck von Minute zu Minute.

Erfindungsreiche Reporter schürten die Flammen auf ihre Weise. Die einen, trotz allem, sahen im Perückenmacher Hinczica das Mitglied einer vergnüglichen Gesellschaft, die sich um viel Geld einen Heidenspaß erlaubte; andere bekundeten – der wackeligen Theorie des Chefinspektors zusätzlichen Halt bietend –, Hinczica habe nur Modell gestanden und sich sein Konterfei teuer abkaufen lassen, um den Erlös in sicherer Ferne zu verprassen; wiederum andere wähnten ihn überhaupt als alleinigen Drahtzieher, welcher dem Treiben von einem Steuerparadies in der Südsee aus mit beträchtlicher Schadenfreude folgte; ein Blatt verstieg sich sogar in der Andeutung, die *Gute* habe als Financier dieser Posse ihre Finger im Spiel, um die Auflagenzahlen zu erhöhen. Hinczica befinde sich mitnichten im Ausland, er werde vielmehr auf Kost und Logis in einem Wiener Hotel freigehalten, wie es bei ruchlosen Blättern schon mal vorkomme, um die Konkurrenz auszutricksen – der Bericht aufgefettet mit dem qualitativ minderwertigen, aus großer Entfernung geschossenen Handyfoto eines so genannten Leserreporters, welches Hinczica angeblich bei Verlassen seines interimistischen Quartiers zeigte.

Gelegentlich, recht klein gehalten, kam auch das Wort »Opfer« ins Spiel.

Wie man es drehen und wenden mochte: Es gab nichts Besseres als solch Mysterium. Andernfalls stand die Wahrheit der Fantasie nur im Wege, torpedierten lästige Fakten den Selbstlauf einer Geschichte. Hier war die Sache von vornherein klar. Man griff reinen Herzens in die Vollen, streute der Leserschaft Halbwahrheiten und Unwahrheiten hin wie Verbrecher eine Handvoll Krähenfüße vor die Reifen ihrer Verfolger. Gerüchte allemal, die sich bei Betreten tief ins Gedächtnis bohrten.

Das Höllenfeuer der Journaille loderte, und auch auf dem Riesenradplatz brachten die Flammen manch einen arg ins Schwitzen. Dort taumelte Madame Directrice von einem Tobsuchtsanfall in den nächsten, als die Wiener Polizei in beträchtlicher Mannstärke anrückte und den Trabanten Peter Alexanders mitnahm, um ihn im Labor unter Fachaufsicht eines Restaurators in seine Bestandteile zu zerlegen und einer eingehenden Prüfung zu unterziehen. Interventionen im Büro der Innenministerin fruchteten nicht. Helene Mayer-Thurgau hatte schon im

Vorfeld ihre – weitaus besseren – Kontakte, sprich: ihre Bridge-Freundschaft zur Frau des Kabinettchefs für Inneres spielen lassen. Überdies war der Verdacht zu ungeheuerlich und die Angst vor der vierten Macht im Staate zu groß. Es musste gehandelt, Stärke gezeigt werden. Wahlen standen an, und wo die Jagd nach Stimmen beginnt, endet jede Kumpanei.

Bela Schmaus, in welcher Madame Directrice die alleinige Wurzel allen Versagens witterte, stand an der Schwelle zum Rauswurf. Sie hatte das wenige Persönliche aus ihrem kleinen Büro geschafft, insbesondere ihren Geweihfarn, und wartete nur noch auf den Marschbefehl, erwog sogar, aus freien Stücken das Feld zu räumen. Dann aber wurde ihr unerwartete Hilfe zuteil, die ihr den Hals aus der Schlinge nahm.

Es war die Wiener Seele.

Dabei taten die Bewohner der Stadt, dem Tod und seinen schaurigen Seiten seit jeher zugetan, in diesen Tagen bloß, was ihrem Naturell entsprach: Sie kamen, um zu schauen. Nein, sie stürmten das Wachsfigurenkabinett nachgerade. Aber auch von weither reisten sie in Scharen an. Busweise, ja, ganze Sonderzüge, frohlockten die Bundesbahnen, wurden zusammengestellt. Sensationslust und erhoffter Schauder gaben sich am Portal zu *Madame Tussauds* ein Stelldichein, gewannen beim Schlangestehen an Größe und fanden in den Gängen und Nischen der Schau zu einem riesenhaften Unbehagen zusammen. Wie eine einzige gigantische Gänsehaut spannte sich das Gruseln über das Kabinett. Obwohl das zentrale Objekt der Begierde, der Perückenmacher Ferdinand Heinrich Fürchtegott Hinczica alias Peter-Alexander-Fan, gar nicht an seinem Platz stand. Der Ausblick auf die behördlich geleerte Stelle genügte. Auch ohne ihn waren die Gänge des Kabinetts von einer Aura des Unheimlichen durchweht. Wer weiß, machte es die Runde, vielleicht ist er ja nicht der Einzige, den man in Wachs … ?

Da tat es nichts zur Sache, dass es sich bei allen anderen Figuren ausnahmslos um nationale Berühmtheiten oder Stars von Weltrang drehte, deren fleischliche Pendants nachweislich am Leben oder nachweislich in Holzkisten verrottet waren. Es war wie mit dem Wunsch nach Ehrgefühl in der Politik: Wo die Hoffnung auf Unerfüllbares zu übermächtig waltete, hatten Logik und Wahrheit das Nachsehen.

Die Besucherzahlen explodierten ins Unermessliche, eine Kontingentierung der Tickets zur Bändigung des Ansturms war unerlässlich und London begeistert. Madame Directrice hob senkrecht ab in den siebten Himmel. Zwar rumorte es hinter den Kulissen des Erfolges, doch nur dieses zählte: Tussauds war in aller Munde. Als hätten die Wiener nur darauf gewartet, durch eine höhere Macht ihrer lethargischen Selbstbezogenheit entrissen zu werden.

Kluger ging indessen zwei Meter über dem Boden. Ressortleiter Pinscher wuselte durchs Haus, kläffte in einem fort, er habe immer schon gewusst, was für ein Teufelskerl dieser, nein: *sein* Kluger sei, dass man Männer dieses Formats arbeiten und auch einmal etwas riskieren lassen müsse; dass es sich eben bezahlt mache, auf die Erfahrung eines so altgedienten Kollegen zu setzen; dass Kluger durchaus höherer Weihen würdig sei; dass …

Dass. Dass. Dass. Dass.

Vier Tage lang schwebte Vinzent Kluger dahin. Er gab Fernsehinterviews, war zu Gast in Sondersendungen, fand sein Konterfei in Zeitungen aus aller Welt abgebildet, wurde rauf und runter zitiert. Er zierte das Cover nicht nur eines Krawallwochenblatts und schoss im Ranking der Online-Wahl zum Journalisten des Jahres in uneinholbare Sphären. Dabei war die Wolke, auf der man ihn trug, nach wie vor bloß eine Wolke. Eine – wiewohl dichte – Kette von Indizien und Spekulationen. Ein zuckersüßer Kuchen des Triumphs, der allein aus sämiger Fülle zu bestehen schien. Der feste Unterboden der Tatsachen wurde am späten Vormittag des fünften Tages nachgereicht, als in der Redaktion der *Guten* das Telefon läutete.

»Kluger«, sagte Kluger.

Eine Stimme, die darauf bauen durfte, ohne den Umweg lästiger Floskeln erkannt zu werden, kam sogleich zur Sache. »Das Ergebnis aus dem Labor ist da«, sagte der Mann mit dem dumpfen, kratzigen Timbre. »Bei all der Mühe, die Sie sich gemacht haben, und auch, weil wir immer mehr als nur gut zusammengearbeitet haben, sollen Sie es als Erster erfahren.«

Kluger thronte in seinem Büro, die Beine wie gewohnt auf dem Schreibtisch übers Kreuz geschlagen, den Blick auf seinen alten Freund Wilson geheftet. Er hatte den Aschenbecher nach einem seiner Lieblingsfilme benannt, *Cast Away*, jener Klassiker, wo Tom Hanks einen Schiffbrüchigen auf einer einsamen Insel spielte, der einen Flugzeugabsturz überlebt hatte und bis auf etwas Schwemmgut nichts besaß außer einem Volleyball, dem er, dem Herstellerlogo folgend, den Namen Wilson gab und Gespräche mit ihm führte. Kluger hatte es trotz seiner Abstinenz neuerdings nicht übers Herz gebracht, den Aschenbecher, Reminiszenz an die goldenen Raucherjahre und obendrein wertvolles Pressegeschenk, zu entsorgen, und so lächelte er nun das Lächeln des Triumphators, als er diese Stimme vernahm, lehnte sich entspannt zurück.

»Ich bin ganz Ohr, Chefinspektor.«

Am selben Vormittag, an den Säumen der Stadt

VIII. IM KELLER

Damals, in den Anfängen, hatte er sich Herausforderungen nicht bloß gewachsen gefühlt. Mitnichten. Er hatte dort, wo Herausforderungen außer Sicht waren, welche kreiert, hatte erwogen, alles von Hand zu machen. Sogar die Augen. Kein noch so winziger Teil sollte das Werk eines anderen sein.

So war er in die Welt der Ocularisten getaucht.

Er hatte von Gläsern gelernt, von metallischen wie nichtmetallischen, organischen wie anorganischen, oxidischen wie nichtoxidischen, von Hohlglas, Flachglas, Spiegeln, Linsen, Prismen, von Flynt und Hyalith und Kryolith und wie sie alle hießen; vom Umgang mit dem Bunsenbrenner; vom Blasen der Rohlinge und ihrem Verlangen nach größter Sorgfalt in der Handhabung. Ein rohes Ei war dagegen ein Stück Fels. Aus Farbstäben hatte er das Rot der Äderchen eingeschmolzen, Iris um Iris gestaltet, helle Sprenkel auf Braun und Blau und Grün gesetzt, dunkle Punkte bisweilen, funkelnde Kränze geschaffen, Pupillen, die leicht ins Ovale liefen.

Auch das Vermessen und Anpassen an Augenhöhlen zählte dazu. Eine jede war anders. Wie ihre Eigner. Früher, ganz früher hieß es, seien es fast nur Kriegsversehrte gewesen. Heute sei der Verlust anderen Quellen geschuldet. Einem erblichen Defekt. Einem Unfall. Einem Tumor. Rasch und professionell trachten, dass eine Augenhöhle die passende Füllung erhält. Dass ein Gesicht nicht zusammenfällt, sich nicht entstellt. Dass erhalten bleibt, was als Mantra über allem Schaffen steht:

Die Gesichtsharmonie.

Menschen hatten seinen Weg gekreuzt, die ihr Schicksal mit Leichtigkeit trugen. Andere, die das hässliche Loch auch nach Jahrzehnten nicht im Spiegel besehen konnten, die stets Trost und Zuspruch suchten. Bei einer Korrektur. Beim Wechsel auf ein neues Modell. Bei was immer.

Das war ihm zu viel an Psychologie gewesen. Er tat dies nicht, um zu helfen. Er wollte bloß lernen. Und so hatte er sein Streben letztlich als das erkannt, was es war: die Flausen einer Übereifrigkeit, die ihm die tägliche Arbeit rasch austrieb. War sein Schaffen nicht ohnedies umfassend genug, ja fast schon universell? O ja, das war es. Besser und breiter gefächert als bei all den anderen. Da brauchten es nicht auch noch die Augen zu sein. Sie mussten nicht auch noch die Ansprüche einer vollwertigen Prothese erfüllen. Mussten nicht zur Halbschale geformt und auf ein kugelförmiges Implantat, das ein Operateur zuvor mit Häuten und Bindegewebe verschlossen hat, aufgesetzt werden. Mussten nicht an Muskeln angenäht werden, sich nicht mitbewegen. Kontraktion war hier nicht gefragt.

Es waren und blieben ... Augen. Nichts weiter. Tote Augen für tote Kreaturen.

Längst gab es sie fixfertig. In beliebigen Variationen, für jeden Haut- und Haartyp. In jeder Form, jeder Farbe. Konvex-konkav. Mundgeblasen. Oder, für Tierpräparate, mit leichter Erhebung. Oder aspherisch. Ebenso flach mit tropfenförmiger Fischpupille. Oder mit reinweißer Sklera. Für Wildschweine etwa. Hunde. Vögel. Raubkatzen. Von Hand gepresst. Von Hand bemalt. Gegen vernünftiges Geld. Auf Bestellung. Frei Haus.

Wozu also die Mühe?

Weiter hinten im Raum, auf einem Regal mit tiefen Böden, lagerte sein jüngstes Werk. Der Korpus. Daneben, in ihren unterschiedlichen Stellungen, die Extremitäten. Er ließ den Blick von einem Werkstück zum anderen schweifen, fügte sie im Geiste zusammen, sah, wie Leben in sie kam, wie ihre Muskelstränge zu ersten, noch zaghaften Bewegungen anhoben, rasch jedoch die Geschmeidigkeit des Vorbildes antizipierend. In Griffweite auf dem Tisch lag der Kopf. Er überblickte sein Schaffen, nickte zufrieden. Ja, er hatte wieder einmal ganze Arbeit geleistet.

Nach Wochen, Monaten der Präzision war es ein feierlicher Augenblick, wenn Miniaturen sich zu einem Ganzen schöpfen ließen. Gesonderte Momente, die gesonderter Begleitung bedurften. Er nahm die Fernbedienung, wählte die Nummer, drückte vor dem ersten Ton auf Pause.

Finale.

Er öffnete den winzigen Karton vor ihm. Eins ums andere fing er zwischen Luftpolsterkissen hervor, hob die Ware gegen das Licht der Tischlampe, taxierte Stück für Stück. Dieses kraftvolle Blau der Iris, wie sie es manchmal auch hatten. Einfach perfekt. Oder hätte er doch lieber … ein Gelb? Nein, das wäre zu … ja, zu ordinär. Zu gewöhnlich. Darum hatte er das Blau hineinreklamiert. Die Pupille ein schwarzer Punkt, im Zustand der Erregung aber ein senkrechter Strich. Jetzt erst, für die feine Beschau, setzte er die Kopflupe auf, knipste den Spot an, musterte die Details, nickte zufrieden und fing an, das eine Auge mit dem Wachstuch zu polieren.

»Kommst du?«

Er schrak hoch. Dieses Lautsprecherknarren. Wie sehr er es doch hasste. Wie sehr er sich überfallen fühlte, wenn er in konzentriertem Eifer stand. Hier, in seinem Reich, wo es keinen Zutritt gab. Für niemanden im Haus. Nicht einmal für sie … so lauteten die Regeln. Und das war gut so.

»Du weißt doch. Wir dürfen sie nicht warten lassen. Alles auf die Minute. A la minute!«

»Natürlich nicht«, gab er mit der Stimme ihres Vaters zurück. »Ich hasse Unpünktlichkeit.«

Im Rauschen der Gegensprechanlage hörte er ihr Kichern. »Wie lange noch?«

»Keine zehn Minuten. Die letzten Handgriffe.«

»Aber nicht länger, ja?«

»Wie könnte ich. Wäre schön, wenn es Rindsrouladen gäbe.«

Abermals hörte er sie kichern. Wenn sie anrückten, gab es immer Rindsrouladen. Das einzige mehrheitsfähige Essen, sagte ihr Vater. Bei so vielen Mäulern und Geschmäckern. In Wahrheit das Einzige, was er halbwegs draufhatte. Die Rouladen herzhaft in Senf gebadet, nur in Maßen angebrannt, mit Spiralnudeln gereicht, geschwenkt in massenhaft Butter. Dazu Salate der Saison.

Eins ums andere setzte er nun die Augen behutsam in ihre Höhlen. Sie passten perfekt. Was sonst, wenn alle nach Plan arbeiteten. Der Kleber, den er in der innersten Wölbung der Höhle aufgetupft hatte, würde rasch wirken. Ein letztes Mal polieren, die Handschuhe abstreifen.

Dann auf Play.

Dann zurücklehnen.

Dann genießen.

Das Stakkato der Gitarre, das rhythmische Zittern, die Drums. Der Beat im Aufschwellen, rasch in die Gänge kommend. Jetzt gab es nur noch sie drei. Ihn, sein Werk und die Musik, die für sein Werk stand.

Alles bloß für Geld? Nicht doch. Es war ein …

… bedauern, Ihnen mitteilen zu müssen … keinerlei Ansprüche … zu keiner Zeit eine Nachricht erhalten … kann also keine Rede sein … keine, keine, keine …

… ein Akt des Ausgleichs. Ja, das war es. Ein Akt der Gerechtigkeit. Wer Unrecht sät, düngt die Moral des Gegners.

Er schloss die Augen, spürte den Luftzug, spürte, wie dieser mächtige, drahtige Körper, der durch ihn und seine Kunst zusammengefunden hatte, sich ins Leben reckte. Spürte, wie er an ihm vorüberstreifte, ihn umwitterte. Er hörte das dumpfe Knurren, das dieser Kehle innewohnte. Draußen, in der Wildnis. Aber auch hier unten. Ein Auf- und Abrollen. Ein Relief geballter Kraft. Ja, so musste es sein. Dazu das Lied. Ihrer beider Lied. Wie geschaffen für ihn und seine Kreation.

Ein Lächeln spannte ihm das Antlitz. Er kannte den perfekten Moment, fieberte ihm entgegen wie beim Schlagen einer Beute. Augenblicklich fiel er ein.

Rising up, back on the street
Did my time, took my chances
Went the distance, now I'm back on my feet
Just a man and his will to survive

So many times it happens too fast
You change your passion for glory
Don't lose your grip on the dreams of the past
You must fight just to keep them alive

It's the eye of the tiger
It's the thrill of the fight
Rising up to the challenge of our rival
And the last known survivor
Stalks his prey in the night
And he's watching us all with the eyeeeeeee …
… of the tiger.

Anderntags

IX. DIE KEHRSEITE DES TRIUMPHS

»Danke, dass du gekommen bist«, sagte Kluger, »hierher in mein ... nun ja ...«

»Wohnzimmer?« Bela lächelte gequält. »Ich habe lange überlegt, ob ich auf deine Nachricht reagieren soll. Aber wie du siehst, bin ich hier.«

»Eins zu eins«, sagte er mit brüchiger Stimme. »Wie beim Fußball im Cup, wenn es in die Verlänger...«

»Nein!« Eben erst den Platz eingenommen, sprang sie wieder auf, ein Reflex, genährt vom Schmerz der Vergangenheit. Am Nebentisch fuhren Köpfe herum. »Is was?«, fauchte Bela. Augenblicklich schwenkten die Blicke ab.

»Ich bitte dich ... beruhige dich.« Kluger hatte sie am Arm gefasst. »Immer noch das alte Feuer?«

Bela taxierte ihn mit einem verschwommenen Ausdruck irgendwo zwischen Vorwurf und Erbarmen, sank nur allmählich zurück auf den Sessel. »Immer noch die alten Leidenschaften? Erst kommt Zeitung, dann Fußball, dann lange nichts, dann Gastgarten und dann wieder lange nichts?«

»Ich wollte nur sagen, dass wir quitt sind.«

»Ach ja? Sind wir das?«

Kluger lächelte verbittert, machte eine vage Geste, starrte ins Nichts. Es war der erste Frühlingsabend des Jahres, an dem es sich auch vortrefflich im Freien sitzen ließ. Die Aprilluft war lau, der Gastgarten mäßig gefüllt, doch der Zustrom wuchs von Minute zu Minute. Sie hatten einen der begehrten Logenplätze am Holzzaun ergattert. Stammgästen wie Kluger, die dem *Salettl* das Jahr über die Treue hielten, wurde dieses Privileg zuteil. SMS an die Chefin genügte. Zu ihren Füßen fiel der Hugo-Wolf-Park steil ab. Jogger zogen keuchend ihre Runden; Paare warfen versonnene Blicke ins aufblühende Grün, zerliefen auf Parkbänken zur schmachtenden Masse; Hunde sprangen unangeleint querfeldein, verfolgt von hechelnden Besitzern, das Sackerl fürs Gackerl im Anschlag, sie ihrerseits gejagt von Blicken und Kommentaren der Alten auf den Gehwegen. Auch sie hatten den Winter unter Mühen überdauert, Tauben fütternd, Tauben vergiftend, ihre Wohnhöhlen putzend, und kamen nun angekrochen, vollgetankt mit neuem Elan zu Althergebrachtem, bereit für den ewig gleichen Kampf. Hier lagen diese Gesetzestreuen auf der Lauer, hier gingen sie auf die Pirsch, hier verschossen sie die Pfeile ihres Unmuts, denn der Park war ihr Revier. Darunter, dahinter ruhte der Bezirk in friedvoller Agonie. Das feine Döbling machte sich schick, legte den Glitzer seines Abendkleides an.

Natürlich war es der Blick ins Land, der die Menschen anzog und in Wahrheit ein Blick auf die Stadt war. Hier, am äußersten grünen Lungenflügel im Nordwesten Wiens, wo findige Immobilienhaie sich die bessere Atemluft und die Aura einer noblen Anschrift auf der Visitenkarte mit explodierenden Mieten ablösen ließen. Glücklich, wer vor Langem gekauft hatte oder im Netz des sozialen Wohnbaus zappelte. Seit der Markt Kurs aufs All genommen hatte, war der niedere, doch leistbare Gemeindebau wieder en vogue.

Aber nicht nur das machte den Reiz aus. Wenig hatte sich geändert in all den Jahren. Wer ins *Salettl* kam, bekam Kontinuität serviert, die ebenso für Unvergänglichkeit stand. Als hätten seine Nachbarn, die Toten des Döblinger Friedhofs, ihren Einfluss im Jenseits geltend gemacht. Als hätten sie das Rad der Zeit gestoppt und ein Stück ihrer Ewigkeit über die trennende Backsteinmauer geworfen, dem *Salettl* auf direktem Wege in die Speisekarte.

So gab es immer noch das Kaiserfrühstück, immer noch bis 16 Uhr nachmittags. Dazu die üblichen Extravaganzen aller Art, Erdäpfelpuffer-Burger mit Salami und Käse etwa. Selbstredend die gefüllten Kipferl, Chili con Carne, auf Wunsch mit Extrafeuer, Schinkenfleckerl, Reisfleisch, das Bauernbrot mit Kresse, Palatschinken, Riesenkrapfen. Allzeitklassiker, eingenommen im selben halb morbiden Ambiente auf denselben, halb morsch anmutenden Möbeln. Ob in dem oktogonalen Pavillon, der im Winter zum kuscheligen Nest mutierte, ob in der Laube mit ihrer rostroten Patina und dem grob gezimmerten Bretterboden oder auch in dem ausladenden, über weite Strecken von Baumriesen beschatteten Garten ringsum – das *Salettl* blieb Garant der Beständigkeit, ja, selbst eine der Kellnerinnen war seit Äonen dieselbe. Diese Blonde, in die Kluger einst so unsterblich verschossen gewesen war. Er, der Schule schwänzende Maturant, der hier alles Geld, das er den Klassenkameraden beim Pokern abgeknöpft hatte, mit der Nonchalance des Privatiers, der er nicht war, nie sein würde, wieder unters Volk warf. Eine Runde um die andere. Und sie gerade mal heiße 21, ein sexuelles Feenwesen, das seine Duftmarken setzte, und das Allerschärfste, was zu jener Zeit, bald 30 Jahre musste das her sein, zwischen Grinzing und Palermo zu kriegen war.

Kluger bekam sie nicht.

Wie ehedem durchschwebte sie die Reihen. Da ein freundliches Wort, dort eine geduldige Miene, unentwegt mit diesem souveränen, ausgeglätteten Lächeln. An ihr hatten sie sich die Zähne sämtlich ausgebissen: die Natur, die Zeit, die Mieselsüchtigen und die Schnösel. Kluger liebte das *Salettl*, und er würde es bis ans Ende seiner Tage lieben. Ein Ort, der ihn mit dem Zauber einer unbeschwerten Jugend umwob und sich um Vieles frischer fühlen ließ.

Heute Abend jedoch war alles anders. Der Chefreporter sah erbarmungswürdig aus. Zerschlagen der ganze Mann, zerstört vom Scheitel bis zur Sohle, zerknittert wie eine achtlos ins Eck geschleuderte Tagesdecke. Bela kam zu dem Schluss, er konnte keine zwei Stunden geschlafen, musste sich weiß Gott wie durch den Tag geschleppt haben. Das krause Haar stand ihm wirr zu Berge, die Wangen waren eingefallen und aschfahl, die Backenknochen traten stark hervor, was den Eindruck von seelischer Verwesung nur noch mehrte. Auch das gewohnt listige Blinzeln, das in den bösesten Zuständen von Selbstvernichtung immer noch für Wissbegier stand, das seinen unermüdlichen Drang nach der besseren Geschichte hinaus in die Welt trug und das sie stets an ihm bewundert hatte, war erloschen. Die Lider hingen schlaff zu Boden, und die von purpurnen Ringen eingefassten Augen, die winzig und dumpf hervorlugten, stierten blutunterlaufen gegen die Tischplatte. Alles in diesem Gesicht buchstabierte Verzweiflung. Ein Häufchen Nichts saß da vor ihr. Ein Reporter mit Fehl und Tadel. Ein Ephraim Kishon für Arme.

»Wie viel hast du heute schon …« Gebremst von der Unschicklichkeit ihrer Frage, stockte Bela.

»Nicht einen Tropfen«, gab er knurrend wider, »auch wenn dich das nichts angeht. Jetzt zu saufen, wäre das totale Ende. Es ist schon schlimm genug.«

»Allerdings.«

Sie schwiegen eine Weile, blickten den Hang hinab auf die Wiener Peripherie. Ein rasch ermattendes Abendrot sank über den Horizont hin. In den Häusern und Straßenzeilen gingen allmählich die Lichter an. Die Altbauvillen und Penthouse-Etagen zeigten sich von ihrer besten Seite, herausgeputzt mit Festbeleuchtungen aller Art, als wollten sie dem Mond, der bald lustig über ihre Dachfirste dahintanzen würde, die Referenz erweisen. Auch dahinter, auf dem Gegenhang hinauf zu den Weinrieden des Hackenbergs, die sich außer Sicht bis hinüber nach Sievering und westwärts bis Neustift am Walde in den Rücken der zahllosen Heurigen spannten, sprangen die Straßenlaternen an. Dünn gesetzt, wie sie waren, würden sie die Landmasse nur spärlich bescheinen, eine halbe Stunde noch, dann lägen die Weinberge inmitten des Lichtermeeres als mystischer Flecken schwarzer Erde da.

Ringsum wurde getratscht und gelacht. Teller schwebten, Gläser klimperten, *Aperol* und Biere flossen in Strömen die Kehlen hinab. Zigarrenrauch kringelte sich empor ins noch zarte Laubwerk, brandneue Garderoben glänzten seidig im letzten Schein des Dämmers. Kaschmirschals baumelten leger und wetteiferten darin mit den losen Ärmeln um die Schultern geworfener Sakkos, Fönwellen wurden geschwungen, und die Beine der Neuankömmlinge schlurrten einen lässigen Takt in den Kiesel, unterlegt vom Klicken der Metallplättchen an den Sohlen. Man war wieder da. Freudiges Erwachen allenthalben, das Gesumme eines erwachenden Bienenstocks, der nach der Froststarre zu neuem Leben fand.

Einzig über dem Tisch, an dem Bela und Vinzent saßen, hing eine eigene Stille. Eine Glocke der Ratlosigkeit und Verlegenheit, die das Schicksal darübergestülpt hatte. Bela lüftete den Sturz.

»Du siehst aus, als hättest du mit einigen Konsequenzen zu kämpfen«, sagte sie.

»Ich habe deine Beobachtungsgabe immer schon zu schätzen gewusst.«

»Sei nicht zynisch, Vinz. Was ist passiert?«

»Was passiert ist, fragst du?«

Sie antwortete nicht, sah ihn nur fordernd an.

»Auf Trockeneis gelegt bin ich, verdammte Scheiße.«

»Sie haben dich gekündigt?«

»Nein.«

»Freigestellt?«

»Nein.«

»Was dann?«

»Für drei, vier Monate aus dem Rennen bin ich. Zurück in die dritte Reihe. Der Pinscher hätte mich am liebsten gleich rausgeschossen. Der Alte, unser Herausgeber, hatte wieder mal keine Meinung. Aber der Chefredakteur hat es auf seine Weise gelöst. Er hat mich aus der Schusslinie genommen.«

»Und das geht wie?«

Kluger schwieg eine Weile. »Wir hatten einmal einen Kollegen«, hob er schließlich an, »der stand im Ruf, nur an Tagen einen hochzukriegen, wo er seinen eigenen Namen mindestens fünfmal in der Zeitung gelesen hat.«

»Als Namenszeile?«

Kluger nickte. »Wir nennen sie Byline. ›Was New York ist die Skyline, ist unserm Bert die Byline‹, hieß es im Haus.«

Bela lächelte. »Und weiter?«

»Sie schreiben jetzt drei, vier Monate ohne Byline, hat der Chefredakteur gesagt, dann legt sich die Sache wieder. Ganz ungeschoren kann ich Sie nicht davonkommen lassen, das verstehen Sie doch, Kollege Kluger, Sie als alter Hase, oder? Das ist wie bei diesem einen da … na, Sie wissen schon, hat er gesagt, wie bei diesem Schreiberling von den *Anderen*. Der geschrieben hat, das Allerhöchste am Glauben der Muslime sei fünfmal täglich der Allerwerteste.«

Bela nickte. Die *Anderen*. Folglich brachte der Chefredakteur nach wie vor nicht die Namen der Konkurrenzblätter über die Lippen, ohne sich die Zunge zu brechen. Sie erahnte, was es für Kluger heißen musste, in der Reserve zu stehen. Sehr viel schlimmer konnte es für einen gestandenen Profi nicht kommen. Ein Rauswurf hätte ihm, wer weiß, die Chance eingeräumt, sein Gesicht öffentlich zu wahren, das Arbeitsgericht anzurufen, bei der Konkurrenz anzuheuern. Oder als Pressesprecher, wenn es nur kein Ministerium war, wo die größte Herausforderung bisweilen darin bestand, täglich ausreichend Speichel zu produzieren, um das Ego der Ex-Kollegen zu lecken. Aber eine Degradierung? Da gesellte sich zum angeschlagenen Ich das unheilige Gespött der Branche, das sich gewiss in Kübeln über ihn ergoss. Die Jungen legten, so sie welchen gehabt hatten, jeden Respekt ab. Und die Alten ergingen sich in bösartigen Sticheleien, begännen, ihn zu meiden. Er würde nicht mehr zu Stammtischen geladen, bei offiziellen Terminen geschnitten und bei den geselligen Wettbewerben, zu denen etwa die Wiener Polizei die Presse zwecks Intensivierung der Kontakte mehrmals im Jahr bat, als Aussätziger gelten. Ob Beachvolleyball, Eisstockschießen oder Karaoke. Als hätte er sich die Beulenpest an die Finger geschrieben.

»Du wirst es überleben«, sagte sie schließlich.

»Keine Frage. Dafür darf ich jetzt irgendwelche Jubelberichte verfassen, damit Geld ins Haus kommt. Kundenbetreuung auf Ministeriumsebene sozusagen.«

»Das würde mir auch nicht schmecken.«

Kluger winkte ab. »Ach das … darum geht's doch gar nicht. Das haben wir laufend. Vor ein paar Jahren wollte ein junger Kollege, der frisch aus dem Sport zu uns gewechselt hat, kündigen, weil er eine Doppelseite um die andere über den neuen Verkehrsminister schreiben musste. Der Alte hatte wieder mal einen seiner Deals gemacht.«

»Einen seiner … Deals?« Bela sah ihn fragend an.

»Jeden Tag ist der Kollege bei mir auf der Matte gestanden und hat sich beklagt.«

»Worüber?«

»Weil er die fertigen Doppelseiten gefühlte 100 Mal ins Ministerium zur Abnahme schicken musste, bevor sie in Druck gingen. Bis zur letzten Minute haben die das ausgereizt. Weil die Zitate des Herrn Schnöselministers nicht euphorisch genug waren. Weil der Herr Schnöselminister auf den Fotos nicht schön genug war. Weil neben ihm auf einem Foto jemand stand, mit dem er gerade nicht abgelichtet sein will … weil, weil, weil … das volle Programm halt.«

»Na ja«, erwiderte Bela. »Wer zahlt, schafft an.«

»Aber nicht, wenn es sich offiziell um einen redaktionellen Beitrag handelt. Das war der Deal. Da die wohlwollende Berichterstattung, die aussieht wie ein unabhängiger Beitrag und auch nicht als Werbung gekennzeichnet ist, und dort Inserate aus dem Staatsbudget im großen Stil.«

»Oha.«

»Ach was. Bloß die Spielchen unseres Herrn… unser tägliches Brot gib uns heute.«

»Und die Inserate? Die hatten ja immerhin so etwas wie einen … Werbewert, oder?«

»Werbewert!« Kluger lachte gallig auf. »Wo lebst du? Wenn eines der staatlichen Unternehmen, das dem Ministerium untersteht, bis dahin keinen Cent für Werbung dieser Art ausgegeben hat … wozu auch? … weil die Menschen auch so sehen, wie schön oder hässlich die neuen Lärmschutzwände oder was immer sind … und wenn dann aus diesem Unternehmen, kaum ist der neue Minister im Amt, auf Befehl von oben plötzlich die Millionen zu uns fließen … was ist dann wohl, hmm?«

»Ich verstehe immer noch nicht ganz.«

»Ach nein? Die Tusnelda meines Ressortleiters sitzt beim Herrn Minister auf dem Schoß. Quasi. Als seine rechte Hand.«

»Was ist so schlimm, wenn zwei Menschen einander über den Job kennenlernen?«

»Ja, wo die Liebe hinscheißt«, knurrte Kluger. »Bloß, so ist das nicht … ach was, das willst du alles gar nicht hören.«

»Will ich doch!«

Kluger kniff die Augen schmal. »Na dann … dann solltest du wissen, dass ein nicht ganz unbedeutendes Kabinettsmitglied des Herrn Ministers und mein Ressortchef, der liebe Pinscher … dass der eine dem anderen den Trauzeugen macht und wer weiß noch was, wenn der Abend lang ist … und dass der Pinscher seine holde Angetraute – eine, ganz nebenbei bemerkt, begnadet unbegabte Person, die Banane mit ck schreibt – beim Herrn Minister hineingepresst hat, weil der Herr Minister wiederum bei uns im Haus ein und aus geht, mit dem Alten auf Urlaub fährt, und es heißt, sie wären auf nicht ganz offizielle Weise sogar blutsverwandt und so weiter. Warum sonst würde er den Herausgeber privat ›Onkel‹ nennen? Nur ein Beispiel von vielen übrigens. Ja, so läuft der Hase, Bela.«

Bela spürte, dass ihr die Kinnlade nach unten klappte.

»Und solltest du nun, liebe Bela, meinen, da müsste doch eine Justiz oder zwei oder sonst wer einschreiten ... tja, einäugige Krähen sind hierzulande eher selten anzutreffen ... von wegen aushacken und so, hmm?«

Bela sah ihn aus tellergroßen Augen an. »Was hat das jetzt mit dir zu tun?«

Kluger zuckte mit den Schultern. »Weil es mir jetzt, wo ich auch so einen Dreck am Hals habe und Jubelstorys am laufenden Band produzieren soll, ergeht wie dem jungen Kollegen damals, dem ich noch gesagt habe, er soll sich nicht anscheißen, wenn er vorankommen will. Weil es eben so läuft. Jetzt ist er einer unserer Besten. Und genau er hat heute was zu mir gesagt? Na?«

»Du sollst dich nicht an...?«

»Bingo! Na ja, Business eben.«

Bela musterte ihn aus nachdenklichen Augen, und für einen Moment dauerte er sie. »Hör mal, Vinz«, hob sie schließlich an. »Ich will dir jetzt nicht mit guten Ratschlägen ...«

»Dann sag mir nicht, ich hätte die Story nicht schreiben sollen.«

Grüblerisch wiegte sie den Kopf. »Nun ja, besser wäre ...«

»Wäre was? Die Sache totzuschweigen? Du weißt so gut wie ich, dass da was nicht stimmt.«

»Tu ich das?«

Klugers Augen weiteten sich. Ein zorniges Funkeln stand darin. »Bist du hier, um mir zu sagen, alles sei in bester Ordnung? Alles nach Plan? Wenn ja, so betrachte das Gespräch auf der Stelle für beendet.«

Er war es nun, der sich erhob, seinerseits Anstalten machte zu gehen. »Dass du mich für einen Idioten hältst, hättest du mir auch am Telefon mitteilen können. Und was ich am wenigsten gebrauchen kann, ist Mitleid.«

»Bleib da. So war es nicht gemeint.«

»Wie dann?«

Sie schwieg, sah eine Weile zu ihm empor, bis er seinen Platz wieder einnahm und den Kopf in den Händen vergrub.

Das Desaster war gerade mal 24 Stunden alt. Bela dürfte es keine zehn Sekunden nach Madame Directrice erfahren haben. Wachs ... Fieberglas ... echt ... Schaden ... Image ... Werbegag ... miese Tour ... die *Gute* ... verklagen ...??? Nicht ein einziges Mal hatte Madame Luft gefasst, um das Ergebnis der Untersuchung durch die Kriminaltechnik ins Telefon zu pressen.

Es war das Erwartete, das das Unerwartete mit sich führte. Die Maske der Schönheit, hinter der die Lepra saß. Die Wachsfigur, hatte die Analyse ergeben, war nichts als eine Wachsfigur. Natürlich war sie das und verfertigt mit derselben Akribie wie in den Londoner Studios, im Wesentlichen auch mit den üblichen Materialien. Bela hatte nicht eine Sekunde daran gezweifelt. Krankhafte Fantasien drittklassiger Drehbuchautoren für Horrorfilme seien das, hatte sie gesagt, wann immer man sie auf die *Causa Hinczica* ansprach und, wie Kluger, Vermutungen anstellte, dieser Hinczica könnte womöglich ...

Eine Wachsfigur. Die Maske der Schönheit.

Dahinter jedoch witterte Bela die hässliche Fratze der Lepra, die sich aus drei Schichten rekrutierte: der Gehässigkeit der Medien; der dunklen, weil gekränkten Seite der Wiener Seele; und der quälenden Ungewissheit.

Gehässigkeit der Medien, da Journalisten nichts schneller vergaßen als eine falsche Geschichte aus eigener und nichts länger in Erinnerung behielten als eine falsche Geschichte aus fremder Feder. Ferner wurde dem Hause Tussauds billige Bauernfängerei nachgesagt. Dass man jetzt schon, nach so kurzem Betrieb, zu solchen Mitteln greifen müsse ... et cetera, et cetera.

Dunkle Seite der Wiener Seele, da das Volk das Geschreibe der Zeitungen für bare Münze und sich zu Herzen nahm und das Kabinett fortan durch radikales Fernbleiben abstrafte. Nichts war schlimmer, als dem Wiener angedeihen zu lassen, was er selbst am liebsten tat: andere Menschen am Schmäh halten.

Und *quälende Ungewissheit*, der für Belas Dafürhalten übelste Faktor, weil es da draußen jemanden gab, der nicht nur befähigt war, Figuren à la Tussauds perfekt zu imitieren, sondern auch, sie ihnen unterzujubeln. Ihr unterzujubeln. Unerkannt und unter Überwindung aller Sicherheitsvorkehrungen. Dieser Jemand hatte es fertiggebracht, Belas ureigenes Terrain zu kapern, darauf herumzutreten, als wäre es genau ... nichts. Das war, was sie am empfindlichsten schmerzte.

»Nun sag schon, Bela«, murmelte Kluger gegen die Tischplatte. »Wie hast du es gemeint?«

»Ich weiß nicht, wie sinnvoll es für dich ist.«

Langsam hob Kluger den Kopf, tauchte aus sich empor. »Sinnvoll? Ich werde dir sagen, was für mich das Wort sinnvoll bedeutet. Sinnvoll wäre es, das Programm des Alten zu fahren, abzutauchen, die Sache auf sich beruhen zu lassen und in ein paar Monaten weiterzumachen wie bisher. Business as usual, richtig?«

Sie nickte.

»Sinnvoll ist für mich aber nur eines: Ich will, nein, ich muss es wissen, verstehst du? Ich werde nicht eher ruhen.«

»Wenn du meinst. Und was willst du dann von mir?«

»Du sollst mir helfen.«

Sie lachte spitz auf. »Dir helfen?«

»Ja.«

»Warum sollte ich das tun, Vinzent? Aus Dankbarkeit, dass du uns diesen Wirbel eingebrockt hast? Ohne mich vorzuwarnen? Dafür, dass du meine Bitte, den Vickerl in Ruhe zu lassen, ignoriert hast?«

»Bitte nennst du es? Außerdem ... seit wann stehen Bitten über der Wahrheit?«

»Ich wüsste nicht, warum ...«

Sie unterbrach sich, musterte ihn. Vinzent hatte aufgehört, mit dem Tisch zu reden, hob Bela das Antlitz entgegen, hielt ihren Blick. O nein, Vinzent, durchfuhr es sie, darauf lasse ich mich nicht noch einmal ein. Wie oft hatte sie Blut geschwitzt in ihren Jahren bei der Polizei, da sie über die Grenzen gegangen, da sie Vinzent Informationen weit jenseits der Vorschriften zukommen hatte lassen. Das gleiche altbekannte Wallen der Säfte hob auch jetzt in ihr an.

Du darfst es nicht noch einmal so weit kommen lassen.

Es war ein mächtiger, sehr mächtiger Gedanke, der ihr das sagte. Ein zweiter jedoch, mächtig auch er und wie zum Gegenspieler erkoren, sprach anderes. Da war es plötzlich wieder, wenn auch wie unter einem mildernden Schleier, dieses Blitzen in seinen Augen, etwas, das sehr viel mehr zur Waffe taugte als eine Klinge aus geschmiedetem Stahl, und das die härtesten Widerstände durchschlug wie ein Stück weiche Butter: die Wissbegier des getriebenen Journalisten. Wie eine Bastion aus Trotz und Leidenschaft und dem Urtrieb nach Wissen saß er stocksteif da. Mehr als das. Es war der Drang nach Genugtuung, der das alte Feuer in Vinzent auflodern und nach außen brennen ließ.

Für eine kleine Ewigkeit starrten sie einander wortlos an, und so reifte eine böse Form von Sicherheit in Bela heran, die alles, bloß nicht Besänftigung versprach. Nein, sie kannte ihn zu gut. Er würde es nicht dabei bewenden lassen. Diese trügerische Ruhe, die von ihm ausging. Dieses Stillschweigen, das ein Stillschweigen ohne die mäßigende Kraft der Duldung war, ein Innehalten unter flammendem Zorn und endlosen Racheschwüren. Gegen wen immer.

»Im Übrigen brauchst du mich wie ich dich«, sagte er nun.

»Ich dich?« Abermals lachte sie auf.

»Weil auch du es wissen willst.«

»Was?«

»Wer dahintersteckt.«

»Ich denke, dass du dich da in etwas ver…«

»Nein, Bela. Ich sage dir, was *ich* denke, und korrigiere mich, wenn ich falschliege«, zischte er in einem Tonfall, der genau das ausschloss. »Ich denke, dass euch die Situation gleichermaßen überrascht hat wie mich. Ich denke, dass der gute alte Vickerl, so sehr ich ihn verabscheue, an jenem Abend einen verdammt guten Job gemacht und euch vor einer Riesenblamage bewahrt hat. Ich denke, dass es auf deinem Mist gewachsen ist, in die Offensive zu gehen und die Gunst der Stunde zu nutzen, weil du das Potenzial dahinter erkannt hast. Ich denke aber auch, dass ihr es nicht für möglich gehalten habt, der Publikumsansturm könnte euch eines Tages als Bumerang an den Schädel knallen, weil man nicht nur mich zum Gespött der Branche gemacht hat, sondern euch vorhält, alles inszeniert zu haben. Darüber hinaus denke ich, dass ein Unternehmen wie das eure seine Schätze mit Sicherheit nicht unbewacht über Nacht stehen lässt. Im Prater obendrein. Außerdem habe ich die Kameras gesehen, die im ganzen Haus angebracht sind. Die Überwachung ist gewollt offenkundig. Und ich bin mir sicher, dass es Bänder gibt, auf denen etwas zu sehen ist. Warum hab ich davon bisher nichts gehört? Warum habt ihr sie nicht der Polizei übergeben?«

»Es gab keinen Anlass.«

»Keinen Anlass? Dass man euch eine Figur um weiß Gott wie viel tausend Euro über Nacht in die Bude schmuggelt, nennst du keinen Anlass? Eine Figur, die einem Vermissten aufs Haar gleicht? Denkst du allen Ernstes, jemand tut das, um euren rückläufigen Besucherzahlen auf die Sprünge zu helfen? Ohne für sich selbst etwas rausschlagen zu wollen? Zum alleinigen Zweck des Altruismus, Bela? Und sag jetzt nicht, eure Zentrale in London hat das alles inszeniert. Diese Nummer mit den immer lustigen Briten. Es sei denn, du willst mich beleidigen.«

Bela starrte ihn entsetzt an. Ein Zittern bemächtigte sich ihrer, sie spürte, wie es ihr langsam den Schotter unter dem Sessel wegzog.

»Aber das«, fuhr er fort, »ist längst nicht alles. Aus Sicht der Polizei gab es anfangs in der Tat keinen Anlass einzuschreiten. Anfangs, wohlgemerkt. Nachdem die Geschichte mit dem Perückenmacher draußen war, sein Verschwinden, die Beweismittel, die mir zugespielt wurden, dazu die Sache mit der Warze an seinem Ohr, nach all dem mussten sie also doch noch ihren Arsch in Bewegung setzen. Und was habt ihr gemacht? Ihr seid weiter eure Linie gefahren. Frei nach dem Motto: Wenn es weh tut, muss man draufbleiben, nicht wahr? Natürlich musstet ihr angeben, die Figur sei Teil eines Gesamtkonzeptes. Natürlich war es da nur konsequent zu behaupten, es könne, wie ich aus sehr verlässlicher Quelle weiß, nichts zu sehen geben, wo nichts zu sehen war. Und dass es keine Aufzeichnungen mehr gebe, weil die Bänder im Hause Tussauds alle 48 Stunden automatisch gelöscht würden.«

»Das werden sie auch.«

»Mag sein. Aber du kannst mir nicht weismachen, ihr hättet die Aufnahmen nicht augenblicklich geprüft. Du und deine fickerige Direktorin. Noch in derselben Nacht. Und dass ihr nichts gefunden habt. Und noch weniger, dass ihr nicht im Safe eine Kopie wie euren Augapfel hütet. Ihr macht sehr viel Unbedeutenderes zum Staatsgeheimnis. Die Wachsabmischung eurer Figuren. Welche Stars wann und wo und in welchem Outfit ins Programm genommen werden. Und so weiter. Das macht ja auch Sinn. Die Konkurrenz schläft nicht. Aber glaube mir, Bela … die Berechtigung zur Geheimniskrämerei endet genau hier. Diese Geschichte ist noch lange nicht zu Ende. Irgendwo da draußen spielt jemand ein Spiel. Es ist nur eine Frage der Zeit, bis er den nächsten Zug setzt.«

Bela schluckte. Wie sehr sie ihm doch insgeheim beipflichtete.

Das Übel eines solchen Spiels liegt darin, sich dem Willen des Spielleiters zu beugen. Wir selbst müssen jedoch der Spielleiter sein, die Regeln vorgeben. Dann nehmen wir dem Spiel auch den Schrecken des Übels. Oder das Übel des Schreckens. So einfach ist das.

Ihre Worte an Madame Directrice. War es das wirklich? So einfach? War es nicht, wie Vinzent sagte? Wollten nicht sie beide es um jeden Preis wissen? Ja, auch sie war Geisel des Triebes, Dinge nicht ruhen lassen zu können. Auch sie war auf das große

Ganze aus. Auch sie versuchte, den Spielleiter eines Spiels zu geben, dessen Regeln und Einsatz sie nicht kannte. So einfach also? Was sie kannte, war das Spielfeld. Und eine einzelne Figur. Das Kabinett und der Perückenmacher. Ein bisschen wie auf dem Set beim Dreh eines schlechten Films. Zwei Klappen in einer ... womöglich ... endlosen Reihe von ...

Bei Klappen musste Bela an ihre Klarinette denken. Die Musik war ein beherrschender Teil ihres Lebens, seit sie vor drei Jahren das Spielen wieder aufgenommen hatte. Das melancholische Ziehen half ihr über vieles hinweg. Den Tod des Vaters. Den Abschied von der Polizei. Die Männer. Sie hatte rascher als gedacht zurück in die alte Fertigkeit der Jugend gefunden, hatte sich zuletzt zwei neue Klappen erarbeitet, war der Maximalzahl von 25 nicht mehr allzu fern.

Fünfundzwanzig Klappen?

Ein Schauder lief über sie hin. Dieses ... Spiel, das sie so gar nicht beherrschte, hatte erst zwei. Was kam noch? Was wussten sie und Vinzent schon? Ein paar versprengte Details, die sie in Händen hielten. Mehr nicht. Sie jedoch um das eine Detail mehr.

Da war tatsächlich ein Mann auf dem Video gewesen. Ein Mann. Bewegungen, Statur, aber auch der Modus Operandi legten den Verdacht nahe. Kurz nach 3 Uhr früh war es gewesen. Ein Schatten im Overall mit Rucksack, Sturmhaube und Stirnlampe, rein und raus huschend. Sechs, sieben Mal. Man sah ihn von Raum zu Raum gleiten, sah, wie er Stück um Stück herantrug und in den vom Publikum mittels Trennwand und Vorhang abgesperrten Bereich schaffte. Zielstrebig. Ohne einen Funken Unsicherheit, was die Örtlichkeit betraf. Wie er den Boden aufbohrte, einen Anker einließ. Ein anderes System, als sie selbst anwendeten, aber nicht minder effizient. Wie er die Figur vor Ort zusammensetzte. Beine. Rumpf. Arme. Zuletzt der Kopf. Eine gute Stunde dauerte das Prozedere. Dann, auf dem Weg zum Ausgang, die unglaublichste ... ja, was war es? War es pure Dreistigkeit, wie er sich vor einer der Kameras hinstellte und …? Überheblichkeit? Mittel zum Zweck? Erst dann, nach diesem Gestus der Impertinenz, verschwand er so spurlos, wie er gekommen war, und hinterließ nichts als das:

Rätsel.

Was machte diesen Mann so überzeugt von sich, seiner Tat? Was ließ ihn glauben, ungeschoren davonzukommen, unerkannt zu bleiben? Wusste er um die Gepflogenheiten im Haus? Ja, er musste Bescheid wissen. So vieles musste ihm vertraut sein. Wie sonst konnte er sichergehen, seine Spende würde nicht vor der Zeit entdeckt? Nahm er das Risiko in Kauf? Nein, er wäre um seinen Triumph gebracht. Folglich wusste er, dass nach Abnahme einer Wachsfigur durch die Chefin niemand hinter den Vorhang blicken durfte. Es sollte wie immer für alle eine Überraschung werden. Nur Madame Directrice, ihr zur Seite Edeltraud Wagner, die Restauratorin des Hauses, die den Figuren nach dem langen Transport und der Montage den letzten Schliff verpasste, von der Frisur bis zum Teint, und sie selbst wohnten dem Aufbau durch das aus London angereiste Team bei. Stand die Figur erst mal – was ausnahmslos am Vorabend einer Einweihung der Fall war –, versagten auch sie drei sich weitere Blicke hinter die Kulissen. Ein bisschen wie Weihnachten. Die Spannung nach dem Aufputzen des Christbaumes. Das Warten auf das Zeichen.

Madame und sie hatten das Video wiederholte Male gesichtet. Da war kein stiller Alarm an die Polizei ergangen. Keine Spuren eines gewaltsamen Eindringens. Er musste einen Schlüssel gehabt, musste den ergänzenden, einmal die Woche zu wechselnden Code gekannt und so die Alarmanlage bei Betreten außer Gefecht gesetzt haben. Oder auf andere, noch unbekannte Weise. Auch musste ihm vertraut sein, dass die Kameras nicht bloß live überwachten, sondern aufzeichneten. Wozu sonst dieses Theater?

Natürlich fiel der Verdacht in der Sekunde auf einen Mitarbeiter. Die Überprüfung in eigenen Reihen verlief jedoch im

Sand. Die meisten Securityleute waren branchentypisch leicht untersetzt bis korpulent, ihre Körper passten nicht annähernd zu dem großen, drahtigen Kerl auf dem Video. Ein oder zwei vielleicht. Annähernd. Doch der eine war nachweislich mit Familie auf Urlaub, und der andere, Flecker, war in Belas Augen über jeden Zweifel erhaben. Kauz hin, Kauz her. Emil Flecker lebte für die Arbeit, wusste mehr über die Figuren als jeder andere und gab sein Wissen auch bereitwillig an die Kundschaft weiter. Flecker atmete *Madame Tussauds*.

Und dass einer von ihnen jemand anders engagiert hatte? Sich zum Spielball gemacht hatte? Gegen Aufbesserung des nicht gerade üppigen Salärs? Möglich, keine Frage, aber unwahrscheinlich. Wozu der Aufwand? Wenn doch, so hatten sie nicht den geringsten Beweis. Sie konnten nur abwarten. Nichts weiter. Es war und blieb ein Mysterium.

All das wusste Bela. Sehr viel mehr, als sie Vinzent gegenüber zugeben konnte. Auch wenn es da ein unsichtbares Band gab, das unausgesetzt zwischen ihnen gespannt schien. Er war Journalist. Und im Leben eines echten Journalisten, im Ressort Chronik obendrein, hatten Skrupel nur Nischenplätze in der weiten Halle, die sich Gewissen nannte. Da blieben schon mal ein paar Freunde auf der Strecke. Sich mit ihrem Wissen in seine Hände zu begeben, erschien ihr so widersinnig, wie einem ausgezehrten Löwen ein blutiges Gazellensteak vor die Nase zu halten und die Vorzüge vegetarischer Kost zu predigen.

»Ich würde dir gerne helfen, Vinzent«, sagte sie.

»Dann tu es und hilf dir selbst.«

»Ich kann nicht.«

»Du willst nicht.«

»Ich kann nicht!«, doppelte sie nach. Bela stand auf, knallte einen Zehner für beider Getränke auf den Tisch und stürmte davon, ohne sich noch einmal umzusehen.

Am nächsten Morgen

X. WILLKOMMEN BEI DEN SCHROTS

Du sprengst sie hinfort mit den Mitteln des dritten Jahrtausends.

Alles bloß eine Frage der Betrachtung, dachte Miriam, wie so oft im Leben. Natürlich ließ sich ein Mantra ebenso gut auf diese Weise lesen. Im *Sirsasana.* Manche, hatte sie gehört, trieben es sogar im *Sirsasana.* Das animierende Wechselspiel aus Penetration und Körperhaltung mache es aus, hieß es. Aber stand da nicht dem vagen Versprechen an die Lust eine Sicherheit im Wege? Jene der Unbequemlichkeit der Stellung?

Ein vages vaginales Versprechen. Vergnügt gluckste Miriam auf. So weit würde sie nicht gehen. Viele Lagen waren denkbar, ja, und sie, Symbiose aus unbeugsamer Willenskraft und gestähltem Körper, zu der sie über die Jahre verschmolzen war, sah in sich beinahe eine Herrin der Lagen. Aber nicht im *Sirsasana.* Nicht im Kopfstand.

Dennoch lagen, vom klapperigen Sex abgesehen, die Vorteile auf der Hand: Entlastung des Herzens; Entlastung der Venenklappen; Entlastung des Unterleibes, der Därme, der inneren Organe, wenn sie in Gegenrichtung hängen; Stimulation der Zirbeldrüse, der Schilddrüse; geringe Ventilation der Lungen bei zugleich erhöhter Sauerstoffaufnahme. Endlos ließe sich die Reihe fortsetzen, dachte sie. Über allem aber eines: Nichts ließ die Steifheit der Glieder am Morgen besser abfließen.

Miriam verweilte noch kurz im *Sirsasana*, ehe sie zu Boden glitt und im Schwung einer kraftvoll runden Bewegung auf die

Zehen kam. Dann stand sie, die Handflächen himmelwärts, mit gereckten Armen da. Die Palme. Dieser blitzartige Wechsel scharf an die Grenzen der Ohnmacht löste jede Spannung, ließ Energien in doppelter Intensität fließen. Energien, die sie stärker als alles andere ins Jetzt hoben. Sie sah zur Wand und las ihr Mantra noch einmal.

Du bist schneller als der schnellste Arm des Feindes, stärker als die stärkste seiner Waffen. Du vermeidest es mit dem Geschick des Trickspielers, dass man dir auf die Schliche kommt, dir die Maske vom Kopf reißt. Allzu aufdringliche Aggressoren? Du sprengst sie hinfort mit den Mitteln des dritten Jahrtausends.

Nein, gegen eine wie sie war kein Ankommen. Auch der Puppenspieler würde das zu spüren bekommen. Er mit seinen seltsamen Regeln ihrer geheimen Zusammenkünfte, seinen noch seltsameren Ortsangaben im Prater. Vorneweg ein Name aus der *Ilias*, gefolgt von einer Zahlenkombination, die auf die Koordinaten eines Folders für Touristen verwies. Und erst die bizarren Recherchewünsche. Sie lächelte, nickte sich zufrieden zu, schritt mit der Grazie einer Solotänzerin an den Schreibtisch und ließ sich nieder. Dann fuhr sie den Computer hoch und gab ein paar Befehle ein.

Das mit der Schnelligkeit und Effizienz hatte sie amtlich. Schräg vor ihr hing es, das Dekret ihrer unerreichten Fähigkeiten, und der Bundesadler hinter Glas schien immer dann, wenn sie vor ihn hintrat, sein Gefieder zu spreizen. Als wollte er sich zum Relief ihres Triumphes erheben. Das tat gut, denn die Momente des Zweifelns und Haderns kamen, seit sie neben dem Polizeijob auch für den Puppenspieler tätig war, immer öfter. Das Gefühl, ihr Mantra mehr denn je zu benötigen, war bedrängend, und so las sie es neuerdings Morgen für Morgen, ehe sie sich an die Arbeit machte.

Du bist schneller als der schnellste Arm …

Um wie viel einfacher es doch heutzutage war, in anderer Leute Leben zu dringen, sie von Grund auf zu zerstören. Vorbei die Tage des oberflächlich Brachialen, fortan lag die rohe Gewalt in ihrer Sublimierung. In der Motorik der Kuppen. Mutation der Generation Zwei Punkt null. Vier Punkt null. Keine langen, unsicheren Wege mehr, auf denen halbe Aufträge sich verloren. Kein körperlicher Kontakt, der das Risiko der Unterlegenheit barg. Kein Angewiesensein auf fremde Hilfe, die ein Gerücht hinaus in die Welt trug. Vielleicht hinaustrug. Vielleicht aber auch nicht.

Natürlich hatte auch Miriam ihre Leute, Spezialisten wie sie selbst, die ihr bei Bedarf aus den Fachbereichen zuarbeiteten. Social Engineering, Rechercheure, Experten für Reverse Engineering, Verteiler, Verkäufer. Mülltaucher bisweilen, die sich lieber »Dumster Diver« nannten, weil das wie alles Englische nach mehr und nicht nach »Mistkübelstierler« klang, wiewohl sie nichts anderes als genau das taten: im Dreck anderer Menschen wühlen, mochte er auch digital sein. Manche waren einfach nur BotMaster ohne feste Crew, die ihre Blackhats bei Bedarf anmieteten. Menschen ohne Gesichter, die blitzartig die Fronten wechselten, die im einen Moment auf der Seite des Lichts standen und im anderen im Dunkel.

Individualisten waren sie allesamt. Und doch eine Einheit, weil sie über das Individuum hinaus etwas gemein hatten. Den Verlass. Da war kein Vielleicht. Kein Vielleicht-aber-auch-nicht. Kein Vielleicht-anders-als-gewollt. Ihr Zusammenhalt war ehern, folgte seit Jahrzehnten unverbrüchlichen Gesetzen, gepaart mit der Fähigkeit, sich die Spannweite der ganzen Welt zunutze zu machen. Heute Tokio. Morgen Amsterdam. Übermorgen Sidney. Eine Stunde später Stockholm. Das, ein schneller Rechner und als fleischliches Ebenbild eine Hirnmaschine, die blitzartig auf Touren kam. Mehr bedurfte es nicht, um die digitale Glocke anzuschlagen, die anderen das Ende einläutete.

Ende?

Miriam atmete tief durch. Nein, das war nicht ihr Auftrag. Nicht dieses Mal. Noch nicht. Es war ein … nach wie vor nur ein Spiel. Im Dienste eines Spinners. Eines Spanners womöglich. Einer, der den Namen Puppenspieler verdient hatte, ihr zugleich aber wie ein Makel anhing, die Verunzierung eines ansonsten perfektionsnahen Zustandes. Weil sie ihn nicht kannte. Noch nicht kannte. Ein Kunde, der ihr als ureigenes Versagen vor Augen stand. Aber auch ein Kunde wie ein Reibebaum, ein mit den Wassern der Tarnkunst gewaschener Bursche, den sie genau darum schätzte. Weil er sie anstachelte, ihre Grenzen auszuweiten. Weil er nicht einfach aufs Eis tanzen ging. Weil er wie sie Profi zu sein schien. Einer, der – das verstand sich ja von selbst – auf Prepaid arbeitete, der immer offline war, von Mal zu Mal SIM-Karte und Nummer wechselte, der zum Einstieg die alte Nummer vorneweg sandte und sie damit auf alle Zeiten tilgte. Alles andere, dachte Miriam, wäre auch eine bittere Enttäuschung. Und so nebenher bescherte er ihr ein sehr einträgliches Spiel, das ihr die Anschaffung neuer Gerätschaft versprach und worin sie tun konnte, was sie am liebsten tat: auf beiden Seiten ziehen. Wie beim Schachspiel. Mal Schwarz, mal Weiß. Gewiss, das Regelwerk dieses Spiels verlief an der Peripherie der Legalität. Oft scharf an den Grenzen, oft auch darüber hinweg. Ganz nach Belieben. Die Doppelmühle. Und sie war am Zug.

Es gab Tage, da die Polaritäten ihres Wirkens sie im Innersten zusammenschweißten, andere, da gerade dieser stete Wechsel der Seiten sie zu zerreißen drohte, da sie in dieses unerbittliche Ringen verfiel. Vertrauliches bewahren? Oder doch enthüllen? Ähnlich stellte Miriam sich das Dilemma eines Priesters vor, dem ein Mörder sich anbefohlen hatte und dem es die Brust zerriss im Kampf zweier so gegensätzlicher Gelöbnisse. Da die Verschwiegenheit in der Beichte, dort die Verteidigung moralischer Grundsätze, Vorschriften, die über die Befolgung göttlicher Gebote hinausliefen.

Pflicht und Schwur. Fluch und Segen.

Aber nicht jetzt. Nicht heute, dachte Miriam. Heute war nicht der Tag des Haderns und Zweifelns. Vorarbeiten standen an. Die Basics. Das wöchentliche Update der Familie Schrot in Phase eins. Sie sollte die Rutsche legen, auf der andere ins Ziel glitten. Mehr brauchte sie nicht zu wissen. Mehr wollte sie auch nicht wissen. Tags darauf wieder die biedere Existenz im Amt.

Die Morgensonne klopfte ans Fenster ihrer geräumigen Mansardenwohnung im dritten Stockwerk. Miriam kam hoch, zog die Vorhänge beiseite, riss beide Flügel auf und sog den Frühling ein. Eine Weile stand sie so da und lauschte. Von jenseits der Häuserzeilen, aus einer unermesslichen Ferne, brandete der Frühverkehr heran. Näher, greifbar, das Gezwitscher der Vögel aus dem parkähnlichen Innenhof der Anlage. Helles Kinderlachen vom Spielplatz, unterlegt von Schreien verbitterter Konkurrenz.

The early bird catches … die Schaukel.

Es würde ein herrlicher Tag werden, sagte sie sich. Zwei Stunden konzentrierter Arbeit, dann könnte sie ihre Pause einlegen. Wie immer nach Plan. Winters verhieß das, an der Oberen Alten Donau die Schwäne zu füttern. Nun aber, da das Jahr erwacht war, würde es der tägliche Spaziergang hinunter an den Donaukanal werden. Die paar Schritte über die Brücke zur *Urania*, wo hinter weiß getünchtem Neobarock die Welten auf so vielfältige Weise aufeinanderprallten und wo sie – eingeborenes Kind der Leopoldstadt, diesem mit *Wurstelprater* und Karmelitermarkt und Stuwerviertel und Augarten an Vielfalt kaum zu übertrumpfenden Wiener Grätzl – seit immer schon tat, was sie auch heute noch am liebsten tat: nach den Sternen greifen. In der *Urania*.

Der Prachtbau direkt am Donaukanal hatte es Miriam seit jeher angetan, barg so viele Welten unter einem Dach. Sei es das Puppentheater, sei es das Planetarium, sei es die Volkshochschule, wo sie ihr mäßiges Schulenglisch aufpoliert hatte und vor allem auf die Sache mit dem Yoga verfallen war. Nur ihre

Computerkurse konnten sie sich in die Haare schmieren. Der reinste Pipifax, ein Hokuspokus für Ahnungslose, nichts weiter. Und da war diese vierte *Urania*welt, die es neuerdings gab. Das eingelagerte *Cage*, wo sie für gewöhnlich den ersten Kaffee des Tages einnahm und manchmal auch – ausnahmsweise und allein verzehrt – den Genuss für zwei, das Frühstück für sie und ihn mit sehr viel Räucherlachs und noch mehr Trüffelsalami und zwei Gläschen Prosecco. Oder bloß den flüssig gebackenen Schokoladenkuchen, mit Pfeffer-Krokant-Eis. Dort saß sie dann ein Weilchen, löffelte vor sich hin und sah hinab auf den Donaukanal, sah, ob er auch vorankam. Nichts verabscheute sie mehr als den gottverdammten Stillstand. Waren die Dinge im Fluss, war alles gut.

Heute würde es bloß ein Kaffee werden, dann die Treppen hinab ans Wasser und stromaufwärts weiter zu *Neni*. Zur *Tel Aviv Beach*, diesem importierten Stück Wiener Zionismus. Den Sand, hieß es, hätten sie eigens aus Israel eingeflogen, der weißen Stadt zum Hunderter gestiftet. Zum Zeichen der Bezeugung von Toleranz und Lebensfreude und Offenheit, für die Tel Aviv stand. Oder war es doch bloß das Mäntelchen, unter dem ein diffuses, die Generationen überdauerndes Schuldbekenntnis lauerte? Ein vererbtes Pflichtgefühl der Wiedergutmachung mit der Halbwertszeit von Plutonium?

Egal, dachte Miriam. Einfach nur auf einen der mit eingeflogenen Plastiksessel fläzen, mit den Zehen im Sand wühlen und dasitzen, den Straßenlärm in ein Meeresrauschen fortträumen und auf den Wassern des Kanals fortgleiten. Hmm. Sansibar? Oder doch Tonga Island? Ja, die polynesischen Querköpfe hatten es ihr, warum auch immer, angetan.

Du meine Güte, zwei Stunden noch. Jetzt schon zog sich der Tag hin, erhob man sich wie sie um 4 Uhr. Ein Jammer, dass sie bei *Neni* erst um 12 Uhr aufmachten. Der Hummusteller. Das Pita-Sandwich mit Falafel, dazu die herrliche Salsa von Tomaten und Peperoncini und … Hummus. Einmal mehr. Und Sauerrahm. Einen ersten *Carribean*, und an Feiertagen, am Ende eines erfolgreichen Projektes etwa oder wenn ihr in schwierigeren Fällen ein Durchbruch gelungen war, auch ein zweiter.

Schwierigere Fälle?

Miriam lachte still auf. Wann gab es die schon. Nicht im privaten Bereich. Die Unvorsicht der Menschen war phänomenal grenzenlos. Sie verbargen ihr Geheimstes hinter Mauern, die den Namen Maschendrahtzaun nicht verdienten. Mauern waren, was einen Feuersturm wie den ihren zwar nicht abhielt, ihm jedoch trotzte. Das hätte sie der Routine entrissen, hätte Gedanken an einen womöglich großen Wurf generiert. Aber mit den großen Würfen in der Cyberwelt war es nicht weit her. Darin unterschied sich ihr Alltag in nichts von dieser anderen Welt, die es auch noch gab. Und von den Männern schon gar nicht.

Nein. Brunch bei *Neni* also. Dann, gegen 14 Uhr, zurück an die Arbeit. Später am Tag wäre der Trubel dort ohnedies unerträglich. Hatten die Menschen nichts zu tun? Am Mittag, mitten in der Woche?

Gerade als Miriam sich räkelte, schlug das Telefon an. Sie sah aufs Display. »Guten Morgen«, sagte sie ohne jede Färbung.

»Guten Morgen, Miriam. Schon auf?«

»Lange schon.«

»Hängst wohl wieder an deinem Blechtrottel herum, na?«

»Nenne es, wie du willst. Es ist mein Job.«

»Was ist das für eine Arbeit, die ein Mädchen von 25 Jahren …«

»24.«

»Wie du meinst. Die paar Tage. Ein Mädchen von 24 Jahren also, das den ganzen langen Tag in seiner Höhle vor diesem Kasten sitzt und irgendwo herumwühlt, anstatt auszugehen, junge Männer kennenzulernen. Das Leben in seiner Breite, Miriam, verstehst du?«

»Nicht schon wieder. Und bevor du mich jetzt fragst, ob ich vorbeikomme … ich esse heute bei *Neni*.«

Schweigen, dann, mit dem Unterton des Hoffnungsvollen: »Etwas Ernstes?«

»Kann leicht sein. Vielleicht stelle ich ihn dir eines Tages vor. Wenn du artig bist und nicht drängst und ihn mir hinterher nicht wieder ausspannst.«

Verhaltenes Glucksen am anderen Ende.

»*Neni*, hmm. Klingt ein bisschen sehr jüdisch, findest du nicht? Na ja, was soll's. Also gut, mein Kind. Du meldest dich, versprochen?«

»Ja, Mutter.«

Miriam legte das Telefon beiseite, atmete tief ein und blickte am T-Shirt hinab, sah die Buchstaben des Aufdrucks unter dem Hub ihrer Brüste sich spreizen. *Buy art, not cocaine*. Ja, Kunst, überlegte sie, während sie zurück an den Schreibtisch schlenderte und sich niederließ. Das war, was sie betrieb. Die hohe Kunst. Wer brauchte da schon Drogen. Sie schloss die Augen, fuhr sich mit der Rechten zwischen die Beine und gewahrte durch das wie eine zweite Haut eng anliegende Yogatrikot den Schauder, der ihr über die Schenkel floss, sie umbrandete. Ein Prickeln wie nach dem Prosecco in der *Urania*.

»Ein guter Hack ... hmm«, murmelte sie und überließ sich dem Spiel der Finger. Ein guter Hack war wie verdammt guter Sex, beizeiten besser noch als jeder Fick. Kein Liebhaber dieser Welt wog mehr als das Wissen um die Stärke, die sie in sich trug, die ihr wie gottgegeben in die Tasten floss. Eine Stärke, treuer als der treueste Bund und immer nur an den Ruf des Ichs gebunden. Eine Stärke auch, die aus ihrem Innersten floss wie ein unermüdlicher Bergquell und ihr in den unsteten Momenten half, sich zu stetigen. Da dem Vorstandsvorsitzenden eines Telefonriesen über E-Mail einen Tab-Logger einpflanzen und von da an jeden Tastenschlag seines Computers mitlesen. Dort das Konto eines Plünderers plündern und die Maut an Bezugsberechtigte beim Arbeitsmarktservice verteilen. Da das Handy eines korrupten Bullen zur Wanze umfunktionieren. Dort den aufgeklappten Laptop des pädophilen Pfarrers zur Überwachungskamera. Das *Facebook*-Profil des Parteichefs knacken und ihn sich als Schwulen outen lassen, dass seinen rechten Gefolgsrecken das Endzeitwürgen kommt.

Frohe Botschaften allesamt nach ihrem Geschmack und mit einem einzigen Fingerzeig auf die Reise geschickt. Nicht die ganz hohe Schule, natürlich nicht, aber doch … andererseits … was war das schon außer …

… *unterhaltsam?*

Sie hielt inne, zog die Hand zurück an die Tastatur. Eine Dienstleistung war das. Nichts weiter. Und Dienstleistungen gehörten bezahlt. Die wahrhaft bedeutenden Aufgaben lagen anderswo. Die waren nicht an so lachhafte Kategorien wie Geld gebunden. Die Site einer Regierung etwa. Da begann es interessant zu werden. Da ging es um alles, nur nicht um den Mammon. Dem Kanzler einen Sniffer setzen und seinen Datenverkehr im Netzwerk auf Codes abklopfen. Ja, das war noch was. Nicht bei diesem Kanzler, dachte Miriam, dieser Entartung der Entenfamilie, der ganze Erpel nichts als ein auf Dauerbetrieb gestellter Schnabel. Nein. Andere Kanzler. Kanzler von Welt. Weltweit. Das hatte … ja, das hatte Charme. Oder auch eine Site zu knacken, die am Vortag großspurig im Beisein der Ministerin als sicher gepriesen worden war.

Sicherheit?

Wie absurd! Wo Menschen alte Löcher stopften, taten Menschen neue auf. Wo die größten Narren die dicksten Mauern hochzogen, kamen die um den Tick größeren Narren, die sie untergruben.

Vor ihr poppten die Fenster ihrer Kunden auf. »Dauerpatienten« stand bei einem geschrieben. Die Liste, die dahinter aufsprang, war überschaubar. Es geschah nicht oft, dass sie Patienten über längere Zeit betreute. Mehr als ein Jahr etwa, wie diese Schrots. Die waren keine Challenge. Ein welcome income. Das ja. Ein offenes Buch mit mäßig ansprechendem Text. Die um das eine Mal zu oft gelesene Bibel. Der Allzeitklassiker, der an allen Ecken des Lebens lauerte und sein Gift der Lähmung versprühte.

Tod durch Langeweile.

Drei Kinder. Schnarch. Durchgetaktete Besuche von Eltern, Freunden. Doppelschnarch. Die Pflichteinladungen an die Nachbarn. Endlosschnarch. Über allen die mit dem verzogenen Fratzen, der den Schrots jedes Mal ein Gastgeschenk an der Tischunterseite hinterließ. »Nasenmann« hieß er in ihren Aufzeichnungen, obwohl er auf den Namen Felix hörte. Oder nicht hörte.

Die Schrots. Ab und an eine kleine Feier im kleinen Kreis. Die Sponsion des Neffen. Der Runde der Erbtante aus Apetlon. Die Osternester im gedrechselten Vorstadtgarten. Karten für die Salzburger Festspiele, per Kreditkarte bezahlt. Im Advent Kerzen und funkelnde Plastikäpfel vor der Tür. Lichterketten, die von der Hauswand troffen. Silvester zu fünft. Vor der Tür die vier Ringe auf der Motorhaube. Nappaleder vom Kalb. Auch im Hausinneren Leder. Die Garnitur in Schwarz und aus einem jener Möbelhäuser, die sich im Meer des uniformen Interieurs vor allem im Preis über die Mitbewerber erhoben. Eine Kommode mit Schneekugelsammlung, immerhin, doch keine Extravaganzen, Stangenware, dazu Nippes aus aller Welt, Modell Biedermann & Söhne. Dazwischen ein Perser. Esoterischer Krimskrams ringsum. Ein riesiges, o ja, verdammt riesiges Aquarium im offenen Wohnzimmer. Eine Katze, die davorsaß und vergebens auf einen der Skalare oder Guppys oder anderen Happen aus dem 08/15-Besatz hoffte, aufgefettet mit ein paar Exoten, die sie nicht einzuordnen wusste, bloß, dass sie nicht clever genug waren, einander nicht alle paar Sekunden neu kennenzulernen.

Vielleicht, hatte Miriam eines Tages gedacht, als sie wieder einmal über die Kameras der Alarmanlage, über den an immer gleicher Stelle abgestellten Laptop, oder auch – wie zum Scheinakt von Anarchie – über eines der wahllos verstreuten Handys bei den Schrots zu Gast gewesen war …

… vielleicht lag ja genau darin die Wurzel dieses Bildes von Seligkeit und Frieden, von Harmonie und Eintracht, das die Fische abgaben und das in Wahrheit ein Bild von Resignation war. Weil es sich bei den Fischen wie bei den Menschen verhielt. Weil nichts anstrengender sein musste, als täglich 1.000 und eine Bekanntschaft zu schließen. Was blieb da schon außer der Flucht in die Emigration? Darum diese Stupidität, wohin das Auge reichte. Darum diese dumpfen Blicke. Ob vor oder hinter der Glaswand. Ob Fisch, ob Katz', ob Mensch.

Sie, Clara Schrot, eine Trainerin für Lachyoga und völlig von der Rolle, seit sie angeblich entführt, noch in derselben Nacht jedoch wieder vor der Haustür abgeliefert worden war. Er, Karl Schrot, ein alternder Pseudokünstler, der den halben Tag im Keller saß und an seinen Werken bastelte. Kunst, auf die die Welt gewiss nicht wartete. Die drei Kinder? Wen interessierten die schon. Zweimal die Woche abends eine Flasche Wein. Vom Guten, Liebes. Aus dem Burgenland. Aus der Steiermark. Aus der Wachau. Ab Hof natürlich. Selbstabholer. Wegen des persönlichen Kontakts. Den Winzer riechen und über seine Ausdünstung den Wein schmecken, beißen. Das Klirren von Gläsern vor der Bücherwand. Meterware mit allen Klassikern der Literatur. Ein *Brockhaus* in Goldprägung. Die Gläser *Riedel*, what else. Klassische Musik, die Füße am wärmenden Kamin. Sex ausnahmslos im Schlafzimmer und auch nur im Ernstfall. Wenn Trost oder Wiedergutmachung angesagt war.

Miriam hatte sich in dem kleinen Flachbildschirm gegenüber dem Bett eingenistet, zweimal bis zur bitteren Neige bezeugt, was sie niemandem wünschte, nicht einmal diesem für sie längst namenlosen Arschloch von Mann, der letzte, dem sie gestattet hatte, ihr mitten ins Leben zu scheißen. Beim dritten Mal hatte sie weggeschaltet. Die Wiederholung der Wiederholung der Wiederholung. Schale Nummern ohne Pepp. Keusches Herumgefummel unter der Tuchent im beinahe lichtleeren Raum. Großvater lässt grüßen. Nicht einmal der Versuch eines Blowjobs oder eines Cunnilingus, dass dem anderen vorneweg das Hirn an die Decke spritzte und dann erst … ach was. Stattdessen Schwüre der ewigen Treue, ein Verlangen auf immer, das den gegenseitigen Verlust negierte. Blablabla.

Ein einziger Jammer, diese Schrots!

Eine Existenz wie aus dem Lehrbuch für Biederkeit, dachte Miriam. Und sie selbst immer nur auf Phase eins. Keine Intervention. Nur beobachten. Registrieren. Melden. Wofür immer. Dabei konnte hacken so unfassbar befriedigend sein. Ja, es war wie der geilste Sex. Am schönsten vor aller Augen, ohne dass sie wussten, woran sie waren, wie ihnen geschah. Im Stehen in der vollen Tramway. In der U-Bahn. Wie damals … damals? Das war doch erst drei Wochen her, wo es ihr auf der Fahrt von Schönbrunn nach Heiligenstadt gleich zweimal gekommen war und irgend so ein Handyknipser die Bilder einem Gratisblatt zugespielt hatte. Tags darauf wusste es ganz Wien. Gekünstelte Empörung für die Quote. Auf einer Bank im Burggarten hatte sie es auch schon getan, unter Mozarts steinernen Augen. Unter jenen seiner ihn umflorenden Engel. Oder jenen Abraham a Sancta Claras, diesem Urvater der katholischen Deftigkeit.

Ja, natürlich war hacken so gut wie der beste Fick. Mitunter besser. Das hatte mit Körperlichkeit zu tun. Mit dem Aufeinanderprallen von Welten. Weil ihr das Flackern des Schirmes verriet, dass etwas in Bewegung geriet, dass so etwas wie Beziehung entstand. Zu denen da draußen. Wenn sie anfingen, ihre schwachen Ärmchen und Beinchen zu spreizen und das als Gegenwehr nahmen. Gerade das Zappeln machte es aus. O ja, es tat so verdammt scheiß gut, die virtuellen Fesseln auszupacken. Die Stelle zu wählen, wo sie angelegt würden, zu spüren, wie sie feucht wurde. Die Fesseln überzustreifen, zu fixieren, und erst dann den anderen zu bereiten. Auf und nieder. Rein. Raus. Ganz langsam zu Beginn. Immer nur ein Stück weit. Das alte Spielchen.

Dann die Frequenz erhöhen. Und ganz auf Anschlag. Oder auch, nach entgegengesetzter Manier, von der ersten Sekunde weg auf maximaler Schlagzahl. Dass es der anderen Seite die Luft zum Atmen nahm. Das Hirn am Explodieren.

Eine Art Cyberfick, dachte sie. Mit einseitiger Lustgarantie.

Jetzt hatte Miriam doch Lust auf Sex. Lust auf einen Menschen. Auf ein echtes Wesen aus Fleisch und Blut, in das sie ihre Fingernägel schlagen konnte. Ein Wildfremder sollte es sein. Ja, wenn das hier vorbei war, würde sie sich eine Nummer gönnen. Womöglich in der U-Bahn. Noch einmal. Es war wie ein Rausch, alles über andere zu wissen, mit ihren Existenzen zu spielen.

Sie fuhr mit der Maus über die Liste der Dauerpatienten, ließ das Fenster der Schrots aufpoppen. Alles beim Alten. Natürlich. Der Laptop an gewohnter Stelle. Aufgeklappt. Wie immer. Die Kameras der Alarmanlage online. Wie immer. Seit dieser so genannten Entführung.

Wie leicht wollte man es ihr noch machen? Miriam blickte auf die Uhr am Monitor. 9.45 Uhr. Jetzt gleich würde …

Da bist du ja. Pünktlich auf die Minute, mein Alter.

Sie folgte dem Schatten, der mit einer Tasse in der Hand das Wohnzimmer betrat, in die Küche glitt, einen Kaffee aus dem Vollautomaten herunterließ, schwarz, what else, und wieder verschwand. In Richtung Keller. In sein … kreatives Zentrum, Liebes. Natürlich, Schnuckelchen.

Zurück in die Grotte. Der Keller war der einzige weiße Flecken auf der Landkarte ihres Dringens. Ein toter Winkel. Nur dorthin, in sein Labor oder was immer, hatte sie noch keinen Blick riskieren können. Aber auch das würde sich geben. Vielleicht würde das der Tag sein, an dem sie bei den Schrots endlich etwas zu lachen bekam. Wie bei den *Sch'tis*, in diesem Film bei diesen Franzosen, den sie sich bei jeder Gelegenheit reinzog. Der elitäre Süden gegen den rückständigen Norden. Wie sehr sie doch diesen fiktiven Dialekt liebte, war er auch eigens für die deutsche Synchronisation kreiert worden. Die klassische Bedienung eines klassischen Klischees. Dabei hasste sie …

… Klischees. Allen voran jene, die an ihr eigenes Leben rührten. Dass Hacker generell in Russland saßen. Dass sie der Mafia angehörten. Die Weltherrschaft anstrebten. Dreimal täglich onanierten. Ohren wie indische Elefanten hatten und Brillengläser dick wie Aschenbecher. Dass sie – ob tiefster Winter, ob Hochsommer – im Dunkeln lauerten, in verdreckten Kellerlöchern verkamen, in Abbruchhäusern, bei Junkfood und Joints, ein Joint Venture mit dem Bösen sozusagen.

Miriam lächelte bitter. Ja, es war gerade so, als stünden sie und die Kollegen für den ganzen herbeigewünschten Muff einer verrufenen Branche. Als wäre das Muster, nach dem sie lebten, auch jenes, nach dem sie starben: Lemuren der Gesellschaft, die sie waren, zu sein hatten, die sich durch ein wirres, von geheimnisvollen Pfaden durchwobenes Dickicht kämpften. Die neuen Anarchisten. Feindbilder, die es brauchte, wenn das Unvermögen der Menschen, ihr eigenes Dasein auf die Reihe zu kriegen, als Gegner zu übermächtig wurde. Dabei schlugen sie bloß Wege ein, die anderen unsichtbar blieben, wandelten in überwölbten Kanälen, wie es auch die meisten Bäche dieser Stadt taten. Nur die wenigsten Blackhats waren wirklich üble Gesellen.

Sie kannte viele, die sich nie an anderer Leute Konten bereichert hatten, die lieber harzten, als auf diese Art an Kohle zu gelangen. Die wie sie Vermögen immer nur verschoben hatten. Von links nach rechts. Ein bisschen Verwirrung stiften. Ein bisschen Gerechtigkeit stiften gegen jene, die das Unrecht nicht verbieten, es bisweilen selbst befehlen. Einem unliebsamen Nachbarn ein paar Kinderpornos auf die Festplatte spielen, wie diesem schleimigen Typen von nebenan, der ihr im Stiegenhaus immer auf die Titten starrte und den Sabber kaum zurückhalten konnte, und dann seiner Frau eine Nachricht aufs Handy.

In Phase eins. Und wenn das nicht fruchtete, Phase zwei.

Das Gesicht, das er machen würde, wenn seine Alte ihm den Marsch blies. Das war abgefahrener als jeder Tritt in die Eier.

In Wahrheit, wusste Miriam, ging es immer nur um Gesichter. Wenn sie zum Ritt auf ihren Auserwählten ansetzte. Wenn die Patienten dem Doktor, ohne es zu ahnen, zum Orgasmus verhalfen. Um Gesichter ging es. Und um Stimmen. Niemals um Inhalte. Die Arglosigkeit. Die Unvorsicht. Die Dummheit. Das Unwissen. Die Ignoranz als Potenz des überheblichen Nicht-Wissen-Wollens. Firmen, die sich ihre Admins frisch und billig von der Uni herfingen, von Tuten und Blasen keine Ahnung, unbegabte Script-Kiddies, die auf den billigsten Exploit hereinfielen, denen der einfachste Zero-Day zum D-Day wurde, die das Wort »Zwei-Schritt-Authentifizierung« nicht einmal buchstabieren konnten, denen du die Websites ihrer Schützlinge mit Links kompromittieren konntest, die sich mit den simpelsten Programmen abgreifen ließen. Eine Stunde für einen Einbruch ohne jeden Lärm, ohne Spuren. Oftmals auch sehr viel kürzer.

Reif zum Pflücken, die Genossen, und auch noch mächtig stolz. Übelste Abarten grenzenloser Abgehobenheit. Klischees eben. Wie diese Franzosen. War ihr nach Lachen, zog sie sich den Film rein. Ein paar Dutzend Mal waren es bestimmt schon. Eine Karambolage aus eigentümlichen Sitten und Sprachverirrungen, aus Postamt und vermeintlicher Idiotie, wo sie jedes Mal neue Details entdeckte.

Miriam starrte auf den Bildschirm, durchwanderte das Haus von Kamera zu Kamera. Clara nicht zu Hause. Die Kinder im Kindergarten. In der Schule. Der Alte zurück im Keller. Die Katze vor den Fischen. Die Fische auf Kennenlerntour. Alles wie immer.

Willkommen bei den … Sch'tis?

Nein, dachte Miriam und seufzte auf.

Willkommen bei den … Schrots.

Wieder einmal nur. Leider. Wie lange noch bis *Neni*?

O fuck! Eineinhalb Stunden.

Wenige Stunden später, wenige Straßen weiter, altstadtseitig des Kanals

XI. ONE FOR THE ROAD

Kluger konnte nicht anders. Betrat er Klaus Supans Büro, musste er ans Hochgebirge denken, an die machtvollen, steil aufschießenden, Ehrfurcht gebietenden Formationen, die sich dort auftaten. Der Ausblick, die Aura zerklüfteter Höhenzüge mitunter, war auch hier, in der Redaktionsstube des Kollegen, ähnlich, bloß dass diese Gipfel bedrohlich nach allen Himmelsrichtungen zu schwanken schienen. Bis scharf unter die Decke reichten viele der Stapel alter Zeitungen. Sie waren in Ausgaben der *Guten* und solche der Mitbewerber unterteilt, nahmen zwei Drittel der Bürofläche ein und waren in schmalen Korridoren zu umkurven. Kaum jemand konnte umhin, sie einen heillosen Saustall zu nennen. Supan nannte sie Archiv.

Tatsächlich schienen die Abertausenden Blätter einem wundersamen Ordnungsprinzip zu gehorchen, eine Art interaktives geografisches Modell, in welchem – entgegen den tektonischen Gepflogenheiten der Erdgeschichte – der Faktor Zeit die entscheidende Rolle spielte. Gleichsam über Nacht tauschten Gipfel die Plätze, wuchsen oder schrumpften rasend schnell, sodass der Wandel für regelmäßige Besucher mit freiem Auge erkennbar war, nicht jedoch das Prinzip der Umschichtung. Supans Jugend und sein generelles Misstrauen gegenüber der Kollegenschaft im Hausarchiv waren als Widerspruch und Anachronismus schon verblüffend genug, desgleichen die Treffsicherheit, mit der er gesuchte Informationen zutage förderte, doch das größte Wunder bestand zweifellos darin, dass es bis zu diesem Tage kein einziges Mal in diesem Zeitungsgebirgsmassiv zu einem Felssturz mit gewiss verheerender Kettenreaktion gekommen war.

»Gib mir auch einen Schluck«, durchbrach Kluger das verschwiegene Sinnieren, dem sich alle beide schon eine Weile hingaben. Der eine, weil er fieberhaft nach Antworten suchte, der andere, weil die Schweißperlen auf seiner Stirn für die unausgesprochene Frage zu stehen schienen, wie er durch den Tag kommen sollte, müsste er die halbe Flasche Wodka in der Schreibtischlade, auf die Kluger es abgesehen hatte, plötzlich teilen. Schließlich war es erst 13.30 Uhr.

Supan starrte in den Bildschirm, sog begierig an seiner Zigarette. »Falls du dich fragst«, hob er schließlich an, »warum es sich diese … wie heißt sie? … ach, scheißegal … warum sie es sich also doch anders überlegt hat … vergiss es. Aus den Weibern wirst du nicht klug.«

Kluger musterte den jungen Kerl, der da vor ihm saß, und er wusste, dass er recht hatte. Nein, darauf konnte auch er sich keinen Reim machen. Er suchte nach einer Deutung der Geschehnisse seit dem Vorabend, für sich, für den Kollegen, dafür, dass er überhaupt hier stand wie ein Bittsteller, und ein Gefühl von Stolz und Wehmut zugleich erfasste ihn. Stolz, weil dieser Supan durch seine Schule gegangen war, weil er ihn auf dem Weg zum unermüdlichen Spürhund wie ein Stück weiches Wachs modelliert hatte. Wehmut hingegen, weil derselbe junge Kerl begonnen hatte, den Lehrmeister zu überflügeln. Kluger hob an zu einer Erwiderung, doch anstatt sich zu erklären, brummte er Unverständliches, trat dicht hinter Klaus Supan hin und streckte die Hand aus.

»Nur wenn du neuen holst.«

»Meinetwegen«, entgegnete Kluger. »Haben sie den auf der Pumpe?«

»*Stolnaya*? Weiß nicht. Aber den *Absolut* absolut sicher.« Jetzt erst fuhr Supan mit geübtem Griff blindlings in die Lade, reichte die Flasche nach hinten. »Ich werde inzwischen ein bisschen telefonieren und surfen.«

Kluger nahm einen tiefen Schluck, prustete drauflos. »Wie kannst du nur ... dieses Dreckszeug!«

Supan zuckte mit den Schultern. »Wie kannst du nur?«

Ja, wie konnte er nur? Kluger fing an, mit einem winzigen Rechen bizarre Muster in das mit Sand befüllte Kistchen zu bürsten, das neben Klaus Supans Computer stand und nicht größer als ein A4-Blatt war, um hinterher eine Handvoll Kieselsteine darin zu platzieren. Ein Ritus der Beruhigung ähnlich jenen, die Menschen an Kraftorten zur Reliquienverehrung mit feierlichem Ernst vollzogen, und auch hier fand sich neben Kluger das eine oder andere Redaktionsmitglied der *Guten* regelmäßig zum Bürsten ein. Dann machte er ein paar Schritte auf das Aquarium zu, das inmitten der Zeitungsstapel auf einem Sideboard thronte, und musterte die Bewohner. Zwei Goldfische waren es, die sich – der steten Überfütterung fürsorglicher Besucher sei Dank, die unter immer neuen Vorwänden Supans Zimmer heimsuchten – längst zu mutantenähnlichen Riesenwesen ausgewachsen hatten und, davon war Kluger überzeugt, bei einer Zusammenkunft mit artgerecht gefütterten Genossen Angst und Schrecken verbreiteten.

Kluger liebte die Fische, und seit er in Erfahrung gebracht hatte, dass sie keineswegs über ein Dreisekundengedächtnis verfügten, sich im Gegenteil als ähnlich gelehrig wie Hunde erwiesen und einer inneren Uhr folgten, ließ er keine Gelegenheit ungenutzt, sie auf die Probe zu stellen und ihre Zutraulichkeit mit einem Griff ins Futterdöschen zu belohnen. Dabei staunte er jedes Mal aufs Neue, mit welcher Fürsorglichkeit der Messie Supan das Zuhause der Tiere in Schuss hielt.

In eingeweihten Kreisen genoss das Aquarium Kultstatus. Dies rührte aus jenen Tagen, da es noch von drei Fischen bewohnt wurde, deren einer, davon war die eingeschworene Gemeinde überzeugt, den Freitod gewählt hatte. Dieser Freitod – was für ein denkwürdiges Ereignis in der Geschichte der *Guten*! – galt als grundlegend gesichert, wiewohl es sich um eine seltene Abart des gemeinen Suizids handeln musste. Wie anders war erklärbar, dass just in der Todesstunde des vormaligen Herausgebers, des alten Alten also, Vater des nunmehrigen Alten, dass just in jenem historischen Moment, da ihn alle Kraft verließ und er zu Hause im Kreise der Liebsten sein Leben aushauchte, der Goldfisch seinerseits alle Kraft zusammennahm, aus dem Becken sprang, letzte Schnapper tat und dahinschied.

Supan war nur für ein paar Minuten aus dem Zimmer gegangen, um frisches Wasser für das Becken zu schöpfen, hatte den Deckel offen gelassen. Mehr als diesen Spaltbreit hatte das Schicksal nicht benötigt. Von da an hieß es, der Fisch sei gleichsam die Seele des alten Herrn gewesen, wenigstens für diesen einen Augenblick, da sie in den Leib eines Tieres geschlüpft war. Eine jenseitige Anverwandlung, um den Mitarbeitern ein Zeichen zu geben. Das Zeichen wurde verstanden. Und so liefen bereits Wetten, wessen Seele im Haus als Nächstes springen würde.

Doch nicht alle, die um den besonderen Status des Aquariums wussten, huldigten ihm entsprechend. Ja, es gab sogar einen fast unbarmherzigen Feind der Fische. Eine Feind*in*. Sie hieß Maria Erpenbeck, war eine attraktive Frau in den hohen 30ern und saß zwei Stockwerke oberhalb. In Ostberlin geboren, war sie bald nach dem Mauerfall mit den Eltern nach Wien emigriert und seit knapp drei Jahren bei der *Guten*. Sie betreute Umweltthemen, insbesondere aber Tiergeschichten, und war treppauf treppab um ihrer Unerbittlichkeit willen gefürchtet.

Als selbst ernannte »Quotenpiefkinesin« und obendrein Betriebsrätin trat Erpenbeck in den Chefetagen als unschlagbares Naturhausmittel gegen Hypotonie auf, schaffte es spielend, die blasseste Blässe eines Antlitzes in Sekundenschnelle in Puterrot zu verwandeln. Überhaupt war sie eines jener Wesen, die es verstanden, Menschen im Nu an die Decke gehen zu lassen. Die Gemüter rings um sie explodierten reihenweise, wenn sie von Etage zu Etage pilgerte, von Zimmer zu Zimmer, und ihre Brandreden gegen den Haustierwahn hielt und nicht selten einen hasserfüllten Blick unter Tische warf, wo die Vierbeiner mancher Redaktionsmitglieder den ganzen Tag vor sich hin dämmerten und vergebens auf ein paar vergnügliche Stunden im Park warteten. Niemand in der Redaktion zäumte seine Steckenpferde mit unbefangenerer Dreistigkeit auf als sie. Niemand band freimütiger mit jedem an, der das Wort Widerspruch nur dachte. Niemand brachte aber auch im Ringen um Narrenfreiheit seinen Körper im Herausgeberbüro gewiefter und effizienter zum Einsatz, sodass der Standardsatz der langbeinigen Tierlady: »Ich komme gerade vom Chef« wie ein Amalgam aus sexueller Beglückung und gefährlicher Drohung klang. Folglich machte Maria Erpenbeck auch vor dem Zimmer des Bluthundes und Goldfischhalters Klaus Supan nicht halt.

In ihrer Brust, hatte Erpenbeck neulich mit Blick auf das Aquarium doziert, während Supan die Einleitung eines Doppelmordes in die Tasten klopfte, schlügen, wie er wisse, zwei Herzen, deren Schläge, so merkwürdig das erscheine, nicht immer in Einklang zu bringen seien: jenes der Umweltredakteurin … ja … (sie seufzte schwer) … und auch jenes der Tierschützerin. Die prinzipielle Liebe zum Getier sage ihr, dass die Fische Qualen erlitten, hätten sie zu wenig Platz und keinerlei Abwechslung in einem besseren Trinkglas, wie er, Supan, es gehabt habe. Nur darum sei sie einst mit diesem sehr viel größeren Aquarium hier samt Pumpen, Unterwasservergnügungswelt und Futtervorrat für ein ganzes Jahr angetanzt, eine selbstlose Spende, die ihr nach einer Glosse zum Thema Aquaristik ganz ohne Aufforderung zugegangen sei, nachdem sie in ihrem Kommentar den Namen des Mäzens, eines Zoogroßhändlers, nur dreimal beiläufig habe fallen lassen. Der Tierschutz sei das eine. Ihre ebenso prinzipielle Liebe zur Schöpfung das andere. Die wiederum besage ihr, dass kaum etwas eindrücklicher für das Urbild der menschlichen Allmachtsfantasie stünde als der Goldfisch.

»Grauenvolle Bluttat in einem Hotelzimmer auf den Malediven«, hatte Supan mit Blick auf den Bildschirm erwidert. Eine noch kalte Zigarette zwischen den Lippen und die Hände im

Nacken, ließ er die tätowierte Meerjungfrau, die unter dem Shirt hervorblitzte, auf dem Bizeps auf und ab tanzen. Laut und akzentuiert las er sogleich weiter. »Weil sie ihren Ehemann während eines Traumurlaubes mit einer Einheimischen im Bett erwischte, lief eine 43 Jahre alte Wienerin Amok: Erst ertränkte sie die Nebenbuhlerin im Hotelpool, dann kehrte sie ins Apartment zurück, betäubte und fesselte ihren schlafenden Mann, schnitt ihm das Gemächt ab, stopfte es ihm in den Mund und ließ ihn qualvoll daran ersticken … Na, Mary, was sagst? Das fährt, hmm? Macht dich des a bisserl an?«

Erpenbeck hasste die Anglisierung ihres Vornamens und geriet darüber für gewöhnlich blitzartig in Rage. Nun aber starrte sie Supan, wie der später glaubhaft versicherte, nur fassungslos an. Ihr überproportional großer, fast kugelrunder Mund stand scheunentorweit offen und war von einer Beweglichkeit, als könnte sie nach Art der Würgeschlangen den Unterkiefer aushängen. Das hatte ihr den Spitznamen »Maria constrictor« eingetragen und verlieh ihrer Rede etwas prinzipiell Clowneskes, in besonderen Augenblicken wie diesem aber auch ihrem Schweigen.

Supan linste sie aus den Augenwinkeln an. »Sorry, Mary, stimmt. Wortwiederholung. Zweimal Hotel binnen weniger Zeilen. Anfängerfehler … außerdem … der Pangasius ist um einen Dreck besser als der Goldfisch. Der ist auch so ein Frankensteinfisch. Jedes Kind weiß das. Und? Trotzdem schwimmt er millionenfach quer durch die Speisekarten. Weil er saubillig ist und weil du das Breitbandantibiotikum gegen die ganzen Geschlechtskrankheiten gleich mitfrisst. Bei den Sextouristen in Thailand ist der Pangasius, wie man hört, der totale Vorsorge-Renner. Den gibt's dort auf Krankenschein.«

»Schnickschnack!«, schnatterte Erpenbeck. Augenblicklich war sie zurück in ihrem Metier. Zwar werde der Pangasius in Aquakulturen gezogen, das ja, doch gebe es bei ihm immerhin eine Wildform. Auch würde er in seinen Herkunftsländern Thailand, Vietnam oder Kambodscha traditionell befischt, nicht jedoch im kommerziellen Stil, weil das Züchten wesentlich billiger und effizienter sei. Das sei wie mit den Hunden, die vom Wolf kämen. Natürlich seien sie domestiziert, sie täten dem Menschen aber auch viel Gutes.

»Das sagst du nur, weil der Alte auch einen Köter hat.«

Erpenbeck überging den Seitenhieb auf ihr Verhältnis zum Herausgeber und dessen Liebe zum nicht nur vierbeinigen Getier. Der Goldfisch dagegen, fuhr sie unbeirrt fort, sei in der Tat ein Sündenfall. Er stamme höchstwahrscheinlich vom Giebel ab, sei vor rund 1.000 Jahren von den Chinesen durch x-malige Kreuzung geschaffen worden und verfüge folglich – völlig zu Recht! – nicht einmal über einen wissenschaftlichen Artnamen, weshalb er auch »Carassius gibelio forma auratus« heiße, wobei der Zusatz »forma auratus« auf die Domestikationsform verweise. Zugutezuhalten sei dem Goldfisch nur – das müsse sie als stets auf den Ausgleich bedachte Frau schon auch anmerken –, dass er, weil wenigstens nicht unter dem Aspekt eines wirtschaftlichen Nutzens geschaffen, in Fernost lange Zeit als Symbol des Glücks und der Fruchtbarkeit gedient habe und (immer noch im selben Atemzug, die Stimme in schrille Lagen hochpeitschend) erst sehr viel später zur Umsatzkurbelwelle der Zoohändler gemacht worden sei.

Supan taxierte sie von oben bis unten aus seinen Glubschaugen und fletschte die Zähne. »Brauchst du einen, der dich mal ordentlich durchpudert?«

Supans Entgleisung blieb nicht ohne Nachhall. Ohne ein weiteres Wort stob Erpenbeck mit hochrotem Schädel in Richtung Herausgeberbüro davon. Noch am selben Tag musste Supan via Rundmail an alle Abbitte leisten, was zur Folge hatte, dass die Geschichte nun auch im letzten Redaktionswinkel publik wurde und ein beiläufiges Sorry obendrein für einen Reporter seines Schlages, der einen derben Scherz zu setzen wie einzustecken wusste, keine große Sache war. Ferner trat er zum Pflichtrüffel beim Chefredakteur an, der mit einer Einladung zum doppelten Scotch und anerkennendem Schulterklopfen endete. Verhängt wurde außerdem ein zweiwöchiges Rauchverbot über Supan im eigenen Büro wie auch – als weitreichendste Folge – ein unbefristetes wechselseitiges Betretungsverbot, das für beide Kontrahenten und ihre verfehdeten Büros galt.

Kluger lächelte beim Gedanken an eine schäumende *Maria constrictor*, die seither unverrichteter Dinge an den Goldfischen vorüberziehen musste. Er hatte den Finger an die Scheibe des Aquariums gelegt und zog immer engere konzentrische Kreise, während der noch riesenhaftere der beiden Monsterfische stoisch im Wasser stand und ihn anstarrte. In der Kreismitte angelangt, ließ er den Finger blitzartig an den Beckenrand emporschnellen.

»Vergiss es«, sagte Supan, der sich unbemerkt umgedreht hatte, »seit zwei Jahren schon, seit dem Tod des alten Alten, will ich ihnen das Harakiri-Hüpfen beibringen. Versuch's lieber mit Voodoo.«

»Wen hast du noch mal auf der Liste?«

»Warum hast du eigentlich auf den Pinscher gesetzt?«, hielt Supan dagegen. »Du weißt so gut wie ich, dass der statistisch gesehen viel zu jung ist für einen Sprung in die Kiste. Außerdem säuft er nicht.«

»Keiner ist zu jung«, moserte Kluger, ohne den hypnotisierenden Blick von seinem auserkorenen Omentier abzuwenden. »Ich baue auf den tragischen Jagdunfall in der Lombardei. Vielleicht ist es ja sogar der lustige Vickerl, der den Todesschuss abgibt. Wäre nicht das erste Mal, dass man einen Menschen für eine Wildsau anschaut.«

Supan gluckste auf. Zwar kannte er die Story des betrunkenen Jagdaufsehers, der einen Soldaten bei einer Übung im Burgenland für einen Keiler angesehen und versehentlich ins Jenseits befördert hatte, doch war er zu jung, um sie als Redakteur miterlebt zu haben, und etwas in seiner Reaktion sagte Kluger, dass der Kollege genau das zutiefst bedauerte. Abermals schwiegen sie eine Weile. Supan hämmerte im Adler-Suchsystem ein paar

Befehle in die Tastatur, Kluger indes versuchte sich aufs Neue an seiner Zirkusnummer.

»Überraschend gute Qualität«, sagte Supan, die Augen dicht am Schirm.

»Das Video?«

»Was sonst! Glaubst du, ich meine die gefühlt 1.000. Verkehrs-Club-Österreich-Geschichte von unserem Fossil zwei Zimmer weiter, das seit 20 Jahren im Sterben sitzt und immer noch schreibt? Wäre der erste große Wurf des Kollegen. Natürlich das Video. Wenn ich da an den Dreck denke, den sie uns oft von Banküberfällen und Juwelierrauben schicken. Sogar in der U-Bahn haben sie schon besseres Zeugs hängen. Solang die Versicherungen denen nicht an die Eier gehen und die Prämien explodieren, werden diese Geldsäcke sich einen Dreck um mehr Qualität bei der Überwachung scheren.«

»Wohl kaum«, pflichtete Kluger bei.

Wiederum versanken sie in Schweigen. Supan folgte dem Mann auf dem Video und seinen Verrichtungen, Kluger schwenkte die Kuppe des Zeigefingers im Wasser und gab Laut, als wollte er ein Freilandhuhn anlocken.

»Ah … da schau her! Das ist aber interessant.«

Kluger fuhr herum. »Die Nummer vor der Kamera?«

»Bingo!« Geräuschvoll klatschte Klaus Supan sich gegen die Stirn. Die Aussichten, die sich dahinter zusammengebraut zu haben schienen, hatten ungewohnte Emotionen freigesetzt, zumal er im Ruf stand, sein Stoizismus würde bisweilen ans Exzentrische reichen. Erregt wie selten fuhr Supan fort: »Wenn wir damit morgen früh exklusiv rausgehen, mit einem Filmstrip in Print und mit dem ganzen Video online … geilo! Vielleicht meldet sich einer, der mit den Bewegungen in Zusammenhang mit dem Typen was anfangen kann. Ob maskiert oder nicht … wurscht.«

»Das ist ja gerade der Haken«, sagte Kluger nach einigem Zögern.

Supan fuhr herum. »Haken?«

»Wir dürfen das Video nicht bringen.«

»Spinnst du?«

»Bela ... ich meine, die Informantin würde den Job verlieren.«

Supan starrte ihn entsetzt an. »Warum schickt sie uns den Dreck dann, na? Zum Speichelsammeln?«

»Keine Ahnung. Die DVD ist vor einer halben Stunde beim Portier abgegeben worden. Fahrradbote. Aber ich checke das, während ich Nachschub hole, okay? Sag bloß nichts dem Pinscher. Du weißt ja, sonst ist das große Informantenverbrennen angesagt. Außerdem ist sie ...«

»Ist sie ... was, alter Meister?« Ein spöttischer Unterton schwang in Supans Stimme mit.

Kluger zog die Augen schmal. »Genau darauf habe ich gewartet.«

»Worauf?«

»Auf diese Art von Blick.«

»Welcher Blick, Kollege?«

»Diesen ... diesen ... diesen Eingefahren-alter-Trottel-geschieht-dir-recht-Blick.«

Supan zog die Stirn kraus, schüttelte bedächtig den Kopf. »Geht's noch?«

»Glaubst du, ich erkenne das nicht?«, knurrte Kluger.

»Was erkennen?«

»Dass du dich amüsierst. Über meine ... Zurückhaltung. Weil ich halt ... ach was, du kennst sie nicht. Und überhaupt. Die ganze Sache mit Tussauds. Dass es mich erwischt hat. Gerade mich. Endlich erwischt. Endlich einmal den oberklugen Kluger. Und dann gleich mit so einer Nummer. Richtig?«

»Was suchst du: Hilfe oder Streit?«

»Die Wahrheit, verdammt noch mal!«, schnaubte Kluger. Jäh außer sich, trat er mit aller Wucht gegen den nächstbesten Zeitungsstapel.

»Heeey!« Supan sprang so vehement auf, dass der Sessel gegen die Pinnwand knallte und das Fotoarrangement, das den Redakteur der *Guten* in immer gleicher Arm-um-die-Schulter-Pose mit abgehalfterten Prominenten zeigte, von David Hasselhoff bis zur Innenministerin, sämtlich aufflatterte. Mit zwei langen Schritten hastete er herbei, bekam den bedrohlich schwankenden Turm gerade noch zu fassen. Dann baute er sich vor Kluger auf. »Die Wahrheit?«

»Ja, verdammt! Hier geht es um sehr viel mehr als eine Story, checkst du's? Nicht bloß um einen billigen … billigen Abstauber von Geschichte. So wie du mit deinen aus dem Netz gestohl…«

»Gestohlen, sagst du? Die Wahrheit, Herr Starreporter«, fauchte Supan von ganz nah und drückte Kluger seinen hochprozentigen Atem ins Gesicht, »die Wahrheit ist, dass du Scheiße gebaut hast. Oder dass dir das Schicksal reingeschissen hat. Such's dir aus. Der Gestank bleibt derselbe. Das ist wie mit diesem Maulwurf, der …«

»Maulwurf? Ich dachte, du liest außer den *Gelben Seiten* keine Bücher? Da staune ich aber. Grabowski. Immerhin. Wenn auch nur eines für Kinder.«

»Grabowski? Ich spreche von dem namenlosen Maulwurf mit dem Hundstrümmerl auf dem Schädel, Herrrrr Kollege. Jeden Abend muss ich die Geschichte der Kleinen meiner neuen Alten vorlesen.«

»Dieselbe Kleine, die du neulich zur Adresse der ermordeten Hundetante mitgenommen hast? Weil sie mit ihren winzigen Fingerchen besser durch den Briefkastenschlitz kommt?«

»Genau die«, schnaubte Supan. »Nachwuchsaufbauarbeit nennt sich das. Wie wären wir wohl sonst vor den Kieberern an den Drohbrief von ihrem Ex gekommen, hä? Aber lenk nicht ab! Wir waren beim Maulwurf. Und dieser Maulwurf hat einen Haufen Scheiße auf dem Kopf und weiß nicht, von wem. Also wandert er von einem Tier zum nächsten und fragt, wer ihm auf die Platte gemacht hat. Jeder pfeffert ihm was vor. Der Hase, die Ziege, die Kuh, vom Bemmerl bis zur Flade, bis er es weiß. Und, was ändert's? Gar nichts ändert's. Er hat Scheiße auf dem Kopf und muss damit leben. Und du musst es auch, Kluger! So einfach ist das. Augen zu und durch. Je weiter oben du bist, umso tiefer geht es abwärts, kapiert?«

Wie Kampfhähne, Schnabelspitze an Schnabelspitze, standen sie aufgeplustert da, und es schien nur noch dieses einen Funkens, dieser einen unbedachten Regung, Äußerung des anderen zu bedürfen, dass sie übereinander herfielen. Genau da fasste Vinzent Kluger tief Luft, sprach mit ausgewählter Ruhe, eine Zurücknahme, die allein dem Zweck des neuerlichen Anheizens diente.

»Wenn du schon mit Sprichwörtern um dich wirfst«, sagte er, »so tue es wenigstens richtig. Es heißt: Je näher dem Gipfel, desto schwerer ist der Fall.«

»Ach, leck mich doch, Herr von und zu Oberkluger!«

Kluger hatte es geschafft. Jetzt schäumte auch sein Gegenüber. Supans Augen weiteten sich, traten aus den Höhlen, und ein Hauch von Basedow lag in der Luft. Dann aber, als hätte er das linkische Zucken an dem einen Augenlid des Kollegen und Freundes bemerkt, nahm er sich zurück, trat einen Schritt zur Seite und musterte den getretenen Stapel.

»Wage es nicht noch einmal. Ich bin einer der wenigen hier, der dir noch die Stange hält, Alter, verstehst du? Oder denkst du, ich bemühe meine Kontakte für dich, weil ich dir eins auswischen will?« Supan entriss Kluger die Wodkaflasche, die der immer noch umklammert hielt, schoss sich die verbliebenen Zweifingerbreit die Gurgel hinab und presste dem Gegenüber das Leergebinde gegen die Brust. »Was ist jetzt?«

»Geh ja schon«, knurrte Kluger. Im Gehen und ehe der Schließer die Tür ins Schloss gezogen hatte, hörte er das metallische Zippen eines Sturmfeuerzeugs. Ein hektisches Anreißen, ein tiefer Atemzug, ein Fluchen, das Zerknüllen von Karton, der dumpfe Aufschlag eines Wurfgeschosses knapp neben sich. Dann noch einmal ein Fluchen.

Kluger machte kehrt, steckte den Kopf zur Türe hinein. »Einmal *Camel* ohne Filter, der Herr?«

Supan gaffte ihn an, lächelte. »Zweimal, arschgeficktes Känguru. Wird ein langer Tag. Jetzt schleich dich endlich zur Pumpe! Übrigens, es war der Hund.«

»Der Hund?«

»Der dem Maulwurf auf den Schädel geschissen hat.«

Das schätzte Kluger an Männerfreundschaften im Allgemeinen und an der Beziehung zu Klaus Supan im Speziellen: Sie war eheähnlich eng und doch das Gegenteil von Ehe. Niemals zog sich ein Zerwürfnis als dunkler Schatten über einen ganzen langen Tag hin.

Als Kluger das Haus verließ, hielt er inne, starrte die Glasfassade empor. Dort oben, im zweiten Stockwerk, stand er. Klaus Supan, einsamer Menschenstrich in der Papierwüste. Rund um ihn her wucherte sein Archiv in lichte Höhen. Nur zwei Stapel wiesen das immer selbe Niveau auf. Der eine, auf dem der Festnetzapparat stand, und der andere, auf dem Supan Notizen machte, wenn er wie nun im Stehen telefonierte.

Sah man davon ab, dass er alle selbst verfassten Artikel einmal die Woche seinem größten Fan, dem Herrn Papa, als Werkschau in die Steiermark schickte, war dies wohl die schrulligste der supanschen Marotten: im Stehen zu telefonieren und wenn möglich vom Festnetz. Der gute alte Direktanschluss abseits der digitalen Hausanlage. Außenstehenden mochte dies als Geschwür krankhaften Verfolgungswahns erscheinen, doch hatte es einen wohlüberlegten Hintergrund.

Klaus Supan gehörte jener Handvoll Journalisten im Land an, die über exzellente Kontakte in Polizeikreisen verfügten und alles zum Schutz von Informanten taten. Auch darin erinnerte er Kluger an ihn selbst, wiewohl Supan eine Reportergeneration vertrat, die ihren Hintern kaum noch aus dem Büro schob und stattdessen stundenlang am Schirm hing. Dennoch war dieser Kerl wie ein Blick in den Zeitenspiegel, ein Blick auf Klugers frühe Jahre, da er die Welt zerreißen wollte, da er unbeirrbar an den hehren Journalismus glaubte, an seine Pflicht, Wahrheiten ans Licht zu helfen, die dort nicht immer hinwollten.

Festnetztelefone waren in Klugers frühen Tagen unhinterfragter Standard gewesen wie auch eine Reihe anderer Gerätschaften, die Jungreporter wie Supan als vorsintflutlich erachten mussten und doch das Beste vom Besten waren. Wer etwa aus einem Bundesland ein Foto in die Zentrale übermitteln wollte, von wo es erst ins Layout und hinterher in die Druckerei geschickt wurde, musste einer strengen Prozedur von Abläufen folgen, wollte er sein Bild rasch und unbeschädigt ans Ziel bringen. Fotos wurden da noch von Hand und in Schwarz-Weiß auf Papier in Entwicklungs- und Fixierbädern ausgearbeitet und mittels Klebestreifen auf einer Walzenfunk genannten Metallröhre fixiert, die aussah wie eine Riesenschaumrolle, für gewöhnlich im Chefsekretariat stand und auf Knopfdruck zu rotieren anfing. Ein primitiver Laserkopf scannte dann Zeile um Zeile ab und übertrug die Information per Standleitung der Post quer durchs Land. Jedwedes Störfeuer war verboten, schon ein gröberes Staubkorn konnte den Laserschlitten zum Stehen oder ins unkontrollierte Springen bringen und die achtminütige Übertragung zunichtemachen.

Und erst recht schlug der Versuch fehl, wurden Türen geworfen oder der nahe Fernschreiber getreten, weil er Pressemeldungen nicht schnell genug ausspuckte oder einfach nur stecken blieb. Dasselbe galt, versetzte jemand die Tischlandschaft bei Vergnügungen jedweder Art in Schwingung, was bei Abenddiensten zu zweien schon mal vorkam. So oder so, die Auswahl des zu funkenden Bildes vorab war entscheidend und erst recht unter Zeitdruck – und der herrschte so gut wie immer. Beliebig viele Abzüge zu ein und demselben Sujet schicken zu wollen, galt als kollegiale Todsünde und mündete bisweilen in Prügeleien. Schließlich hatte jedes Ressort seine Fotos abzuliefern, und nicht selten brach die Übertragung auch ohne nachvollziehbaren Grund mittendrin ab.

Kluger kannte das System, weil er selbst eine Zeit lang in einer Bundesländerredaktion gearbeitet hatte. Dort hatte er auch die herablassende Großspurigkeit spüren gelernt, die einem aus einer Zentralredaktion schon mal entgegenschlug. Da die in allem – ob Personal, ob Ausrüstung – schmal gehaltenen Provinzler, dort der aufgeblähte Wasserkopf, und es galt über Jahrzehnte hin als undenkbar, Nicht-Wienstämmige könnten in die Hochburg der Meinungsmache vordringen und dort obendrein Karriere machen.

Dennoch gab es jene Unüberwindbaren, die das großstädtische Wehr durchbrachen, und Kluger war einer von ihnen. Nach dem Volontariat bei einem Qualitätsblatt rasch im Redakteursstatus, hatte ihn schon bald der Boulevard angezogen, das echte Leben, wie es hieß, und so tingelte er von einem Blatt zum nächsten, ehe ihn die *Gute* – acht Jahre lag das nun schon zurück – von einem Blatt in Salzburg zurückholte und bald darauf zum Chefreporter machte. Der Sprung in den Zenit, wiewohl nicht jeder in der Branche das auch als Aufstieg ansah.

In den Reihen der *Guten* jedenfalls hatte man Klugers Weg, weniger aus Anerkennung denn zur eigenen Beschwichtigung, damit zu erklären gewusst, dass er bloß ein paar Jährchen ausgezogen war, um der Provinz die auch in redaktionellen Dingen dringend benötigte Entwicklungshilfe angedeihen zu lassen, und so schafften es sogar die hartnäckigsten Provinzverächter, in ihm bald einen der Ihren zu sehen.

Klugers unermüdlicher und in den blutigen Anfängen noch ideologiebefreiter Einsatz hatte sich also bezahlt gemacht. All die Nächte auf Wachstuben bei Kartenspiel oder Würfelpoker, all das Gelächter und Wegsehen, wenn die ersten Polizistinnen, die da ihren Dienst versahen, mit dem Kollegen kichernd im Arrestantenraum verschwanden, all die Prüfungen, die er seiner Leber abverlangt hatte. Ein verschworenes Eingebettetsein in die Staatsgewalt, das sein Netz an Zuträgern nur noch dichter wob. Bei jedem Wechsel zu einem anderen Blatt konnte er es einholen und aufs Neue auswerfen, denn das einmal ersoffene, auch bei Bordelltouren oder anderweitig erarbeitete Vertrauen zwischen Reporter und Informant besiegelte eine Art Lebenspakt, ein Blutsbündnis, das allein durch maßlose Dummheit, kollegiale Hinterfotzigkeit oder den Tod zu sprengen war. An geheime Informationen zu gelangen, war damals noch mit ungleich größerem Zeitaufwand verbunden. Im Gegenzug war aber auch die Sicherheit eine größere. So ein spurloser Blick in einen aufgeklappten Akt war schnell geworfen und noch schneller wieder vergessen.

Dann kamen Mobiltelefon und Internet. Und im Gefolge die immer ausgefeimteren Mechanismen einer immer lückenloseren Überwachung der Datenübermittlung. War der Fluss verbotenen Wissens von Staatsdiener zu Boulevard bis dahin nur mit dem bewährten Prinzip von Geben und Nehmen, dem Griff ins Staatssäckel einzudämmen gewesen, mit einer Schwemme von Inseraten oder ausgeklügelten Konstrukten, die sich Medienkooperation nannten, so kam nun eine Ebene hinzu, die es an der Basis zunehmend ungemütlich machte. Folglich empfanden nicht alle den Segen der Technologie als solchen, und am allerwenigsten jene, die all die Jahre im alten Stil mit heißen Informationen gedealt hatten.

Nichts war unbequemer als Ratten von Journalisten, die Missstände öffentlich machten, und Ratten von Polizisten und Gendarmen, die ihnen die Fakten lieferten. Nun aber, der Technik sei Dank, schien es auch von Amts wegen ein Leichtes, die Fallen aus- und die Quellen trockenzulegen, und so schossen die Abteilungen für interne Überwachung aus dem Boden wie Pilze nach einem lauen Spätsommerregen. Vertraulichkeiten per Mail zu übermitteln, via Handy zu besprechen, und mochten sie noch so aufdeckungswürdig erscheinen, noch so dringlich ans Licht gehören, wurde zunehmend zum an grobe Fahrlässigkeit grenzenden Wagnis. Wer es dennoch tat, war in den Augen eines Klaus Supan, der kein anderes als dieses System kannte, eines von dreien: das Leichtgewicht, das nichts von Rang zu verbergen hatte; der sorglose Idiot; oder Vertreter jener Spezies, die sich für unantastbar hielt, Menschen mit einer Hybris, wie sie höchste politische Ämter zu umwuchern pflegte.

Kluger dachte an jenen Vormittag zurück, als zwei dieser neuen Whistleblower-Jäger-Truppe bei ihm und Supan auf der Matte standen mit dem ministeriellen Auftrag, ein Polizeileck zu schließen. Die Herren waren jedoch allesamt vom alten Schlag, hatten bis vor Kurzem selbst noch eifrig die *Gute* bedient, und so meldeten sie sich nicht nur drei Tage vorher höflich an, sondern gaben sich die zu erwartenden Antworten gleich selbst.

»Du berufst dich auf den gesetzlichen Informantenschutz, richtig?«, hatte der eine gefragt, und Kluger hatte genickt und gelacht.

»Du ebenfalls?«, hatte der andere gefragt, und auch Supan hatte genickt und gelacht.

Und so war die Pflicht getan und man konnte rasch zum Wesentlichen übergehen – ein Fläschchen vom spritzigen Weißen, gereicht mit Cantucci zum Stippen und bedankt mit den neuesten Gerüchten über die Sexualpraktiken der ersten weiblichen Führungskraft im Bundeskriminalamt.

Lief das nach wie vor so? Kluger hatte seine Zweifel, wiewohl gewiefte Journalisten sich ohnedies nicht am Zeug flicken ließen. Das Redaktionsgeheimnis hatte allen Aushebelungsversuchen über die Jahrzehnte getrotzt, war nach wie vor im Gesetz verankert und – sehr zum Leidwesen der Regierenden – kraft längst unerreichbarer Zweidrittelmehrheit unantastbar. Auch ein Gericht konnte Journalisten nicht zur Preisgabe von Informanten zwingen, doch die Begehrlichkeiten und Anzeichen auf Veränderung mehrten sich. Folglich arbeiteten Leute wie er und Supan mit anonymen Prepaid-Handys, statteten auch ihre Topinformanten damit aus.

Oder sie taten es auf altbewährte Weise. Von Festnetz zu Festnetz.

Anders als bei mobiler Kommunikation war das Abhören hier nach wie vor nur mittels physischer Intervention möglich. Einem lästigen Schreiberling das Handy anzuzapfen, war – legal oder nicht – mühelos auch ohne richterliche Anordnung zu vollführen und die eine Sache. In die Redaktionsräume eines führenden Boulevardblattes vorzudringen, nach bester Agentenmanier eine Wanze ins Diensttelefon einzubauen und Gefahr zu laufen, bei Entdecken den unwiderlegbaren Beweis staatlicher Überwachung abzuliefern, eine völlig andere. So weit, überlegte Kluger, reichte der Mut zur politischen Verantwortung dann doch nicht. Andererseits, wer wusste schon, was in ein paar Jahren möglich sein würde? Bei dieser Rasanz der technischen Entwicklung?

Kluger stand da und seufzte. Ja, es gab Momente, da beneidete er den jungen Reporter dort oben. Weil er im Gefüge ausreichend klein war, reinen Herzens lästig sein zu wollen. Weil ein Klaus Supan gar nicht erst in der Position war, den Verlockungen staatstragender Nähe zu erliegen. Weil Ministerinnen und Minister nicht ihn am Handy anriefen, sondern Chefredakteure, Ressortleiter, Chefreporter. Weil Einladungen in Fünf-Sterne-Tempel in aller Welt nicht – noch nicht – an ihn direkt ergingen, sondern an Chefredakteure, Ressortleiter, Chefreporter, und nur in Momenten des Wohlwollens nach unten weitergereicht wurden. Doch genau darum beneidete er einen Klaus Supan. Weil er keinen Spagat hinlegen musste, in keinem Niemandsland zersplitterter Interessen verkam und immer noch diesen Antrieb verspürte, dieses inbrünstige Verlangen lebte: solange auf dem Gaspedal stehen, den Mächtigen im Land in Politik und Wirtschaft solange auf die Füße treten, bis der Pfiff von oben erscholl. Aus dem Büro eines der vielen Häuptlinge. Oder aus jenem der Anzeigenleitung, was aufs Gleiche hinauslief.

Und du selbst, Vinz?

Ja, stand er nicht längst auf jenem Treppchen des Podests, wo die Klammer der Abhängigkeit, diese wohldosierte Kraft der wechselseitigen Begünstigung ihn stärker und stärker umfing? Gefangen in einem Kokon aus Hintergrundinformation und Darüber-schweigen-Müssen, aus Mitwisserschaft im Sinne von Mittäterschaft? Und hatte nicht er selbst, Chefreporter Vinzent

Kluger, die Hände aufgehalten, hingehalten, um sich die Handschellen des Hofierens und Einlullens anlegen zu lassen?

Dabei hatte er dieses Spiel des unbeschwerten Drauflosschlagens einst so sehr geliebt, diesen ewig scheinenden Kreislauf des Abwatschens, diesen munteren Ohrfeigenzyklus, der alle in unermüdlicher Wiederkehr gleichermaßen bediente. Sie brauchten bloß lange genug darum zu betteln. Mal traf es diesen Polizeidirektor, mal jenen. Mal dieses Ministerium, mal jenes. Je nach politischer Großwetterlage im Büro des Herausgebers. Die Adressaten seiner Aufdeckerwut, das ja, mochten von Blatt zu Blatt, von Zeit zu Zeit gewechselt haben, niemals jedoch waren sie ihm ausgegangen.

Ob Gnade oder Ungnade – und das machte ein Verständnis der Abläufe auch auf unterer Redaktionsebene so einfach –, zu keiner Zeit hatte es mit Befindlichkeiten, mit Persönlichem oder politischer Überzeugung zu tun gehabt. Wer immer in der Republik über die *Gute* mitgeteilt bekam, wo er in der Gunst des Herausgebers stand, erhielt die Botschaft aus finanziellem Kalkül. Sei es, weil in der Stadt ein Konkurrenzkampf mit den Mitbewerbern um die besten Plätze für die Sonntagsaufsteller tobte und die Verantwortlichen der Stadtverwaltung erst zur Raison gebracht werden wollten. Sei es, weil sich die Aufteilung des Inseratenkuchens in ein Verhältnis zu verlagern drohte, das man bei der *Guten* nicht goutierte. Oder sei es bloß, weil man dem Volk nach dem Maul schrieb, sich davon Auflage versprach.

Eine Sonderstellung in diesem Spiel nahm seit jeher die Exekutive ein. Nirgendwo sonst ließ sich das ureigene Klientel, dieses Heer mitteilungsbedürftiger Informanten im niederen Rang, mit der Veröffentlichung von Dienstgeheimnissen und anderen Interna besser bedienen, besser bei der Stange halten. Selbst wenn man sich als Journalist bisweilen zum Spielball interner Fraktionskämpfe machte, zur Würze im politischen Süppchen, das im Innenressort stets auf eigene Weise am Köcheln gehalten wurde. Gewiss, das hatte Kluger rasch begriffen, Systemkritik aus dem Lager der Nichtregierungsparteien zu spiegeln und insbesondere dem überproportional starken Flügel freiheitlicher Polizeibeamter eine Plattform zu bieten, war ein Wermutstropfen. Die bittere Pille der Berichterstattung, weil verabreicht aus dem äußersten rechten Eck der Gesinnung, doch versüßt mit dem Honig unzähliger Exklusivgeschichten, Informationsvorsprung bei den großen Storys und ewiger Gefolgschaft.

Kluger hatte gar nicht gemerkt, wie lange er bereits dastand, wehmütigen Gedanken nachhing und dem Kollegen zusah. Wie er im Stehen sprach, Notizen machte, auflegte, abermals wählte. Ein Ruck ging durch den Chefreporter. »Du hast recht«, brummelte er an der Fassade empor. »Vermutlich bist du der Einzige, der hinter mir steht.« Niemals hätte er es öffentlich eingestanden, doch insgeheim wusste er, was auf dem Spiel stand. Ritt er weiterhin solche Attacken, liefe er Gefahr, auch den letzten Getreuen in der Redaktion an die eigene Unbeherrschtheit zu verlieren, an das Unvermögen, mit Niederlagen umzugehen.

Ein letztes Mal seufzte Kluger auf, dann setzte er sich in Trab. Die *Pumpe* wartete.

*

Die Bezeichnung »Pumpe« rührte noch aus Tagen, da die Redaktion der *Guten* an der Wiener Peripherie gelegen war und die Tankstelle mit ihren auch den menschlichen Durst löschenden Zapfsäulen, darum *Pumpe*, gleich ums Eck, bloß ein paar Straßen weiter. Die *Pumpe* war Nahversorger Nummer eins, insbesondere in den Abendschichten oder, wie heute, an einem Sonntag. Als Redaktionsaußenstelle war die *Pumpe* alles: Schutzhütte gegen bürointerne Gewitterstürme, Treffpunkt mit scheuen Informanten, selten bloß Kfz-Tankstelle, stets jedoch Oase des seelischen Ausgleichs. Manche tranken dort, um zu vergessen. Die Frauen. Die Männer. Die Arbeit. Das Leben. Andere tranken, weil sie so viel vergaßen. Wiederum andere hatten überhaupt vergessen, dass sie irgendwann einmal nicht getrunken hatten, und tranken gerade darum.

Zur *Pumpe* pilgerte auch, wer dem übelwollenden Gerede in den eigenen Reihen entgehen wollte. Wer sich in der Redaktionskantine die Kommentare und missbilligenden Blicke der Kollegenschaft aus den Ressorts Kultur, Gesundheit und Politik ersparen wollte, wenn man im elitären Zirkel bei grünem Tee oder Gerstengrassaft saß, in philosophischem Exkurs versank und über die Proleten aus der Chronik die Nase rümpfte. Von einer Clique wie dieser erörtert zu werden, war nicht wünschenswert. Keine ihrer Anmerkungen eröffnete Aussicht auf Wohlwollen, meist nicht einmal eine abschätzige Form von Duldung.

Also *Pumpe*. Weil dort das Leben auch in seinen tiefen Lagen lebenswert war. Dort wurde das Klischee des saufenden Reporters gepflegt, bei Leberkässemmel, Spritzwein und Bier über den Aufmacher diskutiert, die Stimme des Volkes belauscht und mit Taxifahrern über die besten Neuankünfte in den Bordellen gezankt. Auf der *Pumpe* wurde über die Parallelwelt der Journalisten sinniert. Ja, und auch Triumphe über die Mitbewerber wurden ebendort gefeiert, hatte man bei Tragödien die größere Anzahl von Totenbildern gekeilt oder einfach nur die augenfälligeren, die dem Geschehen gerecht wurden. Gab es denn Schöneres als das Foto eines vierfachen Todesschützen, der im Fasching als Cowboy oder Mafioso gegangen war?

Amokläufe wurden auf der *Pumpe* ebenso bejubelt wie die von einer höheren Macht Gebeutelten verlacht – die Überhöhung des Grausamen als Mittel zur Herablinderung des sonst wenig Verträglichen. Unaufhaltsam wie in schlecht belüfteten Badezimmern blühte der Schimmel Zynismus auf. Worte wie »Supervision« waren der Branche fremd, das einzige Gegengift hieß Alkohol. Reichlich Alkohol. Um zu vergessen. Um den Frust über den Umgang mit Schicksalen wegzuspülen. Um nicht nachzudenken. Und um zu vorgerückter Stunde unflätig auf den Boss zu schimpfen.

Und die Kollegen.
Und das Leben.
Und überhaupt.
Mit dem Umzug in die Innenstadt indes hatte sich ein Wandel vollzogen, dem Zeitgeist folgend nicht zum Besseren. Zwar hatten sie einen dieser hochmodernen Newsrooms bezogen, wie sie vor Jahren in aller Welt in Mode gekommen waren, in manchen Verlagen aber bereits wieder rückgebaut wurden. Zwar hatten sie nach alter Ordnung ihre Büros behalten, gleichsam als Rückzugsgebiet, wo es sich ungestört telefonieren ließ und bei geschlossener Türe rauchen, kiffen oder, wie Ressortleiter Pinscher, bumsen, sodass der Newsroom nur schlagend wurde, wenn die Produktion in die heiße Phase ging. Zwar hatten sie es zu Terminen in Ministerien und Ämtern nicht weit. Zwar lagen die Vorteile gleichsam auf der Hand. Dennoch: Der Wechsel hatte eine anhaltende Melancholie des Verlusts gezeitigt. Man war der Heimstätte der spontanen Einkehr beraubt worden, und die Versorgungslage in unmittelbarer Nähe – nichts anderes zählte – galt als prekär. Die umliegenden Geschäfte hielten sonntags nicht offen, in den Citylokalen waren die Preise exorbitant, und die nächste *Pumpe* war bloß mit dem Auto erreichbar. Folglich kam die dem Kreativen dienliche Geselligkeit zum Bedauern vieler zu kurz, Heurigenbesuche am Stadtrand waren mit einem logistischen Mehraufwand verbunden, der untertags nicht lohnte, und so war zumeist nur noch in den Schreibtischladen ausgesteckt. Wie in jener Klaus Supans.

Der Schmerz eben dieser Veränderung federte in jedem Schritt mit, als Kluger zu seinem Wagen schlurfte. Er dachte an Supans erste Gehversuche, daran, dass dieser blutjunge Kerl anfänglich dem Ruf des Herzens gefolgt war, dass er es im Sport versucht und beinahe resigniert hatte. Ob Aquaball, Distanzreiten oder Wasserski – jede noch so winzige Nische hatte er doppelt und dreifach besetzt vorgefunden. Ja, selbst Lacrosse, Unterwasserrugby und Schachboxen hatten eigene, wiewohl mit einer Reihe zusätzlicher Sportarten betraute Referenten. Wo ureigenes Interesse und Ehrgeiz nicht genügten, kam blanker Überlebenstrieb, mehr aber noch verzweifelter Fatalismus zum Zug. Und so ließ Klaus Supan sich vom Schicksal schließlich in die härteste Redaktion von allen spülen. Hier, bei den gesottenen Chronikjournalisten, in der Abteilung Blut, war die Ausfallquote um ein Vielfaches höher als anderswo. Da waren stets Desperados gesucht, solche, die erst gar nicht bloß an die Grenzen gingen, sondern gleich weit darüber hinaus. Hinaus über die Grenzen eigener Belastbarkeit, und erst recht über jene der Pietät.

Der Anstand als moralische Kategorie – was ist verpönt, was erlaubt, was gerade noch geduldet, was ausdrücklich erwünscht? – erwies sich bei einem Blatt wie der *Guten* und insbesondere im Chronikressort als so vielfältig auslegbar und wandelbar wie Untugend und Tugend in Zeiten von Krieg und Frieden. Wer heute ein Killer war, konnte morgen ein Held sein. Alles eine Frage der vorherrschenden Weltordnung. Sie allein bestimmte über die Moralität des Tötens. Die Weltordnung im Zeitungsbusiness, wusste ein Mann wie Kluger, orientierte sich am Verlangen des Marktes wie auch an den zahllosen, voneinander abweichenden Meinungen des Herausgebers, deren inhaltliches Mittel Blattlinie hieß. Die Karten wurden beizeiten neu gemischt und die Schlachten um die besten Schlagzeilen zunehmend härter. Nur eines galt in diesem Spiel zu jeder Zeit als fehl am Platz: zart besaitete Reporter und übertriebene Zimperlichkeit.

Früher, in wirtschaftlich stabilen Zeiten, hatten andere Regeln gegolten. Da gab es in allen führenden Boulevardblättern Reporter, Bluthunde, die das tagtägliche Pendeln zwischen Ekel und Elend bis in die hinterste Faser lebten und es auch fürs halbe Geld getan hätten, dank blendender Konjunktur aber nicht mussten. Alle übrigen hatten sich ihre Bereitschaft zur Selbstverleugnung mit unbefristeten, hoch dotierten Verträgen abgelten lassen. Solcherart besänftigt, wurden sie als verlässliche Leistungsträger bei der Stange gehalten, bis der Herzinfarkt oder die Leberzirrhose oder neuerdings ein Burn-out sie aus dem Ring schoss.

Und heute? Der Nachwuchs?

Kluger stöhnte auf. Ja, heutzutage bestand die bracheninterne Bestechung allenfalls im Lockruf eines halbwegs sicheren Jobs für den, der die Skrupel bei Betreten der Redaktion abschüttelte und zur Drehtür wieder hinausschwingen ließ. Selbst die Bestzahler boten Neueinsteigern nur noch All-inclusive-Verträge zu stark abgespeckten Konditionen. Längst war es auch in ihrer Branche wie sonst wo: keine 20, ehrgeizig und billig sollten sie sein; treu und vom Job abhängig wie frühe 40er, die auf Familie und Schuldenberg saßen; und hoch erfahren wie kurz vor der Pensionierung.

Umso erstaunlicher, befand Kluger, dass es immer noch Leute wie Klaus Supan gab. Ein im Durchbeißen Unbeugsamer. Von Anbeginn an hatte Supan die volle Ladung Kollegengift abbekommen, wie es überzähligen Küken am Futtertrog nun mal erging. Supan hatte nicht nur überlebt, nein, er hatte zurückgespien. Mit Storys, die sonst keiner hatte. Er hatte seine Nische geschaffen, bezogen und zur uneinnehmbaren Festung ausgebaut. Von dort lieferte er Topstory um Topstory, donnerte aus immer schwereren Kanonen, gegen die sich die Geschichten altarrivierter Kollegen brustschwach ausnahmen. Wie das letzte Geschützfeuer einer dem Niedergang geweihten Stellung.

Aber … erging es nicht auch ihm, Kluger, ähnlich?

Keinen Cent hätte er anfangs auf Supan gegeben. Ein ins Leptosome tendierendes Bürschchen von 22 Jahren mit Fußballerbeinen, gelocktem Haar und Glubschaugen, das da kleinmütig vor ihm gestanden war. Es war mehr ein Akt solidarischen Mitgefühls und der Dankbarkeit an die eigene Historie als der Glaube an ein Potenzial, der ihn, Kluger, damals beim Chefredakteur hatte vorsprechen lassen. Keine Kontakte. Keine Ahnung, wie sich aus einem Wust von Informationen eine brauchbare Kurzmeldung fassen ließ, und auch stilistisch war der Kerl eine Vorgabe gewesen. Dennoch hatte er, Kluger, nicht denselben Fehler begangen, den eigenen Stall von Nachwuchs sauber zu halten, den Neuen am langen Arm verhungern zu lassen, wie es ihm selbst beinahe widerfahren wäre, hätte nicht die Jesusmähne sich seiner angenommen.

Kluger lächelte beim Gedanken an den alten Kollegen, Freund, der neulich verstorben war, nachdem er vor Jahren während einer Großübung der Rettung einen Infarkt erlitten und im Wachkoma gelegen hatte als Folge eines in allem ausschweifenden Lebens – vom Schlafentzug über das Nikotin hin zu den Frauen. Die Jesusmähne war es einst gewesen, die ihn, Kluger, wiewohl für die Konkurrenz jobbend, wie ein Vater den missratenen Sohn unter seine Fittiche genommen, ihn, den Rookie, alles gelehrt hatte: die Kniffe der Fotografie ebenso wie jene als Gralswissen gehortete Fertigkeiten, die sie immer in die Schlacht warfen, machten sie dem Tod die indirekte Aufwartung.

Dem Tod auf direkte Weise zu begegnen, sprich, im Windschatten von Einsatzkräften zu Schauplätzen zu rasen und eine Filmspule durch die Kamera zu jagen, war schließlich nur der eine Aspekt und irgendwann – je nachdem, wie stabil sich ein Magen und die Verträglichkeit von Alkohol in beträchtlichen Mengen erwiesen – nichts als Routine. Bei Kluger war es nicht anders gewesen. In den Anfängen hatte er das Anklopfen des Todes noch aus gebotener Distanz bezeugt, was jedoch weniger dem Respekt vor dem Grauen, einer Würde des Anlasses, geschuldet war als dem Faktor Zeit. Zeit, um die ein Reporterjungspund wie er zu spät kam, ja zu spät kommen musste, weil es ihm noch an allem gebrach: an Schnelligkeit wie Erfahrung, an Ortskenntnis wie List, insbesondere aber an einem dicht gewobenen Netz von Zuträgern.

Eine Leiche zu verpassen, ihr mit der Kamera im Anschlag nachzujagen und doch zu scheitern, während die Mitbewerber die Ausrüstung längst weggepackt, sie wie teilnahmslos von der Schulter baumeln hatten oder bloß gezückt, um sie beim munteren Schwätzchen mit dieser und jener Einsatzkraft zu präsentieren, von den technischen Vorzügen zu schwärmen, die den Unterschied ausmachten …

… eine Leiche solcherart zu verpassen und die dem Sterben sinnfälligeren Bilder bloß in anderer Leute Kasten zu wissen, kam der Höchststrafe gleich. Kein Kampf auf Leben und Tod, der sich für die Leserschaft der *Guten* festhalten ließe, ungeachtet, ob dieser Kampf nun vor Ort verloren war oder in den Schockraum eines Krankenhauses vertagt, um dort verloren zu werden. Am schlimmsten, hatte der frühe Kluger rasch begriffen, waren jene Schauplätze, Tatorte, die ihn wie leer gefegt empfingen. Verödete Stätten, wo gerade noch vermessen, gerade noch befragt, gerade noch gesäubert, gerade noch Blutlachen mit Sägemehl gebunden wurden und sogar die Schaulustigen ihre Lust zur Genüge befriedigt hatten. Stätten seines ureigenen Versagens waren das, wo ihn stets die Jesusmähne, bereits im Gehen, mit einem Lächeln, das seinem Narbengesicht eine besondere Aura verlieh, und mit den immer selben Worten begrüßte.

»Tut leid, Kollege. Der Schatulleur war schon da.«

Bilder von Schatulleuren, wie sie die Männer mit dunkler Robe und ernster Miene riefen, die Blechschatullen leer aus Leichenwägen hoben und frisch befüllt wieder hinein, waren tatsächlich nicht erstrebenswert. Sie waren das Futter der Blindgänger und standen als Gerade-noch-Bilder und Zwischenschnitt in Filmbeiträgen am untersten Ende der Skala für Aktualität.

Bald jedoch war Kluger schneller und schneller geworden und der Respekt der Jesusmähne gewachsen. Sie hatten begonnen, auf dem Nachhauseweg von diesem oder jenem Drama und stets nachts, wenn die Zeit es erlaubte, ihren eigenen Leichenschmaus abzuhalten, waren beim *Warmen Franz* eingekehrt und hatten den Wirt mit dem Neuesten versorgt, was alle Welt erst viel später zu lesen und hören bekäme. Ihr Lohn war seine Kochkunst. Nirgendwo sonst in der Stadt gab es morgens um drei solch eine gebackene Hühnerleber.

»Der Schock bringt die Trance und uns eine Chance«, hatte

die Jesusmähne eines Nachts unvermittelt gemurrt, während er sich durch sein wallend blondes Haar fuhr. Es war dies der Auftakt zur ersten Lehrstunde Klugers, was die »indirekte Aufwartung« betraf, jene weitaus anspruchsvollere Fertigkeit im Umgang mit dem Tod, die ins weite Feld der Psychologie führte.

»Die Trance als Chance?«, hatte Kluger mit einigem Unbehagen gefragt und sich ein großes Stück Leber in den Mund geschoben.

»Weil Hinterbliebene im ersten Schock zu schweben anfangen. Zu schweben und zu reden. Am liebsten mit Fremden«, sagte die Jesusmähne. Aus ihm sprach die Kraft der Überzeugung, die Weisheit der Erfahrung, all das, was ihn die Jahrzehnte als Mann fürs Grobe, Fotograf und Fernsehkameramann, gelehrt hatten, und Kluger gefiel es.

Es stimmte schon. Dem Tod ins Antlitz zu blicken, war die eine Sache. Ihn zum Tanz zu bitten und Menschen Fotos ihrer verblichenen Liebsten herauszulocken und auch noch mit einem guten Gefühl zurückzulassen, eine andere. Damals, in den Tagen ohne Internet, hieß das noch, dass sie Klinken putzen mussten. Der Frontalangriff an der Haustür, ausgestattet mit Finessen und Finten, wie sonst nur die Staubsaugervertreter sie im Köcher hatten. Bloß dass die immer etwas dalassen wollten, sie immer etwas mitnehmen.

Sie waren bald die dicksten Freunde geworden, die Jesusmähne und er, und immer öfter kam es, dass sie – vernetzt bis in die letzten Winkel – zu schnell waren. Dass ihnen Adressen und Namen zuflogen, ehe die Dinge ihren vorgefassten Lauf nahmen, und sie gemeinsam dastanden, andächtig gebückt, die Augen auf Halbmast, die Hände wie zum Gebet gefaltet, eines ihrer Sesam-öffne-dich-Sprüchlein auf den Lippen, und unvermutet in freundliche Antlitze blickten. Frischgebackene Witwen, Ex-Mütter, Ex-Väter, Waisen, die erstaunt glotzten, weil sie von ihrem neuen Familienstand noch gar nichts wussten.

War das denn ihre Schuld?

Todesbote zu spielen, weil die Polizei erst nach ihnen kam, war kein Honiglecken, doch der Leitspruch der Jesusmähne von Schock und Trance und Chance verfehlte seine Wirkung ein ums andere Mal nicht. Kluger lernte und lernte und vergaß darüber nicht, seinem Lehrmeister Dank zu erweisen und zu kooperieren.

Manchmal schien es nämlich, als müssten sie sich allesamt die Zähne ausbeißen an einer Leiche, mehr aber noch an deren Hinterlassenschaft. Widrige Verstrickungen, die sie gegen Wände rennen ließen. Es waren dies jene Momente, über die sie in den Redaktionen schwiegen, die sie verborgen hielten vor den Kollegen, Ressortchefs, Chefredakteuren. Momente, als die höchste Not sie jede Gegnerschaft vergessen ließ, zusammenschweißte und sie sich zusammentaten, die Jesusmähne, Kluger und die Handvoll anderer in der Branche, um die Beute hinterher zu teilen. Die Allerweltsbilder gab es am Ende für jeden, der dabei war. Das beste Foto jedoch, das Filetstück – die wegen ihrer ausufernden Tierliebe ermordete Katzenfreundin im Katzenkostüm etwa – exklusiv für den, der das Meiste für den Jagderfolg geleistet hatte. Wer beispielsweise den Namen aufgestellt hatte, die Adresse, diesen einen Kontakt, der es am Ende ausmachte. Kompetenz wollte belohnt sein und die Rangordnung an der Futterstelle jedes Mal aufs Neue verhandelt. Nur die Jesusmähne und er, Kluger, hatten dabei stets ihre eigenen Deals, ihre eigene Tauschbörse, ihren eigenen Generationenvertrag. Wie Vater und Sohn.

Schwierig, wirklich schwierig beim Keilen von Bildern wurde es nur, kamen ihnen die Oberklugen in die Quere. Diese auf Knopfdruck Abgeklärten, die Beistand leisteten und einem die Tour vermasselten, machten sie bloß den Mund auf. Querulanten mit journalistischem Anspruch, Akademiker, Einflüsterer im Off, edle Ritter der ungebetenen Rücksichtnahme, die sich schützend vor die Beute warfen, ihnen Klagsdrohungen entgegenbrüllten und die passenden Paragrafen gleich dazu.

Die Schlimmsten jedoch waren die KiTler. Eine Unsitte auf

zwei Beinen, die irgendwann nach der Jahrtausendwende Platz gegriffen hatte. Psychologen und angelernte Quacksalber, die sich zu Auffangnetzen gegen das Trauma spannten, zu Panzersperren wider eine was denn sonst als herzerwärmende Berichterstattung. KiT wie Kriseninterventionsteam. Saßen die KiTler erst am Küchentisch, ging gar nichts mehr.

Herrje, diese gottverschissenen Spielverderber.

Tausendmal und einmal mehr hatten sie ihnen die Pest an den Hals gewünscht. KiTler machten, dass ihnen Türblätter um die Ohren flogen, ehe sie ihre Schlingen auslegen konnten. Ein erstes zaghaftes Gespräch hätte genügt. Worte des Beileids, Beteuerungen des Trosts. Nein, der Vater, die Mutter, der Sohn, die Tochter habe nicht leiden müssen, habe auch nicht allein sterben müssen. Ja, er selbst, Kluger, die Jesusmähne, die anderen, könnten es bezeugen. Man sei dabei gewesen. Ein mitfühlender Blick. Zwei, drei erste Worte. Mehr als das trennte sie selten von den Lebensgeschichten.

Mehr aber noch von den Fotos. Andererseits, dafür gab es ja dann das Netz.

In den noch WWW-freien Tagen indes hatten andere Gesetze geherrscht. Wer damals auf der Jagd nach dem Bild den Frontalangriff scheute oder anderweitig versagte, die Beute zu finden, der fischte in altbewährten Brunnen: Vereine; Ortschroniken; Aushänge in Gemeindestuben; Jahrbücher; Ehrungen; Klassenfotos; Kindergärten; Siedlungsfeiern; Nachbarn, idealerweise neuerdings verfeindet; Bestatter, die das Foto für die Parte längst in der Mappe liegen hatten oder gegen ein Fläschchen vom Hochprozentigen für den Nachmittag versprachen; eine Freundin beim Passamt; ein Freund bei der Exekutive, der zum Hörer griff und intervenierte – wie etwa jener aus Klugers Informantenreigen, der an eine Mutter, die ihr Kind jahrelang wie einen Kaspar Hauser gehalten hatte, den Befehl ausgab, die Fotos herzurichten. Kollege Kluger komme gleich vorbei. Ja, in Zivil. Ein ums andere Mal klappte es, und dort am besten, wo die Einfalt, der Glaube an Autoritäten noch zu Hause war, in den hintersten Winkeln der Täler. Dort aber auch, wo die Menschen die *Gute* lasen wie die Bibel. Solche Quellen hatten sie angezapft. Echte, ehrliche, knochenharte Reporterarbeit an der Basis war das noch gewesen.

Als gefällig erwiesen sich auch Verwandte, je entfernter, je besser. Großcousinen, Großneffen, Onkel, Tanten zweiten Grades. Menschen, die sich verständnisvoll gaben für so viel Rücksichtnahme des Reporters, die Witwe, den Witwer, die Eltern eines verstorbenen Kindes in diesen so schweren Stunden nicht behelligen zu wollen. Diese zutiefst und doch nur am Rande Betroffenen, die allein darum, zum Lohn für so viel Pietät, ein Foto rausrückten. Eines dieser begehrten Bilder aus glücklichen Tagen und empfangen mit dem Versprechen, das Andenken des Verstorbenen gebührend zu wahren. Selbst dort, wo das Wort Bestie längst über die Bildschirme in den Redaktionsstuben flimmerte, für Titelseiten bereitlag. Weil sie ohnedies alles im Kasten hatten. Nur nicht ihn, den Schützen, der seine siebenköpfige Familie ausradiert hatte.

Nein, nein, Sie müssen der Zeitung nichts zahlen. Es ist für den Nachruf. Wie eine Todesanzeige, nur mit etwas mehr Text. Ja, bestimmt würdevoll. Er war doch auch ein liebender Vater, oder? Das macht die Gute *gratis. In einem so tragischen Fall. Und für Abonnenten erst recht.*

Andere wieder gewannen dem großzügigen Reportervorschlag etwas ab, Hinterbliebenen mit einer Spendenaktion unter die Arme zu greifen. Sie erlagen der Floskel …

… wenigstens die finanzielle Not lindern …

… und klagten von Häusern im Rohbau, die ohne Hilfe halb gebaut, von unmündigen Kindern, die ohne Hilfe unversorgt blieben. Je mehr, je schlimmer.

Nein, besser.

Und so erzählten sie drauflos, rückten Detail um Detail heraus, Foto um Foto, um anderntags am Telefon zu fragen, warum die Kontonummer am Ende der Geschichte, Doppelseite, Tränendrüse, nicht wie vereinbart mit abgedruckt worden war.

Kein Versehen? Der Chefredakteur hat die Aktion abgelehnt, sagen Sie? Aber, es war doch versprochen, Herr Redakteur! Herr Redakteur? Das war doch die Voraussetzung für die Informationen, die Fo…

Tuuuuut.

Sich mehr auf diese oder jene Taktik zu verlegen, hatte Kluger gelernt, war immer auch eine Frage des Gemüts und der Tagesverfassung. Nur wenige konnten alle Fertigkeiten rund um die Uhr abrufen, und es gab Tage, da beneidete er den Kollegen, der einst als Quereinsteiger bei der *Guten* angeheuert hatte. Der gedrungene Hüne mit dem schrillen Lachen, der wie keiner den Führer parodierte, mitten im Gang »Berrrlin ist drrran!« brüllte und nicht nur deshalb mutterseelenallein in seinem Kämmerchen saß. Der mittags am Schreibtisch kniete, dem Kantinenfraß die Hände gegen die Strahlung auflegte und zum Dessert auf der Kindergitarre seines Sohnes vor sich hin klimperte. Der mit dem irren Blick durch die Redaktion lief und im Ruf eines potenziellen Amokläufers stand, zuallererst gegen die eigenen Leute, die ihn mieden, wo sie konnten. Derselbe Hüne aber auch, der auf eine Laufbahn als Gerichtsvollzieher zurücksah und dem die Härte des Einschreitens wie gottgegeben schien. Diese kraftvolle Selbstverständlichkeit, in fremder Leute Leben zu dringen, es zu sezieren, Fotoalben zu durchwühlen, Hochzeitsbilder von Wänden abzuhängen, sie mit dem Gelöbnis baldiger Rückgabe einzusacken. Verbrannte Erde machen für die Konkurrenz, die altbewährte Kriegslist. Und wenn es sein musste, auch in den Arztkittel schlüpfen oder durch offene Schlafzimmerfenster. Kompetenzen, die Kluger sich erst hatte hart erarbeiten müssen und doch nie makellos lebte.

Bald 25 Jahre lagen jene Tage zurück, als Jungspund Kluger die ersten Gehversuche wagte und man ihm in der Redaktion bloß Brosamen zu und Knüppel zwischen die Beine warf. Als er beim

Abklappern, wie sie das dreimal täglich erfolgte Anrufen aller Dienststellen von Exekutive, Feuerwehr und Rettung im Land nannten, ausnahmslos die Drecksnummern zugewiesen bekam, jene Randposten, wo üblicherweise nichts zu holen war oder Dienststellenleiter saßen, die Journalisten aus Prinzip abgrundtief hassten (die gab es natürlich vereinzelt auch). Die großen, wichtigen, einträglichen Dienststellen, Knotenpunkte der Informationskanäle, behielten die Platzhirsche der Redaktion naturgemäß für sich und bissen jeden weg, der sich näherte.

Und so war es auch Klaus Supan bei den alten Hasen anfangs nicht anders ergangen. Doch seine Talente erwiesen sich wie Waschgold. Erst mühselig wie Nugget um Nugget freigesiebt, präsentierte sich schon bald ihr wahrer Wert. Nur wenige Jahre, und Supans Geflecht aus Informanten war auf ähnlich wundersame Weise, wie sein Gebirgsmassivarchiv funktionierte, dicht geknüpft, stabil wie das Netz unter dem Bugspriet eines Dreimasters. Quer über den Globus reichten seine Kontakte, umfassten Verbindungsbeamte aus aller Welt ebenso wie Kollegen internationaler Zeitungen, die ähnlich verdreht waren wie er. Das hatte ihn zur unverzichtbaren Stütze heranwachsen lassen. Kluger hatte richtig gelegen, als er ihn gegen die Usancen zu fördern begann, zum Vertrauten machte.

Und heute, schien es, war Zahltag.

Kluger blickte noch einmal die Fassade empor, dann marschierte er zum Wagen und fuhr los. Er dachte an das Video. War es vernünftig, sich damit in fremde Hände zu begeben? Trotz alledem? Was, wenn Supan sich im Überschwang verplapperte? Er selbst hatte nicht vor, Ausschnitte zu bringen. Nicht bevor er mit Bela gesprochen hatte. Stellte er es geschickt an, würde ihre Reaktion wie eine Authentifizierung sein. Dass nur der Pinscher nichts davon erführe. Er würde am Stand rotieren. Und überhaupt: Wie sollte Supan ihm helfen können? Da nutzten ihm seine noch so exzellenten Kontakte nichts.

Oder doch?

Oder, schlimmer noch … nein, das war zu abwegig. Tief und tiefer versank Kluger in der Trübnis seiner Überlegungen, während der Wagen unbekümmert blubbernd den Weg von alleine fand. Da war ein Bild. Weit entfernt, an die Rückwand seiner Erwägungen gerückt. Ein verblasstes, verwaschenes Bild. Das hochgradig verworrene Konstrukt einer Lösung. Sooft er danach griff, stets blieb nur die Silhouette eines Mannes, die zurückwich. Der Mann auf dem Video. Wie er Teil um Teil zu Tussauds hereintrug, die Figur zusammensetzte und am Ende vor die Kamera hintrat, in elegantem Schwung einen Kratzfuß machte und der Linse einen zackigen Gruß entbot.

Und dann, aus dem Nichts, sah Kluger ihn in seinem Sinnieren heransprengen: Meisterschüler Klaus Supan, im vollen Licht, glitzernd, gleißend, dem Mann die Maske vom Kopf reißend. Da war kein Gesicht des Ertappten. Bloß Supans Konterfei, das strahlende Antlitz eines Ritters in funkelnder Rüstung, der auch den letzten Feind vom Pferd geworfen, das Turnier für sich entschieden hatte und nun die Trophäe einforderte, da er um die Hand der Braut anhielt und Klugers Story zur eigenen machte.

Exklusiv! Von Klaus Supan!

»Neeeeeiiiin!«, schrie Kluger. Jetzt erst merkte er, dass er an einer Kreuzung stand, ein Hupkonzert angehoben hatte, der Fahrer eines Folgewagens herbeigesprungen kam und zum offenen Fenster hereinbrüllte: »Grüner wird's nimmer, Depperter!«

Kluger gab Vollgas. Vielleicht, überlegte er weiter, war es, weil er alleine nicht damit klarkam. Weil er bloß eine zweite Meinung einholen wollte. Weil er einen Mitstreiter an sich binden wollte. Wer außer Supan kam da schon infrage?

Das Video.

Immer wieder das Video. Warum hatte Bela es ihm geschickt? Nach den gegenteiligen Beteuerungen, ihrem jähen Abgang gestern Abend. Wollte sie ihn auf die Probe stellen? Das wäre ein Spiel mit dem Feuer. Bei aller Verbundenheit zu ihr, die er immer noch empfand, war er in erster Linie doch Reporter. Bei einem

Blatt wie der *Guten*, wo die Sensation von heute das Kapital von morgen war. Außerdem war dieses Video …

… ja, es war sein Ticket zur Rehabilitierung. Der Beweis, dass er mit seiner Story nicht danebengelegen war. Tagelang konnten sie davon leben, die Bilder ausschlachten, Sequenz um Sequenz ausweiden, die Konkurrenz vor sich hertreiben, neuerliche Spekulationen anstellen. Anders als bei der Polizei gab es für ein Medium nichts Besseres als einen Täter, der fürs Erste unbekannt blieb. Dem ließ sich gefahrlos alles in die Schuhe schieben. Medienrechtlich waren da der Fantasie keine Grenzen gesetzt, ausgenommen die eigenen.

Und was, wenn …

… was, wenn die Leitung von *Madame Tussauds* dahintersteckte? Wenn sie ihn ein zweites Mal reinreiten, ihm gleichsam den journalistischen Todesstoß versetzen wollten, setzte er eine weitere Story drauf? Auf Belas Anraten womöglich? Nein, das war zu absurd. Niemand würde so weit gehen. Wozu auch? Er lag doch schon mit der Schnauze im Dreck.

Also doch Bela.

»Warum? Warum? Warum?«, murmelte Kluger. Er würde auf der *Pumpe* … ja, so viel Zeit musste sein. Es herrschte kaum Verkehr, und so kam er rasch voran. Zielstrebig steuerte er bei Betreten der Tankstelle auf das Regal mit den Spirituosen zu, nahm eine Flasche *Absolut* und schlenderte an die Bar.

»Eine große Menü?« Fragend sah ihn die groß gewachsene, hübsche Slowakin hinter der Theke an.

Kluger nickte, schwang sich auf einen Drehstuhl und fing das Handy aus der Tasche.

Danke für das Video.

Senden.

Als er aufsah, blickte er in zwei gefüllte Gläser. Er kippte den Magenbitter weg, spülte mit einem großen Schluck Weißer Spritzer nach und sah der Mitarbeiterin versonnen zu, wie sie ein Mohnweckerl aufschnitt, eine dicke Scheibe pikanten

Leberkäses einlegte und flächig mit englischem Senf bestrich. Kluger wusste nicht, wofür er sich mehr begeistern sollte: das scharfe Weckerl oder die um nichts weniger pikante Figur der Thekenkraft.

Dann aber besann er sich, nahm den Blick von ihren Hüften und dachte an jenes erste Mal, als er bei ihr ein Blindenweckerl bestellt und sie ihn ratlos angeglotzt, dann aber, als er anfing, die Mohnstreusel zu befühlen wie ein Blinder einen Text in Brailleschrift, ihn mit verächtlichem Blick abgestraft hatte. Sie war gelernte Krankenpflegerin mit einer von Geburt blinden Schwester, und es kostete Kluger einige Runden und Entschuldigungen, die Sache aus der Welt zu schaffen. Seither stand das große Menü für die Getränke nebst Weckerl und das kleine Menü für das Pendent ohne feste Nahrung.

Keine Minute ließ die SMS-Antwort auf sich warten. Drei Fragezeichen. Kluger war irritiert.

»Die Kamerapose«, tippte er zurück. »Ein Mann mit Manieren.«

Er kaute noch am ersten Bissen, als sein Telefon klingelte.

»Ich weiß nicht, was dich dazu bewogen hat«, eröffnete er grußlos das Gespräch, »aber es ist allemal …«

»Ich hab dir kein Video geschickt, Vinzent.«

»Natürlich nicht, Bela«, gab Kluger zurück. »Wir kennen einander ja nicht mal. Jetzt im Ernst: warum der Sinneswandel?«

Schweigen, dann: »Ich hab es dir wirklich nicht geschickt.«

»Ich weiß.«

»Nein, Vinz. Wirklich nicht!«

Schweigen.

»Wirklich nicht?«

»Nein.«

»Blödsinn.«

Schweigen, dann: »Was ist darauf zu sehen?«

Kluger spürte einen von Neugier zerfressenen Blick von jenseits der Theke auf sich ruhen. Mit einem Seufzer legte er das

Weckerl beiseite, wandte sich ab und senkte die Stimme. Wispernd gab er Bela ein knappes Resümee dessen, was er und Supan gesehen hatten.

Schweigen, dann eine von Ängstlichkeit getragene Stimme. »Bringt ihr es?«

»Ich dachte, es gibt dieses Video nicht, weil es gar nichts zu sehen gibt. Aber wenn du willst, schick ich es dir. Damit du es auch …«

»Idiot«, fauchte sie. »Was willst du jetzt von mir?«

»Wie wäre es damit, dass du endlich die Karten auf den Tisch legst?«

»Und dann?«

»Dann schauen wir, wie wir gemeinsam aus der Kacke tauchen.«

»Danke für das Bild, Vinzent. Das wollte ich immer schon mal. Mit dir aus der Kacke und so …«

Abermals kehrte Stille ein. Kluger überlegte fieberhaft. Was hatte das zu bedeuten? Etwas in ihrer Rede verriet ihm, dass Bela diesmal nicht zum Mittel der Notlüge griff. Dass sie tatsächlich nichts damit zu tun hatte. Wer dann? Wer hatte Zugang zu dem Video?

»Kann es sein, dass deine Chefin …«

»Die doch nicht!«, zischte Bela. »Eher beißt sie sich die Zunge ab, als dass …«

»Wer noch hätte die Möglichkeit?«

»Niemand. Es liegt im Safe. Nur Madame und ich haben einen Schlüssel.«

»Und dass jemand eine Kopie gezogen hat, bevor ihr es gesichtet habt?«

»Ich wüsste weder wer noch wann. Es kann nicht sein. Hoffe ich jedenfalls.«

»Heute Abend im *Salettl*? Um 19 Uhr?«

»19.30 Uhr«, sagte sie.

»Also dann …«

»Vinzent?«

»Ja?«

»Bringt ihr es nun oder nicht?«

»Ich bin Journalist«, sagte er, »und werde genau dafür bezahlt.« Er lauschte in die knisternde Stille. »Aber ich bin auch Mensch. Immer noch. Ich weiß, welche Folgen das für dich hätte.«

Kluger hörte ein tiefes Schnaufen am anderen Ende. Ein bildschönes, sorgenbeladenes Gesicht mit Kinngrübchen erhob sich vor seinem inneren Auge, eines, das sich merklich entspannte. Er hatte keine Ahnung, warum ihm auf einmal so viel daran gelegen war, Bela eine Sicherheit vorzugaukeln, die es nicht gab.

Aber ich bin auch Mensch.

Ja, dachte Kluger, bloß wie lange? Wo endete die Zurückhaltung? Wo begann die Professionalität? Wo die nackte Angst um den Job?

Ehe sie nachsetzen konnte oder er darauf verfiel zu relativieren, legte er auf. Er blickte auf das verlöschende Display, hob den Kopf und drehte sich zurück an die Bar.

»Junge Frau, zahlen bitte«, sagte er mit jetzt wieder fester Stimme, »und rechne mir noch ein kleines Menü dazu. One for the road.«

*

Es gab Momente, da bedauerte Miriam Seifert, so gar nicht mit Röcken zu können. Sie hielt das Gesicht in die Mittagssonne über Wien und streifte die Sandalen ab. Prüfend sog sie an ihrem *Carribean*. Zu viel Ananas. Zu wenig Lychee. Wer mixte heute die verdammten Drinks? Ein Blick nach drüben an *Nenis* Bar sagte es ihr. Ausgerechnet! Der Einzige, der es nie lernen würde, passten auch die Anteile von Cranberry, Kokos und Limette.

Sie stellte das Glas ab, spreizte die Beine zum schmalschenkeligen V. Wie teilnahmslos zupfte sie am ausgefransten Saum der Shorts. Die große dunkle Sonnenbrille verlieh ihrem Antlitz etwas Statisches, Unbewegliches, tatsächlich flogen die Augen dahinter aber hin und her. Der Kerl mit den kurzen schwarzen Haaren zwei Tische weiter hatte dieses Etwas, das ihre räuberischen, wildbarbarischen Sinne aktivierte. Diese Mischung aus Scheuigkeit und Neugierde. Seit geraumer Zeit schon linste er verstohlen herüber.

Wenn dir nach einem Satz heißer Männerohren ist, überlegte sie, musst du bloß die Schenkel weiten. Schön langsam. Zentimeter für Zentimeter. Der Tribut an die einschießende Kraft des Frühlings, die Männlein wie Weiblein schon mal die Kontrolle verlieren lässt. Warum auch nicht? Ja, gerade so war es recht.

Beim Hacken hingegen die Beine zu spreizen, erwog Miriam weiter, während sie mit Genugtuung zur Kenntnis nahm, dass die Blicke von drüben hektischer, zugleich aber auch ungenierter wurden, beim Hacken hieße das, unnötige Zugeständnisse zu machen, Statisten Chancen zur Kontrolle einzuräumen, die es nicht gab. Nicht geben durfte. Nicht, wenn sie das Sagen hatte.

Natürlich hatte sie versucht, auch den Puppenspieler zu knacken. Bei jedem ihrer Treffen. Der Kerl war kein ganzer Idiot, hatte die Trojaner, die sie ihm über DVD unterjubelte, kaltgestellt. Zwei unverbundene Computer, wie sie vermutete. Zellen, die einander nicht infizierten. Die eine zum Ablesen, die andere fürs Netz. Er machte sich nicht greifbar. Das war …

… hmm, ja, das war lästig wie reizvoll gleichermaßen. Ein Mann mit Hut und Schnauzbart. Gesichert war der Mann. Der Rest? Staffage. Ein Puppenspieler eben.

Natürlich hatte sie auch diesmal geliefert. Wie bestellt. Hatte dem Wunsch des werten Herrn Rechnung getragen und das Video bei Tussauds abgesaugt. Hatte, ganz Auftrag, die eine Sequenz herausgenommen und ihm beide Varianten überbracht. Einmal mit Fingerspiel. Einmal ohne, nur mit dieser seltsamen Verbeugung. Sie hatte rasch dechiffriert, was die Handzeichen zu bedeuten hatten, und herzhaft gelacht. Ein Mann mit Durchgängigkeit, was Prinzipien und Witz anging. Unklar nur, ob die Botschaft ihr allein zugedacht war oder anderen Zwecken diente. Aber auch das würde sie herausbekommen. Bald schon.

Vieles trug sie mit Humor. Dennoch war mit einer wie ihr nicht zu spaßen. Keiner durfte es zu bunt treiben. Selbst der Puppenspieler nicht. Nicht mit Miriam Seifert, einer der Allerbesten im Land, und das nicht bloß beim Nachwuchs. Schließlich hatte sie ihre Meisterschaft amtlich. Per Dekret. Selbst der Puppenspieler durfte nicht dem Irrglauben anhängen, sie zapple an einem seiner Fäden. Dort unten, im Tiefengrund ihres Herzens, war und blieb sie ein leibhaftiger Blackhat, gehörte sie jetzt auch zu den Whites, die 14 Mal im Jahr zwar nicht berauschend viel, aber sicheres Geld nahmen dafür, dass sie den Blacks den Hut vom Kopf rissen. Mit der Verachtung unter ihresgleichen, die ein Wechsel zu den Whites nach sich zog, konnte sie leben. Die da jetzt noch höhnten, wussten nicht, dass sie … eines Tages … o ja, das würde sie.

»Personelles Rückgrat zur Abwehr von nationalen Cyberangriffen« nannte sich das Kollegencorps, dem sie nun angehörte.

Also doch die Beine breit gemacht, Miriam?

Ja und nein. Sie sah, wie der Typ vis-à-vis erst sein Glas und dann den Kopf hob, als wollte er ihr zuprosten, sah den Adamsapfel nervös auf und ab gehen, als müsste er etwas wegschlucken, sah die Muskelstränge des Oberkörpers durch das Rippshirt springen, ihr wie Rufzeichen zublinken.

Süß? Süßer als der vom letzten Mal …?

Kein Zweifel. Miriam begehrte ihn. Auch hatte sie keine Lust, nach Komparativen zu fischen, die es womöglich nicht gab. Aber wenn etwas noch mehr außer Frage stand als ihre Lust, so war es die Verpflichtung, sie zu bezähmen, das allzu Augenfällige vor ihm zu verbergen. Jetzt schon drohte ihre Fantasie in einen unkontrollierbaren Galopp zu verfallen, und sie wusste im Augenblick nicht, wo in ihrem Kopf sich die Zügel befanden.

Sie riss sich los, zurück zum Puppenspieler. Menschen wie er waren ihr Ticket in die Unabhängigkeit. Ein paar Aufträge in dieser gehobenen Preisklasse noch. Idealerweise von ihm. Man kannte einander, ohne einander zu kennen. Das sparte viel an neuer Aufbauarbeit. An anfänglichem Misstrauen, das über das Nötige hinausging. Eines nicht mehr allzu fernen Tages, wenn sie die Zeit für reif befand, würde sie es offensiver angehen, würde den Puppenspieler auf die Matte legen, ihm sein Profil als Abschiedsgeschenk reichen. Er sollte wissen, wer ihm zu Diensten gewesen war. Gleich hinterher der Einstieg bei einem der Big Player der Branche. Als Konsulentin. Oder doch ein eigenes Unternehmen? Weil sie letztlich nichts anderes war als ein … ja, ein ungezähmter, ein auch unzähmbarer Wildfang?

CSCA. Cyber Security Challenge Austria. Österreichs erste IT-Security-Talentsuche zur Rekrutierung junger, qualifizierter Leute. Damit hatte ihre Zeit im Staatsdienst begonnen. Die Rekrutierung der Besten im Dienste der Allgemeinheit.

Ach ja?

Miriam kicherte still in sich hinein, nahm einen Bissen von ihrem Pita-Sandwich und wühlte mit den Zehen im Sand. Belustigt sah sie einem Joggerpaar nach, das am Donaukanal entlang hechelte. Sie leichtfüßig tänzelnd und ein Stückweit voraus und er – das gekränkte Ego als Eifer getarnt – im vergeblichen Versuch, die Lücke zu schließen. Als der Läufer ins Straucheln geriet, lachte Miriam laut auf, und der Kerl zwei Tische weiter lachte mit.

Talentsuche. Ha!

So hatten sie es damals in der Ausschreibung genannt. In Wahrheit, wusste sie, war diese Talentsuche nichts als der billige, gläserne Versuch gewesen, sich von Amts wegen von der Angst der Unterlegenheit freizukaufen. Konnte ein starrer Apparat wie ein Staat überhaupt anders, als die rasante Entwicklung der Computerwelt zu verschlafen? Nein, konnte er nicht. Also versuchte man es auf diese Tour. Mit der Verlockung eines Einkommens auf Lebzeiten.

Lebzeiten.

Wenn sie das schon hörte. Klang das nicht wie … ja, wie Lebzelter? Wie Lebkuchen? Verlockend süßliche Düfte mit Ablaufdatum waren das, bis die Verlockung eines Tages hart wie Stein war. Eine trügerische Köstlichkeit, an der man sich die Zähne ausbiss. O nein, sie war keine, die sich jetzt schon festlegte. Mit 24.

For ever old.

Weil das nach Sprung in die Kiste klang. In Agonie zu warten, dass sie einem mit jedem Bissen Pensionsanspruch einen Sargnagel ins Fleisch trieben. Bis nichts mehr ging und der Deckel auf alle Tage zu war.

Talentsuche. Was für ein Witz!

Die Besten vom freien Markt wegkaufen. Das wollten sie. Das gelang ihnen auch. In Ansätzen. Das Geschäft mit der Sorge um die Zukunft florierte, die Sorge um das Morgen herrschte beiderseits. Wer dagegen auf ein Morgen schiss, wer an dem Spiel teilnahm und sich am Ende doch nicht kaufen ließ oder schlicht nicht gut genug war für eine gegenwärtige Bedrohung, war auf diese Weise wenigstens bekannt, stand fortan unter Beobachtung. Abwehramt des Bundesheeres. Ferner die befreundeten Dienste des Innenministeriums. Die potenziellen Feinde auf ewig im Visier, geködert mit einem billigen Trick, einem simplen Slogan, der ans Ehrgefühl rührt.

Du bist verboten gut? Dann zeig's uns!

Natürlich war auch sie genau das. Verboten gut. Verdammt verboten. Verdammt gut. Miriam hatte lange überlegt, ob die Beute den Köder wert war. Dann hatte sie es ihnen gezeigt, hatte sich in den Bewerb eingeloggt. Bei den 20- bis 30-Jährigen.

Die Challenge hatte im Lizitieren bestanden. Im Hacking-Lab gerade um den Tick besser zu sein. Nicht mehr. Eine *prima inter pares*, die bestach, ohne die Konkurrenz gleich zu atomisieren. Die mediale Präsenz über sich ergehen lassen, wenn die Trophäen verteilt wurden. Das Strohfeuer der Publicity, das rasch erloschen war und doch sein Gutes hatte. Wie sonst wäre der Puppenspieler auf sie gekommen? Dann sich ein wenig zieren, ging es um den Job bei der Behörde. Und am Ende doch zusagen. Seite an Seite mit Gleichgesinnten. Den anderen die letzten noch unbekannten Tricks abschauen, die eigenen Karten immer schön verdeckt halten. Ab und an einen der lästigen Blacks, die es auch gab, ans Messer liefern und sich ein Schulterklopfen und die schmale Prämie von Vater Staat abholen.

Ansonsten jedoch eigener Wege gehen. Sie war nicht der Typ, der sich auf breiten, von fremder Hand geschlagenen Schneisen durchs Leben tragen ließ. Sie brauchte kein reguliertes Stück Zukunft. Ihr Glück wartete in den geheimen, unerwarteten Nischen, den Wegbiegungen, Verästelungen, Gabelungen, die jäh kamen und gingen und einen jedes Mal vor die Wahl stellten.

Eigener Wege gehen.

Der Gedanke beflügelte Miriam. Als Whitehead auf Zeit war gerade das einfacher denn je, stellte man sich nicht an wie ein Rookie. Es war ein ungeschriebenes Gesetz: Wer die Pfade der Jagd kannte, kannte auch die Pfade einer ungehinderten Flucht.

Jetzt, dachte sie, genau jetzt, in diesem feierlichen Moment, da der Weg so klar und offen vor ihr lag, würde sie es einmal, ein einziges Mal nur, den großkotzigen, an jedem Eck dieser Stadt lauernden Schnöseln gleichtun. Menschen, die sich für wichtig genug nahmen, allein mit einem Zucken der Augenbrauen einen Toast auszusprechen. Sie würde das Glas heben, den Kopf senken und ihre Nachspeise dort drüben über die Ränder der Brillen hinweg fixieren. Dann würde sie die Brauen heben. Ein winziges Stück nur.

Ob Hacken oder Sex, ob das Pendeln zwischen diesen beiden Polen oder das Leben an sich – alles nur ein Spiel.

Was kam, würde sich weisen.

XII. DIE NOTGEMEINSCHAFT

Vinzent hatte wieder getrunken und machte auch keinen Hehl daraus, als sie einander trafen. Sie fand ihn wie üblich am Zaun, die Beine weit von sich gestreckt, ein volles Glas Rotwein vor sich, ein halb geleertes daneben, und blickte verloren ins Land. Unter anderen Umständen hätte Bela ihn verflucht, wortlos sitzen lassen, nun aber fühlte sie sich durch seinen Griff zum Alkohol beinahe geschmeichelt. Er hatte es ihretwegen getan, hatte eine übergroße Geste gesetzt und trug schwer daran, seinen inneren Frieden damit zu machen.

»Warum?« Mehr hatte sie nicht gesagt, als sie an den Tisch trat.

Sie könne wählen, hatte er erwidert, ohne den Blick zu heben, und kräftig am Cabernet Sauvignon gesogen. Weil ihm gerade danach gewesen sei; weil er mit dem Kollegen darum gewettet habe; weil sein neues Leben aus einer guten Tat täglich bestünde, die er heute sonst hätte ausfallen lassen müssen, was wiederum sein Karma dazu veranlassen könnte, ihn im nächsten Leben abermals als Reporter für die *Gute* ins Rennen zu schicken – oder, schlimmer noch, als Reinkarnation von Rudi Carrell, der bis ans Ende aller Tage die Neuauflage von *Herzblatt* moderieren müsse; weil er Profi sei und sie lieber an seiner Seite wisse als im Schützengraben des Feindes; weil er trotz allem immer noch menschliche Züge aufweise; weil er all die Jahre nicht aufgehört habe, sie zu lieben; oder weil er ganz einfach ein romantisierender Trottel sei.

»Ich nehme die Dessert-Variation«, hatte sie gesagt und gelacht. »Aber anstelle der Wette bitte ein zweites Mal die Liebe und den Trottel.«

Die Dame sei wohl vom Fach, hatte er geraunt und den Mund verzogen. Sie treffe eine vorzügliche Wahl.

Auch wenn er sichtbar nicht in Stimmung war, es zuzugeben, und auch wenn der viele Alkohol seine verwischenden Arme darübergebreitet hatte, sah Bela an diesem Abend in Vinzents Geste ein Stück Vergangenheit herauftauchen. Er vollführte die gleichen Gebärden einer kopflosen Liebschaft, die ihn schon einmal den Fängen der Logik entrissen und von einem Abenteuer ins nächste hatte wirbeln lassen.

Es rührte und schmerzte sie gleichermaßen, ihn um ihretwillen leiden und mit seinen journalistischen Prinzipien brechen zu sehen. Dennoch war dies weder Zeit noch Gelegenheit, die zerrissenen Enden zweier Leben neu zu verknüpfen. Insgeheim spürte sie, dass es zwischen ihnen beiden wie mit dem Navigieren auf hoher See in grauen Vorzeiten war. Ihre Verbindung zueinander führte über das Irdische hinaus, reichte bis hinauf zu den Sternen, reichte aber nicht für eine Liebe.

»Arbeitstreffen« hatten sie ihre Notgemeinschaft auf Zeit genannt, und so waren sie rasch zur Sache gekommen, hatten alles an Wissen, Spekulationen, Bauchgefühlen auf den Tisch gelegt. Sehr viel weiter brachte sie dies nicht. Es blieb ein Mysterium. Trotz allem war Bela – und ihr schien, Vinzent hatte Ähnliches verspürt – mit dem Empfinden nach Hause gegangen, einen verlässlichen Verbündeten gefunden zu haben. Sie waren übereingekommen, einander in allem auf dem Laufenden zu halten, wie unbedeutend es auch erscheinen mochte.

Bald schon kehrte der Alltag wieder. Die Besucherzahlen pendelten zurück auf Normalniveau, das Leben musste auch mit einem unlösbaren Rätsel weitergehen. Aktionen waren vorzubereiten, Figuren auf Wanderschaft durch Wien zu entsenden, tageweise im öffentlichen Raum zu installieren, letzte Vorbereitungen zur Einweihung des Wachspendants von David *The Hoff* Hasselhoff anlässlich seines 60ers im Juli zu treffen. Dazu der Besuch der Pilzköpfe aus Liverpool im September. Danach Herbert Prohaska. Danach Daniel Craig und und und …

Woche um Woche verstrich, ohne dass sie vorankamen. Solang die Polizei offiziell nichts von dem Video wusste – ein Tabu, an dem Bela nicht rütteln konnte –, war von dieser Seite wenig zu erwarten. Da halfen auch ihre alten oder Vinzents gegenwärtige Kontakte wie auch die eines Kollegen, den er ins Vertrauen gezogen hatte, nichts. Wie hieß der noch mal?

Anders als bei Vinzent war Belas Druck, die Sache aufzuklären, zwar latent, doch verborgen genug, ihn zu ertragen. Er hingegen vermittelte bei jedem ihrer losen Treffen den Eindruck von Fahrigkeit und Hektik. Die Sauferei hatte er rasch wieder in Griff gekriegt, dafür schien er im Würgegriff einer diffusen Furcht, unklar bloß, ob diese Angst mehr auf innerer Drangsal infolge Kränkung oder äußerer Bedrohung fußte. Sprach sie ihn gelegentlich darauf an, blockte er mit der immer selben Antwort ab.

»Glaub mir, es ist nichts.«

Aber auch Bela hielt mit etwas hinter dem Berg. Neuerdings bekam sie es sehr viel leichter mit der Angst, litt unter einer grundlegenden Bangigkeit und Schreckhaftigkeit. Seit dieser Sache vor knapp einer Woche auf dem Heimweg vom Prater. Vielleicht gab es für alles eine einfache Erklärung. Vielleicht hatte sich der Wind gegen die Tür unten am Hauseingang gestemmt und sie später als üblich ins Schloss fallen lassen. Vielleicht war dieses hallende Geräusch, das ihr hinterhergejagt, wie ein Zungenschnalzen erschienen war, nichts als ein bedeutungsloses Knacken gewesen. Woher immer.

Dennoch war eine jähe Panik über sie gekommen. Wie besessen hatte sie auf den Liftknopf gehämmert, hatte die Sekunden heruntergebetet, da die Kabine sich emporschob, hatte mit zittrig klammen Fingern ihre Wohnung aufgesperrt, während dieses Schnalzen abermals die Stockwerke überwand, an ihr Ohr drang, und die Tür hinter sich zugeschlagen. Bange, ewig anmutende Minuten hatte sie hernach gebraucht, ehe sie Luft bekam, sich aus ihrer starren, am Türblatt lauschenden Position losmachen und dem Magnetismus des Schauders entwinden konnte.

Davon hatte sie Vinzent nichts erzählt. Dass sie sich verfolgt fühlte. Dieses eine Mal wenigstens. Hatte sie aus Angst geschwiegen, er würde es für albern befinden? Oder war es bloß, weil es so gar nichts mit ihrer Abmachung zu tun hatte?

Schon möglich.

Doch da war diese feste innere Stimme, die seitdem immerfort zu ihr sprach, die sie nicht mehr los und auch nicht länger unbeschwert im Dunkeln dahinschreiten ließ, dieses unbestimmbare Empfinden im Herzen, diese seismografischen Schwingungen, die in ihr fortschwangen und ins Hirn emporfunkten, dass sie in jenem Augenblick im Stiegenhaus nicht alleine gewesen war.

Wer? Warum?

Ein übermächtiges, bedrängendes Gefühl. Es konnte alles gewesen sein, sagte Bela bei sich. Aber es war ein verdammt starkes Gefühl, wie sie es selten empfand, und nicht bloß das vage Interpretieren eines flüchtigen Reizes. Gerade darum war es gewiss nicht albern.

In eben diesen Tagen, nachts

XIII. AGNESSA

Sie hatten sie mitten in der Nacht geholt.

Kurz nach 3 Uhr am Morgen musste es gewesen sein, wenn ihre trüben Augen sie nicht getäuscht hatten. Zwei junge Männer in löschwasserbenetzten Uniformen. Das Notdürftigste am zitterigen Leib, war sie mehr mitgetorkelt als mitgegangen, benommen vom Rausch des Vorabends, mehr aber noch vom Rausch der ernüchternden Botschaft. Sie war in den Funkstreifenwagen gestiegen, das Ziel nach kurzer Fahrt erreicht.

Es hätte dieses abermaligen Schlages mitten ins Gesicht nicht bedurft. Auch so glich ihre Visage einer aufpolierten Zielscheibe und die vom Alkohol knallrote Nase einem übergroßen *Bullseye*, wie geschaffen, die Pfeile des Schicksals darin zu versenken. Es hatte nicht viel zu lachen gegeben in all den Jahren, und was sie nun zu sehen bekommen sollte, war mächtig genug, ihr den letzten Funken Heiterkeit im Herzen zu ertränken.

Alles, was sie über den spärlichen Hausrat hinaus künftig ihr Eigen würde nennen können, war dieses Stück betrügerische Legitimation, das sie dem Polizeioffizier vor Ort unter die Nase hielt. Ein zwischen weinrote, mit goldgeprägtem Adler verzierte Deckel gepresstes Stück Identität, gespickt mit Wasserzeichen, Sticheltiefdruck, Kinegramm, fluoreszierendem Bindfaden und all dem anderen fälschungsresistenten Firlefanz, Erkennungsmerkmale allesamt, die einen echten Reisepass aus Österreich ausmachten und sie so auswiesen:

Agnessa Popov, 63 Jahre alt, gebürtig in Wien.

Erst nach eingehender Prüfung des Dokuments hatte man sie in Begleitung zu den qualmenden Resten ihrer Existenz vorgelassen. Die wenigen Praterfiguren, die um diese nachtschlafende Zeit unterwegs waren und – wie auch nicht! – beim *Walfisch* innegehalten hatten, würden von einer Wendy zu berichten wissen, die mit dem einen Überbleibsel ihrer Wahrsagerei in Händen dastand, einem angeschmorten Etwas, das ein mitleidvoller Feuerwehrmann für sie aus den glosenden Trümmern geborgen hatte. Etwas, das ausgesehen habe wie ein hölzernes Püppchen. Auch Wendy, würde man sich erzählen, habe nicht wie aus Fleisch und Blut gewirkt – das Antlitz zur Fratze aus Wut und Schmerz zerronnen und darin erstarrt, die Blicke tränenverloren aus toten Augen.

Erst nach langem Zureden habe sie ihr ehernes Schweigen gebrochen, doch die Worte hätten sich nur zu rasch in dem Schluchzen verloren, das ihr aus der Brust drang. Bald sei es bloß ein unverständliches, krampfgeschütteltes Klagen gewesen. Ein Auftreten wie der Tribut an eine gar nicht so ferne Zukunft, der welkende Körper vornübergebeugt, der Schritt verhalten, die Stimme dünn und brüchig wie angetautes Eis.

Dem gegenüber standen Kraft und Klarheit von Wahrnehmung und Sprache des leitenden Brandermittlers, eines Mannes, der es in routinierter Ernsthaftigkeit verstand, auch die mächtigsten Feuersbrünste im Nu auf ein schmales Bündel von Ursachen herabzukühlen. Nicht zuletzt, weil ihm die Gesetze der Pyrotechnik vertraut waren wie wenigen. Und so lagen auch hier die Dinge rasch auf der Hand. Ein Brandbeschleuniger sei es gewesen, durchs Fenster geworfen, vermutlich ein Cocktail der altbewährten Marke Molotow, die Flasche zur Hälfte befüllt mit zwei Drittel Altöl oder Motorenöl und einem Drittel Benzin, alternativ auch Wodka oder Brennspiritus, ein brennender Docht im Flaschenhals. Eine getränkte Stoffserviette täte es auch. Und fertig. Genaueres zum Totalbrand ihres Hokuspokus-Studios würden die Analysen ergeben.

Stunden später war Agnessa Popov in ihre kleine Wohnung heimgekehrt. Jetzt erst kleidete sich der Schmerz in Worte, gab dem Unfasslichen einen erklärenden Rahmen, wiewohl kein Verstehen. Die Botschaft klebte an der Tür, war in Buchstaben aus alten Zeitungen gefasst, drei kurze Sätze nur, die so viele Fragen aufwarfen. Fragen nach dem Wer. Nach dem Warum.

Zur Antwort bekam sie bloß, wonach sie gar nicht gefragt hatte. Das Was. Sie wusste nun, was sie zu tun hatte. Mehr aber noch, was nicht.

Kleiner Exkurs zum Frühlingserwachen.

XIV. HÖCHSTE ZEIT FÜR EIN PAAR RANDNOTIZEN

Frühlingserwachen.

Das sind jene kraftstrotzenden Tage, da der Mensch von Welt sich lächelnd des Dorfes besinnt, saftig grüne Reiser an den Hut klemmt und dem SUV ein paar Schnapper Landluft gönnt. Tage, da die Großstadtjagdgesellschaft ausrückt und zum Halali zwischen Rotwild und Freiwild bläst, um es den Bloßfüßigen dort draußen wieder mal zu zeigen. *Servus, lieber Freund, servus liebe Freundin. Servus. Servus. Servus. Bussi und Baba.* Jene Tage auch, da der Mensch von Welt die Metropole verlässt, als Landmänner, Landfrauen auf Hochglanz kostümiert, Berge erklimmt und die Nase über Heerscharen herkömmlicher Trachtenträger rümpft, die genau darüber die Nase rümpfen.

Frühlingserwachen.

Das sind jene hoffnungsvollen Tage, wenn Hügelland und Bergland beglückend nahe an die Stadt heranrücken, Tanne und Kiefer Düfte von süßlichem Harz verströmen wie auch Anklänge ans zart Fischige, und die Natur vorgibt, sie hätte ihre Rund-um-die-Uhr-Vergewaltigung vergeben und vergessen.

Frühlingserwachen.

Die Zeit von Unbändigkeit und Aufbruch. Alles schießt, alles sprießt. Wurzeln. Blätter. Säfte. Gefühle. Gedanken. Gedanken von unterschiedlichem Format. Die kleinen ans Banale, Vergängliche, Neue – ob Handy oder Job, Liebe oder Cabrio –, die wahrhaft großen Gedanken jedoch immer nur an das Eine: das Wohl des Volkes; Männer und Frauen sind es, die dienen wollen, ministrieren, Minister und Ministerinnen mit immer neuen Kopfgeburten, Ejakulaten des Geistes, mit denen sie die Nation benetzen; Männer und Frauen, die Pferde besteigen, hohe Rösser, von denen sie nur selten herabsteigen; Männer und Frauen, die sich unter das Joch einer patriotischen Pflicht begeben, die den Tugenden des Volkes huldigen, allen voran der Vergesslichkeit, die ihren Patriotismus nicht als gefährliche Drohung verstanden wissen und stets an ihren Worten gemessen werden wollen, niemals jedoch an Taten.

Zu nennen hier etwa Finanzministerin F., die ihre große Liebe zum Detail verkündet und ihre noch größere zur Algebra, da sie die Zahl jener exakt zu kennen glaubt, die sie auf den Scheiterhaufen wünschen. Oder der einstmalige Innenminister, S., der nach dem bösen Spiel zweier Reporter, die ihn der Korruption überführen, reumütig vor den Richter hintritt, doch die Zeiten – Präsens und Präteritum – verwechselt, da er sagt: »Ich war ein Depp.«

Aber: Auch ein Stockwerk tiefer, auf Landesebene, wird in großen Köpfen noch Größeres geboren. Innsbruck geht mit gutem Beispiel voran, fasst den geistreichen Plan, das würdevolle Erbe der einstigen FPÖ-Plakate »Pummerin statt Muezzin« und »Daham statt Islam« anzutreten und gebiert die »Heimatliebe statt Marokkaner-Diebe«.

Weiter ostwärts wird Solidarität mit dem Volk auf andere Weise geübt. Dort tritt ein Landeshauptmann, genannt »Der Onkel«, vor die Angehörigen eines Amoklaufes hin, blickt mit tief gefurchtem Schmerzensantlitz in die Kameras und spielt die Tonleitern der Trauer virtuos rauf und runter. Welch Miles Davis der Seelenqual!

Frühlingserwachen.

Die Menschen landauf landab fühlen es: Ja, auch der Lenz in diesem Jahr 2012 hat es in sich. Träume werden geboren, durchstiegen, durchlebt, doch nicht alle wahr.

Der April

Sprachakrobat Vinzent Kluger träumt von einer friedlichen Koexistenz mit dem Wörtchen *Ohne*: von einem Vorgesetzten *ohne* Allmachtsfantasien, *ohne* Pinschervisage, *ohne* Dachschaden; von Besuchen bei seiner Mutter, der alten Kluger, *ohne* Pfälzer Saumagen nach Hannelore Kohl selig; von einer Aufklärung der Wachsfigurensache *ohne* abermalige Schmähung; und – seit er vom Austro-Biologen Berthold Wiesner gelesen hat, einem zweibeinigen Laborzuchtbullen, der seinen Samen einer Fruchtbarkeitsklinik vermacht, 600 Nachkommen in aller Welt das Leben geschenkt hat und als kinderreichster Mann aller Zeiten firmiert – von einem Leben *mit* einer verständnisvollen Bela an der Seite, doch *ohne* Vaterfreuden.

*

Günter Grass träumt davon, Jerusalem und Tel Aviv künftig nicht bloß über *Google Earth* bereisen zu dürfen, doch seit er in Reimform gesagt hat, »was gesagt werden muss«, ist Schluss mit lustig. Nobelpreisträger Grass wird wegen antizionistischer Politintoleranz mit einem Einreiseverbot belegt und lernt, dass nicht nur die Palästinaaktivisten von *fairunterwegs* dem offiziellen Israel gegenüber besser den Schnabel halten, geht es um Genfer Konvention und Menschenrechte.

*

Emil Flecker, Security der ersten Stunde bei Tussauds Wien wie auch Neffe des »König von Gramatneusiedl« gerufenen Wurstfabrikanten Martin L., träumt nach einer nächtlichen Sauerei beim Würstelstand an der Wiener Albertina vom Weltpatent einer spritzfreien Käsekrainer. Zwei Tage danach muss er in seinem Stammblatt, der *Guten*, Beunruhigendes lesen: 21 Jahre nach dem Zehntagekrieg, da Slowenien sich von Jugoslawien für unabhängig erklärt hat, stehe Österreich unmittelbar davor, abermals Truppen an der Südgrenze aufmarschieren zu lassen. Ein wochenlanges diplomatisches Ringen hebt an, und nur dem maßlos selbstlosen wie klugen Verhandlungsgeschick von Lebensminister B. ist es zu danken, dass der unabwendbar scheinende (Marken-)*Krieg um die Käsekrainer* noch abgewendet werden kann. Ein Triumph, den der Minister nicht zuletzt dank der taktisch brillanten Boykottdrohung gegen den slowenischen Hirsefladen mit Sauerkraut und Kotelett einfährt. In Slowenien heißt die umfehdete Wurst von da an *Kranjska Klobasa*, in Österreich *Käsekrainer* oder *Eitrige* – ein bahnbrechender Kompromiss im Gefolge von Marillenmarmeladемalaise und Kernölkrise. Eine Welle der Solidarität schwappt durchs Land, die Menschen rücken zusammen, essen Käsekrainer wie nie, Hamsterkäufe werden wieder fester Teil der Volkskultur. Eine nostalgische Rückbesinnung, wie es sie seit 1945 nicht gegeben hat und die ins Folgejahr anhalten wird, wenn es gilt, die schwer angeschlagene *Schwedenbombe* zu retten.

*

Hackerin Miriam Seifert hat schon wieder spontanen, ungezügelten Sex in der Wiener U-Bahn und kommt unerkannt davon, während der Partner für den Moment nach einer Fotohetzjagd in der *Guten* sich der Polizei stellt. Fortan träumt Miriam von einem Quickie mit Rockerbarde Udo Lindenberg. Der jedoch träumt in der *Bildzeitung* einzig von Tine, seiner »Fotografin der Lüfte«, und vergebens von einem Konzert, wo er mit Abertausenden, allesamt mit den Sondermarken *Andrea Doria* und *Sonderzug nach Pankow* frankierten Liebesbriefen beworfen wird, die er nicht beantworten muss. Dem Grazer Alpenelvis Andreas Gabalier ergeht es besser. Sein Traum, von enthusiasmierten Fans mit Büstenhaltern und Slips beworfen zu werden, deren Odem er dank Polypen und Erkältung nicht aufnehmen muss, wird wahr.

*

Stefan P., braun gebrannter Zauberlehrling Jörg Haiders, träumt immer noch von einer Wiederkehr des Meisters. Dreieinhalb Jahre sind es nun schon, dass er unter Tränen den Verlust des Lebensmenschen beklagt und in Mikrofone geschluchzt hat: »Heute ist die Sonne vom Himmel gefallen.« Was P. nicht weiß: Haider ist allein der Vorsehungskraft des alten Ovid gefolgt. So schreibt der Dichterfürst und Seher schon im alten Rom von Phaeton, dem aufsässigen Sohn des Sonnengottes Helios, der den Sonnenwagen gegen den Willen des Vaters besteigt und – trunken vom Rausch der Allmacht – im Viergespann zwischen Himmel und Erde dahinrast. Ovid kennt die Tragödie, welche die Welt schon einmal hat erstarren lassen, sie aufs Neue heimsuchen würde, und schreibt:

»Die Erde geht in Flammen auf, die höchsten Gipfel zuerst, tiefe Risse springen auf, und alle Feuchtigkeit versiegt. Die Wiesen brennen zu weißer Asche; die Bäume werden mitsamt ihren Blättern versengt, und das reife Korn nährt selbst die es

verzehrende Flamme ... Große Städte gehen mitsamt ihren Mauern unter, und die ungeheure Feuersbrunst verwandelt ganze Völker zu Asche.«

2.000 Jahre nach Ovid ist Phaeton zurück. Als Zweifaltigkeit der Moderne. Phaeton und Haider. Maschine und Mensch. Ein Volkswagen und sein Fahrer, Führer, verschmolzen zum tragischen Himmelsreiter. Und so hat der Führer, dem sie gleich drei H zurufen – »Heil Heiland Haider!« – die Welt tatsächlich erlöst, doch anders als gedacht, weil bloß von sich. Der VW Phaeton ist zerschellt, die Sonne vom Himmel gefallen, und P. wird abermals zu einer großen politischen Erkenntnis finden, da er sagt: »Die Wahrheit ist eine Tochter des BZÖ*.«

*

Anders Behring Breivik träumt nach seinen 77 Morden in Oslo und auf der Fjordinsel Utöya unausgesetzt von einer Welt ohne Ausländer, idealerweise auch im Ausland, während Roar Krogh, Gerichtsdiener in Oslo, nach Beginn des Prozesses gegen den Massenmörder schlecht schläft und Übles träumt, seit er mit Aufforderungen überhäuft wird, das Trinkwasser des Häftlings Breivik zu vergiften.

*

Ihr Traum, im Morgendunst über den Atlantik hinweg die nahen Gestade Afrikas zu schauen, wird für eine Urlauberin am Strand von Andalusien zum Alb. Mopedfahrer überfallen sie aus dem Hinterhalt, und nur dem beherzten Einschreiten eines Landsmannes, Wissenschaftler aus Wien, ist es zu danken, dass die Peiniger zur Strecke gebracht werden. Der mediale Respekt scheint Professor Norbert Köhler gewiss. Kaum heimgekehrt,

* BZÖ: Bündnis Zukunft Österreich

sucht ein Reporter namens Kluger den Paläobiologen im Büro auf. Ein angeregtes, in entspannter Atmosphäre geführtes Interview würde es werden. Ein folgenreiches obendrein.

Der Mai

Die Bayern träumen, das Trauma von '99 gegen Manchester United vergessen zu machen, und sind beim »Finale dahoam« am Ende doch wieder »ganz oam«. Chelsea zieht Schweinsteiger & Co. in München die Champions-League-Lederhosen aus. Vinzent Kluger – im Rausch der Euphorie über die Schmach einerseits, im Wiglwogl der Emotionen andererseits, weil doch seine Bayernphobie einst durch Charaktere wie einen Matthäus oder einen Kahn begründet worden ist, nun aber junge, nicht unsympathische Wilde das Leder treten und obendrein ein Landsmann – ist bereit für einen Akt bilateraler Versöhnung. Also stellt er öffentlich (beim Public Viewing im Stammbeisl brüllend) das bayerische Weißbier für alle Zeiten und unerreichbar weit über das österreichische.

*

Apropos Landsmann: Ein Traum der übelsten Art plagt in diesen Tagen den Tiroler Landeshauptmann P. Wissend um die politische Brisanz des Wörtchens »Neger« und in der Kaderschmiede der Volkspartei im Umgang mit einem solchen in Maßen geschult, folgt er – die bloß rudimentäre Sprachfertigkeit dieser Spezies antizipierend – einer träumerischen Eingebung und begrüßt Bayern-Star David Alaba elegant mit: »How do you do?« Alaba rollt die Augen und antwortet in breitem Wienerisch.

*

Albtraumhafter Katzenjammer auch in Österreich: Lukas Plöchl vulgo Trackshittaz wackelt sich mit dem Vulgärhit *Woki mit deim Popo* beim Song Contest in Aserbaidschan auf den letzten Platz.

*

Maizeit ist Spargelzeit ist Soßenzeit: Der Wiener Profimodellierer und Hobbykoch Karl Schrot schenkt den Ausführungen einer schwatzsüchtigen Nachbarin Glauben und träumt fortan von der idealen Schneebesenschlagzahl für die perfekte Konsistenz einer Sauce Hollandaise. – Auch in Frankreich lässt sich eine Masse schaumig schlagen und einkochen und wählt François Hollande zum Präsidenten.

*

Kein weiterer Sommer für Donna Summer. Lungenkrebs. Aus demselben Grund und am selben Tag ausgeträumt hat auch Vinzent Klugers dauerhustender, bis zuletzt ans Wunder einer Spontanheilung glaubender Kettenrauchernachbar in der Gumpendorfer Straße in Wien-Mariahilf.

*

Der Ärger des Wiener Helden und Paläobiologen Norbert Köhler darüber, immer noch (seit Wochen nun schon!) auf die Vorab-Druckfahnen zwecks Abnahme des Interviews in der *Guten* zu warten, wächst ins schier Unermessliche. Sein Traum von ein bisschen Zeitungsruhm scheint sich in Schall und Rauch aufzulösen. Doch das Schicksal – ganz im Stillen, Verborgenen – holt bloß ein wenig Luft.

*

Der Dalai Lama träumt von der sublimen Kraft eines leisen Widerstands, der die Volksrepublik China unter die Führung Tibets zwingt, und geht auf Österreichtour. Bela Schmaus erheischt eine Karte für das Symposium zu Buddhismus und Wissenschaft (*Geist und Materie – neue Modelle der Wirklichkeit*) und obendrein einen feuchten Händedruck seiner volksnahen Heiligkeit.

*

Die SPÖ hingegen träumt (im Allgemeinen) von der völkerverbindenden Kraft des Maiaufmarsches, Wiens Bürgermeister (im Speziellen) von der morgendlichen Kraft von Grünem Veltliner und Spritzwein.

*

Antonio Banderas (weil es nach einer Beinverletzung mit 14 nicht zum Profifußballer gereichet hat) träumt von der Einberufung in die Seniorenweltauswahl und erhält eine Abfuhr. Bitter enttäuscht tingelt er zum *Life Ball* nach Wien und trifft Sean Penn trifft Naomi Campbell trifft Bill Clinton trifft Kiera Chaplin trifft Al Jarreau trifft Randy Crawford trifft Conchita Wurst.

*

Vor den Fernsehschirmen träumen Menschen von einer Welt ganz ohne Promis. Manch einer jedoch scheint sich mit dem Traum allein nicht begnügen zu wollen.

Zu verdammt früher Stunde

XV. POST FÜR DEN HERRN REDAKTEUR

Am Vormittag des 26. Mai 2012, einem sonnendurchglänzten Samstag, wusste Rosi Pranzl weder ein noch aus. Als Sekretärin in der Abteilung Blut war sie allerhand gewohnt, von Jubelorgien über Mehrfachmorde hin zu Exzessen jedweder Art. Ja, selbst das wortwörtliche Erscheinen von Texten, geliefert mal aus diesem, mal aus jenem Ministerium (Gesundheit?, Inneres?, oder doch Wirtschaft?), trotzte ihr längst nicht mehr als ein Schulterzucken ab.

Dabei hatte sie beim ersten Mal noch …

… ja, jetzt wusste sie es wieder, das Umweltministerium war's gewesen …

… die Augen gerollt und auch ein wenig nach Luft geschnappt. Bloß weil sie den Minister zu Ressortleiter Pinter hineinverbunden hatte und der nach nicht einmal einer Minute mit hochrotem Schädel ins Zimmer eines Redakteurs gestürmt war, um Order auszugeben. Keine zwei Stunden später stand der Redakteur hinter ihr, das Handy am Ohr, und diktierte ihr, was er seinerseits diktiert bekam. Vom Kabinettschef, wie sie in Erfahrung brachte, der den im Jargon *Nachzieher* genannten Folgeartikel eines Artikels in der *Guten* übermittelte, mit dem der Minister (Pinters Saufkumpane und Trauzeuge obendrein, nein, war das nicht der Innenminister?) …

… ach was, da konnte man schon durcheinandergeraten, bei all diesen … irgendein Artikel zum Thema Nachhaltigkeit jedenfalls war's, worin der Minister schien's nicht ausreichend gewürdigt worden war.

Beim zweiten Artikel-Direkt-Zustellservice aus dem Ministerium hatte sie Kluger um seine Einschätzung gefragt. Der hatte bloß genickt, die Augen himmelwärts gedreht (dorthin, wo auch der Herausgeber saß), und so hatte sie sich als kleine Sekretärin mit gar nicht so kleinem Salär beim dritten, vierten und x-ten Mal gesagt …

… hmm … wird schon seine Richtigkeit haben.

Ja, sie war in der Tat allerlei gewohnt, und es schien nichts, absolut gar nichts zu geben, das Rosi Pranzl hier nicht schon erlebt hätte. Was sich jedoch heute Morgen in den Redaktionsräumen der *Guten* zutrug, verstörte sie mit ihren knapp 30 Jahren zutiefst, wühlte ihre gegen die Härten des Lebens abgeschirmte Seele im Tiefengrund auf. Weil es doch so absurd war: Vinzent Kluger saß da und las ein Buch.

Bei Antreten eines Wochenenddienstes für gewöhnlich misslaunig und hochgradig fahrig, schien er heute auf geheimnisvolle Weise in sich zu ruhen. In einem Buch schmökernd. Sogar den Kaffee, den sie ihm brühheiß serviert hatte, ließ er erkalten, ohne sie, ihr Outfit eines Blickes zu würdigen. Dabei hatte Rosi im Wissen, Ressortleiter Pinter hätte heute seinen freien Tag, müsste folglich anderswo unter immer neuen Vorwänden hinter junge Damen hintreten, um seine Stielaugen in einem Ausschnitt zu versenken, ja, in diesem Wissen und mit dem Vorsatz, die verbotenen Spielchen zwischen dem Chefreporter und ihr in neue lichte Höhen zu treiben, hatte Rosi Pranzl heute Morgen eine ihrer erklärten Kampfblusen angelegt.

Und was tat Vinzent?

Nichts. Saß einfach da, verschwiegen, auf geradezu ungeheuerliche Weise ignorant. In ein Buch vertieft. Eine Unmöglichkeit scharf an der Kippe zur Absurdität, wie Rosi Pranzl befand. Eher, hatte Kluger erst Tage zuvor hinausposaunt, sei der letzte eingefleischte Nomade in Gottes endlos weitem Tiergarten von der Sinnhaftigkeit des Grundbesitzes zu überzeugen, als dass er … noch einmal … ein Buch … o nein.

Es war dies ein besonders schwacher unter den vielen schwachen Klugermomenten gewesen, als er sich beim gemeinsamen Spätdienst nicht bloß metaphysisch an ihren tröstenden Busen geschmiegt hatte. Nach Glas acht oder neun hatte Kluger sie überzeugt, den Veranstaltungskalender beiseitezulegen, das Befüllen der Rubrik *Wer Wie Was Wann Wohin* für die übernächste Woche der Kollegin vom Frühdienst zu überlassen und stattdessen mit ihm noch ein Fläschchen zu zwitschern und Shisha zu rauchen. Vinzent hatte sich für *Bavarian Blue* entschieden – süße Heidelbeeren mit minzig-frischem Unterton, nicht sein favorisiertes Aroma, wie er anmerkte, angesichts der Bayernschlappe gegen Chelsea jedoch ein Hochgenuss –, und während sie an ihrem Schreibtisch saßen, nuckelten und Rosi ab und an das Telefon abhob, um lästige Leserinnen und Leser auf morgen zu vertrösten, hatte er den Hinterkopf immer tiefer zwischen ihren Brüsten geparkt. Rosi hatte ihn gewähren und vor sich hin brabbeln lassen. Mit Erschaffung einer Online-Version, hatte Kluger unter anderem gelallt, habe er vor Jahren schon mit seinem einzigen haptischen Buch, seinem Lebensbuch quasi, auf immer gebrochen, und die Druckversion der *Gelben Seiten* aus seinem Büro als überflüssig entsorgt.

Ausgestattet mit solch historischem Wissen, war Rosi Pranzl heute selbstredend von einem Irrtum ausgegangen, als sie zu früher Stunde die Post sortierte, ein allgemein an die Chronikredaktion verschicktes, wattiertes Kuvert erbrach und auf ein Buch stieß. Der Adressat war auf einem Beiblatt in Maschinenschrift vermerkt:

An s.g. Herrn Redakteur Vinzent Kluger.

Sicher nicht, hatte sie gedacht. Noch dazu ein aufs Hinsehen derart altes Exemplar, so ein antiqui… antiquä… antiquo… bestimmt 50 Jahre, nein 100, nein mehr noch. Ein Buch für Kluger? Unsinn. Um das zu wissen, musste sie es nicht erst aufschlagen. Da schon eher für die serbische Putzfrau im zweiten Bildungsweg, mit der sie ab und zu plauderte, diese unverschämt hübsche Person mit den listig funkelnden Augen und der unverwechselbaren Waschwasserparfümnote.

Rosi hatte die Sendung per Hausboten der Kulturredaktion überantwortet, von wo sie postwendend zurückkam, überbracht durch Mark Pinson, dem eher kleinwüchsigen, mit Literaturagenden betrauten Beinaheakademiker angloamerikanischer Abstammung. Jener Mark, den sie im Haus seiner Vorliebe für grellbunte, einander karikierende Bekleidungsarrangements wegen liebevoll »Doktor Kanari« riefen.

»Ist eurem Satansreporter persönlich gewidmet«, hatte Doktor Kanari gehaucht, sich die Glatze gerieben und das Buch mit der übersteigerten Vorsicht eines Gralshüters auf Rosis Tisch drapiert. Dann war er feixend seines Weges gezogen.

Und jetzt?

Jetzt saß Kluger ihr bereits eine geschlagene halbe Stunde gegenüber, eingepackt in diese undurchdringliche Hülle aus Schweigen und Kontemplation. Kluger blätterte vor, las, blätterte zurück, las wieder und steckte dann und wann die Nase zwischen die Seiten, um tief nach Luft zu schöpfen. Als wollte er sich am Altersmuff berauschen.

Von Minute zu Minute musterte Rosi ihn nur noch argwöhnischer, sah, wie er eine Notiz an der Innenseite des Deckels, die er mit einem »Aha, kurrent« qualifizierte, akribisch begutachtete. Dann beäugte er das seltsame Präsent von allen Seiten, um gleich danach eine weitere Passage zu lesen. Jetzt erst tauchte er aus seiner Versenkung, gab ein paar Töne von sich, ein Grummeln weitab vom Verständlichen. Drei verwaschene Silben, die Kluger in unregelmäßigen Abständen intonierte.

»Nun sag schon, Vinz! Was ist damit?«

Irritiert blickte Kluger auf, und Rosi, Frau von unerbittlichem Wissensdrang, wähnte sich nun doch auf der Siegerstraße.

»Nichts, nichts«, brummte Kluger, besah sich das Buch aufs Neue und sank zurück in seine Lektüre.

»Herrrr Vinzent Klugerrrr, verdammt noch mal!«

Kluger schwieg. Abermals kippte er das Buch, inspizierte den Rücken. Er war aus beigefarbenem Leinen, darauf in Versalien der alleinige äußere Vermerk zu Autor und Titel. Am oberen Rand, als Folge von Alter und Gebrauch, hatte die Bindung sich zu lösen begonnen. Der Buchdeckel indes bestand aus solider Graupappe und war einzig an den Rändern etwas bestoßen. Grundton der Vorder- und Rückansicht war ein sattes Urwaldgrün, mit schwarzen, in einem wirren Geflecht von Äderchen verlaufenden Einsprengseln marmoriert – die Zeichnung eines gewissen Jo Müller-Dalheuser, doch das war nicht der Name, den Kluger nun wiederholte Male ausstieß.

»Malmaison. Malmaison. Soso. Mal...mai...son.«

»Was für ein Sohn?«

Kluger blieb die Antwort schuldig, und so sah Rosi Pranzl zu ihrem Ärger, wie er sich stattdessen mit bibliophiler Versessenheit daran machte, die Vorsatzseiten zu studieren. Sie kam hoch, stampfte um den Tisch, drauf und dran, zur disziplinierenden Kopfnuss auszuholen, um ihm dann doch lieber verstohlen über die Schulter zu linsen.

Kluger starrte, ja, danach sah es aus, auf die Gegenseite des Schmutztitels. Dort befand sich ein Druckvermerk, demzufolge die ersten 50 Stück des Werkes in Ganzleinen gebunden und nummeriert worden waren, 2.450 nachfolgende Exemplare (unter ihnen auch dieses) in Halbleinen, weitere 1.500 in französischer Broschur. Erscheinungsjahr dieser Übersetzung aus dem Französischen: 1948. Ein verblasster, obendrein stark verwischter Stempel verwies auf einen Antiquar als einen von womöglich mehreren Vorbesitzern. Genaueres ließ sich bei rascher Beschau nicht sagen. Eine zweite handschriftliche Notiz, in abgesetzten, gut leserlichen Lettern und wesentlich jüngeren Datums, schien nun Klugers ungeteilte Aufmerksamkeit auf sich zu ziehen und brachte auch Rosi Pranzl ins Staunen. Die Handschrift war so frisch, dass sie den aktuellen Besitzer des Buches ansprach.

Vinzent Kluger.

»Da schau her«, murmelte Kluger. Er sinnierte nun schon geraume Zeit über den Schriftzug seines Namens, schien jedoch zu keinerlei Schluss zu kommen. Also wandte er sich der Bildprägung auf der ansonsten unbedruckten Vorderseite des Bandes zu. Die Prägung befand sich scharf über der Mitte, war golden und daumennagelklein und stellte ein in wildem Galopp voranpreschendes Pferd samt Reiterfigur dar, einen Ritter, durch den der Name des Verlages impliziert wurde:

Lancelot.

»Jetzt mach endlich dein blödes Maul auf«, fauchte Rosi gereizt. »Was kann an einem pinscherlosen Samstagvormittag interessanter sein, als mit mir zu flirten, hä?«

Kluger grunzte unwirsch, reagierte aber nicht weiter.

Was hier ablief, harpunierte Rosis Weltbild. Diese träumerisch entrückte Art, auf die Kluger sie zuvor angelinst hatte, nur für den Bruchteil einer Sekunde, als er aus dem Buch hochblickte, war ihr so zuwider wie fremd. Dieser Mann hier hatte nichts gemein mit dem nach Sensationen und Skandalen und Schicksalen lechzenden Vinzent Kluger, ihrem Vinzent Kluger, wohlvertraut aus dem Redaktionsalltag, wohlvertraut aber auch von jenen Malen, da er sie nach Feierabend auf die eine oder andere Polizeidienststelle mitgenommen hatte. Da Augen und Ohren des Journalisten sich an den neuesten Gerüchten und Anekdoten vollsogen wie ein ausgetrockneter Industrieschwamm an einer vollen Badewanne, Klugers klatschempfängliches Wesen allerdings hochpräzise zu unterscheiden verstand, was Ramsch war und was Rarität.

Aber das hier?

O nein, so schnell käme er ihr nicht davon. Wiewohl Vinzents ungekannte Form von Interessiertheit sie anzog, dieser fast schon kecke Enthusiasmus, der bestimmt einem starken Momentum geschuldet und allein darum sexy war. Aber, sagte Rosi bei sich, deine eigene Neugierde ist beständiger und erfolgreicher, weil angeboren und gnadenlos weiblich. Die Sinne aufs Äußerste geschärft, stand sie hinter Kluger, musterte ihn von oben herab. Sollte ein Geschenk von weiß Gott wem sie um ihr Morgenvergnügen bringen? Ein Buch mit irgendeinem historischen Blabla obendrein?

Wie lachhaft.

Geschenke an die Redaktion gab es en masse. Das ganze Jahr über schneiten sie zur Tür herein, und es gab Tage, da hatten Rosi und die Kolleginnen alle Hände voll zu tun, die milden, selbstredend ohne Hintergedanken überbrachten Gaben zu bändigen. Und manche waren auch an bizarrem Humor kaum zu überbieten. So waren etwa einmal, ja, sie wusste es wie gestern, lagenweise Pralinen konkurrierender Hersteller bei ihnen eingegangen, nachdem der Bürgermeister einer Donaugemeinde mit einem mit Strychnin vergifteten *Mon Chérie* ins Koma befördert worden war. Die Weine dieses Winzers aus dem Burgenland (war es Illmitz?, hieß der nicht Willi?), der regelmäßig antanzte und sich jedes Mal aufs Neue rühmte, seine erlesenen Tröpfchen hätten es bis in den Buckingham-Palast geschafft, waren aber auch nicht zu verachten. Und mit jeder neuen Traube, die Willi zum Verkosten kredenzte, um am Ende die ganze Palette dazulassen, wuchs die Traube der Kollegenschaft, die sich aus dem ganzen Haus zum Gustieren einfand.

Natürlich kamen auch Bücher. In großen Mengen kamen die, und der Hausbote, der Quotenbehinderte mit der unbezähmbaren Lust, von morgens bis abends mit einem Einkaufswagen durch die Gänge zu tingeln und ab und an in Faschingskostümen zur Arbeit zu erscheinen (als Meerjungfrau war er der absolute Renner!) kam beizeiten gar nicht nach mit dem Ausliefern. Weil zur gefälligen Ansicht so ziemlich alles geschickt wurde, was mit roher Gewalt zwischen zwei Buchdeckel passte. Kochfibeln, Lebensratgeber, Liebesschund, Kriminaltrash, Werke mit literarischem Anspruch indes weniger. Die landeten bei den Qualitätsblättern.

Doch auch hier, bei der *Guten*, flatterte nicht jedes Buch automatisch in die Kultur. Manches war tatsächlich der Chronikredaktion bestimmt, vorzugsweise Storys, wo das Leben der literarischen Vorlage folgte. Wurde demnach ein blutiges, möglichst opferreiches Familiendrama auf ähnliche, idealerweise idente Weise bereits in einem Roman geschildert, brachten findige PR-Berater ein Exemplar persönlich vorbei – mit einem Verlagsbrief, worin die Bestürzung der Belegschaft zum Ausdruck gebracht wurde.

War das hier, überlegte Blutsekretärin Rosi Pranzl, womöglich einer dieser Fälle? Bloß, wohin sollte ein uraltes Buch führen, das irgendwas mit einem *Sohn* im Namen trug? Bei vielen Aufmerksamkeiten hatte sie Vinzent herzhaft zugreifen sehen, bei Büchern nicht ein einziges Mal. Sie beschloss, einen höheren Gang einzulegen, umkurvte den Chefreporter, baute sich vor ihm auf und schob die Beine zwischen die seinen.

»Verdammt noch mal, Klugerrrr! Wenn du mir nicht …«

»Jaaaa?« Kluger sah verstört auf, keine zwei Fingerbreit zwischen Nasenspitze und Oberkörper, und kippte augenblicklich wieder weg.

Rosi wusste, er konnte eine harte Nuss sein, und es hatte einen verdammt guten Grund, dass er auf ihre Provokationen nicht ansprang wie auch sie nicht auf die seinen. Aber so hart?

Von Anbeginn war ein diffuses Begehren zwischen ihnen gestanden, das sie im selben Maße zueinander hinzog wie auf Distanz hielt. Seit dem Eklat von vor zwei Jahren waren weder sexuelle Abenteuer noch Beziehungen im Haus gestattet. Die Leiterin der Sonntagsredaktion, als tiefblonde Mittvierzigerin und Bumshäschen des verheirateten Chefredakteurs von so umstrittener wie bedeutender Stellung, war zu weit gegangen, als sie auf der Herrentoilette in den Schoß des leitenden Society-Redakteurs hoppelte. Man hatte sich, Sonntagvormittag, allein gewähnt und darüber den Hausboten vergessen. Der hatte Wind bekommen von den schreienden Umtrieben. Nicht umsonst stand er im Ruf, bestenfalls den Morgenurin für sich behalten zu können. Ein striktes Verbot von Körperlichkeit zwischen männlicher und weiblicher Belegschaft war demnach nur eine Frage von Stunden, erteilt durch den in seiner Männlichkeit schwer angeschlagenen Chefredakteur.

Jedwede Art der Annäherung wurde fortan geahndet, ob ans andere Geschlecht oder ans eigene, was insbesondere in der Kulturredaktion Spuren hinterließ, und es gab Fälle, die in Rauswürfen gipfelten. Unter dem gefälligen Vorwurf des Missbrauchs einer Vertrauensstellung blieben dann stets die Frau oder die Frau im Manne auf der Strecke. Ein Schicksal, das auch eine von Rosis Kolleginnen ereilte, nachdem Ressortleiter Arthur Pinter sie trotz Verbots wochenlang in der Mittagspause in seinem Büro gevögelt hatte.

Der Name des Zuträgers wurde nie publik, und so begab es sich, dass Pinter an ihrem letzten Arbeitstag einen blindwütigen Rundumrachefeldzug der Geschassten gegen ihn im Speziellen und gegen die *Gute* im Allgemeinen witterte. Wer immer auf das Sideboard im Sekretariat gleich neben seiner offenen Zimmertüre zusteuerte, den verscheuchte Pinter von in der Früh weg mit wilden Gesten und hochrotem Schädel. Hartnäckig Widerspenstigen, die dennoch an die Kaffeemaschine hintraten, hielt er ein handbemaltes Schild mit einem einzigen Wort in riesenhaften Versalien entgegen.

GIFT!

Pinter balancierte seit jeher auf dem schmalen Grat zwischen Furchtsamkeit und Tyrannei, welcher, bei Überwindung der Angst, außergewöhnlich ängstliche Menschen zu außergewöhnlich perfiden Despoten macht. Und so waren seine diktatorischen Machtfantasien, schien es, auch an diesem Tag ein Stückweit gewachsen, begründet allein darin, dass er überlebt hatte. Unter Pinters Augen den bloßen Verdacht einer Liebschaft zu erregen, war folglich alles andere als ratsam.

Vinzent Kluger und Rosi Pranzl kokettierten mit diesem

Schwebezustand der verbotenen Anziehung, ohne dass er je aus dem Gleichgewicht gekippt wäre. Ein Spiel mit dem Feuer im Zeichen einer erzwungenen Geschwisterlichkeit, die sie beide an immer neue Ufer preschen ließ. Was würde schon passieren, solange Wunsch oder Notwendigkeit, hier zu arbeiten, überwogen?

Folglich war weder sie noch er um einen Scherz verlegen, verschonten einander mit Provokationen nicht. Nach allerlei Vorgeplänkel hatte sie im Vorjahr erstmals in die Vollen gegriffen und ihm zum Geburtstag einen als Serviettenhalter getarnten Penisring geschenkt. Zu Weihnachten schlug er zurück – mit einem auf Büttenpapier gemalten, in Manier einer päpstlichen Bulle gerollten Gutschein für eine Vergewaltigung.

Alles im Rahmen, wie beide befanden, drang es bloß nicht an die falschen Ohren. Nun aber, sagte Rosi bei sich, war Schluss. Das sinnenlüsterne, mit all den kriegerischen, all den spielerischen Listen, all den Wässerchen gesegnete Geschöpf, als das sie sich begriff, verspürte eine dumpfe Hilflosigkeit emporsteigen, eine Ohnmacht als Fanal einer Übermacht, der sie nichts entgegenzusetzen hatte. Ihre stärkste Waffe, die stets geladene, entsicherte Flinte mit dem Doppellauf Neugier und Aufsässigkeit, hatte sich gegen sie selbst gerichtet.

Roswitha Pranzl beschloss, aufs Ganze zu gehen. Sie waren mutterseelenallein, Pinters Stellvertreter mit dem Rest der Truppe unten in der Cafeteria. Sie beugte sich dem Chefreporter entgegen, öffnete einen Blusenknopf, einen zweiten, dritten, einen vier…? »Kluger«, fauchte sie, Gefangene ihrer Zwänge und zum Äußersten bereit, ja sogar bereit, die filigrane Balance zwischen ihnen zum Teufel zu jagen, »wenn du nicht auf der Stelle damit herausrückst, was das zu bedeuten hat, dann ziehe ich mich …«

Kluger senkte das Buch, klappte es bedächtig zu und sah auf. Verwundert starrte er in die Klüftung zweier draller, halb entblößter Brüste, die ihn wie zuckermelonengroße, honigmelonensüße, doch wilde Tiere anstarrten, hungrige, rasend pulsierende Zirkustiere, schwer zu bezähmende Bestien, die gerade noch in ihren Seidenspitzenkäfigen gebändigt schienen und so nah, dass sie ihm ums Haar nicht die Augen auskratzten. Als die daran emporglitten, nahm sie ein herausforderndes Funkeln in Empfang. Aber hatten sie nicht vereinbart, dass es …

… Grenzen …?

Jäh zitternd erhob er sich, eine fiebrige Erregung, die er – Malmaison? Rosi? – nicht zuzuordnen wusste. Dicht an dicht mit dieser Sekretärin, die ihm sehr viel mehr war und doch nicht sein durfte, lächelte er saumselig in ihre Richtung, ohne sie eines echten Blickes zu würdigen. Ein Schauen wie aus geheimnisvollen Sphären inspiriert.

»Malmaison«, brummelte er aufs Neue, während die Finger seiner Rechten fahrig eigener Wege gingen, auf den Buchdeckel trommelten, wie sprungbereit, auf einen der Seidenspitzenkäfige zu wechseln. Nein, das durfte er nicht.

Das dürfen wir nicht.

Ein seltsames Gefühl von Erkennen hatte ihn beschlichen. Als wüsste er, dass hierin, auf diesen Seiten, sich Antworten auf Fragen verbargen, die noch zu stellen waren. Als ahnte er, dass in seinem Tun oder Nichttun die Geschicke vieler, allen voran eines von ihm innig geliebten Menschen umschlossen waren. Als entwickelte sich sein Reporterdasein hin zu einem elitären Sinn, den zu erfassen er noch nicht imstande, den zu teilen er folglich auch nicht gewillt war. Dabei würde er bloß tun, was von ihm erwartet wurde. Er würde die Vorsehung zum Tanz bitten, ohne auch nur einen Schritt der Schicksalsquadrille zu beherrschen.

Sanft bugsierte Kluger Rosi beiseite, schenkte ihr nun doch ein Lächeln. »Bin auf Recherche«, sagte er. Einen halben Atemzug später war er draußen bei der Tür.

Kleiner Exkurs zum Frühlingserwachen II

XVI. RANDNOTIZEN DA CAPO

Der Juni

Bela Schmaus' Kater Volare träumt, einem rotzfrechen, seit Jahr und Tag auf dem Sims des offenen Fensters sitzenden Spatzen durch die Lüfte nachzustellen. Volare stürzt acht Meter auf Beton ab und erleidet die Luxation einer Pfote. Der Doktor hilft. In den Niederlanden macht es ihm ein Artgenosse mit Bravour vor. Dort hebt der *Orvillecopter* ab. Der Künstler Bart Jansen erfüllt den testamentarisch letztverfügten Wunsch seiner von einem Auto geräderten Katze, spannt Orvilles präpariertes Fell in Kooperation mit dem Modellbauer Arjen Beltman auf einen Quatrocopter und lässt ihn fliegen. Tierschützer gehen auf die Barrikaden, ohne den Grund der Empörung hinreichend zu belegen.

*

Lachyoga wird – sehr zum Missfallen der Wienerin Clara Schrot, die von einer Welt der immerwährenden Heiterkeit träumt – in St. Quentin, brutalstes Gefängnis Kaliforniens, nach wie vor als Heilbehandlung abgelehnt. Aber es liegt nicht alles im Argen im Bundesstaate K. So werden vertrauensbildende Gruppentherapien in Einzelhaft angeboten. Es ist ein Bild vollendet himmlischen Friedens, das um die Welt geht. In schneeweiße Roben gewandet, über Herzen schwärzer als die Nacht, sitzen die Serienmörder und Sadisten und Kindervergewaltiger und Kadaverzerstückler in beige getünchten, telefonzellenähnlichen, im Halbkreis um den Therapeuten aufgestellten Ein-Mann-Käfigen und reden und reden und reden. Und denken und denken und denken, was sie wohl zuallererst mit dem Quacksalber da vorne anstellten, wäre da nicht …

*

Ein überlasteter Polizeichefinspektor träumt von der Verhaftung des letzten Schwerverbrechers und erwacht eines Morgens mit trügerischem Wohlgefühl. Tatsächlich ist die Kriminalität in Wien kaum noch in den Griff zu kriegen. Und so vertröstet er am selben Tag eine besorgte Mutter, die seit zwei Wochen nichts von ihrem gerade mal seit 25 Jahren volljährigen Sohn, Wissenschaftler und neuerdings auch Helden gehört hat, mit den Worten: »Vielleicht ist er wieder a bisserl forschen g'fahren, runter zu seine Neger, Gnädigste, meinen S' nicht?«

*

IT-Guru Miriam träumt von einer Computerwelt ohne heillos überteuerte, angebissene Äpfel und wird am Folgemorgen mit wilden Gerüchten um den teuersten angebissenen Apfel der Welt darüber belehrt, dass Träume Träume bleiben: Die Notebooks der Reihe *Mac Book Pro*, so das die Branche verheerende Beben, sollen jetzt noch dünner werden und an das *MacBook Air* heranrücken. Der Bildschirm könne künftig die gleiche Qualität wie die Retina-Displays von *iPhone* und *iPad* aufweisen. Doch das sei, schreibt das *Wall Street Journal*, noch lange nicht alles an unglaublichen Neuheiten. *Apple* wolle eine Art Fotoplattform aufbauen, im Blog *All Things Digital* ist gar vom Ersetzen der *Google*-Karten durch eigene Dienste die Rede. Im Allgemeinen sei der Markt für *Apple*-Produkte noch lange nicht gesättigt.

Gesättigt sind auch jene mehr als 800 Millionen Menschen nicht, deren 10.000 Kinder jeden Tag an den Folgen von Unterernährung sterben. Mit dem neuen *Mac Book Pro* ließe sich das alles jetzt noch schneller und farbechter googeln. Oder appeln.

Kein Traum ist es zu Miriams Bedauern, dass sie nun doch zum dritten Mal über den Fernsehapparat im Schlafzimmer Zeugin eines Geschlechtsverkehrs im Hause Schrot wird, und so erklärt Miriam den Bankrott der freien Radikale(n) in der Liebe.

*

Tussauds-Security-Mann Emil Flecker träumt einmal mehr von einem Samstagabend mit Themenschwerpunkt *Die Kondore auf Feuerland* anstelle von *Musikantenstadel* oder *Wetten dass…?*, hat die Fernsehgebühren aus Protest gegen das Programm im Allgemeinen und gegen den ORF im Speziellen nicht bezahlt, erhält Besuch vom Exekutor und erklärt den Bankrott der Bürgerrechte auf freie TV-Verweigerung.

*

Vinzent Kluger träumt von einem um den Globus rasenden Pseudonym. Stattdessen bleibt er Mister Anonym, muss trotz zahlreicher Exklusivstorys unausgesetzt ohne Namenszeile schreiben und erklärt den Bankrott der journalistischen Gerechtigkeit und Lauterkeit.

*

Deutschland träumt vom vierten Europameistertitel, scheitert im Halbfinale an sich selbst und am Italiener Balotelli und erklärt den Fußballbankrott einer ganzen Nation.

*

Eine 70 Jahre alte Wienerin und besorgte Mutter träumt von der Wiederkehr ihres Sohnes, wird abermals vertröstet und erklärt den Bankrott des guten, alten Polizeiwesens, wo der Herr Inspektor noch ein Mensch mit mehr Herz als Amtsverstand war. Und der Herr Kommissar auch. Selbst wenn der Herr Kommissar kein Kommissar ist … und ein Herr schon dreimal nicht … »Sagen S' nicht immer Herr Kommissar, Gnädigste, den gibt's nur bei die Deitschn und im Fernsehen. Chefinspektor, wenn schon.«

*

Das hätte Vinzent Kluger gerne nur geträumt: Monate nach der Affäre bei *Madame Tussauds* erscheint in einem österreichischen Gratisblatt ein spöttischer Kommentar, der frisches Öl in erloschen gehofftes Feuer gießt. Man habe, anonym, Sequenzen eines Videos zugespielt bekommen, welche zeigten, wie seinerzeit tatsächlich jemand bei Tussauds eingedrungen sei und eine Wachsfigur an die Seite Peter Alexanders geschmuggelt habe. Womit die Geschichte der *Guten* sich spät, aber doch bestätigt habe. Nein, bestätigt hätte, denn in Wirklichkeit sei dies nichts als einer der unverschämtesten Winkelzüge in der heimischen Mediengeschichte überhaupt, der untaugliche Versuch, einen unfähigen Chefreporter gleichsam von außen reinzuwaschen. Man zeige bloß Ausschnitte aus dem (gefälschten) Video, um die üblen, beispiellosen Machinationen der Mitbewerber ein für alle Mal zu entlarven.

*

Madame Directrice träumt von einem Mann, der eigenständig Glühbirnen wechselt, einer Tochter, die sich von Chirurgenhand umschnippeln lässt und als Sohn fortan bloß alle drei Tage die Kleider wechselt, mehr aber noch von einem nicht enden wollenden Besucherstrom, der sich in die Gänge von Tussauds Wien ergießt. Sie träumt von einer Fügung, die vergessen macht, wie nahe Ruhm und Schmach beisammen liegen, träumt den Traum, ihr unermüdlicher Lebenskampf, in welchen sie Morgen für Morgen ziehen muss, möge an Härte einbüßen. Und auch sie erhält überraschend Post, hat eine ungeheuerliche – 95 Jahre danach das Sonnenwunder von Fátima in den Schatten stellende – Vision.

*

Das Interview mit dem Wiener Professor Norbert Köhler, Held vom Strand von Andalusien, ist immer noch nicht in der *Guten* erschienen.

Der 28. Juni 2012, ein Donnerstag

XVII. POST FÜR MADAME DIRECTRICE

»Also doch! Also doch!«

Clementine Nierast lauschte dem Klang ihrer Worte nach wie einem Geräusch, das es versteht, die gewohnten Rhythmen des Morgens zu brechen. O ja, mit den Gewissheiten war es nicht so einfach, nicht so banal wie mit dem Wetter. Ein Wetter gab es schließlich immer.

Aber Gewissheit?

Bedachte sie es recht, war es gegen jede Vernunft. Indes, sie war drauf und dran, einem Gefühl zu folgen, so stark, so voller Lenkkraft. Nie zuvor hatte sie Vergleichbares verspürt. Ungewollt setzte sie sich in Trab, schritt nervös von einem Fenster zum anderen. Auf und ab. Ab und auf. Dann hielt sie abrupt inne, schlug mit dem Handrücken der Rechten gegen das Blatt in ihrer Linken.

»Ha!« Triumphierend, wie zum äußeren Zeichen einer inneren Erkenntnis, stampfte die Direktorin in den Boden. Ja, verdammt! Hatte sie es nicht von Anfang in sich getragen? Dieses unbestimmte, ans Licht drängende Vorgefühl, diese Ahnung, der allein die Basis fehlte, das Fundament, von wo es Stufe um Stufe zur Gewissheit emporging?

Ein Morast ohne festen Tritt.

Das war es gewesen. Anfangs. Und so hatte sie es, allen Beteuerungen zum Trotz, für möglich, nein, wahrscheinlich befunden. Wie gärende Sumpfblasen waren die Gedanken in ihr hochgestiegen, um zu tun, was gärende Sumpfblasen nun mal tun: hochsteigen, verpuffen, den Tag verpesten. Aber jetzt war alles anders. Jetzt, hier, schwarz auf weiß, stand es zum Beweis.

»... diese Schurken ... diese dreimal verfluchten, elendigen Schurken«, grummelte die Direktorin. Sollte sie lachen? Weinen? Es persönlich nehmen? War es gegen sie gerichtet? Ach was! Ausdruck dieses höchst seltsamen Humors war es, was denn sonst. Dieser Humor genannte Ungeist, der bisweilen über den Kanal aufs Festland herüberschwappte. Wie ein Tsunami des schlechten Geschmacks.

Ja, die Briten!

Damals schon, vor bald drei Monaten, hätte sie ihrem Bauch, der Willkür der Empfindungen folgen sollen wie der Rutengänger der Gerte und der Eisenspan einer jähen magnetischen Kraft. Bloß, was hätte es am Lauf der Dinge geändert?

»Gar nichts«, murmelte sie grimmig und zog den Vorgang mit einem Ruck zur Gänze auf. »Gar nichts hätte es geändert. Wer zahlt, schafft an.«

Aber dir, Clementinchen, wäre eine Menge Ärger erspart geblieben.

Und, schlimmer noch, ein endlos peinlicher Auftritt. War das denn nichts? Versonnen sah die Direktorin des Wachsfigurenkabinetts zum Fenster hinaus. Drunten, vor dem Denkmal des alten Calafati, tummelten sich erste Ankömmlinge. Eine Mutter mit Kindern. Zwei Paare. Ein Jogger, der mit gummiweichen Knien die Schwerkraft bekämpfte. Nicht mehr lange und der Vorplatz wäre auch zu dieser frühen Stunde überlaufen. Hatten erst die Deutschen Ferien. Die Italiener. Dazu die Bagage aus dem Osten, die neuerdings auch eigenes und – wie es hieß – sogar halbwegs ehrlich verdientes Geld habe. Ja, dachte Clementine Nierast, es war schon auch eine Welt der Verrücktheiten, in der kein Stein auf dem anderen blieb. Sie riss sich los, überflog den Brief abermals.

»... nicht eingeweiht ... Unannehmlichkeiten ... natürlich, natürlich ... zu viele Köche ... hmm ... ganz recht ... Mantel des Schweigens … was denn sonst … wieder einmal den entscheidenden Vorsprung … ganz meine Rede … Lieferung am Tag vor … ja, so haben wir es gern … zur Bestätigung … aber natürlich … nur drei Worte …«

Humboldt? Woher, wenn nicht? … dazu das Datum … und dann noch, damals, der Code für die Eingangstür … wiewohl es offiziell geheißen hatte, man wisse nicht … hmm … was kümmerte sie schon der Widerspruch im Haus? Was jener von drüben? Aus der Riege der Ahnungslosen? Und was dieser bizarre Zeitungsstreit, jetzt, Monate danach, da eine Krähe der anderen …

Gefälschtes Video … ha! Wenn die wüssten …

Egal. Weder gab es in den Medien gute noch schlechte Werbung. Hauptsache, man wurde genannt, hatte sie gelernt. Der Erfolg würde ihr recht geben. Außerdem … käme es darauf an, würde wohl von ganz oben ein Machtwort … oder nicht? Natürlich würde. Die Sache war ohnedies klar. Sich jetzt, in ihrer Position obendrein, zu weigern, barg im Gegenteil die Gefahr …

Ein Bumerang!

Wer würde sich schon dem Wunsch wider… Nein, nein. Außerdem … konnte sie anders? Sie war nun mal, was sie war. Eine Frau der Tat. Die Kunst lag allein darin, selbst die erbittertsten Feinde einer Entscheidung zu frenetischen Zelebranten derselben zu machen.

»Genau das wirst du tun, Clementine«, murmelte Clementine Nierast und griff zum Telefon.

»Ist Fräulein Schmaus nicht da? Soso. Ein Termin. Außer Haus. Hmm … nun gut … wegen der Sache mit Alexander von Humboldt, da müssen wir ein wenig um-dis-po… ach nein, vergessen Sie's, das hat Zeit bis morgen. Aber etwas anderes hat nicht Zeit. Dann werden eben Sie das für mich erledigen. Schalten Sie ein Inserat mit folgendem Text, ich buchstabiere …«

»Werteste«, rief sie nach einer Weile, »treiben Sie mich nicht in den Wahnsinn! Aigu, Grave, Circonflexe. Was interessieren mich Akzente? Noch dazu im Neugriechischen! Die Zeiten sind vorüber. Betonung, sagen Sie? Spielt es denn eine Rolle, wie das betont wird? Der Adressat soll es nicht singen! Nur lesen! Wären Sie bloß immer so genau, meine Liebe, dann hätten Sie im vergangenen Herbst nicht zwei Tage lang übersehen, dass irgendein Witzbold dem Schwarzenegger eine aufgeplatzte Frankfurter in den Lederhosenschlitz gesteckt und das Foto gepostet hat. Dachten Sie, ich wüsste das nicht? *A-ka-mas sucht De-mo-phon.* Diese drei Worte nur. Das genügt doch, oder? Na also! Ja, verdammt, an alle Tageszeitungen! Nein, nicht morgen früh! Heute noch! Jetzt!«

Drei Tage später

XVIII. DER DRACHE. DAS LICHT. DIE ZEIT.

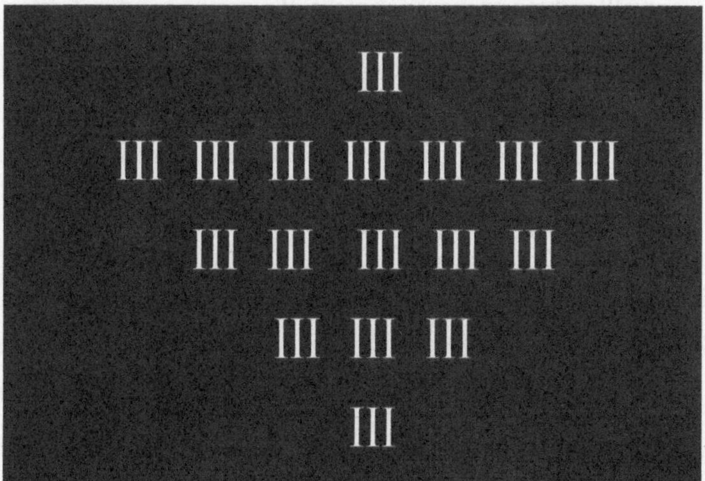

Anfangs hatte es nach Drachen ausgesehen. Drachensteigen womöglich.

Eine mit weißer Kreide auf dunkle Fläche gesetzte Kontur am fernen Ende des Raums, acht, vielleicht neun Schritte vor seinem Bett und beschienen von einer seitlich darüber angebrachten, zur Decke hin flutenden Lampe. Weiches, indirektes Licht, das diese … Tafel? … ja, es war eine Tafel … mit einem gelblichen Schleier umwob.

Schon der erste Tag räumte jede Skepsis aus. Das Szenario war für ihn geschaffen. Für ihn, und nur ihn. Und alles Augenmerk sollte der Tafel gelten. Ihr, und nur ihr. Der übrige Raum war in schummriges … Licht? … getaucht. Nein, Licht war nicht das geeignete Wort, wie er befand. Es war ein schmaler, grautrüber, düsterer Streifen, der durch den hohen Betonschacht in seinem Rücken herabsinterte und gerade nicht Finsternis hieß. Licht war ausnahmslos, wo die Tafel war.

Die Tafel. Das Licht.

Sie waren der Ort, den er nicht erreichte. Auch die schwenkbaren Kameras in den Wandnischen mit ihren grellrot blinkenden Kontrollleuchten erreichte er nicht. Ebenso wenig den Kasten an einer der Wände, ein wuchtiges Teil mit Flügeltüren, gedrechselten Beinen, prachtvollem Gesims, prachtvollen Intarsien und jenem seiner Mutter zum Verwechseln ähnlich. Barock, soweit er dies im kümmerlichen Dämmer ausmachen konnte. Auch den Flachbildschirm auf der Gegenseite bekam er nicht zu fassen, der wie von Geisterhand ansprang, ihm wahllos Notizen aus aller Welt zuwarf und wieder erlosch. Beizeiten waren es Splitter, die ihn selbst zum Inhalt hatten. Kurze Nachrichten. Manchmal kamen auch bloße Standbilder rätselhaften Inhalts. Neulich erst war es wieder so weit gewesen. Das eingefrorene Bild einer Amphore mit zwei antiken Reitern, darunter drei Worte, die Professor Norbert Köhler einmal mehr ratlos zurückließen:

Akamas findet Demophon.

Manchmal kam es auch vor, dass sich ihm ein inzwischen vertrautes Gesicht zeigte. Vertraut und doch so fremd. Eines, das er nie gesehen zu haben wünschte. Nicht damals, vor Wochen, und auch nicht jetzt, nicht hier. Ein Gesicht, das über den Schirm zu ihm sprach oder zu beliebiger Stunde in Fleisch und Blut daraus herabstieg und neben der Tafel ins Licht trat.

Die Tafel. Das Licht. Das Gesicht.

Sie alle erreichte er nicht. Nur den schlichten Holztisch, den einen Sessel, die mobile Toilette nebenan. Eine Trinität des Nötigsten, die ihm wie ein schmähender Anachronismus gegen das antike Stück zur einen und die Technik zur anderen Seite in den Raum gepflockt schien. Schaustücke der Beliebigkeit, die zwischen den Zeiten standen. Als wären Sessel, Tisch und Toilette bloße Leihgaben an einen sehr begrenzten Zweck. An ihnen endete sein Radius. Mehr ließen die Ketten an den Füßen nicht zu.

Der Drache, sagte er sich, hätte ebenso gut ein Adler sein können. Ein Wappen. Fantasiebegabten wie ihm war vieles denkbar. Die nebelhafte Silhouette eines prähistorischen Fundes womöglich. Als Reminiszenz an seine Arbeit? Eine aus der Form gekippte Darstellung allenthalben, im besten Falle schematisch.

Dann, als die Darstellung von Mal zu Mal an den Flanken abschmolz, die schrägen Verläufe abhandenkamen, als alles auf zwei einander im rechten Winkel kreuzende Achsen zulief, eine waagerechte, eine senkrechte, wiewohl in wechselnder Stärke und Proportion, setzte so etwas wie Entwicklung ein. Das Herausschälen einer Kontur, aus der sich die Idee dahinter schöpfen ließ. Die Veränderungen kamen ausnahmslos über Nacht oder das, was für ihn Nacht bedeutete. Wenn er vom Abschreiten des engen Radius erschöpft auf sein hartes Lager sank und nach Stunden … Stunden? … in Schweiß gebadet verschreckt hochfuhr, da war es gut möglich, dass das Bild sich abermals gewandelt hatte. Die Änderungen erfolgten in Nuancen, schleichend und ohne jene Radikalität, die über Nacht aus Schwarz Weiß machen konnte oder aus einer Heiligen eine Hure, waren nur die Umstände radikal genug.

Zumeist begriff er den Wandel an der Tafel in seinen allerkleinsten Schritten, manchmal aber auch erst in Sprüngen. Gewissheit darüber hatte er keine. Überhaupt war so vieles unbestimmt. Wie lange war er schon hier? Wie viele Tage? Die Uhr hatte man ihm genommen, und so hingen die Stunden, sein Gefühl von Zeit, zumeist starr vor ihm als ein Stück Unendlichkeit. Sie waren Punkt und Strecke zugleich, diese langen Wochen – Wochen? – ja, bestimmt schon, hier im Verlies. Vor Kurzem, das wusste er, war er gerade noch 43 Jahre alt gewesen, und es musste die Nacht zum 23. Mai gewesen sein, die ihn aus seinem Leben riss.

Und noch etwas wusste er, seit Kurzem erst. Weder war es ein Drache noch ein Adler noch ein Wappen. Es waren Striche. Einzeln gesetzte, präzise geführte Linien von mittlerer Größe, die für sich schnurgerade Einheiten ergaben, aus der Distanz besehen jedoch ein verschwommenes Ganzes. Eine Formation, die von Mal zu Mal schmolz. Von Tag zu Tag. Es hatte mit Zeit zu tun. Mit *seiner* Zeit.

Jede Form von Reduktion stand für einen Tag. Ja, so musste es sein. Tage, die ihm hier noch verblieben, andere, die ihm genommen und unwiederbringlich verloschen waren. Tage, deren systematisches Schwinden auf etwas zulief, das er nicht kannte. Tage, die – jetzt, wo er Gewissheit zu haben glaubte über ihre Spärlichkeit, ihr Verlöschen – aufflogen und sich davonmachten wie ein Schwarm verschreckter Vögel, wenn Gefahr drohte.

Die Tafel. Das Licht. Das Gesicht. Die Zeit.

Sie waren und blieben unerreichbar, unbegreiflich, und doch auf seltsame Weise klar. Alles Übrige verharrte im Diffusen. Vor allem das Warum. War es immer noch bloß der üble Scherz, an den er zu Beginn geglaubt hatte? Eines der bizarren Späßchen der Kollegen? Die schauderhafte, wiewohl gelungene Inszenierung eines ihrer Männerwitze, wie sie ihnen schon mal bei frisch gezapftem Pils und überbackenen Broten am Montagsstammtisch drunten im *Fischerbräu* in den Sinn gekommen waren?

Drunten?

Nein. Drunten war kein Wort für die Beziehung unter Orten. Nicht hier, wo er nicht wusste, wo er war. Nur, was er gedacht hatte: Eine dieser unzähligen Variationen der Witze aus Küche und Frauen und Kette und Länge, hatte er gedacht und gelacht, als er erstmals ins unmaskierte Antlitz seines … Peinigers … blickte, es augenblicklich identifizierte.

Sie? Ist es deswegen? Nun kommen Sie schon! Sagen Sie es mir! Oder wegen der … der Zeitung? War dieses Interview gar nicht …? Ist deshalb noch nichts …? Hat man Sie deshalb engagiert? Ich hätte es wissen sollen. Es war ja bloß eine winzige, eine kümmerliche Meldung. Ja, ganz recht, eine Randnotiz. Wer von den Kollegen war es? Gerhard? Der mit den weiß geränderten roten Flecken im Gesicht, als nähme er täglich ein Brennnessel-

bad? Oder Florian? Ja natürlich. Florian. Der muss es gewesen sein. Dieser irre Blick, dieses noch sehr viel irrere Lachen. Haben wir eigentlich über ihn gesprochen bei unserem Inter…?

Nein? Dass die Kollegen hinter alledem stecken könnten, hatte Norbert Köhler insgeheim schon am dritten Tag seiner Gefangenschaft ausgeschieden. So weit würden sie nicht gehen. Nicht übers Wochenende hinaus.

Der Vorabend seines Geburtstages war es gewesen. Schnapszahl 44. Das hätte Sinn ergeben. Jeder andere Gedanke als an diese Art von Inszenierung lag da noch in undenklicher Ferne. Nicht die Kollegen? Dann eben die Freunde.

Die alten Freunde. Die ganz alten.

Jene aus der Studienzeit. War das hier eine Reminiszenz? Wie damals, als sie einen der ihren, abgefüllt bis über den Rand, mit den Beinen in ein altes Paar Skischuhe gesteckt und die Skischuhe an den Boden eines Leiterwagens geschraubt hatten. Und ab mit der Karre quer durch den hüfthoch daher schießenden Bach. Unselige Sprüche skandierend, waren sie am Pfarramt vorüber hinauf zum Dorfplatz gezogen. Dem zum Ehejoch Verdammten die Sau austreiben. Polterabend, draußen, vor den Toren Wiens. Jugendsünden im frei ausgelegten Sinne von Brauchtum, die ihm als Großstadtkind so neu wie faszinierend waren, nicht selten nach Vergeltung riefen. Aber jetzt? So viele Jahre danach? Auf diese Weise?

Nein! Nein!! Nein!!!

Später, als der Schrecken längst ein Gesicht, einen Namen bekommen und er begonnen hatte, den Vater des Übels hinter seine Maske der ersten Tage zurückzusehnen, hatte Professor Norbert Köhler angefangen, sich um Kopf und Kragen zu reden. Zu rufen. Zu brüllen. Nicht immer nur von Angesicht zu Angesicht. Vieles schmetterte er auch blindlings ins Dunkel der Verlassenheit. Empor an das Blinken und Schwenken der Kameras in den Nischen.

Wer hat Sie geschickt? Zu welchem Zweck? Ich habe ein Recht, es zu wissen, verstehen Sie? Verstehst du? Nun sag schon, Arsch-

loch, verrücktes! Verdammt noch mal!! Rede mit mir!!! Ich will es verstehen!!!!

Da war kein Verstehen. Nichts, was die Saat seiner Fragen als Ernte aufgehen ließ. Was er sich einfuhr bei den spärlichen Begegnungen hier unten, war immer nur ein in Grinsen gehülltes Schweigen. Mehr nicht. Der größere Hohn als jedes Lachen, wie er rasch begriff, schlimmer noch als das wortreichste Schmähen. Und was er noch begriff, war: All die wortreichen Erzählungen, die er diesem Dreckskerl im Interview – Interview? – abgeliefert hatte, waren von Anfang an für nichts gewesen. Die Schilderungen, wie er die beiden Kerle mit einem einzigen Streich von ihrem Moped gefegt hatte. Wie sie an einer andalusischen Laterne zerschellt waren und er als jener strahlende Held dagestanden war, der einer Frau die geraubte Handtasche wiederbeschafft hatte. Wie er im selben Atemzug von seiner Arbeit gesprochen hatte, der Forschung in Afrika, hochkomplexe Zusammenhänge, die er ins Simple herabbrach, um zugleich Querbezüge zu diesen beiden Halunken herzustellen. Das war gelebte Archäologie vom Feinsten. Und doch nichts als Staffage, die nie gefragt war.

Geschehen war es auf dem Nachhauseweg, nach dem Routinebesuch bei der Mutter. Die frisch gebügelte Wäsche in der Umhängetasche, war er aus dem Bus gestiegen. 35A. Seine Linie. Endstation Salmannsdorf. Von dort die paar Schritte hinauf zur International School, daran vorbei, weiter am Wald entlang der Höhenstraßenkehre zu, der Umweg, den er vor dem Zubettgehen gerne einschlug. Die kleine Runde, die ihn an den Rand des Wienerwaldes führte, zum letzten Ausläufer seines Heimatbezirkes Döbling, ehe der dem Nachbarbezirk Hernals in die Flanke fuhr. Ungezählte Male war er hang auf, hang ab marschiert, wollte er der Großstadthektik entfliehen, hin zum *Häuserl am Roan* und auf ein Glas vom Weißen, Gemischter Satz, und für den Hausmannskosthunger weiter zum *Häuserl am Stoan* auf Eiernockerl und einen noch ehrlichen Bauernmost.

Kurz nach 23 Uhr muss es gewesen sein, wenn er sich recht

entsann. Inmitten seiner Vorstadtoase, einer ruhigen, zu dieser Stunde aber auch gottverlassenen Gegend.

Von Gott verlassen.

Ja, so empfand er sich, ausgerechnet er, der bekennende Agnostiker. Er war bereits auf dem Rückweg gewesen, auf den letzten Metern vor seiner Dachwohnung an der Peter-Altenberg-Gasse, als der Schlaf jäh über ihn kam. Eine Hand, die ihm von hinten um den Hals fuhr, die andere an den Mund. Ein beißender Geruch, der wie der Blitz über seine Gegenwehr triumphierte. Dann ein Erwachen unter pochenden Kopfschmerzen, und vor ihm, im unerreichbaren Licht, der Drache, der in Wahrheit die Zeit war. Zeit, die bald zur Neige gehen würde. Sehr bald.

Strich um Strich war der Balken seines analogen Displays verloschen. Als liefe eine Batterie, Tropfen um Tropfen aufgezehrt, dem finalen Stadium ihrer Bestimmung zu. Das spärliche Aufzucken einer Existenz, Überlebenskraft, die nur noch dünn pulsierte. Sehr dünn. Aber immer noch eine Kraft.

Reglos lag Professor Norbert Köhler auf seiner Pritsche und wartete. Etwas sagte ihm, dass es bald so weit sein würde. Eine Anomalie hatte den Verdacht in ihm genährt. Erst zwei, nein, drei Tage, die er jäh auf Nulldiät gesetzt war. Nach Wochen der Vollpension. Drei Tage und Nächte nicht einen Bissen, nicht einen Tropfen. Und dann, eben vorhin, war diese Ratte plötzlich wieder dagestanden mit einem Krug und einem Glas in Händen, und die Striche auf der Tafel waren um vier geschmolzen. Er zählte jetzt nur noch acht, ein einziger noch, und es wäre ein Kreuz.

Sein Kreuz? Stand es für die Endgültigkeit der Pläne seines Peinigers? Nein, ihnen durfte er nicht willfahren.

Im selben Augenblick hatte der Kerl auch schon zu schwatzen begonnen. Er müsse verzeihen. Eine Dienstreise ins Ausland habe ihn ferngehalten. Unaufschiebbares. Genaueres würde er ihm bei Bedarf mitteilen. Später. Ihnen bliebe ja noch geraume Zeit mitsammen.

Dann hatte er Krug und Glas in Reichweite der Ketten abgestellt. Eine doppelte Ration Wasser habe er ihm gebracht, und zur Wiedergutmachung ausnahmsweise mit etwas Geschmack. Er solle es jedoch, zur langsamen Rückgewöhnung des darbenden Körpers, in Ruhe angehen, in kleinen Schlucken trinken. Das schone die Nieren. Später, in ein, zwei Stunden, würde ein kleines Frühstück folgen.

Jetzt war später.

Die Tage zuvor, verlassen, hungernd, dürstend, hatte er geschrien, geflucht, geweint, sich die Knöchel an Wänden blutig geschlagen, dann wieder wie irr gelacht. Ja, er hatte dieses Lachen als ein Privileg jenes Irrsinns erkannt, dem er allmählich verfiel. Dann jedoch, heute Morgen, das Wasser vor Augen und die jähe Ahnung im Herzen, was käme, was zu tun wäre, war er ruhig wie nie zuvor gewesen.

Er hatte getan, wovon er dachte, dass es insgeheim erwartet würde. Er hatte die Karaffe umklammert, das Glas mit zittrigen Händen befüllt, in unbezähmbarer Gier geleert. Erst beim zweiten hatte er kurz innegehalten und dem Fluss des Wassers nachgespürt, ehe er abermals ansetzte. Bis zum allerletzten Tropfen. Dann war er auf sein Lager gesunken, hatte sich unruhig hin und her gewälzt, die Lider geschlossen, und die Karaffe war ihm aus der erschlaffenden Hand mit einem leisen Klirren zu Boden gesunken.

Er musste sie nicht sehen. Er gewahrte die Kameraaugen auch so. Ihr Aufblinken, als die Sensoren sie aus dem Standby holten, ihr Surren, als sie auf ihn einschwenkten, die begierig stechenden Blicke, die durch die Linsen heranktrochen, sich festkrallten in seinem Rücken, wie er zur Seite gedreht dalag. Augen, die sich an seinem ermatteten Leib ergötzten.

Und dann hörte er ihn kommen. Hörte, über das Pochen seiner Schläfen hinweg, das Quietschen der Angeln. Diese forschen, vor Selbstliebe strotzenden Schritte. Das zufriedene Brummeln, sah im Geiste diese unnatürlich kohlschwarzen Augen, die in verschlagener Arroganz und Gelassenheit über ihn hinwegglitten. Er spürte den Griff an die Schulter, diese fast zärtliche Rauheit einer federleichten Berührung, als wäre es der Flaum eines noch ans Nest gebundenen Vogeljungen.

Komm, raunte die Stimme von ganz nah. Wir haben zu tun. Der Greifzirkel wartet auf dich. Das Werkzeug, das deinen Ruhm für alle Tage festschreiben wird.

Nein. Da war kein Wissen in dieser Stimme, kein Ahnen, dass nicht ein Tropfen die Kehle, alles bloß äußerlich, am Shirt entlang verflossen war.

Genau da, als er den fiebrigen Atem am Ohr spürte, fuhr Professor Norbert Köhler herum, blitzschnell und bissig wie eine aufgescheuchte Viper. Mit aller Gewalt schlug er zu. Als der Körper unter dumpfem Stöhnen wegkippte, fiel sein Blick auf die Tafel. Er starrte hinüber, als müsste er von dort das bisschen Kraft schöpfen, das er noch benötigte.

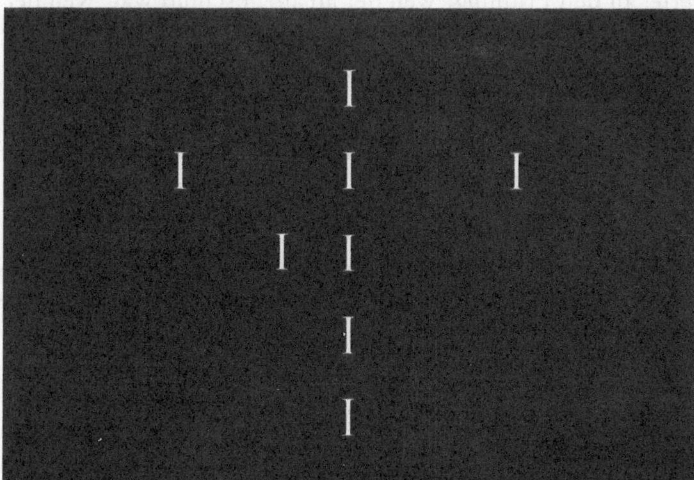

Er kam hoch, fasste nach der Karaffe, holte aus zum zweiten Schlag. Damit würde sein Leiden ein Ende finden. Ein für alle Mal. Damit würde, müsste er ihn zur Strecke bringen. Dieses Scheusal Kluger.

Jetzt!

Das Wochenende darauf

XIX. DER BOTANIKER VON MALMAISON

Vinzent Kluger hatte schon weiß Gott bessere Tage gehabt. Die Glieder schmerzten, und in seinem Schädel brummte es auf eine rachsüchtige Art, als hätte jemand mit Springerstiefeln gegen ein Wespennest getreten. Es trifft wieder mal den Falschen, sagte er bei sich, und so fiel es ihm schwer, keine Vorwürfe dorthin zu richten, wo er die alleinige Ursache für seinen Zustand witterte: an den Frühling. Weil der an allem schuld war. Weil der sich aus dem Staub gemacht, ihn mit diesem hundselendigen Frühsommer zurückgelassen hatte.

Dabei war der Frühling Klugers Zeit. Nicht etwa, weil da die lauen Winde über Stadt und Land hinfuhren und die Menschenlurche aus ihren Verschlägen gekrochen kamen. Auch nicht, weil Herr und Frau Biene auf der Jagd nach Blüten voll im Saft standen und das Leben allerorten nur so flutete. Nein. Im Frühling, wusste Kluger, flutete es anderswo. Da kamen die ersten Hochwasser so sicher wie das Amen im Gebet, die Selbstmordrate explodierte in unerreichte Höhen weit jenseits der, wie er befand, völlig zu Unrecht diskriminierten Novembernebel, weil viele nicht mitansehen konnten, wenn das große Sprießen anfing und allem und jedem ringsum Lust und Liebe einschossen, nur nicht ihnen, den ewig Niedergeschlagenen. Ja, und am allerwichtigsten: Im Frühling nahmen auch die Amokläufe gerne an Fahrt auf.

Auf diese Spielart einer ewigen Wiederkehr ließ sich setzen.

Überhaupt hatte Kluger sich zuletzt dabei ertappt, vermehrt das Konstante zu suchen, zu schätzen, Verlässliches, worauf er bauen konnte. Schließlich war das Reporterdasein zumeist das rechte Gegenteil von beständig, sah man von Dummheit und Unglück der Menschheit ab. Auf die war Verlass, die hatten immer Saison. Wonach Kluger sich allerdings zu sehnen begonnen hatte, war das alltäglich Konstante, das bisweilen Banale. Ein Stück Biederkeit, ohne dass er gewusst hätte, wie diese Biederkeit aussehen sollte. Doch die Bilder, die in ihm immer öfter hochstiegen, wiesen in die Richtung, und manchmal – dachte er an die Kindheitstage zurück, an die Zeit, da er mit den Eltern auf Sommerfrische auf einem Bauernhof in der Buckligen Welt gewesen war – roch das Erinnern sogar nach frischer Heumahd, Katzenfell und Kuhmist, und es fühlte sich gut und warm und richtig an.

Sein Alltag indes stank wie eine Pestilenz. Da miefte es nach Hast, die Menschen liefen am Gängelband der Zeit, mehr aber noch die Zeit am Gängelband der Menschen, ja, die Menschen trieben ihre Zeit vor sich her, schlugen mit dem Taktstock der Ungeduld auf sie ein wie auf ein Stück renitentes Vieh, das nicht in die Box traben wollte, und waren bass erstaunt, wenn es der Zeit zu viel wurde, wenn sie unvermutet zurückschlug. Im gnädigen Fall als Defizit. Lief es nicht so gut, als verfrühter Abgang von dieser Welt.

Ja, so ist das nun mal, dachte Kluger, seufzte und nahm einen kräftigen Schluck vom *Aperol*spritzer. Der Sommer bringt die Himmelsglut. Die Himmelsglut den himmlischen Durst. Der bringt seinerseits die innere Glut, die ihrerseits die Kopfschmerzen, welche wiederum nur mit viel Flüssigem zu kühlen sind. Bis die nächste Glut vom Himmel fällt. Und so weiter. Ein Teufelskreis und wie geschaffen, sich an einem Sonntagnachmittag selbst sein Leid zu klagen und zu besaufen.

Die Chefreporteraugen schwenkten auf einen älteren Mann ein, der gramgebeugt von der Straße her kam, den Gastgarten betrat und an der Christusstatue innehielt, einer riesenhaften Figur, die mitten dastand und auf den ersten Blick an die Erlöserfigur auf dem Corcovado in Rio de Janeiro gemahnte, jedoch nicht von Leben, Liebe, Glauben und Hoffnung kündete. Dieser Genosse nahm eine im Gegenteil fast kleinmütig resignative Pose ein, eine Da-kann-nicht-einmal-ich-was-machen-Gebärde, die Kluger für höchst angemessen befand. Wo passte diese Haltung wie die Faust aufs Auge, wenn nicht hier, gegenüber Tor 1 des Zentralfriedhofes?

Er musterte das Arrangement aus steinernem Jesus und wie versteinert innehaltendem Greis. Dann fiel sein Blick auf die alte Uhr über dem Holzportal des Backsteinbaus. Die goldenen Zeiger auf alabasterweißem Ziffernblatt standen seit jeher auf fünf vor zwölf. Als wollten sie den Besucher mit der Mahnung begrüßen, sich nicht gegen das Leben zu versündigen. Weil es doch so oft so schnell kam und so oft so unverhofft und viele der drei Millionen, die dort drüben ihre letzte Heimstätte gefunden hatten, bestimmt ein Liedchen davon pfeifen konnten. Nun ja, könnten.

Der Alte stand immer noch da, und so nahm Kluger abermals einen kräftigen Schluck. Er liebte den Zentralfriedhof, *seinen Zentral*, diese Inszenierung der Vergänglichkeit am äußersten Rocksaum der Stadt, wo nichts in den Händen des Zufalls lag. Hierher wurde seit Menschengedenken nach historischen Ereignissen und bis heute nach Konfessionen getrennt gestorben. Wie viele Wiener auch kam er bevorzugt sonntags. Stets betrat er das Areal über Tor 1, verhielt nach wenigen Metern bei Friedrich Torberg und Arthur Schnitzler und beklagte still, wie unbeachtet der alte jüdische Friedhof zunehmend verkam, wie unbekümmert, ja, respektlos dieses Land mit seinen Geistesgrößen umging. Er gedachte auch jener, die gegen ihren verfügten Willen in Ehrengräber zwangsgebettet wurden. Eine Reverenz, die gerne zuteilwurde, wer zeitlebens als Nestbeschmutzer verschmäht, missachtet und ausgegrenzt worden war, nun aber – weil endlich mundtot – mit einem in alle Ewigkeit nachgereichten Dekret bedacht wurde. Eine List der Stadt Wien, die der eigenen Reinwaschung einerseits diente und zugleich einer finalen Abstrafung der Geehrten gleichkam. Die Schmach bis ans Ende aller Tage.

Ihrer aller gedachte Kluger, dann erst ging er auf Runde. Auf seinen Streifzügen durch dieses gigantische Freilichtmuseum von Schuld und Sühne, Vergessen und Vergessenheit, Wehmut und pittoreskem Humor war er stets um neue Routen bemüht, und stets hielt er Ausschau nach Hinterbliebenen, ihren Lebensgeschichten, Lebenssorgen. So langatmig es bisweilen sein mochte, so geduldig lauschte er und empfand dabei dieses Gefühl von Authentizität, das er immer öfter vermisste. Dieses Empfinden volksnaher Erdung, die in den Redaktionsräumen vieler Blätter, ja, insbesondere in jenen der *Guten*, längst verlorengegangen war – eingebüßt an ein Übermaß an Internetgläubigkeit bei den Jungen oder, bei den altarrivierten Kollegen mit den Uraltbestgagen, an den Irrglauben, die Nöte der Menschen, für die sie schrieben, ließen sich mit Messer und Gabel aus den Amuse-Gueules der Haubentempel filetieren, wo sie Seite an Seite mit Wirtschaftskapitänen und Regierenden ihr Mahl einnahmen. Auf Regimentskosten oder Spesen, verstand sich, weil die Welt, der Parallelkosmos Zeitung, aus nichts zu bestehen schien denn Menschen, die schön viel Geld machten, und Menschen, die das viele Geld schön machte. Da brauchte er bloß an den Pinscher zu denken, dessen ewig schnöseliges Gehabe. Auch darum zog er die Gesellschaft der Toten vor, um hinterher – nicht selten beladen mit Lebensstorys, die als Zeitungsstorys taugten – die paar Meter über die Straße zu wackeln und Durst und Appetit zu stillen. Hierher, ins *Schloss Concordia*.

»Kleine Oper Wien« riefen Eingeweihte das *Concordia*, ein Beiname, der dem Vernehmen nach von Arienabenden und Lesungen verlorener Zeiten herrührte und sich nur aus Erzählungen, nicht jedoch aus alten Programmheften oder dergleichen belegen ließ. Das Attribut Schloss war so irreführend wie treffend zugleich. Errichtet als Kontor irgendwann an der Wende zum 20. Jahrhundert, stellte es über Generationen hinweg Muster verschiedenster Grabmäler aus, Grüfte, Monumente, Portale und dergleichen mehr, und die beiden grundlegenden Marmortypen, die angeboten wurden, waren weit über die Grenzen der österreichisch-ungarischen Monarchie hinaus bis in die Türkei wegen ihrer Solidität geschätzt. Ein Teil der Rohware, der tiefschwarze Gabbro, war anfangs noch um teures Geld aus Schweden und Norwegen importiert, bald jedoch durch billigeren heimischen Stein ersetzt worden. Einmal gebrochen, kam der Marmor in hochmoderne Werkstätten, wo er mit maschineller Dampfkraft verarbeitet, geschliffen und poliert und zum Begründer des Ruhmes des *Concordia* wurde.

Zwei Weltkriege und eine Wirtschaftskrise später waren die Grabsteine gegen Gartenmöbel getauscht, das aufgelassene Kontor als *Schloss Concordia* bekannt und seither seines eigentümlichen Flairs und Angebots wegen als »gothic« verschrien. Hier fanden sich nun – auf verhältnismäßig kleinem Raum komprimiert – mit Geschick inszenierte, an Spiegelwänden ausgeweitete Unheimlichkeiten, wie sie für gewöhnlich nur weitläufig herrschaftliche Schlösser aufzubieten haben: gleich am Eingang der schwere, venezianischrote Brokatverschnitt von Vorhang, an den Seiten wie von gigantischen Lockenwicklern aufgerollt; dahinter die von außen pavillonartig anmutende, durchgängig in Altgelb getünchte Säulenhalle; die darüber gesetzte Kuppel mit Holzrahmen und blauweißem Glas; der allgegenwärtige, knarzende Dielenboden; der abgeschrammte Stutzflügel, bewacht von einer Miniaturausgabe des steinernen Riesen vor der Tür; daneben die eben erst verlassen anheimelnde Decke mit der halb vollen Wasserschüssel für einen Hund, den kein Gast je zu Gesicht bekommen hatte, Accessoires allesamt, die eher einen vierbeinigen Hausgeist unterstellten; der tief verwachsene, über die Arthur-Schnitzler-Laube zu begehende Garten ... und so weiter.

Die Säulenhalle des *Concordia* war mit schlichten Tischen und Sesseln bestanden, gegessen wurde ausnahmslos bei Tageslicht, Kerzenschein oder, meinte es die Witterung gut, abends in silbrig kaltem Mondleuchten, das durch die ewig verstaubte Kuppel einfiel. Die Segnungen elektrischen Stroms waren ausnahmslos der Küche vorbehalten, von wo die bizarrsten Schnitzelvariationen in den bizarrsten Panaden heranschwebten im um nichts weniger bizarren Beilagendialog mit Linsensoufflé, Grammeln und Käsekrainer, Bohnenpüree, Polenta und Tsatsiki.

Die Preise in den Speisekarten waren auf den Cent genau veranschlagt, nach gleicher Manier zugesprochenes Trinkgeld jedoch wenig goutiert, und so hätte es Kluger (ein Gefühl, das er seit seinem ersten Besuch vor Jahren nicht loswurde) nicht verwundert, täte sich im Fall des Falles inmitten des Lokals eine Falltür auf, die schnurstracks in *Grandpa Munsters* Verlies hinabführte, wo halblustige Gäste zur Raison gebracht würden. Als gleichermaßen stimmig hätte er empfunden, würden die Speisen anstelle von zweibeinigen Servierkräften vom *eiskalten Händchen* der *Addams Family* aufgetragen. Schließlich schienen Teile des Personals in ihren Herzen obsessiv Okkultes und selbstzerstörerische Liebenswürdigkeit zu paaren, und so trug man im Auftritt denselben absurden Stolz zur Schau, den Gomez Alonso Lupold, Familienoberhaupt der Addams, aus Prozessniederlagen zu ziehen pflegte. Kurzum, das *Concordia* war eine Melange aus *The Shining*, *Friedhof der Kuscheltiere* und täglich *Halloween*, ein Arrangement aus schaurigem Charme, das sich nahtlos in die Todesharmonie des Ortes jenseits der Straßenbahngeleise einfügte.

Kluger nahm erneut einen Schluck, seufzte abermals und musste daran denken, dass diese Stätte hier bei aller Hingabe seinerseits auch für eine schwere Niederlage stand. Er hatte *seinem Concordia* vor ein paar Jahren ein doppelseitiges Reportagedenkmal für die Wochenendbeilage setzen wollen, und der Pinscher hatte den Beitrag kommentarlos aus dem Blatt gekippt. Eine Schmach, die ihm nur ein einziges Mal und Jahre zuvor widerfahren war, als er eine Farbreportage über ein Grüppchen Verwegener verfasst hatte, die sich an ausgefallenen Orten trafen, um dort ihrem Hobby zu frönen: bügeln. Sie taten es allerorten und in allen erdenklichen Körperpositionen. Einbeinig auf Berggipfeln, kopfüber vom Baum hängend, im freien Fall und am Fallschirm, im Sattel von Pferden und Rennrädern, über und unter Wasser, auf Skiern und dergleichen mehr – eine (wie auch Kluger eingestehen musste) womöglich etwas ausgefallene, doch fordernde Sportart, die sich *Extreme Ironing*, Extrembügeln, nannte und beim Herausgeber erst durchgefallen war, nachdem abermals der Pinscher – als Ressortleiter kaum im Amt – im Vorhof der Macht interveniert hatte zum Einstand an den alteingesessenen Chefreporter.

Der Pinscher.

Kluger versuchte, sich vom Gedanken an seinen verhassten Vorgesetzten freizuspielen und musterte die lichtlosen Gestalten am Nebentisch, die übliche Totengräberrunde, die sich hier seit Jahr und Tag mehrmals die Woche zum Tarockspiel einfand. Irgendetwas irritierte ihn. Einer der Spieler. War es der Lange? Kannte er den neuerdings nicht auch von anderswo? Von …

Bela?

Kluger kam nicht drauf, doch dachte er an Bela, schoss ihm unweigerlich in den Sinn, dass er ihr erst neulich, an jenem Tag, als sie die verschworene Notgemeinschaft zur Aufklärung der mysteriösen Vorgänge bei Tussauds begründeten, in die Hand versprochen hatte, sich künftig weder hoffnungslos noch hoffnungsvoll zu betrinken, doch genau das genau jetzt tat.

Warum nur?

Die Sache war ihm zunehmend entglitten. Anfangs war alles auf Schiene gewesen. Er war seiner untrüglichen Nase gefolgt, mitten hinein ins Ziel. Oder etwa nicht? Allmählich hatte er jedoch das Gefühl, mehr Passagier als Steuermann zu sein und das Kommando in Händen einer nebelhaften Schimäre, die üble Spielchen mit ihm trieb. Mit wem noch? Wer war wie er bloß Beifahrer, wer Teil der Mannschaft? Welcher Teufel hatte ihn geritten, das Video zurückzuhalten? War das auch Teil des Plans? Welcher Plan? Wie und zu welchem Zweck diese Dreckskerle des Gratisblattes neulich auf die Idee verfallen waren, das Video öffentlich als Fake darzustellen, hatte er Bela in allen Facetten erklärt, und sie hatte ihn anfangs bloß ungläubig angestarrt. Was jedoch viel schlimmer wog, seine Verwirrung befeuerte – wie waren sie überhaupt an die Aufnahmen rangekommen? Und: Was hatte es mit dem Buch auf sich?

Der Botaniker von Malmaison.

Entscheidend vorangebracht hatte ihn die Lektüre nicht, sah er davon ab, was er bei Rosi Pranzl ausgelöst hatte allein durch den Umstand, dass er überhaupt ein Buch gelesen hatte. In ihrer Gegenwart. Kluger lachte gallig auf, als er das Bild der echauffierten, halb entblößten Rosi vor sich aufsteigen sah, angespitzt wie ein eben noch stumpfer Buntstift, und bestellte mit einem Augenzwinkern an die vorüberschwebende Kellnerin den nächsten *Aperol.*

Gelesen? Das traf es nur zur Hälfte. Da hielt er es mehr wie der Pinscher. Ach, der schon wieder. Ja, Arthur Pinter. »Ich bin Meister im sinnerfassenden Turboquerlesen, Freunde.« Die Worte des Chronikchefs, nachdem er den Herausgeber in einem schwachen Moment erwischt und überzeugt hatte, man müsse das Image der *Guten* mit periodisch erscheinenden Buchbesprechungen aufpolieren. Er könne belletristische Werke besser und schneller beurteilen als andere umblättern und erst recht als die Kulturschnösel der Qualitätsblätter, hatte der Pinscher durchs Haus getönt.

Einstand des wöchentlichen Leserservice war eine Doppelseite mit Strandlektüre. Pinter hatte sich im hauseigenen Fotostudio hinter einer geschickt drapierten Bücherwand im Liegestuhl ablichten lassen, sodass allein sein unverwechselbarer Haarschopf hervorblitzte und doch die ganze Branche wusste, wer dafür firmierte, wiewohl die Buchseite als Spielwiese für alle Redaktionsmitglieder angedacht war. Die Seite ging in Serie mit immer neuen Haarschopfinszenierungen und Springfluten pinter'scher Namenszeilen und lief auch eine Weile gut, bis Leserbriefe ins Herausgeberbüro flatterten, die Pinters Rezensionen als wortwörtliche Wiedergaben von Klappentexten oder Abschreibübungen längst im deutschen Feuilleton erschienener Besprechungen hochgehen ließen. Das war es dann gewesen mit dem Meister im sinnerfassenden Turboquerlesen, die Seite wurde über Nacht aus dem Blatt gekippt, eine zusätzliche Seite volksdümmlicher Musik installiert.

»Querlesen«, brummelte Kluger. Der Botaniker von Sowieso. Was für ein Sohn?, hatte Rosi gesagt. »Malmaison, haha!«

50 Seiten hatte er unter Mühen gepackt, quergelesen, eher sinnbefreit. Da zehn, dort 20. Da ein paar, dort auch. Was interessierte ihn der Uraltschinken über einen gewissen René … nein … Wie hieß der Kerl? Aimé Dingsbums? Vielleicht ging es nach dem nächsten Schluck. Verdammt, wo blieb die Kellnerin! Irgendein Botaniker jedenfalls zu Zeiten Humboldts, dem das unermessliche Glück beschieden war, niemals in Vergessenheit geraten zu können, weil sich schon zu Lebzeiten kein Schwein für ihn interessierte. Dachte Kluger. Genauso las sich der Humbug. Fast 300 Seiten …

… *300!* …

… über das Leben eines Pflanzengurus ohne Rang und Namen, den Gärtner irgendeiner exzentrischen Kaiserin.

War das nicht die überdrehte Alte vom Bonaparte? Aber ja doch!

Eine Kaiserin im gnadenvollen Ausgedinge. Mehr Details bekam Kluger im Moment nicht zusammen. Wozu auch? Allein die persönliche Widmung hatte ihn verblüfft und überhaupt zum Reinschmökern veranlasst.

Ja, Bonpland heißt der Kerl im Buch. Aimé Bonpland.

50 Seiten. Das genügte, um Zeitungsberichte mal da, mal dort mit Buchzitaten zu schmücken und Belesenheit vorzutäuschen, wäre dies (man konnte ja nie wissen) eines Tages vonnöten. Dann ab in die Schublade. Dass er mal eine Leseratte gewesen sein soll, wie die alte Kluger heute noch bei allen Nachbarn behauptete, und was G'scheites hätte werden sollen, so ein Schriftdings … nun ja.

Hmm. Früher vielleicht, erwog Kluger und lächelte dankbar, als sein *Aperol* angeflogen kam. Der wievielte war das? Der fünfte? Nein. Bücherlesen war einmal. Heute verschlangen er und seinesgleichen zumeist bloß die Konkurrenzblätter. Chronikseiten. Sport. Dazu *ORF.at*, *Twitter*, *Facebook* und den guten, alten Teletext – die vier Evangelien des Chefredakteurs. Genügte das nicht? Lesen wurde überbewertet, die Buchstabengröße auf den Zeitungsseiten wuchs ohnedies von Jahr zu Jahr, und im selben Maße schrumpfte der Gehalt des Beschriebenen. Bei der *Guten* war das nicht anders und anfangs aus sehr pragmatischen Gründen geschehen. Da waren die Lettern größer und größer geworden, damit der alte, nunmehr selige alte Alte frühmorgens das eigene Blatt besser lesen konnte.

Lesen? Pah!

Andererseits ... hmm ... kein Wunder, dass der halben Branche das Instinktgen abhandengekommen war. Weggezüchtet wie den Bullen die Hörner, damit sie keinem die Augen auskratzten.

Und dein Instinkt?

Hin und her gerissen von Sinnhaftigkeit und Sinnlosigkeit, vom Gedanken mitunter, ob der Akt des Lesens nicht doch allein da Nutzen eintrüge, wo Weintrauben wuchsen, nahm Kluger einen besonders großen Schluck, schmeckte dem Anteil Grüner Veltliner im Gemisch nach und schauderte auf.

Ja, wo war sein Spürsinn abgeblieben? Beim Umschiffen unbrauchbarer und Ansteuern brauchbarer Wirtshäuser war noch alles in bester Ordnung. Da machte ihm keiner was vor, da verfügte er wie kaum einer über die Treffsicherheit des Elefanten, der das nächste Wasserloch auf Kilometer wittert und zielstrebig darauf zuhält. Ein etwas in die Jahre gekommener Elefant womöglich. Eine Art Ur-Elefant. Ein Beisl-Mammut quasi. Nein, kein Mammut, überlegte er. Schließlich stand Mammut auch für Baum. Und Baum für Stamm. Und Stamm für Treue. Und mit seiner Treue – gastronomisch besehen – verhielt es sich doch eher strauchartig. Schließlich hatte er nicht nur ein Stammbeisl, sondern eine Vielzahl parallel laufender Stämme, die jedoch ... hmm ... ja, im Verborgenen, doch auch einem gemeinsamen Stamm entsprangen. Einem Ur-Stamm, der Durst hieß. Also doch wieder Mammut.

Aber deine Spürnase für eine Story, Vinz?

O ja, verdammt, was war damit? Ein Raunen erfasste die Totengräberrunde am Nebentisch. Kluger blickte auf, sah das fünfte Rad am Wagen herantreten (der Alte stand immer noch reglos vor dem Steinriesen) und dem Langen die Hände auf die Schultern legen. Woher, verdammt, kannte er …? Nein, nicht bloß den Langen. Auch der Neuankömmling, der sich anschickte, dem Spiel als Kiebitz zu folgen, weckte eine dumpfe Erinnerung in ihm, die er nicht näher benennen konnte. Was machte es aus? Die Art, wie er sprach? Sich bewegte? Kurz zu ihm herübersah? Ein Kerl, der alterslos daherkam, alles wie beiläufig zu tun schien und doch auf unerklärliche Weise das Wort Disziplin auf den Leib geschrieben trug.

Disziplin?

Herrgott ja, dachte Kluger, davon hatte auch er jede Menge sein Eigen genannt. Damals. Besonnenheit. Beherrschtheit. Kein Drang zu unkontrollierten Schnellschüssen. Das hatte ihm das Image eines halsstarrigen Querkopfs eingebracht, einer, der eine Geschichte nötigenfalls zu Tode recherchierte, ehe er sie halbbacken aus dem Ofen holte und speckig wie ein sitzen gebliebener Gugelhupf unters Volk jagte. Sein Aufstieg zum Chefreporter hatte ihm jedoch genau diesen Luxus, nicht länger überall der Erste sein zu müssen, verschafft, und mit der Rückendeckung des Chefredakteurs ließ sich diese Praxis gut leben.

Dann aber war der Pinscher gekommen. Und mit ihm hatte eingesetzt, was Klugers Lieblingsunwort »Paradigmenwechsel« beschrieb und ihn selbst mit aller Härte traf, als der neue Ressortchef ihm eines Morgens die nachweislich erfundene Titelstory der Konkurrenz um die Ohren schlug. Auf die ganz feine Art. Coram publico.

Geschichten, hatte Arthur Pinter gebrüllt und in den Boden gestampft, müssten klingen. Ob er das in sein renitentes, verficktes, zugeschissenes Drecksspatzenhirn nicht reinkriege. Klingen. Klingen. Klingen. Egal, wie wahr oder unwahr eine Story sei. Hauptsache, sie könnte wahr sein.

Hauptsache, sie könnte wahr sein.

Eine Maxime, die Kluger wortwörtlich schon einmal – in grauen Vorzeiten – aus dem brüllenden Mund seines ersten Ressortchefs vernommen hatte und einem Kompendium für journalistische Drohnen zu entstammen schien. Wissen, das für gewöhnlich in den Chefetagen verwahrt wurde wie Kodizes in Freimauerlogen und nur durch Unvorsicht und Unbeherrschtheit ans Licht brach. Gewiss, die Zaren im Zeitungsbusiness und auch Zweite-Reihe-Drohnen wie Pinter machten sich die Welt und ihre Wahrheiten seit jeher untertan. Man arrangierte sich. Und doch galten zuletzt zunehmend andere Gesetze.

Hier, auf dem blutigen Schlachtfeld Boulevard, kannte das unerbittliche Ringen um die bessere, schneller auf den Markt geworfene Story immer weniger den Anspruch auf das vielleicht einmal Faktische, Unbestreitbare. Was nun ausgefochten wurde, war ein Kampf der Schlagzeilen, der Abstraktionen wie Ethos oder Gnade ebenso außer Streit stellte wie die Notwendigkeit des Hackens fremder Redaktionssysteme. Es war, als träfen verfeindete Armeen aufeinander, die auf nichts als Zerstörung gedrillt waren. Die Rechtsabteilungen der Boulevardblätter waren weniger beschäftigt, die Klagen in ihrer Ehre oder dem Recht aufs eigene Bild gekränkter Leser zu parieren denn damit, den Mitbewerbern eins auszuwischen. Prozesse auf Unterlassung – etwa dubioser Gewinnspiele oder der Verwendung des Wörtchens »exklusiv« wegen – fluteten die Handelsgerichte tsunamigleich, und es gab längst Richter, die mit Steuergeld nichts anderes taten als von früh bis spät mit Urteilen die Auswüchse einer Streitlust zu zähmen, die allein darauf ausgerichtet war, die eigene Kriegskassa aufzufetten und jene des Todfeindes durch Pönalien zu schwächen. In den besten Zeiten liefen so zwischen der *Guten* und ihrem Lieblingskonkurrenten bis zu 200 Verfahren gleichzeitig, und ein Hoffen auf Läuterung war ähnlich aussichtslos wie der Überlebenskampf des metastasenübersäten Körpers eines 100-Jährigen.

Welch irrsinniger Akt der Zerstörung!

Kluger dachte an Bela, an jenen lauen Frühsommerabend, als sie gegen Mitternacht durch die Wiener Innenstadt bummelten und vom *Café Hawelka* kommend dem Graben zu schlenderten. Nur ein paar Schritte voraus waren zwei Rosenverkäufer in Streit geraten und fingen an, mit ihren langstieligen Sträußen aufeinander einzuprügeln. Erst als alle beide nur noch blattlose Stängel in Händen hielten, sie auf einem roten Teppich hin und her sprangen, ließen sie voneinander ab und zogen murrend, doch wie es schien nicht unzufrieden ihrer Wege.

Genauso, dachte Kluger, ist es bei uns. Wir schlagen einander die Schlagzeilen und Gewinnspiele und Exklusivansprüche um die Ohren, bis das eine Blatt alle Leser vom anderen hat oder beide keinen. Nein. Das nicht. Aber so ähnlich. Ein Gefühl sagte ihm, dass er der Wahrheit hinter dem Zeitungskrieg nahe war wie nie und die Leserschaft nur eine Statistenrolle einnahm, Wesen, die geboren waren, um bunte Fotos zu bestaunen, Headlines und Bildunterschriften zu entziffern und alles in einen Kontext zu stellen, der das eigene dumpfe Dasein bestätigte.

Aber genügte das nicht?

Die Nachmittagssonne brach durch ein schmales Fenster im Gezweig. Kluger linste empor in den Brennstrahl, sah schwarz. Lichtlose Punkte geisterten ihm über die Iris, die aussahen wie Sonnenblumenköpfe im Spätsommer, kohlrabenschwarz, ihrer stolzen gelben Pracht beraubt. Er dachte an die Kollegen, die mit ähnlich gesenkten Köpfen in der Redaktion saßen und in die Tasten klopften und hofften, ihr Tagwerk würde abgenickt. Keine Stunde, und auch er müsste ins Bergwerk einfahren. Spätdienst.

Demonstrativ schüttelte er sein Unbehagen ab. Tagwerk. Abnicken lassen. Gutes Geld nehmen. Verdammt gutes Geld. Überhaupt sonntags. Nichts anderes taten sie. Tat er. Seit gefühlten Jahrhunderten. Eine Käuflichkeit, für die er sich eine Standardantwort zurechtgelegt hatte für jeden, der es wissen wollte, nach dem Warum fragte. »Warum tust du das?« Weil er einer Missionarstätigkeit nachgehe. Weil er ein gleichsam selbstloser Wohltäter sei, der um den Lohn einer besseren Aufwandsentschädigung Qualität in die untersten Niederungen des Journalismus trage. Weil man eine Story schließlich so oder so schreiben könne. Und er sie nun mal so schreibe.

Hatte er das jemals ernst gemeint? Kluger starrte in das halb volle Glas, leerte es in einem Zug und nickte der Kellnerin zu. Was würde Bela sagen, hörte sie ihn so denken?

*

Bela verzog angewidert das Gesicht.

Es war dies einer jener seltenen Momente, da sie bedauerte zu sein, wie sie war. So kerngesund. So empfindsam. So luzid als Herrin ihrer Sinne. Ja, sie sehnte sich in diesem Augenblick nach dem einen oder anderen Defizit auf Zeit. Im Sommer in einem U-Bahn-Waggon der Linie 1, an dessen einem Ende sie soeben stand, den Geruchssinn an der Tür zu verlieren und auf Knopfdruck zu erblinden, das wär's. Dann wüsste sie nichts von dem in ein ärmelloses Ruderleibchen gepferchten Affen von Mann, der scharf vor ihr seinen nackten Speckarm nach dem Haltegriff reckte. Und ihre Augen wüssten nicht, dass es hier nicht bloß nach Urwald roch.

Wäre sie doch im CAT sitzen geblieben auf ihrem Weg zurück in die Stadt. Aber nein, sie hatte den kaum frequentierten, klimatisierten Flughafenshuttle am Rennweg verlassen und gegen eine Fahrt mit der U-Bahn tauschen müssen, um partout eine der wenigen uralten, noch nicht klimatisierten Garnituren der Linie 1 zu erwischen.

Keine Stunde war es her, dass sie auf der nigelnagelneuen Aussichtsterrasse des Wiener Flughafens stand und wehmütige Blicke aufs Rollfeld warf. Wie Tentakel einer schwarzen Riesenspinne standen unter ihr die Andockstationen der Jets vom Korpus des skandalumwitterten, um Hunderte Millionen viel zu teuer errichteten Neubaus von Check-in 3 ab. Fluggastbrücken, wie diese Einstiegsungetüme korrekt hießen, und sie sah die Chartermaschine mit Rita an Bord in den wolkenlosen Himmel in Richtung London emporsteigen. Sie hatte der *Boeing* nachgeblickt, bis sie mit dem Horizont verwuchs, und einmal mehr das anmutig behäbige Wechselspiel aus Schwerfälligkeit, Kraft und Physik bewundert.

Die Tage mit Rita waren unbeschwert gewesen. Wiewohl sie das Thema nicht gänzlich hatten aussparen können. *Das Thema.* Das war der geheimnisvolle Trabant an der Seite Peter Alexanders nach wie vor. Intern allemal. Auch in London hatte die Wiener Anomalie, wie Rita es nannte, für einigen Wirbel gesorgt. Nicht in der Führungsriege, aus der wie gewohnt wenig bis gar nichts zu hören gewesen war. Innerhalb der Belegschaft indes rumorte es.

Es hatte eine Reihe peinlicher Befragungen und Anschuldigungen gegeben, und nicht überall wurde ausnahmslos herzhaft gelacht und nach britischer Manier gewitzelt. Der Verdacht, jemand könnte dem unbekannten Schöpfer der Figur (Schöpferin? Ein ganzes Team?) Tipps oder andere Formen von Unterstützung angedeihen haben lassen, war nicht von der Hand zu weisen. Alte, papierdünn überdeckte Gräben interner Rivalitäten waren aufgebrochen, und auch ihrer Freundin Rita war allein deshalb, weil sie die einzige Österreicherin im Team in der Zentrale war, der unbewiesene Makel einer Kollaboration angehaftet.

Noch am Tag des Bekanntwerdens der mysteriösen Operation hatte Rita begonnen, ihre Fühler in der Branche auszustrecken. Letztlich gab es, soweit bekannt, europaweit gerade mal ein paar Dutzend Experten, die – partiell wenigstens – das gebündelte Fachwissen, wie es in der Tussauds-Manufaktur in London zusammenlief, besaßen, jedoch nicht für Tussauds jobbten. Fünf dieser Experten lebten in Deutschland, je drei in Österreich und in der Schweiz. Diese elf, neun Männer und zwei Frauen, abzuklappern, war Belas Job, die übrigen übernahm das Mutterhaus. Kollaboration aus den eigenen Reihen war also Thema, die Beteiligung aus Übersee indes wurde ausgeschlossen. Dagegen sprach, dass die Figur, wie inzwischen auch bei Tussauds nicht länger geleugnet werden konnte, dem aus Wien vermissten Perückenmacher Ferdinand Hinczica nachempfunden war. Wer, so das Kalkül, hätte an anderen Tussauds-Standorten wie beispielsweise Las Vegas, Sidney oder Tokyo auf ihn als Vorbild verfallen sollen? Wer in der chinesischen Unterprovinzstadt Wuhan? Wiewohl genau diese scheinbare Zusammenhanglosigkeit, hatten Gegenstimmen im Haus argumentiert, ein mögliches Motiv von Helfershelfern sein könnte. Doch es blieb bei dem Ausschluss. Irgendwo musste man schließlich anfangen.

Die Aufgabe war heikel. Zu offensives Dringen machte die Branche hellhörig, und es wäre bloß eine Frage von Tagen, ehe die Öffentlichkeit Wind davon bekäme. Also hatte man sich auf eine defensive Vorgehensweise verständigt mit der von Bela ersonnenen Ausflucht, den freien Wachskünstlern eine Kooperation mit dem Hause Tussauds vorzuschlagen. Hintergrund: Man wolle eigenes Schaffen mit dem Schaffen Auswärtiger zusammenführen, wolle gemeinsame Werkschauen veranstalten, dem Publikum die unerschöpfliche Palette der Wachsbildnerei eröffnen, möglichst im öffentlichen Raum, wolle hinaus auf Plätze, Straßen, und solcherart Synergien erzielen, die beiden zugutekämen – den externen Künstlern wie auch dem Haus Tussauds.

Natürlich war dies nicht einen Tag lang ernsthaft angedacht.

London hatte Bela Bruce Doyle zur Seite gestellt, einen hocherfahrenen Mitarbeiter der Studios an der Marylebone Road. Den besten, wie es hieß. Den mit dem absoluten Blick für alle gängigen Techniken der Wachsbildnerei, auf dessen Schultern die Hoffnung ruhte, er möge die Handschrift des Künstlers wiedererkennen. Schon am zweiten Tag ihrer gut zweiwöchigen Mission hatte Bela sich gefragt, warum man ihr gerade ihn geschickt hatte, und rasch fand sie eine eigene Antwort: Es konnte nur sein in der Tat unglaubliches Fachwissen sein. Für alles Übrige, insbesondere die Überredungskunst, war sie zuständig. Bruce war Ende 50 und durch und durch altbacken; sein Sinn für Humor war altbacken; sein Charme, der bestenfalls einer alternden Dame noch einmal die zarten Sprossen eines dritten Frühlings in Aussicht stellte, diese Art Taktgefühl also, wenn man an die Vergänglichkeit einer welkenden Blume rührte, war altbacken; und sein Sinn für Spontaneität war ebenso altbacken, weil so gut wie nicht vorhanden.

Der Erfolg der Mission war wenig befriedigend. Wohl in der Hoffnung auf besseren Geschäftsgang hatte knapp die Hälfte bereitwillig Einblick ins eigene Schaffen gewährt, zwei gebärdeten sich von exzentrisch bis wankelmütig, wollten es sich aber überlegen, die übrigen vier (unter ihnen die beiden Frauen) hatten sie, begleitet von Schmährufen wie »imperialistische Marktzerstörer und spionierendes Diebsgesindel« augenblicklich vor die Tür gesetzt.

Die vom Mutterhaus durchgeführten Recherchen in Resteuropa ergaben Ähnliches. Man wusste nur, wer keinesfalls infrage kam. Das war nun bereits gut sechs Wochen her. Madame Directrice hatte entsprechend verschnupft reagiert, sie ihre Misslaune tagein tagaus spüren lassen und Bela bei erstbester Gelegenheit getriezt, als sie ihr etwa die Erstellung von Marketingkonzepten für die Bewerbung neuer Figuren auftrug, die sie längst fixfertig und von London abgesegnet in der Schublade liegen hatte.

Der reinste Segen, die Tage mit Rita, dachte Bela und drehte ihr Antlitz in Richtung einer gekippten Oberlichte, um ein paar Schnapper vergleichsweise frischer Tunnelluft abzukriegen. Sie hatten einen Ausflug nach Horitschon unternommen und das Geburtshaus von Ritas Eltern aufgesucht, ein geduckter, zur Straße hin schmuckloser Bau, wie er in dieser Blaufränkischland genannten Weinbauregion des Burgenlandes typisch war, eine schmale, einstöckige, fahlblau getünchte Fassade, die ihr wahres Gesicht verborgen hielt. Dahinter erstreckte sich nämlich ein 60 Meter langer Innenhof mit einer Sandsteinmauer zur rechten und einem durchgehenden Gebäudetrakt zur linken Seite. Ein Wiener hatte das halb verfallene Anwesen vor Jahren gekauft, mit viel Geld und noch mehr modernem Prunkgehabe beinahe zu Tode restauriert und das alte Gemäuer wie unter einen Glassturz gestellt. Mehr war durch den Briefschlitz in dem immer noch originalen Holztor nicht zu erkennen.

Gestern hatten sie die Steinwandklamm durchwandert, eine der wildromantischsten Karstklammen Niederösterreichs. Sie waren in die schattige Schlucht getaucht, durch eine Höhle gekrochen, über eine Strickleiter emporgeklettert, hatten Stiegen und Steige zuhauf überwunden und alle beide den ersten Feuersalamander ihres Lebens außerhalb einer zoologischen Einrichtung gesichtet. Ein schwarz-gelbes Huschen zu ihren Füßen. Und das bei Tag! Berauscht von so viel Naturglück und ein wenig beschwipst von dem einen oder anderen Glas Wein hinterher, waren sie am späten Abend mit dem Zug heimgekehrt.

Stephansplatz, dudelte die Lautsprecherstimme im Waggon.

Gott sei Dank! Noch eine Station bis zum Karlsplatz. Den Rest des Weges rüber nach Wieden würde sie laufen. An diesem herrlichen Frühsommertag. Das hätte sie gleich tun sollen. Aber nein. Sie musste ja noch zum Schwedenplatz auf ein heillos überteuertes Eis. Und weiter mit der Linie 1 zum Karlsplatz. Für die Lächerlichkeit von zwei Stationen. Anstatt gleich zu Fuß …

Bela schnaufte tief durch und bereute es in der Sekunde. Angeekelt kniff sie die Augen schmal und fand sich in Gedanken in der nahen Zukunft wieder, am Folgemorgen im Büro. Die Aussicht, in aller Herrgottsfrüh bei Madame antanzen zu müssen, schmälerte die gegenwärtige Übelkeit keineswegs. Diese alt Wiener Art verkappter Schulmeisterei, diese Klugscheißerei und Übellaunigkeit zugleich, waren zuletzt kaum zu ertragen gewesen.

Wiewohl …

… wiewohl Madame vor drei Tagen, am Donnerstag, ehe Bela sich verfrüht ins Wochenende verabschiedet hatte, wie ausgewechselt schien. Das wütende Glühen, das sie wochenlang wie eine Attitüde im Blick getragen hatte, als wären ihre Augen eine Zigarettenglut, die sich am Unvermögen der Belegschaft (und an Belas insbesondere) stets aufs Neue entzündete, war über Nacht verflogen. Anstatt mit jedermann anzubinden, lief die Direktorin mit einem Ausdruck paradoxer Freude durchs Haus, führte Selbstgespräche und summte klassische Melodien. Einmal, als sie einander bei Michael Jackson über den Weg liefen, flötete sie, während sie Jackson kichernd ans Gesäß fasste: »Haydn. Mozart. Beethoven. Schubert. Über allen Schubert. Darin liegt das Geheimnis, meine Liebe. Sie werden schon sehen.«

Was, dachte Bela, ist bloß in sie gefahren?

*

»Was ist da bloß in dich gefahren«, murmelte Clementine Nierast in diesen Minuten und riss den Vorhang beiseite. »Dich so gehen zu lassen. Nein. Nein. Und nochmals … nein. Aber jetzt ist alles wieder gut. Jetzt ergibt alles einen Sinn. Einen höheren Sinn. Wie wahr, wie wahr!«

Wie so oft am Tag blickte die Direktorin zum Fenster hinaus auf den Vorplatz. Sonntags zu arbeiten, schmeckte ihr nicht, einmal im Monat aber musste es sein. Sie pflegte dann schon Tage zuvor mit übler Laune über alles und jeden hinwegzufegen wie eine Sturmfront, eine Bora der Gereiztheit, und nahm Kleinigkeiten zum Anlass, die Mannschaft sämtlich antreten zu lassen und mit unerbittlicher Strenge zu visitieren. Als würde ein Feldmarschall die Truppen auf die alles entscheidende Schlacht einschwören.

Ein bisschen Ausgleich für ihr Leiden musste schließlich sein.

Ging der Sonntag jedoch zur Neige, fehlte wie nun bloß das eine oder andere Stündchen bis Feierabend, hing das Abendglück betörend in der Luft, verlockend wie der Duft eines frisch herausgebackenen Langos. Mit viel Knoblauch. Das hielt die bösen Geister fern, und allen voran ihren Noch-Gemahl. Ja, sagte die Direktorin bei sich, stand das Abendglück vor der Tür, brauchte es nicht viel, und die Unstimmigkeiten waren allesamt verblasen, so als würde die böige Nachhut einer Sturmfront auch das letzte Gewölk mit sich reißen und die Sterne in den Himmel malen.

Aber heute war ohnedies alles ungetrübt. Nicht ein Wölkchen trübte den Himmel ihres Gemüts. Nicht ein einziges Mal war ihr die Miene verrutscht. Die frohe Aussicht allein, ihren triebgesteuerten Noch-Gemahl bald schon in die Wüste zu schicken, wäre Anlass genug zur Freude gewesen, doch den hatte sie ohnedies längst abgeschrieben. Nein, was ihr Hochgefühl ausmachte, war nicht weniger als Clementine Nierasts neuer Blick auf die Welt. Und so nahm sie es auch den vielen Menschen dort unten nicht übel, lenkten sie ihren Schritt vorüber und nicht unter ihr Dach. Sollten sie doch Eis schleckend von da nach dort ziehen. Sollten sie doch ihren Süchten des schnellen Vergnügens erliegen. Sie wusste, sie würden wiederkehren. Alle. Hierher. Zu ihr. Auf den Riesenradplatz. Nicht heute. Aber bald. Sehr bald.

Und es wird allein dein Verdienst sein, Clementinchen.

Grauenvolle Nächte hatte sie durchwacht. Nächte, in denen das bisschen Schlaf es nicht wie sonst verstand, ihr das Gesicht alterslos zu machen. Nächte, da sich Gram und Sorge in ihrem Antlitz festkrallten. Nächte, da sie in ihrer Verzweiflung wie versteinert hochfuhr, wieder und wieder, die Augendeckel sich tagsüber anfühlten wie bleierne Sargdeckel, und sie vermeinte, alles würde bald zu Grabe getragen: ihre Liebe zur Arbeit, ihr Leben als solches. Weil es nicht erklärbar gewesen war.

Warum, verdammt? Warum?? Warum???

Aber jetzt nicht mehr. Jetzt war Schluss mit Halbmast. Jetzt spielte es auch keine Rolle mehr, dass dieser Waschlappen von Mann weinerlich vorgab, alles sei bloß geschehen, weil er zu Hause ein Leben im Verdruss führe. Weil er nie Recht bekomme.

Und nur darum das gemeinsame Wirtschaftsgeld zu den Huren getragen habe. Nur darum das spurlose Verschwinden des Familienschmucks. Nur darum diese Ausreden, Ausflüchte, wie die Berufsgaukler sie pflegen. Nur darum diese rätselhaften Kreditkartenabrechnungen zugunsten einer Minenbeteiligungsgesellschaft in Nordbrasilien.

Minenbeteiligung.

Dass sie nicht lachte. Da mag schon gegraben und geschürft und gewühlt und zutage gefördert worden sein, hatte sie ihm an den Kopf geschleudert, aber bestenfalls in und aus deiner Hose, du Schwein!

Soll er ruhig zu seinen Flittchen gehen. Ums künftig eigene Geld, von dem er die künftig eigene Wohnung würde bestreiten müssen. So wusste sie zumindest, woran sie war, wusste, wie kärglich das Oberstübchen des vormalig dauerentspannten Hausherrn möbliert war. Da ein Kommödchen für den Sexualtrieb, dort ein Kästchen für den Sportverein, und vielleicht noch ein Lädchen für den Wein.

Sex, Fußball und die Sauferei. Das ist alles, woran ihr denken könnt.

Egal, dachte Clementine Nierast. Schließlich war sie zu Größerem bestimmt. Sie hatte die Signale empfangen, und sie würde die Segel hissen. Eine neue Sicherheit umbrandete ihr das Gemüt. Wiewohl es noch ein gutes Stück Arbeit war bis dorthin. Einfach nur Platz zu schaffen für eine neue Figur? Das war keine große Sache. Eine Sardinendose mit einem zusätzlichen Fischlein befüllen … das konnte schließlich jeder Dahergelaufene. Zusammenrücken, Burschen, bis nix mehr geht, und das war's dann.

Nein, nein.

Wahrhaftige Größe in der Arbeit, wusste sie, setzte dort an, wo frau zu hinterfragen begann, während andere sich in selbstgefälliger Werkbeschau zurücklehnten; wo es galt, Zusammenhänge in Szene zu setzen; wo die Kunst nach der Kraft des Mystischen rief; wo diese Kunst einforderte, vollends im eigenen Spüren zu sein, sich in den innersten Raum der Stille zurückzuziehen, dorthin, wo die Urfreude am Gestalten wohnt.

O ja, genau das zeichnet eine Frau deines Formates aus.

Und genau das hatten diese Banausen da drüben in London noch nie verstanden. Clementine Nierast seufzte. Ja, so war das nun mal mit der Gegensätzlichkeit von unbedankter Kunst und bedanktem Nichtskönnen. Die marschierten Reih in Reih. Da musste sie bloß einen Blick auf ein paar ihrer Figuren hier im Haus werfen, die sie ihr aufs Auge gedrückt hatten, oder auf ihren künftigen Ex-Mann, und schon war alles klar.

Aber Wien, erwog sie weiter, diese Wienerstadt und die ihr eingeborenen Menschen, die echten … hatten die nicht ein Anrecht, ach, was heißt denn Anrecht, ein natürliches, gottgewolltes Vorrecht auf die Ausgestaltung des Andenkens ihrer musikalischen Heroen?

Natürlich haben sie das.

Und was taten die da drüben? Diese Briten? Klotzten ihr die Größen der klassischen Musik nach Maßgaben von Praxis und Praktikabilität ins Haus, pferchten sie nach Parametern wie Quadratmeter und Farbabstimmung zusammen, Raumbeleuchtung und Zwischenwand und diesem ganzen pragmatischen Schmonzes. Fehlte nur noch, dass die echten Kreativen nicht beisammenstünden. Natürlich mussten die beisammenstehen. Aber in welcher Anordnung? In welcher Gesellschaft? In welcher Gestik und Mimik? In welcher Pose? Vor allem zueinander?

Das sind Fragen! Das sind Herausforderungen!

O ja, diese Art von Frevel konnten nur die da drüben begehen, dachte Clementine Nierast und spürte das kontinentale Aufwallen ihrer Säfte gegen diesen … ja gegen diesen Ausbund von insularer Präpotenz. Kein Wunder, dass es den Beethoven zeitlebens nie zu denen verschlagen hat. Nun ja, dem alten Haydn sei sein Inselengagement als Altersschwäche nachgesehen. Und beim seligen Schubert hat der Herrgott ein Einsehen gehabt und ihn vorher zu sich geholt, etwas früh, das ja, mit 31, aber zumindest, ehe er auf dumme Gedanken hat kommen können, was seine Reiselust und sonstige Gelüste …

Wen der nicht alles musikalisch verewigt hat. Goethe, Schiller, Schubart, Rückert, Heine und viele, viele mehr. Nicht zu vergessen den Müller Willi. Einer geheimnisvollen Berufung folgend, begann die Direktorin, leise vor sich hin zu singen.

Am Brunnen vor dem Thore
Da steht ein Lindenbaum:
Ich träumt' in seinem Schatten
So manchen süßen Traum.
Ich schnitt in seine Rinde
So manches liebe Wort;
Es zog in Freud und Leide
Zu ihm mich immer fort.

Jaja, erwog Clementine Nierast, da waren sie im Süden des alten Europa mit ihrer Weisheit längst am Ende gewesen, da war der schubert'sche Stern im Norden erst so richtig im Aufgehen begriffen, unaufhaltsam und im Gefolge der Berliner Schule … Klein und Reichardt und Zelter und wie sie alle hießen … während drunten … im Süden …

… hmm …

… natürlich, Tonheroen waren die auch, alle drei, ein Haydn, ein Mozart, ein Beethoven … aber nicht beim Lied. O nein! Rabeneltern des Liedes waren sie … und das Lied … ein Stiefkind … und in keinem Verhältnis zu ihren übrigen Schöpfungen …

… hmm …

… Oper und Instrumentalmusik … das ja, aber dieser Mangel an Reichhaltigkeit … allein daran zu erkennen, dass die schönsten Lieder eines Beethoven oder Haydn sich in den Adagios ihrer Instrumentalmusik fanden …

… hmm …

… und nichts, gar nichts waren im Vergleich zur Urempfindung des deutschen Liedes bei einem Schubert. Jawoll! Diese Symbiose aus Lyrik und Instrumentalmusik, diese Perfektion der Fortführung … diese Verbindung des Volksliedes mit der Poesie des Volksausdruckes … ach was … diese Vergöttlichung des haydenschen Liedes im volkstümlich instrumentalen Sinn.

Clementine Nierast stand da und atmete schwer. Und dass sie justament ihn, *ihren* Schubert für *ihr* Haus, mit diesem unübersehbaren Ausdruck von Syphilis im Blick modelliert hatten, bloß weil er sich die Syph weiß Gott wo eingefangen … und dass er ein Homo auch noch gewesen sein soll … welch schamlose, unbewiesene Boshaftigkeit aus der Ecke der Unkultur! … Ja, das würde sie denen da drüben jenseits des Kanals bis ans Ende ihrer Tage nicht verzeihen. Welch Akt der kulturellen Barbarei dieser … dieser Halbmenschen … denen bei österreichischer Hochkultur nach wie vor nicht mehr in den Sinn trat als Walzer, *Sound of Music* und Apfelstrudel. Und vielleicht noch Waldheim. Und Hitler.

Wie wäre es, wenn ich den Schani eliminiere, dachte sie. Um Platz zu schaffen. Zur Strafe. Und zur Wiedergutmachung. Ja. Weg mit dem jungen Johann Strauss! Das würde die Platznot lindern, die Angelegenheit entscheidend vereinfachen. Sollen die Leute doch nach Berlin fahren, wenn sie einen Strauss sehen wollen. Oder Strauß.

»Ja, der Strauß«, murmelte Clementine Nierast lächelnd. Was war das nicht für ein Theater gewesen, damals, vor drei oder vier Jahren, als sie selbst noch bei Tussauds Amsterdam auf dem Dam-Platz jobbte, ehe man sie mit der Leitung in Wien betraut hatte, und als die Kollegen in Berlin den Franz Josef Strauß als Falotten hingestellt haben. Wie kleine, spitzige Nadeln der Erinnerung, die man an den Akupunkturpunkten eines Nationalbewusstseins ansetzte.

Was für ein genial inszenierter Aufruhr, hahaha!

Weil sie ihn auf einer Bildcollage in einem Folder abgelichtet hatten, Helden und Bösewichte, der Rote Baron Richthofen und der Stauffenberg als Heroen, und er, der gute alte Franz Josef, in einer Reihe mit diesem Guillaume, diesem Wicht von DDR-Spion.

Ein bayerisches Nationalheiligtum als Schurke. Guillaume und sein Vater in einem Atemzug, hatte der Sohn vom alten Strauß gepoltert, das sei wie der Vergleich von einem Haufen Hundescheiße mit der Zugspitze. Sinngemäß. Eine Sauerei sei das, hatten die Offiziellen der CSU hinterdrein geschrien. Eine Belastung der deutsch-britischen Beziehungen. Außenpolitische Konsequenzen müsse das haben. In London vorstellig werden müsse man. Von ganz oben. Und überhaupt.

Na und?

Kopf in den Sand, Freunde, dachte Clementine Nierast, Politik nach alter Straußenart. Rein und durch. Der Ausdruck kam doch nicht von ungefähr. Außerdem ... was war das schon im Vergleich zu dem Affront gegen den Schubert Franzl?

»Ein verfluchter Scheißdreck im Vergleich«, fauchte die Direktorin und schlug sich gegen den Mund. Aber wenn's doch wahr war. Raus mit dem Strauss also?

Hmm ... andererseits ...

Tussauds Wien ohne Johann Strauss Sohn? O Gott, o Gott! Ohne London war das nicht durchzukriegen. Wie der schon dastand. Schlimm genug, dass sie dem überhaupt einen Platz eingeräumt hatten. Und dann erst das Gehabe. Mit einem präpotenten, ach was, mit einem durchlauchtigen Blick auf die übrigen vier, der noch hinüberwirkte bis zum Klimt. Ein Wunder, dass dem der Pinsel noch nicht aus der Hand gefallen war. Wie dieser Strauss den Taktstock schwang, gleichsam sein anmaßendes Dirigat über die wahrhaften Größen ringsum ausübend. Diese Impertinenz des Weihevollen in Blick und Gestus, o nein, das war zu viel der Taktlosigkeit. Noch dazu, wo doch der Strauss ...

Wie willst du das nur irgendwem begreiflich machen?

... wo doch der Strauss, dieser Jungspund ihrer Künstlerriege, ein Paradebeispiel an verderbtem Lebenswandel gewesen war. O ja, der mit seinen widerlichen Frauenge… Weibergeschichten! … fast so ein Hurenbock wie ihr eigener Gschamsterer … ja, kaum ist die eine unter der Erde, ehelicht er schon die nächste, … so ein Schauspielerflittchen, aber bitte, das hat er ja dann davon gehabt, der gute Herr von und zu Strauss, weil er seinen kleinen Schani nicht unter Kontrolle hat halten können. Kaum hat die Neue den Direktor vom Theater an der Wien an der Angel gehabt, war er, der Schani, auch schon wieder passé.

Recht ist ihm geschehen, dachte Madame Directrice. Vielleicht sollte ich den Strauss meinem Noch-Gatten in die neue Wohnung stellen? Der Helmut und der Schani. Gleich und gleich … zwei Flittchengänger, zwei überbewertete Epigonen … nun ja, der Strauss wiederum auch nicht, wenn sie da an den Donauwalzer dachte … aber ein ebenso Unglück stiftender Lump, ja, das war er allemal, und ein elendiger Verräter an der Heimat obendrein.

Wird Deutscher! Konvertiert zu den Evangelischen!

Ha! Nur damit er noch einmal heiraten kann … von wegen Wiener Blut … also der gehörte raus aus ihrem sauberen Haus (da hat sie dieser baumlange Security, dieser Flecker, tatsächlich einmal erstaunt, weil der genau das gesagt hat … raus aus unserem Haus mit dem Strauss!).

Na ja, wenigstens keine Kinder, mit der einen wie mit der anderen nicht. Der Segen ist dem Strauss verwehrt geblieben. Und uns erspart. Gegen manch einen, dachte sie, setzte sich die Gerechtigkeit eben doch durch.

Egal. Sie würde es wieder richten. Wenigstens hier, bei den Künstlern. Wenigstens hier, in Wien. Anderswo und auch mit dem Rest unter ihrem Dach sollten sie machen, was sie wollten. Insbesondere mit den Sportlern. Ob nun ein Franz Klammer neben einem Thomas Muster stand oder einem Hans Krankl oder einem Gerhard Berger …

Wen interessiert das?

»Skifahrer, Tennisspieler, Fußballspieler, Formel 1, ist doch powidl und wurscht«, hauchte sie gegen die Fensterscheibe,

»powidl und wurscht ist das. Die trainieren sich sowieso das Hirn in Muskelmasse oder Gasfüße weg. Wurscht! Wurscht!! Wurscht!!! Wurscht!!!! Wurscht!!!!!«

Clementine Nierast seufzte aus tiefstem Herzen. Wie schwierig das alles doch war. Wie hart ein Mensch sich rannehmen musste, wollte er seiner Arbeit mit Gewissenhaftigkeit und Fachwissen nachgehen.

Dieser Arbeit.

Und wie leicht man sich zugleich der heftigsten, mitunter gerechtfertigten Kritik der wahrhaft Wissenden aussetzte. Einen Alexander von Humboldt demzufolge auf stimmige Weise in diesen erlauchten Kreis von Künstlern und Gelehrten aufzunehmen, den Strauss einmal ausgenommen, o nein, das war kein Moniglecken. Nicht, wenn man die Sache in aller Ernsthaftigkeit und Würdigung der Umstände anging. Für so eine Entscheidung musste man sich ausreichend Zeit nehmen.

Ein Gesamtkunstwerk.

Ja, das war, was sie benötigte. Eine feinsinnig abgeglichene, filigrane Konzeption, die Position und Rang eines jeden gerecht wurde. Wie sollte sie das auch nur einem aus dieser tumben Mitarbeitermasse klarmachen? All diesen Holzköpfen? Von der Schmaus vielleicht noch abgesehen?

Hmm …

Mit gutem Zureden und sehr viel Geduld könnte es vielleicht klappen. Aber auch nur, weil sie das prinzipielle Potenzial dieser Schmaus erkannt, ihr seinerzeit neben den Sicherheitsagenden auch Marketingaufgaben übertragen hatte. Allerdings … wenn sie da an die Rohschriften dachte, die ihr die Schmaus zuletzt im Frühling in Sachen Bewerbung der neuen Figuren erstellt hatte … in der Sache vordergründig effizient … aber darüber hinaus, unter der Oberfläche … einfach nur derb und ungefühlig. Nicht der Hauch von Sensibilität. Also ab in die Rundablage. Wie gut, dass sie längst ein Konzept in der Lade liegen hatte.

Und die anderen?

Ach, was kümmerten sie die anderen. Sie, Clementine Nierast, war eine Frau der Tat, eine Frau der Hingabe an die hohe Kultur und als solche keine Erfüllungsgehilfin des Banalen. Niemals! Über Wochen, durch endlose Nächte hindurch hatte sie Varianten ersonnen. Bis sie es hatte.

Den Beethoven ein Stück nach links, hatte sie ausgetüftelt, Mozart und Haydn dagegen in Opposition zueinander … unter besonderer Bedachtnahme auf den Brief des alten Haydn an Vater Leopold … dass doch sein Sohn Wolfgang … wie hat er gleich geschrieben? …

… sage Ihnen vor Gott, als ehrlicher Mann, Ihr Sohn … der größte Komponist, den ich als Person und dem Namen nach kenne …

Ganz genau. So stand es geschrieben. »Papa Haydn« durfte der Wolferl Amadeus später zu ihm sagen, und sie hatte es dem Papa Haydn auch posthum längst verziehen, dass ihm der Name Schubert damals noch nicht so geläufig gewesen war, während der Franzl … *ihr* Franzl … den alten Meister Haydn seinerseits glühend verehrt hatte, wie allseits bekannt war.

Ja, so sollte es sein. Die beiden sollten künftig zueinander geneigt stehen … und vor allem der Strauss … der hätte um die Hälfte und mehr an Platz eingebüßt … mitunter zugunsten ihres über alles geliebten … Franzl.

Endlich. Die perfekte Lösung.

Und dann? Dann kamen diese verfluchten Briten daher, noch dazu auf Umwegen, über die Hintertür quasi, einen Strohmann, und warfen ihr wieder alles über den Haufen. Sollte sich nur einer beschweren, wenn ihr keine Zeit mehr für anderes bliebe. Ein Humboldt allein wäre ja noch gegangen … aber nun, unter diesen gesonderten Umständen … im Doppelpack … genau genommen sogar drei …

… hmm …

Zumal sie für den zweiten keine exakten Größenvorgaben erhalten hatte, nur peripher. Drei Meter in der Länge, besser dreieinhalb … eineinhalb in der Breite … nicht eingerechnet die (falls gewünscht, selbst beizustellende) Deko … beim Humboldt idealerweise eine Piroge, das war ja aus London gekommen, und bei diesem anderen … dazu das Beiwerk …

… *hmm* …

… und als wäre alledem nicht genug, dieser Sexualprotz von Mann, den sie unter keinen Umständen zu begnadigen gedachte.

Keine einfache Sache, und doch war Clementine Nierast an diesem Sonntagnachmittag bester Dinge. Einmal mehr würde sie die Nase vorne haben unter den Festlanddirektionen, und beim Gedanken daran überkam sie ein zartes Beben, ähnlich jenem, das den Kapitän eines Kreuzfahrtriesen überkommt, wenn er Befehl zum Auslaufen gibt und das Schiff den Bug erstmals in die Strömung stellt.

Energisch zog sie den Vorhang wieder zu. Sie war gespannt, wer da noch etwas zu mäkeln haben würde. Dieser Schmierfink womöglich? Wie war sein Name? Ach was, selbst dem würde sie den Wind aus den Segeln nehmen. Im Vorfeld. Als Trendsetterin, die sie nun mal war, würde sie eine neue Linie vom Stapel lassen. Das war sie ihrem Ruf schuldig. Sie würde klar Schiff und die Turbulenzen von vor ein paar Monaten vergessen machen, die eingerosteten Mitarbeiter wieder auf Trab bringen und den Zeitungsfuzzis … wie hieß dieser Schmieranski noch mal …

Kluger?

*

Der nippte am sechsten (siebten?) *Aperol* und rieb sich den Bauch. Der Lange am Nebentisch hatte seinen Platz für den Neuankömmling geräumt, nahm die Rolle des verschwiegenen Beobachters beim Tarockspiel ein. Klugers Blick fiel auf das T-Shirt des nunmehrigen Kiebitz. Es war ringsum bedruckt, glich der Drei-D-Ansicht eines Geiers im Sturzflug. Woher, verdammt, kannte er …

Auch Klugers Laune befand sich im Sturzflug. Eben noch hatte er an seinem Hawaiihemd im Max-Payne-Look gezupft und ein Flattern festgestellt, untrüglicher Beleg, dass der Kummer der vergangenen Monate auch sein Gutes zeitigte, ihn hatte schrumpfen lassen. Dann aber hatten seine Augen sich auf eine Bewegung zwischen Tischbeinen am Gastgartenende gepinnt. Zwei Knopfaugen starrten ihn an, und Kluger erkannte den zoologischen Typus auf der Stelle: ein Pinscher.

Rührte daher der jähe Stimmungsabfall?

Kluger mochte Hunde, sogar Pinscher, solange sie wenigstens drei Beine vorzuweisen hatten und keine genagelten Maßschuhe trugen. An der Greisin, die er vorhin jenseits der Präsidentengruften an der Gabelung zwischen der Babygruppe und den Islamischen getroffen hatte, konnte es auch nicht liegen. Es war das übliche Klagelied, das er zu hören bekam. Die Jugend von heute. Keine Zeit mehr für nix. Kein Respekt mehr vor nix. Vor dem Alter schon gar nicht. Die Kinder, Enkelkinder in alle Winde und Wichtigkeiten zerstreut. Der Mann? Vor zwei Jahren dahingeschieden, gefolgt vom Hund Waldi, noch im Trauerjahr. Ein Dackel? Ja. Ein Waldi eben. Die Mutter liege gleich da drüben, auf 39. Der Vater? Eine bloße Erinnerung auf Bildern, aus lückenhaften, beschönigten Erzählungen, gefallen bei Stalingrad und im Permafrost der russischen Erde verscharrt, ehe sie zur Welt gekommen sei. Bedauernswert, dachte Kluger, aber in einer Stadt wie Wien, wo Altsein und Alleinsein einen verlässlichen Bund des Dahinsiechens eingingen, nichts als Dutzendware.

Woher sonst die Laune? Machte es der Mangel an Anerkennung, der ihn aushöhlte wie eine hartnäckige Brandung ein Stück Land? Weil er seit drei Monaten schon ohne Namenszeile schreiben musste? Kein *Ein Bericht von Vinzent Kluger.* Nicht einmal ein Kürzel, V.K., gestanden sie ihm zu. Nada. Niente. Selbst bei dem Triumph mit Saddam von Oberlaa nicht.

»Geil, geiler, Gluuuger«, murmelte Kluger mit anhebendem Zungenschlag und fing sich einen finsteren Blick des Alten ein, der immer noch vor dem Steinjesus stand. *Saddam, der gehenkte Diktator von Oberlaa*, hatte er getitelt. Was für eine Story! Eine Leiche im Gastgarten eines Heurigen am südlichen Stadtrand Wiens, beim *Bruckner Schurli* draußen in Favoriten, die über dem Stammtisch an einer mächtigen Kastanie baumelte und als Suizid in den Akten verkommen wäre, hätte nicht …

… ja, hätte nicht ein Kellner, Herr Fritz, seine Zweifel an der Polizeiversion in der Redaktion der *Guten* angemeldet.

»Söwa ins Säul g'sprungen? Da Sadaam? Nua iwa mei Leich«, hatte der ins Telefon geschnaubt und in der Chefreporternase die animalische Witterung für Storys aktiviert.

Das Opfer, ein gewisser Leopold Kratochwill, habe das eine oder andere auf dem Kerbholz gehabt, prinzipiell jedoch ein Leben im Sternzeichen eines noch ehrlichen Weißburgunders geführt, hatte Herr Fritz später vor Ort, im Schatten der Todeskastanie, verkündet, wie auch, dass er Teil einer vierköpfigen Herrenrunde gewesen sei, die ein absonderliches Spiel gepflogen habe.

»De spüln des Tyrannen-Quartett. Ham S' vo dem scho amoil wos g'hört, Herr Redakteur? A Waunsinn normal, sog i Ihna!«

Nein, Kluger hatte nicht, und es war in der Tat ein bizarres Spiel, dem die Herren anhingen und welches sie um die eine oder andere Abwandlung zum gewöhnlichen Quartett erweitert hatten, da sie die Regeln so auslegten, dass einzelne Stärken der Figuren sich zu einem höheren Zweck vereinen ließen. Das sei die hohe Schule, hatte Herr Fritz gemeint, und für Anfänger nicht geeignet.

Prinzipiell jedoch würden die Tyrannen wie bei jedem Quartett in Kategorien unterteilt, und die Kriterien der Stärke seien Geburtsjahr, Alter bei der Machtübernahme, Herrschaftsdauer, angehäuftes Privatvermögen und selbstredend die Zahl der Toten, die sie zu verantworten hätten. Da gebe es etwa die *Junta-Chefs* (er sagte Junta und nicht Chunta) wie diesen Videla, den Argentinier, oder auch diesen Griechen mit dem unaussprechlichen Namen, Papadoppelnuss oder so. Ferner die *Nazi-Kollaborateure* und die *Militärs*, die *Ostblock-Regenten* wie Erich Honecker, die *Völkermörder* wie Pol Pot, die *Kommunisten* wie Mao Zedong, die *Kleptokraten* und *Nepotisten* (was auch immer das sei), die *Monarchen* und *Isolationisten*, allen voran dieser nordkoreanische Schlächter, Kim irgendwas, der Vater jedenfalls, ferner die *Faschisten* mit Hitler als Blitztrumpf mit gelbem Stern (was kein Wunder sei bei drei Milliarden US-Dollar Vermögen und 55 Millionen Toten), dazu die *US-Marionetten* wie diesen Kubaner Batista, die *Religiösen Eiferer* wie Ajatollah Khomeini und – nicht zu vergessen – die *Wahlbetrüger* wie diesen einen Neger, diesen Zugabe, nein, Mugabe, in einer Gruppe mit dem kleinen Bush, ja, genau, der Dschordsch Dabblju. Aber dessen gerade mal eins Komma zwo Millionen Tote seien im Chor der Tyrannen nur besserer Durchschnitt.

Nach und nach hatte Kluger begonnen, den ungeheuerlichen Verdacht des Kellners zu teilen – nicht zuletzt wegen des fast schon zu harmonischen Bildes, das dieser Selbstmord nach außen abgab, wovon er sich dank eines Handyvideos hatte überzeugen können, das Herr Fritz (er hatte den Toten im Morgengrauen entdeckt) vor Eintreffen der Polizei angefertigt hatte und den in sanfter Morgenbrise tänzelnden Toten zeigte.

»Marie für Pol Pot«, hatte Kluger in seinen Aufzeichnungen vermerkt, was so viel hieß, dass der Tote bei einem der Mitspieler mit einem hohen vierstelligen Betrag in der Kreide stand, verloren bei der anderen, meist nächtlichen Kartenrunde der Vier, dem Pokerspiel. Dies stellte eine weitere Eigentümlichkeit dieser spielerischen Zusammenkunft dar: Alle trugen sie Spitznamen nach einem der Quartett-Tyrannen. Saddam Hussein der Erste. Muammar al-Gaddafi der Zweite. Juan Domingo Perón der Dritte. Und Pol Pot der Vierte.

Pol Pot hieß mit bürgerlichem Namen Emil Schmoller und hatte einst bei der Légion étrangère gedient. Ausgerechnet ein Fitnesstrainer aus einem nahen Gemeindebau hatte dem vormaligen Fremdenlegionär seine aus dem Katalog bestellte Asiatin abspenstig gemacht. Zuletzt soll sie aber wieder Augen für den Ex gehabt haben. Geld und Eifersucht, zwei der Uraltmotive für Gewaltverbrechen also. Kluger wusste nicht, wer. Er wusste nicht, wie. Aber er wusste, dass. Und er ahnte, warum.

Das Video des Toten hatte ihn darauf gebracht.

Wie der echte Saddam Hussein auch war Leopold Saddam Kratochwil im weißen Büßerhemd und schwarzem, wallendem Mantel gehenkt worden. Überdies war der irakische Ex-Diktator der Einzige unter den Tyrannen, der sich nicht per Myokardinfarkt oder nach der Erich-Honecker-Methode (erst ins Exil, dann Leberkrebs) aus der Verantwortung schlich, sondern von irdischer Gerechtigkeit aus irdischer Hand ereilt wurde. (Dass Gaddafi im Kugelhagel starb, ließ Kluger als statistischen Ausreißer außer Acht, zumal Gaddafi von Oberlaa ja noch am Leben war.)

Motiv für beider Saddams Hinrichtung: Rache. Der eine durch die Hand des Volkes, der andere durch den Fitnesstrainer. Nicht jedoch aus Eifersucht, nein, als gedungener Richter hatte er den säumigen Schuldner Kratochwil exekutiert, beauftragt und bezahlt durch Gläubiger Emil Schmoller alias Pol Pot. Also hatte er den Ex seiner Geliebten in der Wohnung ins Seil gestoßen und hinterher an die Kastanie geknüpft.

Anfangs, als der Mord noch unbewiesen war, hatte Kluger bloß guten Lesestoff im Tod des Saddam von Oberlaa gesehen, dazu angetan, im Bezirk für Unruhe zu sorgen, einen Flächenbrand zu entfachen, der idealerweise nach anderen Stadtteilen hinüberleckte. Das mediale Streuen von Gerüchten wie zum Unterzund einer brandsüchtigen Neugierde, knallig aufgemacht mit Begriffen wie »mysteriöser Tod« oder »Kriminalrätsel«. Ein Selbstläufer, der das Gerede in Gang setzte und dem Volksmund die abenteuerlichsten Konstrukte eingab. Ja, hatte er sich gesagt, so lief der Hase, wenn der echte Profi sich auf sein Rüstzeug besann und zum Hausmittel griff, das da hieß:

Deduktion durch Reduktion.

Zentrales Element der bewährten Taktik war das Instrumentarium der Weglassung. Mussten Parteien und politische Amtsträger sich das Verschweigen von Fakten zumeist durch Inserate erkaufen, funktionierte die Nicht-Berichterstattung in der Chronikwelt auch mittels Ableitung des Besonderen aus dem Allgemeinen, indem Redundantes abgesondert wurde, die mögliche, oft erwünschte Wesensänderung der Ursprungsmaterie inbegriffen. In Klugers Worten: Wer einem triefenden Schweinsbraten alles Fett wegraspelte, durfte damit rechnen, vor einem mageren Schinkenstück zu sitzen. Was im Fall des Saddam von Oberlaa bedeutete: verminderte einen hochoffiziell bekundeten Selbstmord um das überflüssige Präfix *Selbst*.

Deduktion durch Reduktion.

Und dann – nicht zuletzt, weil auch der in der Knotenkunde beschlagenen Bestatterin beim Waschen des Toten Ungereimtheiten ins Auge gestochen waren, die sie bei Untätigkeit der Exekutive an die Öffentlichkeit zu bringen drohte – die exklusive Erstveröffentlichung, es handle sich tatsächlich um ein Kapitalverbrechen. Das hatte der *Guten* Anerkennung eingetragen, Kluger indes hausintern Neid und Missgunst, insbesondere bei Ressortleiter Pinter, da er die Story hinter seinem Rücken beim Boss durchgesetzt hatte.

Für eine Begnadigung, die Namenszeile betreffend, hatte es dennoch nicht gereicht, und der Stachel der Schmach saß tief. Nicht einen Journalisten kannte Kluger, der nicht genussvoll am Egolutscher Namenszeile lutschte. Wer wollte schon Topstorys, exklusive Topstorys, in die Welt hinausjagen, ohne dass die Menschen, mehr aber noch die Branche um ihren Schöpfer wusste?

»Keine Sau«, stöhnte Kluger und nahm einen Schluck. Nein, so viel Altruismus war in der Erbinformation des Reportergens nicht vorgesehen. Und wenn doch, so musste es sich um Vertreter jener geschlechtslosen Mutanten handeln, die mittlerweile auch in anderen Sparten am Ruder waren. Im Tennis. Im Fußball. Und im Motorsport.

Ja, dort am allermeisten.

Beim Gedanken an die extrascharfen Typen von einst, die nur noch in Erinnerungen und historischen Bildbänden lebten, fing Kluger an, im Sitzen zu schwanken. Wo waren sie bloß? Seine Helden mit Ecken und Kanten? Wenn beim Grand Prix der dampfende Atem der Menge nach Pferdestärken und Rossäpfel schmeckte; wenn es nach Ritterspielen der Nahbarkeit roch, nach rostigen Rüstungen und funkelnden Helden mit Fehl und Tadel; wenn schon im Vorfeld das Klirren der gekreuzten Schwerter erscholl und Schlachtrufe gellten, weil jeder dieser Verwegenen ein einmaliges Werk der Schöpfung war und kein hirngespülter Klon; menschengleiche Halbgottwesen aus Fleisch und Blut, die mit offenem Visier durch das da noch dünn gesäte Minenfeld aus Medien und Sponsoren pflügten und starke Sprüche absonderten, und einem nicht bloß dieser faulige Pesthauch von Feigheit entgegenschlug, wenn sie ihre Sprachausdünstungen absonderten wie ein Heer genmutierter, verdorbener Austern, in beliebiger Stückzahl reproduziert und mit millionenschweren Maulkörben gefügig und schweigsam gemacht. O ja, wo waren die Zeiten, als die Sprachklappen noch Mundwerk hießen und nicht bloß geschmacksbefreiter Einheitsbrei daraus abgesondert wurde. O nein, echte Münder, echte Mäuler waren das gewesen und weit genug für eine rhetorische Großspurigkeit jenseits jeder Streckenbreite. Mäuler, Großmäuler, die im einen Winkel den letzten Tropfen Whiskey glitzern hatten und im anderen die qualmende Zigarette hängen, den glosenden Joint; schnell, schnell noch zwei, drei Lungenzüge, schnell, schnell noch einen markigen Spruch an die Konkurrenz; schnell, schnell noch mit Klebeband den Straßenschuh zum Rennschuh verstärkt und vor dem Anlassen der Motoren die heiße Braut für einen letzten Zungenkuss ein bisschen unsittlich hergefasst, Schöne, die sich dann hinter tellergroße Sonnenbrillen und Zeittabellen und Stoppuhren klemmten. Und raus auf die glühende Piste.

Herrgott noch mal!!!

Juan Manuel Fangio. El Chueco. Der Krummbeinige. Das war noch einer. In Havanna entführt, kurz vor dem Rennen, von Fidel Castro und seinen Mannen, Bewegung des 26. Juli, um sich hinterher für die gute Behandlung zu bedanken und hinauszuposaunen, das beste Mittel gegen das Altwerden sei immer noch das Dösen am Steuer eines fahrenden Autos.

Haha!

Und erst der Jochen Rindt. Bei dem, dachte Kluger, hat man nie sichergehen können, ob er als Schauspieler den Rennfahrer gibt oder als Rennfahrer den Schauspieler mimt. Ein James Dean des Asphalts.

»Mein Gott, mein Gott«, brabbelte Kluger halblaut dahin, während er mit schludriger Geste eine weitere *Aperol*order abgab, »was für Helden … gegen diese … diese verblassten Abziehbilder und … ja, Lulus!« Echte Helden von Rang und Namen waren das. Wie auch die Reporter noch von Rang und Ahnung und Namen waren. Gewesen waren. Damals.

Namen? War da nicht etwas mit einem … Namen? Seinem Namen? Wie lange hatte er den schon nicht mehr gelesen, das Türschild im Büro und auf dem Briefkasten zu Hause ausgenommen?

Ein Bericht von Vinzent Kluger.

War das der Grund seiner Laune? Oder doch die üble Geschichte mit dem Video von vor zwei Wochen? Als alter Hase wusste er um die Lust der Branche, der Konkurrenz eins auszuwischen, um die bisweilen grotesken Facetten dieser Lust, insbesondere, solang ein zu schmiedendes Eisen noch heiß war. Aber jetzt, zweieinhalb Monate danach? Längst hatte der Schnelldurchlauf des Lebens andere Storys an die Oberfläche gespült, die Sache bei Tussauds und mit ihr Klugers öffentliche Demütigung war gegessen. Bis die Ausschnitte des vermaledeiten Videos auftauchten.

War alles nur inszeniert? Alles allein gegen ihn gerichtet? Verhieß das nicht zu viel der Ehre? Wer würde zu so überzogenen

Mitteln greifen, um der *Guten* eins auszuwischen? Um ihn, das beste Chronikpferd im Stall, branchentot zu machen? O nein, nicht einmal den durchtriebensten unter den durchtriebenen Gesellen traute er diesen Mix aus Einfallsreichtum und Hinterfotzigkeit zu. Um die Finanzen der meisten Mitbewerber war es nicht rosig genug bestellt, als dass man einen Batzen Geld zur Kreation einer Wachsfigur ins Spiel werfen würde.

Niemals!

Oder doch? Als Rachefeldzug für die Blamage im Vorjahr? Als Retourkutsche für die frisierte Abendausgabe? Was für eine denkwürdige Nummer, die sie da abgezogen hatten. Aus einer Bierlaune geboren, hatte der Chefredakteur sich begeistert gezeigt, und so hatten sie es tatsächlich getan, hatten drei glaubhafte …

… Hauptsache, die Story könnte wahr sein.

… drei glaubhafte, doch nach Strich und Faden erlogene Exklusivgeschichten ins Blatt gerückt und ausschließlich jenem Kolporteur der *Guten* mitgegeben, der an der Kreuzung nahe der Redaktion der Konkurrenz stand. Kaum hatte eine Sekretärin ihren abendlichen Recherchegang erledigt, hatten sie die Fakenummern wieder aus dem Verkehr gezogen – und gewartet.

Was für ein Rauschen und Gespött im Blätterwald, als alle drei Storys am Folgemorgen sich im Blatt der Mitbewerber wiederfanden und als unreflektiert abgeschriebener Fake enttarnt werden konnten.

Rache dafür?

»Ihr Arschlöcher, ihr gottverfluchten«, brüllte Kluger jäh drauflos, und fünf Köpfe fuhren herum. Der Dicke, der Kleine, der Glatzkopf, der Lange, der Neuankömmling, alle starrten sie ihn finster an.

»'tschuldig'n«, murmelte Kluger.

Murrend nahm die Tarockrunde ihr Spiel wieder auf. Es half alles nichts. Da war kein Wissen. Nur so viel war Kluger über Kluger klar: Ein Abenddienst, wo er im schlimmsten Fall mit

Lesern und deren Problemchen zu tun hatte, o nein, das kam nicht infrage. Er würde Klaus Supan bitten zu übernehmen. Sollte der einen Doppeldienst machen. Weil das Fass Mensch eines war, dass an anderen Menschen überlaufen konnte. Kannte er nicht ohnedies viel zu viele Menschen?

Er hackte ein paar Worte ins Handy. Blitzartig kam der Daumen. Konfrontation war das Wort, das in Kluger hochstieg, und im Gefolge die Fratze des Pinschers. Er bedauerte es, dem Ressortchef nicht das Du entzogen zu haben, als beider Gewitterfronten wieder mal im Stundentakt aufeinandergeprallt waren. Hochoffiziell und schriftlich hatte er es tun wollen. Wie einst der Sohn des Wiener Staatsoperndirektors. Am Tag der Matura. Bei den Klassenkollegen.

Herr Pinter. Herr Kluger.

Der Raubbau am wechselseitigen Respekt war nicht wieder aufzuforsten. Warum also nicht diesen Schritt tun? Warum nicht die Annahme einer Äußerlichkeit, die auch den letzten Funken professioneller Wertschätzung zu Grabe trüge und Hass und Verachtung ins Absolute erhob?

Andererseits …

Kontroversen hatte er auch so genug zu stemmen. Eine Feindseligkeit um die andere schichtete sich auf wie Sedimente einer über die Jahre erodierten Urliebe zu den Menschen, abgetragen durch die Menschen selbst. Nicht unbedingt die da draußen, aber die im Paralleluniversum Zeitung allemal. Jene Menschen in seinem kosmischen Nabel Chronikredaktion, die ihm zum alleinigen sozialen Bezugspunkt und einem Stück Heimat geworden waren. Nun ja, wenn er ehrlich war … zu *der* Heimat.

Zu Hause ist, wo keiner auf dich wartet, dachte Kluger. Nicht einmal Nemesis. Er hatte auf die Empfehlung von Züchtern vertraut und das Prozedere einer Fütterung außerhalb des Terrariums inszeniert. Der Tigerpython indes hatte sein eigenes Drehbuch, hatte das Heil in der Flucht durch die offen stehende Wohnungstür gesucht und war seither nicht mehr gesehen. In einer Anwandlung von Tierliebe und sportlicher Fairness hatte Kluger (ein Jahr lag das nun zurück) erwogen, der frisch gekauften Futterratte die Chance einzuräumen, ihr Schicksal selbst in die Hand zu nehmen, sie aufs Fenstersims im dritten Stock, hofseitig, gesetzt, dann aber doch ins Geschäft zurückgetragen.

Unschlüssig, ob er den wachsenden Weltgroll weiter ertränken, ob er zur Unterlage (er griff zur Speisekarte) ... ja, ob er ein *Schnitzel Romantica* wählen sollte oder doch ... ach was, sicher jedoch darin, dass andere, allen voran diese Rotznase Pinter, ihren Rüssel in den allergrößten Scheißdreck stecken konnten und am Ende stets vergoldet herauszogen, und ebenso sicher, dass so etwas wie ein Glück auch ihm hinterhergelaufen, er diesem Glück jedoch in Bocksprüngen enteilt war, ja ...

... und am allersichersten, dass dieses Glück einen Geruch hatte, einen wohlvertrauten Duft, blumig-orientalisch, ein Bouquet nach sonnengereiften Pfirsichen und Rosen und Lotusblumen, unterlegt mit Moschus und Vanille, im Verein den floralen Edelholzakkord anschlagend, eine Rhapsodie der Frische und Leichtigkeit ...

... ja, dieses Glück verströmte einen Geruch, hatte ein Aussehen, trug einen Namen. Mit vier Buchstaben.

B.

E.

L.

A.

Wie vom Teufel besessen hackte Kluger abermals eine Nachricht ins Handy. »Wirtshaus! Zahlen!«, brüllte er. Nachricht senden? Ja. Was waren sie doch für erbärmliche Narren. Unverbesserlich und in unseliger Allianz wie eh und je. Sie beide.

Der Dämon Alkohol und er.

*

»Du unverbesserlicher Narr«, murmelte Bela und ließ das Handy mit einem Lächeln in die Tasche gleiten. Eine Station noch, dann raus. Sie würde ihn warten lassen, wollte erst dem U-Bahn-Mief entrinnen. Fünf Minuten waren früh genug für eine Antwort. Nein, besser zehn.

Zehn Minuten.

In der rasanten Welt des Reporters Kluger war das eine halbe Ewigkeit, und eine halbe Ewigkeit eine Zerreißprobe für Geduldsfäden, eine Strapaze, die sie ihm schon aus Gründen der Psychohygiene zu verpassen gedachte, weil in zehn Minuten ... *was sich da nicht alles erledigen lässt, Bela* ... während andere Menschen für die Abwicklung von so banalen Verrichtungen endlos viel Zeit ... *ja, verscheißen* ... wo er das doch selbst schon längst und besser ...

Vinzents ewige Hetze. Vinzents ewige Getriebenheit. Vinzents oft drängender Blick, gefüllt mit dem Unwillen, eine Sekunde länger als nötig zu warten. Vinzents unentwegtes Vorwärtsschnellen. Vinzents Jagd durch den Kosmos verknappter Minuten. Vinzents unerschöpflicher Tatendurst. Vinzents Qual der Unrast, die Menschen wie ihn vorantrieb, weil sie nicht nachvollziehen wollten, konnten, warum man manchmal einfach nur ... stehen bleiben durfte. Stehen bleiben musste. *Vinzent Kluger, the man who never sleeps.* Fleisch gewordene Verselbstständigung des Lifestyle-Jubel-Slogans, der um die Welt jettete. New York. London. Hong Kong. Berlin. Ein Pulsieren im Fieberwahn des unaufhaltsamen Aufstiegs. Ob Metropole, ob Reporter. Aus Temperament und Vitalität, Tempo und Zielstrebigkeit gedrechselte Phänomene mit dem oberflächlichen Charme der Beschwingtheit, eine Maske, hinter der die Geißel immerwährender Geschäftigkeit lauerte. Friedlosigkeit forever. Orte, Menschen, die zu keiner Zeit innehielten, die der Rast die Hast vorzogen, Orte, Menschen, die dem Dauerklingeln von Champagnerflöten und Mobiltelefonen erlagen, Orte, Menschen im ewigen Überfluss und Tönen, aber auch Verdruss und Mangel.

»In zehn Minuten, Bela«, pflegte er zu sagen, »machen die alten, lahmen Hasen, für die man unsereins hält, aus einem unbrauchbaren Scheißdreck einen brauchbaren Scheißdreck und schreiben eine Doppelseite so um, dass sie lesbar wird, während die Jungen einen Haken nach dem anderen schlagen vor lauter nervös und überfordert und schlag mich tot, bis der Herzkasperl sie von den Haxen reißt. Verstehst du?«

Natürlich verstand sie. Schnelligkeit bei ansprechender Qualität als Dogma, auf dem die Philosophie einer verwelkenden Journalistengeneration fußte. Menschen wie Vinzent werteten die Fähigkeit, unter maximalem Druck maximalen Output zu setzen, als Kriterium von Güte. Das war es auch. Aber nur bis zu jener Grenze, die er vor Urzeiten überschritten hatte. Weil er die Überforderung anderer nicht beließ, wo sie hingehörte. Weil er es nicht ertrug, holten sie aus Geschichten nicht das Optimum heraus. Weil er Unvermögen oder bloße Faulheit der Kollegen in sich hineinfraß und den Ausputzer spielte im selbstzerstörerischen Mix aus seelsorgerischer Milde und überschäumender Unrast.

Wenn einer in naher Ferne daran erstickte, wenn einer in Siebenmeilenstiefeln auf den Herzinfarkt zulief, dann er. Vinzent. Mister Ich-schaffe-alles, der Hüne mit dem koketten Kopfwackeln zum Zeichen seiner unbändigen Freude an einem Leben am Anschlag, damals, als sie einander kennengelernt hatten, den Zeigefinger der Rechten gereckt, die Lippen gespitzt, die Wangengrübchen tief, wenn ihn Feines ankam, ein Feinspitz in Kulinarik und Humor, dieser Mann in seinen ausgelatschten Schlüpfern mit dem immer ein klein wenig schlappenden, immer ein klein wenig wackeligen Gang, der für das Clowneske in ihm gleichermaßen gestanden hatte wie für die Leichtigkeit, auf Situationen und Menschen zuzugehen, mochten sie noch so schwierig sein.

Doch das war lange her. Seit April hatten sie einander wieder des Öfteren gesehen, anfangs unregelmäßig, später zweimal die Woche. Sein schlappender, wackeliger Gang war bedeutend fester geworden, steter, getragen von Schwermut und Wehmut, der ganze Mann in eine ätzende Wolke Menschenhass gehüllt.

Die vielen harten Jahre zeigten Wirkung an ihm, Rädchen eines vernichtenden Systems, das mehr an ihm gezehrt als ihn ernährt hatte. Zuletzt waren ihr auch Brüche in seiner Sprechweise aufgefallen. Er verfiel ins Haspeln, verschluckte Wortteile, als wären sie entbehrlicher Tand, ließ sie fallen wie Heißluftballone Streusand. Wortsilben als überflüssiger Ballast. Als müsste er möglichst schnell zum Kern seiner Aussage vordringen, emporschießen, schnell auf den Punkt kommen, schnell hinauf in die erklärenden Lüfte seiner Darlegungen. Immer nur das Wesentliche, schnell, schnell, schnell und immer nur das Ziel vor Augen. Ein ewig Getriebener, dieser – ihr? – Vinzent, den die Geschichte mit der Wachsfigur beinahe gebrochen hätte. Oder hatte sie, und es war ihr bloß nicht aufgefallen?

Schon damals, im April, hatte sie Vinzents Rücksichtnahme zu schätzen gewusst. Sein Entschluss, das Video nicht zu veröffentlichen. Sein Schweigen zur grundlegenden Existenz der Aufnahmen. Niemand sonst hatte Wind davon bekommen, und schon nach Verstreichen weniger Tage, da das Medienkarussell mit großem Pomp und dem üblichen Trara zu neuen Sensationsschauplätzen fortgegondelt war – da ein Weinviertler Pfarrer, der gegen einen Schwulen im Gemeinderat antritt und postwendend den Huftritt des Outings seiner Ex verpasst bekommt; dort der dänisch-steirische Scheidungskrieg um einen fünf Jahre alten Buben; da die komasaufenden Teenies; dort die Wiener Ableger der Salafisten und so weiter –, ja, bereits nach wenigen Tagen hatte Bela sich gesagt, Klugers Risiko müsse bedeutend geringer als angenommen gewesen sein. Kalkulierbar. Der einer alten Freundschaft geschuldete Dienst. Das war es. Nicht weniger. Aber auch nicht mehr.

Dann, gerade mal zwei Wochen lagen zurück, hatte sie jäh begriffen, welches Opfer er in Wahrheit erbracht, welche Größe darin gelegen hatte, die allein in Vinzents Gefühlen für sie begründet sein konnte. Lähmendes Entsetzen hatte Bela ergriffen, als die Direktorin sie frühmorgens in ihr Büro befahl und die Ausgabe jenes Gratisblattes zur Ansicht vorlegte, das Ausschnitte aus dem Video abgedruckt hatte.

Es war in jeder Hinsicht unerklärlich. Unerklärlich, warum Madame anstatt zu toben süffisant grinste. Unerklärlich, aus welchen Untiefen der Indiskretion, der übelwollenden Gesinnung das Video plötzlich ans Licht getaucht war. Jetzt, zwei Monate (!) nach dem Vorfall. Unerklärlich, warum das Blatt bloß ein paar Screenshots brachte mit dem Vermerk, das vollständige Video in Besitz, nicht jedoch die Absicht zu haben, es zur Gänze zu zeigen. Unerklärlicher aber noch, warum in dem Bericht von einer »Fälschung« die Rede war.

»Noble Zurückhaltung gehört nicht zum Sprachschatz dieser Drecksbagage«, hatte Kluger bei einem eilig einberufenen Krisentreffen geflucht. »Das sind Typen, die einzig und allein das Alphabet der Niedertracht in Perfektion beherrschen. Es ist ganz einfach: Die haben nicht mehr als das.«

»Du meinst, sie haben nur diese Ausschnitte und tun bloß so, als …«

»Ich meine nicht. Ich weiß.«

Die Ruchlosigkeit, die Vinzent hinter dem als Kommentar veröffentlichten Pamphlet witterte, überstieg alles, was Bela an Perfidität in puncto Zeitungskrieg je für denkbar gehalten hätte. Sogenannte »überraschende Wendungen« in der Berichterstattung, dozierte er, stellten sich im Boulevard üblicherweise ein, galt es, eigene Fehlspekulationen, zu schwerfälliges, verspätetes Agieren oder unzureichende Recherche zu kaschieren. Niemals aber dienten sie zur Reinwaschung einer Story der Konkurrenz, gegen die man tagelang angeschrieben habe. Zu groß wären Hohn und Genugtuung der Gegenseite, die augenblicklich zurückschlüge – garniert mit einem Reigen von Faksimiles der eigenen, belegten Berichte und den Fehlschüssen der Mitbewerber.

Das Video als gefälscht darzustellen, räumte indes die Möglichkeit ein, dürftiges eigenes Material verspätet, doch perfekt in Stellung zu bringen und den angeblichen Informationsvorsprung der Konkurrenz als dreiste Lüge und übelste Machination bloßzustellen. Folglich sei es nur konsequent zu behaupten, die *Gute* selbst habe der Konkurrenz das Falsifikat zugespielt in der Hoffnung, durch Berichterstattung von außen die Absolution erteilt zu bekommen. Das Tüpfelchen der Hinterhältigkeit sei freilich der Vermerk, die *Gute* habe das falsifizierte Material in einer ungewohnten Anwandlung von Selbstzurücknahme und chefredaktioneller Besonnenheit nicht veröffentlicht, wohl wissend, die Verbreitung gefälschten Materials ziehe rechtliche Konsequenzen nach sich, mehr aber noch den Unmut der gefoppten Leserschaft. Ob sie den Kommentar denn nicht zu Ende gelesen habe?

»Doch, aber ich habe diese Art von … *Taktik* nicht durchblickt.«

»Kein Wunder. Bei der krausen Denke. Das ist quasi doppelt gemoppelt verkehrt herum.«

»Was, wenn ihr das Video damals gebracht hättet?«

»Haben wir aber nicht«, knurrte Kluger gereizt. »Niemand kennt die Beweggründe besser als du.«

»Du weißt, Vinz, ich bin dir von Herzen dankbar. Dennoch: Hätte das, hypothetisch besehen und ungeachtet der gesonderten Umstände, diese Art von Rachefeldzug nicht zunichtegemacht?«

Er nickte. »Die Sache wäre grundlegend anders gelaufen. Nach einem Tag Schockstarre hätten die Kollegen sich mit ihrem auflagenfetten Arsch draufgesetzt und die Story Tag für Tag so vehement in jeder Variation in jede Himmelsrichtung georgelt und breit gewalzt, um die Welt glauben zu machen, sie selbst hätten sie aufgebracht. Nichts leichter als das. Du feuerst aus allen Rohren auf dein Publikum, bis es die Patschen streckt. Auch eine Form von *friendly fire*, wenn du so willst. Das ist keine Strategie, die auf das bescheidene Völkchen kritischer Doppel- und Mehrfachleser abzielt, sondern auf den überwiegenden dumpfen Rest, der dein Blatt für die Bibel hält.«

Journalismus, hatte er des Weiteren aufgeführt, sei heutzutage nur noch zum verschwindenden Teil die dem Ethos verpflichtete Suche nach Wahrheit. Intimsphäre, Diskriminierung, öffentliches Interesse, Abwehr wirtschaftlicher Einflussnahme durch Außenstehende oder Genauigkeit in der Materialbeschaffung seien zu Schlagworten einer schrumpfenden Schar hoffnungslos Hoffender verkommen. Wer sich der Qualität allein verschreibe, stünde, ob Herausgeber, ob Journalist, unentwegt vor dem Zusperren oder mit einem Bein im Foyer des Arbeitsmarktservices. Vielmehr sei es eine Branche des wechselseitigen Belauerns. Mit der Schlacht auf dem Zeitungsmarkt sei es wie im echten Leben. Wer schneller schieße oder lauter schreie, wisse das Recht auf seiner Seite.

»Man kann doch nicht ständig drauflosballern.«

»Zurückziehen ist nicht, Bela.« Da halte er es lieber mit dem Bonmot einer iranischen Widerständlerin, wonach der Krieg keine Alternative zur Nachgiebigkeit sei, sondern ihre natürliche Folge.

»Dennoch bleibst du Teil des Systems?«

»80 Prozent meiner Gage sind Schmerzensgeld.«

Bela sah ihn fragend an.

»Ein Häuschen im Grünen, eine liebende Frau, zwei Kinder, eine Katze, die aus Prinzip in Nachbars Garten scheißt, ein Mähroboter. Das volle Programm. Scheiß banal. Scheiß klassisch. Scheiß konservativ. Und scheiß abhängig von einem scheiß geregelten, scheiß guten Einkommen.«

»Du hast weder Haus noch Katze. Und Kinder schon dreimal nicht.«

»Aber ich könnte welche haben. Genügt nicht die bloße Idee von Familie? Ich spare sogar darauf. Na ja ... so in der Art. Bausparer. Hättest du nicht gedacht, was?«

Bela kannte eine Reihe von Männern, deren Drang, ein Leben frei von Zwängen zu gestalten, dem Wunsch nach Geborgenheit im Wege stand. Frauen, die ihnen das Versprechen ungezügelter Fruchtbarkeit abrangen, standen für diese Art von Zwang. Schon der nackte Kinderwunsch legte derlei Männern ein Korsett an, das ihnen die Luft zum Atmen nahm. Gernot, ihr Verflossener, gehörte dieser Spezies an. Vinzent hatte sie stets ähnlich eingeschätzt.

»Was würde einer wie du mit Kindern anfangen?«

Er sah sie todernst an. »Hoffen, sie sehen aus wie du.«

Was waren das für neue Anwandlungen? Der Vinzent Kluger ihrer Erinnerung war ein felsenhartes Reporterurgestein, Job und Arbeitgeber in bis zur Selbstaufgabe gnadenloser Treue ergeben; einer, der mit Menschen jeder Schicht, jeder Herkunft konnte und die Wendigkeit zur Blutgruppe hatte; der auf dem Weg ans Ziel jedwede Register der Gefühlsorgel zog; der mit derselben Grenzwertigkeit einem Innenminister wegen Gesinnungslumperei ans Hosenbein pinkelte, wie er, Mitgefühl heuchelnd, in Häuser marschierte, deren Bewohner Stunden zuvor einen Liebsten verloren hatten; der Hunderte Tote gesehen, fotografiert hatte, Ermordete, Brandleichen, Unfallopfer mit zurückgeklappten Schädeldecken, Geräderte und im Fluss Aufgeblähte, von Hochhäusern Gesprungene mit Hüftknochen knapp unter den Achselhöhlen.

Einmal – das war ihr besonders ans Herz gegangen – hatte er von einem Vater draußen auf dem Land erzählt. Ein Bauer, den Vinzent zum dritten Mal in fünf Jahren heimsuchte, nachdem ihm die Straße auch den letzten Sohn genommen hatte. Der gebrochene Mann hatte die Totenbilder auf dem Tisch ausgebreitet und den Reporter mit den Worten »I hob eh schon auf dich g'wartet« empfangen.

Diesen Vinzent Kluger kannte sie, und nicht den mit einer Vaterschaft kokettierenden. Jenen Vinzent, der lachend von dem Kollegen mit der besonderen List erzählt hatte, der bei Bauersfamilien, wo ein Verlust zu beklagen war, stets ein kleines goldenes Kreuz aus der Tasche fing und um den Hals legte, ehe er die Klingel drückte. Der gesenkten Hauptes, die Augen unter schweren Deckeln tränennass, wie ein Don Camillo des Journalismus sein Beileid entbot, um schon bald im Herrgottswinkel zu sitzen, bei Kaffee und Schnaps die bitterlichsten Leidensgeschichten aufzusaugen und insgeheim, unter dem Tisch, die vorauseilende Erfolgs-SMS an die Redaktion zu senden.

Wir beten schon.

Wer wusste, ob nicht Vinzent selbst ... dieser ... *Kollege* ...? Es war ein durch und durch schauriges Panoptikum des Erlebten, von dem Vinzent gesprochen hatte, früher, und es hatte ihm oft ein diffuses Leuchten im Antlitz gestanden, von dem sie nicht wusste, ob es dem Triumph näherstand oder dessen Zweifelhaftigkeit. Und so hatte es Tage gegeben, da ihr der Beruf des Chronikreporters derart verkommen erschien, derart skrupellos und unbarmherzig, dass eigene Lügen sich wie Manifeste der Aufrichtigkeit dagegen abhoben. Sie sah ihn dann in Gedanken, wie er abgestumpft die Schwellen zu fremden Leben überschritt, ein bittersüßes Lächeln auf den Lippen, das allen Schmutz dieser Erde in sich barg, und wie er über dieselben Schwellen wieder hinaus und den Rückzug in seine Welt der Niedertracht und Scheinmoral antrat, die Beute im Sack und die Siegesfaust hinter dem Rücken geballt.

Ein andermal wieder sagte sie sich, dass auch er nichts als ein willfähriger Gefangener eines Systems war, ein Verräter im Chor der Verräter, gewiss, doch allemal der Ehrlichste unter den Doppelzüngigen, wenn er seinem heiligen Zorn Luft schuf, allen voran über Menschen, die ihre Unfähigkeit, eine ehrliche Profession ein Leben lang auszuüben, bald nach der Schulausbildung spitzkriegten und sich beizeiten aus ihrem alten Leben zur Hintertür hinaus und zur Vordertür in ein neues als Berufspolitiker hineinschlichen.

Sie sah ihn in Gedanken, wie er zur Hochform der Schmähungen auflief, zugleich aber – insbesondere in jüngster Zeit – sich in die Sphären der Ethik verstieg und mit Begriffen wie Wahrheit und Wahrhaftigkeit umhüllte. Sie memorierte seine Worte, die wachsende Routine im Umgang mit Worten stelle bloß eine wachsende Routine ihrer unbewussten Missbräuchlichkeit im Sinne einer irrtümlichen Gebräuchlichkeit dar, oder, schlimmer noch, ihres bewussten Missbrauchs im Sinne eines gewollten Gebrauchs, andererseits jedoch vergifte zu viel Wahrheit die Verlockungen des Gerüchts (wie lange er daran wohl gefeilt hatte?). Und, erdiger, weil im üblichen Klugersprech, wie er Kritik an »diesen verschissenen Systemen« übte – jenem, dessen Teil er selbst war, und jenem, das er auf Geheiß von oben bediente. Auch hörte sie sein Lamento über die unaufhaltsame Zunahme an schmeichlerischen Artikeln zugunsten dieser und jener Partei und sein Gemotze und Gezeter ob der hausinternen Vorgaben, was die synonymische Verwendung der Wörter »gefällig« und »objektiv« anging. Erst vor Tagen sei es wieder so weit gewesen. »Ausgezeichnet recherchiert, ausgezeichnet geschrieben, beinhart und ausgewogen wie immer, Herr Kollege«, habe ihm der Chefredakteur attestiert, einen kritischen Artikel zur Vergabe stadteigener Wohnungen in Wien betreffend, und die Veröffentlichung postwendend untersagt. »Leider nicht objektiv genug, Sie verstehen?« Kluger hatte verstanden. 400.000 Euro brachte das Inseratenpaket auf die Waage, welches die Stadtverwaltung bei der *Guten* aufgegeben hatte in dankbarer Anerkennung einer objektiven Nichtberichterstattung.

Es war ein in vielen Belangen gewandelter Kluger, mit dem sie es neuerdings zu tun bekam, einer, der sich vermehrt die Sinnfrage seiner Tätigkeit stellte und unter dem stetig steigenden Arbeitspensum in der Produktion litt, weil mit dem Vormarsch der Gratisblätter die Unsitte des ungenierten Abschreibens stärker denn je grassierte.

»Bei denen beginnt der Arbeitstag um 17.30 Uhr«, maulte Kluger eines Abends im *Salettl.* Eine Heerschar billiger Studenten, angeleitet von einer Handvoll alter, auf Halbmast abgetakelter Profis, warte auf die druckfrischen Abendausgaben, gleiche Fremdes mit Eigenem ab, picke die Rosinen heraus. Ein wenig umformulieren, mit knalligen Schlagzeilen auffetten, passende Fotos aus dem Netz stehlen, den eigenen Namen daruntergesetzt und fertig. Früher, wehklagte er, habe das ungeschriebene

Gesetz Gültigkeit gehabt, Kollegen konkurrierender Medien die Ehre des Zitierens zu erweisen. Zum – wiewohl zähneknirschenden – Zeichen des Respekts für die geleistete Arbeit.

Damit sei es im Boulevard vorbei. Immer öfter würden seither auf Befehl von oben Geschichten zur Gänze oder bedeutende Aspekte mit Exklusivanspruch erst nach Erscheinen der Abendausgabe ins Blatt gerückt, ein beträchtlicher Mehraufwand für die Redaktion, weil zuvor Ersatz produzieren werden müsse – Mistgeschichten, die hinterher auf Halde gingen – oder eine Story für die erste Ausgabe erst mit ungenügender, wissentlich falscher Information verfasst würde, um sie hinterher umzuschreiben. Fürs gleiche Geld, bis spät in den Abend hinein und mit dem Damoklesschwert über dem Haupt, bei aller Umsicht von den blitzschnellen elektronischen Medien in letzter Sekunde ausgehebelt zu werden.

»Irgendwann gehen auch die Internetjunkies zu Bett«, sagte er. »Aber bis dahin, weit nach Mitternacht, kannst du nie sicher sein, ob deine Story hält. Wenn nicht, bist du am nächsten Morgen der Gefickte. Täuschen und tarnen, jagen und gejagt werden. Die Perversion dieses Kreislaufs treibt dich in den Wahnsinn. Und da soll man nicht saufen?«

Ja, dachte Bela, lauschte dem monotonen Rattern der U-Bahn und schob die Nase noch ein Stück näher an die Oberlichte. Hatte Vinzent nicht genau das gemacht, als er den vermissten Perückenmacher als Vorbild des Trabanten an der Seite Peter Alexanders outete? Die Konkurrenz (und auch sie) in Sicherheit wiegen, um am Morgen mit der Sensation aufzuwarten? Eine Finte, die sie völlig unvorbereitet getroffen und ihren Zorn in lichte Höhen getrieben hatte. Doch das alles lag im Nebel einer diffusen Ferne, kam ihr wie eine Ewigkeit vor, zumal der Ton ihrer Gespräche in letzter Zeit fast familiär war, wie Langzeitverheiratete, die unausgesetzt Gefallen aneinander fanden, mochte er auch nur noch platonisch sein.

»Manchmal gleichen wir einem alten Ehepaar in Phase vier«, sagte Kluger eines Nachmittags, als sie über die Kärntnerstraße schlenderten und einem neuen Spielvergnügen nachgingen: in ausschweifender Theatralik über die unverschämt hohen Preise in den Schaufenstern herziehen und sehen, wie die Passanten reagieren. »Bloß dass wir die Phasen eins bis drei ausgelassen haben.«

»Eins bis drei?«

»Verlieben, animalischer Sex und Abkühlung.«

»Und Phase fünf?«

»Das möchtest du nicht wissen«, sagte er und ließ sie wortlos stehen. Zwei Tage später stand er mit einem göttlich duftenden Parfum vor der Tür.

Ihn nach altbewährtem Muster einzuordnen, fiel ihr zunehmend schwerer. Der Vinzent Kluger vergangener Jahre war wie ein offenes Buch vor ihrem analytischen Verstand dagelegen. Zog sie die zahllosen Blessuren mit in Betracht, die seiner Seele widerfahren sein mussten, kam er ihr damals vor wie ein klassischer offener Bruch, mit dem der erfahrene Chirurg bloß nach Schema F zu verfahren brauchte: kühl, nüchtern und in der Wundversorgung steril. Der Befund, den sie neuerdings aus seinem Verhalten zu erstellen versuchte, war dagegen so wenig klinisch wie eine Mistgabel aseptisch, und doch enthielt er, wohlverborgen, Keime von Lauterkeit und Reinheit, die auf eine tiefere Wahrheit in diesem Manne verwiesen, nach der es sich ... ja, nach der es sich zu graben lohnte.

Vinzents Selbstkritik hatte inzwischen abgründige Ausmaße angenommen. Wie rasch er doch das Mittel des selbstzerstörerischen Witzes bei der Hand hatte. Und wie unerwartet flach – und zu Belas Verwunderung in paralleler Spur verlaufend – seine alkoholische Sturmfahrt der vergangenen Jahre in bedeutend ruhigere Gewässer geglitten war. Als wollte jemand zugleich das Rauchen aufgeben und abnehmen. Es tat gut, ihn im Aufbruch zu sich selbst zu sehen. Auch das fügte sich in das von Vinzent gezeichnete Bild einander zugeneigter Eheleute.

Sie hatte begonnen, sich an die wachsende Offenheit zu gewöhnen, und war doch von Mal zu Mal überrascht, womit er daherkam. So sprach er zu ihr von den stürmisch rauen Anfängen als blutjunger Reporter, von seinem zweiten Arbeitstag etwa, da man ihn zu einer Bauernfamilie gejagt hatte, deren Zwillingssöhne, zehn Jahre alt, beim Einfahren der Maisernte auf einem Anhänger erstickt seien. Er solle nicht wiederkehren ohne Fotos der toten Buben oder gleich den Schreibtisch räumen.

»Und?«

»Ich fuhr hin, sah den Vater unter Tränen die Stallarbeit verrichten und wollte den Job auf der Stelle hinschmeißen.«

»Und?«

»Ich habe die Fotos bekommen.«

»Und?«

Er zögerte. »Zuvor haben wir gemeinsam geweint. Der Bauer und ich.« Dann, mit wieder fester Stimme: »Es war mein vorletztes Mal.«

Etwas sagte ihr, dass er damals tatsächlich noch in aufrichtiger Bestürzung mitgetrauert hatte, dann jedoch eine galoppierende Verhärtung eingesetzt haben musste, die seine Emotionen, sein Mitgefühl hatte versiegen lassen. Vinzent, Studienabbrecher wie viele in seiner Branche, der sich, wie er anfügte, unvermittelt von einer Art Jagdtrieb beseelt gefühlt habe. Ein triebhaftes, vordergründig rätselhaftes Verlangen weiterzumachen habe ihn durchdrungen, der tief verwurzelten Abneigung wie zum Trotz. Erst heute, Jahrzehnte und Hunderte Leichen später, habe er das rauschhafte Feuer jener Tage als eine im Verborgenen agierende Angst identifiziert.

»Angst wovor?«

»Davor, nicht wieder als Versager dazustehen.«

Er war ihrem fragenden Blick eine Weile mit fliegenden Augen ausgewichen, ehe er doch fortfuhr. »Ich war der Geradenoch-Maturant, der nichts auf die Reihe bringt außer rauchen, saufen und Billardspielen.«

»Der Vater?«

»Auch.«

Dann sprach er von den gallebitteren Jahren des mühseligen Aufstiegs, seiner vom Tiefengrund eines Überlebenswillens zutage geförderten Abwehrkraft, die ihn hatte bestehen lassen. Weniger der Materie wegen als um des Platzhirsches in der Redaktion willen, ein hocherfahrener Redakteur, der in ihm die Konkurrenz heranwachsen sah und nichts unversucht ließ, ihn, den rotzfrechen Jungspund, der in seinem Leben noch nichts geleistet hatte, loszuwerden. Mit einer Akribie und Aufsässigkeit, als wollte ein Stab Mikrobiologen ein neues Virus ausrotten.

»Und die Liebe, Vinz?«

Ja, da habe es die eine oder andere gegeben, eine über die Jahre dünne Schar von Liebschaften, die seine Pflichtschuldigkeit, sein Arbeitseifer sämtlich aus Bett und Leben vertrieben habe. Nicht eine habe neben dem auf dem Nachtkästchen plärrenden Polizeifunk schlafen wollen. Nicht auf Dauer.

Wer wollte das schon?

Er jedoch habe einen urwerkgleichen, hellwachen Geist entwickelt, der im schlafenden Körper jede Regung im Funkverkehr wahrzunehmen, abzuwägen verstand. Zahlencodes, die sein Unterbewusstsein auf Wichtigkeit oder Belanglosigkeit abscannte, ihnen Entsprechungen eines Überlebens oder Sterbens draußen auf der Straße zuordnete und den Körper nach Bedarf weckte. Oder weiterschlafen ließ.

Jeden einzelnen Code könne er heute noch im Schlaf hersagen. Kennzahlen, die sich ihm wie Verheißungen eines kleinen täglichen Glücks in die Festplatte eingebrannt hätten. Allen voran 301 für schwerer Verkehrsunfall, idealerweise mit mehr als einem E versehen. E wie Exitus. Es sei wie beim nächtlichen Kartenspielen mit den Bullen: Ass schlüge Dame, und 301 vier E, vier Tote, 301 zwei E allemal. Die Serie der 700er gehöre den Gewaltverbrechen, die 800er den Bränden, und was am Funk mit 900 beginne, verspreche wahrhaft Großes, ein Elementarereignis, wo es die Beteiligung von Kindern fürs perfekte Drama nicht zwingend brauche, sie nur der Zuckerguss obenauf seien: ein vom Berg gefallener Reisebus, ein vom Himmel gefallenes Flugzeug, ein Chemieunfall.

Diese Art von elementar.

Auch habe er es sich zum Sport gemacht, immer aberwitzigere Startzeiten nach einer Alarmierung hinzulegen, alles jenseits der 90 Sekunden, um voll adjustiert im Wagen zu sitzen und mit der orangefarbenen Kojak-Leuchte auf dem Dach loszubrausen, als inakzeptabel zu erachten. Später, da ihm das Dachlicht nicht ausreichend durchschlagskräftig erschienen sei, habe er, einem befreundeten Rettungsmann sei Dank, der ihm gegen zwei Kisten Bier die Teile aus einem zu Schrott gefahrenen Krankenwagen überlassen habe, seine 200-PS-Rakete mit Folgetonhorn und blitzblauen Stroboskoplichtern im Kühlergrill ausgestattet, sodass er im Rückspiegel der Menschen als schneeweißes Turbogespinst in offizieller Mission aufgetaucht sei.

»Du hast was? Du hast …«

»Ich war nicht der Einzige, und es hat auch nicht jedem geschmeckt«, sagte er. Nicht überall bei Gendarmerie und Polizei sei das nicht als Amtsanmaßung verstanden worden. Doch mit wachsendem Grad an Involviertheit, Vertrautheit, an Verlässlichkeit und Verschwiegenheit hätten sich die Gegenstimmen ausgedünnt. Skandalwürdige Interna der Exekutive zu kennen und auf eine Weise für sich zu behalten, dass alle im System es wüssten, mache sich bezahlt. Und verschaffe obendrein einen Freifahrtschein in puncto Alkohol und Raserei.

Die Berichte aberwitzigster Erlebnisse hatte er Bela in diesen Monaten tröpfchenweise verabreicht: da eine Zechtour auf einer Wachstube, wo das Los, die Leberkäsejause zu holen, auf ihn gefallen sei und der Postenkommandant ihn mit dem Streifenwagen auf die Reise schickte, weil ihn so keiner der Kollegen aufhalte; dort die Verfolgungsjagd auf einen Amokfahrer, der den Schlagbaum an der Staatsgrenze durchbrochen habe, worauf er, Vinzent, mit einem volltrunkenen Gendarmen auf dem Beifahrersitz die Verfolgung aufgenommen habe, weil alle anderen weit und breit verfügbaren Beamten immer noch fahrunfähig auf der Dienststelle gesessen seien, wo sie gemeinsam die Verhaftung eines Serienbankräubers gefeiert hätten – eine Sache, die damit geendet habe, dass die tschechischen Kollegen jenseits der Staatsgrenze das Auto durchsiebt, den Flüchtigen erschossen und einigermaßen verdattert dreingeblickt hätten, als der österreichische Uniformierte und er plötzlich dort gestanden seien, er seine exklusiven Fotos des kopfüber aus dem Wagen hängenden Toten geschossen habe und zu aller Überraschung keinerlei bilaterale Verwicklung daraus erwachsen sei.

Solche Geschichten und andere mehr. Belas Skepsis war in den Anfängen naturgemäß groß gewesen, doch mit Fortdauer und Präzisierung der Schilderungen, mit Vertiefung ihrer immer offeneren Freundschaft, reifte in ihr die Erkenntnis, jedes Wort müsse wahr sein. Auch hatte es den Anschein, als schwäche er bisweilen sogar ab, spreche bloß die Spitze des Eisberges an und erzähle doch ohne Ansehen der eigenen Person.

»Ich bin dir nicht böse, wenn du mir nicht glaubst«, sagte er auch. »Kaum einer tut das.«

»Ungeheuerlichkeiten«, erwiderte Bela.

»Jetzt weißt du, warum ich Kriminalfilme verabscheue, in denen Stereotype von Reportern herumlaufen.«

Bela lächelte, und ein Ruck sagte ihr, dass die U-Bahn zu bremsen anfing, im Anflug auf die Station sein musste. Gleich fände die olfaktorische Urwaldqual ein Ende.

In diesen Minuten, neustadtseitig

XX. DER IROKESE

Manchmal, dachte sie, hatte die Folter auch ihr Gutes.

Man musste kein prinzipieller Freund der Folter sein, erwog Miriam weiter, um Fälle echter Notfälle auszumachen, die das Zufügen von Leid, das Quälen und Erniedrigen, physisch, psychisch, als gelinderes Mittel zum höheren Zweck heiligten. Notfälle, da selbst die globale Gemeinschaft humanistisch gebildeter Menschen, als deren Mitglied sie sich sah, nicht umhinkonnte, Verständnis aufzubringen, ja, wo mithin dieses diffuse, zeitweilige, heilsverkündende Sehnen nach dem Bösen im Raum stand. Nach einer Zweigstelle bewährter US-amerikanischer Gerichtsbarkeit. Einem *Klein Guantanamo*. Mitten in Wien. Falls es das nicht ohnehin schon gab. Das hier war diese Art von Notfall. Sie warf einen abschätzigen Blick in die Runde, diese unselige, ihre Donaukanalluft verpestende Ansammlung von Schnöseln und Flachwichsern, diese Tortur auf Beinen, die nach radikalen Gegenmaßnahmen schrie.

Genau da, wie auf Zuruf einer gnädigen Regie, drang ein Klingelton aus den Tiefen der Umhängetasche, die zu ihren Füßen im Sand lag. Sie zog das Tablet an sich, ließ ein Fenster aufpoppen. Eilig überflog sie die Botschaft, nickte dankbar. Die wundersame Erlösung. Deus ex machina. »Ganz wie Monsieur belieben.« Ohne ein Mann zu sein, sagte sie sich, und auch ohne sich einen wachsen zu lassen, konnte frau mancherlei auf den Sack gehen. Wie diese miese Partie hier. Tom miteingerechnet. Wer solche Freunde hatte.

Miriam tippte ein paar Befehle ins Tablet, hackte den ihr inzwischen so wohlvertrauten Handyanschluss, runzelte die Stirn.

Dann, mit demonstrativem Schnalzen, warf sie die Magnethülle über den Monitor, bugsierte das Tablet zurück in das Seitenfach und gab dem Kellner Zeichen.

»Die Rechnung!«

»Ich übernehme das«, sagte Toms bester Freund.

»Gerne«, sagte Miriam, vernahm ein zufriedenes Grunzen und blickte in ein Lächeln, ähnlich dem postkoitalen eines Halbgottes, der um seine Unwiderstehlichkeit wusste. »Aber nur, wenn Weihnachten und Ostern auf Allerheiligen fallen.«

»Du gehst?«, fragte Tom ungläubig.

»Ein Job.«

Er hob die Brauen. »Ich dachte, du hättest frei.«

»Frei ist nicht.«

»Oha, das *Amt* ruft.« Jetzt wieder Toms aufgeblasener Freund. Dieser Wurm, dieser nazistische Epigone, durchfuhr es Miriam, der seit seiner Ankunft hier bei *Neni* mit gespreizten Beinen dasaß, die Brustmuskeln hüpfen ließ und dessen Namen sie nach Sekunden erstmals von der Festplatte zu löschen versucht hatte. Ein Namenloser sollte er ihr sein. Mehr nicht. Der verächtliche Unterton, den er in das Wort Amt gelegt hatte, war bloße Draufgabe zu all dem Spracheiter, den er zuvor abgesondert hatte. Dazu dieses selbstgefällige Lachen des Alleinunterhalters, das sie ihm am liebsten aus der dreckigen Visage gekratzt hätte. »Lebst du auch hier in der zivilisierten Welt der Intelligenz oder auf dem Land?«, hatte er gleich zu Beginn geraunt, wie gequält, die verachtende Langeweile des geborenen Siegers in den Mundwinkeln, und sie hatte gedacht: Ab zum Schlachthof, Schweinchen Arschloch. Immer noch besser, als ihm gleich ein »Fick dich« entgegenzuspeien.

Toms Freund.

Dass Tom es mit ihr in der U-Bahn getrieben hatte, auf Anhieb, hatte ihr imponiert. Dazu die Größe, sich in Anbetracht der Fotohetzjagd in den Zeitungen zu stellen, ohne der Polizei ihren Namen preiszugeben. Sex in der U6, wo sonst,

Herr Inspektor, von der Tscherttegasse zur Perfektastraße, hatte er angegeben. Ein Vier-Stationen-Fick. Quattro Stazioni quasi. Meine Partnerin? Keine Ahnung, wie die Tussi heißt.

Die 150 Euro, Erregung öffentlichen Ärgernisses, waren ein Schnäppchen gewesen im internationalen Vergleich, ein Griff in die Portokasse. 200, stimmt schon, hatte Tom gesagt. Machen Sie sich einen schönen Abend mit Ihrer Frau.

Ja, verdammte Scheiße, er war der scheiß arrogante Sohn scheiß betuchter Eltern. Aber vermutlich nur halb so stinkreich wie sein Schnöselfreund neben ihm, dem Opinionleader der Clique, wie es aussah, stellte sie die vermuteten Bankkonten ihrer Alten ins Verhältnis. Der leicht Untersetzte mit dem Fünftagesflaum in der Schwammvisage war offenkundig die Nummer zwei. Der, als würde ihn ein rätselhafter kosmischer Magnetismus an Mutter Erde fesseln, wie ein Meinungstrabant in der Umlaufbahn des Alphasterns kreiste, wenn er gurrend nickte oder in einem fort »So ist es, so ist es, ganz meine Rede« schnarrte.

Dann Tom.

Dann der Irokese. Anfangs hatte der die Welt um sich herum mit begierigen Blicken aufgesogen. Wie Kaspar Hauser, als er aus der Truhe gekrochen kam. Einer, der den Kopf nach hierhin und dorthin reckte, dann aus dem Nichts erstarrte und seither wie ausgestopft dasaß. Die Augendeckel auf Halbmast, die geschürzten Lippen gegen die Daumen der gefalteten Hände gepresst. Miriam war, als knüpfte er auf diese Art Familienbande zu nordamerikanischen Stammesbrüdern am Ontariosee oder Lake Erie, wiewohl solche Bande bestenfalls kraft seines Haarschnitts und im geistig-figurativen Sinne bestünden. Aber auch das beharrliche Schweigen des jungen Mannes (sie schätzte ihn auf Mitte 20) in indianisch-philosophischer Manier bestärkte sie darin, erweckte den Eindruck, er wäre nach einem mächtigen Lungenzug aus einer mit Gras gestopften Friedenspfeife ins Wachkoma gefallen. Der körperumspannende Nietenbesatz auf seiner Kleidung sah aus, als hätte eine Horde betrunkener Cowboys mit Schrot auf ihn geballert, und einzig das Material, ein Arrangement aus abgründig teurem Leder, verriet, dass auch er kein Kind von Armut sein konnte.

Weit abgeschlagen auf der goldenen Sozialleiter rangierte die einzige Frau neben Miriam, das Blondchen mit dem Pagenschnitt, protzigem Goldklunker um den Hals und den Designerfetzen. Ihre schlaksigen Beine lugten aus ultrakurzen Shorts, und die ungenügend kaschierte Orangenhaut hatte Miriam die Geschichte vom hässlichen Promi-Entlein geflüstert, dem rasch abgemagerten oder abgesaugten Frustpummelchen, dem Valentino-Blasengel, der es, der Gerechtigkeit eines schöpferischen Ausgleichs folgend, in der Metamorphose nur zum Beinahe-Schwan geschafft hatte.

Klassenfeinde per se, dachte Miriam. Ja, das waren sie. Alle.

Tom indes war anders, hatte sie gedacht. Weil er für diesen abseitigen, weitschweifigen Hang zur Verrücktheit stand, der nicht allein einer prall gefüllten Geldtasche, ihren schier unerschöpflichen Möglichkeiten des Ausbügelns entsprang. Das irre Blitzen seiner konturreichen jadegrünen Augen hatte sie sofort in den Bann geschlagen. Dazu die irre Nummer noch in der Nacht der U-Bahn-Vögelei, als er sich zur Beifahrertür ihres Wagens raushing, die Kniekehlen über dem Fensterschacht, und den Oberkörper kreisen ließ, während sie mit 90, 100 Sachen über den Ring schossen, Staatsoper, Hofburg, Parlament, Burgtheater, Rathaus, und noch ehe sie am Schottentor ankamen, hatte er zwei Flaschen *Budweiser* auf ex gekippt und in einem Atemzug rülpsend bis fünf gezählt.

Was für ein abgefahrener Kerl, hatte sie sich gesagt, womöglich abgefahren genug, es diesen *bavarian dumbasses* gleichzutun, diese ultimativen bayerischen Dumpfbacken, die einen der Ihren mit Panzerklebeband auf dem Ringelspiel eines Kinderspielplatzes festgebunden hatten, das Karussell an einem Seil festgemacht und das Seilende an ihrem BMW. Dann hatten sie

Stoff gegeben, den Kumpan abgespult wie ein Riesen-Jo-Jo, nur dass die Fliehkräfte stärker waren als das Klebeband und er als Rocket-Man das Zeitliche segnete. Ein krasser Trip.

Und Tom? Ein krasser Typ. Einer, der sich den biederen Mief des Nine-to-five-Bankerjobs, den ihm der Herr Papa mit dem Fingerschnippen der großen Leute besorgt hatte, auf grenzwertige Art von der Haut schrubbte. Nein, sie war keineswegs blind vor Liebe, war sich des Trennenden zwischen ihnen bewusst, und doch hatte sie ihm, ihnen einen Chance geben wollen, auf die eine oder andere Prise Adrenalin und vielleicht mehr. Mit der Blindheit, sagte sie sich, verhielt es sich wie mit dem Tod: Beide missachteten Herkunft und Beruf.

Bald zweieinhalb Monate ging das nun schon, seit sie ihn bei *Neni* als Nachspeise aufgerissen hatte. Sie hatte es nicht bereut. Bis heute Morgen. Da hatte sie ihr Instinkt verlassen, hatte sie die Vorzeichen nicht zu deuten gewusst, als er sie beim Frühstück überfiel.

»Sie sind meine Freunde, Miriam. Ich hab ihnen viel von dir erzählt. Sie wollen dich kennenlernen.«

»Du hast was?«

»Von dir erzählt. Wie du so bist. Was du machst und so. Keine Angst, keine Details, nur ganz … äh, peripher.«

Mehr als peripher weißt du auch nicht, mein Junge, hatte sie gedacht, doch schnippisch entgegnet: »Ich habe keine Angst. Aber ich hasse Menschen, die Dinge von mir wissen. Und am meisten hasse ich diese Menschen, wenn ich sie nicht kenne.«

Am Ende hatte sie doch eingelenkt. Für eine Nummer im Naturhistorischen Museum unter einem der Dinos. Sie würde eine Schneekugel mitbringen, eines dieser legendären Einzelstücke, das dieses Ehepaar drüben im 17. auch auf Bestellung anfertigte. Ein Tyrannosaurus Rex, der es schwebend mit einem Eudimorphodon trieb, auch wenn das biologischer wie erdgeschichtlicher Unsinn war. Egal. Tom hatte eingewilligt, und sie hatte geschworen, seine Freunde zu nehmen, wie sie kamen.

Aber so krass?

Ja, es gab tatsächlich Menschen, die den stärksten bindenden Zauber eines Schwurs im ersten Anlauf mühelos außer Kraft setzten. Toms bester Freund war der Schlimmste. Die lindgrünen Shorts, die knallgelben, troddelverseuchten Loafer an den Füßen, die ihn wie die naturtraurige Version des Zirkusclowns Habakuk aussehen ließen. Das Rundkragenshirt im Metallicton. Das allein hätte genügt, einen gegen diesen ... *Dschordn, ach, Mist!* ... aufzubringen. Lost in Space, hatte sie tonlos gemurmelt, als sie ihn von Weitem aufblinken sah. Mein Onkel vom Mars, die Wiederholung der Wiederholung. Nur der Helm mit den Antennen fehlte. Wie ein Abgesandter aller erdenklichen Zeiten, bloß nicht der Gegenwart. Ein Mahnmal der Mode, mehr aber noch des ungeschützten Verkehrs.

Miriam – Dschordn. Dschordn – Miriam. Dschordn aus Sievering. Dschordn wie der Jordan, du weißt schon, der Grenzfluss zwischen Jordanien und Israel. Auf Englisch halt. Sein Vater ist ...

Danke, Tom.

So hatte Tom sie einander vorgestellt. Und dann hatte dieser Lackaffe, dieser Mein-Papa-schenkt-mir-einen-Ferrari-und-wer-hat-dir-dein-unnützes-Leben-geschenkt?-Snob, einer von der Sorte, der zur Zerstreuung nahm, was anderen auf ewig unerreichbar blieb – eine Partie Polo mit dem Chef der Industriellenvereinigung, ein Tennismatch mit der Kanzlergattin, ein verlängerter Wochenendtrip auf den Bahamas –, ja, dann hatte er, kaum in den Strandsessel gefläzt, sein dreckiges Maul in ihre Richtung aufgetan.

Lebst du auch in der zivilisierten Welt der Intelligenz oder ...

Eine geschlagene halbe Stunde war es ihr gelungen, die Säfte auf Sparflamme zu halten. Die ganze gequirlte Scheiße hatte sie geschluckt, sogar, dass er seinen *Cucumber Cosmo* mit seinem ach so weltmännischen Gaumen zergliederte und nicht nur den Cranberrysaft vergaß, sondern den *Cointreau* in altösterreichischer Manier als Cointröö aussprach. All das hatte Miriam irgendwie ertragen. Tom zuliebe. Bis dieser knallbunte Frosch mit seinen unverschämten Blicken angefangen hatte. Und es genug war.

»Sieh nur! Sie können auch Gebärdensprache«, hatte sie gerufen, ihre Brüste umfasst und damit wie wild in seine Richtung gewackelt. »Wenn du errätst, was sie sagen, darfst du sie lecken. Oder gleich aufreiten. Aber nur mit Jar-Jar-Binks-Maske. Darauf stehen so freaky Nerds wie ich nämlich. Jetzt sag mal: Ist eine größer als die andere? Schielen sie? Oder stimmt sonst irgendwas nicht mit meinen Titten, weil du sie dauernd anstierst?«

»Miriam?«, stammelte Tom, starrte in ihr versteinertes, von eisglatter Wut glaciertes Antlitz.

»Alles gut, alles easy cheese«, rief Dschordn. »Mörderisch gut drauf, deine Kleine.« Dann kam er ein Stückweit vor, gaffte ostentativ auf Miriams Brüste. »Ich denke, sie sind ganz okay. Aber warum versteckst du sie hinter dieser … dieser strangen Visage von Aufdruck. Noch dazu in Schwarz-Weiß. Wer soll das überhaupt sein?«

»Hedwig Kiesler.«

»Hedwig who the fuck who?«

»Hedwig Kiesler«, knurrte Miriam. »Kenner sagen auch Hedy Lamarr.«

»Lamarr«, gluckste der blondierte Pagenschnitt und pustete in den Strohhalm, dass ihr *Violett Gin Fizz* fröhlich blubberte. »Sag mal, Schatzi, … Lamarrs … sind das nicht die spuckenden Viecher im … Dingsbums … Schönbrunn … na, du weißt schon?«

»Genau die«, warf Miriam rasch ein, nickte ihr respektvoll zu, ehe ihr Begleiter etwas einwenden konnte. »Gottes Tiergarten ist groß.«

Tom ging dazwischen. »Du weißt schon, Dschordn, die schöne Hedy Lamarr. Die Filmdiva aus den 30ern. Die aus *Samson und Delilah*. Die Erste, die splitternackt auf der Leinwand zu sehen war. Und hat sie nicht auch in *Casablanca* …«

»Hat sie nicht«, zischte Miriam. »Den hat sie abgelehnt.«

»Ach, die!« Dschordn gab Tom einen schnalzenden Klaps gegen die Brust, warf sich zurück in den Sitz und schob die Rechte seiner Begleiterin tief in den Schritt. Dann, an Miriam: »Bist du retro?«

»Hetero.«

»Uh, echt creepy!«, quietschte das Engelchen, im Unklaren belassend, wem oder was es galt. Miriam? Den Brüsten? Dem Gesagten? Den immer wilder kreisenden Fingern zwischen ihren Beinen?

»Sei so gut, Schatzi … bitte ned.« Ein Funke Unsicherheit flackerte in Dschordns Augen auf. »Ähm … nein … was ich meine … diese alten Schinken und so …«

»Eine Ikone«, sagte Miriam knapp. »*Die* Ikone.«

»Wieder was gelernt«, raunte Dschordn unterwürfig. »Aber vielleicht hätte sie es doch lieber mit good old Humphrey versuchen sollen? Dann wüsste auch unsereiner, wer …«

»Ein Stern auf dem *Walk of Fame* ist nicht alles«, sagte Miriam. »Genau so wenig wie die goldene *Dinersclub* in der Arschritze.«

Jetzt, wusste sie, hatte sie Oberwasser, jetzt konnte sie diesen ignoranten Molch zurück in das trübe Gewässer seiner erlauchten Herkunft scheuchen.

»Nein?«

»Nein, Dschordn aus Sievering. Ich sage nur Frequenzsprungverfahren.«

Ratlose Blicke, nur der Irokese hob eine Augenbraue.

»Für dich um drei Gänge nach unten. Das frequency hopping ist heute unerlässlich für Technologien wie Wireless-Lan oder Bluetooth. Schon gehört? Handy und so? Na also. Und sie hat es erfunden. Gemeinsam mit Georg Antheil. Eine Schauspielerin und ein Pianist. Na? Lamarr war Wienerin, Jüdin, verheiratet mit dem Waffenproduzenten Fritz Mandl. Er der Mussolini-Freund und sie die Liberale. Ein eifersüchtiger Saukerl, der sie nach dem Nacktauftritt in *Ekstase* – ein fulminanter Erfolg übrigens – wie eine Gefangene behandelt und ihr die Schauspielerei verboten hat. Und sie? Sie hat das einzig Richtige getan, hat ihn verlassen und ist vor den Nazis in die USA geflohen. Und noch etwas, Dschordn aus Sievering … diese Frau hat Erfindungsreichtum und das Geheimwissen aus der Waffentechnologie, das sie sich in der Ehe angeeignet hat, zusammengeführt. Ursprünglich wollten sie und Antheil mehr als ein Dutzend Pianolas … schon gehört? Nein? … das sind diese Selbstspielapparaturen für Klaviere, ja? … mit einem Ballettfilm synchron schalten. Mittels identischer Lochstreifen in Sender und Empfänger. Herausgekommen ist eine neuartige Funkfernsteuerung für Torpedos, die schwer anzupeilen war, weil sie selbstständig die Frequenzen wechseln konnte.«

Stille.

»Hast du ihr auf die … na, auf die Dingsbums gestarrt, Dschordn?«

»Halt jetzt bitte dein Goscherl, Schatzi, ja?«, grummelte der, zog die Hand zurück und schnupperte daran.

»Wenn du also das nächste Mal mit deiner süßen Zuckerschnute hier telefonierst, dann denk einfach an meine mörderischen Titten und an die gute alte Hedy, der du das zu verdanken hast.«

»Miriam, bitte.« Tom fuhr sich durchs schweißfeuchte Haar.

»Lass nur, Tom. Die vier gefallen mir … sie und ihre Art und ihre beiden Möpse. Sind echt groovy.«

»Ja, Tom, lass nur!«, rief Miriam. »Dingsbums aus Dingsbums spielt ein Spiel, und ich spiele mit.«

»Dschordn aus Sievering«, hauchte Tom.

»Sag ich doch.«

Keine 20 Minuten war das jetzt her.

Hedy Lamarr. Die Ikone. Dass sie neben einer Tavi Gevinson, einer Jennifer Lawrence, einer Rachel Maddow und Felicia Day als weibliche Leitfiguren der Hacker galt, nein, das band sie einem verwöhnten Villenfratzen aus Döbling, einem Dschordn aus Sievering gewiss nicht auf die Nase. Ebenso wenig anderes

Basiswissen. Dass kein Nerd dem anderen glich. Dass es Nerds und Nerds gab, Geeks und Geeks, Weirdos und Dwebs und so weiter, eine endlose Reihe sozialer Schattierungen euphorisierter Menschen, die wie sie hochgradig technikaffin waren, und dass es gerade solcher Spinner bedurfte, damit die Menschheit in ihrer selbstgenügsamen Trägheit überhaupt noch vorankam.

Einem Haufen Vollidioten auf die Sprünge helfen? Sie am Ende Binärcodes lehren? Ihnen die Quantenmechanik anhand von Schrödingers Katze näherbringen, wo sie nicht mal wussten, was Wellenlängen waren, warum der Himmel heute so blau war? Erklären, was es mit der Zahl 42 auf sich hatte? Was eine Beta-Phase war? Wie man einen Smurf oder eine Syn-Flood oder irgendeine andere DoS-Attacke ritt, um Rechner, Server oder ganze Netzwerke zu crashen?

Oh no, fuck it.

Das Gespräch um sie her war rasch ins Lapidare abgedriftet, auf das Hackerwesen als solches, wie Tom es nannte, und erwartungsgemäß bei den Hacktivisten von Anonymous gelandet, die, wie auch anders, Dschordns »volle systeminfiltrierende Sympathie« genossen.

Miriam nahm sich raus aus dem uferseichten Flussgeplätscher, paddelte in Gedanken vor leicht hingeworfenen Begriffen wie Ku-Klux-Klan und FBI und Scientology davon. Nur einmal horchte sie erstaunt auf, als sie der Name Aaron Swartz erreichte.

Sie kannte Swartz aus der Szene, pflog eine Zeit lang Mailkontakt zu ihm, bewunderte ihn seiner genialischen Programmierkunst, insbesondere aber seines bedingungslosen Kampfes wegen, den er im Namen der sozialen Gerechtigkeit und eines freien Zugangs zu wissenschaftlichen Informationen im Netz führte.

Teilen als moralische Notwendigkeit.

Gegen die Privatisierung von Wissen.

Studenten, Bibliothekare, Wissenschaftler … am Wissensbankett gefüttert, während der Rest der Welt ausgesperrt wird.

Die Kernbotschaften seines Guerilla Open-Access-Manifests, das er 2008 in Italien verfasst und ins Netz gejagt hatte. Von da an hatte er keine Gelegenheit ungenutzt gelassen, seine aufrührerischen Fingerabdrücke im World Wide Web zu setzen, ein Daktyloskop des Widerstandes, dieser Aaron Swartz, ein Avantgardist zur Befreiung des globalen kulturellen und wissenschaftlichen Erbes aus den Klauen der auf den Säulen der Gier errichteten Konzerne.

Aaron war der Typ, der in wenigen Wochen Dutzende Bücher verschlingen konnte, Susan Sontag las und Ernst Bloch und Literatur zur Dechiffrierung der Werbung. Einer, der im Lift auf dem Weg zum Appartement in Brooklyn mit seiner Freundin über die Natur des Bewusstseins oder David Foster Wallace' *Infinite Jest* oder die Befreiung durch Selbstmord diskutierte, während die Nachbarn über die Beschwerlichkeit des Gassigehens sprachen und besorgt auf ihre von Hamburgern und Donuts sündhaft überfetteten Köter hinabstierten.

Seit er im Vorjahr nach dem Download von Millionen kostenpflichtiger Artikel älterer Fachzeitschriften aus den Beständen des *Journal Storage* in New York aufgeflogen war, saß Swartz bedenklich in der Klemme, hatte seine eigenen Sorgen, machte sich rar. Die Betroffenen selbst, die Plattform *JSTOR*, gaben nach Swartz' Festnahme, wenngleich zum Schein, klein bei, da man in einem Anflug gesellschaftlichen Großmuts eine Reihe ohnedies alter, gemeinfreier Inhalte ins Netz stellte und nach Rückerstattung der Daten durch Swartz von zivilrechtlichen Schritten gegen ihn absah. Die unerbittliche Staatsgewalt dagegen blies zum Halali des Exempels gegen den Datendieb. 30 Jahre Haft und mehr drohten Aaron Swartz. Dass der eines gar nicht so fernen Tages den drakonischen Strafen das noch drakonischere Mittel des Freitodes entgegensetzen, sich mit dem Gürtel an der Türschnalle erhängen würde, ahnte da noch niemand.

Aaron Swartz. Exempel. Weiter als über diese Schlagworte hinaus kam die unter großmännischen Gesten Cocktails schlürfende und Zigarillos paffende, mit den Zehenspitzen Sand aufwerfende Truppe in ihrer Expertise zur Weltlage nicht, und so drehte Miriam rasch wieder ab, glitt in stehende Gewässer und ging bei dem schweigsamen Irokesen vor Anker. Oder besser gesagt in seiner selbst für Irokesen äußerst bemerkenswerten Frisur.

Unter den vielen ihr vertrauten Variationen war diese echt hot und brandnew. Nach altbekanntem Prinzip verlief der beidseits ausrasierte Schädel mit dem buschig haarigen Mittelstreifen. Auch die Tönung war nicht revolutionär, sie folgte in linearem Verlauf streng der Farbenskala, vom knallig frischen Zitronenfaltergelb an der Stirn über die verschiedenen Orangetöne bis zu einem satten Zornrot im Nacken. Von abenteuerlichem Esprit hingegen war die technische Ausgestaltung: fünf pralle Haarbüschel, die einander an der Kopfhaut berührten und senkrecht in einer Reihe aus der Schädelplatte aufragten. Sich linear verjüngend, schmolzen sie auf halber Höhe auf Fingerbreite ab, um dann, wie flauschige Rasierpinsel, wieder zu voller Basisbreite aufzupilzen. Zuoberst waren sie starr verbunden, sodass die Haarflächen im Abschluss den perfekten Viertelkreis eines Ziffernblatts zwischen neun und zwölf bildeten und aussahen wie idente Sanduhren oder Gamsbärte oder auch Diabolos, diese von Zirkusartisten kunstvoll mit Schnüren balancierten Doppelkegel. Die Zwischenräume dagegen glichen etwas länglich geratenen Straußeneiern oder Hinkelsteinen.

Fasziniert starrte Miriam den Irokesen an.

»Es sind Atommeiler«, löste der plötzlich ihr Rätseln auf, ohne sich einen Millimeter aus seiner meditativen Haltung zu lösen. »Ein Statement nach Fukushima mit der Farbgebung eines Armageddon.«

»Oh«, sagte Miriam, und, mit Blick auf seinen Drink: »Und der *Cuba Libre* … ist der auch so ein Statement?«

»Ist das nicht ein geiler Hund?«, rief Dschordn aus. »Dieser … na, du weißt schon, Tom, der Whistleblower, der von *Wikileaks*.

Der jetzt seit ein paar Tagen in irgendeiner Botschaft festsitzt. Ist es nicht Paris?«

»London?«, rief der Pagenkopf.

»Fix, Oida?«, fragte der Meinungstrabant.

»Geh, Schatzi, bitte net, wenn die Erwachsenen …«

»Nicaragua«, sagte Miriam ungerührt. Irgendwie schaffte sie es, ihr Erstaunen über den Pagenschnitt im Zaum zu halten. »Die Botschaft von Nicaragua. In London.«

»Lol!«, schnaubte der Trabant.

»Nicaragua … in London … hmm, ja, das könnte schon sein«, wandte Tom ein, und in seiner Stimme lag eine Behutsamkeit, als würde ein venezianischer Künstler auf Murano von der Königsdisziplin sprechen, der Herstellung von Millefioriglas.

»Den Assange, Dschordn? Meinst du vielleicht den Edward Assange?«

»Ja, eh klar, good old Eddi«, trompetete Dschordn, als wäre ihm bloß der Name eines langjährigen Familienfreundes entfallen.

»Assange, Assange«, echote das Schwammgesicht. »So ist es, so ist es, ganz meine Rede.«

»Scheiß Anarchos«, grummelte Miriam.

Der Irokese rollte seine Augen in ihre Richtung und zog die Stirn kraus.

»Eh klar, dass eine wie du das sagt«, moserte Dschordn. Er trug nun einen linkischen Zug um den Mund und die Murmeln in den Höhlen funkelten. »Die schnupfen euch Bullen doch jeden Tag von früh bis spät … mit Links.«

Genau da hatte Miriam das Klingeln in der Tasche vernommen. Und dann hatte er sich um das eine Mal zu viel über ihren Job lustig gemacht.

Oha, das Amt ruft.

»Fick dich, Dschordn aus Sievering«, sagte sie nun doch und erhob sich langsam, während sie dem Kellner einen Zehner zusteckte. »Oder mach's wie David Grashoff und probier's mit Pimmelbingo!«

»Wohin die Reise?«

Irritiert starrte Miriam den Irokesen an, der sich aus seiner Starre gelöst hatte und sie fragend ansah.

»Richtung Karlsplatz«, sagte Miriam, ohne es zu wollen. »Taxi gefällig?«

»Gute Wahl«, sagte der Irokese, wandte sich wieder ab und schwieg.

Miriam schüttelte den Kopf, warf Tom zum Abschied einen düsteren Blick zu, dann stapfte sie los. Sie hatte ihren Wagen noch nicht erreicht, als er anrief. »Spinnst du?«, schnaubte Tom. »Wie kannst du dich nur … wie kannst du mich nur …«

»Wie kannst *du* nur«, fauchte sie zurück. »Wie kannst du mich nur zu so abgefahrenen Scheißern schleppen? Wie lange kennst du mich jetzt? Drei Stunden?«

»Sie sind meine Freunde.«

»Auftakt und Höhepunkt der Tragödie.«

»Sie sind ein Teil meines Lebens. Ein sehr wichtiger.«

»Sie sind ekelig, Tom. Von dem irokesischen Weltenschauer mal abgesehen.«

»Sie sind Teil des Pakets, das du gewählt hast.«

»Ach ja?«

»Ach ja!«

»Ach nein! Und dieses Paket beinhaltet, dass man sich über mich scheiß Halbbürgerliche mit meinem scheiß spießigen Job bei der scheiß Polizei scheiß lustig machen darf, ja? *Oha, das Amt ruft*!«

»Du weißt doch, wie Kinder aus gutem Haus …«

»Gutem Hause? Kinder?«

»Sei ehrlich. So ein Renommee ist die Arbeit als …«

»Ach nein?«

»Nein … ich meine, ja. Ach, Miriam, komm schon. Ich kenne ihn seit unserer Zeit im Privat… im Kindergarten. Wir haben alles zusammen gemacht, sind beim Mittagsschlaf im selben Bett gelegen. So eine Art von Freundschaft ist das.«

»Jaaa?!?«, schrie Miriam. »Dann schlage ich vor, dass du von nun an wieder Dschordn aus Sievering fickst.«

Augenblicklich warf sie ihn aus der Leitung.

Sie hatte ihren GTI erreicht, ein alabasterweißes, picobello gepflegtes Prachtstück aus der ersten Serie, die tiefer gelegte Version mit dem Sportlenkrad und den drei gelochten Speichen und dem versenkten Pralltopf für die Hupe, den die Freaks »Spucknapf« riefen. Miriam hatte die 112 Standardpferde kräftig aufmotzen lassen. Eine Rarität im Topzustand, die Höchstpreise unter Sammlern erzielte und ihr ganzer Stolz war.

Sie schloss den Wagen auf, stand eine Weile unschlüssig da, dann löschte sie Toms Nummer aus dem Speicher und warf das Handy auf den Beifahrersitz. »Leckt mich doch alle!«, schnaubte sie, als sie sich hinters Steuer klemmte.

Sie ließ den Motor an, lauschte dem beruhigend dumpfen Blubbern des Benziners und kurbelte das Schiebedach auf. Für einige Augenblicke linste sie in das gleißende Blau über ihr, dann trat sie das Gaspedal durch. Es war nicht weit. Keine sechs, sieben Minuten, wenn der Verkehr es zuließ. Sie fluchte, stellte den Scheibenwischer auf Vollbetrieb, und erst als die Plastikhülle mit dem Strafzettel sich mit eckigem Flattern vor dem Wirtschaftsministerium verabschiedete, hellte Miriams Miene sich auf. Wozu den Tag verderben lassen? Von dahergelaufenen Arschlöchern, die sie nie wieder zu Gesicht bekäme?

Waren auch die Biegungen des Schicksals verschlungen und bisweilen nicht einsehbar, so waren sie doch Teil des Pakets, das sie gewählt hatte.

Draußen, vor den Toren Wiens

XXI. DIE VERMESSUNG AM ENDE DER WELT

Es war unbegreiflich. Vor drei (oder waren es vier?) Strichen waren die Zeichen auf Freiheit gestanden. Er hatte zugeschlagen. Mit aller ihm zur Verfügung stehenden Gewalt. Einmal. Das Taumeln seines Peinigers. Dann ein zweites Mal. Mit der Karaffe. Das Klirren von Glas. Die lange, spitze Scherbe in der Hand, war er bereit gewesen, auch diesen letzten Schritt zu gehen, es zu einem Abschluss zu bringen.

Er. Oder er.

War es barbarisch, einem Menschen im Ringen ums eigene Sein die Kehle zu durchtrennen? Nein, die schlimmsten Taten waren jene des Sexualtriebes, sagte er sich. Barbareien, die im Geiste der Natürlichkeit getan sein wollten. Aber er … er wollte doch bloß überleben.

Er wusste nicht mehr, wie es hatte geschehen können. Doch plötzlich war dieser Kluger um die eine Armlänge zu weit entfernt gewesen. Er war ihm hinterher, doch die Kette am Bein hatte ihn ferngehalten wie einen Hofhund vom Eindringling.

Seither waren drei (oder doch vier?) Tage verstrichen, wie er an der Tafel erkennen konnte. Erstmals stand er wieder vor ihm. Nicht rachsüchtig. Nicht aggressiv. Nein, umhüllt von einer knisternden, niederdrückenden Ruhe, die ihm nur noch mehr Angst einjagte.

»Nun, Professorchen«, hatte er zur Begrüßung gesagt und einen Plastikkrug mit Wasser abgestellt, »haben wir uns wieder beruhigt?«

Dann hatte er einen Monolog darüber gehalten, was er sonst noch angeschleppt hatte, Maßband, Stativ, hatte etwas von Messtabellen gefaselt und von der Krönung seiner Arbeit, dem Greifzirkel. Er würde die Ordnung in alles bringen.

»Ordnung?«

»Sie dürfen es nicht persönlich nehmen, Professor Köhler.«

»Nein?«

Zur Antwort hatte er abermals weit ausgeholt. Es solle an die Mondlandung denken. Ein kleiner Schritt für einen Mann, ein großer … und so weiter. Wenn die Arbeit hier getan und die Zeit gekommen wäre, würde es wie immer sein. Er dürfe, draußen, einen letzten Blick ins Land tun, letzte Worte in eine Kamera sprechen für die Nachwelt. Dann käme der Schritt ans Bassin. Ein kleiner Schubs für eine große Erkenntnis der Menschheit. Ein Platsch. Aufschäumende Gischt, vor der nur er selbst sich zu schützen gedachte. Er solle auch nicht versuchen, wieder Land zu gewinnen. Es würde das Leiden nur unnötig hinausziehen. Die zwei, vielleicht drei Sekunden, die er bei Bewusstsein bliebe. Nein, er solle versuchen, es ohne klaren Kopf in Empfang zu nehmen. Ein klarer Kopf würde diesen feierlichen Augenblick für ihn zur Qual verkommen lassen. Wie bei seinem Vorgänger, der … nun ja. Er solle vielmehr Vertrauen schöpfen, solle sich der Kraft der Chemie ergeben, hingeben, sein Ende als das nehmen, was es sein würde. Ein einziges großes Kribbeln. Als würde ihn ein Schwarm von 1.000 Piranhas attackieren. Womöglich komme es aber auch anders. Schließlich könne niemand verlässlich darüber berichten. Womöglich empfinde er dasselbe, wovon Joseph-Ignace Guillotin seinerzeit gesprochen habe, diesen Effekt der nach ihm benannten Maschine beschreibend, ein tiefes, allumfassendes Empfinden, das den Delinquenten in jenem Moment erfasse, da ihm das Fallbeil den Kopf vom Rumpf trenne.

»Guillotine ist pure Barbarei!«

»Ist es nicht. Im Gegenteil.«

»Im Gegenteil?«

Gewiss. Dieser Guillotin, führte er aus, sei als Menschenfreund in die Geschichte eingegangen. Ein Theologe, der letztlich dem Ruf des Herzens gefolgt sei und auf Arzt umgesattelt habe. Er, der Herr Professor, als gelehrter Mann, der gewissermaßen Vergangenes zum Leben erwecke, wisse bestimmt um all die wahrhaftigen … *Barbareien* … früherer Generationen. Der Scheiterhaufen für die Ketzer. Der Strick für die Diebe. Das Vierteilen für die Staatsverbrecher. Ein Kessel mit langsam aufkochendem Öl oder Wasser für die Falschmünzer. Eine Art Gradwanderung also, haha. Nur die Adeligen und Reichen, wie könnte es anders sein, hätten es um den Tick besser gehabt. Ein Blitztod durch das Richtschwert. Nun, jener Monsieur Guillotin jedenfalls sei bestrebt gewesen, das gerechte Sterben humanitärer zu gestalten und in die Breite der Gesellschaft zu tragen. Folglich sei die Guillotine, wie irrigerweise behauptet werde, auch kein Kind der Französischen Revolution. Mitnichten. Zur Linderung des Leides habe man sie erschaffen. Erst an toten Schafen erprobt. Später an menschlichen Kadavern. Ja, sogar von der halbmondförmigen Beilform habe man ihrer üblen Ruppigkeit im Schnitt wegen Abstand genommen, sie gegen eine abgeschrägte Schneide getauscht, ehe sie zum Einsatz kam.

»Wo, verehrter Herr Professor, bleibt da die Barbarei? Wenn schon *Bar-ba-rei*, so müssen wir sie in den Herzen derer suchen, die diesem Schauspiel das erste Mal beiwohnten. Bitterlich enttäuscht war das Volk. Weil es doch viel zu schnell gegangen war. Die Volksseele gab sich gekränkt. Ja, selbst Spottlieder auf die Guillotine wurden verfasst.«

»Sie sind ein kranker Mann.«

»Sie würden sich blendend mit meiner Mutter verstehen.«

»Ein kranker Mann … ein kranker Mann, der sich über das Gesetz erhebt. Der wahllos nach Opfern fischt. Der Gott spielt und die Todesstrafe verhängt. Über einen Unschuldigen obendrein!«

»Die Unschuld gehört allein den Jungfrauen. Nun ja, nicht allen. Darum heißt es auch ... schuldlos, Professor.«

Die Todesstrafe? Aber nein, wo denke er hin. Ihm gerate da wohl etwas durcheinander. Unwissenschaftlich, doch in Ansätzen verständlich. Wisse er es nicht mehr? Aus einem ihrer Gespräche? Natürlich würde er ihm jede Form unnötigen Leides ersparen. Darum, auch darum, sei er auf die Wahl der Mittel verfallen. Schwefelsäure. Perhydrol. Auch das seien Parolen zu den Toren nach Troja. Gerade ein Mann seiner Reputation, seiner Fachkenntnis, wisse um die Wichtigkeit hochwertiger Musterstücke, oder nicht? Er solle die Sache auf die Ebene oberhalb des Fleisches heben, sich lösen von der Vorstellung, die Chemikalien brannten ihm die Kehle hinab, wie gebeizt vom schwarzen, giftigen Rauch eines Feuers. Er solle stattdessen das Metastoffliche erwägen. Ja, er solle sich im Abgang einer Marie Curie entsinnen. Vorbehaltslos, mit jeder gottverdammten Faser habe sie ihren Körper in den Dienst der Sache gestellt und nur so, im Verein mit ihrem Gemahl, Bahnbrechendes in der Beforschung der Radioaktivität zu leisten vermocht. Zwei Nobelpreise erhalten, dafür nur ein Leben gegeben.

»Nun, Professor, was hat es Marie Curie gebracht?«

»Sag du es mir, Kluger, krankes Arschloch!«, schrie Köhler.

»Unsterblichkeit, Professor. Sie hat den Tod überwunden. Wie auch Sie dank der großzügigen Spende Ihrer selbst den Tod überwinden. Ein Leben des steten Aufstieges, das Sie da gelebt haben, hochgeführt aus der Gosse in ein Vorstadthaus, bis unters Dach angefüllt mit den Sicherheiten einer bürgerlichen Existenz. Und jetzt? Jetzt geht es darüber hinaus, Professor. Nur noch dieser eine ... kleine ... Schritt zur ... Un-sterb-lich-keit!«

»Aber du hast ...«, Köhler krächzte mehr, als er brüllte, »... du hast ... Sie haben mir doch erklärt, wie es ablaufen soll. Welch ... höheren Zweck ... Sie verfolgen. Welche Rolle darin meiner ... meiner Mutter zugedacht ist.«

»Ich sehe, die Erinnerung kehrt zurück.«

»Nehmen Sie meinen Arm, Herr Kluger!«

»Sagen Sie nicht immer ›Herr Kluger‹.«

»Den Arm. Der würde vollauf genügen.«

»Ihren Arm, Professor?«

»Ja, meinen Arm. Den linken. Den rechten. Welchen Sie wollen. Was ist schon ein … ein Arm gegen ein Leben.«

»Nun, ich äh … ich müsste bedauerlicherweise wohl alle beide nehmen.«

»Alle beide?«

»Natürlich, Professor. Bedenken Sie bloß die Aufgeregtheit einer alten, um das Schicksal ihres einzigen Sprosses bekümmerten Frau. Da heißt es, Anweisung hin, Anweisung her, auf Nummer sicher zu gehen. Gewiss entsinnen Sie sich des Prozederes Ihrer künftigen … nun ja, nennen wir es … Entdeckung. Wir haben in aller Ausführlichkeit darüber gesprochen, n'est-ce pas? Richtig. Stellen Sie sich also vor, Ihre geschätzte Frau Mama, benommen von Schmerz und Sorge, gerät durcheinander, wählt am Ende anstelle des Armes ein Bein? Alles Bemühen wäre mit einem Schlag zunichte gemacht. Nein, nein, so kommen wir nicht weiter. Ich müsste folglich alle vier Extremitäten nehmen. Und das Gesicht. Aber was wäre das wohl noch für ein Leben, hmm?«

Norbert Köhler schwieg.

»Ehe Sie sich da in irgendwas verrennen, Professor, ehe Sie womöglich fortfahren, Konstrukte ihres Überlebens zu skizzieren … so läuft das nicht. Es wäre nicht dasselbe.«

»Nicht dasselbe?«

»Natürlich nicht. Ich brauche Sie als Einheit. Als Entität. Außerdem: Sie am Leben zu lassen, hieße, Sie für den Rest Ihrer Tage durchzufüttern. Gott bewahre, nein! Seien Sie abermals versichert: Es ist nichts Persönliches. Das war es nie.«

»Aber …«

»Aber was … versuchen Sie, es mit den Augen Ihrer Mutter zu sehen. Eine grundgütige Frau übrigens. Das unterscheidet sie von der meinen mit ihrer operettenhaften Vorliebe für leichter zu nehmende Wahrheiten … für komödiantische Wendungen des Lebens … ach ja, und für die schwedische Königsfamilie. Sehen Sie es also mit den Augen Ihrer Mutter und sagen Sie bei sich: Die Vorsehung hat mich auserwählt.«

In diesem Augenblick zerbrach Professor Norbert Köhler. Er sah sein Gegenüber etwas zur Hand nehmen, das aussah wie ein Elektroschocker, und eine innere Stimme sagte ihm, dass es vorbei war. Er stand da, und er stand am Ende seiner Welt.

»Und jetzt, Professorchen, nehmen Sie ein paar kräftige Schlucke. Zur Beruhigung. Damit wir endlich mit der Vermessung beginnen können.«

Zur selben Zeit

XXII. FEUER UNTERM DACH

Als die Sonne sich anschickte, ihren Schlummerplatz hinter den Baumriesen des Friedhofs zu beziehen, wankte Kluger auf die Straße. Eine diffuse Wehmut nahm den Chefreporter in den Würgegriff. Er wusste nicht warum, fühlte bloß, dass es mit den kohlrabenschwarzen, in apokalyptisch schlechter Laune vor sich hin nickenden Sonnenblumen zu tun haben musste, an die er eben noch gedacht hatte. Er spähte nach links, und schon sah er ihn im Gegenlicht aufblinken, jenen Schriftzug auf der herangleitenden Straßenbahn, jene seit mehr als 100 Jahren das morbide Empfinden der Stadt so prägende Zahl, jene sagenumwobene Chiffre, die den unaufhaltsamen Niedergang von allem und jedem, doch vom Wienertum im Speziellen vor Augen führte, beklagte.

71.

Bei den alten Eingeborenen, dachte Kluger lächelnd, setzte die 71 immer noch den Hebel dort an, wo Zahlenmystik, Gerechtigkeit und Voodoo versagten. Weil diese Wissenden anderen Menschen, denen nichts als das Übelste zu wünschen war, seit jeher eine Fahrt mit dem 71er anempfahlen, Tramway one way, es vereinzelt heute noch taten, wenn sie riefen: »Nimm doch den 71er!«, und damit nichts anderes sagen wollten als »Gehst bitte a bisserl sterben, ja!?!«

Gemeint war ein jedenfalls baldiges, wenig gnadenvolles Dahinscheiden, das auf dem Zentralfriedhof endete. Ob nun nahe Tor 1, Tor 2 oder Tor 3, berüchtigte Endstation der ebenso berüchtigten Straßenbahn, spielte eine untergeordnete Rolle.

Alle drei Tore standen für diesen neuralgischen Punkt einer finalen Verwünschung. Auch gab es Zeiten, da anerkannten Gerichte die Ankündigung, jemanden mit dem 71er nach Hause bringen zu wollen, als strafrechtlich relevante Morddrohung.

Hintergrund des Sprachbildes war die bewegte Geschichte der Linie. Schon im letzten Viertel des 19. Jahrhunderts, lange vor der Elektrifizierung, reichten die Geleise der da bereits »Tramway« genannten Pferdestraßenbahn bis zu Tor 2. In jenen Tagen (und auch später noch zu Zeiten der Elektrischen) wurden Besucher wie auch frisch rekrutierte Friedhofsbewohner gemeinsam hinaus auf den Zentral gekarrt. Erst gegen Ende des Zweiten Weltkrieges setzte man diesen einmaligen Service, auch nach Ableben als Passagier willkommen zu sein, zum Bedauern vieler aus.

Kein Wunder also, dass den Menschen ihr »Friedhofsbahn« gerufener 71er damals in der Seele brannte, es alteingesessenen, traditionsbewussten Wienern heute noch tat. Kluger dachte an das Remmidemmi, das über die Stadt hereingebrochen war, vor ein paar Jahren erst, als Pläne ruchbar wurden, der 71er solle in Linie 4 umbenannt werden. Dem einprägsamsten Symbol für das Lebensende überhaupt eine unbotmäßige numerische Jugendlichkeit zu unterstellen, nein, das ging zu weit. Wie andere Blätter auch hatte die *Gute* das Feuer der Empörung geschürt, und so war nicht nur hier draußen, bei den Toten, der Teufel los gewesen, und die Stadt Wien gab klein bei.

So viele dieser Endstation eine neuralgische Bedeutung beimaßen, so wenige waren es beim zweiten Endpunkt, der Börse am Ring. Kluger sah das entschieden anders, schließlich war dort die Heimstätte menschenverachtender Spekulationsumtriebe, ein Ebenbild des Todes als Brutstätte des Bösen, die dem Zentralfriedhof die eine oder andere Kundschaft zutrieb. Was Kluger jedoch als ebenso neuralgisch empfand, war ein Halt des 71ers entlang der Ringstraße, jener auf dem Schwarzenbergplatz. Von dort waren es nur ein paar Schritte zum sakralen Gegenstück des Zentralfriedhofs: das *Schesch Besch*, heiliger Ort der gastronomischen Einkehr, von Kluger der Einfachheit halber *Ätschbätsch* gerufen. *Schesch Besch* war ein sprachlicher Mix aus Farsi und Türkisch und bedeutete *sechs fünf*, eine Kombination, die als Eröffnungswurf im *Backgammon* nicht selten zu einem Laufspiel führt. Geboten wurde neben interkulturellem Austausch bei Brettspiel und ausgezeichneter kaukasischer Küche aber auch ein reichhaltiges Sortiment an Shishas.

Geschmacksrichtung Wein mit Orangenkopf.

Das war, wonach Kluger der Sinn stand, als er den 71er Richtung Innenstadt bestieg. Bestimmt hatte er dem Kollegen sogar einen Gefallen getan, als er ihn bat, seinen Abenddienst zu übernehmen. Vermutlich würde Supan zu Hause einmal mehr den Chefredakteur vorschützen – *Befehl von oben* –, um dem Abendgequake von Frau und Kind zu entfliehen. Fluchtgründe wie dieser waren von ähnlich biblischer Dimension wie dem die Wüste querenden Israelitenvolk das göttliche Manna. Ja, apropos Manna, dachte er, das Zubrot könnte der chronisch bankrotte Kollege auch gebrauchen. Dass er, Kluger, auf seine Sonntagsgage verzichtet und zum Abschlag zwei große Sommerspritzer auf der *Pumpe* ausgehandelt hatte, empfand er demnach als fairen Preis unter Freunden.

Der 71er rumpelte los. »Fickeysstraße«, dudelte die Tonbandstimme, und während Kluger versonnen zum Fenster hinaussah, überkam es ihn. Sein Gesichtsfeld engte sich ein. So kommst du also, Schlaganfall, dachte er, heimtückisch, hinterfotzig durch die Hintertür einer Sehstörung, die sich als Beiwagerl einer Migräne ausgibt, die ihrerseits behauptet, dem Wetter geschuldet zu sein. Paradoxerweise jedoch ereilte es ihn auf dem Weg fort vom Zentralfriedhof. Kluger merkte nicht, dass der Sehverlust nicht konzentrisch erfolgte, dass es die Augendeckel waren, die dem Rütteln der Straßenbahn und anderen Kräften nicht widerstehen konnten. Ein tiefer Atemzug noch, dann tagträumte der sturzbetrunkene Mann.

»Simmering. Schnellbahn. Umsteigen zu den Linien ...«

Eine gehäufte Portion Baba Ganush schwebte durch das Seitenfenster der Straßenbahn heran, mit Zitronensaft und Knoblauch und Salz und Pfeffer und Mayonnaise gewürztes, kross gegrilltes, dann zur cremigen Masse püriertes Melanzani-Fruchtfleisch, kurz vor dem Servieren mit einem Schuss Olivenöl verfeinert. Genauso liebte er es. Und Bela auch ... Bela?

Keine Zeit, darüber nachzudenken. Humus und Falafel flogen herbei, erlesene Soßen, die aus Mango und Curry verfertigte Amba, dazu Harissa, die Teufelsvariante aus Chili und Koriander und so weiter ... oder doch einfach nur eine Shisha, sonst nichts? Ließ sich das bisschen Hunger nicht locker wegtrinken und wegrauchen? Geschmacksrichtung Wein mit Orangenkopf.

»Braunhubergasse.«

Andere Bilder, harte, wie Stroboskopblitze vorüberschießende Szenen, um die er nicht gebeten hatte. Sein erster Toter, live. Ein frostiger, nebelverhangener Novembermorgen entlang der Autobahn. Gehirnaustritt. Die erste Zugleiche. Der erste derbe Spruch der Jesusmähne, irgendwas von Leichentuch und 200 Meter lang. Der erste geräderte Pannenhelfer, silbrig rot glitzernde Eingeweideschnüre auf regennasser Fahrbahn bei Nacht. Das erste Bombenopfer. Der Mann vom Entminungsdienst, ein Puzzle in 100 Einzelteilen. Das erste, da noch aufrichtige »Mein Beileid«. Das erste verschwollene Antlitz einer trauernden Witwe. Die erste elegante Finte aus der Not, zu spät dran zu sein: ein Wagen, eine Mutter, zwei Kinder, das Auto beim Aufprall am Zaun von einem Dutzend Rundhölzer in Windschutzscheibe und Motorblock gepfählt, alle drei unversehrt, das Wunder, und er erst Stunden danach auf Achse. Der Schauplatz wie leer gefegt. Rasch die längst entfernten Hölzer zurückgesteckt in die Löcher, das Wrack wieder zum stacheligen Autoigel von gleich nach dem Unfall verwandelt. Klick. Klick. Der begeistert aufbrüllende Chef. Der Protestanruf der

Mutter. Irgendwas von pietätlos. Kündigung des Abos. »Kollateralschaden, scheiß egal«, der Chef.

Das erste Mal der süßliche Duft verbrannten Menschenfleisches. Im Dreierpack. Die ersten Mordopfer. Erschossen. Erstochen. Ein Pyrotechniker, stilgerecht in die Luft geflogen, als hätte er sich selbst … es war die trauernde Witwe, unter Anleitung des Hausfreundes.

Das erste tote Kind. Von Angesicht zu Angesicht.

Der Erste, dem er beim Sterben zusah. Ein Soldat beim letzten Zapfenstreich. Der Blick durch den Sucher, Ausschnitt, Belichtung, blitzschnelles Fokussieren, der Druck auf den Auslöser, Mechanismen als schützender Filter zwischen ihm und dem, was Augenblicke zuvor noch Leben geheißen hatte. Klick. Klick. Ein Teil der Bilder immer auch für Archive, Schulungen der Einsatzorganisationen, Akte, die seinem Treiben eine amtliche Legitimation gaben. Die eine Hand die andere. Informationspflicht. Angebot oder Nachfrage? Henne oder Ei? Betroffenheit und Mitempfinden gegen null gesunken, der Grad der derben Scherze steil aufgeschossen gen Himmel, so exponentiell wie die Ausgaben für Alkohol und Gras. Ihre Scherze der zum stahlharten Panzer angewachsene Kokon, bloß keine Regung zeigen, die stahlharten Reporterhunde, die sie waren. War es denn bei den Ärzten anders?

»Mit jedem Toten tragt ihr ein Stück Empathie zu Grabe, Vinzent. Eine Explosion des üblen Geschmacks, was ihr da treibt. Was du da treibst.« Die Worte eines Freundes aus den frühen Jahren im Job. Jetzt Ex-Freund.

Mit Josef Meinrad hatte er die Gesellenprüfung abgelegt. Meinrad, Träger des Iffland-Ringes, ehe der an Bruno Ganz ging. Nein, Meinrad war das Meisterstück, das ihn immun spritzte gegen das Kollegengift. Er hatte den Kontakt bei der Rettung, auf den es ankam. Er hatte *ihn* gehabt. Nein, nicht den Ring. Besser. Den Tod. Meinrads Tod. Exklusiv. Einen Tag vor allen anderen und bedankt mit einem exklusiven Mahl in einem Haubenlokal für die Familie des Informanten. Auf Spesen. Was für ein Triumph!

»Enkplatz. Grillgasse. U-Bahn. Umsteigen zu den …«

Nicht ein Gesicht hatte Kluger vergessen. Er musste nicht erst in die Tiefen seines Archivs, prall befüllt mit Negativen und Speicherkarten, hinabsteigen. Auch wenn er es, früher, ab und zu getan hatte, wenn etwa Scouts für Herzschmerzblätter ausrückten und Höchstpreise für ein, zwei Negativstreifen zahlten, cash und auch für uralte Geschichten, die sie als neu aufpeppten … Antlitze, die sich nun in einem geisterhaften Chor über ihn zu erheben schienen, in gleißendes Weiß getaucht, die Bühne Kluger, aschfahle, entstellte, lebensferne Häupter …

… dazu der Text aus … Faust? … ja, Faust! … Bela hatte es ihm auf *YouTube* gezeigt und einen seltsam bedeutsamen Blick aufgesetzt … der Geisterchor … ein stillschweigend anklagendes Ensemble des Todes, das in seiner gesamten Dimension erfasst, in seiner gesamten Größe gesehen werden wollte. Noch einmal? Zum letzten Mal?

Der berühmte Lebensfilm.

Kluger zuckte, sein Kopf knallte gegen etwas Hartes, die Augen gingen einen Spaltbreit auf, sahen ein in der Wagenscheibe sich spiegelndes Nichts. Also doch. Der bunte Zeitrafferstreifen, den irgendeine arme Sau mit beschissenem Karma, ein Kulissenschieber des Schicksals am Tag der Tage an der auserwählten Klientel vorüberziehen musste. Schwindel. Erschlaffte Mundwinkel. Die Schieflage des Oberkörpers am Straßenbahnfenster. Wie halbseitig gelähmt. Alles da, wonach ein Gehirnschlag von Rang verlangte, diese letale Mangeldurchblutung, die der Wiener im Zwang der Scheinverniedlichung »Schlagerl« nannte. Nix war's mit einer harmlosen, transalkoholischen Schläfrigkeit nach lächerlichen sieben, acht, vielleicht neun *Aperol*.

»Hauffgasse … Zippererstraße … Molitorgasse … Litfaßstraße …«

»Der gute, alte Schlachthof«, lallte Kluger, als die Stationsstimme »Sankt Marx« sagte. Gegen das, was er über die Jahre gesehen hatte, war der ein Märchenpark. Aber das war lange her. Und heute ... heute hielt schon jeder Dahergelaufene sich für einen Fotografen, bloß weil er ein Smartphone bedienen konnte.

»Leserreporter«, schnaubte Kluger.

Altgedienten wie ihm blieb da nur der Rausch. Der Rausch der Erinnerung. Das pionierhafte Gefühl, etwas in die Gänge gebracht zu haben. Dem fernen Kribbeln unter der Haut nach einem Alarmstart um 3 Uhr morgens bei Schneetreiben nachzuspüren. Das Wissen zu memorieren, wie ein Film im Kofferraum entwickelt wird, in einer Damentoilette. Dem Temporausch nachzuspüren, mit weit jenseits der 200 Sachen der Redaktion entgegenzufliegen. Ja, das war noch was, nicht so ein banales Knopfgedrücke. Ab in den Äther! O nein, in die tiefsten Tiefen und höchsten Höhen waren sie getaucht, geschossen, Hochschaubahnen der Gefühle waren das noch gewesen, für die er sich ... inzwischen ... viel zu erfahren fühlte, nun ja, und vielleicht auch ...

Ja, Arschloch, du bist zu alt.

Für diese Art von Kick. Andererseits, die Zeiten hatten sich geändert, er hatte gesehen, was zu sehen war. Neu waren längst nur noch die Namen. Die Umstände waren es nicht. Warum sollte er weiterhin nach einem Kick streben, der keiner mehr war?

»Oberzellergasse.«

Brrrr. Nein. Dafür fehlte es ihm an Antrieb. Von null auf 100 spielte es nicht mehr. Andersrum? Das ja. Andersrum gab es den Kick noch. Wenn die Kopfhaut zu knistern und die Ohren wie Briketts zu glimmen anfingen. Wenn er durch aufgehacktes Eis ins drei Grad kalte Seewasser tauchte nach einem 100-Plus-Aufguss und das Leben Hubschrauber mit ihm spielte und er dampfte wie eine frisch gelöschte Brandleiche.

»Kleistgasse.«

Der schönste Rausch überhaupt, dachte Kluger. Ein besserer Trip als mit jedem synthetischen Zeugs, das man sich neuerdings auch bei ihnen in der Redaktion reinschoss. Die Jungen gegen die Frische des Wahnsinns. Die Alten gegen den Frust des immer gleichen Wahnsinns. Und doch erschien alles zu wenig. Besser. Geiler. Schneller.

»Rennweg. Schnellbahn. Umsteigen zu den Linien …«

Der SMS-Klingelton brachte Kluger zu sich. Die Bim im Anflug auf den Heumarkt, zur Linken schwebte das Untere Belvedere vorbei. Von da an nur noch eine Haltestelle. Kluger linste auf das Display. Die ersehnte Antwort …

Bela?

*

Bela fluchte still vor sich hin. Sie waren nicht in die Station eingefahren, waren, nachdem der U-Bahn-Fahrer eine krasse Bremsung hingelegt hatte, im Tunnel zum Stehen gekommen, das Manöver so scharf, dass der Affe im Ruderleibchen ihr seine Urwaldmelange nur ums Haar nicht ins Gesicht gedrückt hatte und nun, immer noch Halt suchend, bedrohlich vor ihrer Nase pendelte. Bela duckte sich weg, atmete schwer. Verdammter Mist, was war denn los?

»Wenn's anders wär'«, knurrte das Ruderleibchen genau da in ihre Richtung, »tät's fast schon an ein Wunder grenzen. Meinen S' ned, schöne Frau?«

Bela verspürte keine Lust, sich auf ein Gespräch einzulassen, zumal das bedeutet hätte, sie müsste sich dem Mann mit dem staudenartigen Achselbewuchs entgegendrehen. Nichts lag ihr ferner. Offenkundig sprach er die vielen Störungen der U-Bahn an, die zuletzt sogar Thema in den Medien gewesen waren. Bemerkenswert fand sie nur dies: Sie hatte in der Sekunde genau das gedacht. Es grenzt an ein Wunder. Sie jedoch in Bezug auf Vinzent, auf dessen münchhausenhaft klingende, doch wahre Geschichten und den Umstand, dass die allermeisten dieser

Umtriebe, all die morastigen Verstrickungen von Boulevard und Polizei und Politik, all die wechselseitigen Gefälligkeiten, Begünstigungen, Vertuschungen, Bestechungen scheint's nie an die Öffentlichkeit gelangt waren. Kaum zu glauben.

Manches davon ist heute nicht mehr denkbar. Doch in Grundzügen hat sich nichts geändert.

Vinzents Worte, erst neulich. Sie dachte daran, wie auch sie sich zu seiner Komplizin gemacht hatte. Die spärlichen Male. Damals. Gewiss, sie war in ihrem früheren Beruf auf der Hut gewesen, was die Weitergabe von Informationen anging. Bekanntermaßen waren die Reihen der Polizei so wenig dicht wie die Kirche frei von sexuellem Missbrauch. Vorsicht war geboten, doch eilten Vinzent und einer Handvoll anderer Reporter der Ruf von Handschlagqualität voraus. Und so hatte Bela sich veranlasst gesehen, ihn auf die Probe zu stellen, nachdem man sie mit ihrem ersten Cold Case betraut hatte.

Nicht nur unter den Tierfreunden Wiens hatte der Fall für Angst und Empörung gesorgt. Sie war als »Katzenmutti von Simmering« bekannt gewesen, bald 70 Jahre alt, ein harmloses, schutzloses Weibchen, das niemandem etwas zuleide getan hatte. Vor dem Eingang eines verwilderten Firmenareals hatte man sie eines Morgens gefunden, wie Unrat zwischen Baracken und Eisenbahngeleisen abgelegt, der Schädel mit einem Holzprügel zu Brei geschlagen. Die Frau hatte ihre Leidenschaft, streunende Katzen durchzufüttern, ausgelebt, war dafür weithin bekannt. Hundebesitzer des Bezirks, Autofahrer, aber auch Tierschützer, die sich für das Einschläfern hoffnungslos erkrankter Tiere stark machten, gerieten immer wieder in Streit mit ihr. Die Tat war in unmittelbarer Nähe ihrer Wirkungsstätte begangen worden und wurde in Polizeikreisen schon bald als gezielte Hinrichtung bewertet.

Bela vertraute Kluger ein Täterprofil an, vorsorglich lückenhaft belassen und nur unter der Auflage, es für Recherchen heranziehen, nicht jedoch, auch nicht auszugsweise, zur Veröffentlichung. Tatsächlich hatte er im Schweigen gehalten, was ihm um des Schweigens willen übergeben worden war. Weitere Beweise seiner Vertrauenswürdigkeit folgten, sodass die Kriminalpsychologin Schmaus ein andermal, eine delikate Mordserie rund um ein Wiener Gymnasium, beschloss, ihn direkt einzubinden. Wiewohl nicht ganz aus freien Stücken, letztlich aber reinen Gewissens, nachdem Kluger über einen der vielen dunklen, unerforschten Kanäle, derer es zwischen Polizeipräsidium und Wachstuben mehr zu geben schien als im sagenumwobenen Kanalnetz Wiens, an ein erstes, von ihr ausgearbeitetes Täterprofil gelangt war, top secret, wenngleich nicht uneingeschränkt gültig.

Vinzent hatte sie damit konfrontiert. In die Enge getrieben und in einem Moment verzweifelter Ausweglosigkeit, entschied sie sich für entwaffnende Offenheit, ein abenteuerlicher Entschluss, doch es hatte den Anschein, als mündete er in einen triumphalen Siegeszug. Vorerst. Kluger blieb seinem Wort einmal mehr treu, geriet er auch mächtig unter Druck. Konkurrenzblätter, sich in blumigem Einfallsreichtum überschlagend, warfen die absurdesten Profile samt selbst verfertigten Phantombildern als authentisch auf den Markt. Vinzent hielt alledem stand im Vertrauen, im entscheidenden Moment den Informationsvorsprung zu erzielen. Schließlich war die Kraft der direkten Nachricht eine andere als jene des Umweges, wiewohl ein erfahrener Zeitungsmann wie Vinzent natürlich wusste, dass Informationen oder bloße Gerüchte aus zweiter, dritter Hand die mitunter gefälligeren Wahrheiten abgaben. Und ausgerechnet am Morgen jenes Tages, als sie ihm seine Loyalität danken wollte, sollte ihr Leben diesen radikalen Schwenk nehmen.

Die Brisanz einer auch privaten Annäherung von Medienvertretern und Polizei, noch dazu bei Geheimnisträgerinnen, wie sie eine war, war Bela natürlich bewusst. Das hatte sie anfänglich allergrößte Vorsicht walten lassen, insbesondere einen außerdienstlichen Umgang betreffend. Beispiele, wo aufstrebende

Reporterinnen (sie seufzte, ja, leider waren es fast immer Frauen) auf der Jagd nach Exklusivstorys die Macht ihres jungen, knackigen Körpers ins Rennen warfen, gab es zuhauf. Reporterinnen, die Kollegen auf Wachzimmern oder in Kriminalabteilungen nach Verwendbarkeit vorsondierten, ehe sie ihnen die Köpfe verdrehten und nicht selten für einen erhöhten Bettlakenverbrauch in Arrestantenzellen sorgten. Als Kriminalpsychologin passte sie da – wiewohl mit vertauschten Geschlechterrollen – perfekt ins Beuteschema. Bei Vinzent indes, hatte sie nach eingehender Prüfung befunden, wies nichts darauf hin, er wolle sich an ihr bloß einen Vorteil erbumsen.

Als sie einander kennenlernten, lag eine frisch gescheiterte Zweijahresbeziehung hinter ihr, tief klaffende Wunden, die sie zur Erkenntnis verleitet hatten, Amors Treffsicherheit ließe in ihrem Falle eben prinzipiell zu wünschen übrig. Oder wie Vinzent gerne sagte: »Wo die Liebe hinscheißt.«

Der Ex. Hoch in den 30ern, Mitarbeiter der Nationalbank, ein aufgehender Stern des eben noch mittleren Managements, doch schon damals reich beschenkt mit Selbstvertrauen. Als könnte er die Finanzsorgen einer hoch verschuldeten Nation im Alleingang per Knopfdruck lösen. Bela hatte sich ihm unterworfen, fast blind, hatte zu gefallen versucht, hatte seinen herrisch formulierten Forderungen nach größtmöglicher Freiheit anfangs nur ein scheues Lächeln entgegenzusetzen gehabt.

Warum nur?

Weil er, sprach er von sich, seinen Bedürfnissen, wie mechanisch über den protzigen Bundesadler seiner Diensttasche strich? Der König der Lüfte? Belas bedingungsloser Wunsch zu entsprechen, hatte (ja, heute wusste sie es) diese Liebe – *Liebe?* – unter falschen Vorzeichen errichtet. Und vernichtet. Erst spät, viel zu spät hatte sie erfahren, dass er ihre Liebe zum Spielball einer unter jeden Weiberrock schweifenden Männlichkeit gemacht hatte. Dieses Schwein. Das sollte ihr nicht noch einmal widerfahren.

Auch war sie sich rasch bewusst geworden: Einen Mann wie Vinzent zu lieben verhieße ein Leben voller Abstriche. Die jähen nächtlichen Abwesenheiten, wenn Pager oder Telefon anschlugen. Die vielen Abendtermine. Wochenenddienste. Die schiere Unmöglichkeit einer ungestörten Freizeitplanung. Seine antrainierte Härte gegen die Sentimentalitäten des Lebens. Sein bedenklich unbesorgter Umgang mit Alkohol. Und was immer da noch an unliebsamen Überraschungen lauern mochte.

Allen Vorbehalten, allen Vorhaben zum Trotz, waren sie einander nähergekommen, indes ohne das Feuer einer ganz großen Nähe, die sich bei ihr, das hatte das Leben sie gelehrt, stets auch an die Gefahr einer vorschnellen Distanzierung knüpfte. Sie hatten heiß diskutierte Theaterabende bestritten, beschwingte Musicalbesuche, waren fein essen gegangen, hatten mit Romana, der acht Jahre alten Tochter von Belas großer Schwester, die von einer Beziehungsversenkung in die nächste dümpelte, eine Landpartie auf Burg Aggstein unternommen zu einem der boomenden Ritterfeste und immer seltener über Berufliches gesprochen, immer öfter über ihn, über sie, über sie beide, über das Dasein als solches. Nur dreimal in all der Zeit hatte Kluger aus dienstlichen Gründen absagen oder mittendrin fort müssen. Auch waren aus anfänglich ungewollten willentlich flüchtige Berührungen geworden, und der erste zärtliche Kuss im flauschigen Kinosessel, beim Abschied vor dem Haustor war eine Frage von Tagen, Stunden womöglich, ehe es geschähe, ehe die Festung ihrer Abwehr brüchig würden und durcheinanderpurzelten wie schwer angeschlagenes Mauerwerk beim ersten Nachbeben.

Freilich war Bela keine von denen, die überstürzt sexuelle Beziehungen eingingen. One-Night-Stands waren für sie tabu, erst recht, seit sie als Jugendliche eine Diskothekenleichtfertigkeit beinahe mit einer Vergewaltigung im Stadtpark bezahlt hätte. Und so hatte sie Vinzents Geduld beschworen, ihr Zeit zu lassen, und er hatte sich verständig gezeigt. Eine diffuse schwüle

Lust stand von da an zwischen ihnen, und sie beide taten, als ginge sie das alles nichts an.

Bela bewunderte Vinzents Beherrschtheit, doch es gab auch die flüchtigen Momente, da sie das Gegenteil ersehnte, ihre selbst verordnete Abenteuerscheu verfluchte. Vinzent traf die Entscheidung für sie: Nicht ein einziges Mal in all jenen Wochen zunehmend intensiver Treffen, ihrer mit wachsender Zuneigung getauschten Blicke, wagte er einen Vorstoß in Richtung Bettkante, ja, er nahm sich im Gegenteil zurück, als sie eines Abends, dieses eine Mal, die Kontrolle verlor und es ihm ein Leichtes gewesen wäre, am Morgen danach Reue zu heucheln. Schließlich wäre das Unvermögen, das Abwendbare zu verhindern, beidseitig gewesen.

Es war der Tag des 60. Geburtstages ihres Vaters, drei Monate nach dessen tragischem Tod. In Reminiszenz des im Dienst getöteten Majors waren Bela und Vinzent im Wiener Bermudadreieck um die Häuser gezogen. Die Tränen der vorangegangenen Wochen waren bleischwer gewesen, hatten ihre Seele aber auch gestärkt, und die Zeit tat ihr Übriges, legte einen Schorf über die Wunde. Einen draufzumachen, endlich einmal, würde ihr guttun, hatte sie sich gesagt. Endlich einmal wieder inwendig benetzen, und nicht bloß das Äußere, Wangen, Lippen, Kleidung.

Mit dem dritten oder vierten Longdrink schwamm Belas Seele in Alkohol, ein Gefühl so träge wie in Aspik eingelegt. Beim fünften, einem *White Russian*, zog es ihr den Boden weg. Ausgerechnet ihr! Spross einer Familie, die mütterlicherseits Alkohol nur in homöopathischen Dosierungen duldete und auch das bloß in Ausnahmefällen. Eine Familie, in der man sich nicht zuprostete, sondern einen Toast aussprach.

Vinzent brachte sie im Taxi nach Hause, verfrachtete das halb besinnungslose Bündel Bela in ihre Wohnung und weiter ins Bett. Dutzendfach hatte sie die Szenerie hinterher in Gedanken durchlaufen. Was hätten andere Männer getan? Vinzent jedenfalls – so viel stand fest – hatte alles, was er getan hatte, in Sorge um sie getan. Für einen ungebundenen, unübersehbar verliebten Mann in der sexuellen Blüte war es bestimmt kein Leichtes gewesen, sich nicht an einem trainierten, verlockend proportionierten und obendrein wehrlos auf dem Präsentierteller dargereichten Körper zu vergehen, sich wenigstens ein paar Einblicke zu gönnen, schamlose Berührungen. Ja, er hatte sie ausgezogen, ihr jedoch den Pyjama über die Unterwäsche gestreift. Er hatte die übel riechenden Früchte ihrer Maßlosigkeit weggeputzt, und als sie wach wurde und zur Toilette taperte, lag er schnarchend draußen auf der Couch. Dort hatte er bei offener Zimmertür über ihren Schlaf gewacht. War das nicht Beweis genug für seine Lauterkeit, seine tiefe, ehrliche Zuneigung?

Aber das allein machte es nicht aus. Auch fühlte sie sich zu diesem Mann hingezogen, weil er über einen sprühenden Humor verfügte, mochte er beizeiten auch misanthropisch sein. Weil er, damals wenigstens, jede noch so drückende Lage in stoischer Gelassenheit hinnahm, genährt aus der Sicherheit im Beruf, der Geschliffenheit seiner Professionalität. Dass es trotz alledem, über Monate einer wachsenden Verbundenheit, nicht zur Liebesbeziehung gereicht hatte, war paradoxerweise jenem unheilvollen Kapitel ihres Lebens zuzuschreiben, in dessen Vorfeld Vinzent Kluger sich abermals hochanständig benommen hatte.

Der Serienmord in Kärnten.

An jenem Morgen im Mai, als es geschah, waren die Zeichen auf Sturm gestanden, Bela jedoch hatte sie nicht zu lesen gewusst, und so brach der Fels, auf dem all ihre Hoffnungen, all ihr Zutrauen in die Menschen, mehr aber noch jenes in eigenes Urteilsvermögen ruhte, mit apokalyptischem Getöse unter ihr weg.

Als Mitglied eines Teams von Sonderermittlern des Bundeskriminalamtes weilte sie bereits seit Wochen in Klagenfurt. Binnen drei Monaten waren zwei Größen der Landespolitik ermordet worden, erschossen aus derselben Waffe. Es galt, eine operative Fallanalyse anzustellen. Beim ersten Mord in einer

Tiefgarage waren die Kennzeichen aller ein- und ausfahrender Fahrzeuge Stunden vor und nach der Tat überprüft worden. Unter ihnen ein silberfarbener Mercedes älteren Baujahres. Ein leitender Kärntner Kriminalbeamter, der mit seinem Team dem Ermittlerstab beigezogen worden war, entsann sich zweier ungeklärter Mordfälle, wo ein typengleiches oder typenähnliches Fahrzeug derselben Farbe gesichtet worden sei.

Die Spur war keine Spur, ein bloß hochgradig vages Konstrukt, in Anbetracht der armseligen Faktenlage jedoch wollte man ihm folgen. Der Halter des Wagens, ein arbeitsloser Bauingenieur aus einer Umlandgemeinde, wurde routinemäßig vorgeladen, befragt und – wie nicht anders zu erwarten – mangels Brauchbarem nach Hause geschickt. Im Verhör hatte sich der Mann eines Sinnes mit den Fahndern gezeigt, was Dringlichkeit des Falles und Methodik der Polizeiarbeit anging. Auch hatte er gar nicht erst zu bestreiten versucht, am Tatort gewesen zu sein, was die Einloggdaten seines Handys zusätzlich bestätigten. Beim zweiten Politikermord jedoch war er, oder sein Telefon, nicht in der Nähe. Nicht ein verstärkendes Indiz wies auf ihn als Täter hin. Auch die Perfidität, mit der beide Morde verübt worden waren, die ausgeklügelte Planung wie auch eiskalte Ausübung, standen in krassem Widerspruch zu den intellektuellen Fähigkeiten, die man dem bei seiner Mutter wohnhaften Mann zusprach. Sollte er so weit vorausdenken und sein Telefon das eine Mal mit an den Tatort nehmen, das andere Mal aber nicht? Sollte er in der Lage sein, an keinem der Tatorte brauchbare DNS-Spuren zu hinterlassen?

Niemand hätte daran geglaubt.

Die Wendung kam nur Tage später: Aus einem anonymen Bekennerschreiben ließ sich plötzlich nicht bloß das vordergründige Motiv für die Politikermorde ableiten (eine Persönlichkeitsstörung, aus der heraus der Täter meinte, im demokratisch legitimierten Auftrag des Volkes gehandelt zu haben), nein, auch unveröffentlichte Einzelheiten zweier ungeklärter

Bluttaten an Frauen wurden darin angesprochen, die vier und sechs Jahre zurücklagen und bis dahin voneinander getrennt behandelt worden waren – die eine die Ermordung einer Taxilenkerin in Krumpendorf am Ufer des Wörthersees, die andere der gewaltsame Tod einer Studentin im Klagenfurter Stadtteil Viktring. Die Taxilenkerin war mit einem abgefeuerten Signalstift am Hals tödlich verletzt und beraubt, die Studentin nach sexuellen Übergriffen (ohne Geschlechtsakt) mit ihrem Ledergürtel erdrosselt worden. Die eine war am Tatort neben ihrem Wagen gefunden worden, die andere fernab an einem kleinen See, halb nackt und wie aufgebahrt abgelegt.

Die Sprengkraft der Erkenntnis, alle vier Verbrechen stünden in Zusammenhang, war enorm, zeitigte sie doch bei Bekanntwerden gerade dort, wo Un- und Halbwissen wie Schimmel aufblühten, an Stammtischen und bei volksnahen Chronikjournalisten, den übelsten Klatsch. Gerüchte über einen Killertypus, der sich von herkömmlichen absetzte, verunsicherten querbeet durch alle Schichten, täuschten der nach Zehrung lechzenden Bevölkerung aber auch Nahrung vor – und waren doch nichts weiter als Kauknochen ohne Fleisch. Gerüchte eben.

Serienmörder jedweder Präferenz – sei es durch Fetisch, Sadismus oder Machtgehabe sexuell stimuliert, sei es aus Habgier Fremden oder flüchtig Bekannten gegenüber, sei es aus dem Drang nach Bereicherung im Familien-, Verwandten- oder Freundeskreis über den Erlös aus Lebensversicherungen oder Erbschaften, sei es bloß, um verhasste Menschen aus dem persönlichen Umfeld hinaus zu morden, sei es in Geiselhaft einer krankhaften Gesinnung religiöser, politischer, ideologischer oder ethischer Natur (wie auf Krebs- oder Geriatriestationen in Spitälern), sei es als beauftragter Dienstleister, bezahlt oder unbezahlt (durch Abhängigkeitsverhältnisse wie in kriminellen Organisationen) – sie alle vermochte die moderne Kriminalpsychologie dank statistisch wiederkehrender Eigenheiten recht brauchbar zu typisieren, wiewohl …

… wiewohl Streubreiten und Unsicherheiten beträchtlich ausfallen konnten und oft zu voreiligen Rückschlüssen bei Parametern wie diesen führten: Bildung; Elternhaus; Kindheit; gesellschaftliche Angepasstheit; Beziehungsarmut; Sprachprobleme (vor allem Stottern); Jobwechsel; Lebensstil; Reisefreudigkeit; der spielerische, oft aber manierierte Hang, mit den Behörden in Kontakt zu treten; Geschmack bei Kleidung; und der Verbrechensstil, sprich: die Tötungsvorlieben bei Werkzeugen, die Verwendung von Zwangsmitteln wie Fesseln oder Handschellen, die bevorzugte Tageszeit, Einheitlichkeit oder Uneinheitlichkeit von Tatort und Fundort der Leiche und Kontrolliertheit oder Unkontrolliertheit des Tatablaufes.

Hier jedoch hatten es die Fahnder mit dem zu tun, was im Jargon »Dispositionsmörder« hieß. Sie schlugen weder im Affektsturm zu, noch töteten sie im Rausch gepuschter Sinne und schlachteten auch nicht unter Einfluss von Drogen oder Alkohol. Dispositionsmörder waren die mit Abstand unangenehmste Ausprägung eines Serienkillers, ein soziales, ein gesamtheitliches, ja, ein weltumspannendes Armageddon. Das Bild von Serienmördern als Superhirntäter, wie es das FBI mit seinen Studien in den 80ern noch geprägt hatte, war inzwischen überkommen, doch diese Kategorie – Dispositionsmörder – war in der Tat überdurchschnittlich intelligent. Zu töten war ihre Mission, und sie selbst allzeit bereit. Mal mit erkennbarem Beweggrund, mal ohne, sodass das fehlende Motiv zum alleinigen Motiv wurde. Und sie taten es, weil der Tod anderer Menschen durch ihre Hand unverbrüchlicher Teil ihres abnormen Weltbildes war, die einzig denkbare Philosophie, aus der sie die Kraft zum Leben schöpften. Die Kraft zum *Über*leben.

Außergewöhnliche Fälle, wusste Bela, neigten bisweilen zu statistisch abgründigen Außergewöhnlichkeiten. Genau das war hier der Fall: Dank Rasterfahndung tauchte auf dem Radarschirm der Ermittler ein zweiter Mann auf, der ähnliche Parameter einer möglichen Schuldhaftigkeit aufwies – vom Wagen über die erwiesene Anwesenheit an diesem oder jenem Tatort. Auch schätzte man ihn im Vergleich zu dem Bauingenieur als grundlegend intelligenter und verschlagener ein, obendrein war er erprobt im Umgang mit Schusswaffen. Ein konkret verwertbarer Verdacht stand im Raum, und als zusätzlicher Brückenschlag diente den Fahndern die kriminelle Vorgeschichte des Bundesheeroffiziers und Vaters zweier pubertierender Mädchen: der Vorwurf versuchter Vergewaltigung, der einst von der Nachbarstochter gegen ihn erhoben worden war. Zwar war er aus Mangel an Beweisen und durch Widersprüchlichkeiten in den Opferaussagen freigesprochen worden, sodass die Angelegenheit von vor 25 Jahren nach und nach aus dem kollektiven Gedächtnis getilgt wurde, nicht jedoch – allen offiziellen Behauptungen zum Trotz – aus jenem des Polizeiarchivs.

Man erinnerte sich seiner. Man subsumierte Fakten, Indizien, Hoffnungen, die den Druck vom Ermittlerstab nahmen. Man machte aus eins und eins drei. Wahlen standen an, und die Gefahr war groß, die politische Brisanz könnte das exekutive Auge des Landes eintrüben. Nicht nur der Atem von Millionen empörten Wählern, nein, auch die Innenministeriumsluft knisterte in jenen Tagen nach einer generellen Meinung, die zu teilen war. Die Ministerin wurde von Tag zu Tag nervöser, das Krakeelen des Boulevards nach einem Gesicht, das sich bespucken, am medialen Galgen aufknüpfen ließ, gellender. Die Dringlichkeit eines Durchbruchs duldete keinen Misserfolg, und so kam man überein, eine wiewohl etwas lückenhafte Kette von Beweisen oder Indizien sei besser als keine. Eine Verhaftung musste her. Sie würde nicht nur für Ruhe im Busch sorgen, sondern Aufschub für Zusatzermittlungen geben, die womöglich anstünden. Oder nicht. Weil die jahrzehntelange Erfahrung der Rechtssprechung belegt hatte: Geständnisse nutzten vorrangig Delinquenten, weil sie strafmildernd waren. Für die prinzipielle Urteilsfindung vor Gericht waren sie zweitrangig. Blieb ein Geständnis aus, stellte dies kein erhebliches Gegengewicht zur Wahrheitsliebe der Jurisprudenz dar. Also kam es, wie es kommen musste: Allen Beteuerungen zum Trotz, doch schwer beladen mit einer Vorgeschichte, wanderte der Oberstleutnant hinter Gitter.

Bela schrak hoch. Standen sie immer noch im Tunnel? Warum ging es nicht weiter?

Ja, auch sie hatte sich damals beirren lassen. Auch sie hatte ihre Beurteilung zum Verdächtigen und den Umständen abgegeben, hatte dem fatalen Irrtum Tür und Tor mitgeöffnet. Dabei war es nicht ihre Fehlbarkeit, die sie sich bis heute nicht nachsehen konnte. Wer führte schon ein Leben ohne Horden von Pannen? Nein, was es unverzeihlich machte, war ihre Verblendung, in Gang gesetzt durch eine nichtige irdische Irritation. Ihre Unbeherrschtheit, ihr Zorn, aus dem heraus sie gehandelt hatte, dieser Mangel an Professionalität, der sie beinahe das Leben gekostet hätte.

Niemand im Team hatte länger an den Bauingenieur in der Pension Mama als den besseren Verdächtigen geglaubt, glauben wollen. Zu niederschwellig erschien ihnen das Gebaren dieses Mannes. Leute wie er knüpften ihre Ziele nicht an Vorbedingungen, mussten sie schnell erreichen. Schnell und einfach. Niemand hätte ihm dieses Maß an diabolischer Niedertracht, diese ausgeklügelte Heimtücke zugetraut.

Ausgenommen Vinzent Kluger.

So jedenfalls war es ihr erschienen, als er sie an jenem unheilvollen Dienstag damit konfrontierte, just zu einer Zeit, da sie ihm in Dankbarkeit für seine Loyalität exklusives Hintergrundwissen zum Fall übermitteln wollte. Kluger kam ihr mit seinem Anruf zuvor, als sie auf der Suche nach dem Handyladekabel einen Sprung in der Pension vorbeischaute, wo sie und die Wiener Kollegen sich eingemietet hatten. Der Verdacht gegen den Bauingenieur war ihm aus seinen dunklen Kanälen zugeflossen. Ebenso die plötzliche Abkehr der Ermittler von ihm als möglichem Täter. Was Bela da noch nicht wusste: Er agierte nicht bloß im dornigen Spannungsfeld zwischen der Jagd nach einer Story und der Abwägung beruflicher gegen private Interessen, nein, er hatte sich auch, ob gewollt oder nicht, zum Sprachrohr eines Kollegen der Sonderkommission gemacht, ein Zweifler in den eigenen Reihen wie sie, einer, der sich nicht vorschnell auf die Urteilsschärfe jener verließ, die um jeden Preis die Klärung des Falles vorantrieben und darin eine befremdliche Sicherheit zeigten. Folglich war Vinzents Zweifel an der Täterschaft des Offiziers nicht auf dem Mist journalistischer Genialität gewachsen, sein Argwohn entsprang vielmehr einer Prise gesunder Skepsis – abgemixt mit einem Haufen gezielt gestreuter Information. Hinreichend Stoff für eine Topstory allemal, und bewaffnet damit rief er sie an.

»Nun, Frau Psychologierat«, kam er augenblicklich zur Sache, »wie erklärst du mir das? Ein Topverdächtiger mit allem Pipapo … und über Nacht ein Heiliger?«

»Wie kommst du drauf?«

»Nun«, entgegnete er, »wenn ich da so in die Akten blicke … ich zitiere …«

Ein Detail ums andere betete er runter, Bela geriet außer sich. Sie hatte ihn als fantasiebegabten Menschen kennengelernt, als jemanden, der über exzellente Verbindungen verfügte, der seinen regen Geist ohne Vorwarnung in die dunkelsten Ecken seines Berufsstandes springen ließ, dorthin, wo die krankhaften Zynismen saßen. Aber auch als einen, der im nächsten Moment hoch konzentriert hoch seriöse Analysen zum Thema treffen konnte. Dass er allerdings teils druckfrische Auszüge des Verschlussaktes gelesen oder – schlimmer noch – in Kopie in Besitz haben musste, noch dazu, wo er in Wien saß und sie in Kärnten, nein, das ging entschieden zu weit.

»Woher, verdammt …«

»Ich schätze mal, der Kollege Bauingenieur ist nur halb so blöd, wie ihr denkt, hmm? Ich schätze mal, ihr macht es euch mit der Verhaftung von diesem anderen Typen, du weißt schon, dem Bundesheerheini, ein wenig zu einfach. Wunsch von oben? Na?«

Auch das wusste er, obwohl seit der Abschlussbesprechung keine Stunde vergangen war und das weitere Vorgehen, die Medien betreffend, längst nicht festgelegt.

Kluger setzte eins drauf. »Die Vergewaltigung einer sexsüchtigen 16-Jährigen«, fuhr er fort, »unbewiesen, wohlgemerkt ... durch einen damals 17-Jährigen ... ein alter Mercedes ... und ein Waffenschein ... hmm ... ein verdammt dünnes Süppchen, nicht wahr?« Anflüge einer kindhaften Freude, die den Informationsvorsprung spiegelte, lagen in seiner Stimme.

Endgültig zum Überlaufen brachte er das Fass Bela aber mit einem seiner typischen Nachsätze, eine dieser von Kalendern oder Zitatensammlungen abgekupferten Weisheiten, eine, die sie Jahre später fast wortwörtlich ein zweites Mal zu hören bekäme. »Den Krieg kommen zu sehen, bedeutet nicht, Seher zu sein, Bela. Es bedeutet bloß, die Rauchzeichen am Horizont früh und richtig zu deuten.«

Woher ...? Hatte der Kerl ihre Zugangsdaten zum Polizeicomputer gehackt? Ach was! Aber wie sonst ...? Oder war er drauf und dran, ihr Vertrauen auf andere, jedenfalls schändliche Weise zu missbrauchen? »Untersteh dich«, herrschte sie ihn an. »Wenn du auch nur eine mickrige Zeile davon bringst ... über meinen Kopf hinweg ...«

»Ja?«

»Ich kündige dir die ...«

»Freundschaft?«

»Ich hetze dir die Funküberwachung an den Hals.«

»Die Drogenfahndung auch?«

»Und die Steuerfahndung!«

»Was nützt Wissen, das sich nicht gegen irgendwen ausspielen lässt«, konterte er. »Wissen zum Selbstzweck? Rein und unbefriedigt?«

»Wehe dir, Vinzent!«, fauchte sie und legte wutschnaubend auf.

Eine halbe Stunde später, immer noch aufgebracht, fuhr Bela los. Ja, es stimmte schon. Auch sie hatte freimütig eingestimmt in den Choral der Kollegen. Auch sie hatte den wackeligen Kurs der Ermittlungen letztlich mitgetragen, hatte einer jähen Regung des Herzens getrotzt und eine Schuld des Oberstleutnants für plausibel befunden. Dennoch, sagte sie sich, lag alledem ein Widersinn zugrunde. Sie spürte es, konnte es aber nicht benennen. Den inhaftierten Bundesheerheini, wie Kluger ihn genannt hatte, kannte sie zur Genüge. Den Bauingenieur indes hatte sie nur einmal kurz zu Gesicht bekommen. Sie hatte beschlossen, ihm einen abschließenden Besuch abzustatten. Nichts Hochoffizielles, doch in Begleitung eines Uniformierten und mehr, um ihr Gewissen einer prinzipiellen Sorgfalt ruhigzustellen. Nur ein paar harmlose Fragen. Ihn abklopfen, im persönlichen Umfeld. Ein abschließendes Bild machen. Wusste sie nicht definitiv, wer es war, so wüsste sie hinterher, wer es definitiv nicht war.

Sie fuhren nach Sankt Ruprecht, jener Teil Klagenfurts, der über die Jahre zum Hotspot des Drogenhandels in der Stadt abgesunken war. Der Kollege machte auf halbem Weg in den vierten Stock kehrt. Das Funkgerät. Er hatte es im Wagen vergessen. Bela stieg die Treppe weiter empor, gemächlich. Dann aber, weil es ihr zu lange dauerte und immer noch vollgepumpt mit dieser Entrüstung über das Telefonat mit Vinzent, beschleunigte sie den Schritt. Ach was. Sie wollte die Angelegenheit hinter sich bringen, auf zu neuen Ufern. Sie klopfte, vernahm ein Murren hinter dem Türblatt, hielt den Dienstausweis an den Spion. Die Tür schwang auf, ein behaarter Unterarm wies den Weg in den Vorraum.

Dann dieses metallische Blitzen.

Dann ein taubes Gefühl, der jähe Schmerz wie eingebildet, als bloßes Produkt des Geistes, im Vorinstinkt eines nahen Todes.

Dann das Bild einer mit Blut überfluteten Hand.

Dann der Handlauf des Treppengeländers, der auf ihre Augen zuflog. Das Warten auf den Aufprall. Eine Ewigkeit. Nichts. Das Warten auf den Aufschrei. Nichts.

Dann Filmriss.

Acht Tage danach erwachte sie aus dem künstlichen Tiefschlaf. Nach und nach, in kleinen Dosierungen verabreicht, sickerte ihr Wissen zu, als die Kollegen auf Besuch kamen. Ein Nachbar, der einen gellenden Aufschrei – *also doch*! – gehört hatte, den Attentäter die Treppe hinabspringen sah. Der Kollege? Nun ja, der sei immer noch am Streifenwagen gestanden, als der Attentäter das Haus verließ. Ein Fleischermesser sei es gewesen. Bauchstich. Der überglückliche Verlauf der Notoperation, das Wunder, dass die Organe unversehrt geblieben waren. Der Sturz gegen das Treppengeländer, die Stufen hinab ... daher also ihr zerschlagenes Gesicht. Der Angreifer ... der gesuchte Serienmörder? Ja. Der Fund der Tatwaffe der beiden Politikermorde belege das, mit Gewebeband an die Rückwand des Flachbildfernsehers geklebt. Ihr, Belas, Auftauchen, der Moment des Kurzschlusses, nachdem er sich bereits auf der sicheren Seite gewähnt hatte. Verhaftung? Prozess? Tja, er habe sich der irdischen Gerichtsbarkeit entzogen. Im Wienerwald an einer Buche ins Seil gesprungen.

So sehr sie in ihrer Gesamtheit angeschlagen war, so sehr hetzte Belas Körper der Psyche voraus. Keine drei Wochen Wundheilung im Spital, dann aber lange zwei Monate der psychischen Rehabilitation im Klinikum Gars am Kamp. Sie hatte jedweden Besuch untersagt, die Mutter ausgenommen wie auch Nichte Romana und Schwester Nicole, zu der sie erst jetzt wieder, in den schweren Stunden ihrer Rückkehr ins Leben, vermehrt Kontakt pflog.

Die ersten Wochen in Gars waren die Hölle. Eine tiefe Schwermut lag auf ihr, ihrem Antlitz, wenn sie rastlos durch die Gänge streifte, von einer Therapie zur nächsten – Einzelgespräche, Gruppen-, Mal- und Musiktherapien, aufgelockert durch körperlich Entspannendes wie Ergotherapien und Entspannungstechniken, Heilgymnastik und Moorpackungen, Unterwassermassagen und Parafango –, und ihre Gedanken kreisten unablässig um das blutige Geschehen, mehr aber noch um die schuldhaften Auslöser, die sie beinahe in Nachfolge das Schicksal ihres Vaters hätten antreten lassen.

Tod im Polizeidienst.

Das Sinnieren nahm ihr Luft zum Atmen, und sie vermisste schmerzlich Anzeichen einer Klarheit, die sie vorangebracht hätte. Ihre Versuche, die Dinge für sich zu ordnen, erschienen ihr so unbeholfen, so steif, so endlos träge und ungelenk wie ausgemusterte Marionetten mit ungeschmierten Gelenken.

Die Therapien wurden in straffer Reihe verabreicht, doch die erhoffte Wirkung blieb vorerst aus. Sie unternahm ausgedehnte Spaziergänge im prachtvoll angelegten Kurpark und verstieg sich angesichts des Durchschnittsalters seiner Besucher in betrüblichen Reflexionen über das Alter, sein gnadenloses Fortschreiten. Schließlich mied sie den Park. Nirgendwo sonst wurde einem dramatischer bewusst, wie hinfällig das Leben war, dass mit Nacktheit endete, was mit Nacktheit begonnen hatte, und auch das eine oder andere Romantikarrangement zwischendrin nichts daran änderte.

Gars und Bela standen von Anfang an auf Kriegsfuß. Die Pfarrkirche im Ort hatte mit Ausnahme der üblichen Brände über die Jahrhunderte nichts historisch Bedeutsames aufzuweisen, und dem Irrglauben, eine friedvolle Stimmung ließe sich mit dröhnenden Glockenklängen herbeiläuten oder mit etwas sakralem Düster erwirken, erlag eine wie sie schon lange nicht mehr. Nicht erst der Tod des Vaters hatte sie vom Tröstlichen eines Glaubens abweichen lassen, nein, das rührte noch aus jenen Tagen, als sie in ihren Anfängen einer Sonderkommission für pädophile Priester angehörte – »Soko Kardinalschnitte«, wie sie intern hieß. Seither wusste sie nicht länger wofür, bestenfalls, wogegen man anbeten könnte. Auch dem Viktualienmarkt, zurück in Gars, konnte Bela in ihrer düsteren Grundstimmung nichts abgewinnen. Nicht den Schmankerln, nicht Obst, nicht Käse, nicht Bauernaufstrichen, nicht Edelbränden, ja, sogar die Amethyst-Welt Maissau und das Credo des Naturforschers Konrad von Megenberg, der Amethyst vertreibe die bösen Gedanken, bringe gute Vernunft, prallten wirkungslos an ihr ab.

Tag für Tag, von früh bis spät, wälzte sie Fakten, schob Gedanken hin und her, erwog Unwägbarkeiten. Sie dachte an ihr sorgloses Voranpreschen an die Wohnungstür des Mannes, *schuldig, Bela, schuldig*, an die Fahrlässigkeit, ohne Begleiter geklopft zu haben, *schuldig*, an den Leichtsinn, mutterseelenallein über die Schwelle zu treten, *schuldig*, ihre Fehleinschätzung, Niederschwelligkeit und Intelligenz des Attentäters betreffend, *schuldig*, an die sträfliche Verbohrtheit ihrer Kollegen auf der fieberhaften Suche nach einer raschen Lösung, *schuldig*, an ihr eigenes Einlenken gegen alle Prinzipien, *schuldig*, und an die unverzeihliche Milde dem trügerischen Gefühl von Sicherheit gegenüber, ein Empfinden, das mächtiger gewesen war als alles andere, das ihr sublimes Ahnen von Gefahr, das auf sein Recht gepocht hatte, achtlos beiseitegetreten hatte mit den Worten der Kollegenschaft, die sie zu den eigenen gemacht hatte: »Der Oberstleutnant. Der nicht verurteilte Vergewaltiger. Der Waffennarr. Er war's. Er und kein anderer.«

Schuldig. Schuldig. Schuldig.

Sie war durchwirkt von einer diffusen Angst vor Urteilen, die zu fällen waren, auch gefällt würden, fremden Urteilen, eigenen. Urteile, die sie scheute, nach denen sie sich aber auch in bizarrer Inbrunst verzehrte. Urteile, wusste sie, erlangten von Anfang an unerschütterliche Gültigkeit, waren durch neue, spätere nicht aufzuheben, bloß zu übertünchen. Bis in alle Ewigkeit ruhte ein im Urteil gefasster Spruch in sich, wirkte fort, setzte Spuren, die sich in einer Seele wie ihrer unauslöschlich festgruben.

Ein Schandgefühl ums andere trieb sie in wilder Hatz vor sich her, und die Abkehr von diesem inneren Kreisen kam erst, als die aufgebrachten Erzählungen des Pflegepersonals an ihr Ohr drangen: Ein Journalist, der über Wochen hin mehrmals abgewiesen worden war, habe sich im Arztkittel Zutritt verschaffen wollen. Ja, zu ihr. Nur einem aufmerksamen Pfleger sei zu danken, dass nicht …

Vinzent! Wie konnte er nur! Genügte es nicht, war die Ernüchterung nicht hart genug, dass er die ganze Zeit nichts von sich hören hatte lassen? Dass er sie fallen ließ? Er hatte sich nicht gemeldet. Sie war ihm nicht länger von Nutzen. Qualvolle Stunden ohne Nachricht hatten sie überzogen wie eine Plastikhaut, eine Firnis des Erstickens von innen heraus. Wie mit Zeit tapeziert fühlte sie sich, Zeit, endlos viel Zeit, die sie umspannte, Zeit, die mit dicken Schichten von Kleister aufgepappt war, der Zurückweisung und Verbitterung hieß.

Nachricht? Für dich? Von ihm? Wozu denn noch?

Sieben Wochen hatte er benötigt, sich zu einem ersten – was sonst als heuchlerischen? – Genesungsschreiben an sie durchzuringen. Selbstverständlich hatte sie den Brief ungeöffnet zurückgesandt. Diesen. Alle weiteren. Sie hatte an Wert für ihn verloren. Vielleicht nicht als Frau, aber … ja, die Erkenntnis kam sie bitter an, als Informantin. Sie hatte es begriffen, endlich kapiert, ehe er zur Einsicht kam. Zu spät, Herr Chefreporter Vinzent Kluger.

Schuldig.

Ja, verdammt. Auch er. Nein, verdammt! Gerade er. War nicht Vinzent es gewesen, der diese unheilvolle Hast in ihr ausgelöst hatte?, *schuldig*, der sie unter Druck gesetzt, eine Veröffentlichung seines auf ruchlose Weise erlangten Wissens in den Raum gestellt, es vermutlich auch getan hatte?, *schuldig*, Vinzent, der die substanzielle Skrupellosigkeit seiner Reporterseele nicht länger hatte verbergen können, in der Wahl seiner Mittel?, *schuldig*, der sich in ihr Leben geschlichen, darin gewühlt, sie aufgewühlt, aber auch missbraucht, hintergangen hatte?, *schuldig*, der den schnellen Erfolg im Beruf einer gemächlichen Anbahnung im Privaten letztlich vorzog?, *schuldig*, und der sie mit einem seiner neunmalklugen Stehsätze aus der Fassung gebracht hatte?

Schuldig.

Und dazu die ewig gleichen, ewig billigen Maskeradespielchen des Boulevards. O nein, auch dieser Vinzent Kluger war um keinen Dreck besser als die anderen. Kein Erster unter Seinesgleichen. Ein Barbar unter Barbaren. Ein selbstsüchtiger, ungeschlachter Rohling, ein fühlloses Subjekt. Jetzt, da sie einander bald eineinhalb Jahre kannten, lernte sie ihn kennen.

Schuldig. Schuldig. Schuldig.

Endlich, in diesem aufklarenden Licht aus Wut und Enttäuschung, hatte sie die geschickt verborgenen, winkeladvokatischen Züge in ihm ausgemacht. Endlich lag der Betrug in seiner ganzen Dimension vor ihr ausgebreitet da. Endlich hatte sie begriffen, dass man sie – beinahe – um ihren größten zu vergebenden Schatz, ihre Liebe, gebracht, ihr Herz ausgebeutet hatte auf eine niederträchtige Weise. Als wäre es Freiwild. Eine Trophäe für den geschicktesten, den schnellsten unter den Plünderern. Ihr Herz ein Pharaonengrab. Aufgespürt und geschändet von einem Mann mit der Herzensbildung eines hungrigen Nilkrokodils.

Erstmals in ihrem Leben wandelte sie auf dem Grat, der Liebe und Hass trennte. Ein Gefühl der Ohnmacht umfing sie, Momente endloser Schwäche. Und so schmorte sie lange, zornerfüllte Stunden in einem Sud aus Agonie und Hysterie, bis sie klar sah und wusste, was zu tun war.

Nie zuvor hatte Bela mehr auf die Meinung von Ärzten gegeben als nun, da das vorrangige Ziel nur vollständige Genesung lauten konnte, das Entfachen eines neuen Lebensfeuers, das die alten Miasmen ausbrannte. Das bedeutete, sie musste neben einem kraftvollen Blick nach vorne auch jenen nach hinten wagen, alles Übel im Gestern ins Kleinste benennen. Erst so ließ es sich aus ihren aufkochenden Erinnerungen tilgen. Genau das tat Bela. Auf ihre Weise. Sie führte sich die Zeit, die sie in falscher Hoffnung mit Vinzent zugebracht hatte, als vertane Zeit vor Augen, und immer öfter, je näher das Ende ihres Aufenthalts in der Klinik rückte, buchstabierte ihr die Zunge ihres Herzens dieses eine Wort:

Vergeltung.

Wochen später, in den glühenden Tagen des Frühsommers, stand er eines Abends da. Unangekündigt, im gewohnt knittrigen, leicht schmuddeligen Look, das Haar verwegen zerrauft und gehüllt in eine Wolke orientalischer, zart holziger Intensität. *Boss* oder *Jean Paul Gaultier*, hatte sie gemutmaßt, ein Spiel aus Wagemut und Zärtlichkeit jedenfalls, aus Sinnlichkeit und Kraft, aber auch mit unerwünschten Anklängen an eine zweifellos schwere Nacht davor mit sehr vielen Zigaretten. So stand Vinzent Kluger vor ihrer Tür, mit einer fremden Scheuigkeit in den Augen und einem Strauß langstieliger roter Rosen in Händen. Sie bat ihn nicht herein, warf ihm aber auch die Tür nicht an die Nase. Der Schock. Die Schmerzen. Die Zeit, die sie brauche. Er müsse verstehen.

Kluger nickte auf eine Art, wie Staubsaugervertreter es taten, die ihr Programm abgespult hatten und hofften, ihre Vorleistung würde zum Erfolg führen. Wenn nicht sofort, dann beim nächsten Mal.

In der Klinik hatte man die Berichte rund um das Attentat, über sie, anfangs von Bela ferngehalten, und später hatte sie selbst sich geweigert, das Mediengetöse zu konsumieren. Nun aber, einigermaßen genesen und zurück im vertrauten Umfeld der kühlen, hohen Altbauräume ihrer Wohnung, hatte sie alles nachgelesen. Die ganze Welt, Medienwelt, wollte wissen, wer diese Frau war. Dennoch war Belas Identität unberührt geblieben. Auch Kluger hatte sein ausgiebiges Wissen zu ihrer Person, ihrer Involviertheit nicht ausgenutzt, sie nicht vor den Vorhang gezerrt.

Als er so dastand, als leicht muffiger Rosenkavalier, wusste sie das längst, doch sie ließ ihn von seiner Zurückhaltung erzählen, als wäre es Neuland für sie, und in dem, was er sagte, wie er es sagte, witterte Bela einen marginalen Rest von Anstand in einem ansonsten von Grund auf verdorbenen Wesen. Wie sonst hatte er es wagen können, im Arztkittel …? Nein, sie brauchte ihn nicht darauf anzusprechen. Sie wusste es auch so.

Keine Kugel konnte ihr fester, kein Messerstich tiefer im Fleisch sitzen als das Andenken an diesen verfluchten Tag in Kärnten, an die üble Rolle, die Vinzent gespielt hatte, und als er den Vorschlag eines gemeinsamen Abends – bald?, irgendwann vielleicht? – machte, schenkte sie ihm ein scheues Lächeln, willigte ein. Weil sie darin die Chance eines Abschlusses sah, den Schlussakkord einer Symphonie in Moll. Nur darum, und ohne ihre wahren Beweggründe zu offenbaren, nahm sie seine Einladung zum Essen an. In vier, fünf, nein, besser acht Wochen. Die Genesung und alles. Er müsse verstehen. Ja, bei ihm.

14 Tage vor dem anberaumten Treffen lernte sie Gernot kennen. Eine Vernissage im Museum Moderner Kunst, das die Wiener »Mumok« riefen und das sie aufgesucht hatte in der Hoffnung, das Düster des Lagerkollers im Krankenstand aufzuhellen. Sie kam rasch mit dem attraktiven, eloquenten Anfangsvierziger ins Gespräch – da die nordirische Bürgerrechtlerin Bernadette Devlin, dort ein filmisch dokumentarisches Porträt des Feschaks Duncan Campbell, und erst spät, zu spät, erfuhr sie, dass auch Gernot Journalist war. Dass auch er, ausgerechnet!, für die *Gute* schrieb. Gottlob Kulturressort. Immerhin. Immerhin hatte das Blatt so etwas. Immerhin kein Tisch-an-Tisch-Dilemma mit Vinzent.

Nein, Gernot war kein Donnerschlag, der mit Getöse in ihr Leben wirbelte, sodass sie nicht anders konnte als dem schmetternden Nachhall zu erliegen. Was sie kapitulieren ließ, war ein unkontrollierbarer Zuwachs von Zuneigung an den vielen trennenden, eine Liebe prinzipiell verneinenden Widerständen, verknüpft mit ihren privaten und seinen beruflichen Umständen. Was sich da vollzog, war eine vegetative, nicht steuerbare Landnahme ihrer Gedanken, deren stete Wiederkehr. Dieses feinnervige Überempfinden für jedes Zeichen von Annahme und Ablehnung, Übereinkunft auch. Diese fast kindhafte Unbeholfenheit, die sie in seiner Gegenwart verspürte. Dieser Wunsch von erwidertem Empfinden, das rein war und so gar nichts mit ihrem Job zu tun hatte. All das machte die Faszination aus. Gernot Langer war der Mann, der ihr damals gab, was sie damals am dringlichsten benötigte. Er war es, der sie durch die stürmischen Perioden nach der Reha trug. Durch ihren erbitterten Kampf um eine Rückkehr in den Polizeidienst, ihr Aufbegehren gegen die Anfeindungen der männlichen Kollegen. Und auch durch ihr Hoffen, Bangen und verzweifeltes Scheitern, diese doppelt schmerzhafte Zäsur nach dem Tod des Vaters.

Genau da kam er, machte sich zum Anlaufhafen. Gernot sah ihr aus den Augen. Gernot war da. Gernot hielt sie, wenn ihr Körper sich des Schreckens rückbesann und in ein unrhythmisches Zucken verfiel. Wenn nächtliche Weinkrämpfe losbrachen aus ihrem versteinerten Körper wie Sturzbäche zu Zeiten der Schneeschmelze. Und dieser Gernot war es auch, beschwor sie die Pathologie des Bösen herauf, die vernichtende Macht, die sie über die Menschen ausübte, der sie beiseitenahm und gebetsmühlenartig den chinesischen Philosophen Hsün-Tse zitierte.

»Der Mensch, mein Schatz«, sagte er mit verspieltem Groll in der Stimme, »ist von Natur aus böse. Wenn er dennoch gut ist, so ist dies die Frucht der Kultur.«

»Ich weiß«, erwiderte sie dann lächelnd, »darum bist du auch Kulturredakteur.«

So kultiviert sein öffentliches Auftreten, die Fähigkeit zur Reflexion, und so geschliffen seine geschriebene Sprache sein mochte, im Bett war dieser Gernot ein kaum zu zähmendes Tier. Als sie ihn erstmals in seiner ganzen, vierschrötigen, barbarisch riesenhaften Nacktheit sah, hatte sie beinahe verschreckt den Rückzug antreten wollen. Seine sexuellen Begierden in einem gesellschaftlich gerade noch verträglichen Maß zu halten, verlangte ihr allerlei ab. Weil er es so gut wie nie in den eigenen vier Wänden dabei belassen wollte. Im Wald. Auf Spielplätzen (nachts). Im Auto in der Tiefgarage. Auf dem Auto in der Tiefgarage. Im Fahrstuhl. Beim Babysitten in der Wohnung der Nachbarn. In einem Iglu beim Skiurlaub auf der Schmittenhöhe.

Bei der Besichtigung eines Reihenhauses (während die Maklerin draußen telefonierte). Unvergesslich auch die nächtliche Vögelei im Riesenrad und ihre Schreie beim Quickie in der Geisterbahn.

Abseits seiner animalischen Libido war dieser Gernot jedoch ein Mann von fast schon verschwenderischer Nichtmännlichkeit. Er tat, was moderne Anwärter zum Ehemann so taten, schleppte Einkaufskörbe, las Beziehungsratgeber, Psychologeninterviews in *Welt der Frau*, brachte aus der Redaktion anstelle eines kapitalen Rauschs Blumen nach Hause, sodass Belas immer neugierige Nachbarin von Mal zu Mal Stielaugen bekam, wenn er (Schlüssel hatte sie ihm keinen gegeben) auf Einlass wartete und sie, das Gießkännchen im Anschlag, um immer abends, wenn er kam, die Blumen in den Fensternischen gießen zu müssen, den Galan mit schmachtenden Blicken bis auf die Socken auszog.

»Was für ein Charmeur, Liebste«, hauchte sie eines Morgens, als sie Bela allein auf weiter Flur erwischte. »Das ist halt noch ein Mann, Ihr … wie war doch gleich sein Name?«

»Ich habe ihn nicht erwähnt.«

»Ach nein?«

»Nein.«

»Ach ja, die Namen«, seufzte sie, »alles Schall und Rauch, oder? Irgendwann hat man sie sowieso vergessen. Hundselendige Krüppel, einer wie der andere. Zum Vergessen, die Männer.«

Wie zerfressen von Neid und Übelwollen und Einsamkeit Menschen doch sein konnten, war ihnen selbst das Glück verwehrt. In einem allerdings musste sie der Nachbarin recht geben. Er war ein toller Mann. In den ersten drei, vier Jahren allemal. Einer, der die Schuhe geflissentlich auf der Türmatte abstreifte. Der sich mit spielerischer Leichtigkeit durch ihre Rezeptsammlung kochte. Der die Küche hinterher nicht wie ein triumphseliger Feldherr mit blasiertem Lächeln und einer Geste, die »Willkommen in Beirut« hieß, als verheertes Kriegsgebiet zurückließ. Der nur auf explizite Einladung über Nacht blieb. Der nicht Teile ihres Kleiderschranks wie selbstverständlich annektierte und seine Schmutzwäsche mitnahm. Der nicht in die Dusche pinkelte. Und der – ungebeten – auch in ihrem Reich den Staubsauger schwang.

Eines Tages jedoch, ohne dass sie gewusst hätte warum, fing er an, den Dreck an den Füßen einzuschleppen. Da eine vergessene Verabredung zum Abendessen. Einmal. Ein zweites Mal. Dort stundenlange Unerreichbarkeiten (ein seltsamer Funkschatten). Da Termine, die in der Zeitung keinerlei Niederschlag fanden (ja, sie hatte angefangen, das zu überprüfen). Dort …

Die Blumen wurden weniger, die Sträuße, die sie auszufechten hatten, mehr. Türen wurden geschmissen, die erste Vase. Und es dauerte nicht lange, da begann Bela Pläne für ein Danach zu schmieden, gedachte Reisen, die an keinen bestimmten Ort führten, doch jedenfalls in entgegengesetzte Richtung seiner Träume. Ja, schleichend, über weite Strecken unbemerkt, hatte das Gift des Alltags sie befallen, und die Spritze, die ihre Beziehung endgültig euthanasierte, hieß Gleichgültigkeit.

»Er raucht nicht, er säuft nicht, und er sieht in mir keine gute Informantin. Nicht ein Klischee bedient er, hörst du?« Ihre Worte zu Vinzent. Das versprochene Abendessen bei ihm, bei verbranntem Schnitzel und trockenen Petersilienerdäpfeln. Der Karottensalat war ganz passabel gewesen. Nur um den Tick zu viel Essig.

Raucht nicht. Säuft nicht. Sieht in mir keine Informantin.

Die Tage, da sie das Gegenteil herbeisehnte, nahmen zu. Tage, da sie sich nach einem Mangel an Perfektion verzehrte. Tage, da sie bereit war für ein bisschen Unanständiges, Verruchtes wie zum Brandzeichen einer neu auflodernden Achtsamkeit, einer mannhaften Ritterlichkeit, die Fehl und Tadel einschloss.

Halbe Tage tauchte Gernot mittlerweile ab, ließ immer öfter Trainingseinheiten beim Turniertanz ausfallen. Er trieb sich jedoch nicht im willigen Schoß einer anderen herum, nein, schlimmer noch. Er hing bis weit nach Redaktionsschluss am Flugsimulator und absolvierte Langstreckenflüge. In Echtzeit. Wien/New York. Sieben Stunden. Während zu Hause das Essen kalt und in heißen Sommernächten wieder warm wurde. Darum hatte sie beim Sex im Tanzklub Schluss gemacht. Als er in ihr kam und ihren Namen flüsterte und seine Liebe beteuerte und sie stärker denn je spürte, dass er, hauchte er mit brüchiger Stimme »Bela«, immer nur *Boeing 777* oder *Airbus A 380* meinte.

Schmerz und Hilflosigkeit waren in jenen Tagen, als sie und Gernot mit dem Tanzen begonnen hatten, auch über das Schweißglitzern ihrer Haut abgeflossen, und für eine gewisse, fast unbeschwerte Zeit hatte sie geglaubt, die Schwärmerei namens Vinzent Kluger unwiderruflich hinter sich gelassen zu haben, aus dem Herzen gelöscht wie einen Tintenfleck, der sich aus Versehen auf ihre Vita geschlichen hatte. Weit gefehlt. Jetzt, Monate nach ihrem ersten Wiedersehen, hier in der dunstig schwülen Urwaldatmosphäre eines überfüllten U-Bahnwagens, wusste sie es: Er ließ sich nicht einfach abschütteln wie ein herbstwelkes Blatt, das sich im Haar verfangen hatte.

Keine Frage, der Ausstieg aus dem Polizeidienst, dieses Waterloo ihres Lebens, hatte auch sein Gutes gehabt. Vinzent und sie waren aus dem beruflichen Focus des jeweils anderen gerückt. Das hatte Bela im Glauben bestärkt, der Entfremdung durch den Beruf würde jene des Herzens wie von selbst folgen. Und die brandneue Liebe tat ein Übriges. Ja, es war ihr gelungen, ihn beiseitezuschieben. Teile in ihr hatten ihn tatsächlich vergessen, andere gaben das Vergessen geschickt vor.

Bald schon verblasste sein Bild vor ihrem inneren Auge. Auch angestrengtes Grübeln brachte sie nicht auf die aschfahle Note der blaugrauen Augen, nicht auf die überlange Nase, nicht auf die fast rechteckige Form seines Gesichts, das breite Kinn, die hohen, ausgeprägten Backenknochen, nicht die fliehende Stirn, und nur vielleicht, gerade noch, den dunklen Wuschel. Vereinzelte Gerüche indes, zog sie im Tierpark am Affengehege vorüber, trug eine Kellnerin einen Teller mit zu scharf gebackener Panade an den Nebentisch, aber auch bloß gedachte Gerüche bei Fernsehbildern holten sein Antlitz detailtreu zurück, hielten so die Erinnerung am Leben. Doch die Rückblenden wurden seltener, verschwanden eines Tages zur Gänze, und hätte sie jemand zur Rückbesinnung gezwungen, dieser Vinzent Kluger wäre ihr kaum bedeutender erschienen als das lichte Zusammenspiel verschossener Farben, auf einer Staffelei ins hinterste Eck des Gedächtnisses gestellt und über dem Rad der Zeit vergessen.

Erst nach Jahren, als das Feuer zwischen Gernot und ihr erloschen war, der Zustand des gelangweilten Erduldens eingesetzt hatte, verfiel sie wieder auf ihn. Wie ein verschleiertes Phantasma aus einer unwirklichen Existenz, ein Trugbild, das mehr zu sich als nach draußen zu den Lesern sprach, schlich er zurück in ihr Leben, als sie eines Morgens aus Langeweile im Kaffeehaus in einer Ausgabe der *Guten* blätterte und ihn sah. Da leuchtete sein Antlitz über einer Reportage zur Schlepperkriminalität, darunter der Name in übergroßen, fetten, mit Schlagschatten unterlegten Lettern, effektheischend wie ein vorangestellter Doktortitel.

Chefreporter Vinzent Kluger.

Er hatte es also geschafft. Der Aufstieg in den Reporterolymp. Aber um welchen Lohn? Hatte er den Erfolg seines Fanatismus nicht auch um den Preis einer gescheiterten Liebe erkauft?

Noch vor ein paar Monaten, bei der Begegnung im Wachsfigurenkabinett, hatte Bela sich bestätigt gefühlt in ihrer damaligen Entscheidung. Termine wie die Einweihung einer Wachsfigur lockten in der Regel nur eine Handvoll Journalisten an, jene, die sich ihre Sporen erst verdienen mussten, jene, die ein schadenfroher Vorgesetzter abkommandiert hatte, jene, die mangels Privatleben nichts Besseres vorhatten, und jene, die sich den Bauch kostenlos vollschlagen wollten. Ansonsten ließen die Redaktionen sich die Unterlagen per Mail kommen. Zu ihrer Überraschung war auch Vinzent auf der schmalen Liste der Akkreditierten gestanden. Sein Erscheinen traf sie also keineswegs unvorbereitet, und auch er musste Bescheid gewusst haben. Schließlich hatte sie die Presseaussendung verschickt.

Vinzent war auf den letzten Drücker gekommen, spät wie immer, mit stierem Blick an ihr vorübergewackelt, dem großen Saal zu. So hatte sie Zeit gehabt, ihm zu folgen, ihn still zu studieren. Derselbe knorrige, breitschultrige Bock von Mann, der das sauertöpfische Gemüt des echten Wieners zur Schau trug oder dessen schablonenhaftes Abbild, das er pflegte wie andere ihren Schrebergarten. Derselbe halb vergammelte, an der Oberfläche des Lebens dümpelnde Reporter, an der Kippe zum Alkoholiker tänzelnd. Das ewig gleiche, grantelnde Gesicht, wenn er es mit Halbprominenz zu tun bekam. Ja, das war der Vinzent Kluger, den sie zuletzt abgespeichert hatte, so einfach zu lesen wie bestellte Studien in der hohen Politik, deren Ausgang von vornherein gewiss war: trivial, flatterhaft, leichtsinnig, sprunghaft, selbstgerecht, egozentrisch und immer um den Tick mürrischer, als es das Leben zwingend vorgab.

Jenen Vinzent Kluger dieses unglückseligen Abends zu Ehren Peter Alexanders, der alles in Gang setzte, als er auf den breiten Schwingen des Boulevards segelte und sich über ihre Bitten hinwegsetzte, bekehren zu wollen, hieße, Holz in den Wald zu tragen. Obwohl er damals schon – bei aller stereotypen Halsstarrigkeit – ein Mann der Tiefe war, der die Maskerade bloß vorzog.

Bela hatte ihre Tagebucheinträge der Wochen vor und nach dem Attentat durchforstet, und so vieles erschien ihr nun, durch den Filter der Zeit, in einem neuen Licht. Nein, ihre Ära mit Vinzent war noch lange nicht überwunden. Ja, er war bedeutend mehr als ein bloß unvollendetes, über die Jahre zurückgestelltes und mit einer Zwischendurchliebe übertünchtes Kapitel. Er war Teil ihres Lebens, ein Schatten, nein, ein Zwielicht im Jetzt. Sie konnte nur zweierlei tun: ihn restlos überwinden. Oder restlos annehmen.

Dass ihn damals nicht die Schuld traf, war ihr längst klar. Die porzellanene Umsicht, mit der auch er zuletzt an die alten Wunden rührte. Das dumpfe Klopfen in ihrer Brust, das ihr sagte, die Bilder der Erinnerung hielten einem Abgleich mit der Wirklichkeit nicht stand. Die Gedanken, ihm Unrecht getan zu haben, die sie immer öfter erschaudern ließen. Seine Beteuerungen, ungezählte Male gescheitert zu sein im Versuch, zu ihr durchzuringen, im Spital, auf Reha. Anrufe, die nie durchgestellt, Besuche, die verwehrt, Briefe, die lange Zeit nicht zugestellt wurden. Als Arzt verkleidet? Nein, das wäre nun tatsächlich unter seiner Würde, nicht aber unter der prinzipiellen seines Blattes.

»So bin ich nicht, Bela.«

Nein, er war keiner, der für eine Topstory die Großmutter verkaufte. Keiner, der eine Freundschaft auf dem Altar der Schlagzeilen opferte. Keiner aus der Heerschar bedingungslos Williger, wo der Geist nicht zu Hause und die Sprachfertigkeit nicht zu Gast war. Dabei, sagte sie sich, musste die Versuchung, der er sich nach der Messerattacke ausgesetzt sah, übermenschlich gewesen sein, sofern der Begriff Übermenschlichkeit bei den Hartgesottenen der Branche Gültigkeit hatte. Vinzent besaß alles, was die Story erst zum Knüller machte: die vielen privaten Fotos, privaten Informationen, sein Wissen um die Parallelitäten der Biografien von Vater und Tochter. Er im Dienst erschossen. Sie im Dienst – beinahe – erstochen. Alles frei Haus, auf Knopfdruck verfügbar. Ohne Recherche, doch mit Wahrheitsanspruch. Und dann war da noch sein gekränktes Ego, diese Legitimation jenseits des professionellen Zugangs zur Story, die sie ihm selbst in die Hände gelegt hatte. Keine Zeile hatte er davon geschrieben, wissend um die Gefahr, ein anderes Blatt …

Konnte ein Mann mehr für sie tun als er?

Ja, sie war jetzt sicher: Dieser Vinzent Kluger stand im Aufbruch, hatte begonnen, sich aus der Umklammerung einer jede Moral absorbierenden Arbeit zu lösen. Er fing an, sein wahres Gesicht zu zeigen, dauerhaft, und genau das machte ihnen so zu schaffen. Jedem für sich, jedem aber auch durch die Rezeption des anderen. Einmal wollte sie ihn umarmen, wie eine Mutter ihr Kind umarmt. Eine Freundin einen Freund. Eine Liebende einen Geliebten. Dann wieder zeigte sie eine äußere Kühle, um ihr inwendiges Espenlaub zu bändigen. Immer öfter standen sie an dieser Klippe, die ins Ungewisse führte.

Ließen sich Gefühle wieder errichten?

Nein. Das führte nicht über ein Mittelmaß hinaus. Was sie jetzt empfand, war aber auch nichts Wiedererrichtetes. Es fühlte sich nicht an wie neu belebt. Da war ein Farbton von Empfindung, der sich auf der Palette vertrauter Empfindungen nicht wiederfand. Vinzent hatte sich auf eine neue, unauslöschliche Weise an ihr festgekrallt. Wie ein mysteriöser Eintrag, der es schaffte, den Kalender eines ganzen Lebens in Beschlag zu nehmen. Wiedererrichtung also? Im Sturm geknickte Masten ließen sich wieder errichten. Vom marodierenden Mob gestürzte Denkmäler. Unterdrückte nationale Ideen. Eine Republik, soll sein. Aber ein abgrundtief verletztes Gefühl?

Niemals.

Oder, wie Vinzent, der diese Gedanken zu teilen schien, einmal beim Spaziergang im Wienerwald in ein langes Schweigen hinein meinte: »Die Liebe ist kein Gulasch.«

Nein, sie schmeckte aufgewärmt nicht besser. Weiter kam Bela nicht. Ein Knistern der Lautsprecher riss sie aus ihren Überlegungen. Bestimmt, dachte sie noch, die übliche Durchsage, ein Polizeieinsatz in der Station, dass ein Passagier erkrankt sei oder ähnliche Euphemismen für einen Selbstmordversuch auf den Geleisen.

Doch es kam anders. Und es kam jäh. Ein Kreischen drang an ihre Ohren. Giftig. Gellend. Markzersetzend.

*

Wo hast du bloß deine Augen gehabt, dachte Miriam. Wie hatte sie sich diesen infizierten Reißnagel namens Tom eintreten können? Der und seine Freunde. Epigonen, die es für ausgemacht hielten, ein Herr Sohn, ein Fräulein Tochter müssten sich den Platz im Leben nicht erkämpfen wie ein dreckiger Hilfsarbeiter, eine nichtswürdige Kassiererin im Supermarkt, eine erbärmliche Computerexpertin im Polizeidienst bisweilen, weil die Fügung ihnen eine Loge unter der Sonne freihielt.

Sie linste durchs Schiebedach in den Himmel über Wien. Herrlich! Endlich wieder auf Achse. Endlich wieder auf Auftrag. Mit einer Kundschaft in den Ring steigen. Auf Tuchfühlung und ganz analog. Und sie in ihrem Sonnenwagen auf dem Weg dorthin. Sonnenwagen … war das nicht die Karre von diesem Helios?

Wenn die wüssten! Das schrie nach einer Belohnung, hinterher, wenn der Job getan war. Ein paar orientalische Häppchen. Ein Pfiff Bier. Eine Wasserpfeife? Quasi dienstlich?

Sie war gut in der Zeit, und als sie den Blinker setzte, in den Schatten der Ringstraßenallee tauchte und auf den Schwarzenbergplatz zuhielt, brauste von hinten eine Armada wild orgelnder Feuerwehrautos heran. Miriam musste an den Irokesen mit der Atomfrisur denken. Wie hatte er gesagt?

Gute Wahl.

Die Einsatzfahrzeuge flogen an Miriam vorüber. Ein Ruck ging durch ihren Körper, und beschwingt von einer eigentümlichen Lust auf Abenteuer trat sie das Gaspedal voll durch.

In diesen Minuten

XXIII. IM KONFERENZRAUM

Schlag 17 Uhr. Teatime. Tee und Shortbread zum Ausklang eines Arbeitstages indes wurden andernorts gereicht. Hier, in der Redaktionsstube der *Guten*, herrschte gereizte Grundstimmung. Wie hungrige Löwen in der Arena, die sich ihre Häppchen erst mit Kunststücken verdienen müssen, saßen sie da, aufgefädelt an dem fußballtorlangen Konferenztisch. Dasitzen und warten, bis der Dompteur mit der Peitsche kommt.

Chronikchef Arthur Pinter brach als Erster das Schweigen.

»Wo ist Kluger?«

»Abgetauscht.«

»Abgetaucht?«

»Ab-ge-tauscht. Übelkeit. Deshalb hat er mich gebeten, für ihn …«

»Übelkeit also«, murrte Pinter mit Blick auf den missliebigen Ersatz. Den Farbausdruck einer halb fertigen Doppelseite überfliegend, trieb er den Absatz seiner genagelten *Waldviertler* in den Boden. Er hob den Kopf, der Blick entrückt, in elegische Ferne schweifend. »Wenn ich so zum Fenster hinausblicke … sehe ich … äh … tippe ich auf … äh … akuten Durchbruch … äh … Ausbruch von Aperolitis … äh … Gastgartritis.«

»Na, na, Herr … Kollege … Lokalchef.« Der Chefredakteur, der Dompteur mit der Peitsche, hatte unbemerkt den Raum betreten.

Kollege Lokalchef.

Hämische Blicke streiften Pinter. Jeder kannte die Story, bezeugt und unters Volk getragen von der Chefsekretärin des Herausgebers. Pinter hatte einst beim Big Boss wegen einer Gagenerhöhung vorgesprochen, kolportierte schlappe 3.000 Euro mehr. Tatsächlich aber war er aus einem sehr viel dringlicheren Grund angetreten:

»Ich möchte stellvertretender Chefredakteur werden.«

»Haben wir schon vier«, hatte der Herausgeber erwidert.

»Keiner im Haus wirft sich so sehr ins Zeug wie ich.«

»Keiner im Haus ist so unbeliebt wie Sie. Man berichtet mir, Sie hätten im Umgang mit der Belegschaft weder Ihre Nerven im Griff noch Ihren kleinen Herrn in der Hose. Na?«

Ein Hin und Her entspann sich, bis Pinter auspackte, die Wahrheit auf den Tisch legte. Er wolle nach außen nicht länger als Leiter der Lokalredaktion auftreten müssen, nicht länger das Wort Lokalchef auf seiner Visitenkarte stehen haben.

»Was stört Sie daran?«

»Die Hasen glauben dann, ich leite die Kantine der *Guten* oder irgendein Beisl. Ein Lokal eben«, sagte er.

»Daher weht der Wind«, murrte der Herausgeber, der wenig Verständnis für Gehaltsforderungen aufbrachte, sehr viel indes für einen adäquaten Auftritt in der Damenwelt.

Der Kompromiss: keinen Cent mehr, dafür die Umbenennung des in der Paginazeile »Lokales« genannten Chronikressorts, sodass fortan auf Pinters Kärtchen »Österreich-Chef« zu lesen stand und der Chefredakteur und manch anderer keine Gelegenheit ungenutzt ließ, Pinters Wunden in der Anrede am Bluten zu halten.

Kollege Lokalchef.

»Ich bin eh gerne da«, warf Klaus Supan nun ein. »Und weniger kosten tut es die Firma auch, wenn ein Junger wie ich am Sonntag hackelt … mit billigem Vertrag und so.«

Supan, der missliebige Ersatz mit dem billigen Vertrag, gedachte solcherart gute Laune zu säen. Doch die beste Saat wird wertlos, bringt man sie bei Sturmwarnung aus. Und so erinnerte sein Kommentar eher an den ungebetenen Gast, für den es an der Festtafel kein Gedeck gab. Alle waren sie schlecht drauf: die einen, weil Sonntag war; die anderen, weil Sonntag und Badewetter war; die Dritten, weil Sonntag und Badewetter war und der Pizzaservice auf sich warten ließ; die Vierten, weil der gekühlte Weißwein zur Neige ging; und wer keinen Grund aufzuweisen hatte, teilte die Stinklaune aus Solidarität.

»Soso, billiger Vertrag«, grummelte der Chefredakteur und hob die Augen zu dem Dutzend Flatscreens unter der Decke. Mit routiniertem Blick taxierte er die Top-Storys der Internetausgabe. Ein Kopf-an-Kopf-Rennen zwischen Wetter (*Heißester Junitag aller Zeiten*), Society (*Charlène von Monaco – am ersten Hochzeitstag allein in LA*) und Lifestyle (*Ayurveda – Essen, was die Pferde essen*). Jetzt erst musterte er Supan aus den Augenwinkeln. »Höre ich da so etwas heraus wie … Sys-tem-kri-tik?«

Energisch schüttelte Supan den Kopf. Weniger aus Angst vor dem Boss als vor neuerlichen Anfeindungen, die ihm die Wortmeldung bei den Kollegen aus Politik und Sport und Kultur und Ausland und Wirtschaft eintrüge. Wie ein tonnenschweres Gewicht spürte er die animosen Blicke auf sich lasten. Ihre Verträge waren sämtlich wohldotiert, und sonntags gab es extra Cash in Prozenten, je fetter die Grundgage, je fetter der Zuschlag. Manch einer ging da für sechs Stunden Arbeit, was bisweilen dem Einkürzen vorgefasster Agenturmeldungen oder dem Abtippen von Artikeln aus längst erschienenen ausländischen Zeitungen gleichkam, mit dem Monatslohn einer Supermarktkassiererin nach Hause. Andere, wie Supan, schufteten tatsächlich. Um einen Bruchteil des Geldes.

»Die Abendausgaben der *Anderen* kommen ja erst«, eröffnete der Chefredakteur die 17-Uhr-Konferenz. »Bis dahin irgendeine Obduktion für die Einser?« Gefälliges Lächeln für den tausendfach angebrachten Scherz, der irgendwann einmal, in vorgrauen Zeiten, lustig gewesen war.

»Keine Option für Seite eins«, sagte die Wirtschaft, saharastaubtrocken wie eh und je. »Nur die *AUA*. Der Betriebsübergang in die eigene Tochter, die *Tyrolean Airways*. Ab morgen ist

Schluss mit roten Krawatten und blauen Halstüchern bei den Flugbegleitern. Die fliegen jetzt alle in Rot-Silber.«

»Wunderbar«, rief der Chefredakteur. Beipflichtendes Gemurmel am Tisch.

»Aber das auf zweimal 16 Anschläge bringen … für einen Aufmacher … ich weiß nicht … puuh.«

»Ned für'n Aufmacher, Kollega. Als Foto! A fesche Stewardess im neuen Look? Wie wär's?«

»Puuh. Heute, am Sonntag. Das wird schwierig.«

»Schwierig oder unmöglich? Na, gemma, gemma! Hopp auf, ich hab Kinokarten für Silvester.«

»Ich könnte versuchen, den Pressesprecher vom Flughafen am Handy zu erreichen. Hätte die … geschätzte Lokalredaktion … vielleicht … die Nummer … bei der Hand?«

Supan verdrehte die Augen, blies die Backen auf.

»Na bitte«, rief der Chefredakteur in aufwallendem Unmut. »Großartig. Der Kollege hat. Sehen Sie, genau dafür, für diese Härten des Berufs, an einem Sonntag den Kollegen mit dem billigen Vertrag um eine Telefonnummer bitten zu müssen, die meinereiner früher, als junger Landredakteur in Zeiten ohne Wisch-und-Weg-Handys, auswendig herbeten konnte … 217 Gendarmerie- und Polizeiposten allein, alles da drinnen im Hirnkastl, auch heute noch … genau dafür, Kollege, zahlt Ihnen der Herausgeber so unverschämt viel Schmerzensgeld.«

Schweigen.

»Bei uns jede Menge Geschichten«, schnarrte die Außenpolitik drauflos, um Ausgleich bemüht. »In Hongkong die Proteste gegen die Chinesen.«

»Hongkong? Weit weg.«

»In Israel ist der Shamir gestorben.«

»Sie immer mit Ihren Juden. War der nicht schon weit über 100?«

»96. Ja, und a bisserl was mach ich über den Iran und das Embargo, das morgen in Kraft tritt. Und dass sie in Athen besonders jammern und die EU versprechen hat müssen, die Versorgung mit Erdöl zu gewährleisten.«

»Jössas«, sagte der Chefredakteur mit vagem Lächeln.

»Ölrettungsschirm für die Griechen«, raunte der Pinscher ressortübergreifend.

»Wen interessieren die Griechen?« Die Wirtschaft erneut, mit Blick in Richtung Außenpolitik. »Das ist doch alles nichts Neues. Schon in den 1830er-Jahren, kurz nachdem man die Osmanen abgeschüttelt hat …«

»Kannst du bitte a bisserl die Goschn haltn, wenn i meine Themen vortrag', Kollege. Danke, ganz lieb.«

»… hat der junge griechische Staat Anleihen genommen«, fuhr die Wirtschaft fort, unbeirrbar wie ein Steuerprüfer, der Lunte gerochen hat. »Anleihen bei seinen Stiftermächten. Schon damals wollten die Reichen keine Steuern zahlen. Auch die Korinthen, der größte Exportschlager, haben die Kassen nicht gefüllt. Keine neuen Kredite. Die Häfen auf Jahre lahmgelegt. Und Knock-out. Kennen wir das nicht? König Otto hat seinerzeit bayerische Finanzbeamte entsandt. Die haben s' mit Waffengewalt vertrieben. Das sollte man diesem Piefke-Kommissar, dem Oettinger, vielleicht sagen, bevor sie wieder irgendwelche Eintreiber da runterschicken. Was brauchen die Griechen also ein Erdöl? Oder zwei? Wenn's eh kein Geld haben fürs Autofahren. Außerdem … das haben wir alles schon geschrieben.«

»Na und?« Der Chefredakteur, giftig im Unterton. »Dann schreiben wir es eben noch einmal. Wegen des durchschlagenden Erfolges. Wäre nicht das erste Mal, dass in unsrem Blattl die Wirtschaft von der Wirtschaft abschreibt, oder?«

Schweigen.

Jetzt wieder die Außenpolitik, weiter im Text, doch gedämpfter. »Dazu 40 oder 50 Tote bei Stammesfehden in Libyen. Die üblichen Punktmeldungen halt. Heut' hab ich wirklich nix für Seite eins.«

»Überraschend«, sagte der Chefredakteur.

»Überraschend?«

»Wenn's anders g'wesen wär'.«

Spöttische Blicke.

»Ich könnte anbieten …«, hektischer Kontrollblick Pinters auf den Notizblock, »na ja, kein Heuler, aber bitte … weniger Tote auf Österreichs Straßen im ersten Halbjahr.«

»Da schau her«, sagte der Chefredakteur und nickte.

»Ich weiß, ich weiß«, Pinter schickte ein gehüsteltes Lachen hinterdrein, »wen interessiert's? Mehr Tote wäre die Story. Weniger ist wie: Aufregung in Wien – heute kein Mord. Aber wenn sonst nix los ist … Oder wir erfinden wieder mal was Seriöses.«

Abermals nickte der Chefredakteur.

»Das übliche EU-Bashing durch den Strache«, raunte die Innenpolitik gelangweilt, bis über den Bauchnabel unter die Tischplatte gerutscht. »Dazu der 20. Aufguss zur Wehrpflicht.«

»Gröblaz« riefen sie im Haus den Kollegen der Innenpolitik, dieses kahlköpfige Männlein, hölzern wie sein Schreibstil, knochentrocken, überreif für den Ruhestand. Gröblaz wie größter Blattmacher aller Zeiten, und »Gröfaz«, dem größten Führer aller Zeiten, in vielem näher, als einem lieb sein konnte. Redakteur stand im Vertrag des Gröblaz, Herausgeber und Chefredakteur aber im Leuchten seiner Augen, in der Schärfe des Auftritts. Dieses Empfinden eines gottgegebenen Bestimmens. Und da war auch kaum jemand, der es ihm absprach, ihn an der Ausübung des Gewohnheitsrechts hinderte. Die einen nicht aus Bequemlichkeit oder Resignation. Die anderen nicht aus Trunksucht als Folge von Resignation. Die dritten nicht, weil die Erfahrung lehrte, dass man sich bei Einwänden im Chefbüro rasch kalte Füße holte, rascher noch als ein Zirrhosekranker im Endstadium den Tod.

»Also … wir hätten morgen eine herzzerreißende Reportage im Blatt.« Tierlady *Maria constrictor* Erpenbeck, ihre Chance witternd.

»Owa geh«, sagte der Chefredakteur.

»Ich weiß schon, dass Sie ein Kalb am liebsten in einer reschen

Schnitzelpanade mögen, Herr Doktor, … aber denken S' doch nur einmal an die armen Viecherl … Tag für Tag werden s' Tausende Kilometer quer durch Europa gekarrt. Das wär doch was für einen Aufmacher. Können wir da nix draus basteln? Wir könnten dem Sepp … äh … dem Herrn Landwirtschaftsminister wieder einmal eine mitgeben und irgendwas Utopisches fordern, nicht? Irgendwelche Verbesserungen für die Viecher halt. Ist doch wurscht, ob's dann kommt oder nicht.«

»Wie wär's mit ›Bonusmeilen für Schlachtvieh‹?«, sagte Supan und setzte ein stolzes Gesicht auf.

Hämisches Gelächter brandete auf. »Geht noch was mit der Hitze?«, fragte der Chefredakteur ungerührt, den Blick abermals auf die Flatscreens geheftet. »So ein kleiner Nachzieher zur Hitzewelle vielleicht?«

»Ned wirklich«, sagte Pinter. »Dass es im Juni heiß war, wissen die Leute am ersten Juli meistens schon.«

»Jetzt kommen die ersten Unwetter«, rief Gröblaz. »Das fällt doch fast rein. Von den Anschlägen her, mein ich.«

»Und?«, monierte Pinter. »Was tamma, wenn's kane Unwetter gibt?«

»Owa geh, Herr Kollege Lokalchef! Unsere Gratis-Mitbewerber san da ned so zimperlich wie Sie. Die bringen zum Thema der Woche alle denkbaren Aufmacher hintereinander. Jeden Tag an anderen. Irgendeiner stimmt im Nachhinein immer. Und den verkaufen s' dann als prophetischen Erfolg mit an Faksimile. So mocht ma des. Außerdem … Unwetter ja oder nein. Des waaß doch in drei Tagen eh kana mehr.«

»Die Politikleser vielleicht«, konterte Pinter. »Weil s' die meisten G'schichten eh schon zwei Tage vorher überall anders gelesen ham. Nur ned bei uns.«

»Die Herren, also bitte!«

Der ruhige Geschäftston, mit dem der Chefredakteur die Konferenz zu führen pflegte, war verflogen. Auch er war jetzt ganz Laune.

»Die Kollegin von der Auslandschronik?«

»Lauter Kleinigkeiten.«

»Soso. 50 Verletzte durch Blitzschlag bei einem Festival sind also Kleinigkeiten.«

»Ach das. In Sachsen. Ja. Aber das Festival kennt keiner. Und g'storben ist auch keiner.«

»Na dann.« Genau da schwebte ein Schatten zur Linken des Chefredakteurs heran. »Jö, der Herr Graf beehren uns auch noch. Na, wie wäre es denn … mit einer … ja! … mit einer Vorschau auf die Salzburger Festspiele?«

Der baumlange Leiter des Kulturressorts, tatsächlich ein Mann von altem Adel, der, einem Bandscheibenleiden zufolge, den Konferenzen beizuwohnen pflegte, indem er gebückt in Birkenstocksandalen und mit weit ausgestellten Beinen um den Tisch trippelte, hielt inne. Urgestein der Branche, hatte er sich zwei Jahre zuvor um gutes Geld von einem der angeschlagenen Qualitätsblätter abwerben lassen, nachdem der Herausgeber in einem Fernsehinterview erklärt hatte, bei der *Guten* handle es sich keineswegs, wie behauptet, um ein billiges Boulevardblatt. Schließlich verfüge man auch über ein Kulturressort. Einen Beitrag zur Titelseite leisten zu dürfen, war jedoch kein Glück, das den Grafen häufig ereilte, und so rief er erstaunt:

»Aber ja, gerne!«

»Wenn die Wirtschaft versagt«, fuhr der Chefredakteur ungerührt fort, »was wir weder annehmen noch hoffen wollen, auch als Foto auf der Einser. Na, Herr Graf? Ansonsten als Anriss mit Porträt. Vielleicht was vom neuen *Jedermann*?«

Abrupt hielt der Graf inne, sah erschrocken auf, das Haar um eine Nuance tiefer ergraut. »*Jedermann*? Nicht doch. Das ist Subkultur!«

»Hofmannsthal Subkultur?«

»Also bitte!«, schnaubte er, nahm die Orbitalbahn wieder auf und grummelte Unverständliches in den Boden, wie um ihn zu beschwören, er möge sich als Höllenschlund auftun. »Wenn schon Hugo von Hofmannsthal, dann *Ariadne auf Naxos*. Eine ganz und gar formidable Neuinterpretation von Sven-Eric Bechtolf.«

»Den kennt ka Sau«, knurrte der Pinscher.

»Sollen wir es nicht doch lieber mit den Griechen versuchen?« Die Wirtschaft in totaler Kehrtwende.

»Die Korinthenkacker? Geh ... hmm! ... bitte, na! Ned scho wieder!« Der Kollege vom Sport erstmals, die Stimme schneidend-scharf wie ein Hustenbonbon und im üblichen Stakkato, der ganze Mann eine riesenhafte Truthahnbrust, auch er, Modell Gröblaz, mit der Eignung zum Herausgeber von eigenen Gnaden und darum »Herausi« genannt.

»Außerdem ... hmm! ... so nebenbei ... hmm! ... falls es jemanden ... hmm! ... interessieren sollte ... heute Abend ist ... hmm ... Finale der ... hmm! ... Fußball ... hmm! ... Europameisterschaft. Spanien ... hmm! ... Italien.«

»Na also!«, rief der Chefredakteur. »Beinahe hätten ... wir alle den Test ... diesen Test ... nicht bestanden, nicht wahr? Die Damen? Die Herren? Da machen wir natürlich die ganze Seite eins. Was denn sonst. Richtig? Richtig.«

Gelächter. Aufatmen. Erleichterung. Entspannung.

Faule Bagage, durchfuhr es Supan. Ungewollt fingen ihm die tätowierten Bizepse zu tanzen an, die Meeresjungfrau links, König Neptun rechts. Wie sehr er das alles hasste. Das großspurige Gerede. Die übliche Schaumschlägerei im Beisein des Herrn. Dazu das naseweise Gewäsch des Kollegen der Innenpolitik. Dieser ...

Gröblaz. Berühmt wie gefürchtet ob seiner chamäleonhaften Wesenheit. Einer, der überall zu Hause war, bloß nicht in den Kategorien Menschlichkeit und Fleiß. Niemand verstand es meisterhafter als er zu delegieren, niemand gewiefter, vom Fehlen eigener Geschichten abzulenken, da er – Fußball-Nationaltrainer, Wimbledon-Sieger, Festspielintendant, Wirtschaftsminister, Bundeskanzler, Meinungsforscher, Kriminalbeamter,

Wetterfrosch, ORF-Stiftungsrat, Society- & Dancing-Stars-Experte, Tierarzt und Börsenguru in Personalunion – jedem Vorschlag eines anderen Ressorts seinen Senf beigab. Da ein Widerspruch, dort eine Analyse. Da eine Pikanterie, dort ein drängendes, sich bestimmt bald bewahrheitendes Gerücht. Da ein Vorschlag zum Besseren, dort einer zum noch Besseren. Da ein Spritzer, dort ein Spritzer. Bis die Tube schalen Halbwissens leer gequetscht war und es kam, wie es kommen musste: Der Ruhm des Zuflüsterers blieb an ihm haften, die Arbeit an den anderen. Seit Jahren ging das nun so, und der Erfolg, mehr aber noch der abgrundtiefe Hass der Kollegen, gaben ihm recht.

Ja, Gröblaz. Einer, der die Branche wie ein Phantom durchgeisterte, der als absonderliche Erfindung des Herausgebers galt und darin ähnlich mysteriös erschien wie jene emsige Schar polarisierender Leserbriefschreiber, die sich in keinem Telefonbuch oder Melderegister des Landes fanden. Bestimmt habe man, hieß es jahrelang sogar, Gröblaz' tägliche Glosse zur Lage der Nation mit einem x-beliebigen Konterfei aus dem Netz versehen, mit dem Bild eines Toten womöglich oder eines amerikanischen Kinderschänders. Weil kein Mensch außerhalb der Redaktion – nicht Journalist, nicht Politiker – ihn je zu Gesicht bekommen hatte. Bis er eines Tages unvermutet auf der Pressekonferenz der Österreichischen Volkspartei auftauchte, was den Vorsitzenden erstaunt vom Podium hinabrufen ließ: »Sie gibt es ja wirklich!«

»Gut«, sagte nun der Chefredakteur. »Wir bereiten zwei Varianten vor. Die eine ein ganzseitiges Jubelbild ... und darüber nur ein fettes SI in blauweißer Schrift.

»Oder ein SI in riesigen Lettern«, befleißigte sich die Auslandschronik, »und klein drangehängt ein e und ein g. Dass es SIeg heißt.«

»Wie ein Auszug aus dem *Völkischen Beobachter*«, sagte Gröblaz.

Du musst es ja wissen, sagte der Blick des Grafen.

»Sehr sophisticated«, sagte die Außenpolitik.

»Respekt, Kollege, Respekt«, sagte der Chefredakteur und nickte anerkennend. »Für ein deutliches Ergebnis durchaus anzudenken. Wenn es allerdings knapp wird, wider Erwarten, dann machen wir so etwas wie … was weiß denn ich … *Squadra Azzurra mauert sich zum Europameister*. Überzeile: *Historischer Triumph mit der Carpaccio-Taktik*!«

Selbstliebe stand im Augenleuchten des Chefredakteurs. Niemand wagte in diesem Moment, »Catenaccio-Taktik« zu sagen. Man würde den Ball in bewährter Weise an die Kolleginnen der Korrektur weiterspielen, ehe die Nummer in Druck ging, und nur im äußersten Notfall eingreifen. Die Damen waren im Überbringen schlechter Botschaften Kummer gewohnt.

»Und wenn doch – hmm!«

»Sie haben recht. Das ist nicht euphorisch genug. Bei *den* Watschen, die heute Abend verteilt werden. Machen wir also: *Squadra Azzurra mauert iberische Halbinsel ein.*«

»Und … hmm! … wenn doch … hmm! … die Spanier …?«

»Die Spanier? Ach was!«, schnaubte der Chefredakteur. »Ich kenn mich ja im Sport nicht aus. Im Gegensatz (ein Lächeln nach links) zu unserer hohen Politik. Aber – überall reden sie von diesem fast schon sicheren Tripple, oder wie das heißt. Was ist der Todfeind der Wahrscheinlichkeit? Ganz genau. Die Gewissheit. Denken Sie nur zurück an diesen unseligen Polen. Den Wojtyla. Wie lange haben wir auf den Tod des Papstes gewartet? Zum Schluss hat er schon zum Fenster auf den Petersplatz rausge*lallt* und immer noch weitergemacht. Ewig und drei Tage hat der Nachruf fixfertig an meiner Pinnwand gehangen. Und? Was war? Hängen lassen hat er uns. Jahrelang. Zweifelt also hier irgendjemand ernsthaft am Ausgang des Spiels?«

Gemurre. Gelächter. Gebrumme. Geraunze.

»Ganz recht«, fiel Gröblaz ein. »Schluss mit Tiki-Tiki.«

»Tiki-Taka. Hmmm!« Die Ungehaltenheit des Herausi war nun unüberhörbar.

Was ein Feriendomizil in der Toskana nicht alles bewirkt, dachte Supan mit Blick auf den Boss, sein vibrierendes Handy aus dem Hosensack fischend.

»Ich bitte also um entsprechende Entwürfe«, sagte der Chefredakteur zum devot lächelnden Chef vom Dienst und erhob sich, »sagen wir … in einer halben Stunde?!«

»Hunderte Menschen in brennender U-Bahn gefangen«, sagte Supan plötzlich, laut, doch emotionslos.

Erstarrte Gesichter.

»Nicht gerade die feine Art«, schnatterte Gröblaz, »den Kollegen vom Sport die Seite eins abspenstig machen zu wollen. Mit so einem saudummen Scherz. Ist es das, Herr Kollege Lokalchef, was Sie Ihren Mitarbeitern beibringen? Das würde ich mir nie erlauben.«

»Kein Scherz.« Supan grinste linkisch.

»Na bitte«, jubilierte da der Chefredakteur, »ein paar Tote im Tunnel … und schon sind wir gerettet!« Dann, die bitterbösen Blicke Pinters in Richtung seines Subalternen hämisch quittierend: »Na, Herr Kollege Lokalchef, wollten Sie mir das etwa … vorenthalten?«

Supan, gefangen zwischen den Thronsesseln der Macht und das Heraufdräuen dunkler Wolken gewahrend, riss die Arme über den Kopf, winkte eilfertig mit dem Mobiltelefon. »Kam gerade per SMS. Brandaktuell quasi.«

»Alles Taktik«, knurrte Pinter. »Das Beste zum Schluss.« Sprach's, machte auf dem Absatz kehrt und stob aus dem Konferenzraum.

Zur selben Zeit

XXIV. EINSATZ FÜR DIE SPATZENPOST

Kluger sah erstaunt auf den Absender der Kurznachricht. Die Wiener Rettung? Was wollten die? Er war nicht länger im Frontdienst tätig, wiewohl er sich vorbehielt, stets auf dem Laufenden sein zu wollen. Darum funkten sie ihn auch nach wie vor an, aber nur, war Gröberes im Anmarsch. Und selbst wenn … er hatte jetzt frei. Sollten sich die Jungspunde ihre Sporen …

Er steckte das Telefon weg, nahm es augenblicklich wieder zur Hand, entzifferte die Nachricht unter Mühen. »Großbrand U-Bahnlinie 1 nähe Karlsplatz. Totalevakuierung. Katastrophenzug alarmiert.«

Hmm.

Hätte er Supan doch nicht den Dienst abtreten sollen? Andererseits … das roch nach jeder Menge Arbeit bis in die Nacht hinein.

»Schwarzenbergplatz, umsteigen zu den Linien 2, 4A und D«, dudelte die Ansage.

Ächzend erhob sich Kluger, wackelte dem Ausstieg zu. Hier musste er raus, wollte er hinüber ins *Schesch Besch*. Abermals warf er einen Blick aufs Handy.

Hmm.

Die Katastrophe – oder Gerade-nicht-Katastrophe?, wer wusste das schon so früh nach der Alarmierung? – lag gleichsam vor der Haustür … besser ging's nicht … er wäre von Anfang an dabei … und ein Reporter war wie ein Polizist … außer Dienst? … nie und nimmer! … eine lachhafte Station entfernt …

Kärntnerring, gleich die nächste … von dort vielleicht ein paar 100 Meter zu Fuß … noch einmal der Hormonschub, im Laufschritt hin, das alte Feuer … und wenn er Glück hatte, taumelten ihm die ersten in Panik fliehenden Passagiere vor die Linse seines … Smartphones!

Hmm.

Leserreporter Vinzent Kluger? Scheiß drauf. Mit dem Handy niederknallen, was geht. Zeugen befragen. Rein mit den Infos in die Redaktion. Die Bilder. Außenstelle Kluger. Warum nicht? Letztlich wäre es nichts als Routine. Für ein Blatt wie die … für eine Spatzenpost wie die *Gute* tat es das allemal.

Kinder wären schön. Idealerweise eine Schulklasse … an einem Sonntag, um diese Zeit? … egal … eine Schulklasse, wohlauf, aber in Tränen aufgelöst … garniert mit ein paar Gebrechlichen, kurz vor dem Sprung auf die Geriatrie. Die Alten kamen immer gut rüber. In Nahaufnahme, die gramzerfurchten Visagen, eingetrübten Augen … Mädchen, Kinder, Tiere … jaja, aber auch die Alten … ein Baby … ein Mäderl … und ein Hund. Einer, den die Rettung mit der Sauerstoffmaske zurückholte, das hatten sie schon lange nicht gehabt.

Hmm.

Ja, und als Tüpfelchen auf dem I eine echte Schönheit … das Antlitz rußgeschwärzt … ganz leicht nur, sodass die Schönheit der Schönheit nicht verlorenging … die Kinder für Seite eins, und die Schöne als tragendes Aufmacherbild für die erste Doppelseite … wiewohl gerade die Schönen sich oft zierten … weil der Kosmos Pressefotografie eigenen Gesetzen unterlag … weil die Bereitschaft der wahrhaft Schönen, spontan auf der Straße, sich verkehrt proportional verhielt zur Ungeniertheit der nackerten Weiber im Gänsehäufel und anderen Freibädern … weil dort immer die am lautesten »hier!« schrien, die besser geschwiegen hätten.

Hmm.

Ja, die Schöne als Aufmacherbild für die erste Doppelseite. Der Sauerstoffwuffi für die zweite … und Pluspunkte würde er sich auch einhandeln ... sogar beim Pinscher ... und eine Begnadigung der Byline würde er sich *aus*handeln ... das sowieso.

Hmm.

Ins *Ätschbätsch* könnte er später auch noch. Oder morgen. Und Bela? Sie müsste er wohl ... schweren Herzens, aber doch ... Bela ... warum antwortete sie nicht?

Schwarzenbergplatz. Rumpelnd kam die Straßenbahn zum Stehen. Kluger zuckte zusammen. Die Schicksale Wildfremder, ihr Leid, hatten ihn verdammt gut genährt in all den Jahren. Nur noch eine Station ins Herz der Katastrophe. Er musste eine Entscheidung treffen.

Kluger lächelte, verhielt einen Augenblick. »Scheiß auf die Spatzenpost«, knurrte er. Dann drückte er den Knopf und stieg aus. Ganz langsam.

*

»Treten Sie in Kontakt mit den Fahrgästen, Kollege!« Die Leitstelle, gerade eben. Nicht schon wieder! Und er starrte immer noch ungläubig aufs Display. »Komm schon, *Ibis*«, fluchte er, »komm schon, du arschlahmer Vogel.«

Was dachten die denn, was er die längste Zeit getan hatte? Tat? Davonlaufen?

Anzeige der Line. Zuganzeige. Ziel. Datum. Uhrzeit. Standort mit Kilometerstand. Funkkanal. Lautstärke. Rote Zeiger, schwarze Zeiger, Soll- und Istwerte für die Türen. Die Tasten für Bremseinsatz, Zwangsbremse, Ersatzsignal, Linienzugbeeinflussung, Freigabe. Das farbige Funkeln der Dioden. Ein Meer an vertrauten Zahlen und Kürzeln. Alles da im *Ibis.* Internationales Bord-Informations-System. Mist, verfluchter. Warum ließ der Vogel nichts zu? Keinen Muckser?

Sicherheitsfahrt vor Nutzfahrt. Das Mantra unter Tag. Immer raus aus dem Tunnel, wenn möglich. Aber wie? Ja, mit Handfahrt, weg von der Automatik. Die gute alte Handfahrt mit dem

Totmannknopf, die sie immer noch praktizierten, morgens, bis 6.45 Uhr, damit sie es nicht verlernten, und der schrille Pfeifton, der ihn schon das eine oder andere Mal zurückgeholt hatte in den allzu frühen Morgen. Steuern von Hand? Wie denn! Hier drinnen alles wie gehabt. Volle Anzeige. Und draußen? Kein Muckser. Kein Saft. Die Stromschiene wie tot. Die Leitstelle? Ahnungslos.

»Wir arbeiten dran, Kollege.«

Zwölf Minuten standen sie nun schon. Die meisten waren wie er Quereinsteiger. Bäcker, Fleischhauer, Ingenieure, Ex-Soldaten, zuletzt hatten sie sogar den ersten Syrer bekommen. Hier unten waren sie das verlängerte Auge der Leitstelle, mehr noch, Arzt, Seelsorger, Psychologe, alles auf einmal. Ob auf diesem Typ mit den wassergekühlten Drehstrommotoren oder auf dem V-Zug, dem durchgängigen, vollklimatisierten Wurm, Wagen einer Zukunft, die nicht jedermanns Zukunft war.

Fahrerloses Fahren. Bloß nicht.

»Leitstelle? Wie sieht's aus?« Wieder und wieder hatte er gefragt und auch schon mehrmals das übliche »Bewahren Sie bitte die Ruhe« nach hinten durchgefunkt.

»Ruhig halten, Kollege.«

Ruhig halten? Wie sollte er das den gut 700 da hinten auf Dauer erklären? Ohne Klima? Und dann, keine 20 Sekunden her, ein dumpfes Geräusch, das er nicht zuordnen konnte, nur, dass ihm ein Zittern hinterherjagte, seinen Sitz vibrieren ließ, und dann sprang auch schon das Notrufzeichen aus dem Fahrgastraum an.

Sprechleitung öffnen. Fahrer – Fahrgast // Fahrgast – Fahrer. Die Sprechleitung jetzt nach beiden Seiten offen. Hier Wagenführer, Notruf, bitte sprechen Sie. Wollte er sagen. Doch da war, von Anfang an, dieses merkwürdige Geräusch, das über der Verbindung lag. Dieses Kreischen, das ihn herumfahren ließ in der Kabine. Und genau da, durch das schmale Glassegment in den ersten Waggon, sah er, an die Scheibe gepresst, diese weit aufgerissene Kehle, in der das Entsetzen geschrieben stand. Und dahinter …

Oh, mein, Gott!

»Wagen eins in Vollbrand, Leitstelle! Hören Sie, Vollbrand, Leitstelle kommen?!?«

Das Programm der Evakuierung. Oft geübt, nie erlebt. Federspeicher einlegen, damit der Wagen nicht wegrollt. Kurzschließer einlegen, damit keiner kleben bleibt. 750 Volt. Ein einziges Brutzeln sonst, die Fahrgäste frisch herausgebacken. Stromzufuhr tot legen. Tot legen, was tot ist? Und womöglich doch wieder erwacht, ausgerechnet, wenn … nein, nein, alles nach Vorschrift. Erst der Strom. Dann die Durchsage. Totalevakuierung. Türen auf. Bewahren Sie Ruhe! Befolgen Sie die Anweisungen des Sicherheitspersonals!

Welches Personal?

Panik vermeiden. So wenig Information wie möglich geben. So viel wie nötig. Vertrauensperson suchen.

Vertrauensperson?

Nein, kein medizinischer Notfall. Auch keine Übung. Gottverdammter Rauch. Er sah die Gesichter nicht länger, nur noch das trübe Dunkel. Qualm, Qualm, Qualm.

Die Alunotleitern.

Alles raus! Alles auf mein Kommando! Helfen Sie Personen mit eingeschränkter Mobilität! Bleiben Sie dicht an der Wand! Immer dem Notausstieg zu!

Notausstieg? Welche Richtung? Verdammt, verdammt, nicht meine Stammlinie. Nicht meine Stammlinie.

Karlsplatz? Stephansplatz? Rauf? Runter? Wie lief noch mal das Gefälle hier?

Nicht … mei… ne … Stamm… linie.

Bei Feuer immer nach unten laufen! Immer nach unten!!

Nach unten? Gegen die Fahrtrichtung also?

*

Es war ein bizarrer Schrei, der Bela ins Jetzt und Hier zurückgerissen hatte, eine aufgellende Frauenstimme vom anderen Wagenende. Eine junge Mutter, das Baby im Tragetuch, den Blick durch das Glasfenster nach vorne gerichtet.

»Feuer!«

Ein Schrei, ein zweiter, andere, die einfielen, Wellen von Schreien, eine Kakophonie der nackten Angst, ein Prankenschlag des Schreckens, der über die Menschen hinfuhr, denn dort vorne – gleich hinter der Schreibe – quollen Schwaden auf. Immer dichtere, immer fülligere Bäusche, wie jäh sich am Himmel türmende Kumuluszellen, bedrohlich, dunkelgrau, schwarz, Antlitze umhüllend, Schreie erstickend.

»... bewahren Sie bitte Ruhe ...«

Die schnarrende Stimme aus dem sicheren Off.

»... den Anweisungen des Sicherheitspersonals ...«

Der Regisseur im Katastrophenfilm. Nur er weiß, was gespielt wird.

»... Personen mit eingeschränkter Mobilität ...«

Die Türen! Die Türen!! Macht sie denn niemand auf?

»... dicht an der Wand stehen ...«

Wand?, dachte Bela. Welche Wand? Sie sah empor, die Bullaugenkameras an der Decke, stumpfe Linsen, die in Bewegung schienen und doch wie tot zurückgafften. Und dann, wie im Skript eines drittklassigen Psychostreifens: Licht aus!

Ewige Momente des Stillstands. Ein Kreischen allüberall, dann, wie aus dem Nichts, die Masse in Bewegung. Wogend, angetrieben von der Urkraft des Überlebenwollens, unaufhaltsam, unbeherrschbar, erhitzt an der tödlichen Gefahr nur ein paar Schritte voraus, dann – endlich, endlich – ein Licht?, ja, ein winziges Flimmern, im Dunkel des Tunnels heranspringend, eine offene Türe, eine zweite. *Die Ersten werden die Letzten sein*. Bela lachte gallig auf, die Bibel, warum gerade jetzt?, nein, die Ersten waren die Ersten in diesem Pulk aus schwitzendem Fleisch, alles so schleppend, viel zu schleppend.

Endzeitszenarien wie im Film, nur in Echt.

Bela dachte an Kaprun. Die Seilbahnkatastrophe von vor zehn Jahren. Oder 15? Franziska, wie noch? Die Busenfreundin der Mutter. Auch sie hatte es nicht geschafft, wie 150 andere. Vielleicht auch mehr. Auch sie war vom Feuer weggelaufen und geradewegs hinein ins Verderben. All die Toten, und einige wenige hatten an ihnen Karriere gemacht, befördert im Sterben vieler. Der eine war im Bundeskriminalamt groß aufgestiegen, der andere, von dem sie wusste, war Vinzent.

Neue Lichter draußen. Wie auf Filmkameras aufgesteckt. Konnte das sein? Kameras? Woher kam ... woher kam das Video? Menschen, wusste sie, neigten dazu, im Angesicht des Todes abzudriften, ins Absurde fernab der Gefahr zu gleiten. Das hatte irgendwie mit den Scheitellappen zu tun, Hippocampus, die zeitgleiche Vernetzung, das Netzwerk des Gehirns im Ruhezustand und so. Nur fünf Prozent Energie weniger im Ruhezustand als im Zustand von Aufmerksamkeit. Unbedeutendes, das hereindrängt. Genau das geschah mit ihr. Woher das verdammte Video? Mit Monaten Verspätung? Hatte jemand Tussauds gehackt? Hatte jemand Zugang zum Tresor? Vinzent? Die Direktorin?

Neue Lichter draußen. Nein, keine Fernsehkameras. Handylämpchen. Ja, auch. Und Stirnlampen. Sie kamen sie holen. Silhouetten, die abwärts tauchten, Sprünge ins Dunkel, Sprünge ins Nichts. Rufern entgegen. Von Rufern fort.

»Weg da!«

»... die Alunotleitern zum Ausstieg benutzen ...«

»Nein, ich jetzt!«

»... bitte in Fahrtrichtung durch den Tunnel ...«

»Halt's Maul!«

»... bewahren Sie bitte Ruhe ...«

Und dann, in das kautschukgleiche Wogen der Menge hinein, dicht vor ihr dieser stechende Geruch nach Urwald ... ein Ruck. Nichts. Stillstand. Nichts ging mehr. Wie damals, auf Reha. Das

Stehen von Zeit. Vinzent. Er hatte sich nicht gemeldet, oder? Nein, er war da gewesen, doch man hatte sie nicht geholt. Man holte sie auch jetzt nicht. Hilfe? Zu welchem Zweck? Die Lichter. Die Kameras. Ein Knall, der aus dem Dunkel heranflog. Kreischen.

Nein!!!!

Plötzlich waren sie wieder da. Die uralten, jede Vernunft lähmenden Ängste. Und mit ihnen der Schmerz, das Stechen der Narbe. Genau in dem Moment, als ihr die Kraft aus den Beinen floss, als sie zu Boden sank, die Besinnung verlor, wie gebrochen unter einer Folter, gegen die es kein Ankommen gab.

*

Klaus Supan hatte hoch gepokert, war *all in* gegangen, und genau jetzt würde sich weisen, ob er aus dem Spiel war oder den Jackpot gezogen hatte. Er hatte gar nicht erst versucht, in der weitläufigen Station Karlsplatz zum Schacht der Linie 1 vorzudringen. Gewiss würde das Chaos dort unten grenzenlos sein. Gewiss hätten sie den Bahnsteig inzwischen geräumt, um Platz für die Einsatzkräfte zu schaffen. Gewiss würden die aufgescheuchten Kollegen der Konkurrenz an irgendwelchen Absperrungen gestrandet sein, fernab des Geschehens.

Der Spaßfaktor in puncto Erreichbarkeit von Schauplätzen war zuletzt gegen null gesunken. Die Unsitte, Tatorte immer weitläufiger abzuriegeln, grassierte längst auch in Wien wie ein pandemisches Fieber. Angefangen hatte das alles mit den Decken, die sie bei der Erstversorgung vor die Kundschaft spannten. Das hatte Kreise gezogen, und die Radien des Ausschließens wuchsen und wuchsen. Seither waren sie immer öfter auf das nichtssagende, um jede Dramatik bereinigte Material von Pressestellen angewiesen, Fotos von minderer Qualität, die obendrein an alle gingen. Oder, schlimmer noch, irgendein Privatknipser hatte den Schuss seines Lebens getan und an den Bestbieter verhökert, der – der neuesten Spargesinnung sei Dank – immer seltener *Gute* hieß. Dass es einmal Zeiten gegeben haben soll, wie Kluger behauptete, wo der Alte, der alte Alte, aus dem Hosensack die Tausender zählte, wenn es schnell gehen musste …

Alles in allem ein Dilemma.

Darum stand er hier und nicht anderswo. Noch in dem Augenblick, als er hinter dem Ressortleiter aus dem Konferenzraum gestürmt war, hatte er den Entschluss gefasst. Den Hausfotografen, hatte er der Sekretärin im Vorübersprinten, die private Kamera in Händen, zugerufen, solle sie hinterherschicken. Ja, Karlsplatz. Wer auch immer Dienst hatte. Vermutlich einer dieser von Tag zu Tag fauleren Sesselkleber, die ihre Ärsche nur zum Feierabend rasch in die Höhe kriegten. Noch schlimmer, befand er, wäre nur der Leisch, ihr ressorteigener Fotograf. Sehkraft und Körper eines Nashorns, einen Blick fürs Motiv wie ein Hydrant … und dann erst die Ausdünstung in seinem fahrenden Mistkübel, ein Odeur aus alten Leberkäsesemmeln, ranziger Milch und Achselschweiß. Brrrr. Wer wollte da schon mit auf Einsatz fahren?

Blitzschnell und unkonventionell hatte es gehen müssen. Darum alleine. Darum hierher, ohne Diskussionen. Er nichts als ein Schreibtischtäter? Was wussten die denn schon! Sollte der Kollege an irgendeiner Barriere versauern, sich die Beine in den Bauch stehen und mit den Übrigen die Brosamen aufsammeln, die ihnen aalglatte Offiziere mit abschätzigen Blicken zuwarfen, Allerweltsbilder, die sie aus großer Entfernung und aus Korridoren heraus schießen durften. Die Beschwerden im Ministerium, nur auserwählte Fotografen mit den guten Kontakten würden näher ans Geschehen gelassen, während andere zurückbleiben müssten, hatten sich gehäuft, und so kam es vermehrt vor, dass sie für alle dichtmachten.

Supan sah sich um. Lief alles nach Plan, hieße es gleich »Sesam, öffne dich«, hier, an der Schmalseite des *Hotel Sacher*, dem Albertinaplatz zugewandt. Seine Augen ruhten auf einer

Metallplatte, drei mal zwei Meter, die in ein um eine Handbreit erhöhtes Betonsims eingelassen war und ihren Abschluss in einem massiven Gitter fand. Er fixierte die Stelle nach Art eines Fernsehmagiers, der die Assistentin ins Schweben zu bringen gedachte. Rings um den Deckel war alles mit parkenden Autos zugestellt, und er hoffte, dass Bewegung reinkäme, ehe jemand auf die Idee verfiele, ihn des Platzes zu verweisen.

Ein knappes Jahr lag die Privatführung ins Allerheiligste zurück, die ihm die Wiener Linien gewährt hatten. Eine Reportage zur Sicherheitslage der U-Bahn, ein Schreckensszenario wie genau dieses antizipierend. Ein beflissener Mitarbeiter hatte ihn hierher geführt, von Evakuierungsplänen und Konzepten doziert, von Schulungen des Fahrpersonals, Notstromaggregaten und Abschaltautomatiken wie auch von der Denkunmöglichkeit, das System von außen zu knacken, et cetera, et cetera. Alles schön und gut, hatte er gedacht, aber das war nicht, was ihm die Reporterfantasie eingab, nicht, woraus er sich den Reißer zusammenzuspintisieren gedachte. Den spektakulärsten Fluchtweg des Wiener U-Bahn-Netzes hatte Supan sehen wollen. Und genau den hatte er bekommen.

Das Orgeln der Folgetonhörner schwoll nun von allen Seiten an, brach an Mauern, wirbelte im Kreis, und es war, als würde die ganze Innenstadt im Drehkegel eines akustischen Tornados versinken. Die Sekunden schmolzen dahin, und mit jeder weiteren, die der Deckel unberührt dalag, schmolz Supans Zuversicht. Hatte seine Taktik … verdammter Mist … saß er einem fatalen Irrtum auf?

Feuer brennt nach oben. Rauch zieht nach oben.

Heute noch schwärmten die Langgedienten im Haus vom Kaprun-Syndrom. Dass es die vielen Toten im Tunnel der Gletscherbahn damals nur habe geben können, weil es den Menschen eben am Grundverständnis für alles mangelte. Weil sie, einige wenige ausgenommen, nicht am brennenden Triebwagen vorbei talwärts gelaufen waren, sondern bergwärts. Weg von den Flammen und schnurstracks in den sicheren Tod, der sich Kamineffekt nannte. Etwas, das er bloß vom zylinderförmigen Anzündkamin beim Grillen mit den Eltern kannte, doch das Prinzip war dasselbe.

Supan überlegte fieberhaft. Die Streckenführung vom Stephansplatz her verlief aufwärts. Stand der Zug, wie es hieß, einige 100 Meter vor der Station Karlsplatz, und stand er, wie es gleichfalls hieß, im vorderen Teil in Vollbrand, mussten die Fahrgäste, das richtige Handeln des Zugführers vorausgesetzt, das Kommando bekommen, nach unten zu laufen, wollten sie nicht in den Rauchgasen umkommen. Zurück in Richtung Stephansplatz also. Bis sie den ersten Notausstieg erreichten. Und der führte, mit seinen endlosen Treppen und Treppen und Treppen und Treppen, aus den Tiefen der Stadt empor … unweigerlich …

… zu mir!

Keine zwei Minuten, und auch hier, hinter der Staatsoper, wimmelte es von Offiziellen. Rettungsleute, Polizisten, Wichtigtuer, die ihm die Tour vermasselten. Seine Chance war genau jetzt, wo er gerade mal vier Uniformen ausmachen konnte. Feuerwehrleute. Zwei gestikulierten heftig, der Dritte hing am Funk, nahm Anweisungen entgegen, der Vierte glotzte einfach nur betropetzt ins Nichts.

»Klaus Supan, gebürtig zu Steirisch Knittelfeld, Österreich«, knurrte Supan vor sich hin, »wenn das hier aufgeht, bist du ein selten geiler Hund.«

Der Glotzer fuhr herum, stierte ihn scheel an, diesen seltsamen, Selbstgespräche führenden Mann, den Klaus Supan abgab, der da stand und auf eine womöglich gleich zu … ja? … räumende Stelle … starrte, der eine stattliche Kamera aus der Umhängetasche gefischt hatte, entschieden zu stattlich für einen zufälligen Passanten, ja!, der ein Blitzlicht obenauf montierte, viel zu groß?, o ja!, und das Equipment viel zu … viel zu professionell in Anschlag brachte. Ehe er jedoch eins und eins addieren, ehe er das Unsägliche sagen oder anderweitig reagieren konnte, geschah, worauf der Reporter so inständig gehofft hatte.

Stimmengewirr kräuselte durchs Gitter empor. Aufgeregte, keuchende, nach Luft japsende Rufe, helle, dunkle, immer lauter zwischen Panik und Hoffnung changierende Töne, die sich schachtaufwärts schraubten. Blitzartig eilte ein Feuerwehrmann herbei, sank auf die Knie, presste die Stirn gegen die geschwungenen Eisenstäbe, und die anderen sprangen ihm bei. Supan atmete tief durch und tat das Gegenteil. Er trat zurück. Ein, zwei kleine Schritte bloß. Gerade so weit, dass er nicht im Weg stand, niemanden auf Gedanken brachte, und doch den perfekten Platz innehatte.

Er wusste, was folgte.

*

Nur noch wenige Atemzüge.

Bela japste nach Luft. Meter um Meter hatte sie, der alten Kondition sei Dank, wettgemacht, war jetzt unter den Allerersten, die den steilen Aufstieg im Laufschritt bewältigt hatten. Etwas, das nach Tageslicht aussah, war mit Erklimmen eines der letzten Absätze herabgesintert, hatte die drückende Neonstimmung aufgehellt. Doch auf einmal geriet die Vorhut jäh ins Stocken. Vor ihr zwei junge Männer arabischen Typs, die an einer massiven, waagerecht verlaufenden Metallstange Halt gemacht hatten. Sie wandten sich abwärts, blankes Entsetzen in den Augen.

»Nix …«

Dicht dahinter ein Mädchen von vielleicht 17 Jahren, auch sie warf bloß fragende Blicke.

»Du musst drücken!«, schrie da eine Stimme hinter Bela. Dann eine Faust, die scharf an ihrer Schläfe entlangschoss, den Worten Nachdruck verlieh. »Drücken!!! Kannst ned Deitsch?!«

Jetzt erst begriff einer der Männer. Mit aller Gewalt schlug er gegen das mittig auf der Stange montierte Schild, auf dem zwei gespreizte, schwarze Hände zu sehen waren mit einem himmelwärts weisenden Pfeil. Darüber, in fetten, signalroten Lettern, nur dieses eine Wort. »PRESS«. Am unteren Ende der Tafel, kleiner: »Deckel öffnet automatisch«.

Eben noch hatte ein anderes Wort Belas Denken betäubt. *Sargdeckel.* Begleitet von einem unergründlichen Gleißen, das herabfunkelte, immer breiter, immer intensiver. So muss es sein, hatte sie gedacht, wenn du dem lieben Herrgott gegenübertrittst. Dem lieben Herrgott? Sie, die Agnostikerin? Nun jedoch, da sie in Agonie verfolgte, was über ihr geschah, war es dieses andere Wort: *Himmelstor*. Denn auf einmal, wie von Geisterhand, begann die tonnenschwere Platte über ihnen sich zu lösen, schwang mit einem leisen Ächzen nach oben weg.

Beine, die in festem Schuhwerk steckten. Hände, die sich nach unten recken. Augen, groß wie Gurkenscheiben, unter blinkenden Helmen. Gesichter, die Unverständliches riefen, brüllten. Jetzt erst, allmählich, ein Begreifen, während die dampfende Masse von unten nachdrückte.

»Raus hier! Raaaauus!! Marsch! Marsch!! Maaaarsch!!!«

Wie in Trance glitt Bela über die obersten Stufen. Ums Haar, dämmerte ihr, hätte sie dort unten die Segel gestrichen, hätte paradoxerweise einen unterirdischen Ort als den finalen ihres irdischen Daseins anerkannt, stillschweigend, wie vorgegeben, als sie zu sich gekommen war und nicht aus dem Wagen ins Dunkel des Tunnels springen wollte. Vor ihr, hinter ihr, keine zehn Schritte in jede Richtung, nichts als Rauch.

Wäre da nicht …

Ausgerechnet er, der Urwaldaffe, hatte es gerichtet. Er hatte sie vom Wagenboden hochgezogen, zurückgeholt, sie mit den Argumenten gorillastarker Arme überzeugt, dass es nicht das Ende sein müsste, sie aus dem Wagen bugsiert hinab ins Dunkel des Tunnels und vor sich her geschoben. Und auch er war es gewesen, gleich danach, der sie jäh umkehren ließ, da dieser ohrenbetäubende zweite Knall den Tunnel durchlief und eine Wand aus Rauch vor ihnen aufschoss.

»Weiter!«, hatte er gebrüllt und sie nur noch fester umklammert und geschoben. »Runter! Wir müssen runter!« Mitten hinein in die Wand hatte er sie gezwungen, während manch einer sein Heil in kopfloser Umkehr suchte. Weg vom Rauch. Bergwärts. Wieder und wieder war sie ins Straucheln geraten, und jedes Mal hatten die Eisenklammern von Händen sie zwischen den Schienenschwellen hochgeholt. Endlose Meter im spärlichen Notlicht des Tunnels, während über ihnen die Ventilatoren, groß wie Räder monströser Baumaschinen, den Qualm noch einmal aufwirbelten, ehe sie ihn unter dumpfem Röhren schluckten.

Und dann, ein letztes Mal, war er es auch gewesen, der sie an den Hüften packte und emporhob, einen Meter, nein, bestimmt mehr, von den Schienensträngen auf Höhe des Notausstiegs. Erst da, als Bela durch die Eisentür schlüpfte und den steil aufragenden Schacht emporlinste, hatten Körper und Geist angefangen, wieder auf einer Ebene zu spielen, hatte der nackte Wille des Seins sie die Betontreppen emporgetrieben. Ein endloses Getrappel, und ihre Beine immer schneller. Zwei um zwei Stufen. Drei um drei. Immer mehr Fliehende hinter sich. Rastloses Gekeuche, gellende Schreie.

Dann das Himmelstor.

Bela stand auf dem Betonsims, blinzelte um sich, und allmählich schwand das Zittern der Beine. Ringsum wuselte es. Menschen allenthalben. Menschen, die aus der Tiefe emporströmten. Menschen, die schrien. Menschen, die still schluchzten. Weinende Kinder, junge Erwachsene, Alte. Zwei Männer, einer mit Zopf und tätowierten Oberarmen, der andere glatt gescheitelt im Businessanzug, die eine Frau im Rollstuhl schnaubend auf dem Gehsteig abstellten. Menschen, die Aludecken um Schultern legten. Menschen, die Aludecken mit starrem Blick empfingen. Menschen mit Infusionen. Menschen mit Funkgeräten. Menschen mit Tragbahren, Sauerstoffgeräten. Menschen, die einfach nur da waren, um sich zu kümmern. Menschen mit Handykameras, die einfach nur da waren, um sich nicht zu kümmern. Menschen, die auch an sie herantraten.

»Es ist nichts«, sagte Bela wiederholte Male. »Es geht mir gut.« Sie hatte nicht das Gefühl, Hilfe zu brauchen, da waren auch so viele andere, die Beistand nötiger hatten als sie. Wiewohl die Welt um sie her immer noch ein wenig waberte, unstet schien. Und dann war da dieses Klicken. Ein Stakkato. Aufdringlich nah an ihrem Ohr. Boshaft knatternd wie ein Schnellfeuergewehr. Rattattattattat. Klick. Das holte sie restlos zurück.

»Schöne Frau«, rief eine schnarrende, nichts als schmierige Stimme. Schöne Frau? Wie verschwitzt, wie unschicklich, ja, wie zerstört musste sie nach diesem Treppenmarathon nur aussehen? »Schöne Frau, darf ich Sie etwas …«

Bela fuhr herum.

Rattattattattat. Klick.

»Was Sie dürfen«, fauchte sie, wie aus dem Schnellfeuergewehr auch sie, »ist jedes einzelne Foto, das Sie von mir geschossen haben, augenblicklich löschen. Taucht nur ein einziges davon wo immer auf … ein einziges nur … ich … ich verklage Sie, dass Sie … dass Sie schwarz werden! Und komm mir ja nicht mit Pressefreiheit und diesem ganzen Mist, du kleiner Scheißer, verstanden?!?«

Ein verdutztes Glubschaugenpaar linste hinter der Kamera hervor. Mach dir nicht ins Hemd, Zicke, sagte eine beschwichtigende Hand. Der Mann tat einen Schritt rückwärts, nickte kurz.

Hatte sie tatsächlich »kleiner Scheißer« geschrien? War das einer von Vinzents Leuten? Vinzent! Beinahe hatte sie ihn … über alledem … Sie fischte nach dem Mobiltelefon in der Tasche, sah auf die Uhr. Genau jetzt spürte sie seine Gegenwart herbei. Rührung befiel sie, weil er doch an sie gedacht, sie spontan zu einem kleinen Essen eingeladen hatte. Oder auch nur auf einen arabischen Kaffee und eine Wasserpfeife. Ja, sie gestand es sich unumwunden zu – sie sehnte sich nach diesem Vinzent Kluger, verzehrte sich nach etwas, was sie neuerdings zwischen ihnen beiden hatte aufblitzen sehen. Immer öfter. Dieses blinde Verständnis zweier Menschen, dieser von beiden gelesene Brief, der niemals geschrieben werden musste.

Und doch lag ein Schatten über alledem. Vinzent war zuletzt auf eine Weise aus der Welt geraten, die ihr Anlass zu Sorge gab. Physis, Psyche wirkten schwer angeschlagen, wenngleich es ihm zweifelsohne gut zu Gesicht stand, dass er deutlich an Gewicht verloren hatte. Aber in so kurzer Zeit? Unter diesen Umständen? Gewiss, da war die Sache mit seiner Mutter. Was ihn aber noch mehr zu plagen schien, waren Erfüllung und Sinnhaftigkeit dessen, was er seit so vielen Jahren tat. Die Knochenmühle, wie er die Redaktionsarbeit nannte. Tagein tagaus auf der Jagd nach einem Stück Elend.

»Wie wär's mit dem Wechsel zu einem anderen Blatt?«, hatte sie ihn neulich gefragt, bemüht, den Fokus von sich und ihrem wachsenden Gefühlswirrwarr zu lenken.

Vinzent hatte eine Weile vor sich hin sinniert, ehe er antwortete. »Ich kann nur das. Das beschissene Wühlen im verschissenen Leben anderer, ob sie es nun selbst verpfuscht haben oder die Irrungen des Schicksals. Darin hab ich es zur Perfektion gebracht. Genau darin liegt aber auch der Hund begraben. Bist du erst der Beste, ist alle Hoffnung verloren.«

»Alle Hoffnung verloren?«

»Die Hoffnung des Aufstiegs. Du bist am Zenit. Was dich von da an lenkt, ist die Angst des Abstiegs.«

»Das gekränkte Ego und das viele Geld? So einfach machst du dir das Bleiben?«

»Einfach? Bloß nicht!«

Mehr hatte er nicht gesagt, sie im Unklaren belassend, ob es noch etwas gab, das ihn an den Job band und nicht Weichzeichner der Nostalgie hieß, weil doch früher, ja früher, ohnedies alles anders, alles einfacher, alles besser gewesen war.

Bei all der aufwühlenden Ehrlichkeit, die sich in ihren Gesprächen dieses Frühlings wiederfand, muteten Bela die Tage an

Vinzents Seite mühelos durchatmet an, freudvoll, lustvoll, auf nichts als zukunftsstarken Frohsinn und Leichtigkeit bedacht. Kam jedoch die Rede auf gemeinsam Künftiges, das über einen Kinobesuch, ein Abendessen, einen Ausflug, kurzum: über ein Morgen hinausreichte, verflüchtigte sich das Gespinst der Unbeschwertheit wie die Flugfäden der Baldachinspinnen, auf denen das Getier durch den Altweibersommer ritt. Ein falsch gesetzter Hauch genügte, den vergnüglichen Zauber der Luftreise zu zerstören.

Bela kannte Vinzent als den Mann, der Sorgen nicht auf dem Marktstand ausschrie. Sorgen, wusste sie, waren aber auch wie Raubtiere, gierige, Blut leckende Bestien, die am Gemüt eines Menschen zerrten, es in Stücke zu reißen drohten. In solchen Fällen bedurfte es eines Dompteurs. War sie diese … Dompteuse? Wollte sie es sein?

Bin ich diese Frau, Vinz?

Bist du dieser Mann, Vinz?

Über all diesen Unwägbarkeiten indes stand ihre konkrete Sorge um seine Gesundheit. Der rasante Gewichtsabbau. Die sich überschlagende Artikulation zum Zeichen einer immerwährenden, zehrenden Hast. Dazu, in den vergangenen Wochen vermehrt, die Sprache seines welkenden Körpers. So tief wie seine Schultern hingen bestimmt auch Vinzents Träume, in Bodennähe gefangen, kraftlos, saftlos wie vergessenes oder vom Hagel des Lebens wundgeschlagenes Obst, sodass es gar nicht erst lohnte, danach zu greifen.

Gewiss, sagte sie sich, hatte es mitunter mit ihr zu tun, mit dem Riesenärger, den er zuletzt in der Redaktion auf sich geladen hatte, da Ausschnitte des Videos an die Öffentlichkeit gespült worden waren. Vinzent hatte ihr dennoch die Mauer gemacht, hatte instinktiv zu jener Notlüge gegriffen, die ihm der Herzschlag vorgab, indem er den Ball zurückspielte und in einem Achtaugengespräch mit Herausgeber, Chefredakteur und Ressortchef vorbrachte, aus verlässlichen Polizeikreisen zu wissen, das Video sei de facto eine Fälschung, inszeniert von findigen Mitarbeitern des ruchlosen Schundblattes, welches seinen verleumderischen Spott nun über ihm vergoss. Wohlwissend, dass seine Geschichte der Fälschung selbst die infamste Fälschung war, wohlwissend, dass – Bela, die Direktorin, einen gewissen Klaus Supan (»Der hält dicht, Bela«) und ihn selbst ausgenommen – wenigstens eine weitere Person im Besitz der Aufnahmen war, wohl wissend, dass es diesem geheimnisvollen Jemand oblag, jederzeit einen Scheit Boshaftigkeit nachzulegen, die Feuersbrunst abermals aufbranden zu lassen … und nur darüber im Unklaren, um wen es sich bei diesem Jemand handelte, zu welchem Zweck er tat, was er tat, und bei alledem stets am Gängelband einer zermürbenden Unsicherheit, ob dieser Jemand es dabei bewenden ließe.

Oder nicht.

»Was hättest du an meiner Stelle getan?«, hatte er Bela neulich gefragt.

Sie hatte bloß geschwiegen, weil sie längst begriffen hatte: Das Teuflische lag in der unauflösbaren Verstrickung, zu der Wahrheit und Unwahrheit beizeiten zusammenfanden und dieselbe Art von Dilemma zeitigten.

»Die Echtheit bestätigen«, war er fortgefahren, »ohne den Beweis zu erbringen? Der Pinscher hätte Purzelbäume geschlagen vor Freude über meine endlich offen zur Schau gestellte Unfähigkeit. Wäre dir lieber gewesen, ich hätte den Beweis beigebracht, öffentlich, mit dem Vermerk, ihn einer alten Freundin zuliebe zurückgehalten zu haben? Vinzent Kluger, Anwärter auf die Verdienstmedaille der Stadt Wien als Mister Altruismus, vorausgesetzt, ich überlebe den Arschtritt auf die Straße? Und du, Bela? Hättest du deine Prügel dann nicht von unseren Mitbewerbern bezogen? O ja, das hättest du. Nach allen Regeln journalistischer Gehässigkeit hätten sie dich vorgeführt. Von wegen Werbegag, hmm?«

Die Tragweite dessen, was Vinzent für sie aufs Spiel gesetzt hatte, hatte sich ihr erst nach und nach erschlossen. Ja, auch ihr beruflicher Fortgang hing am seidenen Faden. Ja, auch sie hatte keinen Schimmer, wer da mit der Schere über ihren Häuptern kauerte, seine Spielchen trieb. Irgendwo da draußen in den Weiten des WWW geisterte der Mailbeweis umher, dass Vinzent ein Video zugespielt worden war, dessen Existenz sie, Bela, öffentlich geleugnet hatte, übermittelt aus einem Internetcafé, die Serverdaten fraglos verschleiert. Wer an im Tresor gelagertes Material herankam, war gewiss auch dazu imstande. Und wer so weit ging, setzte auch den nächsten Schritt, um Vinzent und sie vom Parkett zu fegen. Worin immer der Zweck dieser Gehässigkeit liegen mochte.

Vinzents Kollegen, diesen Klaus Supan, kannte sie bloß aus Erzählungen, doch was sie wusste, genügte, ihm ein Grundmaß an Sympathie entgegenzubringen. Auch dieser Supan hatte in selbstloser Kollegialität, ja, Freundschaft, eisern geschwiegen. Gab es denn in der Welt des Boulevards einen schlagenderen Beweis von Gefolgschaft?

Auch mit beider direktem Vorgesetzten war sie nur vom Hörensagen vertraut, doch sie glaubte längst, ihn zu kennen, liebte es, wenn Vinzent diesen Arthur Pinter nachäffte. Wie er, kurz nach 10 Uhr und spät wie immer, fein herausgeputzt in der Designerkluft, die goldenen Manschettenknöpfe frech hervorblitzend, ins Büro getänzelt kam, die modisch abgegriffene Aktentasche leger unter den Arm geklemmt, und zuallererst hinter die Sekretärin hintrat, um eine Kaffeeorder auszugeben und ihr in den Ausschnitt zu spähen. Wenn er die Türe zu seinem Büro ins Schloss warf, dass es nur so donnerte und der Schlüsselbund außen am Schloss ewig nachklirrte und keine fünf Minuten später – in heilloser Auflösung, die Krawatte gelockert, hemdsärmelig, die Brille windschief und mit Fingertapsern verschmiert und mit Haaren, als hätte er sich mit Knallfröschen frisiert – herausgestürmt kam und mit einem »Ich muss hinauf zum Chef! Morgenkonferenz!« in Riesensätzen davonsprang.

Kluger zeichnete diesen Pinter als jemanden, der die Stimmungsflüsse im Haus wie kein anderer zu kanalisieren wusste.

Als Sohn eines bekannten Radiojournalisten ein Epigone, dem es an jedem Talent gebrach, ausgenommen jenem, talentfrei an die Spitze zu gelangen. Einer, der wie keiner Arbeit zu imitieren verstand. Der um Gunst ritterte, ohne selbst Gnade zu gewähren. Der nach oben die Haltung eines Unterbeamten einnahm, mit offenem Visier schmeichelte, um mit geschlossenem nach unten zu treten. Dem es leichter fiel, mit einer Frau etwas anzufangen als mit sich selbst, weshalb keiner wie er gegen die Maxime »Hausfick bringt Unglück« verstieß.

»Der turnt durch die Betten der halben Belegschaft«, hatte Vinzent ausgeführt, »nur nicht durch jenes der Sekretärin des Chefs.«

»Was ist mit ihr?«

»Um den Tick zu alt … nein, das ist es gar nicht. Man sagt, sie tauche bloß ab und an in der Redaktion auf, um die Stimmung auszuloten und bedrohliche Zusammenrottungen nach oben weiterzureichen … das alte Teile-und-herrsche-Prinzip. Und, um einen wie ihn auf die Probe zu stellen. Der Pinscher ist da wie ein Tier. Er kann es riechen.«

Im Wissen, weder Herausgeber noch Chefredakteur bemühten sich je hinab in die Niederungen der Belegschaft, übertrage dieser Pinter alle Agenden gerne an seinen beflissenen Stellvertreter, um für Stunden – in Begleitung, auf Besprechung – im Büro abzutauchen. Die abgewetzte Ledercouch spreche Bände. Ja, dieser Pinter habe eigens gegen ungebetene Gäste einen starren, alarmroten Knauf an der Türe montieren lassen. Nur zweierlei rechtfertige eine Störung der ewig gestressten Autorität in journalistischer Versenkung: wenn einer der Chefs ihn benötige oder sein Lebenstraum in Erfüllung ginge und ein Passagierflugzeug, idealerweise vollbesetzt mit abzuschiebenden Flüchtlingen, endlich in den Stephansdom krache.

»Einen Arthur Pinter«, hatte Vinzent gesagt, »stört man nicht. Und erst recht nicht bei der so aufreibenden Mittagspausenvögelei.«

Bela lachte still auf bei dem Gedanken. Kaum zu fassen, was sich in den Chefetagen herumtrieb. Wie hatte Vinzent gesagt? Wenn er sich über den Pinscher ärgere, müsse er ihn sich zwecks Therapie bloß beim Vögeln vorstellen.

Ach, Vinz! Ach, du, mein Vinzent!

Keine halbe Stunde war es her, da hatte sie sich in dem stickigen U-Bahn-Wagen nur nach einem Drink gesehnt, nichts weiter. Jetzt sah die Sache anders aus. Und wenn Vinzent tatsächlich eisern nichts trank, so würde sie ausnahmsweise sein Pensum auf sich nehmen. Sie wandte sich noch einmal um, sah den Pressefuzzi mit todernster Miene inmitten eines Grüppchens Pensionisten stehen, seine Opfer umgarnen. Es stimmte schon, was Vinzent sagte. Willige oder nicht ausreichend Wehrhafte gab es immer.

Eilends setzte sie sich in Trab. Wenn sie sich sputete, schaffte sie es in weniger als zehn Minuten.

*

Miriams spontaner Entschluss, dem Heer von Blaulichtern hinterherzujagen und einen Blick worauf immer zu erheischen, ehe sie sich an die Arbeit machte, endete jäh, als sie mit quietschenden Reifen, dicht an dicht mit einem Rüstwagen der Feuerwehr, von den Straßenbahnschienen des Kärntner Rings in die Kärntner Straße schlitterte. Vor ihr blitzte eine Kappe auf, die verdächtig nach spaßbefreitem Kieberer roch, und so ließ sie ab, riss den Wagen scharf nach rechts in die Walfischgasse, vorbei an der gastronomischen Dauerbaustelle, die irgendwann einmal *Moulin Rouge* geheißen hatte. Von da war es ein Katzensprung ins *Schesch Besch*.

Als sie eintrat, zog sie die Brauen hoch. Ihre Kundschaft war schon da, pünktlich auf die Minute. Er saß an einem der Zweiertische am Fenster, vor sich ein Gesöff, das reflexartig ihren Unmut weckte, weil es alles war, bloß kein Drink. *Ape-*

rol. An den beiden anderen besetzten Tischen lümmelten halbe Kids. Sie nuckelten an Shishas, tippten in Handys oder sonderten einfach nur coole Blicke ab.

Miriam klemmte sich hinter das Tischchen nahe der Bar, schräg hinter Vinzent Kluger. Sie hatte diesen Herrn Reporter von Anfang an falsch eingeschätzt. Jetzt, da sie ihn leibhaftig vor sich hatte. Sein Auftreten konnte nicht annähernd mit der Reputation Schritt halten, die ihm im Netz vorauseilte. Fertig siehst du aus, Alter. Wie das Ebenbild eines dieser Klischees, die man Journalisten in Film und Fernsehen beharrlich umhängte: neunmalklug-aufsässig; schleimig-verschlagen; oder abgeleiert-versoffen. Der hier war wohl ein Mix aus allen dreien. Gab es denn keine Zwischentöne?

Miriam orderte ein Seidel Bier, ein Pitabrot, gefüllt mit Schawarma, Humus, Tahina, dazu Salate und für hinterher eine Wein-Shisha, Zimtgeschmack. Alles auf Spesen, wie gehabt, war sie für den Puppenspieler auf Achse.

Sie musterte die Erscheinung wenige Schritte voraus. Kluger saß da wie tot, und wenn ein Hauch Leben in ihn kam, so bloß, um an seinem *Aperol* zu nippen oder fahrig auf das Handydisplay zu tapsen. Gelangweilt fing sie ihr Tablet aus der Tasche, gab ein paar Befehle ein. Sie konnte warten. Und was gab es Vergnüglicheres, als die Mails einer Zielperson zu lesen, die direkt vor einem saß?

Natürlich klinkte sie sich nicht ständig bei ihrer Kundschaft ein. Wer wollte all das nutzlose Gewäsch schon wissen. Tat sie es dennoch, so meist auf Wunsch und gegen Aufpreis. Dieser Kluger war ein vergleichsweise simpler Fall. Digitales Profil. Kontakte. Mails. Telefonate. Die Mitschnitte hatte sie dem Puppenspieler anfangs auf DVD gebrannt, ohne auch nur einmal reinzuhören. Neuerdings war das anders. Seit dieser Show mit dem Video. Sie gab nicht viel auf Tageszeitungen. Doch wie es da auf einmal im Netz und im Blätterwald rauschte, als sie diesem Gratisblatt die sanft bereinigten Ausschnitte der Peter-

Alexander-Nummer bei Tussauds zuspielte, o ja, das war eine Nummer gewesen. Dieser bodenlos gehässige Hickhack von wegen Fake oder Nicht-Fake. Was da abging, war echt abgefahren. Und dann erst der bitterböse Schriftverkehr, der in den folgenden Tagen unter der Decke ablief.

Respekt.

So viel Humor hätte sie dem Puppenspieler nicht zugetraut. Miriam taxierte Kluger eine Weile. Dann öffnete sie das erste Dokument. Das las sich nun, so Schulter an Schulter, entschieden anders.

Sehr geehrter Herr Kommerzialrat,
dass Ihr Beamtenapparat dieses vom Zusperren bedrohte Gratisschmierblatt nur durch Parteiinserate am Leben erhält, ist nichts essenziell Neues. Aber dass Sie nun auch noch einer Verleumdung meiner Person Vorschub leisten, indem Sie …

Hmm, dachte Miriam. Da macht er aber einen auf ganz, ganz böse, der Bub. Der kleine Hinweis auf den Magistrat hatte seine Wirkung nicht verfehlt … hmm. Ach was, weg damit, lieber etwas fürs Herz. Schmelz. Doppelrahmstufe.

Liebste Bela,
gut geruht? War ein ausgesprochen feiner Abend gestern mit dir. Lass es uns bald wiederholen, ja?
Bin heute trotzdem gehörig durch den Wind. Mutter hat Krebs. Seit zwei Jahren schon. Hat sie gut verheimlicht, die alte Kluger. Hab's auch nur durch Zufall entdeckt, wie ich ihr heut früh Hundefutter vorbeigebracht hab. Sie hat ihre Medikamentenverschreibung herumliegen lassen. Das musst du dir geben: 18 Pulver schluckt sie jeden Tag. Die ersten neun gegen den Krebs, die zweiten neun gegen die ersten neun.

Ja, verdammt, ich mache mir Sorgen. Andererseits: Mutter ist nicht im Klub 27, wenn du weißt, was ich meine. Der Heesters war 108 oder so was in der Richtung bei seiner Abberufung. Dennoch hab ich irgendwo gelesen: mitten aus dem Leben gerissen. Geht's noch? Darf man jenseits von weiß nicht wo nicht mal tot umfallen? Oder haben sie den doch noch ins Spital … egal.
Die alte Kluger ist 83. Sie hat geweint, als sie gemerkt hat, dass ich Bescheid weiß. Alte Frauen und Tränen. Das geht gar nicht. Und dann hat sie angefangen, vom Danach zu reden.
Und danach ist bald, wie es aussieht.
Das setzt mir fast noch mehr zu als das Wissen um ihre Endlichkeit, verstehst du? Mutters Sorgen um das Danach. Soll heißen: Mutters Hund. Der ist keine 40. Umgerechnet. Allein schon, dass sie überhaupt noch einen genommen hat. Was hab ich ihr nicht dagegengeredet. Wurscht. Ich musste ihr in die Hand versprechen, ihn, also sie, zu nehmen.
Ich mag Hunde, Bela, ja? Aber das wird eine Mörderchallenge. Die Constanze – Constanze von Meidling, was für ein Name für einen Hund! – ist irgendwas mit einem Terrier. Das wär es ja nicht. Sie ist ein bemerkenswertes Exemplar, und das Bemerkenswerteste neben ihrer nicht vorhandenen Erziehung ist ihr Überlebenswille. Mutter sagt, sie hätte sich monatelang nur von Kartonagen ernährt, ehe sie im Tierheim gelandet sei – und dann bei ihr. Und dass sie jeden reinlässt in die Wohnung, aber keinen raus. Eine Art Ausbrecherschreck, der jeden in die Wade zwickt, der zur Wohnungstür hinaus möchte ☺. Im besten Fall beutelt sie bloß den Perservorleger an der Wohnungstür, dass es nur so staubt. Im schlechtesten Fall ihn UND deine Wade.
Na ja.

Andererseits, mit so einem Hunderl an der Seite, das würde meinen Status im Haus gehörig aufwerten. Du weißt ja, die Viecher kommen bei uns in der Redaktion weit vor den Menschen. Manchmal, denke ich, hat das seine Berechtigung.
Apropos Tiere: Der Pinscher geht mir auch schon wieder schwer auf den … na, du weißt schon. Kein Tag, an dem er mir nicht zu verstehen gibt, mich wegen dieses Videos doch noch an den Cochones zu kriegen. Ich traue ihm sogar zu, dass er über die Hausinformatik an meine Mails rankommt.
Also … wenn ja … check it, Pinter! Toi toi toi, glaub ans Glück!
☺ ☺
Außerdem …

Miriam schluckte. Trank er deshalb? Wegen Job und Hund und Mama? Drei Wochen war das Mail alt. Oder versoff er sich wegen ihr? War sie es, auf die er wartete? Die Information des Puppenspielers sprach bloß von einem Treffen. Sie solle einfach da sein, die Augen offen halten, lauschen, berichten. Woher wusste der Puppenspieler überhaupt, dass …? Sie würde einen Gang nach oben schalten müssen, um endlich rauszukriegen, wer dieser Scheißkerl war. Oder wusste er davon, weil er das Treffen …? Kam er womöglich selbst? Das machte die Sache natürlich reizvoll. Andererseits, wozu dann all die Geheimniskrämerei ihr gegenüber, wenn er nun auf dem Präsentierteller … nein, nein, Unsinn.

Egal. Das Pitabrot schwebte heran. Sie nahm einen Bissen, sah hoch und erstarrte. Hinter Klugers linkem Ohr, angesichts der Entfernung klein wie ein Tischtennisball, vermeinte sie, eine Erscheinung zu haben. Das konnte nicht sein. Aber das war doch … oder nicht? Sie musste sichergehen. Miriam sprang auf, stürmte in Richtung Ausgang.

Ein Kellner, gerade beim Abkassieren, spreizte sich ihr in den Weg. »Nix nix!«

»Scheiß dich nicht an!«, fauchte sie. »Siehst du das Tablet da drüben auf meinem Platz? Und die Umhängetasche? Das ist mein Pfand.«

»Bfand?«

»Gehört dir, wenn ich nix komme wieder. Vastehst?«

Plötzlich lächelte der Kellner, trat beiseite. Miriam sprang die paar Stufen hinab ins Freie, setzte unter wütendem Gehupe die Schwarzspanierstraße über. Nichts. Wie vom Erdboden verschluckt. Auch in den Hauseingängen, in den Seitengassen. Keine Spur.

Fuck!

Wie kam er …? So schnell? Wo sie doch selbst … Dennoch bestand kein Zweifel. Es war der Irokese! Oder …? Sollte sie weniger Gras rauchen? Sah sie Gespenster? Hatte sie Tom unrecht getan, als sie …?

Nachdenklich trabte Miriam zurück. Ihr Blick fiel auf jenes Fenster, hinter dem Kluger saß. Er starrte sie entgeistert an. Auch das noch! Einen Klienten auf sich aufmerksam machen. Die Todsünde. Dann aber, als sie ihr Spiegelbild in einer der Scheiben aufblinken sah, schnaufte sie tief durch. Das hatte sie ganz vergessen. Erst gestern hatte sie ihr Haar auf Pumuckl getrimmt. Beim nächsten Mal würde sie einen auf kreuzbraves Mädchen machen. Brünette Palme. Brillen. Damensakko. Sneakers. Die mit dem peinlichen Goldkettchen, ein Geschenk ihrer Mutter, das lag, wo es hingehörte. Im Karton. Wiedererkennungswert? Null.

Als Miriam das *Schesch Besch* abermals betrat, fing sie sich einen enttäuschen Blick des Kellners ein. Sie kehrte an ihren Tisch zurück, und Kluger machte eine wackelige Geste in ihre Richtung, die so viel hieß wie: Was soll ich sagen? Mir geht es auch nicht besser. Sie fürchtete bereits, er könnte seine Aufmerksamkeit ihr zuwenden, mehr als ihr lieb war, könnte doch das eine oder andere Detail entdecken, das ein Wiedersehen zum Problem machte, die lange Narbe am Unterkinn etwa.

Doch dann war mit einem Schlag alles anders. Unmittelbar vor ihr hatte eine Frau das Lokal betreten. Sie war es, die Kluger ins Auge gefasst hatte, nicht Miriam. Sie war es auch, die nun dicht vor ihm stand. »Schschn dss du da bssssst«, lallte er, fasste sie an der Hüfte und vergrub seinen Kopf scharf unter ihren Brüsten.

Miriam atmete auf. Doch die Liebe. Eines musste sie ihm lassen. Geschmack hatte er. Wiewohl die Angebetete, diese Bela Schmaus, die sie augenblicklich erkannt hatte, auf den Fotos doch um einiges aufgeräumter wirkte als gerade eben. Diese Version glich eher einem Uhu nach dem Waldbrand. Miriam lächelte. Ein gewiss aufschlussreiches Tête-à-Tête, das sie gleich frei Haus geliefert bekäme. Erste Reihe fußfrei.

Genau da geschah es. Ansatzlos und ohne ein Wort zu verlieren, wand Bela Schmaus sich aus seiner Umklammerung, verpasste ihm eine schallende Ohrfeige und machte auf dem Absatz kehrt. Das Blubbern der Wasserpfeifen ringsum erlosch, und Miriam war, als würden sogar die Dampfschwaden in der Luft innehalten vor Schreck.

Kluger saß verdattert da, drehte Miriam den Kopf ein Stückweit zu. Jetzt war sie es, die, sie konnte nicht anders, eine Geste des Bedauerns setzte. Säuerlich lächelnd und gebückt wie ein geprügelter Hund, erhob sich der Chefreporter. Er schob einen Zehner auf die Theke und trottete davon.

Seltsamkeiten ohne Ende
in der schönen Wienerstadt

XXV. DER WANDEL

Wien im Frühsommer. Das waren ausgedehnte Spaziergänge in den Rieden an der Peripherie. Das war der Augarten mit seinen Joggern und den nach wie vor nicht zu Kaffeehäusern umgebauten Flaktürmen. Das waren die Wakeboarder, Citybiker und verschwitzten Anzugträger in den Öffis. Die grölenden Nacktbader im Stechmückenparadies Lobau. Segeln an der Alten Donau, Beachvolleyball auf der Summerstage. Stammersdorfer Kellergassen, Brunnenmarkt, Rathausplatz, Naschmarkt. *Tatort*-Schauen im Heimkino Schikaneder und Theater in der Drachengasse.

Ja, selbst die nach überkommender Tradition müffelnden Institutionen – ob Staatsoper, Burgtheater, Hofburg, Parlament, Stephansdom, Fiaker fahren und Philharmoniker –, sie alle waren, wenn es sein musste, Wien. Ein Gelato im Eissa… in der *Eismanufaktur* Ferrari schlecken (die Pistazien aus Sizilien, die Schokolade aus Belgien, der Ricotta aus Friaul, die Fruchtkreationen ohne Milch, Eier, Zucker, die Hardcoreausführung vegan!). Und selbstredend – ob Odeur oder Pestilenz – jenes abseitige Stück Stadt, von wo die Rauchschwaden über den Grillplätzen den Geruch scharf angebratener Lammkeulen, würziger Orientalis und honigsüßer Fruchtaromen weit über die Donauinsel hinaus trugen und die Volksmundzunge nicht umhin konnte, diesen Flecken Erde »Klein Istanbul« zu rufen.

All das war Belas frühsommerliches Wien. Nun aber, mit einem Schlag, schien es darum geschehen. Die Stadt schmeckte säuerlich bitter, glich dem Biss in eine unreife Zitrone, und diese Frucht trug einen Namen: Vinzent Kluger. Nicht, dass Bela es bedauert hätte, dem elenden Trunkenbold eine gescheuert zu haben. Nicht, dass er die schallende Ohrfeige nicht verdient hätte. Heute noch, Wochen später, trug sie das Raunen der Milchbubis an den Shishas im Ohr wie auch die anerkennenden Pfiffe, die sie aus dem *Schesch Besch* geleitet hatten. O ja, und wie es ihm gebührt hatte. Dennoch ging mit ihrem Reflex sehr viel mehr einher als bloße Abstrafung. Da war diese endlose Bitternis, die weit über den Groll einer blitzartig Entliebten hinausreichte. Diese ernüchternde Verdrossenheit, die sich in Sphären erhob, wo das schwächliche Gemüt eines letztlich doch unverbesserlichen Journalisten nicht hinreichte.

Bela wusste zu gut, was es hieß, von der Liebe enttäuscht zu sein. Nichts ging im Sog von Frust und Zorn rascher, nichts leichtfertiger von der Hand, als von einem Augenblick auf den nächsten in einem strahlend schönen ein potthässliches Insekt zu sehen, der Silbergrüne Bläuling über Nacht zur Kakerlake gewandelt. Genau das war geschehen: die Metamorphose ihrer Lebensstadt Wien, die ihr zum abgrundtief verabscheuungswürdigen Ungeziefer geworden war. Zum Energieräuber. Zum Parasiten, der ihr wie eine Zecke anhing und sie gnadenlos leer saugte.

Oberflächlich besehen hieß die Zecke natürlich Vinzent. Belas wiedergewonnene Leichtigkeit des Lebens, Struktur und Gleichförmigkeit nach all den Wirren, war anfänglich sein Verdienst gewesen. Er hatte ihr über weite Strecken gut getan. Und sie, wiewohl mit angezogener Handbremse, hatte um diese Liebe gerungen. Als würde sich ein Landwirt um den dürftigen Ertrag einer ausgezehrten Scholle mühen, hatte sie all ihre Kunst des Bestellens, all ihre Werkzeuge der Sinnlichkeit ins Gewicht geworfen. Doch es hatte nicht gefruchtet. Er, dieser nichtsnutzige Klotz, hatte ihre zarte Saat mit klobigen Schritten zertreten um den Preis der Selbstsucht und einiger Drinks. Und dafür, genau dafür sollte er büßen.

Der Groll auf ihn allein machte es jedoch nicht aus. Die Tage mehrten sich, da Bela an der Stadt im Allgemeinen verdross, da ihr das Leben zunehmend die Luft zum Atmen nahm. Wie eine einzige große Haut, unter der sie zu ersticken drohte, überspannte sie dieses Wien. Als hätte alle Welt sich gegen sie verschworen.

Da war der merkwürdige Wandel von Madame Directrice, der nichts als Unheil verheißen konnte. Etwas hatte sie von einem Tag auf den anderen verzückt, ja euphorisch gestimmt, hatte die Großwetterlage des immer nur um sich kreisenden Planeten Nierast gleichermaßen dynamisch wie dauerhaft auf Hoch gedreht. Kommentare, Nachfragen zu ihrem Stimmungsüberschwang verliefen im Sand, prallten an Madames neckischem Schulterzucken ab, erstickten in Madames geheimnisvoll gurrendem Glucksen oder verliefen sich in einer der zahllosen Nuancen von Madames selig huldvollem Lächeln. Es war, als hielten Wellen vergebens nach einem Fels Ausschau, um sich bestimmungsgemäß an ihm zu brechen.

Niemand im Haus hätte der verhassten Schlange nur eine dieser ekstatischen Regungen zugetraut, umso verstörender war die Vielfalt. Nur einmal gab sich der alte Python unter der neuen Haut zu erkennen. Es war jener Tag, als Bela anregte, das Projekt *Madame Tussauds Interaktiv* aufzupeppen und Peter Alexander in eines der schwülstigen Frauenkleider aus *Charlys Tante* zu stecken.

Der Rüffel, mit dem Clementine Nierast den Vorschlag abschmetterte, war von der guten alten Sorte, die man kannte und – ja, selbst Bela musste es sich eingestehen – mittlerweile schmerzlich vermisste. Kein Kleid aus puffrotem Samt also. Folglich blieb es beim biederen Hochglanzzylinder für den Werbegrafiker Valentin Haase in *Hilfe, meine Braut klaut*, dem schneeweißen Servierhangerl, das den Mimen als Oberkellner Leopold im *Weißen Rössl* zeigte, bei Strohhut, Malerpalette und Staffelei für den stinkreichen, liebessüchtigen Erben Edward

Collins aus Cannes in *So ein Millionär hat's schwer* und beim Zwicker für den gestrengen Studienrat Eduard Frank in ... *und so was muss um 8 ins Bett.* Kurzum, das Konzept zur Überhöhung der ins Haus geschleusten Figur mit dem Aussehen eines Perückenmachers durch Beigaben humorvoller Requisiten war zur Posse verkommen – amateurhafte, klamaukige, dem Wesen der meisten Alexander-Filme indes hochgetreue Adaptionen, die so verwegen-innovativ daherkamen wie ein Politiker anständig. Eine, wie Bela befand, schmerzliche, alles in allem jedoch verkraftbare Niederlage, zumal das Feedback der Kundschaft durchwegs positiv ausfiel.

Gravierend war anderes. Die unheimliche nächtliche Begegnung im Stiegenhaus auf dem Weg in ihre Wohnung, von der sie bis heute nicht wusste, ob sie denn eine war, zeigte Wirkung. Bela glaubte sich zunehmend unter Beobachtung, sah Namenlose von Nebentischen herüberstieren, fühlte Schatten ihr auf welchen Wegen immer nachstellen. Beim Gang zum Bäcker. In die Putzerei. Ins Theater. Beim Laufen in der Praterhauptallee. Zu guter Letzt waren auch die Reifen ihres Mini Coopers über Nacht platt, sodass er in seiner ozeanblau-weißen Lackierung dalag wie ein gestrandeter Zwergwal.

Auch der Vorfall in der U-Bahn erschien Bela in zunehmend zwiespältigem Licht. Natürlich wusste sie um die prinzipielle Absurdität ihrer Gedanken, und doch hatte sie jeden Anlass, ihnen nachzuhängen. Ja, es schien, als würde die überdurchschnittliche Intelligenz, die man ihr zusprach und die es ihr ermöglichte, sogar die Verwandtschaft mütterlicherseits zu akzeptieren, wie sie war, sie nun geißeln. Genährt wurden ihre Zweifel durch die Zusammenkunft einer Reihe von Denkunmöglichkeiten, ein nur scheinbar loses Gewirr, das in Belas Kopf blitzartig zur Garbe eines gigantischen üblen Verdachtes zusammenfand. Denkunmöglich etwa, die Stromzufuhr eines einzigen, ausgewählten U-Bahn-Zuges der Wiener Linien würde gehackt (genau das war geschehen); denkunmöglich, es würde erst im vordersten Waggon eine Rauchbombe ferngezündet und zwei Minuten danach, zum Befeuern der Panik, im hintersten, sodass jene Menschen, die ans rückwärtige Zugende liefen, sich eingekesselt sahen (genau das war geschehen); denkunmöglich ferner, das Videosystem des U-Bahnzuges würde gehackt und nur ein einziger aus einer Unzahl möglicher Screenshots ohne Zutun von Polizei oder Verkehrsbetrieben einem Konkurrenzblatt der *Guten* zugespielt (genau das war geschehen); denkunmöglich schließlich, dieses Foto zeigte einen muskelbepackten Hünen im Ruderleibchen, der eine junge Frau mit schreckverzerrtem Antlitz stützte (auch das war geschehen – Belas Retter und sie).

Wie üblich war der Boulevard mit der Aufklärung rasch bei der Hand. Man schob den Frevel den Hacktivisten von Anonymous zu. Aber auch die Macher jener Blätter, die Qualität und Besonnenheit wie Standarten der hehren Kriegsführung vor sich her trugen, trieben ihre Truppen ins Feld, befeuerten den Zug der Vorverurteilungen mit immer neuen Mutmaßungen. Die Anarchos, hieß es an einer Stelle, hätten nach langer Durststrecke wieder mal von sich reden machen wollen, nein: ihrer nicht zuletzt dank Whistleblowern wie Julian Assange dramatisch schwindenden, ohnedies fragwürdigen Popularität wegen *müssen*. Und an anderer Stelle war zu lesen: Die Hacktivisten seien wie abgehalfterte, vom Himmel fallende Sportstars, die den Absprung der letzten verbliebenen Sponsoren krampfhaft zu verhindern suchten, indem sie ihre Logos in x-beliebige Kameras hielten. War es so einfach? Wem war die Heerschar von Anonymous verpflichtet, ausgenommen der Sache und sich selbst?

Erschöpft vom Wälzen all dieser Unwägbarkeiten und aufs Blut gereizt, schreckte Bela eines verregneten Morgens im Juli hoch, als ein Mann, gefühlter Endfünfziger, unvermutet hinter ihr stand und sie in dem Augenblick ansprach, als sie den Türcode zum Kabinett eingab. Zornentbrannt wie ein in den Hinterhalt gelockter Soldat, der sich jäh seinem letzten Gefecht gegenübersah, fuhr sie herum und sprang den verdutzten Mann wie in Todesverachtung an. Eine, wie rasch klar wurde, hochnotpeinliche Attacke, die bloß nicht zu Madame Directrice durchdrang, weil Bela ihr Opfer in der Hauskantine erst bei Kaffee und Kuchen, später bei Bier und Schnaps zu beschwichtigen verstand. Obendrein versprach sie, sein geschäftliches Angebot ernsthaft zu überdenken. Am Ende tat ihr der Mann in dem zerknautschten Columbolook sogar leid. Wer ließ sich schon von einem nuschelnden Vertreter mit Brillengläsern, dick wie Aschenbecher, eine neue, todsichere Alarmanlage aufschwatzen?

Und dann war da Wendy. Besser gesagt: Wendy war nicht.

Noch am Morgen des Feuerattentats hatte Bela der alten Freundin in größter Not beizustehen versucht, sie aber weder an der Geisterbahnkassa noch in ihrer winzigen Einliegerwohnung nahe dem Praterstern angetroffen. Tagelang war Wendy wie vom Erdboden verschluckt. Wiederholte Male pilgerte Bela hin und her zwischen Wohnung und Geisterbahn, bekam von Arbeitskollegen, Nachbarn nicht mehr als ein Achselzucken und war drauf und dran, die Polizeikollegen von einst in Gang zu setzen, als Wendy eines Abends doch noch öffnete und – kaum hatte sie die späte Besucherin ausgemacht – ihr wortlos die Tür an die Nase knallte. Am Folgemorgen saß Agnessa Popov wieder in ihrem Kabäuschen an der Geisterbahn.

»Was ist los mit dir, Wendy?« Bela war außer sich vor Sorge, aber auch vor Glück, sie bei Gesundheit anzutreffen.

»Einfache Fahrt viiier Euro«, sagte eine fremde Frau an der Kassa. »Nähmen Sie Zähnerblock, iiist Chällfte fir umsonst.«

»Wendy? Ich bin's, Be…«

»Nu, wollen Sie fahren oder niiicht fahren, Gnädigste. Oder chaben Sie kein Gälld?«

Fassungslos starrte Bela sie an. »Wendy, verdammt …«

»Nu, dann niiicht. Der Nächste. Zwei glleine Kiinder, eine große. Gärne.«

Nichts zu machen. Die Gleichgültigkeit, mit der Wendy Bela (warum nur?) abstrafte, grenzte an Unmenschlichkeit. Nicht dass sie gar nicht mit ihr gesprochen hätte. Doch ließ sie ihr dasselbe Maß schnoddriger Höflichkeit angedeihen wie jedermann. Als wäre nie ein privates Wort zwischen ihnen gefallen. Worte, Blicke, Gesten, Berührungen, dachte Bela, ob voller Hitze oder Eiseskälte, implizierten stets ein Gefühl, an dem sich der Hebel des Gemeinsamen ansetzen ließ. Indes, was Wendy ihr entgegenbrachte, war das Schmerzlichste überhaupt: die emotionslose Lauheit einer Begegnung. Dagegen war kein Kraut gewachsen.

Nur einmal, als sie in der Mittagspause zur Geisterbahn hinübereilte, ans Kassahäuschen hintrat und Wendy wortlos eine Flasche ihres geliebten Eierlikörs auf die Budel stellte, fing Bela sich einen mehr als nur flüchtigen Blick ein. Und ihr war, als leuchte ein Stück Vergangenheit in diesen Augen auf, als habe Wendy die Flut des Lebens vor dem Anschlag geschaut, ein Leben, das auch sie, Bela, mit einschloss. Kaum hatte sie das Präsent weggepackt, trübte sich ihr Sehen wieder ein, entglitt nach nirgendwo, viel zu weit weg für ein Erinnern, das lohnte.

Dann folgte der Morgen, der alles veränderte. Ein Bote brachte ein Päckchen, und als Bela es öffnete, stieß sie einen gellenden, spitzen Schrei aus. Emil Flecker, der baumlange Security mit dem Geiertick und Geierblick, war der Erste, der herbeigeeilt kam.

»Es ist nichts«, schnaubte Bela. Ehe Flecker einen Blick erheischen konnte, schlug sie das Etwas wieder in die Luftpolsterfolie ein und stürzte aus dem Zimmer. »Ich bin gleich zurück!«

»Du schuldest mir eine Erklärung, meinst du …« Bela unterbrach sich, als sie nur Minuten später Wendys fassungslosen Blick sah und die Tränen, die der alten Frau einschossen. Bela wusste nicht, was das zu bedeuten hatte, doch sie wusste, dass Wendy nichts mit dem Päckchen zu schaffen haben konnte.

»Wocher chast …?«

»Das wollte ich von dir hören.« Bela hielt die Stockpuppe mit dem funkelnden Glasbesatz und dem schwarzen, sich zum Wasserfall ergießenden Haar ein Stück weit in Wendys Richtung. »Hieß es nicht, dein Hokuspokus sei vollständig verbrannt?«

Blitzartig brachte Wendy die Puppe an sich. »Ssólnyschka«, hauchte sie, schmiegte das Püppchen an die Wange. Da war es wieder, das Sonnchen. Wendys Blick war trüb und zukunftslos, und das arhythmische Zucken der Lider sprach von einem geheimen inneren Beben, das ihre Welt in Trümmer gelegt hatte. Dann aber funkelte sie Bela jäh und wild an: »Verschwinde! Ist bäse Omen von bäse Leite. Gäh!!«

Am selben Vormittag erhielt Bela einen Anruf. Agnessa schicke ihn, schnarrte eine seltsame Männerstimme, verzerrt wie aus einem Zeichentrickfilm. Sie solle pünktlich um 19 Uhr …

Ohne die Antwort abzuwarten, wurde die Leitung gekappt. Den ganzen verbliebenen Tag über rang Bela um eine Entscheidung, schließlich beschloss sie hinzugehen. Was konnte schon sein? Um diese Uhrzeit war es taghell und der Prater in Scharen bevölkert.

Sie hatte keine zwei Minuten am Treffpunkt gestanden, der Ballwurfbude zwischen Ausstellungsstraße und Calafatiplatz, als sie inmitten der Bäume auf der Grünfläche gegenüber eine Regung vernahm. Ein bunt bemütztes Männlein mit Backenbart, das – von seinem gedrungenen Körper abgesehen – nur aus Bergen von Haaren bestand, winkte sie herbei. Ein linkischer Zug umspielte die fleischigen Lippen des Zwerges, als sie vor ihn hintrat und er sie mit offenem Mund schief anlächelte. Sein Gebiss hatte jeden erdenklichen Mangel. Ein paar Backenzähne fehlten, ein Schneidezahn war in einem großen Zacken ausgebrochen, die übrigen standen allesamt aus der Reihe.

»Ein bedauerlicher Unfall«, schnarrte er, ihr dentistisches Interesse witternd. Sein Atem war unstet und wässrig wie das röchelnde Blubbern einer Quelle auf dem letzten Tropfen Wasser. »Da ein Gesicht, dort ein ausschnellender Stiefel mit Metallkappe. Beide zur selben Zeit am selben Ort.«

Verwundert sah Bela ihn an.

»Bevor Sie weiterdenken, was Sie sich nicht zu sagen trauen, sage ich es: Ja, es gibt uns Zwerge immer noch. Nicht nur als

Reisegefährten eines Hobbits oder in Vorgärten mit Fliegenpilzen in der Hand oder einem Messer im Rücken.«

Bela lächelte verlegen.

»Kommen wir zur Sache ...«, er fasste tief nach Luft, »... wir Praterleute sind lange schon keine Familie mehr. Dennoch gibt es noch so etwas wie ... Zusammenhalt. Kommt es darauf an, haben wir wachsame Augen und Ohren. Füreinander. Aber da ist auch etwas, von dem wir in letzter Zeit noch mehr haben.«

»Angst?«

»Angst?« Der kleine Mann lachte. »Nein. Respekt.«

»Respekt wofür?«

»Nennen wir es ... die Privatsphäre anderer Leute.«

Die überraschende Redegewandtheit des Zwerges hatte Bela fast noch mehr verblüfft als sein Aussehen, und so nahm sie erst jetzt das bauchige Kuvert wahr, das er bei sich trug.

»Das hier«, fuhr das Männlein fort und beantwortete ihren Blick, indem er ihr den Umschlag entgegenstreckte, »soll Ihnen ... in gewissem Sinne zum ... nun ja ... zum Abschlag dienen.«

Abschlag?

Ehe Bela etwas erwidern konnte, presste ihr der kleine Mann das Kuvert in die Hand und riss die Arme empor. Blitzartig beschrieben die wulstigen Finger rätselhafte Zeichen, geometrische Figuren mitunter und seitlich an Bela vorbei. Sie fuhr herum und sah wenige Schritte entfernt eine schmächtige Erscheinung mit olivgrünem Sweater und knallorangem Haar, das unter der Kapuze hervorblitzte. Der Kerl (war es überhaupt ein Kerl?) vollführte dieselbe Art von Fingerakrobatik. Wie Geisterikonen auf einem hyperaktiven Tablet, das jeden Moment zu explodieren drohte, poppten Handzeichen zwischen den beiden auf, zuckten in abartig schneller Abfolge hin und her, ohne den Eindruck von Beliebigkeit zu erwecken und auf nichts anderes ausgerichtet als die Verwirrung Außenstehender.

Bela dachte an die Parketthändler im vorelektronischen Zeitalter, an ihren Jahre zurückliegenden Besuch der Terminbörse in

Chicago, an die Klassiker unter den Fingerzeichen für Achteldollar, Vierteldollar, aber auch an die despektierlichen Chiffren, die durch den Saal gejagt wurden. Der Zeigefinger im Augenwinkel (das Schlitzauge) für Japanischen Yen. Der Daumen auf dem Ringfinger für Goldman Sachs. Zwei Finger unter der Nase (der Hitler-Schnurrbart) für Deutsche Bank. Ein in atemberaubender Rasanz abgewickeltes Spiel aus Kaufen und Verkaufen, das jeder Broker ins Kleinste beherrschte. Und auch diese beiden hier, der Zwerg und die Kapuze, gaben ein perfekt abgestimmtes Team. Wie 100-Meter-Sprinter der Gebärdensprache.

So jäh der Austausch begonnen hatte, so jäh endete er. »Das hier«, fuhr der Zwerg ungerührt fort, während er zum Abschluss die internationale Ich-behalte-dich-im-Auge-Geste machte, ehe sein Blick das Kuvert fixierte, »wird Sie auf andere Gedanken bringen. Sagt Agnessa. Weiß der Kuckuck, warum. Ginge es nach mir … was soll's. So sind die Weiber eben mit ihren Sentimentalitäten.«

Bela stand der Mund offen. Sie wollte dagegenhalten, doch die Worte klebten ihr in der Kehle fest.

»Wie hieß doch gleich Ihr Verflossener, Sie wissen schon, der Tänzer, der lieber im Cockpit saß … anstatt bei einer Frau wie Ihnen … na?«

»Was verdammt …«, krächzte Bela.

»Jetzt sag schon, Liebchen«, raunte der Zwerg ungeduldig, »sonst muss ich das hier wieder …« Er unterbrach sich, sprang vorwärts und presste seine fleischigen Finger auf das Mitbringsel. »Ich warte. Jeder Postbote braucht seine Unterschrift. Also … der Name?«

»Äh … Gernot«, stammelte Bela.

»Ich werd's bestellen«, rief der Zwerg. »Vertrauen ist nur die halbe Miete, nicht wahr? Ach ja …«, er verhielt, »ehe ich's vergesse, ein Gratistipp am Rande: Man sucht nicht, wo man nichts zu suchen hat. Es soll Menschen geben, die anderen eine Million Schweigegeld mit demselben Lächeln anbieten wie einen kompromisslosen Tod. Denken Sie darüber nach, Teuerste!« Das Männlein lachte teuflisch, dann verschwand es in schweren Trippelschritten, wie mit Blei in den Sohlen.

Bela rang nach Atem. Was war das? Wichtel-Wichtigtuerei? Oder doch eine ernsthafte … Warnung? Warnung wovor? Vor wem?

Hastig erbrach sie das Kuvert, ließ sich auf der nächsten Parkbank nieder. Ein Buch. Grüner Einband, abgegriffen, dem Anschein nach antiquarisch, und als sie es aufschlug, erkannte sie, dass es mit einer ihrer kommenden Attraktionen im Kabinett zu tun hatte, wiewohl bloß indirekt. Was, verdammt … Schweißperlen traten ihr auf die Stirn. Die Wichserfigur im Kabinett. Das Video. Das Stiegenhaus. Die platten Reifen. Die Rauchbomben in der U-Bahn. Das andere Video. Die ihr nachstellenden Augenpaare, gesichtslos, namenlos. Madames Metamorphose. Der Anschlag auf Wendy und das jähe Implodieren ihrer für solide befundenen Freundschaft. Die Stockpuppe. Der Zwerg. Sein pantomimischer Paarläufer. Die Anspielung auf Gernot.

Das Buch. Dieses Buch! Woher weiß Wendy …

Gedankenfetzen, grell wie Wetterleuchten und doch so fern, so wenig fassbar, Blitze mächtiger, voneinander isolierter Gewitterherde, und weit und breit kein Donner, der Gewissheit schuf. Das Knäuel ungelöster Fragen wuchs und wuchs, immer nur noch mehr lose Enden, nur noch mehr alarmierende Unklarheiten, die ihr die analytischen Gänge des Gehirns verlegten. Wo liefen die Fäden zusammen?

Nicht, dass eine neue Wachsfigur bei *Madame Tussauds* die Welt aus den Angeln hob, dachte Bela, doch Teil einer zunehmend schwerer zu erzielenden Attraktivität war es, mit unerwarteten Neuerungen von sich reden zu machen. Wollte man die Menschen in dieser medial übersättigten Welt überhaupt noch erreichen, musste das Marketing aggressiver, innovativer denn je arbeiten. Von Touristen, die einmal und nie wieder kamen, allein zu leben, war nicht länger möglich. Mitarbeiter waren darum schriftlich zur absoluten Verschwiegenheit angehalten, das Ausplaudern von Betriebsvorhaben – und seien sie noch so unbedeutend – Grund für eine fristlose Entlassung, Schadenersatzansprüche inklusive.

Woher hatte Wendy …? Warum hatte man ihr, Bela, die Puppe geschickt? War sie in der Nacht des Attentats entwendet worden? Zuvor? Vom Brandleger? Von jemandem, der nichts mit dem Brand zu schaffen, aber auch kein Interesse hatte, dass Wendy sich mit Bela abgab? Zu welchem Zweck? Wer wusste von dem Naheverhältnis? Einer ihrer Mitarbeiter? Flecker? Schließlich war er es gewesen, der sie damals mitgenommen hatte zu dem Ritteressen … fast schon genötigt hatte er sie, oder?

Das hier wird Sie auf andere Gedanken bringen.

Die Worte des befremdlichen Boten. Erwirkte Wendy mit dem Buch, diesem Buch, nicht das genaue Gegenteil? Ließ es, gleich einer am Überbringer vorbeicodierten Botschaft, ihre Gedanken nicht nur noch stärker um all das kreisen? Wollte Wendy ihr auf diese Weise einen Dienst erweisen? Warum sprach sie nicht einfach mit ihr?

Belas Unrast angesichts der vielen Rätsel war kaum zu ertragen. Sie musste Gewissheit erlangen. Wie hieß es? Gewissheit ist der lähmende Stachel im Fleisch des Interesses. Etwas in dieser Art. Ging es darum? Um eine Gewissheit, die nicht zu erlangen war, weil die Dinge des Lebens sich in Wirklichkeit meist anders verhielten als dargebracht?

Bela brummte der Schädel. Mit wem könnte sie darüber sprechen? Welche Art von Spiel, wenn es denn eines war, wurde hier gespielt? Wer dachte hinreichend quer, hinreichend investigativ, um sich einen Reim darauf zu machen? Rita, ihre einzige Verbündete im Hause Tussauds, wäre keine Hilfe. Sie würde sie auslachen. Gewiss, auch Rita brannte danach, die Herkunft der mysteriösen Figur zu klären. Schließlich war sie allein ihrer Abstammung wegen in Verdacht geraten. Dennoch lagen Welten zwischen ihnen. Dem einzigen Glauben, dem Rita anhing, war der an das Leben als ein großes Logbuch der Zufälligkeiten. Verschwörungen waren mit ihr nicht auszuhandeln. Bis vor Kurzem hatte sie selbst ähnlich gedacht, hatte verlacht, wer das viele Übel dieser Welt dunklen, im Verborgenen waltenden Kräften zuschrieb. Nun aber stand sie vor einem Mysterium, das ihren unerschütterlichen Glauben an die Vernunft infrage stellte, ihr das Gefühl gab, zwischen fieberndem Glauben und flammender Ablehnung zu schweben, eingebettet in ein Spannungsfeld aus Technik, Trickserie, Übermenschlichkeit und Scharlatanerie. Wie vogelfrei. Als wäre sie jene Auserwählte wider Willen, die ein Magier auf die Bühne holte und zum Fliegen brachte.

Bela hatte nicht gemerkt, wie die Zeit verflogen war, während sie dasaß, Seite um Seite durch das Buch segelte, immer tiefer hineinkippte. Gut eineinhalb Stunden waren verstrichen, es dämmerte allmählich. Nicht dass die Lektüre sie einer Lösung eine Handbreit nähergebracht hätte, doch mit einem Mal keimte eine verloren geglaubte Leichtigkeit in ihr auf. Es war unerklärlich, aber dieser klebrige Kokon, diese Wiener Haut, unter der sie zuletzt zu ersticken vermeinte, wurde porös, begann abzufallen. Erstmals seit Wochen atmete sie wieder frei auf, und da war etwas in diesen Zeilen, das das Räderwerk in Gang setzte, jenen Teil ihrer Hirnmaschine auf Touren brachte, den sie in staubiger Vergessenheit im hintersten Eck des Dachbodens Erinnerung wähnte und der Kriminalpsychologie hieß. Als hätte das Schmökern den Resetknopf gedrückt. Als würde ihr auf wundersame Weise der Arbeitsspeicher freigespielt, wie defragmentiert der nichtswürdige Wirrwarr von Seltsamkeiten, wertfrei neu gereiht und bereit, aus der Entfernung betrachtet und in Beziehung gestellt zu werden. Defragmentiert, ja, aber weder gelöscht noch von der Festplatte getilgt.

Unwiederbringlich entfernt war nur der eine Gedanke: Vinzent um Hilfe zu bitten.

*

Der hatte in diesen Tagen auch wahrhaft andere Sorgen. Ein Dreijähriger, der den Vater erschoss, zum Bedauern der Kollegen wieder mal in den USA und nicht hier in little Austria. Ein Finanzminister, der einem Abgeordneten am Telefon »Ich hau dir in die Fresse« entgegenschrie. Leider in Tschechien und nicht hier. Rapid Wien im österreichischen Fußballcup wieder nicht ausgeschieden. Leider hier. Wie auch: der 1.000. Aufguss der Diskussion um die Zusammenlegung von Spitälern. Darüber hinaus der übliche Tagesmüll, der keinen Reporter von Rang juckte: ein Murenabgang für Arme (kein Toter, nicht mal eine evakuierte Großfamilie) auf dem Wurzenpass; ein Tscheche, der beim Sprung von der Reichsbrücke in die Donau den Kick suchte und das Jenseits fand; dazu eine Wiener Innenstadt im Schwitzkasten brütender Schwüle, eine Wand aus triefender Hitze, gegen die Kluger heute Mittag angerannt war, als er die klimatisierte Redaktion verließ, um sich beim nahen Italiener eine Calzone und ein Mineralwasser zu gönnen. Und doch hatte ihn ein seltsames Gefühl der Strafmilderung übermannt, als er ins Freie trat. So muss es Sündern ergehen, hatte er gedacht, die – der katholischen Lehre wie zum Trotz – Urlaub von der Hölle bekamen. Ein bisschen Luft schöpfen, draußen im Fegefeuer, dem purgatorischen Vorhof.

Aus dem Mineralwasser waren drei Weißbiere geworden, und so saß der Chefreporter nun wieder an seinem Schreibtisch, hämmerte wie besessen in die Tasten und fluchte leise vor sich hin. Schwül hin, schwül her, sagte er sich. Die Menschen brauchten kein Wetter, damit ihnen etwas zu Kopf stieg. Die bloße Existenz, unterbuttert mit der nebulösen Vermutung, andere könnten es besser erwischt haben als sie selbst, genügte vollauf, sie verrücktspielen zu lassen. Beispiele dafür schaufelten er und die übrigen Schreibsklaven tagtäglich zuhauf in die Zeitung.

Aber auch hier, inmitten des herabgekühlten Parallelkosmos der *Guten*, liefen die Gemüter zunehmend heiß. Der Graf etwa schien endgültig übergeschnappt zu sein. Seit Tagen watschelte er durchs Haus und murmelte halblaut die ewig gleiche Schallplatte vor sich hin. »Der Mensch an sich ist gefährlich, sagt der Bechtolf. Ja, der Bechtolf. Gefährlich! Gefährlich!« Ab und an, die Welt im Unklaren belassend, wer oder was gemeint sei, schnaubte er aber auch nur ein einziges Wort: »Sub-kul-tur«.

Indes, ihm selbst erging es kaum besser, und ein Hauch von Amoklauf lag in der Luft. Der Pinscher hatte ihm, dem altgedienten Profi, dem ausgewachsenen Hecht im Teich der journalistischen Setzlinge, die Höchststrafe aufgebrummt. Eine Wettergeschichte! Bis in die Haarspitzen konnte er das hämische Grinsen der Jungspunde verspüren. *Wetter!* Das stand für substanzloses Anfängergesülze mit Servicecharakter für die Leserschaft, von wegen viel Trinken und kein Alkohol und keine Anstrengung und moderate Abkühlung und Behutsamkeit anstelle von Sprung ins eiskalte Nass. Wetterstorys, befand Kluger, waren das Allerletzte. Die vorsätzliche Kränkung des Menschenverstandes. Der Aufguss vom Aufguss des nichtsnutzigen Belanglosblablas, aufgepeppt mit geistlos betexteten, im Zeitungssprech »Schönbilder« gerufenen Fotos, die dem Leser ein Wohlgefühl suggerieren sollten, dieses Couchpotato-Empfinden, in der Zeitung zu wohnen.

Tausendfach rauf und runtergescrollt hatte er die Agenturhasen im Redaktions-Fotosystem im Laufe seines Reporterlebens, und nie zuvor war er dem Erbrechen so nahe gewesen wie heute. O, diese immergleichen Antlitze der Studentinnen, die tageweise angemietet und in allen Lebenslagen niedergeknipst wurden. Unbedarfte Mädchen, die immer noch auf den Uraltschmäh der Haus- oder Agenturfotografen hereinfielen, immer noch an die große Karriere als Model glaubten, die man ihnen vorgegaukelte, und sich dafür immer noch von den Kollegen durchvögeln ließen. Die Allerschlimmsten waren jene, die sich ein Thermometer in den Mund steckten und voll geschminkt im Bett die Kranken mimten. Nein, jene, die sich für Geschichten zum Spritpreiswahn mit dem Zapfhahn an die Stirn tippten und

Augen und Mund aufrissen. Nein, jene, die an Schokoladeneis schleckten, sich mit dem Handrücken theatralisch den Schweiß von der Stirn wischten vor lauter Hitze, oder kreischend einen Scheffel eiskaltes Wasser über den Kopf gießen ließen und das beste Foto für die Zeitung jenes war, wo die Nippel, immer einen Tick hart, durch das bisschen Stoff lachten.

Kluger rülpste, erhob sich und tat ein paar Schritte aus dem Zimmer. Unweit seines Büros, wie zum letztgültigen Beweis, dass es zum Jüngsten Gericht nicht weit hin sein konnte, stritten zwei Kollegen der Gerichtsredaktion lautstark über die verlässlichste Selbstmordanwendung einer Pistole, neun Millimeter Para.

»Na, Herr Chefreporter«, sagte der Dienstältere, als er Kluger ums Eck linsen sah. »Was sagst du?«

Kluger stierte ihn dumpf an.

»Du steckst dir die Waffe in den Mund, willst aber auf Nummer sicher gehen … was ist besser? Wenn du den Mund voll Wasser hast oder nicht?«

Kluger zuckte mit den Schultern.

»Ich sage, ja. Weil die Flüssigkeit die Wirkung der Patrone wellenförmig verstärkt, explosionsartig geradezu. Noch effizienter wäre womöglich ein Weißer Spritzer mit einem Schuss Zitrone. Der Kollege ist dagegen. Nur bei Sand sind wir uns einig. Ist ja logisch. Sand hat einen dämmenden Effekt. Das kennt man von den forensischen Schusstests.«

»Erbsenreis mit Parmesanstreusel?«, fragte Kluger. »Habt ihr den schon analysiert?«

Alle beide sahen ihn verdutzt an, und ehe einer etwas erwidern konnte, machte Kluger kehrt, trabte zurück in sein Büro. War für ein Scheißtag in einer endlosen Reihe von Scheißtagen. Tatsächlich hatte ihm das Leben zuletzt kaum Anlass zur Freude geschenkt. Mit seiner Mutter Elfriede, der alten Kluger, war es rapide bergab gegangen. Als hätte die Offenbarung ihrer Krankheit eine eherne Achse der stillen Übereinkunft zwischen ihnen geschmiedet. Als hätte ihr Wissen um sein Wissen jene Kräfte freigesetzt, derer eine todkranke Frau bedurfte, um endlich loszulassen von einem Vegetieren auf Drogen – und nichts anderes konnten der Medikamentencocktail und die vielen durchlittenen Tage dargestellt haben, die sie ihm so lange vorenthalten hatte. Seit er von ihrem nahen Ende wusste, hatte er den Eindruck gehabt, seine Mutter entschwebte dem Leben für jedermann sichtbar und in unaufhaltsamer Leichtigkeit.

Mit einiger Wehmut taxierte er das Foto, das neuerdings auf seinem Schreibtisch stand. Es zeigte seine Mutter in inniger Pose mit der schwarzbraun zotteligen Constanze von Meidling. Mutters krauses, naturgraues Haar. Die verschmitzten Augen. Die fülligen Wangen des Pummelchens, das sie da noch gewesen war. Längst hatte er begonnen, die ungezählten Abende zu bedauern, da er sie aus allerlei fadenscheinigen Berufsgründen versetzt hatte; die vielen scharfen Worte, die er ihr an den Kopf geworfen hatte anstatt Nachsicht walten zu lassen, wenn sie nach dem zweiten, dritten Glas vom billigen Fusel ins Politisieren verfiel; wenn es ihr die Ängste emporwürgte, an denen alte, alleinstehende Frauen in einer Stadt wie Wien schon mal würgen konnten: die schmale Pension, das großkopferte Gehabe der Parteigrößen und der wenige Dank, den man ihr, mehr aber noch Klugers an Leberzirrhose verstorbenem Vater, hatte angedeihen lassen nach all dem Abstrudeln für die Bezirksparteivertretung. Eine blecherne Anstecknadel habe man ihnen beiden verpasst, sonst nix, und ihre so wild für die sozialistische Sache pulsierenden Herzen damit harpuniert. Was für ein gottverdammter Verrat, und nur darum (und wegen der Ausländer) habe sie sich schweren Herzens zum Gegenverrat entschieden und erstmals die Freiheitlichen gewählt.

»Auch wenn der Vati sich im Grab umdreht, hörst du, Vinzent Gerhard Maria?«

Ein Leben lang hatte er die Eltern als Fahnenträger eines puren, gottlosen Marxismus erlebt. Umso mehr erstaunte es

Kluger, wie tiefgläubig seine Mutter zuletzt geworden war. Sie hatte regelmäßig der Sonntagsmesse beigewohnt, und beizeiten hatte er sie in der winzigen Küche ihrer Gemeindebauwohnung angetroffen, still lächelnd in sich versunken mit verzücktem Blick auf eine säuglingsgroße Holzfigur des Heiligen Franz von Assisi, die sie vom Flohmarkt heimgeschleppt und auf einem Bord über dem Gasherd drapiert hatte. Sogar ihre Lieblingsgewürze hatten dafür weichen müssen.

»Er war auch der Schutzpatron der Tiere«, hatte sie jedes Mal aufs Neue gesagt, wenn er sie anglotzte. »Der Franzl und meine Constanze … mehr ist mir vom Leben nicht geblieben.«

Manchmal hatte sie aber auch von dem Besitz gesprochen, den sie zwischen den zwei Kindern aufzuteilen gedachte. Klugers einzige Schwester Viktoria lebte seit den 90ern im Sudan an der Seite eines glatzköpfigen Lebenskünstlers und ließ nur alle paar Jahre von sich hören. Von seinem Schwager wusste er nur so viel, dass er der Sohn einer abgetakelten Operndiva war und die alte Heimat Österreich mied, seit er auf der Liste der Zielfahnder des BKA ziemlich weit oben stand. Irgendeine Geschichte mit veruntreuten Geldern, die er mehr der eigenen als der Entwicklung afrikanischer Länder hatte angedeihen lassen. Dieser »Besitz«, von dem Elfriede Kluger sprach, war über alle Maßen bescheiden – ein bisschen Goldschmuck, eine selbst ererbte Spieluhr, minimale Ersparnisse, eine aus Zirbenholz in den späten 1890er-Jahren gedrechselte Bauernstube und immerwährender Hort von Naschereien – und (unantastbarer Stolz von Klugers Vater Viktor) ein Bild des rauschebärtigen Friedrich Engels, in einen versilberten Rahmen gefasst und (angeblich, doch von Kluger bezweifelt) von Hand signiert. Seit die Stimme der alten Kluger den Freiheitlichen gehörte, moderte es jedoch im Keller vor sich hin. Von all dem Ballast, wiewohl nur in Gedanken, hatte sie sich durch bloßes Reden befreit und darin einen Stoizismus ausgestrahlt, der der wachsenden Unruhe ihres Sohnes provokant entgegentrat. Dieses Verströmen einer versöhnlichen, ja, unheimlich anmutenden Todessehnsucht war nichts, das ein Chaot vom Schlag eines Vinzent Kluger zu handhaben verstand.

Damit war nun Schluss. Klugers Mutter war tot.

Doch dieser Verlust war nur das eine und absehbar gewesen. Jener Belas das andere. Es waren konkurrierende Regungen, die ihn seit der schallenden Ohrfeige im *Schesch Besch* umtrieben. Es stimmte schon, Alkohol taugte nicht zum Mittel der Kompensation, und erst recht nicht bei einer Frau wie Bela. Aber deswegen? Wegen eines Damenspitzes, der von kapital zumindest zehn *Aperol* entfernt gewesen war? Ja, so sind sie eben, dachte Kluger, ein undurchdringliches Dickicht einander widersprechender Gefühlsregungen, diese Frauen, denen echte Männer nur entschlossen und straff begegnen durften. Straff wie ein Bündel Samenstränge, mein Sohn, hatte der alte Kluger immer gesagt. Hmm. Einen anderen Satz hatte ihm sein Vater allerdings auch hinterlassen.

Die Zahl der Enttäuschungen steigt mit dem Quadrat der Ansprüche.

Kluger musterte die Fotografie abermals und dachte an die kugelrunden Augen, die seine Mutter gemacht hatte, als er den Satz eines Tages an ihr anwandte, lange bevor ihre Krankheit ruchbar wurde und sie gefangen schien in diesem ewigen Kreislauf des Haderns, diesem Zwiespalt aus Wollust und Diät.

»Ein Dünnling wird aus mir ohnedies nimmermehr«, hatte sie gesagt und diffus gelächelt, während sie die letzte Schwedenbombe, die sie eben noch verächtlich beiseite bugsiert hatte, nun doch in den Mund stopfte. Im Ganzen.

»Du bist 78, Mutter.«

»Eben.«

»Möchte nicht wissen, wie die Schiffer in deinem Alter aussieht. Oder die Klum.«

»Das schon gar nicht«, hatte sie gesagt und gelacht.

»Scheiß drauf«, hatte er erwidert und mitgelacht.

Die Zahl der Enttäuschungen steigt mit dem Quadrat der Ansprüche.

Genauso verhielt es sich bei Bela. Ihr Lächeln zum Abschied. Dieses bittere, brüchige Greinen, als er den Kopf aus ihrer Magengrube hob und sie seine schwammigen Züge ausmachte und die ihren zur Maske schockgefroren, ehe die Rechte hochschwang und auf ihn niederfuhr. Alle Zuneigung in der Sekunde verflogen, so flüchtig wie Ameisensäure bei der Destillation von Wein. Eine Ohrfeige als Kondensat einer enttäuschten Liebe. Dabei war es doch so ... ja, so harmonisch gelaufen. Diese geheimnisvolle Aufladung zwischen ihnen. Kurz vor dem Funkenschlag. Da hätte es eines Gewitters, dieses Gewitters nicht bedurft. Von reinigend keine Spur. Verheerend war es gewesen, ja, dieser Blitz, wie er auf seiner Backe einschlug. Aber viel verheerender noch das Donnergrollen, das für den Schaden stand. Ein durch und durch atypisches Donnergrollen. Ein Donnergrollen der Stille. Der Funkstille.

Hinterher hatte ein Zustand niedergeschlagener Fiebrigkeit Besitz von ihm ergriffen, und er litt Höllenqualen unter den Martern seiner Fantasie. War es wirklich nur dieser eine Rausch gewesen? Ach was, Rauscherl? Oder doch der willkommene Vorwand, ihn abzuservieren? Weil ihrer beider, nein: seine Zögerlichkeit sie zu neuen Ufern hatte aufbrechen lassen? Weil Bela einen anderen hatte, der sich nicht so zaghaft anstellte, der sie so richtig hernahm?

Einmal hatte er sie am Eingang des Kabinetts abgefangen, ohne Vorwarnung umarmt. Ein andermal war er vor ihrem Haus gekniet, als sie um die Ecke gebogen kam, in filmischer Pose mit geweiteten Armen und einer roten Rose zwischen den Zähnen. Dann wieder hatte er sich vor ihr auf den Boden geworfen und gewinselt wie Constanze von Meidling, wenn sie den Knochen nicht bekam, um Bela im nächsten Augenblick zu verfluchen, und mit ihr alle Weiber dieses völlig zu Recht verrottenden, vor sich hin eiernden Stücks Universum, das sich Erde schimpfte, und auf dem er nur mangels Alternative im Kreis mitfuhr. Und dann wieder hatte er erkannt, dass nichts von alledem wirklich war, geschehen bloß in seiner Fantasie.

Ausgenommen die Ohrfeige im *Schesch Besch*.

Überschlug Kluger die Lage, sprach fundamental mehr dafür zu leiden, als es nicht zu tun. Auch machte ihm der Körper vermehrt zu schaffen, schien nicht länger der alte zu sein. Der Tunnelblick häufte sich, und vor ein paar Tagen erst hatte sich um die Mittagszeit alles rings um ihn zu drehen angefangen, sodass er – stocknüchtern – vom Sessel gekippt und Bruchteile später Rosi Pranzl in sein Büro gekommen war, ihn auf dem Boden liegend vorgefunden hatte. Blitzartig hatte er Dehnungsübungen für den Rücken gemimt, doch das hatte ihrem Blick einen nur noch befremdlicheren Ausdruck verliehen.

Das Schlimmste war jedoch: Klugers stärkste Waffe überhaupt, sein über die Jahre gewachsener, gegen die Barbareien des Berufs schier undurchdringlicher Schutzpanzer hatte angefangen, sich gegen ihn zu wenden, zur privaten Marter zu kehren. Er wusste, er hatte einen Fehler begangen, und wie nie zuvor war er bereit, Buße zu tun, empfindsam zu sein für die Sorgen und Nöte jener Frau, die er dort oben, zwischen den Ohren, abgöttisch liebte, doch in den tieferen Regionen, fernab der Gedanken an Bela, spürte er genau …

… nichts.

Kluger atmete tief durch, versuchte, den halbfertigen Text der Wetterstory auf dem Bildschirm zu überfliegen, doch seine Gedanken flogen mit ihm. Wie schnell doch alles gegangen war. Das erste Mal seit ewigen Zeiten, dass er an keinem Sonntag draußen auf dem Zentral gestanden war. An einem Donnerstag, und keine 24 Stunden her. Ihm zur Seite das versprengte Häufchen entfernter Verwandter, so entfernt, dass er sie kaum bei den Namen anzusprechen vermocht hatte, Mutters einzige Freundinnen, die Bridgedamen, zwei, drei Nachbarn, versammelt am offenen Grab. Die Schwester auf Tauchstation in Afrika.

Für die Flüchtigkeit eines Wimpernschlags nur hatte er erwogen, auch Bela Bescheid zu geben. Nein, lieber kein Wiedersehen, das auf Regungen des Mitgefühls fußte. Dennoch war sie plötzlich dagestanden.

Ein schrilles Läuten holte ihn zurück. »Kluger«, schnaubte Kluger ins Telefon. »Was? Die schon wieder? Nein … sag ihr, ich bin nicht … sag ihr, ich bin auf Dienstreise … nein, ich bin tot! Du hast was? Scheißdreck, verfluchter!«

Er hatte kaum aufgelegt, als sie auch schon vor ihm stand und mit ihrem ältlichen, in nobler Zurückhaltung schwingenden Sopran anhob: »Ich hätte da ein … Anliegen, Herr … äh, Redakteur?«

Kluger lächelte süßsauer. »Ich weiß, Frau Idstein.«

»Ach, wie nett. Da kommt man als Wildfremde zu einem echten Herrn Redakteur und wird prompt mit dem Namen begrüßt. Hat Ihnen denn der Concierge, ein ausgesprochen zuvorkommender junger Mann übrigens, hat er Ihnen meinen …«

»Sie waren vergangene Woche auch schon hier, Frau Idstein.«

»Ich? Bei Ihnen?«

»Und vorvergangene. Und die Woche davor. Und die Woche vor der Woche davor auch.«

»Das kann nicht sein.«

Kluger nickte resignativ. »Wetten?«

»Ich? Bei Ihnen? Ja, war ich denn …?«

Ja, war sie denn …?

Die Dame mit dem schlohweißen Haarkranz flackerte ihn aus wässrigen Augen an, und die Eleganz ihrer konservativen Erscheinung mehrte bloß den Eindruck von tief verwurzelter Traurigkeit.

»Immer noch Ihr Sohn, der Berti, Frau Idstein?«

»Der Berti, richtig. Aber woher …?«

Kluger seufzte. Mit den Vermisstenfällen verhielt es sich wie mit billiger Kleidung: Es gab sie zuhauf, von der Stange, und so waren auch die meisten Vermisstenstorys die Druckerschwärze nicht wert. Fast immer ging es um Jugendliche. Angst vorm Zeugnis. Angst vor alkoholkranken Eltern. Liebeskummer. Angst nach dem ersten Mal. Angst vor dem ersten Mal. Angst vor dem Leben als solchem. Die Klassiker. Und fast alle tauchten auf, wenn ihr Entschluss, ins Familienleben zurückfinden zu wollen, höchst ungelegen kam. Wenn man sie nach zahllosen Interventionen besorgter Verwandter und tagelangem Zögern doch noch für die Abendausgabe ins Blatt gerückt hatte, und eine Viertelstunde vor Andruck der stimmungsaufhellende Anruf kam, die Veröffentlichung tunlichst zu widerrufen. Söhnchen, Töchterchen, der demente Großvater, alle wieder heil zu Hause. Nein, jetzt doch kein Bericht. Raus mit der Story, eine andere rein. Stress pur für genau … nichts.

Anders war es bei Perückenmacher Ferdinand Hinczica. Auch sein Verschwinden war, wie Kluger inzwischen wusste, an die Medien herangetragen worden, hatte es jedoch nur zu der einen oder anderen Randnotiz gebracht, auch in der *Guten*, wie ihm das Archiv verriet, und daran hätte sich wohl kaum etwas geändert, wäre er nicht eines Tages als Vorlage einer Wachsfigur aufgetaucht. Der leibhaftige Hinczica indes war nach wie vor unauffindbar.

Wiederum anders verhielt sich der Fall von Frau Idsteins Berti. Berti galt gemeinhin weder als jugendlich noch miserabel in Mathematik oder Deutsch noch glücklos verliebt. Auch stand er nicht im Verdacht, am Leben als solchem zu zerbrechen, und ebenso wenig hatte er mit *Madame Tussauds* zu schaffen. Berti hieß Norbert Köhler, war Mitte 40 und promovierter Wissenschaftler wie auch Professor. Und Berti ging Kluger genau darum schwer an die Nieren.

Die Erfahrung lehrte ihn nämlich, dass jene Storys sich als besonders delikat erwiesen, wo es um Akademiker oder Bordellbetreiber ging. Die einen, weil sie bisweilen über zu viel, die anderen, weil sie über zu wenig oder gar kein Hirn verfügten.

Erstere sandten bitterböse Anwaltsbriefe mit Klagsandrohung und Schadenersatzforderung, lachten sie unvermutet und wider Willen aus Zeitungen. Letztere schickten türblattgroße Assistenten los – mit Bizepsen so massig wie Oberschenkel eines Gewichthebers und so unzerstörbar wie gusseiserne Knethaken einer 5.000-Watt-Küchenmaschine.

O nein, Kluger würde den Tag niemals vergessen, so viele Jahre er auch zurückliegen mochte, und auch nicht die Klangfarbe jener Stimme aus dem Ohr bekommen, jenes dumpfe Bröseln, schroff schmetternd und porös wie von Eis gesprengter Fels. Eine Stimme, die jäh über ihn gekommen war.

»Kluger. Wo issa!?«

Heute noch vibrierte alles in ihm, dachte er daran zurück. Daran, dass diese Stimme zu keiner Zeit eine Frage, geschweige Bitte um Auskunft formuliert hatte, sondern allein auf nicht verhandelbare Auslieferung abzielte, als sie ein zweites Mal erscholl.

»Kluger. Wo issa!?«

Er hatte sich damals noch ein Büro mit zwei Kollegen geteilt, und als er herumfuhr, sah er diesen Koloss im Türrahmen. Stockfinster war es geworden, als wäre eine Eklipse spontan über den Kosmos Zeitung hereingebrochen, und für einen Moment hatte er sogar vermeint, das rostige Quietschen der Himmelsachse zu vernehmen.

Klugers einer Kollege hatte es in einer spontanen Eingebung gerichtet und sie vor dem Äußersten bewahrt, als er mit dem Daumen auf den dritten, glücklicherweise gerade verwaisten Platz im Zimmer wies. »Der sitzt dort hinten … äh, normalerweise.«

»Ja, normalerweise«, hatte Kluger den Ball aufgenommen. »Aber der Kluger wurde heute früh gefeuert. Fristlos. Völlig zu Recht, wenn Sie mich fragen. Irgendwas mit einer von vorn bis hinten erfundenen Story über ein Puff … so ein Laufhaus halt. Wieder mal. War höchste Eisenbahn bei dem mit seinen ewigen Lügengeschichten.«

Das hatte der 5.000-Watt-Küchenmaschine den Stecker gezogen. Murrend und ohne die Fleischwolfautomatik anzuwerfen, war der Riese abgezogen. Zehn Minuten später hatte Kluger eine der seltenen Notaudienzen beim Herausgeber, und das Argument, wildgewordene Muskelberge wie jener könnten jederzeit auch im Chefbüro landen, zog. Tags darauf begannen die Umbauarbeiten für die Schleuse. Doch welchen Nutzen hatten die besten Sicherheitssysteme, wenn vertrauensselige Portiers in altwiener Manier Menschen, die mehr als einmal kamen, wie gute Bekannte hofierten und ohne Erlaubnis passieren ließen? Handelte es sich auch bloß um eine harmlose alte Dame wie diese Idstein.

»Viermal haben wir schon über den Herrn Sohn berichtet, Frau Idstein«, sagte Kluger nun und rang um Besonnenheit. »Was sollen wir denn noch tun?«

»Viermal, sagen Sie?«

Kluger griff in eine Lade. Zwar hasste er Flügelmappen, weil sie ihm – behaftet mit dem Mief von Bürokratie – nichts weiter waren als Anarchisten wider ein gesundes Chaos, doch hatte er, einer vagen Ahnung folgend, in der Causa Idstein eine solche angelegt. In Wahrheit war es Klaus Supan gewesen, der ihn mit seinen Prinzipien hatte brechen lassen. Der hatte eines Tages ein Konvolut auf dem Schreibtisch liegen gehabt – jenes akkurat angelegte Sammelsurium von Medienberichten aus aller Welt, das eines der schaurigsten, zugleich aber faszinierendsten Kapitel der Kriminalgeschichte abhandelte: Jack Unterweger, der sich quer durch das Prostituiertenmilieu mordende Häfenliterat.

Anders als Unterweger, der zumindest elf Frauen auf dem Gewissen hatte, zeitlebens jedoch weder durch Polizeiverhör noch Staatsanwalt zu einem Geständnis zu bewegen gewesen war, hatte er beim Kollegen keine zwei Flaschen Wodka benötigt, um ihm alles Wissenswerte abzupressen: Begonnen habe er mit dem Zusammentragen zu einer Zeit, als seine Freunde

Panini-Sticker gesammelt hätten, keine zehn sei er gewesen; er habe gesammelt, was zu bekommen gewesen sei, sogar aus öffentlichen Mistkübeln habe er sich bedient, und später, nunmehr erwachsen, selbstredend auch alles verschlungen, was Jack Unterweger literarisch verbrochen habe – von *Tobendes Ich* über *Fegefeuer* oder die *Reise ins Zuchthaus* bis hin zu *Schrei der Angst* und *Dangerous Criminal*.

Kurz hatte Kluger über die Möglichkeit sinniert, Supan könnte die Mappe unter der Bettdecke zum gleichen Zweck hergenommen haben wie er einst Mutters Kataloge für Damenunterwäsche, dann aber hatte sein Respekt (dieser Kerl war tatsächlich zum Blutreporter geboren) überwogen, und so war er dem Beispiel gefolgt und hatte ein Mäppchen namens »Paläo-Klopfer« angelegt. Man konnte ja nie wissen.

»Ja, viermal, Frau Idstein«, sagte Kluger und ließ den Handrücken gegen das schmale Bündel von Zeitungsausschnitten vor sich klatschen, »sehen Sie doch selbst! *Mysteriöses Verschwinden eines Wissenschaftlers aus Wien*, dann das hier: *Fall Köhler gibt Kriminalisten Rätsel auf*, dann: *Wo ist der Steineforscher?*, und: *Immer noch keine Spur von Paläobiologe Norbert Köhler*. Eine Viertelseite zuletzt. Das war erst vor eineinhalb Wochen. Jedes Mal mit Foto.«

»Jö, da schau her!«, rief Frau Idstein. »Das ist ja der Berti!«

»Richtig. Der Berti«, moserte Kluger.

»Aber woher haben Sie denn … das Foto und alles …?«

»Frau Idstein!«

»Viermal, sagen Sie? Ja, könnten Sie nicht, weil es doch für Sie keine Rolle spielen kann, ob vier oder fünf … könnten Sie nicht …?«

Ja, könnte er denn nicht …?

»Natürlich könnte ich, Frau Idstein.«

»Na also. Dann könnten Sie ja …«

»So einfach ist das nicht, gnä' Frau. Da brauch' ich schon mehr Fleisch, verstehen Sie?«

Die alte Dame sah ihn ratlos an.

»Wos Neichs, vastengan S'?« Kluger blickte in ein Augenpaar, klein und vor Argwohn sprühend. »Wir sind eine *Tages*zeitung, Frau Idstein, wissen S'? Da schreiben wird jeden *Tag* Aktuelles zum *Tag*. Neuigkeiten halt. Das ist nicht wie beim Staatsfernsehen. Die können es sich leisten, immer wieder denselben Schmarrn zu bringen.« Stolz auf das für sein Dafürhalten unwiderlegbare Argument funkelte Kluger die ungebetene Besucherin an. Wiewohl dies, das Wiederkäuen altbackener Inhalte betreffend, nur die halbe Wahrheit war. Niemand wusste das an diesem Nachmittag besser als Vinzent Kluger, Wettergott wider Willen.

»Jeder neue Tag ohne den Berti«, die Alte sprach mit brechender Stimme, »ist doch genug an Neuem, meinen S' nicht?«

»Natürlich, Frau Idstein. Für Sie schon. Aber für unsere Leser ist Ihr Sohn einfach nur … immer noch weg.«

Ein Zittern überkam die Dame. »Einfach nur … weg?«

»Gewissermaßen ja. Aber, was noch viel wichtiger ist: Ich muss die Story meinem Chef als Neuigkeit verkaufen. Der ist da beinhart. Uralt, sagt mein Chef, ist eh schon der überwiegende Teil unserer Leserschaft. Dieses Empfinden von Hinfälligkeit müssen wir den Leuten nicht auch noch mit uralten Geschichten rüber reiben. Seine Worte. So einer ist das, Frau Idstein. Wenn ich den anlüge, der haut mich hochkant raus.«

Sie überlegte eine Weile. »Da gäbe es schon etwas«, hob sie zögerlich an.

»Ach ja?«

»Einen Brief.«

Kluger stöhnte. »Einen Brief, Frau Idstein? Vom Berti etwa?«

»Ja … äh, nein. Ich weiß nicht so recht. In dieser neumodischen Computerschrift. Unterschrieben hat er schon, der Berti. Wie er halt unterschreibt. Aber geschrieben hat er nicht, wie er halt schreibt. Der Berti schreibt ja gar nicht. Wissen Sie, was ich …?«

»Zeigen S' einmal her«, brummte Kluger. Er brachte das knitterige Schriftstück, das sie mit klammen Fingern aus der Handtasche genestelt hatte, mit einem Ruck an sich, fotografierte es mit dem Handy ab und begann zu lesen. »Frau Idstein«, Kluger musterte sein Gegenüber missbilligend, »meinen S' nicht, Sie hätten a bisserl ehrlicher zu mir sein sollen?«

»Ehrlicher, Herr … äh …«

»Kluger«, sagte Kluger hörbar gereizt. »Ja, ehrlicher. Da steht's, schwarz auf weiß. Der Berti, Ihr Berti, hat eine Auszeit genommen. Drunten bei die Neger … in Afrika halt. ›In Liebe, Dein Berti‹ steht da zum Schluss. Ist das die Unterschrift Ihres Sohnes, Frau Idstein, oder ist sie es nicht?«

»Das schon, aber …«

»Nix aber, Frau Idstein«, fauchte Kluger. »Ned bös sein. Aber das ist auf gut Wienerisch a Häkel, sog i Ihna. Auf Nimmerwiedersehen, Frau Idstein, und beehren Sie mich nie wieder, jaaa?«

Ostentativ und mehr für sich selbst, weil ein übellauniger Kluger einen übellaunigen Kluger kannte und nicht auch noch im Ruf stehen wollte, einer alten Dame gegenüber ausfällig geworden zu sein, wandte er sich ab, trommelte mit hochrotem Schädel einen grimmigen Takt in die Tasten.

»Sie kennen den Weg, Frrrrau Idstein. Auf Nimmerwiedersehen!«

Vettel, demente, fluchte er tonlos hinterdrein, keine Augen für das Mütterchen, das da vor ihm stand, nicht für die wie Espenlaub zitternde Hand, die Justine Idstein wie zum Einspruch erhob, nicht für die bibbernden Lippen und auch nicht für die Krokodilstränen, die ihr zu Gesicht stiegen, da sie noch ein Weilchen verhielt, ehe sie wortlos kehrtmachte und gebückt nach dem Ausgang schlurfte.

Das hatte ihm noch gefehlt. Als hätte dieses Frühjahr nicht genug an Unbilden in sein Leben gekippt: der Tod der Mutter; die Blamage mit der Wachsfigur; das gefälschte Video bei Tussauds, das keine Fälschung war, und das Glatteis, auf das er sich begeben hatte, er, Esel Kluger, einer Frau zuliebe, war es auch Bela; der Pinscher, der keine Gelegenheit fahren ließ, ihm aufzusitzen, der ihn neuerdings in der heißen Produktionsphase mit einer Memofunktion der Schreibsoftware, die er für sich entdeckt hatte, terrorisierte, da er im Minutentakt ein »Hoppauf« oder »Noch vier Minuten« losschickte im Wissen, das Kästchen blinkte über dem Verfassertext auf und blockierte die Schreibarbeit unbarmherzig bis zur Quittierung; das nach wie vor aufrechte Byline-Verbot; der jüngste Aufguss der Gratisblattkollegen, der Perückenmacher, dieser Hinczica, würde Ermittlerquellen (wie üblich nicht genannt) zufolge kreuzfidel in der Südsee dümpeln, weil auch sie, die Kollegen, zu gut wussten, jedes noch so fragile Flämmchen des Aufwärmens machte die Schmach der Konkurrenz, seine Schmach, nur noch schmackhafter; dazu der U-Bahn-Brand, wo er das Feld den eigenen Leuten kampflos überlassen hatte; und natürlich das einzige Livebild einer Überwachungskamera aus dem Schacht – zu finden exklusiv bei den Mitbewerbern. Mit Bela als Hauptdarstellerin. Und, als wäre alledem noch immer nicht genug, ihre krachende Abfuhr. Was für ein Antilauf!!

»Schwül, schwüler, Schwülkasten« stand da auf einmal, wie ohne sein Zutun, auf dem Schirm. Kluger nickte sich zufrieden zu. Kein schlechter Titel. Für die Spatzenpost fast schon Pulitzerpreis-verdächtig. Er stellte das Tischradio an, und als er Klänge seines viel zu früh verstorbenen Heroen Georg Danzer vernahm, fühlte er sich noch ein Quäntchen elender. Er musste zusehen, dass er hier wegkam. Rasch den Wettermist runternudeln, hinterher ein Zweispalter, keine 40 Zeilen, zum Drogenhandel am Westbahnhof, ein paar Kurzmeldungen, Übergabe an den Abenddienst. Und raus!

Salettl? *Concordia*? Ach was! Heute war ihm, keinen Steinwurf vom *Schesch Besch* gelegen, nach vollklimatisierter Zapfhahnromantik zumute, mehr aber noch nach ein paar Scharfen.

Ins *Foster's!* Dort schenkten sie den Trost auch in Vier-Zentiliter-Gläsern aus.

*

Ausgeschenkt wurde auch anderswo an diesem schweißtreibenden Tag. Schlürfend sog Miriam ihren zweiten *Carribean* leer, schwenkte das Glas überm Kopf. Ein Stück voraus, über den Dächern der Altstadt, setzte ein Feuerball zum behäbigen Sinkflug an, und die Luft über den Wassern des Donaukanals flirrte. Ganz Wien brannte.

Sie konnte sich nicht beklagen, alles lief wie am Schnürchen. Die Arbeit als Vertragsbedienstete der Polizei war mäßig fordernd. Ab und zu (erst gestern wieder) einen Blackhat herausfischen, der wegen grober Dummheit nichts anderes verdient hatte, und ans Messer liefern, schon hatte sie ihre heilige Ruhe. Und was Vater Staat einem Profi wie ihr an Entgelt vorenthielt, holte sie sich vom Puppenspieler.

Miriam lächelte. Diesen Kluger hatte sie ein paar Tage nach seiner filmreifen Abfuhr auf die Probe gestellt, war ihm im Gastgarten des *Café Museum* entgegengetrippelt als das brave Mädchen, das um Feuer bat. Das Haar zum Dutt hochgesteckt, die Augen jadegrün umrahmt, mit farbigen Einweglinsen unter den Hornbrillen und eine explosiv weit aufgeknöpfte Bluse. Das hatte genügt. Er hatte in den Taschen gekramt und entrückt durch ihre Möpse hindurch gestarrt, als ließe sich dort, irgendwo an einem fernen Fluchtpunkt … »Feuer? Leider nein, junge Frau.« Sie wusste doch, dass er aufgehört hatte.

Auch mit Jérome lief es erstaunlich gut. *Mit* Jérome. Wiewohl sie erst neulich geschworen hatte, keinen neuen Mann in ihr Innerstes vordringen lassen zu wollen. Innerstes? Nein, das hatte sie ohnedies nicht getan, würde sie auch nicht. Never ever. So einsiedlerisch sie ihr Leben am Bildschirm lebte, so begierig war sie doch nach gelegentlichem körperlichem Vergnügen.

Jedes Mal jemand Neues aufstellen zu müssen, war auch nicht erstrebenswert für eine junge Frau ihrer sexuellen Strahlkraft und Energie, und dieser Jérome war kein so übler Kerl, ja, im bescheidenen Rahmen der Möglichkeiten einer bürgerlichen Existenz ein fast schon abgespacter Typ. Andererseits, bei Tom hatte sie dasselbe gedacht.

Lief also tatsächlich alles so glatt?

Bedachte sie es recht, trübte zweierlei ein nahtloses Wohlbefinden ein. Das eine war die Erscheinung, die sie im *Schesch Besch* gehabt hatte. Nur ums Verrecken war sie nicht vor die Kühlerhaube eines SUV gelaufen. Seither fragte sie sich, was er da drüben auf der anderen Straßenseite verloren gehabt hatte. Sie hatte Adleraugen und nicht den Hauch eines Zweifels gehegt, zumal er lange genug im Hauseingang gestanden war: der Irokese.

Die Vorstellung, sie könnte sein Typ sein, verwirrte Miriam. Er hatte nicht den Eindruck erweckt, sein Dosimeter könnte auf andere Formen von Ausstrahlung anschlagen als die eines lecken Kernkraftwerkes. Oder auf den Geruch von Gras. Was wollte er? Woher hätte er ihr Ziel kennen sollen? Hatte sie bei ihrem überhasteten Aufbruch doch mehr als »Richtung Karlsplatz« gesagt? Und er? Das einzige seiner spärlichen Statements, an das sie sich abseits der Erklärung seiner Frisur erinnerte, war: *Gute Wahl!*

Sollte ausgerechnet er, dieser stoische Weltenschauer, aufgesprungen sein, um ihr zu folgen? Wie hätte er es so schnell geschafft? Es war ein Rätsel, zumal die Körpersprache des Irokesen auf Weile statt Eile getrimmt schien. Hatte sie sich also doch … getäuscht?

Der andere Auslöser ihrer subkutanen Unrast war der Puppenspieler, die Unschärfe des Bildes, das sie von ihm hatte. Bald zwei Jahre arbeitete Miriam nun schon für ihn, und der Stachel, ihm keinen Schritt nähergekommen zu sein, saß fest, schmerzte zunehmend. Anfangs hatte sie ihre Bemühungen nicht sonderlich forciert. Ein Spinner, der anonym bleiben wollte. Wer, wenn nicht sie, verstand den Wunsch?

Schon der erste Auftrag war zu reizvoll gewesen für eine Ablehnung. Und zu üppig. »Cyber-Grooming« stand auf dem Zettel, den sie eines verregneten Morgens im Postkasten gefunden hatte. Die wenig bekannte, doch einzig korrekte Bezeichnung eines weit verbreiteten Verbrechens und zugleich ruhmlosen Stückes heimischer Gesetzgebung. Wie zur Chiffre, dass endlich aufgeräumt gehörte, hatte ihr der Begriff entgegengeblinkt. Cyber-Grooming. Das stand üblicherweise dafür: Alter, schmieriger Drecksack sucht junge, wohlriechende Unschuld zwecks gemeinsamer Unzucht. Und schon wirft der Fischer im Dunkel sein Netz aus. Das Netz im Netz.

Cyber-Grooming. Interesse? SMS an … eine Telefonnummer. Mehr nicht.

Einen satten Tausender, bar auf die Kralle, für das Bloßstellen eines fickgierigen Vorstadtlehrers, der sich als Romeo an eine Zwölfjährige herangemacht hatte und davonzukommen drohte, weil die Anbahnung allein in Österreich da noch nicht unter Strafe stand. Eine lachhaft simple Nummer, die Pfade dieser abartigen Greisengeilheit auszuleuchten. Also hatte nicht sie lange gezögert. Eine alte Rechnung? Vermutlich.

Dann kamen schon die Schrots. Die Motive der Überwachung lagen auf der Hand. Drei Kinder. Eine Frau in der Blüte ihrer Sexualität mit einem alternden Künstler zum Mann. Die übliche Entwöhnung, die in ein schales Nebenher ohne Höhen und Tiefen mündete, nicht einmal die Chance eines reinigenden Gewitters einräumte. Da hatten es die Fische im Familienaquarium noch prickelnder. Häusliche Langeweile à la carte. Einziger Höhepunkt: eine Entführung, die letztlich keine gewesen war. Sie musste etwas am Laufen haben, was denn sonst. Sollte der Puppenspieler seinen Spaß haben.

Neuerdings sah Miriam das differenzierter. Das hatte mit einem Gefühl zu tun, das sie längst begraben glaubte. Dieses

Gefühl eines Mangels an Kontrolle. Davon hatte sie reichlich gehabt, nachdem ihr Alter seinerzeit mit einem ukrainischen Gogo-Girl vom Gürtelstrich an den Strand von Odessa durchgebrannt war. Sie, die Tochter, keine neun, und die neue Prinzessin, wie es hieß, keine 18, die mit ihrem notgeilen Ritter auf dem Schimmel, Vaters schmutzig-weißem Audi Cabrio, davonritt.

Und Mutter? Restlos durch den Wind und auf Jahre verloren in Seminaren und Büchern zur Selbstfindung. Für das Kind war da nur wenig Platz geblieben, eine Existenz irgendwo zwischen Internet und Wohlstandsverwahrlosung, ein Zuviel an richtungsloser Freiheit, die beinahe ins Unglück gemündet hätte. Erst die Abkehr von Anonymous und der Sieg bei der *Cyber Security Challenge* hatten ihr die fehlende Struktur verpasst.

»Polizist zu werden, ist wie das Spiel kommunizierender Gefäße«, hatte der Headhunter beim Einstellungsgespräch gelabert. »Dieser Job stellt eine Form des Ausgleichs dar, mein Fräulein. Jene, denen früh ein Mangel an Kontrolle widerfährt, drängt es oft in einen Beruf, der die Kontrolle zum obersten Prinzip erhebt. Nur so ist das innere Gleichgewicht hergestellt.«

»Sooo?«, hatte sie wie ungläubig gefragt und so getan, als hätte sie kein Interesse mehr.

»Es ist eine Theorie. Andererseits … mit Ihrem Vertrag sind Sie ja gar keine … richtige Polizistin.«

»Na dann.«

Tatsächlich hatte es nicht lange gedauert, und Miriam spürte die Lust nach Kontrolle in sich aufkeimen, diesen wachsenden Regiezwang, der sie zunehmend beseelte. Das hatte auch sein Gutes, denn sie war drauf und dran gewesen, einem Arschloch von Mann, diesem Rainer, zu verfallen. Eineinhalb Jahre hatte es sie gekostet, sich der Aura seines manipulativen Treibens zu entwinden, und der neue Job hatte geholfen, die wachsende Ohnmacht eines vaterlosen Lebens, mehr aber noch ihrem Freund gegenüber loszuwerden.

Genau dieses alte Gefühl von Hilflosigkeit indes war es, das sich zuletzt immer öfter, immer dringlicher bei ihr einstellte. Die seltsamen Umtriebe des Puppenspielers. Seine verdeckten Absichten, die sie nicht zu fassen bekam. Das tat nicht gut. Alles an ihm roch nach einem Mann, der nicht bloß das eigene Leben in festen Händen hielt. Die Sorge, sie könnte ihm gegen ihren Willen in die Hände spielen, ließ sie nicht los. Das nächtliche Video bei Tussauds, das sie ihm geliefert hatte. Bela Schmaus. Vinzent Kluger. Und … ja, vielleicht auch … an anderer Front: … die Schrots. An anderer Front? An wie vielen Fronten agierte er? Oder war es bloß eine? Alles steuerte auf ein Ende zu, das sich ihr verwehrte. Anfang? Ende? Was wusste sie schon außer ein paar Fragmenten?

Jäh gereizt fuhr Miriam in ihrem Strandsessel herum. »Wo bleibt mein *Carribean*?«, schrie sie. Sie müsste einen Zahn zulegen, den Saukerl endlich ans Licht zerren. Die Zusammenhänge eigenen Schaffens nicht zu wissen, nein, das ging gar nicht, war eine der übelsten Formen von Kontrollverlust. Sie würde ihn in die Falle locken, stand das Wie auch noch in den Sternen. Nur eines wusste sie gewiss: Eine Miriam Seifert nahm auch das beste Geld auf Dauer nicht um einen Preis, den sie weder mitbestimmte noch kannte.

Nicht eine Miriam Seifert. Nicht geschenkt.

*

Zeit für Geschenke

Geschenke kommen wie Gäste: unverhofft, unerwartet, unerwünscht, ungebeten, zur Unzeit mitunter. Das wusste auch einer wie Klaus Supan. Er jedoch gedachte selbst eines zu bereiten, und so stand er inmitten seiner zerklüfteten Zeitungsgebirgslandschaft und taxierte die Abzüge einer Fotoserie, hob sie ans Gesicht und schnüffelte. Bis scharf an die Gelatinebeschichtung steckte er die Nase, als könnte er die rauchige Note wiedererstehen lassen, von der sie umflort gewesen war. Natürlich hatte er Kluger von der Begegnung mit der wilden, unbekannten Schönheit erzählt, wie auch, was sie ihm angedroht hatte.

»Was ist mit den Bildern?«, hatte der gefragt. »Wer weiß, was *du* unter schön verstehst. Wenn ich da an deinen letzten Aufriss im Puff denke …«

»Gelöscht«, hatte Supan erwidert.

»Idiot!«

»Ich hab null Bock auf ein Rendezvous mit dem Hausjuden.«

»Auch wieder wahr.«

Wer immer bei der *Guten* den Job des Controllers innehatte und welchen Glaubens oder Irrglaubens er auch anhängen mochte, das Codewort *Hausjude* war ihm sicher. Das war seit jeher so. Niemand im Haus gedachte, mit dieser Tradition zu brechen (so sehr man auch um die mangelnde *political correctness* des Begriffs wusste), und schon gar nicht, sagte man sich, handelte es sich um ein Exemplar wie das gegenwärtige, das von Pfennigfuchserei der übelsten Art durchdrungen war. Einer, dem der Hauch von Inquisition anhing, der mit ihm die Gänge durchwehte, wie auch das verschlagene Wesen, das ihn nahezu täglich ins Herausgeberbüro führte, wo er über dieses oder jenes Redaktionsmitglied vom Leder zog, bloß weil man wieder mal wegen Verletzung irgendwelcher Persönlichkeitsrechte verurteilt worden war. In der Rechtsabteilung selbst sah man das eher gelassen. Wen interessierten schon die paar Tausender? Die holte man sich locker bei den Mitbewerbern wieder rein.

Nicht so der Hausjude. So langsam die Mühlen auch mahlten, sie mahlten, und Supan wähnte sich neuerdings angeschlagen, da er Fotos eines 14 Jahre jungen Einbrechers gekeilt hatte und sie damit in Druck gegangen waren, ohne das Gesicht zu pixeln. Schließlich war der Bursche auf der Flucht aus dem Supermarkt erschossen worden. 20.000 hatte sie der Spaß gekostet. Dass anderswo, wie zur Legitimation eigenen Handelns, zu lesen gewesen war »Wer jung genug ist, um einbrechen zu gehen, ist auch alt genug, um zu sterben« gereichte da nur zum schwachen Trost.

Eben darum hatte er zu Kluger gesagt: »Gelöscht.«

Zudem gab es Dinge, die er selbst dem allerbesten Kollegen, ja Berufsfreund, nicht andiente. Wichtiger war, endlich ihren Namen rauszukriegen und das Geschenk vorzubereiten. Ein Schöndruck mit Widmung. What else.

Auch ein paar Zimmer weiter wurde in flammendem Eifer an einem Geschenk gebastelt. Arthur Pinter legte die Schere beiseite und lächelte grimmig, als er sein neuestes Werk besah. Wurde er Kluger nicht von oben herab los, so würde er konsequent fortführen, was er begonnen hatte. Es konnte nur eine Frage der Zeit sein bis zur Selbstaufgabe dieses Mistkerls. »Steter Tropfen«, knurrte der Chronikchef. Er stampfte in den Boden, dann rollte er mit dem Sessel zu einem Sideboard. Zur Feier des Tages wollte er vom Guten nehmen: ein Waldviertler Roggenwhisky, dreimal besser als sein Ruf. Ähre, wem Ähre gebührt.

Weniger Fragen der Ehre als jene von Aufmerksamkeit und Respekt wurden um diese Stunde unweit verhandelt. »Zahm wie ein Koi und unberechenbar tödlich wie ein Weißer Hai«, murmelte der Mann am Süßwasserbecken. Er musterte die Zeichnung des Tieres, während er über die schuppige Haut strich. Schwarz und weiß. Sinnfälliger konnte die Symbiose aus Tier und Mensch, Instinkt und Denken nicht erfolgen. Der Einsatz seines Kriegers war beschlossene Sache. Ein Geschenk, das gleichsam über Nacht käme. Nur über den idealen Zeitpunkt müsste er noch in aller Stille befinden.

Beschlossen war auch eine Sache bei *Madame Tussauds* auf dem Riesenradplatz. Enthusiastisch wie selten lief Clementine

Nierast in ihrem Büro auf und ab, ab und auf. Was sein würde, würde sein, sagte sie sich, und es würde gut sein. Weil der Blick in die Tiefe, in die Gräben unternehmerischer Unwägbarkeiten womöglich, nicht immer lohnte. Manchmal, sagte sie sich auch, dürfe man keinen allzu forschenden Blick in die Mäuler geschenkter Gäuler werfen. Oder hieß es Gäule? Oder, wie nun, in die Augen einer samtpfotigen Raubkatze.

Was machte das schon?

Was macht das schon?, dachte auch Radaktionssekretärin Rosi Pranzl, galvanisiert vom Vorhofflimmern einer verbotenen Liebe. Was machte es schon, würde sie es ihm auf diese Weise sagen? Wenn die Schale zerbrach und der Kern sein Gesicht zeigte? Wenn aus der Koketterie des Spielens das Begehren einer schmachtenden Seele zutage trat? Ein Jahr war so viel und nichts zugleich. Ja, ja, sie war es gewesen, die den Reigen neckischer, von Mal zu Mal frecherer Geschenke eröffnet hatte. Und nun war es so weit. Nun würde sie die Rückerstattung eines Geschenks zum Geschenk selbst machen. Mit verspielter Sorgfalt drapierte sie eine Schleife um die Papierrolle, heftete das Geburtstagskärtchen an – ein zahnloser Alter, der nach einem behübschten Häschen geiferte – und memorierte, was Kluger einst darauf geschrieben hatte: »Gutschein für eine Vergewaltigung.« Und sie dachte mit einem Lächeln daran, würde er lesen, was sie in akkurater Handschrift daneben vermerkt hatte: »Antrag auf Einlösung«.

Dass so ein Leben weder Ponyhof noch Zuckerlecken noch jenes Geschenk war, um das sie gebeten hatte, hätte Agnessa Popov, die Frau an der Geisterbahnkassa, auch so gewusst. Gar nicht erst geboren zu sein, o ja, damit hätte ihr der Herrgott wohltun können. Ihr Studio in Schutt und Asche gelegt, die Püppchen aus aller Welt nichts als federleichte Asche und fortgetragen vom beißenden Atem eines unerbittlichen Schicksals.

Das einzig Wertvolle, das je ihr Besitz gewesen, von jedermann indes als billige Kopie abgetan worden war – der Originalstich der Kartenmacherwerkstatt zu Nürnberg – zum unförmigen Klumpen verschmort. Nicht Geld noch Kraft für einen Neuanfang. Der Baum, der einmal Familie geheißen hat, entwurzelt. Die Freundin vertrieben, die eine Freundin. Eine andere hatte sie nicht. Es war dies der Weg, den sie zu gehen hatte, die eine Möglichkeit, die sie gewählt hatte. Eine andere hatte sie nicht.

Weitere neun Monate und ihre weltbewegenden Höhepunkte

XXVI. RANDNOTIZEN DA CAPO DA CAPO

Juli 2012

Sieben von zehn befragten Österreichern beziehen das Wort »Stellungskrieg« intuitiv weniger auf die aktuelle Wehrpflichtdebatte denn ausschweifende Diskrepanzen mit dem Sexualpartner.

*

14 Jahre nach Robert Redfords Aufstieg zum Pferdeflüsterer wird der Platzwart beim Tennisturnier von Wimbledon in den Rang eines Rasenflüsterers erhoben.

*

Der österreichische Mineralölkonzern OMV zeigt es den Bewohnern Libyens vor und hat – anders als die Menschen – den Bürgerkrieg glorreich überwunden und seine Produktion auf Vorkrisenniveau gesteigert.

*

Während der Chefredakteur der *Guten* längst zu neuen Ufern des Blattmachens in See gestochen ist, ihn sein Geschwätz von gestern, vorgestern noch nie gekümmert hat, feiert Spaniens *La Roja* immer noch, nachdem man beim Fußball-EM-Finale in Kiew die *Squadra Azzurra* mit 4:0 unter die eiskalte Dusche des *Nacionalnyj sportywnyj Komplex* geschickt hat.

*

Deutsche Städte, vorneweg Nürnberg, treten den Beweis an, dass man aus Geschichte lernen darf, doch keineswegs muss. Also baut man neuerdings auf die Hitzebeständigkeit gewisser Edelmetalle und verwertet das Zahngold eingeäscherter Toter wieder. Der Erlös fließt in die Sanierung des kommunalen Haushalts.

*

Die *Fête Impérial* unter Elisabeth »Miss Sachertorte« Gürtler verkommt angesichts glühender Hitze zum Wet-Shirt-Contest für durchgeschwitzte Herren. Auch der blasierte Einsatz beigestellter Fächer vermag den imperialen Touch beim Sommerball der Wiener Hofreitschule nicht restlos wiederherzustellen. Schloss Hof verleiht weiße Barockesel an die Fête, Pferdeäpfel bereichern das reichhaltige Obstbuffet, und der *Magna*-Magnat und baldige Neo-Politiker Frank Stronach, ausgelassen tanzend, ahnt nicht, dass er die binnen Monatsfrist erfolgende Ankündigung, künftig auch auf den Wähler und nicht nur auf Gäule setzen zu wollen, besser nicht getätigt hätte.

*

Die Zahl der Asylanträge in Österreich ist im Vergleich zum Vorjahr um 26,6 Prozent gestiegen, die Rechte im Land schreit auf – antizipierend (als genügten all die illegalen Grenzübertritte nicht), dass bald auch noch die Afrikanische Schweinepest in Europa einfallen würde.

*

Bei *Madame Tussauds* Wien plant man einen Charity-Event zugunsten Merlins Zauberstab. Persönliches und Originale aus dem Besitz Peter Alexanders werden im November zur Versteigerung gelangen (und 28.840 Euro einspielen).

*

Prominenz von Rang statt Schmalspur-Charity in der unitären Behörde Aberdeenshire anlässlich der Eröffnung des schönsten Golfplatzes der Welt: Den hat Mietskasernen-Erbe, Latinofreund, Frauenversteher, Bauboom-Milliardär und Steuergünstling Donald Trump mit bekannt sanftmütiger Umsicht in Schottlands Küstenlandschaft gebettet. Das Management träumt von *British Open* oder *Ryder Cup*, die platt gewalzten Sanddünen von einer Renaturierung. Das nachgepflanzte Hochlandgras wackelt im Takt der Nordseewinde, die Fachpresse in jenem des nicht enden wollenden Jubilierens: »Einfach unglaublich!« – Das sind auch die Baukosten: schlappe 100 Millionen britische Pfund, das überfällige, sauerstoffanreichernde Umackern eines verlotterten Naturschutzgebietes inklusive. Eingerechnet ferner Anwalts- und Gerichtskosten der effizientesten Anrainer-Vertreibungsaktion der jüngeren Geschichte. Erdwälle werden vor Häuser des renitenten Umweltschützerpacks gekippt, einem Lachsfischer vom Tycoon via Fernsehen der Wert seiner Existenz bestellt (»Er lebt wie ein Schwein.«), die Bärte der schottischen Regierung gekrault und deren Taschen befüllt, Zwangsenteignungen in den Raum gestellt – und schon hüpft der Ball aufs Grün. Querelen? Beim Bau? Kaum ein Journalist, dem das mehr als eine Randnotiz wert sein wird.

*

Vinzent Kluger blitzt anlässlich einer ihn herabwürdigenden Bastelei in einer Aufzugkabine der Redaktion mit einer Beschwerde über Arthur Pinter ab, darf jedoch endlich wieder unter seinem Namen schreiben und belohnt sich mit zwei Wochen Quallenzählen in Caorle. Aus Protest gegen die Profitgier der OMV im Mittleren Osten will er künftig pro Durchgang für nicht mehr als 20 Euro tanken.

*

Bela Schmaus hat ihren Account bei der Partnerbörse für Akademiker nach langem Zögern nun doch ruhend gestellt.

*

Clara Schrot erweitert ihr Repertoire als Lachyoga-Kursleiterin um die Komponenten Reißverschluss-Lachen, Elektroschock-Lachen, Monty-Python-Lachen (Silly Walks), Kreditkarten-Lachen und Zahnspangen-Lachen. Ihr Mann Karl arbeitet unverdrossen seinen nächsten Auftrag ab.

August 2012

Emil Flecker erhält einen Eintrag in der Personalakte, nachdem er und ein Kollege nach Dienstschluss tätlich aneinandergeraten und die Wachsfigur von Bundespräsident Heinz Fischer beschädigen. Es ist dies der ruhmlose Höhepunkt eines seit Wochen schwelenden Disputs im Hause Tussauds, ob Finanzministerin Maria F. – nicht bloß metaphorisch, weil die Charakterstärken Mumm, Kühnheit, Draufgängertum und Unerschrockenheit betreffend, sondern auch in physiologischem Sinne – tatsächlich der einzige Mann in der Regierung sei.

*

In Italien dagegen herrscht darüber Klarheit. Dort ist mit der Absage an Mut und Männlichkeit nicht länger zu spaßen. Der Oberste Gerichtshof in Rom stellt die Formulierung, jemand habe keine Eier in der Hose, als diffamierend unter Strafe.

*

Google kauft die junge Werbefirma *Wildfire Interactive*, baut sein Engagement bei Sozialen Netzwerken aus und zahlt weiterhin kaum Steuern.

*

Boxlegende Mike »Der Nacken« Tyson ist zum zweiten Mal in seinem Leben auf dem Broadway in New York (das erste Mal, als er dort verhaftet wurde) und gibt im Longacre Theater sein umjubeltes Debüt mit dem Stück *The Undisputed Truth* (Die unbestrittene Wahrheit). Der eiserne Mike twittert: »Ich fühle mich unbesiegbar.«

*

Die Braunbären Martina & Ander testen im Alpenzoo Innsbruck bärensichere Müllcontainer. Die Spezialbehälter sollen künftig in Bärensiedlungsgebieten im ganzen Land aufgestellt werden und die Bevölkerung für einen bärigen (© Hansi Hinterseer) Umgang mit Nahrungsmitteln sensibilisieren.

*

Deutschland argumentiert sich die Olympischen Sommerspiele von London schön (44 statt der erwarteten 86 Medaillen), Österreich schweigt und weint (null Medaillen).

*

Der sozialistische Abgeordnete K. wechselt mit wehenden Fahnen zum *Team Stronach* und lässt sich als Energetiker und Wunderheiler feiern (»Meine Hände sind wie Starterkabel«). 18 Monate später wird die Energetik zurückschlagen – K. wegen Amtsmissbrauch rund um die Aufstellung eines Handymastes angeklagt.

*

Zeitungen, Päckchen, Rechnungen, Mahnungen, Exekutionsandrohungen, Prospekte, Einladungen, Liebesbriefe, Hiobsbotschaften, Parten – die Post bringt allen was. Manch einem auch mehr. Und so werden am Abend des 21. August, einem Mittwoch, in einer Kellerwerkstatt in Wien emsig und in vorbestimmter, wohl bedachter Abfolge Kuverts geöffnet, Pakete erbrochen, Begleitschreiben gelesen. Ein Stück ums andere (blank geputzt, mit Namenskärtchen, Platz- und Inventarnummer versehen) kommt zum Vorschein, wird mit osteologischer Akribie auf einem Arbeitstisch ausgelegt. Gespannte Stille beherrscht den Raum, bis alles seinen Platz eingenommen hat. Dann jedoch, wie aus heiterem Himmel, hebt ein Gelächter an, wie man es hier noch nie vernommen hat. Zeugen des Schauspiels, gäbe es sie zu benennen, bekämen in all dem Prusten und Schnauben bloß ein einziges, in endloser Wiederholung gerufenes Wort zu verstehen.

Ossarium.

*

Das gab's auch noch: Der Republikaner Mitt Romney kandidiert für das Weiße Haus und richtet dem demokratischen Kontrahenten Barack Obama im Wahlkampf aus: »Ich wünschte, Obama wäre erfolgreich gewesen.« Am Abend des 6. November wird er den Wunsch auf das eigene Abschneiden umlegen. – Österreichs Außenamt-Staatssekretär Waldner fordert Wladimir Putin auf, *Pussy Riot* freizulassen. Putin gehorcht auf seine Art: mit der neuerlichen Verhaftung eines Dissidenten. – Syriens Assad gibt Durchhalteparolen aus, während die Rebellen von *Stinger*-Wunderwaffen aus der Türkei träumen. – Arafats Witwe erstattet Mordanzeige gegen unbekannt. – In Burma kommt es zu ethnischen Säuberungen in der muslimischen Minderheit. – 50 Tote bei Selbstmordanschlägen in Afghanistan. – Israels Heimatschutzminister bestätigt den Plan eines 30-Tage-Krieges gegen den Iran (500 tote Soldaten als Kollateralschaden inklusive). Auch bestehe kein Anlass zur Hysterie, für immerhin gut die Hälfte der Bevölkerung gebe es Schutzausrüstung gegen Chemie- und Biowaffen.

*

Angela Merkel (bei Tussauds Wien unausgesetzt mit schwarzer Hose und pinkfarbener Kostümjacke ausgestellt) warnt vor einem Angriff auf den Iran.

*

Vinzent Kluger warnt Mitstreiter Klaus Supan, sich in jene ihm unbekannte Schöne zu verlieben, die ihn beim U-Bahn-Brand kleiner Scheißer genannt hat, ohne näher ins Detail zu gehen.

*

Bela Schmaus warnt sich selbst vor der drohenden Gefahr der Alterseinsamkeit und reaktiviert ihren Partnerbörsen-Account.

*

Emil Kondor Flecker warnt seinen streitsüchtigen Kollegen zum definitiv letzten Mal, Maria F. noch einmal als MinisterIN zu bezeichnen.

September 2012

Riley Keough, Enkelin von Rockstar Elvis Presley, besinnt sich der Gene ihres Großvaters und wirft sich als Unterwäschemodel auf den Markt. Karina Sarkissova, Solotänzerin in der Wiener Staatsoper, kontert beim *Aufsteirern*, dem traditionellen Fest steirischen Brauchtums, mit radikal hoch geschnallten Brüsten im Dirndl. 150.000 Wienerinnen und Wiener tun es ihr gleich und stürmen die *Wiener Wies'n* in Dirndl und Lederhose ab 99 Euro. Ein Trachtenumzug à la Disneyland, der die Menschen im Ausseerland – Urscholle der speckig abgeriebenen, hell gefleckten Lederkrachernen – nur mitleidig lächeln lässt.

*

Michelle Obama gibt im Wahlkampf wirklich alles und versteigt sich sogar in die Behauptung, sie liebe ihren Mann noch mehr als vor vier Jahren.

*

Australien setzt beim Bevölkerungswachstum anstelle von Migration auf nichts als Natürlichkeit. Eine 48 Jahre alte Frau, bereits Mutter von zwölf Kindern, macht sich zur nationalen Ikone und gebärt in Melbourne Fünflinge.

*

Österreich besinnt sich einmal mehr seiner historischen Verpflichtung gegenüber der Monarchie, und so fordert die Volkspartei Wien-Penzing zu Ehren des Sohnes des letzten Kaisers eine Otto-Habsburg-Brücke.

*

In Indien sterben 50 Menschen beim Brand in einer Feuerwerksfabrik. Europa atmet auf: Silvester ist dennoch gesichert.

*

Deutschland verkauft zwei U-Boote an Ägypten, Israel schäumt und will bei deutschen Waffendeals mitreden. Russland setzt auf Bewährtes und belässt havarierte und versenkte Atom-U-Boote dort, wo sie sich am wohlsten fühlen: im Meer.

*

In der wegen Doppelmordes verfassten Anklageschrift gegen die nach Wien migrierte, nicht nur hybristophile Journalisten sexuell verzückende Eissalonbesitzerin Estibaliz C. taucht das juristisch ungeziemende Wort »schauderhaft« auf. Die Leiche ihres mittels Kopfschuss getöteten Freundes soll sie eine Woche wie gutes Rindfleisch abliegen lassen haben, ehe sie den Körper per Kettensäge zerlegte und in Wannen und einer Tiefkühltruhe einbetonierte. Die nachhaltigen Erfahrungen mit dem ersten Leichnam hätten ihr, so der Staatsanwalt, beim zweiten Mal entscheidend geholfen, auch habe sie im Vorfeld der Bluttat am nachfolgenden Lebensgefährten im Baustoffhandel akribische Erkundigungen über die Eigenschaften diverser Betonarten eingezogen. Von Ermittlungen gegen einen über Gebühr auskunftsfreudigen Baustoffhändler werde jedoch Abstand genommen.

*

Der türkische Premier Erdogan beweist aufs Neue politische Weitsicht und spricht vom baldigen Sturz und unvermeidlichen Ende des syrischen Diktators Assad. Das Wort »Ziegenficker« ist da noch ein zukunftsfernes Traumgespinst.

*

Das österreichische Fußballnationalteam gibt vor dem WM-Qualifikationsspiel gegen den Lieblingsnachbarn die Parole »Deutschland ist keine Wundertüte« aus und schickt einen Beobachter zum Spiel der Deutschen gegen die Färöer. Das Erleben eines blauen Wunders lässt sich im folgenden Duell nicht abwenden. Österreich verliert 1:2.

*

Apropos Färöer & Insel: Der Inselstreit zwischen Japan und China (Vorkommen von Erdöl und Erdgas werden unter dem Meeresboden vermutet) geht in die nächste Runde. Österreichs Mineralölriese OMV wartet erst einmal ab.

*

Abwarten auch andernorts: Während das Klatschmagazin *Closer* in seiner französischen Ausgabe den Beweis erbringt, dass Busenfotos immer noch Aufreger von Skandalformat sein können, auf fünf Seiten die sonnenbadende Herzogin von Cambridge ablichtet und zeigt, wie Kate – nur in Bikinihöschen – erst in der Hitze brütet und sich dann über Mann William (bereits zuvor leichenblass) beugt und auch ihn eincremt, setzt man bei *Madame Tussauds* unverdrossen auf das bewährte Gespann Tradition & Züchtigkeit. Man müsse, heißt es, bisweilen gegen die Zeit gehen und denke nicht im Traum daran, der halb nackten Kate ein wächsernes Pendant zu widmen.

*

Vinzent Kluger hat sich entschieden. In einer Mischung aus Eigenliebe, Eigenhass und im Wissen um Konditionierungs- wie auch Widerstandskraft seines Suchtgedächtnisses, schreibt er sich in ein ambulantes, modulares Programm zur alkoholischen

Entwöhnung ein. Er wird von Habitus und Konsumfreude lernen, von sozialen und psychologischen Wurzeln wie auch von einer genetischen Bürgschaft, die keine sein muss.

Oktober 2012

Der Salzburger Extremsportler Felix Baumgartner hechtet aus der Stratosphäre in die Atmosphäre in die Steueraffäre. Was wird er uns für die Ewigkeit hinterlassen? Den Fallschirmsprung aus 38 Kilometer Höhe, den schon bald nach ihm ein echter Held ohne Weltkonzern und Hightech im Rücken toppen wird? Die Ohrfeige als probates Erziehungsmittel? Oder doch das Sehnen nach einer gemäßigten Diktatur?

*

Das Wort »Neger« wird auch in Süßspeisen, Kinderbüchern und Reimen für politisch unkorrekt befunden, »Negerkuss«, »Negerschnitte« und »Zehn kleine Negerlein« seien – so das Postulat – zu umschreiben und umzuschreiben. Auch dem »Mohr im Hemd« soll es an den Kragen gehen. Neue, nicht minder brennende Fragen keimen in politisch korrekten Herzen auf wie: Sind »Zigeunerkäse« und »Zigeunerräder« noch tragbar? Eis von »Eskimo«?

November 2012

Debüts der Bösewichte: Javier Bardem gibt seines bei James Bond (*Skyfall*), Xi Jinping seines als erster Mann Chinas, CIA-Chef David Petraeus seines als Sexual-Pensionär (Rücktritt wegen einer außerehelichen, durch das FBI aufgedeckten Affäre), Sebastian Vettel seines als Dreifachweltmeister. Ansonsten alles beim Alten: Israel greift den Gaza-Streifen an; Obamas Nachfolger heißt Obama.

Dezember 2012

Keine 400 Mal mehr schlafen, bis *Madame Tussauds* Wien das Wachsdouble des Pelzstiefelbarden Hansi Hinterseer präsentiert.

*

Österreichs Bundeskanzler wehrt sich gegen Vorwürfe, Follower auf *Twitter* gekauft zu haben. Es handle sich vielmehr um ein höchst erfolgreiches Social-Media-Experiment, welches darauf abziele, mehr künstliche falsche Freunde zu haben als echte falsche innerhalb der Partei.

Jänner 2013

US-Präsident Obama gibt der Zeitschrift *Vanity Fair* sein größtes Geheimnis preis: Er habe entdeckt, dass das Oval Office überraschend bequem sei. Bill Clinton und Monica Lewinsky wussten das Oval Office als Oral Office schon sehr viel früher zu schätzen.

*

Großalarm im Wiener Wurstelprater am Morgen des dritten Jänner: *Hansi's XXL Bier & Heurigenstüberl* an der Straße des 1. Mai geht in Flammen auf, auch ein Heer von 130 Feuerwehrleuten weiß die Einäscherung des Restaurants nicht zu verhindern. Dem Brandanschlag war ein Einbruch am Stephanitag vorangegangen. Erinnerungen an das Attentat auf das Wahrsagerkabinett von Agnessa Popov werden wach, in der Pratercommunity gehen Angst und Gerüchte um.

*

Die Trennungsschlacht von Rafael & Sylvie van der Vaart kommt so richtig in Fahrt. Der niederländische Kicker beim Hamburger SV sucht Trost – und findet ihn zwischen den drallen Brüsten der Busenfreundin seiner Ex.

*

Der Bau des Berliner Großflughafens BER erweist sich mit gerade mal zwei Jahren Verspätung als Vorzeigeprojekt, der Fortschrittsbericht der Baustelle listet deutlich weniger Mängel auf (40.000), als die Puzzle-Stadt Ravensburg Einwohner (49.000) hat.

*

Josep Guardiola wird Trainer in München. Sportliche Kurzsichtigkeit, die den Wunsch zum Vater hat, lässt Vinzent Kluger an den nunmehrigen Niedergang der Bayern glauben.

*

Agent Null-Null-S., Ex-Innenminister der Republik Österreich, bleibt beim irrtümlichen Gebrauch der Mitvergangenheit (ich *war* ein Depp) und wird im Zuge der Lobbyisten-Affäre zu viereinhalb Jahren unbedingter Haft verurteilt. Das Oberste Gericht hebt den Spruch gegen die Doppelnull wieder auf. Also heißt es: zurück an den Start. Das Land ist einfach nur empört, Bela Schmaus doppelt. Ihr Vater war einst einer Säuberungsaktion des Schwarzen Gustl zum Opfer und die Karriereleiter hinabgefallen.

Februar 2013

Eine 84 Jahre alte Nonne, die als Friedensaktivistin auf das Gelände einer US-Atomanlage eingesickert ist, wird wegen versuchter Verletzung der nationalen Verteidigung zu drei Jahren Haft verurteilt.

*

Benedikt geht, Franziskus kommt. Deutschland war, Argentinien ist Papst.

*

Feierlicher Akt bei Tussauds Wien: Nach massiven Umbauarbeiten – insbesondere zu Lasten von Johann Strauss Sohn, sorgsam eingebettet zwischen die Größen aus klassischer Musik und Malerei und den Blick Gustav Klimt zugewandt – wird die neueste Kreation eingeweiht: die Wachsfigur des Abenteurers und Forschers Alexander von Humboldt. Ihm zur Seite sein treuer Reisebegleiter in den Urwäldern am Orinoco, der fast schon vergessene Botaniker Aimé Bonpland, ins Maul eines Tigers linsend.

*

Google bittet künftige User der mit Minibildschirm und Sprachsoftware ausgestatteten Spionagebrille *Google Glass*, sie nicht beim Rodeoreiten aufzusetzen, nicht ohne Erlaubnis Bilder zu schießen und sich auch sonst nicht (*Don't be a glasshole*) wie ein gläsernes Arschloch zu benehmen.

*

Nach dem erfolgreichen Abschuss eines Affen ins Weltall will ihm Präsident Mahmoud Ahmadinejad als erster Iraner folgen.

*

Die 71 Jahre alte Wienerin Justine Idstein wird abermals bei der Kriminalpolizei vorstellig. Sie habe ihren vermissten Sohn entdeckt, glaube zu wissen, wo er stecke. Und auch wieder nicht. Einmal mehr wird sie vertröstend abgewiesen. Ein folgenschwerer Entschluss reift in ihr heran, langsam, doch stetig und unaufhaltsam.

*

In einem Landhaus vor den Toren Wiens – wir schreiben den 26. Februar – gibt man sich in stiller Abgeschiedenheit mit Inbrunst der Waffenpflege hin. Man weiß um Wert und Pflegebedürftigkeit der Bestände, all der *Steyr Mannlichers*, *Mausers*, *Brownings* und *Heyms*, manche 50.000 das Stück. Nun aber gilt alle Akribie dem blanken Stahl einer Machete, ihr Funkeln bringt Augen zum Leuchten. Sie soll auf Reisen gehen. Heute noch.

März 2013

Google erweist sich einmal mehr als fairer Partner im Kampf gegen den Terror und lässt das Federal Bureau of Investigation ohne den lästigen Umweg eines richterlichen Beschlusses auf Nutzerdaten zugreifen. Das FBI weiß es zu danken, gestattet *Google*, periphere Zahlenbereiche der Anfragen über die *National Security Letter* (NSL) zu nennen, verbietet jedoch die Veröffentlichung konkreter Anfragen.

*

Vaterland, Sozialismus oder Tod! – Gib mir Leben, Gott, auch wenn es ein schmerzhaftes, brennendes Leben ist. Das kümmert mich nicht. Gib mir Deine Krone, Christus. Gib sie mir, dass ich blute, gib mir Dein Kreuz, 100 Kreuze, die ich trage, aber gib mir Leben. Nimm mich noch nicht, gib mir Deine Dornen, gib mir das Blut, das ich bereit bin zu tragen, aber mit Leben, Christus, mein Herr. Amen – George Bush, du bist ein Ignorant, ein Esel, ein kranker Mann, unmoralisch, feige, Lügner, Völkermörder … ein Trunkenbold, lächerlich. – Gestern (ebenfalls an George Bush) war der Teufel hier, genau hier … und es riecht hier noch immer nach Schwefel – Gaddafi? Einer der größten Staatsmänner des Jahrhunderts.

Hugo Chavez, die Stimme aus dem Jenseits

*

Eine Erkenntnis geht um die Welt: Auch Israel hat reife Männer zwischen 25 und 40, die das Leben lieben. Erstmals erscheint in hebräischer Sprache eine Ausgabe des *Playboy*, worin israelische Frauen posieren. Die alttestamentarische Strafe folgt auf dem Fuß: Eine Heuschreckenplage befällt das Land. Doch kein Übel ohne Nutzen: Die Bodybuilder-Branche jubelt ob der himmlischen Spende von tonnenweise Gratisprotein.

*

Mehr Frauen an die Spitze: Unter diesem Motto affichieren Österreichs Grüne Plakate, die verweiblichte Versionen männlicher Spitzenpolitiker zeigen: Kanzler Werner Faymann als Hausfrau im zweiten Bildungsweg, Vizekanzler Michael Spindelegger als ergrauter irischer Langhaarsetter, Heinz-Christian Strache mit Dobermannblick und dem Scheitel auf der rechten Seite, dafür ohne Damenbart – und Womanizer & *Magna*-

Magnat Frank Stronach (der einzige mit natürlich-frauenhaften Zügen) als Golden Girl.

*

Bela Schmaus hat nach langer Durststrecke bei der Partnerbörse für Akademiker endlich einen vielversprechenden Kontakt zu einem Unternehmer hergestellt.

*

Spekulationen der übelsten Art löst der Fall eines in Wien lebenden Polen (33) aus, der auf einer öffentlichen Toilette vor dem Gasometer mit abgetrenntem Genital gefunden wird (Penis und Hoden mit einer Einwegrasierklinge entfernt). Der bestialische Akt eines rachsüchtigen Weibsteufels steht im medialen Raum, Frauenrechtlerinnen sind empört, die Polizei beruhigt, der Verletzte selbst spricht von einem bedauerlichen Unfall.

*

Das Kilometergeld für Wege mit dem Fahrrad beträgt 38 Eurocent. Der Radbeauftragte der Stadt Wien will (übergewichtige) Beamte zu einem gesünderen Arbeitsalltag mit dem Nebeneffekt einer höheren Produktivität anhalten, setzt sich das Ziel von 15.000 Arbeitsradlern und scheitert kläglich.

*

Der Künstler Karl Schrot beginnt, einen lang gehegten Traum seiner geliebten Frau Clara in die Tat umzusetzen. Er wälzt Kataloge, besucht Homepages, schickt Mails, leistet Anzahlungen, nicht ahnend, dass er es unter anderer Leute Augen tut.

*

Claus Theo Gärtner hat als Privatdetektiv auch seinen vierten Anwalt aufgebraucht und flimmert nach Bekanntgabe, keinen fünften Advokaten aufzehren zu wollen, zum letzten Mal über die Mattscheiben. Schluss für *Matula* nach 300 Folgen und ähnlich vielen blauen Augen.

*

Vinzent Kluger, zu drei Viertel trocken gelegt, sieht sich im Fall des verstümmelten Polen bestätigt, der Unberechenbarkeit des weiblichen und der Schutzbedürftigkeit des männlichen Geschlechtes wegen besser keine Beziehung zu haben, und nimmt verwundert zur Kenntnis, dass nicht nur die Welt, sondern auch die Kollegenschaft in der Redaktion den *Harlem Shake* tanzt.

*

Tussauds-Security Emil Flecker liegt am froststarrenden Abend des 21. März 2013 im Solarium der Pratersauna und träumt von jenen sonnengefluteten Spätwintertagen, da er endlich wieder splitternackt auf dem Flachdach eines Trafohäuschens der *Wien Energie AG* liegen kann. Dort, wo er den Körper so gerne himmelwärts reckt und auf die zusätzlichen Bräunungskräfte des reflektierenden Blechdaches baut. Er ahnt nicht, dass sein Leben anderntags aus den Fugen gerät.

Anderntags

XXVII. DER KONDOR UND DIE AUGEN DER UNTOTEN

Dass heute noch, an diesem schneeverwehten Freitagnachmittag mit unverdächtiger Kundschaft, ein Opfer zu beklagen sein würde, das schwer verletzt und tot zugleich war, überstieg die Vorstellungskraft eines Emil Flecker. Auch war es nicht absehbar gewesen. »Ein Schwerverletzter, hier, bei uns, aus den Reihen der Toten und Untoten?«, würde er später mit zittriger Stimme sagen.

Und Madame Directrice würde sich vor ihm aufbauen und mit ihrem schrillen Vorgesetztenorgan empordröhnen: »Absehbar? Das sind solche Katastrophen niemals, Flecker! Was glauben Sie, wie man in London darauf reagiert, Sie elend langes, hirnverbranntes Nichts!!?? Was soll denn jetzt werden?«

Jetzt war die Zeit zwei Stunden nach Ende der 16-Uhr-Pause. Zwei Stunden, nachdem es geschehen war und es auch um Flecker geschehen schien. Nicht das Geringste hatte darauf hingedeutet. Eine schwer verletzte Leiche? Wie absurd. Wer kam denn auf die Idee?

Also hatte Flecker um 16 Uhr naturgemäß noch gänzlich anderes gedacht, als er das Jausenpapier über sein zweites, der Abendschicht zugedachtes und mit reichlich Zwiebeln gedecktes Grammelschmalzbrot schlug und die Hände vom Verzehr des ersten säuberte. Die Augen sind die Ersten, die gehen, hatte Flecker nämlich gedacht und darüber ungläubig den Kopf geschüttelt.

Die Augen die Ersten? Hier? Bei den Toten und Untoten?

Dann erst hatte er die Dienstaffekten wieder an sich genommen und in die Brusttaschen seines ultramarinblauen Hemdes mit dem rotgolden glitzernden Aufdruck gesteckt. Das Büchlein mit den wichtigsten Redewendungen in den gängigsten zwölf Sprachen links. Das Diensthandy rechts. Durch den Baumwollstoff zeichnete sich das Firmenlogo kaum ab, und so mussten die Effekten – Anweisung von Madame Directrice – regelmäßig in Gebrauch sein und auf Streife oder im Gespräch mit Kundschaft wie spielerisch durch die Finger gleiten.

»Nachhaltige werbliche Außenwirkung durch dezent geschäftsmäßiges Verhalten, mein lieber Flecker«, pflegte die Direktorin zu sagen, und der feuerrote Bubikopf und die auf die Nasenspitze gespickte Nickelbrille wackelten bedrohlich.

Das Büchlein links, das Handy rechts. Nur das Funkgerät mit dem knalligen Branding durfte, so viel persönliche Präferenz war gestattet, an beliebiger Seite an den Gürtel, nicht jedoch vor den Schritt geklippt werden. Flecker trug das Funkgerät außen rechts, und etwas sagte ihm, dass es für einen wie ihn keine bessere Stelle gab.

Dann hieß es: ab auf Runde.

Wie gut, hatte Emil Flecker noch bei Dienstantritt am allerersten Tag gedacht, dass die Mobiltelefone nicht überall funktionierten. Mit der ständigen Erreichbarkeit, die Madame Directrice einforderte, war das nicht zu vereinbaren. Da waren einerseits die Nischen mit ihren unüberwindbaren Funkschatten; und da war andererseits die Weitläufigkeit des Souterrains mit dem Gros der Attraktionen, wo es zu jeder Zeit atmosphärische Störungen geben konnte, die nicht Betriebsklima hießen; da die bisweilen lautstarke Beschallung der einzelnen Räume; und dort, als Draufgabe, die Spargesinnung der Zentrale in London, die dem Haus den billigsten Anbieter mit der miserabelsten Netzqualität beschert hatte. Das alles gereichte zum Segen, wie Emil Flecker befand, weil es das Funkgerät bedingte. Was machte denn eine Uniform schon her, so ganz ohne Anhängsel?

Gar nichts machte so eine Uniform her, dachte Flecker. Gar nichts.

Wenn es schon weder Knüppel noch Teaser noch Achter wie bei der Polizei gab, so doch das Walkie-Talkie. Oder wie Flecker sagte: Woggi-Doggi. Er liebte dieses Knarren an seiner Lende. Und er liebte den Gedanken ans Knarren an der Lende eines anderen, wenn er selbst sprach. Wenn sich die Stimme wie aus einem Notfall heraus gehetzt überschlug und das Gesagte allein dem geübten Ohr zugänglich war und zu jeder Zeit bedrohlich erschien, mochten die Worte auch bloß Leberkässemmel oder Pfefferoni extrascharf lauten.

Genau darum, aus dieser tiefen Vorfreude auf Antwort, sprach Emil Flecker seine Sätze öfter und schneller als erforderlich. Das war ihm – wie sein angelesenes Wissen zu den Figuren und die Auskunftsfreude den Gästen gegenüber auch – von Anfang an als Dienstbeflissenheit ausgelegt worden. Wiewohl er zumeist nur Botschaften wie diese absetzte: »Position Franz Schubert, hat die Hände immer noch in Schenkellage und nicht auf der Klaviatur. Alles roger, kommen!?« Oder auch: »Zitronengelber Franz Klammer, umklammert die Ski, lächelt steril debil, kommen!?« Oder auch, je nachdem, ob das Dienstrad männliche oder weibliche Kollegenschaft an den Monitoren vorsah: »Tastkontrolle Position Monroe beendet. Marilyns Titten wachsen immer noch. Zentrale, kommen!?«

Manchmal jedoch gab es in der Tat Verdächtiges zu vermelden. Prompt wurden halblaut Täterbeschreibungen ins Woggi-Doggi geraunt wie etwa: »Gnomenhafter Einzelgänger in Cordhose, gesteppte Jeansjacke, Modell einsamer Wolf, gemessene drei Minuten 40 bei Hundertwasser, hat ihm die Pizzaecken auf der Kappe zerrupft. Schnuppert jetzt am Pinsel von Klimt. Erwarte Order! Zentrale, kommen!?«

Und in diesen seltenen Fällen wurden Dinge geantwortet wie: »Berühren erlaubt! Mehr nicht! Bleiben Sie auf Position! Zeigen Sie Präsenz! Kommen!?«

Und Flecker musste sagen: »Präsenz zeigen, habe Sie verstanden. Roger. Over und out.«

Es ging so stramm her wie bei der Polizei, und das gefiel Emil Flecker. Am Funk gab es ausnahmslos das Sie.

Das Knarren an der Lende hatte immer noch gewirkt. Und zeigte einer wie er, ein Hüne vor dem Herrn, obendrein Präsenz, so durchschwebte sie augenblicklich den Raum. Wie der majestätische Schatten des Kondors, der die Witterung zum Aas aufnimmt oder das Abendmahl unter dem drohenden Rauschen seiner mächtigen Hand- und Armschwingen über die Klippen hinabtreibt und die lebende Beute zum Aas macht. Gerade so, wie er es gerne mag. Notfalls, wusste Flecker, tun Kondore auch das. Biologie, wusste Flecker aber auch, war hier drinnen nicht sonderlich gefragt. Psychologie? Das ja. Und, mehr noch, antrainiertes Wissen, das über die Beschilderungen der bunten Gesellschaft aus Wachs und Fieberglas hinausreichte. Um Fachwissen war es in der Kollegenschaft im Großen und Ganzen nicht sonderlich bestellt, doch selbst dem Allerdümmsten war die Leidenschaft des Kollegen Flecker für die Geier auf Feuerland nicht verborgen geblieben, und so riefen sie ihn unter ihresgleichen sehr zu seiner Freude immer nur so:

Kondor.

Damit nicht genug, trug der Kondor im Gesicht auch die Nase eines solchen, länglich, nach einer Prügelei am offenen Grab dauerhaft geknickt, und sollte sie sich, wenn überhaupt, um Nuancen von jener des Vorbildes abheben, so war es allein das Fehlen der zur Schnabelmitte hin reichenden Wachshaut. Doch davon, sagte Emil Flecker sich zur Beruhigung, gab es hier drin ja zur Genüge.

Die Nase des Kondors war aber bloß das eine. Seine unübertroffene Wachsamkeit das andere. Auch darin wähnte Emil Flecker sich dem Geier nah. Nicht ein lachhafter Zwischenfall, den er hätte verantworten müssen oder bloß bezeugen, weil selbst er nicht überall zur selben Zeit sein konnte. Indes, wo

Fleckers Präsenz nicht hinreichte, waren die Kameras. Sie halfen, ein allfälliges Vandalensubjekt herauszufiltern. Entrinnen? Nein, Entrinnen gab es keines, taten die da drinnen an den Kontrollschirmen nur ihre Arbeit. Ging jedoch er, der Kondor, auf Streife, war ohnedies alles roger. Von Anfang an. Kein Hauch einer Blamage wie damals im Nullneunerjahr in Berlin, als es *Madame Tussauds* in Wien noch gar nicht gab. Die Kollegen waren nicht wie er allein auf Streife gewesen. Nein, zu zweien hatten sie dort gestanden. Keine zwei Schritte abseits mit dem Auftrag, genau das zu verhindern.

Und doch hatten sie versagt. Und doch war es geschehen. Der Kerl kam, sah und sprang, gestreckt über den Schreibtisch hinweg, direkt auf ihn zu. Und dann, mit einem einzigen machtvollen Dreh und Ruck, wuchtete der Angreifer Adolf Hitler den Kopf von den Schultern. Das erste erfolgreiche Attentat auf den Führer, höhnten die Zeitungen tags drauf, bloß um 70 Jahre zu spät. Die Schäden am Schädel des Führers waren weniger schlimm als zu Lebzeiten und leichter zu beheben als mancherorts erhofft. Das Haupt saß recht bald wieder droben. Und Hitler fortan hinter Panzerglas.

Berühren erlaubt, Flecker, vergessen Sie das niemals. Aber nicht mehr!

Ein Attentat? Hier in Wien? Wenn er Dienst schob? Niemals! Nicht ein einziger mickriger Versuch. Der Stolz darüber schwellte Emil Flecker die Brust. Wiewohl er, nun ja, ehrlicherweise … wiewohl er schon … das eine oder andere Mal … also gehofft hatte er schon, da würde sich mal was ergeben. Nichts Großes, doch groß genug, um die Dienstausrüstung … erweitern zu dürfen? Etwas, das über das Knarren des Woggi-Doggi hinausreichte? Vielleicht ein … Pfefferspray? Oder ein klitzekleines … Knüppelchen?

Sei's drum. Das Woggi-Doggi hatte schon auch was. Es verlieh dem Beruf des Security nicht bloß in den Augen der Kinder einen Hauch von Erhabenheit, wenn es an der Hüfte knarrte und sie ihn anstarrten aus Augen, die ins Unermessliche wuchsen.

Die Augen sind die Ersten, die gehen.

Seltsam, dachte Flecker. Er war Schlag 16 Uhr aus der Tapetentür getreten und hatte sich wider besseres Wissen aufs Neue gewundert, wie unattraktiv die Piefke-Angie auch heute wieder daherkam. Gegen die, sagte er sich, war sogar der Heinzi Fischer ein Prinz.

Wie hatte Edeltraud einst gesagt? Ja, die gute, alte Edeltraud, die schon einiges gesehen und wieder in Ordnung gebracht haben musste, ehe sie den Theaterjob hinschmiss, um jeden Morgen hier drinnen ihre Runden zu drehen. Von 8 bis 10 Uhr. Wochentags wie sonntags. Nur nicht am Heiligen Abend, dem einzigen Schließtag. Edeltrauds Leben spielte wie das seine nur hier. Und auch Edeltraud verstand sich wie er auf ihr Geschäft, brachte dem Dalai Lama die Glatze ebenso auf Hochglanz, wie sie Obamas Pferdelachen frisch politierte, Nelson Mandela die Gefängniskluft auf armer Mann hielt oder Sigmund Freud die nikotingelben Zigarrenfinger säuberte. So viel konnte der gar nicht rauchen. Ja, selbst Hermann Maier verlor unter den gewandten Fingern der Visagistin Edeltraud seine plebejische Derbheit. Sie hatte da so ihre Tricks und Mittelchen, die gute alte Edeltraud. Und so verstand sie es auch, sehr zum Missfallen Fleckers, sogar der Piefke-Angie einen Hauch von Authentizität zu verpassen, abgemildert durch Anflüge von Menschelei. Sie bewegte sich demzufolge nahe am Vorbild und doch daran vorbei.

»Sie ist technisch perfekt gemacht, Flecker«, hatte Edeltraud gesagt, die ihn als Einzige hier nicht Kondor rief, wenn sie dastand und ihr Morgenwerk vollbrachte, »technisch perfekt, aber von der Kraft der Natur in die Schranken gewiesen.« Von der Kraft der Natur in die Schranken gewiesen. O ja, genau das waren Edeltrauds Worte gewesen an jenem Morgen, als sie leise vor sich hin summte und Angela Merkel das Haar föhnte.

Daran hatte der Kondor denken müssen, als er aus der Tapetentür des Pausenraums getreten war, seinen Kennerblick über die Antlitze der Kundschaft schweifen ließ und es ihn zum dritten Mal überkam:

Die Augen sind die Ersten, die gehen.

Merkwürdig. Wo er doch seit fast zwei Jahren hier seinen Dienst versah. Seit Anbeginn also. Wie das mit den Augen war, wusste er noch aus seiner Zeit draußen auf dem Zentralfriedhof. Wenn ein letztes Mal Leben in die Körper kam und Kolonien von Würmern sich ans Licht fraßen. Weil dann die Augen tatsächlich die Ersten waren, die gingen. Doch damit war Schluss. Ein für alle Mal. Ja, er hatte der Totengräberei abgeschworen und blickte stattdessen den Toten und Untoten hier drinnen in die Augen. Die waren aus Acrylglas und blieben.

- Sehen Sie doch nur, Herr Kommissar! Die Fotos. Das ist der eine, das ist der meine. Achten Sie nicht auf die Kleidung, nur auf die Gesichter! Sehen Sie?

- Verblüffend. Ja. Da geb' ich Ihnen schon recht. Aber wir alle haben doch irgendwo an Zweiten herumlaufen, meinen S' nicht auch? Noch dazu, wenn ein paar 100 Jahr' dazwischen liegen, meinen S' nicht auch?

- Einen zweiten, Herr Kommissar?

- Sagen S' nicht immer Herr Kommissar, Gnädigste, den gibt's nur bei die Deitschn und im Fernsehen. Chefinspektor, wenn schon.

- Wie soll's denn da einen Zweiten geben, Herr Kommissar? Jahre hin, Jahre her. Sie müssen mir helfen! Helfen müssen Sie mir, Herr Komm…

Emil Flecker wanderte von Epoche zu Epoche. »Na, Bertl«, frohlockte er, strich über den ockerfarbenen Strickpullover seines Vis-à-vis und zupfte ihn ein bisschen verwegen am Schnauzer. »Neue Theorien gefällig, hmm?«

Albert »Bertl« Einstein schwieg.

»Weiß schon«, murmelte Flecker und wandte sich zum Gehen. »Geht nimmer so recht, gell? Alles relativ, vor allem die Zeit, hmm? Hehe!«

Zufrieden mit sich und seiner kleinen Parallelwelt und mit einem seligen Lächeln um die Lippen schwebte Emil »Kondor« Flecker weiter. Er fuhr die Sonden aus und taxierte die Wesen um ihn her. Da waren die Toten, die keine Wege mehr hatten und auf immer blieben. Mozart, Haydn, Jackson und wie sie alle hießen. Da waren die Untoten, die eine Sorte, die ebenfalls blieb, wenn abends die Lichter erloschen und die Rollläden niederfuhren, während draußen im Prater sich die Karusselle der Vergnügungssucht weiterdrehten und die Lebenden sich ihrer Pendants hier drinnen nicht entsannen. Ich sage nur: Julia Roberts, dachte Flecker, oder Morgan Freeman, Hermann Maier – der Depp natürlich auch. Johnny Depp, präzisierte er für sich selbst. Ja, der erst recht.

Und dann war da die andere Sorte der Untoten: jene, die kamen, zahlten und wieder gingen. Wie der da drüben, überlegte Flecker. Modell Buchhalter. Was sonst. Harmloser Spannertyp. Vielleicht ein bisserl grapschen. Sonst nix. Das Paar mit den beiden quäkenden Kindern, die mehrmals auf sein Funkgerät gelinst hatten, ging ja noch. Da wollte er nicht so sein, weil Flecker, wiewohl seit 13 Jahren geschieden, im Grunde seines Wiener Herzens immer auch ein Familienmensch geblieben war.

Nein, Flecker wollte nicht so sein. Das galt auch für die Alte da drüben, neuerdings Stammkundin, die schon wieder bei den beiden Neuen stand in ihrem an den Säumen abgestoßenen Kamelhaarmantel. Alexander von Humboldt? Meinetwegen. Doch die Alte hatte dem großen Forscher den Rücken gekehrt und starrte immer nur dessen Trabanten an. Was die mit dem bloß hatte? Diesen Bonpland kannte doch keine Sau. Er jedenfalls nicht. Aber bitte, wenn Madame wünschen …

Die Alte stand da und starrte.

»Wollen S' ned ablegen, Gnädigste?«, flüsterte er ihr im Vorüberfliegen zu. »Wissen S' eh, es ist März. Da wird sogar dem Geier manchmal kalt, und darum heizen wir.«

Die Alte sah ihn ungläubig an, schüttelte den Kopf. Zu ihren Füßen blitzte eine Lache auf. Trägt den Winter herein und lässt ihn einfach hier fallen, überlegte Flecker und dachte an den Schneesturm draußen, den er durchs Pausenraumfenster hatte aufblitzen sehen. Wozu gab es die Garderobe? Ach, was soll's.

Gleich im nächsten Raum, bei den Sportlern, lachten ein paar Halbstarke in gerippten Sweatern, taten es Thomas Muster gleich, rissen die Arme empor, feierten einander. Triumphales Gehabe, genährt aus dem Mut zur Überheblichkeit, befand Flecker. Ob mit oder ohne Racket in Händen.

Diesen Hans Krankl, diesen Fußballer, ließ er wie gewohnt links liegen. Ginge es nach ihm, sollte er der Erste sein, der dran war, wenn es zum Äußersten käme und ausgemustert würde. »Mit dem red' i a da draußen ka Wort, waun i eam triff«, hatte er einmal bei Speck und einem heimlichen Schwechaterbier, einer Reminiszenz an die Zeit draußen auf dem Zentralfriedhof, zornerfüllt getönt. »Ka Wort!«

»Rapid ist eine Rellligion«, hatte es unverzüglich zurückgeschallt.

»Siehst du, Herr Kollege, genau deshalb«, hatte Flecker gesagt, sein Pausenbrot vor der Zeit hinuntergewürgt und war wieder auf Streife gegangen.

Ideologisch nicht ganz so versifft war das Zwischengeschoss, auf das er nun zusteuerte. Wenigstens keine Sportler, befand Flecker, erklomm den Treppenabsatz, nickte der alten Chefin im rückwärtigen Teil des Raumes zu, die mit dem Modellieren des Glatzkopfes in ihren Händen keinen Deut weitergekommen war und ihr hüftlanges Haar zum wallenden, silbrig glänzenden Ballon hochgesteckt hatte. Über der Stirn prangte ein Arrangement aus weißen und gelben Rosen, drapiert mit orangefarbenem Tüll.

»Madame sehen blendend aus«, sagte er ehrerbietig, drückte den einen Arm an den Oberkörper, spreizte den anderen ab und verneigte sich vor der Wachsfigur, während er das Bein zum Kratzfuß ausschwang. Erst dann tat er ein paar Schritte zu einer sehr viel jüngeren Dame hin, die in T-Shirt, ausgewaschenen Jeans und Stiefeln in Bühnenpose dastand, ein Mikrofon in der Rechten hielt und lächelte. »So is des halt, meine Liebe«, hauchte Flecker und tätschelte Christina Stürmer die Wange. »Z'erst der Herr, dann 's Gscher. Stimmt's oder hab' i recht, hmm?«

Dreimal gerufen. Dreimal nicht gehört. Keiner hat's gehört. Der Kommissar nicht. Der Kommissar schon gar nicht. Hab dich dreimal gerufen, Kommissarchen. Hast mich dreimal nicht gehört, und jetzt? Hört ihr mich jetzt? Endlich? Weil's wahr ist! Weil's doch er ist!

- Geh'n S' doch nach Haus', meine Liebe.

- Nach Haus'?

- Ja, was glauben S' denn, was da los wär'! Wissen S' denn nicht mehr, damals, ein Jahr ist's her. Diese Sache mit dem … na, lieber ned dran denken.

- Sache? Was denn für eine Sache, Herr Kommissar? Herr Kommissar?

- Chefinspektor, wenn schon. Na ja, diese Sache halt. Das mit dem … mein Gott, ja … mit dem Peter Alexander. Ham S' denn nie was davon g'hört?

- Ja schon, aber … deshalb? Deshalb nicht, Herr Kommissar?

- Es ist wegen der Blamage, wissen S'. Das werden S' doch auch ned wollen, oder? Dass Ihr Name da mit rein'zogen wird in diese zweite … und nix anders ned kann's wer'n als wie eine neuerliche Blamage. Mit mir, meine Liebe, nein, mit mir nimmer! Gehen S' bittschön z'aus, Teuerste. Glaub'n S'ma's, es ist besser so! Jetzt gehen Sie doch endlich, Frau Idstein. Gehen Sie!

»Die Alte steht immer noch beim Herrn Assistenten, Checker Flecker, kommen!?«

Das Knarren an der Lende hatte den Kondor aufgeschreckt. »Position Fenster zum Hof, verlasse Hitchcock, Eintreffen in 44 Sekunden«, rief er, spreizte das Gefieder und brauste in langen Schwüngen los. Nur einmal drosselte er das Tempo, fuhr es sodann wieder hoch und federte den Schritt erst vor der letzten Biegung zu geschäftsmäßiger Gelassenheit herab.

»G'fallt er Ihnen a so, Gnädigste?«, süßelte Flecker der alten Dame ins Ohr. »Weil S' doch immer nur dasteh'n bei dem einen. Da weiter oben gibt's noch mehr von der Sorte. Viel bessere.«

Die Alte hob den Kopf und flimmerte ihn aus wässrigen Augen an. Dann, nach einer kleinen Ewigkeit, hauchte sie mit brüchiger Stimme: »Bessere? Wissen S', der da schaut aus wie ... ach, des glauben S' mir ja doch ned.«

»Wahrscheinlich ned«, entgegnete Flecker rasch. »I hob eam jo bis vor Kurzem gar ned kennt, gnä' Frau. So berühmt is der aa wieder ned. Andrerseits ... dem an da oben im ersten Stock ... no, wia haaßt der ... na, dem ham s' aa an Regisseur dazuag'stellt, den wos kana kennt. Wissen S' eh, der mit die Händ so tuat wia Stopp. Ah na, Bledsinn, gnä' Frau, des is jo da Tarantino. Wurscht. Mit de Schauspüla hob is ned a so. Aber sie wer'n scho wissen, wos tan, Gnädigste, oder?«

Sie nickte stumm.

»Na oisdann«, murmelte Flecker. Er trat einen Schritt zurück, machte einen Diener, wechselte ins Schönbrunner Idiom. »Wenn Sie etwas brauchen, Gnädigste, ich bin immer für Sie da.«

Die alte Dame lächelte verhalten. Ein bitterer Zug umspielte ihr den Mund.

Flecker ließ den Geierblick für einen Augenblick auf ihr ruhen, dann wandte er sich mit wohlwollendem Nicken ab und zog seines Weges, zurück in Richtung Obergeschoss, wo er mit Freddie Mercury noch ein Hühnchen zu rupfen hatte.

»Position Bondingsbums. Alles roger«, raunte er ins Walkie-Talkie und federte die Treppen empor. »Eine Dame, die glaubt, der Herr Assistent Bondingsbums sehe jemandem ähnlich. Kommen!?«

Für einige Sekunden herrschte Stille. Nur das leise Rauschen der fleckerschen Schuhe war zu vernehmen, das mühelose Gleiten des Kondors von Raum zu Raum. Jetzt war er bereits im Zwischengeschoss angelangt.

»Jemandem ähnlich? Kommen!?«, raspelte es, als er abermals an Maria Grosholtz alias Madame Tussaud vorbeihetzte, gerade noch Zeit für ein kurzes Winken fand und auf die ausladende Treppe mit der Ahnengalerie nach ganz oben zusteuerte.

»Ja, jemandem ähnlich«, raunte er. »Das alte Lied. Nicht kommen!«

Dann drosselte er das Tempo schlagartig und tauchte in den Funkschatten ein.

Von Gottes Hand lass ich mich führen,
ob's dunkel wird rings um mich her.
An Seiner Hand muss Satan weichen
und ich hab keine Zweifel mehr.

Die Treppe ins Obergeschoss war der einzige Ort im Museum, wo selbst die Funkgeräte versagten. Flecker hatte mithilfe eines Kollegen, dem das Funkwesen nicht minder am Herzen lag, seinem Namen die Ehre gemacht und jeden Flecken des Gebäudes auf seine Funktauglichkeit hin überprüft. So war das Manko nach Kurzem geortet. Aus Gründen der inneren Sicherheit, wie er betonte, und auch nicht ganz ohne Eigennutz, hatte Flecker der Direktion vorgeschlagen, das Trägersignal zu überprüfen und gegebenenfalls, da es sich um Frequenzüberlagerungen oder auch Reflexionen, bedingt durch Mauerwerk oder Metallteile, handeln könne, mit professioneller Unterstützung Abhilfe leisten zu lassen.

Madame Directrice hatte auf ihre Weise Abhilfe geleistet. »Dann bewegen Sie Ihren Hintern eben schneller da rauf, Flecker«, hatte sie gefaucht und mit dem Bubikopf gewackelt. »Überwinden Sie sich! Und überwinden Sie den Schatten! Wenn's einen Grund gibt, dass Ihnen der Herrgott so lange Haxen gegeben hat, dann wohl diesen, oder?«

»I bin doch ka Weberknecht«, hatte Flecker gemurmelt. Madame Directrice jedoch hatte nicht länger hingehört und ihn stehen lassen.

An jenem Tag war etwas in ihm zerbrochen. Als hätte der Falkner seinen Schützling mit einem Stück Fleisch aus den Lüften herabgelockt, um ihn an der Halskrause zu packen und ihm den Garaus dafür zu machen, dass er der Star der Show war. So eifrig Flecker im Dienst sonst sein mochte, so sehr schmerzte es ihn, sich auf sein langes Gebein reduziert zu sehen. Und so leistete er noch in der Stunde der Schmach einen ehernen Schwur: Die Treppe ins Obergeschoss würde er fortan nur noch im Kriechgang nehmen. Es war, als ruhte eine dumpfe Vorahnung in seinem Herzen. Als wollte er nicht nur das eigene, sondern auch das Schicksal von Madame Tussaud persönlich herausfordern.

Als Emil Flecker seinen Schritt nun betont langsam die Treppe emporlenkte, durchfuhr ihn der Gedanke zum vierten Mal in so kurzer Zeit. *Die Augen sind die Ersten, die gehen.* Abermals schüttelte er den Kopf, setzte Fuß vor Fuß.

Schritt … für … Schritt.

Ganz langsam.

Für dich, Kommissar.
Aber noch mehr für mich, Kommissar.
Von meiner Blamage gesprochen.
Und doch nur die eigne gemeint.
Gewissheit für die Seele.
Reinheit vor dem Herrn.
Das Auge bleibt, die Hand geht.

Herr Kommissar.
Jetzt!
Jetzt!!
Jetzt!!!

»… ABGESCHLAGEN. FLECKER, VERDAMMT NOCH MAL, FLECKER, WO SIND SIE? KOMMEN!!!???«

Wie vom Donner gerührt fuhr Flecker herum. Er war wohl gemessenen Schrittes aus dem Funkschatten getaucht, als es an seiner Lende zur Explosion kam. Der reinste Sprachvesuv. Von den Fersen bis zu den Haarwurzeln in Alarmstimmung, riss Flecker das Walkie-Talkie von der Hüfte. »ABGESCHLAGEN?«, stieß er hervor, hatte jedoch vergessen, die Sendetaste zu drücken. Und so schrie er, die Blicke eines entsetzt starrenden Pärchens auf sich ziehend, abermals. »ABGESCHLAGEN? WAS DENN? WER DENN? WO DENN?«

Selbst auf das obligate, ihm längst ins Blut übergegangene »Kommen!?« hatte Flecker vergessen. »AUSGANG BESETZEN! AUSGANG BESETZEN!«, schrie der Kondor und breitete die Schwingen. »BIN UNTERWEGS! ICH FLIIIIIIEGE!!«

So jäh der Sprachvesuv eruptiert war, so jäh erlosch er wieder. »Es ist die Alte. Kommen!?«, knatterte die Stimme mit erstaunlicher Gelassenheit.

»WOS SOGST?«, schrie Flecker. Jetzt war auch das Sie beim Teufel.

»Die Alte«, knatterte die Stimme. »Bei der Sie gerade waren, Flecker. Sie hat Bonpland die Hand abgeschlagen. Ausgang besetzt. Keine Anzeichen von Fluchtversuch. Delinquentin steht da und schaut und wartet. Trotzdem in gebotener Eile auf Position Bonpland und die Tatwaffe sichern. Im Übrigen: Funkdisziplin, Flecker! Kommen!?«

»Verstanden!«, schnaubte Flecker. Immer noch in der Erregung des Ernstfalles, warf er allen Hass auf Madame Directrice über Bord und überwand den Funkschatten in mächtigen Sätzen zu sechs Stufen. Er schaffte es in nicht einmal 15 Sekunden.

Das Bild, das sich ihm darbot, würde er nie vergessen. Das Mütterchen, dem er Minuten zuvor noch aus dem Mantel helfen wollte, stand da, weinte und lispelte Unverständliches. In der Rechten hielt sie eine Machete, und als Flecker herantrat, glitt sie mit metallischem Klirren zu Boden.

Darum wolltest du den Mantel nicht ablegen, durchfuhr es ihn.

Neben der Waffe, über dem Gelenk abgetrennt und in ein Meer von Fieberglassplittern gebettet, lag die Linke des Aimé Bonpland. In der anderen hielt er nach wie vor das Vergrößerungsglas, das ihn, wie Humboldt auch, bei der botanischen Feldforschung in den Urwäldern am Orinoco zeigte. Der eine, Humboldt, thronte in einer Piroge, das eine Bein in Siegerpose auf den Seitenplanken des Bootes, der andere, Bonpland, linste ins offene Maul eines Tigers. Bis auf die abgeschlagene Hand wies Bonpland keinerlei Beschädigungen auf, auch die Kleidung war unversehrt, desgleichen das Moskitotuch über seinem Antlitz wie auch … die Augen.

Aber … sind nicht die Augen die Ersten, die gehen?

Der Security Emil Flecker zeigte sich auf eine professionelle Weise geschockt, also gerade so viel, dass es angesichts der Beschädigung einer Sache, die nicht die eigene war, angemessen schien. Dann aber ergriff das nackte Grauen Besitz von ihm. Es war der Blick, den er auf Bonplands Stumpf warf. Dort, wo im Inneren einer jeden Wachsfigur ein Hohlraum zu sein hatte, blitzte es weiß auf. Organisch weiß. Wie mechanisch ließ der Kondor die rechte Schwinge zu Boden gleiten, nahm die Machete an sich, trat näher an Bonplands abgeschlagene Pranke, bückte sich. Er musste sicher gehen. Die Alte neben ihm schüttelte es indes nach Kräften und die Lache zu ihren Füßen wuchs und wuchs.

Flecker blickte hin zum Stumpf, blickte weg, blickte hin, wandte sich ab. Er hörte nicht, wie eine junge Frau, die mit ihrem Spross an der Hand an seine Seite geschlüpft und Zeugin des barbarischen Geschehens geworden war, zu kreischen begann. Er sah nicht, wie die Kollegen aus dem Kontrollraum und anderen Teilen des Hauses herbeigestürzt kamen. Fleckers Sinne waren wie taub, zugedröhnt von der Beute der Augen. Ein Bild wie dieses war nicht zu verdauen. Auch nicht, wenn man ein Grammelschmalzbrot aus der 16-Uhr-Pause zur Unterlage hatte. Ja, selbst dann nicht, wenn man die Gesichter des Todes allesamt zu kennen glaubte. Also riss der Kondor den Schnabel ganz weit auf und erbrach sich.

Einmal. Ein zweites Mal.

*

»Waaaas?«, schrie Vinzent Kluger Minuten später. »Du meinst …«

»Natürlich meine ich«, sagte die Stimme am Telefon, schöpfte nach Atem und holte weit aus.

Augenblicklich wurde das Räderwerk der Veränderung in Gang gesetzt, hüben wie drüben, und so waren die Zeitungen am nächsten Morgen voll davon, folgten jedoch im Tenor weitestgehend dem Polizeibericht, welcher – einer Informationssperre zufolge – recht vage gehalten war und selbst die Reporter mit den besten Kontakten gegen Mauern des Schweigens prallen ließ. Einzig die *Gute* wagte sich in der Morgenausgabe dieses 23. März sehr viel weiter hinaus als ihre Mitbewerber und titelte:

Rätsel um vermissten Uni-Dozent geklärt:
Madame Tussauds stellt
Mordopfer in Wachs aus

Im Blattinneren, zur Einstimmung auf fünf reich bebilderte Doppelseiten, fanden sich diese Worte:

»Ein Verbrechen, wie es bestialischer und schauriger nicht sein könnte, erschüttert die Donaumetropole und geht um die Welt. Denn diese Tat stellt die bizarrsten Fantasien aller Horrorfilme durch eine Wiener Realität in den Schatten: Norbert K., jener 44-jährige Experte für Paläobiologie und Dozent der Universität Wien, der seit Monaten als vermisst galt und an dessen Auffinden die Polizei kein ernsthaftes Interesse bekundet hatte, ist tot. Grauenvoll ermordet, zerstückelt, in Wachs gegossen und als eine von zwei neuen Attraktionen im Kabinett von *Madame Tussauds* am Riesenradplatz 5 ausgestellt – getarnt als jugendlicher Assistent Aimé Bonpland, der Reisebegleiter Alexander von Humboldts. Erst vor einem Jahr war das Wachsfigurenkabinett in die Schlagzeilen geraten, als an der Seite der Figur Peter Alexanders am Tag der Einweihung die Plastik eines unbekannten Begleiters aufgetaucht war, die dem auch heute noch vermissten Perückenmacher Ferdinand H. (47) aufs Haar gleicht. Bei *Madame Tussauds* sprach man von einem PR-Gag, auf öffentlichen Druck jedoch wurden kriminaltechnische Untersuchungen angestellt, die für die Ermittler in ein Fiasko liefen und einen Chefinspektor der Wiener Polizei zum internationalen Gespött machten, denn: Die Wachsfigur war echt. Als Auswuchs krankhafter Mordlust in den Köpfen einiger weniger abgetan, war der Fall zu den Akten gewandert. Nun jedoch das. Aufgedeckt wurde diese Ungeheuerlichkeit durch die verzweifelte Mutter des Toten, die wochenlang bei den Behörden abgeblitzt war und nur in der Redaktion der *Guten* Gehör gefunden hatte. Jetzt nahm sie die Sache selbst in die Hand. Lesen Sie hier die Geschichte einer Frau, die ans Äußerste ging. Es ist die Geschichte einer Frau, die für sich und das Schicksal ihres Sohnes nur dreierlei will: Gewissheit, Gerechtigkeit – und die ganze Wahrheit …«

Der Folgemorgen, so nach 10 Uhr

XXVIII. MÜHLENMAHLEN

»Name?«

»Idstein.«

»Vorname?«

»Justine. Idstein Justine. Aber das wissen Sie doch längst, Herr …«

»Ich vielleicht, meine Liebe. Aber das Protokoll weiß gar nix, solang man es ihm nicht sagt, Sie verstehen? Also. Justine Id-stein.«

»Ja.«

»Geborene?«

»4.4.43.«

»Nein. Ge-bo-re-NÄ?«

»Ja.«

»Was ja, Gnädigste!? Geborene Idstein?«

»Ach das. Ja. Geborene Idstein. Geschiedene Köhler, wieder angenommene Idstein.«

»Köhler wie Kohle mit Ö?«

»Wie der Beruf. Den gab es schon in der Eisenzeit. Hat mein Verstorbener, der Herr sei seiner Seele gnädig, immer gesagt. Der Ex. Die Eisenverhüttung, wissen Sie, Herr Kommi…?«

»Das tut nichts zur Sache, Frau Idstein. Bleiben wir doch bittschön bei den Fakten. Köhler mit Ö also. Wie der Herr Sohn ja auch heißt.«

Hieß, dachte er, zuckte zusammen. Das war so gut wie fix, wiewohl der Kollege aus dem Labor immer sagte, fix sei nur, dass nix fix sei, dass die Sicherheiten des Fortschritts niemals über jenen des Geistes stehen dürften und es immer auch anders kommen könne. Gerade in ihrem Job.

Der Chefinspektor massierte den Rücken seiner Knollennase, drückte eine Armada Poren auf und rieb sie fort. Er rückte die Brille zurecht, musterte sein Gegenüber mit einem langen, wachsamen Blick.

Wer war diese Frau? Wer steckte in diesem hohlwangigen, hohläugigen Wesen, das da vor ihm saß? Die Brust ein schmales Band verwelkender Lebenskraft, das Haar schlohweiß, zum Kranz gewunden. Landpomeranze war das Wort, das ihm einschoss. Nun starrte er auf ihren Mund. Zwei dürre Striche, anämisch, und anstelle des Blutes pulsierte nichts als Verzagtheit darin. Armes Weiberl, dachte er und spürte, den Empfehlungen, die man seinesgleichen in der Ausbildung mit auf die Reise in die Abgründe der Menschheit gab, wie zum Trotz, dass sie ihn packte, die nur an ausgewählten Tagen so elendiglich tiefe Verzagtheit, die Reue, diesen und keinen anderen Beruf ergriffen zu haben.

38 Jahre.

38 Jahre waren es nun schon. Zwei Herbste noch bis zum großen Herbst. Hätten die nicht anders ins Land ziehen können? Ohne die Lachnummer von vor einem Jahr? Ohne die Standpauke im … die Ministerin höchstpersönlich? Wie sie ihn angefahren hat, dieses hakennäsige Weibsstück, im Unterton diabolisch scharf, an der Oberfläche aber hölzern schal, als spräche der Marterpfahl höchstpersönlich, an dem er hing. Hätte es nicht ohne alledem abgehen können? Ohne dieses Jetzt? Ohne diesen als Wachsfigur zur Schau gestellten Toten? Ohne eine verzweifelte Mutter, an der er sich versündigt hat, weil er ihr so gar keinen Glauben hat schenken wollen?

Sehen Sie doch nur, Herr Kommissar! Die Fotos. Das ist der eine, das ist der meine. Achten Sie nicht auf die Kleidung, nur auf die Gesichter! Sehen Sie?

Natürlich. Jetzt ja. Jetzt sieht es ganz danach aus, Gnädigste, weil Sie selbst es in die Hand genommen haben. Weil wir feige

Hunde waren. Und ich der hundsföttisch oberfeigste Hundsfott von allen. War. Bin. Sein werde. Auf immer.

Aber das würde er ihr nicht sagen. Fürs eigene Heil nicht. Und auch nicht, weil sie es nicht zu nehmen wüsste.

Dreimal hast du sie nach Hause geschickt, dachte er. Mit trostvollen Worten. Hast ihre Vermisstenmeldung auf dem Dienstweg abgehandelt. Das stinknormale Programm. Hat sich nicht abwimmeln lassen, die Alte. Nicht und nicht loszukriegen. Lästig wie nur. Priorität Q hatte er vor ihr zum Kollegen von der Fahndung gesagt und bedeutsam genickt. Q wie Querulant. Menschen mit verdichtetem Rechtsempfinden. Weil die Priorität eine andere war, die da hieß:

Alles … nur keine neuerliche Blamage.

Nix is g'wesen mit dem Helfen, dachte er. Anders als mit dem Peter Alexander. Bei der Sache mit dem seinem Adlatus.

Ham S' denn nie was davon g'hört, Frau Idstein? – Ja schon, aber … deshalb? Deshalb nicht, Herr Kommissar? Deshalb keine Untersuchung? – Ja, Gnädigste. Genau deshalb.

Auch das hatte er so nicht gesagt. Damals.

Gedacht? Das ja.

Gesagt hatte er nur: »'s is wegen der Blamage, wissen S'. Des wern S' doch auch ned woll'n, oder?«

Reinreiten hatte er sich lassen, dachte er, memorierte das erste Mal. Die Blamage, wie sie ihren Lauf nahm. Reinreiten. Ja. Fix noch einmal! Von der langhaxerten, großbusigen Ex von diesem Perückenmacher. Diese Dingsbumsthurgau. Die einen Wirbel geschlagen hatte wie nur. Aufgeblasene Person, aufgeblasene, mit ihren Beziehungen ins Ministerium und ihrem überquellenden Wackelpudding im Ausschnitt. Als würde das etwas ändern an seiner Korrektheit, hatte er beim ersten Hinstarren auf ihre Riesentitten noch gedacht.

Und ob es was geändert hat! Dabei waren ihm die Dinger fast schon zu groß gewesen. Fast. Und dann …

… ja, dann erst der Kluger, Schmierfink elendiger. Hast

geschrieben und geschrieben, Drecksbinkel, vermaledeiter, bis sie alle infiziert gewesen sind, deine Herren und Damen Kollegen, irgendwann, die anderen, aufgesprungen auf den Zug der Gehässigkeit, bis auch sie ihr ätzendes Geschmiere abgesondert haben, ein zu Papier gewordenes Sekret, der gesammelte Auswurf einer Branche neunmalkluger Rotzer. Der ganze Blätterwald hat sich im Gleichtakt der Schmähungen gewiegt, Bagage elendige. Wer weiß, vielleicht ist das alles überhaupt erst in die Gänge gekommen, weil dieser Kluger damals … der mit seinem kranken Hirn.

Und dann?

In die Knie gegangen bist vor so viel Druck. Und die Frau Staatsanwalt gleich mit dazu, eingeknickt auf ihren dürren Rehläufen. Eine charakterlose Pippn, die nichts geleistet hat in ihrem Leben. Wenn sie wenigstens dagegengehalten hätt'?

Und? Was war's?

Nix war's, dachte der Chefinspektor. Abholen lassen haben wir die Figur. Zerlegen und untersuchen lassen haben wir die Figur. Wieder herrichten lassen haben wir die Figur. Weil's halt nur eine Figur war. Ist. Eine sauteure noch dazu. Aus Wachs der Schädel. Aus Fieberglas der Körper. Hat verdammt viel Mühe gekostet, die Frau Ministerin zu überzeugen, dass wir es dürfen. Und noch mehr, sie zu beruhigen. Hernach. Und erst die Kosten fürs Restaurieren.

Jössas.

Mein Gott, ja, dachte der Chefinspektor nun auch, was hatte diese Direktorin aus dem Wachsfigurenkabinett nicht geflippt. Hat ihm an Schmieranskis auf den Hals gehetzt, was an Schmieranskis verfügbar war, was einen Kugelschreiber auch nur richtig halten kann. National. International. Nix wie Spott und Hohn, der da über ihn hereingebrochen ist! Über die Abteilung. Die Wiener Polizei als solche.

Aber vor allem über dich. Ein Sperrfeuer der Peinlichkeit, ein Trommelwirbel der Demütigung, der nicht und nicht verklingen hat wollen. Bis nach Hongkong haben sie die Geschichte rauf und runter geschrieben.

Hongkong!

Nicht den Fall von diesem Perückenmacher an sich. Nein! Der war ja immer noch weg. Ein Aussteiger, was sonst. Ein Steuerverfahren hatte er am Hals, weil's halt nimmer so gelaufen war in der Branche. Wer brauchte schon Perücken! Weil er die halbe Miete ohne Rechnung gemacht hatte, der gute Herr von und zu Hinczica. Und obendrein sagte, bei den Kollegen von der Finanz, er habe so einiges verschenkt. Aus Mitleid mit der Klientel.

Ha! Wo gibt's denn so was heutzutage. Also nix wie weg. Spurlos raus aus der alten und rein in die neue Existenz. Ein lupenreiner Fall für die Kollegen von der Zielfahndung, wäre er nur ein etwas größeres Licht, nach dem es zu forschen lohnte. Nein, darüber hatte keiner was bringen wollen. Immer nur über dieses Desaster, diese einzigartige Blamage der Wiener Polizei. Sein Desaster. Seine einzigartige Blamage.

Dass du eine Wachsfigur für eine Leich' ang'schaut hast. Was für ein Genuss in all dem Gespött! Hohntriefend.

Hongkong, dachte der Chefinspektor abermals. Und jetzt? Wie soll ich's dir denn sagen, Mütterchen? Wie dir beibringen, dass einer tatsächlich eine Leich' zur Wachsfigur gemacht hat. Dass, wenn einer die Wachsfigur anschaut, die Leich' zurückschaut. Gewissermaßen. Dass da einer Körperwelten gespielt hat, dass einer deinem Herrn Sohn die Haut vom Fleisch und das Fleisch von den Knochen gelöst hat …

… ja, womöglich gekocht hatte man ihn, den Herrn Sohn, mit Säure auch, ausgeweidet wie ein frisch erbrochenes Wildbret, wie ein Stück Schlachtvieh, und dass selbst ihm, dem über die Scheußlichkeiten der Jahre Abgebrühten, grauste bei so viel Grauslichkeit. Auch heute noch. Da graust es sogar der Sau, dachte er. Und dass er die Grauslichkeit nicht länger mit nach Hause nehmen wollte am Abend zu seiner Frau, die das noch nie hat hören wollen. Und dass er eine Öde im Herzen trug, der der Schmerz abhandengekommen war. Vor langer, langer Zeit. Aber das fühlte der Chefinspektor nur, das dachte er nicht. Dafür allerdings, dass er sich sicher war wie selten, was den Herrn Sohn betraf.

Wer sonst sollte es sein, wenn nicht Norbert Köhler? Paläobiologe, was immer das sein mochte, Steineklopfer mit akademischem Anspruch, und Universitätsdozent obendrein. Oder Professor. Wer, wenn nicht er? Dieselbe Visage. Absolut ident. Wie runtergerissen.

Da hatte die Alte schon recht. Es lief ja wirklich kein Zweiter von einem herum. Auch wenn da diese Sache mit diesen parasitären Zwillingen war. Wo hatte er das nur gelesen …? Das mit diesem Kind in diesem … ? Wo war das, verdammt noch mal? Anatolien? Nein, mehr zentralasiatisch. Usbekistan? Kasachstan? Zum Teufel mit der Souveränität, sagte er sich, verdammtes Kleinkleingetue, elendiges, mit den ganzen Staaten da drüben. Früher hast du einfach UDSSR gesagt oder am besten: der Russ', und es hat gepasst.

Und heute? Wo jetzt!?!

Egal. Ein Bub war's auf jeden Fall. Keine acht Jahre. Dem haben sie ein richtiges amorphes Wesen rausgeschnitten, mit einem Gesicht, verkümmerten Gliedmaßen, kein Herz, kein Hirn, dafür lange schwarze Haare. Na ja. Kein Wunder. Wie die Jungen heutzutage. Die gehen auch nie zum Friseur. Oder war das eine Generation davor? Oder zwei? Sachen gibt's. Ein parasitärer Zwilling halt. Aber kein echter Zweiter von einem Ersten, überlegte der Chefinspektor. Keiner, der einem anderen bis ins Letzte wie runtergerissen ist. Nicht so wie dieser Bonpland diesem Köhler. Ein einziges Gesicht, die beiden.

Es lief ja wirklich kein Zweiter von einem herum, dachte er. Auch wenn er der Alten, die da gebeugt vor ihm saß, das Gegenteil weismachen hatte wollen. Ein X für ein U. Zur Beruhigung. War der Fall nicht jetzt schon pervers genug?

Aber die Reue allein war es nicht, die den Chefinspektor so böse beutelte. Welch schauderhafter … war das Wort überhaupt angebracht? … Fall! War es nicht bedeutend mehr als eine schauderhafte Unmöglichkeit? Ein Albtraum von einem Fall?

Der Chefinspektor saß da, sinnierte und zwickte sich rote Flecken in den Handrücken. Nein, sagte er sich, wie bedauerlich. Ein einziger echter Irrwitz war das. Ein Alb ohne Traum. Sehr real. So real und aus dieser Welt, dass es einem die Sprache verschlug. Die als Mensch. Da blieb dann nur noch die als Beamter.

»Fahren wir fort, Frau Idstein«, sagte er darum geschäftsmäßig. »Geboren am?«

»Das hab ich doch schon …«

»Für mich, ja, Frau Idstein. Jetzt ist es fürs Protokoll. Also?«

»4.4.43.«

Der Chefinspektor nickte, machte eine Notiz.

»Ich weiß, dass es schwer ist, Frau Idstein«, sagte er mit belegter Stimme, sah nicht auf, weil er gerade jetzt nicht aufsehen konnte, ohne dem Beamten, der er war, zu entschlüpfen und hinein in den Menschen, der er auch noch war, »aber schwer ist es für uns alle. Wenn Sie also vielleicht ein bisserl lauter …«

»4.4…«

»Danke. Geboren in?«

»Wien.«

»Wohnhaft in?«

»Schmerlingplatz 4. Im Ersten Bezirk.«

»Weiß ich.«

»Hab ich Ihnen das denn schon …«

»Wo der Schmerlingplatz ist, Gnädigste, weiß ich.«

»Bin halt eine Innenstädterin …«

Nie und nimmer, dachte der Chefinspektor, bei diesem Haarkranz, so was von einem ländlichen Striezel.

»… mit Leib und Seele bin ich das, wissen S'? Das war ja auch mit ein Grund, dass mein Ex, der Verstorbene, der Herr sei seiner Seele gnädig, na ja, dass es halt nimmer hat gehen wollen mit …«

»A bisserl lauter, Frau Idstein. Ich bitt' Sie.«

»… nimmer hat gehen wollen mit uns. Damals, im 70er-Jahr, im Februar war's, der Berti keine drei, da sind wir aus Deutschland zurück. Ein Kleinhäusler aus einem Kaff bei Hamburg. Wie wollen Sie so einen hier heimisch machen? Im Ersten Bezirk noch dazu?«

Domestizieren, dachte der Chefinspektor, und auch, so einen, einen Oberpiefke, schon gar nicht, sagte aber nur: »Gar nicht.«

»Gar nicht?«, echote sie. »Wollen Sie meinen Ex, der Herr sei seiner Seele gnädig, beleidigen? Oder wollen Sie am End' sagen, ich wär' nicht in der Lage gewesen … dass es also an mir gelegen hat?«

»Nicht direkt, Frau Idstein. Es ist mehr, weil …«

»Nicht direkt?«

»Aber Frau Id…«

»Ein grober Klotz sind Sie, Herr Kommissar«, rief da die Alte. »Ein ungehobelter Klotz, vom Scheitel bis zur Sohle. Und wieder retour. Von Anfang an hab ich mir das gedacht. Bei einem wie Ihnen.«

»Gnädigste, ich bitt' Sie!« Der Chefinspektor war nun sehr wenig Chefinspektor und sehr viel Mensch, witternd, dass es der Seelenschmerz allein war, der die Zunge dieser Frau führte, der sie Dinge über den Anstand hinaus sagen ließ, wider die eigene Natur und wider eine Amtsperson wie ihn erst recht. Also sprach er mit flehentlicher Stimme. »So war das doch nicht gemeint. Darf ich Ihnen vielleicht einen Kaffee servieren lassen, Frau Idstein, für die Nerven? Oder ein Schnapserl?« Er machte eine Geste in Richtung des Schreibtisches. »Ich hätte da einen Selbstge…«

»Nix dürfen S'!«, rief sie, verschränkte die Arme und senkte den Kopf gegen die Brust. Justine Idstein schwieg.

Mehr Mensch als Beamter, saß der Chefinspektor da, verdattert vom Scheitel bis zur Sohle und wieder retour, und musterte die alte Dame mit dem abgestoßenen Kamelhaarmantel auf dem Schoß. Gerade, dass sie ihn überhaupt abgelegt hatte. Aber immer schön dicht am Körper. Auch jetzt. Der Chefinspektor seufzte leise, schickte einen zweiten Seufzer hinterdrein, mehr an sich adressiert wie auch an die viele Arbeit, die ihn in die Zange nahm, den Menschen aus ihm herausquetschte und die leere Polizistenhülle zurückließ.

Wer tat anderen so etwas an? Wer tat sich selbst so etwas an? Die viele Plackerei mit dem … ja, nix anderes nicht als ein Ausweiden musste es gewesen sein. Schauderhaft. Dazu die Wachsfigur. Mit Knochen befüllt. Absurd, das alles. Monate musste das gedauert haben, konnte man den Ausführungen dieser Direktorin bei *Madame Tussauds* Glauben schenken. Und wer – Himmel, Arsch und Zwirn – wer tat ihm, zwei mickrige Jährchen vor der Pensionierung, so etwas an? Durch und durch unbarmherzig, dachte er, Arbeit, die gnadenlos an ihm klebte. Da führte kein Weg vorbei. Wer diese Mühen nicht scheute, der ließ sich auch nicht mir nix, dir nix … wer derart sein Handwerk beherrschte, dem war dieses nicht so mir nix, dir nix … ja, zu legen.

Und das heute, am Hochzeitstag. Endlich einmal hatte er ihn nicht vergessen, hatte der Frau Gemahlin einen Abend im Haus am Ring versprochen. Mit der Lyssewski und dem Ofczarek … Burgtheater, *Endstation Sehnsucht*, sie und er in voller Robe. Einen lauschigen Zweiertisch hatte er reserviert … ganz hinten im *Sky* … ein feines Essen in einem feinen Restaurant, hoch droben, an den Dachflanken des alten Wien, mit Blick auf Graben und Stephansdom … und von wo es vielleicht sogar darüber hinaus gehen hätt' können, zu Hause dann … für sie und für ihn, der er bald 60 sein würde und in diesen Dingen nicht mehr der Erprobteste.

Damit war für heute wohl Schluss. Sonderkommission und das übliche Tamtam. Ein Samstagmorgen wie ein einziger Verschiss.

»Wenn Sie wüssten, Teuerste, was Sie mir da …«

Eingebrockt lag ihm auf der Zunge. Doch ein rudimentäres Überbleibsel von Kriminalistenmitgefühl aus seinen Anfängen brach sich Bahn, hielt das trotzbeladene Wort in der Kehle zurück.

»… was Sie mir da … ach was.«

Mit einem Murren wischte er sich den Schweiß von der Stirn, verrieb ihn im Dreitagebart. Der Chefinspektor saß da und dachte nach. Hohles Geklapper wehte aus dem Nebenraum herüber wie ungeübte Nägel auf einer Tastatur. Dann kurzes Gelächter. Schrill, im Unterton frivol.

Der Chefinspektor seufzte ein drittes Mal, griff zum Telefon. »Vernehmung. Sofort!« Ungehalten darüber, was er durchs Telefon nebenher vernommen hatte, wandte er sich Justine Idstein zu. »Wenn's recht ist, gnä' Frau. Ist auch eine liebende Mutter, die Kollegin da drüben, wissen S'?«

Die Tür schwang auf. Ein braun gelocktes Wesen, Mitte 30, die Haarsträhnen so verrutscht wie der Pullover, trippelte auf langen Beinen herein.

»Ja?«

»Das ist Frau Idstein, du weißt doch …« Verdammte Närrin, durchfuhr es. Weißt du denn nicht …?

»Natürlich«, sagte sie, drosselte die flötende Stimme um eine Oktave ins Mitleidvolle hinab. Als wüsste sie alles rund um den Akt, der den eigenen soeben vereitelt hatte. »Die Wachsfigurensache, gell?«

Der Chefinspektor funkelte sie aus schmalen Augen an. »Sache« war nicht das Wort, das er jetzt, hier brauchen konnte. Justine Idstein indes schien alledem entrückt. Mit zwei schnellen, weiten Schritten war die braun Gelockte bei ihr.

»Darf ich Ihnen mein aufrichtig…«

Scharf wie der Vorlauf eines doppelt Gebrannten und mit einem vernichtenden Blick an die Kollegin ging der Chefinspektor dazwischen. »Ich habe Ihnen ja schon gesagt, Frau Idstein, dass es keineswegs gewiss ist, ob es sich tatsächlich um Ihren Sohn Norbert handelt. Wir wissen nur, dass es die Knochen eines Menschen sind.«

Noch in der Sekunde schoss es ihm ein. Wozu? Was mochte ein Aufschub bringen? War ein Schock wie dieser in kleinen Happen verträglicher als ein einziger großer Bissen?

Justine Idstein durchbrach ihr Schweigen, im Ton gallebitter. »Aber das Gesicht, Herr Kommissar.« Sie hob den Kopf, flirrte ihn aus seelenlosen Augen an. »Das Gesicht, Sie wissen doch, oder haben Sie es vergessen?«

Sagen S' nicht immer Herr Kommissar, dachte der Chefinspektor, sagte aber nur: »Ich möcht' Sie doch nicht über Gebühr beunruhigen, Frau Idstein. Sie haben eh schon so viel mitg'macht.« Und er erst. »Die Auswertung durch die Kriminaltechnik läuft. Fürs Erste muss die DNS abgeglichen werden. DNS, wissen S', Frau Idstein, das ist das, was sie im Fernsehen immer als DNA bezeichnen, fälschlicherweise, weil das A, das kommt ja aus dem Englischen, wissen S', und steht für acid, also für …«

Jetzt war es die braun Gelockte, die ihm einen mahnenden Blick zuwarf. Sag ja nicht »Säure«, sagten ihre Augen.

»… is ja wurscht, immer dieses Englisch, na ja, jedenfalls können wir nur so sichergehen. Aber das haben wir doch schon eingangs … nicht wahr?«

Justine Idstein schwieg, niedergeschlagen die Augen, niedergeschlagen der ganze Mensch.

»Eben. Und die Kollegin da …« Der Chefinspektor nickte ihr zu.

»Ich würde gerne etwas mehr über Ihren Sohn wissen, Frau Idstein«, sagte die prompt, zog einen Stuhl neben den er alten Dame. »Ich darf mich doch hierher, gleich neben Sie …«

Justine Idstein schwieg.

»War denn … ist denn Ihr Herr Sohn, Frau Idstein, ist er denn einer, der einfach so … verschwindet?«

Kopfschütteln. Schweigen. »Der Berti«, wisperte Justine Idstein schließlich gegen die Schreibtischplatte, »also, der Norbert, wissen Sie, das ist ein Sohn wie ein Prinzip. Eine treue

Seele ist mein Berti. Der würde seine alte Mutter nicht einfach so … vergessen.«

»Natürlich nicht«, sagte die Beamtin.

Natürlich sagst du jetzt »natürlich nicht«, dachte der Chefinspektor.

»Wie ist er denn so, der Norbert, als Sohn?«

Jetzt hob die Alte doch ihr Antlitz, wandte es, begleitet von sprödem Lächeln aus ganz weit her, der Kriminalbeamtin zu. Die sah sie aus ihren blitzenden, lichtbraunen Augen an. Ein Schuss Güte, töchterlich wie mütterlich zugleich, ruhte nun auf Justine Idstein, und die Stirn der jungen Kriminalistin lag in Falten da, flach himmelwärts gerichtet, forschend, verharrend. Als wäre ein Schwarm Zugvögel mitten im Flügelschlag erstarrt.

Genau darum hab ich dich geholt, dachte der Chefinspektor. Die Anteilnahme schien ihm doch recht unverfälscht verglichen mit der seinen, und so spürte er, wie sein Ärger auf und davon flog. Würde sie nicht immer mit dem Kollegen rummachen. Nun ja, seit sie Alleinerzieherin war … andererseits, mit diesem Ungustl, dieser Kerl, der ganz tief drinnen steckte im Dickdarm des Herrn Direktors. Der seine Naseweisheiten auf eine naseweise Art unters Volk streute, dass einem speiübel werden konnte. So, als wären seine Worte die Exkremente des Chefs, die ihm beim Herausschlüpfen aus dem After am Maul haften geblieben sind. Und dass er bei der Sitte war, machte die Sauerei auch nicht zwingend erträglicher.

»Ich meine«, setzte die braun Gelockte hinterher, »weil Sie sagen, er ist ein Sohn wie ein Prinzip. Was macht es denn aus bei Ihrem Norbert, das Prinzip?«

»Dreimal die Woche ist er da. Seit er ausgezogen ist vor acht Jahren. Woche für Woche. Nicht eine hat er ausgelassen, es sei denn, er ist auf Dienstreise.« Sie hielt inne, schluckte. »War …« Justine Idstein schluchzte auf. »Weil jetzt ist er ja schon so lange nicht mehr …«

Vor acht Jahren?, überlegte der Chefinspektor. Das hieß, wenn er zurückrechnete, dass er damals schon … puuh.

»Wann ist es denn das letzte Mal gewesen, Frau Idstein?«

»Das hab ich doch schon alles diesem Herrn Kommissar da gesagt. Einmal. Zweimal. Dreimal.«

Böse Blicke auf den Chefinspektor lösten das Schluchzen ab, wie Vorboten einer Flut aus Verbitterung und Wut.

»Wissen S', Frau Idstein«, die Beamtin sprach ruhig, beugte sich ganz dicht an die alte Dame heran, »es ist schon auch ein bisschen so, wie der Herr Chefinspektor sagt. Wir wissen ja noch gar nicht, ob es der Norbert ist.«

Schon auch ein bisschen so, wie der Herr Chefinspektor sagt, durchfuhr es ihn, den einzigen Mann im Raum. Wie der Herr Chefinspektor … dieser Herr … dieser Mann da … dieser Er … dieses gerade noch männliche Subjekt … und für einen Augenblick war ihm, als hätte das weibliche Verschwörergen wieder einmal mit der größten Leichtigkeit obsiegt.

Stummes Nicken.

»Wann war es also das letzte Mal, Frau Idstein?«

»Ein Samstagabend war's«, sagte sie mit dem mürben Klang der ewigen Wiederholung. »Der 22. Mai. Dienstag, Donnerstag, Samstag. Das sind unsere Tage.«

»Der 22., sagen Sie?«

»Ja.«

»Das heißt, gestern war's zehn Monate her, dass Sie nix mehr vom Norbert gehört haben, Frau Idstein, richtig?«

Abermals stummes Nicken.

»Kann es sein, dass da ein Zusammen…« Sie unterbrach sich, warf dem Chefinspektor einen bedeutsamen Blick zu.

Schulterzucken da, Schulterzucken dort. Also fuhr sie fort. »Was war denn an diesem Samstag anders als sonst?«

»Was soll denn anders gewesen sein«, entgegnete die Alte mit geweiteten Augen. »Nix war anders. Fernsehschau'n haben wir getan. Wie halt jeden Samstag. Ich hab was Feines gekocht für den Berti und mich, er liebt ja meine Küche, wissen Sie?«

»Das kann ich mir gut vorstellen, Frau Idstein.« Wie zur Ermunterung schenkte sie dem Chefinspektor ein gefälliges Augenklimpern.

»Sehr gut sogar«, fiel da der Chefinspektor ein, zuckte aber in der Sekunde zusammen. Bestimmt würde die Alte die schmeichlerische Saat durch ...

Justine Idstein zuckte verächtlich mit den Mundwinkeln in seine Richtung, wandte sich der Beamten zu: »Piccata Milanese. Das liebt der Bub über alles. Mit viel Parmesan in der Panier.«

»So mag ich's auch, Frau Idstein. Und dann?«

»Was und dann?«

»Was dann war?«

»Gar nix war. Geredet haben wir halt. Darüber, dass er immer noch keine Fixe hat.«

»Frau, Frau Idstein?«

»Was denn sonst! Es wär' ja nur wegen der Enkerl, wissen S'?«

Die möcht' ich sehen, dachte der Chefinspektor, die den aushält, der dreimal die Woche nach Pension Mama fährt.

»Natürlich hätten Sie gerne welche«, erwiderte die Beamtin. »Wer will das nicht? Erst recht mit einem wie Ihrem Norbert, gell?«

»Ja, kennen S' ihn denn, meinen Norbert?«, murmelte die Alte überrascht. Sie schwieg für den Moment. »Sie kennen ihn doch gar nicht, oder?«

»Nein, Frau Idstein. Aber ich denke mir, wenn er Ihr Sohn ist, wie soll's denn dann anders sein, nicht?«

Stille.

»Kinder, Frau Idstein. Will er denn keine, Ihr Norbert?«

»Mein Gott«, Justine Idstein seufzte tief, »wollen tät er schon, aber er ist ja mit seinen Steinen verheiratet. Den Fossilien. Da ist er ein echter Kapazunder. Legen Sie ihm so ein versteinertes Dingsbums hin, und er sagt Ihnen auf Punkt und Beistrich, wie alt es ist. So auf die Art jedenfalls. Bei den Frauen liegt er da oft sehr viel weiter daneben. Vielleicht ist es ja auch darum, dass er …« Sie hielt inne, lächelte verhärmt, als wollte sie der Bitterkeit der eigenen Worte nachlauschen.

»Hat er sich denn bei jemand anders gemeldet, nach diesem Samstag, seit er weg ist, Frau Idstein? Bei den Kollegen in der Arbeit vielleicht? Oder bei Freunden? Sie werden doch sicher Kontakt gehabt haben, richtig?«

Ungerührt vom neuerlichen Vorstoß des Chefinspektors, zurück in ein Gespräch mit ihr zu finden, war Justine Idstein immer noch der Beamtin zugewandt: »Mit dem red' ich nix mehr, mit diesem Klotz. Sagen S' ihm das. Aber Sie sind ein reizendes junges Ding. So eine wie Sie, das wär' was für meinen Berti.«

Die Kriminalbeamtin lächelte. Justine Idstein lächelte. Und auch der Chefinspektor lächelte. Na oisdann, dachte er, hob aufs Neue an, doch der flehentliche Blick der jungen Kollegin ließ ihn innehalten. »Also. Wann war es denn jetzt das letzte Mal, dass jemand von ihm gehört hat?«, sagte sie.

»Sag ich doch. Das war an diesem Samstag. Die Kollegen im Büro haben ihn auch nicht mehr gesehen. Nur gehört haben sie von ihm.«

»Also doch gehört, Frau Idstein.«

»Nicht direkt. Gelesen. Er hat übers Telefon gekündigt.«

»Gekündigt?«, rief der Chefinspektor. »Das hätten S' mir aber schon sagen können, Frau …«

Ihr eisiger Blick ließ ihn verstummen. Justine Idstein atmete schwer, wandte sich wieder der Beamtin zu. »Er hat so eine Nachricht geschickt. Wie heißt dieses neumodische Zeugs nochmal?«

»SMS vielleicht?«

»Genau das. Der Bub tut so was nicht. Einfach die Arbeit hinschmeißen. Schon gar nicht ohne Grund. Als tät er sein Leben übers Telefon wegwerfen. Nix da! Und von Freunden … was weiß denn ich? Gar nix weiß ich. Einfach weg, der Berti. Das tut der Bub nicht, hören Sie? Der tut das nicht! Aber das hab ich doch alles da diesem … diesem Kommissar …«

Gar nix hast, dachte der Chefinspektor.

»Wem hat denn der Norbert die Nachricht von der Kündigung geschickt, Frau Idstein?«

»Dem Chef. Sagt der Chef.«

Den Du-wirst-das-überprüfen-Blick ihres Vorgesetzten auf sich, nickte sie. »Sie werden sehen, Frau Idstein, das klärt sich auf. Wir klären das auf. Bleiben wir doch beim letzten Mal bei Ihnen zu Hause. Worüber haben Sie da so gesprochen? Ich meine, hat Ihr Sohn etwas Besonderes erzählt … hat er Andeutungen gemacht …war was anders als sonst?«

»Aber nein. Alles wie gehabt. Er hat von diesem Interview gesprochen, das er so einem Zeitungsmenschen gegeben hat. Zum weiß Gott wievielten Mal hat er davon gesprochen, weil's ja schon Wochen her war. Das hat ihn halt gewurmt.«

»Was hat ihn gewurmt, Frau Idstein? Haben s' denn einen rechten Blödsinn über ihn geschrieben?«

»Nix ham s' geschrieben.«

»Na dann«, murmelte die Beamtin.

Na dann, dachte der Chefinspektor.

»Nix na dann«, rief die Alte. »Das ist es ja gerade. Zuerst wollte er gar nicht. Und eines Tages hat er sich halt doch breitschlagen lassen. Der Chef hat ihn erst überreden müssen. Der Berti hat's mir selbst erzählt. Ist ja so ein bescheidener Bub, der Berti. Bloß weil ich eine Urlauberin in Andalusien vor zwei Räubern gerettet habe, Mama, hat er gesagt, so ein Tamtam bei der Zeitung. Das braucht's doch nicht. Dabei spricht er sieben Sprachen, der Bub. Spanisch sowieso. Ja, sogar irgend so ein Negerblabla. Das ist Chichewa, Mama, hat er gesagt. Mein Gott, denke ich mir. Die müssen ja auch was reden, die da unten in Afrika, oder? Der ist für alles offen, der Bub. Sogar für das Negerblabla. Ja … und da nimmt sich einer wie er Zeit für so einen … viel Zeit … für so einen halbgebildeten Reporter, einen dahergelaufenen Halbwisser, und was ist? Nix ist. Es erscheint nix. Nicht eine Zeile. Darüber hat er sich beklagt. Weil er doch eigens an seinem freien Tag ins Institut gefahren ist für diesen Herrn Journalisten. Bis heute nicht, übrigens.«

»Was bis heute nicht?«

»Erschienen ist bis heute nix. Das verstehe, wer will. Na ja, Schreiberlinge halt.«

»Wer war denn der Journalist, Frau Idstein? Vielleicht kann der uns weiterhel…«

»Mich fragen S'? Ist ja auch nicht so wichtig. Nur weil Sie wissen wollen, worüber wir so geredet haben. Und dann auch noch über das Fernsehen. *Universum* war. Das weiß ich noch ganz genau. Eine Wiederholung. Über die Wölfe. Da hat mir der Bub von den Urwölfen erzählt. So nebenher halt.«

»Und sonst?«

»Nix und sonst. Glauben Sie, wir reden die ganze Zeit beim Fernsehschau'n? Der Berti kommt, damit er sich bei mir entspannen kann. Da bringt er die eine Wäsche her und nimmt die andere Wäsche mit. Er hat sich ja seine Sachen gar nicht abgeholt. Die ganzen Hemden, die er noch bei mir hat. Und wenn ich … mein Gott, wenn ich daran denk', dass er jetzt … gar nimmer …«

Weiter kam Justine Idstein, geborene Idstein, geschiedene Köhler, wieder angenommene Idstein nicht. Sie bebte auf, sank nieder, ergab sich dem tiefen Schluchzen, das sich den Weg aus der gebrannten Seele bahnte. Die Kriminalbeamtin an ihrer Seite nahm sie an der Schulter, murmelte Beruhigendes.

»Wie sind Sie denn darauf gekommen, dass …«

»Nicht!« Die Beamtin warf dem Vorgesetzten einen bitterbösen Blick zu, und so saßen sie eine Weile wortlos da, schluchzend die eine, tröstend die zweite, verkniffen der dritte.

»Weiß er das denn nicht mehr?«, die Alte deutete auf den Chefinspektor, ohne ihn anzusehen, »fragen Sie ihn doch, ob er es nicht mehr weiß. Dreimal war ich bei ihm. Dreimal hat er mich abgewiesen.«

»Aber ich hab Sie doch nicht abge…«

Natürlich hab ich das.

»Erzählen Sie's halt mir, Frau Idstein. Von Mutter zu Mutter, einverstanden?«

Justine Idstein nickte.

»Wie war denn das, mit dem Wachsfigurenkabinett und so?«

»Das Foto in der Zeitung war's. Ich hab s' ja im Abonnement, wissen S'? Jeden Morgen liegt s' auf der Fußmatte. Na ja, fast. Das mit der Hauszustellung und so.«

»Aber an dem Tag hat's geklappt, Frau Idstein, oder?«

»Jaja, erst mach ich immer das Rätsel, weil sogar so eine Zeitung, sag ich immer, auch was für den Kopf sein kann, gell?, na ja, und wie ich mich halt so durcharbeite, von Seite zu Seite, da … auf einmal …« Abermals überzog ein heftiges Schluchzen den welken Körper der alten Dame. Ein Taschentuch. Ein Lächeln an die junge Kriminalbeamtin.

»Wollen Sie eine Pause machen?«

»Geht schon«, ein zornerfüllter Blick für den Chefinspektor, »ich bin ja so froh, dass mir auch hier endlich einer zuhört.«

»Auch hier, Frau Idstein?«

»Die von der Zeitung haben mich nicht so abgeschasselt wie der da. Wahrscheinlich haben s' ein schlechtes Gewissen gehabt wegen dem Interview mit dem Berti, wissen S'?«

»Haben Sie nicht nachgefragt bei der Zeitung? Wegen des Interviews?«

»Was glauben denn Sie? Natürlich hab ich das. Der Berti hat ja auch schon nachgefragt gehabt. Sehr viel früher. Aber da haben sie so getan, als wüssten sie nix. Und dann hab ich mich der Sache angenommen. Da war so ein netter junger Mann, ein echter Herr Redakteur, wissen S', aber helfen können hat er mir auch nicht. Hat nur gesagt, dass sie ein Riesenbetrieb sind. Und dass er die Kollegen der anderen Abteilungen fragen wird. Seitdem hab ich nix mehr von ihm gehört. Bei denen von der *Guten* ist es wie auf dem Amt. Da weiß die linke Hand nicht, was die rechte tut.«

»Soso. Ja. Und weiter?«

Die *Gute* also, dachte der Chefinspektor.

»Weiter ... weiter ... nix weiter. Bis zur Einweihung von dem Alexander von Humboldt. Das Foto in der Zeitung. Da war dieser Humboldt, und daneben, als seinen Gefährten ... da haben sie ... diesen zweiten Forscher ... diesen Bonpland ... der einem Tiger ins Maul schaut ... der aussieht wie ... mein Berti ... Herrgott, nein, warum nur ... wie aus dem Gesicht geschnitt...«

Von einer Welle des Schmerzes erfasst, erzitterte die Alte, die Finger umkrampften die Tischkante, suchten Halt. Doch da war kein Halten in ihr, und der Raum ein einziger Körper aus Schluchzen, Trösten und Schweigen.

»Wollen S' nicht doch lieber eine Pause ... oder einen Arzt, Frau Idstein? Wir können auch morgen weiter ... oder ein andermal?«

»Vorbei ist vorbei«, presste sie in kurzen Stößen, »mit dem Buben. Mit der Fragerei. 's ist besser, wenn's vorbei ist. Es muss ein Frieden sein.« Sie hob den Kopf und stierte aus tränennassen Augen nach dem Fenster, wie mystisch entrückt. Die Tropfen an ihren Wimpern flossen nicht ab, versickerten in diesem Nichts von einer alten Dame. Als wären auch die äußeren Zeichen der Trauer, ganz Justine Idstein, auf dem Rückzug in sich selbst. Dann jedoch, die Stimme ein Singsang: »Aus Gottes Hand erhalt' ich täglich die Kraft, den Mut, die Zuversicht. Wenn diese Gottes Hand nicht wäre, dann wär' mein Leben ohne Licht.« Sie sah der Beamtin fest in die Augen. »Kennen Sie's?«

»Ich muss gestehen, Frau Idstein, ich bin nicht wirklich ...«

»Macht nix«, hauchte sie. »Sie sind ja nicht die Einzige. Ein Gedicht ist es. In Gottes Hand leg ich mein Leben. Wohin soll ich's denn sonst legen? Jetzt umso mehr, wo der Berti ...«

Abermals Schweigen. Die Alte, jetzt vornübergebeugt, murmelte Unartikuliertes, die Hände zum Gebet verschlungen. Dann hob sie den Kopf, lächelte dem Chefinspektor wie in seliger Verzückung mitten ins Gesicht.

Herrgott, nein, dachte der. Erst dieses kauderwelsche Zeug und … bitte nicht das. Es war dieses inbrünstige, delphische Lächeln im Gesicht dieser Frau, das die Stille nur noch schwerer auf ihm lasten ließ.

»Dieser Bonpland«, sagte die Alte mit unvermutet gefestigter Stimme, »ich hab mich lange mit ihm beschäftigt, bevor ich mich entschlossen hab, ihm …«, sie stockte, »… ihm die Hand abzuschlagen. Es ist wegen der Gewissheit. Meine selige Mutter hat das schon gesagt. Justinchen, hat sie gesagt, wenn die Gewissheit kommt, geht der Schmerz. Und nur dann.«

Der Chefinspektor nickte.

»Aber wie sind Sie denn darauf verfallen, Ihr Sohn könnte … ich meine, dass es Ihr Herr Sohn sein könnte, der da in dieser … Wachsfigur … also … das ist doch viel zu abwegig, um es ernst zu nehmen … nein, nicht, um es ernst zu nehmen, weil ernst ist der Tod ja immer, aber um es ernsthaft in Betracht zu ziehen … was ich sagen will, an so was denkt man doch nicht einfach …«

»Der Brief«, sagte sie schnippisch und mehr in den Raum als an die versammelte Staatsgewalt, »was denn sonst?«

»Der Brief, Frau Idstein?« Jetzt war es die junge Beamtin, der die Ruhe abhandenkam.

»Aber ja, der Brief.«

Justine Idstein richtete sich auf, nahm die Handtasche, die sie wie im stillen Gebet mit den Ellenbogen in den Kamelhaarmantel auf dem Schoß gedrückt hatte. Der Verschluss schnappte auf, ein zerknittertes Blatt Papier kam zum Vorschein. Die Augen auf den Chefinspektor geheftet, hielt sie es der Beamtin wedelnd hin.

»Was ist denn das für ein Brief, Frau Idstein?«, sagte der Chefinspektor und machte Anstalten, danach zu greifen.

»Sie soll ihn lesen.«

»Wer hat denn diesen Brief aller in Händen gehabt, Frau Idstein?«

»Ist der immer so?« Die Alte hatte den Chefinspektor nun im Sucher, ließ ihn auch nicht mehr vom Haken, wie bereit, bei einer falschen Bewegung das Beweisstück wieder verschwinden zu lassen.

»Es ist schon auch ein bisschen so, wie der Herr Chefinspektor sagt. Es ist wegen der Spuren, wissen S'?«

Die Alte zog eine missbilligende Fratze, dann, wieder an die Beamtin gewandt: »Mit wem hätt' ich schon drüber reden sollen ...«

»Gut«, sagte die Kriminalbeamtin.

»Sehr gut«, fiel der Chefinspektor ein.

»Und der Umschlag, Frau Idstein?«

»Weggeworfen. Vor ein paar Wochen schon. So ein wattiertes Kuvert.«

Wattiert, dachte der Chefinspektor, für einen Brief? Das ergab doch keinen Sinn. »Aber warum sind Sie denn damit nicht zu uns ge...«

Abermals war es das Eis ihrer Augen, das ihm die Worte gefrieren ließ. Er seufzte aufs Neue, öffnete die Schreibtischlade und reichte der Kollegin ein Paar Einweghandschuhe, griff zum Telefon. »Schick mir einen der Spurenvernichter in mein Büro. Fraktion bi-chromatisch. Er soll was abholen«, raunte er dann, der Alten verlegen zulächelnd: »Die Fingerabdrücke, Frau Idstein. Oder vielleicht ein bisschen DNS. Es könnte ja sein, dass da jemand unvorsichtig ... Den Brief müssen S' uns jetzt schon dalassen. Und Ihre Abdrücke und eine Speichelprobe würden wir auch brauchen, nur zum Vergleich, wegen der Trugspuren, wissen S'?«

Während die Stirn der Alten in Falten dalag und sie sich nur unter Mühen ein Nicken abrang, erbrachen junge flinke Finger die PE-Folie, streiften die Handschuhe über.

»Darf ich?«

»Wenn S' den schon haben, brauch ich das auch nicht mehr«, sagte Justine Idstein. Sie ließ den Brief los, fasste erneut in die Handtasche, förderte ein Fläschchen von der Größe eines mittleren Flacons mit Sprühkopf zutage und stellte es auf den Tisch, dem Chefinspektor vor die Nase.

»Was ist denn das nun wieder?«, stöhnte der, aus den Augenwinkeln gewahrend, wie das Antlitz der Kollegin lang und länger wurde.

»Das war auch dabei.«

»Was heißt, das war auch dabei?«

Darum das wattierte Kuvert.

»Bist du deppert«, hörte da der Chefinspektor die junge Kollegin schnauben, als sie das Etikett des Flacons entzifferte. »Das ist aber kein Dreck.«

»Darf ich jetzt, Frau Idstein? Ich bekomm' ihn ja sowieso.«

Ohne die Antwort abzuwarten, griff der Chefinspektor abermals in die Lade. Gleich danach wurde auch ihm das Antlitz lang und länger. »An Chemiker kannst auch gleich aufwecken, Ende des Winterschlafs«, blaffte er in den Hörer. »Nein, es hat nicht Zeit, bis du mit der Jause fertig bist, Kollege. Jetzt!«

Draußen

XXIX. ZWEI AUGEN SEHEN ZWEI AUGEN SEHEN ZWEI AUGEN

Als sie am späten Vormittag dieses 23. März 2013 die Betontreppen der Stiege zum Bundeskriminalamt hinabstieg und sich anschickte, den Josef-Holaubek-Platz zu queren – benannt nach einem Mann aus längst verlorener Zeit, da der Wiener Polizei noch eine echte Größe mit Herz *und* Hirn als Präsident vorstand –, war der Blick der 71 Jahre alten Justine Idstein tief ins Innere gewendet. Schwer beladen mit Beschwichtigungen und Beteuerungen …

… dass alles Menschenmögliche getan werde zur Aufklärung dieses schrecklichen Verbrechens, dieser Anomalie einer Scheußlichkeit …

… dass ferner die Anzeige gegen sie wegen Sachbeschädigung ein bloßer Formalakt sei, der aus Gründen des Dienstrechts zwar habe eingeleitet werden müssen, in ihrem Falle jedoch wegen berechtigter Gemütserregung, wie es im Jargon hieß, mit der größten Wahrscheinlichkeit niedergeschlagen werde – wenn nicht ohnedies die Anzeige vonseiten der Geschäftsführung bei Tussauds fallen gelassen würde, wofür man sich mit aller Kraft, die einer Behörde im Rahmen der Bestimmungen zustand, einsetzen werde …

… und auch, dass eine strafrechtliche Verfolgung ihrer Person wegen Störung der Totenruhe gar nicht erst im Raum stehe, sie habe schließlich nicht wissen können, dass dieser Aimé Bonpland tatsächlich ihren Sohn gleichsam beherberge …

… beladen mit alledem, sehr viel mehr aber noch mit der Bürde einer dumpfen Gewissheit, ihren Sohn ein für alle Mal verloren zu haben, blickte sie nicht auf, als sie über den Schutzweg an der Flanke der Wirtschaftsuniversität auf die Endstelle der Autobuslinie 35A zuhielt.

Folglich sah sie nicht, dass da zwei Augen waren, die ihr aufmerksam folgten. Und auch nicht, dass da zwei Augen waren, die den Augen, die ihr folgten, folgten.

Und die Machete, Frau Idstein, wo haben S' denn die her? – Aus der Wohnung vom Norbert, sagen Sie? – Aber haben S' nicht vorhin gesagt, die hat man Ihnen geschickt? – Ein Irrtum? – Also doch aus der Wohnung von Ihrem Norbert? Aus seiner Wohnung und dann Ihnen geschickt. Soso. – Und wo hat der Norbert sie her? – Von einer Dienstreise mitgebracht? Aus dem Busch? Einem Negerkaff, Frau Idstein? – Ja, Frau Idstein, die bekommen Sie wieder. Wenn alles vorbei ist. – Weinen S' ruhig, Frau Idstein. 's ist keine Schande, ist ja verständlich … da kann schon mal was durcheinanderpurzeln … bei der ganzen Aufregung … Sie haben eh schon so viel mitgemacht, Frau Idstein … Soll ich nicht doch einen Arzt für Sie … Frau Idstein, nein? – Und die Zeitung, Frau Idstein? – Warum sind Sie denn nicht vorher zu uns gekommen, Frau Idstein? Wer ist denn … Frau Idstein … dieser Journalist … Frau Idstein?

Frau Idstein?

Frau Idstein??

Frau Idstein???

Frau Idstein????

»Frau Idstein?«

Aber das hab ich Ihnen doch schon dreimal gesagt, Herr Kommissar.

»Frau Idstein!«

Hab dich dreimal gerufen, Kommissarchen. Hast mich dreimal nicht gehört. Und jetzt?

»Frau Idstein!!«

Darf ich Ihnen vielleicht einen Kaffee servieren lassen, Frau Idstein, für die Nerven? Oder ein Schnapserl?

»Nix dürfen S'!«

»Auf ein Wort, Frau Idstein! Darf ich Ihnen vielleicht ...«

»Gar nix dürfen S'!«

»Aber Frau Idstein! So hören Sie doch!«

»Nein!«

»Frau Idstein, ich bitt' Sie. Ihr Sohn, der Norbert ...«

»Ja?«

»Kennen S' mich denn nicht mehr? Die Zeitung, Frau Idstein!«

»Die Zeitung?«

Ein Irrlichtern des Erkennens war in ihr, ein schmaler Lichtschweif, der das Dunkel des Erlebten als funkelndes Band durchfuhr und nun über das Gesicht des Mannes fegte, der vor ihr stand, auf sie einsprach, ein blitzgreller Schweif wie ein strammer Morgenwind, der von der See aufs Land hereinfährt, der den Schleier der Nacht fortbläst und mit sich nimmt, was nur beirrt. Die Jahre flossen ab; der Stups wich der Langnase; die feiste Knolle dem dezenten Höcker, die bollwerkgleiche Stirn einer fliehenden; das schüttere graue Haar zerrann zum dunklen Wuschel und die schmalen, trüben Augen zu einem Blick, der so anders war, selbst durch die Nebel ihrer Gedanken, so stet und offen und interessiert, dieser Blick.

Weg war der Kommissar, der eigentlich ein Chefinspektor war.

»Die Zeitung?«, fragte sie noch einmal. »Die ...«

»Ja, Frau Idstein. Die *Gute*.«

Die *Gute*, dachte sie. War das die späte Reue?

»Ist es wegen des ...?« *Das Interview? Von meinem Berti?* »Aber sollten Sie nicht auch ...?« *Die Pressekonferenz? Wegen meinem Berti?*

»Wegen eines Interviews wär' ich da.«

»Sie kommen zu spät, wenn Sie sich nicht sputen. Da drinnen ...«

»Zu spät? Sie sind doch …«

»Die anderen. Die sind alle da drinnen.«

»Ach, die anderen, ja, ich weiß.«

Seien Sie beruhigt, Frau Idstein. Wir haben die Journalisten abgelenkt. – Die ganze Meute sitzt im ersten Stock und wartet bei Kaffee und belegten Brötchen und Sekt auf die Pressekonferenz. Nicht einer, der seinen Hintern da wegbewegt, wenn's was zum Futtern gibt. Obwohl wir damit ja eigentlich aufgehört … na ja. Und Sie können inzwischen ungestört das Haus verlassen, wenn Sie schon unbedingt allein gehen … – Da draußen wird Sie jetzt ganz bestimmt keiner belästigen, Frau Idstein. – Wollen S' nicht doch einen Wagen, der Sie nach Hause bringt, Frau Idstein?

Frau Idstein?

Frau Idstein??

Frau Idstein???

Frau Idstein????

»Aber die da drinnen …«

»Deswegen bin ich doch gar nicht da, Frau Idstein. Frau Idstein? Hallo!«

»Ja?«

»Wegen Ihnen bin ich gekommen.«

»Wegen mir?«

Sie sah dem Mann ganz tief in die Augen. Etwas gar zu Offenherziges ruhte in diesem Hamsterblick. Dann, wie bereit zur Empfängnis einer Offenbarung, schweifte ihr Sehen ab, aufwärts. Sie fing es gleich wieder zu sich herab, legte es über die Züge dieses jungen Mannes. Nein, dachte sie. Mit einem Blick zum Himmel ist es nicht getan. So ist das nicht zu bereinigen. Dem lieben Gott lässt sich vieles anlasten. Aber nicht, dass er einem Antlitz wie diesem die Hinterfotzigkeit hinterlegt hat. Außerdem … sie kannte ihn ja, den jungen Mann. Der von der Zeitung. Oder nicht? 40 vielleicht. Ein bisschen drüber?

»Natürlich, Frau Idstein. Nur wegen Ihnen.«

»Soso.«

»Wollen Sie raus nach Döbling? Ins Grüne? Ein bisserl Luft schnappen?«

»Döbling?«

»Weil S' da beim Bus stehen. Dem 35A.«

Der geht zum Berti, dachte sie. Raus nach Döbling. Wenn du nicht zu mir kommst, komme ich eben zu dir, Bub. Zusammenräumen tät' auch wieder mal nicht schaden. Damit du in keinen rechten Saustall heimkommst. Das letzte Mal ist schon drei Wochen her … wer weiß, was du nicht alles wieder hast liegen lassen … in der Eile beim Fortfahren … runter nach Afrika … Berti?

Die Alte schrak hoch. »Zum Berti? Nein, nein!«, rief sie. »Nach Hause will ich. Zum Schmerlingplatz.«

»Der ist aber im Ersten. Da müssten Sie schon in die andere Richtung, mit der U-Bahn. Oder gleich auf direktem Weg. Mit der Bim, dem D-Wagen. Da vorne.«

»Der D-Wagen? Ja, bin ich denn nicht …«

Ja, war sie denn nicht …?

»Kommen S', Frau Idstein. Ich bring' Sie. Und dann können wir auch gleich ein bisserl plaudern. Unter uns … Verbündeten.«

Unter *uns*?, überlegte sie. Seit der Berti weg war, war alles nur noch unter ihr. Keiner, mit dem es sich reden, einen Tratsch abhalten ließe. Die Nachbarn? Die schon gar nicht. Nicht diese Nachbarn. Nicht in diesem Haus. Eine gehetzte Existenz neben der anderen, der Blick immer nur nach oben oder nach unten ins Geldbörsel, nur nicht geradeaus in ein alleinstehendes Herz, in das dieser Alten von nebenan. Die wurde erst zum Thema, wenn sie wochenlang die Post nicht von der Türmatte räumte und es früher oder später aus dem Briefschlitz roch. Man las doch so viel vom einsamen Sterben in der Stadt. Ein bisschen plaudern also mit einem so sympathischen jungen Mann?, dachte Justine Idstein. Den sie doch kannte. Von der Zeitung her kannte sie ihn, oder? War er es nicht, der ihr versprochen hatte, das zu klären, das mit dem Interview …? Warum also nicht?

Justine Idstein lächelte ein klein wenig verdrückt, als er ihr, ganz Galan, den Arm bot. So anders als dieser Kommissar, sagte sie sich, obwohl auch der zu Beginn … wenn sie da an den ersten Blick zurückdachte, keine 60 und ein bisschen zu jung, unter anderen Umständen, hatte sie da noch gedacht … beim Betreten seines Kommissarenzimmers … an den Schläfen grau meliert, nicht unattraktiv, ein Bäuchlein wie ein Leben im verhaltenen Überfluss, und dazu diese Stimme … ja, wären da nicht auch die anderen Begegnungen gewesen, wo er sie hatte abblitzen lassen, von Mal zu Mal mehr, wo er einen Schutzschild gegen ihre Mutterliebe errichtet hatte und die Angst vor der eigenen Courage wie einen Panzer in Stellung gebracht. Stahlhart.

Du hundsgemeiner feiger Hund, du elendiger, du.

Aber der hier, dachte Justine Idstein, ist anders. Nicht alle sind so.

Ihren jungen Begleiter untergehakt, trippelte sie die paar Meter zurück über den Schutzweg, hin zu seinem Wagen schräg gegenüber dem Bundeskriminalamt. Sehr korrekt, überlegte sie, ins Innere linsend, als er ihr den Schlag öffnete, sie geleitete. Picobello alles. Sie blickte ihn noch einmal an und lächelte, dann ließ sie sich mit einem dankbaren Seufzen in den Sitz sinken.

*

Er ließ den Wagen an, stellte das Gebläse auf die vom Atem des Winters beschlagene Scheibe, schielte zur Seite und rieb sich die klammen Finger. Wie leicht es doch sein konnte, diesen einen Schritt voraus zu sein. Bis sie dahinterkamen, würde er längst alles geregelt haben. Alles im Kasten. Vor allem die Alte.

Und dann?

»Wenn's Ihnen nix ausmacht, lade ich Sie noch auf einen Abstecher ein. Ein Kaffee, ein Schnapserl, ein Achterl Wein, auf den Schock und das alles, na?«

Sie warf ihm von schräg unten einen verstohlenen Blick zu, wie man jemandem einen heimlichen Klaps gibt, lächelte erneut, nickte.

Es hatte ihn einiges an Mühe und Charme gekostet, sie zu ködern, sie aus ihrer sentimentalen Träumerei in sein Netz zu fischen, ihre Aufmerksamkeit an Land zu ziehen. Aber jetzt gehörte sie …

»Es ist nicht weit, Frau Idstein«, sagte er. »Und Sie erzählen mir von Ihrem Sohn, dem Herrn Köhler. Dem Berti, ja? Von seiner Leidenschaft für die Steine. Von seiner Jagd auf die Geheimnisse der Urzeiten, gut? Oder ist es Ihnen lieber, wenn ich sage: *Kikochpoki uchachik mitti*?«

Sie fuhr herum, starrte ihn aus weiten Augen an.

Jetzt hatte er sie da, wo er sie haben wollte. Kluger legte den ersten Gang ein und fuhr los.

Abends

XXX. WATERLOO / CANOSSA – WIE WEIT …?

Menschen wie sie pflegten gewisse Fragen nicht zu erörtern. Es sei denn, sie hegten in stiller Verbitterung den Verdacht, sich nicht in anderer Leute Größe verschätzt zu haben. Bloß in der eigenen. Das allein hatte Madame Directrice auf den Gedanken gebracht:

Wie weit ist es von Waterloo nach Canossa?

Wo Waterloo lag, war sonnenklar. Waterloo lag fest verankert in ihrem Herzen. Ja, bei Waterloo kochte ihr das Blut über, da sprudelte es wie aus einem Geysir der missliebigen Erinnerung. Was hatte sie sich nicht gegrämt, damals, in den Anfängen als Direktorin, als man ihren wohl ersonnenen Vorschlag, eine weitere Größe europäischer Geschichte ins Programm zu nehmen, achtlos abgeschmettert hatte. Als Frau, die Geschichte atmete, auf Du und Du mit den Weltendramen, hätte sie den Bonaparte geholt.

Natürlich den Bonaparte!

Endlose Bezüge zu Österreich wies der auf, stand obendrein für Einzigartigkeit. Hatte sie nicht Entgegenkommen gezeigt? Hatte sie nicht diesen zigarrenschmauchenden, komplexbeladenen, in seinem Wirken überbewerteten Couchpotato widerspruchslos hingenommen? Mein Gott, ja, dann sollten die Leute halt ihre Freud' haben am Freud.

Warum also kein Bonaparte?

Kein Platz? Lachhaft! Den Bundespräsidenten zu schassen, wäre eine echte Option gewesen. Ein Auslaufmodell. Außerdem hatte man sich bei seinen Vorgängern auch nicht zimperlich gezeigt, hatte dankend verzichtet. Der eine, dieser Waldheim, weil er bei der falschen Einheit mitgeritten, der andere, dieser Klestil, weil er bei der falschen Frau aufgeritten war.

Und? Was befanden diese insularen Besserwisser? Einen buddhistischen Guru setzten sie ihr an seiner statt vor die Nase, den 14. Dalai in einer endlosen Reihe von Lamas, einen x-beliebigen Wiedergeborenen, der vom ersten Tag an für nichts als Unmut sorgte, seit nach den Japanern auch die Chinesen ihre Ich-mache-in-fünf-Tagen-ganz-Europa-Touren abspulten und in Horden bei *Madame Tussauds* einfielen. Ausgerechnet den Staatsfeind Nummer eins, der die Schlitzaugen reihenweise kugelfischrund aufgehen ließ, wurden sie seiner ansichtig. Ja, an manchen Tagen wähnte sie sich draußen in Schönbrunn im Tiergarten, solche Spuckattacken hatte es geregnet, bloß dass der Lama das Opfer war. Ausgerechnet dieser Dauerlächler hatte es sein müssen, dieser aufpolierte Glatzkopf, der sie auf obszöne Weise an ihren Immer-noch-Gemahl erinnerte.

Nun aber, im bitteren Zwiespalt aus zürnender Rückbeschau und schauderhaftem Vorausblick, war sie erstmals dankbar, dass es doch nicht der Bonaparte geworden war. Die geschichtliche Intimität seiner Gegenwart wäre unerträglich. Auch ohne Napoleon lag Waterloo, dieses historienträchtige Kaff, nicht länger südlich von Brüssel. Neue Anschrift: Waterloo zu Wien, Riesenradplatz Nummer 5.

Und Canossa?

Das italienische Städtchen am Oberen Apennin mit seinem zerklüfteten Burgfelsen und der synonymischen Bürde, für jeden missliebigen Gang der Menschen herhalten zu müssen, befand sich gleichsam ums Eck, gerade mal ein paar Bezirksgrenzen vom Kabinett entfernt und keine 100 Schritte von jener Stelle gelegen, wo sie nach nervenzehrendem Kreisen nun doch eine Parklücke erkämpft hatte. Hier saß Clementine Nierast, die zittrigen Hände am Steuer, gedankenverloren ins Dunkel über Wien stierend und unschlüssig wie nie zuvor. Eine geschlagene halbe Stunde schon. Waterloo/Canossa? Wie weit? Der Routenplaner im Navi half ihr da auch nicht weiter.

Wütende Böen zerrten am Dienstwagen der Direktorin, und Regenschnüre, im Schein der Laternen geisterhaft gleißend, peitschten heran, rasselnd und silbrig-kalt funkelnd wie Ketten eines unbarmherzigen Folterknechts. Sie sah in den Rückspiegel und schrak auf. Aschfahl und klatschnass das Antlitz, und aus den Augen zuckte ein matter Schimmer, ein dürres Lichtlein an der Schwelle des Verlöschens. Ein zur Greisin erstarrtes Wesen, das ihr entgegenblickte, vom Schicksal gegeißelt und über Nacht verwandelt – von einem Günstling des Glücks zu dessen Stiefkind.

London, murmelte sie tonlos. Alles hatten die ewig lustigen Briten da drüben getan, bloß nicht gelacht. Die blitzartige Aufklärung dieser Ungeheuerlichkeit, mehr aber noch die Besucherzahlen würden über ihr Los entscheiden, hieß es. Und selbstredend der Grad ihrer höchstpersönlichen Involviertheit, den eine vom Mutterhaus entsandte *special force* auszumachen gedenke.

… *Aufklärungsbedarf, inwieweit auch Sie, Kollegin Nierast, persönlich in dieses bizarre Schauspiel …*

Involviert? Der Verdacht allein drückte sie tonnenschwer nieder. O ja, andere im Haus mochten Wesenszüge tragen, Verbindungen pflegen, die sie qua natura ins Zentrum solch inquisitorischer Untersuchungen rückten. Aber doch nicht sie! Sie hatte doch nur …

… dieser Brief, kein Mail, ein echter Brief, das allein …

… ein Brief, dessen Urheberschaft, dessen Authentizität außer Zweifel gestanden hatte, gespickt mit Detailwissen …

… die neue Attraktion, Alexander von Humboldt …

… dazu das streng geheime Datum der Einweihung …

… dazu der noch strenger geheime Zugangscode, damals, als die Unheimlichkeiten anfingen, gespickt mit Plausibilitäten auch, sie könne freilich nachfragen in London, würde jedoch ein neuerliches Dementi einfahren, welches obendrein die Gefahr einer Absage des Projektes berge …

Das hatte Sinn ergeben. Was für ein feinfühliger Mensch, der das geschrieben haben musste, all die komplexen Zusammenhänge innerhalb der Tussauds-Familie erwägend wie auch die Animositäten der Häuser untereinander …

… dazu die Informationen über das leibhaftige Vorbild dieser im Vorjahr auf Abwegen eingeschleusten *Wichserfigur*, ihres prototypischen Peter-Alexander-Fans, der echte Heinrich Hinczica also, ein Steuerflüchtling sei besagter Hinczica, war da zu lesen gewesen, aber auch ein Mann von prinzipiellem Anstand und erlesenem Humor (sein dem Brief beigelegtes, unterfertigtes Einverständnis, die Reproduktion seines Konterfeis betreffend, belege das eindrücklich), ein Freund eben …

… ferner zur Ansicht ein Farbfoto, das den Perückenmacher quietschvergnügt auf einer Südseeinsel zeigte, feixend, Cocktail-schlürfend, in Händen ein Lokalblatt, *Bougainville News*, zeitnah aufgenommen, ganz nach Manier der Fernsehentführer, hatte sie noch gedacht und herzhaft gelacht.

Diese Briten!

Natürlich Bougainville, eine der Salomoninseln, einst Teil der deutschen Schutzgebiete in der Südsee, dann an die Engländer übergeben. Das passte alles so schön zusammen. Der Brief, wiewohl auf dem Computer verfasst. Die Unterschrift hingegen … hmm. Ein Gönner. Mit Paraphe. Von Hand.

Dieser verfluchte Brief!

Verfasst von einem Mann, was sonst, bei einem derart abgefeimten Feldzug gegen ihr Haus, andererseits, dieser geschliffene Stil, so sprachgewandt, also doch eine Frau?, aber ja, sogar im Griechischen war er, nein, sie beschlagen, diese vier abschließenden Zeilen, die sie nicht weiter beachtet, die sie unübersetzt hatte stehen lassen. Wozu konnten sie schon dienen, wenn nicht dem Selbstausdruck der Verfasserin? Aber da waren auch diese anderen Zeilen gewesen, deren Wirkmächtigkeit sie augenblicklich gefolgt war im Vertrauen, Gutes zu tun, das Wiener Haus abermals ein Stück vorwärtszubringen.

Die Lieferung war pünktlich am Tag vor der Eröffnung erfolgt. Aimé Bonpland mit Tiger, feinsäuberlich verpackt in mit Dämmstoffen ausgeschlagenen Kisten, dieselbe Aufmachung wie immer, dieselbe Spedition wie immer, du meine Güte, ja, ein anderer Fahrer, aber darüber hinaus? Sie selbst hatte die Lieferung in Empfang genommen, der Aufbau in Eigenregie, wie gehabt, und nur die Piroge für den alten Humboldt hatte sie aus dem hauseigenen Budget berappt. Alles wie vereinbart. Alles wie immer. Auch die Einweihung. Und hinterher, wie angekündigt, das Dementi aus London, man wisse nichts von einem Bonpland und einem Tiger …

Ausgerechnet dieser Brief, Clementinchen. Der hat dich reingeritten.

Stilvoll auf Büttenpapier verfasst. Stilvoll aufgemacht. Die Adressatin – Sehr geehrte Frau Dir. Doktor Clementine Nierast – persönlich, sehr persönlich!, der Namenszug mit Prägezange ins Kuvert gestanzt, der Falz mit blutrotem Wachs versiegelt, eingestempelt, warum immer, eine Zahl: 51.

Dann die Katastrophe. Welch bitterböse Falle! Bougainville, wusste sie inzwischen, war als eine von nur zwei Inseln deutsch geblieben. Und auf die mögliche Bedeutung des Griechischen war sie verfallen, nachdem sie die halbe Nacht Gräben in den Parkettboden gelaufen hatte und ihr das Inserat, das sie in allen Blättern geschaltet hatte zum Zeichen ihres Einverständnisses, wieder in den Sinn gekommen war, sodass sie *Doktor Google* zurate gezogen hatte.

Akamas sucht Demophon.

Akamas, Sohn des Theseus, König von Athen, gezeugt mit Phädra. Demophon, sein Bruder. Was jedoch bedeutsamer war: Akamas und Demophon waren unter jenen 40 Recken gewesen, die seinerzeit … dicht gedrängt … versteckt im Bauch eines hölzernen … jenes hölzernen … und sie selbst hatte … zum Geschenk … anstelle eines Pferdes … einem … nun ja … Trojanischen Tiger … Tür und Tor … oder eben …

Ein trojanischer Bonpland! Mein Gott, Clementinchen, wie blöd kann man sein!?

»What a villainous deed!«, hatte der Big Boss von drüber dem Kanal gebrüllt, ehe die Leitung mausetot war, doch nicht annähernd so mausetot, wie sie sich fühlte. Sie bekam die Worte nicht mehr aus dem Ohr.

Vill-ai-nous deed! Schur-ken-stück!

War es das, was die Vorsehung für sie bereithielt? Ein Jemand, der Vorsehung spielte? Ohnmächtig an der Seitenlinie zusehen, wie die Geschichte ihren Lauf nahm? Wie alles den Bach runterging, was sie aufgebaut hatte? Zusehen, wie jede neue Meldung in den Medien ihre Laufbahn wie ein tiefroter Schlagschatten weiter verdunkelte? Hätte es nicht eine andere Dependance sein können? Warum nicht Tussauds Washington! Die waren seit den Bushs einiges gewohnt. Oder Hongkong. Ja, die Asiaten mit ihrer angeborenen Blutlust. Hatten die nicht auch diesen abartigen Scherenmann? Oder gleich Berlin. Die hatten den Hitler. Die hatten die Knef. Die hatten den Gottschalk. Die hatten den Beckenbauer! Kam es da noch darauf an? Aber nein, Tussauds Wien musste es sein. Ein gnadenloser Akt der Barbarei. Gegen die Menschlichkeit, mehr aber noch gegen das kraftvoll pulsierende Herz der europäischen Hochkultur.

Gegen … mein … Haus!

Ja, sie trug eine Ahnung in der Brust. Nicht die Regentschaft dieses Schurkenstücks betreffend, nein, dafür mangelte es dem Pack sämtlich an Fantasie. Vermutlich, sagte sie sich, war es mehr als nur eine verräterische Einzelbazille. Eine ganze Zelle! Abscheu und Neid ihr gegenüber waren grenzenlos – viel Feind, viel Ehr? Ach was, viel Feind, mehr Feind! – und was lag da näher … ein Gemeinschaftsakt Gleichgesinnter … o ja, nichts leichter, als Hass und Niedertracht zu einem Stratagem zu bündeln … nichts leichter, als eine Handvoll dieser verkommenen Seelen, die in ihrem Haus Dienst versahen, als Rädchen im Getriebe … bösartig und allein darum willfährig?

Allemal.

Dieser Flecker war bestimmt mit von der Partie. Wer den ganzen Tag nichts anderes tat, als für wenig Geld auf Wachsfiguren aufzupassen, war als geborener Verlierer einfach aufzuwiegeln. O ja, Flecker, schon der Name. Ein Kennwort für Verschlagenheit und Unvernunft, Mister Long Island, wie sie ihn riefen. Das lange Elend. Ohne Maulwurf konnte es nicht vonstattengegangen sein. Oder vielleicht … eine Maulwürfin? Aber deshalb klein beigeben? Niemals! Eine Clementine Nierast warf keine Handtücher, nur Kriegsbeile. Einen um den anderen würde sie ins Gebet nehmen. Und den Brief, erst hinterher, zur Polizei … oder auch nicht. Genau darum war sie hier, bei diesem Sauwetter. Als Meisterin der Perfektion war sie – daran war nichts zu rütteln – einem ebensolchen Meister erlegen. Oder Meisterin? Ein Jemand, für den Moment ebenbürtig, der einen Sieg davongetragen, eine Schlacht gewonnen hatte, nicht aber den Krieg. Und sie würde daran wachsen.

Die Direktorin schauderte auf. Wäre es bloß mit dieser einen Front getan. Aber nein, ihr Noch-Gemahl atmete plötzlich zweite Luft. Leidlich entspannt, ja frivol hatte er sich heute Morgen gegeben, da er vom Studium der Morgenzeitung aufsah, den Spott um die Mundwinkel gefächert, die Häme wie hinter Panzerglas im Empfinden einer neuen, unantastbaren Sicherheit. In Anbetracht der geänderten Umstände, was Fehlbarkeiten et cetera angehe, hatte er vermeldet, könne er an seinem Sexualverhalten nicht länger Verwerfliches erkennen, mitnichten, er betrachte sich auf seinen Hurentouren geradezu als akademischer Vorreiter einer neuen, avantgardistisch industriellen Polygamie.

O, dieser Drecksack!

Doch damit nicht genug. Da war ja auch noch – jetzt, hier – ihr Gang nach Canossa. Die Bürde des Schlimmsten ertragen, um das Allerschlimmste abzuwenden. Schlimmer als schlimm? Hatte in ihrem Haus nicht ohnedies das Böse in unverfälschter Reinheit Einzug gehalten? Das Böse ist das Fehlen des Guten. Wer, verdammt, hatte das gesagt? Irgendeiner dieser angestaubten Russen? Tolstoi? Aber ja! Krieg und Frieden. Dagegen waren Austerlitz und Boro… Borodingsbums und wie sie alle hießen die Blähung eines Singvogels, wie ihr Noch-Gemahl zu sagen pflegte.

Ein Lercherlschas, mein Täubchen.

Alle Kräfte solle sie ins Feld werfen, hatte London befohlen. Nötigenfalls Abbitte leisten. Wenn es der Sache dienlich sei, auch auf Knien. Hier kam Canossa ins Spiel. Auf Knien? Wie dieser Heinrich damals? Der IV.? Der V.? War es überhaupt ein Heinrich? Egal. Jener jedenfalls, der sich selbst zum Kaiser gekrönt, der auf so etwas wie eine päpstliche Wahl und Approbation gepfiffen hatte …

… wie auch sie auf jedwede Art von Segen aus London gesch… gepfiffen hatte …

… dieser Heinrich, dem wie ihr der Rauswurf drohte. Exkommuniziert? Andere Quellen sagten, es hätte kein Canossa gegeben. Er wäre gar nicht zu Kreuze gekrochen, auf allen vieren, ja, der Papst wäre ihm vielmehr entgegengeeilt, andernorts, und dieser Papst, ja, da war sie sicher, das war ein Georg. Derselbe Waschlappenvorname wie ihr Noch-Gemahl. Typische Machtspielchen einer allein schwanzgesteuerten Spezies waren das, nichts weiter. Der eine anmaßend, wurscht, der andere beleidigt, Leberwurscht.

Andererseits waren das aber auch Parallelitäten der Geschichte, dämmerte es nun Madame Directrice als Frau, die Geschichte atmete. Ach was! Paarläufe des Schicksals! Die durfte man nicht ignorieren. Sollte der Herr König seinerzeit tatsächlich wie ein lumpiger Bettler angekrochen gekommen sein, wie es hieß, barfuß im Schneetreiben, so war es gewiss nur zum Schein geschehen.

Und so würde auch sie ... nur zum Schein ... das ja. Aber auf Knien?

Niemals!

Das dramatischste Mittel der Selbsterniedrigung bliebe im Köcher. Sie würde es auf ihre Weise tun. Mit Verve, um den Tick zurückhaltender als üblich und die Finger hinterm Rücken zum Hexenkreuz überschlagen. Gerade so, wie sie es sich ausgemalt hatte. Forschen Schrittes die Stufen empor, schreitend, schwebend, Haltung bewahrend, Überlegenheit versprühend und das Momentum der Überraschung auf ihrer Seite. Sie würde den Brief, wie nebenher, aus der Handtasche fischen, um ihn beiläufig, ja fast gnadenhalber auszuhändigen, ein paar Worte der Erläuterung vorab, ihr Anliegen geschickt verbrämend. Dann der Abgang. Würdevoll. Stilvoll. Weil nur eine wie sie noch felsenfest stand, wo andere liegen blieben, und größte Niederlagen in noch größere Triumphe zu kehren, die Schande gleichsam zurückzuschänden wusste. Ehrlichkeit? Pah, die war noch nie eine Tochter des Erfolges. Ob Politik im Großen oder im Kleinen. Ein König hüben. Eine Direktorin drüben. Das Prinzip blieb dasselbe.

Clementine Nierast dachte an das Mütterchen mit dem schlohweißen Haarkranz, die Machete in der Hand, die Lache zu Füßen. Brrr. Das ging zu weit. All der Trubel, all der Wahnsinn, der seit gestern über sie hereingebrochen war, das Remmidemmi der Presse, die Polizeiverhöre, das unverzügliche Beiseiteschaffen der Korrespondenz (natürlich wollte London den Brief »im Original, unverzüglich«, und nicht eines fernen Tages als Kopie einer Akteneinsicht).

Über alledem, Mitgefühl zählte schließlich nicht zu ihren herausragenden Schwächen, war es ihr gelungen, eine Miene aufzusetzen, die es erlaubte, persönliche Unberührtheit als professionelle Gefasstheit auszulegen. So arbeiteten Profis. Natürlich war sie am Schicksal anderer interessiert, doch, Hand aufs Herz, wer waren die wahren Opfer dieser Tragödie?

Dein Haus, Clementinchen! Du selbst, Clementinchen!

Nun aber, da die Direktorin sich anschickte, ihre Wagenburg zu verlassen, kreisten ihre Gedanken erstmals und mehr, als ihr lieb war, auch um ihn: Professor Norbert Köhler. Wer verfiel auf so etwas? Welch krankes Hirn erstellte solch ekelige Szenarien? Keine Frage, was sie durchlitt, war schlimm, doch was er durchlitten hatte, musste in der Tat ...

... *nein, bloß nicht daran denken!*

So gewaltgesättigt das Volk auch war – Bluttaten wie diese verstanden es zu fesseln, fanden ihre Fangemeinde und sonst noch allerlei, suchten aber auch nach etwas: für den Mob nach einem Schuldigen; für die Polizei nach einem Erfolg; für die Psychologen nach einer Erklärung, einem Motiv; und für eine Frau ihrer Tatkraft nach einem Weg. Einer Möglichkeit, Kapital daraus zu schlagen. Waren die Direktiven aus London nicht unmissverständlich gewesen?

21.30 Uhr, sagte die Tachouhr. Reichlich spät für einen Hausbesuch. Unangekündigt. Bangen Blickes sah sie nach draußen. Sturm und Regen liefen im Vollbetrieb. Nein! Sie durfte keine Schwäche zeigen, musste es hinter sich bringen, Herrin ihrer selbst bleiben.

»Reiß dich am Riemen, Clementine«, fauchte Clementine Nierast und trommelte mit den Fäusten gegen das Lenkrad. Sie riss das Handschuhfach auf, fing den Flachmann hervor, ein in Leder gefasstes Stück mit Gravur, das sie – anders als den Überbringer, einen verflossenen Schwarm – zu entsorgen nicht übers Herz gebracht, mit jedem neuen Wagen unberührt mitübersiedelt hatte. Sie nahm einen tiefen Schluck, spürte der alten Zwetschke hinterher. Ein zweiter, dritter, vierter. Dann erst löste sie sich. Energisch drückte sie den Wagenschlag auf, ließ den *Knirps* aufspringen und stemmte sich in die Nacht. Augenblicklich umtosten sie die Gewalten. Winde peitschten, Gischten schossen ihr ins Antlitz, und schon nach wenigen Metern waren die Finger klamm. Sie jedoch, eine Frau voller Zuversicht und auf Mission, hielt mit ehernem Willen dagegen, setzte Schritt um Schritt, hackte die Absätze messerscharf in den Asphalt.

»Herrin deiner selbst!«, brüllte sie sich zu und trieb ihren Gang nur noch schneller voran, bis, auf halbem Wege, nun doch der Professor vor ihr erstand, Fantasien an die bestialische Pein, die er erlitten haben musste, und es sie jäh durchfuhr. Aber war sie denn auch …

… Herrin der Lage?

Clementine Nierast drosselte den Schritt, verhielt. Eine Sturmbö, mächtiger als alle vorigen, zerrte am Regenschirm, stülpte ihn mit einem Ruck über. Wie in Trance starrte sie hinab, sah ihre Finger eigene Wege gehen, sie den Griff fahren lassen, sah, wie das Gestell hoch durch die Lüfte des vierten Wiener Gemeindebezirks davonstob. Sie hob den Kopf wie zum Stoßgebet, senkte ihn. Sie spürte den rasenden Takt der Tropfen, spürte sie Schicht um Schicht durchdringen. Motorenlärm heulte auf, ein Wagen preschte heran, eine Fontäne, mannshoch, ergoss sich über sie, keine 15 Meter vor dem rettenden Tor. Rettend? Sie nahm es hin wie gegeben, hatte es nicht länger eilig ans Ziel. Waterloo? Canossa? Wie weit? Es spielte keine Rolle. Sie wusste nun, dass alles anders käme als erdacht, alles Bemühen vergebens wäre. Sie allein war es gewesen, die sich vertan hatte. In ihrer Größe. Weil sie nicht diese erhofft starke Frau gewesen war. Und so empfand sie mit einem Mal auch die Nässe, die sie von Kopf bis Fuß umfing, als nicht länger himmlischen Ursprungs. Nein. Diese Nässe kam von ganz tief drinnen.

In derselben Nacht, südöstlicher in der Stadt

XXXI. HART AM WIND

Das Gaumensegel stand hart am Wind, flatterte im Sog des Atems, ein Tosen, das satt und stet wie der schwere Odem einer bewegten See gegen Wände brandete und alles ringsum erzittern ließ. Die Frau des Chefinspektors lag im Bett und schnarchte.

Das tust du immer nur, dachte er, wenn du in Rückenlage liegst. Und wann liegst du in Rückenlage? Wenn du zu erschöpft bist, um dich noch zu richten. Und wann bist du zu erschöpft, um dich noch zu richten? Wenn du deine Tranquilizer genommen hast. Und wann nimmst du deine Tranquilizer? Wenn du die Marter des Wegschiebens nicht erträgst, weil du auf mich gewartet hast. Vergebens. Und wann hast du vergebens auf mich gewartet?

Heute. Schon wieder. Weil er sie weggeschoben hatte. Ausgerechnet an diesem Tag.

Der Regen hatte aufgehört. Hohe Winde zertrieben das Wolkendach über Wien, und schon drang das Leuchten eines kalten Mondes herein, silbrige Reflexe, die er durch weit aufragende Altbaufenster in den Raum malte. Von der Straße schlug Motorenlärm empor, ein dumpfes, einsames Ziehen, das kam und ging. Es war nicht viel los dort unten, drei Stockwerke tiefer, an einem Samstagabend, in einer ruhigen Gegend wie der ihren, so kurz vor Mitternacht.

Der Chefinspektor lag da, blickte ins Antlitz seiner Frau und seufzte tief, da er spürte, wie sehr die Bitterkeit ihrer Züge wider die natürliche Schönheit des Schlafes stand. Sollte er sie wecken?

Sein Herz über ihren sich räkelnden Geist ausschütten? Von Dingen sprechen, die seine Lage zu rechtfertigen verstünden, die ihre indes verhöhnten? Dinge, die sie nicht würde hören wollen, hören können. Dinge, die das Strahlen ihrer Augen fahl, die Modulation ihrer Stimme brüchig machten, die ganze Frau nichts als das abgetönte Echo verlorener Tage. Sollte er darauf bauen, dass sie ihm dennoch Trost zusprach, den sie selbst sehr viel nötiger hatte?

Er langte ihr an die Schulter, um sie sanft zu rütteln, ließ jedoch ab und strich ihr nur behutsam eine Strähne aus dem Gesicht. 35 Jahre auf den Tag genau, dachte er, keine 70 wie bei den Buchgrabers von nebenan, wo die Ehekriegsjahre doppelt zählten. Sie hatten keinen Krieg gehabt in all der langen Zeit. Nein. Nicht einen Tag des Kampfes, nicht das kleinste Scharmützel. Dabei hatte es Tage ohne Zahl gegeben, die ihr das Recht auf ein Gefecht zusprachen, wenn er spätnachts heimgeschlichen kam, den Buckel vollgeladen mit Packen der Sünde – verpasste Geburtstage, verfallene Karten für den *Cirque du Soleil*, versetzte Gäste, vergessene Zaubereien ihrer Küche, unter seinem Fernbleiben erstarrt und erkaltet, und sie selbst, trotz alledem, immer noch mitfühlend und warm.

Und heute?

Ja, genauso ist es auch heute gewesen, dachte er. Sogar heute. *Endstation Sehnsucht* auf 88 Quadratmetern. Ohne Haus am Ring. Ohne die Lyssewski. Ohne den Ofczarek. Ohne *Skybar*. Und ohne das Danach erst recht.

Nein, sagte er sich. Du hast ihr das Leben genommen. Nimm ihr nicht auch noch den Schlaf. Ja, sagte er sich ferner, er würde einen anderen Weg finden zu sagen, was gerade eben gesagt werden musste. Und vielleicht auch, zu hören, was gehört werden musste, was er anderswo nicht zu hören bekäme. Worte, die es ihm leichter machten zu verstehen, die neue, verschlungene Pfade einschlügen und geheime Türen öffneten, um dieses eine Ziel zu erreichen: eine Wahrheit und ihre Tiefengründe. Andere

Bilder des Schmerzes erstanden vor ihm, wie hinter Glas und gerahmt von Bitterkeit und Leid, verschwommen und über die Jahre der Distanz verblasst, aber doch kraftvoll genug, um dem Sog ihres Leuchtens zu folgen.

Er beugte sich noch näher an sie heran. Während die eine Hand ihr zärtlich übers Haar strich, fasste die andere nach hinten, zog die obere Lade des Nachtkästchens auf. Wie Augen schwenkten Fingerkuppen darin umher, ein taktiles Nachtsichtgerät aus Fleisch und Blut, ein Periskop auf der Suche nach rettendem Land. Eins ums andere taxierten die Finger, bis sie endlich darauf stießen.

»Alles da«, murmelte er sich zu und nickte zufrieden.

Er nahm den Fund an sich, strampelte die Decke zurück, drückte seiner Frau einen Kuss auf die Stirn und erhob sich geräuschlos. Einen Atemzug später war er aus dem Zimmer. Das Gaumensegel hatte da längst aufgehört zu schlagen.

Gleich danach, drei Bezirke nordwestlich

XXXII. AUF EIN WIEDERHÖREN

»Ich bin's.«

(Schweigen)

»Kennst du … meine Stimme nicht mehr? Ich dachte, sie wäre so unverwechsel…«

»Du?«

»Ja.«

(Schweigen)

»Was ist das für eine Nummer?«

»Prepaid. Man weiß nie. Rufdatenspeicherung und der ganze Humbug. Mit dem Diensthandy geht schon lange nix mehr. Die Kollegen der Internen schlafen nicht.«

»Um diese Zeit?«

»Ja. Auch da.«

»Nein. Du … um diese Zeit?«

»Ja, Bela, ich. Um diese Zeit. Mit einer Wertkartennummer. Schlimm?«

»Nach so langer Zeit?«

(Schweigen)

»Der Hut brennt.«

»Und du denkst, ich lösche ihn dir? Um fünf vor zwölf, ja?«

»Es ist tatsächlich fünf Minuten vor zwölf. So oder so.«

»Erspare uns deine Kalauer. Oder rufst du um diese Zeit an, bloß um sagen zu können, dass es fünf vor zwölf ist … so oder so?«

»Bist du mir immer noch böse … wegen der Sache mit deinem …?«

»Sache nennst du es?«

»Du weißt so gut wie ich, dass mich keine Schuld traf. Es war unser beider Entscheidung.«

(Das Kratzen eines Fingernagels auf Plastik war zu hören, als versuchte jemand, das Gespräch und mit ihm jedwede Erinnerung fortzuschaben.)

»Bist du noch da?«

»Ihr hättet dort nicht reingehen dürfen. Du und Vater.«

»Wir haben das doch ausführlich besprochen. Damals. Oder?«

»Du bist mir viele Antworten schuldig geblieben, zu viele offene Fragen, aber …«

»Aber was?«

(Schweigen)

»Ich habe nicht die Kraft, meinen Groll gegen dich durchzuhalten. Jetzt gerade nicht. Nutze deine Chance. Also, was willst du?«

»Ich stecke in der Klemme.«

»Du und in der Klemme?«

»Sei nicht so. Es betrifft dich genauso. Ist es nicht auch … eure Leiche?«

»Unsere Leiche?«

(Schweigen)

»Woher weißt du, dass ich …?«

»Hast du vergessen, wo ich arbeite? Also … der Professor ist ebenso gut eure Leiche.«

»Wenn du mir auf die Tour kommst, drückt der Schuh gewaltig. Sag schon, was ist los? Keine Spur?«

»Nicht einmal keine Spur. So was von niente. Scheißdreck, verdammter.«

»Was willst du dann von mir?«

»Dir etwas vorlesen.«

»Was ist es?«

»Eine Art Brief.«

»An mich?«

(Schweigen)

»Hätte mich auch gewundert. Also, von wem an wen?«

»An die Mutter des Toten.«

»Wer hat ihn geschrieben?«

»Wie es aussieht, unser Mörder.«

»Wozu habt ihre euren Haus- und Hofpsychologen … die ganze Abteilung?«

»Du bist der bessere …«

»Der bessere was? Der bessere Mann?«

»Gewissermaßen ja.«

»Und das hat keine Zeit bis morgen?«

»Hat es nicht.«

»Manus manum lavat?«

»Nur wenn du mir sagst, wofür du es brauchst und was du damit anfangen willst.«

»Ich habe auch Druck … gewaltigen Druck.«

»Ich dachte mir schon, dass du deine Kündigung von heute Morgen nicht ernst meinst.«

»Ach, das weißt du bereits? Scheiß Polizeistaat.«

»Und weiter?«

»Was weiter?«

»Überzeuge mich. Warum sollte ich mein Wissen mit dir teilen.«

»Genügt dir das nicht?«

»Nein. Es geht um zu viel.«

»Natürlich. Bei mir geht es ja um nichts. Gute Nacht.«

»Nein, nein! Leg nicht auf, Bela! Bitte.«

(Schweigen)

»Hast du noch Kontakt zu ihm?«

»Wem?«

»Dem Schmieranski.«

»Schon lange nicht mehr.«

»Wie lange?«

»Seit der … *Sache* mit meinem Vater.«

»Übrigens ... das mit dem Video damals ... ich nehm' dir das nicht krumm.«

»Ich wüsste nicht, was es da krummzuneh...«

»Also gut. Wir teilen.«

»Schieß los.«

»Nimm dir etwas zu schreiben. Manches muss ich buchstabieren.«

Kikochpoki uchachik mitti.

Du bist die Mutter des Jägers.

Bela musterte die Worte wieder und wieder. Das Entziffern war eine Fingerübung gewesen, diese Offenlegung der Nominale. Es war, als befände man über den bloßen Nennwert einer Münze. Ihr möglicher Mehrwert indes – bedingt durch Stückzahl, Abarten des Rohlings, Verprägungen, Druckzufälligkeiten – aufs Wort umgelegt: Das sinnstiftende Entschlüsseln blieb oft im Verborgenen. Kaffeesudlesen per Mausklick? Nein. Solch tieferes Verstehen ließ sich nicht googeln.

Die Beine ans Kinn gezogen und eine Tasse schwarzen Kaffee in Händen, kauerte Bela auf der Küchenbank ihrer Dreizimmeraltbauwohnung. Das Fenster weit offen, sann sie dem Brummen des Laptops hinterdrein.

Merkwürdigkeiten ohne Ende waren das. Zuallererst, keine drei Stunden her, der merkwürdige Besuch von Madame Directrice, die ganze Frau ein weinendes Häufchen Elend und auf Knien flehend, sie möge die Kündigung zurückziehen, möge ihr beistehen in dieser schwärzesten Stunde des Kabinetts. Dazu dieser merkwürdige Brief, den sie dabeigehabt hatte, der sie der Eitelkeit hatte folgen und das Desaster letztlich seinen Lauf nehmen lassen. Und nun dieser merkwürdige Anruf. Das merkwürdige Schreiben, das ihr der Chefinspektor vorgelesen hatte. Der merkwürdige Bantudialekt, in dem Teile abgefasst waren. Die merkwürdigen Zeilen auf Griechisch, die er ihr als Handyfoto geschickt hatte.

κτήματα μέν πάντ' ἐθέλει δόμεναι καὶ ἔτ'
οἴκοθεν ἄλλ' ἐπιθεῖναι·
καὶ δὲ τόδ' ἠνώγευν εἰπεῖν ἔπος, αἴ κ' ἐθέλητε
παύσασθαι πολέμοιο δυσηχέος

Auch sie waren rasch entziffert. Fragmente aus Homers Ilias, Zeilen, die sich oberflächlich aneinander lehnten, Halt gaben, tatsächlich jedoch unbefestigt dastanden. Wie loses Mauerwerk, das unter der Kraft jeder neuen Betrachtung ein Stückweit zerfiel.

Alles Gut will er gesamt euch erstatten,
und noch des Seinen hinzutun
Dieses Wort auch sollt' ich verkündigen, ob ihr geneigt seid
Auszuruhn vom Getöse der Feldschlacht

An anderer Stelle diese klare, unzweideutige Sprache, eine schnörkellose Prosa ohne Aufputz, dafür hoch eloquent. Ein ruhiger Stil, der darauf verzichtete, das Lapidare durch die Aufgeregtheit eines Rufzeichens erhöhen zu wollen. Ganz und gar unjournalistisch also. Das Schreiben an Madame wiederum strotzte vor schmeichelndem Pathos, der sich als eine einzige Ansammlung anspielender Zynismen las. Ein Machwerk der Häme und Infamie.

Flüchtig betrachtet, entstammten die Werke den Federn zweier kranker Gehirne. Eine ferne, fadendünne Stimme indes gab ihr ein, dass sie ebenso gut einer gemeinsamen Quelle entspringen konnten. Ein gewiss krankes, wiewohl genialisch operatives Gehirn, das auf Knopfdruck umzuschalten verstand – oder unbewusst mehrere, doch wenigstens zwei Existenzen voneinander getrennt zu bedienen. Der Klassiker einer dissoziativen Identitätsstörung.

Merkwürdig das alles. Im Besonderen auch ihr ungebrochen angespanntes Verhältnis zum Chief Commander, wie sie den Chefinspektor, einst Partner ihres verstorbenen Vaters, nannte.

Ein Verhältnis, das die längste Zeit keines mehr war. Andererseits doch. Wie sonst hätte sie dieses jähe Stechen in der Brust verspürt, als sie seine Stimme vernahm, dieses vom Verschlingen einer Filterlosen nach der anderen rauchig dunkle Timbre, so staubig, so stoppelig ausgefranst wie ein Haarschnitt, der aus dem Ruder gelaufen war, und der Grundstein zu einer Zeit gelegt, als auch die Fernsehpolizisten sich noch eine nach der anderen reinzogen.

Diese Stimme. Das erste Mal nach all den Jahren. Du bist die Mutter des Jägers. Und was war sie? Die Tochter des Gejagten?

Es war unser beider Entscheidung.

Sie hatte seine Worte für einen langen Moment des Schweigens abgewogen, sie hin und her rollen lassen zwischen der unstillbaren Sehnsucht nach Rat und Schulter des Vaters und der Aussicht, wenn sie nein sagte, auflegte und damit die Erinnerung an ihn wohl auf immer unter der Kuppel des Schmerzes hielt, unter die sie damals gekrochen war. Mehr als sechs Jahre lag das nun zurück.

Ihr hättet dort nicht reingehen dürfen. Du und Vater.

Tatsächlich nicht? Da waren so viele Wahrheiten. Die eine auf so bittere Art so amtlich, jene, die die Untersuchung ans Licht gebracht und an der sie sich vorbeigeschlichen hatte auf den Sohlen einer diffusen fremden Schuld. Bis heute Nacht.

Sie waren auf dem Heimweg gewesen, der Chief Commander und Vater, und sie waren dem Irrtum aufgesessen, man könne nicht auch einer blindlings abgegebenen Kugel erliegen, so blind durch das Türblatt abgefeuert wie der Hass, der die Hand lenkte. Doch so blind war die Hand gar nicht gewesen.

Das war die eine Wahrheit, die des Berichts.

Er hatte still am Türspion gelauert, verspiegelt, nach innen nicht einsehbar, er, dieser mehr nackte Erzeuger als dem Kind ein Vater, das er in seiner Gewalt hielt. Unten auf der Straße die gellenden Schreie der Mutter, der Ohnmacht nah, und sie beide – der Chief Commander und Vater – durch die Nacht trottend.

Schicksalhafte Nähe, nichts weiter. Vor ihnen die Schreie. Über ihnen peitschende Schüsse.

Hätten sie nicht reingehen dürfen? Sollen? Müssen?

Dritter Stock. Gemeindebau. Er hatte dagestanden, sie beobachtet und augenblicklich als die Beamten ausgemacht, die sie waren. Polizisten in Zivil mit diesem grimmigen Flackern der Rechtschaffenheit in den Augen und der *Glock* im Anschlag. Er hatte sie von Anbeginn im Sucher gehabt, bereit, mit einer *Smith & Wesson* dagegenzuhalten, nur durch Zentimeter mehrschichtigen Laminats von der Brust des Vaters getrennt. Eine Fünfhunderter *Magnum*, die Bissigste unter den Bissigen, fünfschussig, mit Mündungsbremse und einem Durchschlag wie gegen Elefanten.

Du warst ein Elefant, Vater.

Ja, das war er. Der Merkfähigkeit und Zielgerichtetheit, aber auch der sprichwörtlichen Sturheit wegen. Hätten sie nicht warten können?

Es war unser beider Entscheidung.

Warum nicht warten? Warum nicht das Einsatzkommando mit den schweren Trägern von noch schwererem Gerät? Männer, darauf trainiert, dass es immer von Nutzen war, notfalls den anderen über die Klinge springen zu lassen. Und notfalls kam bald. Warum also nicht warten?

Insgeheim hatte Bela es immer gewusst. Es gab kein Warten. Keine drei Sekunden hatten sie dagestanden. Keine drei Augenblicke. Und er hatte nicht einen gezögert.

Sie waren auf dem Heimweg gewesen. Nach ein paar Bieren zum Auslüften und weit nach Dienstschluss. Auf Sonderstreife, wie sie es immer noch bei Gelegenheit taten. Altmetall, das nicht auf Bürosesseln vor sich hin rosten wollte. Darum waren die Waffen nicht im Schrank geblieben. Sie hatten bloß die Lage sondieren wollen für die nachrückenden Kräfte, und sie wussten nicht, dass der Bub, keine vier Jahre, da schon tot war.

Darum hatte sie vorhin nicht aufgelegt. Ihrem Vater, nein, ihrem eigenen Gedenken des Vaters zuliebe, wie auch, dass er es nicht anders gewollt hätte. Eine Hand wäscht die andere. Manus manum lavat.

Bela memorierte das Gespräch mit Madame Directrice vom Vortag, kurz nachdem der tote Professor in Aimé Bonpland entdeckt worden war. Gespräch? Ein monologisches Schreien war es gewesen. Als ließe sich damit das Grauen zudecken.

… habe ich Ihnen nicht befohlen, Sie sollen Ihre alten Kontakte bemühen!? Notfalls auch mit diesem Kluger in die Kiste …

Beim Chief Commander und den anderen um Informationen betteln? O nein, das hatte sie schon vor mehr als einem Jahr nicht getan, als alles anfing, und so würde sie es auch diesmal halten. Es waren vor allem die alten Hasen gewesen, damals, nach Vaters Tod, die sie hatten spüren lassen, was man von ihrer Arbeit hielt und dass der Messerstich, den sie sich eingefangen hatte, als eine Art Kündigungsschreiben zu verstehen sei, eine Abfuhr mit der Klinge, höchste Zeit, mit dieser Geisel Kriminalpsychologie abzufahren. Reinblicken in das kranke Hirn eines Serienmörders? Das funktioniert halt nicht, Frau Kollegin, hatte nach ihrer Rückkehr einer ausgesprochen, was viele dachten, und die anderen hatten schweigend beigepflichtet. All diese Masken des Bedauerns in den Gängen des Bundeskriminalamtes, und am allermeisten jene der Alten.

Es sind vor allem die Alten.

Darum wären sie die Letzten, an die sie sich wenden würde, und der Chief Commander, der nicht dagegen angestanden, ihr nicht als Vaters Freund zur Seite gestanden hatte, der Oberletzte. Hatte sie gedacht. Bis heute Nacht. Aber jetzt?

So viel war seither geschehen, das Wissen der Kriminalpsychologie anerkannt, mehr als das, unverzichtbar, und die allermeisten dieser alten, verbohrten Deppen nicht länger am Zug. Zudem war er es gewesen, der das Eis zwischen ihnen gebrochen hatte, auf ihr Wissen, ihre Intuition vertraute und nicht auf jene ihres Nachfolgers, dieses Tirolers, der klang, als hätte er einen Zungenbruch.

Ein seltsames Gefühl der Leere erfasste Bela. Als wollte ihr Vaterschmerz das Äußere nach innen kehren und Inneres nach außen. Als wollte ihr eine Stimme aus der Ferne sagen, endlich einen Schlussstrich zu ziehen. Hatte es nicht auch ihn erwischt, bloß nicht so ... tödlich? Durchschuss im Oberarm? War nicht der Chief Commander es gewesen, der seinerzeit schon als einer der wenigen auf sie gesetzt hatte? Und setzte er nicht auch nun auf sie anstelle des Haus-und-Hof-Profilers? Weil sie der ... bessere Mann war?

Bela lächelte. Sie dachte an Emil Flecker, daran, dass die Finanzministerin es zuwege gebracht hatte, eine Prügelei im Wachsfigurenkabinett auszulösen. Als *einziger Mann in der Regierung*, wie Flecker standhaft behauptete.

Ja, es war wohl an der Zeit, manches zu Grabe zu tragen. Der Tod des Vaters hatte ihr Leben in Konfusion gestürzt, sie selbst kopfscheu gemacht für die Prozesse der Logik, eine rauschhafte Verfassung, der abermals zu verfallen nur natürlich wäre angesichts der jüngsten, bestialischen Vorfälle. Doch dem war nicht so. Bei aller Verstörung, Irritation, Vernebelung – sie hatte doch das Gefühl, der Lösung wenigstens eines der vielen Rätsel nahe wie nie zu sein. Eine Zuversicht, die auf eigenwillige Weise auf dem Schicksal des ermordeten Professors fußte, geformt aus dem Dunkel des Unbegreifbaren und emporgeschossen ans Licht der Erkenntnis mit der Kraft des Auftriebs. Als würde ein unter Wasser gedrückter Ball losgelassen und jäh nach oben schießen.

Wendys geheimnisvoller Bote war es gewesen. Der Zwerg. Oder besser gesagt: die prophetische Bedeutung des Buches, das er ihr überbracht hatte, diese monumentale Niederträchtigkeit seiner verdeckten Botschaft. Noch in der Sekunde, da sie von dem Attentat der alten Dame auf Bonplands Wachsfigur hörte, hatte ihr der Titel des Werkes die Hirnschale durchsprengt. Ein Wissen, ohne zu wissen. Eine Klarheit inmitten der Unklarheit. Wort für Wort war der Buchtitel in ihr explodiert.

Der ... Botaniker ... von ... Malmaison!

Die so bewegte wie bewegende Geschichte eines gewissen Aimé, geborener Goujaud. Der Überlieferung zufolge soll Aimés Vater, Professor der Künste und Chirurgie aus dem französischen La Rochelle, Profos seiner Korporation und Schüler des berühmten Universalgelehrten Jean-Jacques Rousseau, die Nachricht von der glückvollen Niederkunft seiner Frau im Weingarten ereilt haben. Tief betrübt nach dem frühen Tod des Erstgeborenen, Jacques-Aimé, wenngleich in unverwüstlicher Hoffnung auf einen neuen Stammhalter, geriet Goujaud angesichts der Geburt eines gesunden Sohnes in Verzückung und pflanzte mit den Worten »Gottlob! Ein guter Setzling!« eine neue Rebe in den von Krankheiten befallenen Garten. Ein guter Setzling. »Un bon plant!«, wie Goujaud in seiner Muttersprache ausrief.

Bonpland.

In den frühen Jahren des Knaben war dies kaum mehr als gefühlsduseliges Beiwerk, die euphorische Randnotiz familiärer Geschichte und niedergeschrieben im *Buch der Natur*, das Professor Goujaud mit rühriger Versessenheit führte. Später jedoch, da der ausgebildete Arzt und Botaniker Aimé ausgezogen war, um die Flora der äquinoktialen Regionen Lateinamerikas zu erforschen, sollte sein Name weit über die Grenzen Frankreichs hinaus erklingen. Und so quoll der Stolz der Eltern auf den jungen Forscher so sehr über, dass sie den eigenen Namen in amtlichen Einträgen gegen den des Sohnes tauschten. Bonpland, jener zu Lebzeiten hoch angesehene, stets bescheidene und vielleicht darum über die Jahrhunderte schmählich aus dem Gedächtnis der Wissenschaft gerodete gute Setzling, ohne dessen Selbstlosigkeit, Aufopferung, Unerschrockenheit und Unermüdlichkeit die Saat zum galaktischen Ruhm eines Alexander von Humboldt gar nicht erst ausgebracht worden wäre.

Bela hatte die Geschichte vom Leben Bonplands auf einen Sitz verschlungen. Sie hatte mitgefiebert, als Humboldt und er, Seite an Seite, Gefahr und Wirrsal der Fremde trotzten; als sie sich quer durch den Busch Neu-Andalusiens, des heutigen Venezuela, schlugen; als sie die nahen Schneeberge um Caracas bestaunten und die amphitheatralischen Hänge über Cucama erkundeten; als sie – nur mit einer Handvoll Indio-Ruderer zur Seite – in kühner Fahrt in schmalen, filigranen, arg überladenen Pirogen 500 Flussmeilen des Orinoco, viertgrößter Strom der Welt, meisterten, umrahmt von Anden, tropischem Regenwald und Feuchtsavanne; als Humboldt und Bonpland unter 30 Meter hohen, mit Früchten überladenen Zitronenbäumen rasteten, die schier unerschöpflichen Vorratskammern am oberen Flusslauf entdeckten und verzückende Träume in Sachen Ernährung, Medizin und Industrie träumten – ob wilder Kakao, Zuckerrohr, Gewürze, Ölpflanzen, Kaffee, Tabak, Indigo oder die Chiquichiqui-Palmen, aus denen hervorragende Schiffstaue herzustellen waren.

Bela blieb aber auch bei ihnen, als sie unter der zehrenden Abkehr vom natürlichen Reichtum litten und in endlosen, wasserlosen Märschen während der Trockenmonate die wüstenähnlichen, vom Orinoco entwässerten Llanos querten – geblendet von sengender Sonne und peitschenden Sandwirbeln; als sie wagemutig ins Dunkel einer unheimlichen Höhle krochen, die den Acheron der Chaymas-Indios ebenso beherbergte wie Millionen fliegender Kröten, die geisterhaft kreischend durch die Lüfte zogen (tatsächlich handelte es sich um den Fettschwalm, einzige nachtaktive und zugleich Früchte fressende Vogelart der Welt); Bela staunte ferner mit, als die Reisenden Menschenfressern trotzten und einen Indiostamm trafen, der auf Stühlen aus Korallenästen saß und sich ausschließlich von lehmiger Erde ernährte (echte Genießer würzten diese Esserde übrigens mit Maismehl und Krokodilfett, während besorgte Mütter ihre Kinder nach heftigen Regenfällen in der Hütte wegsperrten, damit sie aus ähnlichem Verlangen, das anderswo Marmeladetöpfe auslösten, nicht hinausliefen, sich die Münder mit frischer Erde vollstopften und den Magen verdarben); desgleichen schrak Bela mit hoch, als einer der Reisenden beim Durchqueren eines Morastes einen knorrigen Baumstumpf im letzten Augenblick doch nicht betrat, weil das modernde Holz jäh sein Krokodilmaul aufriss; und sie schlotterte solidarisch, als Bonpland in den verpesteten Gewässern des Apure-Sumpfes wochenlang darniederlag und alle beide – sehr viel später in Mexiko – die Tücken des *Vomito negro* kennenlernten, des Schwarzen Erbrechens bei Gelbfieber.

Da wurden die tödlichen Urkräfte elektrischer Bestien erforscht, Zitteraale, die vor ihren entsetzten Forscheraugen in Minutenschnelle sechs ausgewachsene Gäule zu Tode brachten; da wurden Affen, Gürteltiere, Krokodile, Seekühe und Riesenschlangen für anatomische Studien zerlegt, Pflanzenproben aus entlegensten Dschungelregionen zu Tausenden in Botanisiertrommeln geborgen, reichhaltige Käfersammlungen gegen seltene Verborgenblüher, so genannte Kryptogame, getauscht, kistenweise Herbarien und Samenproben in die Heimat eingeschifft und die Talente der Männer zusammengeführt – das zeichnende eines Humboldt mit dem beobachtenden eines Bonpland; da wurden die Pfade verschollener, unter tyrannischem Fanatismus und Missionswahn zu Wüsteneien verkommener Zivilisationen bereist, die letzten Abkömmlinge der Inkas be- und der viel gerühmte Goldstuhl Atahuallpas gesucht, die aus rohen Lehmziegeln erbaute Pyramide von Cholula erklommen wie auch der majestätische Popocatepetl, der stirnrunzelnde Iztaccihuatl und andere Vulkane – manch einer am Vorabend seiner Eruption schon wild fauchend und warnende Feuergarben speiend.

Von den Abenteuern Aimés in den Bann geschlagen, kehrte Bela mit Bonpland zurück nach Frankreich, entsetzte sich mit ihm über die Schäbigkeit der musealen Obrigkeit (fadenscheinig verweigerte man Bonpland eine angemessene Abgeltung seiner herausragenden botanischen Leistungen im Dienste Frankreichs) und bejubelte die späte Genugtuung, die ihm zuteil wurde, als Napoleon ausnahmsweise einen rein häuslichen Staatsstreich vollführte, der die Verschwendungssucht seiner Gemahlin zum Ziel hatte und Bonpland zum Nutznießer machte, da er den maßlosen Monsieur Mirbel beerbte und (wiewohl inoffiziell) zum Allgewaltigen über die botanischen Bestände des Schlossgutes Malmaison aufstieg – jener in den Pariser Banlieus gelegener Herrschaftssitz, wo sie residierte: die wollüstig schöne Kreolin Joséphine de Beauharnais, Witwe nach dem unter der Guillotine hingerichteten Armeeoffizier Alexandre, Vicomte de Beauharnais, Grande Dame der Pariser Gesellschaft und erste Gemahlin des vormaligen Generals und nunmehrigen Kaisers Napoleon Bonaparte.

Madame Bonaparte und ihrem immer engeren Vertrauten Bonpland auf den Fersen, durchstreifte Bela die kaiserlichen Freianlagen und Gewächshäuser, promenierte zwischen Orangen- und Eukalyptusbäumen, zunehmend berauscht von der tropischen Eleganz der lässigen Joséphine, wenn die mit eigenwilligem Kopfputz aus Antillen-Madras und feuerrotem Kaschmirschal um die Hüften durch die Gärten strich oder auf einer überwachsenen Steinstufe innehielt – in lasziver Bequemlichkeit mehr hingestreckt als sitzend und in eben jener Pose, in welcher Pierre-Paul Prud'hon sie in den Louvre malte; leidenschaftlich schnupperte sie mit Herrin und Untertan an Magnolien aus China, Tulpen aus Holland, Hyazinthen, dem als Griechischer Lorbeer bekannten Antillen-Flieder oder an der einen oder anderen von 250 Rosensorten, sah dem Maler Redouté und dem Botaniker Bonpland über die Schulter, wenn sie die Blütenwunder von Malmaison auf Leinwand bannten und beschrieben, verteilte mit Joséphine und Aimé in großzügiger Weitsicht Samen und Setzlinge an Museen, Baumschulen, Gärtnereien und Landwirte in halb Europa und belächelte die rührselige Ergebenheit Bonplands, die ihn die Neigungen der Kaiserin teilen und befriedigen ließ: weg von den zart-leichten, filigranen Blüten Europas und hin zu den satt-fleischigen, kräftig-derben ihrer Kindheit auf der Antilleninsel Martinique.

Immer länger wurden die Listen neuer, unverzichtbarer Pflanzen, die aus nah und fern in die Île-de-France herangekarrt werden mussten, immer bunter die den Park bevölkernde Menagerie – Kolibris, Goldfasane, Hirschkühe, fliehende Gazellen und Wolfshund Askim, der sie alle zur Flucht antrieb, schwarze Schwäne aus China, Schafe aus Australien, Pferde aus der Bretagne, Rinder aus der Schweiz, Enten von den Karolineninseln, Kakadus von den Philippinen wie auch jener sagenumwobene Guatemala-Papagei, der beizeiten weggesperrt wurde, weil er pünktlich zur Sitzung des Geheimen Rats unermesslich laut nach dem Kaiser schrie; immer unermesslicher wurden aber auch die Schulden der Kaiserin bei den Händlern; und immer gefahrvoller die Animositäten, die Bonplands geschasster Vorgänger aufgebracht und Napoleon dankend übernommen hatte, bis sich der aufgestaute Zorn angesichts eines einzelnen Ahorns, den er in Abwesenheit des Kaisers fällen ließ, mit imperialer Wucht über ihm entlud. Das Ende Bonplands in den Gärten von Malmaison und der Beginn einer Alterszeit in Armut und Vergessenheit.

Mit all diesem, womöglich ausschweifenden, doch faszinierenden Wissen zu Aimé Bonpland ausgestattet, war Bela von Anbeginn Feuer und Flamme für den unerwarteten Zuwachs im Kabinett gewesen. Sie gestand es sich nur ungern ein, doch Madames Alleingang hatte Charme. Ein echtes Solo, wie Rita ihr aus der Marylebone Road signalisiert hatte. Niemand in der Zentrale war über Bonplands Inauguration vorab informiert worden, eine in der Regel unverzeihliche Eigenmächtigkeit mit dramatischen Folgen. Doch die Zahlen in der Wiener Dependance sprachen die Sprache des Erfolges. Also hatte man Clementine Nierast gewähren lassen, sich darauf verständigt, die Angelegenheit als »im engsten inneren Kreis abgesprochen« zu kommunizieren. So gedachte man, Weitblick und Marketinggespür nach außen zu demonstrieren – und Großzügigkeit und Wohlwollen nach innen. Schließlich hatten sie weder der Franzose noch der Tiger einen Cent gekostet und brachten Publikum.

Seit knapp 36 Stunden sah man das in London etwas anders.

So sehr die Wechselfälle in Bonplands Lebens bis zu jenem Tag, da der Verwalter von Malmaison beim Kaiser in Ungnade fiel, sie in Beschlag genommen hatte, so sehr ahnte Bela rückblickend, dass es der spätere Lebensweg des Arztes und Botanikers sein musste, der auf so infame, schauderhafte Weise ins Jetzt reichte – jene mehr als vier Jahrzehnte Joséphines, nachdem Bonaparte die Scheidung erzwungen hatte und sie letztlich einem krebsähnlichen Halsleiden erlegen war, mehr aber noch (ohne dass sie einen hinreichenden Beleg dafür entdeckt hätte) der zeithistorische Arm der Schmähtat eines betrunkenen Gauchos im Jahr 1858, der sich am Leichnam des völlig verarmten Bonpland verging und so das ehrenvolle Vorhaben, ihn unter Staatswürden in Asunción beizusetzen, auf schändliche Weise zunichtemachte.

Bela hatte die über weite Strecken erfrischende Leichtigkeit der Lektüre willkommen angenommen, doch von Anfang an auch als rätselhaft empfunden. Zahllose Stellen in dem antiquarischen Werk waren unterstrichen, einen Zusammenhang mit den Ereignissen der vergangenen Tage – abgesehen vom großen Ganzen, das Bonpland hieß – vermochte sie aber nicht herzustellen. Hatte Wendy die Passagen markiert? Kaum vorstellbar, dass sie dahintersteckte, dass sie auch nur einen Blick in das Buch geworfen hatte. Andererseits hatte die alte Wahrsagerin seit dem Brand ihres Studios Seiten offenbart, die Bela ihr ebenfalls nicht zugetraut hätte.

Sich mit vorauseilenden Selbstvorwürfen zu überschütten, war, was Bela nicht erst seit ihrer gescheiterten Rückkehr in den Polizeidienst kannte. Und so hatte sie auch diesmal reflexartig zu forschen begonnen, ob sie einen, nein, allein *welchen* Fehler sie begangen hatte. Hätte sie umsichtiger und früher reagieren sollen? Müssen? Entgegen früheren Gewohnheiten verwarf sie die nagenden Überlegungen aber rasch wieder. Ein Zeichen, dass sie vorankam wie auch – so betroffen sie als Mensch war –, dass sie sich auf eine professionelle Weise unerschütterlich zeigen konnte über den Toten im Kabinett, bereit war für eine Zusammenarbeit mit dem Chief Commander. Ein letztes Mal wollte sie ihre Qualitäten der Kriminalpsychologie in den Ring werfen. Im Gegenzug würde sie etwas bekommen, ein Tauschgeschäft, bei dem jedoch keine Seite einen Cent auf die Ehrlichkeit der anderen gab. Wer wusste, dass sie erst vor Stunden gekündigt hatte, wusste bestimmt auch, dass sie Kontakt zu Vinzent pflog. Zu ihrem Erstaunen war sie beim Wort »Schmieranski« zusammengezuckt, noch mehr hatte sie allerdings verblüfft, dass der Chief Commander ihre Lüge nonchalant übergangen hatte, auf den Handel eingegangen war. Wie groß musste die Not sein! Andererseits, zu viel an Neuem durfte sie von ihm nicht erwarten. Nur ein Dilettant, schlimmer: Nur ein Maulwurf gäbe mehr preis, als der Rahmen vorsah. So lauteten die Spielregeln.

Zweierlei hatte nun Priorität: die Analyse des Briefes an die Mutter des toten Forschers wie auch jenes Schreibens an die Direktorin, das die Installation Aimé Bonplands im Wachsfigurenkabinett eingeleitet hatte. Tat sie es bei dem einen aus rein professionellen Motiven, spielte beim anderen gewiss auch Persönliches herein, doch sie tat es weder aus Mitgefühl noch Mitleid und auch nicht aus Rachegelüsten Madame gegenüber, um sie im Triumph zu demütigen. Nein, zur Strafe sollte es geschehen. Rache fand ihren alleinigen Antrieb in Vergangenem, sagte sie sich. Die Strafe indes zielte auf Künftiges ab. Keine Abgeltung für die Schmach des Vortages erschien ihr angemessener. Ehe die Direktorin sie noch weiter hatte demütigen können, war Bela ihr zuvorgekommen. »Ich kündige, Schlange, widerliche!«, hatte sie gefaucht und war davongestoben in der lautstark erklärten Absicht, nie wieder einen Fuß über die Schwelle dieses unheilvollen Hauses zu setzen.

Stunden später hatte die patschnasse Schlange sich auf ihrer Fußmatte gekringelt, gehäutet, von der gewohnt polternden Unbeherrschtheit in Madames Stimme keine Spur. Ein gestammeltes Hauchen war es gewesen, ein Stimmchen, das an der Verzweiflung gebrach und erst Kraft fand, als Bela ihr Trost zusprach. Hinterher, eingepackt in Decken und trockene Kleidung und bei brühheißem Tee, hatte Clementine Nierast ihre Lebensbeichte abgelegt – vom herumhurenden Gemahl hin zur benzinschnüffelnden Tochter. Wie bizarr und voller Überraschungen das Leben doch war. Ja, sie würde auch der Direktorin helfen, sich großmütig erweisen. Genau darin lag die wahre Kraft des Beschämens. Am Ende täte sie es aber für sich. Und Vater.

Eine raue Brise schlug zum Fenster herein. Bela liebte die nach sintflutartigem Regen vom Großstadtschmutz aufgeklarte Luft. Die ersten Minuten waren die schönsten, wenn es duftete wie von frisch gewaschener Wäsche. Und erst jetzt, als ihr Kater Volare um die Beine strich und sie daran erinnerte, dass er nach seinen Flugversuchen bis ans Ende seiner Tage humpeln würde, merkte sie, dass sie fror. Sie lächelte, bittersüß, voller Wehmut. Brahms wäre jetzt das Richtige, doch sie sprang auf, drückte die Fensterflügel zu, wand die zu Boden gesackte Wolldecke um den Leib und nahm die Mitschrift des Telefonats zur Hand, begann, Wort für Wort zu sezieren. Immer tiefer versank sie in ihren Überlegungen, der Stille der Nacht, vergaß darüber die Zeit. Bis der Signalton des Mailaccounts anschlug und sie verdutzt aufsah.

Jetzt? Zu dieser Stunde?

Es sollte ihr letzter klarer Gedanke in dieser Nacht sein.

An den südwestlichen Gefilden der Stadt – in eben diesen Minuten

XXXIII. DER KONDOR UND DER PARASIT

Der Kondor lag im Sarg und fror.

Dass heute noch, an diesem froststarrenden Morgen lange vor der blauen Stunde, das Ende eines alten Lebens zu beklagen sein würde, das zugleich Anfang eines neuen war, überstieg die Vorstellungskraft eines Emil Flecker. Auch war damit in seiner kleinen Securitywelt nicht zu rechnen gewesen. Ein neues Leben? Schon wieder? Doch nicht, weil dieser Aimé Bonpland ein zweites Mal gestorben war? Quasi. Doch nicht, weil dieser Aimé Bonpland sich als falscher Toter über einem echten verpuppt und als Mogelpackung der Geschichte wieder entpuppt hatte? Oder, wie Flecker es bei der Einvernahme im Bundeskriminalamt formuliert hatte: »A stinkerts Hasenpemmerl in an rosafarbenen Zuckerlpapier.«

Doch es war, wie es war, und so lag der Kondor in seinem Chevrolet Impala, einem ausrangierten Leichenwagen, den er – dem Zweitschlüssel aus guten Tagen sei Dank – hier draußen auf dem alten jüdischen Teil des Zentralfriedhofs geparkt hatte. Er lag da, fror und wälzte sich in trüben Gedanken hin und her, so weit sein Schlafplatz dies zuließ.

Ein Toter, der sich in einem Toten verbarg?

Schiffsbäuche bergen, dachte Flecker, und doppelte Reisebusböden sowieso. Blinde Passagiere, geschleppte Pakistani, ja, zuletzt hatten selbst die Griechen angefangen, ihre hungernden Kinder zu verkaufen. Wohin die Reise eben ging, Hauptsache, weg.

Indes, hier gab es keine Reise und auch nichts zu schleppen. Hier waren keine Wasser zu durchpflügen, geheimen Pfade zu beschreiten, Felder zu durchrobben, Straßen zu meiden, Grenzen zu umgehen oder Korridore zu befliegen. Nein. Das hier, spürte Flecker, war eine gleichwie statische Angelegenheit. Da war der eine, dieser Professor, gekommen und geblieben, und der andere, dieser Bonpland, schon da, um wider Willen zu gewähren. Ein fragiles Gleichgewicht aus ungebeten und ungefragt. Da der Parasit, dort der Wirt. Nutznießung der übelsten Art, dachte Flecker, von einem überirdischen Zorn auf diesen unseligen Toten im Toten entflammt.

Was für ein mieser Schmarotzer!

Denken hätte er auch können: ganz nach Manier der Kastanienminiermotte, die den Blattzellen die Nahrung wegsäuft und daran wächst. Oder nach Art der Killeralge, welche Schiffsanker bevölkert und sich scheintot über die Weltmeere schippern lässt im Wissen, aus einer einzigen Zelle heraus neu zu erblühen, um sich andernorts ganze Buchten untertan zu machen. Aus reiner Fress- und Bedecksucht. Jedoch: Im weiten Feld der Biologie war Flecker allein im Nebensegment der Geier beschlagen. Folglich kannte er weder Killeralge noch Miniermotte, doch verfügte er in den Dingen der Naturkunde über ein untrügliches Gespür, was passte und was nicht.

Parasit und Wirt bei *Madame Tussauds* … das passte nicht. Nicht bei den Toten und Untoten im Wachsfigurenkabinett, wo er auf Streife ging. Ein Aimé Bonpland, der einem Professor Unterschlupf gewährte? Wie absurd! Wer kam denn auf die Idee? Doch noch schlimmer plagte ihn dieser Gedanke: Hatte er etwas übersehen? Dem Unglück aus Eigenem Tür und Tor geöffnet?

Nein, das hast schon du getan, Madame Direc… Madame Dreckstück! Aus Eitelkeit und blanker Gier. Wer hat denn das Geschenk angenommen und aufstellen lassen, wenn nicht du, hmm?

Flecker dachte an die alten Griechen. Die hatten sich doch auch … von diesen anderen alten … wie hießen die gleich? Trianer? Ja, die waren's. Ließen sich von denen doch glatt so einen klapprigen Holzesel unterjubeln. Seitdem waren viel Zeit und Wasser den Jordan rauf und runter. Oder umgekehrt? Runter und rauf? Waren es die Griechen, die sich den Esel andrehen ließen? Ein Gaul und kein Esel? Trianer? Trullianer?

Nein. Die Trullianer, das waren die großen Drei beim Tarockspiel. Sküs, Mond, Pagat. Jeder für sich ein Trullianer – und im Verein die Trull und in einem einzigen Blatt vereint eine wahre Hausmacht. Fielen alle drei jedoch in einem Stich zusammen, zog der Pagat als vermeintlich Kleinster. Der Kaiserstich. Die hohe Schule des Kartenspiels und selten, sehr selten.

Trojaner vielleicht? Scheißegal.

Geschichte war eben nicht Ornithologie. Fix war: Madame Directrice allein trug die Schuld. Mit Handkuss hatte sie diesen Forscheraufputz an Humboldts Seite in sein Kabinett gestellt. Diesen Bonpland, den keine Sau kannte. Samt Tiger. Forscherleben am Orinoco? Ha! Dass er nicht lachte. Auf der Suche nach dem Ungewissen? Doppel-Ha! Und dieses Ungewisse hatte dann ja auch doppelt eingeschlagen.

Das ist Marketing, mein lieber Flecker. Plötzlich ist ein zweiter Forscher da. Die Leute lieben Überraschungen, die nicht nach Inszenierung aussehen. Fragen Sie doch Ihre direkte Vorgesetzte, Magistra Schmaus. Wozu hätte ich sie denn sonst studieren lassen, nun? Aber das geht in das kleine Denken Ihres solariumgebräunten Insektenkopfes ohnedies nicht hinein. Also machen Sie einfach nur, was man Ihnen sagt, Flecker, ja?!?

Madames Worte. Dennoch verspürte Flecker ein diffuses, ungewolltes Mitwirken seinerseits. Bloß, was war sein Anteil? Seine Leistung, die keine war? Hatte er Dinge auf die leichte Schulter genommen? Die Alltagsroutine über die Pflichten gestellt? Hatte er die Monitore nicht ausreichend überwacht, Bänder nicht ausreichend geprüft? Zeichen übergangen? Warnhinweise am Woggi-Doggi? Hätte er das Hühnchen mit Freddy Mercury später rupfen und verweilen sollen? Hatte sein Hass auf Madame ihn verblendet? Hatte die Alte darum mit der Machete zuschlagen, darum das Unsichtbare sichtbar machen können? Hatte sein Instinkt für das Böse versagt?

Flecker kannte die Spielarten des Sterbens wie kaum einer, diesen kalten Odem, der wie ein Hauch des vordergründig Zynischen daherkam, wenn er die einen aus dem Leben blies und die anderen darin beließ. So war das eben. Die Guten gingen, die Arschlöcher blieben. Zynisch, wusste er, war das aber nur auf den ersten Blick und der Tod Teil einer höheren Gerechtigkeit als bloß ein Summand des Summenspiels der vielen Leben. Da widerfuhr einem in diesem Leben Böses, was einem im nächsten zugutekam. Und andersrum. Natürlich. Man kannte das. Die ganze Palette rauf und runter. Wer Böses tat, hatte beim Karma ausgeschissen, musste eine Ehrenrunde um die andere drehen (er selbst kannte das aus der Schule) und Buße tun. So ein kleiner Despot etwa wie dieser Idi Amin, der sich zum Herrn aller Kreaturen der Erde und aller Fische der Meere und Eroberer des britischen Empires in Afrika im Allgemeinen und Ugandas im Speziellen aufgeschwungen hatte, ja, so ein Diktatorchen durfte im Universum des Kondors fest damit rechnen, eines Tages bitterböse zu enden. Als Ehemann von Heidi Klum etwa. Oder als Schoßhund von Laura Bush. Den Ausgleich gab es, das war so sicher wie im Toto eine Bank, wiewohl die Bastonade der Gerechtigkeit nicht zwingend als solche erkennbar war. So ein Lebensende war schließlich eine bloße Zwischeninventur. Zusammengerechnet wurde zum Schluss. Bloß, wann war Schluss?

Der Kondor lag da, fror nicht mehr ganz so bitter, ruckelte und lauschte. Er liebte dieses Rascheln. Feinster Satin, mit dem sein Bett ausgeschlagen war, und wiewohl stockfinster ringsum, hatte er den Glanz des Edlen vor Augen. Dieser Hauch. Diese Leichtigkeit, die ihn weit zurückgleiten ließ und die Mutter erstehen, er selbst keine neun, zu ihren Füßen kauernd, und sie, blutjung, aufbegehrend, in Schlaghosen. Immer nur in Schlaghosen, mal dotterblumengelb, mal laubfroschgrün, selbst beim Bügeln, zwei Zimmer, Gemeindebau, Schlaghosen, und am unteren Ende mit einem Trichter, so ausladend, dass die Tubabläser einer jeden Friedhofskapelle vor Neid erblassten. Dazu die Pilotenbrillen, Modell Fliege Puck, die Gläser mokkatellergroß. Wie eine Speerspitze der Ottakringer Bewegung schoss Mama Flecker einst durch die Wiener Vorstadt, und bestimmt, ahnte er heute, hätte sie darin verweilt, wäre nicht er gewesen: der kleine Kondor.

Der Klotz am mütterlichen Bein, der daran emporstarrte wie ein Rookie im Freiklettern auf die unüberwindbare Schlüsselstelle, entgeistert der Blick des Neulings auf den überhängenden Fels, entgeistert der Blick des Sprosses auf das Transparent der Bluse und den Überhang fester, spitzer Brüste. Der Klotz am Bein, dem jedes Lächeln von oben wie Magnesia gegen den Handschweiß war, während sie sich zu Klängen aus dem Transistorradio wiegte – *Stairway to heaven, Tränen lügen nicht* – und seufzte und Vaters Hemdkrägen für die Arbeit im Amt stärkte und es nach Moschus duftete und manchmal auch, brachte sie ihre Appreturen auf, nach weißer Minze. Jene Momente bisweilen, da der Klotz am Bein ein Stück aus dem Korb fing und das Näschen in die angefeuchtete Wäsche grub und roch und tastete und starrte und lächelte und lauschte.

»Baumwollsatin«, hauchte der Kondor und drückte die Nase nur noch fester in den Stoff des Sarges. Winterqualität vom Besten. Ach herrje, wie lange schon war er nicht hier gewesen, an diesem heiligen Ort einmaliger Stille, Hort der Zuflucht in den wahrhaft schweren Momenten? Diese Stille, die jedes Übel verblassen und die Welt gut sein ließ, breitete sie nur ihre Schwingen aus.

Ja, die Stille … waren erst die schrillen Stimmen der Motorsägen erstorben und mit ihnen jene der Arbeiter; waren erst die letzten Gebete gesprochen, die letzten Choräle verstummt und die letzten Batzen Erde geworfen, Erde zu Erde; verklungen auch das Stechen der Schaufelblätter, das Surren der Transportwagenräder, das Gequietsche der Geleise, das nicht länger von draußen über die Friedhofsmauern kroch, weil die Züge in ihren Remisen ruhten; die Tore verschlossen und die Schiebermützen und Pudelhauben der Totengräber noch tiefer als sonst in die Stirn gezogen – Feierabend.

Es waren dies die Stunden, da der Zentralfriedhof und mit ihm der alte jüdische Teil sich selbst gehörte, den Rehen und Turmfalken, Hamstern und Eulen, Feldmäusen und Mardern, Gästen auf Zeit, und jenen mit den unbefristeten Mietverträgen sowieso. Kein ungebetener Störenfried, der in den Kreis der illustren Gesellschaft hereinfilterte. Nur der Wind, da er verfilzten Teppichen über verwittertem Stein und Marmor das Maß nahm, über Pfeifenwinde, Akebia und wilden Wein strich, über Steinreihen aus vordergründigem Prunk ebenso glitt wie über jene Ehrenmale abseits der Promenaden, die in zweiter, dritter Reihe unbeachtet kollabiert waren. Jener Wind aber auch, der – schwerbeladen mit den Tagesgeschichten der Stadt – den neuesten Tratsch herantrug und ihnen allen hier einen Gruß ins Jenseits entbot: den Brums und Brochs und Pollaks und Torbergs und Löwingers und Samuelys und Goldschmieds und Adlers und Ernsthafts und Sterns und Hechts und Hellers. Nur Auserwählten waren diese Stunden sakraler Abgeschiedenheit gewährt, und an besonderen Tagen wie diesem auch ihm: dem Kondor.

Die Stille hier war absolut, und so war Emil Flecker schon nach seinem ersten Winter davon abgekommen, weiterhin die *Eberspächer*, Rolles Royce unter den Standheizungen, zu aktivieren. Auch nicht bei 13 unter null wie heute. Das künstliche Fauchen machte alles zunichte. Dann lieber frieren und versuchen, es eines Tages doch den Vögeln gleichzutun. Keine einfache Sache, wie der Kondor wusste, weil nur sie, seine gefiederten

Brüder und Schwestern dort oben, das Prinzip Wärmetauscher perfekt beherrschten, wenn ihnen das Blut aus den Arterien in die Beine sank, gerade nicht gefror, und über die Venen wieder nach oben schoss und auf seinem Weg an Wärme zulegte, sich aufs Neue erhitzte. Ein unermüdlicher Kreislauf, an dem er, der Kondor, noch arbeiten müsste. Doch wer wusste schon, was eines Tages …?

Emil Flecker lag da und wackelte mit den schon etwas steifen Zehen. Tiefschwarz war alles ringsum. Sein Bett, die Gedanken, das Empfinden von Ohnmacht, und über ihm der mondlose Himmel, als hätte eine höhere Macht einen Trauerflor darüber gespannt, eine endlose Strähne von Glücklosigkeit. Oder wie er bei seiner Einvernahme ebenfalls zu Protokoll gegeben hatte: »A vaschiss'n schwoarze Schmalzlock'n, die dem Schicksal aus seiner dreckigen Pappen g'fallen ist.«

Der Kondor seufzte. Ja, so war das nun mal mit der Übermacht der Natur. Da musste er bloß (weil auch dort Kompromisse gefragt waren) ans Kabinett denken. An den Hundertwasser zum Beispiel. Nein, der nicht. Der hatte ja diesen schlohweißen Wuschelbart, in den es sich so schöne Knötchen flechten ließ. Der Friedensreich, der passte schon. Aber da waren ja noch genügend andere, denen die Natur ein Schnippchen geschlagen hatte. Diese Madonna mit ihren geschleckten Locken, wie frisch vom Hundefriseur. Und erst die Merkel. Ha! Ein einziger fauler Kompromiss. Von wegen weiser Schöpfungsplan. Die Merkel spielte in einer Liga mit den Wespen und Gelsen.

Bloß, wie kam er drauf? Hatte ihm die Kälte nun auch das Gehirn steif gemacht? Brrr! Da schon lieber andere, wärmende Gedanken, und so dachte der Kondor nun doch wieder an die einmalige Fähigkeit der Vögel, ihre Beinchen zu kühlen, daran aber auch, wie oft er bei Eiseskälte das Prinzip Wärmetauscher nachzuahmen versucht hatte, da er Atemwolken ausstieß und in der Sekunde wieder schluckte in der Hoffnung, die sichtbare

Luft müsste in der warmen Atemhöhle gleichsam zurückkondensieren. Nichts.

Eins zu null für euch, Freunde.

Er senkte das Haupt, wandte sich wieder dem Baumwollsatin zu. Was für ein Genuss! Bis in den Tod! 350 Gramm der Meter. Fachmannwissen, das nicht nutzlos verpuffte wie Atem in der Winterluft. O ja, Fachmänner, das waren sie gewesen, er und die Kollegen, als sie damals noch hier draußen gearbeitet hatten.

Der eine Kollege ein Meister des Organisierens. Restposten um Restposten hatte er besorgt, Särge von A bis Z, Eiche bis Kiefer, Lärche bis Pappel, die italienischen Modelle bisweilen, Tanne, honigfarben. Und die Amerikaner. Breit und ausladend wie das Leben ihrer Bewohner auch. Ganze Sargtischlerdynastien, die der Generation Frissmichtot ihre letzte Aufwartung machten und Containerschiffe von Särgen zimmerten. Das und noch mehr hatte der Kollege organisiert. Dazu die Kreuze, wenn die Steinmetze wieder mal nicht rechtzeitig lieferten, und zu guter Letzt hatten sie auch Grabsteine ins Programm aufgenommen. Dienst am Kunden. Da konnten die Lebenden von den Toten allerhand lernen, von wegen Geduld und warten können. Dazu Beschläge. Altkupfer, galvanisiert, bronziert, altflämisch, von der klaren Linie bis zum Schnörkel. Und, selbstredend, Urnen jedweder Art, alles, was ein zu Asche verschmortes Herz begehrte. Ob metallisch, ob samtblau, ob mit Ährenrelief für den Herrn Agronomierat oder im Mohnblumendesign für passionierte Kiffer. Ja, sogar einen Fußball als letzte Heimstätte hatten sie im Angebot gehabt, der absolute Renner damals, bei der Heimeuropameisterschaft im 2008er-Jahr, schwarz-weiß gefleckt und die Schiedsrichterpfeife als Stöpsel inklusive.

Restposten um Restposten hatte der Herr Kollege organisiert. Woher? Streng geheim. Wohl bedachte Wahl der Mittel und Pfade und Kontakte waren zum Prinzip erhoben, und zum obersten das eiserne Schweigen. Abschreibwürdiger Schwund alles in allem, wie auch ihre Branche ihn kannte, Verluste, die auf der einen Seite in die Bücher übertragen und auf der anderen fortgetragen wurden, Einzelstücke meist, auf die kein Finderlohn stand, weil niemand sie verloren hatte.

Ware, die das Salz in der Suppe war. Wie sonst wäre ein Leben wie das ihre leistbar gewesen? Wie sonst wäre er an sein Bett gekommen? Im Spätherbst war's gewesen. Das Treffen wie üblich in dem Schuppen weit draußen vor den Toren Wiens. Ein Abend mit einem zu blassblauer Gleichgültigkeit zerlaufenen Himmel, Rax, Schneeberg, eine einzige amorphe Masse. Ein Tag wie viele, hätte nicht …

… ja, hätte nicht der Herr Kollege *ihn* angekarrt. In Mattgold. Die Oberfläche gebürstet. Innen in Creme mit Stickerei. Der *Amethyst*. In Extralang, was ihm um den Tick mehr Eleganz verlieh als das klobige Standardformat. Ein Heuler, der *Amethyst*, und am schönsten, hatte er augenblicklich befunden, sah man ihn in unverfälschter Reinheit vor sich – ohne Trauernde, die als tausendfüßiger Jammerwurm, als Wurmfortsatz der Heuchelei hinterdrein schwänzelten. O ja, der *Amethyst* war der totale Feger. Was für ein Prunk! Was für ein Sarg! Was für eine Sünde, ihn hinabzulassen. Was für ein Frevel auch, ihn an den nächstbesten Geldsack zu verschachern oder an die Witwe nach dem Geldsack.

»Das ist meiner«, hatte Flecker gesagt, als sie ihn in ihrem Versteck umluden, und der Kollege hatte genickt. Ein Freispiel stand jedem zu, den Meistern, die sie waren. Der eine im Organisieren, der andere Kollege und er selbst im Überreden. Große ihres Fachs waren sie darin gewesen, die Ware unters Volk zu bringen. Gegen Bares. Auf ohne Rechnung, doch stets mit dem gerüttelten Maß für alles, das ihrem Stand zukam: Vornehmheit, Festlichkeit, Respekt. Wer hätte ihre Angebote, wiewohl nicht immer unter Marktpreis, auszuschlagen gewagt? Waren nicht sie die mit dem direkten Draht zu dem Herrn mit der Sense? Im Angesicht des Todes knickrig zu sein, war kein letztes Zeugnis, mit dem die Menschen hintreten wollten. Wer es sich leisten konnte, zahlte. Wer nicht, erhielt Extrarabatt. Sie hatten den Blick dafür. Ein Augenzwinkern, dann der Abschlag. Wer jedoch vermeinte, den Mittellosen mimen zu müssen und den Willen zum Betrug schon in Gang und Haltung trug – extra schleppend, extra gebückt –, der zahlte doppelt. Unterm Strich, das Ableben der Liebsten gegengerechnet, hob sich der Verlust zumeist ohnedies wieder auf.

»Wann da Tod beim Nachbarn anklopft, zieh'n sogar die größten Grätzn die Spendierhosn an. Weil s' glaub'n, sie kennan eam noch a bissl weghalt'n«, hatte er eines Abends zum Herrn Kollegen gesagt. Der hatte kurz aufgeblickt und säuerlich gelächelt, ehe er den triefenden Schwamm über Fleckers Schuhen auswrang. Dann war er wortlos fortgefahren, den Leichnam einer Konditormeisterin aus Favoriten zu waschen. Die 9-Uhr-Bestattung vom Folgemorgen. Einsegnung von der Stange. Nicht wirklich ein Geschäft, wenn der Gevatter die Einsamen zu sich holte, weshalb die Verrichtungen des Kollegen auch etwas routinierter ausgefallen waren. Und doch waren es jene goldenen Tagen gewesen, ehe diese Thanatologen mit ihrem neumodischen Schnickschnack die Bühne betraten und anfingen, die Leichen zu modellieren und zu pudern wie im Kosmetiksalon und ihnen das Zubrot abspenstig machten. Nicht einer hatte sich in all den Jahren über ihre Dienste beschwert. Zufriedene Kundschaft ringsum. Win-win bis zum Jüngsten Gericht. Und wer weiß, dachte Flecker, vielleicht sogar darüber hinaus. Sollte es anders gewesen sein, behielt die Kundschaft den Gram in nobler Zurückhaltung für sich. Ja, glorreiche Zeiten waren das gewesen mit einer Ware, die das Salz in der Suppe war, am Ende aber auch das Haar. Denn dann kam das Aus.

Wie der Blitz hatte ihr Ende eingeschlagen, so jäh, wie Jungverliebte sich im Schulhof aus ihrer romantischen Pose lösten, kam der Schuldirektor ums Eck gebogen. Aus und vorbei. Als hätten sie, die Kollegen und er, sich nicht ein Leben lang um die Stadt und ihre Toten verdient gemacht. Mit Schimpf und

Schande davongejagt. Wegen des bisschen Satins, der kein Satin war. Wegen der paar Särge, Kreuze und Urnen. Aufgedeckt und in Unehren entlassen dank dieses unseligen, vor Selbstgerechtigkeit und bürokratischer Wut triefenden Fettwanstes aus dem Rathaus. Der Vorgesetzte eines Vorgesetzten, der plötzlich draußen in ihrer Lagerhalle gestanden war und sie nur darum nicht der Polizei ans Messer lieferte, weil ein anderer Rathausaal, der ihnen Kundschaft vermittelt hatte, nicht mitfallen durfte.

Sie hatten keinen Beleg, doch für Flecker, die Kollegen, stand fest: Er war es gewesen. Ihr Mittelsmann. Das Lebensabschnittsferkelchen vom Sohn des Herrn Bürgermeisters. Weiche Knie hatte er bekommen, und sie hatten gelernt, dass es auch hier wie überall sonst war. Dass die Ungnade des Ungeistes durch die Gnade der Geburt verlöschte. Dass diese Gnade selbst den größten Taugenichts und Korruptionisten und Mitwisser und Mitkassierer im Sessel des Wiener Magistrats hielt. Ja, und dass es in der Tierwelt von unschätzbarem Vorteil sein konnte, ohne Füße durchs Leben zu schwimmen, weil es einfacher war, drei harmlose Friedhofsmäuse mit ihren Füßchen über die Klinge springen zu lassen als einen fetten, beinlosen Rathausaal.

So ist das nun mal, dachte Flecker grimmig. Und noch etwas hatte er gelernt: Mit einem wie dem Tod ließ sich nicht reden, bloß schweigen. Also hatten auch sie geschwiegen, damals, und das Ferkelchen des Bürgermeistersohnes nicht angepatzt. Was hätte es geändert? Wer glaubte solchen wie ihnen? Doch viel wichtiger war: Wer wusste schon, wozu das Ferkelchen nicht noch gut sein konnte?

»Du weißt es«, murmelte Flecker, weil es ihn genau da durchfuhr, dieses Zittern, das etwas Erhabenes in ihm erweckte. Er dachte an die Kondore, an die herrschaftlichen Kreise, die sie zogen auf ihren Streifzügen von Patagonien bis tief hinab nach Feuerland. Daran, dass sein Traum nicht sterben durfte, wollte er eines Tages im Morgengrauen vor sie hintreten, wenn sie in der Pampa schlaftrunken in den Bäumen saßen und erste Flügelschläge taten, um sich aus der Starre der Nacht zu lösen, die eiserne Schelle ihrer Krallen, mit denen sie an den Ästen hingen. Genau da würde er vor sie hintreten und sein Gefieder spreizen.

Allein darum durfte er nicht aufgeben, musste er mit Madame Dreckstück noch eines rupfen. Die mit ihrer ewigen Spargesinnung. Ein bisschen mehr Funktechnik, ein besseres Kamerasystem, wie er moniert hatte, und etwas weniger Vertrauensseligkeit – schon wäre diese erste Sache mit dem Peter Alexander nicht geschehen. Und wo es keine erste Sache gab, gab es bekanntlich keine zweite. Kein Alexandertrabant. Kein Bonpland. Kein organisch weißes Blitzen des schmarotzerhaften Professors im Unterarm. Kein gar nix!

An Schlaf war nun nicht länger zu denken. »Genug geruht!«, rief er voll der erstarkten Willenskraft. Die Kondore dort drüben konnten vielleicht Wärmetauscher spielen, doch eines konnten sie nicht: ihren heiligen Zorn in Worte kleiden. Nichts als ein schales Fiepen, ein heiseres Krächzen und Keuchen entrangen sie ihren Kehlen, wenn der Tumult über dem Futterplatz losbrach. Er dagegen konnte. »Eins zu eins, Freunde«, knurrte Emil Flecker. Er kam mit Schwung hoch, schob den Vorhang beiseite und kletterte auf den Fahrersitz. Dann knipste er das Licht an, machte ein paar Notizen, steckte sie weg. Er wusste nun, was zu tun war.

Die Turmuhren schlugen 3 Uhr, als ein länglicher Schatten sich aus dem Unterholz eines Seitenstrangs von Gruppe 7 des alten jüdischen Friedhofs schälte. Rasch letzte Grüße nach allen Seiten entboten, zu den Rosenbergs zur Linken, den Friedrichs zur Rechten. An einer Gruppe um der anderen defilierte er vorbei, ehe er am Ende von Gruppe 20 spitz entglitt. Weiter auf der Chaussee des Todes, schnurstracks auf die Präsidenten zu mit dem alleinigen Ziel ihrer Umrundung und sträflichen Missachtung. Dann nach Südosten, Spiller, Adler, Mala, Wondrasch, nicht ein Gedanke an sie vergeudet und erst recht keiner an die hohen Herren der früheren Tage, Raab und Schärf und Klestil und Körner. Nur nicht der Jonas. Der gute alte Franz. Ihm schenkte er ein anerkennendes Zwinkern dafür, dass er den Menschen die Straßenbahnschleifenanlage am Schottentor geschenkt hatte – diese »Jonasreindl« genannte Kasserolle des öffentlichen Verkehrs im Herzen Wiens. Dann ab.

Entfernte Grüße an die Buddhisten und Mormonen, Franzosen, Italiener, Serben und Rumänen, die Polen des Ersten Weltkriegs auf 88, die Ringtheateropfer desgleichen wie jene des Juli 1927. Stille Grüße nach überall und auf demselben Weg retour, schnurstracks auf Tor 11 zu. Hier hielt der Schatten inne. Wagenschlag auf, Wagenschlag zu. Ein Schlüssel, der sich ins Schloss wand, eine bodenwärts rasselnde Kette, zwei Flügel, die ächzend auf und wieder zu schwangen. Jetzt erst verstrich der Schatten aus dem Dunkel des Todes, glitt zurück nach den Lichtern der Stadt. Ein dumpfes Blubbern aus acht Zylindern und sieben Litern Hubraum, anthrazitfarben, Baujahr 76 und von geradezu apokalyptischem Durst.

Es war kurz nach 3 Uhr am Morgen und der Kondor auf Achse. Er riss das Steuer herum, hörte, wie der Deckel des *Amethyst* dumpf zuschlug, sich die Liegestatt von selbst aufbettete, und stieg ins Gas. Geradewegs der Stadt zu. Vorbei am Backsteingemäuer der Straßenbahnremise. Vorbei an der S-Bahn Simmering, dem Markt, an den Wettbüros, aufblitzende Punkte systemischer Piraterie, an den schmutziggrauen Zweckwohnbauten, wo die Spielsucht sich festgekrallt hatte wie Sporen eines an der Not wuchernden Pilzes. Vorbei auch an jener seltsamen Allianz aus Gefangensein, Geld und Gier – Spielhölle, Bank und Anwalt –, alles unter einem Dach, wie praktisch. Keine Zeit dafür. Nicht für diese Engramme der Bedürftigkeit, nicht für andere. Ob Romantausch, Secondhandshop, Kebab oder Auto-Belehnung. Keine Zeit.

Majestätisch glitt der Kondor die Schienenstränge der Straßenbahnlinie 71 entlang, Kilometer der Schwerelosigkeit, als wären es die endlosen Weiten über den Anden. Rennweg, Schwarzenbergplatz, Kärntner Ring, Opernring, Burgring, Schmerlingplatz backbord.

Schmerlingplatz?

Da war doch … egal … weiter, weiter, weiter. Ein einziges Schweben. Mochten es auch Stunden hin sein. Er würde da sein und warten. Diese Zeit hatte er. Zeit, um alte Wunden zu heilen, neue aufzuwerfen. Wie verflogen der Aufruhr der vergangenen Stunden und nicht der Hauch eines Zweifels. Jetzt war alles klar. Mondnachtklar. Auch wenn der da oben sich versteckt hielt. Sie hatten sein Museum beschmutzt. Sie hatten seine Amtswürde besudelt. Wer immer *sie* waren. Das verhieß ihnen nichts Gutes. Für ihn, den Kondor, indes verhieß es nur eines:

Krieg.

Am Ende der blauen Stunde

XXXIV. MORGENSTUND' HAT …

Der frühe Morgen war nicht seine Zeit, und doch hatte es ihn wie unter Peitschenhieben aus dem Haus getrieben. Er hatte es im Radio gehört, dann im Fernsehen, rauf und runter, daran kam man nicht vorbei. Gleich nach Bekanntwerden hatte er reagiert, hatte noch am Abend wenigstens bei zwei Blättern Gehör gefunden, gegen saftigen Aufpreis. Aber es musste sein. Man hatte die Zusagen für die Einschaltung auf Teile der Morgenausgaben beschränkt, ganz Wien und etwas Umland. Besser als nichts. Heute würde er nachlegen. Flächendeckend. Alle Zeitungen.

Die Nacht des Wartens. Er hatte dagelegen, Clara angestarrt, ob seine Rastlosigkeit unentdeckt bliebe. Irgendwann war er eingeschlafen. Wieder hoch. Schweißgetränkt. Noch vor dem Morgengrauen. Der Blick aufs Display. Erst die Schockstarre, weil er das Eintreffen der Nachricht übersehen haben musste, dann, fast ansatzlos, sein Sturmlauf hinaus ans Gartentor, ehe weiß Gott wer …

Hier stand Karl Schrot nun, mit klammen Fingern, die den Briefkasten geleert, den Umschlag in Fetzen gerissen hatten. Ein Konvolut, das ihm das Blut in den Adern gefrieren ließ. Zwei in Computerschrift befüllte Blätter, doch die ersten Stiche ins Herz waren andere: Es waren die auf künstlerisch getrimmten Schwarz-Weiß-Fotografien, die Clara zeigten. Seine Frau Clara. Gefesselt. Halb nackt.

O mein Gott, die Entführung. Also doch!

Selbst er, ihr Mann, hatte ihr damals nicht geglaubt. Niemand hatte das, am Ende nicht einmal sie selbst. Beißende Übelkeit kam auf. *Ossarium. Der Totengräber ein Freund.* Ach ja? Kein Traum, nein, kein bitterböser Alb, der unter dem Licht des Tages zerfloss. Alles war so echt, ohne wirklich zu erscheinen. Warum hatte er bloß ...? Aber ... wie hätte er denn nicht ...? Hatte er jemals eine Wahl gehabt?

Eine Ewigkeit schon stand er da, zitterte. Wie Espenlaub. Hatte nicht Judas, der Verräter, sich an einer Espe verabschiedet und aufgeknüpft? Erst hatte er es an einer Maulbeerfeige versucht, doch der Tod erreichte ihn nicht unter den sich biegenden Ästen. Dann die Espe. So viele Mythen rankten sich um Judas' Ende. Erst neulich hatte er davon gelesen. Für die Griechen, Spanier war es die Feige. Für die Letten, Franzosen der Holunder. Desgleichen für Shakespeare. Die Apostelgeschichte wiederum besagte, es habe ihm den Leib zerrissen, die Eingeweide seien hervorgequollen, da er kopfüber zu Sturz kam auf dem Acker, den er um den Schandlohn des Verrats erworben hatte,

War das auch sein Weg? Für ihn, Judas Karl? Für den Verrat, den Schandlohn, den auch er ...? Nein. Er durfte nicht einknicken, wiewohl er bloß den Tunnel, nicht das Licht sah. Jetzt aufzugeben hieße, den letzten Faden Kontrolle abzugeben, sie alle in Händen eines ungewissen Schicksals, auf das er keinen Einfluss mehr hatte.

Ein Schauder floss über ihn hin, und das Blut sank in ihm zu Boden. Rasend vor Schmerz fingerte er das Mobiltelefon hervor. Wie war das möglich? Die Nachricht war gegen 4 Uhr gekommen. Eine Stunde vor den Zeitungen. *Prüfe deine Post*! Es war nicht machbar, es sei denn, er selbst war ... Was hatte das zu bedeuten? Wer ...?

Die Hand am eisüberfrorenen Zaun, geriet Karl Schrot ins Wanken. Er musste klare Gedanken fassen, zurück ins Haus, doch er vermochte nicht einen Schritt zu tun. Ein einsamer Spaziergänger trat im Laternenschein heran, fragte, ob alles in Ordnung sei, ihn, die merkwürdige Gestalt, die er abgab: barfüßig, klappernd, im fadendünnen Morgenmantel am Gartenzaun lehnend.

Es gehe gleich wieder, hörte er sich stammeln. Die Gastritis. Er habe ja nicht weit zum Haus. Gleich dort drüben.

Endlose Minuten, die Karl Schrot am Zaun zubrachte, sich krümmte, überlegte. Ein Knäuel aus Ekel und Ohnmacht, das ihm die Gedankengänge verlegte. Wieder und wieder besah er sich die Fotografien. Die Schriftzüge. Abermals überkam es ihn, indes, der Brechreiz war keinem äußeren Gräuel geschuldet, wie man ihn von Kriegsaufnahmen kannte, von zerschundenen, zerfledderten Körpern, die in die Wohnzimmer gespült wurden. Aber da waren auch keine Worte, die für Bestialität standen. Es waren die Zahlen und Abkürzungen, tabellarisch angeführt, die das Entsetzen in ihm wachriefen. Er kannte sie nur zu gut.

Wie sirrende Klingen durchglitten sie sein Leben, stachen Augen aus, die falsche Blicke riskiert, kappten Zungen, die ins Blinde hinein gesprochen hatten. Klingen, die auch Kehlen durchtrennten, die das Gurgeln des Widerstands zum letzten Gurgeln eines verströmenden Lebens machten.

Die Zahlen. Die Abkürzungen. Die Fotografien.

Sie waren das Gesetz, das über ihn gesprochen hatte. Ihr Zusammenlaufen und das Delta ihres Hintersinns. Das genügte. Dort, wo sie zusammenwirkten, tief verborgen unter der Oberfläche und allein von ihm, dem Empfänger, zu dechiffrieren, lag das Dunkel ihres geheimen Grauens. Ein Grauen, wie Karl Schrot inzwischen wusste, das in der nahen, der möglichen, der wahrscheinlichen, nein, todsicheren Zukunft lauerte, für die Fotografien und Daten stünden. Oder eines sehr nahen Tages stünden, unwiderruflich, so er sich nicht besann und einlenkte. Er hatte alles zu verlieren, und er stand bloß einen Hauch davor.

Als er zurück zum Haus stierte, dorthin, wo Clara, die Kinder, nichts ahnend schliefen, sah er, dass der winterkahle Ast des Kirschbaumes begonnen hatte, den Verputz von der Hauswand zu schaben. Kalter Schweiß trat ihm auf die Stirn. Die

Zeichen des Niederganges waren allgegenwärtig, so fern die ersten lauen Lüfte. Er hätte jetzt gerne drauflos geweint, hemmungslos, doch …

Karl Schrot sah auf die Uhr. 5.45 Uhr. Er musste da sein, ehe Clara aufstand, Fragen stellte. Danach war es Zeit, ein Zeichen zu setzen. Er musste aufs Ganze gehen.

*

Kluger kannte eine Vielzahl Gründe, an Tagen wie diesem dem Schlaf des Gerechten zu frönen. Doch nicht einer hatte gezogen, und so stand er wankend vor dem Spiegel, die Visage zerfurcht, das Haar gesträubt, der ganze Mann zerschlagen, umwölkt von den rauen Düften des abseitigen Wien bei Nacht. Über ihm tickte *Pugg*, der Klassiker des schwedischen Möbelriesen. Ein Badezimmer mit dem Charme eines aufgelassenen Provinzbahnhofs.

»3.30 Uhr, Scheißdreck, elendiger«, knurrte er. Bis nach 2 Uhr waren Supan und er um die Häuser gezogen, hatten den Triumph begossen, der ihm wie ein Lorbeerkranz des verwegenen Journalismus erschienen war, nun aber als Dornenkrone auf seinem Haupt prangte. Die Nasenlängen, um die sie die Mitbewerber bei der Schlachterstory rund um den Professor abgehängt hatten, hatten Halbmarathondistanzen geglichen, die Damenwelt in der Redaktion war enthusiasmiert gewesen, der ramponierte Ruf des Satansreporters wiederhergestellt – und die hasserfüllten Blicke des Pinschers der Ritterschlag. Einzig der Besuch zweier junger, ihm unbekannter Kriminalbeamten in der Redaktion hatte kurzzeitig Verwirrung gestiftet. Was er am späten Vormittag des 12. April gemacht habe.

»12. April? Sie meinen … *den* 12. April?«

»Kennen Sie einen anderen?«, hatte der eine Beamte mit düsterer Miene geantwortet.

»Den im vergangenen Jahr also?«

»Den letzten vor ihrer Geburt. Natürlich den im Vorjahr.«

»Ich weiß nicht einmal, was gestern war«, hatte er erwidert, in Laden und Schränken nach dem alten Tischkalender gekramt, um dann doch Rosi drüben im Sekretariat zu befragen. Nichts. Wie es aussah, war nicht einmal gesichert, ob er an diesem 12. April gelebt hatte. Gearbeitet jedenfalls hatte er laut Dienstplan nicht. Gesagt hatte er zu den Beamten aber: »Ich war auf Reportage, sagt die Kollegin, was sonst.«

Eine Erklärung hatten ihm die Kieberer nicht geliefert, doch allmählich – mit Fortdauer des Abends, der Nacht – hatte die seltsame Fragerei eine zunehmend untergeordnete Rolle gespielt und das Feiern Oberhand gewonnen. Dann aber, mitten in der Nacht, hatte ihn just dieser Tag, an dem er womöglich tot gewesen war, eingeholt.

»Scheißdreck, elendiger«, fluchte Kluger aufs Neue. Schwache eineinhalb Stunden waren ihm gegönnt gewesen, dann das Handyschrillen.

»Du?« Und lallend hatte er angefügt: »Sag bloß, du willst mir … graaa… gradulиern. Hassst du … ndlch … eingesssn, dass ich mir dsss … nicht aus der Nase gezo…«

Weiter war er nicht gekommen und Bela über ihn hinweggedonnert wie ein Güterzug tonnenschwerer Anschuldigungen. Unaufhaltsam, gnadenlos tödlich und so endlos lang wie das Warten am geschlossenen Bahnschranken. Gefühlte Stunden. Vermutlich hatte sie nicht ein einziges Mal Luft geholt.

Kluger taxierte das Wrack ihm gegenüber, dessen erbärmliche Versuche, sich in ganzen Sätzen zur Wehr zu setzen. Ihr monologisches Fauchen und Brüllen hatte ihn aus dem Bett schnurstracks hierher, vor den Spiegel, geprügelt. Es half nichts. Mehr als Fetzen taumelten nicht heran. Und die vage Erinnerung, dass sie etwas von Post gefaselt hatte.

Er wackelte ins Schlafzimmer, kramte das Mobiltelefon unter dem Bett hervor und fing an, umständlich hin und her zu wischen. »Tatsächlich«, murmelte er, besah sich das Foto, das sie ihm gesandt hatte. Der Ausriss eines Tischkalenders.

12. April, 11 Uhr, Interview Die Gute. Vinzent Kluger. Thema: Meine Heldentat in Andalusien auf dem Strand von San Lucar.

Seine Handschrift war es nicht. Aber das wäre auch … ja absurd. Es war ja auch nicht sein Kalender. Oder? Andere Satzfetzen nun. Norbert Köhler. Immer wieder hatte sie den Namen geschrien. Hatte sie? Hatte sie. Garniert mit Koseworten, die wohl kaum dem Ermordeten galten. Falscher Hund? Ja. Abgefeimter Dreckskerl. Hinterfotzige Kanaille? Ja. Und durchtriebenes Aas. Das auch. Und am Ende, jetzt wusste er es wieder, wie zur gnädigen Erholung seines überforderten Geistes, ein schlichtes, allgemein verständliches und herzhaftes: Arschloch!

Aber da pirschten sich nun auch Worte, Halbsätze, heran, die Kluger Hoffnung gaben, vieles doch bloß geträumt zu haben. Etwas wie … Hintern bewegen … und … 9 Uhr bei mir im Büro. Oder war es 9.30 Uhr?

Er konnte sich keinen Reim darauf machen. An Schlaf war nicht länger zu denken. Halb benommen schlüpfte er in die Kleidung vom Vortag. Da war diese Bäckerei, gleich ums Eck. Dort bekam man um diese Zeit frische Croissants an der Hintertür. Für Stammgäste servierten sie auch Kaffee. Mit Schuss. Der erweckte Tote zum Leben, es sei denn, man wollte tot bleiben.

*

Die Nase tief im Kragen, trotzte der kleine große Mann dem eisigen Wind aus Nordwest, stemmte sich vorwärts. Wenige Schritte noch und er war am Ziel, das keines war. Früher vielleicht. Jetzt nicht mehr. Er fluchte still und unakademisch obszön für einen Vertreter seiner Dienstklasse, verhielt einen Augenblick.

Ein Schatten?

»Schatten, Schatten«, murrte er spöttisch gegen sich selbst, gegen dieses Übermaß morgendlichen Unfugs. Zappenduster war es ringsum. Woher dann ein Schatten? Da konnte er gleich nach dem Neger im Tunnel suchen.

Hinter ihm das Dunkel des Parks, vor ihm das fahle Gelb der vom Feinstaub verklebten Laternen, das die Arkaden, in die er gleich treten würde, gerade mal in Streifen aus ganz dunkel und nicht ganz so dunkel zu teilen vermochte. Er dachte an das Konfekt für zwischendurch, das er so sehr liebte, ab und zu mit der Hauspost geschickt bekam, das mit den dunkelbraunen und nicht ganz so dunkelbraunen Schichten. Architektur der Versuchung. Er beklopfte die Aktentasche mit der Brotzeit, dem süßen Nachschlag, dem gezuckerten Holunderblütentee, der bunten Lektüre – von Männern, mit Männern, für Männer –, presste die Tasche noch enger an sich und schritt zügig aus.

Als er den feudalen Umgang betrat, überschlug der Senatsrat den Tag, der vorauslag. Ein äußerst geruhsamer Tag würde es werden in einer ehernen Kette äußerst geruhsamer Tage. Parteienverkehr? Nicht doch. Entbehrlicher waren nur noch die Winterzeit und ein Kropf. Für die Parteien hatte man schließlich sein Personal. Da schon lieber das obligate Fressschach mit dem knackigen Kollegen von der 35er. Abteilung für Einwanderung und Staatsbürgerschaft. Wer band sich schon ein Leben lang? Drei Partien. Tag für Tag. Nachmittags Kaffee im Sekretariat. Alternierend mal hüben, mal drüben. Feierabend um 15 Uhr. Allerspätestens. Notfalls, in den Pausen zwischen den Pausen, eine Handvoll Anliegen abarbeiten. Unbotmäßige Anliegen natürlich. Volkslarifari. Abarbeiten? Nein. Abschmettern. Oder gleich delegieren. Sollte doch der Neue seinen Spaß haben.

Früher, zu seiner Zeit, war das Behördenwesen noch in leidlicher Ordnung gewesen, das Verhältnis des Beamten zum Nicht-Beamten von staatlich maßvoll geregelter Vernunft. Da war das Amt ein Amt, die Amtsperson eine Respektsperson von Rang und der Mensch von Nicht-Rang bei seinem Gang – was sonst! – ein Bittsteller. Und heute?

Servicegedanke.

Wesen zu Diensten sein, denen das Bürgerrecht ipsa natura entzogen gehörte. Welch krankem Hirn das wieder … ach was.

Pragmatisiert bis zum Jüngsten Tag. Die läppischen 16 Jahre, Jährchen, die er noch hatte. Und hinterher die ganzen vier Tausender zum Auf-den-Kopf-Stellen. Waren das denn keine Aussichten?

Als der Senatsrat um die Ecke bog, das Tor ins Rathaus zum Greifen nah, überflog ihn ein ungekannter Schauder. Ob dieser gerade noch Fanal einer bösen Vorahnung oder doch bereits die Reaktion auf ihr Eintreten war, wusste er nicht. Bloß, dass ihm auf einmal diese Hand an die Gurgel fuhr, viperngleich, rau und grabeskalt und auf eine knöcherne, fast anorganische Weise hart wie der Naturstein, der die Ziegelsäulen ringsum kleidete.

Derb gegen eine der Säulen geworfen stand er da, gelähmt vor Schreck, und er spürte, wie ihm der Hals lang und länger wurde, hörte das hässliche Knacken seiner vom vielen Sitzen geschundenen Wirbelsäule, fühlte das untrainierte Gewicht seines trägen Leibes kraftlos an dem dünnen Knorpelstrang wegsacken. Da war nur diese eine Frage, die ihn durchzuckte:

Wer?

Er versuchte, die Hand zu heben, zu widersprechen, diesem gesichtslosen Jemand ein entschiedenes »Nein!« entgegenzuschmettern, doch alles, was er zu hören bekam, war ein dürres, gehauchtes Flehen: »Nnnn«.

Dann aber vernahm er die Sprache des Angreifers, kristallklar und auf Krieg getrimmt. Konturen breiter Schultern, noch breiter ausgestellter Beine taten sich auf, die eiserne Kralle unausgesetzt an seiner Gurgel, und auf einmal war da diese andere Hand, die in geschwungenen Bahnen ein Messer auf und nieder führte, als wollte ein Barbier die Klinge prüfend am Streichriemen abziehen, ehe es zur Sache ging, und genau da musste der Senatsrat an das Schächten von Schafen denken, über das zuletzt so heftig diskutiert wurde in der Stadt.

»Erinnerst du dich, Fettsack?«, knurrte eine Stimme wie von weit her, und ihm war, als könnte er das Stieren der Gestalt spüren, dumpfer und lichtloser als jeder Kohlenschlund.

Erinnern? Da waren keine Gedanken, die geordnet ins Gestern griffen. Ins Vorgestern womöglich. Nur Gedanken im Jetzt. Im Hier. Nur der blanke Stahl vor Augen, der ihn aufzuschlitzen drohte. Zu pfählen.

Und bei Stahl und Pfahl … unerklärlich … trat dem Senatsrat der Rathausmann in den Sinn, hoch droben, in 100 Meter Höhe, noch über der Turmspitze … gefertigt aus eingeschmolzenen Kupfermünzen … russischen? … ja, russischen …

… dem Harnisch von Kaiser Maximilian nachempfunden …

… und die Anstecknadel für den Maiaufmarsch, von einer Miniatur des blechernen Mannes geziert und mit stolz geschwellter Brust wie ein Orden am Band getragen, einst, in den glorreichen Jahren der Sozialdemokratie …

… und dass der Bürgerdienst den strahlenden Helden zum Logo gewählt hatte und sein vergoldetes Pendant, die Auszeichnung für besondere Verdienste um die Stadt, heute jedem dahergelaufenen Dreckspatzen nachgeworfen wurde, bloß nicht …

… nein, ihm nicht.

Und was dem Senatsrat noch einschoss: Auch ihn, den Rathausmann, hatten sie gepfählt. Vom Bauch aufwärts mit einer Eisenstange. Acht Meter lang und unterarmdick, hieß es, und mit einer Kugel zum unteren Abschluss, schwer wie ein Zuchtbulle. Ein Pendel, weil doch die Standarte des Riesenritters bei Sturm weit ausschwang … 75 Kilo allein die Schrauben, die den Sockel hielten, eine jede so schwer wie er selbst. Ohne Beine.

Ohne Beine?

»Du schüttelst den Kopf, fetter, schleimiger Rathausaal? Höre ich da ein Nein?«

»Nnnn.«

Gepfählt war das Wort, das über allem stand, und er spürte das Messer nach unten wegdrehen, den Druck der Klinge im Schritt, gepfählt wie ein …

»Spanferkel mach ich aus dir, Fettsack, und die besten Stücke gibt's für die ewig hungrigen Damen und Herren der Presse.

Manches verjährt nicht, Ferkelchen. Vielleicht vor dem, was ihr Gesetz nennt, aber nicht in dem, was ich Gesetz nenne. Das Gedächtnis des Kollektivs. Es sei denn …«

Der Vipernbiss an der Gurgel lockerte sich. »Es sei denn?«, hauchte er.

»Es sei denn, du wirfst deinen Computer an. Du oder einer deiner Vasallen.«

»Um was zu …?«

»Das hier!«

Ein Zettel, gefaltet und unvermittelt wie aus dem Ärmel eines Magiers, schwebte von oben herab. Wie groß der Kerl war. Aber wer war das nicht? Gegen seine 1,64 Meter. Mit Absatz und Hut.

»Denk an das letzte Hemd«, raunte die Stimme mit Grabesfärbung. »Das mit ohne Taschen.«

»Aber warum …«

»Warum, fragt das Ferkelchen. Wie wär's damit: Urne. Krematorium. Billigsärge. Schweinehälften. Donau. Platsch. Nun?«

Der Senatsrat riss die Augen weit auf, nickte zögerlich.

»Na also, Ferkelchen. Nur eines noch: Sugarloaf.«

»Schugga was?«

»Idiot«, zischte die Stimme. »Nicht mal dafür reicht's. Am Tag vom Amtsschimmel runterspucken und am Abend den Sohn vom Alten das Ringelschwänzchen reinstecken lassen. Einmal mit der Peitsche geschnickt, ein zweites Mal, und schon das Pferdchen, das bestiegen werden will, zu Füßen. Ist das alles, was du kannst, Schreibtischbrut, elendige?«

Ohne dass der Senatsrat es bemerkt hätte, war der eisige Wind jäh abgefallen, und allerorten begann es zu dämmern. Auch in ihm. Er starrte seinen baumlangen Widersacher an. Niemand sprach auf diese Weise mit ihm. Nicht mit ihm, einem honorigen Beamten der Stadt Wien.

Niemand!

»Du hörst von mir, Schokostecher«, raunte der Hüne und tätschelte ihm die Wange. »Sugarloaf. Die haben einen Klassiker geschaffen. Einen alten Hadern, brandaktuell. Reinhören lohnt, Ferkelchen. Probier's mal mit *YouTube* statt mit Homoporno. Don't call us, we call you.«

Schon im allernächsten Augenblick begann der Herr Senatsrat zu forschen, woher der Kerl von alledem wissen konnte …

… von der perfekten Tarnung der Sache mit dem Krematorium …

… und von all den schönen Särgen, die zu verbrennen tatsächlich eine Sünde gewesen wäre und es für alle von Nutzen war, sie ein zweites Mal zu verwenden, ein drittes, viertes Mal …

… und die Toten stattdessen in den Billigkisten ins Feuer zu schieben …

… oder gleich im bewährten Zusammenspiel mit dem Schlachthof, weil es doch keine Rolle spielte, von Gewicht und Beschaffenheit, ob die Urne die Asche eines Menschen oder einer Zuchtsau beherbergte …

… und weil viele Kunden ohnedies lieber die Donau hinabtrieben und hinaus in die weite Welt als auf dem Kaminsims von den verhutzelten Antlitzen der Hinterbliebenen angestarrt zu werden …

… und weil sie alle – wirklich alle – gut daran verdient hatten und es niemandem zum Schaden gereicht hatte.

Forschend nach dem Mitwisser von alledem also und nachdem er sich einigermaßen gefangen hatte, faltete der Herr Senatsrat den Zettel auf, trippelte ein paar Schritte ins Licht und las.

»Hurerei, verdammte, noch mal«, murmelte er, gewahrend, dass die verlangten Abfragen die Kompetenzen seiner Abteilung überschritten, dass dies kein Honiglecken werden würde, weil er die Computergurus der MA14, Fachbereich Security & Compliance, würde bemühen müssen. Da war so ein Klicken und Klacken tief drinnen in der Beamtenstirn, das ihm sagte, die Pläne für den Tag wären hiermit durchkreuzt. Kein Fressschach. Kein Kaffeeplausch. Weil das nach echter Arbeit klickte und klackte. Aber in dem Klicken und Klacken lag auch eine

Ahnung, die sich ans Licht schälte. Er kannte diese Stimme, nicht wahr? Dieses Gesicht mit seinem bizarren Nebenher von Charaktereinfalt und Verschlagenheit.

»Ich kenne dich, Drecksack!«, brüllte der Senatsrat, drauf und dran, allen Mut zusammenzunehmen und auf den Angreifer losfahren, »du bist eine dieser miesen Ratten draußen vom Friedhof!«

Jetzt erst merkte er, dass da gar niemand war. Der Schatten war entschwunden. Lautlos wie das Gekringel der Schlange im Sand. Quirlig wie der Turmfalke auf der Jagd. Erhaben wie der Kondor im Schweben.

Am frühen Vormittag desselben Tages

XXXV. BUENAS TARDES, SEÑOR BONPLAND

Wie festgepinnt hafteten Belas Augen an den vier Worten.

Sie sah das von Sonne und Viehtrieb gegerbte Antlitz des Gauchos, das derb zerfurchte Lächeln, mit dem er Bonpland einen guten Abend entbot, hörte den spöttischen Unterton in seiner brüllenden, die einsame Gasse durchhallenden Stimme, bezeugte, wie der Reiter sporenklirrend vom Pferd sprang, den zerfransten Sombrero mit dem Schwung der großen Leute zum Gruße zog und die Worte sprach, denen er seine ruchlose Tat folgen ließ:

»Buenas tardes, señor Bonpland!«

Es war das Ende der Forscherlegende in Restauración in der argentinischen Provinz Corrientes, wohin die Kinder den halb bewusstlosen, steinalten Mann gebracht hatten. Oder besser gesagt: das Ende nach dem Ende, jener Moment, als die Möglichkeit eines würdevollen Abschieds und Andenkens unwiderruflich torpediert wurde.

Ein dumpfes Ziehen in der Magengegend sagte Bela, dass alles damit zu tun hatte. Sie sah auf die Uhr. Schon nach 9.30 Uhr. Der Mistkerl war wie immer spät dran. Ungehalten kickte sie gegen die Bananenschachtel unter dem Schreibtisch. Erst gestern hatte sie ihre Habe darin verstaut und nach Hause gekarrt, um sie heute Morgen wieder anzuschleppen, den *Botaniker von Malmaison* hervorzukramen, zu blättern und noch einmal die Stationen Bonplands nach dem Tod der Kaiserin zu überschlagen, jene Stationen, die ihr wie das Konzentrat der Höhepunkte einer Vielzahl trivialer und zu einem einzigen, fast schon künstlich verdichteten Leben vorkamen.

Joséphines Ende, gleichbedeutend mit dem seinen als Verwalter; der Ausschluss aus dem Familienkreis nach einer nicht für standesgemäß befundenen Hochzeit; die Rückkehr in Bonplands geliebtes Südamerika, eine Heimkehr; haltlose Versprechungen, die ihm eine universitäre Karriere in Argentinien vorgaukelten; die Entfremdung von der »kleinen Frau«, wie er sie nannte, für die er in den Tagebüchern, Briefen zuletzt aber nicht mehr als ein X übrig hatte; die Scheidung; der blutige Bruderzwist der La-Plata-Staaten mit seinem wirr geflochtenen Netz politischer Intrigen, in dem er sich als Arzt und Botaniker unbedarft verfing; seine gutgläubige, folgenschwere Landnahme am Südufer des Paraná; der Aufbau einer ersten Hazienda mit dem hochtrabenden Plan, Indigo und Yerba Mate im großen Stil zu kultivieren; das Wissen um Bodenkulturen und das glückvolle Gedeihen ganzer Indiokolonien unter der missionarischen, gewaltfreien Anleitung des sanftmütigen Franzosen, der er war; aber auch der Hass, den der Eindringling und Fremdling mit dem Erfolg bei niemand Geringerem als Doktor Gaspar Rodriguez Francia, neidsüchtiger Supremo Paraguays, schürte; das bluttaumelige Attentat auf Bonplands Hazienda durch in Hundertschaften heransprengende Reiterhorden des Diktators, das unerbittliche Abschlachten der Bewohner, der Arbeiter, die restlose Vernichtung der Existenz, all der gedeihlichen Plantagen mit Baumwolle, Zuckerrohr, Erdnuss, Jatropha, Süßkartoffeln, Orangen-, Zitronen- und Gujavabäumen, das Niederbrennen der Matefelder und Weinberge; die Säbelstreiche gegen Bonplands Kopf und Gefangennahme des halb Toten; die Folter und zehn Jahre währende Gefangenschaft; die Fürsprachen, glänzenden Sendschreiben durch Simón Bolívar, den neugranadischen Revolutionär, wie auch Gelehrte aus aller Welt; die wiedererlangte Freiheit des brillanten Arztes Bonpland um den bitteren Preis, den Widersacher Francia vom Sterbebett weg geheilt zu haben; der abermalige Bankrott, weil die Zahlungen der bescheidenen, auf Humboldts Fürsprache hin erwirkten Pension aus der alten Heimat mangels Lebensbescheinigung endgültig versiegten; Aimés dritter, vierter prosperierender Atem, der ihn erneut einer Kolonie Leben einhauchen ließ; die Heirat mit einer stämmigen Indiofrau; die späten Vaterfreuden weit jenseits der 60; der Ruf seiner Leiden, der ihm eine rührige Art von Volkstümlichkeit eintrug; sein selbstloses Wirken, da er mittellose Kranke heilte, auf einem schlappen Klepper das Missionsgebiet durchtrabte, barfuß, mit nichts als seiner trägerlosen Hose und dem breitkrempigen Corrienterhut gegen das Sengen der Himmelsglut; da er, greisenalt und verwirrt, dem Ende im Dschungel entgegensah; da er am 11. Mai des Jahres 1858 den letzten Atemzug tat und der Gouverneur der Provinz den Leichnam des ruhmreichen Forschers und noch größeren Menschen einbalsamieren ließ – ein Begräbnis mit Staatsehren sollte es werden; und dann die Freveltat des betrunkenen Gauchos, der hintrat vor den in einem weiß gekalkten, offenen Raum ausgestellten Leichnam, voll des Unmutes der Einfältigen, weil der Tote seinen spöttischen Gruß – Buenas tardes, señor Bonpland – nicht erwiderte und er die Navaja, scharf wie ein Rasiermesser, zückte und wie von Sinnen auf den leblosen Körper einstach.

Besiegelt und begraben das Vorhaben, den Leichnam, geschützt durch Balsam und Bandagen, 300 Kilometer weit durch die Spätherbstwärme zu überführen. Und so kam es, dass ihn das lebenslange Schicksal der ewigen Zurückstellung über den Tod hinaus begleitete, er auf dem bescheidenen Friedhof von Santa Ana – heute Bonpland – zur letzten Ruhe gebettet und auf alle Tage vergessen wurde.

Wie viele Tode er doch gestorben war, dachte Bela, die als Lebender, aber auch die als Toter – bei dem einen einbalsamiert und bei dem anderen, hier, in Europa, in Wachs ausgestellt. Und doch war ihm da wie dort kein wirklicher Schutz beschieden.

War das die Spur? Lag darin begraben, was sich Motiv nannte? Was hatten die zahllosen markierten Stellen im Buch zu bedeuten? Wie standen sie zueinander? Gab es überhaupt eine Beziehung? Oder hatte einer der – wer wusste schon, wie viele es über die Jahrzehnte waren? – Vorbesitzer, der nichts mit alledem zu tun hatte, zum Bleistift gegriffen? War ihr Versuch einer Zuordnung nichts als Überinterpretation, zu der Menschen ihres Faches neigten? Andererseits, vielleicht sollte es genau das sein?

Das Telefon läutete. »Was denn«, sie stöhnte in den Hörer, »ach, den hätt' ich fast vergessen. Soll raufkommen. Zeigst du ihm den Weg?«

Sie würde ein andermal darüber befinden. Jetzt wollte sie die Kopfwäsche für einen gewissen Herrn zum krönenden Abschluss bringen. So sehr sie heute Nacht nach Erhalt dieser erhellenden Nachrichten ihren Zorn über ihm entladen, ihn mit Verdächtigungen und Schmähungen übergossen hatte, so wenig gönnte sie ihm die Vertrautheit, die dieses Wiedersehen für ihn bedeuten mochte. Was sie ihm wünschte, war allein jener Brustschmerz, den sie seit Stunden in sich trug.

Dass er wieder zu saufen angefangen hatte, war das eine. Aber bitte. Wirklich ungeheuerlich war anderes. Vinzents Verstrickung in den Fall. Ja, anders ließ es sich nicht benennen: Verstrickung. Das viele Schweigen, Verschweigen von Fakten, Zusammenhängen. Die vielen kleinen, unscheinbaren Weglassungen, Lügen, über Nacht zu einem bitteren Bild zusammengerückt, einer Vision, die sie …

Bela schauderte auf. Wut und Fassungslosigkeit nach dieser turbulenten Nacht hatten sie immer noch im Würgegriff. Und so spürte sie, wiewohl noch unausgesprochen, jetzt schon die Eiseskälte seiner Ausflüchte, da er im Anmarsch auf ihr Büro war.

»Ich weiß von diesem Professor Köhler auch nicht mehr als du, Bela.«

Ach ja?

»Ein Interview mit ihm? Für die *Gute*? Ich? Nicht dass ich wüsste.«

Ach ja?

»Vor bald einem Jahr? Nie erschienen? Sagt wer? Köhlers Mutter? Die senile Vettel? Die war ein paar Mal bei uns. Sonst nichts.«

Ach ja?

»Dieses Foto, Bela, das du mir geschickt hast, mit meinem Namen auf seinem Kalender. Das ist ein Fake.«

Ach ja?

»Die Abschrift des Interviews hast du? In voller Länge? Geschätzte eineinhalb Stunden? Fake. Was sonst.«

Ach ja?

»Da spielt jemand ein übles Spiel mit dir, Bela. Mit uns.«

Ach nein! Wie konntest du dich nur so in ihm täuschen?

Ein zaghaftes Klopfen an der offen stehenden Türe. »Bela?«

»Da schau her«, fauchte sie, »der Herr von und zu ehrlich.«

»Was, verdammt, hast du da …«

Zornentbrannt funkelte sie ihn an. Wie hältst du es mit der Wahrheit? Ist Schweigen das bessere Lügen? Andersrum? Ist Lüge Sünde und die Unterlassung bloße Verfehlung? Ist das deine Welt, Chefreporter Vinzent Kluger? Siehst du die Wirklichkeit als falsch an, weil es dann keine Rolle mehr spielt, wenn du ein Gefühl nicht bestätigt bekommst? Du wagst es, dich über anderer Leute Unwahrheiten zu alterieren? All deine Lamenti, Geschichten, Andeutungen, Beteuerungen mir gegenüber. Was darf … was muss ich davon halten? Das ist die größte, ach was, du bist die größte Sauerei, die mir je begegnet ist. Tritt mir nie wieder unter die Augen, ja!? Und jetzt raus hier!

All das gedachte sie ihm zum Abschluss des leidigsten ihrer leidigen Lebenskapitel entgegenschleudern. Jetzt.

Aber so weit kam Bela Schmaus nicht.

*

Eine geschlagene Stunde werkte sie nun schon an ihrem Haar, Frisur war es immer noch keine. Ach, wär' doch nur der Ferdi hier, der gute, alte Ferdi. Helene Mayer-Thurgau seufzte. In eben diesen Momenten vermisste sie ihn am meisten, ihren – was für ein Name! – ihren Ferdinand Heinrich Fürchtegott. Zugleich aber auch nicht.

Weil sich mit so einem Namen mancherlei erreichen ließ. Mehr noch aber nicht. Wenn sie da bloß an diese Charitygesellschaft dachte, damals, im Palais Ferstl, wo er sie bis auf die Knochen blamiert hatte mit seinen ungeschliffenen Elaboraten über die rechte und unrechte Namensfindung für Kinder durch ihre Eltern und die lebenslange Schädigung, die ein Name zeitige, festzumachen am eigenen Beispiel. Ferdinand Heinrich Fürchtegott. Namen, dass einem das Würgen komme, hatte er gerufen, meine Herren!

Herrgott, nein, wie konnte er nur! Wo doch in den erlesenen Kreisen, zu denen er gesprochen hatte, Vornamen zuhauf kreisten wie: Tammes. Ariola. Junias. Imko. Kunigunde. Basil. Friso. Lorine. Melchior. Imogen. Dagobert. Erlinda. Mirlinda. Friedhelm. Blasius.

Ach, herrje, diese Blicke, die sie sich – mehr Veranstalterin als Gemahlin – an seiner statt eingefangen hatte. Das tat nicht gut, gar nicht gut, und so hatte sie noch besser daran getan, ihm den Laufpass zu geben. Zeitlebens war sie bemüht gewesen, den von ihrer seligen Mutter begründeten Ruf einer Mäzenin zum Familienschmuck zu etablieren, mit dem es sich über Generationen prunken ließ. Mit einem Banausen wie ihm an der Seite war das nicht zu machen.

Aber jetzt? Wenn es um die Haarkunst ging?

Ja, ihr Ferdi würde ihr gewiss beistehen. Seine helfenden Hände am äußeren Kopf waren in all den Jahren nicht zu verachten gewesen. Gewesen? Wie es aussah, waren sie das immer noch. Nicht dass sie dem Gewäsch dieser jedes haltlose Gerücht zum Dogma stilisierenden Klatschpresse Glauben schenkte, auch nicht als Konsumentin aus zweiter Hand, doch nun schienen die Dinge völlig anders zu liegen. Sollte dieser … ja, dieser Lump tatsächlich in die Karibik entflohen sein? Schon am Telefon gestern Abend hatte der Anrufer sie einigermaßen in Erstaunen versetzt, hatte ihr eine Reihe von Ungeheuerlichkeiten versprochen, Aufhellendes, das sie einiges klarer sehen ließe. Beweise wollte er beibringen. Mitunter Fotos.

Na, schau'n wir mal, hatte sie gesagt, dann werden wir schon sehen.

Dann hatte der Anrufer begonnen, von den brillanten Verbindungen zu sprechen, die ins Ministerium zu pflegen man ihr nachsage. Die erste Ungeheuerlichkeit. War denn das Wissen um ihre Drähte Allgemeingut? O nein. Vieles, nein, alles deutete darauf hin, dass er es von ihm wusste:

Ihrem Ferdinand.

Weißer Sandstrand, azurblaues Meer, Kokospalmen, Calypsoklänge, nussbraune Schönheiten mit Hula-Hoop-straffen Bäuchen und mittendrin der Ferdi, sein ergrauendes Haupt auf den Blumenkränzen über festen, zuckermelonenkleinen Brüsten bettend? Sollte sie ihn dermaßen verkannt haben? Sollte er seine heilige Perückenmacherei und ihren prachtvollen Vorbau dagegen eingetauscht haben?

In exakt vier … (sie sah auf die Armbanduhr) … nein, in exakt drei Minuten würde sie es wissen. War dieser Herr … wie hieß er gleich, ach, sie und die Allerweltsnamen … war dieser Herr … Wolf nur pünktlich. Unwirsch zupfte Helene Mayer-Thurgau erneut an ihrem Haar. Es half alles nichts.

Draußen ging die Glocke. Auf die Minute. Erfreut nahm die Dame des Hauses Fahrt auf, verließ das Bad, querte das Schlafzimmer, durchmaß den Salon und hielt auf den geräumigen Vorraum ihrer Stadtwohnung zu, um den Besucher standesgemäß in Empfang zu nehmen. Eine Frau ihrer Klasse schon am frühen Vormittag mit einer Aufwartung zu nötigen, war zwar nicht die feine Art. Aber bitte. Sie war doch sehr gespannt, was er zu bieten hatte, dieser seltsame Herr Wolf.

Ach, Helenchen, du und die Namen. Meiner Seel'.

Hatte er nicht doch Fuchs gesagt?

*

Unvermutet schwangen Miriams Beine zur Seite. Sie verspannte den Körper, kippte gleichwohl aus dem *Sirsasana* und stöhnte entnervt auf. Anfängerin! Seit Jahren hatte sie sich bei ihrer Passion Yoga nicht so stümperhaft angestellt. Doch in der Sekunde begriff sie den Lapsus als das, was er war: eine Warnung. Das eindringliche Signal an ihre Mitte, dass sie gewaltig unter Druck stand.

Tatsächlich wuchs Miriams Unrast von Minute zu Minute. Der Tote im Kabinett hatte sie in zweierlei Hinsicht verstört. Da war natürlich, vordergründig, das Entsetzen, das eine Abscheulichkeit wie diese in Menschen gebiert. Das Netz implodierte geradezu unter der Berichterstattung. Die Aufschreie der Bestürzung da, wie gewohnt Despektierliches dort. »Forscher mit Forscher paniert«, stand etwa in einem Gratisblatt zu lesen. Oder auch: »Junger Forscher in alter Panade – Leber gebacken auf Wienerisch.«

Unter der Oberfläche indes beunruhigte sie anderes: ihre eigene Implikation, ihre Arbeit, die sie als einträgliches Spiel empfunden hatte, nun aber im Licht einer diffusen, grauenerregenden Unmittelbarkeit vor ihr erstand. Eine undurchdringliche Nebelwand, hinter der alles lauern konnte und die sie doch durchschreiten musste. Um jeden Preis! Wie lange hatte sie die Truppe von Tussauds nun schon auf dem Radar? Ein Jahr? Nein, länger. Sterbenslangweilig, diese Schläfer, hatte sie befunden. Von der Nummer mit der eingeschmuggelten Wachsfigur und dem Zeitungskleinkrieg mal abgesehen. Das war großes Kino. Mit Abstrichen amüsant kam diese Schmaus daher, für die der Puppenspieler, warum immer, die fette Extragage springen ließ. Die mit ihrem Schreiberling und der Du-kriegst-michdu-kriegst-mich-doch-nicht-Masche und dem Knalleffekt im *Schesch Besch*. Ja, das hatte schon auch Stil. Und selbstredend die Korrespondenzen der schrägen Direktorin. Aber darüber hinaus?

Tote Hose.

Bis vor zwei Tagen. Der ausgelöste Professor veränderte schlagartig alles. Jedes noch so lachhafte Detail konnte nun von Belang sein. Jedes gottverdammte Mail. Jedes beschissene Telefonat, das sie bloß abgespeichert und ungehört weitergeleitet hatte. Jede aufgerufene Site. Sie würde das Material sämtlich sichten müssen. Das allein geriet ihr zum puren Albtraum und schien doch unerlässlich bei der Suche nach Antworten. Die Frage, wie sie selbst heil aus der Sache herauskam, stellte sich Miriam nicht. Nur diese:

Wie hängt der Puppenspieler mit drinnen?

Sie legte ein paar Atemübungen ein, ging erneut in den Kopfstand. Schwindel überkam sie, eine anhebende Ohnmacht, die Miriam ihrem Unwissen zuschrieb. Ein Faden um den anderen war ihr entglitten aus dem sicheren Dunkel ihrer Regie und ins Gleißen einer Bühne, auf der sie nicht das Sagen hatte. Vor Kurzem noch hatte auch sie sich als Puppenspielerin verstanden, nun aber schien sie zur Untätigkeit verdammt. Sie hatte die Hoheit über die Marionetten verloren, die ein Eigenleben entwickelt hatten. Sie hatte das Drehbuch aus der Hand …

Hatte sie es je in der Hand gehabt?

Noch etwas gab Miriam zu denken: Bela Schmaus und Vinzent Kluger. Beider Mailverkehr lief seit heute Nacht verschlüsselt ab. Nicht bloß verschlüsselt. Nein, *verschlüsselt*. Wie, verdammt, kam das?

Mails waren in Miriams Branche wie Postkarten. Jeder mit ein bisschen Grips konnte sie lesen. Mails mit Diensten wie SSL und TSL zu chiffrieren, den kleinen Buchstaben s hinter der URL zu sehen und das Symbol eines Vorhängeschlosses in der Adresszeile, beruhigte die meisten schon. Es machte die Menschen glauben, nicht länger transparent zu sein, und war doch nichts weiter als Kinderkram. Es war, als würde man die Postkarte in ein Kuvert stecken und sich ergötzen wie der Schöpfer einer geheimen dreckigen Fantasie, die der Briefträger nicht zu sehen bekäme. Bloß dass der Umschlag nicht zugeklebt war. Bei PGP verhielt es sich nicht viel besser. Folglich waren die meisten Leitungsstrecken von Server zu Server wie das Verhältnis von Küche zu Gast in einem Running-Sushi-Tempel. Einmal drin ... und dann pauschal fressen bis zum Anschlag.

Was seit heute Nacht zwischen Schmaus und Kluger abging, war eine andere Liga. Beide Accounts fuhren neuerdings mit PFS. *Perfect Forward Secrecy*. Anders als bei den weit verbreiteten Systemen wurde hier der geheime Sitzungsschlüssel gar nicht erst mit auf die Reise durchs Netz geschickt. War eine Sitzung abgeschlossen, konnte sie im Nachhinein nicht gehackt werden. No way. In solchen Fällen blieb einzig die Man-in-the-Middle-Attacke.

Scheiß mühsam, durchfuhr es Miriam. Sie wusste, wie aufwendig die Angelegenheit war und auch nur von Erfolg gekrönt, wenn man gezielt auf die aktive Kommunikation anlegte und es schaffte, beiden Seiten – Sender und Empfänger – den eigenen Schlüssel aufzuzwingen. Kein Wunder, dass die Typen der NSA solche Mails als heiß ansahen und im Upstream archivierten in der Hoffnung, die Dinger irgendwann doch knacken zu können.

PFS. So ein Mist!

Da wusste jemand sehr genau, was er tat, und sie konnte, wollte nicht glauben, dass dieser Jemand Schmaus oder Kluger hieß. Sie mussten sich einen Vollprofi geangelt haben. Warum gerade jetzt? Warum zur selben Zeit? Menschen änderten Gewohnheiten nicht einfach so. Oder ... nein, Scheiße noch mal ... konnte es sein, dass Schmaus und Kluger gar nicht wussten, dass sie ihre Gewohnheiten ...?

Aufs Blut gereizt sank Miriam zu Boden. Je mehr sie nachsann, je weniger verstand sie. All die Puzzlesteine. Die zwei Versionen des Videos bei Tussauds, die sie zu liefern hatte. Die vielen Überwachungen. Telefonprotokolle. Sie spürte, dass der geheime Pfad zur Lösung greifbar war, womöglich näher, als sie dachte, eine Handbreit entfernt nur, und doch wollte sich die Wahrheit hinter den Dingen nicht kampflos fügen. Nur die Schrots standen abseits. Ein schwacher Trost. Die Schrots waren privat. Waren sie das? Sollte sie eine Runde laufen gehen runter zum Kanal und sich das versiffte Hirn rauspowern? Vielleicht ließ sie das den einen oder anderen klaren Gedanken fassen, was diesen toten Professor ... diese widerwärtige, abstoßende Art ... die Knochen allesamt ...

Knochen? War da nicht ...?

O ja, der Film. Erst kürzlich. Da wurden Menschen aufgelöst. In einer Speziallauge. Ein paar Tage genügten. Alles weg. Weichteile. Haare. Die Knochen allein blieben zurück, um hernach fachmännisch gesäubert, eingefettet und aufpoliert zu werden. Blitzeblank. Nein, das war nichts für den Chemiekasten für Anfänger und die Badewanne zu Hause. Das erforderte profundes Wissen. Logistik. Vermutlich ein ganzes ...

... ein ganzes Institut ... wie bei den Körperspendern im Dienste medizinischer Forschung. Genau wie im Film. Wie hieß das Verfahren doch gleich?

Plötzlich sprang Miriam auf. Sie wusste nun, wo es sich ansetzen ließe. Wusste endlich, wie sie dieses Gespenst aus seinem Verlies zu locken gedachte. Mit drei schnellen Schritten war sie am Computer, warf die Suchmaschine an. Dann hackte sie wie von Sinnen in die Tasten.

Mazeration.

*

Kluger liebte fabrikneues Leder, den Geruch, die Haptik, und er tat es nicht etwa, weil er einem Fetisch anhing. Auch hatte er nicht begonnen, die Männerliebe zu Frauen in Lack und Leder und Gummi zu hinterfragen. Schlimm genug, dass der Kollege mit dem irren Lachen und dem Faible für Hitlerparodien dies neuerdings tat und jedem – trotz Fluchtversuchen oder Beteuerungen, die Antwort zu kennen – den alten Kalauer zum Besten gab:

»Wäul de Weiber dann nach neuem Auto riechen, Kollege. A Waunsinn, hä?«

Nein. Klugers Liebe zu neuem Leder hatte altbackene Gründe, die Laura hießen. Die erste große Flamme mit 18. Laura entstammte gutem Hause und hatte dem angehenden Schriftsteller Vinzent eine maßgeschneiderte Lederweste mit punzierten, wirr über den Wams purzelnden Buchstaben geschenkt. Aus der Schriftstellerei wurde nie etwas, doch das gute Stück blinkte heute noch aus Klugers Kasten.

An sie, Laura, die Weste, musste Kluger einen Wimpernschlag lang denken, als ihm dieser Odem von neuem, sündhaft teurem Leder in die Nase stieg. Dann jedoch folgte ein mächtiges Klatschen, das eher an das Schnalzen der siebenschwänzigen Peitsche einer Domina im Hormonrausch gemahnte.

Patsch!

Mitten auf Klugers Wange schlug es ein. Bela? So unheilig ihr Zorn sein mochte, so übergriffig empfand er, dass sie ihn hierher trug, in den Gastgartenbereich der Kantine im Innenhof der *Guten*. Nein, das ging entschieden zu weit. Bloß weil er sie heute Morgen gar nicht hatte zu Wort kommen lassen in ihrem Büro, als er das Buch – *dieses* Buch – in ihren Händen sah und zu schreien begann. So wie sie Stunden zuvor, mitten in der Nacht, mit ihm geschrien hatte. Etwas Monströses hatte sich in ihm aufgebaut, ein hammerhartes Klick in seinem Hirn und eine Stimme, die ihm eingab, dass nicht er das ihm unterstellte doppelte Spiel trieb, sondern allein sie. Bela.

Kluger hatte sein Exemplar des *Botanikers von Malmaison* noch am Abend des Attentats bei Tussauds hervorgekramt und die ganze Nacht über durchgeackert. Gewiss, bei Erhalt des

Buches hatte es ihm mehr zum Imponieren der süßen Pranzl gegenüber gedient denn zur Weiterbildung. Nun aber war es in der Tat von unschätzbarem Nutzen, ein veritables Arbeitsinstrument, das perfekte Nachschlagewerk zum Leben eines Sonderlings, über den sich nur allgemeines Blabla googeln ließ, wie man es den zu Lebzeiten Missachteten posthum hinterherzuwerfen pflegte. Durch dieses Juwel verfügten sie in der Causa Köhler nun tatsächlich über alles: die besten Fotos mitsamt jenen an Authentizität nicht zu überbietenden Aufnahmen, die den Professor, gesäumt von Studenten und afrikanischen Helfern, bei Ausgrabungen in Malawi oder am Elektronenmikroskop zeigten; die besten Informationen aus erster Hand von Köhlers Mutter, der alten Idstein; und, dem Buch über Bonpland sei Dank, die beste Vita seines Gastgebers wider Willen.

Natürlich erwog Kluger seit zwei Tagen fieberhaft, wer ihm das Buch geschickt haben mochte. Wie Höllenfeuer indes loderte in ihm seit heute Morgen diese andere Frage: Woher hatte Bela es? War ihre nächtliche Schreierei der Versuch, von sich abzulenken, ehe er, Kluger, Dinge zutage förderte, die ein übles Licht auf sie würfen?

Darum hatte Kluger an Bela gedacht, als er Leder roch und es … Klatsch! machte es nun zum zweiten Mal, diesmal auf der anderen Wange.

»Spinnst du«, fauchte der Chefreporter, fuhr zornentbrannt herum und sah erstaunt, wer da hinter ihm stand, sich walkürengleich aufgepflanzt hatte, drauf und dran, die *Louis-Vuitton*-Tasche abermals auf seinen Schädel niedergehen zu lassen. Mitten ins Gesicht.

Abrupt hielt die Angreiferin im Ausholen inne. Sie stöckelte rückwärts, erklomm etwas ungelenk einen der Betonblumentröge mit den beinahe echten Orangenbäumen und erhob die Stimme.

»Dieser Mann hier«, schmetterte sie mit Fingerzeig auf Kluger, »ist ein elender Schwätzer und Betrüger.« Mittagsgesumme und Besteckklappern ringsum verstummten. »Jawoll, ein Betrüger«, doppelte Helene Mayer-Thurgau nach. »Ein Meister der wankelmütigen Künste von eigenen Gnaden, der alle Welt an der Nase herumführt.«

Niemand wagte gegen die schreiende Anklage zu intervenieren. Vielmehr schien man gespannt, was als Nächstes folgte. Die Kellnerinnen verhielten im Abservieren, und auch Kluger, überrumpelt wie selten zuvor, vermochte sich dem bizarren Zauber der Invektive nicht zu entziehen.

»Das hier«, die Anklägerin zog einen bauchigen Umschlag aus der Tasche, fischte einen Packen großformatiger Fotos hervor, »zeigt den Perückenmacher Ferdinand Heinrich Fürchtegott Hinczica, meinen Ex-Mann. Auf einer Südseeinsel einen *Cuba Libre* schlürfend. Die Zeitung vor ihm auf dem Tisch belegt, dass das Bild keine zwei Wochen alt ist. Richtig originell. Ein bisschen wie bei einer Entführung im Fernsehen, finden Sie nicht? Keine Sensation, könnten Sie nun sagen, hätte nicht dieser Mann hier ihn lange vor Aufnahme des Bildes für tot und zur Wachsfigur verwandelt erklärt, um seitdem in regelmäßigem Kontakt mit ihm zu stehen. Hier zum Beweis der Schriftverkehr.«

Helene Mayer-Thurgau schwenkte einige Computerausdrucke, und Kluger spürte, wie ihm die Miene gefror.

»Und was ist mit der Blamage, die er sich seinerzeit eingehandelt hat?, könnten Sie des Weiteren fragen. Ja, die Blamage … war der kleine Teil eines ganz großen Spiels. Sie werden schon sehen.«

Kluger erhob sich, gewillt, Einwand zu erheben.

»Wagen Sie es ja nicht«, herrschte sie ihn an. Dann, wieder an ihr Publikum gewandt: »Das allein könnte man gewiss als raffinierten Schabernack einer um Auflagen bemühten Journaille durchgehen lassen, wäre nicht …«, sie unterbrach sich, ganz Mimin, die sich im entscheidenden Monolog eines Dramas der ungeteilten Aufmerksamkeit ihres Auditoriums versicherte, »… wäre nicht das hier.«

Hoch über Kopf ließ Helene Mayer-Thurgau einen Abzug im Kreis gehen, auf dem Kluger mit der alten Idstein zu sehen war, wie er sie vor dem Bundeskriminalamt in seinen Wagen geleitete. »Dazu sollten Sie wissen, dass diese Dame, die Mutter des toten Professors, seit gestern spurlos verschwunden ist.«

Spurlos verschwunden? Kluger wurde zunehmend übel.

»Dann das hier.« (Fotos des Buches, das offen auf Klugers Schreibtisch lag, dazu eine Kopie des Kurrenteintrages auf dem Innendeckel). »Die Vita des Aimé Bonpland. Ihr Kollege hier besitzt sie seit Monaten. Warum wohl?«

Kluger sah sich um. Immer mehr Augenpaare steuerten ihn an, während die Rednerin unbeirrt ihr Programm abspulte. Blicke, die wie Tornados auf ihm einschlugen.

»Nicht zu vergessen: ein Bild von Professor Norbert Köhler im Interview. Geführt am 12. April vergangenen Jahres. Die Abschrift finden Sie im Wortlaut beigeheftet. Wie auch das hier. Aufnahmen von Werkstattschlüssel, Brille und Ehering meines Ex, die Herrn Kluger nach dessen Verschwinden anonym zugegangen sind. Angeblich anonym. Er hat sie mir umgehend überbracht. Angeblich umgehend. Stellen Sie sich nur vor: Er tat es nicht etwa, um sich mein Vertrauen und Informationen über meinen Ferdinand zu erschleichen. Aber nein! Es geschah in rührseliger Nächstenliebe. In einer Anwandlung journalistischen Altruismus. Ist er nicht ein Herzerl?«

Versteinert starrte Kluger sie an. Redeweise, Kleidung, Bewegungen, ja, selbst die Windungen ihrer Haarschleife – alles an Helene Mayer-Thurgau, der Hässlichkeit ihrer Anschuldigungen wie zum Trotz, war etepetete. Auch sprach sie nicht von oben herab, wie er es in Anbetracht ihrer Herkunft und finanziellen Potenz vermutet hätte. Sie machte sich vielmehr zum Teil einer minderen Zuhörerschaft, der nicht anzugehören sie nonchalant überging. Nur wenn sie ihn, Kluger, ihre Beute, direkt ins Visier nahm, war Schluss mit dem fließenden Kastenwesen. Da war die Höhendifferenz wiederhergestellt: sie der Büroturm, er das Schrebergartenhaus, funkelnde Businesseleganz gegen einen Fall für die Abrissbirne.

»Ferner das hier, sehr verehrte Damen und Herren. Ein echtes Zuckerl. Eine DVD. Darauf zu sehen, wie vergangenes Jahr die meinen Ex-Mann darstellende Wachsfigur bei Tussauds montiert wird. Eine nächtliche … nennen wir es ruhig … Kommandoaktion. Aufnahmen, die es Ihrem Kollegen zufolge gar nicht gibt, die er, wie wir wissen, öffentlich als Fälschung der Konkurrenz abgetan hat und die sich doch in seinem Besitz befinden. Seltsam, oder? Es sei denn, die Bilder zeigen … ihn selbst! Einen Komplizen? Nun? Bedarf es noch mehr?«

Kluger war fassungslos, rang nach Atem, starrte auf die aufgefächerten Beweise, die seine Widersacherin triumphierend in die Runde hielt.

»Bitte, meine Herrschaften, bedienen Sie sich.« Helene Mayer-Thurgaus letzte Worte. Sie stakste von ihrem Podest, deponierte das Konvolut mit untertänigem Lächeln auf einem der voll besetzten Tische und zog triumphierend von dannen.

Noch in der Sekunde war auch Kluger draußen bei der Tür. Was hier gegen ihn ablief, war eine monologische Hinrichtung mit dem Strang der Verleumdung, und er sah sich außerstande, etwas dagegen zu unternehmen.

Drei Stunden später saß er nach wie vor bei *Foster's*.

Noch in den frühen Morgenstunden, nach dem Notfrühstück beim Bäcker, war er in die Redaktion gefahren, weil er den Flow der Story nicht abreißen lassen, auf der Welle des Erfolges dahinreiten wollte. Darum hatte er seine Beiträge für das Blatt vom nächsten Tag auf Vorsatz in die Tasten geklopft, um es hinterher – je nach Bedarf – noch zu strecken oder einzukürzen. Das hatte ihm jenes Zeitfenster geöffnet, das er nun wieder schloss. Mit dem siebten oder achten Seidel Bier und in einem Vollbad aus Groll und Weltschmerz.

Warum nur?, fragte er sich unentwegt. Klugers Erfolgswelle war gleichsam implodiert. Was er für den fulminantesten Triumph seiner Laufbahn befunden hatte, richtete sich nun gegen ihn. Woher die Geschütze auch kamen, sie waren allesamt auf ihn gerichtet. Es war wohl bloß eine Frage von ... ja was? Stunden?, ehe das Sperrfeuer gegen ihn losbrach. Und mittendrin im Feld der Aggressoren sie: Bela.

Hast du eine Zeile dieses ominösen Interviews bei uns gelesen?

Ich weiß nicht recht.

Nein, hast du nicht.

Das könnte Taktik sein.

Taktik? Ein Exklusivinterview mit einem späteren Mordopfer führen, um dann, wenn die Story wirklich heiß ist, nichts daraus zu bringen? Wie krank ist das denn?

»Weibliche Logik«, knurrte Kluger gegen die Theke und nahm einen tiefen Schluck, als ihn eine vertraute Stimme aus der Düsternis riss.

»Hab schon gehört.«

»Hmm?«, machte Kluger.

»Der Auftritt der Furie. An deiner Stelle würde ich sie anzeigen.«

»Spinnst du? Das wäre ein gefundenes Fressen.«

»Für wen? Die Mitbewerber?«

»Was sonst. Vergiss es. Wie hast du mich gefunden?«

»Ausschlussverfahren.«

»Bin ich dieses Dreckschwein von Journalist, als das ich dastehe?«

»Mich fragst du? Wir wühlen in derselben Suhle.«

»Wo warst du, als ich dich gebraucht hätte?«

»Spätschicht.« Supan winkte den Barkeeper herbei, orderte einen doppelten Wodka. »Bin auf dem Weg ins Bergwerk.«

Jetzt erst hob Kluger den Kopf, stierte den Kollegen aus toten Augen an. Er hasste es, sah man ihn auf diese mitleidvolle Tour an, doch er hatte nicht die Kraft, dagegen anzustehen. Schweigend starrten sie einander ins Antlitz.

»Offen wie ein zerschossener Elefantenarsch«, murrte Kluger schließlich.

Supan nickte. »Der Pinscher munitioniert schon auf.«

»Nicht nur der.«

Abermals schwiegen sie geraume Zeit.

»Du musst mir einen Gefallen tun, Klaus«, sagte Kluger. »Kennst du *Magnum*?«

»Mandel oder Strawberry White?«

»Vollidiot.« Kluger lächelte säuerlich. »Den Fernsehschnüffler auf Hawaii.«

»Fahr ab mit dem Retroscheiß! Gehe ich wie du auf die 70 zu? Wenn schon, Toast Hawaii.«

»Bauerntölpel!« Kluger stöhnte, überlegte einen Moment. »Morgen«, sagte er.

»Was morgen?«

»Morgen geht's los.« Kluger wusste, wie schlecht es um ihn und die Erfolgschancen dessen bestellt war, was ihm im Sinn stand. Gab es überhaupt ein Morgen? »Wir machen es wie beim Heer in der Grundausbildung. Vorwärts. Sprung. Decken. Nur ohne Deckung.«

Ratlos sah Supan den Freund an.

»Volle Attacke, du Zivildienerpfeife. Wolltest du nicht immer schon …?«

»Immer schon was?«

»Freigestellt sein. Auf Sondermission. Dreckschnüffeln bei vollem Cash. Und an der frischen Luft.«

»Wollte ich?«

Kluger nickte. »Wolltest du, *Magnum*. Du hast nichts zu verlieren. Wenn's klappt, bist du der Hero. Wenn nicht, bin ich allein der Arsch. Deal? Du schnappst dir morgen deine Fotoausrüstung. Vergiss die langen Brennweiten nicht. Ich geh derweil zum Boss und mache ihm die Sache schmackhaft. Wenn einer noch hinter mir steht, dann er.«

Tags darauf

XXXVI. SCHATTEN DER IRRTÜMER

Miriam starrte auf das Display des Laptops. Eine Ewigkeit nun schon, diese Momente des Unglaubens, und erst als ihr ein Tropfen von der schweißnassen Stirn auf die Tastatur klatschte, kam sie zu sich. Wiederholte Male hatte sie die Aufnahmen der letzten Nacht, jene des frühen Morgens auch, studiert. Sie kam nicht drauf.

Die SMS des Puppenspielers hatte sie erreicht, als sie dabei gewesen war, sich alles über Mazeration anzulesen. »Eins neun zwo F vier. 21.30 Uhr.« Sie hatte den Folder des Praters mit dem Koordinatensystem für Attraktionen und Gastronomiebetriebe zur Hand genommen. Diesmal an einer Flanke des *Schweizerhauses* also. Der Teufel wollte es so haben. Der Teufel sollte es so bekommen.

So unerwartet das neuerliche Treffen einberufen worden war, so dankbar hatte sie es angenommen. Warum ging er unentwegt dieses Wagnis des persönlichen Kontakts ein? Warum kommunizierte einer wie er mit einer wie ihr nicht inkognito über das Darknet, zahlte mit Bitcoins? Dass er nicht wenigstens über einen Tor-Browser verfügte und über die Usancen Bescheid wusste, erschien ihr zunehmend unwahrscheinlich. Für einen Moment hatte sie erwogen, ihn körperlich zu attackieren, ihm solcherart die Maske der Anonymität zu entreißen. Dann aber hatte sie den Gedanken verworfen. Die Folgen wären unabsehbar gewesen, das Risiko des Verlustes zu hoch. Also war sie weiter nach Plan vorgegangen, hatte den neuen Auftrag angenommen.

»Last minute für heute Nacht«, hatte er mit dieser seltsamen, auf Retro getrimmten Stimme geraunt, die sie an den Radiosound der 20er, 30er erinnerte. Ein bisschen wie Volksempfänger. Als würde er durch die Folie einer Zigarettenschachtel sprechen. »Steht alles hier drin. Doppelte Gage.«

»Betrachten Sie es als erledigt«, hatte sie erwidert. Dann war er auch schon abgetaucht.

Die Alarmanlage außer Kraft setzen? Zwischen 2 und 3 Uhr morgens? Bei alten Bekannten? Ein Klacks.

Jetzt, keine zwölf Stunden später, war Miriams Welt ein Trümmerhaufen. Sie verstand genau … nichts. Schlag 2.30 Uhr war es losgegangen. Der Laptop ihrer Kundschaft hatte wie üblich aufgeklappt dagestanden, doch an ungewohnter Stelle, wie zur Einladung, das Geschehen aus der Ferne und in seiner Gesamtheit zu bezeugen. Und etwas sagte ihr, dass genau das erwünscht war. Ein Schatten, der ins Wohnzimmer geschlichen kam. Hände, die aus einer großen Tasche etwas hoben, das sie nicht näher auszumachen vermochte. Nur, dass dieses Etwas in das Aquarium gekippt wurde. Und ab. Drei Stunden später war sie, die Hausherrin, schlaftrunken die Treppen herabgekommen, und auf ihre gellenden Schreie hin er, ihr Mann. Nun erst, im grellen Schein der Deckenleuchte, hatte Miriam sich ein Bild machen können. Der Besatz des Beckens war sämtlich verschwunden, vernichtet von einer riesenhaften Fressmaschine von Fisch, der unermüdliche Runden hinter Glas zog. Dann hatte der Mann die Bestie aus dem Wasser geholt und zur Hintertür hinaus bugsiert. Wenig später stand die Polizei auf der Matte.

Die Schrots jetzt auch? Was hatten die mit alledem zu tun?

*

Eintrag aus dem Rapportbuch der Polizeiinspektion Halirschgasse, Wien 17

Betreff: Nachtdienst vom 27. auf den 28. März 2013
Dienstgruppe C, Dienstführender: Gruppeninspektor A. Nekvasil

Lärmerregung Leopold-Kuntschak-Platz 2, Intervention
Verkehrsunfall mit Sachschaden und Fahrerflucht, Güpferlingstraße 4
Anhaltung dreier Schwarzafrikaner, Kongreßpark Nähe Kongreßbad, dringender Verdacht des Drogenhandels nach § 28a, SMG, Perlustrierung negativ.
Planquadrat Hernalser Hauptstraße auf Höhe HN 74, vier FS-Abnahmen nach § 7 FSG
Weiteres: keine besonderen Vorkommnisse.

Der junge, neulich erst beförderte Revierinspektor der Polizeiinspektion Halirschgasse musterte den Eintrag argwöhnisch. Er wusste nicht, was ihn an der Unvollständigkeit des Rapports im Detail störte, doch er wusste, dass. Und er wusste, er würde dem auf den Grund gehen. Nur das Wie … hmm … das war noch so eine Sache.

*

Punkt 18 Uhr machen sie die Bude dicht. Zehn Minuten später verlassen alle das Haus. Mit einer Ausnahme. Stell dich auf 18.45 Uhr ein. Frühestens. Du kannst nicht irren.

Klaus Supan replizierte die Worte, nahm einen Schluck aus dem Flachmann. Es war ein Rätsel. Wie hatte Kluger es zuwege gebracht, vom Boss beurlaubt zu werden und ihn zugleich rumzukriegen? »Abgestellt zur besonderen Verwendung«, hatte auf dem internen Vermerk gestanden, der aus dem Büro des Chefredakteurs an ihn ergangen war. Über den Kopf des Ressortleiters hinweg. Supan verspürte ein Kribbeln in der Magengegend.

Der Wodka? Oder doch die unheilvolle Vorahnung, Arthur Pinter würde nun auch ihm bei erstbester Gelegenheit aufsitzen? Er wurde das Gefühl nicht los, einmal mehr die Arschkarte gezogen zu haben. Brachte er Resultate, die Kluger entlasteten, saß ihm der Pinscher auf. Brachte er keine, der Boss.

Klassische Doppelmühle.

Untertags hatte es noch einmal kräftig angezogen. Schlotternd behielt Klaus Supan den Eingang im Auge. Er hatte schräg gegenüber dem Wachsfigurenkabinett Position bezogen, bewaffnet mit zwei Kameras. Die eigene und eine zweite, die er vorsorglich aus den Hausbeständen organisiert hatte, eine fette *Nikon* im Vollformat, dazu ein Zweihundertertele mit Konverter und maximaler Lichtstärke. Das wirklich Erstaunliche aber war der Zusatzadapter, den ihm der Chef der Fotoredaktion dazu gepackt hatte.

»*AstroScope*, militärtauglich«, hatte er verschwörerisch gehaucht und irgendetwas von Restlicht und Wahnsinnswert und Lux gefaselt. »Gib gut acht auf unser Baby. Das liegt jenseits deiner Gehaltsklasse.« Gut 6.000 oder mehr koste das Ding. Traum Nachtsicht. Geiles Gerät, Kollege.

Supan sah auf die Uhr. 18.55 Uhr. Er fluchte, fing an, in den Taschen nach einer Zigarette zu kramen. Als er wieder hochsah, stand sie plötzlich da.

»Verdammte Scheiße«, knurrte er. Fast hätte er sie übersehen. Jeden Schritt außerhalb des Kabinetts solle er verfolgen. Jede Bewegung. Jedes Treffen. Bis zur Wohnungstür, drüben im Vierten. Der Wunsch war ihm Befehl. Das also war sie. Bela Schmaus, Klugers Herzdame, und über Nacht zur bösen Roten Königin mutiert. Und er selbst? Der Jabberwocky, der sich gegen die Herrin erhob. War es auch nicht die seine.

Anderntags

XXXVII. DIE BERÜHMTEN DREI WORTE

Wir
Müssen
Reden

Manchmal, wusste Kluger, waren diese Worte das Tor zum Guten, meist aber jenes zur Hölle. Dessen ungeachtet hatte er auf ihre SMS eingewilligt, ahnend, ein Zurückweichen würde ihm als Schwäche des Geschlechts, als Feigheit vor dem Feind ausgelegt.

Sein blickleeres Starren fand ein Ende, als er sie durch das verwitterte Gartentor auf den halb leeren Pavillon zuhalten sah. Anders als am Vorabend, da Klaus Supan sich gewiss den Arsch abgefroren hatte, war es ein erstaunlich lauer Spätwintertag, ja, ein Hauch von Frühlingscamouflage lag in der Luft, und so trug sie den Mohairmantel auch offen, darunter einen Hosenanzug aus grob gewebter Gabardine, das feuerrote Haar aufgesteckt mit an den Schläfen losen Strähnen. Kluger gestand es sich nicht gerne ein, doch beides, Kleidungsstil wie Frisur, machten ihr Auftreten zu einem unwiderstehlichen Mix aus natürlicher Eleganz und Verwegenheit. Gleich dahinter, Bela um zwei Köpfe überragend, trottete, was sie in einer zweiten Nachricht »Verstärkung« genannt hatte. Wofür oder wogegen, vermochte Kluger nicht zu folgern, doch versetzte ihn der Anblick des Mannes in Erstaunen. War das nicht … aber ja, der Lange vom Nebentisch, draußen im *Concordia*! Einer der fünf Tarockspieler. Die Totengräberrunde. Was, verdammt, suchte der hier? Wer war der Kerl?

»Mein Mitstreiter«, sagte Bela grußlos, als sie an Klugers Tisch im *Salettl* hintrat. Ihre Miene war geschäftsmäßig versteinert, als teilte eine Bankdirektorin dem vierfachen Vater die Zwangsversteigerung seines Hauses mit, während sie erwog, ob sie den dritten Jahresurlaub auf den Malediven oder doch auf Mauritius zubringen sollte. »Emil Flecker. Er hat mir seine Hilfe angeboten. Auch ein Mann mit … nennen wir es … besonderen Sichtweisen.«

Belas Begleiter musterte ihn aus listigen Knöpfen. »Kondor«, sagte er schließlich. »So nennen mich meine Freunde. Für Sie: Herr Emil Flecker. Herr Flecker genügt.«

»Herr Kluger«, knurrte Kluger, und in dem Augenblick fiel ihm ein, dass er den Langen auch bei Tussauds bereits gesehen hatte. »Ich merke schon: Der Beginn einer großen Liebschaft.«

»Ihr sollt nicht mitsammen ins Bett steigen«, sagte Bela, »nur nachdenken.«

Die Ankömmlinge nahmen die Plätze gegenüber ein, orderten zwei Melange, während Kluger mit *Aperol* auf Altbewährtes setzte. Immerhin war bald Mittag. Eine Weile herrschte betretenes Schweigen, ehe Bela das Wort ergriff. »Man hört, deine Weste ist auch nicht die sauberste.«

»Man hört, soso. War dieses *auch* ein Geständnis?«

»Keineswegs«, erwiderte Bela, »vielmehr eine … verstärkende Wertung.«

»Soso.« Kluger lachte gallig auf.

»Deute es, wie du willst. So ein Auftritt wie deiner, oder sagen wir, Auftritt zu deinen Ehren spricht sich herum. Verfalle bloß nicht der Illusion, du wärest der einzige Journalist in meinem … Bekanntenkreis.«

Bekanntenkreis. Ein Schaudern überlief Kluger. »Ich kann mir denken, wie das abläuft. Drohne funkt Drohne an. Man kennt, versteht, hilft einander. Die Achse des Ominösen. Richtig?«

Bela schwieg, starrte ostentativ zum Fenster hinaus in den leeren Gastgarten.

»Suchst du etwas?«

»Ja. Das Publikum für deine selbstmitleidige Show.«

»Was willst du von mir?«

Sie funkelte ihn an. »Schaffen wir es, Animositäten und Anschuldigungen außer Acht zu lassen und wie vernünftige Menschen miteinander zu reden?«

»Was macht der dann hier, dieser …«, moserte Kluger mit einem Kopfnicken zu dem Mann an Belas Seite, dessen Name ihm schon wieder entfallen war.

»Herr Flecker«, sagte Flecker.

»Ja, das dürfte wohl stimmen.« Kluger musterte den Langen abschätzig und fuhr sich einen vernichtenden Blick ein.

»So kommen wir nicht weiter, Vinzent.«

»Wie weit sollten wir denn kommen? Bis zu dem Punkt, wo du es schaffst, mir auch noch den restlichen Dreck, den ihr aufgeladen habt, umzuhängen?«

»Das liegt mir fern.«

»Ach nein.«

»Ach ja.«

»Ich bin Sicherheitsorgan«, warf Emil Flecker unvermutet ein, »nicht Eheberater, und auch kein Streitschlichter für, 'tschuidig'n, Chefin, für kleine Bubis und Mädis. So ein Mädi… Mädidingsbums halt.«

»Mediator?« Bela schenkte ihm ein gütiges Lächeln.

Die Bestellung schwebte heran, und für lange Augenblicke taten alle, als benötigten Kaffee und Alkohol die ungeteilte Aufmerksamkeit dreier erwachsener Menschen.

»Nun?« Immer noch prüfte Bela mit dem Löffel die Konsistenz des Milchschaums, um endlich einen Hauch Zucker auf das flockige Gebirge niederrieseln zu lassen. »Wollen wir unser Wissen auf einen Haufen werfen oder wollen wir nicht.«

»Was wird das hier?«, maulte Kluger. »Ein konspiratives Treffen von Not und Elend?«

»Wenn du gekommen bist, um uns zu beflegeln, lassen wir

es lieber. Andernfalls könnten wir versuchen, gemeinsam Licht ins Dunkel zu bringen. Trotz aller Vorbehalte und Ungereimtheiten, ja? Ich würde darum vorschlagen, wir widmen uns fürs Erste der Analyse des Falles. Und erst hinterher, nach Schaffung einer gewissen pragmatischen Gesprächsbasis, gehen wir – in aller Offenheit – jenen unangenehmen Dingen auf den Grund, die ein jeder dem anderen vorhält. Einverstanden?«

»Ich halte nicht vor«, sagte Flecker.

»Deine Party«, knurrte Kluger und dachte an den 12. April des Vorjahres. Daran, dass sein Name tatsächlich auf Professor Köhlers Kalender aufgetaucht und er in Erklärungsnotstand geraten war, nachdem er der Kripo gegenüber behauptet hatte, auf Reportage gewesen zu sein, ein Reporter seines Ranges sei schließlich immer auf Reportage, ob dienstfrei oder nicht. Der Schwindel war aufgeflogen und das Misstrauen der Kriminalisten seither groß. Nur gut, hatte er sich gesagt, dass sie nichts von dem Brief an die alte Idstein wussten, den er am Abend ihrer Machetenattacke auf Bonpland zugespielt bekam, wie auch nichts von jenem des edlen Spenders an die Direktorin. Dasselbe galt für sein Rendezvous mit der Alten vor dem Bundeskriminalamt. Nun aber, da eine Helene Mayer-Thurgau das eine oder andere wusste und auch aufgedeckt hatte, stand zu befürchten, dass auch die Polizei, und sie, Bela … er musste es riskieren, würde Anleihe an der Politik nehmen: nur zugeben, was schwarz auf weiß bewiesen war, und davon bloß die Hälfte.

»Nun gut«, sagte Bela, »wie ihr euch denken könnt, habe ich mich die verschiedenen Formen der Psychopathie abgefragt. Um nichts anderes kann es sich hier handeln. Ich habe eine Liste von üblichen Verhaltensweisen zusammengestellt, getrennt nach Typus der Phänomenologie. Natürlich ist das die graue Theorie, Mischformen sind die Regel, nicht die Ausnahme. Es wäre dankenswert, könntet ihr beide euch in aller Ruhe damit auseinandersetzen.«

Flecker nahm das Papier mit pflichtschuldigem Nicken entgegen, und Kluger setzte eine Geste hinterdrein, als hätte ein sonst mieselsüchtiger König seinen guten Tag.

»Kollege Flecker hat sich liebenswürdigerweise bereit erklärt, seine Kontakte ins Wiener Rathaus spielen zu lassen«, spann Bela fort. »Irgendwas mit IT und Datenschutz, richtig?«

Abermals nickte Flecker und fing sich einen erstaunten Blick ein. Kluger sah, wie Belas Begleiter im Ohr pulte, sich das Ergebnis der Ausgrabungen verzückt besah. Was wollte sie bloß mit dem? Welche *Kontakte* konnte der schon haben? Mit den zweifingerbreit Hirn, die er ihm zusprach, war kein Krieg zu gewinnen. Andererseits ... warum sonst hatte sie ihn zu ihrem Assistenten auserkoren?

»Jetzt noch ein paar ergänzende Worte zu ...«

Während Bela mit ihren Ausführungen zu dem Schriftsatz fortfuhr, glitt Kluger ins Off. Er konnte es nicht belegen, doch in dem, was er da zu lesen bekam, fand sich die Dynamik einer zerstörerischen Kraft, die ihn unweigerlich nach unten zog. Was machte es aus? Die Summe negativer Eigenschaften, die auf dem Konvolut unter Oberbegriffen wie »Antisoziale Persönlichkeitsstörung« oder »interpersonell-affektiv« aufgeführt waren? Oder das schwammige Gefühl, auch dabei könnte es sich einmal mehr um eine Spitze gegen seine Person handeln? Was er wusste, war bloß dies: Gegen den Drang auszusprechen, was ausgesprochen werden musste, war kein Kraut gewachsen. Noch dazu, bedachte er den ersten Zwischenbericht, den Klaus Supan ihm (die Fotos wollte er nachreichen) heute Morgen übermittelt hatte.

Treffen mit einem Unbekannten im Stadtpark um 19.30 Uhr. Dauer: Drei Minuten. Fahrt zur Wohnung in den Vierten. Dort an der Haustür von einem Irokesen abgefangen. Freundlicher Empfang.

Einem Irokesen, Klaus? Bist du sicher?

Absolut.

Absolut?

Absolut. Weißt eh, mein Lieblingswort. Sah aus wie ein durchgeknallter oranger Papagei. Er ist mit ihr rauf in die Wohnung.

»... sehen, wohin uns ein Brainstorming führt. Diese Art von Bosheit ist nicht schlicht genug für einen ungebildeten Geist. Hinter dieser Tat steckt etwas sehr viel Höheres, etwas, das für Überlegtheit und Kultur steht, die Dämonie einer Elite, wenn wir so wollen«, schloss Bela. »Deine Meinung, Vinzent?«

In aller Offenheit, Bela, ja?

»Fehlen von realistischen, langfristigen Zielen«, begann Kluger abzulesen, »Mangel an Schuldbewusstsein. Mangel an Empathie. Oberflächlicher Charme. Pathologisches Lügen. Manipulatives Verhalten. Verhaltensauffälligkeiten in der Jugend. Kurzzeitige eheähnliche Beziehungen. Impulsivität. Und so weiter.« Dann, mit Kopfnicken zu Flecker: »Ist er deshalb mit? Als leibhaftiges Anschauungsbeispiel einer Mischform? Oder sollte sich das etwa auf jemand anders ...?«

»Du bist ja allein ärger als ein ganzer Haufen streitsüchtiger Weiber«, schnaubte Bela. Sie sprang auf, dass der Sessel flog.

»Klassischer Pleonasmus«, sagte Kluger.

»Was?!?«

»Streitsüchtig und Weiber.«

Er hörte gerade noch, wie sie »Arschloch« fauchte, sah gerade noch, wie sie wehenden Mantels zur Türe hinauswischte, als Emil Flecker seine Stimme erhob: »Das war's dann wohl.«

Kluger nahm sein Gegenüber ins Visier. Blicke sprühten auf, ein endlos explosives Starren, als könnten aufgeheizte Kampfhähne, in den Händen ihrer Besitzer scharrend, es kaum erwarten, dass man sie in den Ring hinab und aufeinander losließ. Ein falsches Zucken, du missratener Geier, dachte Kluger, und du brauchst den Geflügelkosmetiker. Schnabelpflege.

Genau da begann Emil Flecker herzhaft zu lachen. Es dauerte geraume Zeit, ehe er zu sich kam, um zögerlich zu fragen: »Was ist ein ... Pleonasdings?«

Jetzt musste auch Kluger lachen. »Doppelt gemoppelt quasi.«

Der andere sah ihn gleichmütig an. Unvermutet fuhr er die Hand aus. »Kondor«, sagte der Kondor.

»Vinzent«, sagte Kluger. »Freunde nennen mich Kluger.«

Es sollte ein formidabler Nachmittag werden mit allerlei formidablen Ideen und zwei noch sehr viel formidableren Räuschen.

Zwei Wochen später

XXXVIII. AUF HERZ UND NIEREN

Organ, das

Wortart: Substantiv
Häufigkeit: – – – – –
Worttrennung: Or/gan

Bedeutungen:

1. aus verschiedenen Geweben zusammengesetzter einheitlicher Teil des menschlichen, tierischen oder pflanzlichen Körpers mit einer bestimmten Funktion (Beispiel: die inneren Organe etc.)

2. Stimme (Beispiel: ein lautes Organ haben)

3. Zeitung oder Zeitschrift, in der die offizielle Auffassung, der (politische) Standpunkt einer bestimmten Partei, eines bestimmten (Interessen)Verbandes o. Ä. dargelegt wird (Beispiel: das wöchentlich erscheinende Organ der Gewerkschaft)

4. (offizielle) Einrichtung oder (offiziell beauftragte) Person mit einer bestimmten Funktion als Teil eines größeren Ganzen (Beispiel: ein beratendes Organ)

*

Der junge, neulich erst beförderte Revierinspektor der Polizeiinspektion Halirschgasse im 17. Wiener Gemeindebezirk schlug den Duden zu, versteckte ihn wie üblich vor den Kollegen, die bloß Schabernack damit trieben, und dachte angestrengt nach. Darüber, was er soeben gelesen hatte, mehr aber noch, wie das zu allem Übrigen passte.

Beim Organ, erwog er, handelt es sich um den bloßen Teil eines höheren Systems, das sich zum Zweck des komplexen Zusammenspiels generiert. Was dem System Pflanze Wurzel, Blatt und Spross, ist dem System Wirbeltier/Mensch ein buntes Sammelsurium, ein zu Funktionseinheiten zusammengefasster Apparat mit unterschiedlichen Aufgaben. Leber, Magen-Darm-Trakt, Nieren, Herz, Haut, ja, sogar die aufmüpfige Milz – gestützt durch ein Konvolut von Helfershelfern, von Lippen und Zähnen hin zur Speiseröhre. Ach ja, beinahe hätte er das Organ Gehirn vergessen. Ihnen allen, sagte er sich, um ein harmonisches Miteinander im Sinne einer höheren Sache bemüht, waren leistungsferne Dienstgrade fern.

Manchmal jedoch war es mit der Harmonie der Organe auf andere Weise nicht weit her, dann, wenn der Mensch selbst das Organ war, eine Schirmmütze trug, Strafzettel verteilte, kleinere Delikte auf- und Führerscheine abnahm. Und erst recht nicht, wenn ein Organ, wie auch er eines war, das in leitender Funktion agierende Unteroberorgan Hirn zu Hilfe rief und darüber brütete, ob es Sinn machte, Eigenmächtigkeiten zu setzen. Ob es anging, dem Befehl eines vorgesetzten Oberorgans zu trotzen. Genau darüber sann der neulich erst beförderte Revierinspektor an diesem frühlingshaften Aprilvormittag in der Polizeiinspektion Halirschgasse nach – ob er nämlich dem Geheimnis des plötzlich leeren Aquariums im Hause einer Familie nachgehen, anders gesagt, die Aufenthaltsermittlung eines riesenhaften Frankenfisches vorantreiben solle. Oder nicht. Weil es, den Schilderungen der aufgebrachten Bewohner zufolge, doch so gewesen war:

Ein UT alias Ulrich Theodor alias unbekannter Täter habe des Nachts auf UAW, unbekannte Art und Weise, einen gigantischen Fisch in das Aquarium im Erdgeschoss verbracht, wo dieser die angestammten Bewohner seinem – man höre und staune –

einen Meter langen Körper sämtlich einverleibt habe. Nur ein paar Fleischflocken seien den Anzeigern zufolge an der Wasseroberfläche trudelnd auszumachen gewesen. Wie Schnee, der himmelwärts gefallen sei. Der Bestie ansichtig, habe der Hausherr (ein gewisser Karl Schrot, bezeugt von der Hausherrin, einer gewissen Clara Schrot) das Tier unter Aufbietung aller Listen und Kräfte gefangengenommen und an die frische Morgenluft am Hintereingang katapultiert, von wo besagtes CD, Corpus Delicti, vermutlich eigenständig (!!!) die Flucht ergriffen habe. Hund, Katz, Nachbar oder Fischsuppenkoch schieden als Entwender, so die Mutmaßung der Anzeiger, ziemlich sicher aus, zumal das Zeitfenster einer solchen Entwendung bis zur Entdeckung äußerst schmal gewesen sei und ein Fisch dieser Gattung (Auskunft des Hausherrn) in der Lage sei, Strecken von 100 Metern und mehr trockenen Fußes beziehungsweise Flosse über Land zurückzulegen.

Hmm.

Ein Frankenfisch, der aus freien Stücken (mit Bocksprüngen?) und in UR, unbekannte Richtung, flieht, allenfalls in den nahen Alserbach, dessen Wasser … zu dieser Jahreszeit … so kalt, dass es selbst dem größten Mann den kleinen Mann in der Uniformhose inwendig schrumpelt?

»Ich weiß nicht, ich weiß nicht«, murmelte der Revierinspektor und besah sich sein Jausenbrot. So ein spurloses Verschwinden eines Frankenfisches, ergab das einen Sinn? Das war nichts, was einen schlanken Fuß machte. Ein Mysterium allemal, das mit der Bodenständigkeit auf dem Wiener Alsergrund nicht zusammenging.

Er schüttelte den Kopf, biss herzhaft ab, kaute, schluckte, setzte die Funktionseinheit Verdauung in Gang und stocherte mit der Spitze einer Büroklammer im Hohlraum einer ausgebrochenen Amalgamplombe – die Jagd nach faserigen Speckresten zum gelebten Beweis, wie lückenlos die Kooperation der Organe im Organ vonstattengehen konnte. Schließlich sollte dem Unterorgan Magen, wie das dienstführende Oberunterorgan Hirn befand, nichts verloren gehen.

Genau da bemerkte das Organ Revierinspektor Unerklärliches. Dass nämlich (als herrschte eine Art Krieg der Unterorgane) der herzhafte Appetit einer Zögerlichkeit zu weichen anfing, die über jede Dienstbeflissenheit hinauswies, sodass ihn die Sache mit dem Frankenfisch sehr wohl interessierte. Brennend sogar. Das Problem: So sehr seine Neugierde aufgeflammt war, so wenig Substanz konnte er ausmachen. Da war nichts, was sich glaubhaft in ein Protokoll übertragen ließe, nichts, was ein Einschreiten rechtfertigte, ohne dem Gelächter der Kollegenschaft oder – schlimmer noch – wegen Missachtung eines Befehls einem Eintrag in die Personalakte Vorschub zu leisten. Für ein aufstrebendes Organ, das es mit dem Nebenherstudium zu etwas bringen wollte im System, keine gute Idee. Dachte der junge Revierinspektor.

Doch da war auch dieses Gefühl, diffus und eher ätherisch, wiewohl sehr präsent.

Channa micropeltes, hatte der Hausherr gesagt, ein Channa micropeltes war's. Zwei Wochen lag das nun zurück. Bei den verspeisten Ex-Bewohnern hinter der beeindruckend großen Glasfront war er sich in puncto Gattungsnamen nicht so sicher. Antennenwelse? Zwergwelse? Neos? Barsche? Egal. Der Channa micropeltes indes hatte sich ihm eingebrannt.

Hatte der (vorgesetzte) Kollege an jenem Morgen bloß so getan, als würde er für einen Bericht notieren, hatte er tatsächlich. Channa micropeltes. Ein Name wie eine Sucht. Ein Name aber auch wie eine Seuche, wie ihm der Blick ins Netz bestätigt hatte. Großer Schlangenkopffisch. Eine Fressmaschine ohne Fressfeinde. Eine Süßwasserland-, ach was, eine Süßwasserwasserplage, die das Ökosystem um Washington scharf ans Kippen gebracht hatte. Der Revierinspektor memorierte, was er dazu gelesen hatte: von dem Chinesen, der ein Pärchen der Spezies seinerzeit ins Land geschleust hatte, um seiner kranken Frau ein Süppchen daraus zu kochen und so erst den Channa eingeschleppt hatte –

weil sie rascher als gedacht genesen war und er die Channas entsorgt hatte. Lebend. In den Potomac River. Von da an herrschte Frankenstein pur in den Gewässern um Washington. Auch ohne George W. Bush, dachte der junge Revierinspektor, doch damit war es nicht getan. Denn Amerika und sein Grauen war die eine Wahrheit. Der Wiener Alsergrund die andere.

Wären da nicht …

Ja, wären da nicht die Berichte, die dem Channa micropeltes fast schon überfischliche Fähigkeiten zusprachen: frisst sich durch alles, was nicht bei drei auf dem Baum ist, vom Felsenbarsch zur Forelle, vom Krustentier zum Vogel, vom Reptil zum Säuger, passt es ihm nur in sein riesenhaftes Maul; schlägt die Beute mit dem ersten Schnapper in zwei Teile; vergräbt sich, ist ein Wasser leer gefressen oder trocken gefallen, im Schlamm und überlebt; überlebt auch, der Atmung durch die Organe Haut und Darm sei Dank, über Tage hinweg an Land; bewegt sich mit mächtigen Luftsprüngen fort; erträgt Wassertemperaturen bis zu fünf Grad; erreicht die Maximallänge von 1,30 Meter bei 20 Kilogramm Eigengewicht; sorgt im Fall von Gefahr als männlicher Maulbrüter für ein sicheres Fortkommen des Geleges; und übertaucht die perfidesten Giftanschläge, wie niemand besser wusste als die Behörden in Washington.

Brrrr, dachte der junge Revierinspektor, wie schaurig.

Sollte es der Channa demzufolge nicht … bis an den nahen Alserbach … die 100 Meter … lachhaften 100 Meter … ein Geselle, der auf Wanderschaft ging von einem Gewässer zum nächsten … bis zu vier Tage an der frischen Luft … sollte er es nicht geschafft haben, bloß weil hier der Wiener Alsergrund war und nicht der Potomac River?

Wie ganze Idioten also?

O nein. So wirkten ihm die beiden nicht. Und seit er das mit dem Frankenfisch wusste, schon gar nicht. Das waren keine, die ihre Spintisierereien aufs Amt trugen. Keine, die mit ihrem Steuerobolus auch das eigene Querulieren abgegolten sahen, die seinesgleichen ein »Sie werden von mir und meinen Abgaben bezahlt, Herr Inspektor« um die Ohren rieben. Nein, solche waren diese Schrots nicht. Echte Bürger waren das. Bürger, die eine tief verwurzelte Ehrlichkeit in sich trugen und einen Anstand, den es auch noch gab.

Und schon dreimal nicht, überlegte er weiter, waren sie wie das Geschmeiß, mit dem man es sonst zu tun bekam. Keine Spur vom ordnungsscheuen Gelichter, das ihn und die Kollegen Nacht um Nacht in Geiselhaft nahm, das es liebte, auf den Zähnen der Kontrahenten Klavier zu spielen, und am allerliebsten auf einer Polizistengoschn.

»Renitentes Gossengesindel«, hatte der Kollege einmal in diesem Unterton gemurrt, dieses latent Aggressive, das ihn im Dienst in Stimmung hielt, bei Laune, wenn es darauf ankam, »ein nichtsnutziges Gesindel, das in Haft genommen gehört, Herr Kollege, und dort solange in die Mangel, bis es sich beugt. Beugehaft eben, hahaha!«

Die Worte des Herrn Bezirksinspektors und vorgesetzten Kollegen auf Streife, einer, der den Generalverdacht lebte und alles, was nach Buntmetalldieb oder Sexunhold roch und schmeckte, generalverdachtspräventiv perlustrierte, weil genau die es seien, die jeden unbewachten Rockzipfel vergewaltigten und obendrein die deutsche Sprache. Das Deutsche, jawoll, sodass er gar nicht anders könne, als sie alle, die da über die offenen, wie ein Elefantenarsch offenen Ostgrenzen hereinbrächen wie eine der sieben Plagen – oder waren es neun? – unter dem geografisch-soziologischen Sammelbegriff *Ostramurcheln* zu führen.

»Herr Kollege. Genau die sind es. Die Ostramurcheln.« Da gehörte endlich wieder mal einer her, der …

Ab und an, wenn es ihm dann doch zu bunt wurde mit dem biblischen Ungemach, mit den Stechmücken und Stechfliegen, Heuschrecken, Fröschen und schwarzen Blattern wie auch mit den Metalldieben und Vergewaltigern an allen Ecken der Stadt, ging er ein klein wenig auf Distanz zum Herrn Bezirksinspektor.

Gerade so, dass es nicht auffiel. Weil es sich mit dem Kollegen verhielt wie mit dem dümmsten Bauern, dem man den Knüppel in die Hand gab und zum Dompteur machte. Und weil der Kollege einer war, der mit einem in den Krieg zog, und bevorzugt dorthin, wo gar kein Krieg herrschte.

Und doch war der Kollege in diesem von Hierarchien getragenen System das höhere Organ. Noch. Darum durfte er, was er dachte, bloß denken. Nein, sagte sich der junge Revierinspektor. Diese Schrots waren nichts, wogegen einer wie er in Stellung zu gehen hatte. Da konnte der Kollege, er, mit dem Kennerblick, noch so oft sagen, die seien nichts als ein spinnerter Haufen, der sich Familie schimpfte ... ein esoterischer Fehlwurf der Natur mit den tibetischen Klangschalen auf der Kommode, den Tarotkarten ... ob er sie denn nicht gesehen habe ... dazu der Windgong an der Wand ... da fehlten nur noch goldene Räucherschale, indianische Räucherstäbchen und ein Leitfaden zur Methusalem-Ernährung und als Tüpfelchen auf dem I ein Halbedelsteinpendel mit Messingspitze, mit dem es sich auf Reinkarnationsforschung gehen ließe ... o ja, er kenne das von seiner eigenen Alten. Erst diese so genannte Entführung, damals, vor eineinhalb Jahren, bloß weil Madame Monsieur eine Nacht lang abhandengekommen war ... was der für einen Radau geschlagen habe damals, der Schrot ... solle er doch froh sein, dass ein anderer ihr besorge, was er selbst nicht ... jaja, der Schrot bringe es eben nicht mehr, Kollege, 17 Jahre, die einer älter sei als eine, die keine 40 auf dem Buckel habe ... kein Wunder, dass ein Jüngerer, ja was denn sonst, sich als Rakete angedient habe und ihr seinen Treibsatz ... mitten hinein in den knackigen Vorstadtvillenarsch ...

»Na, du weißt schon, Kollege ... weißt du nicht?«

Natürlich wusste er.

Und dass sie am frühen Morgen auf dem Treppenabsatz gelegen habe, wie zugedröhnt, das passe genau, man wisse doch, wie das so laufe mit den verwöhnten Vorstadtfotzen, wenn sie voll im Saft stünden und ihnen fad werde mit ihren schlappen Alten. Die habe sich glatt ins Spital bringen lassen, einen auf Gedächtnisverlust gemacht, Dreckstück, mieses … und das mit den Rötungen an den Handgelenken, klassischer Fall von Turbosex, nie gehört, Kollege? … Das komme noch, mit den Jahren, das hätten sie früher auch gehabt auf der Dienststelle, ja, hier, wo sonst!, im Arrestantenraum … 15 Jahre sei das her, mindestens, als das mit der Dienstaufsicht noch anders, besser, umsichtiger gelaufen und die Weiber ein und aus gegangen seien und sie sich die Achter schon selbst angelegt hätten vor lauter geil … und die *Jägermeister* … Trink! Trink! Trink! Trink! Trink! Trink! Trink! Trink! Triiiink! … früher halt, lange vorbei Kollege, und dazu eine Partie Mulatschag … goldene Nachtdienste, goldene Zeiten …

»Erst diese *Entführung* … und jetzt auch noch der Riesenfisch, der ihnen das Aquarium ausräumt und sich von selber davonmacht? Geh bitte!« Rätselhaft, war er fortgefahren, sei ihm bloß, dass man denen keine Verwaltungsstrafe aufbrummen dürfe. Er wüsste, wie mit solchen zu verfahren wäre, ganz genau wüsste er das, wie ihnen die alternativen Flausen ausgejagt gehörten wie ein Volk Flöhe dem Pelz … die Staatsgewalt mit solchem Firlefanz zu beschäftigen, was heiße denn beschäftigen?!, blockieren!, Sauerei das … ein finsterer Blick und der Griff ans Holster und notfalls auch … ja, wären da nicht das Dienstrecht und die Gutmenschen reihum, die heutzutage wegen jedem Dreck aufschreien würden … und dazu die scheiß Schmierfratzen von der Presse, verschissenes Pack, nun ja, die von den so genannten Qualitätsmedien zumindest …, und zuletzt immer öfter auch die Kollegen von der Internen, die auch nicht mehr viel Verständnis aufbrächten, seit ihnen dieser eine Neger unter den Knien weggestorben und dieser andere Neger in einer Lagerhalle fast verreckt sei … ein lumpenreiner (haha, lumpenreiner), ein lupenreiner Widerstand gegen die Staatsgewalt sei das gewesen, Kollege, lupenrein, wenn auch ein bisschen grenzwertig. Hätt' er sich halt abschieben lassen. Der Neger. Ja (seufz), vorbei die Zeit, wo das Wort des Herrn Inspektors noch was gegolten habe.

Und aus.

Nein, dachte der junge Revierinspektor und legte das angenagte Jausenbrot beiseite. Diese beiden waren kein Fall für einen Griff ans Holster, kein Fall für ein Scherzchen mit der *Glock*, wie es sonst schon mal geschehen konnte, kein Fall für neun Millimeter Para. Die nicht. Nein. Ein ganz anderes Kaliber waren die Schrots.

Er, ein Künstler, ein Mann von Besonnenheit, mit dem lockigen Haaransatz hinter den Hofratsecken und der Denkerstirn, ein Mann von ansprechender Vernunft, wie es aussah. Wiewohl ein klein wenig aufbrausend. Wie heute Morgen, als er ihn noch einmal aufgesucht hatte mit ein paar zusätzlichen Fragen. Aufgebracht, ja. Aber wäre das nicht jeder, der …?

Sie, eine rassige Blondine, Mitte, Ende 30, mit einer Figur, mein Lieber, eine, der das Schreckhafte so gar nicht zu Gesicht stehen mochte. Und so hatte er sich im Geiste ein Bild von ihr gezimmert – ganz ohne Morgenblässe und Schock und Schlafrock wie vor zwei Wochen, dafür im Hosenanzug, die Hände lässig in die Taschen gerammt, und nur das Gebein ein wenig schlaksig, als wüsste sie nicht, wohin damit. Aber eine Frau von Format. Auch im Nichtwissen.

Seinem untrüglichen Instinkt folgend, der ihn so manche verzwickte Gaunerei entblättern und sich vor drei Wochen in den Chargenkurs hatte einschreiben lassen, weil er es, eines Tages, zu den Kriminesern, den großen Kriminaldirektionen mit den großen Fällen schaffen wollte (vielleicht sogar die KD 1 … bei dem knorrigen alten Chefinspektor?) …

… diesem Instinkt folgend hatte er sich das Businessladybild der Clara Schrot nicht nehmen lassen. Auch nicht, als er erfuhr, dass sie umgesattelt hatte – vom Trainee der Topwerbeagentur zur Trainerin für Lachyoga. Was auch immer das sein mochte.

Hmm.

Eineinhalb Jahre. Die Entführung. Anfangs hatte der Kollege ihr Verschwinden selbstredend auf eine seiner Ostramurcheln geschoben, dann aber – das Abstrichergebnis in Händen – war der Fall klar gewesen, hatte er auf die Ehebrecherinnenschiene eingeschwenkt und hielt bis heute daran fest. Keine Anzeichen von Geschlechtsverkehr, keine von Gewalt wie auch keine Betäubungsmittel.

Bloß keines der gängigen und nachweisbaren, Chef.

Das sage er ja. Na also, Kollege. Er solle ihn ansehen. Den Schrot. Und er solle sie ansehen. Die Schrot. Noch Fragen zur … Entführung?

Jede Menge, hatte er gesagt, weil … ohne Sex, ohne Turbosex … woher dann die Rötungen an den Handgelenken? Wozu die Fesselung, Chef?

Kalte Füße, Kollege. Im letzten Moment. Was sonst. Man kenne das.

Aha.

Sonst noch Fragen?

Jede Menge. Aber das hatte der junge Revierinspektor seither nur noch gedacht. Zu der Frankenfischsache beispielsweise. Wie: Wer hat den Kollegen von der KD 1 dieser Tage zu den Schrots geschickt? Wenn es doch keinen Fall gibt?

Karl Schrot hatte heute Morgen davon gesprochen, war darum auch so aufgebracht gewesen. Im Haus umsehen wollen Sie sich, Herr Inspektor? – Revierinspektor. – Wegen der Sicherheit? Allfälliger Spuren? Vorbeugenden Maßnahme? Sind Sie noch bei Trost? Das hat doch alles schon Ihr Kollege getan. Weiß bei euch die linke Hand nicht, was die rechte …? – Dienstmarke? – Natürlich hab ich die mir zeigen lassen. Ich bin doch nicht von gestern. – Haben Sie vielleicht den Namen des Kollegen notiert? – Den Namen? Glauben Sie, ich habe sonst nichts zu --? – Natürlich haben Sie das, Herr Schrot. Es wird schon alles seine Richtigkeit haben. Die Kollegen von der Kriminalpolizei, die sind ja oft so geheim unterwegs, wie bei der Staatspolizei, sodass einer den anderen nicht … na ja, entschuldigen Sie die Störung, Herr Schrot. Empfehlung an die Gattin. Ich empfehle mich.

Hmm.

Dachten die Schrots, der Kollege und er würden die Sache nicht ernst nehmen? Hatten sie selbst die Kripo …? Sie jedenfalls, die Polizeiinspektion Halirschgasse, hatten nicht. Nein, und die Schrots auch nicht. Das sagte ihm der Bauch. Weil dieser Schrot das ganze Remmidemmi gar nicht wollte und es nur der Frau zuliebe auf sich nahm. Weil diesem Schrot der Riesenauflauf damals schon, vor eineinhalb Jahren, so unangenehm gewesen war, insbesondere, als seine Frau kurz vor 4 Uhr früh plötzlich wieder da gewesen war. Ein Häufchen Elend auf dem Treppenabsatz bei minus sechs Grad und etwas verwirrt. Aber sonst wohlauf.

Bloß, wer dann? War der Kollege der KD 1 überhaupt ein … Kollege?

Damals schon, bei der *Entführung*, hatte es für nicht mehr als eine Rapporteintragung gereicht. Beim Frankenfisch hatten sie den Computer gar nicht erst angeworfen. Interner Vermerk. Nichts weiter. Keine Spuren eines Einbruchs. Die Alarmanlage in Betrieb. Keine Leiche. Die mutmaßlichen Opfer (so es je welche gegeben habe) restlos verspeist. Und der Ulrich Theodor auf Nimmerwiedersehen entfleucht.

Channa micropeltes.

Dachten die sich so etwas aus? Zwei wie die Schrots? An einem Mittwochmorgen um 6 Uhr? Andererseits … warum war er, der Schrot, anfangs fast kleinlaut gewesen heute Morgen? Da müssen wir uns wohl getäuscht haben, meine Frau und ich, hatte er gesagt. Wissen Sie, Herr Inspektor? – Revierinspektor. – In letzter Zeit war alles ein bisserl viel. Meine Clara hat die Sache von damals noch nicht weggesteckt … die Therapie und alles.

Und erst dann, als er hatte nachschauen wollen im Haus, auf dem Dachboden, im Keller, ja, bei dem Wort Keller war dieser Schrot in den Saft gegangen. Sind Sie noch bei Trost …?

Hmm. Merkwürdig.

Offiziell wäre da nichts zu holen. Sich in der Dienstzeit in einem fischigen Phantom verlaufen … nein, besser nicht. Bei der Personaldecke. Und wo er doch bald auf den Kurs wollte. Wenn das die Runde machte. Herrje, nein. Aber in… hmm … so ganz und gar … in-of-fi-ziell?

Verloren in seinen Erwägungen, fing der junge Revierinspektor abermals an, mit der Büroklammer nach dem Speckrest zu stochern. Und auf einmal war ihm, als würde dieses kleine Stück Metall ihn den Dingen auf den Grund gehen lassen. Als würde es ihn, durch die Wurzelkanäle hindurch, schnurstracks in die Kanäle des Gedächtnisses führen, in die Untiefen des Erinnerns. Er dachte an die Hochzeit von vor vier Monaten. An das Bild seiner wunderschönen Frau. Daran, dass sie ihn hatte schmoren lassen, so sehr er auch insistiert hatte. Dass sie das Feuer seiner Begierde nur noch geschürt hatte, ehe sie den Schleier erst vor dem Altar lüftete und ihre schwarzen Augen auf seine brennende Seele herabsenkte und ihn innig küsste und »Das ist Teil unserer Liebeslogik und verstärkt den Reiz« flüsterte.

Liebeslogik? Verstärkt den Reiz?

Er dachte an das Päckchen, das sie ihm heute Morgen ans Bett gebracht hatte, ein Taschenbuch, *Papa To Go: Schnellkurs für werdende Väter*, das erste Ultraschallbild des knopfkleinen Zwerges obenauf, und dass sie sich in der Sekunde geliebt hatten, heftiger denn je. Und auf einmal wusste der junge Revierinspektor auch, was dieses diffuse Gefühl bei den Schrots ausmachte, das ihn so sehr ansprang. Dass es wie bei seiner Frau der Schleier des Ungewissen war, der die Logik zurücktreten und den Reiz erstehen ließ.

Channa micropeltes.

Ja, er würde auch diesen Schleier lüften, würde dranbleiben an dem Fisch, die Sache auf Herz und Nieren prüfen. Inoffiziell, gewiss, aber er würde es tun.

In eben diesen Tagen

XXXIX. DER AUFTRAG

Es war nicht die Eiseskälte dieser Stimme, die Geist und Körper gelähmt, sie jäh in Apathie hatte fallen lassen. Es war der Atemhauch, der die Stimme aus dem Nichts herantrug.

Es heißt, man habe dir übel mitgespielt.

Wer …?

Das tut nichts zur Sache.

Nicht?

Ein gesichtsloses Wispern im Hausflur, das ihr von hinten ans Ohr kräuselte, jede Silbe verhalten und gerade darin so eindringlich. Am Ende war es nur noch ein Zischen.

Menschen, denen Unrecht widerfährt, bedürfen des Schutzes, hauchte die Stimme, und Umstände, die Übles bescheren, der Abhilfe. Zerstörte Existenzen eines Wiederaufbaus. Schutz, Abhilfe, Wiederaufbau. Glaube mir, Wendy, all das bin ich für dich. Wenn du dir helfen lässt, dich bewährst.

Sie spürte einen Umschlag an der Brust, fasste danach, und so stand sie nun da mit etwas in Händen, das sie auf eine merkwürdige Weise nicht als Pflicht verstand. Lag darin der Beginn einer Wiedergutmachung? Wie versprochen? Ihr Herz war voll des prophetischen Zweifelns. Aber hatte sie eine Wahl, wollte sie nicht selbst ans Werk? Sie würde die Kraft nicht aufbringen. Sie benötigte jede Hilfe.

Wer sollte mir denn helfen?, krächzte sie.

Wie wäre es mit dem Zwerg? Er macht seine Sache gut.

Alles wusste die Stimme. Auch das.

Früher hätte ihr der Stolz befohlen, es selbst zu tun. Was auch immer *es* war. Früher war lange her und die Würde ihres vormals fahrenden Volkes, dieses unbeugsame Zutrauen der Nomaden in eigenes Tun, verloren. Ein fettes Sitzfleisch war ihnen allen gewachsen, das an den Säumen des Praters wucherte, in winzigen Behausungen der Stadt Wien klebte und sich Sesshaftigkeit nannte. Auf welchen Stolz ließe sich da ein Widerstand gründen, der nicht Narrentum oder Dünkel hieß? Auch hatten die Überreste ihres Stolzes seit Kurzem einen übermächtigen Gegenspieler, der Angst hieß.

Mit zittrigen Fingern fuhr sie in den Umschlag, besah sich den Auftrag. Sieben Worte, eins ums andere auf Karton geklebt. Begriffe, die ihr vertraut waren. Platz. Familie. Nur der eine nicht: Guácharo.

Die Reihenfolge?, krächzte sie. Beliebig?

Nicht doch, Agnessa. Nichts ist beliebig. Es steht alles geschrieben. Sieben kleine Worte. Dazu sieben bunte Nägelchen. Anzuschlagen auf Holz wie einst zu Wittenberg.

Dann tauchte die Stimme ab und sie wagte nicht, sich nach ihr umzusehen. Familie. Platz. Guácharo. Jedes Wort eine These für sich. Doch das wusste Agnessa Popov, die Frau an der Geisterbahnkassa, nicht.

Die folgenden Wochen

XXXX. SCHATTEN EINES SOMMERLOCHS

Seit Generationen hatte die Stadt keinen vergleichbaren Spätfrühling erlebt. Es herrschte Belagerungszustand, und so überging man da wie dort – wohl im übereifrigen Ringen um treffende historische Analogien – die Schrecken zweier naher Weltkriege und bemühte lieber gleich die guten, alten Türkenbelagerungen. Bedrohlicher, war in einem Qualitätsblatt zu lesen, könnten Ansturm und Einkesselung anno 1529 oder 1683 auch nicht gewesen sein als jenes Heer von Sensationsreportern und Korrespondenten und Übertragungswägen aus aller Welt, das Wien mit seinen fahrenden Schüsseln zur Satellitenstadt verheerte. Bei einer medialen Schlacht solchen Ausmaßes sei es wie in jedem anderen Vernichtungskrieg auch: Gefangene würden nach Augenmaß gemacht, am besten aber gar nicht.

Doch wo ein Krieg, da auch seine Gewinnler. Und so erstrahlte die alte Kaiserstadt neuerdings im erhabenen Glanz des Monarchischen. Erstmals seit 1918 – dem Jahr der Verzichtserklärung des letzten Habsburgerkaisers Karl I. und Zerschlagung des Riesenreiches – zuckte der globale Nerv der Sensationsbegier ganz allein im Rhythmus von little Austria. Die Welt schöpfte begierig nach Atem, und Österreich war ihre Lunge. Ein royales Empfinden durchzog das Land, Ähnliches – wiewohl bloß in Ansätzen – hatte man zuletzt unter der Regentschaft des Patriarchen der Kellerkinder, Josef Fritzl, erlebt.

Man war wieder wer. Man bemaß die eigene Größe nicht länger nach dem Schatten, den andere warfen. Vergessen die Blamage aus dem Vorjahr. Ja, es keimte mitunter der Verdacht auf, bei den Ereignissen im Wachsfigurenkabinett habe die eingeborene Morbidität des Wiener Humors von langer Hand Regie geführt. Unverkennbar in Nestroyscher Tradition abgefasst, fände sich, so wollten es die Experten der Gazetten, von alledem darin: Drama, Zauberstück, Posse, Parodie. Ein Quodlibet der Kriminalistik. Und selbstverständlich war alle Welt gespannt, was als Nächstes kam.

Nicht nur in dieser Hinsicht stand Bela Schmaus abseits der Welt. Sie wollte nicht wissen, was kam. Die Analyse der Texte habe sie auf zutiefst beschämende Weise nicht vorangebracht, hatte sie dem in gemeinschaftlicher Not verbündeten Chefinspektor gegenüber eingeräumt. Zwar wisse sie, welcher Textstelle von Homers *Ilias* das griechische Zitat im Brief an Professor Köhlers Mutter Justine Idstein entnommen war – dem siebten Gesang des achten Kapitels oder auch dem 24. Buch, je nachdem, welche deutsche Ausgabe man heranziehe, jener Nacht vor dem 41. Schlachtentag jedenfalls, da Iris, als Botin von Göttervater Zeus entsandt, Priamos, den sechsten und letzten König Trojas, auffordert, Achilleus zur Waffenpause zu bewegen wie auch vermittels Geschenken zu überreden, Hektors Leichnam herauszugeben, welchen Achilleus, selbst in Trauer um den toten Patroklos, unausgesetzt hinter sich her schleift, zwölf Tage am Stück. Die Zitate setzten dort ein, so Bela, wo Idaos, Bote des Priamos, sich dem Hinterschiff Agamemnons, dem Anführer der Griechen, nähere. Zwar wisse sie auch, dass der Text nicht fortlaufend entnommen sei, vielmehr aus Teilstücken der Rede des Idaos zusammengesetzt – der Hintersinn indes bliebe ihr verborgen.

Womöglich folge da noch mehr.

Womit sie zu all dem Bedrängenden komme, was sie nicht wisse. Mit wie vielen Tätern sie es beispielsweise zu tun hätten. Für die Mehrtätertheorie spreche die Komplexität der Ausführungen, die professionelle Herstellung einer Wachsfigur, die Logistik der Einschleusung sowie die sprachlich eklatanten Abweichungen in den Briefen. Dagegen, dass über einen so langen Zeitraum, den Planung und Ausführung ohne Zweifel beanspruchten, nichts nach außen gedrungen sei. Nicht das kleinste Mosaiksteinchen. Tätergruppen, die über Jahre hinweg agierten, neigten dazu, geringstenfalls ein schwaches Glied zu haben, welches eines Tages breche. Das Brüchige, Verräterische – wenngleich ungewollt – sei das Wesen menschlicher Ketten. Auch befinde sie sich im Unklaren, ob der oder die Täter tatsächlich Griechisch beherrschten oder die Stellen bloß mit viel Geschick zusammengestoppelt hätten. Fehler (sie habe ihr Schulgriechisch durch Konsultation ihres Gymnasiumlehrers abgesichert) sei jedenfalls keiner auszumachen. Gleichwohl habe sie sich auf Basis der Einzeltäterannahme ein Bild von dem Menschen dahinter gemacht, habe mit dem Meißel der Kriminalpsychologie aus einem unförmigen Quader Zug um Zug eines sozialen Raubtieres geschält: die Maske der Normalität, die der Mann trage.

Mann?

Ja, Mann, keine Frage, Chief! Es seien fast immer Männer; die kalte Empathie, die ihn ausfülle; sein logisch rationales Denken, jede Sittlichkeit, jedes persönliche Dilemma oder Schuldbewusstsein aussparend; die absolute Gleichgültigkeit für die Meinung anderer, eigenes Handeln betreffend, schließlich sei das Opfer auch nur eines einzigen Tages für das Ziel Selbstfindung keines, das so jemand zu bringen gewillt sei: die unbändige Respektlosigkeit allem, jedem gegenüber; sein Talent zu Doppelzüngigkeit wie auch vorgetäuschter Reue, Trauer, Fröhlichkeit, allesamt flüchtige, perfekt simulierte Manifestationen echter, unverfälschter Gefühle; die nach außen geradezu pathologische Gesetztheit, ja, stoische Gelassenheit, genährt aus grenzenloser Kaltblütigkeit, Furchtlosigkeit, Skrupellosigkeit und Amoralität des Tuns, aber auch, was in keinerlei Widerspruch stünde, das hohe Maß an Gereiztheit und Impulsivität; die tranceartige Heftigkeit und Brutalität, mit der seine Angriffe erfolgten (der Typologie nach Jacobson & Gottman folgend ein Kobratyp); die ausgesprochene Kühle und Gefasstheit bei extremer Gefahr, was auch den Mangel an Sorge ums eigene Leben und die Immunität gegen Bestrafungen einschließe; und das Phänomen, sich nach einer Gewalttat besser entspannen zu können; überdies das Gefühl von Überlegenheit, das Zurschaustellen von Erfolgen; der Machiavellismus seines Agierens, welcher Ziel und Mittel zur Erlangung, zur Erhaltung von Macht aus Prinzip über Recht und Moral der Gesellschaft stelle; das charmante, bisweilen charismatische Auftreten, die oft schnelle Redeweise, die geistige Agilität und Gerissenheit wie auch die Gabe, sich blitzartig Geschichten auszudenken; das Eingehen vieler kurzzeitiger Beziehungen gepaart mit der Fähigkeit, loszulassen und weiterzuziehen; seine Hyperwachsamkeit für Visuelles – wie etwa das Auslesen von Gesichtern und Emotionen, ohne gewisse Regungen jemals selbst zu empfinden, insbesondere aber das Scannen von Schwächen und Verletzlichkeiten anderer Menschen; ferner ein starker Wunsch nach Kontrolle und jener Form von Unabhängigkeit, was immer wann immer mit wem immer tun zu können; das eiserne Fokussieren auf Ziele und ihre kompromisslose Erfüllung ohne Halbherzigkeiten.

Außerdem wolle sie noch die Big Five anführen, die es mit Elefant, Nashorn, Büffel, Leopard und Löwe nicht nur in der Großwildjagd auf Safari gebe, sondern mitunter in der Beforschung psychopathischer Krankheiten (bei vergleichbaren Schwierigkeiten und Gefahren der Jagd), zusammengefasst unter den Oberbegriffen Gewissenhaftigkeit, Extraversion, Offenheit für Erfahrung, Verträglichkeit und Neurotizismus – hier seien insbesondere zu erwähnen die hohe Kompetenz solcher Täter, Fantasiebegabung, Ideenreichtum, die (oft nur aufgesetzte) Geselligkeit des passionierten Einzelgängers, enormes Durchsetzungsvermögen wie auch Erlebnishunger, Unbescheidenheit,

Hartherzigkeit, Unbefangenheit und Unverletzlichkeit, kontrastiert mit unzureichendem Pflichtbewusstsein, Mangel oder gänzlichem Ausbleiben von Altruismus, Vertrauen, Frohsinn, Herzlichkeit, Freimütigkeit oder dem Sinn für Werte und Ästhetik.

Zu guter Letzt, hatte sie ausgeführt, sei da noch die Unzugänglichkeit für jede Form therapeutischer Intervention; und selbstredend, erscheine es noch so klischeehaft, eine traumatische Jugend, nicht selten in Verbindung mit wiederholten Gesetzesbrüchen – ein Blick ins Archiv für Jugendstraftäter (sie schätze ihn auf 35 bis maximal Anfang 50) könne also nicht schaden.

Resümierend – sie habe versucht, alle verwischenden Elemente auszusparen. So sei am Ende ein glasklares Bild des Mannes vor ihr erstanden. Mit allen Ecken, Kanten, Konturen, Anomalien. Letztlich sei es jedoch ein Paradoxon von Bild, weil der Mensch darin nicht sichtbar würde. Wie der Blick durch ein Fenster hinaus ins Nichts, wenn er ihr folgen könne. Als hätte ein scharfer Reiniger nicht bloß den Scheibenschmutz aufgelöst, sondern die Hintergrundlandschaft mit dazu. Allein das Glas bleibe zurück. Man könne es anfassen, sich daran stoßen, bekomme ein Gespür dafür, doch keinerlei Vorstellung davon.

Was Bela an ihrem erstellten Profil besonders schmerzte: Es stellte alles dar – und zugleich nichts. Und so fand ihr Leben nur allmählich zurück auf das Terrain einer Normalität. Wendy vermied weiterhin jeden Kontakt zu ihr, sie ihrerseits den zu Vinzent. Er hatte ihr keine Wahl gelassen, und so war sie froh, ihm nicht gleich alles Wissen auf dem Silbertablett serviert zu haben.

Seltsamerweise hatte mit dem kläglich gescheiterten Dreiergipfel auch ihr Verhältnis zu Emil Flecker eine empfindliche Eintrübung erfahren, wiewohl sie nicht wusste warum. Dass er an jenem unglückseligen Vormittag im *Salettl* sitzen geblieben war, konnte, wollte sie ihm nicht übel nehmen. Bei der Vehemenz, mit der sie abgerauscht war. Flecker verhielt sich seither professionell höflich, sein Antrieb, zur Klärung des Falles beitragen zu wollen, schien indes auf rätselhafte Weise verpufft.

Grundlegend gewandelt fand Bela auch die Beziehung zu Madame Directrice vor, oder besser gesagt Madames Beziehung zu ihr. Zwar schien sie nach wie vor von natürlicher Wärme so wenig durchdrungen wie ein Granitblock von Flauschigkeit, doch war dieser vormals unbeugsame Wille und Quälgeist von Frau in ihren Händen neuerdings wie Wachs. Madame zeigte plötzlich annehmbare Manieren, erbat auf erschreckend devote Weise Leistungen, die zu erbringen für Untergebene selbstverständlich war, holte bedrängend oft Ratschläge ein, wo der Siegeszug des Offensichtlichen nicht infrage stand, und vermied obendrein jeden Streitpunkt mit der übrigen Belegschaft. Selbst Hassliebkind Emil Flecker ließ sie tunlichst in Frieden.

Kurzum: Madame Directrice war spooky.

Der Gedanke, doch noch alles hinzuschmeißen, ließ Bela nicht los, wiewohl dies einem abermaligen Davonlaufen gleichkäme. Vielleicht, sagte sie sich, sollte sie ihre Niederlage als das hinnehmen, was sie war: im Vorfeld unabwendbar, in der Nachbetrachtung unumkehrbar. So wenig aufgeben ihr Stil war, so sehr wusste sie um den bisweilen zu hohen Preis eines Sieges.

Dass ihr Privatleben in zuletzt kribbeligen Bahnen verlief, kam ihr da gelegen. Er hieß Casper Klein, war Unternehmer und ein humorvoller, kluger, geschmackssicherer, gepflegter, unterhaltsamer und obendrein duldsamer Mann, wie sie üblicherweise nicht zu kriegen waren, es sei denn, sie wiesen grobe verdeckte Produktmängel auf. Bisher konnte sie keinen erkennen.

Casper hatte seine Frau vor zwei Jahren infolge einer rätselhaften Infektionskrankheit verloren, dachte ähnlich wie sie, wollte es langsam angehen lassen, mit Bedacht. Nach Monaten des Zauderns und Zögerns hatte sie ihn aus dem Netz in ihr analoges Leben gelassen, seither hatten sie den einen oder anderen romantischen Nachmittag zugebracht, mit Spaziergängen im Burggarten, einer Bootstour außerhalb Wiens, draußen in der Hainburger Au, ohne die obligate erste Nacht anzuhängen, und er war auch nicht zudringlich oder raffiniert verführerisch geworden, als er sie neulich mitnahm in sein atemberaubendes Loft in der Wiener Innenstadt. Ein mit bestechender Stilsicherheit in moderner Architektur gehaltenes Domizil von der Größe eines Basketballfeldes mit fantastischem Blick auf den Stephansdom. Nur einen Makel wies Caspers Juwel auf, das er selbst zur »Bleibe« herabspielte: das Fehlen der weiblichen Note, was sich in einer kühlen Distanziertheit von Mobiliar und Zierrat niederschlug. Daran ließe sich jedoch arbeiten, in aller Ruhe und Zurückhaltung.

Erste wie zufällige Berührungen hatte es bereits gegeben, einen ersten zaghaften Kuss desgleichen. All das ließ diesen gnadenlosen, seelenverstörenden Akt von Barbarei im Wachsfigurenkabinett etwas nach hinten treten. Ja, stundenweise war Bela sogar, als wäre sie noch einmal 16.

*

Während ein Leben allmählich zurück in die Spur fand, zerbröselte ein anderes. Dem Chefinspektor war, als hätte sich ihm die Gicht aus den Gelenken hinaus und in seinen Kriminalistenverstand hineingeschlichen. Was für ein jammerhaft schmachvolles Treiben. Was für ein Tohuwabohu! In all den Jahrzehnten seiner leuchtenden Karriere – den gewaltsamen Tod des Freundes Engelbert ausgenommen – war ihm nicht eine annähernd so empfindsame Niederlage widerfahren.

Wertvolle Stunden, Tage, Wochen waren fortschrittslos verstrichen, verloren, und so war aus dem anfänglichen Schüren der Glut der Ermittlungen ein Stochern in erkalteter Asche geworden. Da war kein Vorankommen. Und wo kein erster Schritt, da kein Fortschritt. Ein mickriges DNS-Fragment an einem Knochen des Professors ohne Treffer in der Datenbank. Keine Fingerabdrücke. Keine Fasern. Keine Zeugen. Keine Hinweise aus der Szene (welche Szene auch?, die Handvoll Wachskünstler war rasch abgeklopft). Kein Schimmer am Horizont der Zielfahnder, die immer noch Jagd auf diesen Hinczica quer durch die Südsee machten, sodass er die Kollegen längst im Verdacht hatte, sich auf Regimentskosten feine Tage zu machen. Und dank der kleinen Schmaus verfügte er über ein Täterprofil, das vor Details so strotzte, dass es gleich auf niemanden passte.

Sie hatten … einfach nur … nichts.

Ein Versagen auf allen Linien, und obendrein erfrechte sich das Journalistenpack auch jetzt noch, Monate später, mit einer unverschämten Schlagzeile um die andere. Seinerzeit, bei diesem Trabanten des Peter Alexander, hatten sie gespottet, die Wiener Polizei verfüge über ein Zuviel an kriminalistischer Fantasie, nun aber, im Notstand der Aufklärung, über ein Zuwenig.

Na, was jetzt?

Tagein, tagaus könnte er sich die Haare raufen, wäre die Platte nicht so ausgelichtet. O ja, diese Bagage überdotierter Schreiberlinge machte es sich einfach. Man wog die Verlockung einer brauchbaren Story gegen Wahrhaftigkeit und Authentizität ab, die Süße der gebeugten Fakten gegen die bittere Note der Realität.

Am Ende siegte immer die Story.

*

Indes, beim Journalistenpack gestaltete sich die Lage um vieles differenzierter, als ein Chefinspektor in der Biederkeit des Amtes vermuten mochte. Die Politikressorts stöhnten unter dem Sommerloch, das es angeblich nicht mehr gab, doch seine Schatten vorauswarf und in Sachen Geisthaftigkeit seiner demokratisch einzementierten Akteure längst zum Ganzjahresloch mutiert war. Der Sport lag in der Agonie des Kleine-Brötchen-Backens – keine Fußballwelt- oder Europameisterschaft, olympiafrei war obendrein. Die Todfeinde der Subkultur sahen das Eigentliche der menschlichen Wesenheit schwinden und die Hölle nahen: *Jedermann* ante portas! Societylöwen quälten sich von einem Event zum nächsten und das Volk mit altbewährten Plattitüden.

Und die Chronisten?

Sie allein lehnten entspannt in ihren Redaktionsstuben und ergötzten sich an der jähen Wendung, die der Siegeszug eines Primus der Branche genommen hatte. Was für eine Verlockung, dem Duft dieser Niederlage eines Chefreporters zu erliegen!

Vinzent Klugers Niederlage war in der Tat elementar und der Glaube an eine Rehabilitierung im Morast einer langen, sehr langen Dienstfreistellung versunken. Die *Gute* hatte vorzüglich gelebt von der Story, das internationale Aufsehen war enorm, Rekordauflagen waren zu vermelden, ja, sogar die Auszahlung einer Sonderprämie stand im Raum.

Dankbarkeit ist aber auch auf dem Acker der Journaille keine Kategorie, auf die es sich setzen lässt, und Beteuerungen der Schuldlosigkeit so wertvoll wie Pfandbriefe von *Lehman Brothers*. Entlastende Fakten konnte Kluger nicht beibringen. Die Wahrheit, schien es, war eine Tochter des Vortragenden und er Fortunas Stiefkind: das Auftauchen des Videos bei Tussauds; die Kopien des Buches, *seines* Buches; die Korrespondenz mit dem Perückenmacher – ein infames Stück Briefwechsel, das man ihm über seine Mailadresse andichtete und worin unmissverständlich zum Ausdruck kam, Ferdinand Hinczica und er würden unter einer Decke stecken und alle Welt zum Narren halten; das von ihm nie geführte Interview mit Köhler. Und, und, und.

Mails, Interview, alles Fake. Fake! Fake!! Fake!!!

Wem sollte er das wie glaubhaft machen? Auch das Verschwinden von Justine Idstein, der Mutter des ermordeten Professors, lastete wie ein Mühlstein auf ihm. Wo war sie? Sie könnte Licht in die Sache … vielleicht. Keine Vermisstenmeldung bei der Polizei. Keine Aufnahme in einem Spital. Kein Tipp eines Bestatters. Achselzucken der Nachbarn. Eine einsame alte Frau, fortgewischt aus dem Gedächtnis der Gesellschaft wie ein unliebsamer Schmutzfleck.

Klaus Supans Anfänge als Spürnase *Magnum* hatten sich als Desaster entpuppt. Schon am Folgetag des ersten Einsatzes war es zum Zerwürfnis gekommen. Auf den Bildern, die er Kluger aufs Handy geschickt hatte, war nicht Bela zu sehen. Er hatte die ganze Zeit über Helene Mayer-Thurgau beschattet. Was sie, so lange nach Betriebsschluss, im Kabinett zu schaffen hatte, erschien ihm schleierhaft. Anfangs. Im ersten Aufwallen von Zorn und Fassungslosigkeit. Dann aber, in herabgekühlter Beschau der Fakten, fiel eins ums andere zusammen. Natürlich, Bela und sie machten gemeinsame Sache, ohne dass er jedoch hätte sagen können, worin diese gemeinsame Sache bestand. Wie gut, dass er der Intuition gefolgt, Bela nicht in die Falle gegangen war.

Wollen wir unser Wissen auf einen Haufen werfen oder wollen wir nicht … na, Vinz?

Von wegen! Der Kondor hatte ihm die Augen geöffnet. Die special force aus London, die kam, unverrichteter Dinge ging. Auch hatte Bela den Brief an die Direktorin mit keiner Silbe erwähnt. Ebenso wenig das insgeheime Abklappern der Wachskünstler. Flecker hatte Kluger eine Auflistung besorgt, und darin fand sich ein Name, der ihn aufhorchen ließ, um seiner Namensschwäche willen nicht voranbrachte, doch genügte, sein schwelendes Misstrauen und den provokativ herbeigeführten Abbruch ihres *Salettl*-Treffens nachträglich zu legitimieren.

Obendrein hatte ihm ein Vögelchen gepfiffen, dass Bela neuerdings sich in Online-Liebesportalen umtat. Und dann war da Belas Mauschelei mit dieser aufgeblasenen Hinczica-Schreckschraube. Neben einer Villa in Hitzing besaß Helene Mayer-Thurgau, wie ihm ein Grundbuchauszug belegte, eine geräumige, die Mondänität der feinen Dame unterstreichende Stadtwohnung, unglücklicherweise in Wieden, Belas Heimatbezirk, was Supans Irrtum zusätzlich befeuert hatte. Dass sie irgendeinen Typen (auf unscharfen Bildern, dieser Idiot!) im Park traf, hatte vermutlich nichts zu bedeuten. Dass sie einen Irokesen im Look eines Sonnenuntergangs überfreundlich empfing, nun ja, diese Art von bizarrem Geschmack hatte Kluger der Dame von Welt nicht zugetraut. Wiewohl der schrille Vogel auf wundersame Weise zu ihr zu passen schien. War Mayer-Thurgau nicht auch in die Niederungen der *Guten* hinabgestiegen, um Ungeheuerlichkeiten unters Volk zu werfen? So trübe die jüngsten Entwicklungen waren, so erhellend das Licht, das sie auf seine Protagonisten warfen. Diese Frau machte bloß auf piekfein und elitär, war mit von der Partie in dem dreckigen, bitterbösen Spiel. Spiel? Nicht doch! Hatte sie nicht damals, bei Klugers Besuch in ihrer Vorstadtvilla, als er das Bild dieser Ida ... Ida Pfiff ... Ida Dingsbums inspizierte ... hatte sie da nicht gesagt, diese Forscherin in Pluderhosen sei ...

Der bessere Alexander von Humboldt, wenn Sie mich fragen.

Heiliger Scheißdreck, ja, dachte Kluger, das waren ihre Worte gewesen. Der bessere Humboldt. Das war lange vor der Inauguration der Forscherfigur. Plötzlich bot sich ihm der Umstand ihres Besuches im Wachsfigurenkabinett gar nicht mehr so rätselhaft dar. Rätselhaft allein die Zusammenhänge. Bloß, was hatte Bela mit Helene Mayer-Thurgau zu schaffen?

Noch am Morgen nach Supans investigativem Schlag ins Wasser und lange bevor es die Redaktionsmäuse quer durchs Haus hätten tragen können, hatte der suspendierte Chefreporter Klaus Supan in dessen Büro zitiert, ihm ein Foto der echten Bela Schmaus unter die Nase gerieben und den Kollegen kreidebleich werden sehen. Zerknirscht machte Supan reinen Tisch, zog die Schublade auf und drückte Kluger wortlos Abzüge angeblich gelöschter Fotos in die Hand. Bela mit rußverschmiertem Antlitz. Die unbekannte Schöne vom U-Bahn-Brand, die es Supan angetan hatte. Es konnte so einfach und zugleich so kompliziert sein im Leben von Männern. Fußball, derber Humor und viel Alkohol brachten sie zusammen, Frauen auseinander. Kluger beschloss, fürs Erste das Trennende vor das Verbindende zu stellen. Das gemeinsame Saufen auf der *Pumpe* lag damit auf Eis.

Ansonsten standen die Vorzeichen allesamt auf Feuer. Das vormals unüberwindbare Bollwerk Kluger war ausgehöhlt, abgebrannt bis auf die Grundfesten, und auch das klapprige Gerüst namens Routine wackelte bedrohlich, vermochte die Reporterseele nur notdürftig zu stützen.

Es war Mitte Juni geworden. Der Tod der Mutter lag nun sechs Wochen zurück, doch die Unheimlichkeiten, die für Kluger damit einhergingen, hatten nichts an Heftigkeit eingebüßt. Immer noch schrak er nachts auf, träumte er den Traum wieder, den er vor einem halben Jahr geträumt hatte. Das Blatt eines Abrisskalenders, auf dem »5. Mai« stand, das zu Boden fiel und den Blick auf die alte Kluger im offenen Sarg freigab. Genau so war es gekommen. Sie starb am 5. Mai, jener Tag, an dem 17 Jahre zuvor auch Klugers Vater gegangen war. Unheimlich, dass Bela unerwartet am offenen Grab gestanden war, um sich für die Parte zu bedanken, die er ihr nicht geschickt hatte. Am unheimlichsten jedoch war ihm, spürte er ihrer schweigenden Umarmung zum Abschluss nach, ehe sie in die endlosen Grabreihen fortschloff, dieser Innigkeit, die ihn damals so sehr erschüttert hatte, sich nun aber wie nackter Stein anfühlte.

Ja, sagte er sich, bestimmt hatte er es auch selbst vermurkst. Die abgedroschenen Anker – von Kind, Haus und Garten hin zum Mähroboter –, die er Bela gegenüber ausgelegt hatte, taugten nicht, um die tiefen Risse seiner Biografie zu kitten. Und was er empfand, reichte zu nicht mehr als einem neutralen Erdulden, einer dumpfen Hinnahme eines bloß weiteren Rückschlages. Selbst als Klaus Supan (sie hatten sich nach drei Tagen mit einem Riesenrausch im Bordell versöhnt) Fotos anschleppte, die Bela mit einem neuen Mann an ihrer Seite zeigten, in vertraut gelöster Stimmung, vermisste er den Stich in der Brust, und litt doch Höllenqualen. Es war paradox: Das Leiden, das Besitz von ihm ergriff, schien ein Leiden zu sein, welches allein das Fehlen des Schmerzes beklagte. Auch rauchte er neuerdings wieder wie ein Schlot, und in Anbetracht von alledem, den Umständen, seiner Inkonsequenz, überkam ihn immer öfter die Ansicht, ein in die Hand masturbierter Same sei dort besser angelegt als der Gedanke an eine Zukunft mit Bela.

Die Tage fernab der Redaktion boten Kluger aber auch die Chance zur Besinnung, doch das Gefühl, ausgemustert zu sein, überwog. Er schlug die Zeit tot wie andere Stechmücken oder Ministerien aufmüpfige Künstler mit Staatspreisen, litt still vor sich hin, bis Rosi Pranzl eines Abends auf der Matte stand. Jetzt, wo sie nicht länger unter einem Dach arbeiteten, schnurrte sie, vorübergehend wenigstens, stünde der Einlösung seines Gutscheins auf eine Vergewaltigung nichts im Wege. Es wurde ein trauriger Abend, der einer Indisponiertheit Klugers zufolge nicht über das Vorspiel hinauskam. Am Folgemorgen schrieb er sich in der Hundeschule ein und übte mit Constanze von Meidling wie ein Besessener und über Wochen hin Verhaltensregeln im Wissen, er würde kläglich scheitern, weil es keine Lösung darstellte, das Unlösbare anzugehen, bloß um eine Niederlage aus den Augen zu verlieren und keine Zeit an sich selbst. Ebenso gut hätte er versuchen können, dem Pinscher eine Liebeserklärung abzuringen.

Irgendwann, nach zwei, vielleicht zweieinhalb Wochen, wurde die Überwachung Belas auf Befehl von oben für gescheitert und beendet erklärt. Supan setzte sie dennoch fort, in der kargen Freizeit, und schleppte eines Tages Erstaunliches an: ein Video, das er von einem »Freund bei der Post« erhalten haben wollte und jenen Mann zeigte, der vor – wie lange war das jetzt her?, ein Jahr? – den *Botaniker von Malmaison* an ihn versandt hatte.

Es war undenkbar, nein, Supan wollte ihn bestimmt nur ermuntern, nicht aufzustecken. Außerdem … wer bewahrte ein Überwachungsvideo ein Jahr auf? Die Post jedenfalls nicht, und als er Supan in die Mangel nahm, brabbelte der auf einmal etwas von Vorratsdatenspeicherung. Bald schon vermeinte Kluger indes, in dem Unbekannten jenen Unbelehrbaren wiederzuerkennen, der ihn seinerzeit aufs Blut getriezt hatte, als er vor Hinczicas Wachsfigur gestanden, erstmals den Duft der großen Story geatmet hatte. Wie hatte der sich vorgestellt? Hase? Wolf? Fuchs? Scheiß Namen! Letztlich war aber auch das nur ein weiteres in einer Kiste voller Fragezeichen.

Irgendwann, abermals zwei, vielleicht zweieinhalb Wochen später, wurde auch Klugers Suspendierung für beendet erklärt. Der Chefredakteur hielt unausgesetzt die schützende Hand über ihn, wiewohl er – anders als Fotograf Leisch beim Herausgeber – kein geheimnisvolles Pfand in der Hand hielt, das irgendetwas mit Prostituierten und Blutbad in der Villa und Vertuschung zu tun haben schien. Dankbarkeit, sagte er sich, war also doch noch ein bleibender Wert, selbst wenn er sich auch aufs Neue in der dritten Reihe wiederfand, Kurzmeldungen und Wetterstorys schreiben und regelmäßige Ausbrüche des Pinschers erdulden musste, die nicht länger auf die altbekannte verschlagene oder spontan cholerische Art daherkamen, sondern mit geradliniger, an schallenden Zynismus grenzender Unbeschwertheit.

Die Wiederkehr des Alltags in der Redaktion gerann rasch zur Qual. Es hatte sich wenig, nein, gar nichts geändert. Wie auch? Wozu auch? Immer noch kam die eine oder andere Story aus einem Ministerium angeflattert, um im Wortlaut abgedruckt zu werden. Immer noch diente die Lüge der Wahrheit als Gegenmittel, wiewohl nicht Gegenteil. Immer noch durchwehte der Zigarrenduft des Society-Kolumnisten die Gänge, der junge, aufstrebende Talente immer noch unter Versprechungen einer Fürsprache ganz oben auf der Damentoilette abstaubte und diese mit seinem immer noch an der Lende klimpernden Schlüsselbund der Marke Hausmeister grunzend verließ. Immer noch schaffte es eines dieser Sternchen am Zeitungshimmel nicht – die neue Interviewqueen, die den Aufzug zum Herausgeberbüro hochgeschlossen und engelsgleich schwebend betrat und mit verstrubbeltem Haar und hervorquellenden Möpsen verließ –, intelligente Fragen zu stellen, sodass der Finanzminister und Schwiegersohntraum der halben Nation (vom Chefredakteur am Telefon vorgewarnt) Fragen und Antworten selbst erstellte, dem Sternchen mit besten Empfehlungen für den Herausgeber mitgab und dieser, wie es hieß, zufrieden nickte. Das sei wie am Würstelstand, vermeldete der Minister dazu im Kreis seines Kabinetts, wie der Pressesprecher Kluger zu später Stunde anvertraute, dort müsse man auch nachdrücklich sagen, was man begehre, wolle man nicht mit leeren Händen dastehen.

Immer noch hatten sie einen Chefredakteur als Nummer zwei, der wusste, wie es ging, doch nicht immer durfte, und einen Herausgeber als Nummer eins, der immer durfte, doch selten wusste, wie. Immer noch schrieben sie zwei, drei Tage lang (meist im direkten Auftrag von ganz oben) gegen diese oder jene Einrichtung an, um am vierten den Schlusspfiff zu vernehmen, der mit ein paar 100.000 Euro für Inseratenserien der Sparringpartner oder einer der beliebten Medienkooperationen versilbert war. Immer noch wollte Klaus Supan, der junge Wilde, nicht wahrhaben, dass es Pressereisen und Pressereisen gab und nicht anging, die hochrangige Delegation der Wirtschaftskammer im aufopfernden (Motto der Reise) *Kampf gegen die Produktpiraterie zum Schutz europäischer Wertschöpfung* nach Fernost zu begleiten, um hinterher – nach sieben herrlichen Tagen unter fünf Sternen und ein bisschen Fachblabla mit Politikern vor Ort – undankbar zu werden …

… bloß, weil die Chefin der Entourage höchstpersönlich für die Freunde daheim erstaunlich günstige und beinahe echte (nimm sechs, zahl zwei) Golfbags am Zoll vorbei in den Flieger schleuste. Kluger hatte Supan gewarnt, mit »*der* Story der Reise schlechthin« zum Chefredakteur zu gehen, und ihn drei Stunden später volltrunken aus einer Bar gefischt.

Alles blieb, wie es war, alles war, wie es bleiben wollte.

Nur den schönen Karl, den Pinter auch nach dessen Abgang aus der Politik stets mit einem »Servus, servus, mein lieber

Herr Bundesinnenminister außer Dienst« am Handy begrüßt und minutenlang anschwadroniert hatte, während die Mannschaft gelangweilt lauschend auf den Beginn der Morgenkonferenz wartete, nein, den schönen Karl begrüßte der Ressortleiter neuerdings nicht mehr. Seit der nicht bloß der Bestechlichkeit in Brüssel überführt, sondern nun auch zu mehreren Jahren Häfen verknackt worden war, wehten andere Winde, blinkten andere Nummern auf dem Display auf. Was soll's. Lebensfreunde kamen, Lebensfreunde gingen. Also hielt man sich an den zweitbesten Freund und Trauzeugen. Der war der Boss der Gemahlin, nachdem der Pinscher sie in dessen Verkehrsministervorzimmer interveniert hatte, und inzwischen sogar Kanzler.

Ebenso neu, doch wenig überraschend auch, dass es vom jungen Staatssekretär mit dem goldenen Händchen für mediale Seilschaften hinter verschlossenen Türen hieß, er würde demnächst Ministerweihen erfahren, was Kluger an die zahlreichen gemeinsamen Reisen zurückdenken ließ. An jene etwa, als sie in *der* Rooftop-Bar New Yorks nahe dem UNO-Hauptquartier einfielen und der Staatssekretär und sein Adlatus, Mister Message Control, drauf und dran waren, ihn, Kluger, zu den barbusigen Mädels in den Pool zu werfen und hinterherzuspringen, um es bloß bleiben zu lassen, weil der knorrige Botschafter noch an seinem fünften Whiskey nippte und zusah. Er dachte an die Tage in Malaysia, als sie in einem Klub den Contest der Krankenschwestern bestaunten, die – kaum von der Jury von der Bühne runtergewertet – die weißen Mützchen abwarfen, leicht beschürzt an die Tische strömten und ihrer tatsächlichen Profession nachgingen. Und selbstredend an jene Zeit, als sie in Ankara den türkischen Präsidenten trafen und der nichts als vernichtende Blicke für den Staatssekretär aus Österreich hatte, da er nicht zu ihm in die gepanzerte Limousine kletterte, sondern zu Kluger und den anderen Journalisten in den Begleitbus. Seither fragte er sich, was das Kalkül dahinter gewesen sein mochte. Irgendwie fragte er sich das aber auch nicht.

Die wenigen zerstreuten Tage dieses Spätfrühlings verflogen im Nu, an den übrigen kam Kluger nicht vom Fleck. Da klebte die Zeit an ihm, vergaß zu fließen und tat es Menschen vom Schlag eines Arthur Pinter gleich: Sie genügte sich selbst. Immer öfter dachte Kluger nicht bloß daran, das Kapitel Wachsfigurenkabinett abzuschließen, nein, er erwog mitunter, auch sonst das Feld zu räumen. Was war das für ein Leben, ausgefüllt allein mit Leberkäse, *Aperol*, abgeschmackten Pornos von der Tauschbörse mit Kriminalbeamten und jeder Menge vertane Zeit? Ungekannte Töne, die da in ihm – von der Melancholie des drohenden Niederganges erfasst – anschlugen. Wäre bloß nicht die fette Abfertigung, um die er umfiele. Also doch sich ins Schicksal fügen, die beiden schwersten Niederlagen seines Lebens hinnehmen? Taten nicht alle geistigen Eliten genau das? All die Salon-Nonkonformisten, die es als schick empfanden, Revolution zu spielen, solang einen niemand beim Wort nahm, und als bieder und bourgeois sich zu geben, wie man war, dem zu ergeben, was man war?

Es gibt auch andere Frauen. Auch andere Mütter haben schöne Töchter, Kluger, dachte Kluger in jenen Tagen. Andere Frauen, und selbst das Schlachtfeld Journalismus ist nicht heilig genug für einen immerwährenden Krieg, Kluger, hörst du?

Man … darf … auch … aufgeben.

*

Aufgeben?

Die Hoffnung, sich von Tag zu Tag besser in Griff zu kriegen, blieb unerfüllt, und so gingen die Lebensgeister einer um Jahre gealterten Agnessa Popov in diesen Junitagen nur noch am Stock. Zurück auf gesunde Beine? Ein Ding der Unmöglichkeit. Das Nebenher für eine erträgliche Existenz verbrannt, ihr Leben bedroht, sie selbst neuerdings einem Unbekannten zu Diensten, diesem seltsamen Fremdling ohne Gesicht und Namen, der

Abhilfe versprach. Was denn für eine Abhilfe? Konnte er die sieben Worte nicht selbst an den Zaun pinnen? Noch dazu so weit draußen in der Vorstadt! Was war ihr schon geblieben, von den Trümmern ihrer Existenz abgesehen?

Wieder und wieder drangen jene drei Sätze an ihrer Wohnungstüre hoch, mit denen alles begonnen hatte. *Du hast zwei Söhne. Du hast einen Sohn. Du hast keinen Sohn, ganz nach Belieben.* Die hatten sie gefügig gemacht. Und so stand Agnessa alias Wendy alias Lasett seit Wochen nun schon nur noch dieses eine Wort im Sinn, das ihr irdisches Dasein als Ganzes umfasste: a*ufgeben!*

Ja, das sollte sie wohl.

*

Aufgeben?

Miriam musste nicht erst nach dem Wort graben. Aufgeben hieße, Tote zu erwecken, die Pest herbeizureden. Eine Aufgabe fand sich in ihrem Sprachschatz nicht wieder. Gewiss, die Zeiten waren fordernd. Der Puppenspieler ging unverdrossen unerkannt zu Werke. Ging er überhaupt noch zu Werke? Oder war's das?

Die Sache mit der Mazeration war ein Reinfall gewesen. Abgelaufene Sohlen, verschissene Stunden auf Instituten, in Labors, und als Substrat, wenig erquickend, das Wissen, dass man im Mittel 15 Euro für das Mazerieren und 19 für das Einfetten hinblättern musste. Pro Knochen. Ganze Schädel gab es ab 35 Kröten, Meerschweinchen beispielsweise. Oder Vögel. Den der Schlange ab 110. Den des Schweines für 200. Den des Hirsches jenseits der 300. Dafür mit Geweih.

Preise für das Auflösen von Menschen in einer Speziallauge bekam sie nicht in Erfahrung. Wie auch keine Namen potenzieller Kundschaft oder ähnlich neugieriger Interessenten, wie sie eine war. So weit reichte die Wirkmächtigkeit ihrer Lügengeschichte einer Seminararbeit dann doch nicht.

Ein Bauchgefühl sagte Miriam aber auch, dass sie damit nicht vorankam. Wer immer es so weit gebracht hatte, wer immer die Perfidie zur Perfektion trieb, war gerissen genug, sich nicht in die Hand von Mitwissern zu begeben. Zur Zerstreuung folgte sie dem Rat eines Universitätsprofessors der Angewandten, eines gewissen Doktor Behrens, sich an die Wurzeln der Wachsbildnerei zu begeben, ins Josephinum auf dem Wiener Alsergrund, wo sie auf Voranmeldung einen Sondertermin bekam. Ein schrulliger ältlicher Mann, der sich als Herr Edwin vorstellte, nahm sich ihrer an, führte sie in fast schon aufsässiger Rührseligkeit in die Welt der Plastination von anno dazumal ein.

Letztlich blieb alles Mühen vergebens. Dabei hatte sie den Triumph bereits vor Augen geglaubt, da sie den Alarm bei den Schrots abschaltete und über den Laptop Zaungast war, als der Riesenfisch angeschleppt wurde. Doch auch das war, wie es schien, Teil des Spiels und die Annahme, mit dem Maskierten den Puppenspieler auf dem Radar gehabt zu haben, nicht mehr als eine Schimäre, auf die sie nicht länger viel gab. Also hatte sie beschlossen, doch alles auf eine Karte zu setzen, hatte eine SMS an die zuletzt eingesetzte Prepaidnummer geschickt. Wiewohl sie wusste, dass …

Ich steige aus.

Wider Erwarten bekam sie Antwort. Koordinaten. Eine Uhrzeit. Mehr als zwei Meter schaffte sie es aber nicht an ihn heran. Im Halbdunkel sah sie die silbrige Mündung einer Waffe aufblitzen. Eine DVD-Hülle segelte auf sie zu.

Aller Stolz ist defensiv. Ein Verteidiger der Stelle, die leer ist, schnurrte der Puppenspieler in dieser seltsamen Plastikstimme. Carl Ludwig von Knebel, setzte er hinterdrein, die Elegien des Properz, meine Liebe. Geben Sie es auf, mich enttarnen zu wollen. Überlegen Sie gut, was Sie tun. Was Sie nicht tun. Für wen. Und für wen nicht. Sie haben Bedenkzeit. Ich gehe auf Reisen.

Die Durchsicht der DVD trieb Miriam den Schweiß auf die Stirn. Angst ergriff sie erstmals, als sie Bilder ihres Ficks in der

U-Bahn mit Tom sah, von deren Existenz sie nichts wusste. Nahaufnahmen aus anderen Perspektiven als jener der Bullaugenkameras an den Decken. Albtraumhaft empfand sie jedoch dies: Kontoauszüge; ein Screenshot der Ordnerliste eines ihrer PCs; Kopien von Geldscheinen, die Seriennummern mit Leuchtstift markiert; Überwachungsbilder aus einem Computershop, die sie beim Einkaufen zeigten.; Fotos ihrer Mutter – beim Shoppen, beim Friseur, zu Hause, in der Dusche. Material, das sehr viel mehr in den Raum stellte als ein bloßes Anschwärzen bei ihrem Arbeitgeber Polizei.

Wie war das möglich?

Dieser Kerl verfügte selbst über die Mittel, an alles zu gelangen, wonach ihm war. Wozu bediente er sich ihrer? Wozu zahlte er ihr gutes, verdammt gutes Geld? Warum tauchte er plötzlich bewaffnet auf? Er musste geahnt, gewusst haben, was sie im Schilde führte, zeigte Qualitäten, die sie an der eigenen Arbeit so schätzte. Immer einen Schritt voraus sein. Miriams Befund war ernüchternd: Er hatte jemanden auf sie angesetzt. Einen Überwacher der Überwacherin. Sie müsste einen Verbündeten gewinnen. Einen Jemand, der ihr unvermutetes Erscheinen mehr dankbar als argwöhnisch aufnähme. Der Profit zu schlagen glaubte aus dem, was sie bieten würde, ohne zu ahnen, dass er selbst der größte Profit war.

Aufgeben, den Puppenspieler enttarnen zu wollen? Niemals, dachte Miriam. Und wenn es Jahre dauerte. Sie hatte da so eine Idee.

Zweiter Teil

DIE KLAMM

Eines Morgens im Juli 2013

I. DER NEUE AIMÉ

Die ersten Sommertage ließen sich gemütlich an. Rita war aus den Tussauds-Studios in London auf Heimatbesuch. Fünf herrlich lange Tage. Ohne hoch konzentrierte Handarbeit in den Werkstätten an der Marylebone Road. Ohne das aufwendig feinfühlige Einpflanzen von Echthaar in wachsweiche Kopfhäute. Fünf herrliche Tage auch, denen herrlich laue Abende in und rund um Wien folgten, und so fand Bela neben dem lieb gewonnenen Ritual gemeinsamer Landpartien und Ausklängen in schattigen Schanigärten reichlich Gelegenheit, der Freundin mit steirischen Wurzeln die Euphorie ihrer neuen Verliebtheit auseinanderzusetzen.

Aber auch das Paradoxon ihrer Nöte.

Caspers unaufdringliche Präsenz war betörend. Anders als die meisten Männer, die Bela kannte, besprenkelte er sie mit Zuwendung, ohne bedrängend platt zu wirken. Er war kein Rosenkavalier, der die ewig gleichen Sträuße anschleppte in der ewig gleichen Hoffnung auf Anerkennung durch sexuellen Abgleich; auch war er keiner, der die Potenz seines Geldes bei allen Körperöffnungen und auch zum Hosenschlitz raushängen ließ; niemand, der auf protzige Schlitten setzte oder die Koketterie des radikalen Verzichts.

Nein, dieser Casper war jemand, der die Natürlichkeit lebte und den Eindruck vermittelte, Herr seines Lebens zu sein, ohne den Blick auf die Vielfalt der Frau an seiner Seite zu verlieren, was Bela bestärkte, sich bei Bedarf fallen lassen zu können. Sie liebte es, ihrer beider Tiefengrund in endlosen Gesprächen zu erforschen, seine Hingabe an die Philosophie des Indischen zu ergründen und ihre an das Wesen der menschlichen Psyche gut aufgehoben zu wissen.

Auch liebte sie es, gemeinsame Träume jenseits der Alltagsgrenzen zu träumen – ein heimliches Schäferstündchen im Taj Mahal, ein Haus am Meer mit kilometerlangem Sandstrand, drei Kinder, zwei Hunde, ein Pferd, null Bock auf Boxershorts mit Herzchen, ein gemeinsamer Flug ins All, eine Fernbedienung für notorisch verspätete Männer, eine Anti-Schnarch-Klatsche, die nachts von selber zuschlägt, eine Endlosspule Geduldsfaden, ein Vibrator, der Are-you-lonesome-tonight schnurrte. Solche Träume und bisweilen Verrücktheiten, die sie ohne herabkühlende Wenns und Abers aussprechen konnte. Casper verstand obendrein zu überraschen, war humorvoll, führte sie (stell dir vor, Rita, so richtig old fashioned) unaufgefordert zum Tanzen aus, wobei Bela es tunlichst vermied, sein eckiges Gehopse mit ihrer Karriere als Turniertänzerin zu brüskieren.

Auch hielt Casper auf eine unpenible Weise auf sein Äußeres, hatte die feingliedrigen, gepflegten Hände eines Pianisten, engte sie nicht ein (schließlich war er selbst viel auf Geschäftsreisen in aller Welt), sprach nicht schlecht von seiner Familie (ohne Bela allerdings mit ihr bekannt gemacht zu haben, bis jetzt), nahm ihre emotionalen Ausbrüche mit einer Gelassenheit, die nicht ans Unpersönliche reichte, hatte den Blick für feminine Details (selbst jetzt, Monate später, wusste er die kleinsten Einzelheiten der Kleidung ihres ersten Treffens herzusagen, bis hin zu den Farben der Holzperlen ihres Gangnam-gu-Armbandes wie auch der exakten Form der eingeflochtenen Brosche). Ja, dieser Mann trug den Stolz, sie gewonnen zu haben, taktvoll nach außen, sprach Klartext, wenn Klartext gefragt war, glaubte wie sie an die bindende Urkraft der Liebe. Kurzum: Der Zusammenhalt war von spielerischer, cooler Anhaftung, die das Zwanghafte aussparte. Gerade das machte die Beziehung so aufregend. Jeder Tag mit ihm war ein bisschen anrüchig. Ein Leben & Lieben wie Bonnie & Clyde.

Gerade darin sah Bela aber auch den Haken an der Sache.

Anfangs hatte sie gehofft, allein das Abenteuer zu sein, auf das ein Mann wie Casper sich einließ, ohne ihm gleich barfüßig und mit fliegendem Haar über die Straßen einer ungezügelten Lust entgegenwehen zu müssen. Eine Annäherung mit Schwung, wiewohl mit Bedacht. Jetzt, wo sie ihn hatte, empfand sie ihn ihrem Ideal von Mann auf eine Weise angenähert, die ihr mehr bedrohlich als wünschenswert erschien. Ein Mann im Dunstkreis der Perfektion verhieß mehr Gefahr als Nutzen. Ja, so ein Mann war Freiwild im endlos weiten Revier der Weiblichkeit, und da, befand Bela, gab es weiß Gott gewieftere Schützinnen, als sie eine war.

»Deine Sorgen«, seufzte Rita zum Abschied, als sie ein Taxi zum Flughafen bestieg, um zurück nach London zu fliegen, »und das Geld der Rothschilds. Das wär's.«

Abseits der aufwiegelnden Liebeswirren, abseits dieses Labyrinths aus Vorbehalten und Bedenken, in dem sie sich beizeiten verlief, führte Bela ein zunehmend ruhiges Leben. Die Wogen des Boulevards schlugen nicht länger über dem Kabinett zusammen, die raue See lag wieder still da, und nur noch vereinzelt schäumten Berichte die alte Gischt hoch.

Madame Directrice war nach wie vor im Amt. Ob nun trotz oder wegen der vom Mutterhaus entsandten special force, die endlich Licht ins schaurige Dunkel der Zweigstelle Wien hätte bringen sollen, vermochte niemand zu sagen. Die Chefin schwieg sich beharrlich aus, doch hatte es ohne Zweifel mit den explodierenden Besucherzahlen zu tun wie auch mit dem Kultstatus, in den das Wachsfigurenkabinett neuerdings erhoben war.

Der gewaltsame Tod des Paläobiologen Norbert Köhler und sein Weg in die Wachsfigur des von der Geschichtsschreibung verschmähten Biologen Aimé Bonpland trieben Blüten, die als Konzept bloß anzudenken jedem Werbefachmann kürzlich noch zum Strick geknüpft worden wären, nun jedoch als gleichsam gottgewollt Eingang in die Strategie bei Tussauds fanden. Wien zeigte nicht bloß neue Formen des Okkultismus auf, Wien *war* Okkultismus. Die Renaissance einer Peepshow des Gruselns, mit der Maria Grosholtz vor weit mehr als 200 Jahren zur Begründerin des modernen Starkults aufgestiegen war.

Man besann sich des Ursprünglichen, und so war, was folgen sollte, strategisch nur konsequent. Eines Morgens brach Direktorin Nierast ihr Schweigen. Es war der Tag, an dem der neue Aimé Bonpland erstmals der Öffentlichkeit präsentiert werden sollte. Das Original war von der Kriminaltechnik zerlegt und weitestgehend zerstört worden und selbst bei möglicher Restauration nicht länger verfügbar, weil als Beweismittel auf alle Tage in der Asservatenkammer der Polizei geparkt.

So hatten die Studios in London in Rekordzeit einen neuen Bonpland erschaffen, mit altem Konterfrei, jenem des ermordeten Professors. Zwar verfügte man nicht über die Originalmaße (die hatte der Spender unerfreulicherweise nicht mitgeliefert), doch in äußerst dringlichen Fällen – nichts anderes lag hier vor – taten es auch Fotografien. Noch in den Nachtstunden nach der Lieferung wurde die Wachsfigur an seinem angestammten Platz Alexander von Humboldt gegenüber installiert, Stunden später ließ Madame Directrice die versammelte Mannschaft davor antreten.

»Das hier«, hob sie in feierlichem Ton an, »ist die Galionsfigur einer neuen Ära, die eine alte Ära ist.«

Gemurmel, verhaltenes Gemurre.

»Sie werden sich«, fuhr sie unbekümmert fort, »womöglich fragen, warum wir uns, und wenn ich sage *wir*, so meine ich das Mutterhaus unter meinem bescheidenen Einwirken, warum also wir uns dafür entschieden haben, die Wachsfigur des in vielerlei Hinsicht so unseligen Aimé Bonpland nicht bloß zu erneuern, sondern ihr weiterhin das Antlitz des auf so tragische Weise von uns gegangenen Herrn Professor Norbert Köhler zu geben.«

Clementine Nierast verhielt, las mit funkelnden Augen in den Gesichtern. Es hatte den Anschein, als suchte sie bloß nach

Fragen oder Einwürfen, dazu angetan, ihre Darlegungen zu konterkarieren, um sie in der Sekunde zu Staub zu zerschlagen.

»Ein alter Franzose mit dem Gesicht eines, geschichtlich besehen, jungen Wieners … wo gibt's denn so was?, könnten Sie sagen. Ganz recht. Aber: Von unserem hochverehrten Aimé Bonpland existieren, wie Sie vielleicht wissen, eine Reihe historischer Zeichnungen, deren größte Gemeinsamkeit was ist?«

Abermals blickte sie die Reihen auf und ab wie im Triumph der alleinigen Hüterin des Wissens.

»Die größte Gemeinsamkeit ist, dass es keine Gemeinsamkeiten gibt. Und genau das ist der Punkt«, schnurrte sie. »Wer vermag heute zu sagen, wie Aimé Bonpland tatsächlich aussah? Natürlich sind da die Bilder, Zeichnungen, doch allesamt von so unterschiedlicher Aussagekraft, ja … sie alle sind von so abweichender äußerer Form, dass sie eines korrigierenden Durchschnitts be… ach was, dass sie nach einem korrigierenden Durchschnitt geradezu schreien, um diesen bedeutsamen Mann nicht als konturlosen Klumpen in unsere Zeit herüberzuretten. Darum ist, was wir hier tun, dies: ein historischer Brückenschlag. Wir stellen die Schnittmenge aus Gestern und Heute her und machen sie transparent, verstehen Sie? Und dieses physiognomische Mittel heißt – erraten: Norbert Köhler.«

Wie benommen von der Kraft der eigenen Worte, schöpfte Madame Directrice tief nach Atem, ehe sie fortfuhr.

»Wie Sie ebenfalls wissen, gibt es von jeder Wachsfigur bei Tussauds Kopien vorrätig, um schwer beschädigte notfalls rasch zu ersetzen. Warum immer … bei Bonpland verhielt es sich anders.«

»Warum immer«, knurrte der Kondor halblaut.

»Haben Sie etwas beizutragen, Kollege Flecker?«

Emil Flecker schwieg.

»Warum … immer … also. Darum hat es die eine oder andere Woche gedauert, bis Ersatz geschaffen war. Wie Sie ebenfalls wissen, haben diese Wochen des Zuwartens eine unglaubliche Dynamik an den Tag gelegt, die nur einen Schluss zulässt …«

Bela ertappte sich, wie sie Zustimmung nickte. Tatsächlich war Unglaubliches geschehen seither, insbesondere vonseiten der Medien. Das Übelste vom Üblen schien nicht übel genug. Da wurden Sondersendungen abgehalten, Diskussionsrunden, das Böse als solches erörternd; Live-Schaltungen direkt aus dem Wachsfigurenkabinett eingerichtet, von einer behördlich geleerten Stelle, wo es nichts zu sehen gab; auch wurden die Archive geöffnet, um *Das Wachsfigurenkabinett* aufs Neue auszustrahlen – ein vom *Nosferatu*-Drehbuchautor Henrik Galeen entworfener Uralt-Schinken aus 1924 –, wie auch *Das Kabinett des Professor Bondi*, das in den frühen 50ern im 3-D-Verfahren gedrehte Remake eines Horrorfilms aus den 30ern; da wurde das Leben von Maria Grosholtz, geehelichte Tussaud, in allen Facetten des Belegbaren und Fantastischen ausgewalzt, ja, sogar ihr erstes Meisterwerk, der als Konterrevolutionär enthauptete Jean Paul Marat, wurde in sämtlichen schaurigen Details rekonstruiert. Dazu die Vita des Aimé Bonpland wie auch jene des toten Professors, das ganze persönliche Umfeld bis hin zu Interviews mit afrikanischen Helfern, die Jahre zuvor mit dem Paläobiologen Köhler im Sand gebuddelt hatten (oder dies gegen Bakschisch standhaft in die Kameras behaupteten). So oder so war es eine nicht enden wollende Flut an Hintergrund genanntem Halbwissen und Unglaublichkeiten, deren eine, bislang letzte Welle gestern Morgen direkt vor Belas Füße geschwappt war.

»Hast du eine Erklärung dafür«, hatte sie Emil Flecker angefaucht, der ihr nach der Entdeckung als Erster unter die Augen getreten war.

Ehe Flecker antwortete, vergewisserte er sich, ob es augenscheinliche Veränderungen an Alexander von Humboldt oder einer der umstehenden Figuren gab. Dann erst senkte er seinen Geierblick auf sie hinab und sagte ungerührt:

»Erklärung wofür, Chefin?«

»Dafür!«

Zornfunkelnd rieb sie ihm den Pappkarton, den sie zuvor von Humboldts Brust entfernt hatte, unter die Nase.

»Mein … bes…ter … Freund … ist … heim…ge…«

»Du sollst den Text nicht herunterstottern. Du sollst es mir erklären!«

»Erklären? Bei dem, was hier den ganzen Tag los ist? Obwohl der Bonpland ja gar nicht da ist«, schnaubte er. »Sie seh… du siehst ja selbst, Chefin, welche Massen sich da Tag für Tag durchschieben. Ein einziger Wurliwurm. A bisserl mehr Personal tät echt ned schaden.«

»Mehr Personal? Wofür? Fürs noch mehr Wegschauen?«

»Ich bin nur ein einfacher Aufpasser, Chefin. Einer von vielen.«

»Sieht ganz danach aus.«

»Und die Videoüberwachung?«

»Service. Schon vergessen? Ich will verdammt noch mal wissen, wer das war!«

»Ich versteh nur Bahnhof«, sagte Flecker und machte einen desparaten Eindruck. »Was ist denn so schlimm, wenn einer ein Pappschild festmacht. Da hamma schon ganz andere Sachen erlebt, oder? Weißt du noch, wie sie dem Arnie ein Frankfurterwürschtl in den Hosenschlitz ge…«

»Das interessiert mich nicht!«

»Das kann jeder gewesen sein. So groß ist das Ding auch wieder nicht. Ist doch nix kaputt gegangen, oder?«

»Und ob!«, herrschte sie ihn an. »Und ob das schlimm ist. Weil das hier nur von jemandem kommen kann, der haargenau Bescheid weiß über … ach was.«

Der dumpfe Blick ihres Mitarbeiters hatte Bela letztlich verstummen und davonstieben lassen. Sie war fassungslos.

Wochenlang hatten sie und drei eigens angeheuerte Sprachstudentinnen zuletzt nichts anderes getan, als von früh bis spät Pressespiegel zu erstellen, Zeitungen und Zeitschriften zu sichten, in allen erdenklichen Kanälen und Sprachen Fernsehdokumentationen zu überprüfen, Radiosendungen nachzuhören, das Netz zu durchforsten, Protokolle anzulegen und nach Querverbindungen zu suchen.

Nichts.

Selbst Vinzent Kluger, der wie sie eine Antiquariats-Ausgabe von *Der Botaniker von Malmaison* sein Eigen nannte und das Buch für die Berichterstattung als Kompendium zum Leben des Aimé Bonpland ins Kleinste ausgeweidet hatte, erwähnte es in seinen Artikeln nicht ein einziges Mal. Und plötzlich, Monate später, tauchte dieses Wort aus dem Nichts auf. Mit Klebestreifen festgemacht auf Alexander von Humboldts Brust.

»Mein bester Freund ist heimgegangen nach … Guácharo«

Guácharo! Die geheimnisumwitterte, größte Tropfsteinhöhle Südamerikas, in der die Chaymas-Indios ihren Acheron wähnten, ihren Unterweltfluss, über den die Toten übersetzen mussten, und wo Humboldt und Bonpland im September 1799 Millionen fliegender Kröten gesichtet hatten – Fettschwalme oder *guácharos*, wie man heute wusste, die einzige nachtaktive, früchtefressende Vogelart der Welt, die ausnahmslos im nördlichen und zentralen Bereich des Kontinents beheimatet war und unheimliche, krötenähnliche Klicklaute ausstieß. Ein ohrenbetäubender Geräuschpegel, den sich auch ein Hitchcock zunutze machte, indem er die Schreckensszenen von *Die Vögel* damit unterlegte. Der Mythologie der Chaymas-Indios wie auch anderer Volksstämme zufolge, die zu jener Zeit die Regionen des Orinoco besiedelten, ging die Seele der Verstorbenen in die Höhle ein. Nach Guácharo zu gehen, heimzugehen, hieß folglich dies:

Sterben.

Wie sollte sie das einem Emil Flecker erklären, dessen Horizont gerade mal bis zum nächsten Würstelstand zu reichen schien? Ein Mann, der sein alleiniges Heil in einem Leben auf Feuerland mit den Kondoren sah? Dabei hatte sie in den Anfängen große Hoffnungen in ihn gesetzt. Letztlich jedoch obsiegte seine Selbsteinschätzung. Letztlich war er vermutlich genau das: ein einfacher Aufpasser. Oder doch mehr? Fleckers Verhalten erschien Bela zunehmend verdächtig. Immerhin war er es gewesen, der sie mit der Wahrsagerin Wendy bekannt gemacht hatte. Irgendwie stank das alles zum Himmel. Und nun diese Nachlässigkeit mit dem Schild …

Tief in ihre Erwägungen versunken, stand Bela da, als die Stimme der Direktorin sie herausriss. Die hatte jenen einpeitschenden Ton angeschlagen, mit dem Kreationisten-Prediger einer dumpfen Masse einzubläuen pflegten, die Geschichte der Erde hätte erst mit dem biblischen Schöpfungsbericht vor 6.000 Jahren begonnen.

»… eine unglaubliche Dynamik an den Tag gelegt, die nur einen Schluss zulässt … nämlich jenen Weg zu gehen, den Marie Tussaud uns gewiesen hat. Führen Sie es sich noch einmal vor Augen … ihre Waisenkindheit … ihr Aufwachsen erst bei den Großeltern … mit einem Großvater, der … ja, ein gewiss ehrenwerter, doch als Henker gleichermaßen gefürchteter Mann war. Später dann jene Zeit, als sie Obdach bei Philipp Curtius erhielt … dem Onkel … der sowohl Arzt als auch ein bedeutender Wachskünstler seiner Zeit war. Er hat Marie das Rüstzeug mitgegeben und sich schon bald im Schatten ihres Ruhmes wiedergefunden … was waren das für aufregende Zeiten des Umbruchs! Das Brodeln in den letzten Jahren des Ancien Régime … der Wandel der Gesellschaft … Curtius, der Meistermodellierer, ist ein gefragter Mann. Nicht zuletzt seiner erotischen Miniaturen wegen. Mit 17 … ja, führen Sie sich das nochmals vor Augen … mit 17 schafft sie ihre erste lebensgroße Figur. Jean-Jacques Rousseau. Der Weg ist vorgezeichnet. Höre ich hier ein Murren? Natürlich wissen Sie das alles längst. Und doch kann es in diesen Hallen nicht oft genug wiederholt werden. Sie ist eine Self-Made-Woman ersten Ranges in einer patriarchalischen Gesellschaft, wie sie patriarchalischer nicht sein kann. Sie heiratet den Trinker Tussaud, verlässt ihn mit Kind und Kegel und 31 ihrer Kunstwerke, schifft sich ein nach England. Die Französische Revolution. Die Napoleonischen Kriege. Feuersbrünste. Schiffbruch. Kerkerhaft. Und als größtes Hindernis die Männer. Ja, die Männer, wer denn sonst!«, rief die Direktorin und baute sich vor Emil Flecker auf.

Stille. Clementine Nierast musterte ihr baumlanges Gegenüber von oben bis unten mit abschätzigem Blick, dann erst fuhr sie fort.

»Marie Tussaud überdauert sie alle … was … für … eine … Geschichte! Was damals ein Robespierre war, ist heute ein Boris Becker. Nein, ich spiele nicht auf diesen Samenraub in der Besenkammer an. Ich spreche von Existenzen, Mythen im Spannungsfeld zwischen Sein und Schein. Unsere Madame Tussaud hat dem einfachen Mann, der einfachen Frau das Private der unerreichbaren Größen ihrer Zeit öffentlich gemacht. Ihre Kunstwerke waren bedeutend mehr als bloße Schaustücke. Zu Protokollen der Historie hat sie ihre Werke erhoben. Ob Voltaire, ob Marat, ob Franklin, ob Mirabeau. Sie bewegt sich im illustren Kreis, ist auf allen Bühnen zu Hause, jener des Hofes ebenso wie jener des Terrors. Was hat diese Frau nicht für Nerven bewiesen … fällt in Ohnmacht, als ihr der frisch abgeschlagene Kopf Marie Antoinettes vor die Füße rollt, um Augenblicke später was zu tun? Nun? … Genau, um sich zu fangen … um den Kopf in stoischer Pflichterfüllung aus dem Sägespanbett zu bergen und sich ans Werk zu machen. Sie zeigt sie alle: die auf Stangen gespießten Häupter wie auch die Bankette zu Versailles, macht das Leben der Verbrecher gleichermaßen anschaulich wie jenes bei Hof, macht das Röckerascheln Marie Antoinettes hören, ihren schneeweißen Puder riechen, fügt Verbürgtes und Vermutetes, Klatsch und Tratsch, Information und Unterhaltung zusammen … ja, Infotainment der allerersten Stunde, wenn Sie so wollen. Schnelllebigkeit lautet der Segen, unter dem ihr aufgehender Stern steht. Wer out ist, verliert den Kopf, Rübe ab, ist blutiges Sinnbild einer jeden Vergänglichkeit von Ruhm. Und … das Wichtigste überhaupt: Durfte bis dahin eine National Gallery nur betreten, wer des Lesens und Schreibens mächtig war, so öffnet sie die Welt aus Reich und Schön und Bitterböse für jedermann. Diese Frau«, schmetterte Madame Directrice nun in voller Inbrunst, »hat auf unnachahmliche Weise die kulturelle Apartheid zerschlagen!«

Bela zog die Stirn kraus. Sie wurde das Gefühl nicht los, Madames wie in Ekstase vorgetragene Ausführungen über weite Strecken zu kennen, bisweilen wortwörtlich, wusste aber nicht woher.

»Alles gestohlen«, raunte ihr Edeltraud Wagner genau da ins Ohr.

Bela sah die Kollegin erstaunt an.

»Kate Berridge«, hauchte die. »*Madame Tussaud. Ein Leben in Wachs*. Wie's aussieht, auch bei überehrgeizigen Direktorinnen ein Standardwerk.«

Bela nickte anerkennend. Seit sie einmal mit Edeltraud Wagner auf Runde gegangen war und gesehen hatte, mit welcher Hingabe und Detailversessenheit sie beim allmorgendlichen Abklappern des Kabinetts eine Figur um die andere auf Vordermann brachte, bewunderte sie die Sorgsamkeit der Restauratorin des Hauses. Ihr Gedächtnis musste hochauflösend fotografisch sein, die winzigste Veränderung zum ursprünglichen Zustand eines Stars blieb ihr nicht verborgen. Ohne Vorlage. Eine verrutschte Falte. Eine andersrum gekrümmte Haarlocke. Ein unmerklich verblasster Teint. Was immer durch das Anfassen der Figuren bei Tussauds Veränderung erfahren hatte, die Edeltraud sah es.

Das Anfassen der Figuren war den Besuchern ja nicht bloß gestattet, es war – bei maßvoller Zurückhaltung – auch im Sinne einer Kundenanbindung erwünscht. So gerieten die Arrangements der wächsernen Stars naturgemäß durcheinander, wenn mit den Auserwählten fürs Foto posiert wurde. Der eine oder andere Schabernack inbegriffen. Sei's drum, Edeltraud Wagner brachte es jedes Mal wieder hin. Millimetergenau und in schlafwandlerischer Sicherheit. Diese Frau atmete ihren Beruf. Darüber hinaus jedoch war sie Bela, insbesondere in den Dingen der Literatur, wenig bis gar nicht beschlagen oder interessiert erschienen.

Welch Vorurteil!

»Haben Sie der kulturellen Apartheid ergänzend etwas hinzuzufügen, Frau Wagner?«, fragte Madame nicht ohne Unterton.

Die Stylistin schüttelte bedächtig den Kopf.

»Kulturelle was?«, brummelte Flecker.

»Rassentrennung«, hauchte Bela nach ihrer Rechten, bereute es aber in der Sekunde, voller Bedenken, Flecker könnte dies zum Stichwort für eine seiner gefürchteten politischen Unkorrektheiten nehmen.

»Na dann«, sagte Flecker bloß, setzte eine verständige Miene auf, ohne nur im Ansatz den Eindruck des Verstehens zu vermitteln.

Hörbar atmete Bela auf.

»Na dann«, fuhr die Direktorin fort, »würde ich vorschlagen, wir unterlassen Gespräche, die bloß dazu dienen, die Moral der Truppe zu hintertreiben, richtig?«

Schweigen.

Die Hände auf dem Rücken und mit der gestrengen Miene eines Generals setzte die Direktorin sich in Bewegung, defilierte stumm an ihren Mitarbeitern entlang. Einmal die Reihe rauf, einmal runter. Vor Emil Flecker machte sie abermals Halt, hob den Blick.

»Ich sage es nur jetzt und nur dieses eine Mal, Kollege … Flecker.« Ihr Ton war scharf, doch auf seltsame Weise nachsichtig. »Ich habe mich anfangs gegen diesen Gedanken gesträubt. Aber nun bin ich Ihnen für Ihr elementares Versagen sogar dankbar. Wissen Sie überhaupt, welches Ihrer zahllosen Versagen ich meine?«

Flecker starrte geradeaus, über den ballonartig aufgeföhnten Bubikopf der Chefin hinweg.

»Natürlich wissen Sie es. Damals, als es der Mutter des toten Professors gelungen ist, eine Machete ins Haus zu schmuggeln und mit dieser Machete … na, muss ich noch weiter ausführen? Aber … wie so oft im Leben bringen die kleinsten Rädchen unwissend das große Getriebe ins Laufen. Oder ins Stocken. Je nachdem. Denken Sie nur an die Bibel. An die Chaostheorie. An die gescheiterten Attentate auf Adolf Hitler. Woran immer. Die Menschheitsgeschichte ist voll davon. Und auch Sie, Kollege Flecker, fügen sich durch Ihre monumentale Unfähigkeit in die Reihen der Weltveränderer ein.«

Flecker, der zwar nicht alles begriffen zu haben, doch von den Worten »Reihen« und »einfügen« wie in militärische Befehlstrance versetzt worden zu sein schien, machte in der Sekunde Front. So, wie er es seinerzeit beim Heer im Umgang mit Vorgesetzten gelernt hatte, und er rührte sich auch nicht, da Madame Directrice in schallendes Gelächter ausbrach und ihn anwies, bequem zu stehen.

»Was ich Ihnen damit sagen will«, dozierte sie weiter, während sie ein paar Schritte zurücktrat und den Raum mit ausladender Geste umschloss, »wir hier, *Madame Tussauds* Wien, sind das neue … das neue *Must-have-done*. Noch lange vor einer Hofburg oder Staatsoper. Noch lange vor einem Riesenrad oder meinetwegen dieser Dritte-Mann-Tour durch die Kanalisation. Harry Lime? Oscar Wilde? Film? Leinwand? Na, Flecker? Oder klingelt's bei Ihnen im Oberstübchen erst, wenn ich sage: die Wiener Scheißhäusltour?«

Madame Directrice rümpfte die Nase, als stiege ihr der Mief der Kanalisation in die Nase, und sie schien auch gar nicht auf Antwort erpicht. »Das neue *Must-have-done*!«, doppelte sie nach. »Besser als jeder Themensonntag im Fernsehen. Tus… auds … Wien … Must … have … done!«

»Und was, wenn …«

»Schnickschnack!«

Edeltraud Wagner hatte sich nun doch ein Herz gefasst und ließ sich auch nicht beirren. »Was«, sagte sie mit fester Stimme, »wenn die Menschen lieber die Villa Grimaldi in Santiago de Chile besichtigen, weil sie wissen wollen, wo Pinochet seine bevorzugten Oppositionellen foltern ließ? Oder die Wellblechhütten der Townships in Kapstadt? Die Favelas in Rio? So zweifelhaft diese Art von käfiggeschütztem Voyeurismus sein mag. Fast wie im Zoo. Oder eine Reise zum Atomkraftwerk in Tschernobyl? Das ist jetzt total hip. Oder gleich in eines der vielen Kriegsgebiete? Der globale Tourismus wird immer austauschbarer, es dürstet die Menschen nach Absonderlichkeiten. Aber so absonderlich Wien auch sein mag, es steht nicht für diese Art von Absonderlichkeit.«

Bela geriet immer mehr ins Staunen.

»Schnickschnack«, schnaubte die Direktorin abermals. »Dark tourism. Pah, das war gestern. Ein Phänomen des Zeitgeistes und der Flüchtigkeit, das sich verliert. Das ist wie mit diesem James Dean. Intensiv, trendig, heftig, aber mausetot. Fragen Sie da draußen jemand unter 40 nach ihm. Jung gestorben und vergessen. Wir hingegen bleiben.«

»Für die Fans echter Gruselschocker sind wir nicht hardcore genug«, setzte Wagner nach. »Und Bonpland mit dieser schrecklichen Geschichte proaktiv zu bewerben, ist nicht der Stil, den man von Seiten Tuss…«

»Da liegen Sie von Grund auf daneben, meine Liebe«, konterte Clementine Nierast. »Wer spricht denn jetzt noch von einer … proaktiven … Bewerbung? Darüber sind wir, nicht zuletzt dank unseres so ganz und gar nicht umsichtigen Kollegen mit der Geiernase, längst hinaus. Bonpland ist ein Selbstläufer. Ein Selbstläufer der Extraklasse, der die Massen mobilisiert. Ich habe gehört, Unter den Linden planen sie so etwas wie ein Gruselkabinett im Kabinett, ein Haunted House. Rechtzeitig zu Halloween. Und beim Ausgang der Kemenate erwartet einen dann dieser Basketballspieler … Nowitzki, oder? Gegen den ist sogar unser Flecker ein Zwerg. Na ja, vom Regen in die Traufe. Sei's drum. Sie können mir, einer seit 19 Jahren glücklos verheirateten Frau, getrost glauben: So viele abgetrennte Gliedmaßen und Theaterblut können die Berliner Kollegen gar nicht aufbieten, dass sie mehr als eine Handvoll halbwüchsiger Gören zum Kreischen bringen. Berlin? Ein Gruselhaus für Arme. Halloween? Ha! Hallo Wien! Das ist das Motto! Bei uns, Kollegin Wagner, ist das Grauen universell. Bei uns erwerben die Menschen mit dem Kauf einer Eintrittskarte den Schlüssel zum gruseligsten aller Gruselkabinette. Vergessen Sie Harry Potter! Unsere Tickets sind der Schlüssel zur einzig wahren Kammer des Schreckens, die nichts anderes ist als die Kammer der menschlichen Fantasie. Einem Menschen die Knochen auslösen und ihm mit Wachs zu einem neuen Dasein verhelfen … einem Dasein für die Ewigkeit … genau dort, am Scheideweg zwischen Grauen und Wahnsinn, stehen unsere Gäste, treten sie vor Aimé Bonpland hin.«

Totenstille.

»Noch Fragen? Keine? Gut. Ich möchte also, wenn wir in 20 Minuten wieder die Tore öffnen und die Menschen hereinströmen, die jetzt schon Schlange stehen, dass Sie alle sich dieser enormen Verantwortung bewusst sind. Bewusst bis in die äußersten Enden Ihrer Fingerspitzen … ich möchte, dass Sie den Menschen mit Rat und Tat zur Seite stehen … dass Sie ihnen alles rund um Maria Grosholtz alias Marie Tussaud wie auch Aimé Bonpland alias Professor Norbert Köhler näherbringen … all das detaillierte Wissen, mit dem wir Sie in den vergangenen Wochen ausgestattet haben. Und ich möchte nie wieder ein abfälliges Wort hören über irgendwelche uralten Filme oder Bücher oder sonst was. Das Wort ›Schmonzes‹ ist tabu! Nur keine Werbung ist schlechte Werbung. Ist das klar?«

Die Erkenntnis mochte Bela noch so bitter ankommen, doch Clementine Nierast behielt in allem recht. Der ganze maßlose

Trubel, das Aufbauschen, Aufplustern und Überspitzen kam letztlich nur dem einen Zweck zupass: den Ruhm der Wiener Dependance ins Unermessliche, Unübertreffliche zu mehren. Gewiss, die zahllosen Tussauds-Häuser quer über die Kontinente stellten mit ihren regionalen Besonderheiten kleine, feine, in sich geschlossene Welten dar. Tussauds Wien indes war das:

Eine über alle Ufer des Denkmöglichen flutende Galaxie.

So wenig Clementine Nierast in den ersten Stunden, Tagen nach Entdecken der Knochen in Aimé Bonpland an ihren Verbleib geglaubt haben konnte, so wenig würde diese Geschichte nun jemals aus dem Gedächtnis einer nach Geschichten wie dieser lechzenden Gesellschaft zu tilgen sein. Und so richtete sie, fester im Sattel denn je, den Direktorinnenblick schien's unverdrossen nach vorne. Schließlich stand in gut zwei Monaten eine prunkvolle Parade an. Ein Festzug Udo Jürgens zu Ehren, der seinen 80er beging. Die vor mehr als einem Jahr angedachte Idee sah vor, eine Wachsfigur des überragenden Entertainers, im schneeweißen Bademantel am Klavier sitzend, auf einem Musiktruck über die Wiener Ringstraße zu führen. Mit dem Kalkül, Hunderte, bestenfalls Tausende Fans würden ihm ein feierndes Geleit geben. Idealerweise auch sie im Bademantel. Gerade so, wie Udo seine Konzerte zu beenden pflegte.

Angemeldet hatte man den Zug aus taktischen Erwägungen als Demonstration, was die behördliche Sperre ganzer Straßenzüge rechtlich unproblematischer machte und obendrein die Kosten für Polizeischutz und Absperrungen der Allgemeinheit auferlegte. Knallhartes Motto der knallharten Protestkundgebung:

Mehr Freiheit für Musik von Udo Jürgens.

Die Arbeiten am neuen Jürgens-Double in den Londoner Studios liefen auf Hochtouren, auch die Vorbereitungen in Wien dauerten seit Wochen an, ebenso die Unmutsäußerungen der Autofahrerklubs, ein Verkehrschaos prophezeiend.

Belas Gutdünken zufolge stellte die Jürgens-Parade den perfekten Anlass dar, um die rätselhafte Figur an der Seite Peter Alexanders abermals ins Spiel zu bringen. Auf eine ausgefuchst unauffällige Weise. Jürgens war neben Alexander der zweite große deutsche Entertainer, den sie im Programm hatten. Wer an Jürgens dachte, dachte gerne mal auch an Alexander. Und wer an Alexander dachte, konnte nicht umhin, sich Heinrich Hinczicas zu entsinnen – jenes Perückenmachers, dessen mysteriöses Verschwinden bis zum heutigen Tage Spekulationen jedweder Art befeuerte und hochkochte und zugleich als Wachsfigur Geschichte geschrieben hatte. Als Wichserfigur, wie Madame Directrice ihn genannt hatte. Ein ringsum rundes, Publikum in Scharen anlockendes Paket. Dennoch trieben zahllose Fragen Bela im Vorfeld der Ringparade um. Allen voran: Wie würden die Medien reagieren? Wie Spürhund Kluger?

Seit dem Begräbnis seiner Mutter hatte sie nichts mehr von ihm gesehen noch gehört. In diesem einen langen Augenblick der Umarmung am offenen Grab hatte sie seine Gegenwart in den Tiefen des Herzens gespürt. Diese Gegenwart war nicht restlos verlöscht, rückte Bela für den Moment näher an die Verzweiflung als an das neue Glück mit Casper. Dieses Glück hatte aber auch bewirkt, dass sie den Bann ihrer Bitterkeit gegen Vinzent gebrochen sehen wollte. Mit jedem Tag, den die Nachwehen der schrecklichen Ereignisse im Kabinett sich ins Absurde überhöhten, zur Abstraktion wurden und so in ihrer Unmittelbarkeit weiter außer Sicht gerieten, war auch das Zwielicht der Verstrickungen verblasst, in welchem Vinzent stand.

Gewiss, es blieb ein Rätsel, Klugers dubioses Wirken inbegriffen. Sollte sie länger voll Groll und Zorn gegen ihn eingestellt sein? Überwog nicht letztlich das Gute? Und war nicht Vinzent es gewesen, der dem Permafrost ihres Verhältnisses einen Hauch Tauwetter entgegenstellte? Hatte nicht er ihr, wiewohl kommentarlos, die Parte seiner Mutter zugesandt? Das Bild, das sie in den bald eineinhalb Jahren, seit sie wieder in Kontakt standen, von ihm gewonnen hatte, war Bela zuletzt in einem milderen Licht erschienen, ja, dachte sie an ihn, dachte sie an einen alten wiederentdeckten Michelangelo: rissig, brüchig, abgeblätterte Stellen da wie dort, die nach einem Pinsel in kundiger Hand verlangten, alles in allem ein wenig schäbig also, und doch sehr wertvoll.

Und so hatte sie darauf gehofft, eine dauerhafte Freundschaft möge zwischen ihnen erwachsen, eine Beziehung mit dem mathematisch unantastbaren Wert einer Asymptote: Vinzent & Bela als Kurve & Gerade – alle beide in steter Annäherung, ohne einander zu berühren. Bis in alle Ewigkeit. Nun aber, da sie diesem Augenblick auf dem Friedhof nachspürte, diesen ewigen Sekunden, als sie ihm ein paar Worte ins Ohr geflüstert und die Verhärtung seines Körpers gewahrt hatte, ergriff ein diffuses Frösteln Besitz von ihr. Das Durchdringen der gallebitteren Erkenntnis, dass die Mathematik log.

Zur selben Stunde

11. VÄSTERÅS

Ein Rindvieh aus Schweden?

Die Kuh trabte am schmutziggrauen Gemäuer einer halb verfallenen Stallung entlang, angetrieben von einem Bauern in gebückter Haltung, fester Hose, fester Jacke. Der Anstrich auf Giebel und Gaupen des Wohnhauses dahinter, irgendwann mal falunrot, war verblasst. Überhaupt wirkte der Auftritt eines Fjällrindes aus dem Norden in einem Landstrich auf Öland im Süden im ausklingenden 19. Jahrhundert wie aus Raum und Zeit gefallen, hätten nicht die Worte »Sverige« für Schweden und »Brev« für Brief auf der Marke, insbesondere aber der Poststempel ins Heute verwiesen.

Wer schickte ihnen persönlich adressierte Post aus dem hohen Norden?, überlegte Clara Schrot. Absender war keiner vermerkt. Hatten sie etwas vergessen, das man ihnen nachsandte? Bloß, von wo? Sie waren mit dem Wohnmobil unterwegs gewesen, hatten – diese eine Nacht auf dem See ausgenommen – so gut wie nirgendwo Halt gemacht, um festes Quartier zu beziehen, einige Male sogar, ein Hauch von Abenteuer, ja, von Ruchlosigkeit, wild kampiert. Wiewohl, von ruchlos im Sinne von verboten konnte keine Rede sein, solange man – das Jedermannsrecht im Rücken – die Regeln beachtete, die Intimsphäre der unbekannten Gastgeber nicht verletzte.

Allemansrätt, dachte Clara, während sie versonnen auf die Briefmarke starrte. Auch so ein Wort, das sich wie von selbst übersetzte und das sie mit nach Hause gebracht hatten. Sie und mehr noch Karl, ihr Wortesammler in der Fremde.

Zweieinhalb herrliche Wochen waren es gewesen. Die Kühle *dort oben* würde ihnen guttun, hatte Karl eines Morgens im Juni gesagt und sie vor vollendete Tatsachen gestellt. Die Kühle dort oben, die Kühle des Nordens. Er hatte darauf beharrt, und ihr war nichts geblieben als einzuwilligen. Jedes ihrer Argumente hatte er messerscharf mit sorgfältig zurechtgelegten Gegenargumenten gekappt. Sie hatte ihre Eltern gar nicht erst zu fragen gebraucht, ob sie für die Zeit vom Land hereinsiedeln und ihre Gartenwohnung auf dem Wiener Alsergrund beziehen würden. Der Kinder wegen. Des nahenden Schulschlusses der beiden älteren wegen und all das. Karl hatte es im Verborgenen organisiert. Claras Vertretung für die Lachyogakurse. Das Wohnmobil. Ja, sogar ihre Eltern. Generation das neue 50. Für ihn selbst, den, wie er zu sagen pflegte, freischaffenden Künstler mit der gesonderten Freiheit, eines Tages, dem allgemeinen Trend zum Trotz, mehr schon an einem Mangel an Stress zu sterben denn an einem Übermaß, gebe es nichts zu organisieren. Dann ab.

Anfang, Mitte Juni ist eine gute Zeit für hier oben, hatte Karl gesagt, als sie Schweden erreichten und das Geheimnis des Reiseziels endlich gelüftet war. Und an dir, hatte sie in Gedanken erwidert und ihn bloß scheel angesehen, ist ein Geograf verlorengegangen. *Hier oben.*

Karl saß am Steuer mit der ausladenden Armhaltung eines altgedienten Busfahrers und dem zielbewussten Strahlen eines Mannes in den Augen, der auf dem Weg zu seinem Lebenstriumph auch das letzte Hindernis beiseitegeräumt hatte. Sein mähniges, grau meliertes Lockenhaar wippte tief durch, als der Wagen auf eine Biegung zuhielt, kurz davor in eine Senke tauchte und sie in schneidiger Fahrt durchmaß. Dann schossen Fahrer und Fahrzeug wie frisch gestärkt daraus hervor und über die Kuppe hinweg. Für einen Augenblick verloren die Vorderräder die Haftung, und der Motor heulte auf. Karl riss das Steuer herum, zwang das Wohnmobil im entscheidenden Moment in die Kurve. Hinten in der Küche sprang die ungesicherte Bestecklade auf, und in den Kästen, wie zum heiteren Geleit, schepperte das Geschirr.

Jetzt heulte auch Karl auf.

Wie machte er das? Wie konnte er fahren, als gäbe es kein Morgen, wie vergnügt sein, als gäbe es kein Gestern? Als hätten ihm die vielen Kilometer alles Erinnern aus dem Gedächtnis gespult. Karl trug ein Leuchten im Antlitz, das auch ihr, Clara, die Schatten ihrer Seele aufzuklaren verstand, krallte sich ihr Blick nur daran fest. Sich an Karls Laune zu laben, war wie der Trunk eines hoffnungsvollen Vergessens.

Sie hatten den Landweg gewählt. Hamburg, Flensburg, Kopenhagen, dann den Öresund. Wasser bitte nur aus der sicheren Ferne, Karl, hatte sie vorsorglich gesagt, lange bevor sie die Route auszumachen glaubte, Ziel ihres gemeinsam gehegten Traumes, den sie beinahe schon vergessen hatte. Schweden, einmal nur Schweden!

Er hatte milde gelächelt. Ein Hauch von Heimlichkeit hatte darin gelegen, doch sie hatte beschlossen, es nicht weiter zu beachten. Karl wählte die Etappen der Anreise mit Bedacht, und so nahmen sie die Brücke am frühen Morgen, da der Öresund ringsum als kompakte dunkle Meeresengenmasse dalag, Wasser bitte nur aus der sicheren Ferne, Karl, und die mächtigen, mit doppelt geführten Stahlseilen abgespannten Hauptpfeiler stießen in den fliehenden Nachthimmel über ihnen, großmächtig und darin geheimnisvoll wie titanische Wächter am Tor zu einer unwirklichen, sagenumwobenen Welt. Schräg vor ihnen, vom Horizont beschnitten, erhob sich die Morgensonne, und die Silhouetten der Wohntürme von Malmö rankten sich begierig empor in das süffig orange Halbrund, als wären es die Luftwurzeln eines Epiphyten, nutznießerische Aufsitzer, die wo immer andockten, um Kraft für einen Frühsommertag zu schöpfen.

Ihrer Scheu zum Trotz brachte er sie zum Kullaberg, Schwedens Naturreservat an der Öresundmündung. Bis hinab an den Kattegat führte er sie, wo sie im spärlichen Mondlicht auf den zerklüfteten Felsen standen und die Wasser des Kattegat in schaumigen Kaskaden heranbrandeten und Karl, Bildungsbürger Karl, anfing, gegen das Tosen der Gischt anzuschreien mit der Leidenschaft eines Mannes, der einer jeden Fremde ihre Sprache abzuringen suchte. Kattegat wie Katzenloch!, brüllte er unermüdlich ins Meer hinaus, Kattegat wie Katzenloch!, wieder und wieder, Katzenloch!, Katzenloch!, Kattegat!, Kattegat! …

… bis sie, seinem feurigen Eifer erlegen, ihre Scheu vergaß und es sie schüttelte und bog vor Lachen und alle beide, unvermutet fest umschlungen, nur noch dastanden und innehielten. Und emporblickten zum Leuchtturm. Dem Kullens Fyr. Und auf einmal – lange bevor sie auf allen vieren im Schneckengang die Klüfte wieder emporkrabbelten, immer nur auf das rotierende Auf und Ab des Kullens Fyr zu wie zwei torkelnde Nachtfalter in ihrem Irrflug ans Licht –, auf einmal war ihr, als stünden sie und Karl in der Brandung ihres allerersten Morgens, aus der es kein Entfliehen gab, diese zittrige Empfinden einer frischen Liebe im Herzen schon allein, da ein jedes die Augen aufschlägt und das andere an seiner Seite entdeckt und die Zeit stillsteht. Ein Hauch von Ewigkeit.

Ein wohliger Schauder erfasste Clara, als sie dastand, das Kuvert ungeöffnet in Händen, und zurückdachte. Diese Einschicht. Welch Wohltat. Der Abend unter dem Kullens Fyr hatte ihr trotz, vielleicht aber auch wegen ihrer unergründlichen Scheu vor großen Wassern für eine beginnende Einkehr gestanden: die Einkehr von Ländlichkeit, die zugleich eine Einkehr des Beschaulichen war. Eine Ruhe, die sie verloren geglaubt hatte, die es neu zu entdecken galt. Gerade nach dem Schrecken der vergangenen Monate. Erst diese Entführung, an deren Wahrhaftigkeit sie selbst schon zu zweifeln begonnen hatte, dann der Horror mit dem Schlangenkopffisch im Aquarium, der sie immer noch nachts hochfahren und aufschreien ließ.

Und zuletzt die Sache am Gartenzaun, ehe sie auf Reisen gingen. Aber, gemessen an den anderen Vorfällen, war es das überhaupt ... eine Sache? Lohnten diese sieben, wie die Thesen an der Schlosskirche zu Wittenberg sorgsam eins ums andere angeschlagenen Worte die Plage, sie hin und her zu wälzen, ihnen Tiefe beizumessen? Oder war es nicht doch, wie Karl lapidar gesagt hatte?

Bubenstreiche, Clara, hatte er gesagt. Vergiss es.

Bubenstreiche? War es damit getan? Waren da nicht Worte gewesen, die niemals mit einer Bubensprache zu tun haben konnten? Worte wie ... Karibu? ... nein ... Karibik? ... oder auch ... Gauch? ... dieses wunderschön alte, bald ausgestorbene Wort für Geck oder Narr? ... oder doch das französische Gauche für links ... oder auch jenes für den südamerikanischen Kuhhirten ... ja, kann es nicht Gaucho geheißen haben? Nein, das nicht. Die Abfolge der auf Zettelchen gedruckten Worte, mit bunten Pinnwandstiften ins Lattenzaunholz gedrückt, war ihr damals schon, bald nach der ... Entführung? ... wirklich so bald? ... war das nicht erst kürzlich? mein Gott, brachte sie wirklich schon alles durcheinander? ... die Reihenfolge jedenfalls war ihr entfallen, einfach entfallen, später auch, unter dem vielen Drehen und Wenden, die Worte selbst, ihrem von Ungewissheit und Angst zermürbtem Geist entglitten wie ein Stück nasse Seife der ungelenken Hand.

Dann Schweden.

Dort oben war alles so weit entrückt. Dort oben hatte sie diese Einkehr empfunden, war drauf und dran gewesen, selbst Teil dieser Einkehr zu werden. Der Fels von Mann neben ihr, Kapitän und Steuermann ihres Schiffes auf vier Rädern, der einen scharfen Ritt um den anderen hinlegte und von dem sie gar nicht gewusst hatte, dass er so ein leidenschaftlicher Camper war. Von Tag zu Tag hatte Clara immer größere Mühe gehabt zu memorieren, Dinge, Geschehnisse, die verstaubt im hintersten Stübchen lagerten, hängen geblieben an der gegen jeden Zwang robusten Schranke vom Unbewussten zum Bewussten. Erinnerungen, die wie ausgemusterte Züge auf toten Gleisen verkamen, in vergessenen Remisen. Als hätte sie der Schmerz aus Zeit und Raum gelöscht. War es nicht ohnedies besser, die Dinge ruhen zu lassen? Vergessen, was sie womöglich gar nicht richtig bemerkt hatte? Gemerkt?

Ja, Bubenstreiche. Vermutlich war es, wie Karl gesagt hatte. Vermutlich war es genau … nichts. Dieser Hauch von Befreiung, der sie durchweht hatte. Erstmals seit Langem nicht gefangen sein im heillosen Wirrwarr des Gestern, Gedanken, die im Jetzt standen, endlich wieder auch in ein Morgen zu greifen wagten.

Stadt um Stadt war unter ihren Rädern vorübergeglitten. Lund mit seinem Fachwerk und Backstein, dem *Stortorget* südlich des Doms, wo sie bei *Skaldjurstallrik* mit Jakobsmuscheln und Hummer geschwelgt hatte und er bei *Kottbulla* vergangen war. Lund. Landskrona. Kullaberg. Falkenberg. Dann erst ließen sie die Westküste hinter sich, zogen tief ins Land hinein, auf die übermächtigen Seen zu. Vänern und Vättern. Zwei Meere mitten im Land, groß wie halb Zypern, größer noch. Sie nahmen das Streichholzmuseum in Jönköpping, sahen Kinderhände, die auf Schwarz-Weiß-Fotografien Schächtelchen klebten, Espenholzstäbchen bündelten, in die Zündmasse tauchten, sahen ganze Arbeiterdynastien unter dem Gift des weißen Phosphors gehen und den als ungiftig gepriesenen Fortschritt des roten kommen …

… umschifften Husqvarna, eine Stadt die aus nichts zu bestehen schien als einem Motorenwerk …

… und staunten in den Kochereien von Gränna über die Behändigkeit der *Polkagris*-Bäcker, wenn sie in die Vollen griffen – *socker, ättika och vatten*, Zucker, Essig und Wasser, sonst (fast) nichts, wie auf rustikal geschwungenen Holztafeln über den Schaufenstern zu lesen stand – und farblose und scharlachrote Massen in furiosem Wirbel miteinander verwoben, walkten, schnitten, wieder walkten, wieder schnitten, als würden unerschrockene Dompteure wilde Tiere übertölpeln, ehe sie den verzückten Zusehern, die auch sie, Clara und Karl gewesen waren, frisch gerollt gereicht wurden.

Polkagris. Zuckerstangen, die originalen in Rot-Weiß.

Von da an ging es nur nach Osten, auf Stockholm zu. Endlose Kilometer, um auf Campingplätzen die immer gleichen Bilder mit der immer selben Grundierung unverhohlenen Nationalstolzes in Blau-Gelb zu schauen: Fähnchen, Wimpel auf Wäscheleinen und Vorzeltdächern, in Astlöchern und Kurzbeinkugelgrillhalterungen; Fähnchen in Vorgärten, hinter kniehohen Maschendrahtzäunen, unter bunten Lampions, neben Porzellanhunden in Bettelposen, an Heerscharen von Solarleuchten; Fähnchen, wo bei Bier und Gegrilltem Freundschaften für einen Tag geschlossen wurden, mitunter aber auch Feindschaften für ein ganzes Camperleben, wenn ein Rookie die ehernen Regeln brach.

Ein Land wie ein Nationalkorsett, hatte Clara anfangs lustlos gemurmelt. Karls Güte im Rücken, hatte sie indes begonnen, sich am schwedischen Alltag zu erfreuen. Blau-gelbe Kühe, blau-gelbe Elche, blau-gelbe Schirmständer, blau-gelb gewandete Shopverkäuferinnen, die blonden Klischeezöpfe in blau-gelben Schleifen gebändigt. Und dann, eines Abends am Lagerfeuer, hatte Karl gesagt, morgen sei endgültig Schluss mit Wasser nur aus der sicheren Ferne. Sie würden den Mälaren erreichen, um dort eine Nacht auf dem See zu verbringen.

Eine Nacht auf dem Wasser, Karl?, hatte sie gerufen.

Nein, Liebes, hatte er gesagt. Unter Wasser.

Clara schrak hoch. Ach ja, das Kuvert. Gestern erst, spätabends, waren sie heimgekehrt. Und jetzt schon Post aus Schweden? Hier, zu Hause, hatte sich alles – natürlich, wie auch nicht! – in bester Ordnung befunden. Keine zwei Minuten nach ihrer Ankunft war es ihrer Mutter von der Zunge gesprudelt, wie bravourös sie den Laden unter Kontrolle gehabt, wie wenig die Kinder die Eltern vermisst hätten. Tatsächlich präsentierte sich die Etagenwohnung in einer nachgerade gespenstischen Aufgeräumtheit, die in kühler Opposition zur üblichen Gemütlichkeit im Hause Schrot stand.

Auch die Postverwaltung sprach die Sprache der Mutter. Fein säuberlich sortiert hatte alles auf der Kommode im Wohnzimmer ausgelegen. Flugblätter und Werbebroschüren auf dem einen Stapel, augenscheinliche Rechnungen auf dem zweiten, Berufliches auf einem dritten (unter anderem der Brief eines Kärntner Professors, der an der Universität von Zürich lehrte, sein akademisches Schaffen überwiegend der Erforschung des Humors widmete und als eine der Kapazitäten in der jungen Disziplin der Gelotologie galt, der Wissenschaft von den Auswirkungen des Lachens), Persönliches auf einem vierten und nicht Zuordenbares auf einem fünften. Der vierte Stapel bestand lediglich aus zwei Sendungen – einem Irrläufer, weil eine Anfrage für Lachyogakurse, und dem Kuvert mit der schwedischen Kuh, das sie nun als Letztes zu öffnen gedachte. Das Beste zum Schluss. Sie liebte Überraschungen.

Clara befühlte die wattierte Sendung, lauschte dem Knistern hinter dem Knistern der Verpackung. Stoff womöglich, nein, Papier? »Clara & Karl Schrot« stand da, ihr Vorname in Wellen unterstrichen, eine Art Präferenz des Absenders, das ihr gewiss das Vorrecht des Öffnens einräumte. Von einem der Campingplätze womöglich? Oder doch, ja, beinahe hätte sie es vergessen, von diesem kuscheligen Hotel auf Skeppsholmen, wo sie das Wohnmobil Wohnmobil hatten sein lassen, eine Nacht in bequemen Betten und einer Oase von Bad zugebracht hatten? Beim Auspacken war ihr nichts aufgefallen, was sie zurückgelassen hatten, andererseits …

Was sie zunächst zu sehen bekam, erstaunte Clara. Zwei gestochen scharfe Fotografien in Schwarz-Weiß, A4-Format, die sie und Karl in einem Motorboot zeigten. Eine Aufnahme von vorne. Eine von hinten. Beide Male in voller Fahrt mit aufwehendem Haar. Der Mälaren!

Ein Gefühl von Wärme durchflutete Clara, und sie dachte an die Fahrt zum *Utter Inn.* An ihren Guide, der sie hinausbegleitet, abends ein Candle-Light-Dinner auf dem See serviert und am Morgen wieder geholt hatte. Dieser Lars, nein … hieß er nicht Kalle? Björn? Wie auch immer. Ein seltsamer, doch liebenswürdiger Kauz. Kaum waren sie losgebraust, hatte er seine Show abgezogen, ihnen über den Motorenlärm hinweg und in die Gischt hinein Wortfetzen zugebrüllt, die allesamt mit dem kleinen Häuschen dort draußen zu tun zu haben schienen. Sie hatte nicht eine Silbe verstanden. Zwischendurch hatte er immer wieder die Faust in den Himmel gereckt und einen Schrei nach oben losgelassen, dorthin, wo ihnen eine Möwe Geleit gab und unablässig herabkreischte.

Keine fünf Minuten später hatten sie angelegt und Lars/Kalle/Björn musste alles von vorne erklären. Die Lachmöwe heiße Jonathan, seine ständige, etwas freche Begleiterin. Er hatte sie einmal auf der schmalen Veranda rund um das winzige Holzhäuschen geführt, das Beiboot erklärt, mit dem sie zur benachbarten Insel rudern könnten, dann den Eingangsbereich, keine fünf Quadratmeter – the best living-room-kitchen-toilet in the world, U will C! –, der auf engstem Raum tatsächlich alles beherbergte, was nicht zum Schlafen gedacht war: Teeküche, Toilette, Klapptischchen, Klappstühle, Apothekerschränkchen, und mittendrin eine Stahlröhre, die über eine Stahlleiter hinab in die Katakomben führte.

Unten ein unheimliches Bild. Lars/Kalle/Björn war vorneweg gestiegen, um sie einzuweisen, hatte zwei batteriebetriebene Lämpchen angeknipst, bei jedem der durch einen schmalen Korridor getrennten Betten eines. Sonst nichts. Für mehr als Bett und Licht war auch kein Platz. Wirklich gespenstisch, wie Clara befand, war es aber nachts geworden, als sie bis lange nach Sonnenuntergang oben gesessen, auf den See hinaus geblickt und in die Stille gelauscht hatten, ehe sie doch hinabgestiegen waren und im spärlichen Schimmer geisterhafte Gesellen ringsum an die Scheiben zu allen vier Seiten treiben sahen. Manche, schien es, ließen sich gelangweilt auf dem handtellerbreiten, reihum laufenden Betonsims nieder, warfen stumpfe Blicke ins Innere und zogen gemächlich weiter. Als wollten sie sagen: Verrichtungen wie eure, Leute, spielen für unser Fortkommen keine Rolle. Bei uns läuft die Sache mit sehr viel weniger Pomp und Trara, mehr so als ungefühliger biologischer Automatismus, der eben sein muss. Andere Fische wiederum erweckten in ihrem quirligen Auftritt den Eindruck von unstillbarer, ja, voyeuristischer Neugier.

Sie hatten eine Weile dagelegen, gestaunt, ein jeder schweigend, gedankenverloren, und Clara bei jenen mystischen Orangetönen, von denen ihr Guide geschwärmt hatte, wenn das letzte Sonnenlicht bis hinab zum Schlafraum sinke an einem dieser besonderen, seltenen Abende, deren einen oder anderen er schon habe erleben dürfen, außerhalb der Saison, und alle beide, Clara und Karl, hatten wohl auch stumm erwogen, ob sie das Licht anlassen sollten. Oder nicht. Diesmal war ihr Mann es gewesen, der über seinen Schatten gesprungen war, nicht auf dem Dunkel bestanden hatte. Die halbe Nacht hatten sie sich geliebt, lange Zeit bloß Augen füreinander und keinen Blick für die wie toten Murmeln ihrer ungerührt glotzenden Gäste.

Clara besah sich die Fotos noch einmal. Wie schade, dass ihr Guide darauf nicht zu sehen war. Aber, was für Service! Da konnten andere Tourismusverbände sich ein Scheibchen abschneiden. Eine Nacht im Unter-Wasser-Erlebnishotel – wiewohl um 250 Euro zugegebenermaßen nicht geschenkt, Extras nicht inbegriffen –, und die Erinnerungsfotos werden nachgereicht. Einfach so. Dabei hatte sie weder bei der Fahrt hinaus, bei der Rückkehr, einen Fotografen am Ufer noch anderswo, in einem Boot etwa, ausmachen können. Bloß, was besagte das schon? Karl würde seine Freude haben. Er liebte großformatige Bilder. Noch dazu in der künstlerisch-nostalgisch angehauchten Ausführung. Sie konnte es kaum erwarten, sie ihm zu zeigen, wenn er vom Einkaufen zurückkam.

Doch das war nicht alles. Ein Kuvert im Kuvert kam zum Vorschein. Hastig erbrach Clara auch dieses. Es waren Zeitungsausschnitte, akkurat herausgelöst und fein säuberlich gefalzt, die, wie an Fotos und fetten Titellettern zu erkennen, sämtlich mit dem *Utter Inn* zu tun hatten.

Zeitungsausschnitte? Was hat das …

Neugierig legte sie einen um den anderen auf dem Esstisch aus, fing an, die Berichte in Augenschein zu nehmen. *Aftonbladet*, *Expressen*, *Metro*, *Dagens Nyheter*, allesamt landesweite Morgen- oder Abendzeitungen, wie sie annahm, die sie vom Namen kannte und ihr an Kiosken untergekommen waren. Dazu einige mehr, die von der Aufmachung her regionale Blätter zu sein schienen.

Schon die erste Schlagzeile ließ sie stutzen. Ein Gefühl der Unheimlichkeit stellte sich ein, eine andere Unheimlichkeit indes als jene, die sie beim Sex unter Wasser empfunden hatte, eine Schaurigkeit, die langsam in Clara emporkroch, doch von Sekunde zu Sekunde an Fahrt aufnahm. Worte sprangen ihr entgegen, für die sie keinen Crashkurs belegen musste, Worte, die abseits der paar aufgeschnappten Brocken Schwedisch standen wie *hey* und *jag heter* und *varsågod* und *tack* und in fast allen Sprachen dieser Welt universell verständlich waren.

Våldsbrott. Hieß das Gewalt? Etwas in dieser Art jedenfalls. Gewaltverbrechen?

Kniv. Das zweite Wort, das ihr ins Auge stach. Hatte das mit Gift zu tun?, Nein, eher mit dem englischen *knife*.

Lönnmord. Irgendeine Art von … Mord? Nein das konnte alles sein. Vielleicht war es auch auf die Umwelt bezogen? Den Schweden erging es diesbezüglich wohl kaum besser.

Und dann sprang ihr in der *Dagens Nyheter* ein Gesicht entgegen, das sie eben noch vermisst hatte. Aber das war doch … ja, die unverkennbare Silberbürste von Haarschnitt, die wettergegerbten Züge des Mittvierzigers, der, nein, hier stand es, der nicht Kalle und nicht Lars hieß. Ja, Björn. *Ihr* Björn. Björn Viberg war in der Bildunterschrift vermerkt. Und daneben dies:

Mordoffer.

»Oh, mein Gott«, hauchte Clara. Tränen schossen ihr ein. Jemand hatte ihren Guide ermordet, diesen sympathischen, feschen Kerl, der ihren zweiten von drei Abenden rund um Västerås zum unvergesslichen Erlebnis gemacht hatte. Daneben ein Bild des *Utter Inn*, *ihres* winzigen Unterwasserhotels. Mit zittrigen Fingern kramte sie das Reisetagebuch hervor, überflog die Einträge, bis sie auf die knapp 20 Stunden auf dem Mälaren stieß. Ihr Blick wanderte zurück zu den Zeitungsberichten, nach oben zu den Datumszeilen, die bei allen Artikeln gleichlautend waren. Und auf einmal erfasste ein machtvolles Empfinden ihren Körper, ein inneres Beben, das sie niederwarf. Und auf einmal wurde ihr schwarz vor Augen.

Es war der 21. Juni. Der Folgetag ihrer Abreise aus Västerås.

Sehr viel später am Tag

III. HIER KOMMT KURT

»Komm schon, Süße. Ich hab zurzeit echt andere Sorgen als das, ja? Hast du auf die Schnelle eine Bleibe für mich? Ein kuscheliges Plätzchen neben dir im Bett? Oder eine Couch? … Na siehst du … Nein. Ich hab jetzt keine Lust, mit irgendeiner Leserin zu reden. Vertröste sie auf morgen … Keine Lust, ja?! … Auftrag vom Pinscher? Wir müssen um jeden Leser kämpfen, Kollegen. Revolution im Netz. Die Zeitung ist ein Auslaufmodell, Kollegen. Blabla. Scheiß drauf! Sag das diesem arschgefickten Känguru von Pin… nein, sag's ihm nicht … völlig aufgelöst? Hmm. Das gibt Seelsorgezuschlag, Süße … Also gut, wie heißt die Tante? … Wie das Alteisen? … Nein? … Wie das Futtermehl für Tiere, sagst du? Okay. Ich hab's gecheckt. Schrot mit einem t. Wie die Munition meiner Pumpgun, mit der ich eines Tages diesem arschgef… Ja, meinetwegen, gib sie mir aufs Handy. Küsschen, meine Süße!«

Kluger stierte den telefonierenden Kollegen finster von der Seite an, lauschte dem, was folgte, aber bloß nebenher. Aus den üblichen Stehsätzen für Querulanten der Marke *Alles ist wichtig* oder *Ich kümmere mich morgen verlässlich darum* oder auch *Ich habe Ihre Nummer auf dem Display* würde er ohnedies nicht schlau. Nach zwei Minuten war das durchgestellte Gespräch auch schon beendet.

»Süße?«, sagte Kluger.

»Die kleine Pranzl«, schnurrte Supan. Dann, wie entrückt und mit einer Stimme wie aus der Gruft: »Seid ihr heiß drauf? Yeaah.«

Kluger beäugte Supan argwöhnisch, der den Lautstärkeregler des Autoradios jäh nach oben gedreht hatte, hinterm Steuer zu wippen anfing und mit Frank Zander um die Wette zu grölen.

Hier kommt Kurt!
Hier kommt Kurt!
Seit der Gebuuurt heiß ich Kuuurt!
Hier kommt Kurt!

Kluger wollte etwas erwidern, wandte jedoch den Blick ab und hing schweigend trüben Gedanken nach, während Supan und der Megahit der frühen 90er an Fahrt aufnahmen. Phrasen wie »Mister Knackig und hart wie Stahl« oder auch »K wie kernig und Kanone, absolut und optimal« drangen an sein Ohr, und das König-Neptun-Tattoo auf Supans Bizeps ritt in Wellen. Draußen segelten die Ausläufer der Wiener Innenstadt vorüber, und Kluger fragte sich, was der Kerl neben ihm mit ihr zu schaffen hatte, mit seiner Rosi …

»Was hast du mit …?«

Jede kennt mich, jede will mich,
ob aus Liebe oder Zorn.
Wenn sie seh'n, was Kurt für'n Kerl ist,
woll'n sie Kurt sofort von vorn'!

»Jetzt sag schon! Was hast du mit der Pranzl …?«

Alle rufen, alle grooven, alle shooten um mich rum,
alle jodeln, alle singen und nur ich allein bleib stumm.
Warum?

»Hallo?«

Es gibt nur eine Antwort, Freunde:
Hier … kommt … Kurt!

»Hallo?!?«

Nichts zu machen. Kluger schüttelte den Kopf.

Hier kommt Kurt!
Ohne Helm und ohne Gurt!
Einfach Kurt!
Der nicht quengelt und nicht murrt.

Klugers Laune verdüsterte sich zusehends. Nicht dass er sich ein prinzipielles Vorrecht auf Rosis Gunst einräumte, doch ein innerredaktionelles allemal. Hatten sie nicht eine beinahe heiße Nacht verlebt? Er hob die Hand, gewillt, den Kollegen mit einem Hieb an die Schulter zurück in dieses Universum zu holen.

Ich bin Kurt, der Coole, das Generve macht mich krank.
Während andere unten wursteln, geh ich locker oben lang.
Ich bin Kurt, der Brüller, absoluter Megaknall!
Batman ist 'n Pausenfüller, gegen mich nur Lull und Lall.

Zur Attacke kam es nicht. Ein Stück voraus sah Kluger eine Straßenbahn auftauchen, und er wusste um die Brisanz einer Zusammenkunft dieser beiden Horizonte. Wenn der eine (enge) des Kollegen, bei schallender Musik hinters Steuer geklemmt, und der zweite (noch weite) der Bim rasend schnell zusammenschmolzen, dann … instinktiv krallte er sich fest. »Hast du es schon mal damit probiert«, brüllte er, »dich mehr zu Hause und weniger bei den Huren herumzutreiben?«

Supan war irgendwo, nirgendwo, weit weg jedenfalls, und starrte geradeaus.

Bin der Schickeria-King, jeder kennt mich ganz genau.
Nachts da such ich meine Sonne und zu Hause meine Frau!
Und kräht der erste Gockel, werde ich die Nacht verdau'n,
ich pack mich ins Solarium und schlaf mich dunkelbraun.

»Oder wenigstens bar zu zahlen statt mit Karte?« Kluger plärrte bereits. »Das entspannt die Beziehung. Vor allem, wenn man ein gemeinsames Konto hat. Und du musst die Sekretärin nicht billig anbaggern. *Meine* Sekretärin, Kollega. Na? Warum nicht mal auf die Tour?«

Warum?
Das sag ich euch später. Erst mal 'n Solo. Paul!
Irre!

Immer noch starrte Blutreporter Klaus Supan geradeaus, groovend, grölend, immer noch auf seinem mörderischen Trip durch das Universum mit Namen Kurt.

Hier kommt Kurt!
Ohne Helm und ohne Gurt!
Einfach Kurt!

»Wo wohnst du jetzt?«

Wo ich auftauch, taucht man unter,
wo ich reinkomm, geht man raus …

»Brücke. Gruft. Schlachthof. Jaqueline!«, brüllte Supan plötzlich, »such dir eins aus.«

»Bei ihr? Eine Prostituierte lässt einen Freier bei sich wohnen?«

»Erzähl du mir nichts von den Weibern!«

Alle feiern, alle leiern, alle eiern um mich rum,
Alle rocken, alle zocken, ich mach keinen Finger krumm.

Ächzend fasste Kluger unter den Beifahrersitz, fischte eine Flasche *Absolut* hervor. »Da ist sie ja! Kannst es wohl nicht lassen, was?«

Warum?
Ich hab's einfach nicht nötig, Freunde.

Kluger nahm einen kräftigen Schluck, hielt dem Fahrer den Wodka hin. Der schüttelte im Takt den Kopf, schaltete einen Gang nach unten, trat das Pedal voll durch.

Und wo Kurt ist, tobt das Leben, Kurt ist da, wo alle sind.
Und bei Kurt gibt's keine Flauten, Kurt hat immer Rückenwind.
Kurt ist leise, aber wichtig, immer hier und überall.
Kurt kennt alle, doch nicht richtig, doch das ist dem Kurt egal.

»Jetzt hör endlich auf mit dem Schwachsinn, Klaus, hörst du?«

Schluss jetzt, Kurt will tanzen!

Gaspedal. Radio. Alles auf Anschlag.

Jaaaa, hahaha! Bängelängedängdäng.

»Hey, Arschloch. Soll ich dir verraten, WAS DU MICH KANNST?!«

Übrigens, eins hab ich noch vergessen.

Achtung:
Bei Kurt, da knallen die Korken, bei Kurt da brennt die Luft, und wenn er in die Kiste steigt, dann ruft die ganze Gruft:
Kurt!
Ja! Hier bin ich!

Schäumend vor Ekstase und doch teilnahmslos, als wäre es das Natürlichste der Welt, raste Supan schnurstracks auf die Straßenbahn zu, scherte im letzten Moment aus und flog auf dem Gegengleis an ihr vorüber. Nur die gelegentlichen wie peripheren Lenkmanöver des Reporters verrieten, dass er nicht vollends in Kurts Egotrip aufgegangen, immer noch Teil dieser Galaxie war.

Wir wollen Kurt!
Natürlich kommt euer Kurti zu euch!

Festgekrallt an Haltegriff und Sitz, starrte Kluger ihn entsetzt an. Nicht nur, dass er seine Leibmarke verweigerte ... wollte er ihn jetzt auch noch mit weit über 130 Sachen mit ins Verderben reißen? Supans äußerer Verwüstung zufolge, hatte ihn seine Lebensgefährtin schon vor Tagen auf die Straße gesetzt. Seitdem war er, wie es schien, auf Tour.

Plötzlich jedoch war der Spuk vorüber, und Supan ließ sich auf ein verträgliches Tempo zurückfallen, irgendwo auf halber Strecke zwischen Führerscheinentzug und bedingter Haft. Auch Schickeria-King Kurt begnügte sich mit schalen 80 Dezibel. Kluger nahm den Wiedereintritt ins Leben dankbar lächelnd an und begann, sich in Supans Wagen umzusehen. Ein achtzylindriges PS-Monster im Kleid einer Mülltonne, die irgendwann einmal Ford Mustang Coupé mit Vollausstattung geheißen hatte, nunmehr jedoch ein Vehikel von erlesener Schlichtheit war. Ein gerade noch gebrauchsfähiges Etwas für den Transport von A nach B. Alles, was der Wagen je besessen hatte und nicht dem ureigenen Zweck des Fahrbetriebs gewidmet war, hatte Supan demontiert und zu Geld gemacht, bis hin zur firmeneigenen Freisprecheinrichtung, ausgenommen einzig die Musikanlage.

Den Fahrer in seiner gegenwärtigen Verfassung mit einbezogen, konnten Jammer und Verkommenheit nicht sinnfälliger zusammenfinden, empfand Kluger. Nur der Motor blubberte in sämiger, dank der einen oder anderen Fehlzündung verruchter, alles in allem jedoch unbekümmerter Eleganz vor sich hin. Wie ein Herz, das ohne Körper schlägt. Aus reinem Selbstzweck.

»Gegen deine Karre ist sogar die vom fetten Leisch ein Rolls-Royce«, murrte Kluger.

»Eine Leserin«, versetzte Supan.

»Was?«

»Leserin«, rief er gedehnt. »Die Art von Herdentier, das mit dem täglichen Euro dein viel zu hohes Gehalt bezahlt, Herr Chefreporter.«

Was kümmerte ihn eine Leserin? Kluger verbiss sich einen Kommentar, riss an einem Nasenhaar und zuckte zusammen.

»Wegen diesem Mord in Schweden. Vor ein paar Tagen. Weißt du noch?«

»Dieses«, entgegnete Kluger.

»Dieses?«

»Es heißt: wegen dieses Mordes ... genauso schreibst du es auch immer ... ach, scheiß drauf! Was interessiert mich ...« Kluger verhielt, ein Lächeln huschte ihm übers Antlitz. »Weiß schon. Der geschlitzte Typ im See, oder?«

Supan nickte.

»Dem ein Taucher die Gurgel durchgeschnitten hat, während er zwei Urlaubern unter Wasser beim Vögeln zugesehen hat, in diesem Minihotel, richtig?«

»Genau der. Er Deutscher. Sie eine vollbusige Blondine.«

»Geile Geschichte. Hätte ich am liebsten zu uns in die Chronik rübergeholt. Leider ein rein schwedisches Drama. Da einen Bezug zu Österreich zu konstruieren, puuh, das ist nicht einmal mir gelungen.«

»Sie haben's verschissen«, moserte Supan. »Ein Einspalter. 14 Zeilen. Ohne Foto. Unfassbar.«

»Was anderes erwartet?«

Vereint im unversöhnlichen Groll gegen die Kollegen der Auslandschronik, schwiegen sie eine Weile. So heftig sie manchmal bei abweichenden Meinungen aneinandergerieten, so einmütig waren sie in dieser Angelegenheit. Niemand im Haus versah den Dienst mehr nach Vorschrift als die Chronisten in der Auslandsredaktion. Niemand rückte Geschichten weit unter Wert ins Blatt, drohte die Bearbeitung über Dienstschluss hinauszureichen. Niemand war weniger aktuell, selbst die Sternentante mit ihren Jahreshoroskopen nicht.

Supan hatte zwischenzeitlich drei Ampeln bei Dunkelgelb genommen und trieb – befeuert durch Kurts gruftiges Finale – die 300 Pferde unter der Haube nun wieder recht ungezügelt in Richtung Hernals. Ihr Ziel, ein Heuriger am Stadtrand, war nicht mehr weit. Der alljährliche Karaoke-Wettbewerb für Chronikjournalisten, in alter Tradition ausgerichtet von der Wiener Polizei.

»Und?«, hob Kluger an, als der coole Kurt ausgegroovt hatte.

»Was und?«

»Was will die … *Leserin*?«

»Infos. Keine Ahnung. Morgen ruf ich Stieg an.«

»Stieg Larsson?«

»Idiot«, zischte Supan. »Ich versteh mich nicht auf Séancen. Stieg Wikström. *Dagens Nyheter* in Stockholm. Mal sehen. Wenn sich eine Wienerin dafür interessiert … vielleicht können wir die Story doch noch zu uns holen? The late bird catches the … Scheißdreck, na ja, neuer Zugang und so?«

»Verrenn dich bloß nicht wieder.«

»Sagt wer?«

Kluger lächelte schief. Angeekelt strich er mit der flachen Hand über das versiffte Armaturenbrett. »Hast du den neuen Wagen vom Pinscher gesehen?«

»Willst du uns damit etwas sagen?«

»Uns?«

»Euch?«

»Scheiße, ja!«, Supan trommelte gegen das Lenkrad, »meiner treuen Lady hier und mir. 400.000 auf dem Buckel und kein bisschen müde.«

Kluger klappte die Sonnenblende herab, besah sich flüchtig im Kosmetikspiegel, der zu seinem Erstaunen noch da war. »100.000 und schon am Ende«, murrte er. »Ich will gar nix sagen. Nur dass ...«

»Was? Dass der Pinscher jetzt einen Land Rover fährt und endlich im Sitzen größer ist als im Stehen?«

Kluger lachte auf. »Besser als das zitronengelbe Cabrio, das er zuvor gefahren hat. Das reinste Weiberauto.«

»War ja auch von seiner Alten, oder?«

Kluger nickte. Mit seligem Lächeln entsann er sich des hämischen Getuschels bis hin zu Portier, Hausbote und Kantinenkräften, als der Ressortleiter erstmals mit dem Jaguar seiner Frau vorfuhr und alle mit platten Nasen an den Fenstern hingen.

Kluger sah den Freund an. Wie froh er doch war, diesen verrückten Kerl wieder an seiner Seite zu wissen. Milde lasse walten, wem selbst Milde widerfährt, dachte er. So großzügig man ihn begnadigt hatte, so generös hatte auch er Klaus Supan pardoniert, nicht die generellen Anwandlungen Bela gegenüber betreffend, doch wenigstens in Sachen Boykott der gemeinsamen Wirtshausbesuche.

»Außerdem«, fuhr Supan fort, »die eine oder andere Nummer im Haus hat der Pinscher bestimmt nur dank der Cabriozitrone geschoben. Manche Fuffis fahren auf so was ab. Nüchtern betrachtet, war's die Sache also wert.«

Angewidert verzog Kluger das Gesicht. »Pinscher und nüchtern ... das geht nicht zusammen.« Ein »Arschkriecher« lag ihm auf der Zunge. Fehlte bloß, dass Supan in den Reihen jener mitmarschierte, die sich neuerdings dieselbe Frisur wie der Chef zulegten. Gewiss, die Pinschers dieser Welt waren überall, nicht bloß in ihrem Business. Es gab sie in jeder Ecke, und es gab sie zuhauf. Wie sonst zogen die am meisten übelwollenden Abgesandten dieses Menschenschlages an den Hebeln der Macht, schafften es so überproportional viele Psychopathen in Chefsessel? Auch der Sportchef der *Guten* war einer dieser Auserwählten, deren Brillanz und Schönheit so unwiderstehlich, deren Einfluss so uneingeschränkt und Meinung so unverzichtbar war, dass sie nicht umhin konnten, an sich selbst genug zu haben. Wozu ein Augenmerk worauf immer richten, wenn man selbst Augenmerk war?

Für trostvoll erachtete Kluger, während die Gassen enger und die Häuser geduckter wurden und es nach Heurigem förmlich zu riechen schien, dass es solchen Größen an echten Freunden abseits der Galaxie Zeitung zumeist gebrach, dass ein Vergessenwerden anfing, wo eine Laufbahn endete, dass sie am ersten Morgen, da sie nicht mehr ins Büro durften, in ein Nichts stürzten. Ansehen und Andenken? Schnee von gestern, erloschen wie der Blitz und vom Winde verweht. Auf alle Tage.

Andererseits, um Subalterne, wie er und Supan welche waren und die in Diensten dieser Halbgötter standen, schien es nicht viel besser bestellt. Wer es bequem haben wollte, fügte sich und biss in bester Gesinnungswillkür immer nur jene Hand, die einen nicht fütterte. Ein Dasein ohne Moral verlangte nicht nach Ausgleich, verlangte nicht nach Trost, spendete aber auch keinen. Ebenso trostlos, doch um Längen steiniger, wäre der Weg in die Frontalopposition. Ihn zu beschreiten, ahnte Kluger, trüge, vielleicht, da wie dort Anerkennung ein, brächte einen jedoch über kurz oder lang um den Job. Indes, solang sie mitspielten, wurden sie von vielen Seiten hofiert.

Aber Freunde? Echte Freunde?

Kluger dachte an Bela. Die empfindsamen Niederlagen zuletzt, insbesondere jene mit ihr, hatten ihm zugesetzt. Ein dumpfer, tief sitzender Groll hatte ihn durchstiegen, als sie unvermutet am offenen Grab der Mutter aufgetaucht war, ihn umarmt und ihm ein paar Worte des Mitgefühls zugehaucht, sich für die Parte bedankt hatte, die sie weiß Gott wo her hatte. Seither verspürte er jedes Mal, war er in Gedanken bei ihr, dieselbe Art von lähmender Beklommenheit wie auf dem Friedhof. Aber auch sonst fühlte er sich, seit Wochen schon, weitab vom Vollbesitz seiner Kräfte. Neuerdings sprach, nein, haspelte er in einer Weise, die er selbst kaum noch verstand. Ein überschießendes Dahingaloppieren von Sprache. Auch war er unkontrolliert launig, lustlos, die einfachsten Verrichtungen missrieten zu Tantalusqualen – musste er etwa eine Kollegin bitten, auf Constanze von Meidling zu achten, war er bei Terminen außer Haus. Und kehrte er dann wieder, war das bisschen Erziehung, das er dem Terriermischling auf dem Abrichteplatz abgerungen hatte, wieder beim Teufel. Ja, selbst das Wählen des Mittagsmenüs in der Kantine führte ihn an die Grenzen, die Wahl des Alkohols, und an manchen Tagen sogar das Heben eines Armes.

Und dann, wie zum Aufguss, heute Morgen, dieser Anruf. Eine Frau, anonym, stimmlich jung, die von Wachsfiguren, neuen Informationen und elementar schwafelte und Klugers miese Grundstimmung anheizte. Er konnte es nicht mehr hören. Dennoch hatte die Neugier obsiegt, und er schlug ein Treffen vor. Am übernächsten Morgen, an einem neutralen Ort, der *Salettl* heiße. Ob sie das kenne? Sie hatte auf eine merkwürdige Weise gelacht und aufgelegt.

Endlich. Vor ihnen blitzte die Fassade des Heurigen auf. Supan ließ sein PS-Monster im Halteverbot mit zwei Reifen auf den Bordstein fallen, fischte aus dem Handschuhfach die Ausnahmegenehmigung des Magistrats hervor, die einer Handvoll Reporter der Stadt Narrenfreiheit nicht nur im ruhenden Verkehr beschied, und warf sie hinter die Windschutzscheibe.

»Bereit für Großes und einen Zungenbruch?«

Kluger nickte. Sie hatten sich für einen Song entschieden, der (einhelliger Tenor der Kollegen) mit Alkohol zu tun hatte und allein schon aus Gründen des Idioms nicht nüchtern zu performen war. Wenn überhaupt. Also müssten sie die Spendierhosen der Polizei heute Abend in vollen Zügen plündern und kräftig vorglühen, ehe es auf die Bühne ging. So brauchten sie die Betrunkenen gar nicht erst zu mimen.

Der Folgemorgen

IV. EIN KOMMEN UND EIN GEHEN

Welcher Tag war heute?

Sie wusste es nicht. Dieses unaufhaltsame Schwinden von Zeit. Sie nahm es wahr, wie alte Leute das nun mal wahrnahmen. War sie denn eine von denen? Alt? Tag für Tag immer stärker bedrängt, spürte sie dieses Schwinden, und noch strenger am Niedergang des Geistes als am Verfall des Körpers, seit sie begonnen hatte, die Namen der Enkelkinder zu vertauschen, zu vergessen, Zutaten tausendmal gekochter Rezepte zu durchmengen, den lange vermissten Salzstreuer in der Gemüselade des Kühlschranks wiederzuentdecken, gleich neben dem zweiten Wohnungsschlüssel, und den Rasselwecker in der Brotdose.

Enkelkinder?, durchfuhr es sie. Aber du hast doch gar keine … Neffen und Nichten. Auch nicht? Zweiten Grades vielleicht?

Bilder durchstiegen die Nebel ihres Erinnerns, stellten sich quer, fingen sich an der zunehmend schmalen Pforte, durch die vergrabenes Wissen vor sie hintrat. Nicht alle Bilder durften passieren. Dieses eine indes schon: das gütige, huldvolle Antlitz eines Mannes in den 50ern, in Ansätzen pausbäckig. Das verhaltene Lächeln eines Siegers, ein Mann im Bewusstsein des Erfolges. Silbriges, durchwirbeltes Haar mit einem keck in die Stirn hinabgreifenden Schopf. Sie wusste, es war ein altes Bild. Eines, für das es im Heute keine Entsprechung gab. Oder doch? War das nicht dieser … Humboldt?

Ein Tor im japanischen Stil. Chinesisch? Asiatisch jedenfalls. Eine Pa… Pago… nein, doch nicht der Fruchtsa… aber war das nicht der Lieblingssaft von ihrem Buben, dem Berti? … Ach nein, eine Pagode. Das Dachkonstrukt in rotem Holz. Die Ziegel grün glasiert. Goldene Ornamente. Zwei monumentale Dickhäuter zu beiden Seiten der Säulen. Lebensgroß. Aus Sandstein, wenn sie nicht irrte. Elefanten?

Aber ja, dachte sie. Ein Tor mit zwei Elefanten. Das Elefantentor.

Hatte dieser … Humboldt, ja … hatte der nicht seinerzeit angeregt, einen Zoo zu errichten … mitten in … Dings …?

Mit den Orten war es so verflucht wie mit der Zeit und den Dingen. Sie purzelten durcheinander. Sie wusste es nicht.

Andere Tore. Jetzt eines im Stil der italienischen Hochrenaissance. Hochrenaissance mit barockem Einfluss. Ja, da war sie ganz sicher. Im Barock war sie zu Hause. Der Dom. Das Tor zur Gruft der Hohenzollern. Sie selbst im Mittelschiff. Versunken im innigsten Gebet.

Dann ein Tor, für das sie bezahlt hatte. Einen unverschämten Preis. Durchschritten hatte sie es, um hinterher in ein einziges Staunen zu verfallen. Der Führer? Tatsächlich. Hitler. Ungewohnt steif. Das Antlitz glänzend. Fast wächsern. Und hinter Panzerglas.

Wieder andere Tore. Irgendetwas mit Osten und Jack. Jack? Nein. Checkpoint. Das Tor zum Reichstag nun auch. Das Brandenburger Tor.

Ja bist du denn …?

Ja war sie denn?

Aber Justinchen, wozu denn Berlin?

Nicht eine Menschenseele kannte sie dort. Ausgenommen diese eine Frau. Sie sah ein Antlitz emporsteigen. Starke, die Ausgabe von Befehlen gewohnte Züge. Gepflegte Hände. Man tauschte sich aus. Über Männer. Über Söhne. Über die Wiederkehr. Über den Verlust. Über den Krieg.

Wirklich Krieg?

Wirklich Berlin?

Justine Idstein ächzte schwer. Jetzt erst gewahrte sie, dass sie auf dem Boden lag. Eiskalt strömte es ihr unter dem Rücken hervor. Eine tonnenschwere Last, die auf dem gebrechlichen, eine gebrochene Seele beherbergenden Körper ruhte, ihn unbarmherzig niederdrückte, ihm die kleinste Bewegung versagte. Verdammt zur Reglosigkeit. Die Handgelenke schmerzten, das rechte brannte wie von Feuer. Nur den Kopf vermochte sie unter Mühen hin und her zu drehen, ein Stückweit zu heben.

Klare Sicht! So sehr hätte ihr Geist ihrer bedurft, doch das Halbdunkel, in dem sie lag, verwehrte es den Augen. Konturen, die alles sein konnten, belagerten den Verstand der alten Frau, die sie war. Ein Tisch. Ein Stuhl. Eine Kommode. Die Beine kunstvoll gedrechselt. Barock. Kein Zweifel. Wenigstens darin nicht. Da war sie ganz sicher. Da war sie zu Hause.

Zu Hause?

Der Schatten eines Gebirges. Unförmig. Vorgelagert eine wirre Anordnung kleinerer Anhöhen. Nah, doch unerreichbar. An der Wand, endlos weit entfernt, getrennt durch eine offenstehende Tür, ein … ja, was? Matte Reflexe, wie metallisch. Gleichfalls weit entfernt, bloß auszumachen, wenn sie die Augen auf 3 Uhr drehte, das Aufblinken eines Lichtes. Verschwommen, rötlich, doch unbarmherzig, weil unbarmherzig hektisch.

Vielleicht, dachte sie, kehrte das Erinnern wieder, wenn sie dem Chaos die Zeit gab, sich zu lichten. Zu ordnen.

Zeit, Justine? Welche Zeit? Welcher Tag ist heute?

Justine Idstein schloss die Augen. Nein, nicht Berlin. Alles Lug. Alles Trug. Sie ergab sich den Bildern und ihren Wahrheiten, die keine waren. Die Macht der Finsternis hatte obsiegt.

*

Die Nacht war drückend heiß verlaufen, und schon im ersten goldenen Licht des Morgens schwamm der Dunst über den Dächern der Stadt. Wer konnte, floh ins nächste Freibad, an die Alte Donau mitunter oder zu den Nackerten ins Gänsehäufl. Wer nicht so, doch anders konnte, wanderte mit Klappstuhl und Pornoheft hinab in den kühlen Keller oder blieb bei den Kollegen im klimatisierten Büro.

Aber nicht alle konnten so oder so. Kluger konnte nicht. Er war spät dran wie immer, und was er ebenso wenig konnte, war, sich zu entsinnen, wann ihm in seinem mit Kopfschmerzen wohlbestückten Leben der Schädel auf so gnadenlos durchdringende, so gnadenlos hämmernde Weise gedröhnt hatte wie heute Morgen.

Sein ambulantes Entzugsprogramm stand auf wackeligen Beinen, war am Kippen, und hätte es eines letzten, restlos vernichtenden Gegenschlags bedurft, so hatte er ihn gestern Abend ausgeführt. Als hätte jedes einzelne der 300 Pferde aus Klaus Supans Mistkarre ihm einen Huftritt verpasst. Genauso fühlte Kluger sich.

Lag es an der lauten Musik? Den Verschwisterungen in x-facher Ausführung mit der Presseabteilung der Polizei, die bis in die tiefste Nacht hinein angedauert hatten und deren Substanz nun wieder ein Weilchen hielten, bis zum nächsten Prügelskandal allemal? Oder doch an den doppelten *Fernets*? Wie viele waren es gewesen? Zehn? 15? Woher sollte er das wissen?

Der Schrecken, eben vor dem Parlament nur ums Haar nicht unter die Räder einer Straßenbahn geraten zu sein, saß dem Chefreporter in den Knochen. Er schwitzte am ganzen Leib, wankte bedrohlich, als er in den Eingangsbereich eines Wohnhauses nahe der Wiener Ringstraße trat, und blickte auf die Handyuhr. 10.15 Uhr. Er sollte längst in der Redaktion sein. Die Innenministerin hatte sich für den späten Vormittag angesagt, wollte erst zum Herausgeber und ihm hinterher etwas vorbeibringen. Top secret. Eine innere Stimme sagte ihm, dass es unklug wäre, sie mit dem Pinscher allein in der Chronikredaktion zu lassen. Eine zweite indes sagte ihm, dass er genau darauf heute nicht erpicht war. Nicht auf ihr übliches »Viiiiinzent-Schatzi! Wo iiiiiiser denn?«-Gebrüll, das er quer durch die Gänge der Redaktion wehen hören müsste, kaum war sie vom Termin beim Alten im Himmel zu ihnen in die Katakomben hinabgestiegen.

Top secret.

Welche Überraschung sie diesmal bereithielt? Beim letzten Besuch hatte sie, kaum allein im Büro mit ihm, in die Handtasche gefasst und plötzlich eine Waffe in Händen gehalten, auf ihn gerichtet, ihr eines Auge zugekniffen und »Päng!« gerufen. Erst als sie dort, wo für gewöhnlich der Schlagbolzen war, einen Stoppel herauszog und die täuschend echte *Glock 19* sich als Glasattrappe entpuppte, kohlrabenschwarz, weil bis obenhin mit Magenbitter gefüllt, hatte sein Herz aufgehört mit den jähen Bocksprüngen.

»Für dich, Vinzent Schatzi«, sagte sie, »für den Tipp von neulich … na, weißt eh … die Sache mit diesem Sozigesindel.« Kluger fühlte sich wie ein Doppelagent, weil er nach einem Hintergrundgespräch Interna aus dem Bürgermeisterbüro an sie, die politische Konkurrenz, hatte durchsickern lassen. Dann aber besann er sich, fischte zwei Stamperl aus der Schreibtischlade, und sie palaverten, bis vom Schwarz der *Glock 19* nichts mehr zu sehen war.

Kluger atmete tief durch. Hier drinnen, umschlossen von dickem Altbaugemäuer, war es bedeutend kühler. Eine Wohltat. Dennoch fühlte sein Körper sich nicht an, als wäre er demnächst zu Höherem berufen, zu einer der Schreiaudienzen samt Fußgestampfe bei Ressortleiter Pinter womöglich, und schon dreimal nicht, echte Höhen zu erklimmen. Also fasste Kluger einen bedeutenden Entschluss: Er nahm den Lift. Einen Halbstock höher, im Mezzanin, stieg er schnaufend wieder aus.

Hatte ihr Auftritt gestern Abend beim Polizeikaraoke die Erwartungen erfüllt? So weit er sich entsann, ja. Er und die Kollegen der Chronikredaktion hatten ganze Arbeit geleistet.

Einer verflossenen Liebschaft aus den Jugendtagen sei Dank, war er als Einziger des Vorarlberger Idioms in Ansätzen mächtig. Damit war klar gewesen, dass Kluger die Leadstimme übernehmen würde, wenn sie mit dem Sommerhit der Vorarlberger Band *Holstuonar* von vor drei Jahren, »Vo Mellau bis ge Schoppernau«, in den Singring stiegen.

Klugers Versagen war elementar. Indes, den Kollegen erging es nicht besser. Zwei Mitstreiter, unter ihnen Klaus Supan, sahen sich infolge ihres selbstverlorenen, jedes Selbst verlierenden Vorglühens außerstande, den Refrain vom Monitor auch nur abzulesen. Dafür schafften sie es jedoch, ihn in brillanter Eingebung fragmentarisch und lautmalerisch täuschend echt zu imitieren, indem sie anstelle von »d' Füaß himmor weh tau, weh tau« in einem fort »this is my way down, way down« krächzten, was dem Kern der besungenen Problematik eines im Abstieg befindlichen, von Fußschmerzen geplagten Betrunkenen im Wesentlichen auch entsprach.

Noch am Abend war in Kluger ein übler Verdacht aufgekeimt. Der Mief von Manipulation bei der Wertung hing in der Luft, ein Gefühl, das sich über Nacht manifestiert hatte. Wie nicht anders zu erwarten, hatten die vier Glitzergirls eines Wochenmagazins die Konkurrenz mit ihrer Stimmgewalt und Verve im Hüftschwung von der Bühne gefegt – die Darbietung des *Abba*-Klassikers »Money, Money, Money«, dessen Gesang und Choreografie sie zur allgemeinen Begeisterung hautnah am Original in Szene setzten.

Bedrohlich hautnah, wie Kluger befand. Doch das war nicht, was ihm sauer aufstieß. Der Sieg ging völlig in Ordnung. Zu mehr als einem fünften Platz hatte es für das Team der *Guten* ohnedies noch nie gereicht. Mangel an Engagement in der Vorbereitung. Überschuss an weißen Spritzern vor Beginn der Darbietung. Mangel an Kreativität in der Ausführung. Überschuss an falschen Tönen. Insbesondere aber ein Mangel an aufreizenden Kolleginnen, die vor der durchgängig männlichen Jury –

vom Polizeidirektor abwärts – das Ausbleiben künstlerischer Qualität anderweitig auszugleichen gewusst hätten.

Nein, was Kluger misstrauisch stimmte, war die Relation ihres Abschneiden innerhalb des Teilnehmerfeldes. Sie waren auf dem vorletzten Platz gelandet. Hinter den ewig steifen Kollegen eines Qualitätsblattes, doch noch vor der polizeieigenen Truppe, die um Längen besser performt hatte als sie. Die Sache lag auf der Hand: Das Polizeiteam war mit Absicht niedergewertet worden. So falsch hätten sie selbst gar nicht singen können, um jene Missstimmung heraufzubeschwören, die nach Ansicht der Pressestelle der Wiener Polizei im Falle eines letzten Platzes der *Guten* als gesichert galt. Welcher Beamte legte sich leichtfertig mit einem Massenblatt an? Wegen Karaoke? Also hatte die Jury, angeführt vom Polizeidirektor, ein weises Urteil gefällt.

Kluger wusste nicht, was er von diesen und ähnlichen Gefälligkeiten halten sollte. Er zog das metallene Scherengitter des alten Aufzuges, wie es sie selbst in Häusern der Gründerzeit nur noch vereinzelt gab, hinter sich zu und linste ans Ende des Ganges, hinüber zu der übermannshohen, dunkel gebeizten Wohnungstür. Verwundert hielt er inne. Über Wochen hin hatte er weiß Gott wie oft hier gestanden, die letzten Male mehr aus Routine als im Glauben an Erfolg. Auch hatte er das eine oder andere Mal den Unmut der Nachbarschaft auf sich gezogen, als er seinem Sturmläuten einen Trommelwirbel mit den Fäusten hinterdrein setzte. Vergebens.

Nun aber stand die Tür einen Spaltbreit offen. Auf leisen Sohlen, Meter um Meter, schlich Kluger an der Mauer entlang. Er überlegte einen Augenblick, dann tippte er das Türblatt mit den Fingern bedächtig auf.

»Hallo?«

Nichts.

»Hallo?!?«

Totenstille.

Kluger dachte an den Kollegen, der früher Gerichtsvollzieher gewesen war. An die unschlagbare Härte seines Einschreitens beim Eindringen in fremder Leute Wohnungen und Häuser. Daran auch, dass er sich mehrmals seiner Beute gerühmt hatte, wenn er halbsenilen Alten oder Minderjährigen ohne großes Aufsehen und Risiko Fotoalben abgepresst hatte.

Sollte er auch? Wo die Tür schon offen stand? Natürlich sollte er. Jetzt, wo er schon hier war. Jetzt, wo er sie endlich ...

Noch einmal rief Kluger in die Tiefe des Raumes. Dann tat er einen ersten vorsichtigen Schritt auf das knarzende Parkett. Einen zweiten. Suchend flogen die Augen im Halbdunkel umher. Bis ihm das Blut in den Adern gefror, da er diesen Aufschrei vernahm, diesen Ausdruck des jähen Entsetzens.

Kluger brauchte eine Weile, bis er begriff, dass er es war, der gebrüllt hatte.

*

Gottes Wille?

Ja, um Gottes ... um Deinetwillen, lieber Herrgott ... Dein Wille ist so allmächtig, wie er unergründlich ist ... wie sonst hättest du ... Frau, siehe, dein Sohn! ... wie sonst hättest Du mir meinen Berti ... siehe, deine Mutter! ... sieben letzte Worte ... aber für mich nicht eines ... nicht erhören, nicht einmal hören wollen hast Du meine ... all die Gebete für eine glückliche Wiederkehr ... mein Gott, mein Gott, warum hast Du mich verlassen ... sie haben Dir den Deinen genommen ... auf diese grausame Weise ... Du mir den Meinen ... so barbarisch, gegen jedes Verstehen, gegen jede Menschlichkeit ... einfach nicht hören wollen ... um meinetwillen ...

»Um Gottes willen«, rief Kluger abermals. »Frau Idstein, hallo!? Mein Gott, Frau Idstein, so antworten Sie doch! Können Sie mich hören?«

Er hatte sich rasch gefangen, wie er sie so daliegen sah, inmitten ihrer aufgetürmten Einkäufe, ein Päckchen Haltbarmilch, das vorgeschnittene Brot, etwas Obst, das bisschen Alltagshabe, das ihr aus der schäbigen Tasche gekullert war, und kniete nun auf dem Boden neben der besinnungslosen Frau, befühlte ihr den Puls, tätschelte ihr die Wange.

Ihr Atem ging flach, doch es war ein Atem. Äußerlich unversehrt, sagte er sich, die alte Dame ihm zu Füßen, allein die Handgelenke, insbesondere das rechte, gerötet. Wie von einem Sturz gegen den nahen … Tisch, wer weiß? …, den sie mit den Händen noch abzufangen verstanden hatte?

Ein Kollaps, durchfuhr es Kluger. Oder am Ende … ein Schlaganfall? Infarkt?

»Frau Idstein, hallo! Können Sie mich hören? Verstehen Sie mich? Ich rufe jetzt die Rettung, ja?«

Rettung? Für meinen … gibt es denn noch eine Rettung? Für meinen … Berti?

Gerade da Kluger Rettung sagte, gerade da er zum Handy griff, um den Notruf zu wählen, schlug Justine Idstein unvermutet die Augen auf. Von ganz weit draußen, jenseits der kleinen Welt auf dem Schmerlingplatz, blickte sie ihn an aus großen, vom trüben Glanz einer mütterlichen Wehmut glasierten Murmeln.

»Gott sei Dank«, stöhnte Kluger. »Was ist denn passiert, Frau Idstein?«

»Wer sind denn …?«

»Kluger«, rief Kluger.

»Kluger?«

»Die Zeitung, Frau Idstein. Die *Gute*.«

»Die Zeitung?«

»Sie waren bei mir Frau Idstein. Wegen Ihrem Sohn, dem Berti.«

»Der Berti? Haben Sie ihn ge…« Sie unterbrach sich, warf den Kopf nach beiden Seiten, sah das Blinken der Herduhr, immer noch dieses hektisch blinkende rote Lichtlein, weil sie doch nicht wusste, wie man dieses verfluchte Ding einstellte, noch nie gewusst hatte, und ihr Blick verkeilte sich in dieser wie toten Zeit, die wiederbelebt gehörte, als ließe sich damit auch eine andere Zeit …

Entgeistert starrte Justine Idstein in das Antlitz über ihr. »Ja, wo bin ich denn?«

Ja, wo war sie denn?

»Sie sind zu Hause, Frau Idstein.«

»Zu Hause? Aber ich war doch in … und der Berti?«

Kluger machte ein mitfühlendes Gesicht. »Ich hol jetzt doch besser die Rettung, Frau Idstein.«

»Nein«, rief sie. »Nicht die Rettung. Die gibt's ja ohnedies nicht. Nicht für meinen Buben. Und wegen mir, wegen dem bisserl alte Frau …«

Unvermutet, wie beseelt von einer heimlichen Energie, begann Justine Idstein, sich zu berappeln. Sie fasste den Arm des Mannes über ihr, zog sich daran hoch, mehr aus Eigenem, und den Arm, der mit ihr hochfuhr, schon nach Kurzem nur noch zur moralischen Stütze, bis sie ins Sitzen kam.

»Wollen wir nicht doch die …«

»Nix da! Sie sehen doch, es geht schon wieder. In meinem Alter die Rettung? Das ist wie ein Taxi zum Friedhof.«

»Tut Ihnen denn nix weh, Frau Idstein?«

»Weh? Was soll einer alten Frau wie mir schon wehtun außer den paar Knochen. Die scheppern ja schon beim Gehen. A bisserl niedergelegt hab ich mich halt.« Sie beäugte ihn kritisch. »Sie sind doch dieser … der von der Zeitung, gell?«

»Kluger«, sagte Kluger.

»Genau der. Jetzt weiß ich's wieder. Ich war ja bei Ihnen. Fünfmal haben Sie über meinen Berti berichtet. Oder waren's nur vier? Oder sieben? Meiner Seel'. Mit Foto. Das letzte Mal am … warten Sie, ich hab's gleich.«

Kluger legte die Stirn in Falten.

»Haben Sie denn nicht?«

»Doch, doch, Frau Idstein. Aber dass es Ihnen jetzt auf einmal wieder … Sie haben ein wirklich exzellentes Gedächtnis, gnä' Frau.«

»Natürlich hab ich das. Wo denken Sie hin! Bei euch Jungen ist alt immer gleich ein Syn… ein Syno… na, ein Drumherumreden für senil und deppert halt. Aber so ist das nicht.«

»Natürlich nicht«, versetzte Kluger. »Ich hab mir große Sorgen um Sie gemacht.«.

»Sorgen? Um mich?«

»Dass Ihnen was passiert sein könnte. Das Ihnen jemand was ange…«

»Wer sollte denn mir etwas antun, Herr … äh … Redakteur … äh …?«

»Kluger.«

»Ja, Kluger.«

»Wo waren Sie denn die ganze Zeit?«

»In Berlin war ich.«

In Berlin, Justinchen?

»In Berlin, Frau Idstein? Die ganze Zeit über?«

»Aber ja doch! Bei meinen Neffen.«

Neffen?

»Sie haben Familie dort?«

»Nun ja, die Kinder von meinem verstorbenen Ex. Der Herr sei seiner Seele gnädig. Drei stramme junge Herren, sag ich Ihnen. Bloß ein bisserl … na ja.«

»Ein bisserl?«

»Ein bisserl sehr friesisch halt. Meiner Seel', was soll's.«

Kluger lächelte. Er musterte die alte Dame eine Weile, während sie anhob, ein paar Flusen von ihrem Rock zu zupfen.

»Jetzt helfen S' mir doch endlich auf, junger Mann«, sagte sie plötzlich, forsch und ohne die Augen von der angestrengten Tätigkeit zu nehmen, »oder wollen S' eine alte Frau so lange auf dem kalten Fliesenboden sitzen lassen, bis sie sich den Blasentod holt?«

Zehn Minuten später durchwehte der Duft von frischem Kaffee die Küche. Kluger hatte es sich nicht nehmen lassen, ihn zu kochen. Wenigstens das. Wie auch nicht, den Tag hereinzulassen in das sakrale Düster der Wohnung, das Hochziehen einer Jalousie um die andere, und die alte Idstein, völlig wiederhergestellt, ihrem Gast von Fenster zu Fenster auf den Fersen. Nur im Zimmer von ihrem Berti hatte sie ein energisches Veto gegen die Erhellung eingelegt, ein zur Hälfte dunkel getäfelter Raum, der darin unvollkommen wirkte. Als hätte ein morbider Geist auf halber Strecke schlappgemacht.

Beim zweiten doppelten Schnapserl …

»… vom ganz Guten, Herr Redakteur … für Sie, einen von der *Guten* … hihihi …«

… hatte Kluger noch Worte des pflichtschuldigen Widerstands auf den Lippen gehabt, von wegen Dienst und Vormittag und Versuchung und Versuch der Entwöhnung.

Beim dritten hatte Kluger gelächelt und gesagt: »Ich muss jetzt wirklich, Frau Idstein. Die Innenministerin wartet auf mich.«

»Auf mich aber nicht. Von der ganzen Polizeibagage hat überhaupt noch nie einer auf mich gewartet. Verstehen S', Herr Redakteur?«

Dagegen gab es wenig einzuwenden. Und so hatte er beim vierten Schnaps, die alte Idstein im Wegkippen stets auf Augenhöhe, gegrinst, als sie mit einem Ruck und unter Gekicher und Getöse ihre Handtasche über dem Küchentisch entleerte mit dem Vermerk, man wolle nun viribus unitis versuchen zu rekonstruieren, wo sie die vergangenen Wochen gesteckt habe. Sie könne sich das auch nicht so recht erklären.

Es war tatsächlich Berlin.

Eine Eintrittskarte für *Madame Tussauds* am Brandenburger Tor, eine für den Berliner Zoo, eine für das DDR-Museum, Buskarten, Essensrechnungen, eine Broschüre zur Historie des Berliner Doms (nebst Ticket einer Gruppenführung), Abzüge von

Fotos, die sie im Kreis dreier Männer mittleren Alters zeigten, einmal auch auf dem Kudamm, vor dem Fernsehturm, Checkpoint Charlie, Alexanderplatz, Belvedere auf dem Pfingstberg, Botanischer Garten.

Das volle Programm.

Belege allesamt, die einen wochenlangen Aufenthalt in den Raum stellten. Ein analoges Geocaching zwischen Rouge und Lippenstift, Hustenzuckerl und *4711 Echt Kölnisch Wasser*, Taschentuch, Taschenbibel und Rosenkranz, dessen Ergebnis auch Justine Idstein nicht ohne sichtbares Erstaunen zur Kenntnis nahm.

Die Metamorphose der alten Dame verblüffte Kluger. Eben noch wie niedergeworfen von den Stürmen des Lebens, der zarte Körper dieser Frau hingeschleudert ins Eck ihrer Küche, ein verkrümmtes Bündel Mensch, und auf einmal diese unvermutete Urkraft, mit der sie zu ihm sprach, freimütig drauflos erzählte, von der wacholderschnapsgeschmierten Leber weg …

… die Ehe, der Fortzug, das Scheitern, die Heimkehr, der frühe Berti, der kleine Berti, der ihr großer Berti immer geblieben sei, ja, auch als er längst an der Universität unterrichtete und bei den Negern in Afrika forschte. Dass sie ihre letzten Jahre dafür hergäbe, alles zur ewigen Verdammnis dieser Kreatur beizusteuern, die ihrem Berti das ange…

Und dann sprach Justine Idstein vom Besuch einer Dame. Jünger als sie selbst. Sehr gepflegt. Sehr eloquent. Am Tag, ja, jetzt sei es ihr wieder zugefallen, am Tag vor ihrer Abreise nach Berlin. Worüber man gesprochen habe? Hmm. Von Männern. Söhnen. Verlassenheit. Einsamkeit. Ansprache. Verlust. Das Schweigen der Großstadt, das einen alten, alleinstehenden Menschen befalle wie diese Hühnerpest der Schlitzaugen oder eine sonstige üble Seuche. Solche Dinge.

Als er Justine Idstein so sprechen hörte, sank eine Stille über Vinzent Kluger, begrub ihn für Momente der Milde und Erweichung unter sich. Ja, es war eine seltsame Spielart des Schweigens, eine fast schon natürliche Sprachlosigkeit ähnlich jener eines auf einsamer Höhe gewachsenen Baumes, der das Waldrauschen nicht kennt.

Erst der Urinstinkt des Chefreporters entriss ihn der Stille.

Der Name der Besucherin? Wie dieser Wein, Herr ... äh ... Kluger. Ja, Kluger. Wein, Frau Idstein? Ja, Wein. Aha. Keine ihrer Leibsorten, nicht Sauvignon, nicht Riesling, nicht Silvaner, nicht Muskateller, auch kein Sämling, doch bestimmt ein Weißer, etwas Exotisches, nein, doch nicht ein Chilene oder Südafrikaner, etwas richtig Exotisches. Vielleicht deutsch?

Nie und nimmer wären Justine Idstein und ihr Gast darauf verfallen, hätte nicht Kluger *Doktor Google* zurate gezogen, ihr eine Rebe um die andere heruntergebetet. Bis sie bei dem Schweizer Tropfen landeten, zu dem die Menschen heutzutage meist Rivaner sagten.

»Müller-Thurgau, Frau Idstein?«

»Ja!«, rief sie. »Müller-Thurgau. Die war's!«

»Die Mayer-Thurgau?« Kluger starrte sie verblüfft an.

»Genau die!«

Helene Mayer-Thurgau also. Die gleichermaßen wort- wie schlaggewaltige Ex des verschollenen Perückenmachers Ferdinand Hinczica. In Begleitung eines Mannes sei sie obendrein gewesen. Ein eklatanter Sprachfehler habe ihm angehaftet. Wie mit einer Gaumenspalte geboren. Obwohl da nichts zu sehen gewesen sei. Hasenscharte, habe sie noch gedacht, als er sich ihr vorgestellt hat, das passt doch wie die Faust aufs Aug. Nomen est omen.

Der Name, Frau Idstein?

Nein, nicht das auch noch. Beim besten Willen nicht. Die Erinnerung daran so dunkel wie der dunkelste Wald, wo sich Fuchs und Hase Gute Nacht sagen. Kein Wein jedenfalls. Vielleicht eine Pflanze? Nein, nein. Ein Tier? Hmm. Bedaure, nein, sie wisse es beim besten Willen nicht mehr.

Kluger war sprachlos. Was hatte die Mayer-Thurgau in

Begleitung eines Unbekannten bei der alten Idstein zu schaffen? Drohte ihm neuerliches Ungemach von dieser Front? Ein Gefühl von Unheimlichkeit und Ohnmacht beschlich ihn.

Und dann sah Kluger sie aufblitzen, herabblinken von der Wohnzimmerwand. Eine Einladung, die auf nichts denn Annahme wartete. Dieses ellenlange Stück blanken Stahls, ein hölzerner Griff am einen Ende, ein bauchiger Abschluss am anderen. Während all der Zeit, da er sich in echter Sorge um die alte Dame befand, war sein Blick darüber hinweggeglitten. Jetzt hafteten die Augen des Reporters daran. Wie festgepinnt. Jaaaa! Das … musste … sie … sein. Kluger fasste sich ein Herz. Ob es sich dabei um das Stück handle, das nämliche … jenes welches … mit dem sie … seinerzeit … im Kabinett …

Justine Idstein nickte.

Ob er vielleicht …

Kluger spürte den uralten Jagdinstinkt, der sich Bahn brach. Er sah schon das breite Grinsen des Chefredakteurs, hörte schon den Aufschrei heller Begeisterung, fühlte schon das Schulterklopfen, wenn er das Foto ablieferte.

Dieses Foto! Was für ein Juwel von einem Bild. Die ganze Seite eins, formatfüllend, mit einem fetten Negativtitel eingeschnitten …

Ob sie vielleicht … das Corpus Delicti in Händen … das gute Stück … idealerweise in der Stellung … in jener Stellung … in der sie … damals … bei Aimé Bonpland … den Unterarm …

Kluger merkte erst jetzt, dass er den letzten Gedanken laut ausgesprochen hatte.

Justine Idstein sah ihn prüfend an, machte auf dem Absatz kehrt, trippelte zurück in die Küche, kippte ansatzlos den fünften oder sechsten Doppelten die Kehle hinab und kehrte augenblicklich wieder. Jetzt starrte sie verkniffen aus zwei blitzenden Äuglein zu ihm auf, nahm ihm vom Scheitel bis zur Sohle das Maß, bezeigte ihm jene Art von Argwohn, die das kluge Huhn der durchtriebenen List des räudigen Fuchses entgegenbringt.

»Saulus und Paulus«, sagte sie nach endlosem Schweigen. Ihre Augen blickten jetzt nicht länger angriffig, waren unvermutet umflort von Trauer und Bedenken.

Kluger sah sie irritiert an.

»Denken Sie ja nicht, ich wüsste es nicht mehr. Sie haben sich schäbig benommen mir gegenüber. Aber auch ehrenhaft. Dieser Zwiespalt verdient eine Chance der Bereinigung. Ich bin einverstanden. Unter einer Bedingung. Ihr Wort drauf.«

Kluger musste an die kugelrunden Augen denken, die Justine Idstein gemacht hatte, damals, vor dem Bundeskriminalamt, als sie die Machetenattacke gestanden und er sie hinterher abgefangen, in sein Auto gelockt und ihr die Worte entgegengeworfen hatte, die ihm ein Informant aus dem Polizeiakt hatte zukommen lassen. Worte, die ihn als anonymes Mail erreicht hatten und seltsamerweise auch nun wieder erreichten.

Kikochpoki uchachik mitti. Du bist die Mutter des Jägers.

Sie hatte die Augen weit aufgerissen, damals, als er es sagte. Nun aber war er es, der die Augen weit aufriss, als sie zu ihm sprach. Unermesslich weit.

Zwei Stunden und drei verpasste Anrufe der Innenministerin auf dem Handy später trat Kluger durch ein mächtiges Tor aus der Kühle zurück ins Freie. Das Gleißen der Sonne und ein gütiger Blick empfingen ihn. Ein Fiaker mit aufgeregt quakenden Japanern trabte gemächlich vorüber. Kluger war, als hielte der unermüdliche Atem der Zeit für einen Augenblick inne. Er tat ein paar Schritte hin zur Mitte des Platzes, machte kehrt und blickte versonnen das strahlend weiße Gemäuer empor.

»Eigentlich ist Barock meine Leidenschaft«, sagte Justine Idstein, die unbemerkt neben ihn hingetreten war. Kluger linste sie von der Seite her an. Erstmals gewahrte er, wie sehr ihr Antlitz von einem Faltenwirrwarr durchkreuzt und mit Altersflecken übersät war. Doch wenn sie wie nun lächelte, glättete es sich auf wundersame Weise. »Romanisch«, fuhr sie fort, »ist auch schön. Außerdem … sie hat ja einige nachträglich angebaute Elemente des Barock. Der Pfarrer ist Salvatorianer. Ein Freund. Darum der Sondertermin.«

Kluger nickte. Seit der Erstkommunion war er nicht mehr zur Beichte gegangen. Es war ihm ja auch niemals nach Versöhnung zumute gewesen. Das letzte Mal, dass er überhaupt eine Kirche betreten hatte, lag Jahre zurück. Ein Pfarrer, der einen Opferstockdieb in der Sakristei eingesperrt und für ein Interview eingewilligt hatte. Kluger überschlug den Strom von Worten, der ihm zuvor von der Seele gesprudelt war, ganz ohne sein Zutun, versuchte, Ordnung darein zu bringen, und beschloss zugleich, es bleiben zu lassen. Allein der Versuch einer lückenlosen Rekonstruktion missfiel ihm, diente sie auch eigener Kenntnis. Der Gedanke erweckte in ihm ein Gefühl, als bräche nicht Hochwürden das Beichtgeheimnis, sondern er selbst.

Er bedankte sich überschwänglich bei Justine Idstein, drückte ihr zum Abschied beide Hände und taxierte sie einen Moment, ehe er sich abwandte. Am Bündchen des dünnen Pullovers, den sie trotz der Hitze trug, traten dicke Adern deutlich hervor. Reliefs des Alters. Wie verschlungene Leuchtpfade, die aus dem Nichts kamen und auch nicht wirklich irgendwo mündeten. Sie liefen in den Handgelenken aus, als wären es die Paragrafen eines vergessenen Vertrags, der vergebens einer Verlängerung harrte.

Kluger ging ein paar Schritte, sah noch einmal zur alten Idstein und auf die Fassade der Michaelerkirche zurück. Dann marschierte er quer über den Platz ins *Café Griensteidl*, nahm im Gastgarten Platz und orderte einen Espresso samt *Fernet*. Beide in doppelter Ausführung. Er fing die kleine Digitalkamera aus der Sakkotasche, eines dieser Dinger, die neuerdings eigenständig Fotos senden konnten, markierte die Bilder, die zu schießen sie ihm in blindem Vertrauen auf sein Wort vorneweg gestattet hatte, und machte sich daran, sie auf den Mailaccount des Chefredakteurs zu schicken. Erst die Bilder. Der erläuternde Anruf hinterdrein.

Der Chefreporter besah sich die Fotos ein letztes Mal. Justine Idstein, die Machete in Händen …

… *Wiener Mutter als Samurai* …

… ja, das wäre der Titel einer Exklusivstory seines Zuschnitts, endlich wieder ein echter Kluger-Knaller, die alte Idstein jene Machete in Händen, mit der sie der Wachsfigur Aimé Bonplands den Unterarm abgeschlagen, das Schicksal ihres Sohnes ein für alle Mal besiegelt, weil offenbart hatte. Die Knochen des toten Professors, feinsäuberlich verpackt in einer Attraktion bei *Madame Tussauds*.

Und sie selbst, Köhlers Mutter, Justine Idstein?

Eine Rittersfrau von der traurigen Gestalt, wie sie so dastand, gefangen im Strudel eines aussichtslosen Kampfes um Wahrheit und Gerechtigkeit. Die Schlaghaltung die eines Bihänders. Angriffig und bedauernswert zugleich. Was für ein Bild! Und um welchen Preis! Eine Beichte, die sie ihm dafür abgerungen und deren Gehalt sich bereits zu verflüchtigen begonnen hatte, da er von der Kniebank hochkam.

Kein schlechter Deal.

Kluger blickte auf. Ein ungekannter Schauder durchfuhr den ganzen Mann. Unbewegt stand die alte Idstein am selben Fleck, wo er sie zurückgelassen hatte, das Gesicht ihm zugewandt. Die Zeit, wusste er, konnte diese Frau dem dringlichen Schmerz des Verlustes entrücken, nicht aber der Folter der Erinnerung.

Für einen langen Moment trafen sich ihre Blicke, hingen an einem unsichtbaren Band. Abermals schauderte er auf, und eine Stimme von weither sagte ihm, dass er gleich tun würde, was er noch nie getan hatte. Er überlegte kurz, dann begann er, am Stellrad der Kamera zu drehen.

Alle Bilder löschen?

Ja. Löschen.

*

Er hatte Clara in Tränen aufgelöst vorgefunden, als er mit den Kindern nach Hause kam. Sie kauerte auf dem Boden, wippte, die Arme um die Knie geschlungen, vor und zurück. Dasselbe verschlossene Klagen wie damals. Beim Channa. Diese seine Frau, mit der er zweieinhalb so unbeschwerte Wochen in Schweden zugebracht hatte, unvermutet im eisernen Griff einer Angst, deren Namen sie nicht kannte. Unbeschreiblich. Unsichtbar. Über ihr, auf dem Tisch ausgebreitet, die großformatigen Trigger ihres neuerlichen Übels.

Er hatte sich nichts anmerken lassen, hatte die Ruhe bewahrt und gemeinsam mit ihr versucht, den Kindern Mamas Tränen als späte Glückstränen der Wiederkehr, des Wiedersehens zu verkaufen. Mit mäßigem Erfolg, wie er befand. Später, als Maximilian, Katharina und Sebastian oben in ihren Betten lagen, saßen sie beisammen, besprachen das Unsägliche bis tief in die Nacht hinein. Sprachen von dem wenigen, das sie selbst tun konnten, und dem weiten Feld der Irrungen des Schicksals, Umklammerungen des Bösen, die über friedvollste Existenzen bisweilen hereinbrachen, pechschwarze Schlagschatten, Streiflichter der Beliebigkeit, die den freien Blick aufs Leben, den zur Sonne zustellten. Doch damit ließ sich bei Weitem nicht alles erklären.

Niemand wusste das besser als er.

Tage später erhielt Clara einen Anruf, den er nur durch Zufall mitbekam und der ihn beunruhigte. Der Offenheit zwischen ihnen wie zum Hohn, lief sie fluchtartig hinaus in den Vorgarten, kehrte erst nach geraumer Zeit wieder. Hochgradig verstört. Er sah gerade noch, wie sie tat, was sie noch nie getan hatte. Sie löschte die Verbindungsdaten. Daraus wie auch aus ihrer wachsenden Verschwiegenheit erwuchs ihm immer größere Sorge. Nur den Kindern gegenüber mimte sie weiterhin die Plaudertasche, die sie nicht länger war.

Karl Schrot wusste nicht, wie es dazu gekommen war, doch er wusste, dass er es herausbekommen musste. Und wenn es das Letzte war, was er tat.

Am Abend des Folgetages

V. ERHELLENDES AUS VANESSAS TIEFEN

»Einen Letzten?«

»Keinen Letzten!« Ein Paar Knopfaugen funkelte den braun gebrannten Jüngling hinter der Theke an, ehe die Stimme knurrte: »Einfach … nur … noch … einen. Avanti, avanti! Kapietschi?«

»Nur eine, meine Kenig der Luft?«

Flecker fuhr herum, nahm dem Gesicht zur Fiepstimme lächelnd das Maß. »Es heißt: mein König der Lüfte.« Dann, zur Bar: »Meinetwegen zwei. Aber keine Spielchen, mein Freund. Alle beide direkt. Mit Volldampf. Kapietschi?«

»Kapietschi«, sagte der Barmann, und Vanessa, dem Geschäftsmäßigen weit entrückt, gluckste im Rücken des Kondors vergnüglich auf.

Direkt und *Volldampf* waren Alltagssprache, hier, im *Tie & Steam,* hatten mitnichten mit schlechtem Service oder einem Mangel an Schnelligkeit zu schaffen. Direkt hieß: ohne Zwischenstopp. Volldampf wiederum, dass der doppelte Tequila (und nur der doppelte) auf einen der beiden offenen Güterwagen der über Kopfhöhe quer durchs Lokal verlaufenden Garteneisenbahn gestellt wurde und – vom Schrillen einer Glocke, schmetternden Pfeifsignalen, beißenden Rauchschwaden und Getrampel und Gejohle der Gäste begleitet – an seinen Bestimmungsort brauste. Neun Tequila-Halte gab es in Summe, den Hauptbahnhof an der Bar nicht eingerechnet.

200 Kilo Leergewicht brachte allein die Tenderlokomotive der 01er-Serie der alten Bayerischen Staatsbahnen auf die Waage,

und so war nicht bloß die Gleistrasse sämtlich an Eisenstreben von der Decke abgehängt, sondern der Bahndamm in massiver Holzbauweise ausgeführt. Die Order eines Doppelten legte dem Personal im *Tie & Steam* unverbrüchliche Pflichten auf. Das Aussetzen einer Fahrt war bei Strafe untersagt, und wer – wie der Kondor – im Hauptbahnhof stand, durfte die Fracht nicht einfach über den Tresen serviert bekommen. Nein, er hatte das Anrecht auf eine volle Runde, und der Lohn war mitunter, dass die Gastwirtschaft ins letzte Eck verpestet wurde. Wem das zu wenig war, orderte an einem nicht fahrplanmäßigen Halt gegen kleinen Aufpreis Extra-Dampfschwaden. Solcherart zusätzlich umnebelte Gäste konnten dies zum Zeichen der Sympathie nehmen. Oder des Gegenteils.

Die namensstiftende Bedeutung des Rauchs, *Steam*, lag auf der Hand. Das andere Wort, *Tie*, konnte bei Neulingen Verwirrung stiften, stand es doch nicht für den Zwang zur Krawatte, sondern für deren Verbot. Mehrfachbesucher wussten dies freilich, ließen sich jedoch nicht abhalten, je nach Laune und mit vollem Vorsatz gegen die Hausordnung zu verstoßen. Das hatte mit dem zweiten Charakteristikum neben der Eisenbahn zu tun: dem *Vorhang der Schande.* Bei einer vollständigen Lokalrunde querte die alte 01er diesen Vorhang sage und schreibe siebzehnmal, und bei nicht wenigen, die dem *Tie & Steam* die Treue hielten, wurden mit jedem Umlauf sentimentale Erinnerungen an große Abende geweckt. Der Kondor war einer von ihnen.

All das hatte mit dem Chef der Örtlichkeit zu tun, denn das Verbot war einzig als Fanal seiner Vergangenheitsbewältigung zu lesen. Mit bürgerlichem Namen hieß der Betreiber der Kaschemme Josef Heckenast, doch niemand rief ihn ehrfürchtig anders als Krawattl-Joe. Man erzählte sich, Krawattl-Joe habe seinerzeit den besten Freund so gut wie splitternackt aus dem Kleiderkasten seiner Frau gefischt. Ob er tatsächlich der beste Freund gewesen war, vermochte niemand zu sagen, doch gerichtlich belegt war: Der gehörnte Ehemann zerrte das spätere Opfer an jener Seidenkrawatte, die er (zum alleinigen und sexuellen Aufputz) umgebunden hatte und ein Geschenk an Joe zum ersten Hochzeitstag gewesen war, durch die ganze Wohnung.

Das Erdrosseln im Affekt nebst postmortalem Verkohlen des Nebenbuhler-Geschlechts mittels Bunsenbrenner trug Krawattl-Joe zwölf Jahre ein, »Schmalz«, wie er nicht müde wurde zu betonen, welches er auf einer Backe abgesessen habe. Frühzeitig wegen guter Führung entlassen und ausgestattet mit einschlägigem Wissen als Kantineur bei den Bundesbahnen wie auch Geldern, deren Herkunft nicht ein Stammgast zu hinterfragen wagte, eröffnete er schließlich das *Tie & Steam.*

Hinter dem Verbot stand ein klares Reglement: Wer dagegen verstieß, unwissend oder nicht, wurde blitzartig von Kellnern oder beflissenen Gästen gepackt, (nötigenfalls mit roher Gewalt) arretiert und mit einer der Scheren, die in Holzblöcken in beliebiger Zahl bereitstanden, um den Kragenschmuck erleichtert, gekappt scharf unter dem Knopf. Danach wanderte die Trophäe unverzüglich mit einer Kluppe an eines der Seile, die ebenfalls quer durchs Lokal liefen. Über die Jahre hatte sich so eine geschlossene, fast urwaldhaft dichte Reihe von Krawatten angesammelt, und es nahte der Tag, da ausgediente Exemplare gegen attraktive Neuzugänge getauscht werden müssten. An Prominenz vormaliger Träger mangelte es den Schaustücken nicht – und so reichte die Palette von den erlauchtesten Vertretern der Unterwelt bis ans andere Ende des Verbrechertums, die hohe Politik. Doppelnennungen waren ausgeschlossen, dafür viele Exponate feinsäuberlich mit Namenskärtchen und Datum der Exekution versehen und manch eines auch mit Brandspuren, wenn die alte 01er beim Unterqueren des Vorhanges der Schande kurz hielt und aus dem Schornstein – per Knopfdruck des Chefs an der Bar – Feuer spie.

Als der Kondor das Lokal heute Abend betreten hatte, war die Missionierung eines Urlaubers aus der Schweiz in Gang gewesen.

Nun, sieben Express-Bestellungen später, stand der immer noch mitten im Raum und stierte fluchend zu seinem vormals besten Stück an die Decke – eine einzige, doch lohnenswerte Provokation, weil in Tannennadelgrün gehalten und, um diese Jahreszeit!, mit Nikoläusen übersät, deren unterster dem Betrachter den nackten Arsch darbot.

Flecker sah auf die Uhr. »Solltest du nicht in deinem Laufstall sein?«

»Es cheißt Laufchaus«, sagte Vanessa.

»Haus. Stall. Scheißegal.«

»Cheute nicht mähr, Äämil«

Der Akzent, mit dem sie seinen Vornamen aussprach, erinnerte den Kondor auf eine wehmütige Weise an diesen anderen Äämil, den irischen Wolfshund eines ehemaligen Kollegen draußen auf dem Zentral und ukrainischen Landsmann der jungen Prostituierten, die ihm ans Herz gewachsen war, und es gab Tage, da sehnte er sich danach, in den katzengrünen Augen Vanessas, diesen tiefen Brunnen der Nacht, ein bisschen zu ertrinken, um in darunterliegenden Tiefen gerettet zu werden.

Flecker war, so weit er wusste, ihr einziger männlicher Kontakt abseits der Arbeit. Wie bei vielen Kolleginnen auch, war die in Aussicht gestellte Karriere als Fotomodell rasch in ein Abstellgleis gemündet. Man hatte ihr jedwede männliche Nebenher-Bekanntschaft verboten, den Reisepass bis zur Abgeltung ihrer Ausbildungskosten abgeknöpft und den Gebrauch des eingetragenen Namens untersagt. Weil Olga nach Weltuntergang klinge. Olga wie Wolga wie Überschwemmung wie Katastrophe wie Krim wie Krieg wie Panzer wie Putin. Alles in allem also schlecht fürs Geschäft. Demzufolge heiße sie nun Vanessa.

Oder brauchst no ane in de Goschn?

So einfach war das in Vanessas Welt, wusste der Kondor, den sie – Verbot hin, Angst her – dennoch ab und an traf, seit er sie eines Nachts aus den Fängen zweier Betrunkener gerettet und beide durch die Mangel gedreht hatte. Sie hatte ihn auf der Stelle entlohnen wollen, doch er, da noch mehr aus Scham, hatte abgelehnt, und nun waren sie Freunde geworden, was Flecker die Wankelmütigkeit seines Begehrens nicht erträglicher machte.

Vor ein paar Tagen jedoch hatte er beschlossen, die Begleichung ihrer Schuld auf andere Weise einzufordern. Er hatte sie in seinem Impala auf eine nächtliche Runde quer über den Zentralfriedhof eingeladen, ihr sein Reich gezeigt und einzig das Probeliegen im *Amethyst* untersagt. Das ging dann doch zu weit. Am Ende der Tour, als sie unter den Augen von Curd Jürgens einen Joint rauchten, sagte er mit Grabesstimme:

»Ich brauche dich.«

»Jetzt gleich? Hier?«, schnurrte sie.

»Anders. Du musst dich für mich umhören.«

Nach und nach hatte er sie ins Vertrauen gezogen, seine Welt offengelegt. Die des Friedhofs (Aufstieg und Untergang). Die des Wachsfigurenkabinetts (Aufstieg und Untergang).

»Auch nix einfach, diese Wällt«, hatte sie ihm ins Ohr gehaucht.

Und er: »Leben ist wie ficken bei Flut. Eine scheiß Welle nach der anderen, die dich hochhebt. Aber du bleibst niemals oben und schaffst es nicht an den Strand. Vastehst?«

Vanessa hatte genickt. Seither war ein Band zwischen ihnen geflochten, das mit Dunkelheit und Tod zu tun hatte, mit Nacht und Macht, aber auch mit der Einsamkeit inmitten eines Meeres vorgetäuschten Lebens.

»Gut, dass du heute nicht mehr ranmusst«, sagte der Kondor nun. »Diese ganzen Schweine, die ihren Dreck in dich rein… na, Dingsbums.«

»Ist Protein wie von Ei von Huhn«, sagte sie und lachte, »nur viiiiel teurer.«

Die alte 01er brauste heran. Sie hoben die Gläser vom Waggon und dem anderen geschwisterlich an die Lippen, und während sie tranken und einander ansahen, dachte der Kondor an das Viele, worin er sie ins Vertrauen gezogen hatte. An Madame … *dieses räudige Hundsviech* … an den Schmutz, den sie über das

Kabinett gebracht hatte … *mein Kabinett, Vanessa* … daran, dass sie weitermache, als wäre nichts geschehen. Auch von Bela Schmaus hatte er gesprochen, davon, dass er ihr nicht länger trauen könne, nachdem er seine Vorgesetzte anfangs fast verehrt, doch zuletzt auf die Probe gestellt habe … *was chast du, Äämil?* … ja, auf die Probe habe er sie … *schauen, ob gute, ehrliche Frau, Vanessa* … mit einem Pappkartonschild, mit einem ganzen Satz und einem seltsamen Namen am Ende … *Guácharo … Gua – was? … völlig Blunzn* … weil das so in dem Brief gestanden habe, der an jener Stelle, wo zuerst dieser Bonpland, auf dem Boden … *ach, scheißegal* … dass die Frau Magistra jedenfalls explodiert sei, als sie das gelesen habe … nein, mehr könne er wirklich nicht … vielleicht ein anderes Mal.

Vanessa hatte verständnislos dreingeblickt und er weitererzählt. Von diesem Journalisten, den er anfangs so gar nicht und dann, nach einem Riesenrausch, doch ziemlich und jetzt wieder eher weniger … *ja, Zeitung, Vanessa, so ein Schmierfink* … und dass der glaube, ein besonderer Schlaumeier zu sein und sogar so heiße … *Kluger, haha!* … und dass er gut vorbereitet gewesen zu sein schien auf diesen Toten im Toten in seinem Kabinett und ihn, den Toten, vor dem Todsein interviewt habe … und dass er die Alte von dem hinterher echten Toten im Toten auch eingesackt habe, vor dem Bundeskriminalamt, ja, er selbst habe es gesehen … und dass er ihn vor einer Woche erst hierher gelockt habe, um Tacheles zu reden, und er ohne Krawatte habe abziehen müssen zu seinem Abendessen mit einer Ministerin … *hahaha!* … und dass dieser Kluger in Wirklichkeit nichts auf die Reihe bringe außer die Sauferei und sonst nur seine Wunden lecke … *nein, nix schmutzige lecken!, andere Wunde, immer diese wehleidig, aua!, aua!, vastehst?*

Zuletzt hatte er von seinem Freund im Rathaus gesprochen … *nix freiwillige Freund, andere, wie in deine Beruf* … dem beinlosen schleimigen Aal, der geliefert habe. Kennzeichen von Lieferwägen und ihre Halter, die er einen um den anderen abgeklappert habe, Telefonnummern, Kontakte und Kontakte von Kontakten und die Ausschnitte eines Videos, festgehalten in jener Nacht, als diese Figur heimlich in sein Kabinett … *diese mit Mann in Mann, Äämil? … nein, andere, erste Figur, wurscht …* ein Kastenwagen, hell, ohne Aufschrift und das Kennzeichen, toter Winkel, zu dunkel, was immer. Viel Material, und alles nur nutzloser Mist.

»Chast traurige Augen«, sagte Vanessa, kaum hatte sie ihren Doppelten weggekippt.

Zu gerne hätte der Kondor davon gesprochen, was ihn niederwarf, von einem Versagen an allen Fronten, von Aufwand und Ertrag, Aktiva und Passiva, Debitoren, Kreditoren und Erfolgsrechnung, von der grauenhaften Bilanz seines Forschens und Dringens wie auch der verheerenden Buchhaltung seiner Unternehmung, die Krieg hieß und keine andere Lesart kannte als das Soll.

Jedoch, im weiten Feld des Rechnungswesens war Flecker allein im Nebensegment der Abrechnung beschlagen, also erwiderte er: »I hob nur Scheiße. Weniger als null.«

Die Schwingtür ging. »Is dat hier dat *Tie & Steam*?«, rief ein fester Bariton in die Gaststube.

»Was denn sonst!«, blaffte der Barmann.

»Wat denn sonst, fracht der jute Mann …«, der Ankömmling, die Worte die Tonleiter abwärts singend, tat ein paar Schritte in den Raum, »… na so wat! Und warum, frag ick Sie, steht dann der Name draußen nich anjeschrieben?«

»Heast, Piefke«, tönte es da aus der Tiefe, »denk a anzig's Moil in dein vielleicht goar nimma so langen Lebn schoarf nach! Host scho irgendwaun irgendwo g'sehn, dass auf ana Wurschtsemmel Wurschtsemmel draufsteht?«

Der Kondor, jäh beseelt vom Jagdtrieb, mehr aber noch von einem heiligen Zorn auf den Grenzverlauf jüngeren Datums zwischen Ost und West, so ganz ohne Stacheldraht und Wachturm und zerschossene Trabis, segelte ans Ende der Theke, griff zur Schere. Der Rest war Formsache, der Jubel ringsum grenzenlos.

Die nächste Runde ging auf Vanessa. Die 01er dampfte heran, doch damit schien es mit ihrer Spendierlaune nicht getan. Sie zog Flecker hautnah an sich heran und lüftete das Dekolleté. »Das chier«, verkündete sie mit tragender Stimme, »ist meine Gäschänk. Fir diich.«

Der Kondor geriet ins Taumeln und sah rot. Rot und Silbergelb. Rot wie das tätowierte *Love* quer über Vanessas Brüsten und Silbergelb wie das Bauchnabelpiercing, an das sein Geierblick ebenfalls hinabreichte, und ihm war, als wäre auch der Neuankömmling ein paar Schritte an sie herangerückt.

»Nastrowje«, rief Vanessa, ließ das Top zurückschnalzen, kippte den nächsten Tequila, der plötzlich dastand, in einem Guss die Kehle hinab und lüftete ihr Oberteil aufs Neue, um nun ein knitteriges, schweißdurchtränktes Etwas zutage zu fördern. Flecker musste an das schneeweiße Zylinderhäschen in TV-Zaubershows denken, wiewohl es nur ein Zettel war.

»Meine Gäschänk.«

»Deine was?«

Sorgsam wieder arrangiert, glättete die Prostituierte das Blatt Papier auf der Schank aus. »Vorne ist Tellefonnuumer, und von hinten … andere Sachen.« Während sie weitersprach, zwinkerte sie dem schmachtend abermals näher gerückten Deutschen unablässig zu: »Äämil, Schätzchän, Tellefonnuumer … (zwinker, zwinker) … ist Nuumer von Freind von Freindin. Diese Freind chat Freind, was chat Freind, was chat andere Freind … (zwinker, zwinker) … was chat Schwie… na, wie sogt ma? Mann von Schwester.«

»Schwager.«

»Nenne, wie willst. Und diese Schwager chat … na?«

»Schwanz wie Stier?«

»Scheen wäre!, (zwinker, zwinker) nein, chat mir gegeben …« sie wandte das Blatt »… na? Kennzeichen von Llastwagen. Deine Llastwagen, was suchst du! Was sogst? Kennzeichen. Autotipe. Ollas do.«

Der Kondor starrte das Gekritzel der Freundin aus riesenhaften, beutegierigen Augen an. Uferlose Momente der Besinnung, des Abgleichs. Das Abfliegen der Meridiane im galaktisch weiten Netz seines Versagens. Zahlen und Buchstaben. Namen. Nummern. Rauchende Schuhsohlen. Leere Kilometer. Haben und Soll. Soll und Haben.

Plötzlich sprang er auf. Die Welt um ihn her war eine andere. Ob er wollte oder nicht, der Rathausaal würde ihm noch einmal zu Diensten sein. Mit beiden Armen umfing er Vanessa, riss sie vom Barhocker und wirbelte sie um die eigene Achse. Einmal. Zweimal.

»Ich könnte dich ... ich würde dich am liebsten ...«

»Nix würde, Äämil, nur wollen is nix kennen. Machen!«, schmachtete Vanessa ihm ins Ohr.«

»Junger Mann!«, schmetterte Emil Flecker aus voller Brust in Richtung Bar, »noch zwei! Nein, vier!! Nein, fünf!!! Den einen für unseren neuen deutschen Freund hier. Der mit den Stielaugen und den falschen Hoffnungen. Gemma, gemma, der Herr vom Verschub! Mit Zwischenhalt in allen Stationen! Kapietschi?«

»Kapietschi!«

Vanessa funkelte den Mann hinter der Theke an. »Du nix kapietschi.«

VI. RANDNOTIZEN AUS DEM SOMMERLOCH '13

Auf wie viele Arten lässt sich das Sterben tanzen?

Ost trifft West, Tradition trifft Moderne. Die Doppelconference beim *ImpulsFestival* im Wiener Volkstheater.

Pichet Klunchun, der Thailänder, legt vor, tanzt den Tanz von Kampf und Tod, ohne den Sterbenden selbst zu geben. Das bringe Unglück. Stattdessen die Darstellung der Trauer. Ein Begräbnis. Eine weinende Frau. – Jérôme Bel, der Franzose, legt nach, lässt alles fallen, liegt rasch auf dem Bühnenboden. Enttäuschend profan, fast ordinär, wie Klunchun befindet. Bel erklärt Klunchun die Moderne des Okzidents: der Künstler gebe dem Publikum nicht, was es wolle, suche vielmehr, was es brauche. Natürlich sorge das mitunter für Enttäuschungen.

In einem Loft der Wiener Innenstadt liest man den Bericht nicht ohne Wohlwollen und Interesse.

*

Neues vom globalen Acker der Studien und Gegenstudien: Hitze und Gewalt seien böse Schwestern, heißt es. Nicht von ungefähr trügen beide den weiblichen Artikel. Auch sei es vom Kleinen nicht weit ins Große, von der siebentägigen Hitzewelle zum Jahrzehnte umspannenden Weltklima, von der Gastgartenschlägerei zum Weltkrieg. Untersuchungen zu El Niño belegten, in heißen Zeiten flösse mehr Blut, die Zahl der Bürgerkriege in südlichen Ländern hätte sich in El-Niño-Jahren gar verdoppelt. – David Young, Geograf an der University of Hongkong, schlägt mit dem Europa der Jahre 1500 bis 1800 zurück. Die Gewalt inmitten der *Kleinen Eiszeit* (er sage nur: Dreißigjähriger Krieg) könne ihresgleichen suchen. Man dürfe Korrelation nicht mit Kausalität vermengen.

Der Mensch kocht sich in der Beziehung zum Menschen sein eigenes Klima. Und so kommt es, konsequenterweise in einem Metzgerbetrieb in Wien-Ottakring und bei weit über 30 Krügerl im Schatten, zur tödlichen Messerstecherei in einem mit Rindviechern wohl bestückten Kühlhaus.

*

Kanzlerfest im *Gartenhotel Altmannsdorf* in Wien und Vinzent Kluger als Vertreter der *Guten* mittendrin. Unter ferner schwitzten: Harald Serafin, Waltraut Haas, Gastgeber Werner Faymann mit Gattin Martina, Entertainer Alfons Haider. Unter den 2.000 Geladenen ebenfalls gesehen: Harald Serafin, Waltraut Haas, Gastgeber Werner Faymann mit Gattin Martina, Entertainer Alfons Haider. Das Tanzbein schwangen: Harald Serafin, Waltraut Haas, Gastgeber Werner Faymann mit Gattin Martina, Entertainer Alfons Haider. In bester Sektlaune: Harald Serafin, Waltraut Haas …

*

Zu viel Hitze bewirkt Gedächtnisverlust.

Hat der gelernte Staubsaugervertreter und Conférencier auf Kreuzfahrtschiffen, Silvio Berlusconi, nur darum vergessen, Steuern zu zahlen? Anhänger des italienischen Ex-Premiers gehen ob seiner Verurteilung zu vier Jahren Haft wegen Steuerbetrugs auf die Straße, fordern nach der Amnesie die Amnestie. Sozialarbeit im Altersheim und betreutes Wohnen stehen zur Auswahl. Zum Ausschluss aus dem Parlament scheint's nicht lange hin, der spitzige Schnabel des Politadlers ist stumpf, das Botox-Antlitz gramrunzelig und Forza Italia, die rechte Schwinge des machthungrigen Medientycoons, flügellahm.

Italia, quo vadis?

*

Reumütiges Geständnis eines subversiven Elements namens Bradley Manning:

Die Androhung von bis zu 136 Jahren Haft zeigt Wirkung, der Ex-Geheimdienstanalyst entschuldigt sich bei einer Anhörung vor dem Militärgericht in Fort Meade nahe Washington, der Enthüllungsplattform *Wikileaks* Hunderttausende Dokumente und Datensätze zugespielt zu haben. Als Motiv für Mannings Handeln führt ein Militärpsychologe die zeitweilig sexuell unstete Ausrichtung des Angeklagten ins Treffen, ein Foto Mannings mit geschminktem Antlitz und blonder Langhaarperücke wird gezeigt. Die Liste der Vorwürfe gegen den 25 Jahre alten Obergefreiten ist lang: Spionage, Diebstahl, Computerbetrug, Geheimnisverrat. Die US-Gerichtsbarkeit lässt Gnade vor Recht walten: schlappe 35 Jahre Haft wegen Unterstützung des Feindes (aiding the enemy) – das Wort »enemy« hier als Synonym für Öffentlichkeit.

*

Die NSA besinnt sich ihrer Rolle als böser Drache der Moderne und zeigt dem Stümper Bradley Manning vor, wie es geht: 85.000 infiltrierte Rechner werde es bis Jahresende weltweit geben, die den US-Geheimdiensten als Software-Hintertüren für ganze Netzwerke dienen. Das berichtet die *Washington Post*. Die unter dem Codenamen *Geist* laufende Aktion ziele darauf ab, eines Tages Millionen infizierter Computer mit einem eigens entworfenen Spionageprogramm (Codename *Turbine*) automatisch zu kontrollieren. Personelle Engpässe – nur 1.870 Mitarbeiter – hätten ein volles Ausbeuten der bereits belehnten Rechner bisher vereitelt. An einen Einsatz zur Wirtschaftsspionage nach chinesischem Erfolgsmodell sei aber nicht gedacht.

Im fernen Wien ist Profi-Hackerin Miriam Seifert einmal mehr nur mäßig erstaunt über das Ausbleiben globaler Proteste. Sie entsinnt sich des viel zitierten Aphorismus der Ingeborg Bachmann, dass die Wahrheit dem Menschen zumutbar sei.

*

Apple setze künftig auf Retina, berichtet das *Wall Street Journal* – das revolutionäre Display beim neuen *iPad*, auf dem das menschliche Auge kein einziges Pixel mehr erkennen könne. Tussauds-Security und Lesbos-Heimkehrer Emil »Kondor« Flecker dagegen setzt auf mitgebrachtes Althergebrachtes, das bei ausreichender Konsumation denselben Effekt zeitigt wie Retina – den geharzten, trockenen griechischen Tafelwein und obendrein Namensvetter Retsina.

*

Miefattacke in der U-Bahn von New York: *NBC* und *Fox News* berichten von einem einen Meter langen, bestialisch stinkenden toten Hai, der sich in einem Wagen der Linie N in Downtown Manhattan am Halt der 14th Street fand. Zeugen wollen ein blutiges Wundmal am Maul des Tieres ausgemacht haben, wie von einem Angelhaken. Ein Werbegag anlässlich der Hai-Wochen des *Discovery Channels* steht im Raum.

Seitens der Wiener Linien gibt man sich gelassen. Bei Geruchsangriffen würde man hierzulande, so ein Sprecher besorgten Medienvertretern gegenüber, im Sommer auf die altbewährte Gegen-Miefattacke durch die Naturkraft der Passagiere vertrauen.

*

Von aller Welt am Rande zur Kenntnis genommen:

Die ägyptische Armee fliegt Luftangriffe mit Apache-Hubschraubern gegen die Zivilbevölkerung auf der Halbinsel Sinai; 13.900 Bootsflüchtlinge sind heuer bereits über vier Hauptrouten auf Lampedusa gestrandet; der Drohnenkrieg sei juristisch und ethisch falsch, befinden Experten – doch was sei die Alternative?; ein Höchstgericht erachtet ein Baby für ausreichend reif, selbst die Gefahr einer Wippe einschätzen zu können, und verweigert Schmerzensgeld; Syrien macht die Börsen nervös; Selbstmord mit Anlauf bleibt die Domäne des kleinen Mannes.

*

Der Mensch ist ein Augentier.

Eine Metaanalyse, die 15 Studien zum Thema *Musikempfinden mit mehr als einem Sinn* umfasst, tritt gegen den Irrwitz an, Vertrauen ausschließlich ins eigene Gehör zu setzen. Ob nun ein Franz Liszt, der die Mähne wie ein Wilder geschüttelt und ganze *Bösendorfer*-Flügel in Stücke gespielt habe, oder ein Mick Jagger, wenn er sich tierisch in den Schritt fasse: erst der Augenschmaus, so die Autorengemeinschaft, mache den Ohrenschmaus zum vollwertigen Musikmenü.

Den nach wie vor vermissten Wiener Perückenmacher Ferdinand Heinrich Fürchtegott Hinczica hätte diese Erkenntnis gewiss aufgewühlt, hätte er bloß früher erahnt, dass er keineswegs (wie behauptet) in der Karibik dümpelt, sondern längst eine andere große Reise angetreten hat.

*

Die Nazis sind tot – es lebe das Kellerkind!

Das Fremdbild des Österreichers ist einem Wandel unterworfen. Tanzten früher auf der Flucht vor Hitlers Schergen noch Großfamilien in Dirndl und Lederhose querfeldein über die Alpen und hinein in die Herzen Asiens und Nordamerikas (Mutterland der Trapps & Trapper), sind es nun die unterirdischen Befestigungen, die Weltruhm begründen.

Eine neue, preisgekrönte Krimi-Serie aus Übersee (*Top of the Lake*) gibt den Weg vor. Es ist die Geschichte der Entführung eines zwölf Jahre alten Mädchens im düsteren Seen-Umfeld Neuseelands. Als Sonderling unter Verdacht gerät Wolfgang Zanic. Zanic haust in einer Waldhütte. Zanic spricht ein seltsamhartes englisches Idiom. Zanic ist Kauz und Eigenbrötler. Zanic ist Österreicher. Nur eins treibt die Polizei um, als der amtsbekannte Pädophile (Videoaufnahmen zeigen seine Opfer singend und tanzend – im Dirndl – auf zivilisationsfernen Wiesen) auf dem Radar der Ermittler auftaucht: Hat dieser Mann einen Keller? Der Selbstmord Zanic' wirft Fragen auf, ein Schelm, wer an Kampusch-Entführer Wolfgang Priklopil denkt.

Der Ex-Wehrmachts-Offizier und bloße Mitreiter Kurt Waldheim (ab 20.4.1945 – Führers letztem Geburtstag zu Lebzeiten – Träger des Kriegsverdienstkreuzes I. Klasse mit Schwertern) hat diesem Paradigmenwechsel aus der Präsidentengruft auf dem Wiener Zentralfriedhof heraus nichts entgegenzusetzen. Dank und Anerkennung gebühren allein Oscar-Preisträger Christoph Waltz, der als SS-Standartenführer Hans Landa (*Inglourious Basterds*) mit Verve und Mimenkunst gegen den herben Verlust des so traditionellen wie identitätsstiftenden Nazi-Images antritt.

Eine renommierte Historikerin spricht sinngemäß von einem toxischen Amalgam aus *Sound of Music* und Kindesmissbrauch, eingebrannt in die Festplatte eines globalen Gedächtnisses. Da kann auch das glasklare Eigenbild des modernen Österreichers das milchig-schlierige Fremdbild nur homöopathisch herablindern, dass nämlich gerade mal vier von zehn ihre Landsleute in Urlaubsdomizilen als peinlich empfinden.

*

Volksverhetzung der anderen Art in Istanbul: Nach Aburteilung des Starpianisten und Komponisten Fazil Say wegen Verunglimpfung der islamischen Vorstellung von Wein und Jungfrauen im Paradies (vergleichbare Schmähungen gegen Juden, Araber, Griechen stellen für die Staatsanwaltschaft keinen Anlass zum Einschreiten dar), folgt nun der überfällige Streich gegen die Unmoral in der Weltliteratur: Die Verbreitung der Werke des italienisch-polnischen Schriftstellers Guillaume Appollinaire († 1918), insbesondere *Die Großtaten eines jungen Don Juan*, wird unter Strafe gestellt, Verleger und Übersetzer müssen mit bis zu zehn Jahren Haft rechnen. Das Buch berge Schilderungen lesbischer, unnatürlicher und mit Tieren vollzogener sexueller Beziehungen.

*

47 Jahre Unterschied sind kein gesellschaftliches Stigma – solang nicht *sie* die Ältere ist. Also setzt Opernsängerin Iva Mihanovic auf den Bonus knackiger Frische und ehelicht Maximilian Schell. Ich will Kinder mit ihm, sagt sie, mit 35 in bester Mutterjugend. Mehr als zwei Jahre danach wird sie im Interview mit der *Bunten* tatsächlich in anderen Umständen erstrahlen. Kindsvater: der Großcousin des Mimen von Weltrang, da Schell bald nach der Eheschließung verschieden ist. Es sei ein Christkindl, weil rund um den Weihnachtsabend entstanden, wird Iva zitiert. Unkenrufe, ob da nicht etwas durcheinandergeraten sei – von wegen Empfängnis, Geburt, neun Monate und so weiter – werden abgeschmettert. Zeugung? Wurf? Ach was! Alles eins. Kinkerlitzchen. Volkstheologischer Firlefanz.

Auch Vinzent Kluger lassen solche Nachrichten und übelwollenden Vorhalte nicht kalt. Als er obendrein von der Geburt von Klein Viktoria liest wie auch der pränatalen Trennung von Mama Iva Schell und Papa Kari Noe, ist er nahe dran, Anflüge von Mitgefühl mit Iva zu empfinden. Bestimmt alles Fake. Und er entsinnt sich eines Interviews mit Professor Norbert Köhler alias Aimé Bonpland, das geführt zu haben auch ihm lange Zeit unterstellt worden ist (und weiterhin wird).

*

Problembär gegen Problemlehrer – das Duell von *Magna*-Magnat Frank Stronach mit der heimischen Bildungselite: jeder fünfte Lehrer sei ungeeignet, poltert er, 6.000 Schädlinge wider die Entwicklung der Kinder müssten freigesetzt werden. Dem volksnahen Brustton der Überzeugung lässt der 80 Jahre junge Frank auch Taten folgen und posiert im Wahlkampf mit nacktem, wiewohl für einen Bären spärlich bepelztem Oberkörper. Heinz-Christian Strache schlägt im ausufernden Duell um die männlichste Polit-Brust zurück, zeigt die seine. Auch Barack Obama und Wladimir Putin werden es später tun – sie alle letztlich auf den Spuren Jörg Haiders, Ur-Playmate und Guru der Lehre von der mitteilungslosen Mitteilung.

Stronach oder Strache? Waschbär oder Waschbrett?

Experten für Körpersprache analysieren im medialen Diskurs, wer von beiden Arme und Beine, wer Brust und Bauch auf welche, für Dynamik oder Schutzbedürftigkeit sprechende Weise ausstelle. Indes ist auf Metaebene längst ein unerbittlicher Streit unter Verhaltensbiologen entbrannt: Läuft die männliche Brust dem weiblichen Busen endgültig den Rang als Sexualsignal ab? Letzterer (als Folge der immer raffinierteren plastischen Chirurgie) gebe nicht länger zuverlässig Auskunft über die Trägerin, vor allem, was die geforderte Einheit aus muskulös-schlankem Oberkörper und Konsequenz kraft Disziplin betreffe. Dass nicht Training über die Form des weiblichen Busens bestimme, sondern in der Regel Ernährung, Alter und Hormonstatus, bleibt als folgenlose Randnotiz außer Acht. Der Siegeszug des nackten, kopflosen Abercrombie-Mannes scheint unaufhaltsam, glatte Brust, Sixpack und zentrierter Bauchnabel sind der neue Nabel einer anzupeilenden Welt.

*

Deutschland nimmt sich kein Beispiel am südlichen Nachbarn, setzt im Wahlkampf anstelle von entblößten Titten auf leere Floskeln. Und so packt Mutti Merkel in gewohnter Staatsraison die harten, tragenden Themen an, philosophiert auf dem Podium der Postille *Brigitte* von ganz großen Gefühlen: Liebe und Neid. Sie liebe entspanntes Kuchenbacken, liebe Männer um ihrer schönen Augen willen, beneide sie ihrer tiefen Stimme wegen wie auch der Gabe des Holzhackens. Während Österreichs Werner Faymann den Kanzlerbonus allein im totalen körperlichen Offenbarungseid wähnt und erwägt, sich splitternackt ablichten zu lassen (bedeckt bloß mit Leserliebesbriefen der *Kronenzeitung*), weiß Angela Merkel ihr Heil in größter Züchtigkeit. Asymmetrische Demobilisierung lautet ihr politologischer Hokuspokus. Andere wettern gegen hohe Mieten, versprechen soziale Wohltaten, zeigen Kante – sie indes setzt auf das Prinzip Gummizelle, vertraut der runden Ecke, schleift sich konturlos, reibt sich unanfechtbar und bläst sich auf zur Flaute in den Segeln der Konkurrenz. Weil jetzt schon, kurz vor der dritten Mutterkanzlerschaft, dieses tiefe Ahnen in ihrer Brust glimmt:

Ich schaffe euch alle. Ich schaffe das.

*

Aufreibend wie am Steuerknüppel eines Militärhubschraubers in Afghanistan, physisch und mental herausfordernd. Ziemlich laut sei er obendrein, aber natürlich gut aussehend.

Prinz William nach dreiwöchiger Babypause über Sohn George.

*

Chinas Führung will nicht länger die Organe hingerichteter Häftlinge entnehmen. Die Reaktionen im Ausland sind beipflichtend, im Inland gespalten. Schaffe man es nicht, die Zahl der Organempfänger zu verringern (jährlich 300.000), müsse man die Zahl der Spender eben erhöhen, so die Kritik. Begründet ist der umstrittene Transplantationserlass bei Häftlingen weniger im jähen Wandel zu mehr Humanität im Strafvollzug als im unausgesetzt lodernden Feuer eines uralten chinesischen Glaubens, welcher besagt, Verstorbene nach Möglichkeit doch in einem Stück zu begraben oder zu verbrennen.

Das Wiener Rathaus weiß Abhilfe. Dort bastelt man, wenngleich inoffiziell, an einer bilateralen Kooperation, die den Organmangel lindern soll. Das Modell eines Hofrates, betuchte Kundschaft nicht länger im Krematorium zu entsorgen, sondern an ihrer statt mit Schweinehälften befüllte Billigsärge, hat sich in der Probephase bewährt. Während in Wien bisher nur in Ausnahmefällen nicht bloß die hochwertigen Särge ein zweites oder drittes Mal Verwendung finden, könne China, so das Anbot, sich auf diese Weise ohne Aufsehen gleichfalls an den Körpern gütlich tun. Von Lizenzgebühren wolle man in Anbetracht der fernöstlichen Sitte im Umgang mit geistigem Eigentum Abstand nehmen. Die eine oder andere Einladung an Vertreter der Wiener Stadtpolitik tue es auch.

Von Seiten der chinesischen KP zeigt man sich nicht abgeneigt, zumal das Prozedere auf Jahre hinaus unbedenklich erscheine. Einzig 2019, dem nächsten Jahr im Tierkreiszeichen des Schweines, wolle man die Kooperation aus astrologisch-ethisch-religiösen Gründen aussetzen.

*

21 Mal im Teamdress der deutschen Fußballnationalmannschaft und vier Tore erzielt: Bernd Schuster. Spät aber doch gelingt ihm als Trainer des *FC Málaga* nun der fünfte Streich. Er lässt den Kalauer, jemand habe kein Problem mit Alkohol, nur ohne, aufleben, hebt ihn auf eine leistungsfördernde Ebene. Ich habe kein Problem mit Doping, sagt der blonde Engel. Manche Spie-

ler hätten ohnedies mehr Pillen als Deos und Parfums im Kulturbeutel. Man solle Doping zur rascheren Genesung verletzter Spieler einsetzen und nicht, damit sie Strom in den Hintern bekommen.

Die Vorbildwirkung Schusters tritt unvermittelt ein: Vinzent Kluger sieht sich bestätigt, sein ambulantes Programm zur alkoholischen Entwöhnung endgültig sausen zu lassen.

*

Interböse statt Internett. Das Netz ein Hort des Verschlagenen, *Facebook* eine Brutstätte des üblen Leumunds. Hasstiraden gegen Juden und Muslime werden angestimmt, Schmutzkübel um Schmutzkübel befüllt, wieder entleert. Eine Stimme des Protests ist an Glaubwürdigkeit und Authentizität nicht zu überbieten, da sie nach dem Stiefeltritt des Gesetzes ruft, rigoroses Einschreiten fordert:

Hetz-Poster gehören angezeigt!

Das Wort des HERRN … Heinz-Christian Strache

*

Putschisten schwimmen im Blut. – Erbarmungsloses Morden. – Schlagzeilen wie diese beherrschen die türkischen Zeitungen nach Gewaltexzessen des ägyptischen Militärs gegen Anhänger des gestürzten Präsidenten Mursi. Auch hier sticht eine Stimme, gleichermaßen nach Ägypten wie Europa mahnend, in besonderem Maße hervor:

Wer angesichts dieses Massakers schweigt, macht sich an einem Verbrechen mitschuldig … Wie könnt ihr da noch von Menschenrechten, Demokratie und Rechtsstaat reden?

Recep Tayyip Erdoğan

*

Auf dieses Bekenntnis hat *Bayern Münchens* Parade-Anti-Fan Vinzent Kluger gewartet: Ich bin kein Super-Super-Trainer, sagt Pep Guardiola kurz nach Amtsantritt. Klugers Alb, Bayern könnte mit Rekordpunktzahl bereits sieben Runden vor Saisonende als neuer Meister feststehen, ist da noch in undenkbarer Ferne.

Trost findet Kluger auch im Blick auf den Kalender: nicht mehr lange bis September. Das Ende der Sommerferien und jener Zeit, da allerorts Praktikanten abheben und Anrufer mit Ahnungslosigkeit, falsch gewählten Telefonklappen oder Schweigen in den Wahnsinn treiben.

*

Jedermann. Wieder einmal ist das Spiel vom Leben und Sterben des reichen Mannes in der Festspielstadt Salzburg voll entbrannt. Ein omnipräsentes, behübschtes Skelett, das in viele Kleider schlüpft, dazu Technik und Techno, die den Feudalherrn aus der Gründerzeit des Kapitalismus neu gewanden. *Jedermann* zwischen Wahn und Identität, der Liebhaber, Megastar, Manager und Macher, ein soziales Raubtier mit Charme. Doch am Ende kommt's, wie es kommen muss. Der Rap des ausschweifenden Lebens verklingt. *Jedermann* ist geläutert, taumelt zu den Klängen der finalen Messe. Es ist wie immer: Der Letzte dreht das Licht ab, zieht den Stecker.

Nicht bloß bei Hofmannsthal ist das der Tod.

Der elfte September

VII. ARMAGEDDON

Seit sein Bild angefangen hatte, sie zu jeder Zeit heimzusuchen – die fransige Bürste, die markigen Backenknochen, wenn er sie in den Wind hob, in den Himmel lachte –, war nichts wie vorher. Manchmal fuhr sie aus dem Schlaf hoch und wusste nicht, ob sie ihm bloß im Traum hinterhergeschrien hatte.

Björn, bist du das? Björn Viberg?!

Erreichte er sie, war ihr, als reckte er die Finger nach ihr, ein eiskaltes Begehren, das sie in die Tiefe, ins Gestern zog, in sie kroch, sich mit ihr gemein machte und ihn zum Teil ihrer Wesenheit, verschmolzen mit dem brüderlichen Seelenschatten, als der ihr die Schwermut seit Wochen innewohnte. Sie wollte nicht an ihn denken. Diese Gedanken – so jäh, so gnadenlos mit ihrem Leben verknüpft – waren immer nur tiefdunkel, fraßen sie auf epidemische Weise leer wie ein Heuschreckenschwarm aus dem Herzen der Düsternis.

Morgens. Mittags. Abends. Nachts.

Doch Björn kam, wie es ihm gefiel, mal am Steuer des Motorbootes hinaus auf den See, mal im Neopren und mit süffigen Blicken draußen am Panzerglas des *Utter Inn*. War er auch bei ihnen da gewesen? Manchmal sah sie ein Messer aus dem Nichts heranschießen, ihm die Kehle durchtrennen, sein in Fontänen pulsierendes Blut, das in Schlieren emporstieg, so tieforange wie die auserwählten Momente am Mälaren, von denen er geschwärmt hatte. Orangefarbener Schnee, der himmelwärts fiel. Manchmal sah sie aber auch nur die Fische, die nicht länger zu ihnen hereinstarrten, nur tote Augen hatten für ihn und seine sterbenden.

War Björn da, vergaß Clara Schrot darüber alles. Genauso war es auch jetzt. Sie hatte vergessen, den Kontaktgeber zu drücken, stand eine Ewigkeit schon klitschnass in der Dusche, starrte eckigen Schatten an Wänden hinterdrein und fror. Clara schrak hoch, besann sich. Du hast es ihnen doch gerade beigebracht. Zwei lange Tage. *Wir zerreißen die Fessel … Schenke der Welt ein Lachen! Schenke dir ein Lachen! Die Lachrakete, Leute. Hoho haha.*

Mit einem Ruck löste Clara sich aus ihrer Erstarrung, atmete das Unbehagen in tiefen Zügen fort, tapste vor den Spiegel und fing an, das Haar zu frottieren. Sie musterte ihren Körper, die schlanke, doch nicht unweibliche Taille, den dezenten Po, den bretterflachen Bauch, dann hob sie ihre Brüste mit beiden Händen an, ließ sie fallen, nickte sich zu. Wasserfäden perlten ihr über den Oberkörper.

»Pas mal!« Die Stimme aus dem Off ließ sie herumfahren. »Dachte ich mir vorhin schon … toller Body für eine Frau Ende 30 und eine Mutter von drei Kindern.«

»Anfang 40.« Reflexartig hatte Clara die Arme über dem Busen verschränkt, ehe sie begriff, wie albern das war. Eben noch hatten sie nebeneinandergestanden. Sie stemmte die Hände in die Hüften, funkelte ihr Gegenüber an. »Schon vergessen? Du warst eingeladen.«

»Wie kann ich nur. Böses Mädchen. Egal. Biologisch 39 A, mag sein. Aber in der Optik … 20 F.«

»Wird das ein Angebot?«

»Ich überleg's mir«, Nadine lachte, »schließlich ist es nie zu spät, auf ein neues Pferd umzusatteln, meinst du nicht? Ich sehe schon die leuchtenden Glubschaugen meines Göttergatten, wenn er es erfährt. Wie ich den kenne, will er sofort einen Dreier.«

Mit sanftem Lächeln musterte Clara die um knapp zehn Jahre jüngere Frau mit dem kecken wollschwarzen Kurzhaar, den sprühenden marineblauen Augen und dem leichten, durchaus reizvollen Hang ins Pummelige, wie sie in Unterwäsche dastand, nun ihrerseits die Hände in die Hüfte rammte, als wollte sie Clara spiegeln.

»Fleischbeschau gefällig, na? Wie wäre es mit uns zwei Hübschen?«

»Warum nicht?«

Nadine gluckste, schlängelte sich mit lasziver Grazie in Hose und Seidenbluse. »Du wärst die Erste, mit der ich … na ja. Und bis dahin … business as usual. Kommst du doch noch mit? Du weißt ja, Beatrice gibt ihren Ausstand in die Karenz. Ich bin mir sicher, sie würde sich tierisch freuen.«

Ja, muttertierisch, dachte Clara. Sie mochte Beatrice. Wie sie auch Nadine mochte. Das private Therapiezentrum, in dem sie mitsammen arbeiteten, war vor ein paar Jahren aus dem Boden gestampft worden, da die ewig vor sich hin modernden Pläne eines Wiener Zentralbahnhofs doch noch hervorgekramt und umgesetzt worden waren, wiewohl in abgespeckter Form. Eine Stadt in der Stadt war hier auf dem einstmaligen Areal des Südbahnhofs entstanden, Wohnungen und Standorte grundverschiedener Geschäftsfelder schossen auf wie die Herrenpilze nach einem Spätsommerregen. Bei ihnen im Haus hatten sich ausnahmslos Private eingemietet, und es waren vor allem die Jüngeren, die regen Kontakt pflogen, Verbindungen, die oft weit über berufliche Synapsen hinausreichten. Es gab Feste, Stammtische, Ausflüge, ein erstes Begräbnis.

Auch Claras Sympathie für Beatrice und Nadine war mehr als ein Tür-an-Tür unter Kolleginnen. Dennoch war sie fest entschlossen, ihr Nein von vor Wochen zu bekräftigen. Ihr stand nicht der Sinn nach Weibertratsch. Und noch weniger nach den vielen Ohs und Ahs, ließe Beatrice ihr Heftchen mit den Ultraschallbildern reihum gehen, als wären es die galaxieweit ersten Fotos eines Marsmännchens. Und das, o ja, das würde Beatrice, und etwas in Clara sperrte sich gegen genau diese Art von Abend. War es das ungetrübte Glück, dem sie nicht gegenübertreten konnte?

Glück war bei den Yogastunden, die sie wochentags gab – meist Einzelunterricht an betuchte Managergattinnen oder kleinere Hausfrauengruppen und nur in Ausnahmefällen abends – keine Komponente. Da ging es um Ausgleich. Ertüchtigung. Agilität. Schnelligkeit. Flexibilität. Und Hinwendung. Seelisch. Körperlich. Je nachdem, was vonnöten oder gewünscht war. Sie selbst hing den dynamischen, sportlich fordernden Disziplinen an, *Asthanga-Vinyasa* etwa, wo man die einzelnen *Asanas* durch Sprünge verband, wo sie das Augenmerk auf *Ujjayi* legte, die korrekte Umsetzung der oft schludrig einstudierten Atemtechnik, die Kontraktion der Stimmritzenmuskulatur auf ein Fünftel, auf das wie geflüsterte Luftholen, das diesen charakteristischen Reibelaut hervorrief. Oder *Bikram*, Yoga bei stark erhöhter Luftfeuchtigkeit, was die Entgiftung des Körpers vorantrieb. Mit Glück hatte das Claras Meinung zufolge nichts zu schaffen. Wenigstens nicht auf den ersten Blick. Beatrice dagegen schien das pure Glück zu sein. War es blanker Neid, der sie gegen die Kollegin aufbrachte?

Der Befund, der ihr zu Kopf stieg, während auch sie sich anzuziehen begann, war ernüchternd. Glück war eine Größe, die sie zuletzt bloß von den Wochenenden kannte, die sie zweimal im Monat anbot. Anders als zu Familie und Beziehung stand Glück zu Lachyoga in simpler Konstellation. Da fanden sich Menschen zusammen, die allesamt ähnliche Defizite aufwiesen, die sie bei ihr, Clara, abzubauen hofften. Mehr als 90 Prozent waren Frauen, und die wenigen Männer kringelten zumeist als partnerschaftlicher Appendix und eher ungewollt zur Tür herein.

Glück war, was sie zurückbekam. Fremdes Glück. Oft erst Wochen später. Als Anruf, Empfehlung, Blumenstrauß oder Bonbonniere. Als nette E-Mail. Von Frauen, deren misstrauische Freundinnen ihnen das wiedererlangte Strahlen des Lachens als Botoxkur auslegten. Von verzauberten Menschen, die von Urgewalten schwärmten, von Dammbrüchen, von fortgeschwemmten Sandbänken an den Gestaden ihrer Herzen, von neuen

Lebensaufträgen oder auch von hochinfektiöser Gesundheit. Erst mit Lachyoga hatte Clara begonnen, die weibliche Entsprechung zu Yogi, Yogini, voll und ganz zu akzeptieren. Weil Yogini das hieß: Zauberin. Lachen als magische Urgewalt. Waren die ersten Barrieren überwunden, die Scheu der Albernheit abgestreift, das Atmen und Dehnen verinnerlicht und die Übungen nicht länger als bloß lächerlich oder vorschulalterhaft abgetan, riss der überwältigende Sog des Lachens alles mit sich. Abflug ins Land der vorbehaltlosen Heiterkeit. Mit der Lachrakete.

Hoho haha.

Clara dachte an ihr erstes Mal. Als sie mit dem Oberkörper vornübergebeugt dastand, ausladende Wechselschritte im Stand vollführte und die Arme gegengleich pendeln ließ. Angewinkelt und angespannt. Wie ein Tourengeher, der sich mit letzter Kraft die entscheidenden Meter auf den Gipfel katapultierte.

Ho … Ho … Ha … Ha … Ho … Ho … Ha … Ha.

Und schneller.

Hoho … Haha … Hoho … Haha …

… schneller, schneller …

… Hohohahahohohaha …

… noch schneller …

… bis die Rakete vollen Schub bekam, fauchend abhob. Die Knie durchgestreckt. Oberkörper aufrecht. Die Arme emporgerissen.

Psssssssschschschsch.

Das Kreisen der Handfläche vor der Stirn. Wie irre. Die Turbinen im Maximalbetrieb. Danach wirres Umherlaufen. Euphorisch, nein, übereuphorisch. Wie ein Freilandhuhn im taufrischen Gras nach einer Woche Ausgangssperre. Auf zur Königin ins Lachyogaland. Und was es dort alles zu bestaunen gab.

Oooohhh. Aaaahhh.

Eine zweite Variante war der Oldtimer, Marke uralt. Da galt es, die Kurbel anzuwerfen, ein Ha für jeden Umlauf auf 12 Uhr. Die Anstrengung in den meisten Gesichtern, bis die fiktive Klapperkiste endlich ansprang und es hinterher die Karosserie zu schütteln anfing, was einem Beuteln des Körpers gleichkam. Das allein war zum Schreien.

Hahahhahahahahahahahahaha. Brrrrrrrrrrr.

Und dann war da noch *Shabashu*, die Sprache ohne Sinn und ohne Verstand. Das Aneinanderfügen wahlloser, sinnloser, zusammenhangloser Silben und Gesten. Jeder palavert Nichtssagendes mit jedem, nickt, verneint, lacht, schmollt, zweifelt, versteht.

Wir zerreißen die Fessel Logik mit dem Zauberstab des Lachens, ihr Lieben. Fake it, until you make it.

Vortäuschung zur Anregung. Simulation zur Stimulation. Das unbegründete Lachen, die Grundlosigkeit als dieser eine, ursächliche Grund. Das Schneiden bizarrer Grimassen, das anfängliche Nachäffen, Imitieren einer verlorenen Unbeschwertheit, die den Kindern noch gottgeschenkt innewohnte, doch systematisch von einem Beelzebub ausgetrieben wurde, der Erwachsensein hieß, einer Zeigefingermoralität, die mit polternden Schritten heransprang und sich »Ernst des Lebens« schimpfte. Was stellte diese ach so zivilisierte Welt mit den Menschen an, dass sie das Lachen neu erlernen mussten? Clara wusste es nicht, nur, wie man das verlorene Lachen zu den Menschen zurücktrug.

Bloß, wo war ihr eigenes abgeblieben?

Mit der Geburt des Ältesten, Maximilian, hatte sie der Werbebranche Lebewohl gesagt, mit zwei noch lachenden Augen, frei von Wehmut, weil der Masterplan Yoga da schon in der Lade lag. Erst klassisch. Später ergänzt durch Lachyoga. Für sie wie geschaffen. Was hatte sie früher nicht einfach drauflosgelacht, gekichert, gekudert, geschnaubt, geprustet. Herzlich, natürlich und natürlich nicht bloß begründet. Anders als das müde Lächeln, das ihre Eltern, Karls Eltern auch, für die Pläne aufbrachten. Der rauschhafte Taumel nach den ersten Seminaren indes fegte alle Bedenken vom Tisch. Was gab es Schöneres, als Menschen aus ihren Panzern der Vernunft zu locken, Menschen, die als steife Stöcke kamen und als Gummischlangen gingen.

Aber nun?

Humorfähigkeit war keine Voraussetzung zur Kursteilnahme. Nur Anwesenheit. Sie hatte das Gefühl, selbst gerade noch die Minimalanforderungen zu erfüllen. Das Dasein. Ihre Welt der Heiterkeit hatte begonnen, sich auf bizarre Weise ins Gegenteil zu kehren. Sie gab alles Lachen, hatte selbst keines mehr. Seit damals. Seit dieser …

»Jetzt schau nicht drein wie neugeboren und in die Babyklappe entsorgt!«, rief Nadine. »Gib dir einen Ruck. Männeraufputz gibt's auch. Der notgeile Heinz von den Zitteraalen. Er bringt den Star-Wars-Wolfi mit. Vielleicht Knochenbrecher-Miro. Er bastelt noch an einer passenden Ausrede für daheim. Und das Beste: Der Neue aus der Fraktion Würger und Kneter ist auch dabei. Fix.«

Jetzt musste Clara doch hell auflachen, ganz ohne Lachrakete und Oldtimer, und sah der jungen Physiotherapeutin verzückt zu, wie sie Waschzeug und Arbeitskleidung in der Tasche verstaute, sich einmal durchs Haar strubbelte und grinste. »Fertig! Du weißt schon. Der Neue. Der mit diesen atemberaubend nachtschwarzen Augen und diesen atemberaubend kraftvollen Händen. Wie heißt er noch mal?«

Clara zog die Schultern hoch.

»Komm schon. Bist du nicht neulich auf seiner Folterbank gelegen?«

Clara dachte an die Hände, diese Hände, die von Stärke und Halt sprachen, und ein Zucken überlief sie, von dem sie hoffte, es bliebe unbemerkt. »Ach der«, versetzte sie mürrisch. Etwas zu mürrisch, wie sie in der Sekunde befand.

Der Neue hieß Petar, war waschechter Wiener, weil serbischer Abstammung. Sein Humor hatte frischen Wind in die Bude gebracht und auch gleich Kosenamen für die diversen Abteilungen im Haus. Die Zitteraale waren die von der Physikalischen. Star Wars stand für Laser-Therapie, Knochenbrecher für die Osteopathen. Sie selbst war eine von drei Gummischlangen, Unterfraktion Kampfkomikerin. Nicht zwingend schmeichelhaft, doch zutreffender, als ihr manchmal lieb war.

Petar selbst war Physiotherapeut, Fraktion Würger und Kneter also, und hatte ihr vor zwei Wochen ein leichtes Rückenleiden wegmassiert, verstand sich aber ebenso gut auf Akupunktur wie auch auf charmantes Auftreten. Und er hatte diese ... in der Tat ... atemberaubenden Augen und Hände. Und war auch sonst ein ... Clara erschrak, als sie sich bei diesen Gedanken ertappte. Mehr als ein neckisches Kokettieren mit jüngeren Männern verbot sich ihr von selbst. Wenn auch mit Karl zuletzt vieles im Argen lag. Bedachte sie es recht, hatte alles mit ...

»Nun, wie sieht's aus bei dir?« Nadine hatte sich unbemerkt hinter Clara geschoben, stand jetzt dicht an dicht.

»Meinetwegen«, sagte sie plötzlich zu ihrer eigenen Verblüffung, »aber dann brauch ich noch ein Weilchen. Ich komme nach.« Warum auch nicht, überlegte sie, kaum war Nadine mit einem breiten Grinsen zur Tür hinaus. Was sah ihr Plan für heute schon großartig vor? Nach Hause hetzen, Karls zuletzt auffallend häufige Haushaltsleichen in Ordnung bringen und die Kinder zu Bett. Ein paar Happen essen. Halb tot unter die Decke kriechen. Warum nicht, endlich wieder mal, ein paar unbeschwerte Stunden? Es war Sonntagabend. Das Wochenende hatte ihr alles abgefordert, insbesondere dieser Gagarin, der einzige Mann in der aktuellen Gruppe und der reinste Lachkosmonaut. Ein unvermutet kaum zu bremsender Buchhalter, der zum exterrestrischen Adrenalinmonster mutiert war und den Hühnerkorb, elf Damen, gewaltig durchwirbelte.

Karl indes gab sich zuletzt nichts als verschlossen. Die Tage in Schweden hatten sie glauben gemacht, viel Vergrabenes freigeschürft, bewältigt und wieder abgelegt zu haben. Die alte Unbeschwertheit, ja, Verliebtheit zwischen ihnen beiden hatte sich wieder eingestellt, doch nun schien es, als hätte Schweden ihnen alles genommen. Seit sie Post bekommen hatten, war sie, Clara, durch den Wind, und er, Karl, mehr in seinem Kelleratelier als sonst wo. Und wenn nicht, dann knurrte er sie meist nur an. Wie heute Morgen, als sie das vorabendliche Chaos bei ihrer Heimkehr von der Arbeit bemäkelte.

»Ich arbeite auch wie ein Besessener«, hatte er sie angebellt.

»Pascha!«, hatte sie zurückgebellt, wie so oft, weil es ein Spiel zwischen ihnen beiden war, wenn sie hinterher künstlich lachte – hohohaha –, bis auch er mitmachte und sie gemeinsam abhoben. Diesmal nicht. Diesmal war die Lachrakete am Boden geblieben.

Clara setzte zwei SMS ab, eines an Karl, eines an Maximilian, und besah ihr Haar, das zuletzt wieder wunderschön in Wellen fiel, seit sie die splissigen Enden hatte schneiden lassen. Das sollte so bleiben. Sie kramte das Fläschchen Arganöl hervor, das sie für Notfälle stets im Kulturbeutel hatte, drehte am Pipettenverschluss und sog das nussige Aroma ein. Marokko erstand vor ihr, die Zeit vor den Kindern. Jenes Berberdorf, das als eines von vielen gut von Teppichen und Öl leben konnte, seit die Kooperative eines Steirers die Sache in die Hand genommen hatte, und von wo sie das ihre seither literweise bezog, um es für Haar, Haut oder Couscous gleichermaßen herzunehmen. Sie sah das zahnlose Lachen des Dorfältesten, der ihr bei einer Tasse Tschai mit Händen und Füßen und ein paar Brocken Englisch zugeflunkert hatte, früher hätten die Frauen nicht bloß, wie heute, Teppiche geknüpft, sondern es obendrein verstanden, die Früchte des Arganbaumes, die vor der Trocknung aussahen wie Kapernbeeren, während der Arbeit wie nebenher zu knacken. Mit den Schamlippen. Marrakesch tauchte auf mit seinem Pulsschlag arabischen Lebens, aber auch den willenlos gemachten Schlangen auf dem Djemaa el Fna. Die abenteuerliche Fahrt, es war Anfang März, über den Hohen Atlas, als sie im Schneetreiben heillos überladene Lastwägen über abschüssige Pfade halsbrecherisch auf und ab kriechen sahen. Die üppigen Gärten in Richtung Süden und, dem Atlas zu Füßen, Aït-Ben-Haddou, jene uralte Stadt, jenes Stück Weltkulturerbe, wo Fels und Lehm bei Tag zum Zinnoberrotbraun zerrannen und nur im Morgendämmer zu dieser unnachahmlichen Symphonie von Erdtönen, die so oft als unheimliche Filmkulisse hergehalten hatte – *Lawrence von Arabien, Sodom und Gomorrha, Die Mumie, Game of Thrones.*

All das steckte in dem bisschen Aroma. Die Goldenen Dünen am Fuße des Erg Chebbi mitunter, deren Hänge sie durchwandert hatten, schleppende Schritte über aufschießende Kämme aus nichts denn Sand, und nachts, den atemstockenden Sternenhimmel über ihnen, die da noch so abstrakte und doch so gegenwärtige Gefahr, hier, so scharf an der Grenze zu Algerien, wenn das Phantasma die Runde machte und sie sich mit wohligem Schauder in den Schlaf kicherten, weil es ihnen wie aus Tausendundeiner Nacht erschienen war und sie dieses Wort allein bei Mozarts Serail wähnten. Die …

Entführung?

Ein eisiger Atem erfasste Clara. Sie waren immer noch da. Die Kidnapper ihres Lachens. Die Entführung. Der Monsterfisch. Karl, der ihr Trost zusprach und keine Erklärung fand. Die Botschaft am Gartenzaun. Vergiss es, Bubenstreiche. Und, ja, beinahe hätte sie es vergessen gehabt, der Zettel hinter der Windschutzscheibe des Wohnmobils im Hafen von Västerås, da sie vom *Utter Inn* wiederkehrten, dieses knitterige Stück Papier, das Karl rasch an sich brachte, sie, mit letzten Worten an Björn Viberg, ein paar Schritte hinter ihm. Karls verstörter Blick, sein Gemurmel, jemand wolle ihr Fahrzeug kaufen. Karl, der später von nichts mehr wusste. Welcher Zettel, Clara? Der grauenvolle Tod des Björn Viberg.

Und dann war da noch diese Nachricht am Handy. Erstmals hatte sie ihn bereits darauf angesprochen, als sie noch auf Öland waren.

Was wollte Björn Viberg?

Was meinst du?

Die SMS.

Welche SMS, Clara?

Vor ein paar Tagen. Als du an der Tankstelle –

Da war keine SMS.

Ich hab es gesehen, Karl!

Du spionierst mir nach?

Aber nein. Sein Name hat aufgeblinkt. Das Handy lag vor mir in der Konsole. Ich hab es nicht gelesen. Du warst drinnen, um zu zahlen.

Karl hatte sie finster angesehen, geschwiegen, und am Folgemorgen der Postsendung aus Schweden hatte sie ihn aufs Neue darauf angesprochen.

Damals. In Västerås. Der Tag, an dem wir weiterfuhren nach Stockholm.

Fängst du wieder damit an?

Es ist wichtig, Karl!

Du irrst dich, Liebes. Es gab keine SMS. Du bist durcheinander. Ist doch verständlich, bei alledem ... und jetzt auch noch Björn –

Aber nein, Karl!

Clara.

Nein, Karl!!

Clara, ich bitte dich. Das war *vor* unserer Ankunft am See.

Also doch!

Ja, vor unserer Ankunft. Er wollte wissen, wann wir im Hafen sind.

Nein. Sie wusste es. Die Nachricht kam später. *Nach* ihrer Abreise. Von Björn Viberg. Von Vibergs Handy, denn um diese Zeit war Björn ... da war er bereits tot!

Sieh doch! Die Zeitungen. Mein Reisetagebuch. Karl, ich bin doch nicht verrückt ... Karl?

Der Tag, als die Post aus Schweden kam. Anfangs war er ihr da noch Ermutigung und Herzenstrost gewesen. Karl fand viele Worte, keine Erklärung. Dann stellte Karl in Abrede. Geriet Karl in Rage. Verstörte, verstörende Blicke, aus denen verschwiegene Ahnungen sprachen. Und dann machte die Muschel Karl dicht.

Clara stand da und starrte auf das Fläschchen Arganöl. Die vielen Fragen, die ihr das Hirn zermarterten. Sie musste Klarheit erlangen. Aber nicht jetzt. Jetzt war Zeit für Weibertratsch. Mit Aufputz. Sie sah in den Spiegel, lächelte sich versonnen zu, massierte das Öl ins Haar und machte sich auf den Weg.

Es gab Rindsbouillon mit Grießnockerl. Gemüse-Wok mit Reis. Das Dessert ließ sie aus. Acht Stunden und ein Lokalwechsel später, ganz ohne Marsmännchen-Fotos, dafür mit viel echtem Gelächter und einem Tänzchen mit Petar, bestieg sie mit ihm ein Taxi. Er zeigte Avancen, sie keine Abneigung, doch im letzten Augenblick zog sie die Reißleine.

Jetzt, vor ihrer Haustür und kurz vor 3 Uhr morgens, durchstieg ein zartes Küsschen zum Abschied die alkoholischen Nebel ihrer Erinnerung. Clara wackelte auf das Gartentor zu und hielt für den Moment inne. Sie dachte an Karl. Daran, wie heftig er reagiert hatte, als er von ihrer im Verborgenen getroffenen Entscheidung erfuhr, sich an eine Zeitung zu wenden.

Bist du verrückt, Clara? Noch dazu so ein Schmierblatt!

Karl war gegen jede Einmischung von außen, hätte es ihr mit allen Mitteln auszureden versucht. So war ihr nichts geblieben, als es geheim zu halten. So wie er so vieles vor ihr geheim hielt. Eben darin sah Clara auch dieses Gefühl von Verlust begründet. Ihr Verhältnis war zum Drahtseilakt verkommen, ein explosives Nebeneinander und immer auch das Balancieren auf dem schmalen Grat zwischen Wahrheit und Wahn.

Sie hatte die Entscheidung lange vor sich hergeschoben. Was, wenn die Zeitung Dinge ans Licht brachte, die sie nicht wissen wollte? Letztlich hatte jedoch der Drang nach Wahrhaftigkeit über die trügerische Sicherheit einer Lüge obsiegt. Gewappnet gegen jede Art von Skrupel, die sie Journalisten wie Politikern gleichermaßen zusprach, war sie von Anfang an auf der Hut gewesen, als sie bei der Zeitung anrief, einen jungen Journalisten ans Rohr bekam und ein Treffen arrangierte. Zu ihrem Erstaunen war sein Reden von Anfang an unverstellt, keine

Spur dieser Art von Naturell, die man Reportern zusprach, die ihr Gleichgewicht dort fanden, wo bei anderen die moralische Zerrissenheit wohnte.

Nein, dieser Klaus Supan gab sich selbstlos hilfsbereit, rief alle zwei Tage an, um sie auf dem Laufenden zu halten, traf sie auch ein zweites Mal in einem Café. Dabei erzählte er von einer gewissen Stella Almkvist, die Zeugin des Mordes geworden sei, wusste vieles über Björn Vibergs Umfeld zu berichten, über den Stand der Ermittlungen der schwedischen Polizei, die nach wie vor von einer innerschwedischen Angelegenheit ausgehe, private Hintergründe mutmaßte, einen Racheakt. Bei dem Täter handle es sich um einen möglicherweise routinierten Taucher. Verbindungen nach Österreich gebe es keine, ausgenommen sie beide, Clara und Karl Schrot, was aber nicht im Sinne polizeilicher Ermittlungen zu verstehen sei als vielmehr in Hinsicht einer bloßen Nähe durch zufällige Anwesenheit zur falschen Zeit am falschen Ort. Hunderte Österreicher seien, so Supan, zu jener Zeit in Südschweden gewesen, und sie beide eben dort. Mehr nicht.

Das hatte Clara auf wundersame Weise beschwichtigt. Auch das Kuvert aus Schweden rückte in den Hintergrund, zumal Supan ihr mehrere Adressen im Netz genannt hatte, wo sich gefakte Poststempel aus aller Welt kaufen ließen. Das Kuvert müsse nicht in Schweden aufgegeben, könne ebenso gut direkt in den Postkasten geworfen worden sein. Ein übler Scherz womöglich.

Und die Fotos? Die Zeitungsausschnitte?

Es sei nur eine von vielen Möglichkeiten, hatte der Reporter nach eineinhalb Wochen reger Kommunikation abschließend gesagt. Sie solle sich deshalb nicht sorgen, alles würde sich aufklären. Die Einfühlsamkeit eines Geistlichen hatte dabei in seinen Augen gelegen. Sich nicht sorgen. Genau das hatte sie zwei Tage lang getan. Bis geschah, was sie nicht für möglich gehalten hätte und die *Gute* zu einem vierseitigen Bericht titelte:

Wiener Ehepaar entkam dem irren Tauchermörder!
Darunter:
Lesen Sie hier die ganze Story einer Horrornacht!
Ein heimlich geschossenes Handyfoto zeigte Clara gestikulierend am Kaffeehaustisch. Damit zur Collage verschnitten ihrer Homepage widerrechtlich entnommene Bilder. Bilder ihres Mannes auch, ihrer Kinder, die als »Beinahe-Vollwaisen« bezeichnet wurden. Ferner ein Kurzinterview mit einem gewissen Lars Eklund, Polizist und bester Freund des Ermordeten. Eine Grafik, die geografische Lage des Mälaren skizzierend. Aufnahmen des *Utter Inn*. Spurensicherung. Natürlich das Opfer. Und die trauernde Witwe, die gemeinsame Tochter umarmend.

Alles, was Clara als informell im Verborgenen geglaubt hatte, verkaufte die *Gute* als Exklusivstory, gab wortwörtlich im Geheimen mitgeschnittene Gesprächsteile wieder und lieferte obendrein neue Fakten. Ermittlungsergebnisse, die der Reporter, wie es schien, ihr bewusst vorenthalten hatte. Dass Björn Vibergs Mobiltelefon Tage nach dem Mord auf Öland eingeloggt gewesen sei. Zur selben Zeit, als …

… als auch Karl und sie …

… auf Öland …

… in derselben Funkzelle. Dass mehrfach Nachrichten damit verschickt worden seien, lange nach Björns Tod, zweimal wenigstens an ein Mobiltelefon mit ausländischer Vorwahl. Mitteleuropäisch. Mehr gab die Polizei nicht bekannt. Der *Guten* lägen jedoch Hinweise vor, es handle sich um eine österreichische Nummer. Prepaid.

Auch Karl war außer sich, als er davon erfuhr. Dann aber, nachdem ein abendliches Gewitter durch das Hause Schrot gefegt war, die Kinder sich in den Zimmern verkrochen und sie, Clara, angekündigt hatte, sie werde diese Dreckschweine vor Gericht zerren, was sie auch in der Chefredaktion der *Guten* bereits deponiert habe, sagte Karl plötzlich:

»Vergiss es.«

Vergiss es? Wie die anderen Vorfälle auch? Jener Karl, in den sie sich einst unsterblich verliebt hatte, wäre Schlitten gefahren mit dieser … ja, mit dieser Bagage. Dieser Karl indes verkroch sich in einem kurzsilbigen Gerede, das an aller Welt desinteressiert schien und doch die Geschicke einer ganzen Welt umfasste, ihrer Welt, die Familie hieß.

Vergiss es, Clara?

Mehr von alledem benommen als von dem vielen Alkohol, dem flüchtigen Kuss auf den Mund eines jungen Mannes, schwankte Clara dem Haus entgegen. Sie betrat den Flur, warf die Tasche ins Eck und streifte die Schuhe ab, unschlüssig, was zu tun war. Dann aber fiel ihr Blick auf die Kellerstiege, und sie hörte Karls Stimme, was er gesagt hatte, damals, als alles anfing bei Tussauds und die Nachrichten voll davon waren und ein übles Gefühl in ihr hochgestiegen war, sodass sie ihn darauf ansprach.

Schrecklich diese Sache mit dem Toten bei *Madame Tussauds*, findest du nicht?

Ja, schrecklich.

Haben wir … hast du in irgendeiner Weise damit zu tun, Karl? Hat es in noch so entfernter Form mit deiner Arbeit zu tun? Vielleicht mit dieser alten Geschichte, mit der Rezep…

Wie kommst du nur darauf?

Ich meine nur, weil du doch damals so bitterlich …

Vorbei und vergessen, Clara. Da ist nichts. Die Sache ist für mich abgeschlossen. Du siehst doch, wie die Geschäfte laufen.

Nichts? Waren die seltsamen Besuche nichts? Ein Paar – Ehepaar? –, das eines Nachmittags vor der Tür stand. Sie wusste es von den Kindern.

Papi hat mit der Frau und dem Mann lange geredet.

Zeugen Jehovas, sagte Karl.

Zeugen Jehovas? Sie hatte einmal miterlebt, wie er mit zwei Werbern verfahren war. So ungewohnt barsch, dass sie sich schämte.

Dann ist Papi mit ihnen runter in den Keller.

In den Keller? In Karls Allerheiligstes, wohin er sie, seine liebende Frau, seit Jahren nicht vorgelassen hatte, und die Kinder nicht ein einziges Mal. Die Tür seit ewigen Zeiten vermittels Code gesichert.

Du weißt, Liebes, die viele heikle Arbeit, die vielen Stunden, jede unbedachte Berührung kann alles zunichtemachen.

Natürlich, Karl, ich verstehe.

Nein, Scheiße noch mal, das tust du nicht!

Du ziehst die Zeugen Jehovas mir vor?

Nach einigem Schmollen gab er seufzend klein bei. Meinetwegen. Sie sind die ... sie sind meine Auftraggeber.

Auftraggeber?

Schweigen.

Kam da das ungewohnt viele Geld her, das er in den vergangenen beiden Jahren verdient hatte? Sie hatte ihm uneingeschränkt vertraut, hatte nicht weiter gefragt, war einfach nur froh. Sie hasste sich für diesen zutiefst männlichen Gedanken, doch befand sie es für höchst an der Zeit, dass endlich mal was reinkam, dass nicht sie allein das Brot auf den Teller brachte und die Butter obendrein. Vom Haushalt ganz zu schweigen.

Dein Mann betreibt brotlose Kunst, Clara.

Nein, Mutter. Er ist Künstler. Das braucht seine Zeit. Das wird schon.

Tatsächlich war Karls Schaffen nicht länger brotlos. Aber dass die Zeugen Jehovas mit Geld um sich warfen? Ausgerechnet? Zuletzt kam auch wieder die Polizei. Sebastian hatte es ihr erzählt.

Die Polizei, Karl?

Die alte Geschichte mit der Entführung. Sie wollten Einzelheiten wissen.

Da kommen sie nicht zu mir, Karl?

Wegen des Wagens, der wegfuhr.

Wegen des Wagens? Welcher Wagen? Ich dachte immer, du hast keinen Wagen gesehen ... Karl?

Schweigen.

Wirklich nur wegen dieser alten Geschichte? Wegen des Wagens? Oder doch wegen der SMS? Wegen Björns Handy auf Öland?

Du musst Gewissheit haben, Clara.

Ja, das musste sie. Clara spähte zum Aufgang in den ersten Stock. Stille. Behutsam setzte sie einen Fuß vor den anderen, schlich die Stufen hinab. 1.000 Gedanken schossen ihr durch den Kopf. Was, wenn sie auf Wahrheiten stieß, die …? Was, wenn sie Karl unrecht tat? Warum redete er nicht mit ihr? Dann müsste sie nicht …

Als sie ankam, schrak sie auf. Sie war solange nicht hier unten gewesen, hatte vergessen, dass es so gut wie kein Licht gab, dass allein die Sockelleuchten einen schalen Schimmer auf die schwere Eichentür zu Karls Allerheiligstem warfen. Sie knipste ihr Handylicht an, stierte auf das silbrige Kästchen mit der Tastatur.

Haben wir … hast du mit der Sache zu tun, Karl?

War der Code immer noch derselbe? Die Geburtstage der Kinder und hinterher ein C wie Clara? Über die Schulter ausgespähtes Wissen, dessen Versuchung sie nie erlegen war, seit er sie – dieses eine Mal nur, vor Jahren – mitgenommen, ja, verschleppt hatte und ihr seine bizarren Apparaturen angelegt und sie vermessen und auf diese einmalige Weise genommen hatte.

Ein Arm, der zitternd ausfuhr … *über alles lässt sich reden, hörst du?* … Finger, die in fiebriger Hast über Tasten flogen … *ich will das alles nicht, Karl!* … ein schriller Ton der Verweigerung … *so wenig Vertrauen? Nein, du hast dich vertippt, blöde Kuh!* … ein zweiter Versuch, abermals die Absage … *geändert, Karl, aber warum denn?* … rastloses Trommeln in den Fingerkuppen, fieberhaftes Sinnieren … *denk scharf nach, Mädchen, vielleicht* … Finger, die wie losgelöst von Befehlen dieselben Zahlen, dasselbe C eingaben, die Reihenfolge auf den Kopf gestellt … *weil auch die Welt bei Tussauds auf dem Kopf steht, Karl?* … ein Finger auf der Entertaste … der dritte, letzte Versuch, ehe die automatische Sperre in Kraft trat … nein, sie durfte nicht, er würde es merken. Nicht auf diese schäbige Weise.

Und wenn die Welt bei Madame Tussauds deshalb kopfsteht.

Karls Worte, damals, als es um die Wachsrezeptur ging und er vor Gericht zog, verlor. Seine Rezeptur. Endlose Hoffnungen hatte er darein gesetzt, das Ende einer jahrelangen Durststrecke. Und ebenso lange, länger noch, hatte es gedauert, bis die Bitternis des Betruges an ihm aus seinem Leben wich.

Auf den Kopf gestellt?

Ja. Letzter Versuch. *Enter.* Das Signal der Freigabe ertönte. Clara atmete auf, sah Karls vertraute Augen, aus denen ihr Instinkt gelesen hatte, diese einst feurigen Kohlen, aus denen jetzt bloß das Eis brannte. Sie drehte am Türknauf, hörte den Schnapper mit leisen Klicken aus dem Schließblech springen. Und genau da, als sie das konturlose Dunkel der Werkstatt bereits zu spüren vermeinte, spürte sie etwas anderes: die unerbittliche Klammer einer Hand in ihrem Nacken. Grabeskalt und hart wie von Stahl.

*

3 Uhr in der Früh, dachte der Chefinspektor, und du kannst schon wieder nicht schlafen. Ein tiefes Seufzen entströmte seiner Brust. Er linste nach seiner Rechten, sah den Brustkorb der Frau Chefinspektor sich in steten Wellen heben und senken, hörte ihr Gaumensegel in vertrauter Weise schlagen, griff nach einem gefalteten Bogen Papier im Nachtkästchen und stahl sich zur Tür hinaus. Ächzend ließ er sich im Ohrensessel im Wohnzimmer nieder. Augenblicklich umfing ihn das Grübeln wieder.

Bedenklicher Todesfall?

Mmhhmm.

Sagt wer? Der Polizeidirektor persönlich, jaja, ach, rutsch du mir doch … Lackaffe, eingebildeter. Bloß weil es sich um eine von denen handelt, den Großkopferten. Nur gut, dass der den Brief nicht gesehen hat. Was soll denn schon bedenklich sein am Freitod einer Frau, der man keine Freiheiten gelassen hat ausgenommen die eine letzte, über das bisschen Ich in einem alten, klapperigen Körper zu befinden? Wenn's mit der Menschenwürde nimmer weit her ist. Selbsthilfe zur Sterbehilfe. Wenigstens das. Andererseits …

Er entfaltete den Brief, las die mit schwungvollem Gepräge verfertigten Zeilen zum wiederholten Male.

Mmhhmm.

… andererseits hat sie ihn noch im Mai geschrieben. Im Vollbesitz ihrer kalligrafischen Züge. Aufrechte Züge sind das. Nicht ein Schlenkerer. Wochen vor ihrem Tod. Erreicht hat er dich erst heute Morgen. So viele Wochen danach. Vollgepumpt mit Tranquilizern?

Mmhhhmm.

Adressiert an dich persönlich. Zugestellt indes von privat. Beim Portier abgegeben. Von einer Frau. Oder einem Mann. Mehr hat der Kollege auch nicht gewusst. Bei diesem ewigen Kommen und Gehen.

Mmhhhmm.

Hochachtungsvoll, Elsa Persson-Fürst.

Mein Gott, ja, hatte er noch am Morgen gedacht, dachte der Chefinspektor. Eine arme, verlorene Seele, die sich vom Herzen schrieb, was sie nicht mit hinübernehmen wollte. War es auch ein rechter Unsinn. Konnte man es ihr verdenken? Die Verzweiflung musste unermesslich gewesen sein, desperat bis zum Jüngsten Tag, bei all der Prominenz, an die sie ihre Zeilen gerichtet hatte, nicht bloß an ihn, das kleine Rädchen im Getriebe, o nein, all die anderen, bis hinein in die Hofburg, und nicht einer, dem sie die Mühe einer kurzen Antwort wert gewesen war. Danach sah es jedenfalls aus. Und er hatte auch nicht gleich geschaltet, als er den Namen las. Persson … Persson … nicht der Funke einer Idee war in ihm aufgesprüht.

Kennen wir eine Persson?, hatte er zur Bürotür hinausgerufen.

Was für eine Person?, hatte man zurückgerufen.

Persson. Oder eine Persson-Fürst?

Bei Fürst hatte es bei der langbeinigen Kollegin draußen geklingelt. Fürst, hatte sie gemeint in ihrer Art, immer auf alles etwas zu meinen und wissen, bloß nicht auf das rein Dienstliche …

… aber ja, das sei der aus den Klatschspalten. Dieser Großindustrielle in dritter, vierter Linie. Neuerding Glücksspielmagnat. Na ja, auch schon seit 20, 30 Jahren. Die ganz große Nummer, Chef. Automaten. Casino. Weltweit. Millionen-, ach was, milliardenschwer.

Und Elsa Persson-Fürst … das muss dann …?

Genau, Chef, die schwedenstämmige Witwe nach dem alten Fürst. Wissen Sie's denn nimmermehr, Chef? Sogar aus dem Königshaus in Stockholm haben sie wen entsandt zum Begräbnis nach Wien.

Aber geh!

Na, wenn ich's sag! Bei der Einsegnung vom alten Fürst.

Heinz Fürst?

Walther.

Walter?

Natürlich der Walther, Walther mit h. Wer denn sonst.

Der von dieser Novodings?

Noromatnix. Genau der.

Jössas, hatte er da gedacht. Noromadingsbums. Die schon wieder. Ein Name wie ein pandemisches Virus. Der gute alte Walther mit h Fürst. Klein von Wuchs, aber der konnte einen ebenso gut von unten herauf von oben herab anschauen. Die Familie steinreich geworden mit den Fabriken früherer Generationen und ein bisserl auch gegen die Juden. Aber so richtig stinksteinreich erst mit der Spielsucht der kleinen Leute.

Vier, fünf Jahre musste das jetzt her sein. Die Zeitungen hatten einander übertrumpft in der hohen Kunst des geheuchelten

Nachrufs, seinerzeit, ja, jetzt wusste er es wieder, weil man doch einem Toten nichts hintennach und so … journalistische Salti hatten die geschlagen vor dem Andenken des Fürsten Fürst vor lauter erfolgreich und generös und Spendierhosen und Kunstmäzen, nun ja, aber da wie dort auch vor lauter Spekulation. Weil die Kollegen auf dem Land von Amts wegen einen 1A-Selbstmord als Unfall in die Akten übertragen hatten. Anstandshalber. Und der eine oder andere Schreiberling das ums Verrecken nicht hatte schlucken wollen. Dieses oberg'scheite Zweiflergesindel. Und der Kluger … ja, der war damals natürlich auch mit von der Partie.

Der Fürst und ein Unfall, Chefinspektor? Mit der Schrotflinte mitten in die Visage? Bei dem seiner Versiertheit mit Waffen? Undenkbar! Und den Suizid nimmt Ihnen auch keiner ab.

Mmhhmm.

Ja, eigentlich undenkbar. Auch wenn es nach Lage der Spuren das einzig Denkbare gewesen sein soll, hatte es geheißen. Die biologische Selbstkündigung. Aber dann wär's wohl nix gewesen mit dem Begräbnis erster Klasse im Stephansdom mit allen Ehren und Prominenz und Pipifax und dem Herrn Kardinal droben auf der Kanzel. Also hatte man vorausschauend sensibel amtsgehandelt, hatte es den Unfall sein lassen, der keinem wehtat. Dem Fürst am allerwenigsten. Tragisches Ende beim Putzen der Waffe, der liebsten Beschäftigung des alten Herrn. Tausend Mal berührt, tausend Mal ist nix … und das eine Mal dann eben doch. Todesfalle Routine. Der Klassiker.

Mmhhmm.

Nahm man es für voll, was da geschrieben stand, wäre es ja nicht ohne. Seltsam nur, dass nicht einer geantwortet hatte. Die alte Persson war doch kein Niemand. Gewesen. Nicht eine alte Seilschaft, die gehalten hatte. Nicht ein Brief, der auf ihren Brief hin zurückgekommen war.

Mmhhmm.

Andererseits … eine alte Frau, über die 80 hin, abgeschoben ins Heim, wenn auch Kategorie »goldener Wasserhahn«. Die ganz schwere Medikation gegen alles, zuletzt nur noch Schreifantasien der übelsten, verleumderischen Art, hat die Schwester den Kollegen ... hinter vorgehaltener Hand und so ... aber sagen Sie es bittschön nicht der Frau Primar ... eine Plage für das ganze Haus, sagen die Kollegen ... und dass sie nicht anders gekonnt haben, als bei der gnädigen Frau mit allen Geschützen der Chemie steil himmelwärts zu fahren.

Wie denn auch nicht? Er wusste noch zu gut, wie es bei seiner Frau Mama gewesen war.

Und dass der Sohn am Abend ihres Hinscheidens zu Besuch ... meiner Seel', das Heim hat ihn doch darum gebeten, sagt das Heim. Und in derselben Nacht ... Exitus. Schlaftabletten. Wird sie halt ein Weilchen zusammengespart haben, bis es gereicht hat.

Und dass der Sohn eine ältere Zwillingsschwester verschwinden haben lassen soll, seinerzeit, der Bub keine zehn, 13?, mein Gott, nein, wo gibt's denn so was? Ein blutjunger Inspektor bist du gewesen bei dieser Sache mit dem Mädchen. Mitmarschiert bist du durch Wald und Flur. Amtshilfe für die Kollegen der Gendarmerie draußen auf dem Land. Wochenlang haben sie gesucht. Und jetzt auf einmal soll's der Bruder gewesen sein?

Und dass derselbe Sohn mit den Wachsfigurenmorden ... ja sind es denn schon mehrere? ... zu tun haben könnte. Sie habe freilich keine Beweise. Aber ein sehr starkes, mütterliches Gefühl. Und den Vater womöglich auch noch auf dem Gewissen? Ja, spinnt denn die Welt komplett?

»Jössas, nein«, murmelte der Chefinspektor.

Sollten die anderen sich die Finger schmutzig machen. Aufgeschnitten würde die alte Persson-Fürst jetzt eh schon. Damit der Chef seine heilige Ruhe hat. Aber er? Gegen den jungen Fürst? Damit sein Ruf endgültig den Donaukanal runtergeht? So kurz vor dem Ruhestand? O nein. Er nicht mehr. Einen honorigen Unternehmer wie den jungen Fürst durch den Kakao ziehen wegen ein paar verirrten, verwirrten Zeilen einer schwer kranken, jetzt toten Frau, die ihren Frieden nicht hat machen können?

Sie hatten schon dem alten Fürst nichts nachgeworfen in die Grube. Und bei der alten Persson täten sie es zweimal nicht. Weil es doch nichts anderes wäre als ein bösartiges Nachwerfen. Solche Verdächtigungen aus dem Grab heraus … die drehten auf halbem Wege um und fuhren ungespitzt zurück unter die Erde. Wie der Blitz. Oder umgekehrt? Ins Grab hinein und dann heraus?

Im Großen und Ganzen mit sich im Reinen, faltete der Chefinspektor den Brief wieder zusammen, sah auf die Uhr. 3.30 Uhr. Er dachte an das bisschen Schlaf, das ihm noch gegönnt war, und wollte sich soeben erheben, als er dieses vertraute Schnurren in seinem Rücken vernahm.

»Was machst du denn, mein Kater?« Die Frau Chefinspektor, schlaftrunken in der Tür.

»Studieren«, sagte der Chefinspektor. »Aber jetzt nicht mehr, mein Kätzchen. Jetzt isses vorbei mit dem Studieren. Ich komme.«

*

Die Stimme aus dem Antlitz hoch über ihr. Die Augen. Beides wie tot.

»Was … tust … du … hier?«

Was sie hier tat?

Clara hätte es ihm so gerne erklärt, doch zu mehr als einem Stammeln reichte es nicht. Die Hand des Mannes, ihres Mannes, immer noch im Nacken, hörte sie sich hauchen, Worte aus den Tiefen ihrer Ängste. Vertrauen, Misstrauen, Schweigen, Reden, Geld, Tussauds, Wachs, Schwede, Mord, Taucher, Kinder, Liebe, Familie.

Dazwischen immer wieder: »Karl, ich bitte dich. Ich flehe dich an, Karl. So erklär es mir doch!«

Karl schwieg. Dann, endlich: »Und das gibt dir das Recht, hier einzudringen?«

Diese wie tote Stimme. Sie starrte ihn entsetzt an, sah den rachsüchtigen Zorn, der seine Züge umspannte wie eine Membran aus Stahl. Dann jedoch stieg ihm die Verbitterung ins Gesicht. Als müsste er eine schmerzhafte, doch unvermeidliche Entscheidung treffen.

»Karl«, hauchte Clara. »Bitte! Bitte nicht!«

Plötzlich lockerte er den Griff, stieß die Tür weit auf und seine Frau in den Raum. Das Atelierlicht sprang an, und was Clara zu sehen bekam, raubte ihr den Atem. Das hier ... das hier überstieg alles Grauen, das ihr die Fantasien dieser Wochen eingetrichtert hatten. Aufgebockt auf Karls Arbeitstisch und an Hässlichkeit wie Perfektion nicht zu überbieten, stand es da. Ein teufelsgleiches Wesen mit geriffelten, nach innen gebogenen Hörnern, die Spitzen gegen die Stirn geneigt und mit einem von Schwarz und Orange und ins Rötliche changierenden Farbenspiel, ein gläsernes Glimmern, wie gespeist aus dem Widerschein einer mächtigen Glut.

Die Form des Kopfes indes war alles und nichts.

Ein Büffel? Ein Hund? Ein Affe? Ein Mensch?

Haar und Bart des aus Fieberglas und Wachs modellierten Wesens wallten üppig, standen lichterloh in Flammen, Augen und Mund zwei gelbweiß glühende Schlünde; Zahnstümpfe, Nasenflügel und Brauen wiederum im transparenten Schwarz eines Röntgenbildes; anstelle der Schultern ragten zwei verkrampfte knöchrige Hände auf, ähnlich durchscheinend wie Hörner und Gebiss; die Handflächen wiesen, wie zur Empfängnis eines unabwendbaren, schmerzensreichen Schicksals, himmelwärts, die ganze Darstellung aufstrebend aus einem Bett glühender Kohlen. Weiß. Gelb. Orange. Rot. Schwarz. Die Farben einer Wandlung des Schreckens.

»Was ... was ist das, Karl?«

»Armageddon«, sagte er, »Gottes Endzeitkrieg auf Erden, stellvertretend geführt durch seinen Sohn Jesus Christus. Der bizarre, doch sehr einträgliche Glaube der Zeugen Jehovas.«

»Der Zeugen Jehovas?«

Er nickte. »Wenn du zufrieden bist, kann ich ja nun wieder zu Bett gehen.«

Immer noch diese Stimme. Clara spürte, dass ihr die Kraft aus den Beinen schwand. Sie klammerte sich an ihn. »Karl, ich flehe dich an … ich weiß nicht, was in mich … Karl, bitte, verzeih mir!«

Karl sah sie an. Ein ausdrucksloses Stieren unter verquollenen Lidern. Mit einem Ruck löste er sich aus ihrer Umklammerung, machte kehrt und stapfte wortlos die Stiegen empor. Als sie ihn nach oben verschwinden sah, sank Clara zu Boden, fing an zu weinen, so bitterlich wie in ihrem ganzen Leben nicht.

Am späten Nachmittag desselben Tages

VIII. EIN HIRN WIE EINE MORTADELLA

»Denken Sie an eine Blumenwiese!«

»Kenn ich keine.«

Die Stimme über ihm seufzte. »Wie wäre es mit einer romantischen Reise?«

»Bloß nicht. Da fallen mir immer nur Politiker ein. Oder Tote im Straßengraben. Die letzte Reise.«

»Sie machen es mir nicht gerade einfach, Herr … äh … Kluger. Denn eben etwas anderes. Hauptsache, bedingungslos schön.«

Kluger stöhnte, schob die vielen Ausflüge in die weite Welt beiseite, die ihn selten einen Cent gekostet, dafür aber immer nur mit dem Job zu tun gehabt hatten. Er grub, wie befohlen, in seinem Innersten nach diesem bedingungslos Schönen. Keine einfache Sache in einem Herzen wie eine Mördergrube, und so schürfte er auch ins Leere und entschied sich letztlich doch für eine Reise.

Kluger dachte an das Piemont. Die Langhe. Hügelrundung an Hügelrundung, steil aufschießend und dem weiblichen Ideal männlichen Zuschnitts betörend nah. Eine golden über die Rieden aufflammende Dämmerung. Anfang Oktober. In tiefdunklem Opalrot hängen sie da. Schwer und erntereif. Nebbiolotrauben.

Genau da fing es an, ein dumpfes Brummen und Vibrieren. Kluger schloss die Augen, tauchte noch tiefer ein. Bodennahe Nebel am frühen Morgen, draußen in den Weinbergen, aber auch inmitten der ehrwürdigen Gemäuer, wo er sich befand.

Auf dem Nachtkästchen ein Bernsteinfunkeln. Neun Jahre in der Eiche gereift und ein Gruß des Gastgebers persönlich. Das gute alte Hausmittel gegen die Härten des Tages, des zurückliegenden wie auch des kommenden. *Destilleria Berta*, leuchtendes Mitglied der Grappe-Elite des Landes.

»Hhmmhh«, brummte er, während sein brach daliegender Körper wie von Geisterhand in Bewegung geriet. Drei Verkostungen jeden Tag. Die erste um 9.30, die zweite um 12 Uhr. Hinterher ein bescheidenes Mittagsmahl mit Winzer Nummer zwo, keine drei Stunden. Gehacktes rohes Rindfleisch, das sie »carne cruda« riefen und nur mit Zitrone und Olivenöl servierten, allenfalls mit einem Dreh Pfeffer. Dazu Antipasti allerlei, Paprikataschen mit heißem Knoblauch-Sardellen-Öl, gefüllte Zucchiniblüten, gepfefferter Lardo und ähnlich leicht Verdauliches, vier Vorspeisen wenigstens, aber niemals mehr als zehn. Primo. Secondo. Pranzo etwa. Oder hausgemachte Pasta mit viel geraspeltem Trüffel. Kaninchen, gegart im würzigen Arneis. Rinderbraten al Barolo, Polenta, Gemüse. Ein Haselnusskuchen, ach was, Küchelchen, hinterdrein, oder *pere al vino*, in Rotwein gedünstete Birnen. Abfolgen dieser Art. Dann ab zum dritten Bauern. Der wollte ja auch noch zeigen, was er draufhatte, mit ihnen den Abend bestreiten. Und zum Abschluss von Weinbeißerei und Abendmahl stets schlichtes Vanilleeis, übergossen mit 15 Jahre altem Grappa, mal von da, mal von dort, mit Pfefferminze garniert und der Tisch bekränzt von brüllenden Winzern, welches ihrer Barrique-Destillate nun am besten mit dem Eis harmoniere.

Alle hatten sie ihnen die Pforten geöffnet, selbst Weingott Gaia hatte sich nicht lumpen lassen und der Meute der Schreibenden auch noch ein, zwei Tröpfchen mit auf die Reise gegeben. Fachsimpeln, ohne vom Fach zu sein, und bloß nichts ausspucken, weil jeder verschossene Tropfen den Weltschmerz gebar.

»Herrlich«, murmelte Kluger und leckte sich die Lippen, als könnte er die Aromen heraufbeschwören. Dann ging es auch schon los mit dem Gezappe. Die Macht der Bilder war nun eine andere, doch den Chefreporter, immer noch in Gedanken auf Pressereise im Piemont und bei jenen 48 Stunden nach der Heimkehr, da er keine feste Nahrung hatte aufnehmen können, ehe ein Teil der sieben Kilo plus sich verabschiedet hatte, durchfuhr dieser eine Gedanke:

Du bist eine Mortadella. In feinste Scheiben geschnitten, wie es nur die Fachkräfte an den Wursttheken Italiens vermögen.

Zzzzzzzzapp. Zzzzzzzzapp.

Dieses metallische Sirren.

Zzzzzzzzapp. Zzzzzzzzapp.

Scheibe um Scheibe fiel vor seinem inneren Auge. Endlosschleife. Und auf einmal war ihm, weil doch er diese Mortadella war, dass die Scheiben, groß wie ein Medizinball, recht kraftlos zur Seite kippten, ja, hauchdünne Lappen waren das, die haltlos, wehrlos in sich zusammenfielen. Und das Monoton dieses metallischen Sirrens wollte kein Ende nehmen.

Zzzzzzzzapp. Zzzzzzzzapp.

Alles konnte er sehen. Die Maserung. Die runden, weißlichen Flecken, die das zarte Rosa des ansonsten einheitlichen Teints durchbrachen. Blassgrünliche Einsprengsel bisweilen. Ein Abgesang an die Mortadella, die er selbst war. Groß wie ein Medizinball. Zylindrisch abgefüllt. Schweinefleisch, jeder siebte Teil Speck. Dazu Gewürze, Pistazien, Oliven. Und aus.

Zzzzzzzzapp. Zzzzzzzzapp.

Eine Scheibe um die andere klatschte zur Seite. Im Unklaren darüber, ob die Synapsen ihre Arbeit noch taten, begann er mit den Zehen zu wackeln.

»Nicht zappeln, Herr Kluger! Wie oft denn noch?«, mahnte die Schwester. »Sonst müss' ma wieder ganz von vorn anfangen. Und das wollen wir doch nicht, gell?«

Zzzzzzzzapp. Zzzzzzzzapp.

Dann, endlich, war es vorbei mit dem Sirren einer Profi-Aufschnittmaschine, und das Schwungrad des Computertomografen in einem Nebentrakt des Wiener Allgemeinen Krankenhauses schwang aus. Während Kluger wieder wie von Geisterhand aus der Röhre glitt, grunzte er Unverständliches und fluchte still auf den Freund, nein, Kollegen. Klaus Supan. Der hatte ihm den Dreck eingebrockt und ihn am Vormittag ins Auto gesetzt.

»Wir fahren jetzt«, hatte Supan befohlen.

»Wohin?«

»Sag ich dir, wenn wir dort sind.«

Bloß weil er halblaut von diesem latenten Druck im Schädel gefaselt hatte. Bloß weil er kurz zuvor vom Sessel gefallen war. Nüchtern. Bloß weil er das eine oder andere Mal am Kaffeehäferl vorbeigegriffen hatte. Bloß weil er kinderloses Elternpaar hatte sagen wollen, doch elternloses Kinderpaar sagte. Gab's das nicht auch in dieser Ausführung? In Zeiten von In-vitro?

Sprachmonster hatten sich seiner bemächtigt auf dem Weg hierher. Schlaganfall. Gehirntumor. Übermächtige Worte, die ohne Unterlass in ihm tobten, ihn auch jetzt, beim Warten auf den Befund, marterten. Kluger sah einen frisch Kopfoperierten vorbeischleichen, dem ringsum Drähte aus dem Schädel ragten, und im selben Augenblick legte sein Drehschwindel ein Schäufelchen nach.

»Herr Kluger?«

Kluger attestierte der Stimme einen mitleidvollen Unterton, erhob sich und wackelte mit weichen Knien ins Ärztinnenzimmer.

»Ihr CT-Befund.« Die Ärztin kam sofort mit todernster Miene zur Sache. Sie hatte Teile ihres dunklen Haars zur Palme hochgebunden, was sie verwegen aussehen ließ. Hornbrillen umrahmten ein Paar sprühender Augen. Kluger schätzte sie auf Ende 30.

»Wie lange noch?«, fragte er.

»Das hängt davon ab.«

»Wovon?«

»Die Frage muss lauten: von wem.« Sie starrte in einen Bildschirm, den Kluger nicht einsah.

»Sie meinen … von welchem Chirurgen?«

Die Ärztin lachte auf eine seltsame Weise auf. Kluger verstand sich als Mann, dem derber Humor nicht zusetzte. Aber das, nein, das war entschieden zu viel. »Was bilden Sie sich ein …«

Eine Hand bedeutete ihm zu schweigen, und ein linkischer Zug umspielte die Lippen der Medizinerin.

»Ob Einbildung oder Bildung«, sagte sie emotionslos, »welche Rolle spielt das schon? Ein Leben lang pressen wir beliebige Fakten durch schmale Ohrmuscheln in den Körper, lassen sie sich setzen und rühren sie unter ständigem Herunterbeten wieder auf. Das nennt sich dann Bildung. Der Rest, der hineingestopft und unter Verschluss gehalten wird, heißt Identität.«

Kluger sah sie verwirrt an, ehe er drauflos schnaubte. »Meinetwegen, trotzdem … was fällt Ihnen ein, einfach drauflos zu…?«

Abermals hob sie die Hand.

»Wenn Sie es gut mit sich meinen und vernünftig sind, bleibt Ihnen noch geraume Zeit. Vorausgesetzt, Sie schaffen es, Ihren Ruhepuls zu drosseln. Derzeit haben Sie den eines Kolibris. Ganz ohne Hypertonie. Vernünftig, ja? Und ohne Drogen.«

Kluger stierte sie finster an. »Vernünftig? Wie lange? Jetzt sagen Sie schon! Ich kann mit Wahrheiten leben.«

»Wirklich?« Ohne den Blick von den Computertomografien zu nehmen, tapste sie mit der Linken über den Schreibtisch, bekam zu fassen, wonach sie gesucht hatte. Sie taxierte Klugers Patientenblatt, besah sich die Ergebnisse der Untersuchungen, die den halben Tag in Anspruch genommen hatten. Augen. Ohren. Wirbelsäule. Das Standardprogramm. »Geburtsdatum und Physiognomie sagen mir, dass Sie dem Marathonalter entwachsen sind. Wohl eher der Typ *homo sedens*, was? Nun ja, bei guter Führung und im Vertrauen auf die Segnungen des unaufhaltsamen medizinischen Fortschritts … ich würde sagen: ein halbes …«

»Ein halbes Jahr!?!«

»… Leben, Herr Kluger. Ein halbes Leben.«

»Blödsinn!« Kluger blies geräuschvoll aus. »Ich habe schon zwei ganze Leben hinter mir. Vielleicht auch vier. Oder wie würden Sie das nennen, was mich hierher gebracht hat?«

»Krankhaft und bösartig«, fuhr sie ungerührt fort, beugte sich vornüber und tippte Kluger sanft gegen die Stirn, »krankhaft und bösartig ist da drinnen vor allem eines: die Vorstellungskraft.«

»Heißt das, dass ich …«

»Das heißt, Sie sollten dringend zum Arzt gehen«, sagte die Ärztin. »Privat?«

Kluger nickte zögerlich. »Auch.«

»Dachte ich mir. Ich habe Ihnen vorsorglich eine Handvoll Ordinationsadressen geschätzter Kollegen der Psychiatrie zusammengefasst. Nicht billig, aber die besten.« Sie lächelte säuerlich, drückte Kluger einen Computerausdruck in die Hand und ein Kärtchen, das er bei der Anmeldung gegen den Abschlussbefund eintauschen könne. Dann schob sie ihn zur Tür hinaus. »Alles Gute. Denken Sie in Ruhe über Ihr Leben und ein Ende nach. Und nicht vergessen … Kolibri!«

Blicke aus dem Warteraum bohrten sich in Klugers Rücken. Bestimmt hatten die bloß die letzten Worte gehört und zogen nun ihre Rückschlüsse. Wie in Watte gehüllt verließ Kluger das Spital. Alles in allem hatte er Stunden Zeit gehabt, sich mit dem Befund eines tennisballgroßen Tumors oder wenigstens eines Schlaganfalls zu arrangieren, und nun – im Wissen, nicht physisch, sondern psychisch ein Wrack zu sein – fühlte er sich um sein bereits für beendet erklärtes Leben beinahe betrogen.

Als Kluger auf die Straße kam, dachte er an die Wohnung der alten Kluger, die er immer noch nicht aufgelöst hatte, weil ihn jedes Mal bei Betreten das Gefühl überkam, ihre Krankheit und somit ein Stück ihrer selbst zu atmen, sodass er die Miete für ein weiteres Monat berappte. Er bestieg ein Taxi, schaffte es im dritten Anlauf, die Adresse verständlich zu sagen und traf wenig später in der Redaktion ein. Die Produktion der Abendausgabe lief bereits in der heißen Endphase. Er beschloss, zuallererst im Newsroom vorbeizuschauen.

*

Um diese Zeit, Minuten vor Andruck der Abendausgabe, beherrscht eine Spannung den News- beziehungsweise Produktionsraum, die Kluger seit jeher in den Bann schlug. Eine Ruhe, die bei flüchtigem Hinhören an Agonie, ja Müßiggang gemahnt, tatsächlich aber allein im Eindruck größter Belastung entsteht.

Augen fliegen auf Bildschirmen umher, Finger huschen über Tastaturen und Mäuse, knappe Kommandos jagen fast tonlos von Tisch zu Tisch, kein überlautes Wort, und wenn doch, so schluckt es der Spannteppich in der Sekunde weg. Letzte Fotos werden hochgeladen, letzte Bildausschnitte angepasst, Farben, Schriftgrößen, Schriftweiten um Nuancen variiert, Tippfehler, grammatikalische Schwächen, Stilblüten – von wieselflinken Korrektorinnen auf Papierausdrucken beigebracht – ins System übertragen, scheele Blicke auf jenen Großbildschirm geworfen, der den Status aller Seiten ausweist. Die druckfertigen in sattem Dunkelblau. Die unvollständigen in grellem, zur höchsten Eile gemahnendem Rot.

Immer noch ein Meer an roten Sprenkeln, keine acht, keine sieben, keine vier Minuten, keine zwei, die Korrekturen von Seite drei, raunt eine Stimme, knapp, sehr bestimmt, schieben wir nach, eine andere, nix da, geht noch, mit so einer Roten Khmer gehen wir sicher nicht in Druck, Kollegen! … herrje, diese Innenpolitik! … wer kann?, niemand kann, einer muss!, einer kann immer, selbst wenn keiner kann. Hektik, die Wellen schlägt, den Raum ins Schwingen bringt, jede einzelne Minute, die die Maschinen in der Druckerei verspätet anlaufen, kostet den Boss Geld, viel Geld, sehr viel Geld, Hektik aber auch, die sich dem Auge verwehrt, auf rätselhafte Weise verpuppt, roboterhafte Züge von Starre zeigt, aschfahl, was ist mit der Vierer?, Seite vier geht, die Achter kommt neu, die Achter?, schon wieder?, kann denn die Wirtschaft nicht einmal bei dem bleiben, was sie schreibt?, ist doch eh wurscht … eine Minute?, du hast 30 Sekunden … mehr brauch ich nicht … wer blockiert die 33er?, raus mit dir, Kollege!, das Horoskop wird nicht aktueller, raus!, raus!, raus! – geht die Elfer auch noch mal?, nix da, ich brauche keine 20 Sekunden, 15, meinetwegen, die Elfer neu! Geht die Kultur auch noch mal? – Neeein, verdammte Scheiße! …

… ehe …

… ehe, endlich!, endlich!!, der erlösende Ruf des Pairers erschallt …

… ehe, endlich!, endlich!!, das letzte Gegenpaar Seiten zusammenfügt ist …

… ehe mit einem letzten Klick freigegeben, in Richtung der Druckmaschinen gejagt ist, was für den Moment vereint gehört. Die Einser mit der Letzten, die Zweier mit der Vorletzten, die Dreier mit … und so weiter. Eine Verpaarung auf Zeit. Darum Pairer.

Letzte geht!

Alles in schönstem, tiefstem Blau. Ozeanblau.

Ein Zittern durchläuft den Raum, dieser niederschwellige Stromschlag, der ein flächiges Nachatemringen zeitigt, ein Schöpfen von Luft wie von einem riesenhaften Organismus. Der ganze Saal, groß wie zwei Turnsäle, hebt sich als ein einziger Brustkorb. Psychedelische Klänge verlöschen, Ohrstöpsel raus. Raus auf eine Zigarettenlänge. Eine zweite. Raus auf ein Bier, auf Schärferes. Offen gesoffen wird nicht mehr. Weniger? Auch nicht. Wieder die mörderischen Spitzen einer Schicht runtergebogen. Wieder (nach gestern, vorgestern, vorvorgestern) so ein vermaledeiter Scheißtag, der die Lebensspanne um einen weiteren vermindert. Sisyphos' Krieg gegen die Uhr. Diese Schlacht ist gewonnen. Die Schlacht von morgen? Weit weg.

Heute jedoch, an diesem an bemerkenswerten Nachrichten so bemerkenswert kärglichen Tag – die üblichen Toten auf den Straßen, die üblichen Kinderschänder in Gerichtssälen, die üblichen Nichtssager im Parlament, die üblichen Bürgerkriegsgräuel jenseits von irgendwo –, ja, heute war alles anders. Um die Stille kurz vor Andruck war es geschehen, schon von Weitem schlug Kluger aufgeregtes Stimmengewirr entgegen. Als er den Saal betrat, wusste er augenblicklich, warum.

Elefantenrunde. Der Kampf um Seite eins.

»Na, was is jetzt«, schimpfte Arthur Pinter. »Entscheid' ma uns, oder druck' ma erstmals in der Geschichte der Zeitung ohne Einser.«

»Ja, aber sicher ned für des, was Sie wollen, Kollege. Des is doch vül zu boulevardesk.«

»Boulevardesk?!?«

»Boulevard. Boulevard. Alles schön und gut.« Abermals, provokant unaufgeregt, hielt die Innenpolitik alias Gröblaz dagegen. »Ich weiß, ich weiß. Der Boulevard hat uns groß gemacht. Aber das? Nein, Kollege Lokalchef, bittschön, das ist unterste Schublade.«

»Was!?«, brüllte Pinter. »Ham s' Ihnen ins Hirn g'schissen?«

»Obacht, Kollege! Dafür san S' um 20 Jahre zu jung, dass Sie so mit mir reden ... oder wollen S' ma zur Abwechslung wieder mal des Oaschlecken anschaffen?«

»Schreiben S' halt eine ihrer bewährten Beschwerden über mich ans Herausgeberbüro. Die landet dann wieder im Kisterl, wissen S' eh, des mit den Leserbriefen, die nie erscheinen. A Trottelbrief mehr oder weniger ... a scho wurscht.«

»Also bitte, die Herren, ja!« Der Chef vom Dienst. Wie üblich saß er gebückt an der Seite des Cheflayouters, während die Todfeinde um ihn her sprangen, und wie üblich rang er um Autorität über die Herde. Ein vergebliches Ringen gegen das Geifern der Bullen. Wiewohl ihm, waren weder Herausgeber noch Chefredakteur greifbar, die Rolle des Blattmachens zufiel, die alleinige Entscheidungshoheit über die Headline.

Kluger wusste, worüber sie in Streit geraten waren. Klaus Supan hatte ihm die Wartezeit im Spital mit einer Lawine von SMS überbrückt, ihn auf dem Laufenden gehalten. Ja, es war in der Tat eine überschaubare Zahl brauchbarer Storys, deren zwei, wenn überhaupt, aufmacherwürdig waren, für die Titelseite infrage kamen.

Die eine, Liebkind der Innenpolitik, pflegte Gröblaz kurz vor Jahreswechsel auszugraben, da er, Internetmuffel der ersten Stunde, seine Sekretärin beauftragte, »das mit diesen Urlaubstagen aus diesem Netz« zu holen. Gemeint war die mit zwei Mausklicks abrufbare Aufstellung von Fenstertagen, die bei geschickter Planung ein Maximum an Urlaub gewährte. Eine in der Redaktion umstrittene Geschichte. Erstklassiger Leserservice, frohlockte die dumpfe Masse, Anleitung zum Schmarotzertum, maulte die kritische Minderheit. Heute, schien es, herrschte beim Kollegen eine solche Not an Storys, dass er den Vorausgriff ins kommende Jahr bereits Anfang September für angemessen befand. Kamen Lebkuchen, Lichterketten und Weihnachten nicht auch immer früher? Was die Geschichte überhaupt mit Politik zu tun hatte, stand auf einem anderen Blatt Papier.

Als Kluger die Arena betrat, hielt er kurz im Rücken der stampfenden Bullen inne. Fette Lettern tanzten auf dem Schirm des Cheflayouters, eine Titelseitenrohversion aus der Retorte, eine, die dem Archiv entstammte, schon mehrere Male im Wortlaut erschienen war, bloß mit wechselnden Zahlen. Heutige Variante:

Mit 12 Urlaubstagen
sechs Wochen frei!

Allein die präzisierende Vor- oder Überzeile fehlte. Klugers Reporterherz jedoch schlug für die zweite Story, jene, um die sein Ressortchef Pinter rang. O ja, verdammt, die hatte Potenzial. Was hätten sie an ähnlich schwachen Tagen wie heute nicht darum gegeben, Vergleichbares im Köcher zu haben. Nötigenfalls ein paar Fingerbreit an der Wahrheit vorbei und nahe an der Maxime des Pinschers.

»Scheißegal, ob eine Story wahr ist oder nicht. Hauptsache, sie könnte wahr sein!!!«

Indes, an dieser Story, die Klaus Supan aufgerissen hatte, hegte Kluger keinen Zweifel. Ja, der blutjunge Kerl erinnerte ihn an ihn selbst, den frühen Kluger. Bissig, unbeugsam, noch unbestechlich, und beim Graben nach Geschichten ausgestattet mit dem Schaufelwerkzeug eines Maulwurfs. Im Stil kein Hemingway, doch wer war das schon? Hier? Bei der *Guten*?

Hauptsache, sie könnte ...

Gewiss, ab und an schoss Supan übers Ziel hinaus. Nicht, weil ihn der jähe Drang zur Wahrheitsliebe in kontraproduktiven, mehr als homöopathischen Dosierungen überkommen hätte. Auch Supan verstand es inzwischen meisterhaft, eine wackelige Geschichte nicht zu Tode zu recherchieren, sie durch ein Zuviel an Fakten nicht zu ruinieren.

Kluger dachte an die Sache mit der Innenministerin, keine drei Monate war es her, und keine zehn Minuten hatte es gedauert, ehe auch er Bescheid wusste. Hier, in der Heimat, während Supan volltrunken in der Fünf-Sterne-Hotellounge saß mit Blick aufs Mittelmeer und nicht begreifen wollte, was er angerichtet haben sollte.

»Du weißt, Vinzent Schatzi, wie sehr ich euch verbunden bin und dir im Speziellen«, hatte die Innenministerin ins Telefon gerufen, »aber das kostet euch was.«

Supan hatte ihn auf einer Dienstreise nach Tel Aviv vertreten, und als die Ministerin samt Entourage die auserwählte Journalistenschar zum Hintergrundgespräch mit dem israelischen Amtskollegen vom Heimatschutz lud und der staubtrockene Palaver über Terror im Alltag allmählich ins Stocken geriet, fühlte Supan sich nach dem zehnten Whiskey – schließlich war kurz nach Mittag – bemüßigt, etwas Pfeffer in die Runde zu streuen. Also steckte er sich eine Zwanzigeurozigarre an und streifte einen Schuh vom Fuß.

»What is it?«, lallte er in die Runde, blies Rauch in den Schuh und stellte das qualmende Objekt auf das Tischchen vor sich.

Ehe jemand das Rätsel ernsthaft zu bearbeiten oder in böser Vorahnung das Thema zu wechseln vermochte, löste Supan auf. »A bus-station in Tel Aviv.«

Tatsächlich hatten sich, keine zwei Tage zuvor, ähnliche Bilder zugetragen. Bloß in echt. Tatsächlich hatte es an einer Busstation in der Stadt einen Selbstmordanschlag mit verheerender Opferbilanz und einsam vor sich hin qualmenden Schuhen gegeben, und so verfehlte Supans Einlage ihre Wirkung nicht. Der israelische Minister stob entrüstet davon, zumal die Innenministerin spontan drauflosgeprustet und ihren Rotwein versprüht hatte, ehe sie sich besann, und es bedurfte eines beträchtlichen Maßes an Diplomatiegeschick, dass keine offiziellen Verwicklungen daraus erwuchsen. Obendrein kostete die *Gute* das Ausbügeln des bilateralen Affronts eine Reihe von Wiedergutmachungs-Storys, die Ministerin großformatig im Bild, und Kluger eine weitere Nacht seines Lebens, in der man sich ganz privatim den Kummer im Speziellen und den Weltschmerz im Allgemeinen von der Seele soff. Die Ministerin und ihr Schatzi Vinzent.

Scheiß drauf.

Kluger lächelte grimmig. Trotz alledem hielt er große Stücke auf den jungen Kollegen, und so zweifelte er nicht eine Sekunde am Wahrheitsgehalt der Story, die Supan für den Aufmacher ins Rennen geworfen hatte. Da brauchte es kein Aufpolieren von Fakten. Kluger hatte Supan im Gegenteil empfohlen, nicht zu dick aufzutragen, aufbauschende Adjektive wie *wahnsinnig* oder *ungeheuerlich* oder *unfassbar* oder *hundsgemein* oder *pietätlos* diesmal beiseitezulassen. Die Fakten sprächen beeindruckend für sich.

Das taten die Fakten auch, und sie beschrieben das Drama einer 70 Jahre alten Wienerin. Vom Einkauf nach Hause gekommen und nach Erklimmen dreier Stockwerke im aufzuglosen Gemeindebau der frühen 60er nach Atem ringend, vernahm sie aus der Wohnung das Klingeln des Telefons. Sie schloss die Türe auf, ließ alles liegen und stehen, trippelte los. Der Bub aus Amerika! Das lang ersehnte Lebenszeichen des Sohnes.

Es war die gehbehinderte Nachbarin aus dem ersten Stock. Dennoch, wie auch anders, verplauderte man sich, und als sie abermals vor die Tür hintrat, um das Stoffsäckchen mit dem bescheidenen Einkauf – Buttermilch, Eier, Brot, zwei frische Topfengolatschen – hereinzuholen, war es geschehen, das Säckchen spurlos verschwunden. Und mit ihm die Urne ihres Vaters. Seit 34 Jahren nunmehr trug sie ihn bei sich. Tagein. Tagaus. Auf jedem Weg. Ob Supermarkt oder Zahnarzt. Ob Amtsweg oder Plausch im Innenhof der Wohnanlage. Der viel zu früh dahingeschiedene Herr Papa war stets mit von der Partie. Das Stoffsäckchen hatte sie, gelernte Schneiderin, eigens für die kleinen Tagesreisen verfertigt, in edlem Anthrazit gehalten, mit Trauerrand.

Was ... für ... eine ... Story!

Kluger stand da, versank darin. Er sah die alte Schneiderin vor Kühlregalen stehen – am Regalmeter mit den Likören, an Wurstheken, im angeregten Zwiegespräch mit dem eingeäscherten Vater den Menüplan der Woche erwägend. Dann aber ging ein Ruck durch ihn, und er schickte sich an, unbemerkt am weiterhin umlagerten Tisch des Cheflayouters vorbeizuhuschen. Hin zu einem der »Inseln« genannten Layouterplätze. Hin zu dem scheuen Zwinkern, das ihm entgegenfunkte. Die bezaubernde junge Kollegin mit dem Lockenkopf. Bei ihr gedachte er die Chronikseiten der morgigen Ausgabe zu überfliegen.

»Sie ham ja no ned amoil an Aufmacher«, ätzte Gröblaz aufs Neue.

»Aber gleich!« Pinter stampfte in den Boden.

»Des schau i mir an. In acht Minuten.«

»Sieben«, wisperte der Cheflayouter. Neben einer Vielzahl anderer fiel ihm die bedeutende Aufgabe zu, die Titelseite optisch zu gestalten und Sorge zu tragen, dass die einmal ersonnenen Formulierungen für den Aufmacher ein Schriftformat bekamen, das den Rahmen der Titelseite weder sprengte noch gegen das Kriterium guter Leserlichkeit verstieß. So konnte es geschehen, dass ein Titel den Nerv einer Geschichte zu 100 Prozent traf, den technischen Kriterien jedoch zu 100 widersprach. Für den Fall eines solchen Dilemmas entschied man sich bei der *Guten* allemal für die Optik.

»Na bitte, sieben Minuten«, hakte Gröblaz nach. »Da bin i g'spannt. Asche und gestohlen is schon eine Zeile. Dann soll noch die Oma rein. Und das Einkaufen. Und das Sackerl. Na bumm. Oder Sie machen 's wie der Chef. Der kummt a immer mit an ganzen Roman daher und glaubt, des passt irgendwie rein.«

Die mangelnde Fertigkeit des Herausgebers für das Formulieren knackiger Headlines offen zu kritisieren, war ein Sakrileg, doch für Empfindlichkeiten dieser Art blieb nun keine Zeit. Chronikchef Pinter stützte sich auf den Cheflayoutertisch, stellte die Arme in Kampfesmanier weit aus. Gerade als er Gröblaz etwas erwidern wollte, wischte Kluger an ihm vorbei.

»Da schau her, der Herr Chefreporter gibt uns auch noch die Ehre.« Ostentativ sah Pinter auf die Uhr.

Wortlos setzte Kluger seinen wackeligen Gang fort.

»Nix Notschlachtung?«

Kluger tauchte hinter die brusthohe Trennwand ab, ließ sich in den Sessel fallen, fing sich das erhoffte Lächeln ein und kam nur ab und an hoch, gerade so weit, dass er dem Mienenspiel der Bullen folgen konnte.

»Schreib amoil … äh … erste Zeile: Asche des toten Vaters …« Pinter starrte aufs Display.

»22 Anschläge«, moserte Gröblaz. »Des sieht doch a Blinder, dass sich des …«

»Des geht sie ned aus«, pflichtete der Cheflayouter bei. »Noch sechs Minuten, meine Herren.« In Anbetracht der vorgerückten Stunde hatte er den unbefestigten Pfad der Ruhe verlassen, hatte begonnen, bei jedem Halbsatz, ja, jedem Halbgedanken energisch die Hände emporzuwerfen. Wie ein entnervter Jongleur, dem die Keulen davonflogen.

Gröblaz zupfte den Chef vom Dienst am Ärmel. »Immer dasselbe mit dem Hektiker«, raunte er ihm verschworen zu, doch laut genug, dass selbst Kluger es vernahm. »Kommt spät daher und fängt an zum Herumbasteln. Des wird nix. Is vü zu kompliziert. Um die Zeit überhaupt.«

Verlegenes Lächeln.

»Jetzt halten S' doch endlich Ihre depperte Goschn!«, brüllte Pinter. Dann, zum Cheflayouter: »Probier einmal … wie breit is Einkaufstasche? Hmm. Sehr breit. Und Totenasche?«

Kluger schüttelte den Kopf. Der Gedanke widerstrebte ihm, doch auf eine missliebige Weise behielten beide recht. Gröblaz, was Pinters ewiges Zuspätkommen betraf, dazu sein Mangel an Beherrschtheit, Stresstoleranz wie auch jener, komplizierte Sachverhalte binnen Minutenfrist in griffige Aufmacher zu gießen. Ein Defizit, das ihn blutsbrüderlich nahe an den Eigentümer der *Guten* heranrückte. Ressortchef Pinter wiederum gestand er den absoluten Zug aufs Tor zu. Den Riecher. Das instinktive Erkennen von Wert oder Unwert einer Geschichte.

Noch im Warteraum des Spitals hatte Kluger Überlegungen zu Supans Story angestellt. Knackige Titel zu zimmern war sein Steckenpferd, und er wusste um seine Gabe. Noch mehr wusste er allerdings: Für ein Chamäleon wie Pinter war es ein Leichtes, blitzartig die Lager zu wechseln, Todfeindschaften ruhend zu stellen und blindlings in rasenden Furor gegen jene zu kippen, die seine Autorität untergruben, gegen jene, die es wagten, ihn bloßzustellen. In Pinters Beisein den besseren Aufmacher zu formulieren, war genau diese Art von Todsünde. Aufmacher war und blieb Chefsache.

Dennoch überkam es Kluger. »Hungriger Dieb stahl toten Vater«, lallte er über die Wand hinweg.

Pinter fuhr zusammen, schnellte mit wenigen Schritten heran. »Den ganzen Tag im Wirtshaus sitzen und dann auch noch …«

Kluger spürte einen Sprühregen hasserfüllter Gedanken sich über ihn ergießen, spürte aber auch, wie Pinter anfing, die Worte zu Zeilen zusammenzufügen, sie im Geiste untereinanderzustellen, sie in Zahl der Anschläge und Breite zueinander zu bemessen:

Hungriger Dieb
stahl toten Vater

Kluger stierte den Vorgesetzten aus leblosen Augen an. Einem Todesurteil hatte er heute bereits getrotzt. Sollte ihn da ein zweites erschüttern?

Pinters Augen flogen unstet umher, hielten Klugers Blick keine Sekunde. Dann huschte ihm ein Lächeln übers Antlitz. »Überzeile?«

»Herrenloses Einkaufssackerl mit Urne erbeutet. Doppelpunkt«, murrte Kluger.

»Den ganzen Tag im Wirtshaus sitzen«, rief Pinter nun in die Weite des Raumes, »und dann auch noch … brauchbare Ideen mitbringen. Na also, geht doch!«

Der Chronikchef machte auf dem Absatz kehrt, hetzte in Riesensprüngen zurück an den Layoutertisch. »Habt's g'hört. So mach ma's. Wenn dem Saufkopf da drüben schon amoil was einfällt. Da is alles drinnen, was man wissen muss. Und wenn einer nur den Titel liest … *Hungriger Dieb stahl toten Vater* … so ganz und gar ohne Überzeile, schwingt auch ein Hauch von Kannibalismus mit. Herrlich! Außerdem … die G'schicht hamma exklusiv!«

»Exklusiv, exklusiv!«, äffte Gröblaz. »Meine Fenstertage san a exklusiv.«

»Exklusiv aus dem Netz g'stohlen. Sonst nix!«

»Wissen S', was der alte Grubinger immer g'sagt hat?«

»Hör'n S' mir doch auf mit dem Nostalgieschmarrn! Der Grubinger is des, was Sie leider no ned san: seit 20 Jahr tot. Außerdem war der ned an Tag bei unserer Zeitung.«

»Na und? Chefredakteur eines Massenblattes war er trotzdem. Ned umsonst. I hob seinerzeit bei ihm g'lernt. Vor mehr als 40 Jahr'. Des gilt heut immer noch. Ein guter Redakteur, hat er g'sagt, hat immer einen Klebstoff und eine Schere bei der Hand. Wir kupfern das Gute der Mitbewerber ab und basteln was Neues, Besseres draus.« Erstmals schwang Erregung in Gröblaz' Stimme mit. »Wir sind nur deshalb so groß geworden, hat der Grubinger gesagt, weil ...«

»Weil bei uns die besten Diebe sitzen.« Der Chef vom Dienst.

»Hab ich das schon einmal ...?«

»Einmal?«

»Wurscht. Außerdem ... wie war das ... was ham Sie vorhin g'sagt, Kollege Lokalchef, wie die Frau heißt, der s' des Sackerl mit der Urne g'stohlen ham?«

»Noch fünf Minuten«, sagte der Cheflayouter.

»Aschinger«, sagte Pinter.

»Da hamma 's. *Aschinger*! Des glaubt uns doch ka Sau. Unser Ruf ist auch ohne diese ... diese halbseidenen Geschichten der Lokalredaktion schon völlig im A.«

»Wissen S' was?« Unvermutet schlug Pinter einen versöhnlichen Ton an. »Wir befragen vox populi.«

Eine überraschende Nähe überkam Kluger. Sanft fasste die Layouterin ihn bei der Hand. Hitziger Atem strich ihm ans Ohr. »Arschloch«, hauchte sie. Kluger schauderte auf. Wie fiebrig musste ihr Atem erst brennen, hauchte sie Zuneigung und nicht, was sie in diesem Augenblick für Arthur Pinter empfand.

Vox populi. All die schäbige Gehässigkeit, all die unverhohlene Überheblichkeit des Ressortleiters, all die Lust der Herabwürdigung schwang darin mit, wenn er sich plötzlich leutselig gab. Wenn er in den Raum warf, das technische Personal befragen zu wollen, was der bessere, griffigere, was der dem in der *Guten* so gerne bemühten, kleinen Mann von der Straße gefälligere Aufmacher sei. Großmütig lässt man sie entscheiden: die Stimme des Volkes. Schlichte, unreflektierte, einfältige, nichtswürdige Gemüter, die Arthur Pinter in ihnen sah, stellvertretend für das Gros ihrer Leserschaft.

»Nix vox populi!«, schallte es plötzlich von weither.

Köpfe fuhren herum, Augen sprangen halb aus den Höhlen, Kinnladen klappten ins Bodenlose, klappten nicht wieder hoch.

»Elefantino?«, murmelte Kluger erstaunt.

Ja, da stand er an einer der Inseln. Keiner dieser Verwegenen. Keiner dieser trotzköpfigen Widerständler, die es in ihren Reihen, wiewohl ausgedünnt, vereinzelt noch gab. Nein, ausgerechnet er hatte die Phalanx der Duckmäuser und Salon-Revoluzzer durchbrochen, dieser tagein, tagaus Gemiedene, dieser mit übelwollenden Blicken, Nachreden, Schmähungen Bedachte, dieser querbeet von Weigerungen zur Zusammenarbeit Gedemütigte. Weil es ihm an allem gebrach: am schnellen, goldenen Händchen für das Aufwendige einer perfekt gestalteten Seite; am Blick für Farben; am Gefühl für den grafischen Zusammenhalt einer Seite, an jenem für Harmonie und Ästhetik; am Sinn für Hygiene und Esskultur sowieso wie auch an der Gabe für Humor und Kommunikation, welche, hieß es, weit unterhalb jener des Einzellers angesiedelt sei.

Ja, Elefantino.

Er, den allein der aufreibende Fleiß des Unbegabten und die Fürsprache des erst neulich bei der *Guten* pensionierten Vaters durch das Tal einer schlecht ausgeführten, dafür hoch bezahlten Arbeit geleitet hatte. Er, dem der Spott wie ein Kainsmal anhaftete, seit ihn irgendwer in irgendeiner misslaunigen Stimmung seines Aussehens wegen »Elefantino« gerufen hatte. Österreichs Antwort auf den indischen Elefantenmenschen.

Ausgerechnet er hatte seinen kurzen, mit Tonnen von Schnitzelsemmeln und Softdrinks drall modellierten Leib emporgestemmt. Hoch erhobenen Hauptes stand er da, vermessen genug, dem allmächtigen Chronikchef des Hauses, auf Du und Du mit den Größen des Landes, die Stirn zu bieten. Abermals rief er nun mit zittriger Stimme:

»Nix vox populi, Herr Doktor Pinter!«

Totenstille.

Pinter, der soeben ohne Zutun promoviert hatte, fing sich als Erster. »Jö«, rief er, »König Laurin probt den Aufstand.«

»Vier Minuten«, hauchte der Cheflayouter.

»Aufhören, Turl! Das ist eine dienstliche Anweisung!« Der Chef vom Dienst.

»Reg di ned auf. Ist doch eine Ehre, wenn man sogar als Zwergenkönig seine Meinung kundtun darf.«

»Typisch«, fauchte Gröblaz, auch er ein Meisterpflüger auf dem Acker der Intrige. »Immer auf die kleinen Leu...«

»Streben Sie niemals nach Fertigkeiten, von denen Ihr Geist Sie entbindet, Herr Kollege«, knurrte Pinter.

»Es reicht, ihr zwa Deppn!!«

Abermals sah Kluger erstaunt auf. War heute der Tag der Cochones in der Hose? Nie zuvor hatte er den Chef vom Dienst schreien gehört, er, der im Ruf eines integrative Figur genannten Feiglings stand und seit nunmehr zwei Wochen den erkrankten Chefredakteur vertrat. Nie zuvor war er, wie nun, vor Erregung aufgesprungen. Auch ringsum zeitigte das Losplärren respektvolle Mienen.

Alle drei, Pinter, Gröblaz und ihr wenigstens auf dem Papier Vorgesetzter, standen für den Moment stocksteif da. Ein Hauch von Körperlichkeit lag in der Luft, einer dieser von dunkler Energie geschwängerten Augenblicke, die alles in sich bergen:

Resignation im Stillstand wie auch Ausbruch von jäher, unkontrollierter Gewalt.

Kluger gedachte der vielen Male, da die üblichen Verdächtigen aus Politik- und Chronikressort aneinandergeraten und beim technischen Personal insgeheim Wetten gelaufen waren, wann Beschimpfungen und Drohgebärden ein Ende fänden, wann es wie durch wen erstmals zu Handgreiflichkeiten komme. Endlich.

Oder eben nicht.

Gewalt unter Kollegen war keineswegs wohlgelitten, wiewohl der Herausgeber, der alte Alte, hieß es, mit ruhmlosem Beispiel vorangegangen sei. Er habe eines sehr späten, sehr feuchten Abends den Chefredakteur in den Konferenzraum neben seinem Büro zitiert, lallend unter den Tisch geprügelt (wo bereits der verschreckte Hausmeister saß) und unter Morddrohungen an den Haaren wieder hervorgezogen. Danach seien die beiden bald 70-Jährigen, den Hausmeister im Schlepp, um die Häuser gezogen. Bordell auf Spesen inklusive. Es war bedeutend mehr als ein Gerücht, und es hielt sich seit Jahren beständig.

Die Vermutung, Gewalt stelle weniger Anlass zur Kündigung denn Vergütung dar, nährte auch der von einer Sekretärin bezeugte Vorfall mit Alex Leisch, dem bulligen, mäßig beliebten Chronikfotografen. Er war beim Chef angetreten, um nach zahllosen Verfehlungen und Abmahnungen endlich die Kündigung zu empfangen. Einen Schreikrampf und zwei zertrümmerte Bürosessel später samt Androhung einer Tracht Prügel wie auch, ihm, dem Bald-nicht-mehr-Chef, einen gedungenen Tschetschenen frei Haus zu schicken, verließ Leisch das Herausgeberbüro mit einer Gehaltserhöhung in der Tasche. Seither rätselte die Belegschaft, was Leisch gegen den Big Boss in der Hand hatte. Hatte es mit den rumänischen Huren zu tun, deren eine bei einem Gelage in der Herausgebervilla schwer verletzt worden und es allein Leischs Kontakten zur Polizei geschuldet war, dass nichts davon ans Licht trat?

Oder doch etwas anderes?

»Und wenn wir doch was ganz anderes machen?« Der Chef vom Dienst, einmal mehr beschwichtigend.

»Hamma ned«, blaffte Gröblaz.

Pinter, ein einziges Bündel Wut, starrte ins Nichts.

»War da nicht ein Unfall mit drei Toten? Irgendwo in Niederösterreich? Am Teletext hab ich was ge…«

»Geh bitte!« Pinter löste sich aus seiner Starre. »Ned scho wieda a Verkehrsunfall. Des hab i dir ned amoil erzählt, wäul's ka Sau interessiert. Die Zeiten san echt vorbei mit diesem g'schissenen Blechsalatjournalismus, meinst ned?«

»Besser als nix, Turl.«

»Sag ned Turl.«

»Außerdem … war da ned a Kind dabei? Turl?«

»Zwa. Zwillinge. Aber die leben noch.«

»Zwillinge? Da schau her! Wer macht die Story?«

»Auch der Supan«, knurrte Pinter.

»Zwa tote Zwillinge, also ana zu zweit, Zwillinge halt, sind immer noch a Aufmacher, meine Herren. Und was für einer!« Ungewohnt fahrig griff der Chef vom Dienst zum Telefon, tippte vier Ziffern, wechselte ein paar Worte, lauschte. Dann legte er auf. Ganz langsam.

»Und?« Häme überfloss Pinters Antlitz.

»Der Supan sagt, der Primar sagt, des wird nix mehr.«

Pinter runzelte die Stirn. »Was wird nix mehr?«

»Des mit de zwa Gschroppn.« Der Chef vom Dienst musterte den um 20 Jahre jüngeren Leiter der Chronik mitleidig. »Bleib cool, Turl. Des mit dem Sterben. Des wird nix mehr. Die san gar nimmer auf Intensiv. Ein Jammer.« Er stöhnte, rief in den Raum: »Wie soll man so eine Zeitung machen? Hä?«

Pinter sonderte triumphierende Blicke ab, Gröblaz ratlose. Auch der Cheflayouter sah betroppezt drein. »In drei Minuten sollt' ma's wissen.«

»Stimmt.« Der Chef vom Dienst wieder. »Also … ich treffe jetzt eine Entscheidung. Salomonisch, allein und allein darum demokratisch. Wem irgendwas ned passt … da steht das Telefon. Kurzwahl 1. Die Nummer vom Chef. Wir machen …«

»Genau des mach i jetzt.« Gröblaz griff zum Handy, wich zwei, drei Schritte ins Off.

»Der is auf Ibiza.« Der Cheflayouter. Pinter stieß ihn in die Seite, doch der schwatzte unbekümmert fort. »Fickurlaub. Einmal ohne Kinder. Der freut sich bestimmt, wenn man ihn aus der Mutti holt.«

»Oha.« Das Handy glitt zurück in die Tasche.

Ein wutentbranntes Blitzen glomm in Pinters Augen auf. Jäh zunichtegemacht seine Hoffnung, Gröblaz würde mit einem Anruf auf Ibiza ins Messer laufen. Weil es seit jeher so war: Bei den großen, bedeutsamen Geschichten war die Rückfrage beim Herausgeber ein Muss. Galt es etwa, einer künftigen Finanzministerin in die Steigbügel zu helfen oder einem aufsässigen Innenminister vom Pferd. Oder umgekehrt. Ähnlich verhielt es sich mit Jubelberichten über aufgehende Politsterne wie auch das Abwenden des Gegenteils, das eine wie das andere an ein fettes Stück vom ministeriellen Inseratenkuchen geknüpft.

Solche großen, bedeutsamen Geschichten.

Bei jeder Art Firlefanz indes – nichts anderes stellte die Wahl zwischen Urlaubstagen und Urnendiebstahl dar – lehrte die Erfahrung, dass ein Anruf nichts war, was im Vorhof der Macht immerwährendes Wohlwollen eintrug.

»Wir machen die Urlaubstage«, sagte der Chef vom Dienst. »Gemma, gemma! Titel: ›Mit 12 Urlaubstagen sechs Wochen frei.‹ Das fällt genau rein. Überzeile?«

Gröblazsches Grübeln. »Wie wär's damit? Endlich leben wie die Lehrer. Doppelpunkt.«

»Na bumm. Des kann wieder was werden morgen früh, wenn die Gewerkschaft anruft. Na ja, a scho wurscht.«

»Des kannst ned machen«, fauchte Pinter. »1.000 Abos weniger. Auf an Schlag.«

»Na und? Die hole ich uns an anderer Stelle wieder rein«, konterte Gröblaz. »Mit anderen Servicegeschichten. Ich hätte da zum Bei…«

»Noch zwei Minuten. Ich möchte ja nix sagen, aber …«

»Dann kusch!«

»Aus jetzt!!! Wir machen die Urlaubstage, ohne Lehrer in der Überzeile! Schreib … schreib einfach: Die *Gute* sagt Ihnen, wie's geht. Doppelpunkt. Brillant, oder?«

»Na, bitte ned.«

»Na bitte.«

Ein Etappensieg für den Chef vom Dienst, ein maliziöses Gröblazlächeln und ein Arthur Pinter, der stampfend und fluchend abrauschte.

Schade um die Witwe Aschinger, dachte Kluger, schenkte der Kollegin ein zärtliches Lächeln und erhob sich, und ihm war, als hätte er aus dem Mund seines Ressortchefs etwas vernommen, das nach feig und opportunistisch und dreckig und Sau klang.

Abermals Post für den Herrn Chefreporter

IX. DIE WAND

Den Handlauf umkrallt, schleppte Kluger sich ein Stockwerk höher, taumelte in sein Büro und kippte ächzend in den Sessel. Keine drei Atemzüge später stand Klaus Supan in der Tür, ein Päckchen unterm Arm. Fragend sah er den Kollegen an. Kluger hielt ihm den Abschlussbefund hin. Supan las, runzelte die Stirn.

»Du weißt, was das bedeutet?«

Kluger nickte.

»Und? Was gedenken Monsieur zu tun?«

»Zum Facharzt gehen«, grummelte Kluger. »Vielleicht sind's ja doch die Augen.«

»Vollidiot«, zischte Supan, knallte das Päckchen auf Klugers Schreibtisch. »Post für den Herrn G'scheit.«

Wieder allein, fiel Kluger in einen totenähnlichen Schlaf. Als er hochschrak, war eine halbe Stunde verstrichen. Obwohl bis zur Abenddämmerung geraume Zeit blieb, war es düster im Büro. Er mühte die Füße vom Tisch, kam hoch, sodass er die Wand voll im Blick hatte. *Die Wand*. Nein, nicht einmal sie würde es heute schaffen, ihn zum Lachen zu bringen. Er sank zurück in den Sessel, zurück ins Taxi, zurück in den Warteraum des Spitals, auf den knallroten Plastikhartschalensitz, der ihm Stunden wie toter Zeit aufgezwungen hatte. Ein Zuviel an toter Zeit, das ihn auf sein Selbst zurückwarf. Er hatte die Patienten ringsum gemustert, ihr augenfälliges Leiden zum eigenen gemacht, Bilanz gezogen. Was, in Erwartung des Hinrichtungsbescheides, hätte er auch anderes tun sollen? Die Bilder, wenig erstaunlich, waren allesamt beruflicher Natur gewesen.

Bestand sein Leben überhaupt noch aus etwas, das nicht Zeitung hieß? Hatte es das jemals? Wann hatte er zuletzt ein tiefes, ehrliches Empfinden für die Schicksale von Menschen verspürt? Hatte er das jemals?

Sie hieß Diemut, von allen Didi gerufen, bloß von ihm so: »Dietnute, die Gute.« Fotografin im Ressort Blut, wie auch er einer gewesen war, bloß bei der Konkurrenz. Lebensfreundin, Schwester im Geiste, gegangen mit 27, malignes Melanom, und der letzte Mensch in Klugers Leben, dessen Verlust ihm den großen Regen beschert hatte, einen Sturzbach der Emotionen, als sie aufgebahrt vor ihm lag. Dabei war es weniger der Tod selbst (sie alle hatten um seine Unausweichlichkeit und Nähe gewusst), den er beklagte hatte, es heute noch tat, nein, es war die eigene Feigheit. Die Scheu vor dem Bild ihres Siechens. Vor den Sauerstoffflaschen neben der Couch im Wohnzimmer. Bilder einer Wahrhaftigkeit, die ihn Ausrede um Ausrede finden und fernbleiben ließen, bis der Krebs ihren Körper aufs Letzte ausgemergelt hatte, sie selbst sich jeden Besuch verbat, nicht länger wollte, dass er kam.

Kluger stöhnte. Justine Idstein erstand vor ihm. Ihr Blick, als sie quer über den Michaelerplatz linste, zu ihm herüberfunkte und er den Instinkt einer Mutter empfing, die im Blut des Kindes fortlebte und tiefe Ahnungen für das Handeln ihres Sohnes empfand, vielleicht aber auch für das seine, und mit der Wehmut ihrer Augen dieses ahnende Empfinden auf ihn übertrug. Darum sein jäher Entschluss, die Samuraibilder unveröffentlicht zu lassen, sie in der Sekunde zu löschen, um nicht doch in Versuchung zu geraten. Die vorauseilende Spontaneität einer da noch wackeligen Sicherheit, das Richtige zu tun, die erst jetzt, Wochen später, an Festigkeit gewann.

Kluger starrte an seiner Wand empor, starrte ins Nichts, und was er sah, entrückt in endlose Ferne, war ein anderer Kluger. Ein Fremder. Einer, der das Netz durchwühlte. In Fotoalben stöberte. In jenen Helene Mayer-Thurgaus, Ex des Perückenmachers Hinczica. In jenen der alten Idstein auch, Mutter des ermordeten Professors. Er sah das begierige Schweifen von Pupillen, das rastlose Zucken von Fingern, die Seite um Seite aufblätterten, sah ein Antlitz, das im Innersten vorausjubilierte angesichts der fetten Ausbeute, jedoch an sich hielt, sich starr gab, das Tempo des Aufdeckens drosselte, die Stimme pietätvoll senkte. Und was er noch sah, war das Zucken in den Augen der alten Dame, dieses so gänzlich andere Zucken als das des fernen Klugers, und auf einmal wusste er, dass sein Dringen nichts als den untauglichen Versuch einer Rückführung hergab. Dass sein bei tausendundeiner Gelegenheit gegebenes Versprechen einer würdevollen, das Totengedenken wahrenden Berichterstattung ein einziger Unsinn war, immer schon gewesen war über all die Jahre, ein betrügerischer Fake, der allein sich selbst genügte. Welch Irrglaube, die Vergangenheit eines Menschen mit einer Handvoll toter Fotografien öffnen zu können!

Ein anderes Gesicht nun. Die geheimnisvolle Anruferin von vor sechs Wochen, die ihm elementare Informationen zu *Madame Tussauds* in Aussicht gestellt und sich hinterher beim Treffen im *Salettl* äußerst knapp vorgestellt hatte. *Miranda*. Nichts weiter. Kluger schätzte sie auf Ende 20, hatte sie anfänglich für eine geltungssüchtige Spinnerin gehalten. Doch das schlug rasch um in Unheimlichkeit. All die seltsamen Äußerungen und Andeutungen, die sie machte. All die seltsamen Fragen, die sie stellte. Das seltsame Ineinanderfließen von Worten zu Fangschlingen, die ihn bei Betreten auf eine Weise gefangen nahmen, die ihn blockierte. Es gebe zwei Versionen des Videos bei Tussauds, hatte sie gesagt. Damals, als die Figur heimlich eingeschleust wurde.

»Zwei Versionen?«

Gewiss. Die eine habe er. Sie alle beide. Sie unterschieden sich nicht wesentlich. Aber irgendwie doch. Näheres bei Gelegenheit. Vorerst müsse sie noch mehr gegen den Puppenspieler zusammentragen.

»Puppenspieler?«

Ihr Au… ihr … egal. Sie glaube, nein, wisse, er stecke mit drin, komme aber nicht an ihn heran. Darum wolle sie es über seine private Schiene versuchen.

»Private Schiene?«

Ja. Es gebe da auch eine gewisse Clara Schrot.

»Schrot? Den Namen hab ich schon mal …«

Natürlich habe er. Das Ehepaar aus Wien, das in Südschweden dem Tauchermörder entkommen sei. Wisse er es nicht mehr? Die Reportage eines Kollegen.

»Natürlich! Was hat die mit …«

Hhmmhh. Vermutlich gar nichts, doch im Detail wisse sie es nicht. Allein schon diese Entführung.

»Entführung? Ich versteh gar nichts mehr.«

Egal. Claras Mann Karl sei freischaffender bildender Künstler, arbeite auch mit Wachs.

»Ein Wachskünstler? Einer, der solche Figuren wie …«

Genau das. Er sei jedoch sauber. Die Polizei habe ihn mehrfach überprüft. In ganz Europa sei dies innerhalb der Szene geschehen. Auch stimme seine DNS nicht mit jenem Fragment überein, das man auf einem Knochen des ermordeten Professors gefunden habe.

»Verdammte Scheiße. DNS-Fragment?«

Aber ja. Ob er das denn gar nicht …

»Woher wissen Sie …?«

Seien sie nicht schon beim Du angelangt?

»Woher weißt du …?«

Das wolle er nicht wissen.

»Doch!«

Sie arbeite journalistisch wie er, auf gewisse Weise, und da sei, einem wie ihm müsse sie das nicht klarmachen, der Schutz von Informanten oberste …

»Meinetwegen. Was ist jetzt mit diesem *Puppenspieler* … diesem Schrot?«

Da laufe etwas zwischen den beiden. Die merkwürdige Entführung vor mehr als anderthalb Jahren, die wohl keine gewesen sei. Ein Riesenfisch, den der Puppenspieler, vermutlich er, nachts ins Aquarium der Familie geschleust und welcher den Besatz ratzeputz vernichtet habe. Die Fische. Sie seien das Steckenpferd des Mannes. Nicht das ihre.

»Eine etwas bizarre Methode, den Ehemann zu vergraulen, meinst du nicht?«

Ja. Und nein. Dass der Puppenspieler mit drinhänge, sei ein drängendes Gefühl. Dieses Interesse an Menschen, die mit dem Wachsfigurenkabinett zu tun hätten. Ein unbestätigtes Gefühl jedoch, darum, fürs Erste, die hard facts. Auch sein Name, Kluger, blinke auf manchem Radar auf. Zu oft. Auf dem des Puppenspielers. Der Polizei. Auf Kalendern. Als Nutznießer streng geheimer Daten. Im Mailverkehr mit der Karibik. Und einiges mehr. Ob er Kontakte zu den Wiener Linien habe? An Aufnahmen herankomme, die nicht übers Netz zugänglich seien, womöglich auf geschützten Festplatten in einem Tresor herumlägen? Ja, ein bestimmtes Datum. Besser gesagt zwei. Das zweite vom Tag des U-Bahn-Brandes. Ob ihm Mazeration ein Begriff sei? Was ihm PGP und PFS sagten? Wie er elektronische Korrespondenz verschlüssele? Gar nicht? Ob er das Bonpland-Buch endlich zu Ende gelesen habe? Ob sie, wie neuerdings in Mode, einen Recherche-Verband schlössen? Sie wolle mehr über die Schrots herausbekommen. Das ginge nur über persönlichen Kontakt. Sie habe ihm, quasi zur Anzahlung, Mails mitgebracht. Von der Direktorin bei Tussauds. Wie auch ihrer rechten Hand, Bela Schmaus, die ihm ja nicht unbekannt sei. Ferner polizeiinterne Schreiben, auch ihn, Kluger, betreffend, außerdem … woher sie das wisse, habe? Auch das wolle er nicht …

»Doch!«

Nein. Und dann zog sie die Nummer mit dem Handy ab. Kluger ging das alles viel zu schnell. Sie tippte wie besessen in ihr *iPad*. Sein Handy schlug an. Sie rief an, neben ihm. Er sah auf das Display, erstarrte. Die anrufende Nummer war ihm vertraut. Es war …

… Belas Nummer.

Nur, damit er einen klitzekleinen Vorgeschmack auf das Mögliche bekomme. Dies und bedeutend mehr. Don't call me, I'll call you. Sie würde sich melden. Wie sollte er auch, ohne Nummer, haha! Und: er solle wachsam sein angesichts des Dramas, das sich allseits unter an törichter Selbstbezogenheit und Selbstgefälligkeit erblindeten Augen abspiele.

Wachsam? War er das denn nicht?

Als Kluger begriffen hatte, dass es seine eigenen unter törichter Selbstbezogenheit und Selbstgefälligkeit erblindeten Augen gewesen sein mussten, die ihm den Blick aufs Ganze verwehrten …

… und dass dieselben Augen immerfort auf die Titten dieser Miranda gestarrt hatten, während sie sprach …

… und dass dieser eine Moment ihm so rätselhaft vertraut erschienen war, als sie sich vornübergebeugt, ihn um Feuer gebeten und eine Stimme ihm eingeflüstert hatte, dass er (umständlich im Hosensack kramend) nicht zum ersten Mal in dieser Klüftung versank und er doch nicht drauf kam (war es die Art, wie ihre Hand den Wind abschirmte? Oder doch bloß sein Testosteron?) …

… als all dies und mehr in ihm zu dämmern anfing, ohne Klarsicht zu gewähren, war es zu spät. Miranda hatte sich davongemacht und ihn zurückgelassen im gärenden Unwohlsein, sehr viel mehr gegeben als erhalten zu haben. So jedenfalls kam es Kluger vor, denn er verstand genau … nada.

Alle Versuche seither, Klarheit zu gewinnen, waren zum Scheitern verurteilt, jedes Hoffen, er käme einen Schritt vorwärts, hinfällig. Auch hatte er nichts mehr von dieser Miranda gehört. Hieß sie überhaupt Miranda?

»Hinfällig«, murmelte Kluger. Das Wort zum Tag. Alles war hinfällig. Es noch mal bei Bela zu versuchen. Sein Körper. Sein

Geist. Und die Bilanz seines journalistischen Schaffens? Die erst recht. Vernichtender und trister konnte eine Abrechnung nicht ausfallen. Da half nicht einmal ein Blick auf die …

… seine legendenhafte, sagenumwobene, unglaubliche und wenigstens hier in Wien weltberühmte *Wand*. Klugers Klagemauer, die er seit Minuten aus finsteren Höhlen anstierte. Sie überspannte die eine Längsseite seines Einzelbüros, reichte hüftaufwärts bis unter die Decke, war magnetisch und ursprünglich als Arbeitsbehelf bei großen, sich über Wochen hinziehenden Reportageserien gedacht. Kluger hatte von Anbeginn eigene Pläne gewälzt und die gigantische Fläche mit einer Endlosfotofolie der Klagemauer zu Jerusalem überziehen lassen.

Rasch schritt die künstlerische Gestaltung voran, und die Parallelen zum übermächtigen Vorbild lagen auf der Hand. Auch diese Wand diente nur noch dem alleinigen Zweck einer Pilgerstätte. Auch hierher zogen sie in Scharen. Auch hierher brachte man, was Herzen zu rühren verstand. Auch hier sah man Oberkörper sich rhythmisch vor und zurück biegen, hörte man gemurmelte Rezitative, wenngleich nicht in der religiösen Verzückung des Gebets. In Klugers Büro huldigte man zu keiner Zeit dem Glauben, immer nur dem Unglauben. Und so waren es auch keine Abertausende von gefalteten Zettelchen mit frommen Zeilen, Danksagungen oder Wünschen, die anonyme Aufnahme in Ritzen und Spalten einer Kalksteinmauer fanden, diesem Symbol für den Bund Gottes mit seinem Volk, um nach Monatsfrist entfernt und auf dem Ölberg bestattet zu werden. Der Bund an Klugers Mauer war ein anderer, und die Botschaften von bleibendem Wert. Hundertschaften, die gesehen, gelesen, bestaunt werden wollten, die nach einer Öffentlichkeit schrien.

Eine vom Original abweichende Besonderheit war auch, dass Klugers Mauer nicht jede beliebige Klage entgegennahm, sie einem strengen Auswahlverfahren unterwarf. Die Mauer führte im Gegenteil selbst Klage, war Mahnmal des besonders geistlosen oder Denkmal des besonders geistreichen Journalismus – je nachdem, ob man den ausgestellten Autorinnen und Autoren Absicht unterstellte oder nicht. Und: Vor Klugers Klagemauer musste nicht nach Geschlechtern getrennt gelacht werden.

Zumeist handelte es sich um Headlines, manche jüngeren Datums, die als Selbstläufer mitunter auf *Facebook* & Co geliked wurden, allen voran Blüten wie: »Lepra-Gruppe hat sich aufgelöst«; »Kreis sucht die schönste Ecke«; oder »19 Touristen krank! Polizei verhaftet Dönerspieß«.

Kluger wusste indes jene Perlen höher zu schätzen, die nicht per Mausklick aufblinkten und für echte, harte, unverdrossene Sammlerleidenschaft über Jahre hinweg standen. Der über anderthalb Seiten gespannte, in heimatverbundener Euphorie deklamierte Titel »Bei Herzinfarkten sind die Steirer Weltspitze!« war einer seiner bevorzugten; »Weihnachtsgrippe im Vatikan gestohlen« ein anderer, der virologische Supergau unterstrichen durch eine Fotomontage, die Männer in Schutzanzügen mit ihrer in Pipetten versteckten Beute an der Schweizergarde vorbei fliehen ließ; scharf darüber jener Aufmacher, der kürzlich vom Schlussredakteur anlässlich eines Beziehungsdramas in weinseliger Laune verfertigt worden war. Titel: »Frau zerstückelte ihren Liebhaber.« Überzeile: »Weil ihr der Hausarzt verboten hatte, schwer zu heben.« Es war dies im Übrigen der einzige Beitrag an seiner Wand, dessen Weg zwischen die Druckwalzen – sehr zum allgemeinen Bedauern – im allerletzten Moment abgewendet worden war.

Viel gepriesen auch jener Bildtext, der die Einweihung des neuen Steinbockgeheges im Tierpark Herberstein in der Steiermark bejubelte. Als prominentester Gratulant hatte sich der stellvertretende Landeshauptmann eingestellt, dessen Namen der Verfasser (man wusste ja nie, wer die Zeitung in Händen hielt) vorsorglich das Wörtchen »rechts« in Klammern beigefügt hatte. Abgebildet waren lediglich zwei Steinböcke, deren einer – der rechte – in dumpfer Routine in die Kamera blickte.

Unerreicht indes, wie Kluger befand, eine Story aus dem Burgenland, wo die rätselhaften Verhaltensstörungen der Schweine eines Zuchtbetriebes erst vermittels Videoüberwachung geklärt werden konnten. Eine Auflösung, die in den tiefsten Pferch von Regionalpolitik und Sodomie führte. Titel des Berichtes: »Sohn des Bürgermeisters war die größte Sau im Stall.« Kultstatus genoss mitunter eine Headline aus der Feder Klaus Supans, die, in voller Absicht kreiert, den Sprung in ein großes deutsches Nachrichtenmagazin geschafft hatte. Ein Beinamputierter aus dem Wiener Umland hatte sein Behindertenauto zum Drogenschmuggel auf der Iberischen Halbinsel genutzt. Er flog auf, kam allerdings bald wieder frei. Supan titelte: »Einbeiniger auf freiem Fuß.«

Kurzum: Klugers Wand war dem modernen Spitzensport nachempfunden, wo die Leistungsdichte über die Jahrzehnte einen solchen Anstieg erfahren hatte, dass nur die allerbesten zum Zug kamen und oft genug die Tagesverfassung über Sieg und Niederlage entschied. Anfangs trug Kluger noch selbst ein Kleinod ums andere mühselig zusammen, doch hatte längst eine Schwemme einsetzt. Von allen Seiten prasselte es auf ihn ein, sogar Kollegen prinzipiell verfeindeter Medien, wohin der Ruf von Einzigartigkeit der kluger'schen Schau durchgesickert war, stellten sich mit postalischen Grüßen ein.

Die Platznot war inzwischen so akut, dass bloß Topwerte die Chance auf Neuaufnahme zugesprochen bekamen. Wie in den unerbittlichen Kaderschmieden der Nationalteams oder in Verlagshäusern, wo von 100 eingesandten Manuskripten es bestenfalls eines zwischen Buchdeckel schaffte, sortierte Kluger radikal aus. Wer an seine Wand wollte, musste der statistische Ausreißer einer ansonsten vernichtenden Quote sein in diesem schonungslosen Ringen um Quadratzentimeter, das am allerwenigsten vor noch so heiteren, doch banalen Tippfehlern haltmachte. Sakrosankt da allein die Headline eines Tiroler Societykollegen, die auch keinen klassischen Tippfehler durch

Auslassungen, ungewollte Doppelungen, übergangene Doppeldeutigkeiten oder nachbarschaftliche Querschläger auf der Tastatur darstellte. Der Autor hatte sich zum Ziel gesetzt, eine amateurhaft abgewickelte Veranstaltung schon in der Überschrift als solche erkennbar zu machen: »Lauter Dilletanten« stand da groß und breit zu lesen. Von Kluger animiert, hatte die Hausgrafikerin eine Garbe von Tanten geschaffen – computergenerierte, mit Kräutern bekränzte Gesichter, die den Titel in einem Hausbeet umtanzten, von der Schnittlauch-, Petersilien-, Basilikum-, Kardamom-, Salbei- und Liebstöckeltante angefangen bis zur Urmutter der Gartengemeinschaft, der Dilletante.

Ein All-Zeit-Klassiker vom ersten Tag weg.

Praktisch unantastbar auch eine Collage zum Thema Polizeigewalt. Vier abweichende Headlines englischer Zeitungen – *Find the bastard & kill him … Police shot Brazilian eight times … Why did he run? … How did they get it so wrong?* –, verwoben mit Fotos rund um den Tod des Brasilianers Jean Charles de Menezes in London. Für Ende Juli zu warm gekleidet und allein darum verdächtig, einen Bombengürtel zu tragen, war der Elektriker verfolgt, gestellt, zu Boden gerungen und mit acht gezielten Schüssen exekutiert worden. Gleichsam in Notwehr. Davon grafisch getrennt zwei Porträts: Das eine zeigte Seibane Wague, jenen mauretanischen Physikstudenten, der zwei Jahre zuvor nach Ausbruch einer psychotischen Störung von sechs Wiener Polizisten und drei Sanitätern, bisweilen unter Faustschlägen und Einsatz des vereinten Körpergewichts, am Boden fixiert wurde. Bis er den letzten Schnapper tat. Kreislaufversagen infolge eines angeborenen Herzfehlers, attestierte ein Gutachten. Lagebedingter Erstickungstod ein anderes. So genau wollte man sich nicht festlegen. Neben Wague ein Foto des Wiener Polizeipräsidenten, der angesichts der aufwühlenden Polizeigewalt in London den alten Fall in Erinnerung rief und die heimische Bevölkerung beschwichtigte, die Beruhigungspille des Obersten als Sprechblase: »Bei uns wird nicht geschossen. Wir stehen solange auf einem Verdächtigen, bis er tot ist.« Daneben drapiert das Wappen der Bundeshauptstadt, blutrot mit weißem Kreuz, und dem weithin bekannten Slogan: *Wien ist anders.*

Bemerkenswertes im Zusammenspiel von Inseraten und Textbeiträgen, die einander karikierten, fand ebenso Eingang auf Klugers Klagemauer. War es seit jeher Absicht und in Ressortleiterkonferenzen beschlossener Usus, politische Einschaltungen beispielsweise mit einer befohlenen Begleitstory zusätzlich zu stärken (wen interessierte schon die prinzipielle Trennung von Redaktion und Anzeigenabteilung?), handelte es sich hierbei um ausnahmslos ungewollte Zusammenkünfte. »Irrwitz im Geflecht« stand zur Überschrift dieses Potpourris. Ein nur Kluger verständlicher Begriff, den er demselben Ex-Freund zu verdanken hatte, der ihm seinerzeit mit einer Brandrede gegen sein Verhalten und das seiner Reporterkollegen die Leviten gelesen, ihrer alle Umtriebe als Explosion des üblen Geschmacks bewertet hatte, weil sie doch mit jedem Toten, dem sie mit der Kamera zu Leibe rückten, ein Stück eigner Empathie zu Grabe trügen. Er war es auch gewesen, der als mündiger Leser gegen die peinlichen Irrungen des Journalismus vom Leder zog. Der Anlass lag viele Jahre zurück und ergab sich, als Kluger sich persönlich involviert sah, da er vom Feuertod einer Pensionistin berichtet hatte, die im Schlaf erstickt und verbrannt war. Ursache: ein elektrischer Defekt. Darunter geschaltet eine Werbung für elektrische Heizdecken.

Irrwitzige Geflechte seien das, ätzte der nachmalige Ex-Freund, die auf eine ungnädig entlarvende Weise das Spannungsfeld aus Achtlosigkeit und Unvermögen darlegten. Ein Spannungsfeld, in welchem die Herren über Gut und Böse, Wahr und Unwahr, als die Kluger und Konsorten sich begriffen, sich mit größter Sicherheit und Selbstgefälligkeit umtäten. Die Heimtücke dieser schmerzhaften, bestürzend offen zutage tretenden Dummheit liege in himmelschreiender Ungerechtigkeit begründet, weil diese Dummheit die einen befalle, doch die anderen leiden lasse. Kluger hatte sich entrüstet gezeigt, ein Reflex, der gegen die Verunglimpfung eines ganzen Berufsstandes aufzuckte, dabei aber, wie er heute wusste, auf denselben moralischen Grundfesten fußte, die einen morgens den Chef freundlich grüßen und ihm abends die Beulenpest an den Hals wünschen ließen.

Natürlich gab es Todsünden wie jene mit der Heizdecke, seit es Zeitungen gab, und natürlich schmerzten sie bereits in früheren Jahren, doch erachtete man sie – wenigstens innerhalb der schreibenden Elite – stets als lässlich, weil der Redaktion die Inhalte eines Inserates vor Andruck in der Regel verborgen blieben. Dies galt auch lange nach Ende des Bleisatzverfahrens, da Bilder mittels Klischografen elektronisch abgetastet und graviert wurden. Als der Offsetdruck Einzug hielt, mussten die Druckvorlagen auf Film erstellt werden. Auch wurde zunehmend in Bogenmontage gearbeitet. Indes, die druckfertige Zusammenführung von Text und immer öfter farbigen Bildern, insbesondere Inseraten, erfolgte jahrzehntelang nach wie vor in den Layoutabteilungen oder Druckereien. Man war auf die Gnade aufmerksamer technischer Redaktionsmitarbeiter, Drucker oder Druckerhelfer angewiesen, die ihr Augenmerk neben der optischen Qualität des Produktes obendrein auf Inhalte richteten und Alarm schlugen, ehe die ersten Tausendschaften von Zeitungen auf die Straße kamen.

Seit den späten 90ern war damit Schluss. Dank der Computer-to-Plate-Technologie und den aufgerüsteten Redaktionssystemen konnte jedes Mitglied einer halbwegs zeitgemäß bestückten Redaktion jede Seite zu jeder Zeit in jedem Produktionsstadium einsehen, halbfertige Berichte gleichermaßen wie Inserate, sofern der Kunde sie bereits elektronisch übermittelt hatte.

Mit Zunahme der Hochtechnologisierung hatte aber auch eine Unbekümmertheit schleichend um sich gegriffen, die dort die hässlichsten Blüten trieb, wo Ausbeutung oder Saturiertheit der Mitarbeiter am schändlichsten war. Und so wuchs, Transparenz der Moderne und Fortschritt zum Trotz, die Zahl der hochnotpeinlichen, abgeschmackten Geht-gar-Nichts von Jahr zu Jahr, weil man die Brisanz einer Zusammenkunft aus Text und Werbung nicht erkennen wollte. Oder gar nicht erst erkannte. Oder nach Klugers Dafürhalten über seherische Fähigkeiten verfügte. Wie seinerzeit bei Jochen Rindt, einziger postum zum Weltmeister gekrönter Formel-1-Fahrer. Am 6. September des Jahres 1970, dem Folgetag des Trainingsunfalles in Monza, machten alle großen Blätter des Landes mit dem Tod des Nationalhelden auf. Eine Zeitung sogar mit einem beigeschalteten Renault-Inserat – Exklusivkost für Feinschmecker, denn wer ahnte damals, dass 13 Jahre danach ein Motor von Renault unter der Haube des Lotus laufen würde?

Das Substrat all dieser misslichen Verschmelzungen, Ergüsse und Vorausblicke zierte Klugers Wand. Erlesenes aus einem Vierteljahrhundert Reporterdasein oder, wie bei Jochen Rindt, das Handyfoto der nicht ohne Stolz in der Kantine des betreffenden Blattes hinter Glas ausgestellten Titelseite.

Da fand sich etwa die umfassende Berichterstattung zu einer Flugzeugtragödie, deren eine Doppelseite sämtlich einer Schulklasse gewidmet war, die ebenfalls in dem Feuerball umkam. Links unten, erst auf den zweiten Blick als Fremdkörper neben dem mit Adjektiven der Bestürzung und des Mitgefühls gepflasterten Artikel auszumachen, die zweispaltige, dreifingerhohe Einschaltung einer privaten Einrichtung. Auch sie nahm in fetten trauerschwarzen Lettern feinfühlig Anteil am Schicksal der verbrannten Jugend, einer anderen Jugend indes, da sie mit der Headline »Immer mehr Kinder total ausgebrannt« vor Überlastungsdepression bei Schülern warnte. Kluger hatte das Inserat rot eingerändert und handschriftlich jene Frage vermerkt, die manch einen in der Reaktion umtrieb: Um welchen Preis wurde es verkauft? Mit oder ohne Platzierungszuschlag?

Ferner der Bildbericht eines Gratisblattes zum tödlichen Stromschlag, den ein 18 Jahre junger Wiener beim S-Bahn-Surfen erlitt, Folge jenes oft tragisch endenden Leichtsinns, zwecks Mutprobe auf abgestellte Waggondächer zu klettern. Ein Lichtbogen aus der Oberleitung hatte getan, was Lichtbögen nun mal zu tun pflegen – er sprang über, erfasste den Körper, entflammte und verschmorte ihn zur Unkenntlichkeit, löste auch das Fleisch von den Knochen. Der Bericht für sich genommen war haarsträubend genug, doch pries auf der unteren Seitenhälfte eine Bank in frivoler, thematisch fein abgestimmter Manier den neuesten Sparzins für Studenten an. In Großaufnahme zu sehen das Antlitz eines jungen Mannes (18?), Mund und Augen weit aufgerissen. Von der Einmaligkeit des Angebots elektrisiert, standen ihm die Haare igelstachelig zu Berge und liefen nach oben hin dort aus, wo das Tatortfoto des Stromdramas anfing. Und natürlich fand sich auf Klugers Wand auch ein Bericht zur Entschädigung von Holocaust-Opfern, halbseitig verstärkt durch das Inserat eines deutschen Gasriesen. Ja, es gab die bitterlichsten, empörendsten, beschämendsten, niederträchtigsten und törichtesten Unaussprechlichkeiten, und Kluger besaß zwei Bananenschachteln davon. So konnte er zur eigenen Belustigung, der der Kollegen, oder Befremdung von Besuchern die Wand nach Belieben aufs Neue beflaggen.

»Schandwand«, murmelte Kluger ins Halbdunkel im Ringen um ein wenigstens müdes Lächeln. Schande? Wie verhielt es sich damit? Ließen eigene Verstrickungen, Schlappen sich kurzerhand abweisen, da man jene anderer zur Schau stellte und die Urheber dem Spott preisgab? Waren nicht überall Menschen mit ihren Nöten und Fehlern am Werk? Und war es nicht auch ihm allmählich egal, blamierte sich die *Gute* aufs Neue?

Längst brachte es selbst die raren kritischen Geister im Haus nur im Stillen auf, ließen Redakteure sich zum wiederholten Male Artikel im Wortlaut aus Ministerien in die Feder diktieren; die Doktrin des Finanzministers, die Interviewqueen mit vorgefertigten Fragen und Antworten auszustatten, fand neuerdings auch im Wirtschaftsministerium Gefallen; das monatliche Salär für die erzbischöfliche Wochenendkolumne (wie Kluger dank eines Irrläufers im Postfach wusste) überstieg mittlerweile den Anschaffungspreis eines Mittelklassewagens, würde aber, hieß es, von der Kirche zum Gutteil gespendet; der Onlinechef brüstete sich öffentlich seiner Verbindungen ins rechte Eck wie auch, dass er den Parteichef der Blauen an manchen Tagen an Likes übertreffe, sich ein regelrechter, doch amikaler Wettstreit zwischen ihnen entsponnen habe.

All diese und andere Anwandlungen kamen Kluger nicht prinzipiell verwerflicher vor als jene früherer Tage, schienen bloß die nächste Stufe zu etwas stetig Höherem zu sein, immer nur um diesen einen, nächsten Dreh weiter, ja, es müsse sich, empfand er, auch bei ihnen wie mit der Folter verhalten: Weicht der akute Schmerz einer durchgehend anhaltenden Qual der Gewöhnung, steigt die Empfänglichkeit für die nächsthöhere Dosis. Eine homöopathische Schraubendrehung um die andere. Ad infinitum. Was kümmerten ihn also Vorhalte von Verbrüderung, unbotmäßiger Nähe zur Macht und salonfähig gemachtem Nepotismus? Was, dass auch bei der *Guten* die faulsten Zurufer und Zuträger schrittweise Oberwasser bekamen? Was, dass Herausgeber und Chefredakteur immer öfter aus dem Olymp zu ihnen herabstiegen, um sich ungeniert vor der Mannschaft in den Haaren zu liegen? Und dass manchmal aber auch, gleichsam über Nacht, unantastbare Entscheidungen und eherne Blattlinien ins Gegenteil verkehrt wurden, passte nur das Inseratenaufkommen?

Schande? Nein, dachte Kluger. Alltag. Auch jener missliebig beäugte Fauxpas, neulich als Einziger der Geladenen angetrunken und ohne Krawatte zum Kamingespräch mit der Unterrichtsministerin im *Livingstone & Planters Club* aufgetaucht zu sein, nachdem dieser Geierabklatsch, dieser Emil Flecker, ihn ins *Tie & Steam* gelockt und übertölpelt hatte, empfand er längst nicht deplatziert. Schande? Was Klaus Supan sich im Beisein der Innenministerin mit dem qualmenden Schuh geleistet hatte – o ja, das verdiente das Wort … ach was. In Anbetracht all der anderen …

Kluger nahm die aktuelle Ausgabe der *Guten* zur Hand, schlug das Horoskop auf. »Lehnen Sie sich nicht gegen den Schiefen Turm von Pisa!« Er forschte ein Weilchen nach dem metaphorischen Tiefsinn des Ratschlags, dann glitt er weiter zu *Löwe*. Bela war Löwe. »Sie sind verzweifelt, weil Sie Ihr Auto nicht finden.« Die statistisch untermauerte Vorstellung, jeder zwölfte Österreicher irrte seit heute Morgen wagenlos und wehklagend durch Gassen, Straßen, Vorgärten und über Plätze, steigerte Klugers Schwindel weiter. Er schleuderte das Blatt von sich und schloss die Augen. Plötzlich entsann er sich des Päckchens, das Supan ihm auf den Tisch geknallt hatte. Widerwillig nahm er es zur Hand. Im Verhältnis zur stattlichen Größe wog es federleicht, schepperte auch kein bisschen. Er besah sich den Absender.

NHM? Burgring 7? Naturhistorisches Museum?

Kluger riss das Paket auf, wühlte Unmengen erdnussförmigen Styropors zu Boden. Und staunte. Augenblicklich war er hellwach.

*

»Ein bemerkenswertes Exemplar«, sagte Gerhard Kreuziger mit Blick in den Karton. Mit akademischem Bedacht griff er zu, hob das kostbare Stück ans Licht und stellte es vor sich ab. »Woher hast du es?«

»Keine Ahnung«, sagte Kluger. Er tippte auf den Absender. »Von dort wohl kaum.«

Der Zoologe zog die Brauen hoch. »Du meldest dich nach gefühlt 100 Jahren, überredest mich, nach Feierabend auf die Uni zu kommen, schleppst einen ausgestopften, exotischen, obendrein artengeschützten Vogel zweifelhafter Herkunft an und machst mir weis, nichts zu wissen?«

Achselzucken.

»Du hast dich kein bisschen verändert seit der Matura.«

»Weißt du es oder weißt du es nicht?«, murrte Kluger.

»Natürlich weiß ich es«, sagte Kreuziger. »Für jeden Universitätsdozenten meines Faches wäre es eine Schande, es nicht zu wissen. Steatornis caripensis.«

»Für Idioten?«

»Ölvogel. Seines vor allem in der Jugend hohen Ölgehalts wegen. Im Englischen sagen sie oilbird. Zu Deutsch: Fettschwalm. Die Einheimischen nennen ihn Guácharo.«

»Na, was jetzt.« Kluger verhielt, legte die Stirn in Falten. »Hast du gesagt: Guácharo?«

»Sag bloß, du kennst die Höhle? Warst du schon mal in Venezuela?«

»Ich weiß nicht recht«, murmelte Kluger irritiert.

»Warst du oder warst du nicht.«

»Nein. Das heißt: ja. Theoretisch.«

»Derselbe Chaot wie eh und je.« Kreuziger erhob sich, federte leichtfüßig nach einer Bücherwand.

Guáchro. Finger trommelten wie manisch auf den Tisch ein. Fiebriges Erwägen, wo ihm … verdammt … der … die … das … Fettschwalm schon mal begegnet war. Kluger kam nicht drauf. Er taxierte den Schulfreund aus Gymnasiumtagen, konnte nicht umhin, den hochgeschossen schlaksigen, nach wie vor makellosen Körper zu bestaunen.

»Marathon?«, fragte Kluger.

»Mountainbike«, erwiderte Kreuziger über die Schulter, während er die Buchrücken überflog. »Dazu vier Kinder, eine sehr junge zweite, sexuell fordernde Frau und ein Hund. Ah, da haben wir's.«

Einen Wälzer in Händen, kehrte Kreuziger an den Institutstisch zurück. »Einiges«, hob er an, »kann ich dir aus dem Stegreif erzählen. Ich war selbst einmal in Caripe. Daher caripensis. Die geografische Verortung der Spezies im wissenschaftlichen Namen. Caripe ist ein Kaff im Bundesstaat Monagas im Nordosten des Landes. ›Garten des venezolanischen Orients‹ nennt man die Region. Wirklich spannend sind jedoch die Tropfsteinhöhlen, die größten des Kontinents.«

»Das war's?« Kluger schürzte die Lippen.

»I wo! Die Indios haben die Vögel früher zu Tausenden erlegt. Ach was, nicht erlegt. Die reinste Ernte war das. Wie Apfelpflücken, nein, wie Dynamitfischen. Sie haben die wehrlosen Jungtiere mit langen Stangen aus den Nestern ihrer Schlafhöhlen gestoßen und massakriert. Schlachtfeste wurden abgehalten, das Fleisch verzehrt, das Fett ausgelassen und als halbfestes Öl in Tonkrüge gefüllt. Damit haben sie ihre Öllampen befeuert. Die Jungen wiegen üblicherweise das Doppelte ihrer Eltern. Darum waren sie heiß begehrt. Heute stehen sie teilweise unter Schutz. Es gibt Führungen in den Höhlen. Viele Bereiche sind noch gar nicht erforscht. Die Stimmung ist fantastisch, sage ich dir. Guácharos verlassen ihre Nester nur bei Nacht, orientieren sich wie Fledermäuse mittels Echopeilung, und kehren noch vor der Dämmerung ins Dunkel der Behausung zurück. Ein Hauch von Dracula. Aber, anders als die Microchiroptera, erfolgen ihre …«

»Mikro was?«

»Fledermäuse. Anders als bei Fledermäusen erfolgt ihr Ruf nicht mittels Ultraschall. Wir können sie also hören. Es sind klickende Laute. Unheimlich, gespenstisch, wenn die ganze Kolonie loslegt. Geradezu entrisch.«

Kluger musterte Kreuziger, glitt um Jahrzehnte zurück. Uralte Bilder, jäh vom Staub der Kindheit befreit, stiegen herauf. Er sah das grell auflodernde Feuer in den Augen des Musterknaben, wenn er mit seinem damals schon in den naturwissenschaftlichen Fächern sprudelnden, weit über das Geforderte hinausschießenden Wissen die Moral untergrub. Insbesondere die der ungenügend vorbereiteten Lehrer. Es war erstaunlich gewesen: Keiner hatte es in jener Zeit besser als er verstanden, auf der Dünung von Wissen, Neugierde und Euphorie dahinzureiten, ohne grenzenlosen Hass auf sich zu ziehen. Nicht den der Mitschüler.

»Eine phänomenale, unvergleichliche Spezies«, dozierte er vor sich hin. »Fettschwalme verfügen über singuläres Erbmaterial. 10.000 Vogelarten gibt es weltweit. Die Fettschwalme haben sich völlig losgelöst von allen anderen entwickelt. Seit 80 Millionen Jahren! Unpackbar, oder?« Doktor Gerhard Kreuziger brannte. »Willst du noch mehr?«

»Nun ja«, sagte Kluger. Er wusste selbst nicht so recht, zumal der Drehschwindel ihn gerade wieder fest im Griff hatte.

Kreuziger überging Klugers Wankelmütigkeit, warf das Buch mit Verve auf und blätterte wie planlos vor und zurück, hielt unvermutet inne. »Ja«, stieß er inbrünstig hervor, wie zur Fundierung eines noch wackeligen Axioms, dessen restlosen, von aller Welt der Wissenschaft hinzunehmenden Beweis er soeben beigebracht hatte.

»Und?«

»Ich wusste es! Eintrag aus 1799. Hör zu: ›Der Guácharo hat die Größe unserer Hühner, die Kehle der Ziegenmelker und Procnias, die Gestalt der geierartigen Vögel mit Büscheln steifer Seide um den krummen Schnabel … blablabla … sein Gefieder ist dunkel graublau, mit kleinen schwarzen Streifen und Tupfen; Kopf, Flügel und Schwanz zeigen große, weiße, herzförmige, schwarz gesäumte Flecken. Die Augen des Vogels können das Tageslicht nicht ertragen, sie sind blau und kleiner als bei den Ziegenmelkern …blablabla … schwer macht man sich einen Begriff von dem Lärm, den Tausende Vögel im dunklen Innern der Höhle machen … blablabla … erst nach mehreren fruchtlosen Versuchen gelang es Bonpland, zwei Guácharos zu schie…‹«

»Bonpland?«, rief Kluger. »Sag bloß, der Eintrag stammt aus … aus Humboldts Tagebüchern?«

Kreuziger starrte ihn aus großen Augen an. »Aber ja, was denn sonst?«

»Ich Idiot!« Mit schallendem Klatschen schlug Kluger sich gegen die Stirn.

»Ich widerspreche älteren Menschen ungern. Dieser eine Tag zwischen uns. Schon vergessen?«

Kluger schüttelte den Kopf, stierte, vor sich hin brummelnd, zu Boden. Dann hob er den Blick, begann, den alten Freund in blumig verworrenen Sätzen aufzuklären, Widersprüche zu skizzieren und Zusammenhänge herzustellen, soweit er es vermochte. Auch auf die sieben Worte, mit Schablone in die Unterseite des den Guácharo haltenden Holzsockels eingraviert, wies er Kreuziger hin.

»Hmm«, machte Kreuziger.

»Ganz meine Rede«, ergänzte Kluger.

»Darüber muss ich nachdenken.«

Allein, dass er den *Botaniker von Malmaison*, jenes ihm vor Monaten anonym zugespielte Buch über das Leben Bonplands, zwar gelesen, doch so gut wie alles wieder vergessen hatte, verschwieg Kluger nicht ohne Scham. Dass ihm Dinge entfielen, geschah zuletzt öfter und stand in krasser Opposition zu Robustheit und Erinnerungskraft seiner Bürowand. Pinnte er Worte, Fakten, Vorhaben an die inwendige Wand, fielen die Nadeln über Nacht ohne Zutun wieder heraus, und Worte, Fakten, Vorhaben stürzten in heilloser Hast davon. Manche verkrochen sich aber auch, kehrten an anderer, meist unpassender Stelle wieder. »Es ist eine Botschaft«, sagte er abschließend. »Der Kerl will, dass ich ihn finde.«

»Oder dich elegant in die Irre leiten. Wenn der Hammer glaubt, er sei der Schmied.«

Kluger nickte bedächtig.

»Dienstreise?«

»Vergiss es. Bloß weil da steht: ›Die Widerspenstigen folgen den Schwalben nach Guácharo.‹ Was sollte ich dort aufstellen, was den Aufwand rechtfertigt? Für mich. Dazu Fotograf und Dolmetscher. Weißt eh, wie das früher war … Spanisch kann ich fließend nur hören. Des kost' a Lawin' und bringt an Schas. Die Worte des Herrn. Außerdem ist mein Standing zurzeit, nun ja, nicht das eines Anwärters auf Sonderboni, comprendes, amigo? Und von einem Haufen einsiedlerischer Urzeitvögel zuscheißen lassen? Für kane Fakten? Geh bitte. Na danke.«

Kreuziger lachte. »Fakten? Ich dachte, bei eurem Blattl geht's um Atmosphäre? Hat nicht euer Big Boss in einem Interview gesagt, eine Zeitung ist dann gut gemacht, wenn die Leute sich darin wohlfühlen, darin wohnen?«

Kluger lächelte gequält, schlagartig hellte sich seine Miene jedoch auf. »Ich weiß was Besseres«, rief er. Unversehens kam er hoch, verpasste dem Freund einen Hieb gegen die Schulter, brabbelte etwas von »bald« und »fünf Bier« und »auf meine Rechnung« und sprang zur Tür hinaus.

»Was ist mit deinem Vogel?«

»Geschenk an die Wissenschaft!«

Und fort war er. Grußlos.

Zur blauen Stunde

X. STÜRMISCHE ZEITEN

Spätnachmittags hatte ein gräulicher Ton begonnen, die Luft zu durchweben. Erst licht und aschfarben wie ein verirrter Novembertag, der frühzeitig die Nebel bringt, gaben sich die unheilvollen Absichten jedoch bald zu erkennen, und das bleierne Dunkel von Achat und Anthrazit überspannte den Himmel, zerklüftet vom metallischen Blau des Saphirs und dem samtenen Violett des Amethysten.

In der alten Mühle wusste man die Schlieren, Kreisel und Verwerfungen am Horizont zu deuten, traf Vorkehrung, weil man sie als das begriff, was sie waren: untrügliche Zeichen, Vorboten eines Übels von kurzer, wiewohl ungnädiger Dauer. Und auch wenige Schritte hinterm Haus, im Laubwerk des nahen Waldes, rauschten erste Spottgesänge einer aufkeimenden Gewalt.

Die Winde hier oben im äußersten Nordosten Österreichs waren nichts für zarte Gemüter. Sie schlugen eigene Rhythmen, tanzten eigene Choreografien, entfachten ihre Kräfte im rasenden Vorwärts wie im Stillstand. Manchmal machten sich die Winde auch sichtbar. Sie funkelten dann, aus der Ferne besehen, verführerisch, wehten auf wie Schleierspitzen unter dem erhabenen Gang einer Braut und schwebten ihrer Mutterwolke hinterdrein. Doch wehe, traten sie in fordernden Kontakt mit der Erde. Dann zeigten sie ihr wahres Gesicht, wandelten sich zu messerscharfen Schnüren, schmalen Schläuchen oder bisweilen zu Trichtern gigantischen Ausmaßes, die ihren Heißhunger nach Materie ohne Rücksicht stillten. Nicht selten fanden ihrer drei, vier und mehr zusammen und wirbelten, auf nichts als Zerstörung gedrillt, im teuflischen Ringelreihen.

Es waren jene Momente, da *er* sich in Erinnerung brachte, Respekt verschaffte in den Herzen der Menschen, da sein Name und nicht der eines beliebigen Schutzheiligen in den Dorfkirchen reihum ging, in ehrfürchtigem Schaudern von Bank zu Bank gehaucht.

Tor-na-do.

Diesmal hatte das Schicksal ein Einsehen. Die Winde zogen vorüber, tobten andernorts, meist jenseits der Grenze. Mikulov, Sedlec, Valtice, Bernhardsthal, Kúty. Eine schnurgerade Schneise nach den Tiefen des Pannonikums, gezogen wie auf dem Reißbrett. Und so war das Aufatmen im Weinviertel groß an diesem Abend. Doch nicht überall fand man in einen beschwichtigten Schlaf.

»Hast du das gehört?«, fragte eine bange Stimme.

Schweigen.

»Hast du das gehört?«, doppelte sie nach.

»Was?«

»Das!«

Ein aufgeklapptes Buch glitt zur Seite. »Wenn du die schreiende Stille meinst … ja, die hab ich gehört.«

»Aber nein. Ein Geräusch!«

»Da ist nichts.«

»Gewiss doch!«

»Du mit deinen Wahrnehmungen«, murrte er. »Du mit deinen Ängsten. Seit ewig und drei Tagen. Eines der üblichen Geräusche wird es halt sein. Was ist denn schon großartig los bei uns.«

»Da ist jemand.«

»Ach was, lass mich in Frieden. Heißt es nicht, die Kraft der Sinne würde im Alter schwinden? Aber die Einbildung ist wohl auch ein Sinn. Einer, der sich nicht an die Regeln hält.«

»Ich hab immer noch die Ohren einer Luchsin.«

Stöhnen, ein langer Moment der Stille. Dann: »Nur weil wir

in dieser Einöde wohnen und der nächste Nachbar einen Kilometer entfernt liegt, hörst du das Gras wachsen. Genau das wolltest du immer! Schon vergessen, wie das damals war? Gegen meinen Willen! Vielleicht ist es ein Viech hinten im Wald. Vielleicht ein Ausläufer des Sturms, ein Windstoß, der einen Ast bewegt. Einen Fensterladen. Vielleicht sind's auch nur meine müden, alten, gichtigen Glieder. Was weiß denn ich.«

»Und wenn doch?«

»Dann ist's der Meuchelmörder, der mir die Arbeit abnimmt. Der uns endlich erlöst. Mich von dir. Dich von mir. Die Welt von uns.«

»Hör auf, Poldi! Mir wird ganz bange.«

»Du weißt, wo die Lampen sind. Du weißt, wo die Gewehre sind. Steh auf und sieh nach!« Er brummte unwirsch, klappte das Buch zu, drehte sich nach der Wand. Nicht eine Sekunde länger gedachte er, den immer gleichen Ängsten seiner Frau zu erliegen.

Leise schimpfend schob sie die Tuchent zurück, kam ächzend hoch und schlüpfte in die Hausschuhe. Zögerlich taperte sie die wenigen Schritte zum Fenster, das sie nachts stets offenhielten. Winters einen Spaltbreit. Sommers sperrangelweit. Eine kühle Brise umfing sie, da sie die geklöppelten Gardinen beiseiteschob. Ihre Augen durchbohrten die Finsternis, ihre Ohren durchlauschten die Nacht.

Nichts.

»Ist da jemand?«, hauchte er im Falsett.

»Ich hasse dich.« Ihre Stimme bebte.

»Ich weiß«, grummelte er. »Aber würdest du mich aus tiefstem Herzen hassen, wärest du längst wieder bei mir im Bett.«

Sie lächelte. Für den Bruchteil eines Moments war ihre Sorge verflogen. In all den Jahren hatte sich der bizarre Humor des alten Brummbären kein bisschen abgeschliffen. Dafür liebte sie ihn, war er ihr auch gerade nicht die Stütze, derer sie bedurfte.

Sie war versucht, einen der vielen ausgelassenen Momente zu beschwören, die sie gehabt hatten. Doch die Beklemmung des Ungewissen hatte sie im Griff. Er wusste um ihre Nöte hier draußen, so weit vom Schuss. Wusste um ihre Schreckhaftigkeit, durchbrach Außergewöhnliches die Norm. Das war nicht immer so gewesen. Erst seit dieser Unheimlichkeit mit dem Wagen. Wie lange war das her? Ein Jahr? Anderthalb? Eine Unheimlichkeit, die keine war. Sagte Leopold. Nicht mal eine Sache. Sagte Leopold. Eine einzige große Weiberspintisiererei.

Ja, sie war es gewesen, die vor bald 20 Jahren auf den Kauf der alten Mühle gedrängt hatte. Aufs Altenteil. Wie hätte sie diesem Juwel, begraben unter einer Patina nachlässiger Generationen, auch nicht erliegen sollen? Die prachtvollen Säulenarkaden im Innenhof. Die kreuzrippengewölbten Gänge mit ihren Hängezapfen. Die bezaubernden Erker rundum, zwei übergiebelt, zwei mit Glockendach. Die gebauchten Fensterbänke. Ganz zu schweigen von der kunstvollen Ornamentik. Da brauchte sie sich bloß der Kartusche über dem Rundbogen des Portals zu entsinnen, des eingelassenen, uralten Wappens mit dem Adler. Wie hätte sie stark bleiben sollen? Als Berufene. Als Denkmalpflegerin!

»Einmalig«, hatte sie gehaucht.

»Einmalig baufällig«, hatte er zurückgehaucht.

Die weibliche List hatte ihn letztlich breitgeschlagen, sie die Zelte aus der Großstadt hierher verlegen lassen. Ins Nichts des Weinviertels, wie er zu betonen nicht müde wurde. Na und? Gewiss, die Spitzen der Winter waren kalt und hart. Die Spitzen der Sommer heiß und hart. Pannonisch trocken eben. Doch das viele Dazwischen lohnte.

»Es hat zu regnen begonnen«, sagte sie.

»Umso besser«, sagte er. »Das wird dein Geräusch in den Gulli waschen.«

Sie stand eine Weile da. Neuerlich vernahm sie ein Knacken. Metallisch.

Jetzt hatte auch er es gehört. »Kommt das von unten?«, grummelte er.

»Unten?«

»Unten am Hügel.«

»Meinst du die Scheune?«

»Was denn sonst.«

»Ich denke ja. Die Scheune.«

»Ausgerechnet.« Fluchend kam nun auch er hoch. Er trat neben sie hin, stierte in die Nacht. Dünne, wiewohl kompakte Schnüre fielen vom Himmel, und der Regen, schien's, legte noch an Stärke zu.

»Du weißt doch, Poldi, was ich damals …«

»Fang bloß nicht wieder mit dem Unsinn an.« Er spürte ein Grollen die Brust emporsteigen. »Wie oft haben wir das durchgekaut? Und haben dir nicht auch Karl und Clara damals schon erklärt, dass du dich täuschst? Wer hätte einen alten Lieferwagen stehlen sollen, um ihn in einem besseren Zustand zurückzustellen?«

Erstmals nach Monaten hatte seine Frau wieder die gut 200 Schritte den Hügel hinab gelegene Scheune betreten. Sie gehörte zum Besitzstand der Mühle und beherbergte ausnahmslos Gerätschaft, die keiner mehr brauchte, ausgenommen die Klapperkiste ihres Sohnes, die er seit Jahren bei ihnen auf Wechselkennzeichen einstellte, weil in Wien die Parkplatznöte so groß waren wie die Garagenmieten unverschämt. Wer warf schon gerne Geld zum Fenster hinaus für ein Zweitfahrzeug, das er, ging es hoch her, dreimal im Jahr in Verwendung hatte? Das Nebengebäude der alten Mühle kam da wie geschaffen. Wie viele andere auch, war sie vor Jahrzehnten stillgelegt worden, die Verarbeitung des Getreides der gesamten Region auf fünf Betriebe geschrumpft.

Annas seltsamer Hang zur Nostalgie allein hatte von Anbeginn verhindert, dass er mit dem nutzlosen Krempel abgefahren war und auch gleich den hinfälligen Kasten geschleift hatte. »Das alles gehört zum Haus«, hatte sie argumentiert, »und das Haus steht, wie du weißt, unter Denkmalschutz.«

Sie hatte ein Riesentheater inszeniert, als sie von ihrem Spaziergang zur Scheune wiederkam. Zahllose abgeplatzte Stellen der weißen Lackierung wären verschwunden, der Wagen stünde, vom Alter abgesehen, fast wie neu da.

Wie böse die Streiche der Erinnerung ausfallen konnten, wusste er aus Eigenem. Wenn er sich an altem Wissen entlangzog wie an einem Strang leuchtender Markierungen, der ihn aus dem Dunkel des Jetzt zu jenen hellen Tagen geleitete, da die Welt noch in Ordnung, da ihre Tochter noch am Leben war. Nach wie vor, Jahre später, zeitigte ihr Tod eine körperliche Trauer, einen Schmerz wie auf Heroinentzug, ein Brennen, das gelöscht werden wollte, ohne dass er über das passende Gegenmittel verfügte. Der Gedanke malte ihm ein trauriges Lächeln ins Gesicht. Und neben ihm die Frau, die den Verlust besser verwunden zu haben schien, die lieber den törichten Ängsten des Alltags erlag und ihn ermahnte, sein Herz nicht länger zu einem Mausoleum zu machen, es nicht Stunde für Stunde, Tag für Tag zu durchwandern in der Hoffnung, das Kind wieder zum Leben zu erwecken.

Ein dumpfer Donner rollte von jenseits der Zaya heran.

»Da!«, rief sie. »Ein Licht!«

Wetterleuchten, dummes Weib, lag ihm auf der Zunge. Doch als sie neuerlich aufschrie und den Arm in die Dunkelheit stieß, sah auch er es. Ein Lichtstrahl, der wirr an den Holzplanken der Scheune auf und ab flog.

»Herrgott noch mal«, fluchte er. »Ich werd' dem Dreckskerl eine aufbrennen.«

»Das wirst du nicht!«, stieß sie atemlos hervor. »Leopold! Wir rufen die Polizei.«

»Polizei? Eine Funkstreife im Umkreis von 40 Kilometern. Die sind Weihnachten noch nicht da. Wozu bin ich Jäger? Wenn's kracht, kannst du immer noch telefonieren.«

Ehe sie etwas erwidern konnte, war er draußen bei der Schlafzimmertür. Sie wusste, sie würde ihm keinen Einhalt gebieten.

So beharrlich er im Aufschieben von Entschlüssen sein konnte, so stur trieb er ihre Umsetzung voran, waren sie einmal gefasst. Bangen Herzens lauschte sie seinen Wegen unbeugsamer Entschlossenheit. Dem Hinabstampfen über die Treppe. Dem energischen Aufschließen des Waffenschranks. Dem Knicken des Kipplaufverschlusses, dem Prüfen der Ladung, dem Kramen nach zusätzlicher Munition. Dann hörte sie das Haustor gehen, den unausgesetzt strammen Tritt seiner schweren Stiefel, die er zur Jagd trug, sah ihn in nachtschwarzem Ölzeug aus dem Torbogen treten, durch den schlierigen Vorhang unter ihr weggleiten. Das Aufblitzen von poliertem Metall an seiner Schulter, als das Hoflicht ansprang.

»Die Lampe«, zischte sie zum Fenster hinab, schlug sich noch im selben Augenblick gegen den Mund, als er auch schon energisch herumfuhr, ihr stumm die Faust entgegenwarf. Bestimmt hatte er sie dabei, sagte sie sich, bloß wollte er nicht, dass man sein Kommen frühzeitig …

Plötzlich fand sie sich in bedrückender Sorge um ihn. Ein jäher Schmerz flammte auf, weil sie es war, die ihn aufgeschreckt, die ihn erst darauf gebracht hatte, doch sie wagte nicht, ihm ein zweites Mal hinterdrein zu rufen. Dass es die Sache nicht wert sei, hätte sie ihm sagen wollen, all der nutzlose Tand dort unten und obendrein ein Auto, alt, ohne Wert, und nicht einmal das ihre.

Plötzlich, da sie ihn aus ihrem Blick schwinden sah, wusste sie, wie sehr sie diesen mürrischen Sturesel liebte. Als wäre es ihr erster Tag. Und sie ertappte sich mit Schaudern, dass sie in stehenden Bildern, in seltsam verbrämten Tönen von ihm dachte. Wie zum Gedenken arrangiert. Manche Aufnahmen lagen lange zurück. Als bekäme sie ihn von diesem Augenblick an bloß noch in der Erinnerung zu fassen. Einen Akkord um den anderen schlug sie an: das altvertraute Lächeln, in das sie sich beim ersten Tanz unsterblich verliebt hatte; die altvertraute Art, mit den Fingern als Kamm sein krauses Haar zu legen; das altvertraute Leuchten um die Augen, wenn er von der Pirsch heimkam und mit verhaltenem Stolz Bericht gab, warum er, das Tier glasklar im Sucher, wieder nicht geschossen habe; der altvertraute Klang seiner Stimme, wenn er sich über Abschusswut und Dünkel innerhalb der Jägerschaft erregte und ihr das überzogen schien; und das altvertraute Bärenbrummen, wenn Clara und Karl mit den Kleinen zu Besuch waren und er eines der Enkelkinder hochnahm und herzte.

Geh nicht! Ich brauche dich!, wollte sie ihrem Mann unvermutet nachschreien. Er war doch im Achtzigsten, war, wischte er es auch verächtlich beiseite, längst nicht mehr allen Herausforderungen gewachsen.

Zu spät. Der Regen und das Schwarz der Nacht hatten ihn bereits verschluckt.

*

Auf die sanfte Tour kam er nicht weit. Das gab ihm der Bauch ein. Und der Bauch hatte ihn im Leben immer noch vorangebracht. Überhaupt, seit er von der Existenz eines Darmhirns gehört hatte, einer eigenständigen Zweitzentrale, die dem Kopfhirn die eine oder andere Entscheidung abnahm. Das hatte sein Urvertrauen in eigenes Tun bestärkt, aber auch sein Urmisstrauen den Menschen gegenüber, weil die Existenz eines Darmhirns mancherlei auf bittere Art erklärte. Ein Darmhirn verarbeitete auf seine Weise. Ein Darmhirn ließ sich nicht dreinreden, war immun gegen Vernunft und gutes Zureden, und genau darin lag die Gefahr.

Natürlich startete er den Angriff auf die technische Weise, versuchte sich fürs Erste in einem Geschick, über das er nicht wirklich verfügte. Also ließ er es nur allzu bald dabei bewenden, schob das Dietrichset zurück in die Tasche, prüfte Alternativen eines Einstiegs und wählte zu guter Letzt den erprobten Weg. Den des Brachialen. Bolzenschneider. Den mit dem ganz langen Griff. Den mit dem ganz großen Hebel.

Lärmend abzugleiten, als die gehärteten Schneidkanten der Backen sich in den massiven U-Bügel fraßen, hatte er nicht erwartet. Erst beim zweiten Anlauf sprang das Schloss ächzend auf. Unerwartet auch, den Lieferwagen unversperrt vorzufinden. Das nahm er zum Geschenk. Zum Ausgleich. Das ganze Leben drängte auf Ausgleich.

Was hatte er erwartet? Spuren, die selbst das ungeschulte, spurenblinde Auge als solche wahrnähme? Er hatte keine Antwort. Wie auch, ohne die entsprechende Frage. Womöglich genügte ihm die Gewissheit, richtig zu liegen. Womöglich genügte es ihm, den Verdacht, der ihn hierhergelockt hatte, bestätigt zu sehen.

Spuren zu erkennen, war das eine. Sie zu vermeiden, das andere. Beides verlangte nach Professionalität. Ein Profi war wie ein nasser Schuh. Der Profi wusste um die Unvermeidbarkeit, den einen oder anderen Tupfer auf dem Teppich zu hinterlassen. Doch der Profi besaß die herausragende Gabe, es bloß Wasser sein zu lassen im Bewusstsein, die Zeit würde die Engramme seines Wirkens rasch wieder löschen.

Ein Segment ums andere scannte er ab. Zunächst die Fahrerkabine. Danach machte er sich auf, die Ladefläche zu prüfen. Dann erst den Kern seines Forschens, der in Wahrheit der Mantel war. Die Außenhaut. Die Lackierung. Zentimeter um Zentimeter auf der Suche nach Kleberesten, wie sie selbst die hochwertigen, selbstklebenden Vinylfolien hinterließen und nur unter sorgsamem Aufpolieren zu beseitigen waren. Auf einen vollständigen Schriftzug zu hoffen, wie ihn die Videobilder zeigten, wäre vermessen gewesen. Doch das brauchte es nicht. Fragmente eines Buchstabens, zarte Rundungen, die auf die Form des Firmenlogos verwiesen, täten es gleichermaßen. Sie wären Beweis genug. Eine unbeirrbare Stimme sagte ihm, dass die Suche hier zu Ende gehen würde.

Und dann sah er im Lichtkegel seiner Stirnlampe, wonach er so viele Wochen Ausschau gehalten hatte.

Und dann, in diesem triumphalen Augenblick der Genugtuung, brach die Mechanik der Trance über ihn herein, da er jählings, inmitten seines Rückens, einen kraftvoll kantigen Druck verspürte, der nichts Gutes verhieß.

Und dann vernahm er die Stimme, die hinter diesem Druck stand, eine Greisenstimme, lauernd, wackelig, zitternd vor bebender Wut.

Und dann fuhr er blitzartig das Bein nach hinten aus, wie er es Tausende Male geübt hatte, kippte zugleich vornüber, warf den Körper in der Waagrechten herum.

Und dann bekam er den Lauf des Gewehres zu fassen, ein stummer, furioser Wirbelsturm aus Händen, Beinen, Körpern.

Und dann vernahm der Kondor das knöcherne Knirschen, als eine Faust in ihrem Ziel einschlug.

Und dann, in der Spanne desselben Lidschlags, fiel auch der Schuss.

Die Faust. Der Schuss. Einer von ihnen brachte die Stille.

Am Folgetag, während letzte Vorbereitungen für einen Triumphzug laufen

XI. RENDEZVOUS MIT CAPTAIN KIRK

Zählte sie mit 25 zum alten Eisen?

Das bedrückende Gefühl hatte Miriam Seifert beschlichen, als sie abends lustlos die Ringstraße entlanggeschlendert und an der *Babenberger Passage* vorübergekommen war. Retro im Kultklub. 70er und 80er. Die Tage der Wiedereröffnung nach dem Umbau. Sie hatte jäh kehrtgemacht, war hineingekippt, und so spontan wie ihr Entschluss befiel sie auch das Empfinden von Hinfälligkeit, als sie die Treppen hinabstieg, das feingischtige Perlen einer Nebelmaschine wahrnahm und den Diskoglitzer über die Häupter hinwegspritzen sah. Nicht, dass sie sich am Alter der Kundschaft gestoßen hätte. Gerade die Jungen fuhren ab auf Retro. Nein, sie kannte schlichtweg keine Frau ihres Alters, die sich so sehr auf Abwechslung programmiert sah und so wenig darin wiederfand. Seit Wochen grübelte sie darüber, musste sich zunehmend überwinden, den Job bei den Bullen nicht hinzuschmeißen. Sie wollte verdammt noch mal nicht auf starre Muster festgelegt sein. Routine war geschaffen für Menschen, die das Leben hinter sich hatten. Nicht das Alter war die zuverlässigste tödliche Krankheit von allen. Es war die Sterbenslangeweile des Ewiggleichen, diese bösartig schleichende, hinterfotzige Abart von Euthanasie.

Bald drei Jahre jobbte Miriam für die Polizei, und die Albträume, eines Tages mit aufgenähten Lederflecken an den

Ärmeln in einer als Cyberhöhle getarnten Amtsstube zu vertrocknen, mehrten sich. Die Vormittage nutzen, um im Dienst unaufschiebbar Privates zu erledigen, die Nachmittage bekämpfen. Wo blieb ihr Aufbegehren? Wo die Zeit, da eine Generation sich erhob, da Jugend ein Anderssagen für Revolte war? Wer ihresgleichen wusste etwas mit 68 anzufangen? Oder 69, außer sexuell? Wer mit einem Rudi Dutschke? Wer mit einem Martin Luther King? Sie selbst kannte diese Typen auch nur aus *Wikipedia*. Waren sie alle nicht hundselendige Scheißer? Auf Sicherheit bedachte Hedonisten, die Weltkonzerne als Todfeinde beklagten und mit eigenem, übersteigertem Materialismus festigten? Töchter, die mit Müttern Netzstrümpfe im Partnerlook trugen. Diese Autoritätshörigkeit. Diese Trägheit. Anstatt den Alten eine schlagkräftige Gegenkultur um die Fresse zu schmieren. Angetörnte Massen, wenn deutsche Richter über den Einsatz von Burkinis im Schwimmunterricht Elfjähriger befanden. Die Online-Namensfindung für Babyelefanten, die die Abschlachtung namenloser Kindersoldaten in der Klickzahl wegfegte. Und dann noch eine Miley Cyrus, die sich nackt bis auf ein Paar kackbrauner Stiefeletten auf einer Abrissbirne räkelte und dabei vermutlich von selber feucht wurde. Was war das bloß für eine Scheißwelt? In *ihrem* Netz? Da draußen?

In der üblen Grundstimmung bestärkt durch den Befund, bei der Ausforschung des Puppenspielers seit vielen Wochen keinen Schritt vorangekommen zu sein, war sie, kaum hinabgetaucht ins Gewühl der Passage, von einem Kurzhaarprinzen im feinen Tuch an der Theke angemacht worden auf eine einförmige Weise, die sie an Industrierouladen erinnerte. Der picksüßen Schokocreme folgte zwangsläufig das staubtrockene Biskuit. Sie hatte ihn, da er plötzlich ins Politische abglitt und mit Begriffen wie Heimat und Anstand und kreuzbravem Bürgertum um sich warf, mit einem »Arschloch, faschistoides!« verabschiedet und einen 20er für beider Drinks auf die Bar geknallt. Was für ein schmieriger Auswurf der späten 80er, hatte sie geflucht, und dann, mehr auf dem Weg zum Ausgang als sonst wohin, hatte sie *ihn* in der dampfenden Menge aufleuchten gesehen, sich spontan durch die Tanzfläche zu ihm hingepflügt.

»Hey!«

»Hey!«, hatte er gesagt und kaum überrascht gewirkt.

»Was macht einer wie du hier?«

»Ich suche nach 42 Jungfrauen.«

»Warum nicht 85?«

»Die dritte vernünftige Zahl. Nach 70.«

Für einen Augenblick war Miriam irritiert gewesen, dann hatte sie schallend zu lachen begonnen. »Kirk oder Picard?«

»Meine Schwester«, hatte er mit kurzem Nicken auf ein farbloses, in die Menge stierendes Engelchen in Designerfetzen an seiner Seite geraunt, dann aber zu Miriams Frage nach dem ultimativen Kapitän der Sternenflotte mit einem »James Tiberius Kirk« Stellung bezogen. Selbstredend er. Alle nachfolgenden Generationen seien Epigonen. So war alles ins Laufen gekommen.

Sie hatten unverzüglich das Weite gesucht, über die katalanischen Zahlen, deren fünfte 42 war, philosophiert, über Supercomputer, tolkiensche Grauelben, das Zwillingsparadoxon zur Widerlegung der Speziellen Relativitätstheorie, und hatten die nur bei Idioten als kauzig geltenden Muster binärer Schreibweisen abgehandelt. Irgendwann, mittendrin, als sie anfing, aus *Per Anhalter durch die Galaxis* zu zitieren, meinte er, sie solle ihn Floppy nennen. Es wurde ein fantastischer Abend mit Floppy, ein Nachtflug, der quer durch die City führte, und Miriam rechnete fix damit, dass ihr gemeinsamer Landeplatz Kiste hieß, seine Kiste in seiner bestimmt auf Understatement getrimmten Nobelbude irgendwo inmitten der Wiener Innenstadt.

Zu ihrer Überraschung landeten sie am frühen Morgen bei ihr. In ihrer Kiste. Da lag Miriam immer noch, während die Sonne bereits den Rückzug angetreten hatte. Sie war aus einem totenähnlichen Schlaf hochgefahren, hatte die Betthälfte neben sich verwaist und das Laken erkaltet vorgefunden, und anstelle des sanften Lächelns einer Erinnerung an ausschweifend tierischen Sex auf den Lippen fühlte sie sich von Kopf bis Fuß gerädert, im Schädel ein Dröhnen wie von 1.000 Hammerschlägen.

Wo war Floppy?

Unter Mühen kam Miriam auf die Beine. Sie kochte Tee, warf zwei Aspirin ein, riss alle Fenster auf und vollführte im Sitzen ein paar einfache Yogaübungen. Nur allmählich trudelten nebelhafte Fetzen heran. Lag es an dem Zeugs, das sie am frühen Morgen geraucht hatten? Hatten sie überhaupt geraucht? Sie suchte nach dem Aschenbecher für diesen Fall der Fälle, der ihre Wohnung zur Raucherzone erhob, fand ihn ungebraucht in der Kommode. Ausläufer einer diffusen Benommenheit griffen nach ihr, die Fänge einer Krake, die Verdacht hieß und sie auf eine beklemmende Weise umfangen hielt.

War er … *schuld*, dass es ihr ging, wie es ihr ging? Hatte er ihr …? Was wusste sie schon von ihm? Er hatte nichts hinterlassen. Weder Nachricht noch Nummer. Nur ein kühles leeres Nest. Und den schalen Eindruck von Heimlichkeit, die üblicherweise Teil ihres eigenen Spiels war. Früher mal hatte Miriam ernsthaft erwogen, sich zum U-Boot zu machen, doch rasch die Grundvernunft erkannt, die einer offiziellen Existenz zugrunde lag. Verdächtig machte sich, bei wem die frühen Einträge in Geburts- oder Taufregister, Schulchroniken, Zahnarztkarteien oder Adoptivunterlagen in einem späteren Leben keine Entsprechung fanden. Schon das nackte Gerücht einer Existenz im Untergrund bündelte die Kräfte gegen einen. Bedeutend besser, wiewohl aufwendiger war es, das eine, luzide Leben eines unbekümmert hoch zu Wasser vor sich hin tuckernden Schiffchens zu simulieren und das andere schattenhafte eines U-Bootes zu führen.

Sie nahm ihr Mobiltelefon zur Hand, durchforstete es nach Toms Nummer, fluchte, als ihr einfiel, dass sie ihn restlos aus ihrem Leben gekickt hatte, damals, vor mehr als einem Jahr nach dem Treffen bei *Neni* mit diesem verfickten Dschordn, und setzte sich an einen der Computer. Eine gelöschte Nummer checken? Wer glaubte schon die Mär – Gesetz hin, Gesetz her –, Rufdaten würden nur ein halbes Jahr aufbewahrt? Keine drei Minuten und sie hatte den eigenen Account ihres Mobilfunkanbieters gehackt.

Das Gespräch mit Tom verlief kurz und kühl. Er wisse nicht viel über Floppy, habe ihn bei ihrer beider letztem Treffen selbst bloß flüchtig gekannt, seither keine dreimal gesehen. Der Vater sei eine große Nummer in der Baubranche. Der Öffentlichkeit bekannt geworden durch einen der zahllosen Vergabeskandale. Angeblich. Jordan habe Floppy seinerzeit angeschleppt. Wie es in Leben und Business so sei. Plötzlich da, plötzlich weg. Kein Nachname. Keine Telefonnummer. Und auch kein Lebewohl. Diesmal war Tom es, der die Verbindung kappte.

Und dann war da auf einmal diese Beklemmung einer bitterbösen Vorahnung, dieser Sturmwirbel von Hellsicht und Eingebung. Sie kroch unter den Schreibtisch, schloff hinter ihre Standcomputer und erstarrte. Der Schlitz einer einzelnen Schraube an den rückwärtigen Abdeckungen folgte nicht dem Positionsmuster aller, das allein sie kannte. Und dann war da auch schon dieses jähe Grauen einer den Verstand lähmenden Angst, das ihr den Atem nahm, ihr das Herz in den Hals emporspringen ließ.

War da nicht ein Schlagen der Wohnungstür gewesen, das sie aus ihrem Endlosschlaf hatte hochfahren lassen? Als Zeichen einer überhasteten Flucht? Und hatten sie … ja, hatten sie heute Nacht nicht auch übers Hacken gesprochen? Über Botmasters und Black Hats? Über Social Engineerer und die verschiedenen Feinheiten von Angriff und Abwehr im Netz? Hatte er ihr gegenüber nicht eingestanden, an jenem Tag, da sie Vinzent Kluger im *Schesch Besch* überwachte, auf der gegenüberliegenden Straßenseite gestanden zu sein? Also doch er! Der Weltenschauer. Der Irokese. Dieser so völlig andere von Toms sonst geistlosen, aufgeblasenen, wohlbestallten Freunden. Und hatten sie nicht über die Rauchbombenattacken in der U-Bahn gesprochen, die zur selben Zeit abliefen? Und hatte er nicht, spät, sehr spät, während sie ihm das Hirn an die Decke blies und er sie in den Himmel leckte, den Hackangriff auf die Wiener Linien eingestanden? Und dass zwei Kumpels für ihn die Rauchbomben deponiert hätten?

Hatte er oder hatte er nicht?

Bildete sie sich das bloß ein? »Gute Wahl« hatte er damals bei *Neni* gemurmelt, als sie »Richtung Karlsplatz« sagte und Tom stehen ließ. Hatte er heute Nacht nicht davon gesprochen, diese Typen zu kennen? Hatte er angegeben?

Hatte er oder hatte er nicht?

Entsprangen die verschwommenen Erinnerungen einem ähnlichen Phänomen wie bei Zeugen, die Menschen als Verdächtige wiedererkannten, die es nachweislich nicht gewesen sein konnten? Wenn man Unlustgefühle oder Schwächen oder auch eigene Fähigkeiten anderen zuschrieb? Wenn man ein Übel oder allein das Wissen, dieses Übel erzeugen zu können, nach außen trug, es anderen zuordnete, von sich schob und zu etwas Fremdem machte?

Waren es bloße Projektionen?

Ein Gefühl unsteuerbarer Panik flutete Miriam. Ob als Blackhat oder für die Bullen, sie war viel zu umsichtig, um einer beliebigen Malware aufzusitzen, kannte jeden noch so verborgenen, noch so heimtückischen Virus; neuerdings auch die Radiowellensender, die in Rechner implantiert, bisweilen sogar ab Werk ausgeliefert wurden, Funkwanzen, die Signale an andere Rechner im Umkreis von mehr als zehn Kilometern abgaben. Bestimmt hatte die NSA die Dinger längst im Einsatz, und dass sie auf Mutti Merkels *Blackberry* draufhingen, die Botschaft in Berlin als Lauschposten nutzten, würde wohl bald auffliegen. Oder auch nicht. In ihrer alten Community war es jedenfalls ein offenes Geheimnis. Hatten diese Stümper noch nie von Signalisierungsprotokollen gehört? Von Schlüsselaustausch und SS7?

Amerikaner. Briten. Russen. Chinesen. Saudis. Oder die eigenen Leute. Wen interessierte, wer von ihnen …? Allein, wenn ihre Dienste es *nicht* täten, sich *nicht* auf Mutti Merkel draufsetzten. Das wäre eine echte, herbe Enttäuschung, der Niedergang von staatlichem Spitzelwesen und Geheimniskrämerei. Natürlich, Kryptohandys schüfen Abhilfe, doch dann musste jeder, der sich für wichtig genug hielt, so ein Ding am Leib tragen, wollten eins und eins kommunizieren. Ob Politiker. Ob Staatspolizist. Ob Journalist. Ob Unternehmer. Ob Aktivist. Ob Hacktivist. War das realistisch? War das absehbar?

Lachhaft.

Viel spannender gestalteten sich da die Forschungen der Israelis, die ihr zu Ohren gekommen waren. Man munkelte, sie wären drauf und dran, Air-Gap-Systeme über die Hitzesensoren von Computern zu knacken. Das, befand Miriam, wäre in der Tat abgefahren, öffnete völlig neue Räume. Schließlich wusste sie um die Existenz jedweder Spionagehardware, wusste sie alle zu bändigen, spielte ihrerseits mit ihnen, selbst mit den teuflischsten Gesellen nach Vorbild des *Uroboros*, dem Selbstverzehrer, einem sich stufenweise entwickelnden Spähprogramm, das der US-Army eingepflanzt und erst nach Jahren unschädlich gemacht worden war, benannt nach dem altägyptischen Symbol einer Schlange, die sich in den Schwanz beißt und so einen geschlossenen Kreis bildet. An eines ihrer eigenen Systeme heranzukommen, hieße demnach, einen physischen Angriff …

Verdammter Mist … war er … war Floppy ihr Überwacher? Der Irokese? Hatte der Puppenspieler ihn auf sie angesetzt? Hatten sie doch geraucht? Was war das für ein Scheißkraut? Aber hätte dann nicht auch er die Kontrolle über sich …? Hatte er? Der letzte Drink womöglich? Bei ihr zu Hause? Damit er … in aller Ruhe … während sie … tief und fest …? Nein. Das konnte nicht sein, das war zu absurd. Absurd? Ach ja? Warum hatte sie ihn nicht schon gesehen, als sie die Passage betrat? Bei seiner

Größe, mit seinem grellen Kamm auf der Platte, ragte er doch leuchtturmgleich aus jeder Menge. Er musste nach ihr gekommen sein. Mit seiner *Schwester*. Wie hing Tom da mit drin? Er und dieser Dschordn?

Fiebrig schraubte sie die Gehäusedeckel ab, fing an, die Hardwarekomponenten sämtlich zu demontieren, jener zwei PCs, die ständig am Netz hingen, wie auch des dritten, den sie »air gapped« hielt, der zu keiner Zeit kontaminiert werden durfte durch äußere Daten, Datenträger, es sei denn, sie waren zuvor durch all ihre Filter des Argwohns gelaufen. Immer hastiger flogen Miriams Finger durch den Dschungel aus Kabeln, Komponenten, immer klammer griffen sie nach Mainboards, Hauptprozessoren, Grafikkarten, Arbeitsspeichern, Festplatten, optischen Laufwerken, alles raus, ins Kleinste zerlegt, ausgebreitet in einer fiebrigen, heillosen Beklommenheit auf der Suche nach … ja, wonach?

Schweißüberströmt, inmitten der chronologisch, wie sezierte Organe in Nierenschalen ausliegenden Bauteile, saß Miriam da. Da war genau … nichts. Sie blickte auf, sah nach draußen, sah den Abendhimmel in leuchtenden Pastelltönen schwimmen, rappelte sich hoch und schritt ans Fenster. Wer war das Kaninchen? Wer die Schlange? Sie versuchte, all die abenteuerlichen Begebenheiten der vergangenen Monate zu ordnen, das Wissen des Puppenspielers über sie, ihre Mutter. Nicht den Hauch der Spur eines Angriffs gegen ihr System hatte sie ausmachen können. Ein ums andere Mal hatte sie alles gecheckt, nachdem dieses Phantom unvermutet in ihr Leben, in das ihrer Mutter gedrungen, ihnen so nahe wie niemand sonst getreten war, Drohgebärden setzte, die keiner Erläuterung bedurften und dabei 1.000 Fragen aufwarfen. Die Nacktfotos, die Dateien … nicht das winzigste Indiz eines Einfallens. Bei jedem Check hatte sie das Positionsmuster der Schrauben neu festgelegt. Und doch … doch!, doch!!, doch!!, doch!!! … musste es geschehen sein. Mehr als einmal. Nicht erst heute.

Miriam dachte an die Monate mit Tom. Die Zeit mit Jérome. Alle beide im Buch der Liebschaften nicht mehr als ruhmlose Einträge. Intermezzi, die ein Übermaß an Nähe eingefordert und begonnen hatten, ihre Höhle in Beschlag zu nehmen. Waren auch bereits sie beide auf sie angesetzt? Sie dachte an den Weltenschauer alias Floppy. Wofür stand der Name? Florian? Florin? Floyd? Oder doch, woran sie in einer ersten Reaktion gedacht und aufgelacht hatte? Floppy wie floppy disc, jener Methusalem der mobilen Datenträger, der in den fettesten Versionen schlappe dreieinhalb Megabyte fassen konnte. Im heutigen Datenuniversum weniger als ein Staubkorn, ein echoloser Datenfurz, Anfang der 70er allerdings, als die Disketten aufkamen, das Nonplusultra. Irgendwo hatte sie mal gelesen, im digitalen Paläolithikum, Mitte der 90er also, benötigte man allein zur Installation des *Office*-Paketes 32 dieser ausgesprochen seltsamen quadratischen Dinger.

Was hatte Floppy mit den Geschehnissen im Kabinett zu tun?

Miriam dachte an die umtriebige Bela Schmaus; an die anonymen Treffen mit dem Puppenspieler im Prater, die über SMS übermittelten Koordinaten, »acht eins auf D3«, die Sniper-Schießbude; »eins eins vier auf E3«, das Kinderflugkarussell; entnommen jenem für Besucher erstellten Lageplan der Attraktionen, den er ihr vor der ersten Begegnung hinter dem *Schweizerhaus* in den Postkasten geklemmt hatte. Das erste Mal; »zwo eins acht auf E vier«; das verregnete Dunkel an der Kinderautobahn; ein Sonntag, spätabends. Sie forschte fieberhaft nach diesem einen gemeinsamen Anker, an dem die Bojenseile ihres tappenden Ahnens, ihres marternden Nichtwissens zusammenliefen; zuckte zusammen unter dem Dorn, der ihr einimpfte, dass immer weniger zusammenfiel, immer mehr zerlief; erinnerte das kindhaft naive Staunen Vinzent Klugers. War es das tatsächlich? Kindhaft naiv? Sollte sie ihm abermals auf den Zahn fühlen? Oder reinen Wein einschenken, ihn auf ihre Seite ziehen? Sie sah noch einmal die geweitete Iris seiner Augen, als sie die Nummer mit dem Handy abzog. Er hatte ihr aus der Hand gefressen, begierig nach den Brocken geschnappt, die sie in den Fressnapf warf, und hörte noch einmal, gedacht als Bonustrack, ihre monologische Warnung ob der allerdümmsten Kardinalfehler, die auch Menschen wie er in der Cyberwelt in einem fort begingen.

Und du, du selten dämliche Kuh?

Als die Türglocke ging, schrak Miriam auf. Wer, verdammt? Sie taumelte in die Diele, zog die Tür auf. Saumselig. Wie blind. Vielleicht, weil sie jählings in die gedankenleere Düsternis einer nie gekannten Niederlage abgeglitten war. Weil sie nicht wusste, was noch zu tun bliebe, jetzt, hier, wo ihr Scheitern so elementar wie greifbar war.

Beißender Dampf schlug ihr entgegen. Gefangen im Odem von Schmelzkäse, Salami und Unmengen Knoblauch, starrte Miriam ungläubig in ein Paar seidiger Honigaugen. »Pizza von Captain Kirk?«, fragte Floppy.

*

Zu dieser Stunde, am anderen Ende der Stadt, standen vier Männer, deren einer – hochgeschossen, Anfang 50 – sich per Handzeichen als Wortführer hervorgetan hatte, an der Ladewand eines Lastwagens. Geschäftsmäßiges Bedauern beherrschte die Mienen, und ihre Aufmachung war, als hätten sie sich in einem Familienalbum aus den 70ern umgezogen. Lichtlose Gestalten allesamt, wie festgefroren über dem Rad der Zeit.

»Wir machen es damit«, sagte der Lange und fing an, mit sakraler Feierlichkeit das Tuch von einem kastenförmigen Konstrukt zu ziehen, das sie zur Ansicht von der Ladefläche gehoben hatten. »Alles wie gewünscht. Hier die Katafalkdecke in Übergröße, der Samt lilafarben, mit reicher Bordüre und Silber-Metallstickerei … und hier …«

Die Decke glitt zu Boden, zwei Scherenwägen mit aufgeschweißten Streben, parallel zum Gespann gekoppelt, kamen zum Vorschein, darüber montiert eine massive Holzplatte. »Falls Sie Sorge haben wegen des Gewichts«, fuhr der Lange fort, »das hier trägt auch einen Elefanten zu Grabe.«

Der Fünfte, ihr Auftraggeber und ein paar Schritte abseits, nickte zufrieden. »Dasch Protschedere … ischt esch auch Ihren Männern klar?«

Die Wangen des Langen zuckten, doch er hielt an sich, blieb todernst. »Natürlich. Die Ware plombiert und mit Sensoren versehen. Jede vorzeitige Öffnung bedeutet das vorzeitige Ende des Geschäfts. Das Zeichen erfolgt per SMS. Die Bekanntgabe der Route gleichfalls. Kurzfristige Änderungen vorbehalten. Die 5.000 Extragage pro Nase gibt es nach Lieferung.«

»Und weiter?«

»Ihre Geduld und Großzügigkeit sind unendlich groß, ihre Möglichkeiten der Vergeltung größer.«

Abermals nickte der Fünfte.

»Und wenn eine Sprengladung eingebaut ist und wir als Fleischbatzen durch die Gegend fliegen?« Misstrauen funkelte aus den kleinen giftigen Augen des Mannes zur Linken des Wortführers. »Wer garantiert, dass Sie uns nicht übers Ohr hauen?«

»Niemand. Dann laschen Schi esch eben. 100 andere warten auf den Tschob.« Der Mann schickte sich an, in die Fahrerkabine seines Transporters zu klettern.

»Warten Sie!« Der Lange zog den Aufrührer ein Stückweit beiseite. »Spinnst du?«, zischte er. »Für die paar Stunden Arbeit willst du auf das Vielfache deines Monatslohnes verzichten? Hab ich dir nicht gesagt, dass er ein superreicher Spinner ist, der sich einen Jux erlaubt? Was hätte er davon, solche wie uns in die Luft zu jagen?«

»Gantsch meine Rede.«

»Wir machen es«, knurrte der Lange.

»Wer fährt den Laschtwagen?«

»Er.« Der Lange legte den Kopf nach seiner Rechten zu den beiden anderen Männern. Zwei Schwammgesichter. Das eine zinnoberrot funkelnd, wie tausendmal ausgewrungen und nur vage begrenzt, die Nase aufgepilzt wie eine Brokkolirose und der ganze Mann aufgedunsen. Der andere Schwamm spindeldürr, das Antlitz ausgezehrt und käsig und auf eine Weise porös, als könnte es jeden Augenblick zerbrechen.

»Der Bulle?«

»Der Dünnling. Er hat Erfahrung mit heiklen Frachten.«

Es war besprochen. Ein dickes Kuvert ging von Hand zu Hand. Dann begannen sie mit dem Umladen.

Zwei Wochen später

XII. ONKEL WANJA

Sie gaben *Onkel Wanja*.

Clara wusste um Karls Vorliebe für russische Dramatiker. Noch mehr wusste sie aber um den Riesenbock, den sie geschossen, mit dem sie eine Eiszeit heraufbeschworen hatte. Tschechow als Eisbrecher war ein Anfang und die Frau an der Akademietheaterkassa eine Yogafreundin. Irgendwas ging bei »Ausverkauft« immer.

Er hatte ihr Friedensangebot nicht ausgeschlagen, immerhin, wiewohl die ganze Zeit schweigend. Als sie das Theater verließen und auf die Lisztstraße hinaustraten, flog ein Rettungswagen mit schmetterndem Martinshorn vorüber. Karl sah dem Wagen lange nach, und die Schatten einer Melancholie verdunkelten ihm das Antlitz, was Clara aufs Neue verunsicherte. Gewiss, ihr Misstrauen, ihr heimliches Eindringen in sein Atelier hatte tiefe Kerben geschlagen, die Umkehr des Argwohns infolge von Treulosigkeit und Verrat bewirkt, und womöglich überkam es ihn gerade eben. Ebenso gut, befand sie, konnte es aber auch am Stück liegen. Weniger am kollektiven Scheitern dank überhöhter Ansprüche (was Tschechows Hauptfiguren im Wesentlichen einte) oder an der allgemeinen Trägheit, die sich auf dem mondänen Gut breitmachte, welches Iwán Petrówitsch Wojnizkij in Nachfolge seiner verstorbenen Schwester verwaltete, und mitnichten an der lethargischen Grundstimmung, die etwa in einem nur ungenügend entladenen Gewitter oder einer trüben Herbststimmung szenische Umsetzung fand …

…, nein, es lag vielmehr daran, dass die Umstände Karl vermutlich den Tod seiner eigenen Schwester ins Gedächtnis riefen. Sie war vor ein paar Jahren von einer in die Station einfahrenden U-Bahn-Garnitur überrollt worden und in der Sekunde zu Tode gekommen. Die Umstände waren nie restlos geklärt worden. Ein Sturz im heillosen Gedränge? Ein unbedachter Stoß? Der gehässige Rempler eines Irren? Ein Sprung? Nein, kein Sprung. Nicht bei dieser Wesensstärke. Sagte Karl. Er hatte den Verlust der Schwester bezeugen, ihren grauenvollen Tod mitansehen müssen. Bis heute verlor er kaum ein Wort darüber, und jedes Mal, wenn sie bei seinen Eltern draußen auf dem Land waren und der Vater den Tod der Tochter gebetsmühlenartig zur Sprache brachte und die tränenden Augen des alten Mannes zu einer einzigen Gedenkstätte zerrannen, erstarrte Karl zu Fels. Das hatte sie bei der Wahl des Stückes nicht bedacht. Ihr selbst wäre ohnedies nach einer dieser flockig unbeschwerten Boulevardkomödien ohne Anspruch zumute gewesen. Doch sie wusste um Karls Abneigung gegen abgeschmackte Bühnenfolklore und wollte den Abend nicht ihrem Befinden zum Geschenk machen, sondern allein seinem Geschmack. Außerdem, in Anbetracht dessen, was Karls Vater vor Kurzem widerfahren war …

Keinerlei geschmackliche Abweichungen herrschten nach der Aufführung. Sie waren bei *El Rincón de Don Quijote*, dem Spanier an der Mollardgasse, eingekehrt, hatten Linsen- und Gemüseeintopf genommen, *lentejas con chorizo y pisto*, die obligaten *pimientos asados*, dazu *tortilla*, darüber hinaus *gambas* wie auch *albóndigas*, diese köstlichen Fleischbällchen in Tomaten-Zwiebelsauce. Und natürlich *crema catalana*. Und natürlich *queso manchego*. Dazu, wie in Reminiszenz zu den herrschaftlichen Umtrieben auf der Theaterbühne, eine Flasche vom süffigen *Ribera del Duero*, einem tallagigen Rotwein aus der kastilischen Hochebene um Burgos, der neben dem weißen Rueda im Ruf stand, bereits vor Hunderten von Jahren beim spanischen Adel groß angeschrieben gewesen zu sein. Beim Essen hatte Karl sein Schweigen endlich gebrochen, und sie plauderten in loser Vertrautheit. Über das Stück, die Besetzung, die Inszenierung, Familiäres, die Kinder, doch Clara konnte sich des Eindrucks nicht erwehren, Karl habe den Abend vor allem über sich ergehen lassen, weil auch ihm an einer Versöhnung gelegen war, ohne sie aktiv vorantreiben zu wollen.

Als sie weit nach Mitternacht heimkehrten, lag eine diffuse Stimmung in der Luft. Die Zeit im Taxi hatten sie schweigend zugebracht, Karl versunken in blickdichtem Brüten und Grübeln. Sie schlenderten vom Gartentor zum Haus, als Clara die Stille durchbrach.

»Denkst du an deinen Vater?«

»Im Moment nicht.«

»Warst du bei ihm?«

»Heute? Nein. Es geht ihm … scheiß Begriff … den Umständen entsprechend. Die Ärzte sagen, der Schulterdurchschuss verheile nach Plan. Die Schwellungen im Gesicht gehen zurück. Morgen wird er entlassen. Zu schaffen macht ihm etwas anderes.«

Sie nickte.

»Ich denke, es hat mit Ohnmacht zu tun«, fuhr Karl fort. »Und mit Demütigung. Die Schmach der Unterlegenheit, das Gefühl, nicht länger alles im Griff zu haben. Zeitlebens hat er das nicht gekannt.«

»Und Anna?«

»Mutter kriegt sich langsam ein. Nach den hysterischen Anfällen der ersten Tage.«

Sie stand dicht hinter ihm, als er das Haustor aufsperrte, geneigt, den moosfarbenen irischen Tweed seines Hunting Jackets zu befühlen, in dem er zugleich gesetzt und verloren aussah, wie ein englischer Adeliger, dem man über Nacht die Jagdgründe unter dem Hintern weggestohlen hatte. Sie wollte sich an ihn schmiegen, doch etwas hielt Clara davon ab. War es die unbegreifliche Gefasstheit, mit der Karl den Härten, die das

Leben bereithielt, entgegentrat? Sein Mangel an aufwallender Emotionalität? Wiewohl sie zu gut wusste, wie typisch männlich genau das war. Lauerten nicht die Gefühle der meisten Männer hinter dem Berg, der eiserne Beherrschung hieß, einträchtig vereint mit einem ihrer ersten und hartnäckigsten Lebensbegleiter, dem schwachsinnigen Indianer, der keinen Schmerz kannte? Früher hatte sie Karls Unberührtheit vielen Dingen gegenüber als sanfte Gleichmut zu schätzen gewusst, heute empfand sie sie als felsenharte Ignoranz.

Wie nicht anders zu erwarten, hielt die Polizei sich zur Attacke gegen Karls Vater bedeckt. Man stehe am Anfang, ermittle, was immer das bedeuten mochte, in alle Richtungen. Darüber hinaus kein Wort. Nicht zum möglichen Motiv. Nicht zur möglichen Anzahl der Täter. Nur einmal, der Indiskretion eines Beamten der örtlichen Polizei sei Dank, sickerte durch, man habe anfangs sogar die Unfalltheorie erwogen (tollpatschige, betrunkene Jäger gab es schließlich überall), wären nicht die frischen Reifenspuren hinter der Scheune und das geknackte Vorhangschloss gewesen.

Alles in allem jedoch, hieß es, habe man schon bedeutend heißere, bedeutend dickere Suppen serviert bekommen. Zumal das einzig augenscheinliche Tatmotiv wegfalle, weil nichts gestohlen worden sei. Den Aussagen des angeschossenen Anzeigers zufolge habe er den Eindringling beim Untersuchen des Wagens ertappt. Und das ergebe beim besten Willen keinen …

Nein, dachte Clara. Das ergab wirklich keinen Sinn. Und doch war es ein neues ungelöstes in einer bald endlosen Reihe ungelöster Rätsel, die die vergangenen … ja, jetzt fast schon drei Jahre gebracht hatten.

Karl hatte sich von Anfang an in keine bestimmte Theorie verstiegen. Natürlich glaube er seinem Vater, prinzipiell, hatte er beim Essen gesagt. Andererseits wolle er die Mutmaßungen der Polizei nicht außer Acht lassen. Immerhin habe sein Vater bloß diffus von einem maskierten Mann gesprochen. Mehr als das irritiere ihn allerdings, dass sein Vater, stets ein Leben nach Demokrit führend (sie wisse schon, der alte Grieche, dessen Porträt sie seinerzeit im Louvre gesehen hätten und welcher gesagt habe, die Wahrheit solle man sagen und dabei nicht viel Worte machen), am Spitalsbett unvermutet von einem Redeschwall in den anderen verfallen sei. Dieser schweigsame Mensch, der er all die Jahre gewesen war. Das habe ihn nicht von Grund auf misstrauisch, doch wenigstens hellhörig gemacht.

Über Karls Arbeit hatten sie kein Wort verloren. Zu offen lag die Wunde ihres Dringens da. Dass er sein jüngstes Werk, die Teufelsfratze für die Zeugen Jehovas, abgeschlossen und verschickt haben musste, wusste sie auch so. Sein strenges Ritual hatte ihn auch diesmal verraten. Akkurat in mit Profilschaum ausgeschlagene Transportkisten verpackt, pflegte er Verpackung samt Ware nochmals ins Kleinste zu prüfen, ehe er sie an die Spedition ausfolgte. Bis zuletzt zupfte er daran herum, dann erst, im Beisein der Transporteure, kam der Deckel drauf. Profilschaumreste, die sie vor zwei Tagen in der Diele wie auch im Müll gefunden hatte, erzählten diese Geschichte. Gut möglich, dass er sich darum nicht länger in seinem Groll eingrub und entspannter gab.

Sie betraten das Haus, streiften Oberbekleidung und Schuhe ab. Als sie ins Wohnzimmer kamen, wandte Karl sich plötzlich zu seiner Frau um und sah sie streng an.

»Ja?«

»Es gibt da ein paar Dinge, die ich klarstellen möchte«, sagte er. Eine geheimnisvolle Dringlichkeit schwang in Karls Stimme.

Clara sank aufs Kanapee. »Nicht jetzt«, seufzte sie. Dann zog sie ihn zu sich hinab.

Tags darauf, der zweite Oktober 2013

XIII. DIE PARADE

Mit dem Kalender kamen die Nebel über die Stadt. Bodennah waberten sie unschlüssig dahin, ehe sie doch aufflogen und zerstoben. Neuerdings war auf den Wetterbericht Verlass. Noch in den Nachtstunden war der Dauerregen abgeklungen. Rasch gewann der blasse Ton trockenen Asphalts Oberhand. Einzig an den Säumen der Wiener Staatsoper dampfte es auch jetzt, Stunden später, unvermindert. Als hätte all der fliehende Dunst sich hierher verdichtet.

Dieser Dunst jedoch war ein grundlegend anderer. Keiner, der sich den Gesetzen von Phasenumwandlung und Thermodynamik unterwarf. Hier fand zueinander, was einem sagenumwobenen Magnetismus gehorchte, der Anziehungskraft aus peitschender Rhythmik und freimütiger Unbeschwertheit, aus Wedeln, Schunkeln, Lachen und Grölen. Die ganze Staatsoper lag im Saum einer wogenden, Arme schwenkenden Menge da, ein ausgelassen feierndes Menschenmeer in vornehmlich Weiß. Der Himmel über Wien fantastisch blau. Das Thermometer auf fantastischen 20 Grad. Die Stimmung in fantastischen Sphären, jetzt schon, eine halbe Stunde vor dem offiziellen Beginn. Frühnachmittags. An einem fantastischen Mittwoch Anfang Oktober.

Einfach nur fantastisch, dachte Bela.

Sie hatte einen der unteren Säulenwülste im Arkadenbogen erklommen, der nach dem Herbert-von-Karajan-Platz wies, taxierte die Menge mit tränennassen Augen und pochendem Herzen. Vorsichtig hoffend, hatten sie mit zwei, drei Hundertschaften spekuliert, doch es mussten entschieden mehr als

1.000 sein, und der Zustrom an wallenden Bademänteln aus allen Himmelsrichtungen, von der Kärntnerstraße, aus den U-Bahn-Schächten und auch von jenseits der Ringstraße, wollte nicht versiegen. Zwischenzeitlich standen die Menschen bis nach hinten zum *Hotel Sacher*. Fotografen, Kameraleute, angepeitscht von Redakteurinnen und Redakteuren und ihre Gerätschaften entnervt über Kopf schwenkend, durchpflügten die Menge auf Opferjagd. Bela glaubte, in manchem Reportergesicht Anflüge von Hass auszumachen. Schließlich hatten die Versuche, die Veranstaltung vorab totzuschreiben, inquisitorische Ausmaße angenommen. Ohne Unterlass hatten Print und Online gegen diesen »Larifari-Protestzug« georgelt, die Zahl von Ringdemos (jeden vierten Tag) beklagt und gegen den inflationären Missbrauch des Demonstrationsrechtes gewettert, diese mutwillige Ausreizung von Paragrafen. Nicht zuletzt, weil nichts so absehbar sei, als dass die Zahl der um Steuergeld ins Feld befohlenen Uniformierten und Staatsschützer jene der Teilnehmer einmal mehr bei Weitem übersteigen würde.

Allen voran schmähte die *Gute*. Man besann sich der moralischen Verpflichtung, Stimme des Mobs zu sein, schrie nach der eisernen Faust der Innenministerin und stellte die Tussauds-Demo in puncto wirtschafts- und volksschädigender Entbehrlichkeit auf eine Stufe mit jenen für gleichgeschlechtliche Liebe, Freigabe von Haschisch, die Schaffung autofreier Zonen, die Stundenreduktion heillos überbezahlter Spitalsärzte und mit den Grünen als solche. Alles dasselbe linkslinke Gelichter.

Der Vorwurf, es handle sich um eine stümperhaft getarnte Werbeveranstaltung, um ein reines Spektakel und mitnichten um die Demonstration, als die man sie angemeldet hatte, war nicht von der Hand zu weisen. Belas Entsetzen war groß gewesen, als Madame Directrice mit der Idee angetanzt kam. Eine Juxparade wie diese mit der Forderung nach dem »vermehrten Abspielen von Udo-Jürgens-Musik im Radio« als ernsthafte Manifestation darstellen zu wollen, war in der Tat grotesk. Zudem hatte die Direktorin, kaum wallte erste Kritik auf, sich erfrecht, sich aus dem Rennen zu nehmen und Bela als Schutzschild in die mediale Schlacht zu werfen.

»Befehl aus London«, tönte sie triumphal, ein Schreiben der Zentrale schwenkend.

»Das ist Chefsache!«, hielt Bela dagegen.

»Papperlapapp«, schnaubte Clementine Nierast. »Eine schöne junge Frau, die sich außerdem passabel zu artikulieren weiß … wozu hat Ihnen der Herrgott die Kombination mit auf die Reise gegeben, Fräulein Schmaus? Doch nicht, um sie hinter überkommenen Vorstellungen von Moral zu verstecken! Sie werden das den Herrschaften der Presse schon reindrücken. Und eine Prämie gibt es auch. Nun?«

»Ich werde bei dieser … Demo … NICHT MODERIEREN! Sonst kündige ich. Diesmal wirklich.«

»Meinetwegen«, knurrte Madame. »Supervision aus der zweiten Reihe. Dafür vorab die Erklärung aus der ersten.«

Bela wusste, jedweder Versuch einer Legitimation im Sinne eines glaubwürdigen Anspruchs war zum Scheitern verurteilt. Keine noch so gewiefte Begründung konnte den Unfug heiligen. Dass die *Gute* sich zur Speerspitze des Feldzugs erhob, hatte jedoch in ihr etwas ausgelöst. Ein reflexhaftes, fast blindwütiges Dagegenhalten. Sie ertappte sich dabei, an das eine oder andere ihrer Interviewargumente selbst zu glauben. Wenigstens für den Moment. Vinzent schien nichts mit der schmähenden Artikelserie in der *Guten* zu schaffen zu haben. Alle möglichen Namenszeilen fanden sich unter den Artikeln, seine kein einziges Mal. Man war sogar so weit gegangen, die Tussauds-Hetze auf die vordersten Seiten im Blatt zu heben, in die Innenpolitik, um der Berichterstattung ergänzendes Gewicht kraft politischer Brisanz zu geben. Bürgermeister und Chefredaktion spannten einander vor den Karren. Man überbot sich in pamphletischem Ereifern und der Forderung nach gesetzlicher Handhabe gegen solche und auch alle übrigen, das Demokratieverständnis einer qualifizierten Mehrheit unterwandernde Umtriebe. Wer auch immer festlegte, wie diese Mehrheit auszusehen hatte.

Und so hatte man bei Tussauds bereits erwogen, die Route abzuändern, um das Heer der Wiener, das vor allem auch ein Heer der Autofahrer war, nicht unnötig aufzuwiegeln. Nicht länger über den halben Ring und den Franz-Josefs-Kai sollte es gehen, dafür quer durch die verkehrsarme Innenstadt zum Donaukanal, von dort weiter nach dem Prater. Plan B. Ja, man zog sogar in Betracht, den zusätzlichen Aufwand, die Liliputbahn hierher zu verfrachten, bleiben zu lassen angesichts der Proteste und drohenden Pleite. Doch wie so oft bei übermäßig ausschweifender Berichterstattung hatte gerade die *Gute* Maßgebliches geleistet, das Gegenteil zu zeitigen. Das Ergebnis stand Bela vor Augen. Bestimmt, dachte sie, waren es bald 2.000. Die seltsamsten Anfragen hatten sie erhalten; ob es stimme, splitternackt unter dem Bademantel erscheinen zu *müssen*; ob Tussauds bereit wäre zur Kooperation mit einem Verein, der sich »Die anonymen Exhibitionisten« nannte, und dergleichen mehr.

Gemächlich, im Geiste einer Überwachung aus der zweiten Reihe, ließ Bela den Blick schweifen, heftete die Augen auf das Herzstück des ameisenhaften Getümmels. Wie ein mythologischer Sonnenwagen der Moderne, mit zwei einander zugewandten, im Himmelsglast marmorweiß auffunkelnden *Bösendorfer*-Flügeln obenauf, thronte der gigantische Musiktruck auf dem Vorplatz. Ringsum stand ein Heer Übereifriger, lautstark einfordernd, man möge die Bühne endlich zu der ihren machen. Das Programm sah einen Karaoke-Wettbewerb vor, und wer sich online angemeldet hatte, durfte um einen der begehrten, von Hand signierten Udo-Bademäntel rittern – viertelstündlich vergeben für die gelungenste, um nicht zu sagen am wenigsten misslungene Darbietung eines frei wählbaren Udo-Hits und prämiert von einer öffentlich nicht näher benannten, doch jedenfalls »fachkundigen Jury«.

Dass das kakophonische Geheule nicht über alle Maßen ausuferte, die Veranstaltung beherrschte und ein Schlaglicht auf das künstlerische Erbe Udos warf, dafür war natürlich gesorgt. Am einen Klavier, auf extrabreitem Hocker, damit die Nachwuchsbarden den Platz neben ihrem Idol einnehmen konnten, saß Udo himself, perfekt gestylt in seidig schwarzem Arrangement aus Smoking, Gilet und Fliege, kontrapunktisch garniert mit feuerrotem Stecktuch, der ganze Mann bis über beide Ohren strahlend und aus nichts als aufpoliertem Wachs und Fiberglas. Und am zweiten Flügel, im (natürlich marmorweißen) Bademantel und zum Einheizer aus Fleisch und Blut bestellt, Udos Imitator für den Nachmittag: der gute alte Vickerl. Er sollte die Menge vorab aufheizen und während des Bewerbes nach jedem Karaoke-Block – gleichsam als stimmliches Metronom für Nachfolgende – ein paar echte Udoklänge ins Volk jagen. Madame Directrice hatte auch auf diesmal auf seiner Verpflichtung beharrt, wiewohl es um Vickerl zuletzt wieder ruhig geworden war, von der einen oder anderen Eskapade in Sachen Frauen und Alkohol (der Entzug vom Entzug sozusagen) abgesehen.

Bei Licht besehen, schienen Belas Sorgen unbegründet, er träte seinen Job als Jürgens-Imitator bloß mit geölter Kehle statt geölter Stimme an. Vickerl gab sich in Bestform, gab ein ebenbürtiges Double. Stimmgewaltig schmetterte er unter Teilplayback einen Udo-Hit um den anderen von der Bühne, legte alles in Spiel und Gesang, was er an Technik und Empathie aufzubieten hatte, und intonierte soeben – mit ausladender Geste nach dem ehrwürdigen Gemäuer in seinem Rücken – *Ein ehrenwertes Haus*. Auch wenn der Song mit der Wiener Staatsoper nichts zu schaffen hatte, sah man von dem »grauen Don Juan« ab, der als übelwollender Nachbar am Rande besungen wurde.

Bela sah auf die Handyuhr. Sieben Minuten. Schlag 14 Uhr würde der Wurm losziehen. Die riesige Klaviertorte, die sie vor dem Wachsfigurenkabinett, Zielpunkt der Demo, aufzuschneiden und zu verteilen gedachten, würde rasch zur Neige gehen, doch Ersatz aus praternahen Konditoreien war im Anmarsch.

Heute noch dieser Ausnahmezustand hier, und von morgen an wieder Routine. Sie müsste sich um die neue Attraktion fürs kommende Jahr kümmern. Dieser Fußballer, der doch nicht wie ein US-Bundesstaat, sondern Alaba hieß. So what? Sie dachte an das klischeehafte Damengeheul, war von knackigen Sportlerkörpern die Rede. Verfügte nicht auch Casper, *ihr* Casper, über einen solchen Body, dessen Basis er durch exzessives Fußballtraining in jungen Jahren gelegt hatte? Bela lächelte. Demnächst wollte er sie in sein Elternhaus einführen, wenn er von seiner Dienstreise zurückkäme.

Endlich.

Vergessen die Unbilden dieser Tage. Vergessen die Schrecken von bald drei Jahren. Der Name Tussauds bewegte die Massen. Alles war gut. Allein dass sie sich dem Druck gebeugt, der Polizei heute Morgen last minute die Ersatzroute bestätigt und nicht auf der ursprünglichen über die Ringstraße bestanden hatten, bedauerte Bela Schmaus in diesem glückseligen Augenblick aus tiefstem Herzen.

*

»Wie soll ich hier stehen bleiben?«, fluchte der Fahrer mit dem Schwammgesicht in eben diesen Minuten.

»Scheiß dir nicht ins Hemd«, knurrte der Lange. »Auftrag ist Auftrag. Ein Strafzettel ist locker drin. Bei der Gage.«

»Und dass wir zu viert vorne sitzen?«

»Halt's Maul!«

Das Schwammgesicht blickte giftig zur Seite und stellte den Motor ab. »Ein Zettel meinetwegen«, bellte er. »Jeder weitere geht auf deine Kappe.«

Schweigend saßen sie eine Weile im Führerhaus, vier dicht gedrängte Dosensardinen, die darauf hofften, jemand möge den Deckel abziehen.

»Arschloch«, sagte der Lange emotionslos.

»Reiß dich am Riemen!« Der Beifahrer außen rechts.

»Ausnahmsweise nicht du«, beschwichtigte der Lange, wedelte mit dem Handy. »Unser Schnöselfreund hat soeben die Route geändert.«

»Na dann«, brummte das Schwammgesicht. Er ließ den Motor des Lastwagens wieder an. »Wohin geht die Reise?«

Zur selben Zeit

XIV. DIE DILLETANTE

Seit fast zwei Tagen hatte Kluger keinen Tropfen angerührt. Am Verlust der Fähigkeit, komplizierte Sachverhalte in Einklang zu bringen, hatte das nichts geändert, sodass er den Verdacht hegte, Überblick und Alkohol könnten gemeinsame Sache machen, indem sie dauerhaft getrennter Wege gingen. Sein »kluger'sche Dialyse« genanntes Theorem, Alkohol und Analysekraft verhielten sich zueinander wie kommunizierende Gefäße und befeuerten einander wie ein Perpetuum mobile (neuer Alkohol bringt neues Wissen und umgekehrt), stand neuerdings auf wackeligen Beinen, ja, es sah vielmehr danach aus, als würden Reduktion oder Weglassen des einen den anderen nicht zur Wiederkehr bewegen.

Wenn dem so war, konnte er gleich wieder saufen.

Der Chefreporter stand vor seiner Wand und seufzte. Die Gesamtheit seiner liebevoll drapierten Kleinode journalistischer Geisthaftigkeit lag als wirrer Haufen da. Daneben ein zweiter Haufen, dessen Bestandteile nach oben drängten. Einzeln. Gruppenweise. Ein Potpourri aus Zeitungsausschnitten, Headlines, bekritzelten Schnippeln, Fotografien, Briefen, die allesamt die Geschehnisse im Wachsfigurenkabinett behandelten und bereits viele Male die Positionen gewechselt hatten. Rauf die einen. Runter die anderen. Links. Rechts. Kreisum. Mal mehr Nähe zueinander, mal weniger. Ein Hin und Her seit knapp 48 Stunden, das immer neue Momentaufnahmen schuf und doch eine einzige Konstante an Konfusion war, die bei Kluger Ekel hervorrief. Ein Empfinden, sagte er sich, als hätte jemand eine

Schaufelladung Rinderdiarrhö durch ein Wurfgitter an seine Wand geklatscht.

Im Fernsehen sah das so verdammt einfach aus. Mann/Frau/Nerd folgt mit funkelnden Augen den bunten Fäden einer mörderisch stringenten Logik, die sich bloß dem Zuseher in dieser fliegenden Eile nicht erschließt, Mann/Frau/Nerd indes sehr wohl. Als würden Verdächtige, Indizien, Tatortfotos, Namen, Querbezüge von selbst an ihre Plätze schweben. Die Superbullen mit ihren Superspürnasen müssten bloß aufhören, private Wehwehchen vor sich herzuschieben. Einfach nicht länger so tun, als wäre man Mensch. Kling! Klong! Schon geht das Lichtlein auf. Schon springt die Wahrheit auch den trottelhaftesten Trottel an.

War das so einfach? Kluger stöhnte. Seit diesen knapp 48 Stunden war ihm, als hätte jemand, der auf Nummer sicher gehen wollte, dass alles so bliebe, ihm eine Wasserstoffbombe ins da schon unermessliche Chaos seines Lebens geworfen. *Sie* war es gewesen. Diese Miranda. Sie hatte die Bombe gezündet, als sie unvermutet abends im *Salettl* stand, zwei *Cynar* mit Eis in dem von ihm präferierten Mischungsverhältnis (*Cynar* doppelt, Eis halbiert) in Händen, sich niederließ, ihn schmachtend beim Arm fasste, von Ehrlichkeit faselte und sagte, sie wolle den Anfang machen.

Sie heiße in Wirklichkeit Miriam.

Bei »ehrlich« hatte Kluger kurz aufgelacht und an den Leiter der Wirtschaftsredaktion gedacht, der Stunden zuvor die Titelseite der Abendausgabe gekapert hatte mit den brandneuen fabelhaften Daten zum Wirtschaftsstandort Österreich. Aus Arbeitgebersicht. Von wegen Steuererleichterung, staatlicher Förderung et cetera. Den ebenso fabelhaften Anstieg der Arbeitslosenzahlen wolle man dabei (Kluger hatte es durch die offenstehende Tür des Chefredakteursbüros gehört) außer Acht lassen. Zu viele Fakten würden die Leserschaft bloß verwirren gemäß der Doktrin, schwer fassliche Wahrheiten in leicht fassliche Halbwahrheiten zu wandeln. Dem Boss hatte es gefallen. Er segnete den Aufmacher ab und rauschte mit dem Chef der Industriellenvereinigung zum Essen ins *Steirereck* am Pogusch. Auf Einladung. Hubschraubertaxi inklusive.

Diese neue *Ehrlichkeit*, die Miranda-als-Miriam an den Tag zu legen vorgab, verwirrte Kluger, und er hatte sie für den Moment sogar im Verdacht gehabt, mit dem Pinscher unter einer Decke zu stecken, zumindest, was ihre Auffassung von Wahrhaftigkeit anging und da vor allem im Zusammenspiel von vielschichtiger Information und journalistischer Aufbereitung. Die alte Leier, ging es um lästige Wahrheiten einer Story und den Teppich, unter den sie sich bequem kehren ließen.

Hauptsache, sie könnte wahr sein.

Fake stammt etymologisch bestimmt von Fäkalien, dachte Kluger und nicht von Fakten. Ja, apropos Fakten: Welche Wahrheit wollten ihm die *Fakten* dieser Miranda-als-Miriam erzählen? Was sollte er von dem halten, was sie ihm offenbart hatte? Dass sie eine jahrealte Zeitungsmeldung, eine Randnotiz, ausgegraben habe, eine Klage Karl Schrots gegen das Haus Tussauds einer neuartigen Wachsrezeptur wegen; dass David gegen Goliath verloren habe; dass sie folglich nicht länger an der Theorie eines einzig privaten Interesses des Puppenspielers an Clara Schrot festhalten wolle; dass Karl Schrot (wie Bareinzahlungen, Ausgaben, nicht jedoch Steuererklärung belegten) zuletzt ungewöhnlich viel verdient habe mit seiner sonst brotlosen Kunst; dass die Zeugen Jehovas bei ihm ein und aus gingen; dass sie bei Bela Schmaus' Überwachung – *Bela also auch!* – auf den internen Wirbel um ein Schild auf der Figur Humboldts gestoßen sei. – Der Text? – »Mein bester Freund ist heimgegangen nach Guácharo.«

Guácharo? Er habe so einen komischen Vogel zugesandt bekommen. Ausgestopft, eine Botschaft in den Sockel graviert. »Die Widerspenstigen folgen den Schwalben nach Guácharo.«

Und weiter?

Nichts weiter. Seine nach dem Besuch eines befreundeten Biologen gehegte Hoffnung, der Kollege mit den internationalen Kontakten … ja, Supan … würde vorankommen, hätte sich zerschlagen.

Des Weiteren hatte sie ausgeführt, sie sei dieser Pumuckl – *Pumuckl*? – gewesen, als er im *Schesch Besch* seine Prügel bezogen habe; nein (wie geschmacklos!), die Parte seiner Mutter habe sie nicht verschickt; bei der Postkarte dieses Hinczica aus der Südsee handle es sich bestimmt um einen Fake-Service, der im Netz für ein paar Euro zu kriegen sei (der Poststempel original, die Grüße handschriftlich, auf Wunsch mit Fingerabdrücken).

Daran habe er auch schon gedacht.

Sehr fein. Ja, und dass sie nach längerem Hin und Her an einen Eintrag im Rapportbuch der Polizeiinspektion Halirschgasse in Hernals vom Tagdienst am 28. März des Vorjahres gelangt sei, den Vorfall bei den Schrots dokumentierend.

Vorfall?

Der Riesenfisch.

Ach das.

So hatte Kluger das befremdliche Video zu sehen bekommen (ein schwarzer Niemand, der nachts ein Fischmonster in anderer Leute Aquarium kippt) und so nebenher erfahren, Miranda-als-Miriam erleide zuletzt ein bedauernswertes Informationsdefizit bezüglich seiner Mailkorrespondenz mit Bela, weshalb sie sich im Unklaren befinde, ob das Material, das sie über ihn zusammengetragen habe, an ihn zurückgeflossen sei oder nicht.

O ja, verdammter Scheißdreck, das sei es. Woher sie all das …

Das wolle er nicht wissen. Er solle nehmen, was er kriege.

Nein. Sie solle nehmen, was sie habe, und sich aus seinem Leben trollen, ehe er sich und sein bisschen Arbeiterbezirkerziehung vergesse und die Hand gegen eine Frau … oder sie allenfalls unflätig … Er habe leidlich Erfahrung gesammelt mit anonym und nicht überprüfbar und so. Sie könne sich ihre Hinweise in sonst welche Ritzen stecken.

Also gut. So viel: sie blicke auf eine Vergangenheit bei Anonymous zurück, hacke nun um Geld für die Gegenseite. Quasi.

Freimaurer?

Idiot.

Wirtschaftskammer?

Sehr witzig.

Die Russen?

Die Bullen.

Die unverhoffte Selbstlosigkeit dieser Miranda-als-Miriam war Kluger suspekt. Nichts in seiner Welt begab sich aus Altruismus, schon gar nicht die unverlangte Preisgabe heißer Informationen, ganz ohne Gegenleistung. Er hatte nichts dergleichen aufzubieten. Nicht die Videos der Wiener Linien vom U-Bahn-Brand, nach denen sie ihn gefragt hatte. Nicht die hinreichende Erklärung dafür, dass seine Mails neuerdings verschlüsselt waren. Er hatte sich die Kollegen der IT nicht zu fragen getraut. Nun ja, wenigstens hatte sie nicht die Stirn besessen, ihn um Abhilfe zu bitten, damit sie wieder auf dem Laufenden wäre.

Ob er von Belas Neuem wisse, hatte sie abschließend gefragt. Der von der Partnerbörse. – O ja. Sie solle keine falschen Hemmungen vorschützen, könne sich ruhigen Gewissens, weil er alles andere als verzärtelt sei, jetzt und hier in seinen Firmenaccount hacken und die Bilder ansehen, die der Kollege geschossen habe.

Sie hatte ihn nur mitleidsvoll angesehen. Die kenne sie bereits.

Kluger taxierte die Wand. Nicht einen Schritt kam er voran. Miranda-als-Miriams Anregung, Kleininserate zu checken (sie habe nach einer Systemumstellung bei der *Guten* nur bedingt Zugriff auf das Archiv), hatte die Verwirrung bloß gemehrt. Heute Morgen hatte man ihm Bescheid gegeben. Tatsächlich hatte Karl Schrot über die Jahre mehrmals geschaltet. Stets unter »Diverses«. Stets auf Zuschlag an erster Stelle der Rubrik. Stets mit dem kryptischen Text: »Akamas sucht Demophon«. Online unter »Marktplatz«. Ebenfalls zuoberst. Ein andermal tauchte derselbe Wortlaut im Auftrag des Wachsfigurenkabinetts auf. Dann wieder eines von Schrot. Abgeändert auf: »Demophon verlässt Akamas«. Am Folgetag wiederum der alte Text. »Akamas sucht Demophon«. Inserate desselben Wortlauts, bestätigte ihm das Archiv, fänden sich auch in anderen Tageszeitungen. Worauf sie Bezug nahmen, ob in Beantwortung vorangegangener Einschaltungen oder spontan erfolgt, war nicht auszumachen.

Kluger verstand nichts mehr. Klaus Supans Reaktion vorhin, als er ihn bat, seine neue Freundin Clara Schrot aufzusuchen, um das abzuklären, sprach Bände. Er hatte sich vehement geweigert.

»Denn eben nicht zu Hause, wenn du ihren Alten fürchtest.«

»Nicht mal, wenn sie im *Maxim* anschaffen geht und meine monatliche Gratisnummer ist«, hatte Supan geblafft.

»Wohl nicht alles abgesprochen, was den Weg in die Zeitung gefunden hat, hä?«

Supan hatte ihn hasserfüllt angeblickt. Daher wehte der Wind. Die Adresse ihrer Arbeitsstelle hatte er dennoch herausgerückt.

Kluger warf einen zaghaften Blick auf die Fragmente an der Wand, dann machte er kehrt und erwog, sein Büro in die Kantine zu verlegen. Dort flossen zu dieser Stunde Piccolo Sekt und Bier bereits in Strömen, nur nicht Wein pur (mit Verweis auf das strikte Alkoholverbot seitens der Geschäftsführung). Jetzt ein Seidel oder ein zweites, bevor er zu Clara Schrot führe, um in Ruhe über alles zu befinden, ohne einen Schimmer zu haben, worin »alles« bestand.

In diesem Moment schlug der Festnetzapparat an.

»Wer?«, schnaubte Kluger. »Meinetwegen.« Er warf den Hörer in Richtung Gabel, sah nicht ohne Genugtuung, wie die Muschel bei der Zwischenlandung das Gespräch kappte, und schritt zurück zur Wand. Längst wieder tief in Gedanken, schrak er hoch, als Constanze von Meidling mit zornigem Kläffen unter dem Tisch hervorgeschossen kam. Er zischte ein Kommando, und der Terrier trippelte rückwärts.

»Respekt«, sagte eine Stimme in der offenen Tür. Sie lachte laut auf.

»Mittlerweile die einzige Frau hier im Haus, die ansatzweise tut, was ich will. Wer hätte das gedacht.« Kluger sprach ohne Färbung, schlenderte zum Schreibtisch und gab dem Flachgehäuse unter der Flatscreen einen Klaps. »So sieht er von außen aus. Wie er von innen aussieht, weißt du ja.«

Miranda-als-Miriam lächelte, trat an die Wand, ohne sie näher in Augenschein zu nehmen. »Was wird das?« Ihre Hand ruhte auf dem einen Packen unterhalb der Magnetwand.

»Gehört dazu. Bloß …«

»Darf ich?«

Kluger machte eine einladende Geste. Er taxierte die junge Frau, als sie anfing, die Unterlagen zu durchforsten, ohne seine bizarre Wandgrafik, diesen Krampf von Versuch, erhellende Bezüge der Geschehnisse bald dreier Jahre herzustellen, eines Blickes zu würdigen. Stattdessen wühlte sie in dem Zettelhaufen, und als hätte sie seine Festplatte zwischen den Ohren mit derselben Leichtigkeit ausgelesen wie die des Firmencomputers, sagte sie ohne aufzublicken: »Du solltest die Webcam abdecken. Und dir ein Zweithandy zulegen. Krypto. Dernier cri.«

Während Kluger mit resignierendem Gestus den USB-Anschluss der Skype-Kamera (sie wies tatsächlich frontal zur Magnetwand) vom Netz nahm und auch gleich den Akku aus dem Mobiltelefon, um ihn mit einem Kopfschütteln wieder einzusetzen, fuhr Miranda-als-Miriam mit ihrer Inspektion fort. »Den hier kenn ich, den hat die Wachsfuffi als Kopie nach London geschickt«, sagte sie, die Kopie eines Briefes in der Linken, während sie eine zweite vom Stapel aufnahm. »Aber der hier ist mir neu.«

»Toll«, rief Kluger. »Ich dachte schon, ich müsste dir meinen Schwanz zeigen, damit ich dich überraschen kann.«

Sie warf ihm einen gelangweilten Blick zu und machte sich daran, das Schreiben an Justine Idstein zu studieren, während

Kluger in seinen Sessel sank. Nein. Er wollte nicht wissen, ob sein bestes Stück auf Miranda-als-Miriams Landkarte verbotenen Wissens auch mit einem Fähnchen beflaggt war oder nicht. Was war er bloß für ein Dilettant.

Kluger, die Dilletante.

Seine Nachlässigkeiten nagten an ihm. Leute wie Supan umgaben ihr Leben mit Lagen von Stacheldraht, vollzogen konsequent, was die *Gute* ihren Lesern Tag für Tag predigte: Sie erhoben die Abschottung zur Geisteshaltung. Und was tat er? Tür und Tor hielt er offen für jedermann. Wer in sein Leben zu spazieren und sich daran zu bedienen gedachte, hatte leichtes Spiel. Maximaler Output eines Aufdeckers, als der er sich immer noch begriff, verlangte maximale Abschottung. Tag und Nacht. Aber … wollte er das noch? Sich rund um die Uhr abschotten? War er diesem Wahnsinn, diesem sich in unermessliche Höhen fortlizitierenden Versteckspiel nicht jetzt schon in einem Ausmaß erlegen, das …?

Die Ärzte zeigten ihm die dunkelgelbe Karte. Und er? Taumelte auch stocknüchtern lallend durch den Tag. Schoss Bock um Bock. Die Erkenntnis war niederschmetternd, doch bekäme er es als Fremder mit sich selbst zu tun, ergriffe er die Flucht aus Sorge, in die falschen Hände geraten zu sein. Wusste er denn noch, was er zuletzt alles angestellt hatte, das fatale Folgen zeitigen könnte? Bereits gezeitigt hatte? War er überhaupt noch … vertrauenswürdig?

»Fuck, Alter!«, fluchte Miranda-als-Miriam.

Kluger fuhr hoch, sah sie ins Handy hämmern. Vor ihr lag eines der Bilder, die Supan bei Belas misslungener Überwachung geschossen hatte. Es zeigte Helene Mayer-Thurgau, wie sie vor der Haustür ihrer Wohnung im vierten Wiener Gemeindebezirk von einem Paradiesvogel abgefangen wurde.

»Was ist?«

»Dieses Hurenkind«, schnaubte sie. »Ich reiß dem Arsch den …«

Kluger starrte auf das Foto. »Was hast du mit Helene May…«

»Die doch nicht.«

»Mit ihm?«

Sie schwieg.

»Was ist mit ihm?«

»Gar nichts.«

»Gar nichts?«

»Nein.« Miranda-als-Miriam lächelte wie von einem anderen Stern.

Kluger hechtete zur Tür, schmetterte sie ins Schloss, sodass die Uhr darüber von der Wand sprang, um sie augenblicklich wieder aufzureißen. »Was ist das?!«, fauchte er.

»Keine Ahnung?!?« Sie starrte ihn aus weiten Augen an.

Abermals schmetterte er die Tür ins Schloss, riss sie wieder auf. »Offenheit! Geschlossenheit!«, schrie er. »Das eine bin ich. Das andere bist du.«

»Ach ja? Und das hier?« Sie schlug mit der Hand auf das Foto.

»Soll ich im Urin schmecken, dass du den Irokesen kennst? Warum sollte ich dir vertrauen, wo du alles von mir zu wissen scheinst? Für die Polizei arbeitest du also? Ja? Ach, komm! Leck mich! Welche Polizei? Die in Minimundus? Oder doch Entenhausen?«

Wortlos griff sie in die Gesäßtasche, schleuderte ein scheckkartenkleines Etwas auf den Schreibtisch. Kluger nahm die Karte in Augenschein. Bundesadler. Magnetstreifen. Foto. Hologramm. *Cyber Security*. Sah verdammt echt aus. Auch schien sie tatsächlich Miriam zu heißen. Eine Weile funkelten sie einander an. »Neuanfang?«, sagte Kluger schließlich.

»Er nennt sich Floppy.« Miriam lächelte säuerlich, dann fing sie an, ihn in kurzen, präzisen Sätzen in das zu setzen, was sie ihr Bild nannte. Kluger seinerseits überredete sie, mit ihm Clara Schrot aufzusuchen, offenbarte ihr das Postvideo, das sie zu seinem Erstaunen ebenso wenig zu kennen schien wie das Täterprofil, das Bela ihm bei dem kläglich gescheiterten Treffen mit dem Kondor im *Salettl* ausgehändigt hatte.

»Wie bei der NSA«, sagte sie resümierend. »Zu viele Daten. Zu wenig Personal.«

»Bierchen?«, fragte Kluger.

»Mehr als eins.«

Genau da durchhallte ein diskretes »Pling« den Raum. Kluger beäugte das aufgepoppte Mailfenster, zögerte, warf doch einen mehr als flüchtigen Blick darauf, vertiefte sich, vertiefte sich weiter, versank in einem Word-Dokument, das er nebenher öffnete, las rhythmisch wippend, legte die Stirn in Falten, klickte ein erstes JPEG an. Ein zweites.

»Gottverfluchte Scheiße«, murmelte er. »Wenn es das ist, was ich ...«

Er lief zur Tür, starrte ewige Momente auf das zerbrochene Uhrglas, lief zurück zur Wand und bugsierte Miriam unsanft beiseite, ehe er anfing, sich durch den Haufen jener Unterlagen zu wühlen, die es zurzeit nicht an die Wand geschafft hatten. Endlich! Fiebrig entpackte er den gefalteten Zeitungsbericht. Es war Klaus Supans Reportage über die Schrots und den unter Wasser ermordeten Schweden.

»Sieh dir das Foto an!« Er fasste Miriam am Arm, zerrte sie an den Bildschirm. »Und jetzt sieh dir dieses an!«

Dass sie kreidebleich wurde, sah er gerade noch aus den Augenwinkeln, während er zur Tür hetzte und schreiend in Richtung Klaus Supans Büro lief. Freudig kläffend sprang Constanze von Meidling hinterdrein.

Am nächsten Morgen, in den heiligen Hallen der *Guten*

XV. TOTGESCHRIEBEN

Schreib, schreib ...
Schreib von der Unsterblichkeit der Seele,
vom Liebesleben der Nordsee-Makrele;
schreib von der neuen Hauszinssteuer,
vom letzten großen Schadenfeuer;
gib dir Mühe, arbeite alles gut aus,
schreib von dem alten Fuggerhaus;
von der Differenz zwischen Mann und Weib ...
Schreib ... schreib ...
Schreib sachlich und schreib dir die Finger krumm:
kein Aas kümmert sich darum.
Aber:
schreibst du einmal zwanzig Zeilen
mit Klatsch – die brauchst du gar nicht zu feilen.
Nenn nur zwei Namen, und es kommen in Haufen
Leser und Leserinnen gelaufen.
»Wie ist das mit Fräulein Meier gewesen?«
Das haben dann alle Leute gelesen.
»Hat Herr Streuselkuchen mit Emma geschlafen?«
Das lesen Portiers, und das lesen Grafen.
»Woher bezieht Stadtrat Mulps seine Gelder?«
Das schreib – und dein Ruhm hallt durch Felder und Wälder.
Die Sache? Interessiert in Paris und in Bentschen
keinen Menschen.

Dieweil, lieber Freund, zu jeder Frist
die Hauptsache das Persönliche ist.

»Absolut irre.«

»Absolut irre«, pflichtete der Chefredakteur bei, im Nebulösen belassend, worauf sein Echo abzielte. Auf diesen Morgen? Die Ereignisse? Die Brillanz des rezitierten Textes? Die seines Vortrags? Mit erhabenem Lächeln hielt er die Morgenausgabe dem fischig dreinblickenden Herausgeber zu seiner Linken entgegen.

»Ich mochte Gedichte noch nie«, sagte der wie tot und stierte auf die Titelseite der *Guten*, »und diesen Tucholsky zweimal nicht. Mein Papa wollte immer, dass ich den lese.« Luft pfiff ihm durch die Zähne, als er bedeutsam ausholte. »Dennoch entbehrt die Sache nicht einer Portion Sa… Sar… Sarko… Sakra… na, Dingsbums. Bedauerlich, dass wir es bloß … wie lange, sagst du, Bobo, haben wir die Geschichte exklusiv gehabt?«

Unvermutet listig funkelte der Herausgeber seinen Redaktionsleiter an, und für einen Moment schien es, als wären es die Äuglein des alten Alten, die da funkelten, nicht die des jungen Alten. Nur er, der alte Alte selig, hatte ihn so rufen dürfen, nicht aber vor den Ohren niederen Personals und auch zu einer Zeit, als Bobo ein Alleinstellungsmerkmal war und nicht Sammelbegriff für städtische Eliten, die auf Hippies und Yuppies machten, Szenen und Subkulturen kopierten, Erdäpfel auf Hausdächern anbauten, auf alt getrimmte High-Tech-Waffenräder fuhren und doch nichts waren als wohlbestallte Speerspitzen galoppierender Gentrifizierung.

Bobo. »Eine Stunde«, gab der Chefredakteur scharf wieder. Dann, nach seiner Rechten: »Wie lange genau, Kollege?«

Stille.

»Kollege Kluger!«

»Ja?«

»Wie lange? Eine Stunde?«

Sarkasmus. Klugers Gedanken umhakten immer noch das Wort, nach dem der aalglatte Herausgeber vergeblich gefischt hatte, doch er hatte nicht gewagt, es für ihn an Land zu ziehen. Andere Worte durchwirbelten sein Denken. *Büro des Herausgebers. Pantheon. Elefantenrunde. Allein auf weiter Flur. Antanzen. Frühmorgens. Henkersmahl.* Nein. Nach Hinrichtung sah das hier nicht aus. Noch nicht. Und doch war ihm unwohl wie selten zumute. Kluger saß weit vornübergebeugt bei Tisch. Die makellose Spiegelung seiner zerschlagenen Visage grinste hämisch empor. Kurz vor 3 Uhr morgens war's gewesen. Der letzte einer Flut nächtlicher Anrufe des Chefredakteurs: keine Geschichte in den gefühlt 1.000 Jahren seiner Karriere, hatte der mit bordeauxschwerer Zunge gelallt, habe sich besser zum Spaltpilz des Schicksals geeignet; ob nämlich ihr Verfasser durch den Fleischwolf gedreht werde oder in Gold aufgewogen.

Kluger riss sich los. »54 Minuten«, stieß er hervor, »dann sind die ersten Mitbewerber aufgesprungen. Anfangs zögerlich. Wegen der Dementi von Polizei und Tuss…«

»Unfähigkeit lässt sich neuerdings auch dementieren?«, fragte der Chefredakteur.

»… aber allmählich immer offensiver. Wir hätten die Story nicht zurückhalten können. Wir mussten sie auch online …«

»Niemand macht Ihnen einen Vorwurf«, ging der Herausgeberfisch kühl dazwischen. »Nicht diesmal. Nicht dafür.«

Nicht diesmal? Nicht dafür?

Galaktische Unerreichbarkeit stand dem Mann ins Antlitz gemeißelt, der arglose Blick von einer Verschlossenheit, die sich jeder Deutung entzog. Selbst sperrangelweit offen, waren diese Augenhöhlen unzugänglich wie verschlossene Miesmuscheln – Verzehr nicht angeraten; bei Betreten Erbrechen. Als kennte dieses amorphe Wesen bloß zweierlei Emotion: die Patina dumpfer Gefasstheit und Hinnahme an neun Tagen; die freilaufende Bestie Jähzorn am zehnten; dann, wenn der Fisch jäh außer sich geriet, ja bisweilen handgreiflich wurde, und mit Beleidigungen so wahllos um sich warf wie die Redaktion mit Dativ und Zeitenfolge.

Wie ging das zusammen?

Alle beide, Herausgeber wie Chefredakteur, nickten ihm auf gleichermaßen beirrende, gleichermaßen wohlwollende Art zu. Nervös flatterten Klugers Augen von einem zum anderen, bis ihn das Blitzlicht eines Zuckens im Antlitz des Chefredakteurs erreichte. Fiebrig tastete er die Miene ab, durchforstete sie nach Fingerzeigen, nach Fragmenten jener abgründigen Abscheu, die der Boss für den Herausgeber empfand. Jeder im Haus wusste das. Jeder kannte wenigstens vom Hörensagen die spöttische Herablassung, die der ausgebuffte alte Fuchs über das Ansehen des Gottvaters in zweiter Generation zu kippen pflegte. Und Auserwählte, zu denen Kluger zählte, hatten es miterlebt; wenn der Chefredakteur in Laune war, die Mundwinkel verzog und den Herausgeber mimte; den schlaksig eckigen Gang; den dumpf abwesenden Blick; die gelegentliche Flüchtigkeit des Augenkontakts (hatte ihm das der Pinscher in hündischer Treue abgeschaut und zur Attitüde erhoben?); das hilflos clowneske, fast tonlose Gelache im Ringen um eine eigene Meinung, eine heikle Entscheidung; das selbstvergessene Verkennen von Ironie; und das Überspielen von alledem durch langatmiges Ausweichen auf zeitungsferne, techniknahe Materie, über die der Herausgeber stundenlang schwadronieren konnte – das brandneue Elektroauto, das brandneue Handy, die brandneue Taucheruhr seiner Frau, die sie zuletzt für den Familienurlaub mit Freunden auf Barbados erstanden habe, ohne zu erwähnen, dass die zweite Familie jene des auf Steuerkosten einladenden Finanzministers war und alle Business flogen, nur nicht (auf Anordnung der Herausgebergattin) die quengelnden Kinder beider Paare. Die saßen mit der Nanny in der Holzklasse.

All das, passten Zeit und Ort und Stimmung, war der Herausgeber im Körper seines ihn verhöhnenden Chefredakteurs. Doch nichts von alledem fand sich hier wieder. Wo blieben die intuitiven Signale der Geringschätzung? Wo die trunkenen Flaggenzeichen der Reue, die Redaktion des Marktführers zu leiten und sich doch zum bestbezahlten Laufburschen der Nation gemacht zu haben, zum gedemütigten Lakai eines mächtigen Ahnungslosen, zum Fährtenhund eines die Scharfsicht mimenden Blinden?

Klugers Argwohn lief auf Hochtouren. Diese brüderliche Harmonie zwischen Herrgott und Erzengel. Dass der Hass, den auch der Herausgeber für seinen Chefredakteur empfinden musste, nicht offen ausbrach, war vor allem den Vorzügen des jeweils anderen geschuldet, um die beide wussten. Der Herausgeber kannte die Blattmacherqualität des Chefredakteurs, an der es ihm selbst gebrach. Und der liebte seinerseits ein Salär, bei dem auch Bundespräsidenten mit der Zunge schnalzten. Also rieb man sich lieber tagein tagaus aneinander wie zwei tektonische Platten, bis es bebte und zum Spannungsabbau einem Redaktionsmitglied der Kopf von den Schultern flog.

Heute Morgen war es wieder mal soweit, da hatten die Zeichen auf Beben gestanden. Eigenmächtig wie selten hatte der Chefredakteur ein Sakrileg begangen und ein Gedicht auf die Titelseite der *Guten* gehoben. Kein ungeschriebenes Gesetz war annähernd unverbrüchlich: Gedichte gab es dort genau zweimal im Jahr: Weihnachten und Ostern. Der »k-&-k-Schmarrn«, wie es intern hieß, was für »Krippen & Kreuzigung« stand, bigotter Taufscheintribut an die Volksfrömmigkeit einer dramatisch alternden Stammleserschaft. Kein Weg führte an diesem Gesetz vorbei. Und doch hatte der Chefredakteur am Vorabend seiner Aufwieglerlust freien Lauf gelassen und den idealtypischen Anlassfall einer tektonischen Entladung geschaffen, der den Herausgeber zu Klugers Verblüffung nahezu kaltließ.

Das Cover der *Guten* war zur Gänze als Foto gestaltet, dessen untere Hälfte der zuvor genussvoll rezitierte Text einnahm. Das Poem selbst war auf Leinwand gedruckt und wie zum Rammschutz vorneweg auf einem Festwagen angebracht (einem anderen als dem von Tussauds vor der Staatsoper). Im Hintergrund zu sehen eine Wachsfigur am Klavier. Darüber, in fetten blutroten Lettern ins Bild geschnitten, der Aufmacher.

Die irre Welt der
Wiener Wachsbestie

Vier Unterzeilen in dunkelgrauem Negativ präzisierten die Headline, bemüht, in eingängigen Schlagworten das Unbegreifliche begreiflich zu machen, bemüht, auch jene in die Höhle des Blattes zu locken, die für gewöhnlich weite Bögen um die *Gute* und auch gleich ein Kreuz schlugen.

Tussauds-Killer schlug wieder zu
Udo-Jürgens-Parade als Horrortrip
Massenpanik vor dem Riesenrad
Ex-Tennisprofi das nächste Opfer

21 Seiten hatten sie am Vortag spätnachmittags wie der Blitz ausgeräumt, sprich: freigeschlagen. Alles, was um diese Tageszeit erreichbar und nicht freien Auges jenseits der zwei Promille war, wurde einberufen, ungeachtet der Gabe, noch ganze Sätze mit Subjekt oder Prädikat formulieren zu können oder nicht. Ein Teil der Mannschaft war ausschließlich damit beschäftigt, zuhauf Artikel der Abendausgabe radikal einzukürzen oder gleich auf Halde zu legen. Auf Seitenformat aufgeblasene Reißer wurden zerrupft, zerfleddert, implodierten bisweilen wie harpunierte Luftballone zu Randnotizen, und man ging dabei mit einer Freude zu Werke, die nicht nur Klugers Redaktionsherz zu wärmen schien angesichts der vielen heißen Luft missliebiger Kollegen, die auf Befehl von oben verpuffte. Innenpolitik, Außenpolitik, Wirtschaft, Auslandschronik, alles weit ins Blattinnere verbannt, Inserate verrückt, nötigenfalls gecancelt – bloß um von der ersten Zeile weg eine von Fremdkörpern gesäu-

berte, durchgängig fesselnde, homogene Chronologie des Irrsinns zu schaffen. Ein kompaktes Stück Grauen, das jetzt schon, am Tag eins, alles aufbot, was die Konkurrenz gar nicht oder in der Schockstarre erst für die Berichterstattung des Folgetages angedacht hatte. Die *Gute* indes, mit der abgeklärten Präzision und beharrlichen Lauffreudigkeit eines Schweizer Uhrwerkes, tat, worin sie unerreicht war: Sie walzte den Markt von Anbeginn nieder, hatte einen Flächenbrand von Berichterstattung kreiert und die Auflage der Morgenausgabe aufs Doppelte nach oben gefahren.

»Die Frage ist nur …«, hob der Herausgeber abermals an, um jäh innezuhalten. Engelsgleich beäugte er Kluger.

»… was wir heute machen«, ergänzte der Chefredakteur, »nach so einem Tag. Verstehen Sie uns nicht falsch, Kollege Kluger. Alles bestens. Wirklich schön, wie wir das heute haben. Zu schön. Sie sind mir doch einer. Sie in Ihrem Übereifer …«

»Wir waren zu zehnt.«

»Ich weiß. Ich weiß.«

»Was haben wir falsch gemacht?«

»Iwo! Falsch. Ich bitt' Sie! Was für ein hässliches Wort!« Er linste zum Herausgeber, um augenblicklich wieder seinen Chefreporter ins Visier zu nehmen. »Also gut. Ich sage es ohne Umschweife: Sie haben die Story totgeschrieben.«

»Totgeschrieben?« Kluger rang nach Atem. »Aber … Sie waren … wir haben doch gemeinsam … den ganzen Abend. Das Umzeichnen der Seiten … die generelle Festlegung der Themen nach Doppelseiten. Sie haben doch alles bis zum Schluss ge… geleitet.«

»Sie hätten mich daran hindern müssen! Sehen Sie sich das nur an!« Eine (im Jargon »Doppler« genannte) Doppelseite um die andere schlug der Chefredakteur auf, ostentativ, einer jeden ein geseufztes »Und das!« beigebend, mit Fortdauer des Blätterns zunehmend theatralisch. »Und das!! Und das!!! Und das!!! Und das!!!!«

Die ersten fünf Doppler handelten den Kern des Dramas ab; sie waren gespickt mit Übersichts- und Detailaufnahmen vom Riesenradplatz, wiewohl der Tumult von der auf der Titelseite behaupteten Massenpanik so weit entfernt war wie Konzernstrategen von Herzensgüte; Bildzitate geschockter Zeugen bereicherten die Berichte, doch hatte man ihnen ihr Geschocktsein zumeist erst beibringen müssen, da sie beharrlich abfeierten und absangen und nicht begreifen wollten, worüber sich eine Handvoll aufgescheuchter Pressefuzzis so erregte. Hinterher, ab Doppler Nummer sechs, allerlei Brimborium: epische Interviews mit dem Polizeipräsidenten und zwei Psychologinnen; ein vages, auf jeden Zweiten zugeschnittenes Täterpsychogramm, darin anstellend erste Mutmaßungen zum Motiv; eine Blitzumfrage von philosophischem Tiefgang (Was halten Sie vom Wiener Wachsfigurenkabinett?); eine ausführliche Chronologie der Geschehnisse aus zweieinhalb Jahren wie auch ein Abriss von Leben und Werk des einem breiten Publikum unbekannten Kurt Tucholsky (angeregt vom Kollegen Herausi aus dem Sport, um einer Verwechslung mit dem allemal berühmteren Fußballer Lewandowski vorzubeugen (wegen diesem -ski hinten … hmm … die polnische Namensendung … hmm!)).

»Sehen Sie unser Dilemma?«, resümierte der Chefredakteur. »Wir haben heute alles im Blatt. Die morgige Ausgabe hat nicht den Funken einer Chance, nur halb so spannend zu werden. Nicht … den … Funken … einer … Chance!«

»Aber …«

Die chefredaktionelle Hand gebot Schweigen, und der Herausgeberfisch fiel wie auf Zeichen ein. »Erfolg, sagt Einstein«, sagte er, »ist Arbeit plus Muße plus Mundhalten. Eine simple Formel. Die Muße überlassen Sie mal schön uns, ja?«

Kluger kochte vor aufwallender Wut. Er dachte an den Kollegen mit dem irren Lachen und der Leidenschaft, den Führer mitten auf dem Redaktionsgang zu imitieren. Daran, dass seit

Jahren Wetten liefen, wann er schwerbewaffnet im Kampfanzug in der Arbeit auftauchen und wen er auf seiner Todesroute zuerst aufs Korn nehmen würde, vom Büro des Ressortleiters abwärts. Ja, sie hatten intern sogar Evakuierungspläne für den Tag X geschmiedet. Erstmals empfand Kluger einen Hauch von Sympathie für den Kollegen, als er nun die kühle Herausgeberfischvisage musterte. Dieses grabeskalte Schauen, wie er es sonst nur aus der Pathologie kannte.

Keine 18 Stunden war es her, dass er zu Klaus Supan ins Zimmer gestürmt war. Der schien nicht betrunkener als sonst und nahm Klugers Instruktionen mit erst dumpfer Gleichmut hin, um auf einmal hellwach zu sein. Dann waren Miriam und er, ausgerüstet mit Supans und seiner eigenen Profikamera, in ihrem alten GTI in Richtung Marienbrücke geflogen. Dort sollten Truck und Tross den Donaukanal übersetzen. Dort sollte er sich laut Mailnachricht einfinden.

Miriam hatte den Wagen auf dem Busparkplatz zwischen Straßenbahntrasse und Fahrbahn fallen lassen. Dann waren sie nach dem Delta der Rotenturmstraße gehetzt. Von Weitem schon dröhnten die dumpfen Bässe herab, stampften die Rhythmen in Richtung Schwedenplatz wie ein alter Mississippidampfer, und bald (irgendwo mittendrin musste auch der fette Leisch sein) konnten sie die ersten Hundertschaften bereits sehen in ihren schwingenden Bademänteln, die auf Miriams und seine Position nahe dem Donaukanal zuhielten, während ein Volksbarde um den anderen die Bühne erstürmte. Im Takt tänzelnde Schilder tauchten auf – DER SANFTE UDO … LIEDER FÜRS LEBEN, LEDER FÜRS LIEBEN – und soeben schmetterte eine Frau, keine 30, etwas ins Mikrofon, das *Mit sechsundsechzig Jahren* zu sein behauptete, doch Zwölftonmusik war. Kluger schauderte auf. Erstmals in seinem an Geschmacklosigkeiten steinreichen Leben sehnte er sich nach Jürgens' Originalmusik. Immer näher schob sich der Tross den Säumen des Schwedenplatzes entgegen, und Kluger drehte sich zunehmend nervös immer öfter um, stierte ans andere Kanalufer hinüber. Von dort sollten sie kommen.

Sollten. Doch da kam nichts. Bis auf einmal sein Mobiltelefon brummte. Eine SMS.

»Scheiße, verfluchte!«, schrie er und riss Miriam mit sich fort, hin zu ihrem Wagen, und geriet ums Haar unter die Räder eines Lastwagens, der aus einer Nebenfahrbahn des Kais angebraust kam. Miriam riss ihn im letzten Augenblick am Kragen zurück, und was Kluger sah, waren vier weit aufgerissene Augenpaare, die ihn aus der Fahrerkabine anstarrten, ehe das tonnenschwere Gefährt an ihnen vorüberschoss.

Die neue Adresse, die er erhalten hatte. Riesenradplatz. Warten. 15 Minuten. 20. 30. Nichts. Dann der Refrain von *Liebe ohne Leiden* und erste Bademäntel in Sicht. Weitere, rasend schnell ihre Zahl, und rasend auch die Zweifel, die Kluger packten. Er hatte das Haus rebellisch gemacht mit seiner Vorankündigung. Alles Gewehr bei Fuß. Print. Online. Zwei Teams in Bereitschaft, zu ihm zu stoßen. Der Chefredakteur erwägend, das Blatt radikal umzuplanen, für den Fall dass …

… ja, dass Kluger anrief. Doch Kluger rief nicht an, schwitzte Blut, lief wieder und wieder zwischen Miriam beim Calafatidenkmal und dem Salamucci hin und her, pflügte sich durch die wachsenden Massen, im Stehen einen doppelten *Fernet* um den anderen stemmend, fortgespült mit *Aperol*, diese Bitterkeit, er könnte einmal mehr sich zum Gespött machen, während der dröhnende Tross sich durchs Portal hereinwälzte – *Immer wieder geht die Sonne auf*, der lange Vickerl, schmetternd, schmachtend, sich im Johlen und Schunkeln der Menge suhlend – und er, Kluger, auf dem Rückzug bereits, Meter um Meter aus dem Festmeer schlüpfend, um sich andernorts zu versenken, die Reporterseele in einem Schwall aus Schmach und Weltschmerz zu ertränken. Ein für alle Mal.

Bis Miriam aufschrie, ihm den Kopf mit beiden Händen herumriss. Keine 20 Schritt hinter ihnen standen sie: vier Gestalten, die aus nichts als funkelnden Schädeln zu bestehen schienen, keuchend, prustend, unter Bächen von Schweiß und mit pulsierenden Adersträngen etwas vor sich herschiebend. Und genau, als sich auf diesem anderen Rollpodest ein machtvoller Gegenbass erhob und er IHN sah, wusste Kluger: Alles war gut. Weil nichts gut war.

Bis Mitternacht hatten sie hinterher alles gegeben, und allein der auf Anstellung hoffende Volontär der Chronikredaktion hatte Schlag 19 Uhr verkündet, gehen zu müssen. Die zuckerkranke Katze seiner urlaubenden Tante warte auf ihre Insulinspritze. Er solle besser sich selbst eine Dosis verabreichen, hatte der Chefredakteur mit hochrotem Schädel gebrüllt, eine Überdosis, und es nicht wagen wiederzukehren, und Kluger sein Weinglas unter die Nase gerieben. Randvoll, Kollege Kluger, hatte er gerufen. Randvoll!

Was für ein Abend!

Wellen glückseliger Nostalgie hatten Kluger durchbrandet, ein Gefühl, das sich zuletzt vor Jahren eingestellt hatte, als Natascha Kampusch die Flucht gelungen war und sie auch damals mehr als 20 Seiten von Grund auf neu gestaltet hatten. Auch damals waren sie hinterher zur *Pumpe* gepilgert, um zu feiern, bei Leberkäse, weißem Spritzer und *Fernet Branca*. Bis 3 Uhr morgens. Es war wie damals, doch nun hieß es, sie hätten die Story …

… tot-ge-schrie-ben???

»Ich verstehe«, murmelte Kluger kraftlos.

Der Chefredakteur hob die Augenbrauen. »Nicht den Funken einer Chance hat die Ausgabe von morgen«, doppelte er nach, »es sei denn …«

»Ich verstehe.«

»Ich glaube nicht, dass Sie verstehen«, sagte der Herausgeber, »es sei denn …« Er hielt inne, trug nun jene kindhaft naive Fühllosigkeit im Gesicht, vor der die Belegschaft am meisten graute. Dieses wertfrei glitschige Schauen, das jedes Gegenüber verunsicherte und sprachlos machte, seien es Geldangelegenheiten, sinnlos anmutende Aufträge oder jene Momente betretenen Schweigens, wenn der Herausgeber Geschichten einforderte, die an diesem Tag bereits exklusiv in der *Guten* standen. »Es sei denn …«

»Der Herausgeber«, sprang der Chefredakteur bei, »will Ihnen schonend beibringen, dass wir ein Opfer brauchen.«

Kluger riss die Augen auf. »Opfer?«

»Opfer«, sagten alle beide wie aus einem Mund, ehe der Chefredakteur fortfuhr. »Nein, nein, Kollege. Nicht Sie. Einen Schuldigen von Format und Rang … von außerhalb. Jemand, den wir ans Kreuz schlagen können. Dem Mob zum Fraß vorwerfen. Öffentlich und ungestraft. Die Menschen gieren nach Gesichtern und Namen, um sich an ihnen zu reiben.«

»Wie wär's … wie wär's mit a bisserl Polizei-Bashing«, stammelte Kluger und dachte an die »Viiiiinzent-Schatzi-Wo-iiiiiiser-denn«-Schreie, die erst neulich wieder durch die Redaktionsgänge geweht waren und ihm eine Schweißattacke beschert hatten. »Die haben ja wirklich auf ganzer Linie versagt. Die Innenministerin haben wir zuletzt ohnehin sehr pfleglich behandelt. Wird außerdem gerne gelesen.«

»Die Ministerin nicht«, sagte der Herausgeber.

»Nicht?«

»Schon, schon«, erwiderte der Chefredakteur. »Das heißt … nein. Genau das wird ja allseits erwartet. Das Hinprügeln auf die Ministerin. Das sollen morgen die *Anderen* besorgen. Diese pseudoseriösen Versager. Diese Nachplapperer und Hintennachschreiber, die sonst nichts aufzubieten haben. Außerdem kooperieren wir gerade. Wir jedoch, Kollege Chefreporter, haben einen Ruf zu verteidigen. Einen Vorsprung. Wir müssen morgen den einen Schritt weiter sein. Alles klar? Wir brauchen ein *Opfer*. Eines, das ganz allein *wir* dazu gemacht haben.«

Nichts, schoss Kluger ein, wäre einfacher, als die Ministerin abzuwatschen. Nahm die *Gute* neuerdings ein Regierungsmitglied der Schwarzen in Schutz, wo es augenscheinlich nichts zu schützen gab, roch der Braten nach allen Seiten. Andererseits … es konnte alles sein, das sie so agieren ließ. Irgendeine Spielart der Doppelt-gemoppelt-verkehrt-herum-Strategie. Vielleicht begab sich der junge Alte neuerdings bei sexuellen Ausschweifungen auf die Fährte des alten Alten und hatte etwas zuzudecken? Vielleicht wollten sie bloß dem roten Wiener Bürgermeister eins auswischen, weil die Stadt die Gratiskonkurrenz mit Inseraten fütterte? Oder etwas ganz anderes? Wer, ausgenommen diese beiden Drohnen, die ihn auf so bizarr einmütige Weise anglotzten, wusste das schon? Dennoch gedachte Kluger dagegenzuhalten. »Das Opfer«, sagte er, »dieser schwedische Ex-Tennisspieler. Da ist noch einiges drin. Die Story haben wir heute gerade mal angeschrieben.«

»Soll sein«, murrte der Chefredakteur.

»Und dieser Wachskünstler. Dieser Karl Schrot. Mir scheint, der spielt ein doppeltes Spiel. Ihn sollten wir abklopfen.«

»Meinetwegen. Meinetwegen. Aber das ist alles Beiwerk eines großen Ganzen.«

»Das Motiv«, rief Kluger. »Darauf sollten wir uns setzen. Das Motiv!«

»Nix da, Kollege Kluger! Das ist Kaffeesudleserei. Etwas für die naseweisen Akademiker der Branche. Außerdem haben wir heute schon das Gedicht auf der Einser. Dazu den Psychoschmonzes im Blatt. Ein klarer Fall von pathologischer Geltungssucht. Ist doch alles gesagt, oder?«

Alles gesagt? Gewissheit, fand Kluger, sah entschieden anders aus.

»Man hört, Sie seien dem Personal bei Tussauds … nun ja … näher zugetan?« Ein konturiertes, fast blasiertes Lächeln stand für eine Sekunde im Antlitz des Herausgebers, ehe er ins Sterile zurücksank. »Sie wissen, wen ich meine. Diese appetitliche Rothaarige, die allerorts Interviews gegeben und diese seltsame Parade bis aufs Blut verteidigt hat.«

Erstaunt sah Kluger ihn an. Der junge Alte stand im Ruf, bei Ressortleiterkonferenzen oft nicht mal den aktuellen Aufmacher des eigenen Blattes zu kennen, geschweige über die Berichterstattung anderer Bescheid zu wissen. »Wir sind seit Jahren eng befreundet«, hörte er sich sagen. Eiskalter Schweiß schoss ihm in den Nacken.

»Freut mich zu hören«, warf der Chefredakteur ein. »Das spart leere Kilometer. Erinnern Sie sich? Die Eislady? Die ihre Männer einbetoniert hat? Wie hieß die gleich? Asti? Wie der Spumante?«

»Esti«, sagte Kluger.

»Genau die! Was für ein diabolisches Weib! Welch südländische Sinnlichkeit! Was für Lippen! Was für dralle Möpse! O ja, diese Möpse! Wissen Sie noch ... das Foto, als sie in Handschellen am Brenner von Carabinieri an die Österreicher übergeben wurde? Die Brust weit vorgestreckt. Dazu dieser verschreckte Blick.«

»Sie war im vierten Monat.«

»Aber geh! Das hat Sie und die Kollegen im Haus nicht gehindert, sich an den Bildern zu begeilen, oder? Und erst die Leser. Was sind die Leute auf diese Frau abgefahren! Die Schöne und das Biest. Vereint in einem einzigen, obendrein so famosen Körper. Herrlich! Das ist es, was der verehrte Herr Herausgeber und ich von Ihnen erwarten, Kollege Kluger. Die Schöne *als* Biest.«

Durchdringend stierte ihn der Chefredakteur an, ein Schauen, das tief in die Menschen hineinreichte und ihr Innerstes zur Diagnose vorlegte. Woher wussten sie von Bela und ihm? Hatte Supan geplaudert, da er ihm unmissverständlich nahelegte, die Finger von ihr zu lassen? Hatte sonst wer ...? Scheißegal. Sie verlangten nicht mehr und nicht weniger, als dass ...

»Schauen Sie, Kollege. Ein erster Entwurf. So haben wir uns das vorgestellt.«

Unvermutet hielt der Chefredakteur einen Farbausdruck in Händen. Mit gönnerhafter Geste ließ er ihn über die Tischversiegelung gleiten, hin zu Kluger. Eine vorproduzierte Titelseite. Jetzt schon, zu dieser frühen Stunde. Formatfüllend ein Bild von Bela, das sie in resoluter Pose mit verschränkten Armen vor dem Wachsfigurenkabinett zeigte, eingespielt von einer Bildagentur. Darüber der Aufmacher von morgen. Diesmal in der dreizeiligen Ausführung.

Grauenvolle Mordserie bei Tussauds –
was verschweigt diese Frau?
Das Geheimnis
der feuerroten
Wachs-Lady!

»Aber …«

»Der Aufmacher als Feature«, sagte der Chefredakteur, während der Herausgeber anfing, gelangweilt zum Fenster hinauszuschauen. »Die uralte Tugend. Die Geschichte hinter der Geschichte. Und Sie liefern sie. Den Rest sollen die anderen machen. Lassen Sie Ihrer Fantasie freien Lauf! Fakten sind das eine, ihre erzählende Interpretation das andere.«

»Aber …«

»Sie sind nicht in der Position für ein Aber. Sie machen das schon.« Sprach's und verließ das Herausgeberbüro grußlos.

Gegen einen Chefredakteur dieses Formats in diesem Zustand selbstgefälliger Bestimmtheit aufzubegehren, war zwecklos. Eher ließe sich den Texten der Wildecker Herzbuben lyrischer Tiefgang abtrotzen. Kluger wusste, er müsste andere Wege gehen. Genau da tat es »klick« in der Chefreporterstirn. Fordernd und in kühler Entschlossenheit funkelte er den Herausgeberfisch an.

Unweit, zur selben Zeit

XVI. VIER FRAUEN UND EIN VOGEL

»Soso«, tönte Madame Directrice. »Stil also … Rita Stil. *Stil* wie die erbärmliche Manier Ihrer Amtsführung? Oder *Stil* wie Ihre prinzipielle Unart, gegen Vorschriften zu verstoßen?« Sie stand am Fenster, starrte hinab auf den sich füllenden Riesenradplatz, sprach wie ins Nichts. Nervös zupfte sie an ihrem Maßkostüm.

»Es war das einzig Vernünftige, sie umgehend ins Haus zu holen. Sie kam gestern mit der letzten Maschine.«

»Ach ja?« Clementine Nierast fuhr herum, nahm den Frauen am anderen Ende des Raums mit stahlhartem Blick das Maß. »Vernünftig? Die Pest im Haus entspricht also Ihrer Vorstellung von … Vernunft?«

»Allemal vernünftiger, als den Festwagen zu erklimmen und ins erstbeste Mikrofon zu kreischen, wir hätten nichts damit zu tun. Oder?«

»Haben wir auch nicht.«

»Erklären Sie das einer Öffentlichkeit, die genau das nicht wissen will.«

»Erklären Sie es fürs Erste nur mir.«

»Dazu müssten Sie endlich aufhö…«

»Oder heißt sie *Steal* wie stehlen? Das Stehlen meiner Zeit? Meiner Lebensenergie?«

»Steel wie der Stahl, auf den Sie bei mir beißen«, sagte Bela mit Grabeskälte. »Es gibt kein eindrücklicheres Eingeständnis von Schuld als das vorauseilende Dementi einer Tat, die noch nicht bekannt ist.«

»Tussauds Werkstätten also«, zischelte Madame. Sehr angriffig. Sehr giftig. »Mit der Nachtmaschine gekommen also. Soso. Schickt London seine Spione neuerdings express?«

»Ich frage mich, warum ich Sie nicht schon beim letzten Mal habe untergehen lassen.«

»Weil Sie ein Kontrollfreak sind, Fräulein Schmaus. Weil Sie Niederlagen noch nie haben verwinden können. Das zu erkennen bedarf keines Studiums Ihres Psychoquaquas. Da genügt mein Doktor in Geschichte und Politikwissenschaft vollauf.«

Schwarzpulver anstelle von Atemluft füllte das Direktorinnenzimmer, hochdosiert, bis unter die Decke. Ritas schreckhafter Blick, mit dem sie die entschieden seltsame Chefin der Freundin an ihrer Seite taxierte, mehr aber noch deren geduckte, wie sprungbereite Haltung, schien den auslösenden Funken bereits zu antizipieren. Der Gast aus London hatte die ganze Zeit über geschwiegen. »Wir sind Freundinnen«, sagte sie nun mit Bedacht. »Ich stehe ihr bei. Zuallererst als Mensch. Und dann mit meinem Fachwissen. Das ist alles.«

»Fachwissen. Soso.«

Bis in die Morgenstunden hatten Bela und Rita damit zugebracht, den mysteriösen Klavierspieler unter die Lupe zu nehmen. Erst dann, im Zuge eines Amtshilfeansuchens der schwedischen Kollegen wohl, hatte auch die Wiener Polizei Interesse bekundet.

Als kurz nach 16 Uhr erster Tumult losbrach, hatte Bela die herrenlose Figur blitzartig von Flecker und anderen Securitys am Mob vorbei in die Werkstatt schaffen lassen. Sie konnte nicht mit Bestimmtheit sagen, woran sich der Aufruhr entzündet hatte, doch gewiss nicht an der nackten Existenz der Figur oder den Hintergründen ihres Auftauchens, die nach wie vor im Dunkeln zu liegen schienen. Nein, es mussten die blasphemischen Klänge in ihrem Gefolge gewesen sein, der lästerliche Spott, als der die Ohren der eingefleischten Jürgensjünger erreichte. Plötzlich war die Figur dagestanden. An den Säumen des Riesenradplatzes, auf einem Gefährt, das aussah wie ein überbreiter, überlanger Katafalk. Ihn einnehmend ein rabenschwarzer Flügel mit einem an der Rückansicht des Korpus fixierten, großflächigen Schild, auf dem ein Gedicht abgedruckt war. *Das Persönliche* von Tucholsky, wie inzwischen klar war. Dahinter, an der Klaviatur, ein Mann um die 40 im Seemannspseudolook, Bootsschuhe, Leinenhosen, der Pullover grob gestrickt. Grob auch das Antlitz, kantig, das silbrig funkelnde, unbedeckte Haar im Bürstenschnitt. Ein Niemand in Wachs. Und plötzlich hatten aus dem Nichts einer verdeckt mitgeführten Soundanlage die dumpfen Bässe machtvoll losgedröhnt, gerade als sie anfingen, die Udo-Torte unters Volk zu bringen.

Ja, in Schwabing gibt's a Kneipen, die muaß ganz was B'sondres sei', da lassen 's solche Leit wia di und mi erst gar net nei …

Der Megahit »Schickeria« von der *Spider Murphy Gang*.

Die Darbietung nahm Bela anfangs auf eine Weise ein, dass sie vier Männern, die fluchtartig das Gelände nach der Prater Hauptallee verließen, keine Bedeutung beimaß. Erst eine als Filmstreifen gerahmte Fotostrecke in der Onlineausgabe der *Guten*, die den Wirbel keine Stunde später lostrat, rief ihr die vier wieder in Erinnerung. Die Gestalten, zwei mit hagerem, zwei mit teigigem Antlitz, waren allesamt dunkel gewandet gewesen, totengräbergleich. Auch standen sie wie Sargträger Gewehr bei Fuß an ihrem Wagen und drehten in dem Augenblick ab, da der Fotograf den ersten in einer rasenden Abfolge von Shots tat. Die Fotocredits verrieten den Urheber der Serie: Vinzent Kluger.

Nach und nach nahm der Schrecken Gestalt an. Nach und nach sprangen die Medien sämtlich auf den Zug auf. Landesweit, rasend schnell auch über alle Grenzen hinweg, schlugen Eilmeldungen Purzelbäume. Es handle sich um einen gewissen Björn Viberg. Die getreuliche Nachbildung des vor Monaten in Schweden ermordeten Ex-Tennisprofis. Herkunft oder Schicksal des Toten war für Bela nicht von Belang. Es waren die Gründe des Auftauchens. Das Motiv hinter dem abermaligen Aufflammen eines erloschen geglaubten Irrsinns. Dazu die vielen Deutungshoheiten, die in den Blättern grassierten. Und natürlich die künstlerische Provenienz der Figur.

»Rita glaubt zu wissen, woher die Figur stammt.«

»Gratuliere! Zeitunglesen ist demnach Teil ihrer Fachkompetenz.«

»Die Werkstatt!«, schnappte Bela. »Nur eine Handvoll Künstler kommt infrage.«

»Die Haarverpflanzung trägt nicht unsere Handschrift«, sagte Rita. »Ich kenne diesen Modus. Auch wir bilden uns weiter. Eindeutig Wiener Schule.«

»Wiener Schule! Wiener Schule!«, schnaubte Madame. »Das ist Blödsinn! Hören Sie? Blödsinn! Was kommt als Nächstes? Wollen Sie mir einen Vortrag halten über Vorklassik? Mir? Über Wagenseil und Haydn? Über andere ... *Wiener Schulen*? Die gibt es ja wie Sand am Meer. Den *Phantastischen Realismus*? Oder das atonale Gekratze von diesem unseligen Schönberg vielleicht?«

Bela glotzte die Direktorin entsetzt an. Es war absurd, doch plötzlich funkelten die Züge dieser Frau unter einer stählernen Patina, die sie aussehen ließ wie Maggie Thatcher bei einer Brandrede gegen die Gewerkschaften. Als witterte sie in Rita eine insulare Abgesandte, die ihr den Klassenkampf ins Haus trug, und der nur mit ureigenen, zutiefst britischen Waffen beizukommen war – als Anverwandlung an die Eiserne Lady.

»Warum schon wieder wir?« Madame, ein Raubtier, fauchte. »Warum schon wieder er? Dieser Schmierfink! Dieser Kluger! Was ist mit ihm? Habe ich Ihnen nicht gesagt, Sie sollen ihn ausque...«

»Den Teufel werde ich!«

»Habe ich Ihnen nicht befohlen, Sie sollen ...«

»Werfen Sie mich raus!«

»O nein. Nicht diesen Gefallen. Nicht Ihnen, Fräulein

Schmaus. Mitgefangen. Mitge... Waren Sie nun mit diesem Schreiberling im Bett oder ...«

»Rita, wir gehen!«

»Den Teufel werden Sie!« Die Direktorin brüllte jetzt. »Harte Zeiten erfordern harte ...« Plötzlich erstarrte Clementine Nierast.

Dann ereignen sich mehrerlei Unwahrscheinlichkeiten in rasender Abfolge: In China fällt *kein* gelbes Fahrrad um; in der Türkei wird *kein* Menschenrecht mit Füßen getreten, in Russland *kein* Journalist eingesperrt; in der bedeutend näheren Konzernzentrale eines niederösterreichischen Energieversorgers poppt ein Mail auf, das sofort gelesen wird *und* blitzartig Befehlsketten in Gang setzt – bis hinauf ins hohe Waldviertel schlagen sie durch; noch näher, in der Hosentasche einer Damenjeans, verhaucht ein Telefon vibrierend den letzten Tropfen Akkusaft, während draußen, auf dem Parkplatz an der Rückseite des Kabinetts, ein Wagenschlag auf- und zugeht; hastige Schritte im Eingangsbereich; darüber, im ersten Stockwerk, lässt eine seltsame Metamorphose das gefrorene Direktorinnenantlitz wie Wachs schmelzen, und Bela denkt an Sally-Field-als-Mrs-Gump, als sie Tom-Hanks-als-Forest vom Sterbebett mitgibt, das Leben sei wie eine Schachtel Pralinen, man wisse nie, was man kriege. Dann zeigt das Direktorinnenantlitz interstellare Muster im Sci-Fi-Stil, eine Alienimplosion. Dann birst das Urgestein Nierast. Stürmisch, zügellos, blutvoll, als sprengte ein Bergquell sich den Weg ans Licht, bricht es aus ihr hervor. Ihr hagerer Leib bebt, der feuerrote Bubikopf schwankt. Stängel und Klatschmohnblüte im Herbststurm. Wortschwalle schießen die Kehle empor, sprudeln gurgelnd auf die Lippen zu, ersaufen jedoch in Sturzbächen, ehe sie an die Luft kippen, unverstanden hinabgerissen ins Tal der Sprachlosigkeit.

Waharuuhuuhuuuuum?

Rita löst sich als Erste aus der kollektiven Starre, umkurvt den Eichentisch, fasst das bibbernde Direktorinnenhäufchen an den Schultern, schüttelt Madame.

Und dann, punktgenau zur Unzeit im Landeanflug, segelt der Kondor durch die Tür. In dumpfer, gläserner Kälte senken sich seine Geieraugen auf die Szenerie.

Jetzt die Gegenmetamorphose: Madames Muskulatur gefriert schock, die Lava ihres Körpers erstarrt zu pickelhartem Basalt. Wie Rohdiamanten, trennscharf, zur funkelnden Warnung, hängen ihr zwei Tränenperlen an den Jochbeinen.

»SIE!!!«, schreit sie los, springt einen langen Schritt auf den subalternen Zeugen ihrer Scham zu, schlägt mit dem Schenkel gegen den Tisch. »Sie und Ihre …« Sie verhält, zuckt auf, hebt abermals an. »Sie ha… haben mir die gottverda…verdammte Pest ins Haus ge… geholt! Restlos zerstört ha… haben Sie unser Anse… Sie öff… öffnen die Büchse der Pa… unser An… Büchse der Pan… Ansehen!«

Der Kondor, vom tosenden Wortschwall der Direktorin an die Wand gedrückt, schafft es gerade noch, ihre letzten beiden Worte zu erfassen – *Pan* und *Ansehen* – und auch sie nur als ein einziges Produkt von Verschmelzung. »Pansen?«, ruft er aus, starrt die Chefin ungläubig an. Irgendwo, melden seine Augen gehorsamst, hat er das Wort schon mal gehört. Als Mensch, weiß Emil Flecker, ist er ein Vertreter der Trockennasenprimaten und verfügt beim Verdauen von Worten, ihrem Begreifen, in Analogie zur Anzahl der Wiederkäuermägen ebenfalls über mehrere Kammern. Doch nicht eine bietet Hilfe an. »Wahnsinn«, setzt er darum bloß nach und meint damit alles: krass, geil, Unglaube, Erstaunen, Entsetzen, Respekt, Abscheu, Begeisterung, Zuversicht – in Summe das Wittern pathologischen Irrsinns. Die Diktion der Lüfte ist eine eigene, ihm wohlvertraute. Hier unten jedoch, als Erdensohn, bewegt der Kondor sich durch die Sprache wie durch ein Schloss ohne Meublement. Kein Schnörkel, an dem zu verweilen ihm wert erscheint, kein Prunk, der ihn vom Weg abbringt. Einfach rein in den Satz, rein in die Botschaft. Und wieder raus.

Genauso hält es nun auch Madame. »SIE VOLLTROTTEL!!!«

Eben noch der Fisch auf dem Trockenen, schnappt die Direktorin ein letztes Mal nach Luft, ehe sie wieder Oberwasser hat, durch ihre Welt pfeilt. Er solle sich unterstehen, nur ein Wort, nur ein Bild, nur den Verdacht eines Hauchs einer Impression von hier nach außen zu tragen. Und wenn sie sage »nach außen«, meine sie in erster Linie »nach innen«. Den Insektenkopf wuchte sie ihm von den Schultern, und sollte der hydragleich nachwachsen, drehe sie ihn als Ganzes durch den mythologischen Fleischwolf. Was mache er überhaupt hier? Wer habe ihn gerufen?

»Ich«, sagt Bela. »Flecker kennt die vier Männer.«

»Welche Männer?« Die Direktorin hat einen Flachmann in Händen, nimmt einen tiefen Schluck, wirft ihn emotionslos auf das giftgrüne Besucherkanapee.

»Die vier am Wagen, die diesen Dingsbums gebracht haben«, sagt Flecker. »Kollegen vom Friedhof. Ex halt. A Waunsinn.«

Das Telefon der Direktorin schrillt. »Jetzt nicht«, brüllt sie hinein. Sie habe doch ... wer? ... sie habe was? ... also gut, solle raufkommen. »Endlich jemand«, faucht sie Bela mit einem abschätzigen Blick zu, »der Brauchbares über ihren Busenfreund Kluger zu berichten wisse.«

Und dann, als letztes Glied dieser Kette blitzschneller Abläufe, steht eine junge Frau in der Tür. »Mein Name ist Miriam. Miriam Seifert«, sagt sie, und eine Stimme flüstert Bela, nicht alle im Raum scheint's, sind gleichermaßen überrascht, nicht alle dieser Miriam gleichermaßen fremd.

In eben diesen Stunden

XVII. WOLKE VIER AUFWÄRTS ALLEMAL

Die Nummer seiner Wolke, auf der er aus dem Pantheon hinabgeschwebt war, kannte Kluger nicht. Sieben? Nein, aber vier aufwärts allemal. Der Berufsskeptiker in ihm hatte ihn jedoch rasch zur Raison gebracht und schon auf halbem Weg in sein Büro denken lassen: Was, wenn dieser Erfolg dich nur so weit nach oben trägt, damit du die maximale Fallhöhe erreichst?

»Ich mache das nicht«, hatte er plötzlich gesagt, als sie allein gewesen waren, ohne zu wissen, welcher Teufel ihn da ritt, wie er seine großspurige Ansage umzusetzen gedachte.

»Ach nein?«, hatte der Herausgeberfisch erwidert und ihn angeglotzt.

»Nein. Ich knüpfe Frau Schmaus nicht an den nächstbesten Ast. Nicht wider besseres Wissen. Das ist eine Frage von Freundschaft und Loyalität.«

»Loyalität also.«

»Loyalität.«

»Richtig. Richtig. *Lo-ya-li-tät* ... Ihr Spezialgebiet, nicht wahr?«

Loyalität. Erst ein paar Tage zuvor hatte Kluger genau darüber mit dem Chefredakteur ein Gespräch geführt, das als monologisches Lamento begonnen hatte. Kluger hatte sich bloß den Sanctus für ein Informantenhonorar einholen wollen, eine Formalie, doch der Chefredakteur hatte ihn nicht zu Wort kommen lassen und in der Sekunde gegen die schleichende Verweichlichung der jungen Kollegenschaft vom Leder gezogen. Dass zwar manche ihrer leitenden Mitarbeiter und Kolumnisten bereits als Untote Tag für

Tag zu Werke gingen, es jedoch immer schwieriger werde, die Positionen mit Nachwuchs zu besetzen, insbesondere die Chefredaktionen in den Bundesländern, weil man gerade da draußen, bei den G'scherten, nichts von Loyalität verstünde. Ein doppelschneidiges Schwert sei diese verfluchte Loyalität. Sie bedinge da die Bereitschaft, den besten Freund und Minister medial abzuwatschen und zu jeder Zeit über die Klinge springen zu lassen, um der *Guten* Gutes zu tun, und dort die Bereitschaft zur spontanen Verbrüderung durch Vergessen, um der *Guten* Gutes zu tun, sodass einem dasselbe Grundbedürfnis nach Loyalität mal als Verrat, mal als Komplizenschaft ausgelegt werde und nur die Großen ihres Faches diesen Spagat noch beherrschten. Dann hatte der Boss ihn verklärt angeblickt und gesagt: »Sonst noch was, Kollege Kluger?«

»Äähh … mein Kontakt beim Verfassungsschutz … der hätte wieder mal was.«

Fragend zog der Chefredakteur die Augenbrauen hoch.

»Im Dunstkreis der Kadyrow-Geschichte.«

»Kadyrow? Ist das nicht ein uralter Hut?«

»Auftragsmord hat immer Saison«, erwiderte Kluger, »außerdem gibt's Neues zur Todesliste des Tschetschenen-Präsidenten. Sie wissen schon, die Hinrichtung dieses …«

»Ach ja, dieser … dieser Asylant, nicht wahr? Den sie auf offener Straße hier bei uns abgeknallt haben?«

Kluger schürzte die Lippen.

»Wie viel?«

»Wie üblich. 500.«

»Der Kerl gab's auch schon mal billiger, was? Na ja. Wenn's die Story hergibt …«

»Es geht um den Umschlagplatz Wien. Die Verbindungen diverser Nachrichtendienste in unsere Regierung et cetera. Ich muss das Material erst sichten, aber das hat immer noch gehalten. Der Informant ist so zuverlässig wie loyal. Er bedient ausnahmslos uns.«

»Loyal, soso. Wir zahlen auch am besten. Ist das alles?«

Kluger stierte den Vorgesetzten finster an. »Außerdem braut sich was zusammen beim BVT, sagt mein Mann. So eine Art Geheimdienst im Geheimdienst.«

Der Chefredakteur griff zu der kunstvoll verzierten Matrioschka, die vor ihm auf dem Schreibtisch stand, und fing an, sie zu zerlegen. »Sie meinen also … das Bundesamt für Verfassungsschutz und Terrorismusbekämpfung ist … wie ein großes Püppchen, in dem ein kleineres Püppchen … in dem wiederum ein kleines Püppchen …«

Kluger nickte.

»Ja, aber wo ist die Story? Versteht sich nicht von selbst, dass es so läuft? Außerdem … ist die Innenministerin nicht Ihre Busenfreundin?«

Kluger seufzte. »Sie könnte ja selbst Opfer einer Intrige sein. Bei uns im Blatt.«

»Soso, Opfer«, murmelte der Chefredakteur. »Mir persönlich wäre es ja egal … aber der Herausgeber war erst gestern Abend mit ihr essen … und hat heute früh bester Dinge den Leiter der Anzeigenproduktion zu sich bestellt.«

Kluger zuckte mit den Schultern.

»Jetzt schauen Sie mich nicht so an! Aber diese andere Sache … Kadyrow.«

»Ja?«

»Wem pinkeln wir damit ans Bein?«

»Wirtschaftsministerium. Außenministerium.«

Jäh hellte sich das Gesicht des Chefredakteurs auf. »Jö, das trifft sich aber gut. Die haben eh schon viel zu lang nicht bei uns inseriert. Zeit für eine Gedächtnisauffrischung, hmm?«

»Wie üblich?« Kluger streckte die Hände von sich, deutete ein Lenkrad an.

»Wie üblich. Und nicht vergessen, Kollege, kleine Brötchen.«

Dann war Kluger auch schon draußen bei der Tür gewesen, hatte im Gehen die Anzahl der Kilometer überschlagen, die er in die Spesenrechnung würde integrieren müssen. Kreativ, wie üblich. Frei erfunden, wie üblich. Schließlich herrschte bei solchen Deals seit jeher das Nur-Bares-ist-Wahres-Prinzip. Schließlich wollte er bald wieder zu seiner Kohle kommen, die er dem Informanten auf die Kralle auszahlte. Es mussten ausnahmslos kurze Fahrten sein, kleine Brötchen, damit der Erbsenzähler und Hausjude keine Fragen stellte. Papierkrieg ohne Ende also.

Bei wirklich großen Geschichten lief die Sache anders. Da griff der Big Boss (der alte Alte wie der junge Alte) persönlich in die Portokasse, und Klugers liebste Begebenheit war jene, als er am Konferenztisch des alten Alten gesessen hatte. Ein Geiseldrama in der Sahara Algeriens mit österreichischer Beteiligung, das nach endlosen Wochen und noch mehr Doppelseiten unblutig beendet worden war, und die *Gute* hatte das Exklusivrecht an den Tagebüchern eines der Entführten angeboten bekommen.

»Wie viel?«, hatte der Herausgeber gefragt.

»50.000. Wir haben zwei Stunden Vorsprung für die Zusage. Danach geht das Angebot auf den freien Markt.«

»Hmm«, hatte der alte Alte gesagt und ihn aus listigen Augen angefunkelt. Dann war er in den Hosensack gefahren und hatte einen Packen Fünfhunderter auf den Tisch geblättert. »Zählen Sie nach. Das sollten 10.000 Euro sein. Als Anzahlung. Sagen Sie denen, den Rest gibt's morgen. Mehr habe ich gerade nicht eingesteckt.«

»Ich leider auch nicht«, hatte Kluger gesagt, ein herzhaftes Lachen vernommen und das Geld ungezählt eingesackt. Was waren dagegen die Peanuts für einen Mitarbeiter des Geheimdienstes und Freelancer bei der *Guten*, der sich seit jeher loyal zeigte, immer nur an sie lieferte?

»Loyalität«, sagte Kluger noch einmal mit fester Stimme und ging im toten Schauen des Herausgeberfischs vor Anker. »Man sagt, Kollege Leisch verfüge über exzellente Kontakte in die tschetschenische Community.«

»Und?«

»Mein Spezialgebiet«, fuhr Kluger fort, »ist nicht nur die Loyalität. Die Russen und ihre Fähigkeit, Menschen vom Gegenteil zu überzeugen, sind es auch.«

Jäh kam Leben ins Antlitz des Herausgebers, und Kluger war, als hätte er etwas in Gang gesetzt, als verwandelte sich ein Schaf unvermutet in eine Muräne, die jeden Augenblick aus ihrer Höhle fahren konnte. »Sie drohen mir?«

»Ich stelle unter vier Augen fest«, sagte Kluger, der immer noch nicht wusste, was ihn da ritt, bloß, dass es kein Zurück gab.

Ganz gegen sein Naturell starrte ihn der Herausgeber endlose Momente an, und ein Gefühl gab Kluger ein, dass der ihn gar nicht sah, weil hinter der Leinwand des jungen Alten ein Filmtrailer ablief, ein bunter Mix, der von blutig ausufernden Sexpartys in der Herausgebervilla bis zu Handschlagdeals in karibischen Fünfsterneresorts reichte. Er selbst bekam freilich nur das inhaltsleere Standbild zu sehen.

»Loyalität ist eine große, nicht zu unterschätzende Tugend«, sagte der Herausgeber schließlich, »ich regle das.« Dann entließ er ihn mit einem Kopfnicken.

Als Kluger in sein Zimmer getaumelt kam, feixte ihn sein neuer Dauergast bereits an. Sie sei auf direktem Wege zu ihm geeilt, schnurrte Miriam, Bericht erstattend im Stil einer Kundschafterin vieler Herren. Sie habe im Wagen hinter dem Wachsfigurenkabinett ausgeharrt, das Gespräch der drei Frauen – drei Frauen? – ja, die dritte eine gewisse Rita Steel wie Stahl – aha – über Belas Handymikrofon verfolgt und sei erst eingeschritten, als die Verbindung abbrach (der Akku?), nachdem die Direktorin abermals damit angefangen hatte, warum Bela ihn, Kluger, nicht schon ins Bett …

Bela als Venusfalle? Als Agentin *Null Null Sex*? Niemals.

Egal. Sie habe im Büro offengelegt, belegt mit Beispielen, Tussauds würde die längste Zeit überwacht.

»Du hast was?«

»Nicht durch wen. Nicht zu welchem Zweck. Nur dass.«

Mmhhmm.

Hände weg von der Hosennaht, Kluger! Sie fahre einen Blitzkrieg mit der Taktik des uneingeschränkten Angriffs. Mit allen Waffen. Lauter. Unlauter. Wie sie bei Tussauds reagiert hätten? Mit Getöse. Wellen der Empörung, Ungläubigkeit. Dann der Verdruss. Dann aber Wellen der Gefälligkeit, auch sie, Miriam, die hereinplatzende Unbekannte großmütig an strategischen Erwägungen teilhaben zu lassen. Ad hoc. Darauf allein komme es an.

Klugers Wissen stand Kopf. Vermeintlich Gesichertes riss sich los, schlug Salti. Alte und neue Rätsel purzelten durcheinander. Vormalige Gewissheiten, die als substanzlose Hüllen metallisch aneinanderhallten. Kling. Klong. Ans Kreuz schlagen? Bela und er, woher wusste … der junge Alte? Kling. Floppy. Überwacher der Überwacherin? Klong. Anderes Wissen. Helene Mayer-Thurgau. Kling. Dazwischen, gestern, absurde Tagträume, erstmals der Wunsch, beim fetten Leisch in seiner stinkenden Fotografenmüllhaufenschrottkiste von Wagen zu sitzen und nicht bei Miriam, die neulich mit ihm auf dem Beifahrersitz und weit über 100 Sachen drei Ampeln auf dem Ring bei Rot genommen hatte. Wer war diese Rita, von der Miriam auf einmal sprach? Klong. Bela überwacht. Kling. Die Direktorin überwacht. Klong. Flecker. Kling. Supan? Klong. Er selbst überwacht. Kling. Klong. Das Mail bei der Parade: Sie haben zwei Stunden Vorsprung, Herr Kluger. Danach ergeht das Manifest an alle Medien. Kling. Zwei Stunden? Ha! Er hatte nur eine gebraucht. Kling. Kling. Manifest? Klong. Das Gedicht also ein Mani…? Das hatte er in der Eile übersehen. Kling. Und er selbst? Täter? Mittäter? Vasall? Opfer? Klong. Klong. Klong.

Warum das alles?

Miriam sekundierte Klugers Gedanken. Das Motiv liege endlich offen, krause, sehr krause Denkweise, alles in allem jedoch pathologischer Prominentenhass – (hatte er nicht Ähnliches anderswo gehört?) – womöglich Frühprägung durch eine traumatisierende Kindheit (aber ja!, Bela); der Erschaffer der jüngsten Figur eindeutig Wiener Schule (das von dieser Rita) – Wiener Schu… also doch … Schrot? – mal sehen; vier Totengräber als Lieferanten (dieser ausgesprochen seltsame Flecker), deren drei ihm wohlbekannt seien, vom Tarockspiel draußen im *Concordia*, das kenne er ja zur Genüge; – die vier, Tarock … seine Totengräberrunde? –; ja, nein, vielleicht auch andere Ex-Kollegen, und ein Lieferwagen droben im Waldviertel, der damit zu tun habe, haben könnte (abermals Flecker), nichts Verbrieftes, bloß vom Hörensagen, ein Kontakt im Rathaus, bei den Eltern eines gewissen Karl Schrot.

Klingklongklingklongkling… klongklongklongklongklongklongklong.

Genau da, bei Karl Schrot, habe Bela sehr befremdlich dreingeschaut.

Und die Direktorin?

Ein angriffiger Haufen Elend in *Coco Chanel.*

Aaaaaargh.

Sie beide hätten jetzt einen unaufschiebbaren Weg. Ehe andere ihn beschritten.

Hätten sie?

Hätten sie. Er solle sie nur machen lassen.

Wenig später am Tag

XVIII. ABFLUG DURCH DIE MITTE

»Fassen Sie sich kurz«, sagte Clara Schrot schroff. »Ich habe zehn Minuten Pause.«

»Es geht um Ihren Mann.«

»Was ist mit ihm?«

»Genauer gesagt … um seine Arbeit.«

»Was ist damit?«

»Um Details seiner Arbeitstechnik.«

»Sie kommen von Tussauds, sagen Sie? Wie war doch gleich Ihr Name?«

»Wagner, Assistentin der Geschäftsführung«, log Miriam. Ihre erste Lüge. Schließlich kam sie, wiewohl auf Umwegen, von Tussauds. Bei Betreten des Gesundheitszentrums hatte sie Kluger angewiesen, sich im Off zu halten, ihr bloß durch stille Anwesenheit zu assistieren. Er solle ihren, nun ja, Untergebenen mimen. Das komme gut an, von tougher Frau zu tougher Frau.

Gerede zwischen Tür und Angel. Man unterhält sich in lauernder Distanziertheit. Von tougher Frau zu tougher Frau. Wissen aus erster Hand tröpfelt, fließt, weitet ein erstauntes Augenpaar. Miriams Vorschuss, der auf Gegenleistung drängt. Fragen mäandern heran an des Pudels Kern, driften ab. Man gerät ins schweigende Stocken. Abermaliges Mäandern. Im Off geht derweil das Gefühl für Diplomatie den Bach runter. Da ist kein Begreifen dieses weiblichen Hintenrums. Cortisol. Adrenalin. Es schießen die Hormone. Es pumpt ein Herz im Akkord. Es schwillt ein Hals. Es platzt ein Kragen.

»Haben Sie den Ernst der Lage immer noch nicht erkannt?«, prescht Kluger los. Der Schuss ins Blaue. »Ihr Mann, Teuerste, der hängt da mit drin. Volle Wäsch'! Und Sie vermutlich auch! Jetzt sagen Sie schon: Sind Sie mit von der Partie?! Was ist mit dem Kombi draußen bei den Schwiegereltern? Was mit den Inseraten?«

Clara Schrot sieht ihn erschrocken an. Miriam zuckt beschwichtigend auf. Vergebens.

»Was war mit der Entführung? Und was war das für eine Nummer, Frau Schrot, die Sie mit meinem Kollegen Supan abgezogen haben?«

Kollege Supan?

»Verschwinden Sie. Auf der Stelle!«, schnaubt Clara Schrot, als ein weißbekitteltes Wesen ums Eck weht.

»Alles in Ordnung, Süße?«

»Danke, Nadine. Die Herrschaften wollten gerade gehen.«

*

Klick hatte es gemacht in den hintersten Kammern ihres Herzens. Einmal. Viele Male. Erst dumpf, bald lauter. Bösartig. Markzersetzend krachend wie von berstenden Knochen. Abfolgen von Klicklauten, die kein Ende nahmen, sich zu grimmigen Ahnungen bündelten. Sie hatte den Verdacht schon einmal gehabt, sich verboten, ihn weiterzudenken. Nun aber materialisierten sich diese Ahnungen wie Geier, die aus dem Nichts des Himmels getaucht kamen, in Lauerstellung gingen. Nein, dachte sie, wie Stahlsehnen, fadendünne Stränge, die sich ihr als dräuende Gewissheit um den Hals schlangen und die Luft zum Atmen und Denken raubten.

Sie hatte Karl am Mobiltelefon erreicht. Kurz. Abgehackt. Wie im Funkschatten. Er könne nicht, habe ins Wa – krrk –tel fahren müssen.

Wohin, Karl?

Ins Waldvier – krrk.

Zu den Eltern?

Ja. Nein, den Eltern gehe es – krrkkrrk. Mutter habe angerufen. Probleme mit dem Kü– krrrrrrrrrk.

Womit, Karl?

Das Kühlhaus! Eine schnelle Eingreiftruppe des E – krrrrrrk – ks stünde vor der –

Wer, Karl?

Das E-Werk, verdammt!

E-Werk?

Sie wisse doch. Beide jenseits der 80. Beide heillos ü – krrk – fordert in diesen Dingen. Anderen. Obendrein die Sache mit seinem Va – krrrrrrrrrrrrrrrk.

E-Werk? Schnelle Eingreiftruppe? Lüg mich nicht an, Karl! Nicht schon wieder! Was ist mit diesen Zeitungsfritzen, Karl. Was hast du mit ihnen zu schaffen? Karl? Karl??

Stille. Die Leitung tot.

Claras Finger zitterten, als sie über die Tasten hinfuhren. Sie betete, Karl möge sie nicht abermals geändert haben, betete zugleich, er möge doch. Sie wollte es nicht wissen. Mit leisem Surren schnappte das Türschloss zurück. Da war ein Hämmern. Karl? Nein. Diese beiden seltsamen Besucher vorhin, die sich in ihrem Schädel festgesetzt hatten; ihre angsteinflößenden Schlagworte; die Biografie erlogen, doch die Botschaften eindringlich, die Fragen grauenvoll erhellend.

Klick. Klick. Klick. Klick.

Die 90 Minuten Hausfrauenyoga, die sie noch abzuspulen gehabt hatte, eine einzige Qual, während die Schlagworte sie durchhämmerten, wummernde Worte, die wie Pickelschläge gegen den schon brüchigen Fels Familie donnerten.

Nachrichten? Parade? Tussauds? Klavier? Schwede? Haare? Wiener Schule? Viberg? Björn Viberg?

Björn. OmG. Die Briefmarke.

Bonpland? Südamerika? Guácharo? Nein, nicht Gaucho. Guácharo!

Es ist nichts, Liebes. Vergiss es. Ein ums andere Mal hatte Karl ihr die Formulierung vorgelegt wie fachgerecht filetierten … Fisch. Fisch? Bis sie ihn geschluckt hatte.

Inserate? Akamas sucht …? Lieferwagen? Entführung?

Woher …?

Und dann Karl selbst. Er war so verändert gewesen heute Morgen. Schon beim Frühstück. So schrecklich steif und unnahbar.

Clara huschte ins Kelleratelier ihres Mannes. Kühles Neonlicht sprang sie an. Kühl auch die Routine ihrer Suche, systematisch wie das Abspulen des Fadens von der Spindel. Arbeitstisch. Kästen. Regale. Schubladen. Einlegeböden der Werkzeuge. Das Abklopfen, Abtasten der Ladenböden. Das Ordnersystem der Geschäftskorrespondenz. Der alte Sekretär mit den zahllosen Fächerchen und Lädchen für Krimskrams. Klebstoffe. Zähne. Augen. Fingernägel. Haarteile. Computer? Nein, dumme Kuh. Kein Computer. Karls Freiheit der Kunst. Du selbst machst doch das bisschen Rechnungskram für ihn mit.

Nichts. Und dann, in diesem Augenblick höchster Beklommenheit, entsann Clara sich des Schutts, den sie eines Morgens im Müll entdeckt hatte. Keine große Sache. Ewig lange her. Einige Handvoll Beton. Und mit dem Schutt dachte sie an den Teppich, den Karl kurz darauf angeschafft hatte. Der unter dem Sekretär.

Wozu das denn?

Ächzend schob sie das Möbel beiseite, lüpfte den Teppich. Ein hölzerner Deckel. Keine 30 mal 40 Zentimeter. Darunter, wie als Einlegearbeit, ein Tablet. Also doch? Und ein bauchiges, pralles, großformatiges wattiertes Kuvert. Rechnungsbelege. Auftragsbestätigungen … der Text … Akamas sucht Demophon.

Akamas?

Fotografien … Skizzen. … ein kleineres Kuvert auch. Tabellarische Daten traten ans Licht. Vermessungsdaten eines Körpers. Abermals Fotografien. Nackte Brüste.

Karl?

Nahaufnahme. Weitwinkel. Der Kopf erschlafft ... hinabgesunken zu den Brüsten. Bilder einer ... Entführung, die es nie ...

Es ist nichts, Liebes. Vergiss es.

Und in diesem Moment schoss Clara das Grauen die Kehle empor. Eine Konvulsion um die andere, ein Schwall um den anderen, der sich über den nackten Frauenkörper in ihren Händen ergoss, der kein anderer war als ihr eigener.

*

Heute Morgen noch, im silbrigblauen Dämmer, hatten sie davon geträumt. Denk dran, mein Kater, hatte sie beschwörend geschnurrt und ihm ein Rosinenkipferl gereicht, drei eins null. Zahlengläubig, wie sie nun mal war. Drei eins null. Der dritte Oktober und zugleich die Zahl der ihm verbleibenden Tage, bis sie beide die schrundige Haut seines alten Lebens abstreifen und eine neue überstreifen würden. Gemeinsam. Theater. Wandern. Reisen. Gut essen. Alles ungestört.

Ja, hatte er gesagt und tief geseufzt, frei von Ahnung, dass dieser Tag noch sehr viel Übleres bescheren würde, als der Vorabend schon angedroht hatte. Erahnt hatte er die längste Zeit anderes. Die Nase im Morgendunst der nahen Befreiung, trug er seit Wochen nichts als die Süße des Künftigen auf der Zunge. Auch die Ohren standen Gewehr bei Fuß, hörten schon das billige Klirren dieses letzten Blechordens, den man ihm an die Brust zwingen würde. Schmeichlerische Worthülsen, abgefeuert wie Salven hohlbemäntelter Übungsmunition. Ein Dekret. Ein Glas Sekt. Lachsersatzbrötchen. Ein Präsent. Der routiniert angerührte Amtsbrei, auf dem es sich geschmeidig ins Ausgedinge rutschten ließ.

Drei eins null. Die Chiffre seines Abgangs als Chefinspektor der Wiener Polizei.

Aber das würde es nicht sein, hatte er gesagt. Kein Ausgedinge. Jetzt schon bestand sein Leben aus der Aussicht auf eines, auf ein Leben nach dem, das keines mehr gewesen war. Ihm voraus die letzten Meter, das Gleißen der rettenden Waldlichtung, und in seinem Rücken das unermüdlich pochende, schwarze Herz, das er zurücklassen würde, das Dunkel der Jahrzehnte mit ihren ungezählten Toten, der Strom der Tränen, die Masse der Lügen, der ewige Krampf, aus einem zähen Klumpen das Lot Wahrheit unbeschadet zu bergen.

Sein trainierter Glaube an die Vormacht des Bösen hatte Körper und Gang, Gedanken und Gehabe unterworfen, doch es würde nicht zu spät sein, das Gehen neu zu erlernen. Ein herrenloses Fahrrad betrachten, ohne gleich Ausschau zu halten nach seinem künftigen Dieb. Ein neues Gesicht ins Leben lassen, ohne gleich dem inneren Fahndungsauge den Abgleich mit der Datenbank zu befehlen. Ein offenes Wort vernehmen, Stimmen von unverfälschtem Klang, ohne gleich den Moll-Auftakt einer Symphonie der Ausflüchte zu hören. Regenbögen sehen, die wieder in allen Farben schillern, nicht bloß im Spektrum Blutrot. Das nächtliche Zucken seiner Glieder würde einem bekömmlichen Schlaf weichen und der Trommelwirbel des Journalistenpacks an anderem Gemäuer widerhallen, das nicht länger das seine wäre.

So hatten sie es sich zuletzt fein ausgemalt. Frau und Herr Chefinspektor. Kätzchen und Kater. Keine Dramen mehr und auch kein altes, harmloses Mütterchen, das auf einmal einen Flacon in der Handtasche mitführte mit einer Substanz, du meine Güte, so was von aggressiv, dass sich damit alles von allem lösen ließe, um dann doch zur Machete zu greifen. Brrr. Nein. Nichts von alledem. Bis gestern Nachmittag. Da war die Hölle abermals über ihn hereingebrochen. Und dann, heute früh, tat sich auch noch der doppelte Boden dieser Hölle auf. Und was er zu sehen bekam, war der tiefschwarze Kern des pochenden Herzens. Meiner Seel', hatte er gedacht. Ein allmächtiger Magnetismus, dem der kleine Beamte, als der er sich bis zum heutigen Tage begriff, nichts entgegenzusetzen wusste.

Sanftes Nieseln hatte eingesetzt, das rasch in beständigen Regen überging. Nebelfeine Gischten flogen auf, Landstriche in Aquarell vorüber. Vereinzelte Gehöfte. Da ein Weiler, dort einer. Verwaiste Kellergassen. Eine stillgelegte Mühle. Herbstschwere allenthalben. Herbstschwer der Glitsch des ersten Laubes auf dem Asphalt. Herbstschwer, zum Greifen nah, die Reben der Spätlese. Und herbstschwer auch die Gedanken des Chefinspektors auf dem Beifahrersitz. Alt fühlte er sich. Hundselendig alt und hinfällig wie an keinem anderen Tag in diesem von Hinfälligkeiten beherrschten Leben. Nervös massierte er den Rücken seiner Knollennase, ehe er strafend nach seiner Linken blickte.

»Hamma heut' Ostersonntag, oder was?«

»Nein, Chef. Warum?«

»Na oisdann! Was foahrn S' dann als wie ein Narr? Oder glauben S' an eine Auferstehung aus der Gefriertruhe?«

»Nein, Chef.«

»Bittschön … a bisserl Contenance mit'm Gas! Des is ned wie in der Stadt. Der Tote da draußen wartet. Und die Orgel brauchen S' a ned glei aufdrehen wegen jedem depperten Schleicher, ja? Mir san da bei de G'scherten.«

Augenblicklich verstummte das Martinshorn. Nummernschilder machten sich wieder lesbar, Nadelöhre dehnten sich wieder zu respektablen Ortsausfahrten. Erstarrte Gestalten an den Straßensäumen erwachten wieder zum Leben. Die Reben schwebten.

»Was meinen Sie, Kollege«, sagte der Chefinspektor nach einer Weile, »ja oder nein.«

»Was ja oder nein?«

»Issas oder issas ned.«

»Wer?«

»Na, wer wohl.«

»Da Hinczica? Also, wenn S' mi frag'n …«

»Ob Sie's glaub'n oda ned. I frag Sie.«

»I waaß ned recht.«

»Ach, was frag i Sie überhaupt.«

Die Zivilstreife des Bundeskriminalamtes tauchte tief ein ins südöstliche Waldviertel, und die Insassen schwiegen eine Weile, ehe der Fahrer anhob: »A bisserl Silbertablett, Chef. Oder?«

»Wie meinen?«

»Na ja. Des Mail heut in der Früh. So präzise des alles. Das Wo. Das Wer. Als tät' jemand wollen, dass wir ... Silbertablett halt.«

»Natürlich tät jemand wollen.«

»Genau des hab' ich –«

»Fragen S' amoil den Hund, der a Knackwurscht riacht. Dem isses wurscht, wo sie draufliegt und wer sie dort hing'legt hat.«

»Seltsam isses schon.«

»Ob herrenlos oder ungeklärt, ob Knackwurscht oder Verbrechensserie, Pospisil, merken S' Ihna des fia's Leb'n, der junge Mensch, der Sie san: Der Hunger ist immer ein Hund.«

Der Chefinspektor stöhnte. Gestern, kurz vor Dienstschluss, war die Welt noch in Ordnung gewesen. Bis der junge Kollege auf der Matte gestanden war.

»Auf ein Wort, Chef?«

»Aber ja, gerne«, hatte er gesagt und gedacht, mein Gott, ja, was soll's. Wird schon nix Großmächtiges sein so kurz vor dem Heimgehen. Außerdem hat er ihn doch selbst zu sich geholt, den Kollegen. Weil das jetzt endlich möglich ist. Weil sogar die allergrößten Hornochsen im Ministerium kapiert haben, dass du heutzutag' mit dem Cyber und dem ganzen Zeugs auf ein Dienstalter und eine Distinktion allein pfeifen kannst, weil du damit immer nur neue Kriege anzettelst, niemals aber auch nur einen gewinnst. Weil die Zeiten halt vorbei sind, und dass sie den Fachabteilungen nimmermehr die dümmsten Nudelaugen so mir nix, dir nix aufs Aug' drücken können, bloß, weil's halt immer so g'wesen ist. Weil das Wissen, das einer von draußen mitbringt in die Polizei, was zu gelten angefangen hat und du dir einen Neuen fürs Team auch a bisserl selber aussuchen kannst und ihn dir nicht länger einfängst wie auf der Strandtoilette einen Tripper. Und weil heut' beispielsweis' nicht mehr zu einer Wirtschaftspolizei darf, wer einen kennt, der einen kennt, und Bilanz mit x schreibt, geschweige mit einer was anzufangen weiß. Und weil die echten Talente rar sind. Erst recht da draußen auf den Wachstuben, bei der Kinderpolizei. Wo neuerdings ein Maturant auf dem andern sitzt. Nicht einer, der wüsst', was er sonst tun sollt' im Leben. Nicht einer, der sonst was könnt' fürs Leben außer … ja, was eigentlich?

Aber nicht der junge Kollege. Ein Niemand noch, vor ein paar Monaten, drüben in Hernals. Und jetzt bei ihm im Bundeskriminalamt. Direkt aus dem Chargenkurs heraus hat er ihn sich gefangen. 60 von 60 aus 800 Fragen. Echtes Können, der junge Mann, anders als früher, wo sich die Balken nur so gebogen haben vor lauter Schummelei und Hineininterveniererei. Meine Herren, hat er noch gedacht. Dazu ein Computerguru, der Kollege. Mit Master. Und einen Biss für die noch echte Arbeit, die auf der Straße. Und dazu auch noch die ganz feine Nase. Ja, den musst du dir krallen, hat er sich gesagt. Das ist einer, der will. Wenigstens so lange, bis der Direktor und das Ministerium es ihm austreiben.

»Na, Kollege?«, hat er gesagt. »Was hamma auf'm Herzen?«

Und dann hat der ihn unvermutet vollgelabert. Jössasmaria. Seltsamkeiten ohne Ende hat er ihm kredenzt. Von einem Riesenfisch hat er palavert. Aus seiner Zeit in der Halirschgasse. Dass ihm der keine Ruhe gelassen habe über all die Monate auf dem Kurs.

Was denn für ein Fisch?, hat er ihn gefragt. Da noch ganz ruhig.

Ein Channa micropel…

Was für ein Tschanna?

Ein Cha… egal, Chef, ein Monster von einem chinesischen

Fisch jedenfalls, den's bei uns nicht gibt. Quasi. Und den man einer Familie ins Aquarium geschleust hat.

Jetzt aber. Wer macht denn so was!

Na, wenn ich's sag.

Dass Ihna nur in nix verrennen, Kollege.

Wirklich, Chef. Mitten in der Nacht.

Wem denn?

Dem Schrot.

Schrot … Schrot … Kollege … helfen S' einem alten Mann, was denn für einem Schrot?

Dem Wachskünstler, Chef. Dem einen von dreien, die Sie auf der Liste ge…

Ah geh. Dem?

Und dass ein Kollege der KD 1 dort gewesen sein soll. Bei den Schrots. Ein falscher Kollege, weil nämlich gar keiner … und dass der alte Schrot erst vor Kurzem einen Schießunf…

Welcher jetzt!?!

Der Vater vom Wachskünstler, Chef. Seltsame Geschichte. Sehr seltsam. Draußen im Waldviertel.

Der Vater vom Wachskünstler. Nicht und nicht eingehen wollen hat ihm das. Heute früh sah die Sach' bedeutend anders aus. Der alte Schrot. Genau der, zu dem sie jetzt … A bisserl viel Schrot auf einmal. Und er? Der Kollege? Nicht zu bremsen gewesen, der in seinem Mitteilungsschwall. Dass er nun nach allem wisse, wo der Fisch gekauft worden sei. Seinerzeit. Wie auch, wer ihn von dem Zentrum für Aquaristik abgeholt habe. Seinerzeit.

Fix noch einmal, was interessiert das BKA ein Fisch?

Einfach weiterfantasiert hat der Kollege. Komisch vorgekommen sei dem Verkäufer das alles. Der distanzierte Umgang des jungen Mannes mit der Fracht. Überhaupt, der Kunde als a Ganzer. Darum habe er das Kennzeichen notiert. Darum den Zettel in der nächsten Lade vergraben. Und vergessen. Bis er aufgetaucht sei mit seinen vielen Fragen.

Ja und?

Ein gewisser Mayer-Thurgau.

Mayer Thurgau … Mayer-Thurgau? Hat der am Ende was zu schaffen mit *der* Mayer-Thurgau? Dieser aufgeplusterten Ex von diesem Perückenmacher?

Genau die.

Jössas. Die Vollbusige mit dem Draht nach ganz oben. Und er? Der mit dem Fisch?

Florian Mayer-Thurgau. Der Neffe. Aufgemacht wie ein Irokesenpapagei.

Dass einem nix erspart bleibt, ja …

»… Himmel, Arsch und Zwirn!«

»Immer noch zu schnell, Chef?«

»Nix da«, murrte der Chefinspektor. »Fahren S' nur zu. Rauf ins Waldviertel. Und noch was, Pospisil … wissen S', was am Waldviertel des Beste ist? Na? I sog's Ihnen: dass ma dort als Alkoholiker wie Sie ned auffällt.«

Augenblicklich sank er zurück ins Düster. Ja, dann war es Schlag auf Schlag gegangen mit dem jungen Kollegen und seinen neunmalkrausen Theorien. Dass der Paradiesvogel von einem Neffen für den Spross vom alten Persson-Fürst zugange …

Fangen Sie jetzt auch noch an mit denen? Hören S' mir bloß auf!

Und dass der junge Persson-Fürst gar kein –

Nix da! Herrgott noch mal!

Richtig schiach, dachte der Chefinspektor, war ihm geworden in seiner überspannten Chefinspektorenhaut, ja, die Grausbirnen waren ihm aufgestiegen vor lauter Übereifer und Herbeikombinieren. Weil die Jungen jetzt schon hochtrabend wurden in ihrem Reklamieren von Unmöglichem, und nicht wie seiner einer erst am Höhepunkt oder Ende einer Laufbahn. Und weil er da ein Schauen in den Augen des Herrn Kollegen ausgemacht hatte, ein so ein freches Schauen, scharf am Ungehorsam. Als tät' er den Schwarzen Gürtel tragen im Unverschämtsein.

Aber dann, der junge Kollege kaum fort, war ihm abermals der Brief der alten Persson-Fürst in den Sinn getreten ... wie die gegen den Herrn Sohn zu Felde ... meine Herren ... ein Mordverdacht gegen das eigen Fleisch und Blut ... die alte Persson, die mit dem Freitod im Seniorenheim und den vielen Tabletten ... ja, was wäre – Handschrift hin, Obduktion her –, wenn der freie Tod gar nicht so frei ...

Hmm.

Und was – Schrotflinte hin, Unfall her –, wenn auch der Freitod vom alten Persson-Fürst womöglich gar nicht so frei ... womöglich gar kein Unfall mit der Schrotflinte ... noch mehr Schrot ...

Hmm.

Und wenn doch der Bruder damals die Schwester ... hmm ... und jetzt dieser hundselendige Fisch ... dass den einer geholt hat, der bei dem jungen Herrn vom alten Fürst, der gar kein Fürst mehr ... weil er jetzt anders ... hmm ... da soll einer die Welt verstehen ... und dass man diesen Fisch, den keiner gesehen hat, wiederum den Schrots ... und dass der Schrot wiederum die Wachsfigur ... ja, welche jetzt? ... aber sie haben ihn doch überprüft, auch die DNS ... nix is g'wesen ... und haben auch sonst nix gefunden, gegen ihn nicht, gegen die andren nicht ... hmm ... und wenn doch die von Tussauds mit von der Partie ... hmm ... immerhin sind das die allerersten Profiteure überhaupt ... andererseits ... wozu hätten s' dann eine special force ... direkt aus London ... zur Ablenkung? Aber geh! Jetzt hörst aber auf! Weltverschwörerische Spintisiererei, elendige!

Hmm.

Andererseits ... mit Tussauds war er auch schon bei der Kleinen vom Engelbert angelangt ... bei ihrem Täterprofil, das sie ihm hatte reindrücken wollen, mords eine Schwafelei, die ihm so was von nicht weitergeholfen hat ...

Hmm.

Was, wenn auch die kleine Schmaus … und von der kleinen Schmaus war es nimmermehr weit hin zu dieser gottverdammten Schmierfinkenbagage, diesem elendigen Neunmalkluger … diesem Promenadenmischling, der sich zum Rassehund hochgedient hat, doch immer noch mit dem Image eines räudigen Straßenköters … den hat er sowieso aufgeschrieben … der mit seinem Schön-schön-Getue und Gerede von wegen Vertrauen und so … das ham sie ja gesehen, wie das war mit dem Interview und dem toten Professor … heut' noch streitet er es ab … dabei steht der Kluger doch auf dem seinen Kalender … und dass sein Handy an besagtem Tag nicht dort war, was beweist das schon? … gar nix beweist das … so deppert sind die Leut' auch nimmermehr, wär ja fast schon eine Enttäuschung … und seit sie – ha, von wegen kein Kontakt! – mit der Telefonüberwachung auf ihm und der kleinen Schmaus draufhängen, hat der Verdacht von Kollaboration sich nur noch erhärtet. Bei dem, was die am Telefon alles unverblümt ausplaudern. Ausgeplaudert haben, sagen die Kollegen von der Technik. Seit gestern sagen alle beide, die kleine Schmaus und der Kluger, nämlich fast nix mehr beim Reden.

Hmmmmmm.

Ganz anders dem Kluger sein Adjunkt. Dieser Supan. Ein immer schon ausgefuchster Hund. Generation V. V wie versoffen. V wie verwordagelt. Verkommen. Verlebt. Vielweiberei. Verschroben. Insbesondere aber: v wie vorsichtig. Verschlagen. Versiert. Vielseitig vernetzt. Verdammt vorausberechnend. Und: v wie verflucht verdächtig.

Hmmmmmmmmmmmmmm.

Meiner Seel' … wenn's bloß das allein gewesen wär' seit gestern Nachmittag, dachte der Chefinspektor. Weil auf einmal … ja, auf einmal ist auch noch der Remmidemmi mit dem Schweden am Klavier losgebrochen. Und wer hat die Mühle losgetreten? Natürlich die von der *Guten*. Diese Rotzer. Der Kluger schon wieder. Und warum der Kluger schon wieder? Weil du ihn noch immer nicht bei den Hörnern gepackt hast. Und warum hast du ihn nicht bei den Hörnern gepackt? Weil das in diesem Land nicht so läuft, da können s' noch so viel Transparenz herbeischreiben wollen, die Schmierfinken der ach so seriösen Presse, weil's nämlich gute Nacht heißt für die Transparenz, wenn es um eine Hausdurchsuchung bei einem Blattl wie der *Guten* geht und du nicht mindestens 1.000 und einen Beweis und einen Staatsanwalt mit faustgroßen Eiern hast. Anstatt dass sie die Gerätschaften der Herrschaften einfach einkassieren und absaugen und das bisserl Gejammere aussitzen. Aber nein … lieber gute Nacht. Und warum isses jetzt schon gute Nacht? Weil's ein einziger großer Sumpf ist. Gewesen ist. Immer sein wird. Das kommt davon, wenn die Kollegen mit den Schreiberlingen saufen gehen und Karaoke singen.

O nein, hatte der Chefinspektor gedacht. Nicht mit ihm. Und dann war die Geschichte auch schon explodiert. Stille Post im Netz, Lauffeuer rauf nach Schweden, wie der Blitz retour. Da waren dann auch schon die Kollegen aus Stockholm am Rohr. Mit dem SCR. Ihrem Campingplatzmelderegister. Alles gerade so, wie sie's in der *Guten* längst hinausposaunt haben. Wieder dieser Schrot. Zur selben Zeit. Am selben Ort. Der Tote ein Taucher. Der Schrot ein Taucher. Und jetzt auch noch der alte Schrot. Wirklich verdammt viel Schrot in verdammt kurzer Zeit. Die Soko wiederbelebt auf volle Mannstärke, der *Cold Case* wieder brennheiß. Hongkong. Karibik. Steuerflucht. Die Ministerin, dieser Trampel, die schon wieder in seine Richtung gedroht hat. Die Kollegen der Zielfahndung, diese Versager. All die alten Bilder ihrer amtlichen Blindgängerei, die auf einmal wieder hochgekocht sind, aufgestiegen in sein Denken und Fühlen. Wie glühende Nadelspitzen aus dem Gestern. Und dann, das Rosinenkipferl noch gar nicht richtig verdaut, die Meldung von der Leich' draußen bei den G'scherten.

Wieder ein Schrot.

War schon gut, dachte er, dass sie sich gleich festgelegt haben, was den jungen Schrot angeht. Silbertablett hin, Silbertablett her. Erst haben sie eine Wachsfigur, die für eine Leich' ang'schaut wird, aber keine ist. Und jetzt, wie's ausschaut, die passende

Leich' dazu. Und zwischendrin noch eine Leich' in einer Wachsfigur. Und eine schwedische Klavierspielertaucherleich'. Gestern noch ein einziger Wachsfigurenmord. Und heute früh auf einmal drei? Ja spinnt denn die Welt komplett?

»Silbertablett«, murmelte der Chefinspektor, und augenblicklich, gewahrend, dass etwas Großes, sehr Großes in der Luft lag, bereute er bereits den Gedanken von vor einer Stunde, jenen, zutiefst bereut zu haben, den jungen Kollegen direkt aus dem Chargenkurs ... ein bisserl ungeschliffen und aufsässig und mit dem Kopf durch die Wand, und vielleicht ein bisserl voreilig, wenn's darum geht, den Honoratioren des Landes ans Bein zu pinkeln, aber ein Talent.

»Ganz meine Rede, Chef.«

»Aber geh.«

»Des g'fallt mir.«

»Was denn?«

»Des mit der Knackwurscht und dem Tablett.«

»Man muss schon auch a bisserl dazuschauen, dass ma was kriegt, wenn ma was braucht, vastangan S'?«

Der Fahrer lachte auf. »Des is wia mit die Weiber, waun s' an Mann zum Sterb'n suachn. Je älter, je wurscht.«

»Jetzt nemma amoil, was ma krieg'n, Kollege, und dann schauma amoil, was ma ham.«

»Jawoll, Chef.«

»Na oisdann.«

Merklich eins mit sich und der Welt in den wesentlichen Dingen, verfiel der Chauffeur in einmütiges Schweigen. Auch der Chefinspektor schwieg. Idiot, dachte er, linste hinüber, und schon war er zurück in seiner unmutsvollen Stimmung. Dieser Supan. Der Zweite auf der Liste. Sie selbst noch gar nicht weg aus dem BKA, hat er ihn schon angerufen. Saukerl, elendiger. Wegen der Leich' draußen im Waldviertel. Woher die Brut das schon wieder ... hundsföttische Bagage, hundsföttische! Adresse. Namen. Alles. Wenn die nicht selbst knöcheltief mit drin ... dann, ja dann ließe er sich da reinstechen … o ja, bei der *Guten*, da waren die echten Verbrecher zu Hause. Die Liste war lang, sein Geduldsfaden kurz. Diesen Kluger, den und seinen Appendix, die würde er sich auch noch katholisch machen. Eines schönen Tages. Zum Abschied. Als sein allergrößtes Geschenk. Von mir an mich, dachte der Chefinspektor und lächelte grimmig, als es klingelte.

»Was?«, schrie er. »Weg? San die für alles z' deppert? Und was is mit ihr? Und die Gschroppn? Auch weg? Sie nicht. Na bravo. Die Ortung … hinten dran. Na, wenigstens irgendwas. Himmel, Arsch und Zwirn! Und sag den Kollegen von der Überwachung, sie sollen ma bloß ned mit irgendwelchen Paragrafen kommen. I hob scho mehr Paragrafen wieder vergessen, als die alle miteinander jemals g'wusst ham!«

Ein Mobiltelefon segelte aufs Armaturenbrett.

»Versager! Ned amoil an Hydranten kennan de Trotteln observieren. Wozu hamma des heut' besprochen!?«

»Ärger, Chef?«

»Schön wär's, wenn's nur a Ärger wär'.« Kilometerweites Schweigen, dann: »Wie lang isses denn noch, Pospisil?«

»Schon a Zeitl. Wissen S' eh, is a schens Stück da auffe zu de G'scherten. Und da Verkehr is a …«

»I möcht' gar nix wissen. Geb'n S' halt doch a bisserl Gas!«

*

Karl ist nicht angekommen. Draußen bei den Eltern. Natürlich nicht. Wie hatte sie es nur glauben können? Wie hoffen? Anna hatte bitterlich geweint am Telefon, Unbegreifliches geschluchzt. Allzu Furchtbares sei geschehen. Die Polizei drunten beim Kühlhaus. Der Notarzt hier oben, weil der Poldi … das Herz. Und Karl nicht und nicht zu erreichen …

Nichts von alledem drang zu ihr durch, das Gestammel der Schwiegermutter prallte dumpf an ihr ab, Claras Geist umschlossen von einer Glocke, ein Bausch, darin verpackt, wie zum Wegweiser, diese eine Wahrheit im Angesicht der tödlichen Gefahr, diese untrügliche Witterung, dieser Urimpuls, der einer jeden Mutter eingibt, was zu tun ist.

»Warum weinst du, Mama?«

Claras schwimmende Augen blickten in den Rückspiegel. Gott sei Dank. Alle drei wohlbehalten bei ihr. Sie war in ihren kleinen Stadtflitzer gesprungen, hatte die Kinder wie der Blitz eingesammelt, Schule, Hort, um sie zu Freunden der Eltern zu bringen. Ihrer, nicht seiner. Karl könnte auch dorthin … bloß nicht, jetzt, wo alles offen lag. Sie dachte an ihrer beider Anfänge. Wie alles gekommen war. Als sie noch einmal Kind gewesen waren auf dem Land bei gemeinsamen Freunden und Blindekuh gespielt hatten. Jemand hatte Karl die Augen verbunden, und er, der Wirbelwind, hatte gerufen: Könnte ich nur klarer sehen. Ein Königreich dafür, klarer zu sehen. Clara sehen. Ich muss Clara sehen! Dann war die Menge ins Unterholz gestoben. Nur nicht sie. Und dann bekamen seine Hände sie zu fassen, drangen ihr ins Herz. Er hatte gemogelt, sie sich nicht gewehrt. Der Fledermaus sind die Ohren die Augen und mir die Hände, hatte er geflüstert, als er forsch ihre Konturen ertastete und sie es geschehen ließ. Diese wunderbaren Hände. Was war nur aus ihnen geworden! Was hatten sie nur geschaffen!

Karl! Karl!!

Jetzt, wo alles offen lag, wo Familie ein unendlich ferner Punkt in ihrem Rücken war, zerstoben in Raum und Zeit. Jetzt, wo sie es wusste, blind, nicht früher schon die Zeichen erkannt, sie richtig gedeutet zu haben. Jetzt, wo sie über Netz und Radio erste Meldungen rausjagten. Wie unermesslich, unbegreiflich schnell das immer ging. Leichenfund in einem Kühlhaus im Waldviertel. Jenes seiner Eltern.

Dein Kühlhaus, Karl. OmG.

»Weil ich glücklich bin, euch drei bei mir zu haben, Sebastian.« Claras Tränenstimme erstarb. Der kleine Teppich im Keller hatte ihr den Boden unter den Füßen weggerissen, sie ins Fliegen gebracht. In den freien Fall. Doch sie war eine Löwin.

Ein Tigerweib, Karl, bin ich, hörst du?

Wie eisig war ihr der freie Fall erschienen. Die Daten ihres Körpers. Bis ins Letzte vermessen. Die Bilder von damals, die ihr nun als bitterböser Schmerz einschossen. Als Karl und sie dieses eine Mal in seinem Kelleratelier vermessen gespielt, doch mittendrin zugunsten von tierisch gutem Sex abgebrochen hatten. Diese Daten hier, die neuen, kamen ohne Sex auf dem Arbeitstisch aus, entzogen sich ihrem Erinnern, und doch schrieben sie sich fort zu einem anderen Ende. Einem anderen Höhepunkt. Die Fotos. *Ihre* Fotos. Sie hatte sie gesehen und war gefallen und gefallen und gefallen. Dann aber hatte das mütterliche Urvertrauen das Steuer an sich und den stürzenden Körper herumgerissen, war das Raubkatzenmuttertier auf allen vieren gelandet. Alle viere. Maximilian. Katharina. Sebastian. Und sie selbst. Jetzt, hier, auf der Flucht, konnte sie den Boden unter den Füßen wieder spüren, wackelig, doch es war ein Boden. Ein erster Halt.

»Wohin fahren wir, Mama?«

»Wir machen einen Ausflug«, sagte Clara und zuckte zusammen. Sagten sie das nicht immer im Film? Wenn alles zu Ende schien, nichts mehr ging?

Als sie die Außenringautobahn verließen, hob Clara den Fuß vom Gas, um ihn gleich wieder zu senken. Kurvenreiche Route. Kurvenreiches Leben. Sie trat jetzt voll durch, der Fuß ein Senkblei, und von unten, abgeschottet von widerstrebenden Gedanken, strömte aus dem Pedal das Empfinden von fragiler Sicherheit zu ihr empor. Es würde einen Weg geben. Den gibt es immer. Der Mensch hat die Wahl.

Abermals blickte Clara Schrot in den Rückspiegel, zwinkerte den Kindern zu. Um die Länge eines Augenblicks zu lange. Da war ein Schatten. Und dann war Clara, als zöge man ihr den Teppich erneut weg. Diesmal endgültig.

*

Abermals das Diensthandy. Schweigend lauschte der Chefinspektors, fuhr abrupt hoch. »Sie hat … ihr habt was? Herrgott, verdammt, wie blöd kann man – habt ihr sie geja… so halb? … alles halb? … also gut, hör mir jetzt ganz genau zu, Kollege. Wir machen Folgendes.«

»Hast du's?«, schnaubte er nach einer Weile. »Nicht ein Wort. Kein Internet. Kein Radio. Kein gar nix. Ist das klar? Jedem reiß ich persönlich den Schädel ab, der das … so ist es. Ja, auch die Kommandanten der Kollegen von Feuerwehr und Rettung. Das volle Programm bis auf Widerruf. I hab a Idee, muss aber erst nachdenken!«

Abermals segelte das Mobiltelefon aufs Armaturenbrett, und der Fahrer schielte fragend zum Chefinspektor. »Sie ex? Die Gschroppn an der Kippe?«, murmelte der vor sich hin und wiegte den Kopf, als wollte er die Qualität des Gedankens bemessen. Der Gedanke, das Verbot zu späterer Stunde in ein Gebot zu wandeln, war in ihm gekeimt. Aber nicht jetzt. Jetzt nahm er sich erst mal jene Zeit, die ein anderer nicht hatte. Und dann würde er schon sehen.

»Wie meinen, Chef?«

»Den Fuchs muss man mit Füchsen fangen, Pospisil.«

»Chef?«

»Vergessen Sie's.«

Nicht ein weiteres Wort verloren sie für die restliche Dauer der Fahrt. Nur der Dienstdiesel plapperte vor sich hin. Eintönig und sehr moderat.

*

Schräg in den Wind gelegt, zog ein Bussard eine nahe Schleife. Weiter hinten auf einem der Hügel hob eine Halbkugel sich als düsterer Schemen vom Firmament ab. Klaus Supan wusste nicht, was der Bau darstellte, doch er wusste, welches Übel die düsteren Farben des ihn säumenden Himmels verhießen. Augenblicke noch, dann würde auch hier der erwartet heftige Schauer niedergehen. Er stand am Waldrand im Schutz eines abgewitterten Holzstoßes, linste nach dem alten Kühlhaus. In der einen Hand das Telefon, in der anderen Kamera und Teleobjektiv, Brennweite extrafett, das Arrangement senkrecht an der Schläfe aufgepflanzt wie die großkalibrige Knarre eines Westernhelden, aus der es noch raucht.

»So gut wie alles im Kasten«, raunte er. »Wie ich gesagt hab, Alter. Die tragen hier einen Toten raus. Grob portioniert. Arme. Beine. Rumpf. Fünf Teile bisher. Man munkelt, es könnte dein Brieffreund aus der Karibik sein. Der Perückenmacher.«

»Der Hinczica?«, brüllte es am anderen Ende.

»Genau der.«

»Bestätigt?«

»Ich muss wieder. Melde mich, wenn sie den Schädel rausrücken.«

»Feindkontakt?«

»Solo für den geilen Klaus.« Supan kappte die Verbindung. Nein, kein Feindkontakt. Er war allein hier, die Konkurrenz weiß Gott wo. Erstaunlich, woher Kluger immer wieder seine Infos bekam. Auch jetzt noch. Da konnte selbst er was lernen. Der Tipp hatte gehalten, er am Waldrand Stellung bezogen und beim Warten eigene Quellen angezapft.

Erst waren die Männer vom E-Werk angerauscht, um an einem der Blechkästen herumzurätseln. Ein externer Anschluss, wie es schien. Dann fuhren sie los, kehrten wieder, einen schlohweißen Tattergreis im Gepäck. Der Herr über den Schlüssel, der nicht passte. Als Nächstes zertrümmerten sie eines der Fenster. Räuberleiter. Der Schlanke rein. Augenblicke später raus. Kreidebleich. Reihert wie ein Specht, hatte Supan gedacht, gelacht, mit der Kamera draufgehalten. Der schlechte Magen blieb, der andere brachte den Alten fort, kehrte wieder. Und dann ging das Remmidemmi los. Örtliche Wichtigtuer sperrten die Zufahrt, bis die Spusi kam, die tote Szenerie belebte. Fotografisch besehen jedenfalls. Was gab ein Tatort, so ein Haus in verschossenem Mattgelb, schon her, der Verputz brüchig, die Fenstergitter rostig, ohne Absperrbänder, ohne Blaulichtbalken, ohne Ganzkörperpräservative in Schneeweiß?

War's das? Kein Kopf?

Supan erwog, die Deckung aufzugeben, jetzt, da er seine Bilder hatte, als von Neuem Leben in den Eingang kam. Automatisch hielt er drauf, schoss eine blinde Serie. Na also, da war das gute Stück. Dann wischte ein Schatten durch den Sucher. Supan zog hinterdrein, fokussierte, lächelte, als er vollformatig erkannte, wer aus dem fernen Wien eingetroffen war. Klugers Hassliebe. Er selbst hatte keinen Grund zur Klage. Jetzt war es auch seine Show. Er tat einen Schritt aus dem Schatten, bereit, den Chefinspektor zu begrüßen – ein bisschen Small Talk, ein bisschen fachsimpeln, so von Mordreferent zu Mordreferent –, als der vertraute SMS-Ton erklang. Er taxierte die Nachricht, zögerte. Jetzt erst, zufrieden mit der Ausbeute, warf er sich dem Tatort entgegen.

Zwei Stunden später ritt Supan bei strömendem Regen in der Redaktion ein. Bei den Eigentümern des stillgelegten Kühlhauses hatte er auf Granit gebissen. Das Kriseninterventionsteam hatte die alten Mühle zur Festung ausgebaut, gab sich gewohnt spaßbefreit gegen das dringliche Interviewansinnen einer Reporterseele. Ansonsten hatte er gekriegt, was zu kriegen war. Gestammelte Wortspenden der blassen E-Werk-Typen. O-Töne vom Chefinspektor mit viel substanzlosem Blabla, aber auch Fleisch. Bis der einen Anruf erhielt, der ihm die Zunge lähmte. Er solle ihn nicht länger behelligen, sagte der Chefinspektor grob. Seltsam, hatte Supan gedacht, um sich mit der Standardantwort zu beruhigen: Was soll's. Kieberer halt.

Im Unwissen, ob nicht noch Entscheidendes geschähe, hatte er sich ein paar Schritte abseits die Füße in den Bauch gestanden und nebenher angefangen, die SMS von vorhin auszurecherchieren. Und auf einmal hatten die Glocken geschrillt, als er auf das Wort »Informationssperre« stieß. Das ist kein Zufall, hatte ein hellwaches Vögelchen dem Bluthund gezwitschert. Nicht in dieser parallelen Plötzlichkeit. Nicht bei auf den ersten Blick grundverschiedenen Angelegenheiten. Da ein Mensch, der entschiedenermaßen seit geraumer Zeit tot war. Dort vier, die es bald sein würden, womöglich bereits waren. Da der eine im Kühlhaus. Dort die anderen auf der Piste. Da ein unwirscher Chefinspektor. Dort eine in Anbetracht des Vorfalls lachhafte Informationssperre. Zur exakt selben Zeit.

Nicht mit ihm.

Also hatte er die Zelte abgebrochen, seine Lady heimwärts geprügelt und telefoniert. Vom Waldviertel bis nach Wien die Hand am Gerät. Telefonieren, Mails checken, simsen, telefonieren, fluchen, schimpfen, den Kommandanten der Feuerwehreinsatzzentrale verprellen, einen Jungspund in der Rot-Kreuz-Leitstelle beleidigen und dann doch einen seiner Vorgesetzten im Urlaub aufstöbern. Ein alter Freund. Exzesse glorreicher Zeiten, die da heraufbeschworen wurden, bloß, um mit ihnen zu drohen. Und irgendwann, während die Schenkel das Lenkrad bei 180 Sachen fixierten, hatte er, was er wollte. Kreuz und quer vollgekritzelt war das Stück Papier, das er von unter dem Fahrersitz zwischen die Finger bekommen hatte. Zeilen, die es in sich hatten. Wäre doch gelacht. Er kannte seine Pappenheimer. Die Mauer des Schweigens, die er, Klaus Supan, dieser selten geile Hund, nicht überwand, müssten sie erst bauen.

»Na, Häuptling rauchender Gummi«, murmelte Kluger zur Begrüßung. Er war kaum auszumachen in seinem abgedunkelten Büro.

»Halt dich fest, Kluger!«

»Wenn du mir erzählen willst, dass das Kühlhaus den Schwiegerleuten deiner schwedischen Urlaubstante gehört … das weiß ich bereits.«

»Nein.«

»Wenn du mir erzählen willst, dass die EVN anonym von einem extern angezapften Stromabnehmer informiert wurde … das weiß ich bereits.«

»Nein.«

Kluger stöhnte auf. »Von mir aus. Heißt der Tote nicht Hinczica, sondern Grisu, weil er einen Drachenschädel hat und Feuer speit?«

»Nein, arschgeficktes Känguru.«

Jetzt erst merkte Supan, dass sie nicht allein waren. Ein entschieden seltsames Paar lehnte im Halbdüster an Klugers Wand. Sie ein junges Ding mit einer, wie er befand, im Profil mörderscharfen Figur, er dagegen ein baumlanger Niemand, der auf kauzige Weise mit dem Kopf ruckelte.

»Miriam. Klaus. Klaus. Miriam. Kondor. Klaus. Klaus. Kondor«, brummte Kluger, ohne die Augen vom flackernden Bildschirm zu heben. Eine geisterhafte Aura umwob ihn. »Ich habe die beiden hergebeten, weil sie … ach, vergiss es. Zu kompliziert.«

»Nein, verdammt, nein!«, rief Supan aus. »Draußen in der Hinterbrühl gibt's einen schweren Verkehrsunfall.«

Jetzt sah Kluger doch auf. »Wie lange bist du im Job, Kollega? Das interessiert original … an einem Tag wie heute … wen?«

Schweigen.

»Keine Sau interessiert das.«

Supan ließ sich nicht beirren. »Wie's aussieht, sieht's nicht gut aus. Sagen mir meine Vögelchen.«

Kluger nahm nicht weiter Notiz, fuhr fort, Stichworte zur Aufmacherstory in die Tasten zu klopfen, sortiert nach einem Schema, das sich nur ihm erschloss.

»Selten, dass alle so mauern bei einem depperten Unfall.«

Ungerührt tippte Kluger vor sich hin.

»Der Name des Lenkers …« Supans Tonfall nahm eine verschwörerische Note an. Er hielt dem Freund sein Notat vor Augen, ein in wirren Schriftzügen beschmiertes Flugblatt anlässlich der Neueröffnung eines sanitätspolizeilich gesperrten Laufhauses. Kluger starrte auf die üppigen Kurven einer Gruppe Animierdamen, starrte auf das alle Körperflächen einnehmende Gekritzel, das ihm wie das kalligrafische Gruppentagwerk eines Irrenhauses erscheinen musste. Er zog ein angewidertes Gesicht, machte Anstalten, den Wisch wie ein Insekt beiseite zu wischen.

Supan ließ nicht locker. »Schau doch! Kleiner Tipp. Es ist eine Frau.«

Und dann fing Klugers genervt schweifender Blick sich doch. Eine Kombination von Versalien blinkte ihn aus der Mitte des Vexierbildes an, erst aufs dritte, vierte Hinsehen auszumachen.

CLARA SCHROT.

Kluger stieß den Namen laut aus. Dann: »Alle fünf?«

»Sie. Die Kinder. Abflug durch die Mitte. Hat mich eine Freundschaft gekostet.«

»Und er?«

»Die Rede war von eins plus drei.« Supan zog die Schultern hoch, fing sich einen scharfen Blick von Kluger ein.

»Mauern, sagst du?«

»Stahlbeton«, erwiderte Supan. »Aber nicht hart genug.«

»Das heißt …», Kluger verhielt, »… dass die Kieberer auch schon an ihm dran hängen.«

»An wem?«

»Also doch«, sagte Kluger richtungslos.

»Also doch was?«

»Du weißt, was das heißt?«

»Sollte ich?«, sagte Supan.

»Miriam?«

Miriam trat aus dem Düster an Klugers Arbeitsplatz. »Ich denke, ja. Darf ich?«

»Ich wollte ohnehin telefonieren.« Kluger schwang sich vom Sessel, verließ fluchtartig den Raum.

Staunend nahm Supan zur Kenntnis, wie diese Miriam vor Klugers Heiligtum Stellung bezog. Niemand durfte das. Sie indes agierte mit der Sicherheit einer stillen Übereinkunft. Als hätte sie ihr Leben lang nichts anderes getan, als an diesem Computer zu hängen. Zwei Sätze Finger brachen wirbelnd los, schwirrten über Tasten. Verwirrende Bilder stiegen in Klaus Supan heran: ein Heuschreckenschwarm über einem erntereifen Feld; ein Orchester winziger Hackbretter, das wie von Geisterhand drauflosklapperte. Seiten sprangen auf. Sprangen zu. Schossen an den Bildschirmrand. Kehrten geteilt wieder. Halbiert. Geviertelt. Programmierbefehle. Andere Seiten. Zahlenreihen. Codes.

»Natürlich tot«, murmelte Miriam.

»Wer jetzt?«, fragte Supan.

»Sein Handy. Egal.«

Andere Befehle. Andere Ordner. Andere Sites. Dann ein Foto. Ein zweites, drittes, viertes. Zoom. Zoom. Zoom. Zoom. Miriams Augen flogen dem Ausschnitt entgegen, die Nase platt am Schirm. Ihr Begleiter (oder was immer der baumlange Kerl im Eck, den sie Kondor – wirklich Kondor? – riefen, sein sollte) schwieg in einem fort.

»Das ist es.« Mit einem befriedigten Seufzer kippte Miriam in die Sessellehne.

Supan trat näher, sah das Bild eines Mannes, der ihm bekannt vorkam. War er es? Ein Jugendbild? Er trug das Haar bedeutend üppiger und entschieden retro. Aber was sagte das schon. Er hatte ihn bloß auf Urlaubsfotos in Schweden zu Gesicht bekommen. Doch die Ähnlichkeit war schlagend. Ja, kein Zweifel. Es war Karl Schrot. Türkensitz. Ein Ausflug. Irgendwo in der Pampa. Trekkingschuhe. Knickerbocker. Rot-weiß kariertes Hemd. Der Klassiker. Im Hintergrund, scharf in der Flucht des Kopfes, ein Holzschild mit verwaschener Inschrift.

Miriam hob den Kopf, starrte ihn ausdruckslos an. »Wo ist Kluger?«

»Hebt nicht ab«, sagte Kluger, der eben da zur Tür hereingestapft kam und ein verdrießliches Gesicht machte. »Da brauchst du diesen Oberkieberer einmal und …«

»Scheiß auf ihn«, knurrte Miriam, jagdgierig wie eine Raubkatze, »dafür heben jetzt *wir* ab. Ich verwette meinen Arsch, er ist irgendwo bei den Myrafällen.«

»Myra? Bei der Hohen Wand? Der Chefinspektor? Woher ...?«

»Der doch nicht. Unser Wachskasperl. Und vielleicht Puppenspieler. Karl Schrot.«

Kluger glotzte Miriam entgeistert an.

»Frag nicht! Erklär ich dir später. Wir nehmen deine Karre. Ich muss unterwegs ein paar Dinge checken.«

»Die ist beim Service. Was ist mit deiner ...«

»Denk nicht mal dran«, fauchte Miriam. »Du fährst nicht mit meiner Lady.«

»Äh ... wollt ihr vielleicht ... *meine* Lady?« Zur eigenen Verblüffung ließ Supan den Zündschlüssel zwischen seinen Fingern baumeln.

»O ja!«, rief Miriam. »Einen nackten Mustang Coupé reiten ... geilo.«

Geilo? Nackter Mustang Coupé? Supans Augen weiteten sich. »Woher ...?«

»Willst du nicht wissen«, maulte Kluger und krallte sich den Schlüssel. »Du hältst die Stellung und hörst von uns. Was ist mit dir, Kondor?«

»Wer gefahren wird, lässt keinen mehr fahren. Alte Bestatterweisheit. Ich hänge mich hinten dran.«

»Wie Monsieur belieben.« Miriam bugsierte Kluger zur Tür hinaus, der Kondor segelte hinterdrein.

»Vielleicht solltet ihr irgendwo, aber vermutlich eher bald ...«

Zu spät.

Vom Türkenloch in die Höhle des Löwen

XIX. IM REICH DER WILDSCHÜTZEN

… irgendwo, aber vermutlich eher bald *tanken,* hatte Supan ihnen nachrufen wollen, doch bei tanken allein an *Absolut*, den einzigen wahren Sprit, gedacht und innegehalten. Er hatte Bestand und Mindestverbrauch für den Abend überschlagen, Notstand gewittert und darüber vergessen, Kluger in Kenntnis zu setzen: dass er neben allem anderen, für den Fahrbetrieb entbehrlichen Tand seiner Lady neulich auch den Kraftstoffsensor zu Geld gemacht hatte und die Tanknadel – bloß zum Schein und eigenen Nervenkitzel – auf Dreiviertelvoll festgeklebt.

Und so kam es, dass gut 30 Kilometer südlich von Wien, kaum runter von der Autobahn, Supans 300-PS-Monster einen letzten Schnapper tat und verendete. Fluchend versuchte Kluger, den Kollegen ans Telefon zu kriegen, während ein dumpf blubbernder Schatten sich unter wildem Gehupe an die Seite der Gestrandeten schob. »Taxi für die Insassen einer Leiche gefällig?«, schrie Flecker durch Fensterspalt und ungestümes Regengeprassel. »Gibt's was Schöneres, wenn der Tod ruft und sein Chauffeur schon da ist?«

»Hebt nicht ab«, murmelte Kluger zum zweiten Mal in so kurzer Zeit. Er vernahm ein gedämpftes Plärren, starrte verdutzt durch die Seitenscheibe, fing an zu begreifen, zu überlegen, wie sie in dieser merkwürdigen Kiste vorne zu dritt Platz fänden. Da schallte es herüber: »Die Lady an meiner Seite … und du hinten, Kluger. Aber auch nur, wenn du die Schuhe ausziehst!«

Protest? Zwecklos. Wollte Kluger mit, musste er rückseitig und in Socken zusteigen. »Du kannst bequem oder verkrampft reisen«, raunte der Kondor zum Abschluss, knallte die Heckklappe zu, sprang nach vorne und brauste los.

Im sakralen Düster der Vorhänge hatte Kluger im Fahrgastraum allerlei Brimborium und auch ein Kruzifix ausmachen können, nicht jedoch Haltegriffe. Für wen auch? Und so bereute er den Entschluss, auf der eleganten, beidseits unter den abgedunkelten Fenstern verlaufenden Lederpolsterung Platz genommen zu haben, noch in Kurve eins. Er hob ab, kullerte über den mittig verankerten Sarg, knallte gegen die Seitenwand, berappelte sich, wankte, hob ab, kullerte retour – Auftakt eines schmerzreichen Hin- und Hergewirbels, ehe es ihm auf einer der spärlichen Geradeauspassagen gelang, den Deckel des Schreins aufzuzwängen und sich ächzend hineinfallen zu lassen. Schon schlitterte der Impala unter bedrohlichem Röhren in die nächste Biegung, und ein Korpus aus massiver Eiche donnerte mit Getöse herab. »Heiliger Scheißdreck«, fluchte Kluger, fingerte das Portemonnaie aus der Gesäßtasche und stemmte den Deckel mit Armen und Knien prustend empor, gerade so weit, dass er das Lederetui in den Spalt und einigermaßen Luft bekam. Wozu führte dieser Irre einen leeren Sarg in einem ausrangierten Leichenwagen spazieren? War es das, was mit »bequem reisen« gemeint war? Nein, wenn das so endete, eines Tages, würde er seinem Körper diesen letzten Dienst erweisen und sich verbrennen lassen. Idealerweise dort, wo es ihn traf.

Während der Chefreporter diesen und jenen Gedanken und auch selbst sich, wiewohl auf der engen Liegestatt nur marginal, hin und her schob, glitschte die Reisegesellschaft, meterhohe Gischten aufwerfend, quer durch jene Region Niederösterreichs, die die Menschen früher »Viertel unter dem Wienerwald« riefen, und als Kluger durch den Schlitz zu erkennen glaubte, dass es draußen längst düsterer war als drinnen und sein Handy in der Jackentasche immer wieder fiepte, hielten sie unvermittelt an. Er stemmte sich mit dem Deckel in die Höhe, sah die Bullaugenlichter an den Seitenwänden anspringen, die getönte Trennscheibe hinabgleiten und zwei Augenpaare ihn anglotzen, missgünstig das eine, belustigt das andere.

»Während du ein Nickerchen gemacht hast«, sagte Miriam, »und mein neuer Freund hier voller Sorge war, ob du sein Bett versaust, war ich hochaktiv. Ich hab dir alles aufs Handy gespielt, was du wissen musst. Dazu eine Karte der Klamm.«

»Die Steinwandklamm?«

»Kluger Kluger!« Miriam gluckste. »Die Myrafälle sind inzwischen bloß dritte Wahl. Schrot ist in Furth an der Triesting aufgewachsen. Er kennt dort jeden Stein. Fotos und Tagebucheinträge belegen das. Wir nehmen uns fürs Erste die Klamm vor. Ich vermute ihn in einer der Höhlen. Das perfekte Versteck bei dem Sauwetter. Da sich die Route von oben her teilt, später jedoch wieder zusammenläuft, teilen auch wir uns auf. Du marschierst zur unteren Gabelung, beziehst Stellung. Der Kondor und ich kommen von oben und treiben ihn vor uns her. Er hat keine Chance.«

Keine Chance?

»Sollten wir nicht doch die Polizei …«, hörte Kluger sich sagen, eingedenk des Umstands, dass es erstens …

… irrwitzig genug war, bei Sauwetter und Finsternis in einer menschenleeren, obendrein gesperrten Klamm herumzutapern, zweitens jedoch …

… noch sehr viel irrwitziger war, eben dort die Begegnung eines Jemand zu suchen, der, wie Reporter auch, kaum Skrupel zu kennen schien, bloß um den entscheidenden, lebensverkürzenden Dreh weiter.

»Hast du keine Eier mehr?« Miriam funkelte ihn an. »Wo waren die Bullen, als sie gebraucht wurden?«

Sagte das eine, befand Kluger, die selbst im Sold der Polizei stand, war dem wenig entgegenzusetzen. »Und was wenn …«

»Dann brätst du ihm eins über«, knurrte der Kondor und winkte mit etwas, das aussah wie die Mutantenversion eines Drehmomentschlüssels. »Wozu hat der Herrgott mir die langen Haxen und guten Ideen und dir deine 110 Kilo geschenkt?«

94, wollte Kluger gekränkt erwidern, führte jedoch den Gedanken zu Ende: »Und was, wenn er nicht da ist?«

Miriam zuckte mit den Schultern. »Pech gehabt. Dann bleibt nur die harte Tour. Die Runde drüben in der Großen Klause. Mein zweiter Favorit. Allerdings …«, sie verhielt, setzte ein mitleidiges Gesicht auf, »… in Anbetracht der Gehzeit von fast drei Stunden und deiner … *Kondition* … könnte es dort tatsächlich gefährlich werden.«

Augenblicke später stand er mutterseelenallein im Regen, bestückt mit Beständen aus Emil Fleckers goldenen Gräberzeiten draußen auf dem Zentral – Stirnlampe, Schlagwaffe und (»Nächste Größe Kindersarg, Kluger, haha!«) Gummistiefelboote, in denen auch nur menschenähnliche Füße nicht anders konnten als zu schwimmen. Im Scheinwerferkegel des zurücksetzenden Leichenwagens sah er gerade noch eine kleine Holzhütte aufblitzen, ehe das Motorblubbern sich verlor und ihn das Pechschwarz ringsum umfing. Er schlug den Kragen hoch, knipste die Lampe an und watschelte die paar Schritte unter das Vordach des Häuschens, wo Wanderer üblicherweise den Obolus fürs Betreten der Klamm entrichteten. Dort besah er sich Miriams Nachrichtenkonvolut und fing an, Lage und Auftrag zu überdenken.

*

»Bingo!« Euphorisch deutete Miriam auf den einzigen Wagen auf dem Parkplatz vor dem Gasthaus *Jagasitz*, hieß den Kondor etwas abseits anhalten. Sie hatten die mit Kehren gepflasterte, wie aus Sturzbächen geflutete Bergstrecke in atemstockenden sechs Minuten überwunden. »Das ist sie. Die Karre unseres werten Herrn. Na, Kondor? Bin ich gut oder bin ich gut?«

»Der Wachsheini?«

»Genau der.« Miriam grunzte zufrieden. Sie hatte Flecker unterwegs in schlichten Worten klarzumachen versucht, woher sie das Versteck zu kennen glaubte, von Wanderausflügen und gehackten Fotoarchiven auf Privatcomputern gesprochen, von Imei-Catchern und virtuell generierten Funkmasten und dergleichen mehr, davon, dass es ein Leichtes sei, auch deaktivierte Mobiltelefone zu orten, dann aber, als er energisch abwinkte, innegehalten. Ja, er hatte recht. Er verstand nichts von ihrer Welt, sie nichts von der seinen. Dabei konnten sie es ruhig bewenden lassen.

Sie streiften die hauchdünnen Regenponchos über, setzten die Stirnlampen auf (woher hatte der Kerl all das Zeug?) und stemmten sich ins Dunkel. Mit routiniertem Griff fischte Miriam ein längliches Kästchen aus ihrer Umhängetasche, fing an, Karl Schrots Audi damit zu umkreisen und hielt erschrocken inne, als ein Warnton anschlug. Sie hatte nicht wirklich damit gerechnet, hatte den GPS-Detektor mehr aus jener Gewohnheit, wenn sie selbst ins Auto stieg, aus Lust am Spiel bisweilen aktiviert. Erstaunt trat sie ein paar Schritte zurück und starrte den Wagen an.

»Knallfroschalarm?« Der Kondor hatte seinen Beutegeierblick aufgesetzt.

Miriam tauchte wortlos ab, inspizierte in fiebriger Hast den einen hinteren Radkasten, ruckelte unvermittelt mit dem Arm und hielt ihrem Begleiter etwas über die Schulter entgegen. »Magnetpeilsender«, raunte sie, »und ich frage mich, wer den hier angebracht hat. Meine Kollegen verwenden andere Modelle.«

»Kollegen?«

Sie kam hoch, fuhr herum, leuchtete ihrem Begleiter mitten ins Gesicht. Später, alles später, Kondor, wollte sie sagen, als genau da, im Streulicht des Strahls, in Fleckers Rücken, am

Waldrand die Silhouette eines zweiten fahrerlosen Wagens aufblitzte. Der war ihr entgangen. Sie erwog für den Moment, auch ihn unter die Lupe zu nehmen, ließ jedoch davon ab. Nein, sie hatten einen durchgetakteten Plan. Dafür war später immer noch Zeit. »Wir müssen jetzt«, sagte sie bloß und zog den Kondor hastigen Schrittes mit sich fort.

Keine zehn Minuten später stiegen sie ins Türkenloch.

*

Fröstelnd, pitschnass, in den spärlichen Schutz einer Felsnase gedrückt, starrte Kluger in die Nacht. Die fünf Minuten Fußweg hatten für eine Ganzkörperdusche genügt, und das unstet stroboskopische Aufblitzen silbriger Regenschnüre sagte ihm, sein Kopflicht und er hätten eine erstaunliche, doch sekündlich wachsende Gemeinsamkeit: Beider Verlässlichkeit stand auf verdammt wackeligen Beinen. Er überschlug, was er zuvor von Miriam gelesen, gehört, was er im Laufe der vergangenen zwei, drei Jahre selbst erlebt hatte, war drauf und dran, die Segel zu streichen. Umkehren, wem immer eine Nachricht zukommen lassen und die Last der Situation in anderer Leute Hände legen. War das nicht das einzig Vernünftige? Ausgereifte Pläne, um eines Jemands mit dem gewissen Etwas, mit der gewissen Neigung zu drastischen Inszenierungen habhaft zu werden, sahen anders aus, vor allen Dingen, wenn dieser Jemand sich als Kehleunterwasserschlitzer und Gliedmaßenzersäger und Knochenfleischablöser und wer weiß noch was gerierte und es keineswegs entschieden war, wer im Falle des Falles …bei einer Begegnung in der Klamm … keine Chance und so? … 94 Kilo hin, Mutantendrehmomentschlüssel her.

Sich hier bewusst in akute Gefahr zu begeben, überlegte Kluger, war, als ginge der Esel aufs Eis tanzen in der Hoffnung, er möge in einen See aus Goldstücken stürzen, die er selbst geschissen hat. Andererseits, was an diesem Stück Gerade-noch-Leben, das er führte, war von echtem Wert? Was davon nicht zumindest erdrängelt, ermogelt, erpresst, erschmeichelt oder einfach nur erstunken und erlogen? Hatte er sich nicht über die Jahre in einen Haufen selbstgefälliger Scheiße gebettet, dessen Gestank für andere, allen voran Bela, unerträglich sein musste? Indes, einen Verbrecher dieses Kalibers zur Strecke zu bringen und dann Lebewohl zu sagen, dieser Art von Leben allemal, o ja, das wäre etwas, das ihm die Chance einräumte, sich für alle Tage aus dem miefigen Morast zu erheben. Oder?

Hmmm.

Miriams Plan. Er solle hier, an der Gabelung Umgehungsstrecke/Rudolf-Decker-Steig, in Position gehen, das Licht aus, sich selbst unsichtbar machen. Ein Schatten im Schatten auf Standby. Zugegeben, keine Hauptrolle mit Heldenstatusgarantie, zog er obendrein in Betracht, Miriam und der Kondor kämen ihm zuvor, brächten ihn womöglich um den Lohn einer famosen Tat. Sie waren zu zweien, wiewohl sie Teile der Strecke getrennt zurücklegen müssten. Miriam auf dem Trampelpfad, den seinerzeit, wie es hieß, auch der alte Kaiser Franz Joseph beschritten haben soll, nachdem er das imposante Felsentor zur Klamm geschaut und passiert hatte, und Flecker, *Mister Weberknecht*, wie sie mit Smiley vermerkt hatte, über den Deckersteig, jene auch ohne Glitsch und Finsternis um ein Vielfaches gefährlichere Route über die Stahlleitern. Flecker hatte behauptet, die Strecke gleichsam im Blindflug zu beherrschen, und Miriam hatte scheint's nicht widersprochen.

Das eine Mal, als er mit Bela hier gewesen war, die Klamm durchwandert hatte, lag Jahre zurück. Erst von oben nach unten, was bei Kaiserwetter wie damals und auf der Allerweltsroute einem besseren Spaziergang gleichkam. Zurück zum Auto beim Gasthof *Jagasitz* jedoch über die Leitern, nahe deren unterster, vergleichsweise harmloser er stand. Indes, schon die zweite hatte es in sich, ragte fünf, sechs Stockwerke senkrecht am Fels auf. Einen Heidenrespekt hatte es ihm abverlangt, das Erklimmen Schweißattacken gezeitigt, während sie leichtfüßig wie die Gämse bergwärts getänzelt war. Der Aufstieg mündete ins Wildschützenloch, eine Höhle, bei deren Verlassen angeraten war, rückwärts und äußerst bedächtig abzusteigen. Hinterher folgten weitere Leitern, ein auf allen vieren zu durchkriechender Felsschluf, dann erst liefen die Wege wieder zusammen, führten als ein einziger durchs Türkenloch, jenen auf holperigen Holzstufen zu querenden Durchlass im Karstgestein, der der Legende nach zur Todesfalle für viele Menschen geworden war. Sie hatten sich bei der Türkenbelagerung von 1683 vor den Angreifern in der Höhle versteckt, Feuer gemacht und durch Rauchschwaden verraten.

Die vielen Leitern; der viele Regen; das kompakte Dunkel; das wenige Licht, das dagegen ansteht; das Risiko, hinter jeder Biegung eins auf die Mütze zu kriegen. Die Vorstellung, sich um der brüchigen Hoffnung eines Triumphes willen an Fleckers statt die Felsen hinabzuquälen, gefällt Kluger plötzlich immer weniger, sein Standort plötzlich immer besser. Dann aber, flüchtig verlockend wie jeder Ruhm, vergänglich wie alles Irdische, blitzt es in seinen Augenwinkeln auf. Hoch über ihm. Er reißt den Kopf empor. Da, schon wieder! Dann ein drittes, viertes Mal! Kluger erstarrt. Wie festgebannt von Fluch oder Segen der Begegnung mit einem Raubtier in freier Wildbahn, linst er die Schlucht empor. Forschende Augen hängen ewige Augenblicke am Nichts. Ein abermaliges Aufblitzen. Ein Blick auf die Uhr: Keine 15 Minuten sind verstrichen, seit sie ihn abgesetzt haben, ausgesetzt wie ein lästig gewordener Köter; 15 Minuten, wenig, viel zu wenig Zeit, als dass Miriam, der Kondor, auch nur einer von beiden, bereits … so weit … nicht annähernd. Unmöglich. Auch nicht im Schweinsgalopp. Kein Zweifel. Da ist noch jemand im Fels … *noch … jemand*. Und genau da, jäh, unwiderstehlich wie in den frühen Jahren, flammt im Chefreporter das alte Feuer auf. Das innere Rauschen des Jagdtriebes fängt an, das äußere des Klammbaches in seinem Rücken zu übertönen, er seinerseits, sich im Trippelschritt bei Rabenschwärze an die Leiter heranzutasten. Rasch die kurze Sprachnachricht, die er nun doch absetzen will, ins Handy getippt. Senden fehlgeschlagen? Mist! Mist!! Mist!!! Egal. Schon setzt er das eine viel zu große Gummistiefelboot auf die erste, schon das andere auf die zweite Sprosse. Sprosse um Sprosse ertastend. Er würde ab und an Licht machen müssen. Mal da. Mal dort. Ein Brummen in der Jacke. Also doch Empfang? Gefahr? Gefahr! Keine Zeit! Nicht jetzt! Wer erhält, verschickt auch. Gut so. Er muss! Dem Blinken entgegen! Oder hinterher? Egal. Er muss! Muss!! Muss!!! Gewissheit haben. Vom Fallensteller zum Jäger. Vom Hinterhalt in den Angriffskrieg. Vom Hasenfuß zum Aggressor. Der Puls durchrast sein Herz, ein Flipperspiel der Gefühle. Rasend schnell, schrill trommelnd, die Sinne zugedröhnt, und keine Ohren dafür, dass drei, vier Stockwerke unter ihm nun schon, Metall auf Stein schlägt. Alles Hören gilt der inneren Stimme: Was für ein Irrsinn. Ein Gedanke, der ihn bald aufs Neue erreichen wird. Sehr viel rascher, als ihm lieb sein kann.

O ja. Was … für … ein … Irrsinn!

*

Mutter hatte es im Radio gehört und er, als sie ihm alles übers Telefon zuschluchzte, sich im Wagen in der Sekunde übergeben. Seine Frau? Die Kinder? Ein zerstückelter Toter im Kühlhaus?

Flucht führt nie von etwas fort, immer zu etwas hin, hatte Clara heute Morgen beim Frühstück gesagt, und er hatte ihr Hinweise geben wollen, bereit wie nie zuvor zu erklären, sein Wirken ins Licht von bedingungsloser Liebe und Schutz zu stellen. Er hatte sie angesehen, nach Worten gerungen und geschwiegen. Später hatte er noch einmal ihre Stimme vernommen. Abgehackt. Sie hatte so viel wissen wollen und er kaum Worte, hatte ihn auch nach den Zeitungsfritzen gefragt. Stecken sie hinter alledem? Es passt so schön zusammen, nun aber, mit einem Schlag, ist die Chance vertan. Alles sinnlos, alles vorbei. Es ist keine Frage, ob sie kommen. Nur wann.

Die Füße scharf an der Felskante, starrt er ins Nichts. Hinter ihm die letzten Meter eines ausweglosen Ausbrechens, vor ihm der schiere Fall, die Loslösung von alledem, ohne dass es eine Lösung wäre, nichts, was die Suche zu einem Ende brächte, bloß ihn selbst, einen Kegel von vielen in diesem unerbittlichen Spiel. Irgendwo von weit unten vernimmt er ein dumpfes Schlagen, doch es erreicht ihn nicht. Er ist müde, endlos müde, steht Ewigkeiten da, will niedersinken, alles fallenlassen, sich, die Gedanken, will verlorengehen an einen übermächtigen Schlaf. Dann aber dieses Aufflackern von Licht, den Bruchteil eines Augenaufschlags, so nah, dazu das Empfinden, ein Schatten würde sich zu materialisieren beginnen. Dann die Stimme in seinem Rücken, die sagt:

»Buenas noches, señor Bonpland.«

Genau da weiß Karl Schrot, dass alles vergebens, doch nicht alles getan ist. Noch nicht. Er wirbelt herum, verspannt den Körper zur Waffe, macht ein paar kraftvolle Schritte zum Höhleneingang. Dorthin, wo das Ende der Welt liegt. Wo die Bestie auf ihn wartet. Jetzt gibt es nur noch sie beide.

*

Ein Hauch von Jasmin durchwehte den Salon der weiträumigen Altbauwohnung im vierten Wiener Gemeindebezirk, doch der grüne Tee, ein erlesener *Nü Wa San Hua*, das Teegebäck wie auch der Whiskey, ein 40 Jahre alter *Benromach*, standen unberührt da. Salzige Noten bitterer Tränen gaben den Ton an.

»Dieser Irrsinn muss ein Ende haben!« Abermals bebte sie schluchzend auf, wohl auch im Wissen, selbst ein Scherflein beigesteuert zu haben, wenn sie da bloß an den Besuch dieses merkwürdigen Herrn Wolf (oder doch Fuchs?) dachte. »Ich weiß nicht, wie genau, aber ich weiß, dass du da mit drin hängst. Ich hätte niemals gestatten dürfen, dass du für diese Familie arbeitest. Diese neureiche Bagage, diese Epigonen, die sich erst an uns Juden bereichert haben und es nun an den Spielsüchtigen tun. Schon damals, vor Jahren, als ich den Erstkontakt hergestellt habe, hätte ich es wissen müssen. Ach, diese gottverfluchten Charity-Events. Wie recht er doch hatte, sie zu verachten!«

Düsteres, schweigendes Sinnieren.

»Du wirst das in Ordnung bringen, hörst du?«, fuhr sie fort, »sofern es jetzt noch eine Ordnung gibt. Meinem Ferdinand zuliebe. Deinem geliebten Onkel.«

Der Neffe des toten Perückenmachers nickte stumm, und in den niedergeschlagenen Augen des jungen Mannes flammte abgrundtiefer Hass auf. Hass auf Umstände und Ohnmacht, Hass auf eigenes Wirken aber auch, hitzig genug, Löcher in den seidenen Kaschan unter seinen Füßen zu brennen. Gutgläubiger Leichtsinn und Stolz hatten ihn getrieben, Imponiergehabe, der Lockruf von Geld und Allmacht, das Herrsein über ungenügend gepanzerte Welten. Hundertschaften durch U-Bahn-Schächte taumeln lassen und einen Muskelprotz als Überwacher anheuern; Namen, Spuren verwischen; Botengänge; Überwachungen; die Unterwerfung eines Zwerges; digitale Invasionen in fremde Leben, Spionagekabel an Computer angedockt – willfährige Dienstbarkeiten, ohne zu hinterfragen. Ein jedes auf seine Weise universell, doch nichts als Bruchstücke von Kenntnis, die sich zu bloßen Ahnungen, vagen Strängen eines Hintersinns bündelten, zur brustschwachen Garbe eines zum Scheitern verdammten Stratagems. Doch sie alle riefen nach Ausgleich in einem letzten Handstreich. Nur dann, in der Vergeltung, gäbe es Versöhnung.

»Hast du mich verstanden?«

Er nickte, schluckte.

»Nun, was gedenkt Monsieur zu tun?«

»Ich werde eine Freundin anrufen«, sagte Florian Mayer-

Thurgau, den alle, nur sie, die herrische Tante, nicht, Floppy riefen. Sie sei wie er Trägerin partiellen, doch anderen Wissens, wisse, was zu tun sei.

*

Mit Nägeln bewehrte Fingerspitzen spreizen Ober- und Unterlid weit auseinander, holen ihn zurück in die Welt des bewussten Empfindens. Dort nimmt ihn ein zweiter Schmerz in Empfang, ein stechendes Gleißen. »Bin ich tot?«, lallt Kluger. Das Glück, sagen sie, wandere mit ins Jenseits. Sieht so das Tor nach drüben aus? Augen scharf am Erblinden? In einem Körper wie ein einziger Schmerz? Mit Eisengeschmack auf einer zerbissenen Zunge? Darauf kann er verzichten. Er versucht, seine Hand vors Gesicht zu kriegen, zuckt zusammen, als eine andere ihn abhält.

»Nein, bist du nicht.« Die Stimme kommt von hoch über ihm, aus der Mitte der Blendung, vertraut im Grundklang, doch mit bizarr scharfer, fast soldatischer Tönung. »Aber besser wär's vielleicht«, sagt Miriam.

»Mein Schädel!« Kluger ächzt und verspürt doch die Erleichterung, die diesem einen Atemzug innewohnt, sich im nächsten aber in Starre wandelt, als sie diesen seinen Schädel in die Zange ihrer Hände nimmt, roh zur Seite biegt. »Du wirst es überleben mit deiner Platzwunde«, sagt sie mit Grabesstimme, »bei deiner Trophäe dort drüben sehe ich allerdings schwarz.«

Trophäe?

Kaum merklich, wie aus fernen Welten und doch so nah, dringt fremdes, befremdliches Stöhnen an Klugers Ohr, und im Schein von Miriams Kopflicht taucht ein bleiches Antlitz auf, alles Leben darin wie abgestorben. »Mein Gott, nein!«, stammelt er, »was … was ist passiert?«

»Sag du es uns.« Eine Männerstimme. Jetzt erst schiebt der Kondor sich ins Licht, und Kluger fängt die verschwörerischen Blicke ein, die Miriam und er tauschen.

»Ist sie das? Die Bestie?« Bange starrt Kluger auf das leblose Bündel Mensch, auf das bizarre Etwas, das aus dessen Unterbauch aufragt.

»Sag du es uns.« Miriam nun. »Sag du uns, wie das Fleischermesser in den Bauch von Karl Schrot kommt. Sag du uns, wie das viele Blut an deine Hände. Sag du uns, was du hier oben zu suchen hast?«

Hier oben? Kluger wendet den Kopf nach allen Richtungen. Ringsum Fels, soweit er erkennen kann. »Wo sind wir?«

»Wo ist mein Drehmomentschlüssel?«, knurrt der Kondor.

Sag du es uns, liegt Kluger auf der Zunge, und er befühlt die Jacke danach, greift ins Leere, als Miriam sagt: »Wildschützenloch. Treffender hätte deine Wahl nicht ausfallen können.«

Seine Wahl?

»Du warst eine halbe Stunde im Träumeland.« Miriam fängt an, den Schal, den sie ihm um den Hinterkopf gewunden hat, abzuwickeln und die Wunde zu inspizieren. »Den dort haben wir auch so gut es ging versorgt. Obwohl ich nicht glaube … was soll's. Wir haben einen Notruf abgesetzt. Sie müssten bald auftauchen.«

»Sie kommen«, raunt eben da der Kondor, nun am Höhleneingang postiert, den Blick ins Tal gewandt. »Ich hoffe nur, dass sie auch wirklich nur von unten …«

»No risk, no fun«, raunt Miriam, fängt an, Kluger hochzuziehen. »Los jetzt! Genug geschlafen! Wir gehen mit nur einem Licht. Keiner muss wissen, wie viele wir sind.«

Anfangs bedrohlich wankend und von beiden gestützt, stetigt sich Klugers Gang rasch, und als sie keuchend den Parkplatz erreichen, laufen sie schnurstracks hin zum Impala. »Er ist weg!«, kreischt Miriam plötzlich. »Sein Wagen!« Sie fährt herum, schwenkt den Lichtkegel am Waldrand hin und her. »Und der andere! Da!«

Kluger hängt an Miriams Lichtkegel ans Ende der verwaisten Schotterfläche, versteht kein Wort. »Da ist kein Wagen.« Sie reißt ihn herum, zerrt seinen Kopf dicht heran. »Genau das«, faucht sie, »bereitet mir auch so … scheiß … große … Sorgen.«

Stoffliches, das nach Mullbinde aussieht, taucht in Fleckers Händen auf, wird blitzartig um Klugers Schädel gewunden, während der an die Pixibücher seiner Kindheit denken muss, an Bär Petzi, mehr aber an Pelikan Pelle, der stets aus seinem Schnabel, Wasser ausgenommen, auf wundersame Weise zutage fördert, was gerade vonnöten ist, und mag es noch so ausgefallen sein.

Kaum verbunden, steckt Miriam ihm ein Mobiltelefon zu. »Dein neues. Das alte hat fliegen gelernt.« Dann schiebt sie ihn auf den Beifahrersitz, steigt selbst hinten zu und der Kondor in die Pedale. Kluger, eben noch auf Automatik, nun im Gasmodus, fragt nicht nach, fängt an zu telefonieren, sprudelt und sprudelt, und als er auflegt, erkennt er, dass sie ihm Fotos aus der Höhle überspielt hat. Heiliger Scheißdreck! Darauf hat er völlig vergessen. Kommentarlos jagt er die Bilder in die Redaktion. Ein Mann, dem ein Messer aus dem Bauch ragt. Vermutlich tot. Ja, gewiss tot. Die Wachsbestie. Erlegt von …? Satansreporter Vinzent Kluger?

Berauscht und erschöpft zugleich, wie am Tor zu einer kolossalen Ohnmacht, sinkt er ins Leder, fällt in einen totengleichen Schlaf. Keine Augen für das Ziel der Reise. Sein inwendiges Barometer indes nimmt ein Gefühl zu Protokoll: Nach der Stadt, zur Stätte seines nahen Triumphes, geht es tendenziell talwärts. Sie jedoch bewegen sich tendenziell bergwärts.

Der Folgetag, spätnachmittags in 1090 Wien

XX. DER GAST, DER KEINER WAR

»Ein guter Tag beginnt mit einem traurigen Anblick.« Der Chefinspektor musterte sein Gegenüber mit abschätzigem Blick. »Hat ned irgend a Finanzminister des amoil g'sagt? Der wamperte Seppi vielleicht? Oder a anderer von diesen parlamentarisch legitimierten Strauchdieben? Einer Ihrer Haberer?«

Stille.

»Is ja wurscht. Vielleicht war's ja was anderes. Aber des mit dem traurigen Anblick gilt jedenfalls auch für den späten Nachmittag. Ach, was sag ich denn ... traurig ... nein, nein, ein befriedigender Anblick is des. Zutiefst befriedigend. Sie! Hier! Bei mir! Unter diesen Umständen! Dass ich das erleben darf.«

»Mit einem sanierten Budget, hat er g'sagt. So beginnt ein guter Tag. Und es war der Grasser.«

»Jössas ja, der fesche Karl-Heinz, Schwiegermuttertraum der Nation. Schön, dass man geruht, doch wieder mit uns zu sprechen.«

»Muss das sein?« Der Gast, der keiner war, hob mit resignierender Geste die Hände, und der Gastgeber, der ebenfalls keiner war, setzte ein wohlwollendes Gesicht auf.

»Es stimmt schon, in Anbetracht der Tatsache, dass Sie den Notruf abgesetzt haben ... hmm ...« Der Chefinspektor verhielt, nahm das Telefon seines Visavis zur Hand, das er wie einen Siegerpokal vor sich aufgepflanzt hatte, ließ es verspielt durch die Finger gleiten. »Sind die Dinger bei Ihresgleichen Standard?

Soweit ich weiß, sind die offiziell noch gar nicht auf dem Markt, mit Stimmenverzerrersoftware noch dazu … ach ja, wir haben ja beschlossen, zur Sache selbst zu schweigen … hmm … was soll's, das kriegen wir schon …und in Anbetracht der Tatsache, dass Sie auch aus Eigenem so etwas wie lebenserhaltende Maßnahmen zu setzen probiert haben … hmm … ja, und in Anbetracht der Tatsache ferner, dass Sie nach mehr als einem halben Tag Nachdenkpause nun doch befunden haben, sich dem Arm des Gesetzes zu überantworten … hmm … da ham S' völlig recht, da könnt' ma in der Tat davon absehen.«

»Worauf warten Sie dann?«

Jäh verfinsterte sich die Miene des Beamten, ehe er im offiziellen Verhörton fortfuhr: »In Anbetracht der Schwere der Tat allerdings, der Vorwürfe, Ihrer jetzt schon lückenlos erwiesenen Implikation in die Geschehnisse, und wer weiß, was da noch daherkommt, ungeachtet dessen, was Sie nun zuzugeben geruhen oder nicht … hmm … dazu Ihr Unwille zur Kooperation und so weiter, ja, in Anbetracht all dessen sind Handschellen noch das gelindeste Mittel. Meinen S' nicht auch, Herrrrrr Kluger?«

»Ich kann es nur wiederholen: Ich habe keinerlei Erinnerung daran, Karl Schrot erstochen zu haben.«

»Ja. Ja. Ja. Haben Sie nicht. Richtig. Die gute Nachricht: Das haben Sie tatsächlich nicht. Wenigstens dieser Mord bleibt nicht an Ihnen kleben. Wiewohl, die Blutspuren, die Fingerabdrücke auf dem Messer, das allein spricht Bände. Der bestätigende DNS-Abgleich folgt. Von wegen: ›Der ist plötzlich neben mir gelegen.‹ Ich bitt' Sie. Außerdem, für zehn Jahre Schmalz im Häfen in der Josefstadt genügt auch der bloße Versuch …«

»Versuch?« Kluger starrte den Chefinspektor irritiert an.

»Karl Schrot ist überm Berg. Sagt das Spital. Erstaunliche Konstitution, die unser Wachsfigurenmörder aufweist. Oder sollte ich lieber sagen: *einer* unserer Mörder? Ihr Komplize, dessen Sie sich gestern Nacht zu entledigen versucht haben? Seiner

Frau und den Kindern geht's übrigens wieder ganz gut. Dass sie ex ist und die Gschroppen an der Kippe, nach dem Überschlag draußen bei die G'scherten, haben wir am Abend nur rausgejagt in der Hoffnung, dass sich dann endlich jemand aus seiner Deckung bewegt. Wäul dann eh schon alles wurscht is. Na? Und genau des is ja auch passiert. Das nennt man progressive Ermittlungstaktik.« Zufrieden mit sich und der Welt auf dem Josef-Holaubek-Platz, lächelte der Chefinspektor. »Jetzt legen S' doch endlich ab, Kluger! Die HD in Ihrer Wohnung läuft, und am Hausdurchsuchungsbefehl für Ihr Büro bastelt der Staatsanwalt auch schon. Sie wissen ja, ganz so flott geht's ned, geht's um die heiligen Hallen der Journaille.«

Zitternd hob Kluger die Hände in Richtung der flecker'schen Mullbinde, die immer noch quer über seinen Kopf lief. »Und das hier?«

»Wie lang kenn' ma uns jetzt? Kluger, bittschön, halten S' mich doch nicht für völlig deppert. Nicht jetzt auch noch. Genügt's ned, dass Sie mir des über Ihr Schmierblattl ausg'richtet haben? Selbstverletzungen bei Tätern, haha! *Der* Klassiker. Die Kollegen der Spusi ham die Felskante in der Höhle längst ausg'macht, wo Sie Ihren Querschädel dagegen gedonnert haben. Respekt übrigens dafür. Für einen, der seine Verbrechen fast ausschließlich am Schreibtisch begeht, bestimmt eine Riesenüberwindung.«

Klugers neues Kryptotelefon vibrierte. Eilends nahm es der Chefinspektor zur Hand, musterte Nachricht und Absender argwöhnisch. »Kleiner Tipp fürs nächste Mal: Sie hätten Ihr anderes Handy gar ned erst mitnehmen sollen in die Klamm und scho dreimal ned an den Supan simsen, wo Sie san. Der ist übrigens der Nächste. Ach ja, noch was: Wer ist diese Miranda hier?«

»Meine Anwältin.«

»Klingt eher wie ein Orangensoftdrink aus dem Rauchtal.«

»Ich will jetzt meinen einen Anruf.«

»Sie sollten lieber eigenständig denken und weniger fernschauen.« Der Chefinspektor starrte aufs Display, fing seinerseits an zu grübeln. »Bingo. Der junge Persson-Fürst« stand da geschrieben. Woher taucht der denn schon wieder auf? Himmel, Arsch und Zwirn. Und dann noch: »Floppy lässt grüßen.«

»Meine An-wäl-tin! Darf ich jetzt?«

»Nix da!« Der Chefinspektor wählte selbst. »Hier spricht Chefins… Sie wissen, wer …? Von mir aus. Und mit wem habe ich das Vergnü… Keine Rolle? Wissen S' was, Gnädigste? … Sie klingen ziemlich jung für a Anwältin … Andererseits … Also gut, is ja wurscht und kostet des gleiche Geld … Ich höre!«

*

Herrlich!

Berauscht von so viel Erleichterung, nein, purem Glück, räkelte sich Bela, warf dem Mann an ihrer Seite einen schmachtenden Blick zu. Es war vorbei, ja, *vorbei*, sie auf Tauchstation, und mit dem Ende fing alles erst so richtig an. Die Onlinemedien und Foren explodierten seit den frühen Morgenstunden, die Printausgaben der Gazetten luden ihre Geschütze bereits, würden nachschießen, sich in Aufgeregtheit überschlagen und die Stadt ein weiteres Mal im Taumel einer medialen Großschlacht versinken.

Aber nicht mit ihr.

»Das Ende der Wachsbestie«, hatte die *Gute* heute Morgen in Riesenlettern in die Welt hinausgebrüllt, und fast ebenso groß das Wort exklusiv. Wie es aussah, hatte Vinzent einmal mehr die Finger im Spiel. Inwieweit? Sie wollte es nicht wissen. Alles, was sie wollte, war, hier zu sein, auf dem Beifahrersitz, bei ihm, auf dem Weg hinaus aufs Land. Zu seinen Eltern. Erstmals. Endlich. Und dann, morgen, vielleicht später, wer weiß, was sich heute ergab, würde sie es offiziell machen, vor diese Schlange, diese Büroboa hintreten und …

Freiheit! Frei-heit!!

Erstmals ins Staunen geriet Bela, als sie weit draußen vor den Toren Wiens unvermittelt von der Landstraße in ein Waldstück bogen, auf eine Lichtung kamen und auf der Hügelkuppe voraus sich ein monumentaler Bau aus dem Horizont schälte.

»Erschrick nicht«, sagte er genau da, »der Wohnstil meiner Eltern ist ... nun ja, etwas ausladend.«

»Essen wir mit ihnen?«

Sie würden, der Vater beim Damwild, die Mutter in der Stadt, später zu ihnen stoßen, aber jedenfalls rechtzeitig, hatte er gesagt. Bis dahin hätten sie jede Menge Zeit. Dann tauchten sie auch schon ein ins Reich seiner Herkunft. Die Auffahrt eine Zypressenallee, ein Hochsicherheitstor, das eine weitläufige Parkanlage freigab; zu Tierköpfen gedrechselte Buchse allüberall, die in Bezug zu stehen, miteinander zu sprechen schienen, ohne dass sich Bela die Ordnung erschloss, und mittendrin zwei, die aus der Reihe fielen, dicht an dicht standen, im Verbund die Zahl 51 bildeten; das »Elternhaus«, wie er es genannt hatte (selbst Herrenhaus, dachte Bela, wäre krass untertrieben) in drei Flügel unterteilt, deren zwei vom kuppelförmigen Haupttrakt nach hinten versetzt abstanden, mit je einer Etage obenauf und einer unermesslichen Zahl von Gauben mit kupfergedeckten, im Glast der Spätnachmittagssonne funkelnden Vordächern; zwei Freitreppen, verbunden mit einer mächtigen Brüstung, auf der bereits 1.001 Champagnerflöten gestanden haben mussten, rückwärtig flankiert von einem Arkadengang mit Rundbögen; der Haupteingang zweimannshoch, eine Flügeltür aus Eiche mit Beschlägen von poliertem Messing; und im Inneren, das an eine Kathedrale anmutende Foyer einmal überwunden, tat sich ein unergründliches Geflecht von Zimmern auf, manche groß wie Hallen, Bibliotheken, Galerien; Gobelins und Vorderlader und Jagdtrophäen aus aller Welt an den Wänden, vom Löwen bis zum Bison.

Du meine Güte, was denn noch?

Mit allem hätte sie gerechnet, aber nicht damit. Natürlich hatte sie ihm zu Beginn übers Netz nachgestellt. In Maßen aber nur, wie jedermann es heute tat. Nichts hatte darauf hingedeutet, seine Wurzeln reichten hierher. Auch war seine »kleine Hausführung« wie nebenher verlaufen, fast teilnahmslos, gerade so, als wollte er bloß auf direktem Wege dorthin gelangen, wo sie nun waren: in seinem Reich, irgendwo am rückwärtigen Ende dieses Palazzo Prozzo gelegen, mit Blick auf einen alten Ziehbrunnen und dahinter die herbstlichen Wälder des Alpenvorlands. Und da stand sie nun, hörte ihn drüben im Bad kramen, ließ ihr Kleid zu Boden rascheln und linste auf etwas, das sie am hinteren Ende seines Schlafzimmers auf einem Sims ausgemacht hatte. Ein weiteres Tierpräparat, klein, zierlich, so anders als die machtvollen, ein gebieterisches Treiben bescheinigenden Trophäen im Haus. Etwas daran war ihr vertraut, doch sie konnte es nicht benennen.

»Was ist das, mein Löwe?«, fragte sie, den Hauch gewahrend, da er von hinten an sie herantrat, ihrem Blick folgte und sich anschickte, ihr den BH zu öffnen.

»Ein Test«, knurrte er ihr ins Ohr.

»Test worin?«

»In deinen biologischen Kenntnissen.«

Er hielt nun ihre nackten Brüste umfangen, fing an, sie mit strengem Griff monoton zu massieren. Etwas zu streng, wie sie befand, zu monoton, als dass er scharf auf sie zu sein schien. Doch als er eine Hand zurückzog, den Gürtel seines Bademantels löste und sie die ihre nach hinten gleiten ließ, spürten ihre Kuppen, dass alles seinen Lauf nahm, alles in bester Ordnung war. O ja, und wie, in immer noch besserer Ordnung.

»Du meinst nicht etwa meine biologisch-*anatomischen* Kenntnisse?«

»Auch, aber allen voran deine biologisch-*zoologischen*.«

»Ich habe so etwas schon einmal irgendwo gesehen«, schnurrte sie, legte den Kopf in den Nacken an seine Schulter, umfasste seinen felsenharten Penis, spürte dem Pulsieren der Aderstränge nach und schob ihn ein Stückweit zwischen ihre Beine. Sie seufzte, ergab sich dem monotonen Kreisen, fing ihrerseits zu massieren an, zitternd vor Erregung. Ob er sie heute erstmals von …? »Aber ich komm' nicht drauf. Hilf mir doch! Was für eine Art … Vogel ist das … dort hinten?«

Ein Geruch, den sie nicht zuzuordnen wusste, stieg Bela in die Nase. Verhalten, doch auf seltsame Weise präsent, bedrängend. Eine scharfe Note, die nicht hierher gehörte. Nicht in diesen Raum. Nicht in diese Situation.

»Es ist ein Guácharo«, sagte er mit eiskalter Stimme. »Test nicht bestanden.«

Genau da erkannte sie den Geruch und erschrak zu Tode.

*

»Ihre *Anwältin* erzählt seltsame Dinge«, sagte der Chefinspektor stirnrunzelnd nach einer Weile und besah sich seine Notizen. »Ich frage mich, wie das alles zusammengeht. Vielleicht sollten wir doch über dieses oder jenes reden? Wir beide? Wie vernunftbegabte Menschen?«

Kluger hielt die Hände abermals empor. »Selig sind, denen Öffnung widerfährt, denn auch sie werden sich öffnen. Altes Testament, schon gehört?«

»Selig sind, die um der Gerechtigkeit willen verfolgt werden, denn das Himmelreich ist ihrer. Neues Testament, schon gehört?«, murrte der Chefinspektor schnippisch und funkelte Kluger prüfend an. Er zog eine Schublade auf, kramte und winkte schließlich mit einem Schlüsselchen. »Ich habe Sie schmachten sehen, klein und nichtig. Das Bild nimmt mir keiner«, sagte er, »und was alles andere angeht, kann keine Gefängnisstrafe dieser Welt die Vergehen aufwiegen, die Sie und Ihresgleichen an sich selbst begehen.«

»Soll das heißen, dass ich gar nicht unter Verdacht stehe?«

»Es heißt, dass Sie und ich an einem Strang ziehen sollten, weil wir ähnliche Ziele verfolgen. Dass wir Kieberer nicht die Volltrotteln sind, die manch einer in uns sieht. Und dass wir echte Spuren von Trugspuren zu unterscheiden wissen. Mehr müssen Sie nicht wissen.« Der Chefinspektor seufzte tief, verfiel ins Grübeln. Darüber, was er soeben wie auch darüber, was er neulich vom jungen Kollegen mit dem übergroßen Ehrgeiz zu hören bekommen hatte. Und dass es klein-klein zu klingeln anfing in seiner Kriminalistenstirn, weil eins plus eins manchmal auch drei ergab oder sieben und es gut war. Nein, sagte er sich, die Sache mit dem Neffen dieser aufgeblasenen Perückenmacher-Ex-Witwe und dem Riesenfischtransport und all dem Gerede rund um diese Persson-Fürsts und so … nein, nein, das würde er schön für sich behalten. Vorerst jedenfalls. Wie auch, dass sie den Wagen Karl Schrots gefunden haben, versenkt in einem bewaldeten Graben oberhalb der Klamm. Und so befand er, seinen Gast, der nun doch einer zu werden schien, bloß davon ins Bild zu setzen, was diese Miranda gesagt hatte. Mal sehen, was kam. Überzeugt, das Richtige zu tun, beugte er sich vor und löste die Handschellen.

Kluger saß stocksteif da und rieb an seinen Handgelenken. Was lief hier? Dass der Oberkieberer nicht zu wissen schien, wer Miranda wirklich war, beschwichtigte ihn. Doch das war auch schon das einzige nicht Aufwühlende. Angefangen mit den Stunden, die hinter ihm lagen: das Erwachen im Morgengrauen in Fleckers Leichenwagen, irgendwo im Nirgendwo am Saum eines Waldweges; die Irrfahrt über Seitenstraßen zurück in die Stadt, Miriams Wohnung, wo sie ihm Unterschlupf gab, mit dem Kondor wieder abtauchte; ihre Nachricht, Ewigkeiten später, er solle sich besser stellen, das Beibringen entlastender Fakten ihnen überlassen, sie drei (*drei???*) seien auf bestem Wege; und mittendrin dieser befremdliche Anruf, eine junge Männerstimme, die von Channa Micropeltes und Aquaristikverkäufer und Transport und Kennzeichen und Mayer-Thurgau und Neffe und Industriellensohn schwafelte, Namen, Begebenheiten, wie beliebig gegeneinander zu verschieben wie Bühnendekoration, Versatzstücke der Tragikomödie aus der Feder eines unbekannten Autors, in der er, Kluger, eine Hauptrolle spielte, ohne dass er den Text kannte. Und nun, zum Aufguss, was Miriam-als-Miranda dem Chefinspektor geflüstert hatte und der an ihn weitergab.

»Zusammenfassend«, resümierte der, »sieht es danach aus, dass dieser Florian Mayer-Thurgau, der Neffe der, eh schon wissen, Ex des Perückenmachers, ja, dass dieser Florian alias Floppy ebenfalls seine Finger im Spiel gehabt zu haben scheint, mitunter, wie man hört, für die Rauchbombenattacke in der U-Bahn verantwortlich zeichnet und, wie Ihre … *Anwältin* … meint, auch den einen oder anderen Hacker- und Botendienst für einen gewissen Herrn Klein geleistet hat …«

»Klein?«

»Edvin C. Klein.«

»Wer soll das sein?«

»Nun ja, ich würde sagen: wenn's gut läuft, unser Mann! Abgesehen von Ihnen natürlich.«

»Edvin C. Klein? C wie … Christus? Ganz neues Testament?« Kluger setzte ein hämisches Gesicht auf.

»C wie … warten S', vielleicht haben wir ja ein Foto.« Der Chefinspektor tippte ein paar Befehle in den Computer, nickte zufrieden und drehte den Bildschirm in Klugers Richtung. »Dass ich das noch einmal sagen würd': Es lebe die Paparazzipresse!«

»Der?«, schrie Kluger auf und gedachte der Fotos, die ihm einen Stich ins Herz versetzt hatten, nolens volens, punktgenau dorthin, wo sein letztes Fünkchen Empfinden saß, als Klaus Supan sie ihm vorlegte. Bela, *seine* Bela, in gelöster Vertrautheit in den Armen eines anderen.

»Na, wenn ich's Ihnen sag. Da steht's. ›Eines der seltenen Fotos des medienscheuen, schwedischstämmigen Industriellensohnes und *Noromatnix*-Haupterben der Persson-Fürst-Dynastie … Edvin … Casper … Klein.‹«

»Wir … wir müssen … bitte … Sie müssen …«

»Was muss ich?«

»Er ist Belas Neuer«, stammelte Kluger zitternd und fing sich einen düsteren Blick ein.

»Der? Von der kleinen Schmaus?«

Kluger nickte.

»Jössas, nein, nicht das auch noch.« Fahrig griff der Chefinspektor zum Telefon. »Ich brauche Ortungen. Dazu die Infanterie. Einsatzadresse folgt. Natürlich *jetzt*, Kollege. Ja, die Infanterie mit dem ganz großen Besteck. GEMMA! GEMMA!!«

Er knallte den Hörer auf die Gabel, sah Kluger todernst an: »Und wir beide, mein lieber Freund und Zwetschkenröster, wir warten hier, reden und beten.«

Vier Tage später

XXI. 35 B

Was … für … ein … Irrsinn!

Verkniffen wie ein verhutzeltes Weib stierte Kluger zu Boden. Er wusste nicht, wie lange er schon dastand und auf winzige Grabhügel starrte, auf Laternchen, Schleifen und in der steifen Morgenbrise schnatternde Windrädchen. Die Welt um ihn her fühlte sich grau und klein und tot an und sein Kopf so leer, endlos leer, und wenn etwas seine Gedanken in Beschlag nahm, so waren es vier riesengroße, leuchtende, wild tanzende Lettern:

BELA.

Wechselbäder der Gefühle nannten sie das, wenn die Kollegen und er wieder mal nicht wussten, wie sie das viele Wallen und Toben und Hoffen und Bangen in den Menschen sonst in Worte gießen sollten.

Gefühle?

Ja, auch er hatte zuletzt Wechselbäder solcher Anwandlungen genommen. Wir warten hier, reden und beten, hatte der Chefinspektor befohlen, und er stockstarr gehorcht. Die Zeit hatte stillgestanden, jede Minute ein Stück Ewigkeit, jedes Wort zwischen ihnen als dumpfes Trommelschlagen, abgetönt und unerreichbar wie in einer fernen Galaxie, ehe – endlich! – das Telefon läutete, der Chefinspektor abhob, lauschte und wortlos auflegte.

»Sie haben sie«, hatte er gesagt, und etwas im Antlitz des alten Kriminalbeamten, in seinen ins Sanftmütige modulierenden Zügen hatte Kluger zugeflüstert, dass alles gut war, gut sein würde. Dass Bela bewusstlos und splitternackt ans Bett gefesselt, sonst aber wohlauf war, als die Sondereinheiten das Anwesen der Persson-Fürsts stürmten, erfuhr Kluger trotz aller Listen erst zwei Tage später. Ebenso, dass Edvin Casper Klein nicht in Gewahrsam, sondern spurlos verschwunden war. Abgetaucht. Das war er immer noch. Oder hatten doch die Stimmen aus dem Boden, diese – wie hatte der Pinscher vorhin geplärrt? – diese »mal klagenden, mal fluchenden, mal Gedichte rezitierenden Männerstimmen« damit zu schaffen?

»Unsinn«, murrte Kluger. Wie hatte er nur so verrückt sein können, sich hierher jagen zu lassen. Morgens um 6 Uhr. Auf den Babyfriedhof. Erst hatten sie ihn hochleben lassen, stets auch an ein schelmisches Zwinkern geknüpft, ob nicht doch er … jener welcher, der diesen Komplizen der Wachsbestie, Karl Schrot, und so … dann, als ruchbar wurde, dass er, Kluger (oder doch jemand anders?) den Falschen … mit dem Messer … dort oben in der Klamm … und dass er mitnichten der wagemutige Held war, selbst nicht viel mehr beigetragen hatte, als sich eins auf den Schädel geben zu lassen, womit ihm, Kluger, wie Pinscher Pinter anmerkte, ein für alle Mal und amtlich bestätigt der finale Dachschaden beschieden war …

Ja, genau da war es auf einmal still um ihn geworden. Aus und vorbei. Schluss mit Schultergeklopfe und Vivat-Rufen. Was für eine gottverfluchte Schande. Und zu allem Verdruss fingen in ein paar Tagen die Liesel-Festspiele an. Fünf Tage Kuala Lumpur mit der Unterrichtsministerin.

Kluger warf einen letzten Blick auf die Erdhügel zu seinen Füßen und marschierte los. Stimmen aus dem Boden. Wehklagend wie Bittgänger auf einem Amt. Was für ein Schwachsinn. Vielleicht gab es ja sonst Brauchbares in der Causa. Er würde rüber ins *Concordia* traben, auf ein Katerfrühstück nebst doppeltem *Fernet*, und hinterher seinem neuen Freund einen Besuch abstatten.

Der saß zur frühen Stunde längst in der Amtsstube auf dem Josef-Holaubek-Platz und sinnierte vor sich hin. Den Wachskünstler, diesen Schrot, nicht sofort vor aller Welt reinzuwaschen und als Opfer zu outen, hatte ihnen Luft verschafft, dachte der Chefinspektor. Was hätte es auch geändert? Die Schmierfinken schrieben ohnedies, wonach ihnen der Sinn stand, und ein gedruckter Unsinn mehr oder weniger …

Gewiss. Die Fahndung nach dem jungen Persson-Fürst war ein Schlag ins Wasser. Immer noch. Der geheimnisvolle Anrufer von gestern Nachmittag indes hatte Hoffnung in ihm aufleben lassen. Er würde ihm den Aufenthaltsort dieses Edvin Klein (Woher wissen Sie …?), zu dem er und seinesgleichen Gustav sagten, verraten, bald schon, vorausgesetzt …

Wem immer damit gedient sein mochte, ihm sollte es recht sein. Was hatte er groß zu verlieren? Er würde im Gegenteil … Jawoll, zwei Fliegen auf einen Streich. Na oisdann! Also hatte er das Verlangte getan. Nun ja, die Braungelockte aus dem Nebenbüro hatte es für ihn getan. »Werteste«, hatte er hinübergerufen und sie geduldig haarklein instruiert, dann aber, da sie den Text bei der Probe frei interpretiert hersagte, angeherrscht: »Nix da! Wort für Wort! Das werd'n S' ja wohl noch schaffen, oder? So, wie's da steht. Ja, auch das mit den Gedichten. Ja, um Schlag 6 Uhr morgen in der Früh. Ja, in der Redaktion der *Guten* sollen S' anrufen und ned beim Fernsehen. Hamma 's jetzt?«

Lief alles nach Plan, müsste er dort sein. Ein Chefreporter auf allen vieren auf dem Friedhof, das Ohr scharf am Boden. Der Chefinspektor grinste. Was für ein Bild! Ein Weilchen gedachte er ihn noch an der Nase herumzuführen. Wenigstens so lange, bis er ihm verriet, wer seine Mitwisserin (oder doch Komplizin?) war. Diese *Anwältin* namens Miranda.

Sah sie vom Makel ab, den Puppenspieler nicht selbst auch noch auf die Matte gelegt zu haben, war Miriam rundum zufrieden. Sie hatte geschworen, ihn ans Licht zu holen, seine Bühne zu der ihren zu machen, und nichts anderes hatte sie getan. Aber darüber hinaus? Sollte sie bleiben? Zurück zu den Blackhats? Etwas ganz anderes? Das hatte Zeit. Heute war bodenständige Gewissheit angesagt. *Neni* konnte kommen. Wiewohl ohne Zehen-im-Sand-wühlen, bei dieser scheiß Kälte. Dafür mit Pita-Sandwich und *Carribeans* und hinterher einer scharfen Nummer. In der U-Bahn wieder mal? Oder doch im Naturhistorischen Museum unter den Dinos? Alles war möglich, dachte Miriam, bloß das nicht: eine Biedermann-Show wie bei den Schrots.

Die waren unterdessen wieder vereint. Der Primar hatte eine Ausnahme gemacht und sie gegen die Regeln in ein Zimmer gepackt, Clara und Karl, während die Kinder, bereits wieder entlassen, bei den Großeltern weilten. Zeit, die Karl zu nutzen verstand, sich zu erklären, sein Mitwirken, das aus anfänglicher Vergeltungssucht Tussauds gegenüber so rasch ins Unbeherrschbare entglitten war.

»Sieh nur«, sagte Clara, einen Brief in Händen, und Karl, noch ans Bett gefesselt, warf ihr einen fragenden Blick zu. »An dich. Ohne Genesungswünsche, dafür ein Jobangebot. Rate mal, von wem.«

»Nur über meine Lei…« Er verhielt, lächelte säuerlich. »Ich denke darüber nach. Aber nur, wenn wir zuvor wieder auf Reisen gehen.«

»Wasser bitte nur aus der sicheren Ferne«, sagte Clara. »Und noch etwas: Vergiss die Kühle des hohen Nordens. Wenn schon, dann der tiefe Süden.«

Karl sah sie liebevoll an. »Von wem kommt das Angebot? Der Direktorin?«

*

Zehn Tage danach betrat Bela erstmals wieder das Wachsfigurenkabinett, und ihr erster Weg führte sie schnurstracks ins Büro der Chefin.

»Wie schön!«, säuselte Madame Directrice, »wie schön, Sie

wohlauf zu sehen, Magistra Schmaus. Kommen wir doch gleich zur Sache. Es gibt Menschen, die man besser in die Wüste schickt. Mein Ex-Mann ist einer von der Sorte. Ja, Ex. Ich habe es getan! Und dann gibt es solche, die man besser auf einen Schild hebt … oder sagen wir, an sich bindet.«

Bela sah Clementine Nierast stumm an.

»Was ich sagen möchte«, fuhr die Direktorin fort, »ist: Jetzt, wo der Remmidemmi ein Ende gefunden hat, können wir, Tussauds, endlich wieder auf ruhige Gewässer zuhalten … und doch wartet jede Menge Arbeit auf uns.«

»Stimmt«, erwiderte Bela. »Da wäre zum Beispiel die Sache mit Agnessa Popov.«

»Agnessa *wer*?«

»Die Dame an der Geisterbahnkassa. Auch sie ist ein Opfer und kann jede Hilfe gut gebrauchen. Verdammt gut sogar.«

»Was soll ich mit einem Kassaweib?«, rief Madame. »Nein, nein, es gibt Größeres, das unserer Aufmerksamkeit bedarf, Fräulein Schmaus. Oder wie würde es für Sie klingen, wenn ich von nun an sage: Frau Magistra *Vize-Direktorin* Schmaus?«

»Klingt nach Paragraf 74«, sagte Bela.

»Wie meinen?«

»Strafgesetzbuch. Tatbestand der gefährlichen Drohung.« Bela funkelte die Direktorin einen langen Augenblick an, dann machte sie auf dem Absatz kehrt und verließ das Büro, gemessenen Schrittes und nicht ohne vor der Tür anzufügen: »Alles Weitere schriftlich.«

Als sie vor das Kabinett hintrat, sog Bela ihre Lungen mit der kühlen Oktoberluft voll. Eine Woche im Nebel einer tiefen Benommenheit lag hinter ihr. 1.000 Dinge fingen jetzt erst an, ihr klar zu werden, 1.000 andere standen tief im Innersten unerforscht auf Standby, und es könnte Wochen, ja, Monate dauern, ehe sie davon loskam. Vinzent und sie hatten in den Tagen seit ihrer Befreiung das eine oder andere Mal telefoniert, zu mehr fühlte sie sich nicht imstande. Noch nicht.

Über die Motive hinter den Wachsmorden war in jedwede Richtung spekuliert worden, doch es schälte sich dank allem, was aus vielen Ecken zusammengetragen worden war, nach und nach dieser Gedanke ans Licht: Klein hatte es getan, um Menschen wie du und ich zu einer bizarren Berühmtheit zu verhelfen. Menschen, deren Wirken seines Erachtens unbelohnt geblieben, zu Randnotizen verkommen war. Vom Perückenmacher Ferdinand Hinczica angefangen, der sich in den Dienst an Krebs Erkrankter gestellt und oft nur zum Selbstkostenpreis gearbeitet hatte; weiter zu Professor Norbert Köhler, dessen Intervention gegen zwei Handtaschendiebe in Andalusien; und natürlich Aimé Bonpland als tragische Randnotiz der Geschichte im Schatten des großen Alexander von Humboldt. Darum wohl die Schimäre mit den Büchern, die Vinzent und sie zugespielt bekommen hatten, deren Spur der Rückverfolgung sich jedoch in zwei Antiquariaten verlor.

Unklar indessen, was es mit den Texten aus Homers *Ilias* auf sich hatte. Desgleichen, wie der ermordete Schwede ins Raster passte. Auch würden, wie der Chief Commander ihr anvertraut hatte, Todesfälle in Casp… nein, sie wollte den Namen nie wieder auch nur denken … in Kleins Familie neu aufgerollt. Der Selbstmord des Vaters mit dem Jagdgewehr. Jener der Mutter mit Tabletten im Heim. Der tragische Unfalltod der kleinen Schwester vor vielen Jahren im alten Ziehbrunnen. Dass es nie eine tragisch verstorbene Frau Klein gegeben hatte, wusste sie inzwischen, und sie mit ihrem Täterprofil in vielem recht behalten hatte, bloß … Mein Gott, wie hatte sie nur so verblendet sein können. Letzte Gewissheit darüber gäbe es aber erst, bekäme man ihn endlich zwischen die Finger. Wo steckte er nur? Was, wenn sie immer noch in Gefahr war?

Sie schüttelte den Gedanken ab, tat ein paar Schritte und dachte erneut an Vinzent, daran, was er um ihretwillen getan und riskiert und dass er davon gesprochen hatte, heute auf Dienstreise zu gehen. Wer weiß? Vielleicht war er ja noch … Von einer diffusen Sehnsucht erfüllt, griff Bela zum Handy. Er hob in der Sekunde ab. »Wo bist du, Vinz?«

»Check-in«, sagte Kluger. »Gerade fertig geworden.«

»Wann kommst du wieder?«

»Bald. Es sind ja nur fünf Tage.«

»Erinnerst du dich, als ich dich nach dem Warum gefragt habe? Warum du das Video nicht gebracht und du mir allerlei Antwortmöglichkeiten aufgetischt hast? Eine war die mit dem romantisierenden Trottel. Eine andere, du hättest nie aufgehört, mich …«

Kluger vernahm ein Seufzen am anderen Ende. »Wie könnte ich mich nicht erinnern?«, sagte er.

»Auch an die Sache mit der Dessertvariation?«

»Natürlich. Die Dame ist wohl vom Fach, habe ich gesagt.«

»Schön«, gab sie mit ruhiger Stimme wieder. »Ich wünsche dir einen guten Flug.« Dann war die Leitung tot.

Kluger stand noch geraume Zeit da, folgte dem Ameisentreiben in der Abflughalle und dachte an all die Frauen, die sein Leben zum Minenfeld gemacht hatten: an Helene Mayer-Thurgau, deren Rolle in diesem abgefeimten Spiel sich ihm bis heute nicht erschloss; an Miriam, die neulich etwas von einem Deal im Darknet gefaselt hatte und seither abgetaucht war; und an Justine Idstein. Vor zwei Tagen war sie wieder dagestanden. Jetzt, da alles vorbei sei, sie ihren Berti wieder und zu Grabe getragen habe, könne sie sich endlich aufmachen, um einen Frieden zu finden. Er hatte die alte Dame noch nie so gelöst gesehen, und ein Gefühl von Neid hatte sich seiner bemächtigt.

Sich endlich aufmachen, um einen Frieden zu finden.

Er holte tief Luft, trabte los, passierte die Passkontrolle und betrat wenig später die Businesslounge des Wiener Flughafens. Als er um die Ecke kam, saßen sie schon alle da. Die Ministerin, ihr Pressesprecher (der Pelikan mit dem feuerroten Schopf), der Kabinettschef nebst seiner scharfen Assistentin und acht weitere Herrschaften, deren eine Hälfte, Kolleginnen und Kollegen der Mitbewerber, Kluger kannte, und deren andere, offenkundig dem Stab der Ministerin zugehörig, nicht.

»Na, spät wie immer, Mister Wachsschreck?«, rief ihm der Pelikan aus einem Lederfauteuil zu und betupfte das gegelte Haar. Die Reisegesellschaft lachte auf, und auch die Liesel teilte die allgemeine Heiterkeit mit elegantem Schmunzeln.

Kluger begrüßte Ministerin und Kabinettschef per Handschlag, nickte den übrigen kurz zu und bestellte einen *Aperol*. Als er anfing, nach einem geeigneten Plätzchen Ausschau zu halten, sprang der Pelikan herbei, zog ihn sanft ins Off. »Na, Satansreporter? Bereit für ein paar richtig geile Tage?«

»Seit wann nehmt ihr auf so eine Reise fünf Pressefuzzis mit? Noch dazu die hier?«

»Fünf?« Ehrliches Erstaunen drang ans Ohr des Chefreporters. »Ihr seid zu dritt.«

»Ich war gestern stocknüchtern«, erwiderte Kluger, seinerseits erstaunt, »und wenn mich mein trübes Auge nicht täuscht, sitzen dort drüben …«

»Kleines Update gefällig, Kollege? Die Mayer und der Holzer sind jetzt bei uns. Und falls du diese linkslinke, unverbesserlich aufsässige Kuh vom *Sta*…, na, du weißt schon … falls du die vermisst … die hat bedauerlicherweise nun doch keine Zeit. Schad' eigentlich, bei dem affengeilen Arsch.«

Kluger hatte den so geschliffenen wie vernichtenden Kommentar der Journalistin zu Verwaltung und Geldvernichtung und Nepotismus im Unterrichtswesen neulich nicht ohne Amüsement gelesen und eine präzise Vorstellung davon, was oder wer sie plötzlich davon abhielt, mit an Bord zu gehen. Er dachte an die stetig wachsenden Kommunikationsabteilungen der Parteien und Medienzentren der Bundesländer, daran, dass man da wie dort angefangen hatte, sich eigene Redaktionen zu halten, die jene bei Tages- und Wochenzeitungen an Manpower allmählich überflügelten. Ja, *halten*, das traf es, weil da eine das

Land in Jubelchören ertränkende Schar von Schreiberlingen zu Werke ging, ein Heer Buchstaben produzierender Vasallen, Lügen speiender Sklaven, ach was!, Fakenews scheißender Käfigtiere, dachte er und spürte eine beängstigende, von nichts als Ekel getragene Übelkeit hochwallen. Längst beackerte die PR-Maschinerie im Kampf um Meinungshoheit das Kerngebiet der freien Medien, mit Livetickern und Reportagen und Experteninterviews und Videoformaten und derlei mehr, warf dabei mit öffentlichem Geld um sich, während immer mehr Menschen immer länger auf Operationen warten mussten und auch bei ihnen der Spardruck wuchs und wuchs, die Erbsenzähler ein Todesurteil ums andere sprachen. In Summe, erwog Kluger, mochte die Zahl der Buchstabenvergewaltiger womöglich konstant bleiben, eine weitere Spielart von Energieerhaltungssatz also, bloß dass hüben der Anteil an Qualität sank und drüben der an Dreck wuchs. Die Mayer? Der Holzer? Ausgerechnet! Wo führte das nur hin?

»Die beiden jetzt auch?«, fragte er verdattert.

»Vergiss es«, wisperte der Pelikan. »Was viel wichtiger ist: Morgen Abend haben wir einen Tisch in einem Klub. Einem *Klub*. Dort hüpfen Krankenschwestern auf der Bühne herum. *Krankenschwestern*, alter Freund! Eine Art Contest, und das Publikum spielt Wertungsrichter, entscheidet, welche zuerst ihre Wäsch' … direkt beim Tisch. Schwere Kaliber, sagen meine Scouts. Sehr leicht beschürzt. Na?«

»Bei denen war ich schon.«

»Echt jetzt?« Der Sprecher sah ihn verdutzt an.

»Letztes Jahr. Mit eurem Wunderwuzzi von Staatssekretär und dem notgeilen Mister Message Control.«

Genau da machte es »klick«. Einmal. Zweimal. Kluger wusste nicht warum, doch er wusste, dass er ein Tor durchschritten und einen Pfad betreten hatte, der bloß die eine Richtung kannte, einen Tunnel ohne Umkehr. Er löste sich, tat langsam ein paar Schritte auf die Ministerin zu und erhob die Stimme, sodass alle im Raum es vernehmen konnten. »Und das eine noch, und ich sage es nur jetzt und dieses eine Mal«, sprach er mit einer Gelassenheit, die ihn selbst erstaunte, ruhig und klar und konturiert und ohne das übliche Verhaspeln und Galoppieren der jüngsten Zeit, »Liesel, du und deine Partei. Deine Partie. Dazu die Salonsozis. Und die blauen Nazis. Ich pfeif ... nein ... ich *scheiß* auf euch korrupte Drecksbagage. Auf euch alle!«

Ob sie in Schockstarre verfielen oder ihm ungläubige Blicke zuwarfen, bereit, empört Einwand zu erheben oder gleich den Herausgeber anzurufen, bekam Kluger nicht mit. Er wusste nicht, wie er es so schnell aus der Lounge zurück in die Abflughalle und ins Freie geschafft hatte, kam erst zu sich, da er vor den Taxis stand. Er nahm das Mobiltelefon zur Hand, tippte drauflos. »Wünscht die Dame vom Fach immer noch die Dessertvariation?«

Die Antwort kam blitzartig. »Den romantisierenden Trottel bitte zweimal.«

Du bist die Bananenschale, auf der ich ausrutschen möchte, wollte er zurückschreiben, ließ es aber sein. Vielleicht später. Kluger lächelte. War er das eben gewesen? »Ich sch...« Es sah danach aus. Nur in einem hatte er voreilig gesprochen. *Und ich sage es nur jetzt und dieses eine Mal.* Bedachte er es recht, war da noch jemand, dem er ... fast dieselben Worte ... schon lange ... unausweichlich ... jetzt, da er so schön im Tunnel dahinmarschierte ... Heute noch? Oder morgen?

»Nein, jetzt gleich«, murmelte Kluger und stieg ins Taxi.

Epilog
TIERRA DEL FUEGO

Der Kondor stand da, spreizte die Flügel und dachte an Kebab.

Dass heute noch, an diesem bald flammenden Morgen, das Ende eines alten Lebens zu feiern sein würde, das zugleich Anfang eines neuen war, überstieg die Vorstellungskraft eines Emil Flecker keineswegs. Ein neues Leben? Schon wieder? Ein drittes nun schon? Doch nicht etwa, weil das Leben ein einziger riesiger Kebabspieß war? Doch nicht etwa, weil man sich immer nur im Kreis drehte im Wechselspiel aus lauwarm und heiß, eine Runde um die andere zog, bis alles reif und braun und manchmal ziemlich hart war? Doch nicht etwa so lange, bis endlich der Held mit dem Messer kam, die alte Schicht abhob und Frischfleisch ans Licht schabte?

»O doch«, flüsterte der Kondor, »genau deshalb. Genau … so … lange.«

Wiewohl bloß im biologischen Nebensegment der Geier beschlagen, hatte er zuletzt einiges gelernt, und mitunter, dass sie in Zeiten lebten, wo dem Tag ein bloßes Sein und Vergehen, ein nacktes Dasein um seiner selbst willen, nicht länger vergönnt war. Weil die Menschen ein Verstreichen ohne Erneuerung ebenso wenig ertrugen wie Schlichtheit ohne Multitasking und so darauf verfallen waren, die Tage mit Widmungen zu besetzen, nach Möglichkeit mehrfach mit der Garantie auf jährliche Wiederkehr. Und so fand zueinander, was den Kondor vor den Kopf stieß, ihm füreinander nicht bestimmt schien:

Da der Weltgesundheitstag mit dem Tag des Genozids in Ruanda; dort der Tag der russischen Grenzsoldaten mit dem der Unabhängigkeit in Aserbaidschan und jener der Kriminalitätsopfer (die Ertränkten inklusive) mit dem Weltwassertag; desgleichen vereint: der Tag des türkischen Kinderfests mit dem deutschen Bier; das große Schlemmen von paprizierter Chorizowurst zu *Magosto* mit dem Weltvegantag; der Tag der Revolution (nebst all seinen Gefolterten) mit dem Tag der Rückenschmerzen; der Muttertag in der arabischen Welt mit dem Tag der Menschenrechte; der Tag der Wohnungslosen mit dem Gedenktag zu Nine Eleven. Und so weiter. Nein, das passte nicht. Wiewohl es doch einigen Wenigen beschieden war, wenigstens ein Dasein als Solitär zu führen, allen voran der deutsche Kopfwehtag und, was ihm als Freund der Lüfte besonderen Trost zusprach, der Weltwindtag.

Heute jedoch, wusste der Kondor, an diesem 1. November anno 2013, war der Tag einfach nur ein Tag. Und doch war es der seine. Ihm gewidmet. Dem Kondor. Vom Kondor. Es war ganz allein seine Show.

Auf einem kahlen Baumriesen in seinem Rücken sah man das naturgemäß anders. Zuvorderst in den Ästen thronten die Ältesten der Alten, tattrige Greise in spärlicher Zahl von 40, 50 Lenzen und schwindender Sehkraft, denen die Tradition das Recht auf den unverstellten Blick zusprach. Indes, ihr gegenwärtiger Blick war Opfer des Coniunctivus irrealis, Konjunktiv der Unmöglichkeit, geworden, war er doch nicht unverstellt. Er hätte es bloß sein sollen.

Dahinter, die Reihen dichter, logierten die aufstiegssüchtigen Arrivierten. Jene, die als Kronprinzen in den Löchern scharrten in der Gewissheit, es mochten bloß zwei, drei Winter sein, ehe die Schatten der Greisenhäupter gegangen sein würden und sie selbst die Wächter der besten Aussicht. Jedoch: Der Blick war ihnen nicht allein durch die Alten verstellt. Er hätte es bloß sein sollen.

In der dritten Reihe lauerten die routinierten Späher. Ihren unverbrauchten, geschulten Augen entging nichts. So auch nicht die ruckartigen Bewegungen dieses fremdartigen Wesens am Horizont. Was geschah dort vorne? Was trudelte da zu Boden, das aussah wie Schnee und doch keiner war?

Arglose Entspannung herrschte allein auf den billigen Plätzen, wo die rotzfrechen Rookies in Überschwang und Unbeschwertheit der Jugend dicht an dicht lungerten und nicht einen Gedanken an das Treiben voraus verschwendeten. Ein dunkler Fleck mehr oder weniger, was machte das schon?

Und so waren es auch bloß sie, die Rookies, die an diesem bald flammenden Morgen der Schwere des Konjunktivs mit der Leichtigkeit des Faktischen trotzten. Was zählte, war nur, was sie aus dem ewig wiederkehrenden Annuarium der Natur kannten: die Düfte der Torf- und Laubmoose, Farne und Flechten; jene der unterwüchsigen Johannisbeere auch; die Kronenschichten der urwüchsig hoch aufschießenden, üppigste Regenwälder imitierenden Fuchsien und das Farbenspiel der sich an ihnen rankenden Mutisia; das leise Wehklagen der Krummholzgebüsche, wenn scharfe Winde aus hohen Sphären herabstießen und ihre knorrigen Ärmchen peitschten oder kanadische Biber die Fresssucht an ihnen stillten; die schrillen Schreie der Dominikanermöwen und Skuas, dieser schamlosen Schwestern im Geiste des Eierdiebstahls auf ihren räuberischen Feldzügen drüben in den Pinguinkolonien; und natürlich das aufbrandende Gekreische der Albatrosse und dumpfe Gegrunze der Seelöwen, wenn sie hoch über ihnen, am Saum der Straße des Magellan, ihre erhabenen Schleifen zogen, dort, wo viele Generationen zuvor an einem anderen 1. November, anno 1520, das Gnadengeschrei der Matrosen in sturmdurchtoster Nacht zu allen Heiligen des Himmels emporgellte – jene bangen Stunden, als die Seelengüte des Allmächtigen vom Monte Giordano sich tatsächlich ihrer erbarmte, zwei Schiffe in eine rettende Bucht warf und die Besatzungen ein Meer aus 1.000 Feuern schauen ließ, sodass sie den Flecken Erde fortan so riefen:

Tierra del fuego. Feuerland.

Was sich den Rookies aber ebenso wenig auftat wie den älteren Kondoren: Von heute an wehte ein anderer Wind, hier, über den südlichen Ausläufern der Anden. Einer, der weder die Düfte der Heidelbeeren über die Pampa hin trug zu den Schlaftrunkenen, die sie waren, noch das Tosen der unermüdlich brüllenden Dünung. Nein, dieser Wind war wie die Biber aus fernen Landen eingeschleppt und den Geiern Südamerikas ein undurchschaubarer Exote. Es war der Wind des Beserlparks zu Simmering im fernen Wien, und nicht einer im Schlafbaum der Kondore wusste mit ihm, seinem Überbringer, etwas anzufangen.

Wer war der baumlange Genosse, der dort vorne mitten auf ihrer Bühne stand, die Sicht verstellte und die Vorstellung zu sprengen drohte? Dazu diese ungestellten Fragen: Wie lange blieb er? Nur diesen einen Morgen? Oder würde er sie von nun an öfter stören? Immer? Würden sie ihn zu dulden anfangen, anfangen müssen, ihn gar an sich heranlassen? Würde er die Prinzipien ihrer Ordnung erkennen und anerkennen, sich hinten anstellen oder als respektloser, den Umsturz anzettelnder Eindringling erweisen?

Eine Unsicherheit jagte da die nächste, Konjunktive der Gewissheit sahen anders aus. Womöglich war er ja jetzt schon einer von ihnen, bloß als Abart ihrer Spezies. Ein neuer Anführer, der sich bekannt machte, um hinterher auf die Logenplätze zu wechseln. Oder gleich vorne blieb. Ganz vorne? Auf ihrer Morgenbühne? Jenseits des Orchestergrabens?

Genau da, jenseits des Orchestergrabens, stand der Kondor, spürte dem kühlen Hauch nach, der ihn umwehte, und dachte an die schneeweißen Schnippel rings um ihn her. »OS 81« hatte draufgestanden, Initialen eines Systems aus Hinflügen und Rückflügen und die letzten Zeugen einer aviatischen Behelfskunst, derer er nicht länger bedurfte. Ein Rückflugticket der *Austrian Airlines*? Weg von Feuerland? Für einen wie ihn? Wer kam denn auf die Idee?

Jetzt, da es nur noch Augenblicke waren, ehe der Tag sein Tag, die Morgenvorstellung seine Morgenvorstellung sein würde, schien ihm der Umstand, in einer fernen Zeit einmal Emil Flecker geheißen zu haben (hatte er überhaupt?), nicht mehr als eine Randnotiz der Geschichte zu sein. Wie so vieles andere auch.

Da waren die Toten und Untoten im Kabinett und das wächsern blasse Antlitz von Madame Dreckstück, als er ihr alles hinwarf. Da war der beinlose Rathausaal, dem er einen letzten Besuch abgestattet hatte. Da war Bela Schmaus, die ums Haar in ihrem Liebesstrudel untergegangen wäre. Und da war dieser eine große Moment der Erkenntnis, als die alten Kollegen und er beim Tarockspiel draußen im *Concordia* saßen und Gustav, ihr Professorchen, angeschneit kam, ungewohnt spät, ungewohnt fahrig, augenblicklich nach der Toilette enteilte, und der Kondor ihm verdutzt nachblickte. Bis es genau da »klack« machte hinter seiner Geierstirn. Als nämlich Professorchen ums Haar eine Dame über den Haufen rannte, den Körper zur Seite warf, das Bein nach hinten ausschwang, sich verbeugte und entschuldigend an die Stirn tippte.

Klackklackklackklackklack.

Eins zum andern war da plötzlich gefallen. Das Video, als jemand den Trabanten des Peter Alexander angeschleppt und dessen ungeschnittene Version Miriam ihm neulich gezeigt hatte; dieser Kratzfuß; dieses Stirntippen – wie kopiert von einem, der die Kopie gar nicht kennen konnte, oder doch?; und erst das Fingerspiel, das jenem am Kartentisch glich, wenn Professorchen am Ende eines Durchgangs, hatte er die alten Kollegen und ihn zertrümmert, zusammenzählte und die Punktezahl triumphierend in die Runde warf; die galaktischen Kopfschmerzen nach dem Erwachen und zu seinem Erstaunen immer dann, wenn Professorchen und er nach dem Kartenspiel noch eins draufgemacht hatten; dazu das nicht minder galaktische Loch in seiner Gedächtnishalle nach diesen Abenden.

Und so war jäh der üble Verdacht in ihm erwacht, er, der Kondor, könnte ihm, Gustav, womöglich zu Diensten ... wider Willen ... der Türcode ... die Einzelheiten der Enthüllung von Figuren ... die geplanten neuen Attraktionen ... das Pappschild mit dieser seltsamen Botschaft und all das ... Konnte es wirklich sein?

Klackklackklackklackklack.

»Hört mal, Freunde«, hatte er geraunt und sich eilends erklärt, und als Professorchen wiederkam, war es ausgeredet, der Rest Formsache. Sogar seinen *Amethyst* hatte er für ihr lustiges Spielchen zur Verfügung gestellt, und was ihm in den Folgetagen zu Ohren gekommen war, bestätigte ihn darin bis heute. Allein, dass ihr Gustav, ihr Professorchen, nun auf einmal Edvin oder Casper heißen sollte ... sei's drum. Er war's. Er muss es gewesen sein. Wer sonst? Und wenn doch nicht? War das dann seine Schuld?

Nein, ist es nicht, dachte der Kondor, ruckelte mit den Armen, sah den ersten Zipfel der Morgensonne herauftauchen und in der Ferne der alten Heimat den Plan, den die Kollegen und er geschmiedet hatten, kaum hatte Professorchen nach dem Tarockieren eins auf die Rübe gekriegt. Sollte doch die Polizei ihre Arbeit tun und über Schuld und Nichtschuld befinden. Oder waren das die mit den langen Roben?

Egal. Sie jedenfalls hatten geliefert.

Ein paar Tage im *Amethyst* schmoren lassen wollten sie Professorchen Gustav/Edvin/Casper, ihm das Gefühl einimpfen, unter die Erde geraten und doch nicht gleich am Ende der Reise zu sein in einer Finsternis schwarz wie ein Pavianarsch, doch mit Luftzufuhr und ausreichend Wasser. Was für ein Heidenspaß, hatten sie befunden und natürlich auch ein Stückweit gerecht. Erst das himmlische Vergnügen und hinterher die irdische Gerechtigkeit. Dabei waren sie auch auf die Idee mit dem Babyfriedhof verfallen, um dem alten Saufkopf Kluger ein Schnippchen zu schlagen. Stimmen aus dem

Boden? Haha! Ja, und dann, wo alles gerichtet schien, war der Kondor seines Weges gezogen, frei von Sorgen und allein im Bedauern, es nicht doch mit der zuckersüßen Vanessa ... draußen auf dem Zentral ... bei offenem Sargdeckel ... in seinem Impala. Der Impala!

Ach was ... endlich Feuerland!

Ein Gedanke bekümmerte ihn nun aber doch. Was, wenn die alten Kollegen sich anders entschieden, wenn diese Querschädel wieder einmal unvermutet alles über den Haufen warfen und dem alten Plan A folgten? Was, wenn sie ihn tatsächlich lebendig eingegraben hatten? Wenn sie es mit dem Motto der Jahreshauptversammlung der Totengräber hielten und ihm die vier großen Worte mit auf die dann doch eher beschwerliche Reise gaben? Vier Worte, einsilbig, ein jedes für sich klein und nichtig, im Verbund jedoch eine Hausmacht, vier Worte, die sie dem Hinscheidenden als Nachruf zu Lebzeiten ins Gedächtnis meißelten und erst hinterher in Stein?

Wer gräbt, der lebt.

Was soll's, überlegte der Kondor und ging in Position. Vor ihm fing der Tag an, sich zu räkeln, bereit, den Reif mit sanftem Griff von den Gräsern zu heben. Dahinter, außer Sicht, fiel die karge Tundra des Magellan gegen eine meterhohe Gischten aufwerfende See ab. Er schenkte dem Gekräusel zu seinen Füßen einen letzten, alles verwischenden Blick, hob die Flügel und ließ sie wie zur Probe auf und nieder gehen. Augenblicklich spürte er, Prinzip Wärmetauscher, wie ihm das Blut in die Zehen einschoss.

So wie seine Mutter im fernen Simmering und er, der kleine Kondor, es einst getan hatten und dem Beispiel der Vorturnmutter der Nation, Ilse Puck, im Radio gefolgt waren, die es verstanden hatte, ein ganzes Land aus den Federn zu jagen ...

... ja, genauso würden sie nun seinem Beispiel folgen. Sie würden es ihm gleichtun, die Gefieder spreizen und die Sperre der Nacht lösen. Sie würden die Krallen weiten, sich schütteln, ein

Morgenschwätzchen halten und in majestätischer Eleganz mit ihm entschweben.

Angetrieben von der Kraft eines blutorangeroten Himmels, breitete er die Schwingen aufs Neue aus, tat ein paar kraftvolle Schläge. Dann, mit der Leichtigkeit des Vogels, wandte er den Kopf halb um die eigene Achse, gewahrte, wie der Morgen den Schatten ihre Körper wiedergab, gewahrte, wie langsam Leben in die Äste kam.

Der Kondor stand da und lächelte.

DANKSAGUNG

Innigster Dank sei hier dem Management von *Madame Tussauds* Wien ausgesprochen, das mir liebenswürdigerweise und bereitwillig Einblick hinter die Kulissen gewährt und mit dem hier beschriebenen, fiktiven Personal – allen voran einer Madame Directrice – und all den erdachten Umtrieben so gar nichts am Hut hat.

Ein herzliches Dankeschön auch an die *Wiener Linien* dafür, mir den spektakulärsten Fluchtweg aus den Tiefen der U-Bahn eröffnet zu haben.

Dank auch dir, schicksalhafte Fügung, die du mir nach 26 Jahren Boulevardpresse ein Szenario des Ausstiegs in ein aufrichtigeres, sinnstiftendes Leben geschenkt hast und die Möglichkeit, aus einem endlosen Pool lebender Vorbilder nichts als frei erfundene und letztlich doch so prototypische Charaktere zu schöpfen – gepaart mit der Erkenntnis, reale Zustände im Chronikjournalismus bisweilen abschwächen und herabmildern zu müssen, um sie einer Leserschaft noch einigermaßen glaubhaft erscheinen zu lassen.

Und dir, Elisabeth, Frau meines Lebens, Kraftspenderin, Stütze, Motor, Mutmacherin und Tritt in meinen Allerwertesten immer dann, wenn die Nöte und Zweifel am eigenen Tun unüberwindbar und das Finale dieses sieben volle Jahre dauernden Schreibprozesses in unerreichbare Ferne gerückt schienen.